ELŻBIETA CHEREZIŃSKA

ODRODZONE KRÓLESTWO

ZYSK I S-KA
WYDAWNICTWO

Redaktor prowadzący
Filip Karpow

Opieka redakcyjna
Magdalena Wójcik
Tadeusz Zysk
Elżbieta Żukowska

Ilustracja na okładce
Michał Krawczyk

Projekt graficzny okładki
Tobiasz Zysk

Opracowanie map
Mariusz Mamet

Wydanie I
ISBN 978-83-8202-058-8

ZYSK I S-KA
WYDAWNICTWO

ul. Wielka 10, 61-774 Poznań
tel. 61 853 27 51, 61 853 27 67
Dział handlowy, tel./faks 61 855 06 90
sklep@zysk.com.pl
www.zysk.com.pl

ODRODZONE KRÓLESTWO

1327

JEMIOŁA idzie po rosie. Ostrożnie stawia stopy na miękkich kępach mchu. Ciężki kraj sukni mokrym plaśnięciem dotyka nagich kostek nóg. Skrzydełka jej nosa drgają, gdy wciąga nocne, balsamiczne powietrze. Wyczuwa w nim nuty butwiejących liści, świeżych grzybni, sosnowych igieł i zmurszałej kory starzejących się drzew. Gdzieś, głęboko w ściółce, już wypełniają się sokami kłącza zaschniętych traw, czuje wyraźnie tę podziemną woń. Idzie w ciemności, ale nie po omacku. W oddali, między pniami drzew, majaczy wątłe światło, więc kieruje się ku niemu. Widzi, że światło przeskakuje, jak płomień poruszany podmuchem wiatru, choć noc jest całkowicie bezwietrzna. Otacza ją cisza. Żadnych ptasich głosów, trzaśnięć ułamanych gałązek, suchych liści ocierających się o siebie, jakby mrok wyssał z lasu wszelki dźwięk, poza tym, jaki wydaje mokra materia jej sukni. Ta cisza ją niepokoi.

Wtedy dostrzega mężczyznę. Idzie z naprzeciwka, kierując się jak ona ku światłu. Jest ostrożny, rozgląda się. Jemioła nie słyszy jego kroków, ale wyłapuje rytmiczne stukanie okutej pochwy noża zawieszonej u jego pasa. Wie, kim on jest, ale nie potrafi w tej chwili nazwać go żadnym imieniem. I jest zaskoczona, że go widzi, że nie jest tu sama, że ta nocna wędrówka nie jest przeznaczona tylko dla niej. On już ją dostrzegł, Jemiole wydaje się, że przyspieszył, choć ona zwolniła kroku.

Jej uwagę przyciąga światło. Teraz, z odległości kilkunastu kroków, widzi je wyraźnie. Na niewielkiej polanie, pod drzewem, stoi żelazny kosz. W nim siedem, może dziewięć pochodni. Płomień niespiesznie przeskakuje kolejno na każdą z nich, tak że pali się tylko jedna, a pozostałe gasną, nie zostawiając w powietrzu smugi dymu. Jemioła zachwyca się przez chwilę tym widowiskiem, nie czuje lęku.

Mężczyzna stanął, pochylił głowę i jak ona patrzy w krążący między głowniami płomień. W migotliwym blasku ożywa jego uroda. Na szerokie plecy spływają mu długie włosy zaplecione w dziesiątki cienkich warkoczy. Duże, wyraziste usta poruszają się, jakby coś szeptał. Ma mocne dłonie, takie, które potrafią przytrzymać, choć od razu przebiega Jemiole przez głowę, że nie wiadomo, czy mogą dom zbudować. Stoi pewnie, jak ktoś, kto wie, po co się zatrzymał. Uśmiecha się pokrzepiająco, unosi wolno twarz i Jemioła już wie, że uśmiecha się do niej. Dopiero teraz widzi jego oczy. Jedno z nich jest podzielone na pół i zieje otchłanią w kolorze butwiejących liści.

— Jarogniew Półtoraoki — wypowiada na głos jego imię i nie odwzajemnia uśmiechu.

— Matka Jemioła — odpowiada jej Jarogniew. I prosi miękko: — Cofnijmy się o krok.

Robią to jednocześnie i wtedy Jemioła zwraca uwagę na drzewo, pod którym stoi kosz z pochodniami. To stary jesion, zrośnięty z dwóch pni. Z konarów zwisają dwa pakunki. Jemioła wyciąga ręce po swój, Jarogniew chwyta ten, który wisi za jego plecami. On jest szybszy, rozrywa konopny sznurek przytrzymujący tobołek. Ona przyklęka, rozwiązuje swój drżącymi nagle rękami. Przeczuwa słusznie; już pod palcami czuje dotyk ptasich piór.

— Jeszcze możemy to zatrzymać — mówi nagle Jarogniew, i Jemioła patrzy na niego zaskoczona. Półtoraoki ma już na sobie pancerz z ptasich kości. Poprawia warkocze, które wkręciły mu się w zdobiony kruczymi pazurami napierśnik. — Tylko wrzuć ten płaszcz w ogień. Nie wahaj się, proszę.

Jemioła wstaje, przyciskając płaszcz Dębiny do piersi. I nie waha się ani trochę. Zakłada go na ramiona.

— Pożałujesz — mówi Jarogniew smutno. — Będziesz płakała.

Ona czuje ciepło ptasiego puchu na plecach i gorąco od ognia, który właśnie przeskoczył na najbliższą jej pochodnię. Widzi zwinny ruch Jarogniewa, ale jest szybsza niż on. I sprytniejsza. Półtoraoki chwyta płonącą pochodnię, Jemioła następną. W chwili gdy Jarogniew unosi swoją, płomień przeskakuje już na jej głownię. Jemioła porywa ją w mgnieniu oka.

— Nie panujesz nad ogniem, leśny wodzu! — rzuca mu w twarz.

— Poparzysz się, Matko! — odpowiada wściekle. W blasku lśnią jego białe, obnażone zęby.

Jemioła unosi wysoko płonącą żagiew i w jej świetle patrzy na niego.

Widzi płomienie skaczące z chaty na chatę, z dachu na dach. Kłęby czarnego dymu zasnuwające wszystko. Wysoki, świdrujący krzyk kobiety, wydaje się, że to Manna. Na obraz pożaru nakłada się las. Ściółka szeleści pod stopami uciekających. To dzieci. Idą za Jemiołą posłuszne, milczące, zatrwożone. I widzi Jarogniewa celującego do niej z łuku, prosto w pierś. Nie zdążyła zobaczyć, czy wystrzelił. Obraz przenosi się, jakby jakaś siła wyciągnęła Jemiołę wysoko nad ziemię. Ogień przy ogniu, jeden, drugi, trzeci. Nie nadąża ich liczyć. Rozumie, że zapłonęło Królestwo. Wraca, znów jest naprzeciw Półtoraokiego.

Wojownik w pancerzu z ptasich kości. Matka w płaszczu z ptasich piór. Odwraca się i rusza, skąd przyszła, zostawiając go w mroku. Teraz sama oświetla sobie drogę.

Las rozbrzmiał setkami ptasich głosów, jakby rozśpiewał się jej płaszcz. Kości pancerza pozostały nieme. Szła tu po rosie, wraca po szronie. Mokre krople zastygają na źdźbłach zeszłorocznej trawy, na suchych, wykręconych liściach i nagich gałęziach. Lśnią białym blaskiem w świetle niesionej przez nią pochodni. Chrzęszczą pod jej bosymi stopami. Kraj sukni pokrył szron, misterny jak haft. Z każdym krokiem robi się chłodniej, czuje, jak sztywnieją jej palce u stóp. Noc dobiega kresu, przechodząc w najmroźniejszą chwilę przed świtem. Nawet drapieżniki kończą nocne łowy i szukają ciepła, tuląc się do siebie w zaciszu nor. Ona idzie sama, światło pochodni wydaje się przytłumione w spowitym mroźną mgłą powietrzu. Ptaki zamilkły, ale słyszy odgłos swoich kroków, trzaśnięcie nadepniętych gałązek, głośny oddech i syk płomienia. Grzeje ją płaszcz Dębiny. Jej płaszcz.

Obudziła się zdrętwiała, ciężko łapiąc oddech. Potarła zapuchnięte powieki, próbując sobie przypomnieć, gdzie jest. W powietrzu unosiła się woń wypalonej świecy. Musiała zgasnąć przed chwilą, bo w półmroku snuła się jeszcze siwa smużka dymu, kopcąc na ustawiony obok krucyfiks, jakby palił się wiszący na nim srebrny Chrystus. Otrząsnęła się, pożary z jej snu skurczyły się do wypalonego knota.

Przed Jemiołą majaczyło potężne, osłonięte kotarami łoże.

— Królewicz Kazimierz — wyszeptała z trwogą, zerwała się z ławy i zachwiała. Opanowała się. Usiadła, wymusiła na sobie spokojny, równy oddech. Wstała dopiero, gdy przestało jej się kręcić w głowie. Odsłoniła kotarę i tej samej chwili usłyszała dzwony wawelskiej katedry. Zapadłe policzki Kazimierza były nieruchome, jak odlane z szarego wosku. Chwyciła jego chłodną dłoń, nie mogła wyczuć tętna. Pochyliła się do jego piersi.

— Przeżyliśmy kolejną noc — odetchnęła z ulgą. — Obudzisz się dzisiaj?

Położyła mu dłoń na czole i dopiero teraz poczuła pulsujące gorąco. Odwróciła rękę. Przez wnętrze jej dłoni biegła paląca rana.

— Miałeś rację, Półtoraoki. Poparzył mnie sen.

WŁADYSŁAW nie sypiał w nocy, udawało mu się zdrzemnąć przez krótką chwilę w dzień. Gdy odebrał raporty o stanie własnych wojsk, o ruchach Luksemburczyka, o oblodzonych przełęczach górskich, roztopach na traktach i brodach, które, jak mu mówiono, „nikną w błocie". I innych, które z kolei ścięło przymrozkiem, jakby zachęcały, żeby na nie wejść. By zagłuszyć natrętnie powracającą wizję, że gdy on patrzy na południe, skąd przyjdzie Luksemburczyk, Krzyżacy podpalą mu północ, kazał odprawiać msze. Słuchał ich nieuważnie, nerwowo, nie potrafiąc powtórzyć „Bądź wola Twoja", bo to zdanie stawało mu w gardle i nie chciało przez nie przejść. Co rano czekał na wiadomość, że z Kazimierzem lepiej, i co rano musiał się zadowolić lakonicznym „bez zmian". Były dni, gdy „bez zmian" było nieznośne, zamieniało się w wyrok odroczony w nieskończoność, a on, jako król, nie miał czasu nieskończonego, miał niedokończone sprawy, do załatwienia natychmiast. Ale miał też chwile, gdy ze zmęczenia zapominał, że jest królem i był tylko ojcem, dla którego „bez zmian" było ulgą, obietnicą, że jego syn żyje i będzie żył. Ojciec mógł siedzieć przy łożu syna, trzymać chłodną, wychudzoną dłoń i cieszyć się lekkim, ale jednak oddechem, unoszącym jego pierś. Jednak za każdym razem ojciec musiał ustąpić królowi. „Bez zmian" było zatem nie do przyjęcia.

Odprawił urzędników i przysnął na chwilę, z głową wciśniętą w oparcie wysokiego krzesła, zwrócony twarzą do okna, jakby stamtąd mogły nadejść dobre nowiny. I uświadomił to sobie, zapadając w sen. Wiedział, że śni. Że senną zjawą jest Rulka, jego nieżyjąca od dawna klacz, i rozumiał, iż jej obecność oznacza wędrówkę. Poniewierkę — podpowiedział mu głos we śnie. Była osiodłana, gotowa do drogi. Unosiła kształtną głowę i z wawelskiego dziedzińca rżała w stronę okna komnaty, w której spał, jakby wzywała go. Na jej rżenie nałożyły się głosy bojowych rogów. Okrzyki, szczęk żelaza, jęki rannych. Władysław szukał wzrokiem bitwy, ale zamiast niej widział mgłę, z której raz po raz wyłaniał się skrwawiony jeździec, uderzająca w powietrze kopia, kawałek chorągwi. Koszmarny obraz śmiertelnych zmagań schowanych w oparach. Nie mógł rozpoznać ani jednego znaku na płachtach chorągwi. Mgła zgęstniała jeszcze bardziej, poczuł swąd i dopiero wtedy dotarło do niego, że to dym. Nie z ognisk, ale z płonących miast i wsi. Z owładniętych dzikim płomieniem kościołów. Dzwon opętańczo bił na trwogę i zwielokrotniał dźwięk, jakby o ratunek błagała nie jedna, a dziesiątki świątyń. Poczuł, jak szybko uderza mu serce, i usłyszał drapieżny krzyk. Orzeł Królestwa rozbijał powietrze potężnymi skrzydłami. Dym rozwiał się. A on znów był na Wawelu.

Przez podwórzec przebiegli dwaj chłopcy. Stefan i Władysław junior, on zaś świadom sennej ułudy, wiedział, iż obaj nie żyją, ale chciwie wsłuchał się w ich śmiech. Wypatrywał zmarłej Jadwini, ale nie mógł otworzyć oczu i był zdany tylko na obrazy, jakie podsuwał mu sen. Wreszcie dostrzegł ją. Drobna sylwetka szła w stronę katedry, wtedy wbrew rozumowi pomyślał, że ona wcale nie umarła, tylko uciekła od jego zaborczych planów, wybrała służbę Bogu i tylko udaje, że zabrała ją śmierć. Widział jeszcze plecy córki, aż rozpłynęła się w sennej mgle. Dziedziniec opustoszał, zniknęła nawet Rulka, wtedy poczuł, że musi się obudzić jak najszybciej, by w korowodzie zmarłych dzieci nie zobaczyć Kazimierza, bo jego syn żyje i rano było „bez zmian". Stało się coś innego. Dziedziniec zapełnił się w mgnieniu oka. Służba, straż wawelska, wojewoda Spycimir ze swoją świtą, kasztelan Nawój z Morawicy, nawet pokraczny Grunhagen na kabłąkowatych nogach przechadzał się w ciżbie i pokrzykiwał do panien, jakby nigdy nic. Zagrał róg witający gości, zawtórował mu śmiech kuglarzy, tłum rozstąpił się, robiąc miejsce jeźdźcowi, niedużemu młodzieńcowi w czarno-czerwonym płaszczu. „Książę świdnicki Bolesław" — zawołał herold, a ludzie na dziedzińcu zastygli w bezruchu, wpatrując się w przybyłego. Mój wnuk — pomyślał Władysław — syn Kunegundy. I w jednej chwili olśniło go: jest w wieku Kazimierza, młody, silny, choć niski, jak on. Ma brata, który kiedyś dorośnie i może objąć księstwo, jest wolny i z jego krwi. Mój wnuk — podpowiadał mu rozwiązanie sen — zdrowy i silny.

Władysław obudził się równie nagle, jak zasnął. Szare, lutowe popołudnie przechodziło w szybki zmierzch. Za oknem, przed którym siedział, przetaczały się po niebie ciemniejące chmury.

— Najjaśniejszy panie? — usłyszał głos spod drzwi.

— Borutka? — Władysław poruszył zdrętwiałymi barkami.

— Nie, królu, jestem Jarota, zastępuję go. Borutkę najjaśniejszy pan posłał na Węgry, za panami Ligaszczem i Jałbrzykiem.

— Ach tak. — Władek potarł ciężkie powieki. W ustach poczuł nieprzyjemny, gorzki smak. — Daj wody, Jaroto.

— Jaśnie pan miał zły sen? — spytał sługa, podając mu kubek.

— Nie wiem. — Władysław napił się, wzruszył ramionami i wstał. — Kogo obchodzą sny?

JAN LUKSEMBURSKI kroczył dziedzińcem opawskiego zamku, otoczony świtą złożoną z dawnej Drużyny Lodu. Markwart, Zavis, Ulrik, Chval, Libos, tłusty Czabak i tępawy, ale za to jakże użyteczny Beneš, szli przy swym królu razem z Peterem z Rożemberka, równym krokiem, wzmacnianym metalicznym brzękiem ostróg. Miecze przy pasach, hełmy, których Jan nie pozwolił im zdjąć, i kolczugi pod pysznymi, ozdobnymi płaszczami, wzbudzały po równo lęk i podziw w prowadzącym ich do komnat gospodarzu, księciu Opawy, Mikołaju.

— Bądź łaskaw tędy, królu Janie — skłonił się po raz kolejny książę, wskazując nieco wąskie i strome schody.

— A gdybym nie był łaskaw? — zażartował Jan po francusku, zwracając się do swego poety, Wilhelma de Machaut.

— Wówczas książę zaniósłby cię na rękach, królu — odpowiedział Wilhelm z kamienną twarzą. — Ale zważywszy na jego brzuszysko, nie byłoby to wygodne ani dla ciebie, ani dla niego.

— Jak i cała ta sytuacja — skwitował Jan. — Nie sądziłem, że tak długo przyjdzie nam czekać na tę machinę wojenną. Roztopy uwięziły moją tajemną broń na przeprawie przez Łabę. Jestem wściekły.

— Zmienię temat, nim dojdziemy na ucztę — wtrącił Wilhelm szybko. — Czy to prawda, że nasz gospodarz jest zalegalizowanym bękartem Przemyślidów?

Jan zaśmiał się; pod nieobecność Henry'ego de Mortain poeta dotrzymywał mu towarzystwa, a jego wścibstwo i umiłowanie dworskich plotek nieodmiennie Jana bawiło.

— Umieściłeś to oszczerstwo w poemacie o mojej wyprawie wojennej? Strzeż się, książę Mikołaj wyzwie cię na Sąd Boży.

— Więc to nieprawda — zrozumiał zawiedziony Wilhelm.

— Półprawda — pocieszył go Jan. — Jest prawowitym synem bękarta. Przemyślidzi dbali o przyszłość bocznych gałązek swego rodu.

— Uff — odetchnął Machaut — wystarczy drobna poprawka. Jego ojciec był bratem twej żony?

— Jej stryjem, choć nigdy tak nie mów przy Elišce. Moja żona mawia o bękarcie „on", a o naszym gospodarzu „syn wiadomo czyj".

— Niezwykła kobieta — wyrwało się Wilhelmowi. — Oczywiście, w pewnym sensie.

Schody skończyły się, weszli do przedsionka sali biesiadnej. Na ścianach pyszniły się poroża jeleni i żubrów i czekała służba księcia Mikołaja ubrana w jednakowe zielono-złote kubraki.

— Królu — niepewnie spytał gospodarz — może twoi baronowie zechcą przed ucztą zostawić broń? Umyć dłonie?

— Prosimy o wodę — łaskawie zgodził się Jan.

Słudzy z miskami i ręcznikami podeszli najpierw do niego, Petera i Wilhelma, a potem do Beneša, Chvala i pozostałych. Mikołaj wymownie patrzył na miecze przy ich pasach.

— Jesteście moimi gośćmi — ośmielił się wreszcie upomnieć.

— Jesteśmy na wojnie — chłodno odpowiedział Jan, wchodząc do głównej komnaty.

Ostrogi zadźwięczały na posadzce z glazurowanych płytek. Jan zajął najwyższe miejsce i nie zważając na to, iż stół przykryto ozdobnym, haftowanym obrusem, zdjął z głowy hełm i położył przed swoim nakryciem. Tak samo zrobili jego baronowie. Książę Mikołaj zacisnął szczęki i nic nie powiedział. Poczekał, aż Jan usiądzie, i zajął miejsce obok niego.

— Wina, królu? — spytał, i Jan wyczuł w jego głosie wahanie. Odpowiedział pytaniem:

— Czy wytoczyłeś beczki dla moich rycerzy?

— Tak, panie. Służba wydaje im wieczerzę na dolnym dziedzińcu.

Jan uśmiechnął się szeroko i wskazał głową swój kielich. Książę Mikołaj odetchnął z ulgą i przywołał podczaszego. Rubinowy trunek popłynął do kielicha lśniącym, ciężkim strumieniem.

— Burgundzkie — powiedział z dumą gospodarz. — Trzymane w piwnicy na najprzedniejsze okazje.

— Opawa słynie z browarników — odrzekł Jan, nie podnosząc kielicha. — A moje wojska zdrożone.

— Twoim ludziom nie zabraknie naszego piwa, królu — zrozumiał Mikołaj. Skinął na sługę, szepnął mu coś do ucha i odesłał. — Ani gorącej strawy, ani chleba, ani…

Jan przerwał mu ruchem dłoni, uniósł kielich i krzyknął do gości:

— Zdrowie moich baronów! Zdrowie wojsk czeskich! Przeszliśmy Bramę Morawską w śnieżycy, nie cofając się ani na krok pod naporem wiatru, śniegu i zimna!

— Zdrowie króla! — zawołali Beneš, Czubaka, Ulrik i pozostali.

— Niech żyje król Jan Luksemburski! — dołączył się książę Mikołaj.

— Jesteście prawdziwą Drużyną Lodu! — przepił do swoich Jan. — Mam nadzieję, że pozostali dołączą do nas w czasie uczty. Mikołaju — zwrócił się do gospodarza — przy twym stole brakuje miejsc.

— Nie rozumiem. — Oczy księcia opawskiego zrobiły się niemal okrągłe.

— Czekamy jeszcze na walecznych gości, wodzów szpicy mych wojsk. — Jan uśmiechnął się do niego najpiękniej, jak umiał.

— Każę dostawić stół — odpowiedział książę.

— Bez zwłoki — odrzekł Jan, wciąż uśmiechając się do gospodarza i przeciągnął ten uśmiech tak długo, aż Mikołaj zawołał podstolego i cześnika. Gdy w ślad za rozkazami w komnacie pojawiła się służba z kozłami i blatami stołów, Jan upił kolejny łyk wina.

— Jesteśmy ci miłymi gośćmi? — spytał, patrząc, jak panny nakrywają dostawione stoły bielutkimi obrusami.

— Najmilszymi — odpowiedział Mikołaj, a Jan zaśmiał się w duchu i dodał:

— Tak samo radować się będą książęta Opola, Cieszyna, Raciborza i... Peterze? — przywołał niezawodnego Petera z Rożemberka.

— Bytomia, Oświęcimia i Niemodlina — tubalnym głosem podpowiedział Peter. Jan nie miał głowy do tych małych księstw śląskich. Bezbłędnie rozpoznawał tylko Wrocław, bo o jego bogactwie nasłuchał się, jakby to miał być jakiś Mediolan północy.

— Nie mogę ręczyć za piastowskich książąt — zachowawczo odpowiedział Mikołaj.

— Ty to co innego — poważnie potwierdził Jan — ćwierć krwi Przemyślida, jedyny w śląskim gronie. Ale czekaj, czy twoją żoną nie jest piastowska księżniczka? Dlaczego jej z nami nie ma?

— Księżna Anna jest w połogu — odpowiedział, czerwieniąc się.

— Gratuluję! — zawołał Jan. — Czyżbyś wreszcie doczekał się syna?

Dobrze wiedział, że nie; Mikołaj miał same córki i choć wciąż był w kwiecie wieku, lęk o dziedziczenie wpychał go w czeskie ramiona. Czuł się Przemyślidą, po tej kapce bękarciej krwi w żyłach? Czy też bał, że jako jedyny nie-Piast wśród śląskich książąt stanie się dla nich łatwym łupem, gdyby Bóg nie dał mu w przyszłości dziedziców?

— Nie lękaj się, Mikołaju z Opawy, jesteś moim lennikiem — odpowiedział na niezadane pytanie. — Otaczam cię królewską opieką.

— Twój majestat nie ma sobie równych — wymamrotał speszony Mikołaj.

— Rozmawiałeś osobiście z książętami Opola, Cieszyna, Raciborza i tej reszty? — przeszedł do konkretów Jan.

— Przez kanclerza, mój panie.

— Przez kanclerza — powtórzył za nim król. — Ja też lubię załatwiać sprawy pokojowo. Dyplomacja jest sztuką ponad sztukami, zgodzisz się, Mikołaju?

— Naturalnie — ochoczo potaknął gospodarz. — Ty, królu, słyniesz z dyplomatycznych talentów.

— I z wojennych — odezwał się Wilhelm de Machaut. — Jan Luksemburski wygrał dla Wittelsbacha bitwę dwóch królów. Nie na salonach, przypomnę, tylko w błocie pól nad rzeką Inn.

Mikołaj niepewnie spojrzał na Jana, potem na Wilhelma, potem po twarzach baronów i ich hełmach leżących na stole, między piękną zastawą, srebrnymi świecznikami i kielichami z zielonkawo połyskującego szkła.

— Podtrzymam swą sławę — powiedział Jan. — Wyślę moich baronów z drużynami zbrojnymi do wszystkich piastowskich książąt. Potwierdzą ustalenia twojego kanclerza i dopiszą to, czego w nich brakuje.

— Ależ, królu — jawnie zaniepokoił się Mikołaj. — Wcześniej mowy nie było o obecności wojsk, o przymuszaniu kogokolwiek. Ja… wszystko przecież zostało ustalone… nie ma potrzeby… ty, królu, spieszysz na wojnę…

— Czekam na ostatnią część mych wojsk — zimno przerwał mu Jan. — W twojej gościnie, Mikołaju. Beneš, pojedziesz do Raciborza. Ty, Chvale, do Oświęcimia. Markwart do Bytomia. Zavis do Opola, Ulrik do Cieszyna i Libos do Niemodlina. — Bezbłędnie wymienił wszystkie księstwa, o Wrocławiu nie wspomniał. Nie powierzyłby go nawet Peterowi z Rożemberka, Lipskiemu owszem, ale Lipskiego nie było z nimi.

— Król Jan ma olśniewającą pamięć! — Wilhelm de Machaut napił się wina. — A książę Mikołaj świetnego burgunda.

— To prawda — uniósł kielich Jan. — Mikołaju, wino jest wyborne. Przy okazji odwiedzin w śląskich księstwach moi baronowie poproszą mych przyszłych sojuszników o wsparcie dla ciebie.

— Nie rozumiem. — Książę opawski nie krył już, że jest skołowany.

— Moje wojsko jest potężne. Dawno żaden czeski król nie zebrał tak wielkiej armii. Wykarmienie jej może być kłopotliwe, nie pomyślałeś o tym, książę? — Jan uśmiechnął się do niego zza kielicha. — Nic nie szkodzi, ja to przewidziałem. Poprosimy książęta śląskie, by przysłały zaopatrzenie dla naszych wojsk. Nie chcę ogałacać do cna twoich spichrzy, gospodarzu.

W tej samej chwili służba zaczęła wnosić parujące półmiski. Jan ledwie musnął wzrokiem spiętrzone figury pasztetów, świńskie łby pieczone w całości, dzicze szynki, udźce saren i miski z tłuczonym grochem, ale widział, jak Mikołaj wodzi wzrokiem za każdą wniesioną na stół potrawą, jakby nagle zaczął przeliczać, czy stać go na wykarmienie króla, jego świty i wojsk, które, jak dowiedział się przed chwilą, mają zamiar czekać na jego wikcie na ostatnie hufce. Jan wyczuwał narastające przerażenie gospodarza, ba, rozumiał go świetnie, ale wiedział, że w prowadzeniu wojny aprowizacja jest równie ważna, co waleczność. Wraz z potrawami do komnaty biesiadnej weszli muzycy. Wilhelm de Machaut skrzywił się po pierwszych dźwiękach.

— Obawiam się, że tego jeść nie będę — powiedział do króla po francusku, wskazując na lśniący od tłuszczu świński ryj — a tych tam słuchać nie mogę. Jedno i drugie wydaje mi się dość prostackie, godne karczmy, nie królewskiego stołu.

— Poznawaj inne kultury — odpowiedział mu Jan. — Francja to pępek, ale nie koniec świata. Zwonimir! — zawołał, witając stającego w drzwiach barona. Był bez hełmu, ale za to w ostrogach, brudnym od błota płaszczu i z mieczem u pasa. Widać Baldryk, giermek Jana, zdążył mu szepnąć, jak się ma prezentować na opawskiej uczcie. — Mikołaju, poproś muzykantów, by umilkli. Chcemy wysłuchać naszego wodza.

Wilhelm przewrócił oczami i podziękował westchnieniem, Jan pogroził mu palcem. Zwonimir, kiedyś chłopak wiotki, choć zapalczywy, teraz stał się mężczyzną postawnym, brodatym i powściągliwym w słowach.

— Przywiozłem ci podarunek, mój królu. Ten, o który prosiłeś.

— Króla krakowskiego? — zażartował Wilhelm.

— Jego posłów — poważnie odpowiedział Zwonimir.

— W moim księstwie posłowie są nietykalni — wyszeptał Mikołaj i łapiąc się za serce, zwrócił do Jana. — Królu, królu…

— Posłowie zawsze są nietykalni — odpowiedział mu Jan i dodał zimno: — Chyba że jest wojna i są to posłowie wroga. Gdzie ich złapaliście?

— W dolinie Popradu.

— Odetchnij, książę. To nie na twojej ziemi. Mieli przy sobie listy?

— Owszem, ale tylko od królowej Jadwigi do królowej Elżbiety. Dla zmylenia, to pewne. Patrząc po podarkach na wozach, to musiało być poselstwo krakowskiego króla do jego zięcia, króla Węgier. Zapewne główne dyspozycje mieli przekazać ustnie.

— Pytałeś ich?

— Dyplomatycznie — odpowiedział Zwonimir.

— Słyszysz, książę? — Jan przekrzywił głowę ku gospodarzowi. — Mój wódz uszanował nawet posłów wroga jadących po pomoc. Cóż, król Władysław będzie siedział na Wawelu, patrzył na zamieć idącą z Czech ku swemu Królestwu i w śnieżycy nie zobaczy posiłków węgierskich, bo jego zięć nawet nie dowie się, że był wzywany na ratunek. Zwłaszcza że ów zięć, Carobert, pił ze mną wino, jak my dzisiaj, i przysięgaliśmy sobie sojusz. — Jan napił się burgunda i zwrócił do Zwonimira: — Znaczni jacyś?

— Toporowie i Lelewici. To pierwsi panowie przy królu — odpowiedział Zwonimir i jego wzrok zatrzymał się na dłużej na kielichu w ręku Jana.

— Gospodarzu — ponaglająco powiedział król. Mikołaj był tak zdenerwowany, że nie zrozumiał, ale jego podczaszy owszem. Podał pełen kielich baronowi, a ten wychylił go duszkiem.

— To burgund! — zaśmiał się poeta.

— Nie szkodzi. — Zwonimir otarł usta wierzchem dłoni.

— Tak piją Czesi! — zawołał król Jan. — Książę, może znajdzie się na tej uczcie opawskie piwo dla wodza mego zwiadu? Spieszył do nas z daleka.

— Garniec — dodał Zwonimir.

— Topór jest kasztelanem krakowskim, Lelewita wojewodą — odezwał się Chval z Drużyny Lodu. — Czy to nie dziwne, że król Władysław wysyła takich ludzi?

— Nie powiedziałem, że mam wojewodę i kasztelana — odpowiedział mu Zwonimir. — W poselstwie byli ich rodowcy.

— Wnosisz tylko po znakach na tarczach? — zakpił Chval.

Jan od dawna widział, że ci dwaj rywalizują ze sobą.

— Spokój — uciszył ich. — Jutro wezwiemy ich przed nasze oblicze i będziemy słuchać. Zwonimirze, usiądź, jedz i pij. Sprawiłeś się nadzwyczajnie. Odpoczniesz i znów ruszysz na pogranicze, skoro, jak słyszę, taki ruch w dolinie Popradu.

— Muzyka? — zapytał Mikołaj i już unosił rękę, by dać znak grajkom.

— Lepiej wino — westchnął Wilhelm de Machaut i znów w sukurs przyszli mu goście.

— Libos i Hynek! — zawołał siedzący najbliżej wejścia Beneš.

Ręka księcia Mikołaja opadła, muzycy wzięli to za znak, zadęli w piszczałki, gospodarz zamachał zniecierpliwiony i nierówno zamilkli. Podczaszy tym razem był szybki, czekał z dwoma kielichami w pogotowiu.

— Co przynosicie, druhowie moi? — zapytał ich wesoło Jan, z zadowoleniem patrząc na ich nieogolone twarze i ciężkie od błota płaszcze.

— Rozbiliśmy obóz i szykujemy się do oblężenia — oznajmił Hynek.

— Gdzie? — spytał Jan, łowiąc paniczne spojrzenie gospodarza.

— Miasto srebra i ołowiu — odpowiedział Libos i jego duże usta rozciągnęły się w uśmiechu.

To w niczym nie uspokoiło księcia Mikołaja. Na Śląsku niejedno takie — pomyślał rozbawiony Jan.

— Największy zamek w drodze do Krakowa — dorzucił Hynek, z trudem kryjąc tryumf. — Obóz, jak mówię, już gotowy. A piękny Sławków będzie twój, królu Janie!

— Potężna twierdza biskupów krakowskich — powiedział Libos z taką dumą, jakby sam ją budował.

— No to postawiliśmy czeską nogę w Małej Polsce — zarechotał Beneš.

Jan napił się wina, patrząc w oczy księcia Mikołaja. Do gospodarza dopiero w tej chwili dotarło, iż część wojsk Jana dawno przeszła przez jego księstwo, ba, przeszła i przez kolejne ziemie, księstw raciborskiego, cieszyńskiego, bytomskiego i jest już w granicach Małej Polski, że ten wielki obóz, jaki rozbili pod Opawą, miał odciągnąć uwagę wszystkich od szpicy, która poszła dalej. I, czego być może Mikołaj się jeszcze nie domyślał, manewr ten miał sprawdzić zachowanie przyszłych sojuszników, władców tychże księstw, których nazwy Jan z takąż łatwością zapamiętywał, co mylił.

— Czy napotkaliście w drodze jakieś przeszkody? — spytał Jan.

— Żadnych, królu — odpowiedział Libos i sięgnął po podany przez podczaszego kielich. — To będzie udana wojna.

— I szybka! — dorzucił Hynek, wychylając kielich równie prędko jak wcześniej Zwonimir.

— To na co czekamy? — rozochocił się Beneš.

— Na bombardę, która rozkruszy mury Wawelu, mój druhu — odpowiedział Jan i mruknął do Wilhelma de Machaut: — Idź spać albo zatkaj uszy. Moi Czesi muszą się dzisiaj zabawić. — Po czym dał znać księciu Mikołajowi, by pozwolił grać muzykantom. I jego podczaszemu, by do biesiadnej podano więcej opawskiego piwa.

— Wyważyliśmy wrota do Małej Polski! — wzniósł tryumfalny toast król.

JANISŁAW arcybiskup gnieźnieński nie uległ Jemiole, która chciała, by rozmowy odbyły się przy łożu chorego Kazimierza. Nie uległ także królowi, gdy ten życzył sobie prowadzić je w sali tronowej. Krążył po Wawelu przez całe przedpołudnie i wreszcie zdecydował, że spotkanie odbędzie się na zamkowej wieży. Jemioła olśniła go zieloną suknią uszytą na wzór dworski; takiej jej nigdy nie widział. Onieśmieliła wytworną bladością policzków, naszyjnikiem z jantarowych paciorków, które połyskiwały, niepokojąco odbijając płomienie pochodni. Król za to był jawnie udręczony, na jego czole i skroniach pogłębiły się zmarszczki i bruzdy. Siwe włosy przytrzymywała mu prosta, skórzana przepaska, ramiona mocno osłaniał wilczym futrem. Wydawał się nieobecny myślami i to był niedobry znak dla rozmów, które mieli odbyć.

Służba upewniła się, że niczego im nie brak, i zostawiła samych. Wiatr ustał, w powietrzu unosiły się obłoczki pary z ich oddechów.

— Królu, Matko Jemioło — zaczął arcybiskup.

— Co będzie z Kazimierzem? — nerwowo przerwał mu Władysław. — Leczysz go, pani, od trzech tygodni i ciągle „bez zmian".

— Zatruwany był o wiele dłużej — odpowiedziała spokojnie Jemioła.

— Kto go truł? — natarł Władysław, z trudem panując nad emocjami.

Jemioła nie odpowiedziała, król zapalczywie zrobił krok w jej stronę.

— Krzyżacy? Czesi? Może Brandenburczycy? Albo któryś z piastowskich książąt, czy ty wiesz, ilu mam wrogów?

— Wiem o takim, którego nie znasz, królu — spokojnie odpowiedziała Jemioła.

— Mów! Nie igraj ze mną! — Władysław był gorączkowy, zapalczywy, takim go jeszcze Janisław nie widział.

— Zróbmy krok w tył — powiedziała miękko Jemioła i Władysław, o dziwo, posłuchał jej. Odsunął się, oparł plecami o wykusz okna strzelniczego. Janisław dał znać Jemiole, że on będzie mówił.

— Jemioła nie jest beginką, królu — zaczął.

— Wszystko mi jedno — wzruszył ramionami Władysław. — Byleby go uleczyła. Mam potęgę luksemburską w Małej Polsce, Krzyżaków na północy, wściekłą Brandenburgię na zachodzie i śmiertelnie chorego syna. Jedynego dziedzica. Innych miał już nie będę.

— Jemioła jest Matką Starej Krwi — ciągnął Janisław, próbując nadać swemu głosowi jak najbardziej naturalne brzmienie. — Przywódczynią ludzi, którzy, podobnie jak ona, nie są chrześcijanami.

Patrzył na króla. Władysław słysząc o Starej Krwi, odwrócił się od nich i stanął bokiem, jakby oglądał lśniące zakole Wisły.

— Ich istnienie w Królestwie odkrył świątobliwy Jakub Świnka i przed wielu laty zawiązał niepisane porozumienie z ówczesną Matką, Dębiną.

— Po co? — rzucił Władysław, nawet nie odwracając głowy.

— Dla dobra Królestwa, w którym żyją ludzie tak różni, ale połączeni ziemią, z której wyrośli, której nie chcą opuścić, jak domu... — Arcybiskup wahał się tylko chwilę, nim powiedział: — Jakub Świnka był człowiekiem Starej Krwi. W prostej linii potomkiem Bezpryma i kobiety zwanej Floryną.

Janisław zobaczył, że król drgnął, jakby układał sobie w głowie wiedzę, którą otrzymał. Mówił więc dalej:

— Jakub Świnka pokonał przyrodzone Piastom pragnienie noszenia korony. Nałożył ją na skronie Przemysła, myśląc, że łamie klątwę Wielkiego Rozbicia. Morderstwo króla omal nie zabiło odnowionego Królestwa. — Janisław przełknął ślinę, z emocji zaschło mu w ustach. — Wtedy, za Jakuba i Przemysła byliśmy blisko. W drodze do korony cichych bohaterów było wielu. Nie tylko arcybiskup Świnka, ale i Dębina oraz stojąca przed tobą Jemioła...

— Słyszałem o „Zielonych Grotach" — wszedł mu w zdanie król i Janisław wiedział, że to zmierza w złą stronę. Trudno było nie wychwycić nuty pogardy w jego tonie.

— A o wojownikach Jarogniewa słyszałeś, królu? — przejęła rozmowę Jemioła. — O Starcach Siwobrodych, kapłanach Trzygłowa, którzy ich wiodą przeciw tobie?

— Bzdura — prychnął król w stronę Wisły. — Posąg Trzygłowa porąbał książę Mieszko przed setkami lat i spalił.

— A jeśli tobie ktoś spali krucyfiks, zaprzesz się wiary w Chrysta? — odpowiedziała mu szybko. — Czy też będziesz szukał pomsty na tym, kto zbezcześcił znak wiary w twego Boga?

— Ja z nimi nie walczę — odpowiedział Władysław po chwili.

— Ale oni już są na wojnie z tobą. Powiesz, że to nieważne, bo ich nigdy nie widziałeś? Oni widzieli ciebie, królu Władysławie. I sięgnęli po twego syna. Tu, w najlepiej strzeżonym zamku Królestwa. Pod bokiem najdzielniejszych rycerzy, straży, która od dnia ślubu pilnowała go w dzień i w nocy. Nie ustrzegłeś go przed nimi. — To ostatnie zabrzmiało przerażająco. Oczy Jemioły lśniły w półmroku nadchodzącego wieczoru. Władysław nie mógł tego widzieć. Wciąż stał odwrócony bokiem, nieruchomy, wpatrzony w nurt Wisły. Milczał.

Janisław nie spodziewał się tak dziwnego zachowania króla. Przewidywał sprzeciw, drwinę, niedowierzanie, ale nie to, że odwróci się i nie będzie chciał spojrzeć im w oczy.

— Po śmierci króla Przemysła — podjęła Jemioła — jedna z naszych kapłanek przepowiedziała, że nadejdzie czas wojny tak strasznej, jakiej nie znał ten kraj. To był czas, gdy przez Starszą Polskę przetaczały się różne wojska. Głogowskie, brandenburskie...

— I moje — przerwał jej. — Pamiętam. O którym z wrogów mówiła ta kobieta?

— W głębi duszy znasz odpowiedź, królu — powiedziała Jemioła i Janisław poczuł, że z jego ciałem dzieje się coś dziwnego. Falą przeszło przez niego gorąco, nie rozumiał, dlaczego widzi wszystko z góry, jakby nagle uniósł się pod spiczasty dach wieży. Widział siebie, Jemiołę i króla połączonych, choć każde z nich stało osobno.

— To Krzyżacy — usłyszał z dołu głos Jemioły. — Żelaźni bracia. Wiesz o tym, królu.

WŁADYSŁAW chłonął każde słowo tej kobiety. Nie mógł patrzeć na nią, bo miała nad nim jakąś niewytłumaczalną władzę; wiedział o tym od tamtej chwili, gdy spotkał ją idącą do komnaty chorego Kazimierza. Nie potrafił tego wytłumaczyć, więc wolał nie marnować sił na walkę z czymś, czego nie rozumiał. I tak, gdy powiedziała: „To Krzyżacy", wiedział, że kimkolwiek jest, ma rację. Bał się Luksemburczyka i czeskiej potęgi ciągnącej na jego Kraków, ale śmiertelne przerażenie czuł wyłącznie na myśl o wojnie z Zakonem. Żelaźni bracia, mroczny sekret jego nieprzespanych nocy.

— Dlaczego jednocześnie mówisz o Krzyżakach i wyznawcach Trzygłowa? — odezwał się, gdy udało mu się powstrzymać wewnętrzne drżenie. — To połączenie niemożliwe. Wykluczające się.

— Dwa lata temu tak samo nazywano twój sojusz z Giedyminem, królu — odpowiedział mu Janisław, nie ona.

— Macie dowody? — spytał, patrząc na ciemny niczym ołów nurt Wisły.

— Nic, co można by zawieźć papieżowi — odrzekł arcybiskup. — Krzyżacy są przewidujący.

— A wojownicy Jarogniewa potrafią zacierać ślady — dodała Jemioła. — Mogę cię jednak zapewnić, panie, że to ich ludzie przykuli do łoża twego syna. I sądzę, że to oni stoją za śmiercią twojej córki. Była przypadkową ofiarą, jak mniemam, bo celem zawsze był Kazimierz.

Władysław poczuł, jak po raz kolejny tego wieczoru krew krzepnie mu w żyłach. Tak samo myślał, gdy wrócił do Krakowa z wojny w Brandenburgii. Zatopił wzrok w rzece, ale nie widział jej toni, wszystko spowił brudny, lepki mrok.

— Są w zmowie? — zapytał, albo raczej stwierdził. Nie był w stanie powiedzieć nic więcej. Lęk o syna potężniał w nim z chwili na chwilę. Natrętnie powracała twarz wnuka, widziana we śnie, nakładając się na blade, jakby już był martwy, oblicze Kazimierza.

— Wiele na to wskazuje — odpowiedziała Jemioła. — Jak i na to, że ty i ja, królu, znaleźliśmy się po jednej stronie. Nazwij to, jak chcesz: wspólny cel albo wspólni wrogowie.

— Kazimierz — tylko o nim chciał mówić. — Jak to widzisz?

Od zimnego wiatru załzawiły mu oczy. Przetarł je wierzchem dłoni. Jeśli usłyszy odpowiedź, której nie może przyjąć, to co? Skoczy z wieży i się utopi?

— Możesz, królu, sprowadzić do niego najlepszych medyków i usłyszysz różne prognostyki, ale nie uratują Kazimierza, bo to, co mu dolega, jest poza wiedzą medyczną, jakiej ich nauczono.

Wiem — pomyślał. — Odesłałem każdego z nich do diabła, jednego niemal udusiłem.

— To nie ich wina — powiedziała. — Znają tylko to, co zapisano w ich księgach. Ja sięgam do wiedzy, której nie spisywano, bo łacina dla mego ludu była językiem wrogów, nie mową rodzimą. Znam magię, której użyto wobec twego syna. Wiem, że część procesu, jaki zaszedł w jego ciele, jest nieodwracalna. Ale wciąż jeszcze czuję, że mogę ocalić mu życie.

Władysław przytrzymał się tego ostatniego zdania, tylko to słyszał. Oczy przestały mu łzawić i znów zobaczył lśniącą u stóp Wawelu Wisłę.

— Jednak — mówiła dalej Jemioła — ratując go, narażam się. Użyję za słabych środków, nie pomogę mu. Użyję mocnych, mogę sama przypłacić to życiem. I wreszcie, jestem tutaj, w twoim zamku, w otoczeniu tych wszystkich kościołów. W każdej chwili ktoś może powiedzieć na mnie „czarownica", nie zastanawiając się, czy ratuję, czy marnuję życie. Dla twoich sędziów czy inkwizytorów Kościoła nie ma znaczenia, że nie ja go chciałam zabić, tylko moi wrogowie. W waszych oczach i oni, i ja jesteśmy jednym — poganami.

— Jesteś tutaj, by ratując Kazimierza, walczyć ze swoim wrogiem? — spytał zaskoczony.

— Nie. Chcę pokazać ci, że znaleźliśmy się po jednej stronie.

— Powiedziałaś mi to tamtej nocy, gdy spotkałem cię, jak szłaś do niego. — Głos z trudem przechodził mu przez gardło. — Że w wojnie, która nadciąga, każdy mieszkaniec Królestwa musi stanąć w jego obronie. Teraz rozumiem, że miałaś na myśli i swoich ludzi. I jak każdy władca wiem, że żadna pomoc nie jest udzielona darmo. Czego chcesz w zamian za swoją? — powiedział wreszcie to, od czego chciał zacząć tę rozmowę. Powiedział to. Co usłyszy? Coś bluźnierczego, czego spełnić nigdy nie będzie mógł? Jeśli tak, co robi z nimi arcybiskup?

— Wolności dla moich ludzi — usłyszał. — My nie wchodzimy wam w drogę, wy zostawcie nas w spokoju. Twoi Doliwowie karczują lasy, najstarsze lasy, takie, w których rosną drzewa pamiętające jeszcze...

— Wasze święte gaje — zrozumiał w jednej chwili. — To być może da się jeszcze zatrzymać. Nadam im inne ziemie. W zamian za to uratujesz mojego syna?

— To nie jest transakcja — przerwała mu twardo i pojął, że tak łatwo nie pójdzie. Milczała przez chwilę, nie, wciąż nie był gotów, żeby się odwrócić. Potem usłyszał: — Gdybyś nie miał syna, ale miał córki. Zdrowe, mądre, z twojej krwi i wychowane w twym duchu. Dlaczego im nie miałbyś przekazać tronu?

— Bo kobiety nie dziedziczą — odpowiedział.

— Nigdy nie myślałeś, królu, że twoja ukochana córka, Elżbieta, byłaby najlepszą następczynią tronu? — zadał mu celne pytanie Janisław.

Oczywiście, że myślał.

— Ona jest żoną króla, królową u jego boku — mówiąc, starał się zachować spokój. — Jak moja pani, Jadwiga. Królowe mają wpływ na męża...

— Albo nie mają — przerwała mu Jemioła. — Dlaczego nie przyszło ci do głowy najprostsze rozwiązanie?

— Bo tak jest świat zbudowany! — nie wytrzymał i krzyknął. — Kobieta jest podległa mężczyźnie i...

— Dopuść do dziedziczenia kobiety — weszła mu w zdanie. — Gdy tradycja nie może sprostać życiu, trzeba ją zmienić. Tak jak woda opływa przeszkodę...

— Chryste! — zawrzał w nim gniew. — Nie mów mi o wodzie, gdy rozmawiamy o koronie! Wiesz, ile mnie kosztowało zdobycie jej?

— Królestwo to więcej niż król — Janisław przypomniał dewizę arcybiskupa Świnki.

— Ja, jeśli mam swoje siostry włączyć do walki o Królestwo, też muszę złamać tradycję — powiedziała Jemioła i usłyszał, że i jej głos drży.

— Jaką? — spytał, badając wzrokiem nurt wody. Jakaś ciężka chmura powoli odsłoniła rąbek księżyca i na wiślanych falach zakołysał się chłodny blask.

— Nigdy nie walczyłyśmy, królu. Matka Dębina mówiła, że kobiety dają życie, więc nie powinny go odbierać. Wojna, w której staniemy obok ciebie, będzie prawdziwa. A to znaczy, że nieczysta, krwawa, pełna strat i bólu. Jak mam przekonać moje siostry, by stanęły w niej obok mnie, ciebie, Janisława i prześladujących nas Doliwów?

Milczał. Więc ta kobieta tak samo jak on czuje ciężar korony?

— Coś ci przypomnę, królu, ale proszę, nie myśl o sobie, tylko o Królestwie — odezwał się Janisław. Jego głos brzmiał poważnie, a mimo to koił wzburzenie Władysława. — Gdyby kobiety mogły dziedziczyć koronę, po śmierci Przemysła nie mielibyśmy chaosu w kraju. Na tron wstąpiłaby jego jedyna córka, Rikissa. Dziewczynka, która w wieku dziewięciu lat umiała czytać i pisać, która uczyła się sprawowania władzy przy boku ojca. Baronowie Starszej Polski wsparliby ją, pomogli wybrać męża. I to on musiałby być gwarantem pokoju, a nie ona jego zakładniczką. Czy mając takie prawo, wybraliby Václava Przemyślidę?...

Arcybiskup uprzejmie przemilczał wątek mego nieszczęsnego wyboru — przebiegło Władysławowi przez głowę, ale nie zatrzymywał się nad tym, słuchał.

— Czy raczej narzeczonego, którego wskazał jej ojciec? Młodego brandenburskiego margrabiego, chłopca, który przy niej nie mógłby występować z pozycji siły, ale zapewniłby pokój z Brandenburgią. Królestwo oparte na zachodnim sojuszu stałoby się dla Przemyślidów zbyt silne, by chcieli walczyć o jego tron. O księciu Głogowa nie wspomnę, Przemysł nie wiązałby się z nim układem, gdyby mogła dziedziczyć jego córka. Resztę znasz, królu. Nie mielibyśmy dzisiaj Luksemburczyka u bram Małej Polski.

Krew zaczęła krążyć w nim szybciej i szybciej. Władysław poczuł, jak przepływa przez opuszki jego palców, pulsuje w nadgarstkach, przechodzi rwącym strumieniem przez węzły barków, wpada niczym rwąca rzeka do serca i wypełnia je gęstą falą, jakby chciała rozerwać mu piersi. W głowie tętnił mu głos Jemioły: Odmień Królestwo. Złam tradycję. Dopuść do dziedziczenia córki. Zacisnął palce na kamiennej balustradzie wieży, aż zbielały mu kłykcie. Wychylił się, mocno wciągając zimne, nocne powietrze.

— Nic nie tracisz — powiedział Janisław. — Jeśli Kazimierz przeżyje, zmiana nastąpi dopiero w kolejnych pokoleniach. Jeśli umrze, i tak nie będziesz miał wyboru. Ale jeśli odważysz się zerwać z tradycją, możesz zyskać wieczność swego rodu.

Chryste, ratuj — pomyślał przyparty do muru Władysław. — Borutka już pewnie stoi przed Carobertem. Sam dałem mu najwyższe pełnomocnictwo.

Puścił balustradę i powoli odwrócił się ku Jemiole. Teraz musiał tylko spojrzeć jej w oczy.

I sprawić, by mu uwierzyła.

LIGASZCZ z rodu Pomianów czekał od wczesnego rana, aż ponownie przyjmie go król węgierski. Nie pierwszy raz posłował na Węgry, ale jeśli tak dalej pójdzie, pewnie już ostatni. Król Władysław dał mu do pomocy rodowca, Jałbrzyka, zwanego Gadułą, ale Jałbrzyk tylko po polsku był aż tak wymowny. Jako poseł sprawdzał się wyłącznie na biesiadach, popijawach i ucztach. A tych nie wyprawiono, odkąd przybyli do Wyszehradu. Królowa Elżbieta przez zaufaną dwórkę zapewniła ich, że pracuje nad swoim mężem, ale jej samej nie widzieli. Stali w sieni komnaty przyjęć; nie zeszli na śniadanie dla dworzan, bo Ligaszcz bał się, że Carobert przyjdzie, a ich nie zastanie. Jałbrzyk z nudów sam sobie opowiadał, co widzi.

— ...tapiseria na ścianie w pięciu kolorach, czerwonym, złotym, niebieskim, niebieski się przybrudził i jak gdyby popruł...

Przedwczoraj przyjechali, król nie spotkał się z nimi, ale wtedy Ligaszcz nie wietrzył w tym nic złego. Monarchowie mają własne plany, nieoczekiwany poseł jest czasem niczym grad w letnie popołudnie. Wczoraj rano wezwał ich, kazał przyjść na mszę do zamkowej kaplicy. A wychodząc po nabożeństwie, zatrzymał się przy nich i zadał tylko jedno pytanie:

— Mój teść zerwał sojusz z poganami czy nadal gości litewskie zagony?

Nie czekał nawet na odpowiedź; znał ją. Potem zagarnął ich na swe pokoje Dionizy Hédervary, koniuszy królowej Elżbiety. Z pozoru ostatni z siedmiu najważniejszych urzędników jej dworu, ale dla Ligaszcza od lat prowadzącego sprawy węgierskie nie było tajemnicą, że najbardziej zaufany i wpływowy. To było dobrym znakiem, póki Dionizy nie powiedział:

— Trafiliście w zły czas. Palatyn Drugeth ciężko chory. Król bez jego rady nie chce podejmować decyzji.

— Nie mamy czasu, Dezso — odpowiedział mu Ligaszcz. — Luksemburczyk idzie na Kraków.

— Wiemy — potwierdził Dionizy. — Też mamy zwiadowców. I przed chwilą odebrałem od nich ciekawą wiadomość.

Służba podała sopronskie wino, ulubiony trunek Dionizego. Ligaszcz napiłby się i odwaru z piołunu, byleby to mogło pomóc jego misji.

— Mów — poprosił, chwytając kielich jak ostatnią deskę ratunku.

— Król wysłał za wami jeszcze jedno poselstwo, Czesi je przechwycili.

— Jezu. To zła wiadomość.

— Ciekawa. Nie przechwycili wszystkich.

— A zatem — zrozumiał Ligaszcz — jedzie do nas ktoś, kto ma lepszą ofertę niż nasza.

— Kto ma ofertę! — zaśmiał się Dezso i stuknął kielichem w kielich Ligaszcza. — Wy macie jedynie prośbę o natychmiastową wojenną pomoc, przyjacielu. Ja jestem stary Węgier. Król mówi na mnie „Dionizy", a ja wolę, jak moi i ty mówicie „Dezso". I ja bym tych Litwinów nie widział, tylko wsiadał na nasze szybkie konie i wam pomógł. Ale król, inna rzecz. On z Neapolu, a Neapol papieża podporą...

Ligaszcz zrobił, co wczoraj podpowiedział Dezso. Stanął w sieni pokoju przyjęć i się stamtąd nie ruszał. Nieustannie myślał, kogo wysłał za nimi król. Pewnie któregoś z Lisów albo nawet z Toporów. Niech będzie ktokolwiek, byle był szybki, bo z godziny na godzinę poczekalnia zapełniała się ludźmi. Ban Slawonii, dwóch żupanów, sędzia nadworny. Wreszcie Jan Drugeth, nestor neapolitańskiego rodu Drugethów świeżo przybyły z Italii na wieść o chorobie brata, palatyna Filipa Drugetha. Ta choroba naprawdę była im nie na rękę. Cztery lata temu to palatyn Filip dowodził wojskami węgierskimi podczas wyprawy na Ruś, kiedy na tamtejszym tronie osadzali młodego księcia Bolesława Jerzego. Od tej pory Filip Drugeth był ich najmocniejszym stronnikiem na tutejszym dworze. No i proszę, rozchorował się.

Jan Drugeth nie stał w poczekalni długo; wszedł do komnaty jako pierwszy, gdy tylko dano znać, że Carobert przybył, wchodząc znajdującym się po przeciwnej stronie specjalnym wejściem królewskim. Drzwi za nim zamknęły się i czekanie stało się coraz bardziej nieznośne. Jałbrzyk przechodził sam siebie, mamrocząc:

— ...żupan Vasvár jest pół raza grubszy od żupana Sopronia, ale ten z Sopronia jest wyższy o głowę od tego z Vasvár i...

— Przestań — syknął na niego Ligaszcz. — Bo oszaleję od twojego gadania.

— A ja wariuję, milcząc — postawił mu się Jałbrzyk. — Co zamknę gębę, to się duszę. Co mi bronisz? Węgrzy i tak nas nie rozumieją.

Żebyś wiedział, jak bardzo — pomyślał przerażony Ligaszcz. Do tej pory potrafił wypełniać zadania Władysława, a służył mu, gdy ten jeszcze nie był królem, tylko księciem, razem byli na banicji, na każdej z wojen i w krótkich latach pokoju. Ale nigdy zadanie nie było tak wymagające jak teraz, stawka tak wysoka i nigdy jeszcze nie był tak daleko od celu.

— ...kotara na drzwiach od sieni — monotonnie gadał Jałbrzyk — w andegaweńskie lilie na tle niebieskim, rusza się, rusza i kogo to widzimy? Borutka! O rety, jak żywy...

Ligaszcz skamieniał. Osobisty giermek króla, Borutka ze złotym wrończykiem na piersi, wszedł do poczekalni prowadzony przez samego Wilhelma Drugetha, żupana Spiszu, wodza wojsk węgierskich, bratanka chorego palatyna. Borutka ledwie zdążył szepnąć:

— Uciekłem Czechom... już są w Małej Polsce.

Ligaszczowi pociemniało w oczach. Stało się. Dobry Boże. Gdy drzwi komnaty przyjęć zostały otwarte, Wilhelm Drugeth wszedł przez nie pewnym krokiem, a oni za nim.

Carobert siedział na tronowym krześle, „małym tronie", jak mawiali Węgrzy, choć to było nieprawdą, bo oparcie było potężne, zwieńczone wizerunkiem końskich łbów zwróconych ku sobie. Jałbrzyk tego nie skomentował, zamilkł, gdy tylko przekroczyli próg. Obok króla siedział stary Jan Drugeth i arcybiskup Ostrzyhomia, Bolesław.

Na jego widok Ligaszcz w myślach wyrecytował litanię pochwalną dla królowej Elżbiety. Bolesław, książę bytomski, za jej czasów został prymasem węgierskiego kościoła, drugim po Drugethach doradcą króla. Bytom, rodzinne księstwo prymasa, ma Luksemburczyka pod murami. Dobra nasza, mogę działać — odetchnął.

Pokłonili się królowi, sekretarz przedstawił ich oficjalnie, a stary Drugeth zapytał młodszego, wskazując złotego wrończyka na piersi Borutki.

— To nasz herbowy?

— Więcej, stryju — odpowiedział Wilhelm. — Opowiem ci, gdy czas będzie bardziej sprzyjał. Posłowie z Polski nie mają go wiele.

— Król Jan Luksemburski opacznie zrozumiał wasze porozumienie z Trnawy — głębokim głosem zwrócił się do króla prymas. — Obiecałeś, że jego córka poślubi twego najstarszego syna, a on dośpiewał sobie resztę. Ma sławę takiego, co kocha pieśni. Najbardziej te o sobie.

— Pozycja Luksemburczyka znacznie wzrosła — dodał Jan Drugeth. — Nawet w papieskiej kurii, gdzie do niedawna cieszył się przyjemną niełaską. Jeśli teraz zdobędzie Kraków, któż go zawróci?

— Podeprze się swymi wątpliwymi, ale jednak prawami do tronu, po Elišce Premyslovnej — powiedział prymas. — Póki używał ich w wyścigu z królem Władysławem, by zdobyć polską koronę, były słabe. Ale jeśli wyciągnie je, by usankcjonować podbitą przez siebie Małą Polskę, mogą okazać się wystarczające. Znasz cynizm papieża, Carobercie. Nasz drogi Jan XXII sprzedałby duszę diabłu, by pokonać króla Wittelsbacha. A Jan Luksemburski na tronie polskim i czeskim, wzmocniony wspomnieniem ojca, cesarza, ho, ho! Wiedziałby, jak skakać Wittelsbachowi do gardła, a król Niemiec mógłby się przed nim nie obronić.

Ligaszcz spijał słowa z ust prymasa Piasta, ale wciąż widział nieodgadnione, zamknięte oblicze króla Węgier. Na jego twarzy nie drgnął nawet mięsień.

— Przyznasz, panie — przyszedł w sukurs Wilhelm Drugeth — że potrzebujemy króla Władysława w Krakowie.

Carobert głośno wciągnął powietrze i Ligaszcz wstrzymał oddech.

— Mój teść związał się sojuszem z poganami — powiedział król. — Nie był łaskaw zawiadomić mnie o swym zamiarze wcześniej, wystawił mnie na pośmiewisko.

— Wybacz, najjaśniejszy królu. — Ligaszcz uznał, iż może i musi się odezwać. — Król Władysław ma śmiertelnego wroga nie tylko w Janie Luksemburskim, ale przede wszystkim w Zakonie Krzyżackim. Tylko sojusz z księciem Giedyminem mógł w tamtej chwili powstrzymać Krzyżaków. Gdybyś był na jego miejscu, zrobiłbyś to samo, bo wyborny z ciebie dyplomata. A w kwestii dyskrecji, o sprawie nie wiedziała nawet królowa Jadwiga.

Carobert uniósł brwi.

— Mojej Elżbiecie serce by pękło, gdybym coś takiego ukrył przed nią — powiedział.

— Królowa Jadwiga do dzisiaj się nie otrząsnęła jako żona i matka, ale jako królowa musiała uznać słuszność decyzji męża.

Zapadła krótka cisza. Ligaszcz usłyszał, jak Jałbrzyk zaczyna nerwowo szeptać pod nosem.

— Dam wojska — oświadczył Carobert — ale mój teść musi zerwać z Giedyminem.

Ligaszcz poczuł, jak uginają mu się nogi. Układał w głowie odpowiedź, gdy usłyszał dźwięczny głos Borutki.

— Król Władysław ma dla króla Caroberta inną propozycję. Stokroć cenniejszą niż Litwa.

Ligaszcz spojrzał w bok na Wrończyka. Borutka stał prosto. Czarny strój podkreślał jego nadzwyczaj szczupłą sylwetkę. Był blady, a w zimowym słońcu wpadającym do komnaty jego białe włosy zdawały się lśnić jak srebro.

— Mów, młodzieńcze — zachęcił go prymas, ale Borutka wciąż milczał. W pierwszej chwili Ligaszcz wystraszył się, że Wrończyk skłamał, przeszarżował, ale w drugiej zrozumiał, że król nie wysłałby go za nimi z pustymi rękami.

— Mów! — ponaglił go sam Carobert.

— W imieniu króla Władysława proszę o obecność jego córki, królowej Elżbiety — odpowiedział Borutka.

Matko Boska — jęknął w duchu Ligaszcz, a gdy po chwili wszedł Dionizy Hédérváry wraz z kilkorgiem najważniejszych dworzan Elżbiety i ona sama za nimi, zrozumiał, że „pracuję nad mężem" miało głębszy sens, niż dzień wcześniej przypuszczał, i nad wszystkim musieli czuwać cisi ludzie królowej. Carobert wstał i wyszedł naprzeciw niej.

Dziewczyna, którą Ligaszcz znał od dnia narodzin, którą odwoził na węgierską granicę przed ślubem, dawno przestała być Elżunią. Wciąż była drobna, przy Carobercie, który ujął jej dłoń i ucałował palce, wydawała się niemal kruchą, ale była niczym maleńka złota brosza spinająca płaszcz — sto razy od niego mniejsza, a wszystkie oczy kierowały się na nią. Drugeth i prymas ustąpili jej swoich miejsc, ale odmówiła grzecznie, jak córka. Przysiadła na szerokim podłokietniku królewskiego krzesła, po lewej stronie Caroberta.

— Nie chcieli mówić bez ciebie — wyjaśnił król.

Pół roku temu urodziła Ludwika — przyjrzał się jej Ligaszcz. — Kwitnie.

— Przynoszę smutne wieści, królowo — podjął Borutka. — Twój brat, królewicz Kazimierz, jest ciężko chory.

Zbladła, chwyciła męża za rękę.

— Dlaczego panowie Ligaszcz i Jałbrzyk nam tego nie powiedzieli? — spytała.

— Twój ojciec im zabronił.

— Dlaczego tobie pozwolił?

Ligaszcz widział, jak Borutka patrzy Elżbiecie w oczy, przenosi wzrok na Caroberta i mówi:

— Kazimierz może nie przeżyć.

Zapadła cisza. Elżbieta odchyliła głowę i oparła o rzeźbiony koński łeb zdobiący tron jej męża. Przymknęła oczy.

— Czy to nie podstęp, królu, by przez litość wymóc twą pomoc? — spytał stary Drugeth.

— Było nam wiadomym o chorobie królewicza, ale nie o tym, że może być śmiertelna — odpowiedział Carobert, a Ligaszcz wstrzymał oddech. Król zwrócił się wprost do Borutki. — Co jest cenniejsze według mego teścia niż zerwanie sojuszu z Litwą?

Elżbieta otworzyła oczy.

— Następstwo tronu — odpowiedział Wrończyk.

Prymas cmoknął, nie wiadomo, czy z podziwu, czy z zaskoczenia. Carobert poczerwieniał, Jan Drugeth poruszył się nerwowo. Tylko twarz Elżbiety była niewzruszona. Wpatrywała się w Borutkę, jakby chciała wyczytać z jego oczu, czego nie powiedział.

— Mam rozumieć, że mój teść, król Władysław, obiecuje mi następstwo tronu w razie śmierci Kazimierza? — Carobert nadaremnie starał się panować nad głosem.

— Król wierzy, że Kazimierz wyzdrowieje — odpowiedział Borutka. — Ale nie może się opierać tylko na ojcowskich przeczuciach, więc gdyby go zawiodły, gotów jest podjąć negocjacje zmierzające do przekazania polskiego tronu w ręce waszych synów.

Carobert poruszył się, odwrócił ku żonie.

— Słyszysz, moja droga? — spytał tak tkliwie, jakby byli tam sami. — Tron polski mógłby przypaść naszemu Ludwikowi, bo pierworodny, Władysław odziedziczy węgierski, słyszysz to? Słyszysz? — niemal westchnął.

Wydawało się, że Elżbieta wpatrzona w Borutkę jest myślami zupełnie gdzie indziej. Prawym ramieniem objęła męża, lewe, które trzymała przyciśnięte do piersi, położyła na łonie.

— Słyszę, Carobert — odpowiedziała czule, choć wyraz jej twarzy wciąż był nieporuszony i zdawał się niemal kamienny.

OSTRZYCA pewnym krokiem pokonywała zawieszone między gałęziami drzew kładki. Dostrzegła nowe mocowania, wymienione liny i kilka dodatkowych zejść.

Nie próżnowali — pomyślała.

Wartownicy pozdrowili ją i próbowali zatrzymać.

— Mów, co w świecie!

— Słońce wstaje na wschodzie — roześmiała się i spytała: — Zaremba w jesionie?

Popatrzyli po sobie, Bieluń wymijająco spojrzał w bok.

— Myśleliśmy, że ty ujeżdżasz smoka — odpowiedział.

— Dawno mnie tu nie było — powiedziała pod nosem, bardziej do siebie niż do nich, i weszła do wnętrza drzewnej warowni. Pokręciła się chwilę przed warownym jesionem, pogadała z chłopakami, którzy właśnie wrócili ze służby, potem przysiadła w kuchni. Dostała gęstej polewki z twarogiem i przyznała, że jedzenie poprawiło się od czasu, gdy zamieszkało z nimi kilka dziewczyn, które uciekły od Jemioły.

— Co u Wierzbki i Dziewanki? — usłyszała cichutkie pytanie bladej, rudowłosej kobiety. Ostrzyca nie mogła przypomnieć sobie, jak jej na imię.

— Dlaczego szepczesz?

— Bo to, że wracasz z Krakowa, jest tajemnicą — odpowiedziała ruda i mrugnęła do niej.

Ostrzyca otarła usta wierzchem dłoni i uśmiechnęła się, oddając miskę.

— Dobrze, że mi przypomniałaś. Zapominam o wszystkim. Jak ci na imię? — spytała.

— Kostrzewa — przypomniała się rudowłosa.

— Kostrzewa... — szukała w pamięci Ostrzyca. — Przyszłaś do nas z matecznika razem z Wierzbką i Dziewanną? — upewniła się.

— Tak było — odpowiedziała dziewczyna i umyła miskę Ostrzycy w wodzie z cebrzyka. — To masz jakieś wieści od nich? — podjęła i wytarła miskę do czysta. — Martwię się, sporo czasu minęło, jak Jarogniew je posłał, sama wiesz gdzie, a gdy pytam o którąś, każe siedzieć cicho.

— Lepiej, żebyś go posłuchała, jeśli nie chcesz stąd wylecieć — poradziła Ostrzyca. — A o panny krakowskie się nie martw, radzą sobie. Tobie w kuchni nikt nie pomaga? — Rozejrzała się nerwowo. — Nie widzę tych dwóch, matki z córką. Bylicy i Lebiodki — skrzywiła się mimowolnie, wymawiając ich imiona.

Wiadomość, że smoka nie ma w jesionie, wkurzyła ją, ale z każdą chwilą coraz większą irytację budziła w niej równoczesna nieobecność Lebiodki i Bylicy. Nie mogła przestać o tym myśleć, zbyt dobrze pamiętała, jak łasiły się do Zaremby. Polazły za nim? Dokąd?

— Nie lubisz ich? — spytała rudowłosa.

— Ja? Skądże! Przepadam za obiema. Masz piwo?

Kostrzewa spojrzała na nią przeciągle i zniknęła za plecioną z traw zasłoną. Po chwili wyszła z dzbanem i kubkiem. Nalała do pełna.

— To gdzie te ślicznotki? — spytała Ostrzyca, pociągając łyk piwa. — Przed moim wyjściem z warowni ciągle się tu kręciły. Swoją drogą, nigdy nie byłam pewna, która z nich jest matką, a która córką.

Za Zarembą włóczyły się obie — dodała w myślach. — Nie ja jedna to widziałam.

— Nie umiem odpowiedzieć na twoje pytanie — cicho i wolno odrzekła Kostrzewa.

— Boisz się mnie?

— Trochę.

Ostrzyca roześmiała się, jednym haustem dokończyła piwo i odstawiła kubek. A potem chwyciła Kostrzewę za głowę, przyciągnęła do siebie i pocałowała w blade czoło.

— I słusznie — szepnęła, nie puszczając jej głowy. — Lepiej się mnie bać bez powodu, niż mi się narazić. Gdzie one są?

Jasne oczy dziewczyny zrobiły się okrągłe.

— Nie wiem. Zniknęły jakiś czas temu.

— Wtedy gdy ulotnił się smok? — pytając, wpatrywała się w nią intensywnie.

— Chyba wcześniej — przełknęła ślinę Kostrzewa. — Jarogniew nic nam nie mówi.

Ostrzyca puściła twarz dziewczyny, klepnęła ją w policzek.

— Nie przejmuj się. Mnie powie. Podoba ci się tutaj? — mówiąc to, wstała, odwróciła się od Kostrzewy. Potarła czoło i zganiła się w myślach: Rozsadza mnie zazdrość. Muszę zapanować nad sobą.

— Jest w porządku — bez przekonania odpowiedziała rudowłosa i strzepnęła ścierkę.

— To wspaniale — skłamała Ostrzyca i usłyszała, jak źle brzmi jej głos. — Wspaniale — powtórzyła, chcąc, by zabrzmiało szczerze. — Wpadnę wieczorem, pogadamy jeszcze.

— Nie wypytuj mnie. — Kostrzewa chwyciła ją za rękę i puściła, jakby dłoń Ostrzycy parzyła. — Ja naprawdę nic nie wiem, nie powinnam była nawet pytać o Wierzbkę, wybacz.

Ostrzyca odwróciła się do niej i położyła palec na ustach.

— Ja szybko zapominam — mrugnęła do rudowłosej. — Jak ci na imię?

Uśmiechnęła się do Kostrzewy i ruszyła w stronę jesionu. Na schodach zawieszonych na linach wewnątrz wielkiego pnia nie spotkała nikogo. Zeszła nimi do prywatnych, zamykanych cel, ale tam też było pusto. Zerknęła w górę, w stronę wspólnej sali, zwanej jesionką, lecz i tam nie zobaczyła nikogo. Za to z dołu usłyszała jakiś dźwięk, którego nie mogła w pierwszej chwili zrozumieć. Instynktownie ruszyła w tamtą stronę. Minęła ostatnią z małych, osobnych izb, a dźwięk wciąż był niżej.

Loch? — zrozumiała. Od dawna nikt z niego nie korzystał. Był jamą wykopaną między korzeniami jesionu, zamykaną od góry potężną klapą, przez którą wrzucano więźnia. Obok miał jeszcze drugą, niewielką zasuwę, którą obsługiwać mógł bez trudu jeden człowiek; tamtędy podawano jedzenie i wodę.

Nawet nie pamiętam, kto i kiedy ostatnio tam siedział — przeszło jej przez głowę, gdy dotarła do ostatniego poziomu; niżej, do klapy schodziło się już drabiną. Tu zawsze było ciemno, w jesionie ostrożnie obchodzono się z ogniem, światło znosił tylko ten, kto karmił więźnia. Znów usłyszała dźwięk i zrozumiała, że to szloch. Cichy, bezradny szloch. Pochyliła się, chcąc zejść po drabinie, i wtedy zrozumiała, że jej nie ma. Pusto. Rozejrzała się, może ktoś wciągnął ją i odstawił z boku? Nie. Szloch na chwilę umilkł i z dołu doszedł głos:

— Jesteś tam? Bieluń? To ty?

Zrobiło jej się gorąco, bo w pierwszym momencie zdziwiła się, że to jest głos kobiety, a w drugim zrozumiała, że to Bylica, o którą przed chwilą pytała rudowłosą.

— Bieluń... — zaszlochała Bylica — odezwij się, błagam. Moja córka umiera z głodu...

— To ja — powiedziała, mocniej wychylając się w dół. — Ostrzyca.

— Kto? — Głos w lochu był niespokojny. — Nie usłyszałam, kto...

— Ostrzyca — powtórzyła.

— Ach! — Bylica westchnęła z przerażeniem. Przez chwilę słychać było tylko jej przyspieszony oddech. — Ostrzyca... ratuj nas...

— Dlaczego tu siedzisz?

— Nie mam pojęcia — zapłakała. — Zrobiłam, co kazał Półtoraoki. Ja tego nie chciałam, on kazał... Lebiodki nawet ze mną nie było, a on nas... przecież ja nie wiedziałam, co...

Ostrzyca poczuła, jak zazdrość falą żółci podchodzi jej do gardła. Odwróciła się na pięcie i pobiegła w górę. Schody zawieszone pośrodku jesionu poruszyły się pod jej ciężarem i pędem. Minęła dolne izby, dobiegała do jesionki, oczy przesłaniała jej wściekła mgła, oddech rwał się.

— Moja bratanica! — Jarogniew wyrósł za kolejnym zakrętem schodów i złapał ją w ramiona z całej siły. — Przez chwilę myślałem, że jesion runie, pęknie drzewo, którego nie pokonał krzyżacki ogień! — Śmiał się. — A to tylko ty! Tęskniłem za tobą, Ostrzyco! Potrafisz wpaść z hukiem, nic się nie zmieniło!

Wyrwała się z jego uścisku bez trudu.

— Zrobiłeś to? — syknęła, aż ślina poleciała jej z ust.

— Co? — Półtoraoki otarł ją i zlizał z dłoni.

— Nie udawaj! — warknęła. Mogłaby go teraz udusić gołymi rękami. — Wsadziłeś Bylicę do łóżka Zaremby? Samą czy razem z córką? Starcy ci kazali? Teraz one mają urodzić smocze dzieci? Gadaj!

Jarogniew pokręcił głową i zaniósł się śmiechem.

— Ciągle ten sam ogień! Zazdroszczę smokowi, gdziekolwiek tam jest!

— Mów!

— Zwariowałaś? — wzruszył ramionami. — Czy jemu da się cokolwiek rozkazać? No, Ostrzyco, ukłoń się ładnie i pomachaj, zwołałaś sobie sporą widownię.

Uniosła głowę. Z jesionki patrzyło na nich przynajmniej tuzin zaskoczonych ludzi.

— Nie macie co robić? — prychnęła do nich. — To czyśćcie broń, dziewczynki i chłopcy!

Jarogniew uśmiechnął się do patrzących i rzucił:

— Posłuchajcie, ona wie, co mówi! Zmiatać stąd.

Zabrał ją ze schodów do swojej prywatnej izby, tej ponad jesionką. Zamknął drzwi, pokazał, by usiadła. Nie posłuchała.

— Mów, bo się wściekne — warknęła.

— Liczyłem na raport od mojej wojowniczki wracającej z misji, ale widzę, że najpierw sam muszę go złożyć. — W jego głosie wciąż była drwiąca nuta i to ją wyprowadzało z równowagi. — Melduję, że nie wiem, gdzie jest Zaremba. Powiedział, że musi załatwić starą rodzinną waśń, poszedł i po dziś dzień do nas nie wrócił. Nie szukaliśmy go, bo mieliśmy ważniejsze sprawy na głowie.

— A Bylica z córką w lochu? — spytała wciąż jeszcze nieufnie.

— Wróciła dziewczyna, przed którą nic się nie ukryje — gwizdnął z podziwem. — To właśnie ta ważniejsza sprawa. I powtórzę, nie ma ani jednego punktu wspólnego z Zarembą. Przysiąc? — Spojrzał na nią całkowicie poważnie swymi dwubarwnymi oczami.

— Nie — spuściła z tonu i usiadła na jego pryczy. — Teraz ci wierzę.

— Starcy najmocniej przeżyli jego odejście — powiedział Jarogniew po chwili. — Wybacz, ja za nim nie tęskniłem, coraz częściej mieliśmy ze sobą na pieńku. Ale oni szukali smoka i nie znaleźli.

— Wilki nie podjęły tropu?

— Nie — pokręcił głową. — Co nie znaczy, że ty go nie znajdziesz. Chcesz miodu?

— Napiję się — powiedziała i potarła czoło.

— Nie zapytasz, co u Żmija? — Spojrzał na nią z ukosa, szukając kubków. — Nie interesuje cię syn?

— To nie mój syn, tylko Starców — wzruszyła ramionami. — Nie udawaj, że jest inaczej. Byłam dla nich wyłącznie…

— Dobra, dobra — przerwał jej. — Pytania nie było. Mów, co na Wawelu?

— W porządku. Dziewanna i Wierzbka to dobre dziewczyny. Przywarowały po wykonaniu zadania.

— Paniczyk nie żyje? — Postawił kubki na wąskim blacie przy pryczy.

— Ledwo dycha — powiedziała bezbarwnie. — Medycy rozkładają ręce, królowa się modli, dzwony biją i tak dalej.

— Na pewno się z tego nie wyliże? — spytał uważnie.

— Musiałby stać się cud — prychnęła i przypomniała się: — Po co trzymasz te dwie w lochu i głodzisz?

— Bez przesady. — Jarogniew sięgnął po dzban. Powąchał jego zawartość i odstawił. — Dostają jeść raz dziennie. Wiesz, co? Na taką okazję trzymałem coś lepszego.

Z kufra wyjął dzbanek z zielonym liściem na smukłej szyjce.

— Zielony miód? — zdziwiła się i zerwała z pryczy. — Pokaż. — Wyrwała mu dzban. — Od Matki Jemioły?

— Nie zaprzeczę, że z matecznika wychodzą najlepsze miody — rozciągnął usta w uśmiechu i otworzył dzban.

— Skąd?

— Pszczółki — zaśmiał się, nalewając do kubków. Po izbie rozniósł się zapach, którego Ostrzyca nie pomyliłaby z żadnym innym. — Moje grzeczne pszczółki. Dziewczyny, które przeszły do nas, z matecznika wynosiły po dzbanie miodu. Taki dar powitalny. — Podał jej kubek.

Pochyliła się i zajrzała do kufra.

— Widzę, że dawno żadna nowa pszczółka do ciebie nie przyleciała — stwierdziła, patrząc na puste wnętrze. — Co to za okazja, że wypijemy ostatni zielony miód Jarogniewa? — Spojrzała mu w oczy.

— Tęskniłem — odpowiedział. — Smok zabrał mi ciebie na zbyt długo.

Zmarszczyła brwi czujnie, on natychmiast zaprzeczył:

— Nie, powtarzam, nie mam nic wspólnego z jego zniknięciem. Stwierdzam fakt, tęskniłem za moją najlepszą wojowniczką. Gra się zaczęła, więc dobrze, że jesteś.

Wciąż był piękny, dwubarwne oczy, którym zawdzięczał przydomek, lśniły jak kiedyś, niepokojąco. Szeroka twarz, mocna szczęka, te warkoczyki niemożliwie cienkie. Patrzyła na niego z bliska i jednego mogła być pewna: nie pociągał jej. Stracił dla niej moc uwodzenia, smycz, na której trzymał ją tak długo.

— Jestem — odpowiedziała, uśmiechając się lekko.

Nagle poczuła się wolna. To nie on trzymał mnie na smyczy — zrozumiała — ale moje pożądanie. Tylko Zaremba miał nade mną większą władzę niż on. Czy to znaczy, że przejmuję kontrolę nad swoim życiem?

— Mów — poprosiła. — Chcę się już napić zielonego, ale warto wiedzieć, za co się pije.

— Za zemstę — powiedział i uniósł kubek.

— Do wyboru było jeszcze zwycięstwo — zadrwiła i podniosła swój.

— Wypijemy za nie po wojnie. Za zemstę! — Stuknęli się i wychylili kubki.

— Nigdy nie zapomniałam, jakie to dobre — powiedziała, oblizując usta.

— Zemsta czy miód? — spytał lekko.

Napili się jeszcze. Ostrzyca delektowała się słodyczą zaprawioną cierpkością leśnej spadzi.

— Kto oberwał? — zapytała leniwie.

— Niewierny sojusznik — odpowiedział Jarogniew.

— Wszystko mi jedno, kogo masz na myśli — zaśmiała się.

— Giedymina — powiedział Półtoraoki.

— O, zrobiło się poważnie — zażartowała. — A było tak słodko. Mogę się wyciągnąć? — spytała, wskazując na jego pryczę.

— Pewnie, po to cię ściągnąłem do prywatnej izby. Upiję cię, rozbiorę, zniewolę... — Przysunął stołek spod ściany i usiadł bliżej.

— Nie zapomnij o nożu, który noszę w cholewce buta — przeciągnęła się.

— O tym wiedzą nawet młodzi chłopcy z wartowni — wypomniał. — Ja pamiętam o ostrzu między twoimi piersiami, dwóch ukrytych w pasie i jednym na plecach.

— Nie starzejesz się, Półtoraoki — pochwaliła go. — Mów, co z Giedyminem.

Poruszył barkami, warkoczyki rozsypały się po jego ramionach.

— Miałem dla niego prezent. Właściwie dla jego wojewody Dawida, ale obdarować Dawida to tak, jak uczcić wielkiego kniazia. To miał być dar, docenienie wyjątkowego sojusznika.

Ostrzyca ziewnęła i upiła łyk. Wolała być oszczędna, dzban nie był bez dna.

— Szczegóły, bo ci tu usnę uzbrojona i trzeźwa — mrugnęła do niego.

Zebrał w garść warkoczyki i zawinął w węzeł z tyłu głowy.

— On miał żonę, ten Dawid. Wołali ją „Jurate", Krzyżacy mu ją spalili razem z dworzyskiem i wojewoda szukał podobnych do niej kobiet. Znalazłem mu taką, przygotowałem wcześniej...

— Jak? — zaciekawiła się.

— Rdest siedział u Giedymina dość długo, by wypytać, jak wyglądała, jak się ubierała — zaśmiał się i potarł długim palcem kubek. — Ustalił nawet, że używała jakiegoś pachnidła z jałowca.

— Sprytne — pochwaliła go. — Zapach przemawia do zmysłów najszybciej. Kto stał się nową Jurate? Lebiodka?

— Taki był plan, ale jak Rdest dorzucił, że wojewodzina urodziła Dawidowi dzieci, wziąłem jej matkę. Wiesz, my, mężczyźni, czujemy takie rzeczy.

Tak wam się wydaje — zaśmiała się w myślach — dlatego nietrudno was oszukać.

— Co było dalej, wiesz — spochmurniał. — Wielki Litwin wybrał małego króla. I Jemiołę.

Zamyśliła się. Jarogniew chyba nie pamiętał, że to Jemioła i Woran pomogli Giedyminowi dopaść komtura von Plötzkau. Nie zamierzała mu o tym przypominać. Chciała tylko poznać prawdę, zrozumieć, co tu się wydarzyło, gdy siedziała w Krakowie.

— Do sojuszu z Litwą ciągnął Symonius — powiedział. — Ja nie byłem go tak pewny, ale, przyznaję, nie protestowałem. W Litwie jest siła. Poszło, jak poszło, można było puścić w niepamięć…

— Ale nie puściłeś.

— Nienawidzę, gdy ktoś mnie poucza, nawet jeśli to książę Pskowa i wojewoda Grodna. — Oczy Jarogniewa pociemniały i Ostrzyca domyśliła się bez trudu, że Dawid musiał mu zaleźć za skórę. — Obraził mnie — przyznał Półtoraoki. — Potraktował jak chłopca, któremu może rozkazywać w imieniu Giedymina.

— Żartujesz?

— Był butny, pyszałkowaty, straszył mnie litewskim wojskiem i nazwał „chłopcem" — wycedził Jarogniew przez zęby. — Nie docenił mnie, za to znacznie przecenił Jemiołę.

Tu cię boli — wreszcie pojęła Ostrzyca. — Masz gdzieś, że Litwini nie weszli w sojusz z nami, ale nie wybaczysz im, że postawili na Matkę. Na Jemiołę, której na każdym kroku okazujesz wyższość.

— Dawid miał dostać dar wkupny, ale skoro do sojuszu nie doszło, dostał prezent pożegnalny. Podsunąłem mu podrabianą Jurate, jak zatruty miód — uśmiechnął się Półtoraoki szeroko — a on, ten postrach wrogów, ukochany wódz Giedymina, okazał się sentymentalny jak młodziak. Zadurzył się. Mój plan okazał się genialny.

Jest sobą — pomyślała — już się chwali.

— Bylica go zabiła?

— Ty też mnie nie doceniasz? — Prostując plecy, spojrzał na nią uwodzicielsko. Ostrzyca nie okazała, jak ją mierzi. — W oczach litewskiego wojska piękna Jurate pozostała czysta jak łza. Zabił go rzekomy zdradzony mąż. No co? Za Dawidem ciągnie się sława jebaki. Męża posiekali Litwini i ślad się urywa. Motyw był, zabójca nie żyje, Giedymin płacze po druhu, a powtarzając sobie, dlaczego musiał zginąć, będzie pamiętał, że zdradzeni zawsze się mszczą.

— Dlaczego je uwięziłeś?

— Żal ci ich? — Jarogniew naprawdę się zdziwił.

— Nie — odpowiedziała twardo. — To dziwki. Obie łaziły za Zarembą, mam dobrą pamięć. Ale, dla ciebie, jak rozumiem, sprawiły się nieźle, więc ciekawi mnie, po co trzymasz je w lochu?

— Szczerze? — spytał. — Sam nie wiem. Chciałem im łby ukręcić, żeby zemsta pozostała doskonałą, ale najpierw musiałem je schować, a potem jakoś tak się złożyło. — Rozłożył ręce, jakby mówił o zeszłorocznym śniegu. — Słuchaj, może ty to zrobisz?

— Nie będę po tobie sprzątać — wyprowadziła go z błędu. — Dolej miodu.

— A poprosisz? — Uwodził ją już nazbyt wyraźnie. Widziała, jak wpatruje się w jej piersi opięte skórzanym kaftanem.

— Miałeś tak wiele kobiet, że zapomniałeś, iż ta jedna nie prosi — podjęła jego ton z premedytacją.

— Racja, rozpieściły mnie. — Nozdrza mu drgnęły.

— Dawaj miód i kończ opowieść. — Usiadła na pryczy, podwijając nogi.

Zaśmiał się, dolał im obojgu i przysunął jeszcze bliżej. Położył rękę na cholewie jej wysokiego, skórzanego buta.

— Ładne — pochwalił, przesuwając dłoń po nowiutkiej skórze.

— W tej drugiej — uśmiechnęła się i pokazała ostrze, a potem czubkiem palca wsunęła je głębiej.

— Szelma — zmrużył oczy Jarogniew i mruknął: — Jak tu cię nie lubić?

Nie odpowiedziała, on zapytał głosem wciąż jeszcze roznamiętnionym:

— Widziałaś w Krakowie Grunhagena?

— Podnieca cię karzeł zielonooki? — zakpiła.

— Ciekawi — fuknął.

— To nie masz po co wybierać się na Wawel — odpowiedziała bez złośliwości. — Jest mały, ale raczej bym go przyuważyła. Przy okazji, co robi Symonius?

— Czaruje psy, wiesz które — powiedział drwiąco. — Jak dla mnie to bzdura, ale kto mu zabroni? Uparł się, jak wtedy, na sojusz z Giedyminem.

Jarogniew objął długimi palcami kolano Ostrzycy.

— Prześpię się i rano ruszę do Moren — powiedziała. — Chcę odwiedzić matkę.

— Nie spytasz dowódcy o zgodę? — Zaczął gładzić jej kolano.

— Właśnie spytałam. — Chwyciła go za rękę i wbiła mu palce w nadgarstek. On mocno złapał jej kolano i przysunął się do samej pryczy. Pochyliła się szybko i ugryzła go w usta. Jęknął i oblizał jej wargi. Odsunęła się i zaczęła unosić kolano, za które ją trzymał. Siłowali się chwilę, aż rozwarła nogi.

Gdy mężczyzna mnie nie pociąga, robię się przekonująca — pomyślała, rozpinając pas.

JAN LUKSEMBURSKI potrzebował potężnej bombardy, by rozbić mury Wawelu, ale machina wojenna ugrzęzła gdzieś po drodze, podczas gdy większość jego wojsk dawno przeszła góry, pokonała Bramę Morawską i wkroczyła na Śląsk. Póki był gościem swego lennika, księcia opawskiego, był jak u siebie, lecz nie po to zwoływał wielkie czeskie wojsko, by poić je opawskim piwem. Jan żył w przyszłości; mawiał, że sam ją tworzy, a to znaczyło, iż bezruch i czekanie są wbrew jego naturze. Puścił wodzów, każdego z przesłaniem i ciężkozbrojną drużyną, do sześciu najbliższych książąt śląskich. Oznajmiał ich ustami, iż król czeski prowadzi wojnę z królem krakowskim, a ich ziemie tymczasowo są polem tej wojny. Mogą zachować neutralność, mogą przyłączyć się do którejkolwiek ze stron, wybór jeszcze należy do nich. I pozwolił im patrzeć na potęgę swych wojsk maszerujących ich ziemiami na Kraków. Tak, Kraków wymagał spektakularnej siły, bo Jan nie miał zamiaru stać pod bramami tego miasta do wiosny. Ale na pyszniący się w drodze do Wawelu zamek biskupów krakowskich, słynny Sławków, wystarczą machiny, które ciągnęli na pięćdziesięciu wozach z Czech. Libos mówił mu, ile piast w kołach pękło, ile wołów połamało nogi, nim dotarli tu, na tę śląską wyżynę będącą wrotami Małej Polski.

W obozie wojennym pod Sławkowem panował ożywiony ruch. Dzień wcześniej wyszły hufce Ulrika i Libosa, by zgodnie z planem Jana odciąć miasto od szlaku wiodącego na Wrocław. Równo z nimi, poniżej Sławkowa, przez Białą Przemszę przeprawił się Markwart i Chval. Odcięli drogę na Kraków, gdyby król Władysław chciał wysłać na pomoc swe wojsko. Od tej strony, od wschodu, ich naturalnym sprzymierzeńcem była rzeka, co wciąż jeszcze bawiło Jana Luksemburskiego. Biskupi krakowscy, właściciele zamku, budując go, myśleli o obronie przed książętami Krakowa, to ciekawy obraz Królestwa Polskiego!

— Biskupa Jana Grota nie ma w Sławkowie — zameldował Czabak. — Obroną dowodzi jakiś stary Krakus, zaprawiony w bojach od czasów biskupa Muskaty.

— Walczył po jego stronie czy po stronie króla? — zaciekawił się Jan.

— Ha, ha, ha — Czabak zaśmiał się tubalnie i równie szybko zgasł. — Mówią, że to człowiek Łokietka.

— Jak liczna jest załoga?

— Nie udało nam się ustalić. Od tygodni ściągali do zamku żywność, opał i broń, tyle wiemy. Ludność cywilną wyprawili do miasta, zawarowali bramy i są gotowi bronić się do końca.

Jan patrzył z niewielkiego wzniesienia na miasto leżące niczym barwna plama przy wijącym się trakcie łączącym Kraków i Wrocław. Zamek stał nieco niżej Sławkowa, zwarta kamienna budowla otoczona nowym murem obronnym, nie palisadą, nie obwałowaniem ziemnym. Murem, który okalała fosa i wał. Mała, w porównaniu do miasta. Najważniejsza, z punktu widzenia zwycięskiej wojny.

— Wypędzić ludność ze Sławkowa — rozkazał król. — Zbrojnie przejąć kopalnie. Ustawić straże przy każdym z szybów. I spalić podzamcze.

— Tak jest — klepnął się po brzuszysku Czabak i zaskakująco zwinnie jak na takiego grubasa wskoczył na siodło.

Jan nie lubił dymu pożarów, swąd mierził go i podrażniał skłonne do łzawienia oczy. Zawrócił do obozu z Wilhelmem de Machaut przy boku.

— Brudna strona wojny — powiedział poeta, odwracając wzrok. Od strony miasta już dały się słyszeć krzyki ludzi i przeraźliwy kwik prosiąt.

— Znasz czystą? — spytał rozdrażniony tą uwagą Jan. Jego koń parsknął i rzucił łbem, jakby chciał odpędzić od siebie woń spalenizny.

— Tryumfalne wjazdy zwycięzcy, prosty lud dziękujący za uwolnienie, płatki kwiatów rzucane pod kopyta jego wierzchowca…

— Jest zima. Zamknij się — warknął Jan.

— Nie martw się, królu — powiedział zupełnie trzeźwo poeta. — Pergamin zapamięta tylko to, co ja mu powiem.

Ma rację — opamiętał się Luksemburczyk i spojrzał na Wilhelma tak, jak powinien patrzeć król.

Oblężenie zaczęli nazajutrz. Po zgliszczach spalonych chat na podzamczu woły przeciągnęły w stronę fos osiem sporych winei. Wyglądały jak drewniane domy na niewielkich, ale mocnych kołach. Pod ich osłoną szli piechurzy Libosa, uzbrojeni w młotki, gwoździe i liny. Przy nich służba niosąca długie, grube nieokorowane deski i kołki. I ciury obozowe z cebrami wody. Rząd winei stanął w jednej linii, szybko wyprzężono woły, dwa padły z rykiem od strzał obrońców, słudzy osłaniając się dużymi tarczami, zepchnęli je do fosy, by nie przeszkadzały budowniczym. Jeden jeszcze żył, próbował się bronić wierzganiem, dobiła go zabłąkana strzała, Bóg jeden wie, swoich czy obrońców. Potem Libos krzyknął:

— Na raz! — I znów spod osłony winei wybiegli tarczownicy.

— Na dwa! — Podnieśli tarcze, tworząc z nich spadzisty dach wokół boku winei.

— Na trzy! — Założyli ich krańce na zakład, tak że nie było w nim najmniejszej szpary.

— Na cztery! — Głos Libosa potężniał z każdą komendą. Pod daszek z tarcz wybiegli piechurzy bez broni. Chwycili za liny zwisające wzdłuż całego boku winei.

— Obrót! — zawołał Libos i Jan z podziwem zobaczył, jak piechurzy pod szczelną osłoną tarczowników przenoszą drewniane konstrukcje winei i ustawiają jedna przy drugiej, wzdłuż fos, tak że osiem konstrukcji połączyło się w jeden długi dom. Schowali się, gdy Libos krzyknął:

— Do środka!

I znów tarczownicy osłaniali piechurów tak, że choć obrońcy Sławkowa strzelali do nich bez ustanku, żadna ze strzał nie dosięgła celu. Odbijały się od tarcz, wbijały w nie, ale ludzie pod spodem byli bezpieczni.

— Teraz wewnątrz winei zbiją z desek pomosty — wyjaśnił królowi Ulrik. — Uniosą klapy w ścianach i wysuną je, przerzucając przez fosy. To najtrudniejszy manewr, trwa czasem godzinami, aż uda się dobrze zakotwiczyć pomost po przeciwnej stronie fosy.

— Ubezpiecz ich — powiedział Jan i wskazał na rząd machin gotowych do miotania kamieni. — Nasze perriery czekają na rozkaz.

— Wydajesz go, królu? — upewnił się Ulrik.

— Tak — powiedział Jan i nie minęło wiele, gdy usłyszał znane mu z walk pod Metzem skrzypienie. Czterech ludzi zawisło na czterech linach u końca machiny. Dwóch załadowało w skórzaną obręcz kamień. Wypuszczono go, chybił. Z murów dało się słyszeć gwizdanie i wyzwiska. Ale w tym samym czasie cztery inne perriery trafiły i gwizdy obrońców zamilkły przykryte głuchym uderzeniem kamieni o zamkowe mury.

— Daleko lecą — powiedział zaskoczony poeta. — Ale są słabe. Czy mają moc rozbicia tych murów?

— Nie — wyjaśnił mu Jan. — To broń na chwilę, na próbę. Kamieniami sprawdzamy odległość i ciężar, jaki mają mieć pociski, by przelecieć ponad murami. Spójrz, Wilhelmie — pokazał mu ludzi w olbrzymich skórzanych rękawicach ładujących na perriery podpalone kule. — To jest prawdziwy pocisk naszych machin.

Dwie zgasły w locie, jedna spadła pod murami, jedna przeleciała nad nimi i przywitana przez poparzonych obrońców krzykiem zniknęła, wypuszczając po chwili czarny słup dymu. Z każdym kolejnym wyrzutem pociski były celniejsze. Po chwili zza murów ukazał się nie tylko dym, ale i płomień.

— Niezwykłe — wyszeptał zachwycony Wilhelm.

— Widowiskowe — potwierdził Jan. — Ale wróć spojrzeniem do naszych budowli wzdłuż fosy. Tam dzieje się coś znacznie ważniejszego.

Gdy obrońcy skupili się na gaszeniu ognia przerzuconego przez perriery za zamkowe mury, tylko garstka z nich ostrzeliwała z kusz pracujących przy wineach piechurów. Trzy solidne pomosty przerzucono już przez fosy. Czwarty właśnie kończono kotwiczyć.

Jan widział otwarte z podziwu usta Wilhelma de Machaut.

— Więc te ogniowe kule to tylko, by odwrócić uwagę? — wyszeptał poeta, podczas gdy Jan odwrócił się i spojrzał w stronę czeskiego obozu. Przyjrzał się dwóm konstrukcjom obstawionym drabinami, na których było aż czarno od ludzi z młotkami, wiadrami gwoździ, linami. Od dołu podawano im kolejne belki. Pracowali, nie patrząc na oblężenie, stukot ich narzędzi zagłuszał ostrzał murów. Obrońcy musieli ich widzieć, o ile nie przesłaniał im widoku dym, o ile mieli czas patrzeć na cokolwiek więcej niż lecące ku nim kamienie, płonące ładunki i przerzucany przez fosę most. Nawet jeśli czuli już bezsilność, to wciąż jeszcze odpowiadali na nią wściekłością. Jan zwrócił się w stronę zamku.

W chmurze dymu nad murami coś zawirowało i nagle wyleciało z niej stado płonących wron. Poparzone ptaki uciekały z pożaru z przeraźliwym krzykiem, ale pęd powietrza tylko rozniecał płomienie na ich ogonach i skrzydłach. Spadały w fosę niczym czarne ogniste pociski i gasły.

— Szeregów króla Jana nie dosięgła żadna gorejąca strzała — wyszeptał Wilhelm de Machaut. — Wojna jest piękna w swej grozie. Komu śmierć przeznaczona, ten…

— Nie kończ — zimno powiedział Jan. — O śmierci można układać rymy po bitwie.

Zostawił oniemiałego poetę i w osłonie swej świty pojechał w stronę winei. Mosty przez fosę były gotowe. Na rozkaz Libosa piechurzy przenieśli przez nie obronne drewniane domy i ustawili po drugiej stronie fosy. Libos dał im odpocząć chwilę i krzyknął:

— Otworzyć przejście! — A oni równo, choć już nie tak szybko jak na początku, przenieśli konstrukcje na boki, tak aby całe przejście przez zbudowane przez nich mosty było wolne.

Obrońcy z potężnych kusz wałowych wypuścili płonące strzały w stronę winei. Trafili, owszem, ale mostem już sunęły w stronę murów pluteje, wielkie tarcze na kołach, osłaniające oddziały zbrojne. Piechurzy wydostali się z płonących domów i cofnęli, chroniąc pod tarczami plutei. W rękach tachali cebry z wodą. Polali płonącą konstrukcję, ogień z sykiem zamienił się w białą parę. Na most wjechały kolejne pluteje, służące wyłącznie osłonie pchanych przez ludzi trebuszy. Po chwili po drugiej stronie fosy mieli już pięć wielkich jak ściany tarcz na kołach.

Jan dał znak i ostrzał ruszył na dobre. Obrońcy celowali z łuków i kusz do piechurów i obsługi machin. Trafiali, ale na miejsce postrzelonych wchodzili następni. Siła ostrzału nie słabła, zza murów dochodziły dymy i swąd.

— Jak długo to może trwać? — spytał pobladły Wilhelm, podjeżdżając do Jana.

— Zależy, ile mają strzał — odpowiedział zamiast niego Hynek. — I jak długo wytrzyma nasza przeprawa. — Pokazał mu pękającą pod ciężarem ludzi i machin kładkę na fosie.

Jan odwrócił się i znów spojrzał w głąb swego obozu. Konstrukcje były już złożone. Dwie wielkie wieże oblężnicze pyszniły się wyzywająco. Ludzie odstawiali od nich długie drabiny. Kończono wiązać olinowanie.

Pod osłoną nocy ludzie Libosa naprawili naderwaną przeprawę, a Czabak i Beneš przepchnęli przez nią obie wieże. Przed świtem mostem przeciągnięto potężne haki oblężnicze i taran. Od rana zaczęto kolejny dzień oblężenia. Sławków płonął, obrońcy słabli, ale wciąż do nich strzelali. Ich bezsilna wściekłość niezauważalnie traciła impet, zamieniając się w beznadziejny opór.

Późnym popołudniem jedna z wież oblężniczych zajęła się ogniem, ale z drugiej przerzucono kładkę przez zamkowy mur. Wbiegli po niej zakuci w stal ludzie Czabaka. Po raz ostatni wezwano obrońców do poddania zamku. Po raz kolejny odmówili. Beneš dał sygnał obsłudze tarana. Bramy Sławkowa jęknęły pod jego okutym dziobem i pękły z trzaskiem.

Przed północą skończono wyrzynać załogę. Jan wjechał przez zgliszcza spalonej i połamanej bramy. W nozdrza gryzł go swąd dogasających na dziedzińcu pożarów. Dopalało się rumowisko stajni i przybudówek, drewniane pomosty biegnące wokół wnętrza murów. Jeden pękł w tej chwili, zwalając w dół przepalone deski, kołczan strzał, których nikt już nie wystrzeli, i dwóch martwych obrońców. Spadli między dymiące zgliszcza.

Służba usuwała na bok zabitych, robiąc wolny przejazd dla Jana. Ranni jęczeli, prosząc o wodę. Wilhelm jadący obok niego milczał głucho. Dopiero teraz Jan mógł docenić zamek, który opierał mu się tak zaciekle. Zgrabna, zwarta bryła była niemal nienaruszona trwającym kilka dni ostrzałem.

To dobrze — pomyślał. — Uprzątniemy zgliszcza i można go od razu zająć.

Zatrzymał konia przed narożną basztą, tu było więcej miejsca, słudzy zdążyli uporządkować niewielki placyk. Ze wszystkich stron schodzili się jego rycerze. Umęczona Drużyna Lodu. Idąc ku niemu, zdejmowali rękawice i hełmy, widział ich osmolone, spocone twarze, które patrzyły na niego lśniącym spojrzeniem zwycięzców.

— Sławków zdobyty! — krzyknął Beneš, aż odbiło jego głos od murów.

— Król Jan Luksemburski!

— Zwycięstwooo! — darł się zachrypnięty po tylu dniach wykrzykiwania rozkazów Libos, jakby wstępowało w niego kolejne życie. — Zwycięstwooo!

Jan okręcił się konno, uniósł prawicę i zawołał:

— Wyważyliśmy bramę do Małej Polski! Droga na Kraków stoi przed nami otworem!

Odpowiedzieli mu zgiełkiem, uderzaniem mieczów o tarcze, skandowaniem:

— Te-raz Kra-ków! Te-raz Kra-ków!

Dał się ponieść i wołał razem z nimi:

— Te-raz Kra-ków! — upajając się myślą, że ich głos niesie się w zadymionym powietrzu aż do Wawelu i mały król już go słyszy, drżąc z lęku.

Gdy nieco umilkli, dało się słyszeć krzyk od strony murów.

— Najjaśniejszy panie!

Zavis szedł ku nim, wlokąc na sznurze młodego chłopaka w za dużej kolczudze.

— Złapaliśmy go, jak próbował opuścić zamek — mówiąc to, pchnął chłopaka na bruk.

— To znaczy, że zachował resztki rozumu — powiedział Jan, nie widząc nic nadzwyczajnego w tym, że jakiś ocalały szczeniak próbował uciec ze zdobytego zamku.

— Chciał uciec tajemnym przejściem — wyjaśnił Zavis. — Znaleźliśmy właz do lochów pod murami. Dalej jest podziemny tunel.

— Dokąd wiedzie? — spytał Jan.

Zavis pociągnął za sznur, unosząc leżącego chłopaka niczym worek z mąką. Młodzieniec miał osmoloną twarz, złamany nos i ranę na szyi. Milczał. Zavis szarpnął sznurem.

— Mów, jak król pyta! — krzyknął. — Dokąd wiedzie przejście?

— Nie wiem — skłamał chłopak. — Nie zdążyłem nim wyjść.

Zavis kopnął go w plecy, młodzian znów upadł na bruk.

— Zostaw go — powiedział Jan. — I poślij ludzi, niech sprawdzą.

— Te-raz Kra-ków — podjął skandowanie Beneš, ale przerwał, bo w tej samej chwili od strony rozbitej w drzazgi bramy dał się słyszeć dźwięk rogów. Jan spojrzał na Zavisa zdumiony. Dźwięk powtórzył się i po chwili na dziedziniec wpadł Peter z Rożemberka. Zatrzymał konia, który parsknął i zatańczył w miejscu. Twarz Petera była wykrzywiona wściekłością.

— Mamy posłów od króla Węgier — wyrzucił z siebie, aż z ust poleciała mu ślina.

Zavis warknął do chłopaka:

— Dalej nie wiesz, dokąd prowadziło przejście?

— Zakuj go w kajdany i zabierz stąd — polecił Jan i powiedział do Petera: — Przyprowadź gości.

Rycerze jego osobistej straży ustawili się konno wokół niego. Po chwili na dziedziniec wjechał niewielki orszak pod proporcem z liliami Andegawenów. Jadący w pierwszym szeregu giermkowie zadęli w rogi jednocześnie i rozjechali się na boki, przepuszczając przodem rycerza w napierśniku, który zdobiły trzy ptaki.

— Wilhelm Drugeth, żupan Spiszu — krzyknął giermek — wysłannik króla Caroberta do króla Jana Luksemburskiego.

Drugeth — w lot zrozumiał Jan. — Bratanek palatyna Węgier. Carobert wysłał do mnie najwyższą ligę.

— Wysłannicy naszego przyjaciela, króla Węgier, są nam drodzy — powiedział, przyglądając się Drugethowi. — Niestety, dopiero zdobyliśmy zamek i jeszcze nie mamy gdzie podjąć tak cennych gości — dokończył Jan, sondując, czy Drugeth chce mówić w cztery oczy.

— To, co mamy do powiedzenia, można przekazać na dziedzińcu — zimno odpowiedział Wilhelm Drugeth.

Z orszaku za jego plecami wysunął się białowłosy młodzieniec. Jako jedyny był z gołą głową i nie miał na sobie zbroi, tylko lśniący głęboką czernią aksamitny kubrak, na nim płaszcz podbity ciężkim, czarnym futrem. Ten dziwny czarny strój przykuwał wzrok, zwłaszcza że na piersi młodzieńca pobłyskiwał ptak, taki sam jak w herbie Drugetha, tyle że złoty i pojedynczy.

Krewny? — pomyślał Jan. — Syn? Niepodobny do niego. Niepodobny do nikogo.

— Mów, proszę — otrząsnął się i wrócił uwagą do Drugetha.

— Król Carobert przypomina ci, panie, umowę, jaką zawarliście w Trnawie — powiedział poseł.

— Nie zapomniałem o niej nawet na jeden dzień — wymusił uśmiech Jan. — Moja córka już uczy się węgierskiego, a w awiniońskiej kurii luksemburscy dyplomaci załatwiają dla naszych dzieci zgodę na małżeństwo. Jak się ma mały Władysław? Następca węgierskiego tronu i mój zięć.

— Wnuk króla Władysława ma się dobrze — odpowiedział nie Drugeth, a ów czarno ubrany młodzian.

— To mnie cieszy. — Jan z trudem oderwał wzrok od dziwnej twarzy młodzieńca.

— Zwłaszcza że ojciec, król Carobert, przekazał mu, iż jego dziadkowi, królowi Polski, nie grozi już najazd króla Czech — dodał chłopak i twarz Jana zastygła.

— Król Carobert — szybko i twardo podjął Drugeth — przypomina ci, panie, o ustaleniach z Trnawy. Nie było w nich ani słowa, które, jak mówi król, mogłoby zachęcić cię, panie, do najazdu na kraj jego teścia.

— Nie było też słowa, które miałoby mnie do niego zniechęcić — odpowiedział Jan Luksemburski.

— Wobec tego, najjaśniejszy panie, król Carobert uważa, iż opacznie zrozumiałeś wasze rozmowy. Był pewien, iż utwierdziły cię one w jego miłości do żony, królowej Elżbiety, i jej rodziny. Jeśli tak nie było, to naszym zadaniem jest ci to, najjaśniejszy panie, przypomnieć.

Kim on jest, żeby mnie pouczać? — zawrzał w duchu Jan.

— Bo, jak napisał w liście, który ci przywiozłem: „Najmniejsza nawet krzywda wyrządzona memu teściowi, jego dostojności Władysławowi, królowi Polski, będzie równoznaczna z zabiciem na moich oczach mego własnego syna i następcy, Władysława".

— Nie tykajmy przyszłego męża mej córki — zimno odpowiedział Jan.

Patrzyli sobie z Drugethem w oczy przez chwilę. Neapolitańczyk miał ciemną urodę południowca, ale w przeciwieństwie do tych, których Jan znał osobiście, panował nad sobą, jakby zamiast twarzy nosił maskę.

— Dziękuję w imieniu króla Węgier — odpowiedział Drugeth.

Jan skinął mu głową, odwrócił się na chwilę, jakby ich spotkanie miało dobiec końca. Wtedy zatrzymał ruch głowy i nie patrząc na Wilhelma Drugetha, powiedział lekko:

— Skoro jesteśmy przy dzieciach i ich przyszłości. Będę wspaniałomyślny, wywianuję moją córkę ziemiami zdobytymi w tej wojnie. Ten zamek — wskazał ruchem brody na mury — nie ucierpiał nic a nic. Zgliszcza uprzątniemy, naprawienie murów zajmie tydzień. Piękny dar panna młoda wniesie kiedyś mężowi. Tak blisko węgierskiej granicy…

Usłyszał głos Drugetha, który tym razem brzmiał jak zgrzyt stali.

— Mamy w niewoli cały twój zwiad i wodza, rycerza, który mówi, że nazywa się Zwonimir. Możemy go wymienić za posłów króla, których pochwyciłeś i uwięziłeś. Na tym kończy się negocjacyjny charakter naszej oferty. — Drugeth na chwilę zawiesił głos, po czym powiedział na jednym tchu: — Pięć tysięcy węgierskich jeźdźców mknie doliną Popradu. Ten zamek wraz z miastem i kopalniami jeszcze dzisiaj wróci pod władzę króla Władysława. Dajemy wam czas do wieczora na zwinięcie obozu i opuszczenie Małej Polski. Oto list, w którym słowo po słowie mój pan zawarł warunki.

Czarno odziany młodzian podjechał kilka kroków w stronę Jana. Libos i Beneš stanęli przed królem, broniąc do niego dostępu. Młodzian nie zatrzymał konia, jechał majestatycznie, wolno, podkowy dźwięczały na bruku sławkowskiego dziedzińca. Wsadził prawą rękę pod płaszcz. Libos błyskawicznie wyjął miecz, kierując ostrze w złotego ptaka na piersi młodzieńca. Ten wyjął rękę spod płaszcza i pokazał, że trzyma w niej zwój pergaminu z purpurową, królewską pieczęcią. Libos opuścił miecz, on i Beneš rozstąpili się, robiąc mu miejsce. Chłopak podjechał do samego Jana i wpatrując się w niego czarnymi jak onyksy oczami, podał mu zwój. Po czym jego koń, jakby nigdy nic, nie myląc kroku, zaczął iść w tył, a młodzian wciąż nie spuszczał wzroku z króla Jana Luksemburskiego. Gdy zrównał się z Wilhelmem Drugethem, odwrócił się do żupana Spiszu i powiedział:

— Te-raz Kra-ków.

Nad oczyszczonym z dymów pożaru niebem nad sławkowskim zamkiem przeleciało z krakaniem stado wron, niczym gradowa chmura. Jan Luksemburski otrząsnął się z upiornego wrażenia, złamał pieczęć i zaczął czytać ultimatum Caroberta, króla Węgier.

LUTHER Z BRUNSZWIKU dał znak Symoniusowi, by zamilkł, póki nie opuści komnaty sługa, który wszedł podać wino i przyciąć knoty świec. Chłopak guzdrał się, ale Luther nie chciał go poganiać; cenił sobie opinię usłyszaną gdzieś w czeladnej, że „wielki szatny jest łagodny w obyciu, ludzki z niego pan". Wreszcie sługa wyszedł, kłaniając się w drzwiach niezdarnie.

— Kontynuuj — zachęcił Symoniusa. — Skończyłeś na tym, że twój lud żywił przekonanie, iż bóg przyjdzie z zachodu. Skąd ono się wzięło?

— Może stąd, że z zachodu przychodzą silni, a ze wschodu dzicy? — Symonius uniósł brwi, zatrzymał je w górze, a potem opuścił i bezradnie pokręcił głową. — Nie wiem, szlachetny komturze. Ojciec powtarzał to, odkąd sięgam pamięcią. Mój dziad był chłopcem w czasach wielkiej bitwy pod Dzierzgoniem, na jego oczach płonął dawny święty gaj, a na oczach jego synów porosły go knieje. Ale mój ojciec nie umiał nawet wskazać, gdzie to było. Raz pokazywał tu, raz tam. On i matka byli od małego ochrzczeni, obmyli ślepe oczy wodą wiary i w tym duchu wychowali mnie…

Luther notował to, co wydało mu się ważne. Głupoty o „ślepych oczach" nie interesowały go ani trochę. W języku, którym mówił Symonius, raz po raz pobrzmiewały zakonne formułki, Prus od dziecka służył braciom, przesiąknął ich mową jak dworski piesek wonią swej pani, gdy ta nosi go na zgiętym ramieniu i sadza przy sobie na łożu.

— Opowiedz jeszcze trochę o potrójnym bogu — poprosił, gdy Symonius już wyklepał wszystkie banały o tym, co dał mu chrzest.

— Trzygłowie — poprawił go Prus. — Nie należy wyobrażać go sobie niczym smoka z legend — zaśmiał się Symonius, ale gdzieś w jego głosie brzmiała lekka nuta urazy. — Mam na myśli tego smoka z rzeźby na zwieńczeniu kolumny w Dzierzgoniu. Trzy długie szyje wijące się z jednego tułowia. To śmieszne.

— Nie rozumiem — bezradnie odpowiedział Luther.

— Smok ma trzy głowy, by budzić strach — wyjaśnił Prus. — Że jak się po wielu trudach odetnie jedną, to do walki włącza się druga i tak dalej. Istota Trzygłowa jest inna.

— Uhm. — Komtur nie podniósł wzroku znad pergaminu. — Mów dalej, to interesujące.

— Trzygłów oznacza jednoczesność i równość trzech światów. Jedna z twarzy boga widzi nas, ludzi i wszystko, co dzieje się na ziemi. Druga ogląda niebo, a trzecia zaświaty.

— Zaświaty oznaczają piekło?

— Nie — żachnął się Symonius, co nie uszło uwagi Luthera. — Poganie nie znają piekła, komturze.

— Uhm. — Luther notował szybko. — To czego się boją?

— Przerwanej śmierci, urwanego życia, gniewu boga... — wymienił to jednym tchem.

— Boga czy bogów? — dopytał Luther, maczając pióro w inkauście.

— Bogów — poprawił się Symonius i nagle się zaśmiał. — Wybacz, komturze, ale ja już nie umiem myśleć jak poganin. Myślę jak chrześcijanin, który mówi o poganach, nie rozumiejąc ich świata.

Luther odłożył pióro i przyjrzał mu się uważnie. Prus odznaczał się wyrazistą urodą, ale trudno było uznać go za przystojnego. Miał trójkątną twarz, wyraźne kości policzkowe i długi wystający podbródek, który podkreślały ciemne włosy przycięte równo, tam gdzie się kończył. Symonius rzadko patrzył mu w oczy, raczej umykał spojrzeniem w dół, co wydawało się jakąś formą pośrednią między pokorą a poczuciem niższości. Od spuszczania wzroku miał wciąż półprzymknięte powieki, więc uwagę przykuwały jego brwi, dwie opadające ciemne linie, jakby nakreślone węglem. Teraz Luther dostrzegł, że na końcu każdej z nich, już na skroni, Symonius ma nieduże znamiona, jakby nieregularne kropki.

— Wiem, to trudne — pokiwał głową ze zrozumieniem. — Ale postaraj się, Symoniusie. Twoje świadectwo jest cenne. A jeśli trapi cię lęk o swą duszę, pomów ze spowiednikiem. Ojciec Anzelm uspokoi cię. To, co robisz, przekazując mi wiedzę o tamtych czasach, nie jest dziełem szatańskim, lecz planem bożym. Rozumiesz?

Prus uniósł powieki i spojrzał w bok, jego ciemne oczy były zagubione i smutne. Luther sam dolał mu wina, bo bał się, że Symonius nic więcej nie powie. Napili się, gawędząc o świeżych planach, zwłaszcza warsztacie produkującym machiny miotające, który po naciskach Luthera w Malborku powstał koło Dzierzgonia.

— Będzie największy w państwie zakonnym! — pochwalił się komtur. — I lepszy niż te w Turyngii.

Miał jeszcze dodać, że zaczną w nim składać nowe typy trebuszy, ale się powstrzymał, bo Prusowi rozwiązał się język, a on wolał łagodnie wrócić do interesującego go tematu.

— Wiesz, ciągle zastanawiam się, jak wiara w Trzygłowa dotarła na ziemie pruskie. Pamiętasz, ostatnio opowiadałeś mi o Velionisie, o Perkunie albo i tej pięknej bogini poranka, Aušrinė, wszystko to bożki, które czci się na Litwie, które, jak mówiłeś, czcili Prusowie, nim bracia zakonni przybyli na te ziemie i… przynieśli światło Chrystusa. Czytałem w relacji świętego Ottona z Bambergu, że Trzygłowa czciły ludy za Odrą, nad Łabą. Słynni Redarowie, wojowniczy Wieleci i mieszkańcy Wolina, ba, nawet Szczecina. Czy to jacyś pogańscy misjonarze przynieśli tu, do Prus, wiarę w Trzygłowa?

— Tu był tylko jeden misjonarz, święty Wojciech — Adalbert — odpowiedział Symonius i Luther wyczuł w jego głosie tę twardą nutę, która go tak intrygowała. — Trzygłów jest bogiem zwycięzców, trzy oblicza przenikają w jednej chwili, co jest, co będzie, co było. Przyprowadzili go Starcy, gdy tutejsi bogowie okazali się tak łatwopalni.

Łatwopalni — powtórzył w myślach Luther i zanotował to na marginesie. Symonius zyskuje na wartości, gdy mówi własnymi słowami, a nie powtarza zakonne gadki.

— Rozsypali się w popiół — pogardliwie dorzucił Prus i zajrzał do kubka. Luther dolał mu wina i podpowiedział:

— A silni zawsze przychodzą z zachodu.

— Tak! — zapalił się Symonius i opamiętał. — Jak Zakon Najświętszej Marii Panny — dodał i z pokorą dotknął kościanej rękojeści noża z wyobrażeniem Maryi.

— Przy okazji świętego Wojciecha. — Luther przypomniał sobie, że dawno miał spytać. — Nie wiesz o jakichś artefaktach związanych z męczennikiem?

— O czym? — nie zrozumiał Symonius. — Przepraszam, pierwszy raz słyszę takie słowo.

— O artefaktach — z satysfakcją powtórzył Luther i wyjaśnił: — Przedmiotach, które do niego należały. Ciało wykupił książę Bolesław, ale przecież wojowniczy Prusowie, nim zabili biskupa, coś tam sobie mogli zostawić na pamiątkę.

Symonius zamyślił się i powiedział po chwili:

— Mój dziad mówił o lasce pasterskiej. Takiej zakrzywionej.

— O pastorale — poprawił go Luther.

— Możliwe. Ponoć zakończona była spiralą z kości. Dziad powtarzał po tych, co ją widzieli, że to miało krzyżyk na końcu, było rzeźbione i ponoć ładnej roboty.

Luther poczuł łaskotanie w czubkach palców.

— Co się z tym stało?

— Po chrzcie oddali jakiemuś biskupowi.

— Któremu?

— Nie wiem, komturze — rozłożył ręce Symonius. — Dziada ochrzczono po tej słynnej, wielkiej bitwie pod Dzierzgoniem. Prawie osiemdziesiąt lat temu.

Do wyboru byłoby trzech — rozważył szybko Luther. — Włocławski, chełmiński, może płocki. Biskupstwo pruskie poszło w pył, więc się nie liczy. W Płocku dzisiaj mamy Floriana, w Chełmnie Ottona, jeden i drugi nasi ludzie, sprawdzimy ich bez trudu. Włocławek nie współpracuje, biskup Maciej to człowiek polskiego króla. Trzeba znaleźć sposób, by się do niego dobrać, o ile ma w skarbcu ten pastorał, bo jako biskup nigdy się taką relikwią nie chwalił. A może nie wie, że go ma? — Luther upił łyk wina w zamyśleniu i wrócił do przepytywania Prusa.

— Ilu jest Starców?

— Według legend trzech — odpowiedział Symonius.

— Jak trzy oblicza boga — zanotował Luther. Prus nie zaprzeczył. — Co mówią o nich legendy?

— Siwobrodzi, siwowłosi, silni, wysocy, piękni, choć groźni…

— Zauważyłeś, że w legendach wszyscy są albo piękni, albo odrażający? — spytał Luther. — O nijakich nikt nie śpiewa pieśni.

Symonius zaśmiał się cicho, komtur mu zawtórował, jakby połączył ich wspólny żart.

— W co byli ubrani? — kontynuował pracę.

— Skąd mam wiedzieć? — zdziwił się Prus.

— Z legendy — uśmiechnął się Luther zachęcająco.

— W powłóczyste szaty.

— Szkoda — pokręcił głową. — To takie nierzeczywiste. I ciężko chadzać po świętych gajach w czymś, co się wlecze, ciągnie i zahacza o każdy krzak. Szkoda, że nie przetrwała pamięć, jak naprawdę wyglądali.

— Popytam — obiecał Symonius. — Wcześniej mnie to nie ciekawiło.

— To zrozumiałe — pokiwał głową i odznaczył w tekście. — Zostawiam tu wolne miejsce. Może uda się sporządzić jakąś miniaturę, choć ze mnie marny rysownik, ale tak, dla potomnych, żeby choć trochę wiedzieli. *Chronica Slavorum* Helmolda ma już ze sto pięćdziesiąt lat, a wciąż przepisuje się ją po klasztorach, bo póki co nie ma lepszego dzieła o obyczajach Słowian. A gdzie księga o Prusach? Brakuje takiej. Świadectwo o naszych czasach musi przetrwać wieki, prawda, Symoniusie?

— A kto to będzie czytał?

— Za dwieście, trzysta lat młodzi bracia zakonni już mogą nie wiedzieć, skąd się tutaj wzięliśmy — cierpliwie wyjaśnił mu Luther. — Wszędzie wokół będą tylko pola uprawne, stawy rybne, drogi łączące gród z grodem, wieś z wsią. A w każdej wiosce murowany kościół, z krzyżem.

— Wtedy nie będzie już tutaj Zakonu — zaśmiał się głęboko Symonius. — W końcu przeznaczeniem braci jest walka z pogaństwem i szerzenie wiary. Skoro nie będzie pogaństwa, a w każdej wsi kościół…

Luther zamarł na chwilę. Potem roześmiał się, pokręcił głową i wypił wino na raz.

— Mój ty marzycielu — powiedział do Symoniusa. — Zawsze będą Litwini, Żmudzini i jakieś kolejne wschodnie ludy. Sam mówiłeś, że dzicy idą ze wschodu. No, dość na dzisiaj. Czekają na mnie dokumenty z Malborka.

— Mam wyjść? — usłużnie domyślił się Prus.

Luther skinął głową i odprowadził go wzrokiem do drzwi. Gdy się za nim zamknęły, zaczął pisać tak szybko, że złamał pióro.

JEMIOŁA nie miała złudzeń: Kazimierza w okowach śmierci trzymała magia Starej Krwi. Nie mogła i nie chciała mówić o tym wprost z Janisławem, tym bardziej z królem, bo co im powie? Że ich syn umiera od broni, którą ona sama mogłaby władać, gdyby tylko miała w sobie tyle bezwzględności, by zechcieć jej użyć? Nie zrozumieją, to na nic. Ilekroć o tym myślała, w jej wyobraźni płonął stos. To, że przez kolejny tydzień utrzymuje go przy kruchym, ale jednak życiu, kosztuje ją tak wiele, że każdego ranka z trudem podnosi się z ławy, na której czuwa przy jego łożu. Przywrócenie sobie równego oddechu wymaga od niej coraz dłuższej chwili. Dodanie sił, by działać, jest już niemożliwe bez odwarów, którymi do tej pory leczyła najciężej rannych. Musiała coś wymyślić, coś, co być może było blisko, a na co jeszcze nie wpadła, i zrobić to szybko, zanim walka o życie Kazimierza zabije ją.

Przepytała służbę, na trop Wierzbki i Dziewanny wpadła szybko, zwłaszcza że dziewczyny nie zmieniły nawet imion. „Wysoka, ciemnowłosa, robotna. Młoda. Nie, w średnim wieku, ale nie stara. Ta druga? Młodziutka dziewuszka. Drobniutka, wesoła, jasna". Tego, że zniknęły wkrótce po tym, jak syn królewski zachorował, nikt z jego stanem nie skojarzył. „Najjaśniejszego pana otoczono opieką" — znaczyło tyle, że w jego komnatach zaroiło się od służby medyków, którzy go leczyli. „Wierzbka była zrozpaczona po śmierci królewny Jadwigi, odeszła sama, z żalu chyba" — to powtórzyły ze trzy pokojowe. Nic dziwnego — myślała Jemioła — nikt nie lubi popełniać śmiertelnych błędów. Najbardziej zastanawiało ją przywiązanie, jakim obdarzono na Wawelu obie dziewczyny. Z rozmów ze służbą wynikało, że gdyby zjawiły się tu nazajutrz, ochmistrzyni Lisowa przyjęłaby je znów do pracy z otwartymi ramionami. I, co ją zaniepokoiło, że plotkary podejrzeniem o chorobę Kazimierza prędzej obarczą jego litewską żonę niż Dziewannę i Wierzbkę. Jednocześnie Jemioła wiedziała, że nie może wydać imion winowajczyń. Krąg tajemnic zaciskał się niepokojąco.

Jestem tu sama — pomyślała bezradnie.

A twoje siostry są samotne w mateczniku — odezwała się w jej głowie Dębina. — *Nie ma na co czekać, zrób to.*

A król zrobi, co trzeba? — spytała dawnej Matki.

Skąd mam wiedzieć? — odpowiedziała pytaniem Dębina. — *Nie siedzę w jego głowie, tylko w twojej* — zaśmiała się czule. — *Nie urodzisz dziecka bez rozlewu krwi.*

Co mówisz? — nie zrozumiała jej Jemioła.

W cudzie narodzin bierze udział krew — uściśliła Dębina. — *Ulecz go, już wiesz, jak to zrobić. I jeszcze jedno* — głos Dębiny dobiegał z daleka, trzeba było się wsłuchać, by go dobrze słyszeć. — *Powinnaś odnaleźć Wierzbkę. Ona jeszcze nie jest stracona.*

Dębina umilkła. Jemioła nie myśląc wiele, wstała i uchyliła drzwi.

— Proszę mi nie przeszkadzać — powiedziała do starszego ze strażników pilnujących wejścia. — Nie będę dzisiaj jadła — dodała, widząc, że panny kuchenne już zbliżają się do drzwi z posiłkiem. — A królewicz jeszcze jeść nie może. Gości nie wpuszczać, póki nie odwołam.

— Zrozumiałe — kiwnął głową strażnik. — Jak wielebna matka rozkaże.

Zamknęła drzwi, podeszła do łoża i uchyliła zasłonę. Kazimierz leżał jak rano, nieruchomy. Zakręciło jej się w głowie od niemocy krążącej między nim a nią. Wzięła się w garść, Dębina ma rację. Nie ma na co czekać. Jeszcze dzień czy dwa i sama nie znajdzie w sobie siły. Jeśli ma mu dać siebie, to teraz, póki jeszcze jest coś do ofiarowania.

Wyjęła z sakwy podróżnej pakunek. Odwinęła czyste płótno, wyciągając z niego srebrną miseczkę i nóż z wilczej kości. Ułożyła na niewielkim stoliku przy łożu chorego. Przesunęła krucyfiks, by zrobić więcej miejsca, przez chwilę myślała, czy nie zasłonić figury Ukrzyżowanego, ale się rozmyśliła.

Janisław mówi, że przeszedłeś przez piekło i zmartwychwstałeś — pomyślała. — Ciebie już nic nie może zaskoczyć.

Wyciągnęła buteleczkę, odetkała i przyłożyła do warg. Gorzki odwar wypełnił jej usta. Piła powoli, pozwalając, by spływał w dół przełyku i rozchodził się po ciele chłodną, cierpką falą. Ostrożeń, czarcie żebro, ma moc oczyszczania złej krwi. Czekała, aż ciało da jej znak, że rozszedł się w niej. W tym czasie wzięła do ręki nóż. Mlecznobiała rękojeść, mlecznobiałe kościane ostrze. Przez chwilę ważyła w dłoni jego ciężar. Zadrżała, gdy przed jej oczami przebiegła wilczyca; widziała dokładnie sprężyste, silne udo poruszające się w równym rytmie biegu, w jej wizji pod szarym futrem kość wilczycy już była nożem z misternym ornamentem rękojeści. Uniosła powieki. Uspokoiła drżenie i wyszeptała zaklęcie:

— Z kości do krwi, z krwi do kości.

Oddech Jemioły spowolniał, podeszła do leżącego. Przyłożyła czubek ostrza do swojego nadgarstka. I nacięła.

— Dzielę się życiem, nie losem — szepnęła.

Pierwsza kropla jej krwi była gęsta, jakby zastygła, gdy tylko opuściła jej ciało. Nie popłynęła, trzymała się otwartej żyły jak jakiś klejnot na nadgarstku.

— Dzielę się — powtórzyła i nacięła się głębiej.

Krew popłynęła wreszcie. Jemioła przyłożyła nadgarstek do ust Kazimierza. Nie drgnęły.

— Pij, chłopcze — poprosiła, podstawiając pod jego brodę srebrną miseczkę. — Nie marnuj mojej krwi.

Ciężka rubinowa kropla wolno toczyła się po jego wardze i już miała oderwać się od niej i skapnąć do naczynka, gdy usta Kazimierza drgnęły, wsysając ją do wnętrza. Jemioła mocniej przycisnęła nadgarstek do jego warg i jej krew zaczęła spływać wprost do jego ust. Oddychała powoli, by krew nie płynęła zbyt szybko, a królewicz nie zadławił się nią. Przełykał z trudem, ale miarowo. Raz — liczyła w myślach — dwa, trzy. Cztery. Zaszumiało jej w głowie, pięć, sześć, aż obraz Kazimierza, wielkiego łoża z baldachimem i kotarami rozmazał się. Jesteś w moich rękach — pomyślała całkiem trzeźwo — swoją krwią spłacam dawne czyny. Niejednego Piasta pozbawiłam płodności, ale nigdy nikogo nie zabiłam magią, dlatego być może moja krew zwróci ci życie…

Kazimierz przełykał coraz szybciej i szybciej. Nie nadążała liczyć. Oddech zaczął jej się rwać. Gdzieś, w głębi wawelskich komnat, usłyszała kobiecy krzyk, po chwili tupot nóg, który dobiegał z góry, z boków i wreszcie z dołu, jakby wokół łoża Kazimierza biegały dzieci. To niemożliwe — pomyślała — kręci mi się w głowie od utraty krwi. Poprawiła się w myślach — od podarowanej krwi. Do jej świadomości próbowała dobić się jakaś uporczywa myśl, ale Jemioła, choć wysilała się, nie umiała jej uchwycić. Wydawało jej się, że jest w lesie, biegnie kolumnadą drzew w pałacu natury i zagląda za każde z nich, szukając odpowiedzi. Matka? Nie, macierz? Nie. Wybiegła, skręciła koło źródła wody żywej, krople opryskały ją. Matecznik? Nie. Już była blisko, czuła to. I na pewno kończyły jej się siły. Macierznik?

Gwałtownie odsunęła rękę od ust Kazimierza, on uniósł głowę z poduszki, choć nie otworzył oczu, jakby nie chciał się odłączyć od jej krwi. Wargi mu drżały. Ostatnia kropla, wprost z jej nadgarstka, skapnęła do srebrnego naczynka. Oddała mu ją, wypił chciwie i opadł na poduszkę. Jemioła z trudem przełykała ślinę, w gardle jej zaschło. Owinęła rękę czystym płótnem, ale rozcięta żyła nie krwawiła ani trochę. Dała radę jeszcze zgarnąć kościany nóż i miseczkę, schować je do sakwy. Dysząc ciężko, opadła na krzesło przy łożu. Sięgnęła po wodę. Piła wprost z dzbana, chciwie, aż krople płynęły jej po brodzie, moczyły suknię na piersiach. Odstawiła dzban i straciła przytomność.

Nie śniło jej się nic.

Gdy się obudziła, jej oddech był płytki, ale równy. Serce biło ciężko, lecz miarowo. Powoli otworzyła oczy. Jaka jest pora dnia? Wokół pełgało łagodne światło świec. Pachniał nagrzany wosk. Leżała na ławie, z poduszką pod głową, przykryta kocem. Zamrugała. Próbowała wstać.

— Nie wstawaj — usłyszała kobiecy głos. — Odpoczywaj.

Nie posłuchała, uniosła się, usiadła. Na krześle przy łożu Kazimierza siedziała siwowłosa drobna kobieta.

— Kim jesteś? — spytała Jemioła. — Prosiłam straże, by nikogo nie wpuszczały.

— Jestem matką — uśmiechnęła się lekko kobieta. — Straże musiały przede mną skapitulować.

Jemioła zerwała się, odepchnęła koc, wstała, zachwiała się, przytrzymała ściany.

— Najjaśniejsza pani — próbowała się ukłonić, ale królowa zatrzymała ją stanowczym ruchem dłoni i powiedziała poważnie:

— Kobieta, która leczy mojego syna, nie będzie się przede mną kłaniać. Usiądź, proszę. Da Bóg, ja kiedyś pokłonię się przed tobą.

Jemioła siadła ciężko, potarła czoło i zobaczyła, że ktoś jej zmienił opatrunek na nadgarstku. Spojrzała niepewnie na królową, ta powiedziała:

— Rozmawiałam z Janisławem, wyjaśnił mi, kim jesteś. Nie wiem, czy wszystko pojęłam, ale jakie to ma znaczenie, Jemioło, skoro mój syn dzięki tobie odzyskał rumieńce?

Jemioła powoli, by znów nie zakręciło jej się w głowie, wstała i podeszła do łoża. Musiała przysiąść na jego skraju. Twarz Kazimierza utraciła trupią bladość, a jego pierś unosiła się w miarowym, widocznym gołym okiem, oddechu.

— Życie jest cudem — powiedziała królowa, wzruszenie zabrzmiało w jej głosie. — Każda z nas czuje to najmocniej w momencie, gdy rodzi, prawda, Jemioło?

— Nie rodziłam — wyszeptała Jemioła.

— Wszystko przed tobą. Poczujesz kiedyś, że wtedy gdy wydajemy na świat nowe życie, same najbliżej jesteśmy śmierci.

Właśnie balansuję na jej granicy — przemknęło przez głowę Jemiole.

Królowa wyczuła jej słabość i podała kubek.

— Pij, to lipa z miodem. A zresztą — zaśmiała się — co ja ci będę tłumaczyć, lepiej się na tym znasz. Napij się lipy, odpoczywaj, a ja ci będę opowiadać. Wiesz, gdy miał się narodzić, byliśmy z Władziem, z królem, w podróży. Na Kujawy. To miało być coś ważnego, a widzisz, dzisiaj nikt nie pamięta, po co tam jechaliśmy, tylko że w drodze narodził się nasz ostatni syn.

Wrzosowy miód — wyczuła Jemioła, pijąc osłodzony napar. Każdy łyk dodawał jej sił. Przyjrzała się królowej. Miała jasną twarz upstrzoną setkami piegów, niebieskie niegdyś oczy wyblakły i były jak jesienne niebo przesnute chmurami. Sztywny pasek podwiki unosił jej podbródek, ujmując go niczym gorset. To on czynił jej twarz surową i dostojną. Wbrew temu wrażeniu mówiła łagodnie, jak matka, a nie pierwsza w Królestwie pani; poruszała przy tym złożonymi na podołku dłońmi. Miała tylko jeden pierścień, z niedużą perłą i gdy ruszała palcami, perła połyskiwała mleczną barwą.

— Byłam już w latach, takie niespodziewane błogosławieństwo, mój Boże — uśmiechnęła się do własnych słów. — Pomyślałam, jak ja mam go urodzić w podróży? Wśród tych wszystkich mężczyzn? Tych Lisów, Toporów, rozumiesz, Pomianów, Doliwów, och... Elżunię rodziłam pod strażą Węgrów, mój Władziu oblegał wtenczas Wawel, to powiedziałam sobie: gorzej już być nie może. Dasz radę, Jadwiniu — zaśmiała się jak psotna dziewczynka. — Bo ja, jak mówię sama do siebie, to zawsze pieszczotliwie. Innym nie pozwalam, to mi tego brakuje. Ech — westchnęła. — Borutka mi pomógł, giermek mojego męża. On znalazł wioskę, chałupę i babkę położną, co odebrała poród. Jak ja się darłam, jak przy żadnym z dzieci, mówię ci, Jemioło. A ona powtarzała w kółko: „Tak rodzi się król", nie, czekaj, mówiła: „Tak krzyczeć może tylko król". Sprawiła się, jak żaden z dworskich medyków, szast-prast, czyściutko wszystko pomyła, powycierała, macierznik zabrała, ani kropelki krwi...

— Macierznik. — Jemioła odnalazła to, czego szukała we śnie. — Gdzie jest twój macierznik, królowo?

— Bo ja wiem? — Jadwiga całym ciałem zwróciła się w jej stronę. — Ta babka położna zabrała łożysko, gdzieś wyniosła. Nigdy się nad tym nie zastanawiałam, trzymałam w ramionach jego, zdrowego syna, to był cud.

— Zapłaciłaś jej — wyszeptała Jemioła.

— Właśnie nie — pokręciła głową Jadwiga. — Nie chciała ani grosza, powiedziała, że kiedyś wróci po zapłatę.

Spojrzały na siebie gwałtownie. Jemioła pojęła to chwilę temu, do królowej dotarło w tym momencie, aż dłonią zakryła usta. Perła na jej palcu zalśniła jak łza.

— Nie... — wyszeptała przerażona Jadwiga. — Tylko nie to...

Co jeszcze — pomyślała z trwogą Jemioła. — Co jeszcze zawzięło się na życie tego chłopca...

— Przypomnij sobie, pani — poprosiła królową. — Co jeszcze pamiętasz?

Jasna twarz Jadwigi pobladła tak bardzo, jakby odpłynęła z niej cała krew. Poruszała oczami, chcąc przywołać wspomnienia.

— Moje dwórki zasnęły — powiedziała. — Najświętsza Matko Niepokalana Maryjo, tak było. Widziałam, jak stoją w izbie, patrzyłam na nie i myślałam: „Trzy śniące" i mnie samą morzył jakby sen...

— Mimo bólu porodu? — trzeźwo zapytała Jemioła.

— Ja... chyba wtedy... nie czułam bólu... — Słowa wypływały z ust Jadwigi powoli, jakby przypominała sobie tamten dzień po raz pierwszy.

— Wcześniej powiedziałaś, pani, że krzyczałaś — przypomniała jej.

— Ale nie w czasie rodzenia. — Wspomnienie dotarło do Jadwigi. — Zanim babka weszła, wtedy krzyczałam.

— Ona cię uspokoiła?

— Nie jestem pewna. Chyba. — Jadwiga uniosła szczupłą dłoń do czoła, przymknęła oczy i mówiła dalej: — Potem powiedziała: „Zabiorę macierznik i na szczęście zakopię". Ja jej rzekłam: „Proś, o co zechcesz, sprowadziłaś na świat książęcego syna", a ona na to: „Nie, ja króla sprowadziłam". Była z siebie dumna. „Dzisiaj nic nie chcę — powiedziała — ale kto wie, może jutro".

— Wtedy nic nie wzięła... — wyszeptała przygnębiona Jemioła. — Wróci po zapłatę...

— Nie! — krzyknęła cicho królowa. — Czekaj! Wzięła dukata. Tylko jednego, ale wzięła. To dobrze?

— Lepiej — pomyślała na głos Jemioła. — Nie będzie mogła mówić, że on jej...

— Co? Że mój syn do niej należy? — W głosie królowej zabrzmiała groźba. Przestraszona jeszcze przed chwilą kobieta wstała gwałtownie z krzesła.

W tym samym momencie na dziedzińcu rozegrały się rogi, rozszczekały psy.

— Nigdy — z mocą powiedziała królowa Jadwiga. — Nigdy nie pozwolę, by jakakolwiek kobieta zabrała mego syna. Nawet jeśli pomogła mi przed laty sprowadzić go na świat.

— Muszę się dowiedzieć, co zrobiła z twoim macierznikiem, królowo. Od pokoleń matki strzegły pępowiny i łożyska jak oka w głowie — wyjaśniła Jemioła. — By nie dać złym mocom dostępu do tej tajemnej nici łączącej rodzącą z dzieckiem.

— Myślałam, że to przesąd — odpowiedziała Jadwiga, a w jej głosie zamiast mocy znów zabrzmiał lęk. — Zabobon. Mego syna strzegła moc chrztu i…

— I nie ustrzegła — powiedziała Jemioła.

— Nie mów tak, nie wolno — zaprzeczyła sobie królowa. — Bóg słyszy, Bóg wie…

— Gdzie znaleźć tę kobietę? Tę babkę położną? — obeszła jej słowa Jemioła.

— Pojęcia nie mam. Wieś nazywała się Kowal. — Nagle oczy królowej się ożywiły. — Borutka będzie wiedział! On ją wtedy wytrzasnął spod ziemi!

Oby nie spod ziemi — z trwogą pomyślała Jemioła, a na twarzy królowej dostrzegła, iż do pobożnej pani dopiero teraz dociera sens jej własnych słów.

— Gdzie ten Borutka? — spytała szybko.

— Słyszysz? Grają rogi! — Twarz królowej rozjaśniła się w uśmiechu.

— Nie mamy czasu, pani! Gdzie Borutka?! — powtórzyła zniecierpliwiona Jemioła.

— Przecież mówię — odpowiedziała królowa Jadwiga, jakby to była sprawa oczywista. — On zawsze zjawia się, gdy jest potrzebny. Wjeżdża na Wawel w otoczeniu węgierskiego hufca.

WŁADYSŁAW oddychał łapczywie, jak pływak, który cudem dopłynął do brzegu, jak skazaniec, co uciekł katu spod topora. Jak król, który w ostatniej chwili ocalił Królestwo.

— Sława memu zięciowi, królowi Węgier, Carobertowi Andegaweńskiemu! — wznosił trzeci raz ten sam toast.

— Chwała mu! — gromko odpowiedzieli zgromadzeni w zamienionej na salę biesiadną wielkiej komnacie koronacyjnej.

Przy rozstawionych naprędce w podkowę stołach gościł pięć dziesiątek węgierskich wodzów, ich zwierzchnika, Wilhelma Drugetha, arcybiskupa Janisława i drugie tyle pierwszych panów Królestwa. Kazał otworzyć wawelskie piwnice, niekończący się korowód służby niósł dziesiątki dzbanów najprzedniejszych miodów pitnych. Węgrzy kochali wino, ale jak mówili, piją je, by żyć. A by świętować, chcą pić polskie miody!

Jałbrzyk opowiadał mu wszystko po raz kolejny, a Władek mógłby słuchać tego bez końca, niczym refrenu najprzedniejszej pieśni.

— ...Luksemburczyk konno, na głowie złoty diadem, a nasz żupan Drugeth na wprost niego, oko czarne, włos rozwiany, trzy ptaki na piersi i daje: nic, co mogłoby zachęcić cię, panie, do najazdu na kraj jego teścia. Luksemburczyk mrugnął na dwa oczy, pokażę, tak zrobił i dalej, twardo: nie było też słowa, które miałoby mnie do niego zniechęcić, i czeka, co nasz Drugeth odpowie, a on grubym głosem, jakby spod ziemi: opacznieee zrozumiałeś rozmowyyy. Najmniejsza nawet krzywda wyrządzona memu teściowi, jego dostojności Władysławowi, królowi Polski, będzie równoznaczna z zabiciem na moich oczach mego własnego syna i następcy, Władysława. Luksemburczyk blednie, sinieje, zielenieje, jest bliski łez i mówi, nie, płacze: nie tykajmy przyszłego męża mej córki, *buuu*, pociąga nosem, w rękaw wyciera i wtedy wyjeżdża Borutka, straż luksemburska atakuje Borutkę, trzy miecze kierują się w jego pierś, a on, wroni, czarny, wyniosły jak jakiś książę, choć ja pamiętam, jakeśmy go na szlaku pod Łęczycą znaleźli, jak nie wspomnę kogo, ale teraz, czarny mściciel wawelski, złoty wron na piersi, niczym panisko, nieczuły na skierowane ku sobie ostrza jedzie, zza pazuchy *siuch*, wyciąga pergamin z andegaweńską pieczęcią i królowi Czech rzuca go w twarz, jak potwarz...

— Dobra, wystarczy — przerwał mu Władek. — Tak się zagalopowałeś, że za chwilę opowiesz, jak Borutka sam jeden czeskie wojska rozgromił. Słuchać miło, ale wierzyć niezdrowo. Borutka! — przywołał Wrończyka.

Ten jednak nie słyszał. Do komnaty wbiegli kuglarze i zaczęli rzucać płonącymi maczugami, Władek odpuścił. Nie chciał narażać na szwank królewskiego majestatu próbą odciągnięcia Borutki od ognistych sztuczek. Zwrócił się do siedzącego po swojej lewej Wilhelma Drugetha.

— Naprawdę czekaliście, aż ostatni czeski rycerz wyjdzie z Małej Polski?

— Tak było — potwierdził żupan Spiszu. — Nie chcieliśmy dać Luksemburczykowi powodów, by wątpił w stanowcze wystąpienie króla Caroberta.

— Jak mocno ucierpiał zamek biskupa krakowskiego w Sławkowie?

— Nieszczególnie. Spalili podzamcze, zwykła rzecz, oblężenie uszkodziło mury obronne, samemu zamkowi nie robiąc większej krzywdy. Luksemburczyka nadzwyczaj interesują kopalnie. Zdążył z nich wywieźć urobek.

Władysław pokiwał głową, nie odpowiedział. W duchu liczył się z tysiąckroć większymi stratami.

— Propozycja, którą przedstawił Borutka, przeważyła szalę królewskiej decyzji — podjął po chwili Drugeth.

— Sądzisz, iż bez niej mój zięć nie ruszyłby na pomoc? — spytał, patrząc przed siebie, choć nie interesowały go ani trochę zręczne sztuczki połykacza ogni.

— Nie sądzę, by zrobił to tak szybko — odpowiedział żupan.

— Tempo zaiste było imponujące — z namysłem powiedział Władysław.

— Adekwatne do złożonej nam propozycji — zripostował Wilhelm Drugeth.

Przerwały im oklaski i pokrzykiwania. Połykacz ognia skończył pokaz, kłaniając się, wybiegał, a jego poprzebierani za zwierzęta pomocnicy zbierali strzępki spalonych pakuł i szmat. Ponad panującą w komnacie woń miodu, mięsiwa i potu wybił się ostry, nieprzyjemny swąd.

— Ogon mu się pali! — zaśmiał się tubalnie któryś z Węgrów i już cała komnata rechotała, pokazując palcami na pomocnika sztukmistrza przebranego za smoka. Jego kompani w mig zadeptali dymiący ogon i kłaniając się nisko, wybiegli. Przy Władysławie zjawił się roześmiany Borutka.

— Słuchaj no — przywołał go Władek, widząc, iż Drugetha zajmuje rozmową wojewoda krakowski. — Powiedz mi o luksemburskim królu. Jaki on jest?

— Nie mieliśmy okazji się lepiej poznać — zachichotał Borutka.

— Hm — mruknął Władek — Jałbrzyk opowiada co innego. Kto by tam wierzył Jałbrzykowi, co? Na stare lata puszczają mu i nerwy, i język. Ale czekaj, chłopcze — przytrzymał Borutkę za łokieć. — Widziałeś go, mówiłeś z nim. Jakie wrażenie na tobie zrobił?

Borutka milczał chwilę, potem powiedział:

— Diaboliczne.

— Co? — Władek spojrzał na niego ostro.

— Diaboliczne — powtórzył Borutka. — Pan Drugeth nauczył mnie tego nowego słowa i wydaje mi się, że pasuje do Luksemburczyka.

Władysław fuknął i odepchnął lekko Borutkę. Co za bzdury. Używa słów, których nie rozumie, żeby się chwalić, czego się nauczył.

— Królu. — Arcybiskup Janisław siedział po prawicy Władka i spojrzał mu teraz głęboko w oczy.

— Upiekło się nam, co? — powiedział Władek.

— Chciałbym wiedzieć, o jakiej propozycji mówił żupan Spiszu. — Jasne oczy Janisława przenikały go niczym chłodne sople. Władysław potarł czoło. Wolałby uniknąć tej rozmowy. — Skoro była to oferta, która skłoniła króla Węgier do wysłania natychmiastowej pomocy zbrojnej, choć wcześniej wyraźnie z nią zwlekał, to jej waga musiała być wysoka. Wolałbym nie dowiedzieć się o niej za późno.

— To było przed rozmową na wieży — powiedział Władysław, nie patrząc na arcybiskupa. — Wysłałem Borutkę, gdy zwiadowcy przynieśli raporty o sile czeskich wojsk ciągnących na Kraków. Tydzień przed twoim przyjazdem na Wawel.

Władysław patrzył na bawiącą się salę. Na Węgrów, którzy uratowali Małą Polskę. Widział, jak piją z jego rycerzami, jak próbują wspólnie nucić pieśń, którą dźwięcznym głosem śpiewał minnesinger w rogu sali, jak stukają się kielichami, aż miód płynie im po palcach. Odwrócił się ku Janisławowi. Arcybiskup gnieźnieński, wysoki i szeroki w plecach, jasnowłosy i jasnooki, siedział prosto, nie pił, dłonie trzymał położone równo na blacie stołu. Siedział i patrzył ze swej wysokości prosto w jego oczy, wymuszając wyznanie.

— Obiecałem jednemu z moich węgierskich wnuków tron krakowski, gdyby Pan Bóg nas doświadczył i zabrał Kazimierza do siebie — powiedział na jednym tchu.

— Nie wspomniałeś o tym podczas rozmowy z Matką Jemiołą.

— Nie — odpowiedział Władysław.

— Chciałeś ją oszukać? — spytał wprost arcybiskup.

— Nie chciałem jej zranić — odpowiedział Władek. — I nie miałem pewności, co się dalej stanie.

— Propozycja dla Andegawenów jest bezwarunkowa?

— W żadnym wypadku — spokojnie zaprzeczył Władysław. — Zawiera więcej warunków niż obietnic.

Janisław głośno wciągnął powietrze.

— Nie widziałem innego wyjścia — żachnął się Władysław. — Kazimierz nie dawał oznak życia. Królestwo było w śmiertelnym zagrożeniu, a Carobert wciąż nie chciał mi wybaczyć Litwinów.

— Wiem — przerwał Janisław. — Chcę zobaczyć to, co spisałeś dla Andegawena.

— Nie ja. Spisywał kanclerz Piotr Żyła.

— Bogu niech będą dzięki — wyszeptał Janisław.

Władek już miał się żachnąć, gdy arcybiskup dodał:

— Ja jej nie okłamię, mój królu. Tobie też nie radzę.

Nie zdążył odpowiedzieć, bo herold zakrzyknął:

— Królowa Jadwiga!

Jego żona z orszakiem dam dworu wkroczyła do sali biesiadnej. Zgromadzeni powstali, witając ją ukłonem. Oddawała go z uśmiechem. Z uśmiechem?! Władkowi serce zaczęło walić w piersiach. Nie widział uśmiechniętej Jadwigi od roku. A teraz szła ku niemu, niemal płynęła jak promień słońca. Wstał, wyszedł zza stołu, zszedł z podwyższenia, by ją powitać, jakby pierwszy raz ją widział.

— Żono moja — powiedział, wyciągając do niej rękę.

— Mężu, królu — odrzekła, podając mu swoją. Na jej smukłym palcu lśniła perła. — Przynoszę wieści równie wspaniałe jak obecność sprzymierzonych — uśmiechnęła się do Drugetha. Władek dopiero teraz zobaczył, że żupan wstał i dołączył do niego, podobnie jak arcybiskup.

W komnacie umilkły gwary.

— Nasz syn wraca do zdrowia! — zawołała Jadwiga do niego i odwróciła się, obwieszczając wszystkim: — Królewicz Kazimierz ozdrowiał!

Władysław poczuł, jak serce łomoce mu w piersi, jak szumi krew. Wzruszenie zadławiło go na chwilę. Nie mógł nic powiedzieć. Jadwiga ściskała jego rękę.

— Papież Jan XXII odprawił w intencji jego powrotu do zdrowia siedem mszy — powiedziała dźwięcznie — a Matka Jemioła dokonała całej reszty. I nasz Kazimierz żyje!

Jadwiga puściła jego dłoń, odwróciła się i podała rękę stojącej za nią kobiecie. Jemiole. Oszołomiony Władysław skłonił się jej i wyszeptał przez dławiące go łzy:

— Z całego serca dziękuję.

Jemioła obdarzyła go uważnym spojrzeniem, potem przeniosła je na Janisława za jego plecami. W komnacie zawrzało. Wiwaty, toasty, wybuchła oszalała radość, tak długo nieobecna na Wawelu.

— Następca tronu powrócił!

Władysław tak bardzo chciał teraz być przy jego łożu, wziąć go w ramiona, zamiast niego porwał w objęcia Jadwigę.

— Ozdrowiał... — zaszlochał w jej szyję.

— Jeszcze daleka droga, mężu — wyszeptała mu do ucha. — Dopiero otworzył oczy i nabrał rumieńców.

— Ale...

— Ale wolałam, by Drugeth już oswoił się z myślą, że wydłużyła się droga do tronu. Im szybciej to zrozumieją, tym lepiej, uwierz mi. Jutro zaproszę Drugetha do komnat naszego syna. Zobaczy, że choroba nie była zmyślona, i zobaczy, jak Kazimierz wraca do zdrowia. Nie obawiaj się, mężu, wojska węgierskie nie opuszczą nas tak szybko. Dostałam list od Elżbiety. — Ucałowała go w policzek i odsunęła się, mówiąc do wszystkich: — Nie zabawimy z wami długo. Chcemy doglądać następcy tronu. Czy zgodzisz się, mężu, by Borutka nam towarzyszył?

— Zgodzę się na wszystko — powiedział Władysław.

Jadwiga pozwoliła, by Wilhelm Drugeth ucałował jej dłoń, wzięła pod ramię Borutkę i ruszyła ku wyjściu. Jemioła zniknęła Władysławowi z oczu pomiędzy szeregiem dam dworu jego żony.

— Upiekło ci się, królu — szepnął do jego ucha Janisław. W jego głosie nie było ani przygany, ani żartu. Arcybiskup stwierdzał fakty w całej ich złożoności.

— Mój król i królowa będą uszczęśliwieni powrotem twego syna do zdrowia — powiedział do niego Wilhelm Drugeth. — Jestem tego pewien.

— Nie wątpiłem w to ani przez chwilę — odpowiedział Władysław, a w duchu powtórzył za Janisławem: Upiekło mi się.

Wrócili na swoje miejsce, gwar wokół stołów wybuchł ze zdwojoną siłą. Podczaszy dyrygował zastępem sług, którzy przynosili nowe dzbany miodu. Minnesingera nikt już nie słuchał, wszyscy pili, przekrzykując się w toastach za zdrowie królewicza. Gdyby miały moc ozdrowieńczą, Kazimierz tańczyłby teraz na środku i fikał kozły. Władysław wypił w końcu kielich miodu, który tym razem nie smakował wyrzutami sumienia, lecz czystą słodyczą lipy. I dotarło do niego, że dzięki talentom swej córki, żony i Jemioły znów może zacząć wszystko z czystą kartą.

„Złam tradycję" — usłyszał głos w głowie i otrząsnął się. Po co ją łamać, skoro kobiety potrafią wszystko z pozycji żony!

— Królowa Elżbieta przekazała przez nas kilka dzbanów węgrzyna — zagadnął go poufale Drugeth.

— Wypijemy i węgrzyna, przyjacielu — poklepał go po ramieniu Władek. — Ale dzisiaj czas na najsłodsze trunki! — Uniósł kielich, ale nim zdążono mu go napełnić, do komnaty wpadł Jarosław Bogoria. Za nim Nawój, kasztelan krakowski. Miny obu sprawiły, że Władek odstawił kielich.

— Najjaśniejszy panie — powiedział kasztelan i w sali umilkły gwary i śmiechy. — Król Jan Luksemburski zhołdował sobie księstwa śląskie.

— Które? — spytał Władysław, czując, jak wyparowuje z niego słodycz miodu.

— Brał, jak szedł — grobowo powiedział Bogoria. — Bytom, Oświęcim, Cieszyn, Racibórz...

Z Raciborza powinien odbić na południe, do Bramy Morawskiej, wracać do Pragi — gorączkowo myślał Władysław.

— ...Opole — powiedział Bogoria. — Niemodlin.

— Jezu Chryste. Dalej już tylko droga na Wrocław.

OSTRZYCA ze zwojem liny przerzuconej przez ramię, przyświecając sobie kagankiem, zeszła na najniższy poziom warownego jesionu, tam gdzie między korzeniami ukryty był loch. Loch, szumna nazwa. Była to zwykła jama, w której trzymano więźniów. Ostrzyca chwilę mocowała się z kluczem, w końcu zamek puścił. Uniosła klapę i poświeciła do wnętrza, lecz nim cokolwiek dostrzegła, w jej nozdrza wdarł się smród. Bylica i Lebiodka wpół siedziały, wpół leżały, oparte o siebie plecami. Wyglądały na chore, oddychały ciężko i nierówno, pogrążone w głębokim śnie. Obok nich stały puste miski.

Zjadły wszystko, ziółka w polewce musiały zadziałać — zaśmiała się do siebie Ostrzyca i zeskoczyła. W chybotliwym świetle kaganka przyjrzała się więziennej jamie. Była większa, niż przypuszczała, choć nie mogła w niej stanąć wyprostowana, musiała poruszać się zgięta wpół. Cicho ominęła śpiące. Jama ciągnęła się dalej, jej ściany były wydrążone w ziemi, obwarowane korzeniami jesionu. Gdzieniegdzie na polepie walały się ogryzione zwierzęce kości, strzępy ubrań, dostrzegła nawet zardzewiałą sprzączkę. Ślady po tych, którzy gnili tu przed Lebiodką i Bylicą. Usiadła i uniosła kaganek. Spojrzała w górę i aż zatkało jej dech w piersi. Sklepienie jamy oplecione było plątaniną korzeni tak gęstą, jakiej nie widziała w życiu i nawet nie przypuszczała, że coś takiego może istnieć. Najgrubsze korzenie tworzyły rodzaj szkieletu, a od nich odchodziły dziesiątki średnich, setki mniejszych i tysiące korzonków cienkich niczym źdźbło.

— Nic dziwnego, że nikt stąd nie nawiał — westchnęła w podziwie. — Porzygałabym się ze strachu, gdyby mnie tu zamknęli.

Wstała i wróciła do śpiących. Dotknęła ramienia matki.

— Pobudka. Ale masz być cicho.

Bylica z trudem otworzyła oczy, zamrugała. Dawno nie widziała światła. Lebiodka jęknęła, budząc się.

— Powiedziałam: cicho. Chcecie stąd wyjść?

— Tak... — zaszeptały jednocześnie.

— Więc ani stęknięcia. Weźcie się w garść, do tej jamy łatwiej człowieka wrzucić, niż go stąd wyciągnąć.

Bylica poruszyła ustami, musiała odchrząknąć, by z jej gardła wydobył się głos:

— Jarogniew cię przysłał? — Spojrzała na Ostrzycę nieufnie.

— Tak — odpowiedziała, zdejmując z ramienia linę. — Ale nasza misja jest sekretna, więc cicho sza. Muszę was wyciągnąć i wyprowadzić z jesionu. Pogadamy sobie, jak przejdziemy podniebne kładki, jasne?

Pokiwały głowami. Obwiązała liną najpierw córkę, podciągnęła się, wygramoliła z loszku i wciągnęła Lebiodkę na górę. Potem to samo zrobiła z Bylicą. Ledwo trzymały się na nogach, Ostrzyca pokręciła głową.

— Jak się będziecie tak bujać, nie damy rady stąd wyjść. Jarogniew powiedział: „Zabierz je, jeśli są na siłach, a jak nie, to..." — Wzrokiem pokazała na ziejącą smrodem jamę. Matka podtrzymała córkę, przytaknęły, że zrozumiano.

— Zwiń linę — rozkazała Bylicy, a sama ostrożnie, by nie narobić hałasu, zamknęła klapę i przekręciła zardzewiały klucz w zamku. — Strasznie cuchniecie — powiedziała. — Nawet jeśli przejdziemy po cichu, odór się rozniesie.

— Nie przesadzaj — wyszeptała Bylica — mężczyźni nie są aż tak wyczuleni na smród.

Ostrzyca zachichotała w duchu. Nie jest z nią tak źle — pomyślała i sięgnęła po płaszcze, które ukryła w załomie u podnóża schodów.

— Zakładajcie, kaptury na łeb. Idziemy. Jeśli kogokolwiek spotkamy, ja mówię, wy milczycie.

— Jarogniew spotka się z nami? — spytała z nadzieją Lebiodka.

— Wy milczycie — powtórzyła Ostrzyca. — Ja prowadzę.

Ruszyła na schody, nie oglądając się. Nie musiała, podwieszona konstrukcja przenosiła ruch, Ostrzyca czuła, gdy któraś z kobiet zatrzymywała się na chwilę. Trwało to krótko, zaraz ruszały dalej. Nadzieja na przywrócenie do łask, lęk przed nią, gniewem Półtoraokiego czy zwierzęce wręcz pragnienie oddychania świeżym powietrzem, cokolwiek nimi powodowało, zmusiły się do użycia resztek wycieńczonych sił. A może pomogły wzmacniające zioła, które dostały w posiłku, tak czy siak, dotarły do pustej o tej porze jesionki. Ostrzyca odwróciła się, obrzuciła je surowym spojrzeniem i położyła palec na ustach. Pokazała, że mają zaczekać, a sama bezszelestnie podeszła do wyjścia i uchyliła drzwi. Na zewnątrz było cicho i dość jasno od łuczyw, które oświetlały wejście do jesionu. Wartowników nie zauważyła. Czekała chwilę, aż wreszcie zbliżyła się do niej postać w kapturze zakrywającym całą twarz.

— Popili, zasnęli — zameldowała.

— Bieluń też? — upewniła się Ostrzyca. Zwłaszcza on nie mógł ich zobaczyć.

— Tak — zapewniła.

— Dobra robota, Kostrzewo — pochwaliła ją. — Zabieram je, bywaj.

— Nie — szybko odpowiedziała Kostrzewa. — Idę z wami. Zgódź się.

Ostrzyca nie miała czasu na targi, szybko przesiała w głowie za i przeciw, było ich po równo, więc kiwnęła na zgodę.

— Ty bierz młodą — rozkazała. — Są słabe. Podtrzymując je, szybciej przejdziemy kładki.

Wyprowadziła dziewczyny z jesionki, przemogła się i objęła Bylicę za plecy. Ruszyła przodem, sprawdzając, czy Kostrzewa z Lebiodką dotrzymują im kroku.

Najważniejsze: dojść do bramy warownego jesionu — wyznaczyła sobie zadanie i odruchowo wydłużyła krok. Musiała zwolnić po kilku, bo Bylica nie nadążała. Dostrzegła dwóch wartowników śpiących z dzbanami w objęciach. Czy Kostrzewa pomyślała, by zamienić naczynia i podstawić im dzbany ze zwykłym miodem? — przebiegło jej przez głowę, ale nie traciła czasu, spyta później, jak trzeba to zruga, albo i obije. Jeszcze dwanaście kroków do bramy. Sześć, trzy. Dwaj mężczyźni spali na siedząco, opierając się plecami o bramę. Psiakrew.

— Czekaj. — Puściła Bylicę, a sama pochyliła się nad śpiącymi. Wsłuchała w chrapliwy oddech. Owionął ją zapach przetrawionego miodu i ostra woń ziół. Kozłek, męczennica polna i chmiel. Wielka nasenna trójca. I naprawdę niewielka dawka tojadu. Jeden z wartowników poruszył się przez sen, zamruczał jakieś lubieżne zaklęcie. Ostrzyca na palcach wróciła do dziewczyn.

— Otworzę bramę, a wy przytrzymacie ich za ramiona, żeby nie upadli, gdy uchylimy wrota. Zamykając, podtrzymamy im plecy, powinni dalej siedzieć i spać. Ale gdy tylko domknę bramę, biegniemy co sił. Jasne?

— Jarogniew czeka na nas? — spytała młodsza, a Ostrzyca w odpowiedzi obrzuciła ją złym spojrzeniem.

— Jarogniew cię posieka, jeśli zawiedziesz — odwarknęła. — Idziemy.

Nie raz sama otwierała żelazną zasuwę bramy, bo w pierwszych latach służby Półtoraoki dawał jej dwu-, trzydniowe nieustanne warty, sprawdzając, ile jest w stanie wytrzymać bez snu. Gdy ze zmęczenia kiwała się nad ranem, przychodził i zaskakiwał ją. Za każdą nieuwagę dostawała w łeb. Zarobiła tak dwanaście razy i przysięgła sobie, że trzynastego nie będzie. Raz próbował z nią tego, co dzisiaj zrobiła tym chłopcom Kostrzewa, przyniósł jej dzban miodu, pochwalił za służbę. Wypiła, szczęśliwa i dumna, że dowódca ją docenia, wyróżnia, obdarza uważnym spojrzeniem dwubarwnych oczu. Stał przy niej i patrzył, jak pije do dna. I na tym dnie wyczuła goryczkę ziół, ale było za późno. Jarogniew podał jej inne proporcje odwaru, niż to, co rudowłosa dała teraz chłopakom. Ostrzyca na całe życie zapamiętała piekący smak tojadu. Wtedy uśmiechnęła się, oddając pusty dzban, on poklepał ją w ramię i poszedł. Odczekała chwilę i włożyła sobie palce do ust. Nieważne, że chłopcy rechotali. Wyrzygała wszystko, popiła wodą, otrząsnęła się i gdy Półtoraoki przyszedł sprawdzić, czy zasnęła, czy porzuciła wartę, ona stała blada, zielonkawa i wciąż wstrząsana torsjami, ale stała, oparta o swój oszczep. Ci junacy najwyraźniej nie byli dość czujni. Musieli wypić wszystko, co przyniosła im Kostrzewa, pewnie gapili się przy tym na jej rude długie włosy i gadali, że jest słodka jak miód.

Wiedziała, jak chwycić zasuwę, jak unieść ją równo, by żelazo nie wydało szczęku. Podtrzymała zawiasy i ostrożnie wysunęła ciężki rygiel. Głową dała znak dziewczynom, że teraz mają przytrzymać wartowników. Kostrzewa pomogła jej pchnąć masywne wrota, obeszły śpiących zręcznie i już obie były na zewnątrz, robiąc miejsce Bylicy i Lebiodce. Te, pochylone, nie puszczając pleców wartowników obeszły ich bokiem. Lebiodka nadepnęła na swój płaszcz, zachwiała się niebezpiecznie, ale mocne palce Ostrzycy przytrzymały ją. Wyplątała się z fałd. Ostrzyca kiwnęła głową Kostrzewie i równo, powoli domknęły bramę. W ostatniej chwili Bylica z Lebiodką puściły plecy wartowników, a Ostrzyca i Kostrzewa podparły ich, zamykając wrota.

— Kamień — szepnęła Ostrzyca, nie puszczając ciężkich wrót.

Bylica w mig znalazła co trzeba, ale nie miała siły przytargać kamienia do podparcia bramy. Pomogła jej Kostrzewa. Ostrzyca pokazała im, że mają potrzymać wrota zamiast niej. Kamień to za mało, aby utrzymać od zewnątrz niezamkniętą na zasuwę bramę, ale przewidziała to wcześniej. W krzakach ukryła kilka grubych konarów. Znalazła je w mig i zabezpieczyła wyjście.

— Biegniemy — rozkazała i ruszyły zawieszonymi między wierzchołkami drzew kładkami.

Byle do końca kładek — wyznaczyła sobie kolejny cel.

ZYGHARD VON SCHWARZBURG, komtur grudziądzki, przyjechał do Malborka na zwołaną naprędce przez wielkiego mistrza naradę. Chciał zaskoczyć wszystkich i przybyć o dzień wcześniej, ale po drodze odwiedził swego bratanka Guntherusa, komtura w Gniewie, i wyszło jak zwykle.

— Gdy zapraszam najważniejszych ludzi w państwie zakonnym — pretensjonalnym, magisterskim tonem zajęczał Werner von Orseln — każdy z nich poczytuje to sobie za zaszczyt. Mimo to jeden i wciąż ten sam spóźnia się haniebnie. Zyghardzie von Schwarzburg, przypominam, że jesteś komturem grudziądzkim, a nie księciem, na którego będziemy czekać!

— Wybacz, wielki mistrzu — skłonił się Zyghard z miną, o której miał wyobrażenie, że jest pokorna. — Oczywiście, jestem księciem von Schwarzburg, ale tylko z urodzenia. Czymże jest krew wobec powołania? Tylko purpurową cieczą, która krąży w żyłach i, wbrew temu, co myślą niektórzy, u żywych nigdy nie bywa błękitna. Jednakowoż, choć moja przysparza tylu kłopotów, to zapewniam cię, mistrzu, że w nadchodzących dniach nam się przyda. Spóźniłem się dla dobra Zakonu, pozwolisz, że rozwinę?

— Nie teraz — odpowiedział władczo Werner von Orseln. — Punktualność jest wymogiem w Zakonie! Kto jak kto, ale ty powinieneś znać Regułę na pamięć. Jeszcze raz się spóźnisz i za karę będziesz siadał do stołu z knechtami, pachołkami i służbą!

— Zrozumiałem, znam Regułę — grzecznie ukłonił się Zyghard. — Czy to znaczy, że już jestem zwolniony z wyznań na niedzielnej kapitule win?

Orseln uniósł wzrok ku pięknemu sklepieniu sali i sapnął:

— Zajmij miejsce obok nowego komtura toruńskiego.

Zyghard potoczył wzrokiem po zebranych i rozpoznał Hugona von Almenhausen.

— Nie widziałem cię wieki — szepnął do niego, siadając.

— Ja ciebie też — cicho odpowiedział Hugo — i już żałuję. Zapomniałem, jaką przyjemnością jest obcowanie z twoim ciętym językiem.

— Mój język jest bez zarzutu — mrugnął do niego Zyghard, aż przystojna, lekko śniada twarz Hugona pociemniała — choć ostatnio służy tylko do gadania.

— Na niektórych słowa działają mocniej niż czyny — odpowiedział Hugo, patrząc mu w oczy.

— Zwłaszcza gdy czyny prostackie, a słowa wyrafinowane — odszepnął mu Zyghard. — Chociaż wyrafinowanie zaskakująco szybko przeradza się w dziwactwo, a to…

— Zyghardzie von Schwarzburg! — zdyscyplinował go Werner. — Powiedziałem, że udzielę ci głosu później.

— Wobec tego zamieniam się w słuch — kornie odpowiedział Zyghard i wyprostował na krześle, kierując wzrok na wielkiego mistrza. Poprawiając włosy, szepnął do Hugona: — Jeśli ci nie przeszkadza, że nie będę odpowiadał, możesz mówić dalej, mam podzielną uwagę.

Komtur toruński zaśmiał się cicho, ale nie zdążył nic dodać, bo od strony wejścia rozległ się nagły rumor, jakby ktoś próbował sforsować drzwi do kapitularza. Masywna klamka poruszała się ze szczękiem.

— Och. — Zyghard wstał zręcznie i ruszył ku wejściu. — Wybaczcie, bracia, zamknąłem za sobą. Byłem pewien, że wchodzę ostatni.

Przekręcił klucz w zamku i otworzył, pozwalając, by do środka wtoczył się zdyszany i purpurowy na twarzy Ditrich von Altenburg.

— Czerwony Wilk z Bałgi — z dezaprobatą powiedział wielki mistrz, nawiązując do znaku, jaki na chorągwi nosiła komturia bałgijska.

— Czerwony, spocony i niedogolony — mruknął Zyghard, patrząc na rude, oblepiające czaszkę włosy Altenburga. Komtur bałgijski od zawsze budził w nim niemal fizyczną niechęć.

— Mistrzu — pokornie pokłonił się Altenburg. — Proszę o wybaczenie. Miałem zasadzki litewskie na drodze.

— Wybaczam — wyrozumiale skinął głową Werner. — Masz do Malborka najdłuższą drogę. I cenimy twą służbę na wschodnich rubieżach Zakonu.

Czerwony Wilk z Bałgi zajął miejsce, a Zyghard zabrał się za przegląd obecnych.

Luther z Brunszwiku, wytworny wielki szatny, któremu nikt nie wypomina książęcego rodu, zajmował centralne miejsce wśród dygnitarzy, choć urząd szatnego wcale nie należał do najważniejszych w „wielkiej piątce" Zakonu. Wijące się ciemne włosy założył za ucho, potarł palcem krótką, elegancką brodę okalającą szczękę i skinął Zyghardowi głową z daleka. Stosunki między nimi były napięte, odkąd Zyghard odkrył, iż Luther wie o jego wizycie w komandorii joannitów nad Wartą. Teraz na dyskretny ukłon szatnego odpowiedział wyłącznie spojrzeniem. Zamierzał trzymać Luthera na dystans tak długo, jak to będzie możliwe. Czyli do pierwszego zejścia się w tajemnej komnatce do podsłuchiwania. Po obu stronach Luthera, niczym uczniowie zapatrzeni w magistra, siedzieli jego świętoszkowie. Pozbawieni wyszukanego wdzięku swego patrona, wyraziści, acz nieco ociężali.

Bezbarwny Bonsdorf, donosiciel i podsłuchiwacz o świńskich oczkach i jasnym zaroście, nieodmiennie kojarzącym się Zyghardowi ze szczeciną. Szczerbaty Herman von Anhalt, co zapuścił wąsy, gdy stracił ząb. Wyglądał przez to dość groźnie, ale w gruncie rzeczy był poczciwiną, Zyghard to czuł. Przy nim siedział sztywniak Plauen, którego Zyghard musiał niańczyć podczas zwiadowczej wyprawy na Ruś. Plauen nabawił się tam wszy, więc po powrocie zgolił łeb na łyso i zapuścił brodę. Wyhodował ją długą, gęstą i rudą, kładła się teraz niczym grzywa na jego potężnej piersi. Obok Plauena miejsce zajmował Oettingen, niedawno mianowany wielkim szpitalnikiem. Zyghard zmrużył oczy i przyjrzał mu się uważnie. Wielki krewki Szwab, wyrywny i pyskaty, czym sobie zasłużył na tak wysokie stanowisko zakonne? Po drugiej stronie Luthera siedział Otto von Lautenburg. Olbrzymi, zawalisty, czarnowłosy i czarnobrody, niczym niedźwiedź. Wyobraźnia Zygharda podsuwała mu obraz obroży ukrytej pod zakonnym habitem Lautenburga, do której przyczepiona jest smycz, trzymana pod stołem przez Luthera. Siedzi przy szatnym, jakby miał go bronić — pomyślał. — Przed kim?

Otto von Lautenburg, mimo prostackiej sylwetki niedźwiedzia, wywodził się ze świetnej, hrabiowskiej rodziny. Objął ziemię chełmińską po zmarłym bracie Zygharda i trzymał ciężką łapę na śledztwie w sprawie jego śmierci. To wystarczyło, by Zyghard miał go na szczycie swej czarnej listy. Barczysty hrabia Lautenburg zdawał się tego nie wiedzieć, patrząc na niego pogodnie, jak na przyjaciela. Przy Lautenburgu zajął miejsce spóźniony Czerwony Wilk z Bałgi. Wciąż jeszcze pot spływał mu z czoła i ten ocierał go dyskretnie. Jako ostatni siedział Markward von Sparenberg, niczym przeciwieństwo ich wszystkich: łysy, bez brody, o okrągłej twarzy dobrze utuczonego i wiecznie zadowolonego mnicha. Na Markwarda Zyghard miał oko od pewnego czasu, gdy zauważył, iż w tym gronie on właśnie jest najlepiej poinformowany i najszybciej kojarzy fakty, choć nigdy się z tym nie wyrywa.

Siedmiu świętoszków i ich samozwańczy mistrz, Luther z Brunszwiku — pomyślał Zyghard, przesuwając wzrokiem po ich twarzach. Obserwował ich od tak dawna. Wszyscy, łącznie z Lutherem, byli kiedyś jego podkomendnymi w Dzierzgoniu. Przez lata wydawali mu się niezbyt rozgarniętymi, ale za to zapatrzonymi w Luthera akolitami. Jedną masą, składającą się z siedmiu braci, masą, w której żaden, poza Lutherem, niczym szczególnym się nie wyróżniał. A jednak zrobili kariery. Czerwony Wilk został komturem Bałgi, wschodniej flanki. Lautenburg komturem ziemi chełmińskiej, Oettingen szpitalnikiem. A szczerbaty Herman ma już nominację na komtura Nieszawy. Zaskakujące — pomyślał — bo gdybym ja był Lutherem i chciał usadzać swoich ludzi na stanowiskach, postawiłbym na tłuściutkiego Markwarda. Ten na pewno jest bystry.

Podskarbi omawiał wpływy do kasy zakonnej, Zyghard szybko zorientował się, że to go nie interesuje, i zakrywając usta, spytał Hugona von Almenhausen:

— Co robiłeś, gdy cię nie było?

— Po wójtostwie sambijskim krótki urlop w Moguncji i drobna wizytacja domów niemieckich — odpowiedział Hugo.

— Więc jesteś człowiekiem Wernera — stwierdził Zyghard.

— Jestem człowiekiem Zakonu — odszepnął Hugo.

— Jak my wszyscy — odpowiedział kpiąco Zyghard. — Białego płaszcza nie zrzucisz. Ciekawe, że Werner wezwał cię akurat teraz.

— Nikt nie odmawia mistrzowi — tajemniczo powiedział Hugo.

— Ale na Toruń trzeba sobie zasłużyć — zaśmiał się cicho Schwarzburg.

Komtur toruński zwyczajowo uchodził za zakonną głowę wywiadu. Zyghard postanowił, że jak tylko skończą naradę, pójdzie z przystojnym

Hugonem na zimne warmińskie piwo, choć jeśli jego przypuszczenia się sprawdzą, Hugo odmówi spotkania w refektarzu, między braćmi i zaproponuje jakieś ustronne miejsce.

— Dobrze, starczy — przerwał podskarbiemu wielki mistrz. — Póki mamy rozejm z Giedyminem, nie możemy rozwiązać waszych problemów. Mamy własne, bliżej. Moim życzeniem jest, byśmy krótko omówili sytuację, zaczynając od tej najdalszej, w Awinionie i Rzeszy, a potem przechodząc do naszej.

— Niczym pętla, która się zaciska — wyrwało się Zyghardowi.

Mistrz już miał go zrugać, ale machnął ręką i poprosił Hugona o referowanie. Zyghard złowił zaskoczone spojrzenia świętoszków Luthera.

— Są przesłanki, by sądzić, iż w najbliższym czasie sytuacja między królem Niemiec Ludwikiem Wittelsbachem a papieżem Janem XXII ulegnie zaognieniu — zaczął Hugo von Almenhausen.

— Żadna nowość — prychnął niedźwiedziowaty Lautenburg i popatrzył po swoich, wyraźnie podpuszczając ich na nowego.

Przystojna twarz Hugona pozostała nieporuszona, jakby złośliwość komtura ziemi chełmińskiej nic go nie obchodziła. Z tą śniadą cerą, prostym długim nosem i ciemnymi oczami przypomina wizerunki świętych z bizantyjskich ikon — skonstatował Zyghard. — Miła odmiana po świńskiej urodzie świętoszków, będzie na kim oko zawiesić podczas nudnych narad w Malborku. Ciekawe, kiedy szturm o jego względy przypuści Luther. Nie wierzę, by odpuścił sobie nowego, wpływowego komtura. Najpierw poszczuje swoich grubasów, by mu dokuczali, a potem sam weźmie go w obronę, czy raczej w obroty.

— Papież wyczerpał już argumenty — kontynuował Hugo — po ekskomunice, jaką obłożył Wittelsbacha, i braku większego odzewu na nią, doszedł do ściany. Natomiast król Niemiec ma wciąż jeszcze coś w zanadrzu.

— No, zbrojnie na Awinion nie ruszy — lekceważąco skomentował Wilk z Bałgi. — Nie zechce zadzierać z królem Francji.

— Komtur toruński ma rację — odezwał się Zyghard — a tym z braci, którzy mają luki w wykształceniu, przypomnę, że prawdziwe wojny na linii Rzesza–papież toczyły się zawsze z pułapu cesarskiego.

— Moim zdaniem do tego właśnie zmierza Wittelsbach — powiedział Hugo — chce zostać cesarzem.

— Doskonałe. — Lutherowi zabłysły oczy. — Gdyby sięgnął po cesarską tiarę, Jan XXII mógłby umrzeć rażony gromem. Za jednym posunięciem stałby się pierwszym pośród władców i pozbyłby się wrogiego sobie papieża.

— Nie liczyłbym na powtórkę widowiska z Muskatą — zaśmiał się Zyghard, jakby między nim a Lutherem nie było wrogości. — Biskup krakowski, któremu serce pękło, gdy musiał ukoronować Władysława, takie cudo zdarza się raz na stulecie. Jan XXII został papieżem jako starzec i już udowodnił, że ma serce ze stali.

— A rdzę z niego ściera nieustanna nienawiść do Wittelsbacha — wesoło dorzucił Luther.

— Przestańcie — uciszył ich mistrz — to nie czas na dowcipy. Almenhausen, mów dalej.

— Jeśli dojdzie do koronacji cesarskiej, Zakon może na tym tylko skorzystać. Rozpęta się wojna dyplomatyczna, a wiadomo, że na takich, które nas nie dotyczą, wychodzimy najlepiej. Zarówno Wittelsbach, jak i papież będą chcieli pozyskać naszą przychylność, wówczas możemy wytargować coś interesującego.

— Od papieża zdjęcie interdyktu, poproszę — uśmiechnął się wreszcie wielki mistrz.

— A od cesarza zgodę na pobicie króla Władysława — dodał Luther.

— I jakąś pamiątkę z Rzymu — zakpił Zyghard. — Cytrynowe ciastka, beczkę dobrego wina, medal pamiątkowy, liścik z podróży.

— Schwarzburg ma rację — smutno spuentował mistrz. — Nie ma się co ekscytować, póki sprawy nie staną się faktem. Natomiast przyjęcie postawy wyczekującej gotowości wydaje się słuszne. Jeśli Wittelsbach będzie chciał sięgnąć po tytuł cesarski, musi udać się do Italii. To długa podróż.

— Gdy oczy świata będą skierowane na Rzym, nikt nie będzie patrzył na wschodnie rubieże — dokończył swoją myśl Zyghard.

— Zatem zajmijmy się oceną sytuacji — potwierdził mistrz. — Mamy błyskawiczną rejzę Jana Luksemburskiego na Małą Polskę, zakończoną przez Węgrów, którzy stanęli po stronie Władysława.

— I księstwa śląskie oddające się w ręce króla Czech — mściwie powiedział Luther. — Bo nie chcieliśmy im pomóc, gdy był na to czas.

— Czas był zły — oświadczył wielki mistrz. — Mieliśmy rozejm z królem Władysławem.

— Teraz nie mamy — odkrył radośnie Lautenburg.

— Teraz nie mamy — powtórzył za nim Zyghard — już nic do powiedzenia w tej sprawie. Luther ma rację, spóźniliśmy się. Choć zgadzam się z wielkim mistrzem, że interwencja na Śląsku niewiele by nam przyniosła dobrego. Patrząc z obecnego przebiegu zdarzeń, mogłaby nas postawić w stanie wojny z królem Czech.

— Gdybanie — prychnął Luther.

— Skupmy się zatem na faktach — uspokoił mistrz.

— Rozejm z Królestwem Polskim wygasł, król Władysław odepchnął zagrożenie czeskie i ma w kraju wojska Caroberta w znacznej sile. Co z nimi zrobi? Odeśle na Węgry? Czy poszuka pretekstu, by zwrócić się przeciwko nam — postawił rzecz do przemyślenia Hugo.

— Wystarczyłaby drobna prowokacja — mruknął Luther. — Coś niewinnego.

— Nie chcę tej wojny — powiedział wielki mistrz Werner von Orseln. — Zyghardzie, czy sprawa sędziów polubownych ruszyła z miejsca?

— Nie. Polacy wysuwają wyłącznie kandydatury nie do przyjęcia, a my nie możemy sobie pozwolić na drugi przegrany proces. W tej sytuacji lepiej robić to, co do tej pory, blokować ich w kurii.

— Król Władysław chce tej wojny — syknął Luther. — Dajmy mu ją.

Idzie na całość — pomyślał zaintrygowany Zyghard.

— Widzę, że komtura dzierzgońskiego bardziej interesuje spełnianie pragnień króla Polski niż potrzeb Zakonu — zimno powiedział wielki mistrz.

— Uważam, że wojna jest w interesie Zakonu — zripostował Luther.

— Nawet jeśli tak — wtrącił się Zyghard — to głupotą byłoby zaczynanie jej teraz, gdy król Władysław ma w kraju wojska węgierskie.

— Doprawdy? — spytał Luther. — Carobert dał je na wojnę z Janem Luksemburskim, bo silne Czechy nie są Węgrom na rękę. Ale nigdy nie pozwoli ich użyć w wojnie z nami.

— Chcesz sprawdzić? — zadrwił Zyghard.

— Póki mamy wymuszony rozejm z Giedyminem, Litwin nie wspomoże Władysława — odparował Luther.

— Za to w każdej chwili może to zrobić jego krewniak, nowy książę Rusi — przypomniał mu Zyghard. — Bolesław, teraz zwany Jerzym.

— Spokój — próbował ich okiełznać wielki mistrz. — Zachowajcie ten animusz dla wrogów. Hugonie, co sądzisz?

— Nie znamy ceny, jaką młody książę Rusi obiecał Władysławowi za poparcie — powiedział Almenhausen.

— Tanio nie było — polubownie rzucił Luther — skoro polski król pociągnął z wojskiem, by go usadzić na tronie.

— Jak powiedziałem wcześniej — spokojnie przypomniał Zyghard — moje spóźnienie nie wynikało z gnuśności, lecz było wynikiem pracy dla Zakonu. Zajmowałem się właśnie młodym ruskim książątkiem. Sondowałem jego matkę, Mariję...

— A więc to nie plotki — rubasznie zarechotał Herman — żeś uwiódł czerską księżnę! Ha, ha!

— Hermanie. — Zyghard odwrócił się do niego i uniósłszy palec do ust, dodał: — Gdy się śmiejesz, widać dziurę po wybitym zębie.

Herman zacisnął usta i odpowiedział mu wściekłym spojrzeniem.

— Sonduję Mariję, czy byłbym mile widzianym gościem na dworze jej syna. Odpowiedź jest obiecująca.

— Oczekują posła Zakonu? — spytał Werner.

— Nie poszczują psami — uśmiechnął się Zyghard, pokazując cały szereg swoich równych, zdrowych zębów.

— Podejmij misję bez zwłoki — rozkazał wielki mistrz.

— Zatem żegnam — zażartował Zyghard i udał, że wstaje.

— Siedź — zgromił go Werner. — Bez zwłoki, czyli po zakończeniu narady. Hugonie, podziel się z nami tym, co odkryłeś.

Hugo von Almenhausen wstał i podszedł do wielkiego mistrza z zawiniątkiem w dłoni. Wyjął coś niewielkiego i położył przed mistrzem. Potem podał równie mały przedmiot Lutherowi, Markwardowi, Lautenburgowi i wróciwszy na swoje miejsce, położył przed Zyghardem coś, co wyglądało jak drzazga. Schwarzburg już miał zakpić, gdy dostrzegł, że drzazga ma wyrzeźbione oczy, nos, coś w rodzaju długiej brody. Uniósł wzrok i napotkał spojrzenie Luthera.

— Co to jest? — spytał wielki mistrz na tyle spokojnie, że Zyghard mógł być pewien, iż wcześniej rozmawiał o tym z Hugonem.

— Przedmiot kultu lub artefakt magiczny do rzucania uroków — wyjaśnił Almenhausen. — Moi ludzie znaleźli ich znacznie więcej, ale wzór jest ten sam, więc zabrałem tylko kilka, by zademonstrować.

— Znalazłeś to na swoim terenie, komturze toruński? — spytał Luther.

— Na terenie, który objąłem badaniem — odpowiedział Hugo i zmierzył wzrokiem Luthera. — Chcę wyczulić was, bracia, na podobne przedmioty. Zwracajcie uwagę, czy w waszych kaplicach nie pojawiają się takie drzazgi w pobliżu ołtarzy, progów, w dormitoriach.

Diabeł nie śpi, a rycerz zakonny musi być czujny nawet we własnym domu.

Hugo von Almenhausen pozbierał drzazgi i starannie owinął płótnem. Przedstawienie skończone — pomyślał Zyghard — szkoda, zapowiadało się ciekawie. Oto nowy komtur toruński, osobiście wybrany przez mistrza, bez udziału Luthera i rady, w pierwszych miesiącach od objęcia urzędu wytropił Dzikich w państwie zakonnym i dokonał tego, czego mi się nie udało — otworzył oczy Wernerowi. Tym bardziej powinienem napić się z nim piwa. Nie, nie muszę się aż tak poświęcać. Zaproszę Hugona na wino.

— Módlmy się. — Werner wstał i dał znak do zakończenia spotkania.

Zmówili *Pater Noster* i Zyghard już chciał zagadnąć Almenhausena, gdy wielki mistrz powiedział:

— Lutherze i Zyghardzie, muszę wam coś pokazać, jako miłośnikom sztuki. Towarzysz nam, Hugonie. Proszę za mną.

Wilk z Bałgi fuknął i zmierzwił rude, oblepiające czaszkę włosy. Wystarczyło ostre spojrzenie Luthera, by zreflektował się i przyjął pokorną minę. Wyglądał z nią wyjątkowo niezręcznie. Ulryk, komtur domowy Malborka, przywołał sługi ze światłem, czekali przy wyjściu z kapitularza.

— Poprowadziłbym was tam jutro, ale Zyghardowi spieszno na Ruś — powiedział Werner. — Męczy mnie ta zima, szybki zmierzch, czytanie przy świecy, z wiekiem coraz szybciej łzawią mi oczy. No, chodźmy. Hugonie, bądź łaskaw — wezwał go do siebie i jasnym było, że mają kilka słów do zamienienia na osobności.

Zyghard został z Lutherem. Odczekali kurtuazyjnie, aż mistrz i Hugo oddalą się o parę kroków, i ruszyli za nimi.

— Coś ciekawego się działo, nim przybyłem? — zagadnął Zyghard.

— Referowałem, co mówi się na europejskich dworach o sojuszu Władysława i Giedymina.

— I?

— Reputacja króla legła w gruzach. Poplecznik pogan, barbarzyński władca, przyjaciel Dzikich, wykonałem zadanie — beznamiętnie odpowiedział Luther.

— Nigdy nie wątpię w twą skuteczność — powiedział Zyghard.

W tej samej chwili idący przed nimi Hugo i Werner zaśmiali się, a wielki mistrz objął Almenhausena poufale.

— Wypadliśmy z łask, Zyghardzie — powiedział Luther.

— Hm. Pierwszy występ nowego komtura toruńskiego uważam za udany. A ty co sądzisz?

— Wiele ciężkich myśli chodzi mi po głowie — powoli odpowiedział Luther — tak ciężkich, że nie chciałbym rozmawiać o nich tutaj. Gdzie on nas prowadzi?

Zbliżali się do kościoła zamkowego. Od wschodu wciąż otoczony był rusztowaniem, dobudowa lewego skrzydła ciągnęła się w nieskończoność, mimo iż Malbork był oczkiem w głowie Wernera.

— Na nieszpory za późno, do komplety daleko — niespokojnie rozejrzał się Zyghard.

Wielki mistrz i Hugo stanęli u wejścia, przy imponującej portalem Złotej Bramie.

— Poświećcie — rozkazał sługom Werner. — Wczoraj skończyli malować — wyjaśnił Zyghardowi i Lutherowi. — Wam pierwszym się nimi pochwalę. Odsuń, chłopcze, te kozły — pokazał na sprzęty zostawione przez malarzy. W nozdrza wdzierał się ostry zapach tempery, octu i ługu.

— Ależ brzydkie plamy na posadzce. — Zyghard celowo spuścił wzrok, by nie patrzeć na lśniące świeżą farbą fryzy.

— Doczyszczą — gospodarskim tonem powiedział mistrz. — Patrz w górę, Zyghardzie, nie pod nogi! Panny Mądre i Panny Głupie były gotowe już w zeszłym roku, ale wciąż czegoś mi brakowało w przekazie — perorował.

Pannom jednym i drugim brakuje urody — skonstatował Zyghard — ale metafora nie musi być piękna, tylko czytelna. Sąd Ostateczny, który wyobrażają, też dla większości z nas będzie przeżyciem fatalnym, po co osładzać je urodą dam?

Usilnie starał się nie patrzeć na to, co chciał im pokazać mistrz. Połyskujące nową farbą fryzy, na których znalazło się wyobrażenie fauny i flory, tak toporne, że jeśli miało być wizją piekła, to się mistrzowi nadzwyczaj udało. W końcu padło to, czego się obawiał:

— Jak wam się podoba?

— Winorośl nadzwyczaj… — Luther szukał słowa — dosłowna. Podobna do winnego krzewu, że nie sposób pomylić. Za to ten smok… — wskazał na stwora o ptasim korpusie pokrytym łuskami.

— Ja widzę dzika! — Zyghard szybko pokazał palcem coś, co było zgodne z naturą.

— Ja kozła! — podjął grę Luther.

— A to co? Lautenburg? Jak żywy — Zyghard bawił się coraz lepiej.

— To centaur, Zyghardzie — skarcił go mistrz.

— Przepraszam, światło tak odbiło...

— Zaiste, świat na tym fryzie jawi mi się potwornym. — Zyghard z trudem tłumił śmiech.

— Bo takim ma być! — Werner na szczęście się nie połapał. — Trzeba jasno sobie powiedzieć: piekło istnieje, a szatan z uporem pracuje nad ludzkością. Bracia nie są wolni od jego wpływów.

— Sądziłem, że dzięki naszej czujności — odezwał się Luther — której wyrazem jest każda narada w ścisłym kierownictwie, jesteśmy jak Panny Mądre, gotowi na wszystko. A tutaj pod stopami Panien Mądrych kłębią się takie same gady jak pod nogami Głupich. Dlaczego?

Werner von Orseln spojrzał tryumfująco na Hugona i w tej samej chwili do Zygharda dotarło, że żarty się skończyły, a mistrz nie przyprowadził ich tutaj wyłącznie z próżności. Nie, żeby się chwalić, ale żeby przestrzec.

— Najwięcej artefaktów magicznych pochodzi z komturii w Dzierzgoniu — powiedział Hugo. — Tak, wielki szatny. Z twojej komturii.

Luther skamieniał.

— Myślisz, że jestem głuchy i ślepy, Lutherze z Brunszwiku? — odezwał się mistrz. — Byłem tylko ufny. Dochodziły mnie wcześniej słuchy o tym, że twoja Rota Wolnych Prusów podejmuje się zadań co najmniej dwuznacznych. Nie dawałem im wiary.

— Cokolwiek robię, czynię dla Zakonu — odpowiedział Luther i pokornie spuścił głowę. — Rotę niejako przejąłem po świętej pamięci Gunterze von Schwarzburg, który osobiście dobierał jej członków, szkolił ich i uzbroił według potrzeb Zakonu...

Zyghardowi nie drgnął nawet mięsień na twarzy na przywołane przez Luthera imię brata.

— To dzięki Gunterowi Rota Wolnych Prusów stała się najlepszą jednostką spośród wszystkich witingów wzywanych przez nas pod broń na wypadek wojny — ciągnął Luther. — Skoro na każdą wyprawę powołujemy oddziały naszych Prusów, Sambów, Natangów i innych rodzimych wojowników, nie rozumiem, dlaczego akurat działania Roty wielki mistrz uznał za dwuznaczne. Służą jak wszyscy pozostali witingowie, tyle że są od nich lepsi, bo pozostają pod bronią bez ustanku.

— Zakazuję ci używania do tej pracy pogan — oświadczył Werner. — Nie wolno im ufać.

— W Rocie są wyłącznie ochrzczeni Prusowie — powiedział Luther.

— Czy tu, stojąc w Złotej Bramie, w symbolicznym wejściu do Nowego Jeruzalem, możesz przysiąc, że nigdy nie użyłeś pogan do wypełniania zadań zakonnych?

Zyghard patrzył na Luthera, on wciąż jeszcze miał spuszczoną głowę, włosy osłaniały mu twarz. Gdy ją uniósł i spojrzał na Wernera von Orseln, Zyghardem wstrząsnął dreszcz. Twarz komtura dzierzgońskiego była tak blada, że zdawała się lśnić w blasku pochodni, za to jego oczy płonęły, brunatne jak prześwietlony promieniem bursztyn.

Cokolwiek o nim myślę, nie chciałbym nigdy, by tak na mnie patrzył — pomyślał.

— Przysięgam — wolno odpowiedział Luther.

— Miej świadomość, że patrzymy ci na ręce — odrzekł mistrz. — Dziękuję, skończyłem. Zyghardzie, staw się rano w kancelarii, odbierzesz pełnomocnictwa. Hugonie, z tobą muszę jeszcze pomówić.

Nie ja dzisiaj się napiję z nim wina — zrozumiał Schwarzburg.

Mistrz i komtur toruński odeszli, zostawiając im jednego sługę z pochodnią.

— Daj to, chłopcze, trafimy do swoich cel — wyjął mu ją z ręki Zyghard i otrząsnął się z wrażenia, jakie przed chwilą zrobił na nim wzrok Luthera. Teraz komtur dzierzgoński wyglądał najzupełniej normalnie. Zostali sami, Zyghard uniósł pochodnię i jeszcze raz oświetlił portal Złotej Bramy.

— Koszmarne, toporne, potworne — szczerze ocenił jakość płaskorzeźb. A w myślach dodał: Widzę tu nie tylko portrecik Lautenburga, ale i wiele komturskich centaurów. A dzik jest podobny do Bonsdorfa, te świńskie oczka, rzeźbiarz się zapatrzył. Nawet szczecinę zrobił mu rudą.

— Zyghardzie, dzisiaj jest ten dzień, gdy nade wszystko nie chcę usłyszeć, co mistrz mówi w prywatnych pokojach — grobowym głosem odpowiedział Luther.

— Przejąłeś się? Daj spokój — pocieszył go Zyghard. Nie dlatego, że mu współczuł, ale dlatego, że osłabiony Luther był dla niego lepszym kąskiem niż silny.

— Mam do ciebie prośbę, która w obecnej sytuacji, po tym oświadczeniu mistrza, które padło przed chwilą, zabrzmieć może co najmniej dwuznacznie.

— Mów śmiało.

— Chcę obejrzeć szkice, które przed laty zrobił Kuno.

— Co? — W pierwszej chwili Zyghard naprawdę nie zrozumiał, o co prosi Luther.

— Szkice obrazów, jakie miał wykłute na skórze Starzec, którego złowiliście w puszczy pod Bałgą. Wiem, że brat Kuno je zrobił, nim wykradziono wam jeńca.

— Jak rozumiem, chcesz, by zostało to między nami — powiedział, kiedy do niego dotarło. — Nie ma sprawy, Lutherze, tyle że to musi poczekać do mego powrotu z Rusi. Sam słyszałeś, jutro wyjeżdżam.

Luther skinął głową. Ruszyli bez słowa w stronę prywatnych cel. Gdzieś w krużganku przed nimi ostro zapiszczał szczur. Potem usłyszeli tupot kilkunastu łap.

— Wartownik — zakpił Zyghard. — Ostrzegł swoje stado, że nadciągamy.

— Tutaj wychodzi szyb wentylacyjny z klasztornej kuchni — bezbarwnie stwierdził Luther.

— Studiowałeś plany Malborka? Znalazłeś nowe ciekawe komnaty?

— Jeszcze nie, ale będziesz pierwszym, a może i jedynym, z którym się podzielę odkryciem.

Chciałbym w to wierzyć. Jesteśmy w Malborku, tu każdy kłamie — pomyślał Zyghard, a na głos zapytał:

— Co zrobisz z Rotą, jestem ciekaw?

— Wykonam rozkaz mistrza — odpowiedział komtur dzierzgoński. — Zgodnie ze ślubem posłuszeństwa.

Drugi raz tego wieczoru Zyghardem wstrząsnął dreszcz. Jest w tobie coś, czego nie chcę poznać — przebiegło mu przez głowę. Mimo to, gdy Luther zaproponował piwo, nie odmówił. Wypił, choć nie smakowało.

JEMIOŁA dała się poprowadzić do smoczej jamy. Nie miała pojęcia, gdzie na Wawelu mogłaby się spotkać z babką położną; na pewno nie w obecności królowej, nie przy łożu chorego królewicza, nie w otoczeniu tych wszystkich krucyfiksów, którymi obwieszony był zamek. Ale nie chciała też oddalać się zanadto od chorego, a Kraków, ludny, gwarny, tętniący tajemnym życiem nawet w nocy, budził w niej niepokój. Borutka zaproponował smoczą jamę, zgodziła się.

— Tędy, pani. — Młody sługa oświetlił drogę pochodnią.

Gdy weszli na skalną półkę, nietrudno było się zorientować, że w dawnej kryjówce smoka wciąż toczy się życie, choć na tę chwilę wyproszono stąd wszystkich bywalców. Barłogi, walające się puste kubki i dzbany, skorupy naczyń, kości do gry, porzucona chustka, pojedyncza rękawica, wszystko to wskazywało, że namiętność i zabawa znajdują tu schronienie. Skalny korytarz zwężał się i piął wzwyż nieznacznie, z każdym krokiem było w nim coraz czyściej, jakby odwiedzający nie zapuszczali się w głębszą czeluść jamy.

— To tutaj — powiedział sługa, gdy stanęli w grocie wielkości małej chałupy. — Mówimy na to „sypialnia".

Uniósł pochodnię i wtedy zrozumiała. To, co z początku wzięła za niski pułap groty, zapiszczało setkami cienkich wibrujących głosów. Nietoperze, jeden przy drugim, wisiały u pułapu. Przysypiały tu rudawe borowce, maleńkie karliki, owinięte skrzydłami jak peleryną podkowce. Czarne i szarawe nocki, niektóre niemal białe ze starości.

— Opuść ogień — poprosiła. — Nie budźmy ich.

W korytarzu, z którego wyszli przed chwilą, usłyszeli pogwizdywanie i domyśliła się, że zbliżają się Borutka z babką położną.

Kogo ujrzę za chwilę? — Serce Jemioły zabiło gwałtownie.

Starucha była bosa. Ubrana w szary płaszcz na takiej samej szarej kiecce, jakby chciała roztopić się w półmroku. Poszarpany kaptur osłaniał jej twarz i przez tę jedną chwilę dodawał grozy. Spod kaptura wystawał tylko długi rozdwojony podbródek staruchy.

— Pozdrawiam cię — powitała ją Jemioła, wychodząc naprzeciw.

— Dziękuję, nie trzeba — powiedział głos spod kaptura.

— Pokaż twarz — zażądała Jemioła.

— Jeszcze czego — żachnął się głos.

— Odprawię ich — w lot zrozumiała Jemioła, dając znać słudze i giermkowi króla.

Borutka wetknął pochodnię w skalną szczelinę po ścianą. Światło rozeszło się teraz z dołu, w jednej chwili oświetlając postać staruchy tak, że stała się niemal ogromna. Młodzieńcy wycofali się w korytarz.

— Jesteśmy same, nie licząc nietoperzy — zapewniła staruchę.

Ta potrząśnięciem głowy zdjęła kaptur. Siwe, gęste włosy skręcone w sztywne strąki sterczały wokół jej głowy niczym kolce, okalając twarz składającą się z tysiąca zmarszczek. Pomarszczoną tak mocno, że nawet dziurki od nosa zdawały się złożone z poskładanej w dziesiątki zakładek skóry. Wydawało się, że starucha nie ma ust, w każdym razie niknęły w labiryncie skórzastych fałdek i trudno było wyłowić pierwotne rysy kobiety. Poza oczami. Te, przenikliwe i czarne jak rozżarzone węgielki, wlepione były w Jemiołę.

— Kim jesteś? — spytała Matka i sama odpowiedziała: — Na razie widzę tylko, że nie jesteś ani mamuną, ani dziwożoną, ani runą, czarcichą, ani…

— Hi, hi, hi — zachichotała starucha i rozejrzała się po jaskini. — To jest ten Wawel? — A jednak miała usta, pozbawiony czerwieni warg otwór, który, gdy się zaśmiała, ukazał dwa rzędy ostrych, białych zębów. — Tu mieszka królowa i mój mały królewicz?

— Nie — zaprzeczyła Jemioła. — To nie Wawel, ale skała, na której stoi. A królewicz nie jest twój, kimkolwiek jesteś. Ja jestem Jemioła, Matka Starej Krwi.

— Dębina była wyższa — oceniła ją starucha i mruknęła: — Hmm, może jeszcze urośniesz? Bo na Dębinie przez pierwsze sto lat też właściwie oka nie można było zawiesić. A Gaja, ta co była przed nią, to z kolei kobita na schwał. Za jej czasów to było u nas w lasach wesoło — znów zachichotała, pokazując te lśniące i ostre jak u kota zęby. — Żeśmy się wybawiły w chowanego, ho, ho!

Bies — zrozumiała Jemioła. — Demon stary jak świat. Zły, gdy mu się rzuca wyzwanie. Obojętny, kiedy się go nie tyka. Czy może być dobry?

— Może być — starucha odpowiedziała na myśli Jemioły. — Czegoście mnie nie zaprosili na Wawel, ino pod Wawel, hę?

— Krzyże — odpowiedziała szczerze Jemioła, wiedząc, że musi trzymać myśli na wodzy. Krótko przy sobie. Kontrolować każdą i nie wypuścić nieostrożnej.

— A, to dobrze. Krzyże strasznie mnie nerwią.

— Tamtego dnia, gdy królowa rodziła, też cię zdenerwowały?

— Tamtego dnia nie — wesoło zaprzeczyła starucha.

— Dlaczego jej pomogłaś?

— Bo mnie mały poprosił.

— Borutka? — upewniła się.

— Mam słabość do dzieciaka. Sierota z bagien, a niegłupi i proszę, jak się urządził.

— Po co zabrałaś macierznik królowej?

— Na pamiątkę — zachichotała.

— Wymienisz się?

Oczy staruchy zalśniły nieufnie.

— Na co? — spytała, a jej głos już nie był ani wesoły, ani pogodny. Był głuchy, jakby odbijała się w nim przedwieczna otchłań.

Milczały chwilę, Jemioła potrzebowała czasu, by okiełznać myśli, miała też nadzieję, że usłyszy podpowiedź Dębiny, ale jedyne, co do niej docierało, to ciche popiskiwanie nietoperzy.

— Nie wiem, co mogłoby cię usatysfakcjonować — odpowiedziała ostrożnie.

— Lubię królewskie pamiątki — powiedziała starucha. — To była moja pierwsza i od razu polubiłam.

— Kość któregoś ze zmarłych królów — śmiało zaryzykowała Jemioła.

— Ze zmarłych? — nadąsała się starucha. — Jakbym chciała ze zmarłych, to...

— Nie kończ! — w porę przerwała Matka. — Dam ci coś od żywych. Pukiel włosów?

— Włosy mam swoje — hardo potrząsnęła głową starucha.

— Ale nie masz ozdób — powiedziała Jemioła. — Błyskotek. Złota, drogich kamieni.

— Ty też — skwitowała stara, ale w jej lśniącym oku Jemioła dostrzegła zaciekawienie.

— Bo ja nie jestem królową — odpowiedziała szybko — i nie zasługuję na nie. Matki Starej Krwi stroją się w dary ziemi...

— A co by to mogło być? — pokręciła głową stara.

— Nie wiem, co lubisz. Pierścień na palec, zausznica, naszyjnik, diadem.

— Na palec nic nie chcę, bo w ziemi często grzebię. Na uszy też nie, bo będę źle słyszeć, a lubię słyszeć, co w trawie piszczy. Chcę ozdobę na włosy, taką, co noszą królowe.

— Borutka! — krzyknęła co sił Jemioła. — Boruuutka!

— Już się robi! — odkrzyknął z głębi korytarza królewski giermek.

— On jest bystry, co? — zagadnęła stara. — A taki był malutki... Możesz mówić do mnie Biesico, czuję, jak się męczysz. „Starucha" też lubię, jest takie godne.

— Jak to jest, gdy się istnieje tak długo? — spytała Jemioła.

— Ciekawie — odpowiedziała. — Nim pomyślisz, co będzie dalej, to już przemija. A jak się czuję samotna, a czasem się czuję, wciągnę sobie kogoś w bagno i mam rozrywkę.

— Mnie nauczono, by biesów nie zaczepiać.

— Biesów lepiej nie — przytaknęła. — Ale Biesicę? Ty mnie zaczepiłaś, wysłałaś małego po mnie.

— Bo mam sprawę. Masz przy sobie macierznik? — chciała się upewnić Jemioła.

— Poczekajmy, aż mi przyniesie nagrodę — odmówiła odpowiedzi Biesica i poruszyła żuchwą, wysuwając ostre krawędzie zębów. — Widzisz tego białego? — wskazała zakrzywionym paluchem na nietoperza w rogu groty. — Ja go znam, nicpoń, wysysał owce jeszcze za czasów tego króla, co biskupa zarąbał. Znałaś go?

— Nie.

— A, ty młódka jesteś — przypomniała sobie Biesica. — Będziesz chciała się czegoś o dawnych czasach dowiedzieć, wypytaj białego.

Nietoperz jakby je słyszał. Zapiszczał cieniutko i okręcił się nerwowo wokół własnej osi.

— Nie, nie wypytuj — powiedziała Biesica. — Mówi, że cię nie lubi, wolał Dębinę, a ty to... wolisz nie wiedzieć, co wypiszczał. Skąd on zna takie brzydkie słowa? Pojęcia nie mam.

Jemioła czuła woń własnego potu i cały wysiłek wkładała w to, by zmusić serce do normalnego, a nie oszalałego bicia. Biesica igrała z nią, raz po raz dając Jemiole odczuć swą przyrodzoną siłę. Jak przed chwilą, gdy uniosła palec i skierowała w nietoperza, a na skalnej ścianie pojawił się cień będący Wawelem sprzed setki lat, mniejszym, nieobwarowanym. Gdy starucha mówiła o biskupie i królu, cień Wawelu rozpadł się na kawałki. Dach zamienił w głowę, wieżę w nogi, mur w ręce, a wszystko pryskało w kąty jaskini i znikało w mroku. Jemioła nie odrywała oczu od twarzy Biesicy, udając, iż widowisko cieni nie robi na niej żadnego wrażenia. Pamiętała naukę Dębiny o biesach — traktuj je jak część świata, w którym żyjesz, ani lepszą, ani gorszą, ani potężniejszą, ani słabszą. Szanuj je, ale nigdy nie czcij.

— Jestem! — zawołał z głębi korytarza Borutka i cienie na skale zniknęły. — Przyniosłem dar od królowej Jadwigi. Mogę wejść?

Biesica zręcznie zarzuciła kaptur, ukrywając w jego cieniu twarz. Jemioła wyciągnęła rękę po diadem i ruchem głowy odesłała Borutkę z powrotem.

— Zechcesz przymierzyć? — spytała.

— Och — jęknęła Biesica, wyciągając ręce.

Diadem był delikatny, ze złotej taśmy kutej w warkocz. Nad czołem lśnił w nim krwistoczerwony, pięknie oszlifowany kamień.

— Takiego czegoś — starucha wskazała kamień — nie ma u nas w kujawskiej ziemi. — Zamilkła, przewróciła oczami, tak że przez chwilę widać było tylko białka. — Nigdzie, nigdzie takiego czegoś nie widziałam — dodała, znów patrząc na Jemiołę. — Co to?

— Rubin! — z głębi korytarza krzyknął Borutka. — Bardzo drogi!

Echo odbiło jego słowa i przez chwilę smocza jama powtarzała „drogi-drogi-drogi".

— Podoba ci się? — upewniła się Jemioła.

— Tak — odpowiedziała rozpromieniona Biesica. — Podoba się.

— To się wymieńmy. Daj macierznik królowej, ona ci daje swój diadem.

— A ty? — Starucha przyszpiliła ją wzrokiem i spoważniała w jednej chwili. — Co ty mi dasz, Matko Jemioło?

— Ja dałam ci swój czas, moja Biesico — czule odpowiedziała Jemioła. — A mam go o wiele mniej niż ty.

— To dobry dar — kiwnęła głową stara. — Przyzwoity.

— Niepowtarzalny — dodała Jemioła. — Osobisty.

— Nie targuj się — żachnęła się Biesica, szczerząc ostre zęby. — Powiedziałam, że mi się podoba. Czas już wzięłam, dawaj diadem i zabieraj macierznik. Ja się teraz spieszę.

Wyciągnęła spod płaszcza zawiniątko i podała Jemiole, wydzierając z jej ręki złotą obręcz. Jemioła odwinęła przybrudzone płótno. Zaschnięta, bura tkanka była nie większa niż pięść niemowlęcia.

— Utrzyj i daj mu do zjedzenia — mruknęła Biesica, zakładając diadem na głowę.

Rubin zalśnił w świetle pochodni krwawym blaskiem. Poprawiła go, przekładając sterczące pasma siwych włosów.

— Z miodem czy z mlekiem? — spytała Jemioła jakby mimochodem.

— Najlepiej by było z krwią królowej — powiedziała Biesica, dotykając sękatymi palcami szlachetnego kamienia i okręcając głową. — Ale może być z miodem. Wracam do siebie. Biesy pękną z zazdrości, jak im się pokażę, hi, hi, hi.

— Bywaj — pożegnała ją Jemioła.

— Zawsze będę — machnęła ręką Biesica, odwracając się i zakładając kaptur. — Mały mnie odprowadzi.

Jej spowita w szarość postać rozpływała się w mroku. Już wchodziła w skalny korytarz, gdy rzuciła przez ramię:

— Kiedyś ja podaruję ci czas, Matko.

Demony są wieczne — pomyślała Jemioła, gdy Borutka wyszedł ze staruchą ze smoczej jamy. Biały nietoperz zachichotał wrednie. Starannie zawinęła macierznik i zawołała młodego sługę z pochodnią.

— Prowadź na Wawel.

Przy łożu Kazimierza czuwała Stanisława, stara, zaufana dwórka królowej. Podniosła się ciężko z ławy, gdy Jemioła szybkim krokiem weszła do środka.

— Najjaśniejsza pani kazała się wołać, gdy Matka wróci — powiedziała, trąc ciężkie od snu powieki.

— Wołaj, nie zmarnujmy ani chwili dłużej — potwierdziła Jemioła, pochylając się nad Kazimierzem. O ile wcześniej wyglądał jak nieboszczyk, o tyle teraz zdawał się pogrążony we śnie. Po tym, jak utoczyła dla niego krwi, wyraźnie odżył, dostał kolorów, zaczął oddychać głębiej, lecz wciąż jeszcze nie otworzył oczu. — Czy on?... — zatrzymała pytaniem sunącą do drzwi damę.

— Nie — zaprzeczyła Stanisława.

Jemioła dotknęła jego czoła. Ciepłe. Moja krew zatrzymała magię Starej Krwi, którą przeciw niemu zwróciła Wierzbka — pomyślała, gładząc go po brwiach. — Dałam mu tyle, ile mogłam, by nie zaburzyć jego losu, jakikolwiek on jest. Każda kropla więcej mogła go zmienić...

Zamyśliła się. Czy dobrze zrobiła? Mogła go zmienić. Mogła sprawić, że Kazimierz stanie się tym, kim nie chce być jego uparty ojciec. Władcą, który zmieni tradycje. Który spośród swych dzieci do dziedziczenia korony wybierze najmądrzejsze i nie będzie się wzdragał, jeśli to córka.

Zawarliśmy układ — otrząsnęła się — król Władysław nie może złamać słowa, nawet jeśli mu to nie w smak.

Królowa niemal wbiegła do komnaty. Nie miała na głowie podwiki ani welonu, Jemioła po raz pierwszy zobaczyła jej włosy. Niby siwe, ale jednak srebrno-złote, szlachetne. Rozpuszczone, jak u młodej dziewczyny.

— Masz? — spytała królowa bez ceregieli.

— Mam — skinęła głową Jemioła i wyjęła zawiniątko.

Jadwiga drżącymi palcami dotknęła wysuszonej tkanki i natychmiast się przeżegnała.

— Co dalej?

Jemioła sięgnęła po kamienny moździerz, włożyła do miseczki macierznik i podała królowej razem z tłuczkiem.

— Trzeba rozdrobnić.

Jadwiga zaczęła ucierać, ale robiła to niewprawnie, Jemioła chwyciła jej dłoń i pokazała jak.

— Ostrożnie, by nic nie wypadło, to cenny lek.

— Wróci Kazimierza do życia? — spytała królowa, nie podnosząc głowy znad moździerza.

— Na to liczę — odpowiedziała oszczędnie.

— Czy on się nie zakrztusi? — spytała zza pleców królowej Stanisława. — To suche...

— Zmieszamy z miodem — uspokoiła ją Jemioła. — Tylko królowa musi dobrze go rozgnieść, na pył.

— Czy mogę jej pomóc? — drżącym głosem zadała pytanie stara dwórka, gdy po długiej chwili łożysko w moździerzu wciąż nie było proszkiem.

— Proszę, nie — zaprzeczyła Jemioła. — Ważne, by zrobiła to matka.

— No tak — przytaknęła Stanisława — no tak.

Królowa przestała uderzać w suche tkanki, zaczęła trzeć tłuczkiem, robiła to zapamiętale, aż na jej czole sperlił się pot. Jemioła przygotowała miód, ręczniki, srebrną łyżeczkę, a kiedy się odwróciła, w misce moździerza był proch.

— Wystarczy — powiedziała i wzięła od niej naczynie.

— Zraniłaś się — szepnęła do Jadwigi Stanisława i chwyciła ją za dłoń.

Na kłykciach królowej lśniła odrobina krwi, musiała otrzeć skórę, pracując z całych sił.

Jemioła podsunęła moździerz pod rękę Jadwigi, ta zrozumiała, w czym rzecz, i w pierwszej chwili cofnęła dłoń. Jemioła spojrzała jej w oczy stanowczo, a Stanisława szepnęła:

— Daj spokój. Po ucieraniu własnego łożyska coś jeszcze cię dziwi?

Jadwiga przysunęła rękę i otarła o krawędź naczynia, by ta jedna gęsta kropla wtoczyła się po ściance do wnętrza.

— Proszę zamieszać — powiedziała Jemioła, oddając jej moździerz. — I dodać miód.

Gdy wszystko było gotowe, Jemioła usiadła przy wezgłowiu Kazimierza i podciągnęła śpiącego młodziana tak, by wpółsiedząc, oparł się o jej pierś. Podtrzymywała mu głowę. Królowa Jadwiga usiadła z drugiej strony i przeżegnawszy się, zaczęła karmić syna. Łyżeczka po łyżeczce. Stanisława czuwała z naczynkiem pod jego brodą, by nic się nie zmarnowało.

Karmiły go długo. Po każdym przełkniętym kęsie zdawał się zapadać w głębszy sen. Jadwiga unosiła na Jemiołę przerażony wzrok, ta odpowiadała jej uspokajającym zamknięciem powiek. Nad ranem zostały już tylko dwie, może dwie i pół łyżeczki mikstury, a Kazimierz spał nieco dłużej i wraz z nim przysnęła Stanisława. Komnatę wypełniła cisza tak głęboka, że Jemioła słyszała przesypywanie się piasku w klepsydrze, Jadwiga szepnęła do niej:

— Spójrz.

Jemioła poszła za wzrokiem królowej i uśmiechnęła się. Ruszał palcami stóp.

Nie budząc Stanisławy, podały mu wszystko, co zostało w moździerzu. Przełknął. Poruszył barkami w ramionach Jemioły. Jadwiga odstawiła moździerz i rzuciła się na kolana. Chwyciła go za ręce. Poruszył ustami. Zamrugał i otworzył oczy.

— Mamo... — wyszeptał nieco ochryple. — Mamo... ja żyję... nie klęcz przede mną...

Jadwiga opanowała łzy, choć jej oczy były nimi wypełnione. Zagryzła wargi na chwilę.

— Nie przed tobą klęczę, synu, ale przed Jemiołą — powiedziała łamiącym się głosem.

HENRYK książę wrocławski stał oparty o filar galerii wznoszącej się nad ośmiokątną aulą wrocławskiego zamku. Stąd mógł, niewidoczny przez zgromadzony w auli na dole tłum, obserwować przebieg uroczystości. Aula była wypełniona po brzegi. Płonęły świece we wszystkich świecznikach, jakie zdołano tu zmieścić, dym z kopcących knotów wzlatywał wysoko i Henrykowi łzawiły oczy, raz po raz rozmazując obraz, przez co oglądana z góry aula wydawała mu się chwilami nie salą, ale wielkim otwartym kufrem pełnym kosztowności. Barwne stroje wrocławskich patrycjuszy lśniły w blasku świec. Niebieskie adamaszki, szafranowe jedwabie, ciemnoczerwone aksamity prześcigały się feerią kolorów. Złote łańcuchy na piersiach rajców, szafirowe diademy ich żon, rubiny na palcach, perły we włosach, srebrnymi blaszkami naszywane paski, złotą nitką haftowane mieszki. Cały ten strojny tłum poruszał się nieustannie, wydając z siebie westchnienia, wybuchając śmiechem i terkocząc gwarem rozmów, z którego raz po raz wyskakiwały pojedyncze i uniesione okrzyki:

— *Mein Gott!*

— *Mein Koning!*

— Doskonale!

— Nareszcie!

Książę Henryk stał w galerii przy północnej ścianie auli. W dole, po jego lewej stronie imponująca sala wrocławskiego zamku przechodziła w czworokątną pałacową kaplicę. Mimo iż na ołtarzu płonęła wieczna lampka symbolizująca obecność Chrystusa w Eucharystii, nikt nie zwracał na nią uwagi. Johanes Wartenburg, kupiec sukienny i rajca miejski, przysiadł na stopniu ołtarza, ale bynajmniej nie, żeby się modlić. But go uwierał, rozpiął srebrzoną sprzączkę, zdjął go i grzebał palcem, szukając kamienia, który urażał mu stopę. Na wprost miejsca, w którym skrył się Henryk, stał tron królewski, dar wrocławskich rzemieślników. Zaiste, nigdy wcześniej z niczym nie uwinęli się tak szybko jak z tym okazałym krzesłem. Rzeźbiony i złocony, pokryty purpurową tapiserią z najprzedniejszych nici jedwabnych i wełnianych, wypchany delikatną trawą przemieszaną z owczym runem, by żadne źdźbło nie uraziło szlachetnego tyłka, który na nim spocznie.

Henryk odwrócił wzrok od pustego tronu. Znów spojrzał na kaplicę. Ledwie tydzień temu spoczęło w niej na marach osłoniętych czarnym suknem ciało jego najdroższej żony. Anna Habsburżanka, matka jego córek, przyjaciółka, z którą dzielił troski i cierpienia książęcego życia bez nadziei na następcę tronu. Łzy napłynęły mu do oczu i musiał oprzeć się plecami o filar, by wyszlochać tęsknotę za kobietą, która mogła być mu matką, jak wszyscy kpili z jej wieku. Znów został sam, znów go osierocono. Jest trzydziestoletnim starcem. Beznadziejnym księciem, który dla dobra dziedzictwa, jakie mu powierzono, musi zrobić to, przed czym wzbraniał się całe życie. Otarł łzy, słysząc wysoki dźwięk rogów.

— Niech żyje król!

— Niech żyje najdroższy król Jan!

Tłum patrycjuszy rozstąpił się, niczym łan pstrokatych kwiatów na łące pod podmuchem wiatru. Johanes Wartenburg, kupiec sukienny, nie zdążył zapiąć buta, złapał go w rękę i pochylony, by nie rzucać się w oczy, smyknął w ciżbę.

— Król Jan! — pokrzykiwał patrycjat szlachetnego miasta Wrocławia tak radośnie, jak nigdy na widok swego przyrodzonego pana, księcia Henryka.

Jan Luksemburski zajął miejsce na tronie. Musiało być mu wygodnie, bo uśmiechnął się lekko i oparł. Henryk z góry, ze swego miejsca, patrzył prosto w twarz króla, choć ten go nie widział. Najwyższe świeczniki zawieszone były poniżej linii galerii, ocieniając sylwetkę księcia. Znów zadęto w rogi i kanclerz królewski ogłosił:

— Król Czech Jan Luksemburski przyjmie teraz wyrazy czci od swych lenników, książąt piastowskich!

W obecnych wzbudziło to taki entuzjazm, jakby sami mieli odbierać hołdy. Łzy żałoby obeschły na chwilę w oczach księcia Henryka, przez co musiał wszystko oglądać wyraźnie, bez zmiękczającej smugi.

Trzykrotnym dźwiękiem rogu zapowiadano gościa, herold go anonsował:

— Książę Władysław, pan na Bytomiu!

W wiodącym wprost z palatium wejściu do ośmiobocznej auli stanął tęgi pięćdziesięciolatek. Patrycjusze, którzy już wcześniej, gdy wkraczał król, rozstąpili się, robiąc przejście do tronu, na skutek ścisku zasłaniali jednakowoż widok na otwartą na aulę kaplicę. Henryk z góry widział wszystko świetnie. Książę Władysław, który znał jego zamek, wiedział, iż na wprost wejścia, a po prawicy siedzącego króla, znajduje się ołtarz i miejsce modlitwy. Zrobiwszy kilka kroków, przyklęknął, skłaniając głowę w stronę ołtarza. Wówczas patrycjusze zawstydzili się. Leo Muskata, bratanek słynnego buntowniczego biskupa i właściciel największego składu korzennego we Wrocławiu, przed którym klęknął książę bytomski, chcąc pokłonić się Bogu, odsunął się gwałtownie, naparł na stojących z boku i poczerwieniały ze wstydu jak burak, syknął do obecnych:

— Odsłonić kaplicę… odsłonić Najświętszy Sakrament!…

Mieszczanie rozstąpili się niechętnie, część z nich straciła najlepsze miejsca, ale nie mieli śmiałości znów przysłonić ołtarza.

Książę bytomski wstał i ruszył ku królowi. Przed nim klęknął ponownie. Jan położył mu miecz na ramieniu i powiedział:

— Witaj w mych łaskach.

Jego siostra była przez dziesięć lat królową Węgier — myślał książę Henryk. — Maria słynęła z urody, ale nie miała szczęścia. Zmarła w połogu i jej miejsce zajęła Elżbieta, córka króla Władysława. Piastówna urodzona w smoczej jamie, więc cóż się dziwić, że sięgnęła po najwyższe zaszczyty. Jego najstarszy brat jest dzisiaj prymasem Węgier, najbliższym Caroberta. Młodszy brat też na węgierskim dworze, karierę robi przy wawelskiej królewnie. Czy już wiedzą, że ich brat klęknął przed królem Czech?

— Jan Scholastyk, książę oświęcimski! — zapowiedział herold i książę bytomski wstał z kolan czym prędzej, robiąc miejsce następnemu.

Młodzian, ledwie siedemnastoletni, który jeszcze cztery lata temu był w klasztorze. Opuścił zakonne mury, by objąć schedę po ojcu, jako że ten nie dochował się innego dziedzica. Szedł teraz niepewnie, lekko przygarbiony, jakby wciąż nie wierzył, iż jego żywot nie dokona się wśród ksiąg. Spięty, nie zauważył ołtarza, nie przyklęknął przed nim, tylko od razu przed królem Janem.

— Mój imiennik — uśmiechnął się do niego luksemburski pan i położył mu miecz na ramieniu.

— Książę cieszyński, Kazimierz! — Głos herolda nie dotarł w porę do klęczącego młodziana i kanclerz musiał szepnąć do niego:

— Wstań, panie, i ustąp miejsca.

Jan Scholastyk rozejrzał się spanikowany i wstając, nadepnął sobie na płaszcz.

Książę Kazimierz, drobny czterdziestolatek, wszedł do auli dziarsko, przyklęknął przed ołtarzem na chwilę, wstał sprężyście i zrobiwszy dziesięć kroków, już klęczał przed królem.

— Leszek, książę raciborski! — wywołał kolejnego herold i książę Kazimierz równie szybko zniknął sprzed królewskiego oblicza.

To przedstawienie — smutno pomyślał Henryk. — Hołdy złożyli sześć niedziel temu, a teraz król Jan chce powetować sobie ich klękaniem sromotny odwrót spod Krakowa. Chce napawać się tryumfem, który nad nimi odniósł bez bitwy, oblegania miast, bez strat w ludziach.

Leszek raciborski jak wszedł, tak i wstał sprzed królewskich kolan, bo herold wołał:

— Bolesław, książę niemodliński!

Mój zięć — pomyślał Henryk. — Mój głupi zięć, który dał się wciągnąć w burdę i stracił na rzecz króla Władysława ziemię wieluńską. Żałuję, że dałem mu Ofkę, to taka bystra, żywa dziewczyna. Żałuję, że nie miałem komu jej dać — przygryzł wargę do krwi.

— Bolesław, książę opolski! — Herold już wywołał młodszego brata księcia niemodlińskiego. Ich ojciec, też Bolko, dwóch synów ochrzcił tym samym imieniem, a wszyscy oni noszą złote orły na błękicie. Starego Bolka spod Wawelu przepędziła królowa Jadwiga w czas buntu wójta Alberta, zaś ich dziad, Władysław, książę Opola, miał wśród Piastów śląskich sławę tego, który z wyprzedzeniem wie, skąd zawieje wiatr. Ale to było w dawnych czasach, które nigdy nie wrócą — z goryczą pomyślał książę Henryk. — W czasach, gdy na Śląsku bił się mój ojciec, zwany Grubym, jego brat, surowy Bolko ze Świdnicy, którego dwaj synowie poszli w królewskie córy, ponury Głogowczyk, którego dziedziców nie ma dzisiaj wśród zginających kolano, i najsłynniejszy z nich, Henryk z Wrocławia, minnesinger, szaleniec, co owszem, służył

Przemyślidom, ale jak mówią, tylko dlatego, że kochał się w boskiej Kunegundis, królowej Czech pięknej jak kwiat. Tych czterech i Opolczyk piąty, można było Śląsk policzyć na palcach jednej ręki. A dzisiaj? Synowie i wnukowie tamtych pięciu, jest nas rzesza, tylu, że czasem muszę się głowić, kto jest kim, i każdy, poza Wrocławiem, ma księstwo nie większe niż własna pięść.

— Patrycjat miasta Wrocławia kłania się dzisiaj przed królem Janem — zaczął przemowę jeden z rajców. — Wita długo wyczekiwanego króla…

Złote orły lśniły na błękicie za plecami Luksemburczyka, bo ten przywołał swych drogich wasali, aby byli świadkami przysięgi. Książę Henryk ukrył twarz w dłoniach, westchnął. Moja droga Anno, ty żałujesz pewnie, żeś nie doczekała tej chwili — pomyślał, a potem obciągnął kaftan, poprawił książęcy diadem i ruszył do zejścia z galerii.

— Książę wrocławski, Henryk! — zawołał herold, gdy stanął w wejściu do auli.

Po tym, jak zobaczył wszystko z góry, to, co było teraz przed nim, wydało mu się prostsze. Szedł, nie patrząc na uśmiechnięte twarze rajców wrocławskich, którzy kiwali głowami, jakby mówili: *„Ja, gut"*, obdarzając go przy tym uśmiechami, jakich nie zaznał od nich nigdy wcześniej. Klęknął przed ołtarzem i modlił się chwilę. Wspomniał Annę, która ledwie tydzień temu, na marach… Mogli odkryć jej twarz, bo wyglądała tak naturalnie, jakby zapadła w sen… Tylko rękawiczki, córki założyły jej rękawiczki, bo dłonie miała całkiem sine, aż strach.

— Książę wrocławski, Henryk! — Herold chciał go chyba ponaglić, bo Henryk wciąż klęczał przed ołtarzem i modlił się.

Boże, nie chciał mi pomóc król Polski Władysław, król Niemiec okazał się seniorem nielojalnym i obojętnym, Krzyżacy mieli gęby pełne obietnic, ale nie uczynili dla mnie niczego. Nie mam pojęcia, czy dobrze robię, Panie, ale ja po prostu nie mam wyboru.

Wstał, skręcił od ołtarza w prawo, przeszedł trzy kroki i pokłonił się Janowi Luksemburskiemu. Król Czech wydawał mu się takim młodym, takimi silnym, jakby jego serce nie znało cierpienia.

— Uklęknij — szepnął kanclerz.

Henryk klęknął.

Ileż razy marzyłem, że będę miał syna — pomyślał, wpatrując się w czubki butów króla Jana. — W tej auli tańczyłem z Anną, śmialiśmy się i mówiłem jej: „Nasz syn będzie pięknym chłopcem", a ona kiwała głową. Umiała tak przekonująco potakiwać moim marzeniom.

— Powtarzaj za mną, książę — szepnął kanclerz. — Ja, Henryk...

— Ja, Henryk...

Zobaczył na posadzce czarny skrawek jedwabiu, ot, kawałątek, który musiał zagubić się w auli podczas sprzątania po uroczystościach pogrzebowych Anny, a teraz tańczył nad posadzką poruszany jakimś podmuchem. Utkwił w nim wzrok, nie chciał patrzeć wyżej, ani w twarz Jana, ani tym bardziej w twarze sześciu śląskich książąt, którzy dzisiaj tylko symbolicznie powtórzyli hołd czeski. Złote orły na błękicie, odwracał od nich wzrok. Oni, słabi i mali, on pan na bogatym Wrocławiu, a jednak mimo to zachowywali dziedziczne prawa do swych księstw. Mieli synów. Chuderlawych albo zapalczywych. Przemądrzałych lub całkiem durnych. Powściągliwych i skromnych albo wybuchowych, nerwowych, oddających się piciu i grze w kości. Hulających z dziewkami. Mnichów. Jednego, dwóch, trzech, a nawet sześciu, może czterech z nich nie dożyje wieku męskiego, ale gdy jest ich tylu, to w czym problem! W tym, że on nie miał żadnego i jego księstwo, największe, najbogatsze, najpiękniejsze, po jego śmierci zostanie wcielone do Korony Czeskiej. Już nigdy nie będzie należało do Królestwa Polskiego.

— ...w zamian za to książę Henryk dożywotnio będzie zarządzał ziemią kłodzką oraz otrzymywać będzie tysiąc grzywien srebra rocznie, a jego suweren, król Jan, życzy mu, by żył i sto lat. Król Jan przyrzeka, że nigdy nie odłączy księstwa wrocławskiego od Królestwa Czech, nigdy go nie uszczupli i nie sprzeda, aż po czasów kres. A każdą z ziem, jakie w przyszłości zdobędzie na królu Władysławie, powierzy w zarząd zwierzchni księciu Wrocławia. Zaś przychylnym sobie mieszczanom wrocławskim król Jan, ich suweren od tej chwili i zwierzchnik, daje swą łaską zwolnienie z ceł na obszarze całego Królestwa Czeskiego...

Słyszał, jak obecni tu rajcy jęknęli z rozkoszy. Zaiste, wielki dar! Johanes Wartenburg, choć wciąż nie zapiął buta, mógł już przeliczać zyski. Leo Muskata oczami wyobraźni pewnie zapełniał kufry czeskim srebrem i złotem, kładł grzywnę do grzywny, dukata do dukata. Dopięli swego. Oni mają, czego pragnęli, a ja?

— Przyjmij ode mnie lenno — powiedział dźwięcznie król Jan i wstał.

Henryk uniósł głowę i zobaczył, że Luksemburczyk trzyma w ręku jego chorągiew z rodowym czarnym orłem. Henryk znał zwyczaj, wiedział, że teraz ma chwycić drzewce, ucałować połać sztandaru i wstać, przyjmując to, co zawsze było jego, z rąk tego, do kogo jeszcze wczoraj nie należało. Ale jego spojrzenie nie mogło opuścić czarnych orlich skrzydeł, bo dopiero w tej chwili dotarło do niego, że to, co brał za strzęp jedwabiu, pozostałość po pogrzebie żony, było czarnym piórem orła, które oderwało się od ciężkiej chorągwi.

— Wstań, książę — szeptem pouczył go kanclerz.

Henryk wstał jak we śnie, wciąż wpatrując się w czarne skrzydła. Gdy chwycił za drzewce, pociemniało mu przed oczami od lecących ze sztandaru orlich piór.

— Niech żyje król Jan!

— Niech żyje Wrocław!

— Niech żyje książę Henryk...

Muzykanci podjęli ton, słudzy wnosili wino z jego piwnic, dzban za dzbanem, patrycjusze zapraszali króla na uczty, które „będą trwały dwa tygodnie, bez przerwy, nasz najdroższy panie".

— Widowiska połykaczy ogni!

— Popisy linoskoczków!

— Szczucie niedźwiedzi!

Licytowali się, czym jeszcze olśnią seniora, a każdy z obecnych miał coś do zaoferowania. A przecież te mury jeszcze pamiętały ucztę, jaką wyprawił przed pół wiekiem książę wrocławski Henryk na cześć księcia poznańskiego Przemysła. Obaj byli młodzi, piękni, stawali ze sobą w szranki, tam, na dolnym dziedzińcu, kruszyli kopie, recytując wersety *Pieśni o królu Arturze*, pili i przysięgali sobie przymierze, które poszło w pył. Które rozbił mój dziad i ojciec — bez emocji pomyślał książę — albo król Czech, Přemysl Ottokar, albo, jak mawiała moja matka, ich własne ambicje. Ponoć tu, podczas słynnej uczty w ośmiobocznej sali, każdy z nich zrozumiał, że pragnie korony. Co by było, gdyby dostał ją śląski Piast? Gdyby jeden z nas został królem? — Westchnął i postawił sobie inne pytanie: Dlaczego Śląsk nigdy nie stał się osobnym królestwem? Dlaczego ta piękna, bogata jak żadna inna kraina, nie dostała swojej szansy? Przecież ta ziemia wydała potężnego Henryka Brodatego, a on miał przy boku kobietę ze stali, świętą Jadwigę z Meranu. Może gdyby ich syn nie stracił głowy pod Legnicą? Nie poległ stratowany przez tatarską ordę?...

— Mówią, że król Jan odzyska należną mu polską koronę — dobiegł go szept zięcia.

— Oby szybko — cicho odpowiedział księciu niemodlińskiemu młodszy brat. — Wtedy my znów będziemy poddanymi polskiego króla. Tyle że nie tego karła z Wawelu — zachichotał złośliwie.

— Nawet nie wiesz, ile my wtedy zyskamy — aż zachłysnął się jego zięć. — Luksemburczyk bitny. Weźmie koronę ze Starszą Polską, a stamtąd pobije Brandenburczyków i już tylko krok, by złapać bałtyckie porty. A wtedy nasi kupcy będą mieli Odrą otwartą drogę dla handlu. Stopy nam będą całować za to, cośmy dzisiaj dla nich zrobili.

— Dzielicie skórę na niedźwiedziu — syknął do nich Leszek, książę raciborski. — Nie wydaje mi się, by nasz Luksemburski król ponownie chciał się bić z wawelskim Władysławem.

— Cieszmy się tym, co mamy — zaszeptał książę bytomski. — Małymi kroczkami…

Książę Henryk wycofał się niezauważony. Ciężko, krok za krokiem, wspiął się na galerię okalającą aulę. Schował za filarem. I jak stał, tak osunął się wzdłuż jego kamiennej, chłodnej powierzchni. Usiadł na posadzce, odwrócony do auli tyłem. Zrobił, co należało, ale nie musiał na to patrzeć.

OSTRZYCA wygodnie wyciągnięta na ławie przy palenisku obserwowała matkę krzątającą się przy kuchni.

— Lubisz to? — spytała, ruchem głowy pokazując na garnki.

— Każdy lubi dobrze zjeść — wzruszyła ramionami Dagmar. Zamieszała w jednym, ustawiła bokiem do ognia drugi.

— Usiądź przy mnie — poprosiła Ostrzyca.

— Muszę pilnować kaszy — odpowiedziała Dagmar, nie ruszając się od paleniska.

— Wartowniczka — zaśmiała się Ostrzyca. — Strażniczka kaszy. Nie żal tyle pracy wkładać w coś, co za chwilę zniknie? Trzy zamachy łyżką, chaps, trafia do brzucha, chaps i po wszystkim?

— Mądrala — powiedziała Dagmar z politowaniem. — Dam ci do jedzenia suche krupy, mąkę i łyżkę. Szczyptę soli podam osobno, pasuje?

Ostrzyca skrzywiła się.

— Te dwie — Dagmar spojrzała na śpiące w głębi chaty Bylicę i Lebiodkę — dużo przeszły, co?

— Za to rudej nic nie dolega — odpowiedziała wymijająco. — Poza niewyspaniem. Szłyśmy nocą.

— Jak zbiegowie. — Dagmar po raz kolejny próbowała wydusić z niej cel wizyty. Ostrzyca poruszyła barkami i wyciągnęła się wygodnie.

— Masz nowe buty — zauważyła matka.

— Uhm — potwierdziła córka. — Krakowskie. Widziałam na Wawelu tego twojego — powiedziała po chwili.

— Kogo?

— Karła Grunhagena.

Dagmar odwróciła się od niej szybko, jakby zamieszanie w garnku było pilniejsze od tego, co usłyszała. Chwilę tłukła pokrywkami, aż Ostrzyca syknęła, pokazując na śpiące w głębi chałupy dziewczyny.

— Dlaczego Półtoraoki o niego wypytuje? — powiedziała do wciąż odwróconych pleców matki.

— Naprawdę jest podobny do króla? — pytaniem odpowiedziała Dagmar.

— Nie — po zastanowieniu odrzekła Ostrzyca.

— Ja słyszałam, że są podobni. — Dagmar odwróciła się do niej, wycierając dłonie ścierką.

— Z daleka, owszem — przyznała matce Ostrzyca. — Wzrost, postura. Ale z bliska nie przypomina go. Wiesz, ten twój jest jak lewa strona płaszcza. Widać szwy, cery, poszarpane nitki. A król jest jak... król.

— Aha — powiedziała Dagmar. — Chyba wiem, co masz na myśli.

— Skoro tak, to powiesz, dlaczego Jarogniew tak się nim interesuje? — łagodnie zachęciła ją do szczerości Ostrzyca.

Dagmar zdjęła z ognia gliniany pękaty garnek i odstawiła w ciepłe. Podeszła do córki i przysiadła obok niej na ławie.

— Kiedyś był z nami — powiedziała cicho. Rozłożyła lnianą ściereczkę na kolanach i wygładziła spracowanymi palcami pomięty, poplamiony materiał.

— Tak sądziłam — pokiwała głową Ostrzyca. — Opowiesz mi o nim?

— Dawne dzieje — w głosie Dagmar słychać było i tęsknotę za nimi, i chęć ucieczki.

Ostrzyca podniosła się z ławy, objęła matkę ramieniem i powiedziała:

— Ty wiesz, że Półtoraoki wypytuje o niego, a Jarogniew nie wie, że go widziałam na Wawelu. Nie jestem ani hojna, ani głupia, by dzielić się z nim czymś, co może być ważne dla ciebie.

Drobne, przygarbione plecy matki drgnęły. Przytuliła się na chwilę do córki. Pociągnęła nosem i odsunęła się, dając Ostrzycy kuksańca w bok.

— Dawne dzieje — powtórzyła. — Kiedyś byliśmy ze sobą blisko. Gdy przyszedł do Moren, był podrostkiem, młodzieńczy wąs mu się sypnął. Żylasty, chudy, zielonooki, właśnie przeżył pierwszą, nieudaną miłość. Szukał dachu nad głową i zapomnienia. Moja matka, a twoja babka, przygarnęła go. Spał tam, gdzie one teraz — pokazała na ciemny kąt izby. — Rąbał drewno, naprawiał dach, polował na zające, a w zamian dwie samotne kobiety, matka z córką, żywiły go i ubierały. Czysty układ. Wieczorami opowiadał takie śmieszne historie, że moja matka płakała rozbawiona...

— Babka? — przerwała jej Ostrzyca. — Żartujesz. Zawsze była surowa, wymagająca...

— Nie żartuję, za to on swymi żartami przyprawiał ją o łzy śmiechu. Oschła zrobiła się wiele lat później. Dobrze nam się żyło. Był mi trochę jak brat, trochę jak...

— Nie przeszkadzało ci, że jest karłem? — nie wytrzymała Ostrzyca.

— Pomagało, głuptasie. — Dagmar uśmiechnęła się do niej. — Ja się wychowałam bez ojca, matka, odkąd pamiętam, o mężczyznach wyrażała się z lękiem i pogardą. A on był inny.

— Nie musiałaś się go bać — zrozumiała Ostrzyca.

— Biegaliśmy po lesie, zdążyliśmy zawsze i jagód uzbierać, i poleżeć nad strumieniem, pogapić się w niebo i rozpostarte nad nami korony drzew i nagadać się. Gęby nam się nie zamykały. W kółko opowiadaliśmy sobie, co będziemy robić, kiedy już dorośniemy, ha, żałuję, że ty nie trafiłaś na takiego chłopca...

— Ja trafiłam na smoka — ponuro odpowiedziała Ostrzyca. — Biegałam z nim po lesie i leżałam nad strumieniem, ale kto inny za nas planował przyszłość. Przepraszam, nie chcę gadać o sobie. Chcę słuchać o tobie i Grunhagenie.

— Zaczęło się od wielkiej suszy. Pewnego lata nie spadła ani kropla deszczu, jesienią nawet mchy w najgłębszym lesie wyschły na wiór. Pola nie obrodziły, zimą zajrzał nam w oczy głód. Spadł śnieg taki, że chałupę niemal przydusiło. Mróz rozsadzał drzewa w lesie, słuchaliśmy ich pękania nocami, wtuleni w siebie, przerażeni. Ale najgorsze były wilki. Całe watahy głodnych wilków krążył po okolicy, a Starcy zabronili chłopom strzelania do nich.

— Tak — przeciągle powiedziała Ostrzyca. — Dla nich wilk świętszy od ludzi.

— Pożarły Jarząbka, taki był gospodarz z drugiej chałupy od traktu, dobry chłop, rodzinę miał liczną. Wyszedł po chrust i całe Moreny słyszały jego krzyk, dziecko, ja i dzisiaj zimą go słyszę. Zjadły go żywcem. Syn Jarząbka oszalał, wybiegł z domu z łukiem, strzelił do wilczycy obżerającej ojca, trafił. Starcy ukarali chłopaka; rzucili krążącej wokół wioski watasze...

— Skąd wiedzieli? Przecież ich w Morenach nie było.

— Pojęcia nie mam — pokręciła głową Dagmar. — Zjawili się jak spod ziemi następnego dnia. Strach padł na ludzi, bo albo cię wilcy zagryzą, albo swoi. Niedobra to była zima. Naszą chałupę wataha zdawała się omijać. Ja myślałam, że to zasługa matki, w kółko paliła jakieś wilcze ziele, okadzała dom, mruczała zaklęcia. Aż do tamtej nocy. Przed zachodem słońca jak zawsze obeszła chałupę z zielem, potem żeśmy zaryglowały drzwi i poszliśmy spać. Obudziłam się w środku nocy, słysząc ich warkot i drapanie do ścian. Byłam przerażona, matka spała jak zabita, ale Grunhagen szybko się obudził. Raz dwa zorientował się, co się święci. Wilki otoczyły chałupę i pazurami wydrapywały mech spomiędzy belek, jakby chciały się do nas dobrać przez szczeliny. Słyszałam ich chrapliwe oddechy, niemal czułam smród bijący z ich pysków. Nie mogłam ze strachu sklecić do kupy dwóch myśli, siedziałam, jakby mnie sparaliżowało. Grunhagen podszedł do ściany zwinnie jak kocur. I zaczął cmokać. Tak... — Dagmar próbowała cmoknąć nie ustami, a samym językiem. Machnęła ręką. — Nawet powtórzyć tego dźwięku nie umiem. Cmokał do ścian i po chwili wilki przestały drapać. Zaskomlały i wszystko ucichło. Odbiegły w noc i nie wróciły.

— Coś takiego! — z podziwem westchnęła Ostrzyca. — Potrafił zaklinać wilki?

— Starcy przyszli nazajutrz — powiedziała. — Zaszczycili naszą prostą chałupę swą potrójną obecnością. Moja matka mało nie umarła z przejęcia, a potem z nerwów, że nie umie im opowiedzieć, co zielonooki naprawdę zrobił w nocy. Mieli tylko moją i jego relację. Obie były oszczędne. Ach... — westchnęła. — Chcesz piwa? Zaschło mi w gardle od wspomnień.

— Napij się — powiedziała Ostrzyca. — Ja chcę tylko tej twojej opowieści.

Dagmar poszła po dzban, przyniosła dwa kubki i nalała także córce. Wypiła duszkiem.

— Zabrali go — podjęła opowieść. — Ale nie jak syna Jarząbka, na zatracenie. Powiedzieli, że ma dar, a oni pomogą mu go rozwinąć.

Mną też się zaciekawili, obiecali matce, że po mnie wrócą, i wrócili rok później. Zaprosili do warownego jesionu, tam poznałam twego ojca — uśmiechnęła się. — Potem posłali do Dębiny na nauki, urodziłam ciebie, a oni uznali, że jestem gotowa, i kazali iść do Mechtyldy Askańskiej, nająć się na służbę. Jednym słowem, dla nic nieznaczącej dziewczyny z Moren zaczęła się wielka przygoda, wielkie zaszczyty i wielkie zamieszanie. Resztę znasz.

To były czasy — pomyślała Ostrzyca. — Dzisiaj trudno pojąć, że kiedyś Starcy wysyłali ludzi na nauki do Dębiny, że słuchali, co wieszczyła Matka. To już minęło, nie wróci — otrząsnęła się i zapytała o Grunhagena.

— Straciłam go z oczu — odpowiedziała Dagmar. — Z początku, gdy tylko była okazja, pytałam o niego, ale dawano mi do zrozumienia, że mój przyjaciel dostał tak ważne zadania, iż nie powinnam nawet pytać. Wynikało, że stał się dla nich kimś istotnym, co się dziwić, skoro potrafił zakląć watahę głodnych wilków? Część tej chwały spadła i na mnie, w końcu i mną się zajęli. Potem nie było mnie długo i gdy po kilku latach znów odważyłam się spytać o Grunhagena, nic nie odpowiedzieli. Cisza, jakby go nigdy wśród nas nie było. Domyśliłam się, że to część jego misji, tajemnego zadania. Posłusznie nie zadawałam pytań. Aż kiedyś, gdy wymówiłam jego imię nie przy Starcach, bo w końcu do nich dopuszczano mnie rzadko, ale przy wodzach, Derwan powiedział krótko: On odszedł. Odszedł, pomyślałam, bez pożegnania. Dziwne mi to było, ale z drugiej strony, ja też kogoś miałam, urodziłam ciebie i też nic mu nie mówiłam. Leciały lata, aż wreszcie wpadliśmy na siebie przypadkiem. To były ostatnie tygodnie służby u askańskiej pani, już wydali na nią wyrok, a ja miałam go wykonać. Strasznie się bałam tej wiedźmy, odciągałam dzień za dniem robotę, ty mnie ponaglałaś, naciskałaś...

— Przepraszam — wyszeptała Ostrzyca. — Nie miałam pojęcia, że się boisz... nie przyszło mi do głowy...

— Wiem, wiem — załagodziła Dagmar. — Ty zawsze byłaś odważna, harda. To po ojcu, nie po mnie. Grunhagen się napatoczył w ostatniej chwili. Poprosiłam go o pomoc, a on powiedział: „Dla ciebie, przyjaciółko, co zechcesz". Od tamtej pory widujemy się raz na jakiś czas, ale już nie jestem młodą naiwną dziewczyną i trzymam to w tajemnicy. Zwłaszcza że jak pewnie wiesz, Grunhagen stał się słynny w pewnych kręgach i nasi znów się nim interesują.

— To nadal nie wyjaśnia wszystkiego — odpowiedziała Ostrzyca. — Ta sprawa wydaje się bardziej zagmatwana niż jasna.

— Mam prośbę, dziecko — Dagmar położyła jej rękę na kolanie — ty się o niego Jarogniewa nie pytaj. Niech zostanie, jak jest. Grunhagen to stary wyga, wie, jak do mnie zajść, by nikt go nie widział. Tak jest lepiej.

— Jak chcesz — odpowiedziała Ostrzyca. — Mnie nic do tego.

— Tak chcę — powiedziała matka i ścisnęła lekko kolano córki. — Twoje towarzyszki się budzą — spojrzała w głąb chałupy. — Pewnie głodne. Naszykuję wieczerzę.

Potem siedziały wokół ławy wszystkie, Dagmar z nimi.

— Jedzcie powoli — upominała. — Żeby skrętu kiszek nie dostać.

— Jakie to dobre — jęczała z pełnymi ustami Lebiodka. — Ostatni raz takie pierogi jadłam…

— Zamilcz — powiedziała Bylica, pochylając się nad miską.

— …w mateczniku — dokończyła Lebiodka. — No co? Przecież my tu same swoje. Czego mam się wstydzić?

Zapanowało milczenie, Kostrzewa spod rudej grzywki zerkała to na Dagmar, to na Ostrzycę.

— Jarogniew spotka się z nami tutaj? — spytała Bylica, gdy skończyła jeść.

— Nie — krótko odpowiedziała Ostrzyca. — Nie tutaj i nie teraz. I być może nie tak szybko.

Dagmar wstała od ławy i zaczęła zbierać naczynia. Kostrzewa pomogła jej.

— Kazał nam przywarować — powiedziała po chwili Ostrzyca. — Rozpłynąć się w powietrzu na jakiś czas. Nie będziecie wychodzić z chałupy.

— Dlaczegóż to? — spytała czujnie Bylica.

— Bo po okolicy kręcą się różni ludzie. — Ostrzyca spojrzała jej prosto w oczy.

— Od czasu śmierci wojewody Dawida — dorzuciła mimochodem z głębi chałupy Dagmar — zaglądają tu nawet Żmudzini. Węszą, ani chybi.

Twarz Bylicy stężała. Zerknęła na Ostrzycę z ukosa i opuściła głowę.

Odzyskuje siły, ale nie urodę — mściwie pomyślała Ostrzyca. — W loszku każdy dzień liczy się za rok albo gorzej. Wypachniona jałowcem, farbowana Jurate, podrabiana wojewodzina.

— Jaki on był? — nie wytrzymała i zadała jej pytanie.

Bylica skuliła ramiona, zgarbiła się nad ławą.

— Daj jej spokój — poprosiła Lebiodka. — Matka zrobiła, co Jarogniew kazał...

— Chcę tylko wiedzieć, jaki on był — powtórzyła Ostrzyca. — Okrutny? Bezduszny? Srogi?

Bylica załkała, otarła oczy, wyprostowała się.

— Był piękny, hojny i nieustraszony — powiedziała cicho.

To źle trafiłaś — pomyślała z nagłym współczuciem Ostrzyca. — Margrabia Waldemar był dziki, nieludzki, zimnokrwisty. Dla niego musiałam być Blute.

HENRY DE MORTAIN zaczął podróż po Królestwie Polskim od nauki języka. Miał do tego słuch i talent. Od urodzenia znał francuski, nim skończył dziesięć lat, rozróżniał dialekty włoskie, niemieckiego nauczył się niemal z rozpędu, łaciny i greki od nauczycieli. Przy Janie, w Pradze, liznął czeskiego i okazało się prawdą, że czeski i polski podobne. Podróżował pod przybranym nazwiskiem „Mortyr", od własnego. Zdawało mu się, iż jako „rycerz Mortyr" zajedzie do Krakowa, nawiąże znajomości, wkręci się na wawelski dwór i przy pierwszym czy drugim turnieju rycerskim znajdzie się w kręgu królewskich dworaków. Zaprzyjaźni się z nimi i obserwując dwór i gości, rozmawiając z ludźmi, wywie się, w co gra król Władysław. Ten plan okazał się błędny: król krakowski nie organizował turniejów, nie wyprawiał uczt i otaczał się wyłącznie zaufanymi ludźmi, a z powodu choroby syna życie dworskie na Wawelu zamarło. Owszem, Henry widział go przejeżdżającego raz czy drugi przez Kraków, ale wieczorem przy kuflu piwa w gospodzie nad Wisłą uświadomiono go, że to nie był król, tylko jego rycerz.

— Podobni jak dwie krople wody! — dziwował się na pokaz Henry.

— Gdzie ty masz oczy, panie Mortwy. — Kujawski rycerz z byczą głową w herbie postukał się w czoło. — Całkiem, całkiem inny, ino jak nasz pan niski.

— Coś takiego! Tak marzę, by poznać waszego króla...

— Płoche marzenia to pierwszy krok do piekła — uświadomił go rycerz z byczym łbem — tak mawia nasz pleban. A u nas, na Kujawach, pleban osoba święta.

— Taki pobożny to kraj? — spytał.

Kujawski rycerz zaczerwienił się, łypnął oczami na prawo i lewo, a jego kompani zarechotali dwuznacznie.

— Taaa... — potwierdził, przełykając ślinę. — Nadzwyczaj pobożny...

— Strzyg już dawno nie ma, utopce same się potopiły, a wąpierzy od lat nikt nie widział — dorzucił jego giermek na jednym tchu. — Jak kto dobrze ochrzczony, to może nawet chodzić koło bagna. Ino leszy czasami huknie w borze, ale to zwykła rzecz...

— No, cicho, Pietrek — skarcił go rycerz. — Panu Mortwymu nie gadaj takich tam. Lepiej powiedz, że na Kujawach urodził się nasz najjaśniejszy pan. O, takie rzeczy ciekawią wędrownych rycerzy, a nie bujdy o leszym i wąpierzach.

Henry'ego bardzo interesowały wąpierze, utopce i strzygi, szeptem powtórzył te słowa, by szybko zapamiętać, ale rycerz był nieprzejednany, nabrał wody w usta. A i sam Henry miał głębokie poczucie obowiązku — nie przybył do tego królestwa, by tropić dziwy, tylko by znaleźć prawdę. Popił z rycerzem, dowiedział się, iż ten jest w służbie wojewody Wojciecha Leszczyca z Pakości, że ów Wojciech to ważny pan, bo z królem przed laty był na banicji i dokonał wielkich czynów w Rzymie, i w dodatku bardzo poważa pielgrzymów, zwłaszcza takich, co byli w Ziemi Świętej. To natchnęło Henry'ego, który wprawdzie opuścił Ziemię Świętą w łonie matki, ale za to opowiadać o niej potrafił, jakby tam był. Znał też Rodos, Maltę, Antiochię, powinno wystarczyć, by wkraść się w łaski wojewody brzeskiego. Jeśli zaś ten jest choć w połowie tak poważany przez króla, jak powiedział rycerz z byczą głową w herbie, to mógł się stać dla Henry'ego drogą do celu. Nim zamknięto karczmę, Henry dowiedział się, że rycerz nazywa się Andrzej, herbu Pomian, i wywodzi z rodu, który od lat piastował urząd podkomorzego w Brześciu na Kujawach, gdzie przyszedł na świat król Władysław. I że w jego herbie jest głowa żubra, nie byka, a takie żubry żyją sobie w polskich lasach, a w puszczach to nawet i tury, co natychmiast zainteresowało Henry'ego, który wolałby oglądać rzadkie zwierzęta, niż prowadzić misje dyplomatyczne. Powiedzieli mu jeszcze, że jego zmyślone imię, Mortyr, jest brzydkie i trudne w polskiej wymowie, a „Mortwy", jak je dla wygody przekręcają, znaczy prawie tyle samo co „trup".

— A jakbyście chcieli, rycerzu Mortwy, zapolować na żubra, to musicie prosić u wojewody Wojciecha — poradził mu na odchodnym Andrzej Pomian. — Raz na rok Wojciech jedzie na żubra dla siebie, a dwa razy do roku dla króla. No, chyba że się ma na wojnę, wtedy polowania więcej.

— A ma się na wojnę? — szybko spytał Henry.

— A bo ja wiem? — rozłożył ręce Andrzej.

Był gadatliwy, przy kuflu wylewny, ale w pewnych sprawach trzymał język za zębami. Henry odpuścił. W nagrodę giermek Andrzeja szepnął mu na odchodnym:

— Jak tam będziesz u nas, o leszego, panie Mortwy, nie rozpytuj i go nie szukaj, rozumiesz? — mrugnął do niego. — Za to możesz spytać w karczmie o Radziejów, Borucin, Szalonki, Gustorzyn, jak będziesz miał szczęście, to przewodnika znajdziesz i sobie połazisz po lasach, po uroczyskach, mokradłach i popatrzysz. Tylko uważać trzeba, bo to tuż nad krzyżacką granicą, Boże broń, żebyś nie przelazł do jakiej komturii! I nie sam, rozumiesz, panie Mortwy? Nie sam!

— Z przewodnikiem — przytaknął de Mortain.

— Ta — potwierdził Pietrek i dał mu jeszcze jedną radę: — Dziewuch podejrzanych tam u nas nie zaczepiaj. Jak zobaczysz damę samą w lesie, uciekaj.

— To nie po rycersku — zaprotestował de Mortain.

— Rycerze nic o takich damach nie wiedzą — pokręcił głową giermek. — Samotna panienka na rozstaju dróg, w nogi. Dziewczyna, co zbiera jagody po zmroku, w nogi. Śpiew dochodzący z lasu albo nawet krzaków, zatkać uszy i wiać. Topi się dziewczę w jeziorze, uciekać ile sił. Aha, i jakby dzieciątko samo na poboczu leżało, to też, nie zaglądać w powijaki, odwrócić głowę i zmykać. Dzieciątka są jeszcze gorsze od kobit.

— A starszym paniom można pomóc w drodze? — spytał zirytowany Henry.

— Oooo! Starej babie usłużyć to prosić się o śmierć, panie Mortwy. Te są piekielnie groźne. Wszystko jedno, czy cię zaczepią na „wóz mi się popsuł" czy na „ponieś mi kosz, syneczku". Udawać, że się nie widzi, nie wie i nie rozumie, pan obcy, łatwo pójdzie. No, z Bogiem, Kujawy to piękny kraj.

— I pobożny — szepnął w duchu zafascynowany Henry de Mortain. Szczęście znów przestało mu sprzyjać w okolicy Kalisza. Nawet nie dotarł na osławione Kujawy, bo rozeszła się wieść, że wybuchła wojna z Czechami i wojewoda Wojciech postawił rycerstwo do obrony granic. Jasnym było, że w tej sytuacji jako wędrowny rycerz nie wkradnie się w jego łaski. Zmienił plany i postanowił udać się do pobliskiego Gniezna, w nadziei, iż zdziała coś w stolicy arcybiskupiej. W drodze męczyła go myśl, czy król Jan w związku z wojną go nie potrzebuje.

Ale wracać teraz, z pustymi rękami? — rozgrzeszył się i jechał raźno.

Wiedział, że musi przeprawić się przez rzekę Wartę. Za Jarocinem trakt wiódł przez las. Skracał sobie czas nauką języka. „Strziga. Lesi. Leszi. Fąpieszi. Nie, wąpierzi".

Dobra, przyzwoicie utrzymana droga, tyle że okolona zimowym borem i opustoszała.

Dzisiaj nie dzień targowy — uspokoił się — pogoda paskudna, nic dziwnego, że ludzie niechętnie opuszczają swe domy.

Kończył popas, gdy z lasu wyszły dwie dziewczyny z koszami na ramionach. Uśmiechnęły się do niego. Zamarł.

Czy dwie samotne dziewczyny znaczą podwójne zagrożenie? — pomyślał w panice. — I czy Starsza Polska pod tym względem równie groźna co Kujawy?

Były młode, ubrane jak siostry, w zielone płaszcze z kapturami. Zdjęły kosze z ramion.

Będą chciały, bym im pomógł nieść? — przypominał sobie przestrogi Henry.

Jedna z nich zaczęła zbierać chrust, druga wyjmując coś z kosza, zanuciła pod nosem.

Henry nie czekał na zgubę. Przerzucił sakwę przez siodło i poprowadził klacz w stronę traktu. Obejrzał się. Dziewczyna z naręczem chrustu puściła do niego oko.

Siłą pociągnął klacz, która szła zbyt wolno, wyprowadził na drogę i dosiadł jej.

— Widziałaś, jak rycerzykowi spieszno? — zaśmiała się ta z chrustem.

— Jak na przeprawie nie będzie się guzdrał, zdąży na noc do „Zielonej Groty" — odpowiedziała druga.

— A bałaś się, że będzie nas zaczepiał, ciągnął w las i gwałcił — zadrwiła pierwsza.

— Nie bałam się, tylko zastanawiałam — odcięła się tamta.

Henry nie słyszał, co mówiły, zatkał uszy, jak radził mu Pietrek. Popędził klacz i późnym popołudniem dotarł na przeprawę. Widok chorągwi zakonu joannitów uspokoił go. Zsiadł z konia i spokojnie czekał na tratwę. Nim dopłynęła, uzbierała się garstka podróżnych. Kupiec z żoną, którą tytułował Alwiną, wołem i wozem, i dwóch pieszych młodzianów wyglądających na giermków, tyle że nie mieli znaków swych rycerzy. Kupcowa była nim zainteresowana bardzo, odpowiadał zdawkowo, najlepszym polskim, na jaki go było stać, dając sobie jednocześnie czas na wymyślenie dobrego celu podróży.

— Jest wojna — oznajmiała co chwilę. — Trzeba każdego pytać, kto zacz.

— Alwino, przestań — prosił ją mąż.

— A co? — Poprawiła czepiec, który jej spadał na ucho. — A jak ten rycerz to Czech? Szpieg luksemburskiego króla, co ciągnie na Kraków? Weź go zagadaj, Antoni...

— Najmocniej pana szlachetnego przepraszam — przewrócił oczami kupiec. — Moja żona jest taka pyskata...

I domyślna — Henry poczuł, jak robi mu się gorąco — muszę się pilnować, by mi się czeskie słowo nie wymknęło. Może lepiej, by mnie mieli za Niemca? Wobec wojny, która wybuchła w Małej Polsce, trzeba się postarać o jakąś wiarygodną tożsamość.

Wścibstwo kupcowej przerwało przybicie tratwy. Barczysty joannita z pokrytą bliznami twarzą poprosił o wyprzężenie wołu.

— A nie dałoby się nie wyprzęgać? — zajęczała kupcowa. — Toż nasz wołek spokojny jak ciele...

— Pani Alwino, przeprawia się pani ze mną raz na dwa miesiące i za każdym razem to samo. Wyprzęgać — zażądał joannita.

— Brat taki nieużyty — fuknęła kupcowa — choć nasz wołek za każdym razem jak trusia.

Joannita nie zwracał na nią uwagi. Pozdrowił młodzianów:

— Sowczyku, jak się ma ojciec?

— Zdrów, dziękuję.

— Dach się udało załatać przed mrozem?

— Prawie że. Na łeb nam nie pada, a jak w domu same chłopy, to nikomu nie wadzi...

— Same chłopy? Słyszałeś, Antoni? — szeptem, który mógł rozsadzać skały syknęła do męża kupcowa. Ten nie odpowiadał zajęty wyprzęganiem. — Tu albo same baby, albo same chłopy, tfu, co za kraina, tfu, tfu.

— Nie pluj mi pod nogi, żono — huknął na nią umęczony Antoni. Jego mina mówiła, że chętnie znalazłby dom, w którym nie ma baby.

— Witamy w Starszej Polsce — uśmiechnął się do niego joannita. — Z daleka?

— Z Trewiru — wymyślił de Mortain, decydując się na niemiecki. — Rycerz Henryk Mortyr.

— Brat Gerard — przedstawił się joannita. — Rycerz Świętego Jana.

Był równie wysoki jak Henry, tyle że szerszy w plecach; pokryta bliznami twarz przydawała mu osobliwego wyrazu. Henry z trudem odrywał od niego wzrok.

— Dokąd droga prowadzi? — zagadnął rycerz przeprawy.

Antoni i Alwina wprowadzali właśnie opornego wołu na tratwę, byli więc wystarczająco daleko, by Henry mógł wybadać możliwe cele podróży, nie narażając się na wścibstwo kobiety.

— Szukam księżniczek zamkniętych w wieży, smoków, z którymi mógłbym walczyć — powiedział żartobliwie.

Za jego plecami ktoś chrząknął. Henry odwrócił się. To młodzik, nazwany wcześniej Sowczykiem, wpatrywał się w niego intensywnie.

— Błędny rycerzu — odpowiedział całkiem poważnie joannita. — Nie pytaj u nas o smoki.

— Wyginęły? — wciąż żartobliwie spytał Henry.

— Myśli, że jak gada po niemiecku, to go nie rozumiemy — usłyszał z tyłu ostry szept jednego z młodzieńców. — Znalazł się, błędny rycerzyk!

Brat Gerard przeniósł wzrok na młodziana za jego plecami i z powrotem na Henry'ego.

— Owszem — odrzekł poważnie. — Zapraszam na tratwę.

De Mortain wprowadził swoją klacz i przywiązał. Złowił niechętne spojrzenia obu chłopców, jak i to, że joannita podszedł do nich i szepnął im coś, co zapewne miało ich uspokoić. Alwina oparła się wydatnym biustem o swój wóz i zajęła jedzeniem. Henry czuł się nieswojo. Podszedł do brata Gerarda.

— Wygłupiłem się ze smokiem i księżniczką — zagadnął.

— Nic takiego — pocieszył go joannita. — Dorastający chłopcy nie znają się na rycerskich żartach.

Milczeli chwilę, patrząc w poruszane wiatrem fale Warty.

— Kiedyś był tu most — joannita pokazał ręką na węższy przesmyk rzeki. — Ale zmiażdżyły go kry na przedwiośniu. Gwałtowna odwilż i poszedł w drzazgi.

— Widziałeś to?

— Nie — zaśmiał się krótko Gerard. — To stało się w dawnych czasach, gdy mnie tu jeszcze nie było. Ta rzeka jest zdradliwa. Wydaje się spokojna, równa, a nagle potrafi zakręcić wirem.

— A mnie patrzenie na nią uspokaja — odpowiedział Henry, obserwując ołowianą powierzchnię wody.

— Mnie też — przytaknął Gerard. — Dlatego lubię służby na przeprawie, choć czasami zdarza się taka uparta Alwina...

— A czasami błędny rycerz — uśmiechnął się Henry.

— Nie wiem, czego tu szukasz, ale podpowiem, że gdy król prowadzi wojnę, nieufność wobec obcych wzrasta. Smoki to zły powód do żartów w okolicach Jarocina. A błędny rycerz jest rzadkim widokiem w Starszej Polsce — powiedział joannita, nie przestając patrzeć w wodę.

— A pielgrzym? — spytał Henry.

— To co innego — przytaknął Gerard. — Można pielgrzymować do Gniezna, do grobu świętego Adalberta Wojciecha, tyle że grób jest w zasadzie pusty.

— Co ty mówisz? — momentalnie zaciekawił się Henry.

— Grób świętego zrabowano przed trzystu laty.

— Świętokradztwo? Kto to zrobił?

— Czesi — odpowiedział joannita.

Henry musiał mieć się na baczności w każdej chwili.

— Pierwsze słyszę — odpowiedział z rezerwą.

— Bo może nigdy nie byłeś w Pradze, w katedrze świętego Wita — odpowiedział brat Gerard i Henry poczuł, jak głośniej bije mu serce. — W Gnieźnie została tylko głowa męczennika, choć są i tacy, co mówią, że spoczywa nie tam, a w klasztorze, w Trzemesznie. Kto to dzisiaj stwierdzi? Tak czy inaczej, resztę relikwii wywiózł do Pragi czeski książę Brzetysław.

— Toś mnie teraz zaciekawił. Na pewno odwiedzę katedrę.

— Najpierw jedną, potem drugą — podpowiedział Gerard. — Będziesz mógł się pomodlić i przy głowie, i przy członkach.

— Lewe ramię Adalberta jest w Rzymie — przypomniał sobie Henry — i jakaś kość w Akwizgranie.

— Więc jednak interesujesz się świętym Wojciechem — mrugnął do niego porozumiewawczo Gerard.

Henry nie odpowiedział.

— Możesz zatem pielgrzymować po miejscach z nim związanych. Poznań, Gniezno, Trzemeszno, Wyszogród. Ten ostatni, dla mnie, jako dla brata pracującego na przeprawie rzecznej, jest szczególnie ciekawy. Leży w zakolu Wisły, tuż nad miejscem, gdzie wpada do niej Brda, kontrolując granicę między dawnym krajem pogańskich Prusów a Królestwem. Taki, powiedzmy, gród strzegący szlaków rzecznych. — Joannita spojrzał na Henry'ego, a ten nie zapanował nad rumieńcem. Poczuł gorąco oblewające mu policzki.

Zostałem rozpoznany? — pomyślał. — Wie, że jestem szpiegiem?

— Dlaczego mówisz tyle o Wyszogrodzie? — spytał, siląc się na obojętność.

— Bo to ostatni gród w Królestwie, w którym zatrzymał się święty Wojciech — odpowiedział Gerard. — Tam opuścił bezpieczne ziemie Chrobrego i wszedł w pogańskie bory, niczym owieczka w paszczę wilka.

— No tak — przytaknął de Mortain. — No tak.

— Potem to już droga jego kaźni. Wiele znanych i mniej znanych miejsc, ale leżą na terenach państwa zakonnego, więc nie wiem, czy cię interesują, panie Henryku Mortyr.

Zbliżali się do drugiego brzegu. Joannita klepnął go w plecy i poszedł na dziób tratwy. Zawołał do pomocy młodzików, ci wprawnie chwycili drągi. Henry zastanawiał się gorączkowo: — Podejrzewa mnie? Celowo powiedział o Pradze? Jeśli tak, to dlaczego dał mi tyle cennych wskazówek?

Tratwa uderzyła o brzeg, wół ryknął i przestąpił kilka kroków. Klacz Henry'ego zarżała, podszedł ją uspokoić. Unikał joannity podczas wyładunku. Usłyszał, że Alwina i jej mąż mają zamiar nocować w gospodzie „Zielona Grota", więc chociaż zbliżał się wieczór i czas już był na znalezienie noclegu, zdecydował, że on tam spać nie będzie. Chmurny Sowczyk i jego przyjaciel musieli mieszkać gdzieś w pobliżu, bo rozmawiali o wieczerzy, którą sami muszą ugotować.

— Jeśli nie masz gdzie się podziać na noc — położył mu dłoń na ramieniu brat Gerard — możesz zatrzymać się w komandorii. Mamy pokoje gościnne, a brat Pecold zapowiadał na wieczór potrawkę z zająca.

Henry nade wszystko chciał zniknąć z oczu czujnego joannity. Ale był w obcym kraju, nadciągała noc i wiało chłodem.

— Jeśli nie będę ciężarem — powiedział.

— Skądże. Zakon joannitów zawsze ma otwarte drzwi dla pobożnych pielgrzymów.

RIKISSA biegła ze swych pokoi do komnaty Lipskiego. Serce waliło jej jak młotem. Żeby się nie potknąć, podciągała suknię, aż słudzy, których mijała, składali jej głęboki ukłon, wbijając wzrok w mozaikową posadzkę brneńskiej rezydencji, by nie widzieć jej odsłoniętych kostek i łydek. Poślizgnęła się na zakręcie, na wciąż mokrej po myciu podłodze. Złapała się ściany. Zatrzymała na chwilę, oddychając ciężko. Przetarła dłonią czoło, poprawiła suknię. Dopiero teraz zauważyła, że ma na niej zawiązany fartuch; szykowała się do pielęgnowania Lipskiego, gdy sługa oznajmił, że „matka Joanna przybyła", i zerwała się tak, jak stała, nie patrząc na ubranie, na włosy luźno zawinięte chustą.

Matka Joanna, ostatnia nadzieja — przebiegło jej przez głowę i odpędziła tę myśl. Nie, nie ostatnia. Mniszka pomoże.

Ruszyła i dziesięć kroków, które dzieliły ją od wejścia do komnaty ukochanego, przeszła, nie przebiegła. Pilnujący wejścia Drahomil, zwany Jastrzębiem, z powodu nastroszonych czarno-rdzawych wąsów i ciemnych oczu, którym nic nie umknie, otworzył przed nią drzwi i szepnął uspokajająco:

— Będzie dobrze, *bis regina.*

Odpowiedziała mu wykrzywieniem ust w wyuczony, elegancki grymas, który ludzie brali za uśmiech. Dłonie jej drżały.

Henryk z Lipy rezydował teraz w dawnej komnacie przyjęć. Kazała ją przerobić na dwa pomieszczenia; jedno, w głębi, gdzie stało wygodne podwójne łoże, bo spała z nim każdej nocy, i drugie, w którym przesadzony na szeroki fotel spędzał dnie martwo wpatrzony w przesuwające się za oknem obłoki. Tam też przyjmowali gości, bo wciąż dbała, by uczestniczył w życiu. Czech, Brna, rodziny.

Podtrzymuję iluzję — przebiegło jej przez głowę i znów, jak chwilę wcześniej, wyparła złośliwą myśl jak najszybciej.

Kobieta stała plecami do okna, tak że wpadające przedpołudniowe światło wyostrzało kształt jej sylwetki i całkowicie zacieniało twarz. Była wyższa od Rikissy, postawna, niemal potężna. Ubrana w mnisi habit i płaszcz z obszernym kapturem.

— *Bis regina.* — Hunka w męskim stroju Hugona wyszła z kąta i pokłoniła się. — Przyprowadziłem do ciebie świątobliwą matkę Joannę, znaną jako medyczka i słynną jako uzdrowicielka chorych. Matka Joanna zgodziła się leczyć pana marszałka.

Usłyszeli o niej zimą; mówiono: „uzdrowicielka", „zbiegła zakonnica", „uczona", ale nie brakło i opinii: „wariatka, co kamieniami leczy", „czarownica". Hunka raz dwa wywiedziała się, że kobieta spędziła dwadzieścia lat w klasztorze benedyktynek w Bingen nad Renem, studiując księgi słynnej Hildegardy i lecząc prostaczków według metod świętej pamięci przeoryszy. Gdy odmówiła leczenia jakiejś możnej damy, a ta po pewnym czasie zmarła w męczarniach, przełożona klasztoru nakazała Joannie zakończenie praktyki medycznej. Zakonnica nie zgodziła się z decyzją przełożonej, zamknięto ją w celi ku pokucie i przestrodze dla innych, ale wtedy Joanna, jakimś sobie tylko znanym sposobem, opuściła klasztor i zaczęła pielgrzymować od wsi do wsi, lecząc potrzebujących. Arcybiskup Moguncji za nieposłuszeństwo obłożył ją klątwą, ale chroniona i wielbiona przez dziesiątki uzdrowionych, na złość arcybiskupowi nazywana już nie „siostrą", a „matką", opuściła Nadrenię i podróżowała bezpiecznie, przekazywana sobie niemal z rąk do rąk, aż rok temu, przez Heidelberg, Stuttgart i Ratyzbonę trafiła do Królestwa Czeskiego. Mogła być szarlatanką, mogła być świętą, dla Rikissy nie miało to żadnego znaczenia, byleby pomogła odzyskać zdrowie Lipskiemu.

— Matko Joanno — powitała ją skinieniem głowy Rikissa. — Dziękuję, że przybyłaś.

Uzdrowicielka zrobiła krok w jej stronę, ukłoniła się sztywno i zdjęła kaptur.

— Ach! — wyrwało się Rikissie.

— O tym plotki milczą? — mocnym, dźwięcznym głosem spytała Joanna. — Rozczarowałam cię?

— Nie — zaprzeczyła. — Po prostu spodziewałam się kogoś innego...

— Staruchy? — domyślnie podpowiedziała Joanna.

— Matka uzdrowicielka wstąpiła do zgromadzenia w Bingen w wieku siedmiu lat — szybko podpowiedziała Hunka, rozumiejąc skonsternowanie Rikissy.

Dwadzieścia lat w zakonie, cztery lub pięć pielgrzymowania, to daje trzydziestoparoletnią kobietę — szybko pomyślała Rikissa — a ona wygląda jak hoża dziewoja.

Stała przed nią młoda, wysoka i tęga dziewczyna o rumianych policzkach i bystrych, jasnych oczach patrzących śmiało, nawet nieco kpiąco. Zdjęła płaszcz i oddała Hunce udającej Hugona; bez wierzchniego okrycia wydawała się jeszcze młodsza. Habit ledwie mieścił jej potężne jędrne piersi i opinał się na wydatnych pośladkach.

— Gdzie chory? — spytała, otwierając wieko podróżnej skrzyni.

— Tam — wskazała na sypialnię Rikissa. — Może powiem...

— Mieliśmy dość czasu w podróży. Skryba szczegółowo streścił mi przebieg choroby — ucięła matka Joanna. — Potrzeba mi gorącej wody, czystych ręczników, otwartego paleniska, kilku garnków. I spokoju.

— Hun… Hugonie, zawołaj Marketę — rozkazała zbita z tropu Rikissa.

— Spokoju — powtórzyła uzdrowicielka z naciskiem. — Nikogo nie przysyłaj, sama zejdę do kuchni i wybiorę, co się nada. Tylko mnie zaprowadź, skrybo. — Uzdrowicielka zamknęła skrzynię, przekręciła klucz w kłódce i zawiesiła go na łańcuszku przy pasku habitu. — A ty, *bis regina*, idź do swoich zajęć. Pomówimy, gdy poddam go próbie kamieni.

— On jest moim zajęciem — hardo wyprostowała plecy Rikissa. — Nie zostawiam go…

— W rękach obcych? — W głosie matki Joanny znów zabrzmiała drwiąca, niemiła nuta. — Wysłałaś chłopaka z zastępem służby, zbrojnych i najwygodniejszym wozem, na jakim w życiu jechałam, by przywiózł mnie do Brna, a teraz mówisz, że nie ufasz mej sztuce? Że chcesz mi patrzeć na ręce?

— Wybacz, matko — przeprosiła Rikissa. — Jego choroba trwa tak długo…

— Że i ty jesteś chora — nieco łagodniej powiedziała uzdrowicielka. — Twoja dusza współczuje mu tak bardzo, że zamiast pomóc, dzielisz z nim niedomaganie. Cierpisz, a twoje cierpienie zatruwa tego, którego chcesz leczyć. To błędne koło, *bis regina*. Idź, zostaw go mnie, porozmawiamy później.

— Jak sobie życzysz, matko Joanno — powiedziała odarta ze swego sekretu Rikissa. — Mój dom jest do twej dyspozycji. Dopilnuj, Hugonie, by niczego nie brakowało naszemu gościowi.

— Tak jest, pani — odpowiedziała Hunka. — Będę służyć matce Joannie.

To uspokoiło Rikissę. Hunka, czy Hugo, cokolwiek by robiła i kimkolwiek była, służyła wyłącznie jej. Mogła być pewna, że będzie patrzeć uzdrowicielce na ręce.

Bis regina wyszła. Wąsaty Drahomil Jastrząb chrząknął.

— Pani — odezwał się niskim, ciepłym głosem o chropawej przyjemnej nucie.

— Będzie dobrze? — powtórzyła jego poprzednie powitanie i usłyszała w swoim głosie rozżalenie.

— Masz gościa.

Dopiero teraz dotarł do niej jazgot psów na brneńskim dziedzińcu. Uniosła brwi.

— Książę jaworski właśnie zsiadł z konia — powiedział Drahomil. — Kazał służbie rozładowywać kufry.

— Spodziewaliśmy się go w przyszłym tygodniu — odpowiedziała zdziwiona.

— Widać, nie mógł się doczekać spotkania z żoną — rzekł Drahomil bez cienia drwiny. — Albo chciał najjaśniejsze panie zaskoczyć.

— Dziękuję — powiedziała, uśmiechając się odruchowo.

Drahomil Jastrząb odprowadził ją spojrzeniem i wyprostował plecy, gdy go mijała. Przyspieszyła kroku; nie przyjmie Jaworskiego w stroju tak prywatnym, bo to tak, jakby dopuściła go do intymności, na którą nie zasłużył. Z rozmachem weszła do swojej komnaty.

— Trina! — zawołała. — Suknia!

— Mamo. — Aneżka dopadła do niej pierwsza. — On tu już jest!

— Wiem — pogłaskała córkę nieuważnie. — Pospieszył się.

— Niebieska? Zielona? Pod szyję? Z dekoltem? — Trina z naręczem sukni już sunęła ku nim.

— Suknia srebrna z dekoltem, czerwona peleryna pod szyję — szybko wydała dyspozycje Rikissa. Trina jak szła, tak w pół kroku zawróciła, by zamienić stroje.

Aneżka przylgnęła do pleców Rikissy krótkim, czułym przytuleniem; oderwała się od nich i zaczęła rozwiązywać jej fartuch.

— Zrobimy to? — spytała wesoło. — Zrobimy to teraz?

Rikissa zacisnęła szczęki.

— Wybacz — powiedziała do córki. — Nie teraz.

Aneżka, która już rozwiązała tylne taśmy fartucha, przekładając je przez głowę matki, zastygła z nią twarzą w twarz. Rikissa wpatrywała się chwilę w piękne, złote oczy córki, spadek po Przemyślidach.

— To nie zabawa, nie jesteś już dzieckiem — powiedziała cicho. — Nie możesz myśleć tylko o sobie.

— Ale... — W oczach Aneżki złość i lęk pojawiły się jednocześnie.

Rikissa położyła jej ręce na ramionach. Wciąż była trochę wyższa od córki.

— Lipski jest chory — oznajmiła. — Póki nie wyzdrowieje, nie może nas osłaniać. Musimy działać jak on. Przebiegle.

— Ale gdy wyzdrowieje... — zaczęła Aneżka.

— Tak — nie pozwoliła jej nic więcej powiedzieć. — Wtedy tak. Chcesz być przy rozmowie z Henrykiem Jaworskim? — Mówiąc to, rozwiązała osłaniającą włosy płócienną chustkę.

— Nie — oświadczyła Aneżka. — Nie chcę.

— Zastanów się. — Zdjęła chustę, przewiesiła sobie przez ramię i poprawiła włosy. — Lepiej byłoby, gdybyś...

— Zrób to sama. — Anežka zwinęła fartuch niedbale, odrzuciła go na stołek i odeszła kilka kroków w bok. Nie patrząc na matkę, zaczęła otwierać i zamykać jej szkatuły z klejnotami. — Nie chcę patrzeć na te jego psie oczy — powiedziała przez zaciśnięte zęby. — Na tę wiecznie zgnębioną minę, jakby był chory!... — Z trzaskiem zamknęła szkatułę z pierścieniami Rikissy.

— Chory na amory — zaśpiewała Trina, podchodząc do Rikissy i rozsznurowując jej skromną, domową suknię. — Co się nasza księżniczka tak dziwi chłopu, że smutny, hę? Dostał żonę, a łoże puste! Ckni mu się do...

— Przestań! — skarciła ją Rikissa gwałtowniej, niż należało. — To, co wygadujesz, żadnej z nas nie jest miłe.

Rozsznurowana materia zsunęła się po koszuli. Rikissa zrobiła krok w przód, wychodząc z leżącej sukni.

— Co ja wygaduję? — wzięła się pod boki Trinka. — Dobrze, że nie słyszycie, co gadają ludzie! Ha! Ja się z prostactwem nie zadaję, bo ja jestem kralovnej osobista służba, ale swoje słyszałam u Arbatki w składzie sukiennym, u Ludmiły, co miodosytnię na rynku prowadzi, a jak psiarczyki przy studni komentowali, to nie powiem, uszy więdły. — Trinka zręcznie podniosła zdjętą suknię i odłożyła na miejsce. — Dość rzec, że nasz dobry jaworski książę w tych gadkach wychodzi na ostatniego ciamajdę, co żonie wygodzić nie umie...

— Zamilcz! — syknęła Rikissa.

Anežka cofnęła się i odwróciła do okna, jakby jej to nie dotyczyło. Trinka narzuciła na Rikissę suknię ze srebrzystoszarego aksamitu. Gdy przez chwilę królowa zniknęła pod ciężką materią, służka kontynuowała niezrażona:

— Ja zamilknę, ale nie ludziska. A co on ma mówić? Książę z Jawora? — gadając, Trinka obciągała na Rikissie cenny materiał. — Chłop jak malowanie! Niczego mu nie brakuje poza ślubną. — Suknia była dopasowana, od dekoltu po przedłużony stan obejmowała Rikissę niczym rękawiczka. Trinka dociągnęła sznurówki. — I nawet sobie nie może podziobać na boku, bo on książę, a ona księżniczka, ba! Mało księżniczka, królewna! Ostatnia z rodu i jak na złość, piękna niczym obrazek... — Trinka przykucnęła u stóp Rikissy, poprawiając szerokie fałdy sukni. Spojrzała na swą panią z dołu. — Ach, kralovna! — jęknęła, kręcąc z podziwem głową. — Wyglądasz jak...

— Masz rację, Anežko — powiedziała ponad głową Trinki Rikissa. — Lepiej załatwię to sama.

Anežka ruszyła się spod okna, sięgnęła do szkatuły z klejnotami, wybierając przez chwilę. Trinka zarzuciła na ramiona Rikissy krótką pelerynę z obszernym, spływającym miękkimi fałdami kołnierzem, Anežka spięła ją broszą, na której trzy lwy prężyły złote grzbiety.

— No i zakryte oba wzgórza i wdzięczna dolinka! — westchnęła służka, niedwuznacznie wskazując, o które wzgórki jej chodzi. — Po cóż dekolty, skoro wszystko spowija czerwona mgła? — Wygładziła pelerynę i zamruczała: — Widać, że materiał drogi jak licho, a szycie bogate, ale co z tego, gdy to, co najsmakowitsze, schowane niczym konfitura w spiżarni?

Anežka parsknęła śmiechem, ale nie był to jej zwykły, szczery, dźwięczny śmiech. Rikissa spojrzała na nią przelotnie i skinęła nerwowo głową, nie siląc się tym razem na uśmiech. Wychodząc, rozejrzała się — gdzie są herbowe lwy? Łażą własnymi drogami, jak zawsze.

Kazała prosić gościa do największej komnaty. Tej samej, w której wyprawili z Lipskim feralną maskaradę. Widowisko, co przerodziło się w koszmar, gdy jej ukochany skamieniał dosłownie w jednej chwili, a potem z łoskotem upadł na posadzkę. Przebrany za czarnego orła, leżał z rozrzuconymi skrzydłami. Strząsnęła z siebie fatalne wspomnienie. Miała w tym wprawę, nawiedzało ją codziennie.

Weszła do pustej, wielkiej sali, w jej nozdrza wdarł się zapach terpentyny, octu i farb.

Przy najdłuższej ze ścian stały wysokie rusztowania. Zamówiła u frankońskiego mistrza freski. Miały opowiadać dzieje Tristana i Izoldy. Brunatna cienka kreska znaczyła linię szkicu. Rozpoznała maszt łodzi nad drugim poziomem rusztowania, a przy nim zarysy dwóch ludzkich sylwetek na tle rozwiniętego żagla. Drabina zostawiona przez malarza wyglądała jak przystawiona do głowy tej, która jak się na pierwszy rzut oka zdawało, będzie Izoldą. Za chwilę ona i Tristan wypiją magiczny napar miłosny, ich losy na zawsze splączą się ze sobą, przeznaczenie bezwzględną nicią oplecie przyszłych kochanków. Ale teraz wciąż są jeszcze szkicem, jak łódź i żagiel, a pod stępką ich łodzi nie namalowano wzburzonego morza. Przy odrobinie przekory i wbrew prawidłom sztuki, można przyjąć, że postać po prawej nie będzie Izoldą, lecz Tristanem i że to przy jego głowie mistrz zostawił drabinę.

Minęła rusztowanie. Światło dwóch tuzinów świec, z kandelabrów stojących pod krótszą ze ścian, ciepłym blaskiem odbijało złoto ze skrzyżowanych na murze chorągwi. Trzy złote lwy Rikissy i czarna orlica Przemyślidów, zwana płomienistą, bo z jej szponów i skrzydeł emanowały ogniste płomyki. Ponad nimi trzecia chorągiew, bez drzewca. Sama materia rozciągnięta na ścianie. Biały orzeł Królestwa Polskiego. Jego skrzydła lśniły; wyszywając go, wplatała srebrne nici.

Powoli podeszła do podwyższenia pod chorągwiami. Po tamtym balu z maskaradą kazała służbie ustawić na nim dwa wystawne krzesła. Dla siebie i niego. Jedno miało na tapiserii jej herb, drugie jego znak, pień lipy. Było zupełnie nowe, zamówiła je specjalnie, na przekór wszystkim niedowiarkom. Na przekór sobie.

Usiadła, poprawiła fałdy sukni, ułożyła na ramionach czerwoną pelerynę. Gdy uniosła wzrok, zobaczyła czekających pod drzwiami zbrojnych — Drahomila Jastrzębia z jego nastroszonymi wąsami i drugiego, którego imienia nie mogła sobie teraz przypomnieć. To przejęło ją jakimś nerwem. Jak on się nazywa? Jak na niego wołają?

— Dobrze się pani czuje, *bis regina*? — spytał Jastrząb tym chropawym ciepłym głosem. Jego zwykła troska, wykraczająca poza obyczaj i konwenans, zbyt poufała jak na stanowisko, jakie zajmował, rozbiła ją na chwilę. Wyglądam na tak bezradną, że lituje się nade mną wojak z mej straży? — pomyślała w panice i zacisnęła dłonie na podłokietnikach.

— Tak, wszystko w porządku — powiedziała. — Proś księcia.

To nie było ich pierwsze spotkanie od tamtej nocy w gospodzie. Wszak Lipski, nie mając pojęcia, co między nimi zaszło, zaprosił Jaworskiego na tę koszmarną maskaradę. Miał nadzieję, że Anežka się przełamie, przebrana za białego łabędzia zatańczy z mężem, który skrył się za strojem sir Lancelota z Jeziora, i wszystko ułoży się po jego myśli, jak zawsze. Wszystko ułożyło się wbrew, jak nigdy.

— Henryk, książę jaworski! — zaanonsowano go.

Wszedł pewnym, choć nieco usztywnionym krokiem. Miał na sobie krótki ciemnopurpurowy płaszcz z połami odrzuconymi w tył, na plecy, a pod nim dopasowany kubrak w kolorze ciemnej, głębokiej zieleni.

Kiedyś mówiłyśmy, że jego oczy mają barwę mchu — przebiegło jej przez głowę.

Podszedł blisko, na pięć, może sześć kroków od podwyższenia. Skłonił się.

— *Bis regina.*

Po chwili wahania wyciągnęła rękę do powitania. Srebrzysty aksamit opinał jej ramię, przedłużony i rozcięty mankiet miał koniec tam, gdzie zaczynały się palce. Jaworski pochylił się i pocałował jej dłoń. Nie próbował żadnych sztuczek z przytrzymywaniem palców albo przeciąganiem pocałunku.

— Spodziewaliśmy się ciebie nieco później, książę — powiedziała. — Skąd pośpiech?

— Chciałem uprzedzić króla Jana — odpowiedział ostro.

— Nie spodziewam się go w Brnie — potrząsnęła głową Rikissa. — Swoje śląskie tryumfy będzie świętował w Pradze.

— Z żoną? — skrzywił się Jaworski. — Nie przypuszczam.

— Królowa Eliška jest... — zawahała się chwilę, a on to wykorzystał.

— Znów na wygnaniu! — powiedział z dziwną, niedobrą nutą w głosie. A potem spojrzał na nią, mrużąc oczy i uśmiechając się sztucznie, nieprzyjemnie. — To może ty, *bis regina*, zostaniesz zaproszona do rezydencji królewskiej w Pradze. Każdy mężczyzna, nieważne, król, żebrak czy książę, pragnie w towarzystwie drogiej mu kobiety czcić swoje sukcesy. Dopiero gdy przejrzy się w jej oczach, smakują.

— Nie podoba mi się to, co mówisz — odpowiedziała chłodno. Obraził ją. Użył głupich, wulgarnych plotek o rzekomym afekcie, jakim darzy ją król. Ale znała prawdę i wiedziała, że powtarzając je, Jaworski celuje w siebie. Na usta cisnęły się jej słowa znacznie twardsze, ale nie mogła zacząć od obrazy, gdy zamierzała prosić. Nie, nie zamierzała. Była zmuszona.

— Nie po raz pierwszy nie podoba ci się to, co ode mnie słyszysz — rzucił książę wyzywająco.

Popatrzyła w dal, na stojących u drzwi zbrojnych. Wąsy Jastrzębia poruszyły się gniewnie. Przeniosła wzrok na Henryka.

— Zacznijmy jeszcze raz — zmusiła się do uśmiechu i powiedziała płynnie: — Jestem rada, że przyjąłeś zaproszenie. Doceniam, iż spieszyłeś się, by przejechać Czechy, zanim wkroczą do kraju wracające z Wrocławia wojska króla Jana. Luksemburczyk czuje się zwycięzcą, za jedną wyprawą zgarnął większą część Śląska. Jego rycerze zaś nie posmakowali zwycięstwa, bo Sławków im odebrano, a niczego więcej nie pozwolono plądrować. To sprawi, iż król Jan będzie świętował hucznie i rozdawał dary hojnie, by przykryć dwuznaczny wydźwięk tej wojny bez walki.

— Jak zwykle precyzyjna i dyplomatyczna — pochwalił. Zniknęła drażniąca, zaczepna nuta w jego głosie. Ale po wygłoszeniu pochwały zamilkł, czekając, co powie. Musiała się przemóc.

— Co zamierzasz? — spytała.

— O co pytasz? — odbił.

— Będziesz następnym?

Patrzyli sobie w oczy długo. Czuła w jego spojrzeniu wyrzut za tamto odrzucone uczucie, za ciężkie słowa, które padły między nimi. Za nieodwracalne deklaracje.

— Następnym? — zmuszał ją, by powiedziała wprost.

— Kolejnym ze śląskich książąt, którzy klękną przed Janem — wymówiła to wreszcie.

— Chciałabyś? — znów zadrwił ryzykownie. Zrozumiała, że on już wie i czeka, sprawdza, czy będzie prosiła.

— Tak sądzisz? — odpowiedziała, panując nad sobą. — Że chciałabym, by moja córka była żoną czeskiego lennika?

Drwiący uśmiech pozostał mu na twarzy jak grymas, ale oczy Jaworskiego mówiły to, do czego drugi raz się otwarcie nie przyzna. Wyprostował plecy i mimowolnie uniósł głowę. Ma piękną twarz — pomyślała uczciwie — młodego, dojrzałego mężczyzny. Pionowa zmarszczka między ciemnymi brwiami, podłużne wgłębienie w brodzie, dwie linie biegnące od żuchwy do wystającej kości policzkowej.

— Możemy wystąpić do papieża o unieważnienie małżeństwa — powiedział Jaworski sztywno. — Powód jest oczywisty i nikomu nieobcy. Nie doszło do skutku. Państwo młodzi nie przekroczyli progu małżeńskiej alkowy. Wszyscy to wiedzą. Nawet ci — głos mu zadrżał — którzy nas nie znają i nigdy nie widzieli na oczy.

— Chcesz rozwodu, by oddać hołd lenny Janowi? — celowo wykrzywiła sens jego myśli.

Spojrzał gniewnie.

— Czasami żałuję — powiedział wolno i dużo ciszej — że Lipski się rozchorował. Z nim dogadałbym się bez tej drażniącej gry.

— Zatem postaram się zachować jak Lipski — odpowiedziała poważnie.

Drahomil Jastrząb delikatnie uchylił wielkie drzwi wiodące do komnaty, nie skrzypnęły nawet. Trzy lwy wbiegły cicho, na miękkich łapach. Dwa ruszyły w stronę rusztowania, jeden okrążał salę z przeciwnej strony. Henryk Jaworski jeszcze ich nie widział, wciąż były za jego plecami.

— Znasz reguły, *bis regina*. Byłaś przy wielu negocjacjach, które prowadził marszałek. Najpierw zaproponuj mi nagrodę, coś, co tylko ty możesz mi ofiarować, potem postrasz, a na końcu powiedz, co mam zrobić, by się nie bać, a skorzystać.

Dwa lwy nie znalazły nic ciekawego pod rusztowaniem i miękko podeszły do podwyższenia. Minęły Jaworskiego, jakby go tu nie było, wskoczyły zwinnie i siadły po obu stronach krzesła Rikissy.

Nie mam czym straszyć i nie mam nagrody — pomyślała gorzko i położyła dłoń na łbie jednego z lwów. — Przyjdzie mi prosić kogoś, komu odebrałam wszystko.

Milczała, zbierała siły. Trzeci z lwów wolno, z leniwym namysłem, podchodził do podwyższenia.

— Chciałabym — zaczęła z trudem — byś był tym księciem, który nie klęknie przed królem Czech. I tym, co wesprze młodszego, niedoświadczonego bratanka, osieroconego przez ojca, by wytrwał w tym samym. I tym, który poradzi młodszemu, niedoświadczonemu bratu, by i on zachował neutralność.

Trzeci z lwów bezceremonialnie obwąchiwał Henryka, lwi łeb sięgał do uda księcia, do opuszczonej wzdłuż boku dłoni, tym razem to Henryk udawał, że nie widzi herbowego zwierzęcia Rikissy.

— Prosisz jako królowa Czech? Czy jako królowa Polski? — znów zadrwił. — Sądziłem, iż w twoim przypadku tytuły są nierozłączne.

— Proszę jako Piastówna. — Wyprostowała się i zacisnęła dłonie na podłokietnikach. — Córka króla, który odzyskał koronę i zapłacił za to życiem...

Jaworski przerwał jej bez sentymentu.

— Przez ziębickie księstewko mojego młodszego brata najkrótsza droga z Pragi do Wrocławia — powiedział, jakby rzucał na szalę kolejny odważnik.

Lew skończył go obwąchiwać, wszedł na podwyższenie i choć nigdy wcześniej tego nie robił, wskoczył na puste krzesło Lipskiego. Przysiadł na zadzie; był wzrostu myśliwskiego charta, gdy siedział obok niej, miał wielkość człowieka.

— A połączone księstwa świdnickie, twego bratanka Bolka, twoje jaworskie i wspomniane ziębickie to najlepszy bufor między Śląskiem a Czechami — dużo pewniej powiedziała Rikissa.

— Ponoć dlatego przed laty wybrałaś mnie na męża dla swej córki — odbił szybko.

— Nigdy tego nie taiłam — odpowiedziała. — I nic się nie zmieniło.

Pionowa zmarszczka między brwiami Jaworskiego pogłębiła się.

— Racja — powiedział chłodno i bez drwiny. — Nasze księstwa wciąż leżą w tym samym miejscu, a zamki obronne, które pobudował nasz ojciec i któreśmy wzmocnili, wciąż stoją na straży. Ale jak długo będziemy się opierać?

— A jak długo dacie radę?

Patrzyli sobie w oczy. Jeśli szukał w jej spojrzeniu czegoś więcej, nie mógł tego znaleźć.

— Nie miałem zamiaru składać hołdu lennego Janowi — powiedział wreszcie, a Rikissie wydało się, że jego głos był zmęczony. — Nie zrobi tego mój bratanek Bolko, wnuk króla Władysława. Nie zrobi tego mój młodszy brat, choć to jedyny w naszej rodzinie śląski wariat. Póki żyję, będę trzymał go na krótkiej smyczy. Tyle mogę ci obiecać. Ale, jak sama słyszysz, *bis regina*, nasze negocjacje nie przebiegają w stylu Lipskiego. Obiecałem ci wiele, a ty mnie niczym nie postraszyłaś i nic nie dałaś w zamian. Jestem jak błędny rycerz. Walczę dla idei, która w innych budziłaby politowanie.

Lew obok niej bezceremonialnie kłapnął paszczą i położył się na krześle. Łeb oparł o podłokietnik, jakby nadstawiał go do głaskania. Rikissa wsunęła palce w jego grzywę, by ukryć, że teraz zaczęły drżeć jej ręce.

— Zabierz do Jawora Anežkę — powiedziała.

Zaskoczyła go. Książę Henryk nie zdołał zamaskować zdumienia. Oto podarowała mu coś, czego potrzebował, ale nie pragnął.

— Pokaż światu, żeście mężem i żoną — powiedziała mocno. — Zamknij usta plotkarzom. Nie zaprzeczaj, wiem, co mówią. Książęcy przejazd z moją córką po twych włościach i ościennych księstwach sprawi, iż zamilkną. I wzmocni twoją pozycję wobec posłów Luksemburczyka, których, jak mniemam, już wysłał do ciebie, z ofertą klęknięcia. Jako prawowity małżonek Przemyślidki będziesz mógł łatwiej odrzucić kuszenia króla Jana. Tylko… — zawahała się przez chwilę, ale musiała to powiedzieć: — Strzeż Anežki jak oka w głowie.

W tej samej chwili zdecydowała: Hunka. Znów przeobrazi się w dwórkę i tym razem będzie pilnowała pleców mojej córki.

Jaworski założył ręce za plecami i odwrócił głowę w bok, w stronę rusztowań i szkiców fresków na długiej ścianie. Rozumiała, że potrzebuje chwili, by to przemyśleć. I wiedziała, że nie odrzuci propozycji, tak samo trudnej dla każdej ze stron, jak koniecznej.

Przez jakiś czas wpatrywał się w schematyczny zarys łodzi, masztu, postaci po jego obu stronach. Pamiętała, że świetnie znał Pieśni o królu Arturze i to, że opowiadał je ledwie ośmioletniej Anežce, gdy się zaręczyli.

— Tristan i Izolda — odezwał się wreszcie. — A ja sądziłem, że wolisz opowieść o sir Lancelocie i Ginewrze. Mistrz, farby, wielka powierzchnia. Kosztowna inwestycja. Po co to robisz?

Wstała. Lwy nawet się nie ruszyły.

— By pokazać światu, że historie miłosne są bardziej skomplikowane, niż się zdaje. Że nie polegają na zwykłym uniesieniu serc dwojga kochanków, lecz plączą losy wielu rodów i ludzi. — Stłumiła westchnienie i zeszła z podwyższenia. — I wreszcie dlatego, że gdy Lipski wyzdrowieje, w tej sali znów będę z nim tańczyła. Choć niedźwiedź z niego, nie tancerz — uśmiechnęła się smutno.

— Nie klęknę przed Janem Luksemburskim, masz moje słowo, *bis regina*. Ale klęknę przed tobą, Rikisso… — odpowiedział Henryk Jaworski i uniósł głowę.

Nie zdążył ugiąć kolana. Do wielkiej komnaty wbiegła Hunka i głosem Hugona, skryby, zawołała od drzwi:

— *Bis regina!* Matka Joanna prosi cię o rozmowę.

ZYGHARD VON SCHWARZBURG był już odświeżony i ubrany, gotów na audiencję. Przy pomocy Aloszy, sługi, którego przeznaczył mu na usługi kniaź, zmył w łaźni brud i mordęgę siedmiotygodniowej podróży do Lwowa. Poszłoby szybciej, gdyby nie to, że po opuszczeniu bezpiecznych granic Mazowsza musiał podróżować incognito. Wielkiemu mistrzowi zależało, by jego misja pozostała tajna, mimo iż zarówno Zyghard, jak i nowy komtur toruński Hugo von Almenhausen mówili jednym głosem, że teraz ważniejsze jest, by została wykonana szybko. Werner nie dał sobie przemówić do rozsądku i Zyghard musiał przeobrazić się w handlarza wonnościami, który udawał się po towar do faktorii nad Morzem Czarnym. Karawana kupiecka była bezpieczna, ale piekielnie wolna. Brodę, którą Zyghard zapuścił, by wtopić się w kupieckie szeregi, teraz zgolił mu delikatny i zręczny Alosza. Do tego podciął mu włosy, równo do linii podbródka. Chciał je jeszcze utrefić, ale Zyghard zabronił. Zamiast tego Alosza pokazał mu pomadę z wosku i oleju, delikatnie aromatyzowaną ambrą. Zyghard, który na co dzień używał wody szałwiowej na zmianę z olejkiem z rozmarynu, dał się uwieść zmysłowej woni ambry. Alosza nasmarował mu włosy pomadą, natarł czymś przyjemnym podrażnione po goleniu policzki i pomógł się ubrać w wyciągnięty z podróżnych kufrów habit zakonny. Zyghard wpół siedział, wpół leżał na szerokiej i niskiej wyściełanej poduszkami ławie, z kielichem wina w dłoni i czekał, aż kniaź Małej Rusi zakończy narady z wojewodami i przyśle po niego.

Jego myśli szybowały niezobowiązująco i dość niefrasobliwie od wspomnienia pierwszego pobytu na Rusi z Kunonem, przez zachwycającą przeprawę rzeką San, toporne i niezdarne, a jednak złowrogie płaskorzeźby fryzów w Złotej Bramie i przystojne oblicze Hugona von Almenhausen. Hugo chciał porozmawiać przed wyjazdem Zygharda z Malborka. Czekał na niego w podcieniu krużganków, w połowie drogi między wielką kancelarią, gdzie Schwarzburg odbierał dokumenty podróżne, a stajniami, do których zmierzał. Wyraźnie chciał z nim pomówić na osobności, ale miejsce i chwilę wybrał najgorsze z możliwych. Co rusz pozdrowieniami przerywali im rozmowę bracia zakonni spieszący do kancelarii albo wpadali na nich knechci biegnący do zamkowej zbrojowni. „Uważaj na Luthera z Brunszwiku" — powiedział mu Hugo, co nie było dla Zygharda odkrywcze. „I nie lekceważ Markwarda" — dodał, a to już zaciekawiło Schwarzburga, bo sam nie tak dawno odkrył, że wyglądający niewinnie Sparenberg kojarzy fakty szybciej niż którykolwiek ze świętoszków Luthera i zupełnie się z tym nie zdradza. A potem go zaskoczył, ściszając głos: „Wiem o Kunonie. Szukasz odpowiedzi na temat jego śmierci, znajdź świadka". „Byłem u joannitów" — odpowiedział mu gniewnie i zataił odkrycie, że Kuno miał rodzonego brata Gerarda. — „Nie wspomnieli o świadku". „Nie wiesz, że bracia przeprawy niczego nie wyjawiają?" — zadrwił Hugo i dodał: „Ale nie kłamią, gdy zadasz właściwe pytania. Spytaj o księcia Leszka. Tak, tego, którego twój brat Gunter von Schwarzburg oskubał z ziemi michałowskiej". Zyghard niemal zadławił się tą wiadomością, a Hugo nic więcej nie zdołał powiedzieć, bo jak spod ziemi stanął przy nich Ulryk, komtur domowy Malborka, z pilnym wezwaniem dla komtura toruńskiego od wielkiego mistrza. Uścisnęli sobie dłonie i obiecali wino po powrocie Zygharda z Rusi.

Mógłbym kupić dla niego antałek. Ot, podarek z podróży — pomyślał Zyghard, racząc się wybornym, lekko korzennym trunkiem, którego smak psuła mu myśl o domniemanym udziale księcia Leszka w śmierci Kunona. Leszek i Dzicy? Brzmi niedorzecznie. Kolejna zagadka do listy spraw nierozwiązanych.

Wino nagle wydało mu się ciężkie, a poduszki twarde.

Nie udało mi się spotkać joannity Gerarda, nie wiem, czy jest prawdziwym bratem Kunona i czy to on zgłosił jego śmierć Lautenburgowi. Co jeszcze? — skrzywił się, odstawiając kielich. — Wolf! Tajemniczy zabójca poprzedniego mistrza, którego istnieniem szantażował Werner starego Wildenburga. Może powinienem spytać o niego Almenhausena? Nie. Jeśli toruński jest człowiekiem Wernera, pary z ust nie puści. A może to on jest Wolfem? Mistrz Karol zmarł w niewyjaśnionych okolicznościach w Trewirze, a Almenhausen przybywał wtedy na, jak to nazwał? Krótkiej wizytacji domów niemieckich. Chryste — zrobiło mu się niedobrze — chyba oszalałem. Almenhausen? Bzdura.

Rozmyślania przerwało mu wejście służby.

— Idziemy do kniazia? — spytał Zyghard zbyt ostro, jakby chciał uciec od gnębiących go myśli.

W pierwszej chwili sądził, że to książęcy pokojowcy, ale gdy zrobili krok w przód, dostrzegł, że raczej nietypowi. Było ich dwoje, młody chłopak i równa mu wzrostem dziewczyna. Mieli smagłą oliwkową skórę, tym wyraźniej widoczną, że oboje byli bardziej rozdziani, niż ubrani. Chłopak miał na sobie szerokie karmazynowe spodnie przytrzymane szerokim pasem z tkaniny naszywanej błyszczącymi kamieniami. Na nagim torsie nosił skrzyżowane jedwabne szarfy w intensywnym kolorze szafranu. Dziewczyna ubrana była w długą marszczoną spódnicę i tak jak chłopak, niemal naga od góry. Piersi przesłaniała jej wąska opaska, podobnie jak spódnica w barwie soczystej, jasnej zieleni. W długich, rozpuszczonych włosach dziewczyny połyskiwały błyskotki, a każdy jej krok sygnalizował dźwięk dzwoneczków. Musi mieć je na kostkach nóg — zrozumiał zaintrygowany Zyghard, gdy dziewczyna i chłopak podeszli do niego płynnym krokiem. — Co teraz? — pomyślał, a oni na chwilę zatrzymali się przed ławą, na której odpoczywał, pokłonili głęboko, po czym zaczęli poruszać się wokół niego wolno, zmysłowo i tanecznie.

Półnaga służba ma mi umilić przedłużające się narady młodego kniazia i jego niespokojnych wojewodów — pomyślał — czy raczej odurzyć i uśpić mą czujność? Mam dość zagadek.

Dziewczyna była śmielsza, w tańcu zbliżała się do niego tak mocno, iż czuł kwiatową woń bijącą z jej ciała. Pochyliła się zamaszystym ruchem i musnęła włosami jego twarz. Odsunął głowę odruchowo. Wtedy oddaliła się drobnymi krokami, z których każdy dźwięczał melodią dzwoneczków. Stanęła nieco z boku, a do niego podszedł chłopak. Miał młode, gibkie ciało. Poruszał się jak wąż, prezentując w tańcu smukłe, ale muskularne ramiona i pięknie wyrzeźbione plecy. Zyghard poczuł, że oddech mu przyspieszył mimowolnie.

— Dziękuję, wystarczy — powiedział po rusku.

Chłopak nie zareagował, wciąż prężył się przed nim i wirował coraz szybciej. Dziewczyna tańczyła w miejscu, dzwoneczkami ukrytymi pod spódnicą wyznaczając rytm.

— Dość — powiedział Zyghard.

Ciemne oczy chłopca rozszerzyły się, uniósł brwi, pokazując, że nie rozumie.

Zyghard podniósł się z ławy, nim zdążył wstać, chłopak padł przed nim na kolana i nie przestając się wyginać, próbował dotknąć jego stóp.

— Przestań — warknął.

Dziewczyna płynnie ruszyła ku nim, szeroko rozkładając ramiona. Zyghard przerwał to, łapiąc ją gwałtownie za rękę. Pochylił się i chwycił też ramię chłopaka, ciągnąc go w górę. Ten wstał lekko i zwinnie. Oboje próbowali wciąż jeszcze tańczyć, jakby to, iż Zyghard trzymał ich za ramiona, było zaproszeniem. Wyprowadził tancerzy z błędu, brutalnie wlokąc za sobą ku wyjściu. Kopniakiem otworzył drzwi i szybkim krokiem ruszył ku komnacie, w której książę przyjmował wojewodów. Dziewczyna i chłopak przestali tańczyć, biegli ciągnięci przez Zygharda. Mówili do niego szybko w języku, który nie był w niczym podobny do ruskiego i którego Zyghard ni diabła nie rozumiał. Umiał się jednak domyślić błagalnego charakteru ich mowy. Nic sobie z tego nie robił. Zdumiona służba zamkowa otworzyła przed Schwarzburgiem drzwi komnaty. Wtargnąwszy, zobaczył kniazia Jurija Bolesława Trojdenowica w otoczeniu czterech brodatych wojewodów. Kniaź podtrzymywał głowę na zwiniętej pięści, gwałtowne wejście Zygharda sprawiło, iż niemal podskoczył.

— Najjaśniejszy książę. — Zyghard skinął głową i puścił ręce tancerzy.

Dziewczyna i młodzieniec upadli na kolana i zakryli ramionami głowy.

— Komturze grudziądzki. — Jurij zamrugał zmieszany.

Wojewodowie wyprostowali się, jeden z nich pokraśniał i przygryzł wargę. Zyghard postanowił zabawić się ich kosztem i przybrał minę osoby zatroskanej.

— Wyobraź sobie, książę, że tych dwoje młodych odwiedziło mnie w komnacie — zrobił przerwę — i jak mniemam, nie znając ich mowy, usilnie prosili, bym zarekomendował ich wielkiemu mistrzowi w Malborku. — Poczekał chwilę, by jego słowa dotarły do wojewodów. Spojrzeli na niego, jakby zwariował, więc dodał niewinnie: — Chyba chcą wstąpić w szeregi Zakonu, a ja nie umiem im wyjaśnić, że to niemożliwe. W dodatku oni nie przyjmują mojej odmowy — Zyghard rozłożył bezradnie ramiona i przygryzł wargę, by nie parsknąć śmiechem — a ja nie rozumiem ich języka. To zresztą pierwszy powód, dla którego ich prośba jest nierealną: w Zakonie mówimy po niemiecku, a modlimy się po łacinie.

Zdumione twarze wojewodów i otwarte usta kniazia sprawiły, że Zyghard postanowił zakpić z nich jeszcze chwilę.

— Dziewcząt nie przyjmujemy. Jak to się stało, że ona tego nie wiedziała? — powiedział całkowicie poważnie. — W przypadku chłopców, cóż, odpowiednie urodzenie i rekomendacja to pierwszy z warunków. Ale czy on, z tą oliwkową cerą i czarnymi oczami, wygląda na potomka starego niemieckiego rodu? Na Bawarczyka? Alzatczyka? Hmm… nawet do Prusa mu daleko. I wreszcie te stroje, wybacz, książę, ale u nas obowiązują sztywne zasady. Wszystko, co robimy, oparte jest na Regule, a jeśli któryś z nas w podróży dyplomatycznej się przebiera, jak mnie się to zdarza, to wyłącznie wówczas, gdy musi przejechać przez wrogie sobie terytoria i zachować incognito. A może wasza małoruska młodzież sądziła, iż rycerz zakonny nudzi się w tym pięknym zamku i warto go czymś zabawić? Nic bardziej złudnego. Mój mocodawca, wielki mistrz Werner von Orseln, liczy każdy dzień mojej nieobecności w Malborku.

— Zrozumieliśmy, komturze von Schwarzburg — sztywno powiedział wojewoda halicki Siemion, wstając jednocześnie z miejsca. Podszedł do skulonych na posadzce tancerzy i trącił młodziana czubkiem wysokiego, wyszywanego koralikami buta, wydając słowo, które brzmiało jak cyknięcie. Dziewczyna i chłopak wycofali się, nie podnosząc z kolan, nawet w pokornej ucieczce zwinni niczym węże.

— Chcieliśmy cię podjąć godnie — wydukał tonem przeprosin wojewoda, który wcześniej się zaczerwienił.

Zyghard uniósł brew i brodę, spojrzał na niego pytająco.

— Wojewoda lwowski, Zachar — przedstawił się sam.

— Gospodarz — mruknął Zyghard tak, by ton jego głosu można było wziąć za pochlebstwo.

— W rzeczy samej — pokiwał głową wojewoda Zachar. — Wybacz, jeśli nasza gościnność cię uraziła.

Rozbawiła — uściślił w myślach Zyghard. — Nie mogliście się zdecydować, czy podesłać mi dziewkę czy chłopca, to podsunęliście parkę. Ładną opinię mamy w świecie, nie ma co. Że Krzyżak, to od razu zachłanny? Że gusta ma wysublimowane i trudno w nie trafić?

— Na wschodzie czas biegnie inaczej — załagodził Zyghard i usiadł na miejscu, które usłużnie wskazał mu wojewoda Zachar — ale jak wspomniałem, mój Zakon funkcjonuje według praw zachodu. Czy przemyślałeś, książę, ofertę wielkiego mistrza?

Jurij Bolesław Trojdenowic, siedemnastolatek, syn księżnej czerskiej Mariji Jurijewny, był do niej niezwykle podobny. Delikatnie skośne oczy, ciemne włosy, jasna, mleczna cera i skłonność do rumieńców.

Hmm — pomyślał rozbawiony Zyghard — a może to był jego pomysł, by zaproponować mi chłopca?

— Propozycja jest dla nas trudna do przyjęcia — powiedział młodzian — bo tkwi w niej haczyk.

Oby jeden — skomentował w myślach Zyghard, a na głos udał zdziwienie:

— Cóż takiego masz na myśli, książę?

Wojewoda halicki Siemion i najstarszy w tym gronie, wojewoda włodzimierski Oleg, wymienili się spojrzeniami.

— Te części porozumienia, które dotyczą mego krewnego i dobrodzieja, króla Władysława — wyjaśnił rzecz wiadomą Jurij.

— Nie rozumiem, cóż w nich dziwnego? — gładko skłamał Zyghard. — Skoro Zakon proponuje Małej Rusi sojusz wymierzony w Tatarów, dlaczego ma nie wymagać w zamian lojalności w przypadku wojny z Polską?

— Bo jestem ją winien królowi Władysławowi — z rozbrajającą szczerością wyznał młody książę. I oblał się rumieńcem.

Nie wstydź się, mały — współczująco pomyślał Zyghard. — To żadna tajemnica, że wujo Władysław przy pomocy Caroberta posadził cię na tronie małoruskim.

— Wyjaśnijmy sobie coś — powiedział zamiast tego, co myślał. — I proszę, byś mnie poprawił, książę Juriju Trojdenowicu, jeśli się mylę. Głównym problemem Małej Rusi są najazdy tatarskie.

— Zgadłeś — przytaknął Jurij, a Zyghard z politowaniem pomyślał, że jeszcze nie zaczął.

— Dla króla Polski i króla Węgier — kontynuował — Mała Ruś jest zaś zabezpieczeniem przed tymi najazdami. Król Władysław i król Carobert skłonni są ci pomagać, byś to ty brał na siebie walkę z Ozbeg chanem, zgadza się?

— Tak — skinął głową książę.

— Zatem układ, który proponuje ci wielki mistrz zakonu krzyżackiego, jest w pewnym sensie na rękę zarówno królowi Polski, jak i królowi Węgier — powiedział Zyghard.

Jurij zerknął na wojewodów. Unieśli brwi.

— Do tego momentu tak — powiedział zaskoczony — ale dalej...

— Poczekaj, drogi książę — bardzo łagodnie przerwał mu Zyghard. — Jeśli Zakon chce się umówić z tobą, że wesprze cię w razie ataku pogan, który byłby skierowany poprzez północe tereny twego kraju na, powiedzmy, twe rodzinne Mazowsze, czyli ziemie będące bezpośrednim sąsiadem Zakonu, to czy widzisz tu zagrożenie dla interesów królów Polski i Węgier?

— Nie, ale...

— Nie ma „ale" — podjął jego wątpliwość Zyghard i natychmiast przerobił po swojemu. — Bo wojny bywają podstępne, mój książę. I mój mistrz Werner von Orseln bierze pod uwagę, iż zwyczajem strategicznym jest atakowanie zaangażowanej w działania wojenne strony przez trzeciego, pozornie niewalczącego gracza.

— Ale... — Jurij uniósł się na paradnym książęcym krześle, niewiele już rozumiejąc.

Zyghard przybrał familiarną pozę i dopasował do niej ton głosu, mówiąc:

— Ale wyobraź sobie, mój książę: oto Zakon angażuje swe siły w odparcie najazdu Tatarów. A w tym samym czasie, gdy zakonni rycerze walczą na rubieżach chrześcijańskiego świata, król Władysław korzysta z okazji i uderza na Zakon. — Ale się rozpędziłem — bawił się w myślach Zyghard. Czas zagonić owieczki do zagrody. — Nie możemy dopuścić do sytuacji, że ty i małoruskie wojsko opuścicie nas na polu bitwy i staniecie przy królu Władysławie przeciw nam.

— To niemożliwe — jęknął Jurij.

— Wydumana sytuacja — fuknął wojewoda Oleg.

— Owszem — z przekonaniem potwierdził Zyghard — ale na wojnie wszystko jest możliwe. A my, zakonnicy, jak mówiłem wcześniej, musimy działać ściśle według reguł. Te zaś nie pozwalają nam wspierać sojuszem kogoś, kto w chwili próby może się odwrócić przeciw nam. Tak więc prostym wymogiem przymierza, które proponuje wam mistrz, jest zobowiązanie się, że nie wystąpicie przy boku króla Władysława przeciw Zakonowi.

— Na ile skuteczne są obietnice Zakonu, że wesprze nas w walce z Tatarami? — wtrącił się wojewoda Siemion.

— Zakon nigdy nie łamie przymierzy — oznajmił Zyghard i dodał w myślach: Bo umiem je tak zapisać, żeby prawo zawsze było po naszej stronie. — Ale — podjął po chwili, robiąc gest, który można było wziąć za coś w rodzaju umywania rąk — to tylko oferta. Nie jesteście zmuszeni z niej korzystać. Mogę zawieźć mistrzowi odpowiedź odmowną.

— Chwilę — powiedział Siemion. — Mamy obiecać, że nie wesprzemy króla Władysława w jego wojnie z Zakonem, tak?

— Tak — potwierdził Zyghard.

— Za to Zakon wesprze nas w wojnach z Tatarami?

— Tak — mocno powiedział Zyghard i dodał po chwili: — Oczywiście tych, które zagrażać mogłyby terytoriom zakonnym i terytoriom naszych mazowieckich sojuszników.

Widział zmrużenie oczu wojewodów, uśmiechnął się więc, mówiąc:

— Wybaczcie, ale nie wpadłbym na to, że oczekiwalibyście naszego wsparcia w wojnach prowadzonych na wschodnich i południowych rubieżach waszego świata, to jasne. Ale, tak się składa, że na północnym wchodzie mamy wspólnego wroga, Giedymina.

— Przeciw niemu też nas wesprzecie? — dopytał Siemion.

— To skomplikowane — powiedział. — Nie jest bowiem naszym celem pobicie Giedymina, ale ochrzczenie Litwy. Jednak, jak słusznie zauważył wojewoda Halicza, wspólny wróg pozostaje wspólnym wrogiem.

— Jestem winien królowi Władysławowi lojalność — jęknął młody książę.

— Sojusz z Zakonem przeciw Tatarom pozwoli ci lepiej ochronić króla Władysława, twego dobrodzieja — uśmiechnął się lisio Zyghard.

Kochał tę robotę. Dyplomacja nie potrzebuje prawdy — pomyślał zadowolony — póki to, co mówię, brzmi wiarygodnie. Właśnie sprzedałem im marzenie, chcą, bym miał rację, chcą to ode mnie kupić. Tak, Zyghard lubił zbierać dowody na to, że dyplomacja jest skuteczniejsza od wojny. Udowadniać tym pustym, zakutym w żelazo zakonnym pałom, Altenburgom, Lautenburgom, Plauenom, że dobry traktat może więcej niż rozlew krwi i machanie mieczem. Pokazać Lutherowi z Brunszwiku, że nie trzeba przeć do wojny, wystarczy otoczyć przeciwnika sojuszami.

Widział, że młody książę chce być lojalny wobec króla dobrodzieja, a jego wojewodowie chcą mieć zabezpieczone północe rubieże państwa. Jak to pogodzić? Był pewien, że wola wojewodów wygra z kruchą wolą księcia. Chłopak w żyłach miał za mało krwi przebiegłych Rurykowiczów, w dodatku tylko po kądzieli. Zyghard też dziedziczył ją wyłącznie po matce, ale od lat służył w Zakonie, a to zmieniało postać rzeczy.

— No — uśmiechnął się, jakby już było po sprawie — pogadajmy, jak krewniacy, którymi jesteśmy! Panowie — zwrócił się do wojewodów — który z was pamięta Daniela Halickiego, mego matczynego dziada? A który słynnego Lwa, dziada mej matki? Opowiadajcie, rad będę poznać sekrety rodziny, jakich nie wyjawiano na książęcym dworze Schwarzburgów!

WŁADYSŁAWA nosiło po Wawelu. Nie mógł sobie znaleźć miejsca; jego rozgorączkowana głowa kipiała od niespokojnych myśli. Zachodził do katedry: tak, radował się z całych sił, że Kazimierz wrócił do zdrowia. Szybkim marszem przemierzał zamkowy dziedziniec: nie, nie mógł przeboleć hołdów śląskich. Zaglądał na wawelskie mury: tak, czuł ulgę na myśl, że Luksemburczyk już w Pradze. Z impetem wracał do kancelarii: nie, nie pozwoli na żaden sąd rozjemczy z Krzyżkami. Na ponaglenia z Malborka i Awinionu odpowiadał prychnięciem, a arcybiskup Janisław przedstawiał Zakonowi coraz bardziej absurdalne kandydatury sędziów rozjemczych.

— Wszystko to bzdura — huczał — granie na czas, byleby wielki mistrz mógł wydobyć z Pomorza jeszcze więcej srebra! Kontrolować wiślany szlak handlowy, który nam i Węgrom przynosił zyski!

Kanclerz Starszej Polski, opanowany Piotr Żyła, i kanclerz Małej Polski, ruchliwy Jarosław Bogoria, zgadzali się z królem, choć wyrażali myśli powściągliwiej.

— Od dawna, z długoletnim planem, z rozmysłem, realizowali dzieło przejęcia Pomorza — powiedział Żyła wpatrzony w niespokojny, kopcący płomień świecy. — Chcieli posiąść Wisłę i dopięli swego. Nie zwrócą nam tych ziem przed żadnym sądem.

— Musimy je odbić! — zapieklił się król.

— Albo zawalczyć o nie tak ostro, by się cofnęli — urealnił plan Bogoria.

— Krzyżaków nikt w polu nie pobił — przypomniał Żyła i przyciął knot świecy. Płomień uspokoił się.

— W szarpanej wojnie dawali im radę Litwini — uściślił Bogoria. — Ale, jak to w podjazdach, wygrali raz, przegrali trzy razy.

— Mogę przegrać i cztery razy — wysyczał Władysław — byleby za piątym wygrać!

— Zaciętości nikt ci nie odmawia, królu — uspokoił Żyła.

— A skuteczności? — wziął go pod włos Władek.

— Nie miałeś kiedy jej dowieść — powiedział dyplomatycznie kanclerz Starszej Polski. — Nie stanąłeś nigdy z Krzyżakami do otwartej bitwy.

Władek jak chodził po komnacie, tak stanął twarzą do okna. Przez chwilę patrzył na wiosenne, szarobure niebo nad Wawelem. Na szybujące w powietrzu gawrony. Potem odwrócił się do obu kanclerzy i oznajmił z całkowitą powagą:

— Nie wtargnę w głąb krzyżackiego kraju. Muszę wywabić żelaznych braci z gawry. Wyciągnąć ich zza murowanych, okutych, niedostępnych zamków. Zza wysokich murów twierdz, z baszt niezdobytych.

Żyła i Bogoria spojrzeli na siebie i skinęli głową jednocześnie.

— Niewinny incydent graniczny zaczynał niejedną wojnę — podsunął Jarosław.

— Nie mówię o wojnie — sprostował Władysław. — Mówię o krótkim uderzeniu. Wciągnięciu Krzyżaków w walkę, w której sprawdzimy, ile jesteśmy warci.

— Szybka rejza — poruszył brwiami Bogoria.

— To się wydaje trafnym rozwiązaniem — potwierdził Piotr. — Teraz pomyślmy, jak to zrobić, wszak nie mamy zbyt wiele wspólnej granicy.

Władysław obszedł szeroki stół z polerowanego drewna, na którym piętrzyły się pergaminy i pieczęcie. Raz, drugi, po trzecim okrążeniu zatrzymał się na wprost obu kanclerzy i założył ręce za plecy. Zadarł głowę i spojrzał na nich poważnie.

— Wańka — powiedział. — Książę płocki, co zrobił sobie pieczęć dwa razy większą od mojej.

Żyła zmrużył oczy, Bogoria uniósł brwi. Nic nie powiedzieli.

— Wszyscy go znają — kontynuował Władysław. — Na moją koronację nie przybył, władzy nie uznał, z Krzyżakami krwią przymierze podpisał...

— O krwi to pogłoski — wtrącił Żyła.

— Przesadzone — poparł go Bogoria.

— Jakeśmy go najechali, pod Płock podeszli, hołdu odmówił i wezwał żelaznych braci na pomoc — ciągnął Władek.

— Ale nim się z gawry, jak mówi król, ruszyli, wojska nasze już były w Starszej Polsce — przypomniał Bogoria.

— Od czasu tego najazdu takie same porozumienie z Zakonem, o pomocy wojennej, mają dwaj pozostali książęta Mazowsza, Trojden z Czerska i Siemowit z Warszewy — beznamiętnie powiedział Żyła.

Nie było tajemnicą, iż kanclerz Starszej Polski przestrzegał króla jeszcze przed atakiem na Wańkę, jak to się może skończyć. Przewidywał zwrócenie się ku Krzyżakom obu książąt.

Władek nie skomentował. Nie miał zwyczaju przyznawania się do błędów. Przekładał na stole zwoje pergaminów, ostrożnie tworząc z nich piramidę. Położył na jej szczycie najmniejszy i powiedział:

— Zatem, by nie wyglądało to na prowokację, pojedziemy do Płocka. Złożymy Wańce kolejny raz propozycję hołdu lennego — uśmiechnął się krzywo do Bogorii. — No co? To teraz popularne, Śląsk klęknął przed Luksemburczykiem. Wańka, ufny w Krzyżakach, odrzuci propozycję i wezwie braci na pomoc. Ci będą chcieli pokazać, iż wyciągnęli lekcję z poprzedniego najazdu, i szybko pchną ku nam wojska. My zaś zrobimy to, co Litwini — mówiąc to, wyjął jeden ze zwojów z podstawy i piramida rozsypała się. — Wciągniemy ich w przygotowaną wcześniej zasadzkę.

— I sprawdzimy, czy można ich pobić w polu — potwierdził sens myślenia króla Bogoria.

Milczeli chwilę.

— Wadą mojego planu — przyznał Władysław, zagarniając ponownie zwinięte pergaminy w jedno miejsce — jest to, iż trudno urządzać dobre zasadzki na nie swoim terenie.

— Mamy jeszcze wspólną granicę na północ od Noteci, w Starszej Polsce — przypomniał Bogoria.

— Za daleko od Krakowa — stanowczo zaprzeczył król. — Nie mogę rozciągać linii ataku na Krzyżaków i obrony przed Luksemburczykiem, bo wojsk mi nie starczy, a siły liczę już z Węgrami, połowę których póki co Carobert mi zostawił do dyspozycji, nazwijmy to, obronnej.

— Chcesz powiedzieć, panie, że Węgrzy nie mogą ruszyć z nami na Płock? — upewnił się Bogoria.

— Nie — przyznał.

Zapadła cisza. Bogoria zaczął stukać palcem w blat stołu, Żyła przesuwał kałamarz w tę i z powrotem. Władysław ruszył na niekończący się obchód komnaty.

— Nie wszyscy i nie oficjalnie — powiedział po chwili, nie przestając okrążać stołu. — Luksemburczyk odstąpił od uderzenia na Kraków po groźbie Caroberta. Zatem gdy my ruszymy na północ, wojska węgierskie jako gwarancja granic Małej Polski są dobrym zabezpieczeniem. A czy Czesi zorientują się, jak są liczne? Jeśli nie mają tu szpiegów, nie sądzę.

— Co ci da, królu, mały węgierski oddział wpleciony między twoje hufce? — spytał Bogoria.

— Mnie niewiele — potaknął Władysław. — Ale towarzyszący nam Węgrzy będą mogli przekazać memu zięciowi, kim naprawdę są Krzyżacy. Carobert nie chce walczyć z nimi u mego boku, bo to dla niego rycerze Najświętszej Marii Panny. On, chłopiec z Neapolu, wciąż w głębi duszy widzi w nich bohaterów krucjat. Muszę mu pokazać, jaka przepaść dzieli krzyżowców od Krzyżaków.

Kanclerze pokiwali głowami. Ich przekonywać nie musiał. Po chwili ciszy odezwał się Żyła:

— A gdyby wciągnąć ich do Królestwa nie przez nieprzyjazne nam księstwo płockie, gdzie, jak stwierdziliśmy, ciężko będzie o dobrą zasadzkę, ale przez życzliwe i uznające twą władzę księstwo dobrzyńskie?

— A pretekst? — zapytał Jarosław Bogoria. — Bratankowie króla, książęta Włodko Garbus i ten młodszy, jak mu tam?

— Bolesław — westchnęli Władek i Piotr Żyła jednocześnie, przewracając oczami. Książąt Bolesławów ostatnimi czasy znów mieli na pęczki.

— Właśnie, Bolesław — nie przejął się szczegółami Bogoria. — Ci młodzieńcy to jedni z niewielu Piastowiczów od samego początku uznających władzę króla. Godzi się narażać na szwank ich dobrą wolę i dobry przykład prowokacją?

— Psu na budę te dobre przykłady — warknął Władek. — Żaden śląski Piastowicz się nimi nie kierował. Klękali przed Luksemburczykiem żwawo, żeby nie powiedzieć, na wyścigi.

— Zaoponuję — uniósł palec Żyła. — Potomkowie Bolka Surowego, ongiś księcia Świdnicy, hołdu nie złożyli i jak widać po postawie księcia jaworskiego, nie złożą. Trzeba większą opieką otoczyć jego bratanka, a twego wnuka, królu.

Bolka, co śnił mi się, gdy Kazimierz leżał śmiertelnie chory — zaschło w ustach Władysławowi. — Bolka, niskiego niemal jak ja, rówieśnika mego syna. Chłopaka, którego wskazywało mi senne widziadło. Chryste, dzięki Ci, żeś Kazimierza z łoża śmierci podźwignął.

Za każdym razem, gdy od dnia uzdrowienia patrzył na syna, był wdzięczny Bogu. I za każdym razem czuł brzemię odpowiedzialności wobec Matki Jemioły. Usprawiedliwiał się: złożył dwie przeciwstawne oferty, ale żadna z nich nie jest w mocy wobec faktu, że Kazimierz żyje. Tron dla Węgrów nieaktualny. Tron dla córek zbędny. Kazimierz sił nabiera, lada dzień spłodzi z Litwinką syna. Wszystko się ułoży — powtarzał sobie — bo takie są prawa natury. Bo Bóg tak chce — dodawał. — Nie po to Najwyższy pozwolił mnie, staremu, odzyskać koronę i przywrócił do życia dziedzica, by zniweczyć to wszystko.

— Wnuka mego otoczymy opieką — powiedział głośno i pewnie, wracając do pełnego pergaminów stołu. — Ale najważniejsze, to odzyskać dla Królestwa Pomorze. — Znów zaczął układać piramidę ze zwojów. — Krzyżaków, jak mówiłem wcześniej, wciągniemy w zasadzkę przez Płock. Niepokorny Wańka zapłaci za brak szacunku wobec, z takim trudem odzyskanej, korony. A nasze wojska sprawdzą, czy można w polu pokonać żelaznych braci.

RIKISSA była między piekłem a niebem za każdym razem, gdy matka Joanna wzywała ją na rozmowę. Słysząc „uzdrowicielka chce z tobą mówić", myślała: wyzdrowiał czy wyzionął ducha? Upływ czasu nie uodpornił jej na wrażenie ostateczności płynące z tych wezwań, choć zwykle chodziło o zdobycie następnych ziół czy przygotowanie kolejnego zestawu srebrnych łyżeczek do mieszania odwarów. W dodatku po wyjeździe Anežki i Jaworskiego nie mogła sobie znaleźć miejsca. Każdy kąt przypominał jej córkę. Panny służebne nie pomagały. Trinka powtarzała:

— Dobrześ zrobiła, kralovna. Dziewczynie trza być przy mężu.

Czarnowidząca Gizela zaprzeczała:

— Wcale, że nie! Ptaszyna nasza, Anežka, to jeszcze dziecko i nic a nic wyjeżdżać nie chciała! Nie pamiętasz, Trina, jak dzień przed wyjazdem od szlochania zasłabła?! Serca nie masz? Toż ona się z żalu słaniała! Śląsk tera niebezpieczny, grasanci na drogach, kto wie, co ich czeka, Boże drogi, byleby życiem nasza ptaszyna tej podróży nie przypłaciła!

Katka, która samozwańczo nazywała się piastunką Anežki, próbowała łagodzić:

— Zarąbać ich na trakcie nie zarąbią, boć on przecie książę i ze zbrojnymi jadą i prosto z Czech na jego brata ziemie i bratanka, więc jakby u siebie będą.

Ale po chwili zastanowienia dodawała zwykle coś w rodzaju:

— Ino, że Anežka nasza słabowitego zdrowia i jak ona w bezdennej rozpaczy wyjechała, to z żalu może kipnąć. Mówię wam, z żalu, z tęsknoty za piastunką, za wami i za kralovną, matką.

— Bzdury gadasz! — gasiła ją Trinka. — Popłacze i przestanie, jak jej Jaworski dogodzi. Co? Co ślepia wybałuszasz, Katka? Już nie lubisz? A to ci heca, jeszcze ze dwa lata temu nazad nie było od ciebie gorętszej na Morawach, byleś zobaczyła bary i wąsy, już zadzierałaś kiecę!

— Ja? Ja? — wściekała się Katka. — Ja nie. Mnie się wąsaci nie podobają, mów za siebie, widziałam, jak na Jastrzębia cycki prężysz. Sukienkę, tę niebieską, to od czego masz pękniętą pod pachami, ha?

I tak w kółko. Rikissa żadnej nie miała w nich pociechy, przeciwnie, żale Giseli przypominały jej nieopanowany płacz Anežki przed odjazdem. Nie mogła się nawet normalnie pożegnać z córką, bo ilekroć próbowała z nią mówić, Anežka wpadała w spazmy. W końcu, w dniu pożegnania, Jaworski stanął przy nich i wyszeptał tak, by tylko one dwie słyszały, nikt więcej:

— Przysięgam, że cię nie tknę, żono. Dziel ze mną stół na oczach ludzi, towarzysz mi, jeśli nie możesz z uśmiechem, to choć bez wstrętu. Kładź się ze mną do wspólnego łoża, by słudzy widzieli rano zmiętą pościel. A przysięgam na to, co mi najdroższe, że nie tknę.

Anežka spojrzała przez łzy na niego, na matkę i skinęła głową. Potem ruchem dłoni przywołała sługę, by pomógł jej wsiąść na konia. Jaworski zatrzymał go. Rikissa, choć z całych sił chciała wziąć córkę w ramiona, tylko ucałowała jej czoło. Wszystko, byle znów nie wybuchł szloch. Jaworski odsuwając sługę, sam podsadził Anežkę na siodło, za co obdarzyła go pełnym wyrzutu spojrzeniem spod napuchniętych powiek. Takie samo posłała na pożegnanie Rikissie, zrównując ją i męża w winie wobec siebie.

W jakimś odległym znaczeniu ma rację — powiedziała sobie Rikissa.

Hunka, przeobrażona w pannę służebną, bo jak obie z dziewczyną uznały, łatwiej będzie zrobić z niej nową służkę, niż uwiarygodnić cudowny powrót tej, którą Anežka pamiętała z Pragi, zajmowała odległe miejsce w orszaku książęcej pary. Rikissa nie wątpiła w jej umiejętności. Wiedziała, że Hunka jeśli nie na pierwszym, to na drugim popasie znajdzie się przy Anežce i będzie jej strzegła z daleka. Skinęły sobie głowami. Anežka nie odwróciła się ku matce. Tak się rozstały.

Brneńska rezydencja po wyjeździe córki przygnębiała Rikissę. Uzdrowicielka, dumnie nazywająca się „matką Joanną", skutecznie odcięła ją od Lipskiego, głosząc, że lęk Rikissy o zdrowie kochanka utrudnia jej proces leczenia.

Od pierwszego dnia, gdy przybyła do Brna i poddała Lipskiego, jak sama to nazwała, próbie kamieni, uznała Rikissę za współodpowiedzialną chorobie marszałka. Powiedziała, że podejmie się leczenia, ale pod warunkiem, że *bis regina* nie będzie się wtrącać. Rikissa ustąpiła uzdrowicielce.

Ale mijał drugi tydzień leczenia i Lipski zdawał się znajdować w takim samym stanie jak wcześniej. Nieruchomy, niemówiący, wpatrzony w jeden punkt przed sobą.

— W księdze *Causae et curie* matka nasza Hildegarda napisała, że leki, które stosuje, są wskazane przez Boga — powiedziała Joanna. Mówiąc to, układała na ciele leżącego Lipskiego kamienie. — Ametyst na czoło, beryl na lewym ramieniu, chryzopraz na prawym. Karneol lewa noga, jaspis prawa. Serce, topaz złoty — wymruczała. — I módlmy się.

Klęknęła przy łożu Lipskiego, Rikissa przy drzwiach. Obie pogrążyły się w modlitwie. Rikissa przymknęła powieki, a kiedy uniosła je po długiej chwili, zobaczyła, jak uzdrowicielka przesuwa dużymi dłońmi pomiędzy kamieniami, zamienia je miejscami, nie ruszając tylko umieszczonego na sercu topazu. Klęczała, póki matka Joanna nie wstała i nie zebrała kamieni.

— Podaj miskę z wodą, pani — powiedziała, nie odwracając się do niej.

Rikissa podała. Uzdrowicielka włożyła zdjęte z Lipskiego kamienie do wody i wymyła ostrożnie, a potem kazała sobie podać czysty ręcznik i wytarła je do sucha, nim z powrotem ułożyła w skrzynce.

— Poddajesz go leczeniu kamieniami kolejny dzień — spróbowała zacząć rozmowę Rikissa.

— Bo obiecująco przeszedł ich próbę — wyjaśniła matka. Była w dość dobrym nastroju; nie zawsze chciała z Rikissą rozmawiać. — Jak chory nie współgra z mymi kamieniami, nie leczę.

— Czy widzisz jakieś postępy? — spytała Rikissa, dbając, by ton jej głosu nie uraził uzdrowicielki.

— Leki, jakie poznałam dzięki świątobliwej Hildegardzie, są wskazane przez Boga i albo uleczą człowieka, albo musi on umrzeć — oznajmiła spokojnie Joanna.

— Każdy kiedyś musi umrzeć — odpowiedziała Rikissa. — Pytam, czy jest w twej mocy go uleczyć.

Joanna odwróciła się ku niej. Była potężna, znacznie wyższa od Rikissy.

— Jeśli Bóg zechce — odrzekła tonem, który powinien zakończyć rozmowę.

— Nie znam woli Bożej — nie pozwoliła się zbyć Rikissa. — Robię, co w mej mocy, by wrócić zdrowie ukochanemu.

— Nie macie ślubu — oświadczyła Joanna i splotła ramiona na wydatnym biuście.

— I nie będziemy mieli. — W Rikissie zaczęło się gotować. — Małżeństwa owdowiałych królowych są zwieńczeniem racji stanu i nie mają nic wspólnego z uczuciem. Gdybym poślubiła Lipskiego, dałabym wielu ludziom pretekst do pogwałcenia pokoju. Uważasz, że wojna jest Bogu milsza od dwojga kochających się ludzi?

— Nie znam woli Bożej — przekornie powtórzyła po niej uzdrowicielka i odwróciła się plecami. — Ale leczę go złotem, leczę kamieniami, kuruję wyciągiem z piołunu, puszczaniem krwi, obmywaniem i ziołami, jakie poznałam z pism mojej mistrzyni. Daj czas tej uczonej i pobożnej kuracji. — Powiedziała, nie patrząc na Rikissę, tylko na leżącego bez ruchu Lipskiego. — Jeśli to nie pomoże, to znak, że Bóg nie chce, by on został z choroby uleczony. Na dzisiaj tyle, przyślij do mnie tę kobietę z kuchni.

Rikissa nie odczuła urazy, że Joanna traktuje ją jak służkę, robiła tak od początku. To była najmniejsza część ceny, jaką mogła zapłacić za zdrowie Lipskiego.

— Czy pozwolisz, matko Joanno, bym dzisiaj spała przy nim? — spytała spod drzwi.

— Nie — krótko oświadczyła uzdrowicielka. — Przyprowadź kucharkę.

W kuchni panował nieduży rozgardiasz. Po maskaradzie odesłała italskiego kucharza królowi Janowi i Marketa objęła swe królestwo w ponowne posiadanie. Jego znakiem był pęk kluczy u pasa, umączony fartuch i wielka drewniana łyżka, dzierżona władczo, jak berło.

— Kralovna! Chudzino… — Marketa powitała ją, otwierając szeroko ramiona. — Chodźżc, pani nasza, siednij przy ogniu, to pomaga na rozterkę duchową.

— Matka Joanna cię wzywa — powiedziała Rikissa.

Marketa nadęła policzki.

— Ja nie pójdę do tego babska, choćbyś mnie, kralovna, przypalać kazała. Czy ty wiesz, że ona mojemu Lipskiemu trucizny chce zadawać?

Trinka! — Marketa zawołała przyjaciółkę, która myszkowała po półkach spiżarni za winem. — Trinka, rzeknij, co słyszałaś.

— *Dinkel, Dinkel, triticum spelta!* — wykrzyknęła Trina, zataczając w powietrzu gąsiorkiem. — Dasz kubki, stara? — pieszczotliwie stuknęła Marketę w ramię.

— Przestańcie. — Rikissa dotknęła bolącej głowy. — Wzywa kucharkę, trzeba kogoś szybko posłać.

— Miłka! — Marketa przywołała dziewczynę o rozgarniętym spojrzeniu. — Ty pójdziesz do babska. Ino tak: fartuch załóż czysty, bo ona bardzo na to uważająca. Włosy pod chustkę białą, pazury obetnij, bo pierwsze co, to ci sprawdzi. Białą chustkę mówiłam. — Uderzyła długą łychą Miłkę w tyłeczek. — I jak będziesz na posługach przy onej, to nie łyp okiem na pana marszałku.

— Jasna rzecz, pani Marketo, bo twój ci on jest — odpyskowała Miłka, zdejmując kwiecistą chusteczkę i zakładając bieluchną.

— Żebyś wiedziała, kralovna potwierdzi. — Marketa za nic sobie miała drobne niezręczności. — Babska słuchaj, potakuj, rób, co ci każe, ino na to „Dinkel, Dinkel, triticum spelta" się żadną miarą nie zgadzaj. No, leć, bo cię obsobaczy!

— O co ci chodzi z tą pszenicą? — spytała Rikissa.

— Z jaką? — Marketa rozparła się na ławie, gdy Miłka wybiegła z kuchni.

— *Dinkel, triticum spelta.* To nasza samopsza. Spalda — wyjaśniła Rikissa.

— Co? — nie uwierzyła jej Marketa.

— Po niemiecku *Dinkel*, po łacinie *triticum spelta.*

— Na pewno? — Trinka poradziła sobie wreszcie z otwarciem gąsiorka. — A brzmi jak czaroskie jakieś zaklęcie.

— No — potwierdziła Marketa, kiwając głową i podstawiając Trince kubek. — Kralovna, winka?

— Nie — odruchowo zaprzeczyła Rikissa.

— A, to polej naszej pani — powiedziała Marketa. — Wino zgryzoty usuwa, a odkąd to babsko się pojawiło, nic tylko kłopoty. Mówi kralovna, że Dinkel to nie zaklęcie?

— Nie, drogie moje — upiła łyk wina Rikissa. — Świątobliwa Hildegarda uważała, że samopsza to zboże boże.

— Hi, hi, ale się zrymowało. Zboże boże, o mój Boże! — Trinka poweselała od pierwszego kubka.

— Nie mogła od razu tak powiedzieć? — naboczyła się Marketa. — Tylko głupka z pobożnej kobiety robi. I insze rzeczy nam tu wymyśla.

— Miód z gruszkami! — podpowiedziała Trinka.

— Co w tym złego? — spytała Rikissa, zbierając ze stołu suche gałązki kopru. — To pewnie smaczne.

— Ta, smaczne, jakby na tym skończyć. Ale babsko wszystko każe doprawiać po swojemu. Do miodu z gruszką rozkazała nasypać cząbru, lukrecji nakłaść, wszewłogi i tego tam — Marketa aż się zacietrzewiła — galgananstu!

— Galgantu — poprawiła ją Rikissa.

— Nie podsłuchuj, bo kociej mordy dostaniesz! Do ognia dołóż, nicponiu! — huknęła na chłopca służebnego Marketa. — A próbowała kralovna tego świństwa? — Postukała wielką łychą w ławę. — To jest piekące!

— Leki nie zawsze są smaczne — odpowiedziała Rikissa.

— Ale Lipski tego nie lubi! Lipski lubi nor-mal-ne smaki, już ja to wiem! Co ma być słodkie, jak miód i gruszki, to słodkie. Co pikantne, jak pieczeń z dzika, to pikantne. I jeszcze lukrecja! Jezus Maria. Toż marszałek nie znosił wylukrecjowanych specjałów. Mówił, to dobre dla chłystków i panienek. A uzdrowicielka morduje go takim jedzeniem, toż mnie się serce kraje i wątroba przekręca, ja takiego czegoś mojemu Lipskiemu gotować nie będę. Mnie się, kralovna, śni po nocach, że babsko karmi marszałka tym galgananstem i gruszką z lukrecją, on oczy otwiera, pluje i parska, siada i grzmi potężnym głosem: „Kto mi to zrobił?!", a babsko wtedy wskazuje na mnie i mówi: „Ona".

— Marketo. — Rikissa uśmiechnęła się po raz pierwszy od dawna. — Gdyby tak się stało, wierz mi, ozłociłabym cię!

— Napijmy się za zdrowie pana Lipskiego — zaproponowała Trinka, która przez całą burzliwą przemowę Markety dyskretnie sączyła z gąsiorka. — Oj, tylko napijmy się z nowego dzbanka, bo ten był wybrakowany.

Marketa pokazała palcem, gdzie stoją pełne, i Trinka raz dwa przyniosła, otworzyła i polała. Sobie przelała.

— Oj, jaka ze mnie niezdara — pisnęła i pochylając się nad stołem, upiła ze stojącego kubka nadmiar.

— Zdrowie marszałka! — zarządziła Marketa i pociągnęła łyk, nie czekając na Rikissę. — Tfu, do diabła!

Wypluła i z pretensją naskoczyła na Trinkę:

— Czegoś nie mówiła, że to pietruszkowe?

— Żem się nie zorientowała — powiedziała zawstydzona Trinka.

— Pijaczka, wszystko jej jedno, byleby się nachapać — orzekła Marketa.

Rikissa uniosła kubek i powąchała. Rzeczywiście, wino pachniało pietruszką.

— Co to ma być? — spytała.

— A, spróbuj, kralovna — z przekąsem zachęciła Marketa. — Wino pietruszkowe, wymysł twojej uzdrowicielki. To każe pić Lipskiemu, a węgrzyna broni.

Rikissa wzięła łyk i odstawiła kubek.

— Niedobre — przyznała.

Marketa z mściwą satysfakcją wstała i głośno szurając, poszła po antałek. Wróciła z węgrzynem, otworzyła, nalała do nowych kubków. Napiły się.

— Tak. Tym można pić za zdrowie naszego marszałka — powiedziała Marketa. — Ale pietruszkowym ja nie wierzę, że się go da uzdrowić.

Rikissa zamyśliła się. Wypiła węgrzyna duszkiem, choć nie robiła tego już od dawna.

— Nie ufacie jej? — spytała po chwili.

Trinka i Marketa spojrzały po sobie.

— Starałam się — wyznała kucharka. — Bóg i Jezulatko mi świadkiem. Zaufałam jej na początku, bo... — zacięła się nagle, ale wyręczyła ją Trinka:

— Bo jest gruba, a Marketa lubi baby przy kości!

— Lubię! — odcięła się zaczerwieniona po uszy kucharka. — Bo grube są zdrowe. No ale chwila, jak ona marszałkowi mięsa jeść nie dała, to co ja mogłam pomyśleć? I jeszcze wszystkie te wydziwiania, wino z pietruchą, jakby to miała być, za przeproszeniem, polewka, dinkle już jej wybaczam, lukrecje może bym i puściła, ale razem do kupy wszystko to wzięte mnie się nie podoba. Co on lubił, to ona nie pozwala!

— Dwa tygodnie go leczy i palcem nawet nie ruszył — pisnęła Trinka. — Serce mi pęka...

— Mnie też — powiedziała Rikissa i podjęła decyzję.

Prosto z kuchni poszła do komnaty Lipskiego. Miłkę minęła na schodach; dziewczyna biegła zapłakana, nie widziała jej nawet.

Zapukała i nie czekając na zaproszenie, weszła.

— Już sivesan utłukłaś? — warknęła uzdrowicielka, podnosząc głowę znad woreczków z ziołami.

— Jakżeby miała to zrobić, skoro ledwie wybiegła z komnaty? — spytała Rikissa.

— A, to ty. — Wzruszyła ramionami Joanna.

— Pomówmy, matko. — Głos Rikissy był stanowczy.

Rzuciła okiem na Lipskiego. Miał przymknięte powieki, jego potężna niegdyś, a dzisiaj wychudzona pierś podnosiła się i opadała w nierównym oddechu. Rikissa poczuła przypływ czułości i odwagi.

— O czym? — zimno spytała matka Joanna.

— O leczeniu Henryka z Lipy.

— Mówiłam ci już — powiedziała, zawiązując woreczki z ziołami. — Leki, których używam, są wskazane przez Boga. Najwyższy prowadzi leczenie, a ja tylko wypełniam jego światłe polecenia, na tyle, na ile chce je przede mną odkryć.

— Obawiam się, że go nie wyleczysz — powiedziała Rikissa to, co leżało jej na sercu.

— Cóż — wzruszyła ramionami Joanna — choroba może być dla człowieka błogosławieństwem. Jeśli Bóg w swej mądrości nie chce, by został uleczony?

— Masz rację, matko Joanno. Uczyniłyśmy próbę. Ty, podług swojej najlepszej wiedzy, ja, według wskazań serca, które szuka dla Lipskiego uzdrowienia. Nie udało się. Jeśli, jak powiedziałaś, choroba ma być rodzajem błogosławieństwa, chcę być przy nim. Leczyć go lub tylko błogosławić ciepłem swego ciała w nocy. Kubkiem grzanego węgrzyna, bo zawsze go lubił. Głaskaniem, nawet jeśli mi na to nie odpowiada. Tak to widzę.

— Błądzisz — wycedziła przez zęby matka Joanna. — Jesteś zadufana w sobie.

— To możliwe — pokiwała głową Rikissa. — Ale taką pokochał mnie Lipski i taką dla niego zostanę. Żegnaj. Moi słudzy odwiozą cię, gdzie zażądasz. I chcę, żebyś wiedziała, że nie mam do ciebie pretensji, matko Joanno.

— Jesteś na to zbyt elegancka? — zadrwiła uzdrowicielka. — Zbyt dobrze wychowana, zbyt dworska?

— Nie — zaprzeczyła Rikissa. — Życie jest zbyt krótkie, by tracić je na złość. Potrzebuję dobrych uczuć. Dla niego.

Wyminęła uzdrowicielkę i jej skrzynię. Położyła się obok Lipskiego i objęła go ramieniem, kładąc głowę na jego piersi.

JAROGNIEW PÓŁTORAOKI szedł za Perzykiem, łucznikiem od Symoniusa, z Roty Wolnych Prusów. Musiał dobrze wyciągać nogi, bo chłopak zdawał się biec, zamiast iść. Zręcznie kluczył między powalonymi pniami grabów i osik, raz po raz wskazując ostrzegawczo na jaskrawozielone łachy poprzerastane kępami płonnika. Po deszczowej wiośnie nadeszło mokre lato. Jarogniew znał podmokłe lasy, wiedział, że jeśli nie chce zmoczyć portek po pas, musi iść za przewodnikiem. Wreszcie drzewa zaczęły się przerzedzać i wtedy to poczuł.

— Co tak śmierdzi? — prychnął.

Zapach przywodził na myśl gnijące wodorosty, psujące się ryby, ptasie gówna i psi mocz.

— Wierzyca! — odpowiedział Perzyk, odwracając się ku niemu z uśmiechem. — Mijamy ujście rzeczki do Wisły, jak byśmy wyszli z lasu, zobaczyłbyś murowany zamek komtura. Wiatr wieje z zachodu, jeszcze kawałek i przestanie cuchnąć. Znaczy się, przewieje pod nos komturowi gniewskiemu.

— Jak znam żelaznych braci — odezwał się Jarogniew, przeskakując omszałą, dawno powaloną osikę — gdzie wbiją topór, tam robią porządki. Na Kociewiu jest inaczej?

— Tutejsi mówią, że jak na Kociewiu rzeka chce płynąć pod prąd, to popłynie — odpowiedział Perzyk, tym razem nie odwracając się do niego, ale ostrożnie stąpając między dwoma nieregularnymi bajorkami pełnymi gęstego, niemal tłustego błota. — A szczerze, to ponoć rzeczka Wierzyca tak cuchnie od początku świata. Prawda, jest duże obniżenie terenu, tam gdzie wpada do Wisły. I trochę śmiecia z okolicznych wsi nią spływa, ale szczerze mówiąc, nie więcej niż gdzie indziej. Mimo to widziałem ryby pływające brzuchami do góry. Chłopaki ze wsi gadają, że na jesieni pojawia się tu błędnica, dziewuchy przeciwnie, mówią, że błotnik, wiesz ten bagienny dziad, co zatruwa wszystko, co żyje. Ale skąd mi to wiedzieć? Ja też nietutejszy. Przenieśliśmy się tu na przedwiośniu, teraz lato idzie, a jesieni na Kociewiu jeszcze nie znam.

Jarogniew, wyższy od Perzyka, uchylił się przed gałęzią grabu, która nawet nie musnęła głowy przewodnika, a jemu mogła wybić oko. O krok zboczył ze ścieżki i po kolano zapadł się w błocie. Zaklął.

— A by to obesrało! Dlaczego Symonius tu zrobił wam siedzibę?

— Sam ci powie — uciął pytania Perzyk.

I powiedział, oprowadzając go po porządnie pobudowanym obozie.

— To nie siedziba, to chwilowe leże.

Jarogniew już wyczyścił portki z błota, teraz rozglądał się ciekawie. Dwie długie, niskie chałupy postawione z bali, patrząc po stopniu mszenia, używali wyłącznie zwalonych drzew, takich, jakie mijał po drodze. Pokryte trzciną znad Wierzycy, z niewielkimi oknami z naciągniętej błony. Beczki na deszczówkę, stajnia dla koni, Rota wszak liczyła pięćdziesięciu jeźdźców.

— Szybko się uwinęliście — pochwalił organizację Jarogniew. — I możesz być pewien, że gdy nie palicie ognia, nikt was nie dostrzeże. Obóz idealnie wtapia się w okoliczny las.

Symonius spojrzał na niego spode łba i Półtoraoki zreflektował się.

— Wybacz, to nie miało zabrzmieć, jakbym wpadł na inspekcję — zaśmiał się szczerze. — No, mów. Skąd pomysł z tym Kociewiem?

— To nie pomysł — pokręcił głową Symonius. — To przymus chwili. Przejdźmy się — zaproponował.

— Byleby nie nad śmierdzącą rzeczkę — zażartował Jarogniew.

Symonius poprowadził go ścieżką wydeptaną najwyraźniej już przez jego ludzi. Szli w głąb lasu, oddalając się od Wierzycy. Po kilkudziesięciu krokach wyszli z podmokłego terenu, już nie widział błot stojących wokół dróżki. Las był w większości liściasty. Graby, jak wcześniej, olsze, ale i coraz więcej buków, jesionów, a gdzieniegdzie bieliły się pniami kępy młodych brzóz. Dzień był jasny, letni, choć nie upalny. Promienie słońca przyjemnie grzały prześwietlone przez zieleń liści.

— Jak wiesz — zaczął Symonius — prowadzę subtelną grę, by omotać komturów.

— Subtelną czy ryzykowną? — przerwał mu Jarogniew.

— Jedno i drugie — przyznał Prus. Najwyraźniej nie był w nastroju do kłótni. — Jestem zadowolony, wszystko idzie po mojej myśli.

— I dlatego musiałeś ukryć Rotę w kociewskich lasach? — kpiąco wszedł mu w zdanie Jarogniew.

— Poniekąd — bez urazy odpowiedział Symonius i dodał po dłuższej chwili: — Spełniłem prośbę komtura dzierzgońskiego. To nie ja chcę ukryć Rotę, ale on nas. W Zakonie pojawił się nowy gracz, bystrzak, co raz dwa wszedł w łaski wielkiego mistrza. Węszył, węszył i coś tam wywęszył.

— Mów jaśniej.

— Nazywa się Hugo von Almenhausen, mistrz mianował go komturem toruńskim i ufa mu tak bardzo, że nie tylko słucha nowego, ale i słyszy, co ten do niego mówi. W dodatku Almenhausen jest bystry i kiedyś, nim wyjechał do Niemiec, przez kilka dobrych lat był wójtem sambijskim. Kto wie, czego się tam nauczył, kogo poznał. Dość powiedzieć, że ledwie wziął się za robotę, znalazł zadziory rozstawione przez naszych Starców.

— O! — Jarogniew się zdziwił. — Wiedział, czego szukać.

Siwobrodzi od dawna rozkładali wokół zamków krzyżackich nasycone mocami artefakty, by jak mówili, Umarły Bóg zrozumiał, że nie jest u siebie. Że z każdej strony patrzy na niego twarz Trzygłowa. Do tej pory, nawet jeśli ktoś je znajdował, a tak być musiało, bo od czasu do czasu niektóre znikały, to nikt nie miał pojęcia, co to takiego i tym samym zakonni bracia nie przywiązywali wagi do odkryć.

— Po tych znaleziskach wielki mistrz znów zwrócił uwagę na Rotę — kontynuował Symonius — jak po śmierci Guntera von Schwarzburg i Kunona. Blaga z procesem i uniewinnieniem drugi raz nie przejdzie. To znaczy przeszłaby, bo sędziowie zakonni są w większości na usługach Luthera, ale niepotrzebnie postawiłoby to Rotę w centrum uwagi. Jeszcze nie czas, za wcześnie. Dlatego Luther poprosił, byśmy rozmyli się we mgle.

— Zwolnił was? — zaciekawił się Półtoraoki.

— Nazwijmy to przeniesieniem w stan tymczasowego spoczynku.

— Na jak długo?

— To się okaże — wymijająco odpowiedział Symonius. — Muszę cię ostrzec. W drzewnej warowni jesteście bezpieczni, bo leży na terenie komturii Luthera…

— A ty nad tą śmierdzącą rzeką? — wszedł mu w zdanie Jarogniew. — Też masz komturię w pobliżu. Zamek Gniew.

— Nic nie szkodzi — Symonius lekceważąco machnął ręką. — W Gniewie komturem jest młody Schwarzburg. Guntherus, bratanek Zygharda. Wyjątkowy okaz, mówię ci. Gdyby spotkał Starców Siwobrodych na trakcie, zaprosiłby ich w gościnę, jako świątobliwych pielgrzymów, nakarmił i dał grosz na drogę. Tak więc, w warowni jesteście bezpieczni, ale ten Almenhausen raz po raz robi niezapowiedziane wypady na tereny z góry upatrzonych komturii. W Dzierzgoniu był kilka razy.

— Widziałem go — przypomniał sobie Jarogniew. — Wysoki, szczupły, łysy. Ma krótką ciemną brodę, jeździ z małym oddziałem, trzyma przy sobie psy myśliwskie.

— To ten — potwierdził Prus. — Uprzedź ludzi. Nie lekceważcie go i nie dajcie się na niczym przyłapać.

— Dobra — skinął głową Jarogniew i przeszedł do rzeczy. — Chciałeś się spotkać, by mnie ostrzec przed nowym komturem?

— Nie lekceważ go — powtórzył Symonius. — Jesteśmy tak blisko celu, że musimy pilnować nawet rzeczy drobnych. Już czas, by się dobrze uzbroić. Oszczepy, sulice, łuki, to wszystko nasza broń. Dobra, sprawdzona. Ale trzeba dokupić żelaza.

— Dozbroić się można na wrogach — poważnie odpowiedział Jarogniew. Wreszcie rozmawiali o tym, co go interesowało. — Można by było — poprawił się — gdyby Starcy wreszcie dali rozkaz.

— Mówiliśmy o tym na osobności, pamiętasz? — cicho rzekł Symonius. — Starcy żyją we własnym świecie, nie we wszystkim się orientują i żaden z nas nie ma mocy, by ich przekonać, że jest inaczej. Zróbmy to po swojemu, a gdy przyjdzie chwila próby, podziękują nam.

— Co proponujesz?

— Mam żołd Roty za ostatni rok. Przekażę ci srebro. Moi ludzie są uzbrojeni, a gdy nie jesteśmy w ukryciu, jak teraz, mamy dostęp do zbrojowni komtura. Lasy pełne zwierzyny, Wierzyca śmierdzi, ale daje ryby i wodne ptactwo. Nam pieniędzy nie trzeba. Chcę jednak, byś dozbroił swoich. Wróg, przeciw któremu staniemy, jest uzbrojony w stal, okuty w pancerze. I by wydrzeć mu miecz, trzeba walczyć żelazem.

— Wiem o tym — skinął głową Jarogniew.

— Srebra starczy na podstawowe rzeczy, ale musisz zdobyć więcej. Pieniędzy lub żelaza. Pomyśl, jak możesz to zrobić, nie zwracając na siebie uwagi.

— I nie budząc zaniepokojenia Siwobrodych — w zamyśleniu powiedział Jarogniew.

— Potrzebujemy ich — żarliwie przytaknął Symonius. — Gdy się zacznie, tylko oni pociągną tłumy.

— Ale to my będziemy walczyć — dodał Jarogniew.

Zamilkli. Ścieżka robiła się coraz szersza, szli obok siebie, krok im się wyrównał. Słońce przeszło na zachodnią stronę, przeświecało przez liście i gałęzie ostrym, zielonym światłem.

— Co w warowni? — spytał po chwili Symonius.

— Nic nowego — z przekonaniem odpowiedział Jarogniew.

— Zaremba się odnalazł?

— Nie. Smok to przeszłość. Jedna z kilku wizji Starców, które się nie spełniły. I gdybyś nie mówił o tym, że mam zdobyć pieniądze, nie myślałbym o nim. Ale teraz chyba pomyślę.

— Znasz go lepiej — wzruszył ramionami Symonius. — Żmudzini nadal węszą za Jurate?

— Przestali — uciął Półtoraoki.

Nagle znaleźli się na końcu ścieżyny. Ni stąd, ni zowąd las się urywał; zalśniła tafla wody.

— Jezioro? — spytał Jarogniew.

— Czyste i hojne — odpowiedział Symonius. — Masz ochotę na kąpiel?

Jarogniew nie odpowiedział, usłyszał dziewczęcy śmiech i plusk wody. Ruszył szybciej.

Zamiast zwykłej piaszczystej łachy na brzegu jeziora było wysokie urwisko. W dole kąpały się dwie dziewczyny.

— Twoje? — spytał łakomie Jarogniew.

— Nie, w Rocie mam samych mężczyzn. Tutejsze — dodał uspokajająco.

— Mamy coś jeszcze do obgadania? — Półtoraoki zaczął ściągać kaftan.

— Nic, o czym trzeba by długo radzić. Mówiłeś, że wiesz, jak wygląda Hugo Almenhausen?

— Wiem. — Jarogniew odrzucił kaftan na trawę i schylił się, by zdjąć buty. — Też o tym pomyślałem. Po co komplikować coś, co można rozwiązać prosto.

— Poczekaj — powiedział Symonius. — Nie aż tak prosto.

Pochylił się do niego i wyszeptał dwa zdania. Jarogniew roześmiał się w odpowiedzi.

— Dobre! — pochwalił Prusa. I wskoczył do wody.

OTTO VON LAUTENBURG z przyjemnością zrzucił habit zakonny, zzuł buty i wszedł do jeziorka. Woda zamoczyła płócienne gacie komtura, przenosząc rozkoszny chłód od łydek ku udom.

— Konia w cień wprowadź — krzyknął do giermka i gdy ten odwrócił się, ruszając z jego koniem ku odległej kępie wierzb, Otto nie krępując się już, wbiegł w wodę jak źrebię.

O, jak dobrze — pomyślał, gdy chłodny nurt obmył mu plecy. — Marzyłem o tym cały dzień!

Letni upał od tygodnia dręczył masywne ciało Ottona. W chłodzie ceglanych murów komturii nie czuło się go tak dotkliwie, ale dzisiaj cały dzień był w drodze, na inspekcji. Żeby to jeszcze były rozmowy na poziomie burmistrza, rajców miejskich i biskupa, ach! Zamiast tego Otto użerał się z sołtysami niedawno lokowanych wsi, z kłótliwymi osadnikami z Nadrenii i jednym przygłupim plebanem, któremu musiał uświadomić, że w państwie wielkiego mistrza Kościół pełni rolę służebną, a kierowniczą Zakon.

Wyskoczył z wody, prychnął, potrząsnął głową i znów się zanurzył. *Mein Gott* — jęknął z lubością.

Słabo pływał, ale wodę uwielbiał, jak ryba. Gdy był mały i sługa ojca zabierał jego i Bertolda nad rzekę, chlapał się i wyobrażał sobie, że jest wielkim, drapieżnym szczupakiem. W zabawach on był grubą rybą, a Berti chudym węgorzem.

Jak większość wysoko urodzonych rycerzy Najświętszej Marii Panny, był drugim synem i od dzieciństwa nie tajono przed nim, jaki los został mu przeznaczony. Przykład płynął z rodziny, młodszy brat jego ojca służył w domu zakonnym w Marburgu. Ojciec Ottona, hrabia von Lautenburg, ciemnowłosy niedźwiedź, jak zwała go matka, cierpliwie czekał, aż Bertold, starszy o pięć lat brat Ottona, osiągnie wiek męski. Gdy wszedł w pełnoletniość, stając się prawomocnym dziedzicem tytułu i dóbr, gdy okazało się, że słabowity w dzieciństwie Berti zmężniał, zahartował się i po pospiesznie zaaranżowanym mariażu z sąsiadką hrabianką spłodził syna, Ottona natychmiast skierowano na drogę zakonną. By nie rozdrabniać majątku i tytułu — bez ogródek oznajmił mu ojciec. Zapisał mu tylko posiadłość w Lindewerr, do tego dał wyprawę zwyczajową dla hrabiowskich synów, trzeba przyznać, na niczym nie skąpił i posłał do swego brata, do Marburga. Stryj Werner zdążył się w międzyczasie dochrapać urzędu komtura. Przyjął bratanka z rezerwą, która najpierw przerodziła się w chłód, by wreszcie zacząć przybierać formy coraz ostrzejszego rygoryzmu. Trzeba było czasu, żeby do Ottona dotarło, iż stryj mści się na nim za swój los, za to, że ojciec Ottona został jedynym hrabią Lautenburg. Komtur Werner nie myślał, że bratanek powtarza jego drogę; wciąż widział w nim tylko syna znienawidzonego starszego brata. Otto podjął decyzję błyskawicznie. Poprosił stryja o list polecający do Malborka. Kosztowało go to tę jedyną krztynkę ojcowizny, posiadłość w Lindewerr musiał zapisać na konwent w Marburgu. Zagryzł zęby i zrobił to. Wiedział, iż nie ma przed nim innej drogi niż Zakon, a kariery pod bokiem stryja nie wyobrażał sobie.

Berti odziedziczył tytuł, zamek i majątek. Otto, podobną niedźwiedziowi, potężną sylwetkę po ojcu. Gruba ryba poszła do zakonu, a chudy węgorz dzierżył włości. Bracia Lautenburgowie byli przykładem, że w życiu bywa na odwrót.

Komtur wynurzył się ponownie. Przetarł twarz. Po ojcu odziedziczył nie tylko tęgą posturę, ale i ciemne, sztywne włosy. Gęsty zarost pokrywał mu piersi, brzuch, ramiona i nogi. Broda rosła jak szalona, sługa przycinał ją kwadratowo raz na trzy dni, inaczej Otto upodobniłby się do zwierza. Prychnął, woda dostała mu się do oczu i nosa. Zamrugał, strząsając z rzęs krople. Usłyszał rżenie konia.

To moja kobyła — poznał. Rozejrzał się. Koni i giermka nie było widać, kępa wierzb, pod którą ich posłał, rozłożystymi gałęziami zasłaniała widok.

Potem rozległ się śmiech dziewczęcy i dwie młode panny wbiegły na łachę piasku. Obie miały podobne, płócienne koszule, rozpuszczone długie włosy. Trzymając się za ręce, wbiegły do jeziora, rozbryzgując wodę ze śmiechem.

Nie widzą mnie? — wystraszył się Otto. Z wody wystawała mu tylko głowa. Wyjść? Zostać? Dlaczego mój durny giermek ich nie zatrzymał? Nie powiedział: nie wolno, nie ma wstępu, teraz kąpie się ważny komtur.

Dziewczęta zachowywały się, jakby go tu naprawdę nie było, i chyba to speszyło go najbardziej. Stanęły po kolana w wodzie i puściły swoje ręce. Koszule unosiły się wokół ich nóg, jak wielkie liście. Otto w życiu nie widział kobiety w samej koszuli. Nie miał pojęcia, jak się zachować, i jak zwykle w takich sytuacjach przyszło mu do głowy najgłupsze rozwiązanie. Zanurzył się po cichu, powoli i pod wodą, z niemałym trudem, przeszedł w stronę przybrzeżnych trzcin i zarośli. Ledwie oddechu mu starczyło. Wynurzył się między zielonymi łodygami o ostrych liściach. Wziął wdech, krztusząc się jak najciszej, otarł oczy i poszukał wzrokiem dziewczyn. Aż go zatkało, omal nie krzyknął.

Były nagie. Zupełnie nagie. Stały w wodzie po pas, tak że nad powierzchnią jeziora widać było ich piersi. Koszule unosiły się na wodzie obok nich, dziewczęta raz po raz chwytały je za rękawy i pociągały ku sobie, co sprawiało nienormalne wrażenie, jakby na jeziorze unosiły się dwa ciała przytrzymywane przez zanurzone po pas boginki. Rozmawiały o czymś między sobą, ale Otto, choć znał polski, rozumiał tylko pojedyncze słowa. Mówią gwarą — domyślił się. — Wieśniaczki, ale czy miejscowe?

Przyjrzał się im. Jedna kruczoczarna, o skórze tak bladej, że każda dama mogłaby jej pozazdrościć; druga miała ciemnoblond wijące się loki. Ładne — zauważył, przełykając ślinę. — Piekielnie ładne i kształtne. Ich pełne piersi były dużo piękniejsze niż te, które widywał na płaskorzeźbach w Malborku. Może tylko wykonana dla mistrza Feuchtwangena figura Maryi mogłaby się z nimi równać. Ta, na której kiedyś Zyghard von Schwarzburg demonstrował jakieś swoje wydumane teorie. Oblizał wargi. Mawiali na nią „Boska Biuściasta Kusicielka Rycerzy", oczywiście po cichu i pomijali ten wątek przy spowiedzi. „Boska Biuściasta" miała piersi zakryte niebieską warstwą sukni, a teraz, schowany w szuwarach, patrzył na dwie biuściaste i nagie. Widział, że czarnulka miała ostre, małe sutki, wyzywająco sterczące nad wodą. A blondynka ciemnoróżowe, wypukłe i duże, co skojarzyło mu się od razu z ustami złożonymi do pocałunku. Czarnowłosa uniosła ramiona, co, jak natychmiast zauważył Otto, sprawiło, że rozkosznie poruszyły się jej piersi, i zawiązała długie włosy w węzeł na czubku głowy. Potem stanęła za jasnowłosą i zaczęła zaplatać jej warkocz. Otto chłonął ten świat, który do tej chwili był przed nim całkowicie zamknięty. Zmysły wyostrzyły mu się do granic. Widział wszystko: długą, odsłoniętą szyję czarnulki, jej jasne plecy poruszające się w rytm ruchów ramion, sterczące sutki dotykające pleców jasnowłosej i długie palce zaplątane w jej mokre włosy. Oddychał coraz szybciej, chrapliwiej, aż przysłonił siłą usta, bo bał się, że dziewczęta go usłyszą, zauważą i uciekną spłoszone, kończąc czarowne widowisko.

Chryste — dopiero teraz przeszło mu przez głowę. — Widowisko czy widziadło? A może to czarownice? Rusałki? Wiedźmy wodne? Nie — uspokoił się niepewnie — widziałem, miały nogi, a nie ogony. Istoty tak piękne nie mogą pochodzić z piekieł, najlepszy dowód, że skojarzyły mi się z Matką Boską. „Diabeł nie śpi, a rycerz zakonny musi być czujny nawet we własnym domu" — zabrzmiało nieoczekiwanym wspomnieniem zdanie wypowiedziane przez komtura toruńskiego Almenhausena, gdy w Malborku rozdał im drzazgi z wyobrażeniem szatańskiej twarzy. Otto przełknął ślinę zbity z tropu. Co robić? Przecież nie może ni stąd, ni zowąd wyleźć z szuwarów. Ciemnowłosa skończyła zaplatać włosy towarzyszce i pocałowała ją w nagie, lśniące kroplami ramię. Zaśmiały się i jednocześnie zaczęły płynąć w głąb jeziora. Teraz wyjdę — pomyślał szybko i z pewnym żalem, że widowisko skończone. Płynęły równo, szybko, tak sprawnie, jakby zamiast nóg miały rybie ogony. Tak mu się skojarzyło, widział, że nie mają, może przez kontrast ze sobą, nieumiejącym dobrze pływać i mogącym jedynie taplać się w wodzie jak dziecko. Oddalały się prędko, po chwili były już tylko dwoma punkcikami na spokojnej tafli jeziora. Rozsunął szuwary i długimi krokami wyszedł z wody.

No nieźle — pomyślał kwaśno i zakrył rękami przyrodzenie. — Ale mnie urządziły.

Mokre portki rozsadzał mu wzwód.

— Arni! — zawołał na giermka, ale niezbyt głośno. — Arni!

Stanął na mokrym piachu, rozejrzał się i ruszył do kępy wierzb. Konie zarżały.

— Arni! — powtórzył.

— Tak, panie? — Chłopak wstał szybko z trawy. — Pomóc ci się ubrać?

— Te dwie dziewczyny — powiedział Otto, marszcząc brwi. — Widziałeś je?

— Tak, panie. — Arni zarumienił się aż po strzechę jasnych włosów i Ottonowi przez chwilę zrobiło się głupio. Arni był synem dobrej saskiej rodziny, przyuczał się do obowiązków rycerskich przy Ottonie i coraz bardziej skłaniał ku decyzji, by wstąpić do zakonu, a Otto obiecał sobie, że nigdy nie będzie dla adeptów tak srogi jak stryj Werner dla niego.

— Dlaczegoś ich nie zatrzymał? — Gniew w jego głosie osłabł.

— Mówiłem im — zaprzeczył chłopak. — Mówiłem, że szacowny rycerz zażywa kąpieli, żeby poczekały. One na to, że... że...

— Że co? — pogonił giermka.

— Że jezioro jest duże, a rycerz im nie przeszkadza — odpowiedział, podając mu buty.

Wiedziały, że tam jestem — zrozumiał i zaczerwienił się mimowolnie. — Zignorowały mnie, jakbym był powietrzem.

— Mówiłeś, że jestem komturem? — dopytał.

— Widziały płaszcz z krzyżem. — Wskazał na starannie ułożone przez siebie jego ubranie.

Zacisnął zęby. Z jakiegoś powodu rozjuszyło go to. Proste, głupie, wiejskie dziewki potraktowały go obelżywie. Jakby nie był mężczyzną.

— Jedziemy — powiedział do giermka gniewnie. — Dość czasu zmitrężyliśmy.

Gdy nazajutrz do Lipienka, zamku będącego jego główną siedzibą, przyjechał goniec od komtura toruńskiego Hugona von Almenhausen, w pierwszej chwili zareagował wstydem. Jakby przyłapano go na gorącym uczynku. Toruński był nowym ulubieńcem wielkiego mistrza, Werner von Orseln słuchał jego rad, jakby to były czytania z Biblii. I to on kazał się wszystkim braciom pilnować przed diabelskimi zakusami. Choć sługa przyniósł wiadomość, że goniec z Torunia czeka na dziedzińcu, Otto nie dał odpowiedzi. Zastanawiał się, co jego obecność ma znaczyć i czy to nie jakaś prowokacja. Po dłuższej chwili kolejny sługa zjawił się w jego komacie i oznajmił, iż toruński goniec awanturuje się, że jest „posłem specjalnym z Torunia". To zirytowało Ottona, pojął, iż obecność tego człowieka nie ma nic wspólnego z wczorajszym zdarzeniem, a jest jedynie przejawem poczucia wyższości Hugona von Almenhausen.

Ja jestem komturem krajowym ziemi chełmińskiej — pomyślał, zapominając o głupim incydencie w jeziorze — i ulubieniec mistrza nie może mi rozkazywać. A jak to takie ważne, piękniś z Torunia mógł się sam pofatygować.

— Przekaż, że jestem zajęty. Ma czekać na dziedzińcu — rozkazał słudze.

Miał powody, by pokazać człowiekowi Almenhausena, kto tu rządzi. Pojawił się w Malborku nie wiadomo skąd i od razu znalazł dostęp do ucha wielkiego mistrza. Na dodatek, to pod jego wpływem Luther musiał odesłać Rotę Wolnych Prusów, a ta przecież świadczyła im specjalne i trudne do wycenienia przysługi. To Prusowie nosili tajemne wiadomości między członkami prywatnego bractwa, które założył Luther. Siedmiu wybranych komturów, dawnych druhów z Dzierzgonia, i stojący na ich czele komtur, książę Brunszwiku. Lautenburg nie pałał do Prusów specjalną miłością, ale doceniał ich przydatność i w przeciwieństwie do Czerwonego Wilka z Bałgi nie uważał, by Luther zadając się z nimi, robił błąd. Komtur Bałgi zresztą nie wyrażał swych protestów głośno i nie śmiałby wspomnieć o nich Lutherowi. Jeśli więc mowa o „posłach specjalnych", to byli nimi chłopcy z Roty noszący wiadomości między Lutherem i siedmioma braćmi. Byli, bo przez Almenhausena musieli zniknąć.

— Szlachetny komturze. — Sługa pojawił się ponownie koło południa. — On mówi, że ma do przekazania specjalne wiadomości — odważył się wstawić za gościem sługa.

— Ma czekać na dziedzińcu — uparcie powtórzył Otto.

— Jest upał, a tam już ani skrawka cienia...

— Słudzy zakonni z obojętnością znoszą trudy — odpowiedział. — A specjalne wiadomości to przysyła mistrz gońcem pocztowym z Malborka. Wystarczy wysłać czterech, po jednym na każdą stronę, by wiadomość z głównej kancelarii w tydzień dotarła do najdalszych strażnic nad granicą z Litwą — dodał, odsyłając sługę. — Nawet z Malborka do Rygi! — ryknął, by uspokoić samego siebie, gdy drzwi za sługą już się zamknęły.

Poczuł się doskonale z tym, że może okazać człowiekowi Almenhausena swą władzę. Kazał podać zimnego piwa, by spłukać gardło. Dzień rzeczywiście był gorący. Obiecali sobie z Hermanem, że pokażą temu nowemu, co znaczy stara, zakonna gwardia. Przećwiczą pięknisia, aż odechce mu się przymilania do mistrza i prywatnych, zakrapianych winem, donosów. I oto jemu pierwszemu się udało.

Posłaniec czekał na dziedzińcu i pokorniał, spływając potem. Otto przyjął go przed nieszporami.

Trochę się zdziwił, gdy zobaczył niebiesko-czerwony strój, który zwyczajowo nosili posłańcy pocztowi, i odkrył, że ma do czynienia nie tyle ze zwykłym sługą czy gońcem, ale dinerem stojącym ponad tamtymi w hierarchii zakonnej. Przyjrzał mu się uważnie, nie pamiętał go z załogi konwentu w Toruniu.

— Ktoś ty? — zapytał wyniośle.

— Helmeryk — odpowiedział tamten. — Od dziesięciu lat w służbie brata Almenhausena.

Tak jak myślałem — skonstatował Lautenburg. — Przydupas.

— Komtur toruński Hugo Almenhausen informuje, iż wojska króla polskiego zbliżają się do granic mazowieckich — wyrecytował posłaniec, z trudem panując nad złością.

— W jakim celu? — spytał go wtedy Otto z pozoru chłodno, choć serce podskoczyło mu w piersi na tę wiadomość. Posłaniec na jego pytanie zmrużył oczy z wściekłością.

— Nie anonsowali się — odpowiedział, cedząc słowa. — Komtur toruński sugeruje jak najszybszą koncentrację wojsk zakonnych.

— Komtur toruński — odpowiedział mu Lautenburg — nie jest moim przełożonym. To ja jestem komturem krajowym całej ziemi chełmińskiej. Rozkazy przyjmuję wyłącznie od wielkiego mistrza.

A sugestie tylko od Luthera z Brunszwiku — dodał w myślach, mierząc posła wzrokiem.

Helmeryk poczerwieniał tak, że twarz zrównała mu się z lewą połową dwubarwnego stroju.

— Możesz odejść — skinął mu głową Otto. — Napoją cię w naszej kuchni.

WŁADYSŁAW przybył do Brześcia i od razu kazał zamienić reprezentacyjną salę przyjęć brzeskiego zamku na siedzibę dowództwa. Tu będzie przyjmował zwiadowców, wodzów oddziałów i prowadził narady. Tak, tym razem zdecydował się słuchać rad. Pierwszej i o dziwo trafnej udzielił mu na boku Borutka:

— Nie wszyscy potrafią czytać mapy. Jednych to nudzi, innych zniechęca, bo nawet pisma nie znają.

— A ty znasz? — przerwał mu Władek.

— Tylko łacinę — wydął usta Borutka. — Bo magister królewicza upierał się, że naszej mowy się nie pisze. Jest za trudna.

Władek zmarszczył brwi.

— Bęcwał, co? — opacznie zrozumiał jego zmarszczenie Borutka. — Wszystko można zapisać. Robię próbki, po polsku, po węgiersku, król chce, to mogę pokazać. — Ściszył głos: — Robię też próbki pisma liczbowego, ale to bym się wolał nie chwalić, bo magister jak zobaczył kawałek, to mnie strasznie zwyzywał, że Panu Bogu by się takie coś nie podobało, a ja myślę, że jakby się Bóg pisać nauczył, to by mi pomógł z taką niewiadomą...

— Ty Panu Bogu nie wymyślaj roboty, bo lepiej, żeby on na ciebie nie zwracał uwagi! — Władek stanowczo przerwał Borutce i kazał wrócić do tematu. Wrończyk spokorniał na chwilę:

— Kujawscy panowie mówią, że znają teren jak własną zagrodę. Niby tak, ale jak jednego spytałem o młyn w Nakonowie, to pan Wojciech wojewoda powiedział, że wie, że to na Diabołku... No co, tu się tak mówi, król nie wiedział?

— Nie miałem interesu w młynie — wymijająco odrzekł Władysław.

— ...a z kolei pan Paweł myślał, że chodzi mi o młyn na Smolarce, więc sam król widzi. Znają, a nie wiedzą. Jak zasadzki ustalać, skoro...

— Rozumiem — przerwał mu Władek. — Co radzisz?

— Ja bym kazał zbić potężny stół z oheblowanych desek i na nim zrobił ułożenie terenu. Tu gród, tam wieś, tędy droga, rzeczka, bagno, las.

— Umiesz to zrobić? — W mig zrozumiał intencje Borutki Władysław.

— Stołu nie umiem, ale z resztą sobie poradzę.

Wojewoda Wojciech Leszczyc prychał, Paweł Ogończyk wyśmiewał, Jarosław Bogoria udawał, że nie widzi, a Borutka przez dwa dni robił swoje. Hałasu przy tym wielkiego nie było, farbą śmierdziało nieco i co jakiś czas słudzy musieli zamiatać drewniane strużyny.

Władek miał w tym czasie dość zajęć, by się Wrończykowi w robotę nie wtrącać. Wyjeżdżał z Krakowa w pośpiechu i teraz, na Kujawach, dopadły go sprawy małopolskie. Biskup Jan Grot, w końcu przez Janisława wyświęcony, objął diecezję. Zaczął od protestów o uszczuplenie dóbr, wszak Sławków, który oblegali Czesi, był zamkiem biskupim. Władek nie miał zamiaru przekazywać go Grotowi teraz, gdy czas był wojenny. Wolał, by siedzieli w nim Węgrzy, w razie gdyby król Jan znów chciał próbować najazdu. Grot naciskał, Władysław nie ustępował. Szorstko zaczęła się ich współpraca. W dodatku zwyczajowo kanclerzem był biskup krakowski, co Władkowi, wobec powyższego, nie bardzo pasowało. Wolał Jarosława Bogorię. Grot zresztą w przeszłości był już kanclerzem, na Kujawach właśnie. Teraz, jako biskup krakowski, chciał należny mu urząd kanclerza Królestwa.

— Nie dasz mu, panie, to urazisz. Ledwie, ze śmiercią Muskaty, skończyliśmy pierwszą wojnę z biskupem krakowskim. Druga nam niepotrzebna, skoro przed nami wojna z Zakonem — przemawiał mu do sumienia Jarosław Bogoria.

— Nie wojna — zaprzeczył Władek, zerkając na przysłuchującego się ich rozmowie Wilhelma Drugetha — tylko interwencja królewska.

— To miałem na myśli — poprawił się Bogoria. — Tym niemniej biskup krakowski...

— Dobra, niech będzie — ugiął się Władek. — Żeby Grot nie zaczynał urzędowania od skarg do papieża. Pisz nominację kanclerską.

— Zrobię też notę o opuszczeniu przez siebie urzędu — dodał Bogoria.

— I przygotuj drugą, w której mianuję cię osobistym kanclerzem królewskim oraz kanclerzem wojennym — wygładził szpic brody Władek. — No co? Nie mogę? Kto królowi zabroni?

— Nie ma wojny — cicho upomniał go Bogoria, wskazując wzrokiem Drugetha, który pospacerował w stronę Borutki. — I nie ma kanclerzy wojennych.

— To będą — postawił się Władek, widząc, że Wilhelm nie słyszy.

— Na początek może zostać osobisty — powiedział Bogoria chyba dumny i chyba zawstydzony.

Sala, choć największa na zamku w Brześciu, była niska, ciemnawa, przedzielona kolumnami trzymającymi sklepienie. Część kancelaryjną, z pulpitami dla pisarzy, urządzono przy jedynej ścianie z ciągiem okien, a i tak całość obficie doświetlano świecami.

Gdy w komnacie stanął stół zamówiony przez Borutkę, miejsca zrobiło się naprawdę mało. Skromny oddział Węgrów z Wilhelmem Drugethem, który Władek zabrał z Krakowa, wysłał na polowanie. Niech się nie nudzą, nie wtrącają, Kujawy obejrzą. Drugeth ponoć w życiu żubra nie widział, niech zobaczy. Władek i tura by mu pokazał, ale latem był zły czas iść na króla puszczy. Grunhagen zabijał czas, grając w kości z nowym giermkiem Władysława, Jarotą. Obaj nieduzi, wcisnęli się w wolne miejsce między podwyższeniem królewskim a kamienną kolumną. Na tyle blisko, by w mig usłyszeć i być na rozkazy, na tyle daleko, by nie przeszkadzać.

Dla Władka zostało tylko podwyższenie z tronem i tam przyjmował dowódców.

— Giedymin otrzymał wiadomość? — spytał Pawła, gdy Węgrzy pojechali polować.

Przy Drugecie każda rozmowa o litewskim sojuszniku kończyła się kłótnią.

— Tak jest. Posłowie już w drodze powrotnej.

— Kto tam był? — zaciekawił się Władek.

— Bracia Doliwowie, Szyrzyk i Chwał.

— To stare dziady są — pokręcił głową Władek. — Mają siłę na taką szybką misję?

Ogończyk chrząknął i Władkowi natychmiast się przypomniało, że obaj Doliwowie od niego i Pawła z dziesięć lat młodsi. Wszak to im powierzył opiekę nad Jadwinią i dziećmi w czasach banicji. W dodatku w komnacie wokół aż roi się od innych kujawskich i łęczyckich Doliwów. W tym synów wywołanych przed chwilą „dziadów".

— Pomyliłem ich — machnął ręką, by wybrnąć przed ich rodowcami. — Mówiąc „bracia", w błąd mnie wprowadziłeś, Ogończyk. Myślałem, że ci chodzi o ich ojców, bo wiadomo, że Szyrzyk i Chwał nie są rodzonymi braćmi, tylko stryjecznymi.

Na podwyższeniu miejsca nie było wiele, otaczający ich ciasno Doliwowie z zadowoleniem pokiwali głowami. Władek uśmiechnął się w duchu. U Doliwów odróżnić braci od kuzynów to już było wysokie wtajemniczenie, wszak większość z nich, niezależnie od rzeczywistego pokrewieństwa, do młodszych mawiało „bracie", a do starszych „stryju".

— Szyrzyk i Chwał już posłowali ze mną do Giedymina — przypomniał Paweł. — Poradzą sobie.

— Dobrze — uznał sprawę za załatwioną Władysław. — Ile czasu zostało do nowiu?

— Tydzień — pewnym głosem powiedział Bolebor, syn wspomnianego wcześniej Chwała.

— Cztery dni! — z głębi komnaty poprawił go Borutka.

— W tej kwestii wierzę swemu dawnemu giermkowi — rozsądził Władysław. — Lubi bujać w obłokach i przez to chyba ma smykałkę do astronomii.

— Oraz wiele innych talentów — powiedział Jarosław Bogoria, który idąc od kąta kancelaryjnego, zatrzymał się przy stole Borutki. Teraz kręcił głową z niedowierzaniem. — Gratuluję, Wrończyku, przyznam, iż nie pokładałem w tym pomyśle nadziei.

— Nie szkodzi, dziękuję — wyprostował się Borutka i rzucił w stronę podwyższenia: — Gotowe! Król raczy zlustrować Kujawy Brzeskie w miniaturze?

Na podwyższeniu było ciasno, więc wbrew ceremoniałom Doliwowie musieli zejść pierwsi z podwyższenia, robiąc miejsce schodzącemu wojewodzie i Pawłowi Ogończykowi. Ostatni wydostał się Władysław, ale i jemu najmniej to przeszkadzało. Gdy podszedł do stołu, miał ochotę zawołać jak dziecko: „Ojej", zamiast tego westchnął z podziwem. Wstęga Wisły wymalowana niebieską farbą, wyraźnie zwężająca się nad Włocławkiem, szeroko rozlana, gdzie Dobrzyń. W miejscu miast ustawione były wycięte w drewnie zameczki, wsie symbolizowały pojedyncze kryte słomą chałupy, grody wyobrażały małe drewniane wieże. Trakty namalowano czarną farbą, a leśne drogi brunatną. Lasy Borutka zrobił z kęp mchu, rozdzielając je raz po raz na niebieskie oczka jeziorek.

— O mamo! — jęknął Nielubiec Doliwa i wskazał paluchem na ukryty w „lasach" domek większy niż te, co oznaczają wsie, a mniejszy od drewnianych „zamków". — Toż to nasze dworzysko!

— I wasze krowy! — zaśmiał się Bolebor, pokazując na rząd maszerujących mrówek, które wylazły z kępy mchu, a potem na biedronkę: — I twoja Kaśka!

— Tak! — ucieszył się w pierwszej chwili Nielubiec, a w drugiej zrozumiał i szturchnął stryjecznego brata pod bok. — Katarzyna nie nosi się pstrokato! Nie aż tak!

— Borutka, oj, Borutka! — powiedział Władysław z największym podziwem. — Twoja pierwsza rada okazała się najlepsza. Mamy przed sobą ziemię, w której chcemy urządzić zasadzkę. Wszystko widoczne jak na dłoni. Pochylmy się nad tym, panowie moi, i uradźmy. Czas nas nagli. Do nowiu tylko cztery dni.

Porzucił niewygodne miejsce królewskie na podwyższeniu. Kazał przenieść tron przed stół Borutki. Odtąd to było miejsce dowodzenia i tam przyjmował nadchodzące lawinowo w kolejnych dniach meldunki.

— Książę Wacław płocki odmówił złożenia hołdu! — wyrecytował goniec i wręczył kanclerzowi Bogorii pergamin z odpowiedzią Wańki. Wilhelm Drugeth, który poprzedniego wieczoru wrócił z łowów, przybliżył się do króla.

Władek przymknął powieki. Szkoda — pomyślał gorzko. — Gdyby nie był tak uparty, z jego braćmi, Trojdenem i Siemowitem, dogadałbym się prędzej czy później. Ale bez Wańki, który trzyma Płock, starsi książęta nie pójdą na współpracę. Skąpisz mi, Boże, Mazowsza — wypomniał. — A gdybym miał je w ręku, ten kawał ziemi łączący Królestwo z Litwą, docisnęlibyśmy z Giedyminem Zakon. Masz w tym plan? Bo wybacz, Panie, ale nie wierzę, byś mógł sprzyjać Krzyżakom.

— Mazowsze jest niepokorne — powiedział biskup włocławski Maciej, który przyjechał do nich z samego rana. — Przypomnę bunt Miecława.

— Miecław? — ostrożnie wyraził powątpiewanie wojewoda brzeski. — Zbyt odległe porównanie.

— To się ciągnie od Konrada — zawyrokował Bogoria. — Tego, co Krzyżaków sprowadził. Oni mają we krwi coś szalonego, całkiem jak Ślązacy.

— Nie wszyscy — zaprzeczył Wojciech Leszczyc.

— Oczywiście — przytaknął biskup Maciej. — U śląskich Piastów tylko jeden brat w rodzinie to wariat. Pozostali zawsze normalni. Płodni, gadatliwi, skłonni do bitki. Przy okazji, o przepowiedni śląskiej słyszał najjaśniejszy pan?

Władek nie słyszał, więc Maciej pospieszył z opowieścią.

— Jedna z mniszek ze słynnego konwentu wrocławskich klarysek miała ponoć widzenie w noc po tym, jak książęta śląscy złożyli Luksemburczykowi hołdy. Ukazała jej się Matka Boska...

— Z Dzieciątkiem? — zaciekawił się Borutka.

— A tego to nie wiem — pokręcił głową zbity z tropu biskup.

— Raczej tak — przypuścił Borutka, poprawiając mech wyobrażający lasy pod Brześciem. — Bo jakby inaczej? Matka w nocy dziecko samo zostawia w żłobie i leci do klarysek wieszczyć?

— Przestań — szepnął Władek samymi ustami. Borutka zamilkł, przygryzł wargę.

— No więc — podjął biskup Maciej — Matka Boska powiedziała mniszkom, że karą za hołdy lenne będzie to, że aż po kres świata nigdy żaden Piast ze Śląska nie zasiądzie na tronie Polski.

— Widać, że przepowiednia wyszła z kręgów wrocławskich — rzucił wesoło Bogoria, przekładając z ręki do ręki pergamin od Wańki. — W Królestwie nikomu nie przyszłoby do głowy, że Ślązak mógłby ubiegać się o tron królewski. To wyraz ich tęsknot i zawiedzionych nadziei. A teraz mamy kolejnych, co aspirują wyżej, niż im staje, ot co! — Pstryknął palcem w wielką pieczęć księcia płockiego.

Władysław zacisnął palce na podłokietniku tronu.

— Dość pogadanek — powiedział twardo. — Kanclerzu, podaj odpowiedź.

Jarosław zrobił ruch w stronę pulpitów pod oknami i skinął na najwyższego ze swych skrybów; młodzian przyniósł zapieczętowany dokument.

— Już gotowa? — zdziwił się Drugeth, patrząc na wiszącą przy zwoju królewską pieczęć Władysława.

— Mówiłem ci, że do pewnego etapu przebieg zdarzeń jest przewidywalny — mrugnął do neapolitańczyka. — Nawet jeśli wolałbym, aby był inny. Potrzebuję Mazowsza, to dla mnie bardzo ważne, ale cóż! Byłbym zaskoczony, gdyby Wańka, mając sojusz z Krzyżakami, zdecydował się na złożenie mi hołdu.

Goniec przybliżył się ponownie, Władek dał znać, by młody skryba podał mu odpowiedź.

— Dostarcz księciu płockiemu bez zwłoki. I bez zbędnych wyjaśnień. Przekazujesz i nie ma cię w Płocku. Znikasz.

— Zrozumiałem — potwierdził goniec i już był przy wyjściu.

— Pawle — przywołał Ogończyka i położył mu rękę na ramieniu. — Zróbcie z bratem, co do was należy.

Paweł ukłonił się przed nim, ale gdy wstawał, Władek przytrzymał go i uścisnął mu po przyjacielsku prawicę. Ogończyk uśmiechnął się do niego i mrugnął.

Nie ma się z czego śmiać, stary druhu — pomyślał Władysław, gdy wyszedł.

— Bolebor. — Szybko przeszedł do kolejnych spraw, zaczęło mu się spieszyć. — Przekazać rozkaz do oddziału uderzeniowego Marcina Ogończyka.

— Tak jest — przyjął do wykonania Bolebor Doliwa. Pokłonił się i wybiegł.

Borutka w tym czasie zabrał drewniany zameczek stojący w miejscu Płocka i z łoskotem, niczym niepotrzebną zabawkę, wrzucił do skrzyni pod stołem.

— Co ty wyprawiasz? — zdenerwował się wyczulony na Borutkę wojewoda kujawski Wojciech Leszczyc.

— Nanoszę królewskie rozkazy — błysnął zębami Borutka i ustawił w miejscu zamku figurę płockiej katedry. Nadpaloną.

— Nie będziemy palić — pokręcił głową Władysław. — Ogończykowie nie dostali takich poleceń.

Borutka skrzywił się lekko i wzruszył ramionami.

— A może tak zostać? — poprosił. — Przygotowałem tylko spaloną katedrę. Innej po prostu nie mam.

Władysław machnął ręką i zawołał Grunhagena. Zielonooki wojak nie przyszedł.

— Jarota! — wezwał zamiast niego giermka.

— Jarota! — powtórzył ktoś ze stojących dalej od stołu.

— Mogę usłużyć po dawnemu, królu — wyprężył się Borutka. — Mnie herb w głowie nie przewrócił.

— Nie, ty zostań. Niechże się któryś ruszy i poszuka tych dwóch nicponiów! — zażądał Władek.

— Powiedziałeś, królu — odezwał się Wilhelm Drugeth — że bracia Ogończykowie nie dostali rozkazu palenia Płocka.

— Potwierdzam — przytaknął Władek. — Nie mamy na to czasu.

— Zatem po co ich wysłałeś za Wisłę? — Drugeth pochylił się nad stołem z uwagą.

— Jak mówiłem, przewidywaliśmy, że książę Wacław odmówi — wyjaśnił król. — Brat Pawła, Marcin Ogończyk, z oddziałem przeprawi się jeszcze dzisiaj przez Wisłę.

Borutka wystruganym z lipy konikiem pokazał Drugethowi i reszcie zebranych miejsce, w którym Marcin przekroczy rzekę i drogę wzdłuż niej, początkowo po stronie księstwa dobrzyńskiego, którą oddział pokona. Władek kiwnął głową i pokazał Wilhelmowi, w którym miejscu kończy się księstwo dobrzyńskie Włodka Garbusa, a zaczyna płockie Wańki.

— Nocą, w czasie nowiu oddział Marcina przejedzie przez wrogi teren i zapadnie tu, w lasach pod Płockiem — wyjaśnił, pokazując na kępę mchu. — O świcie książę Wańka odbierze od mego posłańca pismo, które widziałeś przed chwilą. Wyrażające niezadowolenie z jego decyzji i informację, że jako król Polski, zwierzchnik książąt dzielnicowych, troszcząc się o jedność Królestwa, zamierzam dochodzić jego posłuszeństwa siłą. Z racji na dobro wyższe.

Borutka ustawił drewnianego konia pod spaloną katedrą wyobrażającą Płock.

— Ledwie skończy czytać i kląć, a wiem od swych ludzi, że Wańka kląć umie, zresztą, co tu dużo gadać, to syn mego dawnego druha Bolesława, co chadzał pod Madonną na Purpurze, zobaczy, że Marcin Ogończyk z wojskiem stoi mu pod murami Płocka — objaśnił dalszą część planu Władysław.

Borutka poharcował, udając, iż konik wskakuje na katedrę. Przestał, bo wojewoda brzeski syknął niecierpliwie.

— Ale — ciągnął Władysław — Marcin palić i zdobywać miasta nie będzie, tylko pokaże księciu, że źle zrobił, zadzierając ze mną, bo król nie rzuca słów na wiatr. Postraszy go i zniknie.

Borutka schował konika.

Wilhelm Drugeth przeszedł na północny szczyt stołu i uniósł wzrok.

— Tam nie chodź, żupanie. Tam państwo zakonne — przestrzegł Borutka.

Drugeth zrobił krok na prawo.

— A tu Litwa — powiedział.

— Owszem — kiwnął głową Władysław. — Na końcu stołu zmieściły się północno-wschodnie rubieże księstw mazowieckich.

— Siemowit i Trojden? — upewnił się Drugeth i spytał: — Bracia nie przybędą na pomoc księciu płockiemu?

Borutka wyjął garść pomalowanych na czerwono kamyków i rozstawił je na krańcach księstwa Trojdena, Siemowita i Wacława, niczym zaporę. Drugeth skrzywił się.

— To nie jest to, co myślę? — Grymas na twarzy Drugetha pogłębił się. — Powiadomiłeś księcia Giedymina?

— Cóż, wojna rządzi się własnymi planami — wymijająco odpowiedział Władysław.

— Mój król Carobert stanowczo sprzeciwia się…

— Twojego króla tu nie ma — uspokoił go Władek.

Drugeth zacisnął szczęki.

— Gdzie ten konik? — spytał rozdrażniony pochylając się nad stołem. — Gdzie Marcin Ogończyk? I co zrobi Paweł Ogończyk?

Borutka wyjął pomalowany na czerwono krążek i zręcznie nałożył na wieżyczkę stojącą między Płockiem a Brześciem. A konika ustawił pod nią.

— Co to jest? — gorączkowo dopytał Drugeth.

— Gostynin. Ostatni gród księstwa płockiego przy granicy z Królestwem — wyjaśnił Władysław.

— I co dalej? — spytał gorączkowo Drugeth.

— Ciąg dalszy nastąpi — mrugnął do niego Władysław. — Zapraszam na wieczerzę!

OTTO VON LAUTENBURG dostał polecenia z Malborka. I zaklął. Sytuacja wymknęła się spod kontroli. Najechany książę Wacław błagał sojuszników zakonnych o wsparcie; miał wojska polskie pod zamkiem, paliły się płockie podgrodzia. Pismo od wielkiego mistrza przekazywało, iż komtur toruński dysponuje specjalnymi uprawnieniami z Malborka i że gońcy oraz posłowie Almenhausena mają być traktowani priorytetowo, bo to Hugo trzyma w garści nici zakonnego wywiadu. A dane, jakie zebrał, mówiły: król Władysław zamierza ujarzmić księstwo płockie siłą. Mistrz pisał: „Bez dnia zwłoki wywiążemy się z obietnic sojuszniczych. Ciężar wsparcia wojennego spoczywa na tobie, Ottonie von Lautenburg, komturze krajowy ziemi chełmińskiej".

Gładko wygolony na łbie, wypachniony jak arabska hurysa komtur toruński doniósł na mnie — międlił w myślach niesmak Lautenburg.

W Zakonie można zawieść na różnych polach: spóźnić się na modły, dać przyłapać na nieprzestrzeganiu postów, na drobnych przewałach z wydatkami na komturię, na łapówce od dzierżawców w nowo lokowanej wsi. Ale nie wolno zawieść na wojnie. I to takiej, na którą osobiście czekało się od tylu lat!

Psiakrew — klął w myślach komtur. — To wszystko przez Almenhausena. Jego wina. Gdyby nie zachowywał się, jakby zjadł wszystkie rozumy, gdyby nie mędrkował, nie pouczał nas w Malborku, może szybciej posłuchałbym jego posła.

Gdy ochłonął trochę, uznał z kwaśnym poczuciem winy: Poniosło mnie wtedy w Lipienku. Szkoda, że nie potraktowałem wiadomości o Polakach poważnie.

Otto von Lautenburg ze zdwojoną wyrzutami sumienia gorliwością puścił wici do podległych sobie komturii chełmińskich — do szczerbatego przyjaciela Hermana von Anhalt z Nieszawy. Do Teodoryka Bocka z Pokrzywna, Elgera von Honstein z Golubia. Kazał stanąć w gotowości i Ditrichowi von Lichtenhain ze Świecia, choć jego komturia nie wchodziła w skład podległej Ottonowi ziemi chełmińskiej, to znali się na tyle dobrze, że był pewien, iż Ditrich wezwaniu nie odmówi, przeciwnie, będzie czuł się doceniony. Każdemu z nich nakazał najwyższy pośpiech.

Zgodnie z „Regułą prowadzenia wojen zakonnych" Henryka von Plötzkau, którą znał na pamięć, a z której nie mógł do tej pory skorzystać, pozostawił na miejscu obsadę równoległych komturii, najbliższych do tych, które dostały werbunek. „Tak, by państwo zakonne zawsze było zabezpieczone, gdy rycerze ruszą na wojnę poza jego granicami. Tak, by zawsze strzegły je nasze komandorie". Boże, wreszcie obiecana wojna! Za Pokrzywno niech strzeże Radzyń Chełmiński, za Golub Kowalewo. Nic nie miał dla Świecia, to nie jego teren i przekroczył delikatnie kompetencje, ale przecież równoległą do niej jest Grudziądz Zygharda. Aż się uśmiechnął na tę myśl, bo Schwarzburg ledwie wrócił z Rusi i pewnie ostatnią rzeczą, na jaką ma ochotę, jest pilnowanie Świecia. Nie było też zabezpieczenia dla Nieszawy Hermana, ale to akurat jasne. Komturia jego przyjaciela była najdalej wysuniętą na południe, niczym żelazny gwóźdź wbity w Łokietkowe królestwo, niczym cierń w jego małej królewskiej koronie. Nie przypadkiem trzymał ją Herman; wielki szatny, Luther z Brunszwiku, umiał zadbać o wtajemniczonych. Tam też, w Nieszawie, Otto wyznaczył punkt zborny naprędce improwizowanego wojska. Był zdumiony, że wraz z wezwanymi komturami zjawił się Hugo von Almenhausen. Jako pierwszy wszedł do namiotu dowództwa oznaczonego chorągwią ziemi chełmińskiej. Z parą myśliwskich psów przy boku. Dopiero chwilę po nim wbiegli Teodoryk, Elger, Ditrich i Herman.

— Nie możecie naruszyć nietykalności księstwa dobrzyńskiego, którym włada garbaty bratanek króla — zaczął spotkanie Almenhausen. W Ottonie zagotowało się. — By minąć ziemie, trzeba wam prowadzić wojska na Płock, choć to strata czasu, bo Polacy odstąpili od dalszego oblegania Płocka, przeprawili się przez Wisłę i już ruszyli w stronę Gostynina — powiedział Hugo i o ile na początku Lautenburg chciał mu przerwać, o tyle wiadomość o Gostyninie go zaskoczyła. — W Płocku zażądacie od księcia Wacława wojsk wspierających i przewodników.

— Chwila — nie wytrzymał dłużej Otto. — Nie dostałem wiadomości, że mistrz mianował cię wodzem tej kampanii.

— Informacja jest bronią — odpowiedział Almenhausen, mrużąc ciemne, niemal wschodnie oczy i podając smycz giermkowi. Psy spojrzały na swego pana jednocześnie i karnie, a potem bez jednego szczeknięcia wyszły z namiotu z giermkiem. Almenhausen dodał: — Informacja pozyskana szybko i wykorzystana sprawnie może być bronią skuteczniejszą niż miecz.

— Jeszcze czego — prychnął Lautenburg i popatrzył po obecnych komturach. — Sama pokona wroga, ha, ha, ha! Paradne!

Herman poparł go kiwaniem głową i wydęciem ust. Pozostali też byli po jego, nie toruńskiej stronie.

Hugo von Almenhausen zrobił obrót zwinnie jak wąż i stanął z nim twarzą w twarz, sycząc:

— Wielki mistrz dowie się, że gdybyś nie kazał mojemu dinerowi stać na dziedzińcu przez cały dzień, a później gdybyś go nie odesłał z niczym, kampania wojenna mogła już być w toku! To ty, Lautenburg, zmarnowałeś dwa tygodnie, kierując się wyłącznie urażoną świętoszkowatą dumą!

Lautenburg nienawidził, gdy ktoś wobec niego lub jego przyjaciół używał określenia „świętoszek". To działało na niego jak ukłucie szpikulcem rozdrażnionego byka. Po prostu oczy zalewała mu czerwona mgła. Nie pomyślał. Chwycił Almenhausena za habit na piersi i pchnął na maszt namiotu. Ten jednak, zamiast bezwładnie upaść, jakimś sobie znanym sposobem skręcił szczupłe ciało w powietrzu i skoczył na obie nogi. Lautenburg ruszył ku niemu z zaciśniętymi pięściami, ale drogę zastąpił mu Herman, oddzielając go od komtura toruńskiego.

Hugo Almenhausen otrząsnął się i wobec wszystkich rzucił mu prosto w oczy:

— Jesteś tępym, zakutym w żelazo łbem, Lautenburg! Rób tak dalej, a Polacy rozgromią twoje naprędce zbierane wojsko w pył! Wielki mistrz nadaje urzędy i z nich zdejmuje. Ty swój opuścisz w hańbie! Słuchajcie dobrze, chełmińskie komturki — syknął złośliwie do pozostałych. — Bo wy razem z waszym prowincjałem pójdziecie na rzeź!

Otto, przytrzymywany przez Hermana, jeszcze nie ochłonął po tym, jak pchnął Almenhausena, choć krwawa mgła odeszła mu sprzed oczu, ustępując budzącej się w nim pamiętliwej złości. Nie odpowiadał na obraźliwe bluzgi komtura toruńskiego, bo nie mógł wypowiedzieć słowa. Z wściekłości zesztywniały mu szczęki. Tamten zaś poprawił habit i przekręcając pas, powiedział chłodno:

— Przekazałem wam informacje wywiadowcze. Polacy spod Płocka wycofali się pod Gostynin. Nie wiemy, jakie siły rzucą do oblegania grodu i czy to ich całe wojsko. Informacje od moich wywiadowców sugerują, że król osobiście nie będzie walczył pod Gostyninem, lecz czeka w Brześciu na rozwój wypadków. Należy się zatem liczyć z tym, że na swoim terenie, tuż za granicą księstwa Wańki, posiadają oddziały odwodowe i to wcale niemałe. Rozkazy z Malborka dostaliście: wojsko zakonne ma operować wyłącznie w granicach sojuszniczych księstw. Nasza akcja jest interwencją, nie wojną z Polską. Żegnam.

W czterech sprężystych długich krokach znalazł się przy wyjściu z namiotu. Tam odwrócił się i omijając Lautenburga wzrokiem, dorzucił:

— Radzę podwoić straże także na terenie księstw mazowieckich. I nawet w krzaki nie chodzić bez broni.

Wyszedł, zostawiając Ottona, komtura prowincji chełmińskiej, w towarzystwie zakonników, którzy byli świadkami jego poniżenia. Z odsieczą przyszedł mu Herman.

— Bracia! Ale widowisko! — zawołał ze szczerym śmiechem, jakby nic takiego się nie stało. — Po takim pokazie rozbuchanych młodzieńczych emocji nowego toruńskiego komtura proponuję zmyć z siebie żenujące wspomnienie miodem. Kielich czy dwa dobrze nam zrobią, o ile szanowny komtur krajowy nie zabroni? — mrugnął do Ottona.

— Pozwalam — sapnął wciąż przyduszony złością.

Potrzebował nie dwóch, a czterech kielichów miodu, by ochłonąć i ułożyć plan wojenny. Znalazł też czas, by na stronie podziękować przyjacielowi.

— Herman, jesteś niezawodny. Jak tylko ten chłystek z Torunia znów pojawi się w moim pobliżu, potrzebuję cię jak kubła zimnej wody.

— Wiem — przyjaźnie zaskrzeczał w odpowiedzi i uśmiechnął się tak szeroko, że widać było skrytą pod wąsami dziurę po wybitym zębie. — Znamy się od szczeniaka, Otto. Ty jesteś wielki, ja mały. Gdybyś mnie nie bronił w nowicjacie, to nie skończyłbym służb próbnych. Ja się od dziecka nauczyłem śmiać z siebie samego, wyprzedzając chłopaków, co się ze mnie śmiali. Ty jesteś jak kipiący kocioł z wrzątkiem, czasem trzeba ci uchylić pokrywkę.

Otto poklepał przyjaciela po ramieniu.

— Zawsze wiesz, kiedy to zrobić. Dzięki. Swoją drogą — podjął po chwili — toruński jest dziwniejszy, niż myśleliśmy, co?

— Mnie mówisz? — potwierdził.

Przed świtem wyruszyli. Czterech komturów przyprowadziło po trzech rycerzy zakonnych, on wziął pięciu, razem było ich dwudziestu dwóch w białych płaszczach. Dużo — pomyślał z dumą — jak na zwykłą wyprawę zakonną. Do tego trzy tuziny ciężkozbrojnych sariantów, szarych braci i dwa złożonej z dinerów lekkiej jazdy. I pięć tuzinów piechoty. Służba, wozy taborowe, prowadzone przez pachołków bojowe konie.

Trzy dni forsownego marszu i czekał na nich książę płocki Wańka, nadrabiając miną.

— Zjawili się jak duchy — opowiadał w kółko, nerwowo poruszając palcami. — Posłaniec, co kazał hołd królowi składać, zaraz po nim drugi z pogróżkami, że mi tego król płazem nie puści, i ledwie skończył czytać, te diabły już mi pod Płockiem tańczyły.

— Diabły? — Otto nie znosił przesady w wojennych meldunkach.

— Ogończyki! — Na twarzy księcia Wacława pojawiły się niezdrowe rumieńce. — Paweł, co był starostą łęczyckim, a teraz jest kasztelanem, i jego młodszy brat Marcin. Piekielna to jakaś sprawa, bo jak inaczej wyjaśnić, że widziano ich w dwóch miejscach naraz? Pod Płockiem, o tu, patrzcie, komturowie, to czarne, spalone nad fosą, i pod Gostyninem? I jakże to tak, że stanęli z wojskiem, jak ledwie odpowiedź od króla dostałem?

— Normalne — warknął zniecierpliwiony Otto. — Byli przygotowani na twoją odmowę.

— Przygotowani, przygotowani — powtarzał książę. Nagle oczy zapłonęły mu chorobliwym blaskiem. — To pewne, że wiedzieli, że przewidzieli mą odmowę. — Zaczął nerwowo zerkać w obie strony. — Mają tu szpiegów, tak?

— Może tak, może nie — wzruszył ramionami Lautenburg.

— Mają — z przekonaniem szepnął Wacław. — Tego samego dnia Litwini wdarli się w granice Mazowsza. Jednocześnie do mnie, do moich braci, Trojdena, Siemowita. Płonące strzały pod strzechy. Granica stanęła nam w ogniu. Rycerze zakonni, brońcie.

Lautenburg ugryzł się w język, by nie huknąć na księcia.

— Nie mamy czasu cię uspokajać, książę. Potrzeba ci piastunki, wezwij żonę. A nam daj przewodników i wojsko. No co? — skrzywił się. — Traktat sojuszniczy mówi o wsparciu zakonnym, a to znaczy, że główne siły mają pochodzić od ciebie, książę. Tak jak i zaopatrzenie dla wojsk zakonnych, które przyszły z pomocą. Dowodzę ja — uprzedził kolejne pytanie Wacława. — I twoi rycerze mają mi się podporządkować.

— Nie traktuj księcia aż tak obcesowo — szepnął mu na boku Herman i zaśmiał się pod wąsem. — Bo się popłacze. Bierzmy przewodników, a płoccy niech do nas dołączą w drodze.

— Tak zrobimy — potwierdził Otto. — Nie mam zamiaru czekać, aż się zbiorą, bo jeśli Polacy zdobędą Gostynin, to okaże się, że piękniś z Torunia miał rację i będzie wydziwianie w Malborku.

Odpoczęli przez noc, a o świcie poczty zakonne ustawione za chorągwią chełmińską w równe kolumny wyruszyły z Płocka. Otto jechał na czele. Dla wygody był tylko w żelaznej łebce z czepcem kolczym, wielki garnczkowy hełm zostawił przytroczony do siodła. Obserwował ludność ziemi płockiej. Tyleż samo przerażoną, co zachwyconą.

Wczoraj nie zdążyli nas przywitać, dzisiaj nie wiedzą, czy pożegnać — pomyślał, mrużąc oczy.

Mężczyźni patrzyli na nich spode łba, starcy wrogo, ale młodzieńcy z nieskrywaną ciekawością obserwowali jadących dumnie, w białych płaszczach, komturów i braci rycerzy. Obok każdego z jeźdźców pachołek na podjezdku prowadził jego bojowego rumaka. Dextrariusy, potężne rycerskie konie, przyciągały tyle samo uwagi co bracia. Osiodłane i uzbrojone, w każdej chwili gotowe, by się na nie przesiąść. Spod kropierzy widać było żelazne półnaczółki. Podogonia i podpiersia z ciemnej skóry wzmacniały stabilność wysokich kopijniczych siodeł, teraz dokładnie widocznych, póki nie zajmowali ich jeźdźcy. Ci zaś dumnie wypinali pierś pod białą zakonną tuniką z czarnym krzyżem okrywającą kolczy kaftan i pancerz. Wzrok gapiów błądził po białych trójkątnych tarczach i zatrzymywał się na dłużej na mieczach przy ich pasach, jakby widzowie próbowali przeniknąć siłę ostrzy ukrytych w pochwach.

Otto widział, jak mężczyźni gapią się na groźnych, barczystych sariantów w szarych opończach z czarnym półkrzyżem, narzuconych na kaftany wzmacniane żelaznymi płytkami. Ich oczy ginęły w cieniu lekko opuszczonych rond kapalinów, co jak sam zauważył, nadawało im ponury, budzący grozę wyraz. Na lekką jazdę zakonną, dinerów zbrojnych w kusze, z kołczanami bełtów przytroczonymi do siodła i ich przerzucone przez plecy jeździeckie pawęże z małym czarnym krzyżem. Na uzbrojonych w tasaki, kordy i bojowe topory knechtów, którzy maszerowali zwartymi oddziałami pomiędzy konnymi. Przez niebo przeciągały wysoko zawieszone chmury, co rusz odsłaniając słońce, które za każdym razem odbijało się ostrym promieniem od wypolerowanych hełmów. Otto von Lautenburg widział kobiety wstydliwie patrzące na szerokie piersi jeźdźców, na masywne żelazne nagolenniki i umięśnione łydki obejmujące końskie boki. Panny zakrywające twarze dłońmi, ale spoglądające między palcami. Nie umknęły jego uwadze zaróżowione policzki, rozchylone usta, rozwiane włosy.

Komtur chełmiński po raz pierwszy nie poczuł się nieswojo, gdy patrzyły się na niego panny. Wcześniej nieraz zdarzyło mu się czuć upokorzonym, gdy jakaś piękność rzuciła na niego okiem, a potem wzgardliwie odwracała głowę.

Myślą, że jak składałem śluby czystości, to jestem niczym wywałaszony ogier. Odpowiem spojrzeniem, źle. Znaczy, że za nic mam święte śluby zakonne. Odwrócę wzrok, jeszcze gorzej. Chichoczą, że nie jestem zdolny, że nie mogę.

Teraz, jadąc na czele wojska, nagle poczuł, że jest inaczej. Że pod wstydliwością i strachem płockich panien kryje się coś więcej. Nie miał pojęcia, jak się czują świeccy rycerze, gdy ruszają na wojnę żegnani dziewiczymi łzami, kwiatami, pocałunkami składanymi w pośpiechu, w ukryciu, gdzie popadnie, ale wyobrażał to sobie nieraz. Do zakonu trafił jako czternastolatek, miał dziewiętnaście, gdy złożył śluby, skąd miał takie rzeczy wiedzieć? Ale dzisiaj pod spojrzeniami płockich mieszczek czuł, że może się podobać kobietom. I że one podobają się jemu. Przygładził bujną, kwadratowo przyciętą brodę. Wyprostował się w siodle i kazał swemu giermkowi Arniemu raz po raz wykrzykiwać:

— Szlachetny Otto von Lautenburg, komtur krajowy ziemi chełmińskiej!

Przed wieczorem dotarli w pobliże Gostynina. Przewodnicy księcia płockiego pokazali dogodne miejsce na nocleg; Otto kazał wbić chorągiew zakonną, co było znakiem, że tu będzie obóz, a następnie powierzył jego zakładanie Teodorykowi z Pokrzywna.

— Zacznij od kaplicy. Namiot na nią jedzie na pierwszym wozie — powiedział i machnął ręką. — Zresztą wiesz, co robić.

Sam z Hermanem wybrał się na przejażdżkę zwiadowczą.

Okoliczne wioski były spalone i opuszczone. Swąd spalenizny niosło w letnim wieczornym wietrze na milę. Przewodnik podprowadził ich lasem na nieduże wzniesienie. Stamtąd zobaczyli Gostynin. Gród otoczony obozem wojsk polskich wciąż się bronił mimo wieczornej pory. W obozie płonęły ogniska, oświetlając podgrodzie, na którym toczyła się walka. Dochodzący stamtąd zgiełk niewiele mówił o przewadze królewskich.

— Oblężenie trwa prawie tydzień — wyjaśnił przewodnik. — Przypuszczalnie obrońcom brakuje już zapasów. Atak przyszedł w czas żniw — dodał — chłopi musieli przerwać zbiory. Kasztelan raczej nie zdążył napełnić spichrzy.

— Do wykarmienia ma cywili — mruknął Otto. — Ile tam ludzi?

— Pięć setek do ośmiu — powiedział przewodnik.

— To już mogą być głodni — kiwnął głową Herman. — I mało skuteczni.

Otto obserwował z uwagą otoczenie obozu.

— Gdzie są ich konie? — spytał przewodnika.

— Pastwisko jest za zagajnikiem, od strony rzeki, stąd nie widać.

— Ile wierzchowców?

— Nie liczyliśmy — odpowiedział z zawstydzeniem miejscowy.

Lautenburg mruknął niezadowolony i dał znać, że wracają do swoich.

— Weźmiemy ich z zaskoczenia — oznajmił na zwołanej naprędce naradzie. — Prześpimy się parę godzin, nasze oddziały nie są jeszcze zmęczone. Wyruszymy nad ranem, tak by równo z brzaskiem okrążyć obóz polski pod Gostyninem. Rzeka Skrwa mocno podeschła, jak mówią przewodnicy, można ją przejechać, nie mocząc kobyłom brzuchów.

Dał znać sługom, by podali komturom kubki i polali piwa.

— Bracia. Na zakończenie wieczoru chcę wam przypomnieć komtura toruńskiego i jego obraźliwe zachowanie w Nieszawie. Was nazwał komturkami. Mnie tępym, zakutym w żelazo łbem. Nie, nie protestuj, Hermanie, wszyscyśmy tam byli. Chcę wam powiedzieć, że jak przystało na zakuty łeb, nie jestem pamiętliwy. Jestem mściwy.

Napili się w milczeniu.

— Udowodnijmy pod Gostyninem pięknisiowi z Torunia, że zadarł z niewłaściwymi ludźmi — powiedział na odchodnym.

Spał krótko, gwałtownie, aż coś nim wstrząsnęło i poczuł, jak mrowieją mu stopy i dłonie.

— Kto tu jest? — zapytał bełkotliwie i z trudem uniósł głowę.

My — usłyszał w odpowiedzi niski kobiecy głos. — *Ja i moja przyjaciółka. Chcemy cię poznać, panie.*

Zobaczył je, to dziewki płockie, ale wcale nie tak wstydliwe i nie tak przerażone jak za dnia, gdy oglądały zakonny orszak. Bardzo podobne do czarnulki i jasnowłosej z jeziora. Nie zakrywały twarzy dłońmi, tylko wskazywały swe obnażone ze strojnych sukni piersi.

Mówią, żeś niedźwiedź, komturze — zaszemrały do niego zalotnie i wtedy zrozumiał, że odkryły jego sekret. Tak, pod zakonnym habitem, teraz zdjętym do snu, krył zwierzęce cielsko. Miał potężny, umięśniony korpus porośnięty ciemnobrunatnym futrem, co dotarło do niego gwałtowną falą podniecenia, gdy jasnowłosa wsunęła w nie smukłe palce. Czarnulka dołączyła do niej i obie aż zachłystywały się, pieszcząc jego runo. Mruknął, a głos, który dobył się z jego piersi, był głęboki i mocny. Pożądanie uderzyło Ottona z siłą zwierza, jaki z niego wyszedł. Chciał przyciągnąć do siebie kobiety, ale te wystraszyły się jego czarnych, zakrzywionych pazurów i zniknęły. Uniósł łapy i patrzył na nie. Podobne do człowieczych, a nieludzkie. Zdał sobie sprawę, że siedzi na potężnym, niedźwiedzim zadzie, i poczuł, że za chwilę rozsadzi go wzwód. „Czas na nieszpory" — zadzwonił głos w jego głowie i Lautenburg — niedźwiedź poczuł się jak przyłapany na gorącym, a ze wszech miar niewłaściwym uczynku. Chciał ukryć sterczący członek, zasłonił go łapami i niespokojnie poruszył łbem, wietrząc zbliżających się ze świecami braci. Ryknął z niespodziewanej rozkoszy. Zacisnął zakończone wielkimi pazurami łapy na przyrodzeniu i szarpnął. Widział sunące ku niemu płomienie świec, wiedział, że musi wstać, ubrać habit i iść na mszę. I nie mógł przestać się dotykać. Jeszcze trochę, trochę, trochę.

Otworzył oczy, siłą woli przerwał sen. Posłuszeństwo, najważniejszy ze ślubów. Odetchnął z ulgą, gdy zrozumiał, że jest w swoim namiocie, że nikt nie woła na nieszpory, jest głęboka noc. Wciąż trzymał obie dłonie zaciśnięte na przyrodzeniu i przez chwilę był pewien, że sen obnażył prawdę o nim. Jest niedźwiedziem. Poruszył ręką. Była ludzka, bez futra i długich pazurów, ale jego wzwód był tak samo mocny jak u zwierza we śnie.

Ulżę sobie — pomyślał skołowany. — Należy mi się.

I zaczął poruszać dłońmi. Szarpał się, potem gładził, i na zmianę, a oddech przyspieszał i rwał mu się. Zasłużyłem — myślał. — Nie jestem niedźwiedziem — powtarzał sobie, drżąc na całym ciele, chociaż teraz, w tej chwili, był zwierzem i chciał nim zostać, poczuć, jak gwałtowne może być spełnienie w ciele bestii. Poczuć bezkarność, grasować po lesie, porywać panny i ciągnąć do barłogu, do gawry. Wyobrażał to sobie, widział jak on, potężny niedźwiedź, ciągnie czarnulkę po mchu. Aż zgrzytnął zębami z rozkoszy, a potem przygryzł wargę do krwi. Jego biodra poruszały się rytmicznie, dyszał. Nie puszczał przyrodzenia, przeciwnie, zaciskał na nim palce mocniej i mocniej. Rzucił czarnulkę na barłóg, zagrzebał w liściach i pobiegł na czterech łapach szukać tej jasnowłosej, tej... Nie zdążył. Jego ciałem wstrząsnął dreszcz, jęknął, przeszedł w spazm i opadł.

— Należało mi się — mruknął sam do siebie, opadając na posłanie. Wytarł mokre ręce. — Zasłużyłem.

Sam nie pamiętał, kiedy znów zapadł w sen. Na długo przed świtem zbudził go giermek, mówiąc, iż przybyli zwiadowcy. Zbesztani wczoraj, poszli na nocną wycieczkę i dokładnie policzyli konie Polaków.

— Pięćdziesiąt? — prychnął Otto, zakładając buty. Poruszył palcami u stóp, jakby chciał sprawdzić w półmroku panującym w namiocie, czy są ludzkie, czy zwierzęce. — Rozniesiemy ich na kopytach naszych ośmiu dziesiątek wierzchowców. Albo przodem puszczę knechtów, rozpirzą ich tasakami i toporami, a konie weźmiemy sobie w niewolę! — zaśmiał się, gdy Arni zapinał mu napierśnik. Nie musiał zerkać na swą pierś, sen mara, nie porastało go futro. Przepełniał go wigor po dobrze spędzonej nocy. — Na pohybel chujowi z Torunia — splunął, wychodząc z namiotu.

I tak właśnie było. Prawie tak.

Karne zakonne wojsko równo z pierwszymi promieniami słońca otoczyło obóz wojsk polskich. Napotkane po drodze straże wybili. Musieli jednak jakieś przeoczyć, bo Polacy nie spali, zdawać się mogło, niemal czekali na atak. Otto Lautenburg wydał rozkaz piechurom i ci z wrzaskiem wdarli się do obozu. Kilku padło od wypuszczanych naprędce strzał z kusz. Pozostali szarą, pewną masą wpadli między polskie szeregi. Zwarli się od razu na topory; blisko i krwawo. Otto z uwagą wypatrywał konnych. Póki co ich nie widział, więc jeszcze wstrzymywał swą konnicę. Między namiotami polskiego obozu lepiej radzili sobie piesi, konie bojowe lubią walczyć w polu. Nagle zauważył jakiś ruch na lewej flance obozowiska, rumor, zbiegowisko. Potrzebował chwili, by zrozumieć, co się święci: Polacy próbowali zamknąć obóz wozami.

— Ditrichu! — wydał rozkaz komturowi ze Świecia. — Rozbij ich.

Ten wezwał dziesięciu szarych braci i pod jego komendą ruszyli na domykający się niczym mur ciąg wozów. Konie lekko wyhamowały przed przeszkodą, ale jeźdźcy już z góry uderzali w nieprzyjaciół lekkimi kopiami i żaden z nich nie chybił. Prowadzący natarcie Teodoryk z Pokrzywna dawał swoim znak do odwrotu, po nowe kopie. Otto wstrzymał go krzykiem:

— Szkoda kopii! Idziemy w szarżę na miecze!

I ruszyli. Barykadę z wozów, pozbawioną już obrońców, rozsiekli toporami knechci. Konni wjechali do obozu z impetem. Otto ciął przez pierś pierwszego z biegnących mu na spotkanie zbrojnych. Chłopak bez hełmu zwalił się tam, gdzie dopadło go ostrze Ottona. Obok brał zamach Herman. Otto zobaczył jego wykrzywione usta. Straszny bojowy uśmiech Anhalta, bez przedniego zęba. Poczuł przypływ woli walki, zapragnął krwi.

— *Gott mit uns!* — krzyknął, zagrzewając do walki zakonne wojsko. — *Mit uns!*

Konie roznosiły na kopytach ogniska, snopy iskier i kłęby popiołu unosiły się w powietrzu. Ktoś, chyba Elger z Golubia, kopią przewrócił maszt największego z namiotów, ale ze środka nie wybiegł żaden wódz, żaden oczekiwany diabeł Ogończyk. Namiot był pusty. Otto ciął na odlew jakiegoś osiłka bez kolczugi, który przed chwilą długim nożem podciął gardło knechtowi z nieszawskiego oddziału. Potężny mężczyzna złapał gołymi rękoma ostrze miecza Ottona, myśląc, że go zatrzyma i wysadzi z siodła. Lautenburg kolanem pokazał kobyle kierunek i pchnął napastnika siłą końskiego boku. Z jego dłoni poleciała krew, puścił ostrze i upadł, przyciskając ręce do piersi. Otto obrócił się konno i wreszcie zobaczył polskich jeźdźców na przeciwległym krańcu obozu.

— Uciekają! — krzyknął Herman von Anhalt. — Widzisz ich?

W tej samej chwili jeden z królewskich rycerzy zadął w róg, raz krótko, raz długo. Na ten sygnał walczący z knechtami piesi odwrócili się na pięcie i ruszyli biegiem w stronę rzeki Skrwy.

— Porzucają obóz — sapnął Teodoryk z Pokrzywna, podjeżdżając ku nim.

— Wieją — potwierdził Elger z Golubia, ocierając pot z czoła.

Od strony Gostynina dało się słyszeć okrzyki tryumfu. Na mury wylegli obrońcy i skakali, machając do zakonnych. Otto rozejrzał się wokół. Obozowisko było całkowicie zniszczone. Namioty leżały w nieładzie, gdzieniegdzie sterczały z przebitych płócien połamane maszty. Wozy częściowo rozrąbane toporami, niektóre całe, na nich, teraz dopiero to zobaczył, nie dobytek, nie sprzęt obozowy, ale niedbale przykryte szmatami kamienie, którymi Polacy chcieli zwiększyć ich ciężar obronny. Walki właściwie ustały, konni znikali na trakcie. Piesi zapadli się w zarośla wokół rzeczki.

— Dokąd wiedzie ta droga? — krzyknął Otto.

— Do Włocławka, dwa dni jazdy — odpowiedział, nadbiegając po chwili zdyszany przewodnik. — Albo Brześcia. Ale najpierw, o dzień drogi stąd, leży przy trakcie gród Kowal, za nim droga się rozdziela.

— Kowal? — skrzywił się Lautenburg. — Nie słyszałem.

— Nic wielkiego — pokręcił głową przewodnik. — Tyle że w Królestwie słynny, bo tam się królewicz Kazimierz narodził.

— Aha — przełknął ślinę komtur chełmiński. Sięgnął po bukłak, okropnie zaschło mu w ustach.

— To już za granicą, Ottonie — cicho przypomniał mu Herman. — Mieliśmy rozkaz operować tylko w księstwie płockim.

— Owszem, przyjacielu — odpowiedział, pociągając łyk wody. — Pokonaliśmy wroga pod Gostyninem. — Uniósł się w strzemionach i krzyknął, by wszyscy usłyszeli: — Teraz zaczynamy powrót do siebie przez terytoria wroga! — wyrecytował ulubioną formułę z „Reguły prowadzenia walk zakonnych". — Naprzód! Za nieprzyjacielem!

WŁADYSŁAW poprawił się w siodle. Mojmira odpowiedziała mu cichym parsknięciem, jakby chciała go uspokoić. Złota klacz z roku na rok robiła się nieco podobna do Rulki. Nieco, bo przecież nigdy nią nie będzie. Przełknął ślinę, zaschło mu w gardle. Po raz dziesiąty rozejrzał się wokół. Wszystko było gotowe.

Przed nimi, prosto jak z łuku strzelił, leżał trakt wiodący ku granicy z księstwem płockim. Na lewo od traktu był spory pas łąk, za którym krzakami żarnowca zaczynały się nieużytki, a dalej ciemnił sosnowy las. Po prawej stronie traktu rozciągało się rozległe, płaskie ściernisko. Chłopi z nakazu króla musieli przyspieszyć żniwa; uwinęli się, tylko gdzieniegdzie, daleko na obrzeżach, wciąż jeszcze uginał się pod wiatrem łan żyta.

Na ściernisku szerokim półkolem stały chorągwie małopolskie i niewielki oddział Węgrów. Król i jego osobista straż, wzmocniona połową chorągwi sieradzkiej, zajęli środek traktu. Za krzakami żarnowca czekali kusznicy. W sosnowym lesie odwodowe wojska kujawskie. Odwrócił się. W oddali, za jego plecami, wieża zamku w Brześciu. Na niej chorągiew z białym orłem Królestwa.

Gdzie król, tam znak — pomyślał.

Mojmira zadreptała w miejscu. On też ją wyczuwał, nie lubiła, gdy oglądał się za siebie. Spojrzał w górę, jakby i tam chciał znaleźć swoje, przygotowane na przyjęcie wroga, oddziały. Na letnim niebie majestatycznie przesuwały się ołowiane chmury.

— Będzie padać — sapnął Grunhagen strzegący jego boku.

— Tak — twardo zaśmiał się Borutka przy drugim. — Trup krzyżacki zaraz padnie gęsto.

Dostrzegli kurzawę na trakcie. Grunhagen splunął, poprawił napierśnik i opędził się od komarów, które ni stąd, ni zowąd nadleciały chmurą.

— Będzie lało — powtórzył tym samym niskim głosem.

— Rycerstwo polskie będzie lało krew krzyżacką — dośpiewał refren do tej pieśni Borutka i sprawdził, czy miecz gładko wychodzi z pochwy.

Z kurzawy dobiegł wyraźny tętent kopyt. Król dał znać Krystynowi, chorążemu krakowskiemu. Ten poprawił wspartą o specjalne puślisko chorągiew.

— Gotuj się — krzyknął Władysław.

— Wawel! — Umówione wcześniej zawołanie dało się słyszeć z naprzeciwka, z głębi nadciągającej chmury kurzu. — Wawel!

— Rozstąpić się! — wykrzyknął Władysław i ruszył Mojmirą w bok. Szereg stojących w poprzek traktu konnych rozstąpił się w oka mgnieniu, wpuszczając za siebie jeźdźców, którzy wyłonili się z kurzawy. Pierwszy mignął mu Marcin Ogończyk, za nim w galopie wjechało pięćdziesięciu rycerzy. Ostatni z nich krzyczał: „Wawel", dając znać, że nadjeżdża drugi oddział. Zamykał kawalkadę Paweł Ogończyk. Wstrzymał konia i obrócił się, szukając króla.

— Tu jestem! — zawołał Władysław i rozkazał: — Zamykamy trakt!

Oddział ustawił się z powrotem na drodze, a król wjechał za konie pierwszego szeregu, by zamienić parę zdań z Ogończykiem. Giermek Jarota podał Ogończykowi bukłak. Stary druh zdjął hełm i pił chciwie.

— Spalili Kowal — wysapał Paweł, oddając bukłak giermkowi. — Doszczętnie.

— Jezu — wysyczał Władysław. — Tego nie było w planach.

— Zatrzymaliśmy ich pod Gostyninem — wyrzucał z siebie słowa Paweł. — Potem, zgodnie z ustaleniami, zawinęliśmy się, pociągając Lautenburga za sobą. Minęliśmy Kowal i mój brat, jak było umówione, zastawił drogę na Włocławek, a ja dalej pozorowałem ucieczkę na Brześć. — Przerwał na chwilę, zdyszany. Jarota znów podał mu bukłak. Odmówił. — Lautenburg zawrócił nieoczekiwanie, jakby nas rozgryzł. Jakby wiedział, że chcę, by mnie gonili. Zawrócił pod Kowal i… to trwało chwilę. Jak podjechaliśmy, podgrodzia paliły się żywym ogniem, wiatr przenosił płomienie za obwałowania. Słychać było dzwony na trwogę, ludzie rzucili się gasić, ale… Tamci odczekali, by mieć pewność, że Kowal spłonie, i wtedy ruszyli za nami. Będą tu lada chwila.

— Spodziewają się nas? — zmarszczył brwi Władysław.

— Królu — podjechał do niego z pierwszej linii Borutka. — Zaczyna się.

Król nie czekał na odpowiedź Pawła. Dał mu znać, by odjechał do obozu zmienić konie. Sam wrócił na swoje miejsce, do pierwszego szeregu.

— Co to ma być? — skrzywił się, widząc czterech Toporczyków wysuniętych konno przed niego.

— Straż osobista — zimno odpowiedział Borutka. — Tak było umówione.

Żachnął się, ale nie dyskutował. Nie wszystko da się omówić. Spalenia Kowala nie było w planach, a stało się. Straż osobista była w planach, ale sądził, że do dowództwa dotarł brak jego zgody. Kurzawa na trakcie wzrosła i szedł z niej grzmot kopyt i szczęk żelaza. Zrobiło się jeszcze parniej. Dotknął wojennej korony. Była na miejscu. Wyjął miecz z pochwy, przełknął ślinę. Wzniósł królewski oręż wysoko.

I wszystko umilkło. Na ułamek chwili, nie dłuższy pewnie niż dwa uderzenia serca, choć zdawało się, że czas stanął na ten moment w miejscu. I ruszył z kopyta. Z tumanu kurzu wyłoniły się najpierw końskie łby. Potem jeźdźcy zakuci w stal, za nimi białe poły płaszczy, na nich łopoczące czarne krzyże.

— *Stehen!* Stać! — usłyszeli krzyk po niemiecku.

Pierwsza czwórka galopujących wyhamowała konie z trudem. Byli jakieś pięćdziesiąt końskich skoków przed nimi.

— Stać! Stać! — powtarzali krzyk kolejni nadjeżdżający.

— Zatrzymać się przed obliczem króla Władysława! — donośnie i dźwięcznie zawołał Krystyn.

Szereg krzyżacki zafalował, na trakcie mieściło się obok siebie czterech jeźdźców, rozsunęli się, robiąc miejsce i wyjechał zza nich chorąży z prostokątnym zakonnym sztandarem. A za nim potężny czarnobrody komtur.

— Ktoś ty? — krzyknął chorąży Krystyn.

— Komtur ziemi chełmińskiej Otto von Lautenburg — odpowiedział w imieniu wezwanego krzyżacki chorąży.

Kurz na trakcie opadał w zwolnionym tempie. Brodacz wyprostował się w siodle. Sam w sobie był zwalisty, na grzbiecie bojowego rumaka wydawał się wielki jak skała.

Na znak Władysława Toporczycy rozsunęli się, odsłaniając króla.

— Ten, który spalił Kowal? — zawołał Władysław zmuszony zadrzeć głowę, by patrzeć w twarz komtura.

— W odwecie za Gostynin — tubalnym głosem odpowiedział sam Lautenburg i powoli odwrócił głowę w stronę ściernisk. Przez jego twarz przebiegł grymas. Zobaczył czekające na niego małopolskie wojska. Nie pochylając się, sięgnął po wielki, garnczkowy hełm przytroczony do siodła.

— Odwet za odwet — powiedział król. Czterech Toporczyków natychmiast zasłoniło go piersiami i szpalerem kopii.

— Witamy w Królestwie! — wrzasnął Borutka.

Lautenburg szybko założył hełm. W podłużnej wizurze błysnęły złowrogo białka oczu.

W tej samej chwili z krzaków żarnowca świsnęły bełty kusz. Krzyżackie konie, okryte kropierzami, szkolone do boju, odpowiedziały wyniosłym rżeniem, jakby ostrzał ich nie dotyczył. Rycerze w białych płaszczach osłonili się trójkątnymi tarczami. Lautenburg uniósł się w siodle, obrócił i widać było, że zdał sobie sprawę z powagi sytuacji.

— Do boju! — krzyknął, wskazując kierunek i ruszył w prawo, wprost ku czekającym na jego wojsko Małopolanom.

— Wawel! Wawel! — dało się słyszeć z ich strony.

Władysław widział, jak Lautenburg zjeżdża z traktu, jak wysforował się na prowadzenie. Przy nim równym tempem podążał chorąży.

— Za mną! — krzyczał komtur.

Krzyżacy wyjmowali miecze w pośpiechu, formując szyk. Konie same prowadziły ich na rycerzy sandomierskich, krakowskich i tarnowskich. Król dostrzegł Wilhelma Drugetha, jego chorąży trzymał proporzec z trzema wrończykami. Węgrzy, z wiadomych przyczyn, nie stanęli do walki pod chorągwią Caroberta. Zasłoniła neapolitańczyka wysoka sylwetka Spycimira Lelewity. Wojewoda z uniesionym mieczem poderwał wojsko. Z szeregów polskich uniósł się bojowy krzyk. Przez krótką chwilę widać było dwie zbliżające się ku sobie linie. Starli się. Rżenie koni zlało się z wrzaskiem:

— *Gott mit uns!*

— Bóg z Królestwem!

— Chronić króla! — warknął w tej samej chwili Grunhagen i Toporczycy pochylili gotowe do pchnięcia kopie.

Większość sił krzyżackich ruszyła za Lautenburgiem na ściernisko, ostrzał kuszników kujawskich nie ustawał, gdy traktem nadciągali kolejni. Kolumny braci sariantów w szarych płaszczach z półkrzyżem, skrytych pod żelaznymi rondami kapalinów. Rozległ się wściekły kwik ranionych koni. Wierzchowców sariantów nie chroniły końskie zbroje. Kilka z nich padło, tarasując trakt. Ale już nadchodził następny oddział.

Piesi knechci, którzy w milczeniu przeciągali tarcze z pleców na lewe ramię i osłaniali się przed bełtami kuszników. W prawym unosili tasaki, topory lub plebejskie kordy. Jedni mieli proste, żelazne hełmy, inni tylko kolcze czepce. Schodzili z traktu na pole bitwy równym, niezachwianym rytmem, ze wzrokiem utkwionym w oddalającym się proporcu Lautenburga. Dopiero ostatnia czwórka knechtów, jak na komendę, spojrzała wprost. Na króla i strzegący go oddział. W oczach pierwszego knechta było zdumienie; u drugiego pogardliwe wydęcie ust, u trzeciego tępy, niewidzący wzrok. Czwarty przeżegnał się kordem i zasłonił tarczą. Zeszli z traktu, już nadjeżdżała lekka krzyżacka jazda. Jeźdźcy zatrzymali się na krótką chwilę na drodze, próbując się zorientować, w czym rzecz, ale już zepchnął ich z traktu ostrzał polskich kuszników, kierując w bok, wprost na ściernisko, jakby zaganiając na pole bitwy. Nie ociągali się. Skręcali posłusznie, z krzykiem pędząc na ratunek oddziałom Lautenburga.

— Mamy przewagę! — zawołał Grunhagen.

— Nie sądzę — krzyknął nadjeżdżający od obozu Paweł. — Z Lautenburgiem był oddział komturów Świecia i Golubia. Czekamy jeszcze na oddziały Anhalta z Nieszawy i Bocka z Pokrzywna. Wtedy dopiero będzie straż tylna.

Ledwie zdążył to powiedzieć, jak nadciągnęli. Tym razem przodem szła lekka jazda.

Kusznicy kujawscy powitali ich strzałami z lewej, zmuszając do ujścia na prawo. Z kwikiem padały kolejne konie. Na trakcie już piętrzyła się nieprzejezdna barykada rannych ludzi i martwych zwierząt, z ponurym okrzykiem wbiegli między nie piechurzy kujawscy z toporami i nożami, dobijając poturbowanych jeźdźców i knechtów. Władysław wyczekał tylko tak długo, aż Paweł wskazał mu proporzec zjeżdżającego z traktu komtura Anhalta.

— Za mną! — zawołał król i ruszył na pole bitwy, okrążając walczących od tyłu.

Widział chorągiew wojewody Spycimira, ale widział też, że po nadciągnięciu posiłków świeckich i nieszawskich szeregi Małopolan ugięły się i przewaga przestała być tak oczywista.

— Mojmira, bijemy się! — warknął, pochylając się nad końskim grzbietem.

Jadący przed nim Toporczycy kopiami zmietli z siodeł obracających się naprędce krzyżackich szarych braci. Jeden z nich chlusnął krwią spod ronda kapalina. Przez chwilę Władek był nieosłonięty; Mojmira wykorzystała to dobrze. Skoczyła ostro w bok, wyhamowała w miejscu i król mocno ciął z góry nadjeżdżającego rycerza w białym płaszczu. Klacz natychmiast ruszyła dalej, rozdymając chrapy.

— Jesteś tak dzielna, jak piękna — szepnął do niej, obracając mieczem w powietrzu.

Dojrzał kilku dinerów z oddziałów tylnych Pokrzywna lub Nieszawy, którzy straciwszy włócznie, sięgnęli po kusze. Z dala od głównej bitwy, zaparci w wysokich strzelniczych siodłach celowali do Małopolan wyjeżdżających z kłębiącego się zwartego tłumu.

Nie poczuł deszczu; nie rozpoznał chwili, w której lunęło. Zobaczył krople spadające na łeb klaczy i na swoje ostrze. Wysoko uniesione, wyciągnięte daleko, przedłużające jego ramię. Królewską prawicę. Z naprzeciwka nadjeżdżał Krzyżak, komtur pokrzywnicki ze straży tylnej, o ile dobrze zapamiętał barczystą sylwetkę. Gotował się do ciosu, rozpędzał konia, by zajechać Władysława z lewa. Mojmira zręcznie zmieniła kierunek biegu i przed samym Krzyżakiem zakręciła tak, że król miał go po prawej stronie. Miecz sam znalazł miejsce, Władysław nie składając się do ciosu, pchnął zaskoczonego komtura wprost pod wzniesione do uderzenia prawe ramię. Zobaczył, jak w wizurze hełmu martwieją przerażone oczy, jak miecz komturowi wypada z dłoni, a dopiero potem spod pachy bucha strumień krwi. Mojmira zarżała, tańcząc na tylnych nogach.

— Wawel! Dobić ich! — dochodził go z daleka zachrypnięty okrzyk wojewody Spytka.

Władysław obrócił się. Już doskakiwali do niego Toporczycy z mieczami gotowymi do odparcia ataku. Borutka nieopodal bez miecza, gołymi rękami, dusił giermka komtura Pokrzywna. Ten martwy zsunął się z siodła, ale noga utkwiła mu w strzemieniu. Wisiał z końskiego grzbietu. Przerażony, zdezorientowany wierzchowiec unosił go na obrzeża bitwy, w stronę niedożętych łanów żyta. Powietrze nad nimi zadrżało, zafalowało i dało się słyszeć przeciągły syk.

— Co jest? — krzyknął nadjeżdżający Grunhagen. — Co tak syczy? — I nie czekając na odpowiedź, pognał dalej.

— Gdzie Lautenburg? — zawołał Władysław. — Chcę go mieć!

Mojmira posłusznie okręciła się razem z nim, szukając komtura chełmińskiego. I wtedy zobaczył, że od strony traktu nadjeżdża kolejny oddział krzyżacki.

— Odsiecz z Torunia! — usłyszał krzyk w szeregach zakonnych.

— Almenhausen! Almenhausen — powtórzyło się z różnych stron parokroć.

Oddział wjeżdżający na pole bitwy mógł liczyć dwunastu szarych braci i trzykroć tyle bojowej służby. Władysław i jego osobista drużyna byli najbliżej, ruszyli naprzeciw toruńskim odwodom. Wypatrywał dowodzącego komtura. Owego Almenhausena, co jak zbawienie przybył na pomoc Lautenburgowi. Widział tylko szare płaszcze, żadnego białego.

— *Isten, Isten!*... — dobiegło go charczenie.

Jakiś Węgier kona — zrozumiał. — Boga wzywa...

— *Isten*...

Leżał zgięty wpół, bezradnie próbując zdjąć hełm.

— Jarota! — wezwał giermka Władysław i wskazał na Węgra. — Z konia. Pomóż mu, odciągnij na bok, żeby nie stratowali. W to żyto go zabierz!

— Rozkaz — zawołał Jarota, zeskakując z siodła.

Mojmira ruszyła przed siebie, jakby szukając zaczepki. Królowi mignął wysoki, wręcz olbrzymi półbrat w szarej opończy z zarzuconym na twarz kapturem. Był pieszo, sięgał ręką na plecy, do kołczanu. Mojmira wyminęła go, a gdy Władysław obejrzał się za siebie, zarżała ze złością. Wypatrywał białych płaszczy rycerzy i proporców komturów.

— Gdzie Lautenburg? — krzyknął.

— W tamtej matni — pokazał mieczem kierunek przejeżdżający obok Ogończyk. Nagle Paweł zawrócił do Władysława. — Gdzie Toporczycy?! — wykrzywił się wściekle.

Król nie odpowiedział. Pokazał Ogończykowi głową biały płaszcz.

Komtur jechał, leżąc na końskiej szyi. Z jego pleców sterczała długa strzała. Strugi deszczu moczyły zakonny płaszcz, rozmywając krew płynącą spod grotu strzały, tak że czerwoną plamą zalała cały czarny krzyż.

— Kto to?

— Hugo von Altenburg, komtur toruński — odpowiedział Ogończyk i przeżegnał się odruchowo.

Dostał w plecy? — zdziwił się Władysław, ale nie zmartwił. Nie było czasu. Jechała na nich trójka szarych braci. Ścisnął kolanami Mojmirę, korzystając z tego, że Toporczykowie walczyli z boku i znów mógł sam ruszyć do bitwy. Klacz skokiem poszła ku nadjeżdżającym, dodając mu siły swego pędu. Jeden z Toporczyków krzyknął:

— Do króla!

Władysław już krzyżował miecz z jeźdźcem w szarej opończy. Jak spod ziemi wyrósł przy nim Borutka. Po lewej Grunhagen.

— Pada… — warknął Grunhagen.

— …trup krzyżacki — odpowiedział mu Wrończyk.

— Leje…

— …się krew wraża….

Deszcz leje — zorientował się wreszcie Władysław.

Zobaczył, jak Borutka wyrywa krótką, lekką włócznię z rąk krzyżackiego dinera.

Pociemniało nagle. Błyskawica rozcięła niebo. Zew pociągnął króla w kolejny wir walki. Mojmira rżała nisko, aż czuł za każdym głosem drżenie całego jej grzbietu. Biegła jak opętana. Władysław przez strugi deszczu ciął, parował i uderzał. Trafiał, choć szedł na oślep. Każdy jego cios kończył krzyk krzyżackiego wojaka. Białego rycerza. Szarego sarianta. Giermka. Dinera z kuszą. Knechta wypuszczającego topór z dłoni. Wciąż nie widział wielkiej sylwetki Lautenburga.

Gruchnął piorun. Mojmira stanęła dęba, z całych sił pochylił się do jej szyi, garścią przytrzymał grzywy, by nie spaść z siodła. Klacz opadła na cztery kopyta, ugięła lekko nogi, amortyzując skok.

— Co w ciebie wstąpiło, dziewczyno? — sapnął, czując, jak serce wali mu niczym młotem. — Chciałaś mnie zrzucić?!

W blasku kolejnej błyskawicy zobaczył jednocześnie: Borutkę celującego włócznią i komtura Lautenburga, który się przed nią osłaniał. Włócznia z impetem wbiła się w tarczę. Komtur chełmiński odsunął ramię z tarczą i spojrzeniem szukał Borutki. Wrończyk uniósł się w strzemionach i ruszył w jego stronę. Władysław kolanami ścisnął Mojmirę, kierując ją za Borutką. Huk pioruna wydawał się przetaczać wprost po walczących. Mojmira z dzikim rżeniem skoczyła w stronę Lautenburga. Władysław wyciągnął ramię z mieczem. Dawne inskrypcje króla banity zdawały się jarzyć własnym światłem. Szedł łeb w łeb z Borutką, ale komtur chełmiński zniknął.

— Zapadł się pod ziemię! — krzyknął wściekły Wrończyk.

— Ciekawe jak — warknął król, wyhamowując klacz. Drżał na całym ciele.

— Nie ma go! — Borutka obrócił się konno. — Nie ma sukinsyna z krzyżem.

Dopadł do nich Paweł Ogończyk.

— Królu! — zawołał. — Nie walcz, tylko wydawaj rozkazy. Bo nas rozniosą! — Mieczem wskazał na załamujące się pod naporem posiłków toruńskich lewe skrzydło wojsk małopolskich.

Władysław zaczerpnął tchu.

Kusznicy w bezładnym rozgardiaszu bitwy byli bezużyteczni.

— Wezwijcie odwód! — rozkazał. — Oddziały kujawskie z lasu, do mnie!

Wojewoda brzeski Wojciech Leszczyc wyprowadził świeży oddział. Ramię w ramię z wojewodą jechał Andrzej Pomian z turzym łbem na tarczy. Władysław czuł, jak drży pod nim Mojmira, jak on sam trzęsie się i rwie go do bitwy. Ale Paweł Ogończyk, najstarszy z jego druhów, nie silił się na konwenanse. Przytrzymał go i zmusił do dowodzenia. Borutka i Grunhagen rozjechali się z rozkazami.

Burza z ciężkim pomrukiem przesunęła się za las, z którego wyszli kujawscy, i dalej, jakby sunęła na północ, gdzieś na Włocławek. Deszcz lał się z nieba grubymi kroplami, ale słabł z wolna. Rżysko rozmiękło od wody i setek końskich kopyt.

— Brać jeńców — rozkazał Władysław. — Zbierać rannych.

Wojewoda Wojciech nowymi siłami docisnął Krzyżaków, ale ci, na przekazywany z ust do ust rozkaz Lautenburga, zbili się w grupę, koń w koń, tarcza w tarczę i zamknęli półkolisty szereg, chroniąc swych rannych, ale wciąż siedzących w siodłach braci. Po obu stronach półkola ustawili się konni strzelcy.

Oszczędzają strzały — zrozumiał Władysław, widząc, iż dinerzy nie strzelają raz za razem.

Nikt nie zorientował się, jak zakonni to zrobili, ale musieli uszczuplać szpaler walczących pojedynczo, bo rycerze znikali z niego w sposób niemal niezauważalny i dopiero gdy zostało ostatnich sześciu, jasnym się stało, iż Krzyżacy pod osłoną kuszników wymknęli się z okrążenia.

— Jakby rozpłynęli się w deszczu — wyszeptał pobladłymi wargami Borutka.

— Chciałbym — odpowiedział cicho król. — Wierz mi, chciałbym.

Wojciech Leszczyc wziął w niewolę ostatnich walczących. Oddali się bez słowa.

— Dziwni i honorowi — powiedział Wilhelm Drugeth, podjeżdżając do niego.

— Honorowi? — We Władysławie rozpaliło się nagle. — Wiesz, co to znaczy, że spalili po drodze Kowal? Nie wiesz — rzucił mu w twarz.

— Gród jak gród — odpowiedział węgierski wódz.

— Nie, żupanie — wyjaśnił mu zmordowany dniem Paweł Ogończyk. — Wjechali w granice Królestwa i spalili miasteczko, które dla nas jest symbolem trwania dynastii. W Kowalu narodził się królewicz Kazimierz.

Drugeth skinął głową, najwyraźniej nieprzekonany.

— Podziwiam cię, królu — powiedział. — Stałeś na trakcie, a oni przed tobą skręcali. Jakbyś odbierał honory. — Uniósł brwi i nie czekając na odpowiedź, której nie było, ruszył zbierać swój węgierski oddział.

Deszcz ustał, na polu bitwy było zbyt grząsko, by wjechały wozy po rannych i zdobyczną broń. Władysław poczuł się zmęczony, tak bardzo zmęczony, że pochylił się do szyi Mojmiry.

— Nie przegraliśmy, dziewczyno — powiedział, głaszcząc jej mokrą złotą grzywę. — Ale i nie pokonaliśmy ich z kretesem. To tak, jakby pić z rozbitego dzbana, rozumiesz? Napijesz się, a nie wypijesz do końca. Nie wiesz, ile ci przez palce przeciekło... uciekło... Uciekli, zniknęli z pola bitwy...

Poczuł na plecach ciężar zbroi, kaftana, mokrego od ulewy płaszcza. Jego zmęczony wzrok padł na przygięte burzą łany żyta na obrzeżach bitewnego pola pod Brześciem. Zobaczył dziesiątki lśniących punktów. Łan zafalował, wydając syk, jak drapieżne zwierzę.

Dziwne — przebiegło przez głowę Władysławowi. — Mokre zboże nie faluje.

W pierwszej chwili pomyślał, że jasne punkty to krople wody odbijające światło. Ale słońce nie wyszło zza chmur. Łan znów zaszumiał i teraz wydawało się, że idzie z niego złowrogi czarci chichot.

Mam mroczki przed oczami — zrozumiał.

— Panie — podjechał do niego jeden z jego Toporczyków. — Panie.

Władysław z trudem uniósł się z szyi klaczy.

Ogończycy, Marcin i Paweł, podjechali, a miny mieli nietęgie.

— Wyjątkowo mało rannych zebraliśmy — powiedział, odchrząkując, Marcin. — I poza szóstką ostatnich Krzyżaków żadnych jeńców. Nie wiem, jak to wyjaśnić, panie — podrapał się w czoło, zostawiając brudny ślad. — Moi ludzie odbierali jeńców w czasie bitwy i tam, o — wskazał na łan żyta — mieliśmy ich powiązanych. Ale teraz nikogo nie ma. Ani jeńców, ani mojej straży. I ledwie kilku rannych.

— Szukaj uciekinierów — rzucił bezbarwnie Władysław i wstrząsnął nim dreszcz. — Dla przykładu musisz ukarać ich śmiercią. Wykradli jeńców, by ich na własną rękę sprzedać Krzyżakom — splunął na ściernisko.

— Przed bitwą powiedziałbym, że za nich ręczę — wymamrotał Marcin Ogończyk. — Zrobię, jak król rozkazał.

Pokłonił się i odjechał. Władysław zerknął w stronę łanu. Nic w nim już nie błyskało, nic nie szeptało. Mroczki — potwierdził. — Miałem mroczki.

— Przepatrzcie jeszcze raz zarośla, zagajnik i las — powiedział do pozostałych. — Ranni nie mogli odejść daleko.

Wojewoda brzeski Wojciech Leszczyc, z dwójką konnych przy boku, podjechał od strony pola. Twarz Leszczyca upstrzona była błotem zmieszanym z krwią.

— Najjaśniejszy panie — głos wojewody brzmiał chropawo. — Krzyżacy uciekli, ale...

Wojciech gorączkowo wpatrywał się w oczy Władysława, jakby oczekiwał, że ten sam się domyśli.

— Co? — zapytał. — Mów wprost.

— Czy król da rozkaz, by ich gonić? — wyrzucił z siebie Leszczyc.

— Gonić? — zdziwił się. — Po co? By ich odprowadzić do granicy? Poharataliśmy ich — spojrzał po polu. — Nic więcej nie zrobią.

Wojewoda chciał coś odpowiedzieć, nabrał powietrza, ale je wypuścił i skinął głową, zmęczony.

— Królu — za ich plecami rozległ się głos Wrończyka.

Mojmira sama się odwróciła. Władysław zamrugał i zmrużył oczy, nie był pewien, na co patrzy. Borutka stał po kolana uwalany błotem, a za nim, na brudnym, skrwawionym płaszczu leżał na brzuchu Krzyżak.

— To komtur Hugo von Almenhausen — powiedział Wrończyk. — Wyjąłem strzałę tkwiącą mu w plecach.

Mówiąc to, podał ją królowi. Była długa, z jesionowego drewna. Miała czarne, lśniące lotki. Dziwny wąski grot z dodatkowymi, ostrymi i zakręconymi zadziorami po obu stronach.

— To nie jest bełt kuszników kujawskich — powiedział Paweł Ogończyk. — To strzała z łuku.

— Krzyżacy mieli kuszników konnych, ale nie łuczników — odezwał się Wojciech Leszczyc, podjeżdżając bliżej, by wziąć z ręki króla strzałę. Władysław zobaczył, że palce wojewody są spuchnięte i zaczynają sinieć.

— Prawda — dorzucił Andrzej Pomian — nie dostrzegłem żadnego, nawet wśród knechtów.

— A ja nigdy nie widziałem łuku tak dużego, by pasowała do niego taka strzała — powiedział Leszczyc, obracając ją w ręku.

— Krucze pióra — dorzucił Borutka, wskazując opierzenie strzały.

Spojrzeli po sobie zaskoczeni. Pytanie cisnęło się samo. Wypowiedział je na głos Paweł:

— Kto upolował komtura toruńskiego?

Władysław zatrzymał wzrok na Grunhagenie. Zielonooki karzeł marszczył brwi, wpatrując się w grot strzały.

HENRY DE MORTAIN nie mogąc z racji na wojnę polsko-czeską wkupić się w łaski wojewody brzeskiego, poszedł za radą joannity z przeprawy i udał się do Gniezna. Tam zatrzymał się na dłużej. Poznał dawną siedzibę polskich królów, ich katedrę koronacyjną i miejsce kultu świętego Wojciecha Adalberta. Przesiadywał w niej całymi dniami, zafascynowany tłumem pielgrzymów, którzy ciągnęli z całej Polski, by pokłonić się relikwiom męczennika. Pewnego dnia zaczepił go duchowny, którego zaciekawił obcy rycerz dzień w dzień siadający w nawie bocznej. Przedstawili się sobie i w ten sposób Henry, jako Mortyr z Trewiru, poznał wikariusza gnieźnieńskiej katedry i mógł u źródeł wyjaśnić tajemnicę relikwii. Dowiedział się, że owszem, Czesi złupili katedrę w barbarzyński sposób, ale ukradli tylko te kości świętego, które spoczywały w martyrium, zaś głowa męczennika, trzymana w osobnej złotej puszce, ocalała i to do niej pielgrzymują wierni. Wikariusz Albert opowiedział mu całą historię świętego. O dwukrotnej ucieczce biskupa z Pragi, o przyjaźni z cesarzem Ottonem III i polskim księciem Bolesławem Chrobrym, o mordzie na całym rodzie Sławnikowiców, o misjach Wojciechowych, o męczeńskiej śmierci, odcięciu głowy, orle, który jej pilnował, złocie, jakim książę Bolesław zapłacił za jego szczątki. O uroczystym *translatio corporis*, przeniesieniu ciała świętego z grobu do ołtarza, co się odbyło tu, w Gnieźnie, w roku milenijnym, gdy młody cesarz stanął boso przed ciałem męczennika. Wszystko to wydało się Henry'emu fascynujące, jakby odkrywał pokryty warstwą kurzu stary złoty fresk. Bywał w Akwizgranie, gdzie Otto III przybył wprost z Gniezna, znał historię otwarcia grobu Karola Wielkiego, a tu, w Polsce, dowiedział się, jakie były tej historii początki. Zapałał ciekawością do przeszłości, prosił Alberta o opowieści o Chrobrym, o Polsce i Czechach sprzed trzech setek lat i nagle dotarło do niego, że nic nie wiedział, nic nie rozumiał. Jakby historia była freskiem przemalowywanym w każdym kolejnym pokoleniu. Teraz czuł się jak odkrywca, który zdejmuje świeżą farbę i znajduje pod spodem historie bogatsze niż te, jakie znał. Wikary, człowiek bystry i światły, widząc fascynację Henry'ego, obiecał mu, że przedstawi go arcybiskupowi Janisławowi, ale niestety, nie mógł tej obietnicy dotrzymać. Gdy tylko ucichły działania wojenne w Małej Polsce, skąd Henry dowiedział się, iż Jan zhołdował Śląsk i wrócił do Pragi, doszło do jakichś rozruchów przy granicy z Mazowszem i arcybiskup nie miał dla gościa czasu. Wikary wyposażył go w listę miejsc związanych z drogą misyjną świętego Wojciecha, większość z nich leżała na terenie państwa zakonnego. Poradził mu również, by z racji niepokojów przekroczył granicę z Zakonem jak najdalej na północy, najlepiej w Grudziądzu i tam udał się do komtura po list żelazny, z którym jako pielgrzym będzie mógł podróżować bez przeszkód. Zasugerował mu, by w Gnieźnie wynajął służbę na drogę, którą odeśle, wjeżdżając w granice zakonne, a tam już komtur pewnie poradzi, co dalej. „Zawsze dobrze mieć miejscowych przewodników" — powtarzał i od razu przypomniało się Henry'emu, że to samo mówili kujawscy rycerze spotkani pod Krakowem.

Przed wyjazdem z Gniezna de Mortain chciał jeszcze zaprosić wikarego na kolację do gospody, ale gdy przyszedł do niego, zastał gościa. Kobietę, na której widok zmieszał się, choć nie potrafił określić dlaczego.

— Matko Jemioło, to niemiecki rycerz pielgrzym, Henryk Mortyr — przedstawił go damie wyraźnie speszony wikariusz.

Henry ukłonił się; ona odpowiedziała tylko skinieniem głowy i uważnym spojrzeniem, od którego wpadł niemal w panikę.

— Matka Jemioła jest przełożoną tutejszych sióstr — wyjaśniał mu Albert, nie precyzując, o jakie zgromadzenie chodzi.

Mniszka czy świecka? — gorączkowo myślał de Mortain, wstydząc się podnieść wzrok. Zauważył zieloną, skromną suknię, takiż płaszcz z olbrzymim kapturem, przy pasie sznur bursztynów, a może bursztynowy różaniec? I to, że przy jej kolanach siedziała duża ruda suka, równie spokojna jak jej pani.

— Czego szukasz, pielgrzymie? — zapytała go.

— Miejsc związanych z męczeństwem świętego Wojciecha — uprzedził jego odpowiedź wikariusz.

— Interesuje cię misjonarz czy jego śmierć? Jesteś jednym z tych poszukiwaczy sensacji, którzy chcą rozwikłać zagadkę krwi przelanej za wiarę? — spytała.

Wikary tym razem nie odpowiedział za niego. Henry zebrał się w sobie i uniósł głowę, by nie mówić do jej stóp.

— Chcę zrozumieć jego drogę — wydukał.

Jej urodę dostrzegł, wchodząc do izby wikariusza, teraz zrozumiał, że piękno tej kobiety nie jest oczywiste. Nie płynie z rysów twarzy, choć tym nie mógł nic zarzucić, ale z siły tchnącej od jej postaci. Znów spuścił wzrok, by uciec od natrętnego wrażenia, że czyta mu w myślach.

— Zatem musisz ją przejść — odpowiedziała, kładąc dłoń na łbie swej suki.

Pożegnał się z Albertem, podziękował za gościnę, pokłonił się damie i wycofał speszony. Przez całą drogę do granicy myślał o tym, co mu powiedziała. Poszukiwacz sensacji, to brzmiało obraźliwie, ale niestety, kryło w sobie sens jego podróży. Ruszył do Królestwa Polskiego jako szpieg króla Jana. Nie wykonał ani jednej części swej misji, bo wojna, najpierw jedna, a teraz druga, pokrzyżowały mu plany. Jednocześnie uznał, że pozostanie w Królestwie, usprawiedliwiając się przed sobą samym brakiem innych rozkazów od Jana. I szedł najpierw ciekaw dziwów kujawskich, których nie zobaczył, a teraz pchała go ciekawość dziwów Wojciechowych. Czy przyniesie swemu panu coś odkrywczego z tej podróży? Czy wróci do Pragi jak pies z podkulonym ogonem, mówiąc: nie wiem, jakie są prawdziwe plany króla Władysława. Bo i skąd ma wiedzieć, skoro na jego dwór się nie dostał?

Na szczęście Henry de Mortain miał naturę odkrywcy, co znaczy, że wpatrywał się w to, co przed nim, a nie w to, co za nim. Uznał, iż podsumuje podróż do Polski, gdy wróci na dwór praski, a w obliczu tego, że właśnie przekraczał granicę polsko-krzyżacką, wszystko jeszcze może się zdarzyć.

Zysk jest taki — pocieszył się w duchu — że opanowałem język.

Pożegnał wynajętą w Gnieźnie służbę i sam jeden wjechał do państwa zakonnego.

Pierwszą komturią na jego drodze było Świecie. Tutejszy komtur rezydował w niewielkim, drewnianym domiszczu nieopodal zakrojonej na olbrzymią skalę budowy. Komtura nie zastał. Zastępujący go wicekomtur Jenlyn oględnie wyjaśnił, iż „komtur Dytryk von Lichtenhain jest nieobecny" i nie wydając mu żadnego listu żelaznego, kazał jechać do Grudziądza, gdyż tamtejszy komtur pełni obecnie funkcję administratora prowincji.

„Tu kraj zakonny — dodał na pocieszenie. — Na drogach spokój. Myto należy uiszczać niezwłocznie przy wjeździe do każdego miasteczka i miasta. Za przeprawę i most osobno. Kto nie zapłaci, jest ścigany z urzędu. Kto zapłaci, może wjechać i wyjechać bezpiecznie. Kupcy mogą składać listy uwierzytelniające u wójtów, obowiązuje prawo składu, cło jest obliczane po okazaniu towaru".

— A pielgrzymi? — dopytał o swoją sytuację Henry.

— Pielgrzymi płacą myto — potwierdził wicekomtur. — Jak każdy podróżny. Wyjątków nie ma, to jest Zakon.

Podziękował i udał się na poszukiwanie gospody. Tam, przy zupie z płoci i węgorzy, dowiedział się, iż komtur Dytryk dostał przymusowy zaciąg i udał się na wojnę.

— Żelaźni bracia wzięli w opiekę mazowieckie książęta — wyjaśnił mu karczmarz, dłubiąc czubkiem noża pod paznokciem kciuka. — Całkiem jak wilki, gdy roztaczają pieczę nad stadem owieczek — zarechotał i wyciągnął coś spod paznokcia. — Cię cholera. Ość mi się wbiła, jak sprawiałem ryby, ot i wyszła.

— A ta budowa, przy której komtur urzęduje, to co takiego?

— Komturię stawiają — odpowiedział karczmarz i possał kciuk. — Przedtem był tu książęcy zameczek, ale jak bracia Pomorze zagarnęli, rozpirzyli zamek i własny będą stawiać. To nowa komturia jest, mojej Zosiulki rówieśnica. Bo wcześniej to tu było księstwo pomorskie, kraj czarnego gryfa. Zosiulka, podaj no gościowi kwasu, bo widać, że mu gorczyca w gardle stanęła. Ja daję całą garść gorczycy na kocioł zupy, lubię, jak w nosie kręci.

Dziewczyna, na oko siedemnastoletnia, przyniosła mu dzban kwasu chlebowego, mógł więc domyślić się, kiedy Krzyżacy zajęli Pomorze. Gdy spłukał gardło, dopytał jeszcze o czarnego gryfa, czy to znaczy, iż stwór ten znany z ksiąg heraldycznych naprawdę żył na Pomorzu i kiedy, ale karczmarz powiedział z niezachwianą pewnością siebie, że gryfy odleciały, gdy nastali Krzyżacy.

— Ostatniego widziano za czasów czarnej wdowy, księżnej Salomei, ale nic więcej nie wiem — dodał.

Henry przenocował w Świeciu i nazajutrz ruszył do Grudziądza. Myto po drodze zapłacił dwa razy i trzeci raz, gdy stanął na przeprawie przez Wisłę, ale prawdę mówił Krzyżak — kraj był spokojny. Gościniec szeroki, dobrze ubity i nikt go nie niepokoił.

— Co to jest? — zapytał przewoźnika, gdy ten brał od niego zapłatę przy wejściu na barkę.

— Komturia w Grudziądzu, panie — odpowiedział tamten. — Obronny, mówią, klasztor.

Henry przepływając Wisłę, podziwiał majestatyczny zamek wzniesiony na jej wysokim brzegu. Dwanaście wielkich ostrołukowych blend z dużymi oknami, jakby Zakon, który reprezentowały, patrzył na przybyszów z góry, mówiąc: „Patrzcie i podziwiajcie, oto jestem". Czerwona cegła murów, lśniąca czerwona dachówka, styl daleki od budowli francuskich czy włoskich, które zachwycały maestrią detalu. Styl potęgi wojennej. Drapieżny klasztor. Henry nazwał go „zamkiem boga wojny", bo w niczym się nie kojarzył z miłosiernym Chrystusem. Wrażenie spotęgowało się, gdy podjechał bliżej. Na wolno stojącej okrągłej wieży pyszniącej się jeszcze ponad i tak już wysokie zabudowania zamku lśniły zielone pasy pokrytych glazurą cegieł, przez co miał wrażenie, że patrzy na gigantyczną kopię turniejową wbitą w ziemię i spiczastym dachem, jak grotem, podtrzymującą niebo. Kiedy podjeżdżał pod bramę, potężne odrzwia otworzyły się, nie dla niego, bynajmniej. Z zamku wyjechał orszak; Henry'emu i innym podróżnym polecono zsiąść z koni i usunąć się na bok.

Przodem jechało dwóch giermków, za nimi chorąży z niedużą, wąską chorągwią z czarnym krzyżem na lśniącej bieli. Potem trzy pary jeźdźców w szarych opończach z półkrzyżem i w kapalinach, hełmach z szerokim rondem zasłaniającym twarz. Ich ponurego, ale budzącego respekt wizerunku dopełniały przytroczone do siodeł szare pawęże z małym czarnym krzyżem w rogu tarcz. Na plecach nieduże kusze jeździeckie, przy pasach miecze.

Jadą na wojnę? — pomyślał Henry.

Za nimi zaś wyjechał Krzyżak, na którego widok Henry schował się za własnym koniem.

— Komtur grudziądzki Zyghard von Schwarzburg! — zawołał herold.

Jak mogłem zapomnieć! — zganił się w myślach. — Schwarzburg był gościem Jana w Pradze, przed Turniejem Zimowego Króla.

Jechał z gołą głową, jasne włosy miał ułożone starannie, nie utrefione zwyczajem dworskich rycerzy w fale, ale wyraźnie natarte pomadą. Biały płaszcz leżał na nim niczym płaszcz książęcy. Trzymał wodze lewą ręką, prawą uniósł, by osłonić oczy przed słońcem.

Żeby mnie tylko nie zobaczył, byle nie poznał, bo będzie ze mnie martwy Mortyr — jęknął w duchu Henry i dotarło do niego, że być może po raz pierwszy w tej podróży szczęście mu sprzyja. Jeśli komtur wyjeżdża z Grudziądza, to ktoś zapewne go zastępuje i przed tym kimś będzie mógł grać pielgrzyma Mortyra bez obawy, iż jego tożsamość zostanie ujawniona.

Tak też było. Grudziądz, w przeciwieństwie do „Świecia w budowie", miał pełną obsadę zakonnej kancelarii i mimo wyjazdu komtura zajęto się listem żelaznym dla pielgrzyma z Niemiec. Dostał garść cennych rad, wśród których te o mycie były na pierwszym miejscu. I wykaz komturii na planowanej trasie, którą rzecz jasna musiał urzędnikowi przedłożyć.

— Kwidzyn, Dzierzgoń, Elbląg. Oddalone od siebie o dzień drogi. O nocleg można prosić w komturiach, ale zaleca się korzystanie z prowadzonych przez nie gospód. Opłata niewygórowana, wliczony posiłek, kwarta wina i udział w nabożeństwie.

— Czy wojna nie zagraża państwu zakonnemu? — zapytał z naiwnością właściwą pielgrzymom.

— Nie — pewnie odpowiedział kancelista. — Ziemie zakonne zawsze pozostają w pokoju, bo Zakon nie prowadzi wojen na terenie swego kraju. Zakon wciela pokonane pogańskie ziemie i zamienia je w kraj stojący Ewangelią.

— Amen — odpowiedział Henry z podziwem. Czy ich tego uczą? — zastanowił się, wyjeżdżając z Grudziądza. — Bezbłędnych odpowiedzi na każde pytanie?

Do Kwidzyna pojechał sam, ale dalej nie odważył się podróżować bez służby. Wynajął młodego chłopaka, syna karczmarza, który często pełnił podobne usługi dla gości.

— Dokąd droga? — zagadnął młodzik. Ojciec mówił, że na imię mu Lubicz, ale gdy tylko wyruszyli, młody powiedział, że wołają go Lubczyk. Jechał na oklep na niedużym, włochatym koniku, które tutaj nazywano swejkami. Henry każdą nową nazwę powtarzał po wielekroć, lubił się uczyć.

— Śladami świętego — powtórzył to, co karczmarzowi. — Chciałbym dotrzeć do miejsca w którym poniósł śmierć męczeńską.

— Aha — lekko powiedział Lubczyk i uśmiechnął się. — Do każdego?

— Nie rozumiem — naprawdę zdziwił się Henry.

Jechali równym, piaszczystym traktem między borami; w Kwidzynie bowiem droga oddalała się na wschód od Wisły.

— Bo ludzie różnie pielgrzymują, zależnie od wiary — wyjaśnił Lubczyk. — Jedni tylko do Świętego Gaju za Cholinem i Dzierzgoniem. Inni tylko do Truso, znaczy do Elbląga. Jeszcze inni idą dalej, na Półwysep Sambijski, gdzie jest wioska Tenkity. A są i tacy, co dla pobożności i pewności wolą obejść wszystkie miejsca. Ja prowadzę tylko do Dzierzgonia i Elbląga, jakby się jaśnie pan pytał. Ale na półwysep mogę polecić przewodnika, jak swoje zrobimy.

Henry zamyślił się. O tym w Gnieźnie nie wspomniał wikariusz, że miejsce kaźni jest nieokreślone.

— A kolejno, to jakby to było? — spytał.

— Dzierzgoń, Elbląg, Tenkity. Tyle że tam na koniec, to jak mówiłem, nie chodzę. Nie mój teren.

— Rozumiem — przytaknął Henry.

— A oprócz miejsca śmierci, co jeszcze jaśnie pana ciekawi? Co pokazać?

— Hmm. Ja jestem ciekaw wszystkiego — pokiwał głową de Mortain. — A co warto zobaczyć?

— O tu, po drodze, będzie osada Sztum, między dwoma jeziorami. Za dawnych dobrych czasów był tam zamek potężny.

— Za czasów czarnego gryfa? — domyślił się Henry.

— Nie, nie — pokręcił głową, aż jasna czupryna wpadła mu do oczu. — Źle się wyraziłem, za złych czasów pogańskich. Prusowie tam mieli warownię, żelaźni bracia ich pokonali sto lat temu i zameczek spalili, ale ruiny są, można pooglądać.

— Chętnie zobaczę — powiedział Henry. — A o Prusach coś mi opowiesz? Co to za lud był? W co wierzył? Jak walczył?

— Lud jest dalej, ino całkiem chrześcijański. Do cna ochrzczony i wierzący — uśmiechnął się Lubczyk, a Henry od razu wytężył słuch, bo przypominało to jako żywo słowa rycerza Andrzeja o Kujawach. — Witingowie, znaczy potomkowie dawnych pruskich wojów, panom zakonnym jako oddziały najemne służą, za co dostają ziemie, a chłopi na nich patrzą i zazdroszczą.

— Nie wątpię — przytaknął chłopcu. — Ale chętnie bym posłuchał o Prusach sprzed stu lat. Jak wyglądali, jak się nosili i tak dalej. Co dzisiaj, to sam pooglądam, ale ciekawi mnie, jak to było, nim nastał Zakon.

— Prusowie ludzkiego mięsa nie jedli, od tego muszę zacząć.

Nieźle — pomyślał Henry.

— Mówię, bo żelaźni bracia różne pogłoski po świecie roznosili. — Lubczyk poprawił się na końskim grzbiecie. — A teraz po kolei. W strzelaniu z łuku, niezrównani. Lepszych strzelców nie było. W rzucie włócznią, nie-za-wod-ni. Ale częściej używali sulic. Szlachetny rycerz wie, co to sulica? Krótsza od włóczni, ale grot ma większy i pod grotem hak. Do miotania, ściągania z koni i walki wręcz. Koniki nasze już rycerz zna, o, jak ten mój, swejk. Przy rycerskim koniu wydają się małe i brzydkie, ale są wytrzymałe, niezawodne i szybkie. Co by tu jeszcze? — Oblizał spierzchnięte wargi. — A, najlepsi wojownicy nosili pancerze z ptasich kości. Oczywiście na skórzany, wzmacniany kaftan, no, można rzec: taka ozdoba, oznaczenie rangi, ale i dawny, odwieczny zwyczaj, żeby wróg wiedział, że noszący taki pancerz wojownik pokonał wielu wrogów.

Czy to na pewno były ptasie kości? — przebiegło przez głowę Henry'emu, ale nie przerwał Lubczykowi.

— Dawniej, bardzo dawno, wojownicy nie obcinali włosów. Wierzyli, że we włosach jest ich siła, nosili je więc długie, pięknie poplecione w warkocze. Tak. Prusowie byli bitni, waleczni niezwykle, dość powiedzieć, że w pierwszych latach, gdy Krzyżaków było ledwie kilku, to tak się tutejszych bali, że nocowali na drzewach — zaśmiał się na całe gardło. — I w pełnym uzbrojeniu! Wodzowie Prusów mieszkali w zameczkach warownych, zawsze budowanych na wyspie na jeziorze albo na wysokim wzgórzu, ale nie na palach — zastrzegł — bo to nie Galindowie.

— Kto? — nie zrozumiał Henry.

— Gal-in-do-wie — powtórzył wolno Lubczyk. — Taki lud, nie za bardzo bratni do nas, tam bardziej na południe. — Pokazał ręką, jakby ci Galindowie mieszkali za lasem. — Oni to na palach pośrodku bagien potrafili chałupy stawiać.

— To ciekawe — zapalił się Henry. — A jak do nich trafiali?

— No, sprytni byli — niechętnie przyznał Lubczyk. — Budowali takie kūlgrindy, ścieżki jakby, tylko że też z bali. Sprytni i zdradzieccy, psubraty, bo pobudowali sieć kūlgrind, tyle że z piętnastu jedna prowadziła do celu, a pozostałe w bagna! — Cmoknął, jakby nieraz się dał na zwodnicze ścieżki nabrać. — Do Galindii ja się nie podejmuję prowadzać. Zresztą, tam teraz nic nie ma. Tylko Wielka Puszcza. A tu, w dawnych czasach, puszcze też były nieprzebyte — pokazał na nawet teraz gęsty, stary bór otaczający trakt. — Jak się obcy zapuścił, nie wyszedł. Zwierza wszelakiego dostatek, bartnicy w lasach takie zbiory mieli, że ludzie nic, tylko miód pili.

— A teraz bogactwo stopniało? Mówią, że Zakon potrafi gospodarzyć.

— Tak — przeciągle powiedział chłopak. — Potrafi pieniądz z lasu wycisnąć. Miód zamienił na srebro, drewno wycina, spławia Wisłą do Gdańska, odkąd miasto w ich rękach, z naszych drzew budują w dalekich krajach. Odłów zwierza prowadzi, ale tylko zakonną służbą. Solone, wędzone, suszone sprzedaje dalej, a co nie sprzeda, zapełnia spichlerz wielki w Malborku, co to mówią, że jakby głód nastał, stolicę mistrza i na dziesięć lat wyżywi. Na każdym skarbie tej ziemi położyli rękę. Jantaru wywieźć z państwa krzyżackiego nie wolno, ba, jak nawet kto wyłowi z morza, musi na skup do komtura odnieść, bo jak znajdą, to i odbiorą, i karę nałożą. To samo z drewnem cisowym, na łuki zdatnym. Za dawnych czasów cis był drzewem świętym, wiadomo. A teraz jest nietykalnym, bo nikomu nie wolno go ściąć na własną rękę. Każden jeden musi trafić do komtura.

— Na co im tyle łuków? — zdziwił się Henry.

— Na wojnę z Litwą, Żmudzią, Polską. To żaden sekret — wzruszył ramionami Lubczyk.

Słuchając zapału w głosie tego chłopca — pomyślał Henry — można domniemywać, że bracia zakonni nałożyli ograniczenia na cis, by miejscowi nie chcieli się potajemnie zbroić.

Zjechali z traktu w węższą, piaskową dróżkę. Las sosnowy cofnął się, dając miejsce liściastemu z brzozą, jaworem, bukiem i dębem.

— Daleko jeszcze? — spytał przewodnika.

— Nie, niedaleko — odpowiedział Lubczyk i jechali w milczeniu długą chwilę.

Henry'emu niezręcznie było znów się dopytywać, ale poczuł lekki niepokój. Las gęstniał i był coraz wyższy, słońce, które szło ku zachodowi, zniknęło za czubkami drzew i na drodze zrobiło się dość ciemno.

— Nie zdążymy wrócić na nocleg — odezwał się po chwili.

— Nie musimy — lekko odpowiedział chłopak — możemy przenocować tam.

— Ale mówiłeś, że to ruiny...

— Zaraz sam pan rycerz zobaczy — uspokoił go Lubczyk.

Wyjechali na skraj i od razu zrobiło się jaśniej. Przed nimi lśniły dwie wielkie połacie szmaragdowych jezior otoczonych lasem i rozdzielonych dużym, wrzynającym się pomiędzy nie półwyspem. Na nim rzeczywiście znajdowały się ruiny jakiejś budowli, ale u jej stóp stały trzy nowe chaty. Dym z kominów, stukanie kowalskiego młota z kuźni, kwik świń i wesołe okrzyki dzieci sprawiły, że Henry poczuł się raźniej.

Tu jest jednak jakieś życie — odetchnął.

Gdy wjeżdżali na półwysep, stukanie młota umilkło i po chwili wyszedł ku nim potężny, łysy mężczyzna w skórzanym fartuchu. Podwinięte rękawy brudnej koszuli odkrywały muskularne ramiona kowala.

— Cześć, Głogu! — pozdrowił go chłopak.

— Lubczyk! Kogo nam przywiozłeś?

— To rycerz pielgrzym, pan Mortyr. Z Niemiec.

Gdy mężczyzna nazwany Głogiem się zbliżył, Henry zobaczył wielką, zabliźnioną szramę na jego łysej czaszce i przeszedł go dreszcz.

— Niech będzie pochwalony! — przywitał się mimo to.

— Niech mu tam będzie — skinął głową kowal. — Pewnie głodni? Zsiadajcie, Jagoda coś tam ma na ogniu. Dzieciaki! — zawołał go biegającej wokół gromadki. — Zabierzcie od gości konie. Napójcie, nakarmcie. Rycerskiego rozsiodłać? — spytał Henry'ego.

— Nie trzeba — powiedział — ja sam później...

De Mortain czuł się nieswojo. Myśl, że musi spędzić tu noc, napełniła go lękiem. Odludzie, kowal wielkolud z raną po toporze albo tasaku, kto wie.

— Może zanim zjemy, zaprowadzę pielgrzyma na ruinki — powiedział Lubczyk, na co kowal przewrócił oczami. — Za to mi płacą — grzecznie wyjaśnił chłopak. — Zapraszam, panie Mortyr, pospieszmy się, zanim zajdzie słońce.

— Co to za osada? — spytał Henry, gdy oddalili się na tyle, że kowal nie mógł ich słyszeć.

— Tutejsza, rodzima — odpowiedział Lubczyk. — Żelaźni bracia zwykle na miejscu każdego zburzonego zamku pruskich wodzów budują komturię, ale tu, na szczęście, jakoś im się nie spieszy, więc kowal z rodziną zajął ten teren i żyją sobie, póki ich Krzyżak nie przegoni. W jednej chacie mieszkają starzy kowala rodzice, w drugiej on z żoną i dziećmi, a trzecia to kuźnia, nic wielkiego.

— Dość odludne miejsce — powiedział Henry.

— Przez to bezpieczne — lekko odpowiedział Lubczyk.

Może żyją tu, by nie płacić Zakonowi danin? — pomyślał Henry. — Po co kowal na takim odludziu? Dla kogo kuje?

Po obu stronach ścieżki wiodącej do ruin stały dwa podobne do siebie głazy. Wyglądały jak rzeźby strzegące wejścia do dawnego zamku. Wydało mu się nawet, że w obu widzi wydrążone dziury, jakby oczy.

— A dlaczego bracia tu nie budują? — Obejrzał się na głazy.

— Trzeba by ich zapytać — wzruszył ramionami chłopak. — Chodźmy, zaraz się ściemni.

Po chwili stanęli przed porośniętą żarnowcem ruiną. Spalone grube belki poprzerastały mchem o barwie tak jaskrawej zieleni, że aż w oczy kłuło. Z trudem można było rozpoznać kształt dawnej warowni, bo na skutek pożaru i porastającej dzisiaj roślinności wszystko teraz wydawało się koliste, a przecież niemożliwym było, by Prusowie, lud prymitywny, pierwotny niemal, umieli stawiać kunsztowne, okrągłe budowle. Henry z uwagą obchodził rumowisko, aż dostrzegł fragmenty podmurówki z kamienia polnego. Ruszył ich śladem i chociaż w kilku miejscach były całkowicie skruszone, to musiał zmienić zdanie. Cokolwiek tu stało, miało kształt okrągły. Odkrycie go zaintrygowało, od razu zapomniał o wcześniejszych lękach. Przeszedł do wnętrza tego dawnego muru, teraz zasłanego nieładem kamieni, osmalonych belek i poprzerastanego krzakami, a nawet drzewami. To, co z daleka wziął za strzęp dawnej wieży, okazało się pniem jesionu, który urósł w środku dawnych murów.

Zaraz, chwila — pomyślał — chłopak mówi, że zburzono zameczek sto lat temu, a ten jesion ma przynajmniej dwakroć tyle. Pień jest potężny.

Zadarł głowę i zobaczył cień sowy zrywającej się do lotu.

— No, czas na nas, panie Mortyr — krzyknął do niego Lubczyk.

— Jeszcze chwilę! — poprosił Henry, oglądając od środka coś, co kiedyś mogło być studnią. Piękna cembrowina — zauważył — z samych białych kamieni.

— Już nie ma czasu — zawyrokował Lubczyk. — Ja wracam.

— Poczekaj, poczekaj. Idę do ciebie! — odkrzyknął, nie ruszając się z miejsca. Zdawało mu się, że w zasypanej studni zapluskała woda.

— Mnie już tu nie ma! — odpowiedział chłopak i rzeczywiście, jego głos zaczął się oddalać.

Henry raz jeszcze pochylił się głęboko nad dawną studnią, ale zobaczył tylko ciemność, nic więcej.

— Hop, hop — zawołał niezbyt głośno, chcąc, by odpowiedziało mu echo.

Nic, cisza. Dziwne — pomyślał. — Głos powinien się odbić od studni.

— Hooop! Hoooop! — spróbował dużo głośniej.

— Powodzenia, panie Mortwy! — ze złością krzyknął Lubczyk, i to, że znów usłyszał swoje złośliwie przekręcone nazwisko, sprawiło, że Henry odskoczył od studni i zaczął przedzierać się w stronę wyjścia z ruin.

Rzeczywiście, słońce zaszło już dawno i zmierzch zapadł jakoś wyjątkowo szybko. Potknął się, noga zaplątała mu się w zielsko, musiał wyszarpnąć ją siłą.

— Tu jestem! — zawołał do Lubczyka, którego nie widział. — Idę!

Przelazł przez dawną kamienną podmurówkę, której nie strawił pożar. Rozejrzał się.

— Chłopcze! — krzyknął.

— Niech pan rycerz nie krzyczy — odpowiedział mu niechętnie Lubczyk. — Chodźmy. Licho nie śpi, licho w nocy się budzi.

Henry ruszył za nim, w stronę blasku bijącego od chat. Lubczyk szedł szybko, de Mortain przyspieszył i zrównał się z nim.

— Co to znaczy, że licho się budzi? W ruinach straszy?

— Nogi sobie można połamać w ciemności, a łuczywa nie brałem, bom nie sądził, że pan rycerz będzie tak się guzdrał — odpowiedział Lubczyk wymijająco.

— Czy dlatego Krzyżacy nie chcą tu zamku stawiać? — naciskał Henry. — Że dzieją się tu jakieś trudne do wyjaśnienia rzeczy?

— Strasznie pan rycerz wścibski. Chciałem pokazać malownicze ruiny i teraz żałuję.

— Nie żałuj, chłopcze. Wiesz, że ci wynagrodzę fatygę. Będziesz miał parę groszy dla siebie, poza zapłatą, którą wziął twój ojciec.

— Ile? — zaciekawił się Lubczyk.

— Od każdej atrakcji zapłacę osobno — zaryzykował Henry. — Ta była pierwsza.

— Dobra — zdecydował się chłopiec. — Ale niech pan nie mówi o tym przy kowalu. On się z moim starym zna…

— Ma się rozumieć — uśmiechnął się Henry. — Lecz i ja mam warunek: płacę tylko za te atrakcje, z których podziwiania wrócę cały.

— Jasna sprawa — powiedział Lubczyk, ale w jego głosie nie było takiej pewności.

— Bo pieniądze, którymi ci zapłacę, mogę odebrać tylko osobiście, w elbląskiej komturii — zaryzykował małe kłamstwo Henry. — Tam mam list zastawny.

Nie miał, ale mógł mieć. Nie było tajemnicą, że Krzyżacy na terenie swego państwa, a także wszędzie tam, gdzie mieli komturie, podobnie jak kiedyś templariusze, oferowali takie usługi podróżnym. Wpłacało się w dowolnej komturii gotówkę, dostawało glejt, na którym stało: ile i komu wypłacić, i na ten glejt można było w innej komturii podjąć pieniądze. Oczywiście za opłatą.

— No, rozumiem — powiedział Lubczyk i szybko dodał: — Pan uważa, tu dziura w ścieżce, po ciemku nie widać, a zęby można wybić. A co szczególnie pana rycerza ciekawi?

Henry zaśmiał się w duchu i poszedł za ciosem, wyliczając:

— Dziwne zwierzęta, wiesz, nietypowe, takie, których nie ma nigdzie indziej. Tajemnicze zjawiska, takie, w które umysł ludzki wątpi, na przykład tam, w ruinach, była zasypana studnia, w której…

— Pan rycerz zostawi tę studnię — szybko przerwał mu Lubczyk. — Może coś innego?

— Dobrze, słyszałem, że na Kujawach można spotkać niezwykłe stworzenia. Strziga, leszi, fąpieszi, wą-pie-rzi — powtórzył, poprawiając się. — Czy u was też występują?

— To nie tak, jak pan rycerz myśli… — odpowiedział mu chłopak.

— Mówiłem, że zapłacę.

— Wiem, wiem, ale nie wszystko… no dobra, zobaczymy, co da się zrobić, tyle że proszę…

— Wiem, nie przy kowalu — zgadł Henry. — On pewnie dobry chrześcijanin i w takie rzeczy nie wierzy?

— Uhmmm… — mruknął Lubczyk. — To kowal jest, on w ogień wierzy i siłę swego kowalskiego młota, w iskrę, co leci z kowadła. Nie ma co mu takimi rzeczami głowy zawracać, bo się zezłości.

Byli już blisko, można było rozróżnić postacie siedzące przy ognisku przed domem, gdy Lubczyk poprosił:

— Pójdzie pan przodem, ja w krzaki muszę, za potrzebą.

Henry uszedł trzy kroki i dyskretnie się odwrócił. Zobaczył, że chłopak wrócił w miejsce, gdzie stały dwa głazy. Pochylił się, wziął coś z ziemi i położył na nich, a potem pędem wrócił do niego.

Zapytam, jak stąd wyjedziemy — obiecał sobie Henry.

Podeszli do chałupy kowala. Drzwi od domu były szeroko rozwarte, gospodarze siedzieli na ławach, na zewnątrz. Nad ogniskiem kołysały się dwie żelazne kratownice, zawieszone na pałąkach. Na górnej kowalowa przewracała jakieś ładnie przypieczone kawałki mięsa, tak że tłuszcz kapał na leżące na niższej rusztowinie placuszki.

— Widać, że domostwo kowala — Henry pochwalił wynalazek. — Bardzo to udana rzecz. I jak widzę, praktyczna.

— Siadajcie. — Głóg pokazał im wolne ławy pod ścianą chałupy.

Lubczyk dosunął je do ogniska.

— Pamiętałeś? — spytał kowal, nieznacznie zerkając w stronę ruin.

— Tak — odpowiedział Lubczyk. — Dzieciaki śpią? — spytał.

— A tam, śpią — otarła grzbietem dłoni czoło kowalowa. — Latem nie można ich zagonić, dopiero jak ojciec huknie…

— Daj spokój, Jagoda. — Kowal popijał coś z kubka i wydawał się pokojowo usposobiony. — Kwasu? — spytał gości.

— Bardzo chętnie — odpowiedział Henry.

— Ja bym piwa wolał — powiedział Lubczyk. — Zwłaszcza jeśli takie dobre jak zawsze.

— Umiesz się przygadać — zaśmiała się kowalowa i przyniosła dwa dzbany. Jeden postawiła przy Henrym, drugi przy Lubczyku. — No, pij młody, sama warzyłam.

Po chwili zdjęła z rusztowiny kawałki mięsa, każdy położyła na placku i podała gościom. Dzieciaki zjawiły się w kręgu światła jak spod ziemi. Chwyciły po placuszku, zachichotały i uciekły.

— Zjeść i spać — odezwał się do znikających jasnych koszulin leniwym głosem kowal.

— Miałeś huknąć — upomniała.

— Daj spokój, Jagoda — powtórzył i pociągnął z kubka.

— Bardzo smaczne — pochwalił gospodynię Henry. — Chyba nie znam tego mięsa.

— Bóbr — powiedziała. — Dzieciaki pułapki stawiają po tamtej stronie półwyspu.

— Nie jadłem wcześniej — odrzekł zgodnie z prawdą.

— Ogony bobrowe uchodzą za przysmak, ale mojemu nie smakują, więc psom daję — powiedziała kobieta. — Jedzcie, jedzcie, dołożę. Głóg najadł się wcześniej, jak żeście w ruinach byli.

Kowal rzeczywiście nie jadł; wyciągnął się wygodnie i wpatrywał w ogień. Henry raz po raz zerkał na jego potężnie umięśnione ramiona i plecy. I na szramę na czaszce. Gdzieś, od strony kuźni, dało się słyszeć śmiech dzieci. Kowalowa przysiadła na ławie i przegryzała placek.

— Dokąd droga? — zagadnął kowal.

— Pan rycerz chce odwiedzić wszystkie miejsca, w których, jak mówią, zginął ten biskup męczennik.

— Co? — skrzywił się gospodarz.

— Głośniej mów — podpowiedziała kowalowa i pokazała na uszy. — Głogu cały dzień walił młotem w kuźni. A co do biskupa, nie mógł zginąć w tylu miejscach, do ilu ciągną pielgrzymi — zaśmiała się.

— A wy, miejscowi, jak sądzicie? Które to z miejsc było? — zapytał Henry.

Kowal nie drgnął, wpatrywał się w płomienie. Jego żona zerknęła na niego, potem na Lubczyka.

— Różnie gadają — powiedziała po chwili. — Najczęściej, że Święty Gaj.

— To niedaleko komturii w Dzierzgoniu — przypomniał Lubczyk. — Tam najpierw pojedziemy.

— Skoro to przy komturii, pewnie bracia postawili jakieś sanktuarium.

— Niekoniecznie — odpowiedziała Henry'emu kowalowa.

— Jest kapliczka i posąg bez głowy — w głosie Lubczyka zabrzmiała zachęta. — Bo pan rycerz wie, że temu świętemu głowę odcięto. Posąg jest bardzo udatny, naprawdę warto zobaczyć.

— Dlaczego Krzyżacy nie uczcili świętego? — głośno zadał dręczące go pytanie Henry.

— Uczcili — powiedział kowal i przeniósł wzrok z płomieni na niego. — Bitwą pod Dzierzgoniem i wycięciem w pień Prusów. A potem w tym miejscu ustanowili komturię. Podróżujesz, rycerzyku, po państwie krzyżackim i jeszcze się nie zorientowałeś, że oni czczą tylko jednego bożka? Swój Zakon. — Głóg patrzył mu w oczy i w tym spojrzeniu było coś nieokreślonego. Złość, zarzut, pogarda?

Henry de Mortain chciał coś powiedzieć, ale właściwie co miał dodać? W niezręcznej ciszy usłyszeli pohukiwanie puszczyka, Henry się wzdrygnął. Po chwili dał się słyszeć straszny pisk dzieci. Poderwał się z ławy i spojrzał na kowala z przestrachem.

— Spokojnie — odpowiedział Głóg. — Goście idą.

Kowalowa, jakby nigdy nic, dorzuciła do ognia i przekręciła kawałki ostygłego mięsa na rusztowinie. Krzyki dzieci zbliżały się do nich.

— Straszny, straszny! — wołała dziewczynka.

— Brzydki, brzydki! — przekrzykiwał ją chłopczyk.

Henry stał, nie wiedząc, co robić; gospodarze i Lubczyk nie reagowali. W krąg światła wbiegła dziewuszka.

— Przyprowadziliśmy strasznego brzydala, mamuniu! Błąkał się sam po lesie!

— I powiedział, że jest tak głodny, że zjadłby i dziecinę! — wytrajkotał chłopczyk, zatykając się od emocji.

— Byleby była dobrze wypieczona — usłyszeli męski, niski głos i do ognia podszedł mężczyzna. Stał na tyle daleko, że widać było tylko wysoką, barczystą sylwetkę. — Jagódko, siostrzyczko, dobrze cię widzieć, ciebie też, szwagrze. Gości macie?

— Wędrowny rycerz, Lubczyka znasz — powiedział Głóg i podniósł się od ognia, robiąc krok w stronę przybysza. Ten zbliżył się i Henry zobaczył, że ma długie, splecione w dziesiątki warkoczyków włosy. A na skórzanym kaftanie pancerz z ptasich kości. Henry rzucił spojrzenie Lubczykowi, chłopak zrobił głupią minę. Głóg i gość uścisnęli sobie prawice, chwytając się za łokcie.

— Dawno u nas nie byłeś, Półtoraoki — powiedział gospodarz. — Spocznij przy ogniu.

ZYGHARD VON SCHWARZBURG długim krokiem szedł przez dziedziniec nieszawskiej komturii. Widział końskich medyków w skórzanych długich fartuchach opatrujących rany bojowych rumaków. Delikatnie oczyszczali im kopyta, przemywali poranione pęciny, smarowali maścią odparzenia i krwawe otarcia po ciężkich siodłach. Konie znosiły te zabiegi spokojnie. Z drugiej części podwórca słychać było jęki ludzi. Infirmeria w niedużej nieszawskiej komturii nie mogła pomieścić wszystkich rannych. Ze względu na suchą, słoneczną pogodę ustawiono przed nią otwarty namiot szpitalny. Na polowych łóżkach leżeli bracia sarianci, a wprost na ziemi, na noszach — knechci. Ci ostatni wyglądali najgorzej. Obandażowane głowy skrywały rany po bełtach, sączące się krwią opatrunki na ramionach i plecach wskazywały miejsca cięć mieczem, tasakiem czy najgorszych uderzeń toporem.

Zyghard odwrócił wzrok. Nie dlatego, że nie mógł znieść widoku cierpienia, ale poczuł się niezręcznie. Wśród leżących na zewnątrz nie było żadnego z braci rycerzy. Dla nich, jak dobrze wiedział, były miejsca na wygodnych łóżkach w infirmerii.

Z kaplicy dało się słyszeć śpiew. Kolejna z mszy żałobnych — pomyślał, zaciskając szczęki. Zakonni kapłani i klerycy odśpiewywali je pojedynczo, jeden po drugim, by uczynić poległym komturom drogę do raju znośniejszą. Drzwi kaplicy były otwarte, do mrocznego wnętrza wpadał snop światła ze słonecznego podwórca, śpiew kleryka mieszał się z radosnym świergotem ptaków obsiadających lipę rosnącą przy studni. Zyghard zatrzymał się w pół kroku. Spojrzał na dwie trumny osłonięte białymi płaszczami. Jeszcze przed chwilą nie chciał wchodzić, ale zmienił zdanie. Zmrużył oczy, by wzrok przyzwyczaił się do półmroku rozświetlanego jedynie płomieniami świec. Tak, słyszał, jak zginął Hugo von Almenhausen, ale tego, co zobaczył, się nie spodziewał. Brunatna plama krwi na płaszczu okrywającym trumnę Hugona była tak wielka i wymowna, że zniknął pod nią czarny zakonny krzyż. Zyghard ugiął kolano i klęknął przy trumnie.

— Pomszczę cię — wyszeptał zamiast modlitwy i zastukał pięścią w bok trumny.

Wstał i dopiero gdy odwrócił się, by wyjść, zobaczył, że prócz dwóch ustawionych przed ołtarzem trumien komturów, Hugona i Teodoryka, wzdłuż ścian kaplicy stoją kolejne przykryte białymi płaszczami. Pokiwał głową, jakby je liczył, i wyszedł na zalany letnim słońcem dziedziniec. Wystawił twarz na promienie, przymknął oczy na chwilę. I z góry, z otwartego okna, usłyszał *Pater noster*.

— Psiakrew! — zaklął głośno. — Znów się spóźniłem!

Do sali konwentu wszedł, wyczekawszy, aż mistrz powie „Amen". Werner von Orseln nie skarcił go, o dziwo.

— Siądź, gdzie wolne — powiedział zamiast tego zmęczonym głosem.

Najbliżej mistrza siedział gospodarz, szczerbaty komtur Nieszawy, Herman von Anhalt. Obok niego Lautenburg, jako komtur ziemi chełmińskiej i wódz tej nieszczęsnej wyprawy. Dalej walczący w niej komtur golubski i komtur świecki, potem było kilka miejsc wolnych i samotny Luther. Naprzeciw niego, wyraźnie osobno, siedzieli Otto von Bonsdorf i Henryk Reuss von Plauen.

Ciekawe — pomyślał, Zyghard zajmując miejsce obok Luthera. — Świętoszki się rozdzieliły i wszystkich nie wezwano. Że Czerwony Wilk z Bałgi nie przybył, to logiczne. Za daleko. Oettingena też z Elbląga nie ściągnięto, choć jako wielki szpitalnik mógłby ruszyć tyłek i lepiej zadbać o rannych. Pulchnego Markwarda zaś pewnie Luther zostawił na czatach w Dzierzgoniu.

— Mów, Ottonie — wielki mistrz wywołał Lautenburga.

Oblicze potężnego, niedźwiedziowatego komtura ziemi chełmińskiej poczerwieniało, ale jeśli Zyghard miał nadzieję, że ze wstydu, to rozczarował się od razu.

— Wielki sukces wojsk zakonnych — obwieścił dumny Lautenburg. — Po spaleniu Kowala i bitwie pod Brześciem przeszliśmy jak burza przez Włocławek. Ziemie biskupa Macieja spalone, splądrowane, wzięci brańcy i bydło...

— I trupy dwóch komturów na dole! — przerwał mu Zyghard. — Dwóch komturów i pięciu rycerzy! Ile strat w półbraciach? Ile w bojowej służbie? To chcesz przeliczyć na zagrabione bydło?

— Wojna niesie ofiary — skwitował Otto.

— Mieliście operować wyłącznie na terenie księstwa płockiego — uniósł się wielki mistrz i jasnym się stało, iż jego spokój sprzed chwili był pozorny. — A nie wywoływać wojnę z Polską! Daliście się wciągnąć w zasadzkę małemu królowi.

— Jego kanclerze już pewnie listy wysłali do papieża — dobił Lautenburga Zyghard. — A biskup włocławski własne. Wszystko, co Luther osiągnął po brandenburskiej rejzie króla, zaprzepaszczone. Już nie można będzie szafować „sojusznikiem pogan", gdy ma się na sumieniu spalenie dóbr biskupa, który nie był stroną konfliktu!

— Nie chcę wojny — powiedział zwykłym, cichym głosem Werner von Orseln, gdy Zyghard zrobił przerwę na nabranie tchu.

— Za późno — Schwarzburg był rozpędzony — Lautenburg właśnie ją wywołał!

— Poprośmy o rozejm — odezwał się milczący do tej pory Luther.

Zyghard spojrzał na niego zdumiony. Rozejm? Przecież do tej pory to Luther dążył do zwarcia, nie krył się z tym ani razu.

— „W wyniku najazdu króla na sprzymierzone z Zakonem księstwo płockie bracia rycerze z ziemi chełmińskiej lojalnie wykonując obowiązki wobec sojusznika, stanęli do jego obrony. Podczas powrotu z działań wojennych doszło do przypadkowych zamieszek w okolicy Włocławka, sprowokowanych przez stronę polską" — wyrecytował Luther monotonnym głosem i lekko oparł ciężar ciała na dłoniach położonych na stole. — Takie oświadczenie powinna wydać kancelaria w Malborku.

— A rozejm? — ironicznie spytał Zyghard.

— Jeśli ktoś może go uzgodnić bez zbędnego szumu, to ty — odpowiedział szybko wielki mistrz. — Zyghardzie von Schwarzburg, wszyscy wiemy, że tak jak ja, jesteś przeciwnikiem wojny z Polską. Tobie król Władysław uwierzy.

— W to, że rejza Lautenburga była przypadkiem, a spalenie Kowala zbiegiem okoliczności? — skrzywił się otwarcie Zyghard i obrzucił komtura ziemi chełmińskiej najzimniejszym ze swoich spojrzeń.

— Nie wnikam, jak to załatwisz — zdjął sobie problem z głowy Werner. — Wiem, że zrobisz to dobrze.

— Przyjąłem — skinął głową Schwarzburg, bo z poleceniami przełożonych nie było dyskusji. — Na Matki Boskiej Zielnej zamiast zwyczajowej rejzy litewskiej będą rokowania pokojowe.

— Nie powiedziałem, że zaniechamy podstawowej działalności — łagodnie odpowiedział mistrz. — Komturzy Bałgi i Ragnety dostali normalne rozkazy.

Dlatego Wilk z Bałgi, świętoszek Altenburg, nie przybył — zorientował się Zyghard i postanowił, że skoro czeka go świecenie oczami przed małym królem, przynajmniej przejedzie się po odpowiedzialnym za to Lautenburgu. Odpowiedział więc szybko:

— Rozumiem, że teraz przejdziemy do kapituły win i pozwolimy Lautenburgowi się przyznać, a potem naznaczymy pokutę?

Oblicze komtura chełmińskiego poczerwieniało. Mistrz przekrzywił głowę i patrzył po zgromadzonych, jakby ciekaw był ich opinii. Odezwał się bezbarwny Otto von Bonsdorf.

— Z pewnych powodów byłoby to wskazane — bąknął. — Dla dobra zgromadzenia, by uniknąć błędów na przyszłość.

— I usprawnić organizację wypraw wojennych — dodał siedzący obok Bonsdorfa Plauen.

Rozłam w gronie świętoszków czy ustawka? — skonstatował Zyghard. Dotychczas ludzie Luthera mówili wyłącznie to, co usłyszeli od niego. Ale Lautenburg nie spodziewał się, że jego kompani poprą Zygharda. Rzucił im spojrzenie mało finezyjne, a wymowne.

— Zgadzam się — skinął głową mistrz i kazał Lautenburgowi wyjść na środek sali.

Zyghard wygodnie oparł się na krześle, gdy komtur ziemi chełmińskiej dukając, wyznawał winy. Były tak samo beznadziejne jak on. Wynikające z popędliwości i kompletnego braku chłodnej kalkulacji. Z opisu zdarzeń wyłaniał się Zyghardowi obraz dość klarowny: Lautenburg dał się wciągnąć Polakom w zasadzkę. Wyciągnęli go z ziem płockich, wiedząc, że popędzi za oddziałem Ogończyka jak pies myśliwski. Nie mógł tylko zrozumieć, dlaczego tak późno komtur ziemi chełmińskiej wyruszył do Płocka? I co robił na polu bitwy komtur toruński Hugo von Almenhausen. Tego z przekazu Lautenburga nie dało się nijak odtworzyć. Gdy procedura wyznania win zakończyła się, zapytał:

— Czy Almenhausen przybył pod Brześć, by przekazać wam informacje wywiadowcze?

— Nie mam pojęcia — opuścił ramiona Lautenburg. — Dołączył, gdy walczyłem. Nie zamieniłem z nim ani słowa.

— A jego ludzie? Przecież przyjechał z oddziałem. Ktoś musiał wiedzieć.

— Towarzyszył mu jeden brat zakonny i ten poległ. Poza nimi dwoma w oddziale byli tylko bracia sarianci, przesłuchałem ich. — Otto podniósł na niego oczy z których zniknęła wcześniejsza wściekłość, jakby wyznanie win uspokoiło go. — Wiedzieli tylko, że jadą nas wspomóc.

— Dziwne, że komtur toruński, który odpowiada za wywiad Zakonu, nie wiedział wcześniej o tym, że król Polski zbliża się do granic Mazowsza. — Luther powiedział to, co cisnęło się Zyghardowi na usta.

— Tak — włączył się szczerbaty komtur nieszawski Herman von Anhalt. — Też nam się to wydało dziwne.

— Gdybyśmy dostali wiadomość wcześniej, moglibyśmy zmobilizować więcej wojsk — ciężko pokiwał głową komtur golubski. Prawe ramię miał na temblaku, przez opatrunek lekko przesączała się plama krwi.

— Mogę tylko przypuszczać — odezwał się ostatni z walczących w tej rejzie komturów Ditrich ze Świecia — że Hugo von Almenhausen, którego znam jako człowieka honoru, przybył nam z odsieczą, by zmazać swój wcześniejszy grzech zaniechania. I, jak wiemy, zapłacił za niego życiem.

— Jak i Teodoryk — przypomniał imię komtura Pokrzywna Lautenburg. — Tyle że on zginął chwalebnie, z ręki samego króla Władysława. A nasz nieodżałowany Hugo... — Lautenburg pokręcił głową i przeżegnał się — pewnie już każdy słyszał. Dostał w plecy.

Zyghard zacisnął szczęki. Przywiózł Hugonowi świetne wino z Rusi. Tak, chciał się z nim napić, może i zbratać, a przede wszystkim wypytać, o co chodzi z księciem Leszkiem. Kolejna tajemnica poszła do grobu — skonstatował ponuro.

— Nie dzielcie śmierci na lepszą czy gorszą — powiedział mocno Luther. — Śmierć to śmierć, poniósł ją na polu bitwy, a Polacy odesłali nam jego ciało z szacunkiem.

— Teraz pilną sprawą wydaje się obsada komturii toruńskiej — wtrącił Bonsdorf.

— Sam o tym zdecyduję — uciął mistrz.

Obecni pokiwali głowami.

— Ottonie von Lautenburg — podjął Werner — oczekuję, że po tej nieszczęsnej przygodzie wyciągniesz wnioski. I, jak wspomnieli Bonsdorf i Plauen, opracujesz praktyczne wskazówki na wypadek konfliktu z Polską. Nie chcę tej wojny, ale gdyby Zyghard nie ugrał z królem rozejmu, musimy wiedzieć, co jest nam potrzebne, by pokonać Polaków. A od czasu wojen o Pomorze to było pierwsze spotkanie zbrojne.

Zyghard widział, jak Otto Lautenburg prostuje plecy, jak kiwa głową, jak rośnie w oczach. Nie lubił go, żaden sekret, ale zgadzał się z Wernerem. To najlepsze, co można teraz zrobić.

Rozeszli się. Schwarzburg musiał się szybko przygotować do misji. Luther zaczepił go dyskretnie, gdy większość braci ruszyła do kaplicy na czuwania przy zmarłych.

— Wiem, kto będzie nowym toruńskim — szepnął.

— „Nowy" mówiliśmy na Hugona — odpowiedział Zyghard, pamiętając, iż Luther miał z nim na pieńku.

— Teraz będziemy tak nazywać Ulryka.

— Haugwitz? — uniósł brwi Zyghard. — Komtur domowy Malborka? Ładny awans.

— Uhm. Najszybciej idą w górę kompani wielkiego mistrza. I w ostatnich latach my do nich nie należymy.

My — pomyślał Zyghard. — Więc ma do mnie kolejną sprawę.

— Nie umiemy trafić w gust Wernera — odpowiedział, nawiązując do koszmarnych płaskorzeźb w Złotej Bramie.

— Dlaczego nie spytasz, kto zajmie miejsce Ulryka? — uśmiechnął się Luther.

— Bo lubię cię dręczyć?

Luther parsknął śmiechem i przysunął się jeszcze bliżej. Korytarzem raz po raz przebiegał ktoś ze sług zakonnych.

— Bonsdorf czy Plauen? — strzelił Zyghard.

— Jesteś niezły — mrugnął Luther. — Plauen.

— To nie było trudne — wzruszył ramionami. — Bez powodu nie siedzieliby z boku. Będzie od razu domowym czy tylko zaliczonym w poczet kompanów konwentu malborskiego?

— Kompan, na początek — skrzywił się Luther.

— Ciesz się — podpuścił go Zyghard. — Będziesz miał dostęp do malborskich sekretów.

— Może tak, może nie — kwaśno odpowiedział Luther. — Masz to, o co prosiłem?

Schwarzburg skinął głową, odwrócił się i ruszył korytarzem. Luther za nim. Zbiegł po schodach, słysząc za sobą tupot komtura Dzierzgonia. Wyskoczył na dziedziniec i jeszcze przyspieszył, a potem stanął nagle i Luther wpadł na niego, zaskoczony.

— Nie musisz za mną biegać — powiedział Zyghard z miną niewiniątka. — Jeszcze ludzie zobaczą.

Na dziedzińcu było pusto, bracia zgromadzili się w kaplicy, służba korzystała z chwili przerwy. Luther zaczerwienił się; kpina Zygharda była szczeniacka.

— Dotrzymuję słowa, bo lubię — powiedział Schwarzburg i pokazał, że muszą iść do stajni. — Nie zdążyłem rozpakować sakw.

Luther nie odzywał się, speszony. Zyghard przeciwnie, bawił się doskonale.

— Mam nadzieję, że przyjechałeś z jakimś zdolnym skrybą? — powiedział, odnajdując na kołku swoje sakwy. Otworzył je i wyjął tubę z pergaminem.

— Dlaczego pytasz? — Ciemne oczy Luthera zalśniły w półmroku stajni.

— Masz dwa dni, żeby zrobić kopie — odpowiedział. — Chyba nie sądziłeś, że podaruję ci je na zawsze?

Luther przygryzł wargę. Zyghard otworzył tubę i wyjął pierwszy pergamin. Rozwinął go i pokazał Lutherowi. Bożek o trzech twarzach narysowany czarnym atramentem, pewną kreską Kunona. Oczy bożka niczym otwarte na oścież wrota sześciu równoległych piekieł. Mroczne otchłanie, skrywające pustkę, która przyciąga wzrok bardziej, niż chrześcijaninowi wypada. A poniżej zręczny szkic przedstawiający klęczącego łucznika. Napięte muskuły. Naciągnięta cięciwa. Strzała wycelowana wprost w patrzących.

Luther westchnął głęboko i szepnął:

— Nawet gdybym przyjechał z iluminatorem z malborskich pracowni, nie pozwoliłbym, by kopiował te bezeceństwa. Sam to zrobię.

— Masz czas do mojego wyjazdu na rokowania — odpowiedział Zyghard i poczuł, jak głos więźnie mu w gardle. Zrolował pergamin i wepchnął do tuby. Wcisnął ją poruszonemu Lutherowi i złapał się za szyję.

— Co ci? — spytał niespokojnie komtur dzierzgoński.

— Nic — sucho odpowiedział Zyghard.

Tylko on i Kuno wiedzieli, że wojownik wykłuty na piersi Starca naprawdę wypuścił strzałę z łuku, która trafiła Zygharda w szyję. Strzałę, która była nie większa od igły, a mimo to miała prawdziwe lotki i grot z zawiniętymi wąsami zadziorów. Ale to było dawno. Tak dawno, że Zyghard wolał udawać, iż nie sięga w tamte czasy pamięcią. Nie może ciągle przedkładać martwych nad żywych.

JAROGNIEW nie pierwszy raz przechodził przez wschodnią granicę krzyżackiego państwa. Żelaźni bracia uważali nie bez racji, że rozciągająca się tam Wielka Puszcza jest gwarancją tego, iż nikt przy zdrowych zmysłach nie będzie się zapędzał w te dzikie, odludne i niedostępne regiony. Wizyta u Głoga, szwagra kowala, opłaciła mu się po stokroć. Symonius polecił mu zdobyć broń, Głóg miał zbyt małą kuźnię, by sprostać ich potrzebom, ale za to miał głowę na karku, niezbędną Jarogniewowi wiadomość i gościa. Zagraniczny rycerzyk, ciekaw dziwów pruskiej ziemi. Gotów zapłacić srebrem za coś, czego nie dostałby nigdzie indziej. Półtoraoki z lubością zacisnął palce na mieszku srebra.

Bez najmniejszego kłopotu ominął wiejskie stróże strzegące wschodniej granicy. Jako takiej uwagi wymagało od niego tylko przejście okolic domu zakonnego w Przezmarku. Dom był znacznie mniejszy od komturii dzierzgońskiej, ale nastawiony na bliskość Wielkiej Puszczy, więc Jarogniew raz po raz mijał konne patrole złożone ze służącej Krzyżakom miejscowej ludności, a potem, gdy już wszedł w las, widział kilka drewnianych czatowni z których obserwowano drogi na wschód. Bracia zakonni podróżując do komturii położonych nad brzegiem Bałtyku, Bałgi, Brandenburga, Królewca, a nawet dalekiej Ragnety, wybierali wyłącznie drogę północną, wzdłuż wybrzeża. Tam sięgało ich realne władztwo. Na rejzy przez Wielką Puszczę udawali się tylko z przewodnikami i wojskiem. Ale tego roku, z racji starcia z Polską, rejza z Malborka nie wchodziła w grę, choć pewnie zwyczajowe wypady na Żmudzinów po dożynkach urządzą sobie komturowie Bałgi i Ragnety. Jeśli tak, będzie to uderzenie z północy na głęboki wschód. Nie na jego drodze; Półtoraokiemu spotkanie z wojskiem żelaznych braci ciągnącym na rejzę nie groziło.

Kiedy przepłynął Drwęcę, czuł się już niemal swobodnie, za Łyną coraz rzadsze osady nie stwarzały groźby zatrzymania przez kogokolwiek. Czekało go teraz kilka dni samotnej wędrówki, takiej, w której natknie się na jelenie, sarny, dziki i żubry, ale może nie zobaczyć człowieka.

Dawno tu nie był; zaskoczyły go nowe karczunki. Jednak Krzyżacy nie zaniechali prób wyciśnięcia z pradawnego lasu jak najwięcej. Wielka Puszcza od stuleci budziła w ludziach po równo: chciwość i lęk. Nawet on, leśny wojownik Trzygłowa, przywykły do samotności, do wtapiania się w ostępy i knieje, tu, w Wielkiej Puszczy, czuł coś niepokojącego, jak drapanie z tyłu głowy. Oczy i uszy miał szeroko otwarte. Z każdym krokiem ścieżyny stawały się coraz mniej widoczne, coraz bardziej zaplątane. Poprzerastane bujną trawą i mchem, jakby natura strzegła swych dróg przed intruzami. Potężne drzewa, tak wysokie, że nie mógł dostrzec, gdzie kończą się ich korony, odgradzały go od słońca. On, który po drzewnych kładkach otaczających warownię za Dzierzgoniem potrafił biegać w bezksiężycową noc, tutaj poruszał się wyłącznie między wschodem a zachodem słońca. Czasami szedł między paprociami sięgającymi po pachy, to znów omijał bagna i mokradła, nadrabiając drogi, ale nie ryzykując, że zostanie w nich na zawsze.

Tego dnia od rana przedzierał się przez jeden z najstarszych fragmentów puszczy. Pamiętał go, przemierzał tę drogę nie pierwszy raz w życiu, a jednak po latach nieobecności zaskoczyły go powalone, zmurszałe drzewa o pniach tak wielkich, że w niejednym mogłaby zamieszkać rodzina. Tysiącletnie olbrzymy, omszałe, porośnięte rosnącymi jedne na drugich grzybami, o barwach tak fantastycznych, jakby pochodziły ze snu szaleńca. Krwiste, nakrapiane czerwienie, trupioblade lśniące biele, gołębie błękity i brązy. Powalone drzewa straszące wielkimi mackami wyschniętych korzeni. Trafił na takie, które mogło być większe niż warowny jesion. Teraz, obchodząc je dookoła, miał wrażenie, że mija twierdzę. Gałęzie częściowo uschły, ale na niektórych wciąż zieleniły się słabe liście, w dodatku kwitło w nich cudze życie grzybów, porostów, mchów i obsypanych dziwacznymi kwiatami pnączy.

Jak Matka Dębina. Niby zmarła, niby zbutwiała, a coś tam jeszcze w niej żyje, choćby robak — pomyślał z niesmakiem o tym, co opowiadały mu zbiegłe z matecznika dziewczyny.

— Psiakrew! — zaklął głośno. — Gdzie ja jestem?

Omijając powalonego olbrzyma, stracił z oczu kierunek marszu. Był w gęstwinie, słońce przysłonięte przez potężne korony jesionów jawiło mu się tylko rozproszonym światłem. Na drzewach wokół rozszalały się pnącza. Niektóre z nich kwitły, wydzielając zapach słodkawy, mdły, niemal duszący. Odkaszlnął.

— Muszę znaleźć południowy wschód.

Okręcił się. Wypatrzył w oddali plamę słońca i ruszył ku niej. Z bliska okazała się polaną obrośniętą gęstym, wściekle zielonym dywanem płonnika. Ustalił kierunek po tarczy słonecznej i podjął marsz, raz po raz obciążając się myślą, że pomysł, który pchnął go do tej wędrówki, był chybiony. Wtedy jednak gęstwina zaczęła rzednąć, słońce prowadziło go pewniej, o ile dobrze wyliczył kierunek. Zgrzał się. Otarł pot zalewający mu oczy i poczuł woń dymu. Serce zaczęło bić mu mocniej. Z każdym krokiem, gdy z początku niewyraźny i daleki zapach wzmacniał się, zyskiwał pewność, że jest na dobrej drodze. Wreszcie las przerzedził się i Jarogniew, zgodnie z przewidywaniem, wyszedł na przecinkę. Najpierw mijał tylko zrąbane pniaki jesionów, buków, grabów i pojedynczych dębów; potem zobaczył smolarzy krzątających się przy dwóch mielerzach. Jeden, wielkości ziemianki, już się kurzył pilnowany przez dwóch podrostków. Drugi dopiero zakładano z wysuszonych szczap grabiny. Drewno już było ułożone w płaski zwarty stos, stary smolarz, chudy chłop o brązowej, wysuszonej skórze, pokazywał młodym, jak mają go obłożyć chrustem.

— Trawę na wierzch! — pokrzykiwał do najwyraźniej nowych w robocie chłopaków. — Piachu, piachu sypnij!

Jarogniew podszedł do nich, smolarz zadarł głowę, by się mu przyjrzeć.

— Szukam Wnoke — powiedział Jarogniew.

— Na swoim — kiwnął głową smolarz.

— Daleko od Czarnego Lasu wypalacie — zagadnął Półtoraoki.

— Tu grab dobry — odpowiedział smolarz i odwrócił się w stronę pilnujących kurzenia. — Ogień wam ucieka! Syp piaskiem, gamoniu!

Rzeczywiście, z boku mielerza strzelił nieduży płomień. Podrostek chwycił za łopatę i stłumił go, przesypując piachem.

— Teraz pilnuj! — krzykiem pouczył go smolarz. — Ma się ino kurzyć!

— Przejdę brzegiem jeziora? — spytał Jarogniew.

— Jeśli drogę zna, przejdzie — odpowiedział chłop.

Półtoraoki skinął mu głową i ruszył wzdłuż przecinki. Robią węgiel z drewna grabowego — uśmiechnął się w duchu. Na kowalstwie znał się o tyle, że miał szwagra kowala, ale pamiętał, iż Głóg zawsze mu mówił, że z grabu, jesionu, buka czy dębu wypala się twardy węgiel. Jak się spodziewał, na końcu przecinki zaczynała się dróżka. Wypalony węgiel musieli przecież jakoś dowieźć. Uszedł kawał, gdy po lewej zalśniła tafla wody. Zszedł z drogi nad wodę, by się upewnić, że to jezioro Salęt. Odetchnął, rozpoznając je po wysokim przeciwległym brzegu porośniętym sośniną. Z oddali wyglądało jak zalesiony płaskowyż wznoszący się na drugiej stronie jeziora.

— Kawał drogi przede mną — mruknął. — Między tymi powalonymi drzewami pobłądziłem.

Opłukał twarz i wrócił na dróżkę. Ta jednak po pewnym czasie rozdzielała się. Jedna jej nitka odchodziła w głąb lasu, druga biegła wciąż wokół jeziora.

„Jeśli drogę zna, przejdzie" — z przekąsem przypomniał sobie słowa smolarza. Zabił komara, który usiadł mu na czole, i ruszył wzdłuż wody. Nie szedł tędy nigdy wcześniej. Zawsze udawało mu się wyjść wprost na płaskowyż. Mógł powiedzieć smolarzowi, żeby pokazał lepszą drogę, ale tego nie zrobił. Nie chciał okazać słabości albo wydać się smolarzom podejrzanym. Że to błąd, okazało się po chwili, gdy ścieżka zaczęła robić się coraz węższa i węższa, aż zniknęła w błocie. Z tej strony jezioro nie miało wyrazistego brzegu. Pasy szuwarów przeszły w podmokłe zarośla, grunt stał się gąbczasty i miękki, porośnięty bagienną turzycą. Półtoraoki zaklął i zapadł się po kostki w mokradle. I wtedy usłyszał z daleka:

— Ciągnij! Ciągnij!

I równo z okrzykiem znów poczuł dym. Pachniał inaczej niż ten z mielerzy. Właściwie śmierdział mokrą, butwiejącą ziemią i czymś, czego Jarogniew nie umiał rozpoznać. Wygrzebał się z grzęzawiska i uważnie patrząc pod nogi, ruszył w stronę, z której słyszał głosy. Wiedział, że skoro są tu ludzie, muszą być jakieś suche ścieżki, ale był tak zmęczony i wściekły, że ich nie widział. Przed nim było tylko kłębowisko dzikiej wierzbiny, wlazł w nie, jak krowa w szkodę.

— Dawaj no, dawaj!

Głosy były blisko, naprawdę blisko, nie więcej niż trzydzieści kroków. Najciszej, jak się dało, rozchylił gałęzie. Zobaczył sześciu mężczyzn w podwiniętych nad kolana gaciach uwijających się przy ziemi.

Rudnicy — zrozumiał. — Tu musi być dawne jezioro Salęt, teraz zarośnięte, zamienione w przybrzeżne moczary. Stąd teraz biorą darniówkę.

Teren, na którym pracowali, był podzielony na dość równe kwadraty. Przynajmniej z połowy wycięli już pasy darni, złożyli je starannie na boku, by po wydobyciu rudy zasłonić ziemię i pozwolić darniówce za kilka lat się odrodzić. Jarogniew zobaczył łopaty i widły gotowe do pracy. Długie koryta wsunięte w szuwary; mógł się domyślać, że w nich będą płukać wydobytą rudę darniową. Dalej od mokradeł dostrzegł duże, płaskie ognisko; stał przy nim starszy mężczyzna pilnujący, by żarzyło się, a nie paliło.

To pewnie prażak — zrozumiał, dlaczego śmierdział mu dym. — To w nim wstępnie prażą rudę.

W głębi stały wielkie, uszczelnione gliną kosze, gdzieś zarżał koń. Gdy Jarogniew wychylił się jeszcze mocniej, zobaczył, że są i wozy gotowe do transportu obrobionej darniówki.

Z wrażenia przygryzł wargę. Wnoke zawsze miał łeb na karku, ale to, co tym razem zobaczył Jarogniew, przeszło jego wyobrażenia.

Tu — wydobycie, wstępna obróbka rud darniowych i przygotowany transport. Tam wcześniej — mielerze i produkcja węgla drzewnego. Skoro pozyskują surowce tak daleko od Czarnego Lasu, to znaczy, że te bliżej już dawno wykorzystali.

Oszacował, jak minąć rudników, i cicho wycofał się z wierzbowych zarośli. Dwa razy zapadł się po kolana w podmokłym gruncie, ale wreszcie, omijając szerokim łukiem miejsce wydobycia darniówki, doszedł ponownie do ścieżki. Ta znów dzieliła się na wąską wzdłuż brzegu i szerszą idącą w górę. Tym razem nie chojrakował, wybrał drogę, w której wyraźnie odciskały się koleiny wyżłobione kołami wozów.

Słońce powoli opuszczało się ku zachodowi, prześwietlając las soczystą promienną zielenią. Gdy droga zaczęła piąć się pod górę, był pewien, że zbliża się do celu. Buczyna, jawory i dęby ustąpiły miejsca sosnom. Powietrze wypełniła balsamiczna woń igieł. Wiedział, że przed sobą ma jakieś cztery, może pięć setek kroków. Serce zabiło mu mocniej. Przekraczanie granicy Czarnego Lasu zawsze robiło na nim wrażenie. Odliczał. Raz, dwa... Stare, rozłożyste sośniny i ciemny, rdzewiejący miejscami mech skończyły się w jednej chwili, jakby ktoś tętniący życiem las wyciął. Pod podeszwą buta zaskrzypiał piach, twarde kawałki rozsypanej szlaki. Przymknął oczy, wziął wdech i wszedł w stare upiorne pogorzelisko. Wokół niego koszmarną urodą pysznił się Czarny Las. Słońce, równie majestatyczne w zachodzie jak przed chwilą, prześwietlało nie zieleń, lecz opalone gałęzie i czarne pnie osmalonych przed ponad setką lat drzew. Stąpał po zamienionej w popiół ziemi, wzbijając pył, który szarą chmurą unosił się ku górze, by wpaść w smugę słonecznego światła i przyćmić je. Oto las, który nigdy nie odbił pędami młodej trawy i nowych drzew. Spopielona ziemia, co postanowiła nie rodzić, ale kłuć w oczy martwotą. Stać na straży pamięci po zagładzie wojowniczych Galindów.

W szarości i czerni zastygłego pogorzeliska niosło woń dymu, jakby dawny pożar wciąż trwał. Rozległy się równe dźwięki. Raz, dwa. Raz, dwa. Raz, dwa. Stuk kowalskich młotów. Jarogniew otrząsnął się, bo choć po to tu przyszedł i tego właśnie się spodziewał, to jednak odgłos kucia w spalonym Czarnym Lesie wydawał się upiorny.

Jego wzrok padł w lewo, szukał „rydwanu ognia". Ledwie go wypatrzył między kolumnami drzew, ale tak, wciąż tam był. Czarne burty, żebra drabin i sterczący w górę ułamany dyszel. Szczątki spalonego wozu, którym ponoć z Czarnego Lasu uciekała prababka Wnoke. Kiedyś był jeszcze osmolony szkielet konia, ale najwyraźniej rozsypał się, zostawiając tylko kawał pękniętej czaszki. Wnoke powtarzał, że wóz stać będzie, póki go wiatr nie rozrzuci.

Okropne ma upodobania — westchnął Jarogniew i wyszedł z Czarnego Lasu na płaski, pozbawiony drzew szczyt wzgórza. Tu niegdyś królowała twierdza Galindów, a dzisiaj niepodzielnie władał kowal Wnoke.

Ruiny dawnej twierdzy, podobnie jak cały Czarny Las, nie obrosły zielenią, ale też od dawna nie przypominały pogorzeliska. Wnoke, o którym mówiono, że jest ostatnim żyjącym potomkiem Galindów, zagospodarował je po swojemu. Jarogniew zaśmiał się w głos. Cały Wnoke! Ten, który już niczego się nie boi. Ależ tu się zmieniło!

Przy strumieniu, na obrzeżach dawnego podgrodzia rozłożyło się przysłonięte smugą dymu piecowisko. Dwie duże kominiaste dymarki i trzy mniejsze, smukłe. Każdego pilnował osobny dymarz z dwójką pomocników od miechów, a między nimi krążyły podrostki, donosząc w koszach drewno. Z boku w korytach leżała wyprażona i przepłukana ruda; osobno małe kawałki, wielkości orzechów, i większe, jak jabłka lub rzepy. Dużo dalej, w głębi zobaczył składowisko tak dużych kawałów rudy, jakby to były rozłupane na pół pnie drzew.

Kilka brzydkich, łaciatych psów wypadło zza dymarek, ujadając głośno. Wtedy dopiero jeden ze starszych dymarzy uniósł głowę i spojrzał na Jarogniewa. Przysłonił osmoloną dłonią oczy, przyglądając mu się, i posłał ku niemu wyrostka.

— Ja do Wnoke. Przyjaciel — uśmiechnął się Jarogniew, patrząc młodzianowi w oczy.

Chłopiec zamrugał pod zbyt długą, rozczochraną czupryną i wlepił wzrok w jego źrenice.

— Jarogniew Półtoraoki? — upewnił się.

— Jesteś bystry — pochwalił go i mrugnął dwubarwnym okiem.

— Tam proszę poczekać — powiedział grzecznie młodzik i pokazał na wiatę za dymarkami. — Powiadomię mistrza.

Jarogniew ruszył ku niej wolnym krokiem. Opowiadał o mnie — pomyślał zadowolony. Pod wiatą stały ławy, na nich gliniany dzban, kilka kubków. Nadłamany chleb pod niezbyt czystą ścierką, kilka grud wędzonego twarogu. Czyjaś koszula rzucona niedbale. Nim usiadł, spojrzał w głąb, za piecowisko. Gdy był tu poprzednio, do ruin dawnego grodu przylegały dwie kuźnie. Teraz naliczył cztery, za to duże. Z każdej z nich dobiegało nieprzerwane kucie. Wewnątrz ruin, za kuźniami, stało kilka chat. Jedna większa, pozostałe dużo podlejsze, choć i tak niemałe.

Dostrzegł i stadko podchowanych prosiąt kwiczących za wyplecionym z wikliny ogrodzeniem. Kury grzebiące w trawie pod czujnym okiem pstrokatego koguta. Koszule i portki schnące na płocie.

Wnoke wreszcie wziął sobie kobietę — pomyślał z uznaniem. — Najwyższy czas, by ktoś mu zadbał o gospodarstwo.

Chłopak przybiegł, przeskakując przez płotki.

— Mistrz kończy wytop! — wysapał, a oczy mu płonęły.

— Poczekam — kiwnął głową Jarogniew.

— To potrwa. — Chłopak był tak podekscytowany, jakby z pieca mieli wyciągnąć nie żelazo, a złoto. — Chcecie popatrzeć?

— Mogę — zgodził się łaskawie i uniósł z ławy.

— Za mną, proszę! — Młodzik odwrócił się na pięcie i ruszył biegiem.

Jarogniew musiał nieźle wyciągać nogi, by nie stracić go z oczu. Lawirując między beczkami, w których na sztorc stały już wykute i oszlifowane groty sulic, między skrzyniami starannie ułożonych gwoździ, uchwytów do łuczyw, stosami obręczy do beczek, okuciami do sań ułożonymi wedle rozmiaru, przedostali się za piecowisko na podgrodziu, na drugą stronę przepływającego tam strumienia. Półtoraoki najpierw dostrzegł wianuszek podekscytowanych podrostków, takich jak ten, który go prowadził. Nad ich głowami raz po raz wyskakiwał snop iskier. Z różnych części kowalskiego grodu spieszyli inni. Kilku rudników, smolarzy, zobaczył nawet dwóch kowali, którzy nie odkładając młotów, sadzili długimi krokami.

— Tędy proszę! — Pomachał mu młodzian, przepychając się przez gęstniejący tłumek. — Miejsce dla pana Półtoraokiego! Odsunąć się!

Hmm — mruknął zadowolony i przeszedł, prostując plecy, do pierwszego rzędu.

Zrobili mu miejsce, karnie, ale nikt nawet nie spojrzał na niego. Wzrok wszystkich utkwiony był w ognistej lawie, która jarzyła się w dziurze wybitej u spodu smukłej dymarki. Przy nim uwijał się Wnoke i dwóch pomocników. Rozbijali podstawę pieca wokół rozgrzanej do czerwoności rudy. Gorąco buchało falami. Wnoke długim przebijakiem rozkuwał piec, robiąc miejsce wypalonemu żelazu, ale ono wciąż trzymało się paleniska, twarde i harde, jakby nie chciało opuścić ognistego łoża. Po każdym jego uderzeniu na ziemi wokół roiło się od płonących węgielków, pomocnicy usuwali je raz po raz łopatami. Wnoke poruszał się wokół pieca, jakby to był jakiś rytualny taniec; nie odzywał się do towarzyszy ani słowem, a oni wiedzieli, co mają robić, jak ciche zadymione duchy odgadywali polecenia mistrza. Przebijak, młot, łopata. Wielka pałka wsadzona w piec od góry, by popchnąć stawiającą opór łupę żelaza. Ni stąd, nie zowąd pomocnicy odrzucili łopaty i chwycili długie żelazne szczypce. Przytrzymali nimi „na raz" górę pieca.

— Ach — jęknęli jednocześnie chłopcy z pierwszego rzędu.

Wnoke zagrzebał przecinakiem w otworze, robiąc szybki, kolisty ruch zakończony serią dźgnięć. Piec wokół łupy pękł jak skorupka jaja. Pomocnicy pociągnęli szczypcami na boki, rozrywając go jednocześnie, i w tej samej chwili Wnoke rzucił rozżarzony przecinak, który potoczył się pod nogi zastygłych w podziwie widzów. W rękach mistrza znalazły się szczypce, Jarogniew nawet nie zauważył, kiedy podał mu je pomocnik. Wnoke sprężyście kucnął przed rozbitym piecem, rozwarł szczypce i błyskawicznie złapał w nie olbrzymią, płonącą kulę wypalonej rudy. Wstał, trzymając ją przed sobą i jak kapłan ognia przeniósł na szeroki pieniek.

To trwało mniej niż mgnienie, a jednocześnie Jarogniew widział każdą iskrę wypadającą z kuli, każdy gorący żużel, który od niej odpadł. Jak spod ziemi znalazł się przy pieńku pomocnik ze swoimi szczypcami, przejął trzymanie kuli od Wnoke. Kowal odrzucił szczypce i złapał za młot. Uniósł go wysoko, na ułamek chwili zatrzymał w górze, a potem uderzył.

— Ach... — przetoczyło się po obecnych. — Ach...

Dopiero teraz Jarogniew dostrzegł, że to nie była kula, ale wielka jak ludzka głowa nieregularna bryła. Każde uderzenie Wnoke odrywało od niej kawał, który ognistym strzępem padał na ziemię i wciąż płonął. Trzeci z pomocników, zręczny jak młody kocur, odgarniał gorące węgle spod stóp tańczącego wokół pieńka mistrza. Wnoke dwoił się i troił. Skakał z młotem, uderzał znienacka, jakby łupa była przeciwnikiem, którego trzeba zaskoczyć. Pod jego młotem kruszyła się, rozbijała, deformowała i wciąż płonęła wściekle. Jarogniew czuł na twarzy gorąco, a stał przecież dobre dziesięć kroków od mistrza. Na twarzy Wnoke nie było śladu potu, tylko z chwili na chwilę stawała się coraz bardziej okopcona. Półtoraoki zrozumiał, że to jakiś tajemny pojedynek między mistrzem i łupą. Że oto, w tej chwili, na jego oczach, z ziemi i ognia powstaje żelazo. Pieniek płonął, gdy podmuch powietrza odsłaniał powierzchnię, na której leżała łupa, widać było, że jest cała czarna. Czarne po łokcie były już ręce mistrza. Na obnażonych ramionach pomocnika trzymającego łupę zapłonęły włosy. Nie rzucił szczypiec. Zgasły. Wnoke przypuścił kolejny atak. Łupa była już o połowę mniejsza, pomocnik obracał ją szczypcami, zręcznie wystawiając na uderzenia młota. Żadne z nich nie było słabsze, jakby w ciele kowala drzemały ukryte pokłady siły. Kolejne odłamki spadały na ziemię. Z łupy wielkości męskiej głowy została bryła nie większa od niemowlęcej. Czarna na obrzeżach, rozżarzona czerwienią, a wewnątrz płonąca żółtym jądrem jak ogniste płynne oko. I niemal idealnie kulista. Jarogniew nie mógł oderwać wzroku od tego płomiennego oka, patrzył w nie, jakby dostał tajemne wejście do innego świata. Widział kiedyś ogień rozpalony w rękach przez Starców Siwobrodych. Wtedy czuł to samo drżenie co teraz. Wezwanie ognia. Jego syczący śpiew.

Wnoke rzucił młot, odebrał szczypce pomocnikowi i uniósł żarzącą się łupę nad głową. Okręcił się z nią i położył na płaskim, przypominającym misę kamieniu. Stał i patrzył, jak łupa gaśnie. Wzrok miał zupełnie nieobecny. Trwało to długo, a jednak nikt z zebranych się nie ruszył, nie odezwał słowem. Cisza była wyrazem bezbrzeżnego podziwu. Wreszcie Wnoke kiwnął głową. Pomocnicy zaczęli sprzątać. Gasili pieniek, odgarniali ostatnie węgle, sprawdzali, czy nie nadpalił się miech odsunięty na bok. Trzech wyrostków z niemal nabożnym szacunkiem podeszło do każdego z nich z cebrem wody. Obmyli się. Wnoke zdjął skórzany fartuch i pod strumieniem wody otrząsnął się jak pies. Raz, drugi, trzeci. Skinął na chłopca, ten podał mu lniany ręcznik. Przetarł twarz, rozejrzał się po zebranych. Już był przytomny. Jego żółte oczy lśniły w ciemnej, opalonej twarzy.

— Każdy wie, co robić! — krzyknął. — Wracać do pracy!

Tłumek rozbiegł się w jednej chwili, Wnoke podszedł do stojącego samotnie Jarogniewa.

— Półtoraoki — przywitał go skinięciem głowy i spytał, wskazując na stygnącą łupę: — Widziałeś? Dul. Żelazo dobre na broń.

— Dlatego musiałeś z nim walczyć?

Zaśmiał się w odpowiedzi, otarł nos wierzchem dłoni. Pokazał, by Jarogniew szedł za nim.

— Trafiliśmy na niezłą buczynę — tłumaczył po drodze. — Wyjątkowe drewno, z jednej z nowych wycinek. Sypaliśmy go więcej, ale trzymaliśmy mniejszy ogień, żeby dobrze się przepaliło z rudą. Pierwsze wytopy były obiecujące, łupy wychodziły twarde jak skały. Aż za twarde. Dodałem trochę węgla z dębiny, też jest mocny, ale jak widziałeś, można z nim pracować. Stój! — zatrzymał parobka ciągnącego wózek, na którym stały skrzynie pełne hufnali. — Gruby je przejrzał?

— Tak, mistrzu. Powiedział, że wszystko się zgadza.

— Ustaw pod daszkiem, sam później sprawdzę.

Mijali pierwszą kuźnię, w każdej prócz kowala krzątało się trzech pomocników. Dorzucali do pieca, pilnowali miechów. Kucie słychać było z każdego zakątka grodziska. Jarogniew patrzył pilnie.

— Łeb sobie ukręcisz — zaśmiał się Wnoke, nie zatrzymując się. — Tak, groty kują. A w tej — pokazał na drugą z kuźni — sierpy. Jak widzisz, jest co robić. Przejdźmy tędy — pokazał na wąską przerwę między następnymi kuźniami. Jarogniew dostrzegł na tyłach skrzynie, w takich samych Krzyżacy zwozili miecze do dzierzgońskiej komturii. Spojrzał na Wnoke pytająco. Kowal wzruszył ramionami.

— Zapraszam do chałupy — powiedział. — Albo nie, siądźmy na przyzbie. Gorąco mi. Mały, piwa przynieś!

Chłopiec sześcio-, może ośmioletni zjawił się jak spod ziemi i równie szybko zniknął, by po chwili wrócić z dzbanem. Usiedli na ławie.

— To twój dzieciak? — spytał Jarogniew, pokazując na chłopca, który zajął się zaganianiem prosiąt, co przelazły przez ogrodzenie.

— Ja go karmię — odpowiedział Wnoke i otarł dłonie w portki. Były stare i poplamione. Ale buty miał nowe, zauważył Jarogniew, z klamerkami, choć przybrudzone popiołem.

— Babę masz?

— A co? Przyszedłeś w swaty? — pociągnął z kubka kowal.

Półtoraoki zaśmiał się.

— Nie, ze sprawą.

— Bez sprawy nie błąkałbyś się po Wielkiej Puszczy. Mów, co cię przygnało.

— Idzie wojna — powiedział Jarogniew, patrząc na chylące się ku zachodowi słońce. Nagle poczuł się zmęczony.

— Ja po równo żyję z wojny, jak i z pokoju — odpowiedział Wnoke. — Mogę kuć obręcze do beczek, mogę podkuwać konie. Wszystko mi jedno.

— Nie sądzę — upił łyk piwa Jarogniew. Było chłodne, gęste. Odstawił kubek. — Żeby kuć tylko hufnale i sierpy, nie rozwinąłbyś tak roboty wokół Czarnego Lasu. Mijałem twoich węglarzy po drodze, mijałem i rudnie przy starym jeziorze, widziałem, ile wydobywasz rudy. Zrobiłeś tu kuźnice, jakich nie powstydziłby się wielki mistrz w Malborku.

— Kowal zawsze ma robotę — odpowiedział wymijająco Wnoke i dodał po chwili: — Ale nie przez całe życie będzie miał siły, żeby walić młotem. Zarabiać trzeba, póki są, a wydawać, jak zgasną.

— Co ty gadasz, Wnoke. Patrząc na to — zatoczył ręką krąg — zarobiłeś już na murowane dworzysko.

— Nie uczyli cię, by cudzych nie liczyć? — Wnoke dolał sobie piwa. — Gadaj, czego potrzebujesz, a ja ci powiem, co z tego mogę zrobić i ile to kosztuje.

— Groty sulic, pięć setek. Ostrza toporów setkę, lepiej dwie. I miecze. Pięćdziesiąt na początek. I potrzebuję tego szybko.

— Byłeś świadkiem tylko końcówki wytopu — odezwał się Wnoke, patrząc przed siebie. — Jeden dzień to naprawa pieca, drugi grzanie rudy, trzeci widziałeś. Potrzeba jeszcze jednego, by tę łupę zamienić w kawał dobrego, kowalnego żelaza. Dopiero potem może wziąć je w obroty miecznik. Jak jest sprawny, wykuje porządne ostrze w dzień, góra dwa. Szlifierz potrzebuje kolejnych dwóch. Zostaje oprawa.

— Ile mieczy wyjdzie z tamtego kawałka? — spytał Jarogniew.

— Dwa — lekko odpowiedział Wnoke.

Półtoraoki przygryzł wargę. Mam szwagra kowala — pomyślał — powinienem to wiedzieć.

— A grotów?

— Cztery do sulic, sześć mniejszych do włóczni. Ostrza toporów trzy, uprzedzę, nim zapytasz. Możesz zacząć przeliczać.

— Zaraz zacznę — Jarogniew musiał sięgnąć do innej taktyki — ale najpierw cię zainteresuję współpracą. Mówiłem, że idzie wojna, ale nie powiedziałem, z kim.

— Nie moja sprawa — wzruszył ramionami kowal.

— Tak sądzisz? Nie nosisz dawnych krzywd? To po co zachowałeś ten spalony wóz w Czarnym Lesie? Jesteś ostatnim żyjącym Galindem. Nie chciałbyś przyłożyć ręki do wróżdy? Nie chciałbyś poczuć słodkiego smaku zemsty za pradziadów? — Półtoraoki wziął wdech i wypalił: — Idziemy na Piastów!

— To idźcie — spokojnie odpowiedział Wnoke.

Jarogniew zacisnął pięści, stłumił gniew i spojrzał w żółte oczy kowala.

— Moich załatwili sąsiedzi — powiedział Wnoke. — Bartowie, Nadrowowie. A ich Krzyżacy i po sprawie.

— Wierzysz w to? — zagotował się Półtoraoki i zadrwił: — Bartowie rozbiliby niepokonanych Galindów?

— Widziałeś, w co wierzę — odpowiedział po chwili Wnoke. — W ogień. A wasza wojna z Piastami to mrzonki, Starcy gadają o niej od pokoleń, a póki co, żelazo zamawiają u mnie wyłącznie Krzyżacy. I płacą, ile zażądam.

— Zbroisz żelaznych braci? — z trudem zapanował nad gniewem Jarogniew.

— Zbroję tych, co mają czym zapłacić — twardo odpowiedział kowal. — Srebro nie śmierdzi.

— Nie przyszedłem z pustymi rękami — oświadczył Półtoraoki, wyjmując z sakwy mieszek ze srebrem. Żołd Roty Wolnych Prusów, który przekazał Symonius. — Ale nie wyobrażam sobie, żebyś mnie, swojaka, liczył jak Krzyżaków.

Położył mieszek na ławie, rozsznurował i przesunął w stronę kowala. Wnoke wziął go, przeliczył.

— Powiedziałem ci, leśny wojowniku, że srebro nie śmierdzi. I powiedziałem ci, ile pracy wymaga wykucie jednego ostrza. W tym mieszku masz na dziesięć mieczy i pięćdziesiąt toporów. Na sulice już ci nie starczy.

Jarogniew wyjął drugi mieszek, zarobiony na obcym rycerzu poznanym u szwagra. Podał kowalowi. Ten równie chłodno jak wcześniej przeliczył.

— Tu masz kolejne dziesięć mieczy i dwieście grotów sulic.

— Co może sprawić, by było tego dwa razy więcej? — nie odpuszczał Jarogniew. Nie mógł. Nie teraz, gdy zobaczył, jak Wnoke pracuje w Czarnym Lesie, gdy zyskał pewność, że nikt tak jak on nie podołałby zamówieniu, a znał przecież jakość jego żelaza! Starcy twierdzili, że w niczym nie ustępuje ostrzom mieczy dawnych wikingów, tych, którymi wyrąbali sobie krwawe szlaki.

— Bo ja wiem — zamyślił się Wnoke. — Może kobieta? — dodał, mrużąc żółte oczy.

— Kobieta? — W pierwszej chwili Półtoraki nie zrozumiał, ale pojął, gdy kowal dodał:

— Taka, która umie urodzić ogień.

— Ostrzyca. Byłem przy tym — przełknął ślinę Jarogniew. — Rodziła smokowi Żmija przy wtórze naszych krzyków, w asyście Starców Siwobrodych i wierz mi, Wnoke, ogień otaczał jej łono. Żmij wykluł się z jaja, które wyglądało jak twoja płonąca głownia, którą wyjąłeś z pieca…

Żółte oczy kowala zalśniły. Patrzył na Jarogniewa zupełnie odporny na urok bijący z jego dwubarwnych oczu, ale pochłonięty wizją rodzącej ogniste stworzenie Ostrzycy.

— Za srebro, które przyniosłeś, masz to, co wyliczyłem. Ale jeśli sprowadzisz tu Ostrzycę i przekonasz, by została ze mną w Czarnym Lesie, zrobię dwa razy więcej bez dopłaty — oświadczył. — Słowo.

Gdybym nie sprzedał rycerzykowi tego, co należało do niej, nie miałbym i połowy srebra — pomyślał gorączkowo Jarogniew. — Ale gdzie ją znaleźć? Ostrzyca zapadła się jak kamień w wodę. Jestem w matni.

— Rób tak, jakby już była kowalową w Czarnym Lesie — powiedział wbrew temu, co myślał. Dopił piwo i dodał: — Wyobrażam sobie, jak razem wybieracie darniówkę, spacerując po rodzących żelazo łąkach.

— Ja nie chcę z nią spacerować — odpowiedział kowal. — Chcę ją rozpalić i kuć, gdy będzie gorąca.

JEMIOŁA z ulgą porzuciła Wawel i wróciła do matecznika. Bliźniaczki, które urodziła Manna, miały już niemal rok, a ona dopiero teraz mogła się nimi nacieszyć.

Rodzice nazwali je Malina i Jeżyna, i szybko okazało się że to kiepski pomysł. Dziewczynki spały w jednej kołysce, na spacer wynoszono je w jednym koszu, ubierano tak samo. Owszem, Manna Malinie wiązała na nadgarstku czerwoną tasiemkę, a Jeżynie niebieską, ale maluchy bawiąc się ze sobą, ciągle je rozwiązywały. To, że rodzice nie mają pojęcia, która z nich jest którą, szybko stało się jasne, ale to, iż same dziewczynki uważają się za istotę podwójną, zaczęło wychodzić na jaw dopiero teraz, gdy podrastały. Na wołanie „Malina, Jeżyna" reagowały unoszeniem główek, gaworzeniem i śmiechem. Na pojedyncze „Malina" czy „Jeżyna" nie reagowały wcale.

— Będą starsze, to zrozumieją — odsuwała od siebie niespokojne myśli Manna. — Wy jesteście bliźniętami, a nic wam się nie pomyliło.

Woran i Jemioła nie przypominali jej, że im było łatwiej z wiadomych powodów. Po co denerwować młodą matkę? Manna kwitła. Jej bujne piękno aż kipiało, gdy trzymała przy obu piersiach dziewczynki. Usta wciąż były zajęte całowaniem ich główek, nuceniem kołysanek albo chociaż szeptaniem: „Malina — Jeżyna". Puszczała je, by raczkowały na trawie, patrzyła, jak wstają, trzymając się jedną ręką drzewa, a drugą siebie nawzajem. Jemiołę wypełniała tkliwość, gdy widziała, jak Manna wpółleżąc na łące, po prostu patrzy na swoje córki, pozwalając im, niczym kociętom, baraszkować w trawie. Czasami dołączała do nich Kalina z Jaszczurką i wspólnie bawiły się z dziećmi.

W Gnieźnie Jemioła nie spotkała się z Janisławem. Minęli się, arcybiskup pojechał do króla. Zostawił dla niej cenny podarunek. Pisma Floryny i swą odręczną notatkę: „Szukaj porozumienia z rozumnymi i wpływowymi kobietami". Królowa Jadwiga. Czy to, co nawiązały przy łożu Kazimierza, jest już porozumieniem? Czy religijność królowej będzie przeszkodą? A może powinna od razu zwrócić się do jej córki Elżbiety? Kto jeszcze? Rikissa. Straciły z nią kontakt, odkąd z jej dworu odeszła Kalina. Klaryska Juta nie żyje. Zmarła. Michał Zaremba zniknął i jego sprawa nie została rozwiązana. Jak wiele innych.

— Wierzysz, że król dotrzyma słowa? — spytał Woran.

Stali pod rozwieszoną między drzewami płachtą płótna. Po wielu deszczowych dniach wreszcie wszystko obeschło i Jemioła zarządziła szybkie zbieranie ziół schyłku lata. Dziewczyny znosiły złote kwiaty dziurawca. Bukiety rumianku, niczym wiązanki maleńkich słoneczek. Całe naręcza zielonego, lśniącego skrzypu i owłosione łodygi kurdybanku.

— Nie potrafię rozgryźć króla — wzruszyła ramionami. — Czasami wydaje się mężem stanu i ojcem, który krew oddałby za dzieci. A potem zachowuje się jak niecierpliwy chłopiec, działa bez przemyślenia, byleby coś się działo. Jakby nie potrafił przez chwilę ustać w miejscu.

— Mówisz o tym, że zaczepił żelaznych braci na Mazowszu? — Woran roześmiał się. — Chciał sprawdzić ich siłę, tak to widzę.

— Sprawdzić? — skrzywiła się. — Wybacz, sprawdzić to można, czy w zielu krwawnika jest dość leczniczego oleju. — Roztarła białe kwiaty w palcach i podsunęła bratu pod nos. — I co? Czujesz, że za mało?

Odsunęła dwie wiązki krwawnika jako nienadające się do suszenia. W tej samej chwili podeszła do nich Gorczyca z koszem skrzypu.

— Która zbierała ten krwawnik? — ostro spytała Jemioła i nie czekając na odpowiedź, dodała: — Przekaż, żeby sprawdzały, nim zerwą. Nie znoszę marnowania ziół!

— Dobrze — odpowiedziała z urazą Gorczyca i odsunęła się z niepewną miną.

Woran zaśmiał się tak samo jak przed chwilą i zrozumiała, co miał na myśli, mówiąc o królu.

— To nie to samo — żachnęła się i uderzyła go wiechciem krwawnika.

— Ciii... — uniósł głowę Woran. — Mamy gości.

Dopiero teraz usłyszała gwizdki strażniczek i ostre szczekanie Śmigłej. Suka jednak nie wbiegła na polanę. Szczekała wciąż w lesie, w jednym miejscu. Za to spomiędzy drzew wyszła Ostrzyca.

Woran zagwizdał pod nosem i powiedział drwiąco:

— O, ostra panna, wojowniczka! Nie wciągnęło cię bagno, bratanico Półtoraokiego?

Zamknij się — powiedziała Jemioła do bliźniaka w myślach. — *Pracowałam nad nią.*

— Bohater dawnych lat wciąż w formie — odpowiedziała Ostrzyca. — Starzec bez ręki zachował cię w najlepszej pamięci. Poleca twe imię w modłach.

— Nie pogardzę — ugodowo odrzekł Woran. — O ile to nie są błagania o wojnę.

— Niestety są — odpowiedziała Ostrzyca, patrząc w oczy Jemiole. — W tej kwestii nic się nie zmieniło.

— W moim zaproszeniu też — powiedziała do niej Jemioła. — Matecznik wciąż nie ma drzwi. Nic się przed tobą nie zamknęło.

Patrzyły na siebie chwilę; Ostrzyca była bez broni, ale oparła rękę na biodrze, tam gdzie zwykle miała nóż przy pasie. Wyglądała jak zawsze — skórzany, sznurowany kaftan podkreślał jej szerokie plecy i nieduże, jędrne piersi. Dopasowane nogawice z cienkiej koźlej skóry opinały długie, umięśnione nogi wojowniczki. Jemiole zawsze podobały się jej włosy w kolorze wrzosowego miodu i to, jak Ostrzyca nosiła je zawiązane w niedbały węzeł.

Wciąż nie wiem, z czym przyszła — pomyślała Jemioła, patrząc jej w oczy. Duże, wydatne usta dziewczyny były lekko skrzywione, jakby drwiła, ale w zmrużonych oczach trudno było znaleźć szyderstwo. Ostrzyca wpatrywała się w Jemiołę równie uważnie jak ona w nią.

— Mam dla ciebie dar wkupny, Matko Jemioło — odezwała się po długiej chwili wojowniczka.

— Nie musisz się wkupywać — pokręciła głową i serce zabiło jej mocniej. — Nie masz pojęcia, jak się cieszę, że po tylu latach wróciłaś.

— Nie sama — odpowiedziała Ostrzyca, mrużąc oczy jeszcze bardziej.

Tylko nie z Zarembą — pomyślała Jemioła. — Jego nie mogę przyjąć.

— Jestem ciekawa — powiedziała zamiast tego.

Ostrzyca gwizdnęła na palcach. Z lasu wybiegła ujadająca Śmigła, za nią rudowłosa dziewczyna. Potem dziewuszka z „Zielonej Groty", córka Wiąza. Mała ciągnęła na sznurku dwie związane ze sobą kobiety z twarzami obwiązanymi chustami.

— Kulka — powitała dziewczynkę Jemioła. — Kogo tam prowadzisz?

— Dzikie zielsko — ponuro i śmiertelnie poważnie odpowiedziała Kulka. — Chwast podły.

— Przestań — skarciła małą Jemioła.

Rudowłosa podeszła do Ostrzycy i ukłoniła się Jemiole nieśmiało.

— To Kostrzewa — przedstawiła ją wojowniczka.

— Pamiętam cię — skinęła głową Jemioła. — I dzień, w którym odeszłaś. Z Wierzbką i Dziewanką.

Kostrzewa spuściła głowę. Na jej piegowate policzki wyszły ciemne rumieńce. Związane kobiety oddychały głośno, były śmiertelnie przestraszone. Stanęły, jedna podtrzymywała drugą. Kręciły głowami, jakby mimo zasłoniętych oczu chciały się zorientować, gdzie są.

— Czy Litwini nadal poszukują zabójców wojewody Dawida? — spytała Ostrzyca, podchodząc do związanych.

— Tak — potwierdziła Jemioła.

Ostrzyca zerwała chusty zasłaniające twarze najpierw jednej, potem drugiej kobiecie. Jemioła krzyknęła cicho, poznając matkę i córkę. Bylicę z Lebiodką.

— Przedstawiam ci zwodniczą Jurate. — Ostrzyca pchnęła Bylicę.

— Na moich oczach powiedziała pięknemu wojewodzie, że jest Jurate, jego żoną — oskarżycielsko krzyknęła Kulka. — Ja przy tym byłam! Ja ją w stajni znalazłam! Ja widziałam, jak wojewoda się zakochał i jak ją na siodło wsadził i z nią odjechał.

— Czekaj, Kulka — uspokoił dziewczynkę Woran. — Powoli.

— To prawda? — zapytała wstrząśnięta Jemioła. — Bylico, to prawda?

Kobieta pokiwała głową. Była blada, wymizerowana. Brudne włosy zwisały jej w długich strąkach. Nie miała nawet sukni, tylko prostą, burą koszulę z grubego płótna. Bose stopy znaczyły zaschnięte strupy, jakby długo chorowała. Jej córka wyglądała równie mizernie i bała się tak samo jak matka.

— Dlaczego to zrobiłaś? — spytała Jemioła.

— Jarogniew rozkazał — odpowiedziała cicho Bylica.

Za plecami Jemioły rozległy się pohukiwania. Nie musiała się odwracać, by być pewną, że w tym czasie zebrały się za nią zielarki.

— Jakby ci córkę kazał zabić, też byś posłuchała? — usłyszała wzburzony głos Macierzanki.

— Czyś ty w ogóle wiedziała, co to był za człowiek? — krzyknęła Miodunka. — Przez co on przeszedł? Jak mogłaś udawać kobietę, której szukał?

— Serca nie masz! — wydała werdykt Gorczyca. — Tfu, wredna suka!

— Spokój — uniosła głos Jemioła. Śmigła wciąż obszczekiwała Bylicę, teraz zamilkła na chwilę, tak jak dziewczyny. — Jeszcze niedawno Bylica i Lebiodka były naszymi siostrami — przypomniała.

Pierwsza rozszlochała się córka, druga matka. Na kolana upadły jednocześnie i pochyliły się, chowając twarze w trawie. Płakały spazmatycznie i nikt im nie przerywał. Kulka nadęła policzki i wpatrywała się w nie z pogardą. Wreszcie Bylica ciężko uniosła się z ziemi. Wciąż miały związane ze sobą ręce, pociągnęła Lebiodkę. Zostały na kolanach. Napuchnięte, obrzmiałe twarze wyrażały zupełną beznadzieję.

— Nie wiem, dlaczego przyjęłam taki rozkaz — powiedziała Bylica cicho. Wytarła nos o ramię. — Nie umiem wam powiedzieć, dlaczego się zgodziłam.

— Coś wymyśl — głos Ostrzycy zabrzmiał szyderczo. — Zanim zapyta cię Giedymin!

Kobiety skuliły się i przywarły bokami do siebie.

— On... — powiedziała Lebiodka — on ma coś takiego w sobie, że się go słucha... że stałyśmy się mu powolne... uległe... — zakaszlała. — Jakby powiedział mi wtedy: „Skocz w ogień", to bym skoczyła.

— A dzisiaj? — zapytała Jemioła.

— Nie — zaprzeczyła Lebiodka. — Dzisiaj wiem, że byłam pod jego urokiem.

— Za karę poznasz urok wielkiego Litwina! — krzyknęła zza pleców Jemioły Gorczyca.

— Trudno — zwiesiła głowę Bylica. — Ma prawo do zemsty. Ale tylko na mnie, moja córka nie miała z tym nic wspólnego.

— Jaka matka, taka córka! — szyderczo prychnęła Miodunka.

— Nie mów tak — zadarła głowę Kulka. — Moja matka też poszła do nich, do Półtoraoka i smoka, a ja nie jestem głupia i zostałam!

— Nie zostawię cię. — Lebiodka położyła głowę na ramieniu matki. — Pójdę z tobą na śmierć.

— Jak je tu sprowadziłaś? — Jemioła odwróciła się do Ostrzycy.

— Jarogniew trzymał je w lochu, bo nie chciał, by jego „Jurate" znaleźli Litwini. Żmudzini też ponoć za nią węszyli, a on nie miał pomysłu, co z nimi zrobić. To znaczy miał — skrzywiła się — chciał, żebym je zabiła.

— Chciał się ich pozbyć — powiedziała Jemioła — a ty mu je wykradłaś.

— Tak było. Nie chciałam wracać po tylu latach z pustymi rękami. Pomyślałam, że przyprowadzę ci winowajczynię. Wiem, że ceniłaś Dawida.

— Ceniłam też Lebiodkę i Bylicę, gdy były moimi siostrami — odpowiedziała Jemioła. — A dzisiaj jest mi po prostu ich żal. Nie one jedne padły ofiarą gry Półtoraokiego.

Ostrzyca ostentacyjnie spojrzała w bok, udając, że patrzy na wiązki żółtego dziurawca, ale nie spuściła głowy.

Jest harda, ale niegłupia — usłyszała myśli Worana — *i naprawdę może nam się przydać. Ale te dwie…*

Odpowiedziała głośno, wszystkim:

— Gdyby nadal Lebiodka i Bylica były moimi siostrami, pałałabym chęcią ukarania ich za to, co zrobiły. Za to, że odeszły, zostawiły matecznik i poszły służyć śmiertelnym braciom i wodzom. Ale teraz jestem dla nich Matką, jak dla was. I jako Matka im współczuję. Nie oddam ich Giedyminowi, bo Dawida nie one zabiły, ale Jarogniew Półtoraoki. To do niego tyczy się prawo krwawej wróżdy, nie do nich. Ostrzyca przyprowadziła je do nas, jako dar z okazji swego powrotu. Ja ten dar przyjmuję i roztaczam nad nimi opiekę. Kulko, rozwiąż je.

Dziewczynka stała przez chwilę bez ruchu, patrzyła spode łba na Bylicę z Lebiodką. Na jej dziecinnej, zbuntowanej twarzy widać było walkę, jaką ze sobą toczyła. Nie tylko o wojewodę Dawida, którego obdarzyła przyjaźnią, bo nosił zielone stroje i potrafił rozmawiać z dziećmi. Kulka walczyła z rodzącą się w niej nadzieją, że kiedyś tak jak te dziewczyny dzisiaj, wróci do niej od Jarogniewa jej matka.

WŁADYSŁAW we Włocławku spotkał się z Zyghardem, komturem grudziądzkim. Zakon chciał rozmawiać, król wyznaczył miejsce. Było ukłonem w stronę biskupa włocławskiego Macieja, któremu Otto von Lautenburg spustoszył dobra po bitwie brzeskiej, ludzi nabrał w niewolę, spichrze świeżo po żniwach zaopatrzone ograbił. Tak, powinien był to przewidzieć i podjąć pogoń za uchodzącymi z pola walki Krzyżakami. Nie, nie zrobił tego i czuł się winnym wobec biskupa Macieja. Mimo to nie zamierzał się biczować. Szedł na Mazowsze pewien, że Wańka hołdu nie złoży, i przynajmniej w tym się nie mylił. Chciał sprowokować Zakon i zobaczyć, jacy naprawdę są w polu, i przekonał się, jaka ich wartość. Na razie ucinał wszelkie rozmowy na ten temat, które próbował zacząć Paweł Ogończyk albo wojewoda Spycimir. Spławiał i Borutkę, gdy ten wyskakiwał z pomysłami „trzeba wynaleźć ostrze, co rozpruje zbroje". Mówił „porozmawiamy w domu" i nie dawał się podpuścić.

We Włocławku zjawił się na szczęście tylko Zyghard von Schwarzburg i kilku nieznanych Władkowi dygnitarzy. Nie było brodatego Lautenburga, nie było Anhalta, komtura nieszawskiego, który tak wnerwił Władysława trzy lata temu, gdy próbował oddać mu Nieszawę w zamian za Pomorze, ani Henryka Reuss von Plauen, brzydkiego sztywniaka z łysym łbem i rudą brodą, co ośmielił się mu grozić podczas rokowań w Brześciu dwa lata temu.

Był tylko elegancki, inteligentny Zyghard von Schwarzburg. Władysław ze zdumieniem skonstatował, że to jeden z niewielu wysokich mężczyzn, przy których nie czuje się karłem. Nie wdali się w licytację wzajemnych win, wykroczeń i naruszeń poprzednich ustaleń. Przemilczeli powody, dla których doszło do starcia. Sześciu braci zakonnych wziętych do niewoli przez wojewodę Leszczyca wymieniono na brańców z dóbr biskupa Macieja.

Zyghard poprosił o rozejm i dostał go. Władysław potrzebował czasu jeszcze bardziej niż wielki mistrz w Malborku, ale dzięki sprawnym negocjacjom nie on musiał o czas prosić. Pieczęcie pod dokumentem były już przystawione, stajenni siodłali konie Schwarzburga i jego świty, gdy komtur grudziądzki na odchodnym powiedział:

— Dziękuję za odesłanie ciała komtura Hugona von Almenhausen.

Władysław usłyszał zmianę w jego głosie. Nie odpowiedział, skinął tylko głową. Schwarzburg stał i świdrował go wzrokiem. Wciąż był elegancki, ale na jego oczach przestawał być uprzejmy. Władek dał znać Borutce; Wrończyk wiedział, w czym rzecz, i zniknął na chwilę. Schwarzburg zmrużył oczy i powiódł spojrzeniem za Borutką. Ten wrócił błyskawicznie z długą, płaską skrzynią. Chciał podać ją królowi, ten zaprzeczył, wskazał na komtura. Wrończyk otworzył i podsunął pod nos Schwarzburgowi.

— Co to jest? — chłodno spytał Krzyżak.

— Strzała, którą wyjąłem z pleców Hugona von Almenhausen — odpowiedział Wrończyk.

Zyghard wyciągnął ją i obejrzał uważnie. Władysław widział, jak zacisnął szczęki.

— Nie należy do nikogo z naszych — powiedział do komtura.

— To wygodne — odpowiedział Schwarzburg, a na jego przystojnej twarzy pojawiły się cienie. — Wygodna odpowiedź, królu. Obaj wiemy, że nie mogę zażądać przeglądu broni, a nawet gdybym o to prosił, to strzelca dawno już nie ma wśród twoich ludzi.

— Weź ją — odpowiedział Władysław. — Nikomu innemu z twego bractwa bym tego nie zaofiarował.

Schwarzburg uniósł brwi.

— I z nikim innym nie dzieliłbym się spostrzeżeniem, że widziałem strzelca. Był wysoki, potężnie zbudowany, celował z przyklęku. Miał na sobie szary zakonny płaszcz z kapturem.

Komtur grudziądzki nabrał powietrza, spojrzał mu w oczy.

— To wciąż wygodna odpowiedź, królu. I wciąż nie mogę jej potwierdzić. — Odłożył strzałę. Borutka z trzaskiem zamknął wieczko. Schwarzburg wziął od niego skrzynkę, mówiąc: — Ale przyjmuję ją, bo lepsza dziwna odpowiedź niż żadna. I mam w pamięci, że do tej pory nigdy nie musieliśmy się wprowadzać w błąd, królu.

— Nie przemawia przeze mnie dyplomacja — wypalił Władysław. — Śmierć komtura toruńskiego nie była przedmiotem tych rokowań.

— Co zatem powoduje królem?

— Też mam przyjaciół. Druhów, których mógłbym stracić z oczu w bitewnym tumulcie. Których chciałbym później odnaleźć za wszelką cenę.

Patrzyli sobie w oczy długo, aż Zyghard von Schwarzburg powiedział:

— Rozumiem.

A potem skinął głową, pożegnał się i wyszedł.

Rozmowy we Włocławku zakończyły to, co Władysław nazwał szybkim uderzeniem, sprawdzianem sił.

Wrócił do Krakowa, z ulgą stwierdził, że Kazimierz wraca do sił i nabiera ciała. Mógł rzucić się w wir roboty. Carobert naciskał na powrót Drugetha. Wyprawiono na Wawelu pożegnalną ucztę, fetowano Węgrów z honorami. Ilekroć jednak nagabywał żupana, co przekaże królowi Węgier na temat Krzyżaków, ten wykręcał się zręcznymi słowami. Władek tracił cierpliwość z każdym zdaniem; wydawało mu się, że skoro Drugeth był z nim pod Brześciem i walczył, powinien myśleć jak Polak.

— Królu — szepnął mu na ucho Borutka. — To nawet nie Węgier, to neapolitańczyk.

— Zostaw pewne sprawy kobietom — powiedziała do niego z drugiej strony królowa. — Napiszę do Elżbiety.

— Gdzie diabeł nie może, tam… — zanucił pod nosem usługujący Jarota.

— Byś się wstydził! — syknęli jednocześnie Borutka i Jadwiga. Królowa uśmiechając się promiennie do wznoszącego toast za jej zdrowie Drugetha, Borutka szczerząc zęby do Władka.

Uczta minęła, Węgrzy wyjechali. W króla wstąpiła nerwowość. Wezwał Jarosława Bogorię.

— Najjaśniejszy panie, nie wypada, byśmy we dwóch radzili. — Bogoria wszedł do komnaty i stanął przy oknie, jakby chciał mieć oko na wawelski dziedziniec. — Jesteśmy w Krakowie, tam — wskazał paluchem za okno — urzęduje biskup Jan Grot, kanclerz Królestwa.

— Przez ciebie — wytknął mu Władek. — Ja go na urząd nie chciałem. Słuchaj — zagarnął Bogorię spod okna i usadził przy stole. W oko wpadła mu klepsydra, chwycił ją i potrząsnął, niczym dziecinną grzechotką. — Cofnijmy czas — oświadczył, odstawiając klepsydrę. — Pamiętasz naradę przed wyprawą na Mazowsze? Pamiętasz. Któryś z was, ty albo Żyła, miał świetny pomysł, przypomnij mi.

Jarosław Bogoria poruszył głową na boki, niepewnie.

— Mówiliśmy o kilku sprawach… — zaczął.

— O! — gwałtownie wstał Władysław. — Właśnie przez to nie lubię doradców. Kilka spraw, różne aspekty, musisz rozważyć, to tamto.

Bogoria pochylił głowę, bo dostrzegł nitkę wystającą mu z krajki na rękawie koszuli. Usiłował ją oderwać, ale trudno było ją złapać.

— Skup się — ponaglił go Władek. — Chodzi mi o granicę z Zakonem. Księstwa bratanków.

— A, tak — w lot przypomniał sobie Bogoria. — Piotr Żyła proponował, by wciągnąć Krzyżaków do Królestwa nie przez księstwo płockie, tylko przez przyjazne i wierne tobie księstwo dobrzyńskie twoich bratanków, Włodka Garbusa i Bolka. Dodam, że ja byłem przeciwny. — Kanclerzowi wreszcie udało się chwycić nitkę.

— Ja też jestem! — zapewnił go gwałtownie Władek. — Ale Żyła ma łeb na karku, pomysł był dobry, tyle że nie dość dobry. Ja go udoskonaliłem.

— Zamieniam się w słuch — dziwnie cichym głosem powiedział Bogoria. — I przypomnę, że bratankowie to nieliczni wierni tobie książęta.

— Tak — ucieszył się Władysław. — Zabierzmy im księstwo!

Bogoria, który wciąż skubał nitkę przytrzymującą krajkę przy rękawie, zareagował tak gwałtownie, że pociągając nitkę, oderwał pół krajki.

— No i co narobiłeś? — skarcił go Władysław. — Dobrze, żeś duchowny, żony nie masz, nie oberwiesz w domu.

— Król mówi poważnie? — spytał jego osobisty kanclerz.

— Ja mówię, co wiem, chyba że ty coś przede mną kryjesz, co? Przyznaj, masz jakąś, jak to mówią, gospodynię?

— Królu, ja nie o tym — rozłożył ręce Bogoria. — Ja o księstwie dobrzyńskim.

— Myślę jeszcze o inowrocławskim — podzielił się swą wizją Władysław. — Słuchaj, to nie jest zły chłopak, ten Przemko. Miał na początek pod górkę, pamiętasz, jak było. Z bratem, tym durnym Kaziem, biskupa Gerwarda do lochu wsadzili, potem ja ich jakby wsadziłem na namiestnikostwo, ale rada pochodziła od Gerwarda. Była zła i choć Gerward nie żyje, nie wstydzę się mu tego przyznać. Nie wypominam, tylko mówię. Potem krzyżacki zabór Pomorza i wiadomo, jak poszło, ale w Świeciu bronił się do końca, nie powiem i nigdy przed mistrzem nie klęknął, jak jego głupi brat Kaziu. A później, gdy odnalazł się ich najstarszy brat, Leszek, ten, co przypomnij sobie, zwariował w niewoli, to Leszek mu odstąpił swoje księstewko i nawet układ o przeżycie zawarli, że niby jeśli któryś z nich umrze bezpotomnie, to drugi i jego synowie dziedziczą. Nie wiem, po co tak się układali, skoro żaden z nich się nie ożenił! — Władek zaśmiał się krótko, ale szczerze i dał kuksańca Bogorii. — Z nich trzech dzieciaki ma tylko ten Kaziu, Bóg mi świadkiem, nie lubię chłopaka!... ale jego córkę, Elżbietę, mojej Elżuni do Wyszehradu posłałem, jak sobie zażądała. Pisała, że ją na dobre zamążpójście wyprowadzi...

— Królu — Jarosław Bogoria przerwał mu gwałtownie, korzystając z tego, że Władek wziął łyk wody. — Do czego zmierzasz! Jestem bardzo niespokojny! Mówisz o odebraniu księstwa dobrzyńskiego jednemu z bratanków i księstwa inowrocławskiego drugiemu. Na rany Chrystusa, o co chodzi?

— Nie nadążasz? — zdziwił się Władek. — Przecież cały czas ci tłumaczę. Poza tym nie ja na to wpadłem, tylko Piotr Żyła, kanclerz Starszej Polski. Sam nazywasz go najtęższym umysłem w Królestwie.

Bogoria położył głowę na stole jak pijak w gospodzie. Władek siedział na wprost niego, ułożył dłonie równo na blacie i czekał. Po dłuższej chwili Jarosław uniósł głowę. Wyprostował się. Położył ręce na wprost dłoni króla. I uśmiechnął się, jak pływak, który dobił do brzegu.

— Pomysł jest doskonały — przyznał ze spokojnym uśmiechem Bogoria. — Pokojowo i w zgodzie zamieniamy ziemie. Księciu Przemkowi oddajemy za Inowrocław Sieradz. Księciu Włodkowi Garbusowi Konin...

— Nie. — Władysław miał to już przemyślane. — Garbus dostanie Łęczycę. Przygotuj dokumenty. Ziemie graniczące z Zakonem muszą być moje. Inaczej powtórzy się klęska z obroną Pomorza. Nie mogę zaufać bratankom, skoro jeden z nich już klęknął przed krzyżackim butem.

— Królu, nie porównuj... — zamachał rękami Bogoria.

— Dopiero zaczynam, Jarko. — Władysław wstał gwałtownie i chwycił go za obie dłonie. — Nie po to wyciągnąłem Lautenburga w pole, żebym miał nie porównywać. Zrobię to, krok po kroku. I wiesz, od czego zacznę? Od koni.

GRUNHAGEN czekał w stajni, aż bracia zakonni skończą negocjacje z królem. Wcześniej, gdy tylko przybyli do Włocławka, Zyghard von Schwarzburg spojrzał na niego, dotknął mieszka przy pasie i wzrokiem pokazał, gdzie się spotkają. Na złodzieju czapka gore, mówią. Na Grunhagenie gorzał kaptur. Cud, że mu się spod niego nie kurzyło. Był nieduży, niby łatwo się ukryć, ale stajenni biskupa Macieja kręcili się, jakby chcieli krzyżackim koniom dać zatrutego obroku albo chociaż zapleśniałego siana. Raz w te, raz w tamte. Gdy rozmowy dobiegły końca i nadszedł czas wyprowadzania koni, Grunhagen był czujny, gotów do akcji. Okazało się, że tę przeprowadził za niego niejaki Kluger, zbir od lat opłacany przez Schwarzburga, by udawał brata sarianta, a w istocie strzegł komtura. Kluger krzyknął, huknął i cała stajenna służba biskupa znalazła się na dziedzińcu, oglądając rzekomo ochwacone kopyto jego konia.

Zyghard von Schwarzburg wyrósł przy schowanym pod korytem Grunhagenem.

— Wyłaź, jeśli chcesz zapłatę — powiedział.

Zielonooki karzeł wygramolił się zręcznie. Sięgał komturowi poniżej piersi, zadarł głowę.

— Zarobiłem — sapnął i wyciągnął rękę. — Się należy.

— Nie powiedziałem, że nie. — Jasne oczy Schwarzburga lśniły kpiąco w półmroku stajni. Grunhagen patrzył, jak komtur wyjmuje mieszek. Wyciągnął łapę wyżej, ale Schwarzburg nie podał zapłaty, zamiast tego spytał:

— Czy król spotyka się z księciem Leszkiem?

— Nie — odpowiedział karzeł.

— Jesteś pewien?

— Jestem.

— Gdzie przebywa Leszek?

— Skąd mam wiedzieć? — zdenerwował się Grunhagen. — Nie jego pilnuję.

— Za niego mógłbyś dostać podwyżkę. Gdybym na czas dostał wiadomość o ich spotkaniu albo, jeszcze lepiej, o miejscu pobytu księcia.

— Na razie szlachetny komtur nie wypłacił za króla — upomniał się Grunhagen.

— Ponoć osłaniałeś Władysława w bitwie z Lautenburgiem. — Schwarzburg podrzucił mieszek w dłoni. Srebro zadzwoniło obiecująco.

Grunhagen skinął głową i pokraśniał, myśląc: Jestem sławny.

— A to znaczy, że bracia już wiedzą, gdzie cię szukać — zgasił jego dobry humor Schwarzburg.

— Ja się przed nimi nie chowam — odpowiedział Grunhagen. — Zresztą jak? Takich jak ja nie ma więcej. Karzeł nigdzie się nie ukryje.

— Chyba że w trupie komediantów — poważnie powiedział komtur. — Kiedyś słyszałem o takim jednym, co na jarmarkach w Brandenburgii był mistrzem w obcinaniu mieszków, gdy jego kompani skakali na linie.

Grunhagen zacisnął usta, nie odpowiedział.

— Masz, zasłużyłeś. — Schwarzburg wcisnął mu mieszek w dłoń i dodał: — Ale skoro bracia już wiedzą, gdzie cię znaleźć, bądź czujny. Dzięki mnie zarabiasz podwójnie, nie zaprzeczaj.

Karzeł nawet nie próbował, to przecież jasne, że gdyby nie zlecenie Schwarzburga, nigdy nie znalazłaby się na królewskim żołdzie.

— Jestem szczodry, póki robisz to dla mnie. Jeśli dowiem się, że weźmiesz srebro od braci, wydam cię.

— Czyżby mogli mieć inne zlecenie niż szlachetny komtur? — odważył się zakpić Grunhagen i pożałował, bo Schwarzburg chwycił go za płaszcz i podniósł.

— Nie podskakuj — syknął i opuścił Grunhagena na ziemię, tak że ten niestety podskoczył. — I pilnuj swojej karlicy. Niepokojące chodzą o niej plotki.

Karzeł wyprostował się, zadarł głowę i spojrzał w oczy komtura ze złością.

— Tylko dla niej to robię — odpowiedział ściśniętym głosem.

— Wiem. Mówię tylko, byś miał na nią oko. Kobiety są nieprzewidywalne, nic więcej. Posłuchaj — dodał spokojnym głosem. — Ma się na wojnę. Król potrzebuje ochrony przed ludźmi twej profesji i właśnie za to ci płacę. — Krzyżak wyciągnął drugi mieszek i wepchnął mu w rękę. — Bierz, to zaliczka na kolejny rok. Nie wiem, kiedy teraz się zobaczymy, więc płacę z góry. I pamiętaj o Leszku!

Grunhagen był zaskoczony, nie zdążył odpowiedzieć. Szacował ciężar srebra w garści, a komtur grudziądzki ruszył ku wyjściu.

— Chwila — szepnął.

Schwarzburg odwrócił się i spojrzał na niego z góry.

— Dlaczego akurat ty płacisz za jego bezpieczeństwo? — zapytał o to, co dręczyło go od dawna.

Przez twarz Krzyżaka przemknęło zdziwienie. Nie odpowiedział, wzruszył ramionami i pchnął drzwi stajni bez ostrzeżenia. Grunhagen skoczył w bok, by nie znaleźć się w świetle.

Gdy wracali z dworem i wojskiem do Krakowa, nie mógł przestać o tym myśleć. Zastanawiał się nad tym bez ustanku, ale tylko do granic miasta. Gdy wrócił do domu, jego uwagę zagarnęła Berta. Była tak złakniona jego obecności, tak niesyta opowieści o wojnie i tak namiętna, że gdy bawili się w „wojaka i dzieweczkę" albo w „konika i pasterkę", opuściły go wszelkie pytania i wątpliwości. Król dał mu nieco wolnego, a to żegnał Węgrów, a to zamykał się z legistami, Grunhagen mógł więc spędzać czas ze swą gołąbeczką. Wymyśliła zabawę w „jednorożca i zagubioną w lesie dziewicę", przy czym upierała się, że to ona będzie jednorożcem. Musiał się nieźle nagimnastykować, żeby dowieść sprawności swego rogu. Później leżeli w migotliwym świetle dogasającej świecy i podziwiał jej profil. Zadarty nosek, spiczastą, podwójną bródkę.

— Chwała Bogu, że nie jestem dziewicą — oświadczyła, podnosząc nogę i chwytając się za łydkę. — I że nigdy już nią nie będę. Tyle lat żyłam w kłamstwie, pomyśl. Wmawiano mi, że moje dziewictwo jest miłe Panu, a dzisiaj, jako dojrzała kobieta, wiem, że miłe jest to, co naprawdę jest miłe. — Przesunęła palce z łydki na okrągłe kolano, złapała je jak jabłko, a potem z gracją opuściła nogę.

— Połaskotać cię? — domyślił się Grunhagen.

— No pewnie — zachichotała i przekręciła się na bok, wypinając do niego tyłeczek. Lubiła łaskotki. Mówiła, że to łakocie dla ciała, i gdy tylko mieli czas, kazała się nimi karmić. Teraz wykarmił ją za wszystkie poprzednie wyjazdy, ale nie zdążył jeszcze za te, które nadejdą, bo nieoczekiwanie jej się znudziło.

— Przestań — naciągnęła na siebie kołdrę. — Już, już — skarciła go. — Nie znasz umiaru.

— To może znów w jednorożca, co, dziewico? — zagadnął uwodzicielsko.

— Ty mnie w ogóle nie słuchasz — fuknęła. — Przecież mówiłam, że nie chcę już być dziewicą.

Zamknął się skonsternowany. Życie z Bertą było wyzwaniem.

— Porozmawiajmy — oświadczyła, układając się na jego ramieniu.

— Zamieniam się w słuch — szepnął polubownie. Ich rozmowy polegały na tym, że ona mówiła.

— Porozmawiajmy o tobie. Wiesz, odkryłam, że nic o tobie nie wiem — dotknęła różowym paluszkiem jego piersi — jakbyś był jakąś zagadką do rozwiązania, tylko dla mnie — uszczypnęła Grunhagena w sutek. — Nawet nie za bardzo pojmuję, dlaczego zjawiłeś się tamtej nocy w klasztorze, wiesz, gdy spotkaliśmy się po raz pierwszy…

By zabić Eliškę Premyslovną — pomyślał z niesmakiem. — Tyle że to ona mnie omal nie zgładziła.

— …wiem, że miałeś jakąś tajną misję, bo pamiętam zamieszanie w celach królewny, ale o co dokładnie chodziło? No, powiedz.

— Hmmm…

— Albo wtedy, gdy uciekaliśmy razem z klasztoru i napadł nas ten Krzyżak, skąd on cię znał, to mnie ciekawi…

— Aha… tak, tak…

— I jeszcze, co dokładnie robisz przy królu, za co ci płacą, Grunhagen?

— Umawialiśmy się, że nigdy nie pytasz o pracę — zaprotestował otwarcie.

— To o co mam pytać? — Berta zdenerwowała się i usiadła, odsuwając od niego. — O rodzinę?!

— Nic ciekawego — próbował się wykręcić.

— Sama ocenię — nadęła policzki, aż musiał stwierdzić, że w dąsach jest taka ładna.

— Moja matka mieszkała z siostrami w lesie, a ojca nie znałem. Raz powiedziała, że to był brandenburski rycerz, a kiedy indziej, że obozowy ciura. Ciotka zaś mówiła, że zwykły maruder, jakich w czasach wojen nie brakuje na traktach.

— Napadł ją i zniewolił? — oblizała usta Berta. Jakkolwiek Grunhagen nie znosił swojej przeszłości, to mówienie o niej wydało mu się bezpieczniejsze niż odpowiadanie na pytania o dzisiejsze życie.

— Pewnie tak — powiedział, próbując ją przyciągnąć i położyć na swojej piersi. Oparła się. — W każdym razie zostawił z brzuchem. Miałem cztery lata, gdy zorientowała się, że coś ze mną nie tak, że jestem za mały i...

— Wiem — zacisnęła usta. — To pomiń.

— Wyniosła mnie na rozstajne drogi. Ostatnie, co pamiętam, to że wołała mamuny. Miały przyjść, zabrać mnie i oddać jej lepsze dziecko, wiesz, większe i...

— Wiem. To też pomiń.

Westchnął. Wyparł z wyobraźni tamte obrazy. Plecy matki, jej zielony płaszcz stapiający się z lasem, do którego umknęła. Siebie, szamocącego się przy przydrożnym drzewie.

— Przywiązała mnie do pnia — powiedział po chwili — a ja nie potrafiłem się odwiązać. Żadne mamuny nie przyszły, ale zatrzymała się na nocleg trupa wędrownych kuglarzy. Wzbudziłem ich wesołość.

— Uratowali cię? — spytała cicho.

— Tak — westchnął na pamiątkę kuksańców i draństw, jakich od nich zaznał. — Włóczyłem się z nimi po brandenburskich jarmarkach. Wyuczyli mnie sztuczek, wierszyków i śpiewek, miałem dryg do niemieckich dialektów — skrzywił się. — Gdy śpiewałem o Garbatej Grecie zakochanej w psiarczyku, najtwardsze kupcowe płakały. A jak deklamowałem wierszyk o jeźdźcu i kobyle, wiesz, taki sprośny, to gawiedź tarzała się w obmierzłym chichocie.

— Wiedziałeś, co mówisz? — spytała troskliwie.

— Nie — okłamał ją, bo urzekł go ten czuły ton w jej głosie. — Skąd miałem wiedzieć? Powtarzałem tylko. Nauczyłem się obłaskawiać dzikie psy. Co i jak, pokazała mi Mulda, stara żebraczka. Dzieliłem się z nią czasem groszem i zdradziła mi, jak wydawać dźwięk, taki świst spod języka, chcesz, to ci zademonstruję.

— Zgłupiałeś? — czułość Berty uleciała. — Ja nie jestem dzikim psem. Opowiadaj dalej, to zajmujące.

— Dzięki Muldzie najbardziej rozjuszone kundle łasiły mi się do nóg, bezcenna sztuka, gdy włóczysz się od wioski do miasteczka. Czasem bandy złodziejaszków najmowały mnie od kuglarzy za dzban wina. Oczywiście, nie ja je piłem, tylko moi opiekunowie.

— Co musiałeś dla nich robić? — Policzki Berty zapłonęły rumieńcem.

— Różnie. — Włożył sobie ramię pod głowę, żeby lepiej ją widzieć. — Zabawiałem wieśniaków i kupczyków, a oni obrabiali w tym czasie ich wozy i kosze, to, jak pracowaliśmy na jarmarkach.

Albo ja ucinałem mieszki zapatrzonym na sztuczki moich kuglarzy gapiom — pomyślał kwaśno i tego jej nie powiedział, za to przypomniał sobie, iż wie o tym Schwarzburg. — Ciekawe, skąd?

— Lata mijały, wąs mi się sypnął nie wiadomo kiedy — powiedział po chwili. — Z dnia na dzień stałem się w tym fachu zbędny. Kozłów nie umiałem fikać, na linie nie skakałem, a do deklamowania sprośnych wierszyków wypatrzyli sobie innego malca. Tłuszczę śmieszył nie wierszyk, ale to, że mówi go dzieciak. Odszedłem i tyle.

Zakochałem się pierwszą, gówniarską miłością — przypomniał sobie to, czego nigdy Bercie nie opowie, i zobaczył dziewuszkę, która skradła mu serce. Białe łydki, rumieńce, lśniące oczy. Była tak mała, że w swej naiwności myślał, że jak on, jest karlicą. Polazł za nią do lasu, okazało się, że ma skorych do bitki braci i po prostu jest bardzo młoda, więc na początek obili mu mordę. Dziewuszkę zamknęli w chałupie, a jego zaprowadzili do swoich wodzów. Ani się obejrzał, jak wylądował w obozie Starców Siwobrodych. Przyjęli go litościwie, z ciekawością przyglądając się chłopcu karłowi. Wtedy poznał Dagmar, zamieszkał z nią i jej matką...

— Odszedłeś od komediantów? I co dalej? — przerwała tok jego ukrytych wspomnień Berta.

— Nic, a co miało być? Nająłem się na służbę raz tu, raz tam, podszkoliłem i zacząłem żywot wędrownego rycerza — gładko przeskoczył kilkanaście lat w swoim popapranym życiu.

— I wyszedłeś na ludzi — poklepała go po ręce Berta. — I służysz królowi, i pewnemu zakonnemu bratu...

— No, maleńka, nie gadamy o pracy — pogroził jej palcem. — Zarabiam, mamy dach nad głową...

Berta umościła się wygodniej i poprawiła kołdrę tak, że wystawał znad niej koniuszek piersi.

— A co tam na Wawelu? Jestem ciekawa nowin. W gospodzie mówili, że Węgrzy wyjechali z Krakowa.

— Wyjechali — potwierdził.

— No nie mów tego, co już wiem, powiedz coś nowego — uszczypnęła go w bok. Zaśmiał się.

— Pan Paweł Ogończyk został namiestnikiem ziem kujawskich, to nowina, bo teraz król się na księstwa z bratankami pozamieniał, żeby ziemie, które graniczą z Zakonem, były w jego ręku.

Berta poruszyła ramionami tak, że znad kołdry wyłonił się nie tylko koniuszek piersi, ale i pół jej krągłości. Nie patrzyła na niego, tylko w dogasający knot świecy, której chwiejny blask rozrzucał cienie na ścianach ich alkowy. Grunhagen mówił, nie mogąc od niej oderwać wzroku.

— To bardzo sprytne wobec Krzyżaków, nie wiem, czy pojmujesz. Pogranicze w ręku króla to jedno, baza wypadowa do najazdów na księstwo płockie to drugie. A Ogończyk, stary druh króla, doświadczony wojak, co ważniejsze, będzie namiestnikiem tego wojennego zaplecza.

Berta drgnęła, jakby przeszedł ją dreszcz z zimna, już nie jedna, a obie piersi ukazały się oczom Grunhagena, wciąż jednak strzegła dostępu do nich, obejmując się szczelnie ramionami.

— Król po wojnie zaordynował zmiany. Z koniuszymi ruszył na przeglądy stad, miecznikom kazał sprawdzać stan zbrojowni, kuźnice dostały rozkazy zwiększenia wytopu rud, a wiesz, z czym to się wiąże, moja śliczna. Zresztą kuźnie ruszą nie tylko w Królestwie, król powiedział, że broń będziemy kupować. Od Rusinów i Węgrów. Głównie łuki, bo z tego słyną.

— Rany, Grunhagen — ziewnęła Berta — takie rzeczy mnie nie ciekawią. Przeglądy zbrojowni, też mi nowina!

Tu cię mam, turkaweczko — zaśmiał się w duchu zielonooki karzeł. — Ty byś chciała sekrety z życia dworu, coś, czym błyśniesz przed sąsiadkami. Moja słodka plotkareczka. Dziecinka, kluseczka.

— To posłuchaj — wyciągnął po nią ramiona. — Królewicz Kazimierz zdrów jak ryba, znów się z Litwinką pod ramię prowadza.

— O! — mruknęła jak kotka i nie uciekła przed jego pieszczotą. — Takie rzeczy mi mów… Zdrowy? To pewnie i jego komnaty przestali pilnować?

— Gdzie tam — dobrał się do niej pod kołdrą. — Dwóch strażników dzień i noc wartę trzyma. W końcu to nasz następca tronu. No, co powiesz na to?

Nic nie powiedziała, westchnęła i pozwoliła mu pieścić każdą fałdkę brzucha z osobna. Tak zrobił, w końcu znał się na kobietach jak nikt inny.

LUTHER Z BRUNSZWIKU mimo zakazów wielkiego mistrza utrzymał kontakt z Rotą Wolnych Prusów, tyle że robił to ostrożnie. Rozkaz Wernera von Orseln był niepotrzebny i niemądry.

Od czasu ostatniego powstania pruskiego miejscowi, którzy przyjęli chrzest i uznali władzę Zakonu, byli nagradzani nadaniami ziemskimi. Dawni wodzowie i lokalni władcy, jeśli się ukorzyli, nawrócili i dowiedli wierności, dostawali od mistrzów majątki, które były okrawkami tego, czym kiedyś władali ich ojcowie. W zamian za to służyli Zakonowi i na jego wezwanie musieli wystawiać służby zbrojne. Drużyny rdzennych wojowników, zwykle lekkiej jazdy, zwanej witingami, były nieocenione podczas rejz litewskich. W niepamięć zepchnięto czasy drugiego powstania, sprzed sześciu dziesiątek lat, gdy wielki Mendog poderwał Litwę i rzucił swe oddziały na pomoc powstańcom. Tamten zryw trwał niemal czternaście lat, Bartowie, Natangowie, Warmowie, Pogezanie, Jaćwięgowie, każde z niezliczonych plemion pruskich stanęło ramię w ramię i przyjęli cenną pomoc Litwinów. Walczyli nieprzerwanie, ale Krzyżacy rzucali na nich rok w rok nowe siły, wspierane licznie przez krucjatowe rycerstwo z Zachodu. Historię piszą zwycięzcy, w tej wojnie wygrany był tylko jeden — Zakon. Prusowie, którzy przeżyli pogromy, mieli prosty wybór: chrzest i posłuszeństwo nowym panom albo śmierć. Większość wybrała życie. I dzisiaj Prusowie stawiali się karnie, uzbrojeni w sulice i tarcze, zaopatrzeni w miejscowe lekkie wozy, które bez trudu poruszały się po niedostępnych i bagnistych terenach Wielkiej Puszczy. Nie miało dla nich znaczenia, że walczą przeciw dawnemu sojusznikowi, Litwie. Teraz ich jedynym sprzymierzeńcem był Zakon.

To z nich bracia rekrutowali najlepszych zwiadowców i przewodników, tropicieli i wartowników. Bez witingów każda rejza kończyłaby się krwawą porażką zaraz po przekroczeniu linii niezmierzonych i śmiertelnie groźnych lasów. Jednak z większości witingów korzystać można było tylko na wypadek wyprawy; tak stanowiły dawne traktaty. Zakon im nie płacił, stawiennictwo było obowiązkowe. Witingowie wywiązywali się, ale z uporem strzegli swych praw. Jeszcze za czasów mistrza Feuchtwangena starzy wyjadacze, Konrad von Sack i Gunter von Schwarzburg, wpadli na doskonały pomysł: powołanie drużyny zawodowych witingów, służącej za żołd, wyszkolonej i uzbrojonej przez Zakon, wiernej i niezawodnej, i jednocześnie mającej poważanie i posłuch wśród swoich. Tak powstała Rota Wolnych Prusów.

Luther z Brunszwiku wyczuł potencjał Roty jeszcze za życia Guntera i użył wszystkich swoich wpływów, by przejąć ją po jego śmierci. Szybciej niż inni bracia zakonni zrozumiał subtelną grę półcieni, skomplikowane relacje, jakie łączą członków Roty ze społecznością, z której się wywodzą. Wiedział, że wojownicy, którymi dowodził Symonius, są darzeni szacunkiem przez swoich, i że ów respekt nie płynie z tego, że są oddanymi sługami Zakonu, lecz ma źródło w odrębności, jaką potrafili zachować. Wieśniacy i drobni pruscy włościanie widzieli w wojownikach Roty blask dawnych czasów, mimo iż Rota stała się elitarną drużyną służącą Zakonowi. Paradoks, ale tak właśnie było. Dlatego Luther płacił im przyzwoicie, dawał wstęp do zbrojowni, dwie pary butów na zimę, dwie na lato, dobre sukno na płaszcze i po sztuce srebra rokrocznie na ozdoby, by członkowie Roty czuli się docenieni. By wyróżniali się, błyszczeli. I przymykał oczy na ich drobne samowole i nieznaczne wykroczenia, pozwalał, by myśleli, że wolno im więcej niż innym. A potem, w ramach rewanżu, wykorzystywał ich do działań specjalnych, czasami wykraczających poza regułę zakonną.

To była krucha równowaga, którą z wyczuciem wypracował, i to ją, jednym głupim rozkazem, mógł unicestwić Werner von Orseln. Na to Luther nie mógł sobie pozwolić. Nawet jeśli obecny mistrz jest idiotą, nie może na tym stracić Zakon, bo Orseln nie jest wieczny.

Umówił się z Symoniusem w Dzierzgoniu, w snycerni na terenie warsztatu machin, by Prus nie musiał wchodzić na strzeżony teren komturskiego zamku. Warsztaty, które pod okiem Luthera rozrosły się do trzech dużych budynków, ulokowane były u stóp wzgórza, pod zamkiem. Otoczone wysokim płotem przed przygodnymi gapiami i pilnowane przez wartowników, pracowały przez sześć dni w tygodniu. W sobotni wieczór, gdy Engelhard, zarządca machin, zamykał warsztaty, warta ograniczała się do jednego ospałego strażnika przed furtką. Teraz, w mroku wieczoru po nieszporach, a przed kompletą, był dogodny czas na sekretne spotkanie. Luther pozdrowił wartownika, kazał sobie otworzyć i za sobą zamknąć. Z kagankiem w ręku wszedł do niedużego pomieszczenia, w którym na co dzień urzędował zarządca Engelhard. Otworzył je własnym kluczem. Od kaganka zapalił świecę. Odłożył skórzaną tubę, rozłożył przyniesiony pergamin, atrament zarządcy stał na pulpicie.

Usiadł, przygotował się do pisania, a czekając na Symoniusa, przeglądał szkice kusz wałowych, patherellusów i balist. Zaciekawił go projekt kuszy windowej, jeszcze niewdrożony do produkcji, opatrzony uwagami zarządcy machin. Wczytał się w nie. Niektóre wydawały się zaskakująco celne.

— Komturze. — Prus stanął w drzwiach, które Luther zostawił dla niego uchylone.

— Dobrze cię widzieć, Symoniusie, wejdź, proszę. — Rzucił na niego okiem i skonstatował z uznaniem, że jego bury płaszcz z kapturem stapia się z otoczeniem. — Usiądź. — Wskazał mu miejsce naprzeciw siebie. — Nie pytam, czy nikt cię nie widział, bo wiem, że potrafisz być jak cień. Opowiadaj, jak się ma twoja Rota?

— Dobrze, dziękuję. — Symonius usiadł na brzegu stołka i jak zwykle lekko opuścił głowę.

— Szczerze żałuję, że nie zdążyliście powęszyć za księciem Leszkiem — westchnął Luther. Nie znosił spraw niedokończonych, a taką był dla niego dawny książę inowrocławski. Przepadł jak kamień w wodę, dziwak, odludek, ale widział za dużo. Trzeba się go prędzej czy później pozbyć. — Macie oko na młodego Guntherusa von Schwarzburg? — wrócił do rozmowy z Symoniusem. — Jak się sprawuje komtur Gniewu?

— Tak jak w Pokrzywnie — lekko uśmiechnął się Prus. — Żadnych prywatnych kontaktów, interesantów przyjmuje na zamku, w lasy się nie zapuszcza.

— Stryj Zyghard nie pojawił się w odwiedzinach u bratanka?

— Nie, panie.

— Martwię się, jak zapewnić wam schronienie na zimę — powiedział Luther, ostrząc stosinę pióra. — Nie powinniście zimować w tych lepiankach.

Symonius nie odpowiedział i Luther poczuł się lekko przymuszony do pozostania przy tej niewygodnej kwestii, choć wolałby przejść do notowania.

— Mogę was rozpuścić do domów — zaryzykował.

— Nie chciałbym, żeby nasi pobratymcy pomyśleli, iż zakonni bracia nie dbają o swoich — odpowiedział z troską Symonius. — Gdybyśmy dostali trochę grosza, mógłbym kupić materiałów i ocieplić chaty przed zimą.

— Dobrze — niechętnie przystał na to Luther. Będzie musiał znów pozmieniać kolumny liczb w rachunkach komturii, ale przyszło mu do głowy, że ukryje wydatek w nakładach na warsztat, w którym się spotkali. — Załatwię wam jeszcze przydział żywności z wyprawy budowlanej. Później omówimy, jak go odłączyć od taboru.

— Najprościej, jeśli będzie złożony na osobnym wozie, który nieujęty w zestawieniach zniknie podczas transportu — podpowiedział Prus tym samym, zatroskanym głosem.

— W porządku — zgodził się Luther. — Świetnie poradziliście sobie z Almenhausenem — przeszedł do weselszych spraw i sprawdził inkaust należący do Engelharda. — Jestem ciekaw zucha, który go ustrzelił.

— Da Bóg, pozna go szlachetny komtur.

— Ale to nie był członek Roty? — upewnił się Luther.

— Nie, tak jak komtur sobie tego życzył. Dokładam starań, by precyzyjnie wykonywać rozkazy.

— Doceniam.

— Czy długo jeszcze potrwa nasze zesłanie? — Symonius zadał pytanie, którego Luther nie chciał usłyszeć.

— To delikatna kwestia — odpowiedział wymijająco. — Liczę, iż usunięcie Almenhausena zmieni sytuację, ale gdyby tak się miało nie stać, rozważam, czy nie umieścić was pomiędzy drużynami witingów z dawnej Sambii.

— Witingów szlachetni bracia wzywają tylko na wyprawy — lekko uniósł głowę Symonius — zatem przydatność moich ludzi i tak byłaby ograniczona wyłącznie do rejz, a nie do codziennej służby.

— Mówiłem, że tylko rozważam taką możliwość — skarcił go rozeźlony Luther. Prus miał rację. To był kiepski pomysł. — Tymczasem dbaj o codzienną sprawność swoich ludzi, chcę, by powrócili pod moją komendę w lepszej formie, niż gdy ją opuszczali.

— Tak jest — ucieszył się Symonius. — Czy szlachetny komtur ma jakieś szczególne życzenia?

— Łucznicy operujący z trudno dostępnych miejsc. Tacy, co potrafią ostrzelać pole bitwy, a sami pozostać niewidoczni.

Symonius wydawał się oglądać własne kolana, gdy spytał:

— Na przykład z drzew? To wymaga łuków o dużym zasięgu, na polach bitew zwykle nie ma drzew.

— Wiem — znów rozzłościł się Luther. Po raz drugi miał wrażenie, że Prus go poucza. — Dostaniecie ode mnie partię cisów z zapasów zakonnych. O łuczyska sam zadbaj.

— Drewno cisowe bardzo nam się przyda — potwierdził Symonius. — Ale potrzebujemy dobrych grotów.

— Tych na razie nie mogę wam wydać — kwaśno odpowiedział Luther. Werner poddał zbrojownie ścisłej kontroli, a odkąd Rota zeszła ze stanu dzierzgońskich zbrojnych, Luther miał ograniczone możliwości. — Nie macie jakiegoś swojego, zaufanego kowala? — spytał. — To by rozwiązało kłopot.

Symonius zgarbił się i zastanawiał chwilę, zanim odpowiedział.

— Kowala postaram się znaleźć, ale potrzeba żelaza.

Komtur dzierzgoński westchnął. Kolejna trudność.

— Chyba że miałbym dostęp do złomu — nieśmiało wpadł na pomysł Symonius. — Za czasów poprzedniego zbrojmistrza nie wykorzystywano ponownie starej, zepsutej broni. Brat Hannus wszystkie złamane miecze, zardzewiałe stare kordy i groty wrzucał do skrzyń, które stały w komórce. Od lat nikt tam nie zaglądał, może wciąż stoją i zachodzą rdzą?

— Sprawdzę — odetchnął Luther. W końcu jakieś rozwiązania, a nie kolejne trudności. — Coś jeszcze? Chciałbym przejść do pisania, bo czas ucieka.

Symonius usiadł głębiej na stołku, wyprostował się i położył dłonie na kolanach.

— Jestem gotów, komturze — oświadczył bez zwłoki.

— Miałeś popytać o stroje Starców — przypomniał mu Luther i namoczył stosinę pióra w inkauście.

— Niczego szczególnego się nie dowiedziałem, wszyscy mówili o „szatach". Wynika z tego, że ubrania były długie, zakrywały całe ciało — głos Symoniusa był monotonny.

— Dlaczego? — ostro przerwał mu Luther.

Prus drgnął. Uniósł nieco powieki, ale nie głowę i spoglądał teraz prosto w oczy Krzyżaka. Komtur nie ułatwił mu, wpatrywali się w siebie dłuższą chwilę.

— Ja znam odpowiedź, Symoniusie — powiedział wreszcie — jestem ciekaw, czy ufasz mi na tyle, by odpowiedzieć szczerze.

— Obrazy — szepnął Prus. — Na ich skórze wykłute były całe malowidła.

Nie skłamał — z ulgą pomyślał Luther i zanotował.

— Ukrywali je przed wzrokiem postronnych — dodał. — Każdy pragnął je zobaczyć, zaszczytu doświadczyli nieliczni.

— A ty? Widziałeś je kiedyś?

Symonius uniósł brwi zaskoczony.

— Ja nie widziałem Starców, panie — odpowiedział z trwogą.

— A chciałbyś? — spytał Luther i nie czekając na odpowiedź, odłożył pióro i wyjął z tuby pergamin. Rozwinął go przed Prusem i zachęcił: — Zbliż się. To kopia. Na tyle wierna, na ile starczyło mi zdolności. Wiesz dobrze o Starcu, którego złowili w lesie pod Bałgą Zyghard z Kunonem. Trzymali go w lochu, zanim im go wykradziono. Templariusz rozkrzyżował Starca i skopiował obrazy z jego skóry. Rozkrzyżował, ha! — zaśmiał się Luther. — Nazwijmy to półkrzyżem, bo kapłan był jednoręki. Przy okazji, czy wszyscy trzej są tacy?

Gdy mówił, Prus pochylał się nad pergaminem. Wodził palcem wzdłuż linii jak zaczarowany. Teraz uniósł wzrok i zaprzeczył:

— Nie, panie. Tylko ten jeden.

— Stracił ramię w wilczej paszczy — powiedział Luther. — Tak mówią.

— To była dobrowolna ofiara — szybko odpowiedział Symonius i wrócił do oglądania szkicu. — Wilki są posłuszne kapłanom.

Już nie „były", a „są" — odnotował w pamięci Luther, ale celowo nie zwrócił na to uwagi.

— Posłuszne? Chcesz powiedzieć, że Zyghard z Kunonem przewidzieli się, widząc wilka uciekającego z ludzką ręką w pysku? Schwarzburg tego nie ukrywa, a ja nie widzę powodu, dla którego miałby to zmyślić.

Symonius odsunął się od pergaminu i przetarł twarz dłonią.

Zaraz się złamie — odgadł Luther — tylko muszę naciskać z umiarem.

— Tak zeznawali — powtórzył. — Wielki, młody wilk biegł z ramieniem w zębach, a potem znaleźli Starca z krwawiącym kikutem. Pomyśl, przyjacielu. To nie wygląda jak ofiara. Ofiary składa się w obecności wyznawców...

— To była zdrada — skulił ramiona Symonius. — Mieli w swych szeregach zdrajcę.

— Zdarza się nawet w książęcych rodzinach — roześmiał się Luther — nie ma się czego wstydzić, o ile samemu się nie jest sprzedawczykiem. Znasz jakieś szczegóły? Może to kobieta, co? One bywają zdradliwe.

— Nie, panie. Starcy są odporni na kobiecy urok. To był ich uczeń, mężczyzna. Mógł się stać poskromicielem wilków, ale stchórzył i uciekł. Nie docenił pracy, jaką włożyli w jego wychowanie, źle wykorzystał siłę, którą dostał. Wyczekał, zaczaił się na kapłana i nasłał na niego wilka.

— Frapujące — pokręcił głową Luther — więc jednak czegoś się od nich nauczył. Skoro był w stanie napuścić wilka na Starca... Wcześniej mówiłeś, że wilki są posłuszne kapłanom.

— Prawda. — Symonius spojrzał na niego z podziwem. — Wcześniej nie zwróciłem uwagi na tę sprzeczność w opowieściach.

— Tak to jest, gdy powtarzamy coś, czego sami nie widzieliśmy. — Luther uśmiechnął się do dowódcy Roty i wrócił do notowania. Pióro skrzypiało miarowo.

— Może to był wilk samotnik? — odezwał się Prus po chwili.

— Dał się wykorzystać zdrajcy, bo nie miał oparcia w stadzie? — domyślił się Luther, nie unosząc głowy. Pisał szybko, czuł, że zmitrężyli dzisiaj zbyt dużo czasu. — Zdrajcy często są samotni, choć zwykle po zdradzie, a nie przed nią.

— Czują się obcy — dorzucił Symonius.

— Niezrozumiani — dopowiedział Luther, wciąż nie przestając notować. — Choć taki na przykład Judasz, nim zdradził, był apostołem. Wziął srebrniki, wydał mistrza, a potem się powiesił. Co stało się z waszym zdrajcą? — Luther gwałtownie uniósł głowę znad pergaminu i spojrzał na Symoniusa. — Żyje?

— To nie był nasz zdrajca, tylko ich — spokojnie odpowiedział Symonius.

Luther przygryzł wargę od środka.

— Wybacz, przejęzyczyłem się — powiedział i spojrzał w bok. Płomień świecy zatańczył w przeciągu.

— Dzwonią na kompletę — szepnął Prus.

— Mylisz się, nic nie słyszę — zaprzeczył Luther.

— A ja tak — westchnął cicho Symonius. — Bo tęsknię za tym dzwonkiem, odkąd żyjemy w lesie. Brakuje mi godzin kanonicznych, brakuje mi mszy, żałuję każdej jutrzni, na którą kiedyś szedłem zaspany.

Luther wpatrywał się w jego trójkątną twarz, szukając fałszu, cienia obłudy. Atrament gęstą kroplą spadł z pióra na pergamin. Otrząsnął się.

— Masz rację, zrobiło się późno — powiedział zmieszany. Zwinął do tuby kopię szkicu Kunona, czekał jeszcze, aż wyschnie to, co napisał przed chwilą, wreszcie mógł schować pergamin. Zgasił świecę, wziął kaganek i poszli ku wyjściu. Pożegnali się na podwórzu; mieli wyjść osobno, rzecz jasna tylko Luther przez pilnowaną furtkę w płocie.

— Z Bogiem, komturze — powiedział Prus na odchodnym.

— Z Bogiem — kiwnął głową Luther i ruszył. Dobiegł go głos Symoniusa:

— Mówią, że tamten przeniewierca żyje i zdradza kolejnych panów. Tylko za pierwszym razem zrobił to za darmo. Teraz płaci się mu w srebrnikach.

— Niegodziwość — odpowiedział Luther i spojrzał przez ramię na Prusa. W mroku nie widział jego twarzy, tylko sylwetkę. — Dla zdrajców jest jedna zapłata: sznur.

Ruszył do furtki, ale potknął się. Westchnął, wyciągnął przed siebie rękę z kagankiem. Migotliwy płomyk był bezradny wobec potęgi ciemności, która panowała wokół.

1328

JAN LUKSEMBURSKI nie mógł usiedzieć w miejscu. Świat zatrząsł się, walił w posadach i wyłaniał od nowa jak w dniu stworzenia, a on musiał tkwić w Pradze, bo obiecał swoim czeskim panom, że w zamian za ich udział w wojnie przeciw Łokietkowi ustatkuje się.

— Ustatkuje! — powtarzał to obmierzłe słowo, prychając, jakby chciał je wypluć. Towarzyszący mu poeta Wilhelm de Machaut dyskretnie otarł twarz. Jan zaśmiał się nerwowo. — Wybacz! Dziczeję na tym odludziu!

— To twoje Królestwo, panie — przypomniał mu Wilhelm.

Ale nie kres moich ambicji — pomyślał gwałtownie Jan. — To jakbyś kazał wytrawnemu jeźdźcowi galopować na mule.

Nie mógł tego powiedzieć na głos, nie przy Czechach, których uraziłby śmiertelnie, i nie przy Wilhelmie, poecie spisującym jego królewską historię. Gdzie, u diabła, jest Henry de Mortain?! Gdzie druh, z którym od dzieciństwa dzielił marzenia, aspiracje i wielkie wizje?

— Vojtechu — przywołał pokojowca Jan. — Sprawdź, czy listy dla pana de Mortain są gotowe. Jeśli tak, przekaż w kancelarii, by wybrano gońców, którzy z nimi pojadą. Chcę, by ruszyli jeszcze dzisiaj!

Vojtech wyszedł z godnością; należał do tych sług, co nawet sprawy pilne załatwiają powoli.

— Widziałeś go? — żachnął się Jan. — Idzie, jakby nigdy nic!

— Królu. — Wilhelm de Machaut wydawał się pochłonięty oglądaniem haftu przy rękawie kaftana. — A co dla takiego Vojtecha się zmieniło? To, że Ludwik Wittelsbach przyjął koronę cesarską w dalekiej Italii, nie ma dla niego znaczenia. Ba, cóż on z tego ma pojmować? Jego rolą jest obsłużyć najjaśniejszego pana i tyle — prychnął lekceważąco.

Jan poderwał się z wygodnego, wyściełanego purpurowym atłasem fotela i w trzech krokach dotarł do okna. Spojrzał na senną Pragę, szarą, ledwie przyprószoną śniegiem. Przekupki okutane chustami, chłopi ciągnący wózki z marchwią i rzepą w stronę Małego Rynku. Młoda, pyzata rybaczka kłóciła się z chłopakiem, którego pies capnął jej rybę z kosza. Rezydencja złotnika Konrada wciąż była praskim domem Jana, remont zamku przeciągał się w nieskończoność, zmuszając go do mieszkania w samym środku Pragi i patrzenia na to wszystko, co nie umywało się do Luksemburga, Paryża, Trewiru, Reims, pogarszając jego nastrój, sprawiając, iż czuł się właśnie tak — jak jeździec na mule.

Oderwał wzrok od okna i wrócił do Wilhelma.

— Panie, możesz pomówić ze mną — zaofiarował się poeta i przestał w końcu zajmować się kontemplacją własnych rękawów. — Nie jestem dla ciebie partnerem w dyskusji, ale znam świat, którego dotyczy. Urodziłem się w nim i wychowałem, ileż razy śpiewałem swoje pieśni przed królem Francji? — napuszył się z lekka. — Wiem, że dla ciebie, cesarskiego syna, gest króla Niemiec jest szczególnie dotkliwy, jak dla mnie, gdy słyszę fałszujących śpiewaków. Cierpi ucho i serce. Twój ojciec, Henryk Luksemburski, po tylu latach restytuował godność cesarską, że zapewne boli cię, iż kolejnym, który sięgnął po koronę po nim, jest akurat Wittelsbach.

— Którego jestem poddanym jako król czeski — warknął Jan.

— Którego uratowałeś przed sromotną klęską na polu bitwy pod Mühldorf, gdy mógł stracić tytuł królewski na rzecz Habsburga. Napisałem o tym kilka strof, choć bitwę znam tylko z tego, co opowiedział mi pan Henry — wtrącił z rumieńcem — wiem, że gdyby nie twoje męstwo, królu, Wittelsbach mógłby dzisiaj być poddanym Habsburga, a nie cesarzem. Rozumiem, jak to boli, zwłaszcza że po bitwie nie odwdzięczył ci się jak należy, jak obiecał. Ale czy to coś zmienia, poza sprawami czysto konwencjonalnymi? Czyż papież Jan XXII, pałający do Wittelsbacha nienawiścią czystej próby, uzna jego cesarskość? Nie uzna. Rzuci na niego kolejną klątwę, zdejmie z tronu…

— Tak będzie — prychnął Jan. — Papież dowiódł, że jak jest stary, tak i zawzięty. Wiem, że nie popuści Ludwikowi, ma w loszku jego ukochanego myśliciela Okhama. Uwięził franciszkanina, gdy ten głosił tezy o wyższości władzy świeckiej nad duchowną. Czy teraz go powiesi na placu przed papieskim pałacem, by dopiec Ludwikowi?

— Ooo, gdyby to zrobił, wywołałby wojnę! — przestraszył się Wilhelm. — Gdy władza uderza w filozofów i artystów, to znak, że nastaje Apokalipsa. Że boi się oceny swych rządów.

— A gdy władza sięga po artystów, by ją chwalili, to jest dobrze? — zakpił z jego hipokryzji Jan. — Pogadajmy jak król z poetą.

— Czyli jak? — zatrwożył się de Machaut.

Na pewno nie szczerze — wycofał się w myśli Jan. — Przecież nie powiem ci, co naprawdę trzy lata temu robiliśmy w Trydencie. Byłeś tam ze mną, korzystałeś z uroków pałacu biskupa Henryka, rozkoszowałeś się jego ogrodami, wodziłeś wzrokiem za iluminatorem, już ja cię przejrzałem. Byłeś i nie zrozumiałeś, więc jak mam z tobą rozmawiać, poeto? Henry, wracaj, bo zwariuję!

Wspomnienia uderzyły w Jana z siłą ciepłego wiatru pachnącego tymiankiem i tamaryszkiem. Przypomniał sobie cienistą kolumnadę cyprysów w ogrodzie biskupa i nasycone barwami płatki róż na trawnikach ogrodów. Spotkał się tam potajemnie z Azzo Viscontim. Sondowali się wzajemnie, obwąchiwali, niczym dwa kocury, które chcą łowić ryby w tym samym stawie. Italskie bogate i bitne signorie od tylu lat toczyły wojny między sobą i światem, że zaczęły oglądać się za arbitrem. A do tej roli Jan nadawał się jak nikt inny. Wydawało mu się, iż dobrze zrozumieli się z Viscontim, ale Azzo to Mediolan. A Ludwika Wittelsbacha ukoronował Sciarra Colonna z Rzymu. W imieniu ludu, nie papieża! — tak obaj ogłosili. Ha, Ludwik zwąchał się z równym sobie. Przed laty Colonna stał za spiskiem, w wyniku którego uwięziono papieża Bonifacego. Dwaj papieżożercy, tyle że Jan XXII bezpieczny w Awinionie. Rzym, Mediolan, za chwilę papież ruszy swój wierny Neapol, a może i Karola, króla Francji, a ja siedzę na czeskim zadupiu jak więzień! — Dłonie mimowolnie zacisnęły mu się w pięści.

— Królu? — Wilhelm de Machaut zaniepokoił się jego milczeniem.

— Wina — zażądał Jan.

Byli sami, Vojtech nie wrócił, a przy jego tempie może nawet jeszcze nie doszedł, poeta podniósł się i usłużył mu.

— Daj dwa kielichy — spokojniej powiedział Luksemburczyk — skoro mamy rozmawiać jak król z poetą.

— Wziąłem twe milczenie za rozmowę — odrzekł Wilhelm. — Było wymowne.

— Nie bądź przewrażliwiony — nieoczekiwanie rozbawił się Jan. Wstał i sam przyniósł drugi kielich dla swego towarzysza, a potem wyjął z jego ręki dzban i nalał wina. — Proszę, pij.

Wilhelm de Machaut upił łyk, drugi, trzeci. Zaśmiał się i dopił kielich duszkiem.

— Powiem to, co ciśnie mi się na usta — oświadczył, odstawiając naczynie. — Ty, mój panie, jesteś zdolniejszy i lepiej wykształcony niż Ludwik Wittelsbach. Masz po stokroć więcej talentów, taktu, dyplomacji i, co tu kryć, ciebie ludzie uwielbiają za rycerskość i honor, jego się boją. Jesteś jak porywająca strofa, on jak prostacka przyśpiewka! Ty, mój panie, byłbyś lepszym cesarzem.

Jan Luksemburski dolał wina Wilhelmowi i sobie. Unosząc kielich, zaśmiał się kpiąco:

— Już wiesz, dlaczego królowie nie powinni słuchać poetów. W waszych wersach jesteśmy albo tyranami, albo świętymi. Owszem, moje rozterki pochodzą ze świadomości, jakim bydlakiem jest Wittelsbach, ale to tylko przygrywka. Kto siada na tronie, gra w ryzykowną grę: lepiej mieć koronę czy jej nie mieć?

Wilhelm uniósł się z krzesła, chciał zaprzeczać, Jan pchnął go w ramię, zaskoczony poeta z powrotem klapnął na siedzisko.

— Gdybym nie ożenił się z Elišką, byłbym tylko synem króla Niemiec, Henryka Luksemburskiego. Mój ojciec podjął decyzję, wziąłem żonę, zostałem królem Czech. A dopiero potem ten sam ojciec przedsięwziął wyprawę za Alpy i ukoronował się na cesarza. No i zmarł. Jeślibym nie był królem Czech, jako syn cesarski miałbym większe szanse, by przejąć schedę po nim. Jako król Czech, państwa podległego Niemcom, nie miałem jej. I powiedz: lepiej mieć koronę czy jej nie mieć?

— Być o właściwym czasie we właściwym miejscu — odpowiedział sentencją Wilhelm.

— Otóż to! — wycelował w niego palcem Jan. — Praga to nie jest właściwe miejsce dla mnie. Siedząc tu, mogę zdziałać tyle, co nic.

— Najjaśniejszy panie. — Wejście sługi przerwało mu wywód. Odwrócił się wściekle. — Poseł z Francji, pan Estien.

— Z Paryża? — W lot przestał się gniewać. — Proś!

Estien pracował dla niego od kilku lat. Trzydziestoletni Akwitańczyk, dworski sługa władających w Bordeaux Plantagenetów, dość bystry, by łapać w lot wszystko, co działo się na najważniejszych salonach. Odkąd niedawno zmarła siostra Jana, królowa Francji Maria, Estien dostarczał mu wiadomości z paryskiego dworu.

Ciemnowłosy, nieco siwiejący mimo młodego wieku, o sprężystej sylwetce jeźdźca, wszedł do komnaty szybkim krokiem. Jego twarz obiecywała nowiny największej wagi.

— Królu. — Skłonił się zwyczajem francuskim, nisko i szeroko.

— Estien, przyjacielu! Chodź, siądź z nami! Wilhelma de Machaut pamiętasz z dworu króla Karola, mego szwagra. Szwagra, póki żyła nieodżałowana Maria, no siądź!

— Królu. — Estien zaparł się. — Mam wiadomość, którą muszę przekazać, stojąc.

Jan cofnął ramię, którym otoczył Akwitańczyka, odsunął się od niego na krok.

— Karol, król Francji i Nawarry, ostatni z głównego rodu Kapetyngów, zmarł, nie pozostawiając męskiego potomka.

Wilhelm de Machaut wstał. Jan zamarł na chwilę. Estien nabrał powietrza, by wygłosić następne zdanie, ale Jan powstrzymał go stanowczym gestem.

— Daruję sobie i wam te wszystkie puste słowa, jakie padają po śmierci władców. — Chwycił za swój kielich. — Cóż. Jeszcze niedawno był moim szwagrem. Ale na bok prywata, trzeba oddać sprawiedliwość. To był zły król — powiedział i wypił wino jednym haustem. — Estien, mów dalej.

Akwitańczyk wyprostował się i wyrecytował:

— Nowym królem Francji został Filip de Valois.

— Umarł król, niech żyje król! — zaśmiał się głośno Jan. — Ja straciłem szwagra na tronie Francji, ale zyskał go mój syn! Ha, ha, ha, ha! Blanka, którą zaręczyli z jego pierworodnym, Wacławem — Karolem, jest siostrą Filipa.

— Napijmy się!

Estien odetchnął z ulgą, Wilhelm tak samo. Poeta doniósł trzeci kielich i napełnił je winem.

— Klątwa wielkiego mistrza templariuszy Jakuba de Molay — przypomniał Wilhelm. — Świętej pamięci król Karol był czwartym i ostatnim synem Filipa Pięknego. We Francji nie mówiło się o niczym innym.

— Klątwa nie klątwa — machnął ręką Jan. — Estien, o czym plotkują w Paryżu? Przecież twój książę Edward też mógł być pretendentem do tronu. Był wnukiem i ostatnim męskim potomkiem Filipa Pięknego.

— Miał prawa równie silne, co Filip de Valois — potwierdził Akwitańczyk. — Gdyby nie to, że był zajęty przejmowaniem korony angielskiej, zawalczyłby o francuską.

— Odwieczne marzenie Plantagenetów — zaśmiał się Jan. — W Paryżu patrzą na to inaczej.

— Edward jest wzburzony, że pominięto go w sukcesji. A wokół niego nie brakuje takich, którzy szepczą, że to początek wojny między Francją a Anglią.

— Tyle ich było — lekceważąco powiedział de Machaut. — Kto by to zliczył? Mamy długą wspólną historię i tych wojen ze sto. — Rozczapierzył palce i strzepnął nimi.

— U Plantagenetów mówi się ze złością, że było sto krótkich wojen, a teraz wybuchnie jedna a porządna i potrwa sto lat — z rezerwą odrzekł Estien.

Sto lat — pomyślał Jan. — To wbrew naturze. Wojna nie może trwać tak długo.

Nagle przeszedł go dreszcz. Wstrząsnął całym ciałem, aż wypadł mu kielich z dłoni, rozbryzgując ciemnoczerwone krople na posadzce.

— Królu? — z troską zapytał Wilhelm. — Co ci jest?

To trwało ledwie chwilę, mgnienie, w którym zasnął i obudził się.

— Nic — szczerze odpowiedział Jan.

Poeta podniósł z podłogi jego kielich, wyciągnął rękę, jakby chciał podać, ale cofnął i stał tak, nie wiedząc, co zrobić. Luksemburczyk nie zwracał na niego uwagi, zaczął się śmiać.

— Dostałem znak z zaświatów. Przestrogę, bym nie mówił źle o zmarłym. — Okręcił się i zawołał do okna: — Już się poprawiam, szwagrze! Dzisiaj w katedrze Świętego Wita zamówię mszę za twą duszę! Słyszysz, Karolu? Uspokój się, zawsze byłeś przesadnie skupiony na sobie.

Estien i Wilhelm spojrzeli po sobie z lękiem, jakby się obawiali, że Jan oszalał.

— No, mówże, kiedy koronacja Filipa de Valois? — zaczepił Akwitańczyka.

— W maju, najjaśniejszy panie — odpowiedział Estien, złożył ukłon i wycofał się o krok.

Umysł Jana pracował szybko, podsuwając mu sprawy do załatwienia, układając okrągłe zdania, którymi okiełzna swych czeskich baronów, uładzi ich i otworzy skarb niezbędny na daleką i kosztowną podróż.

— Wilhelmie, jak wróci ten guzdrzący się Vojtech, każ mu umówić krawca. Muszę odnowić garderobę. Nie wypada, bym na koronację Filipa de Valois założył ten sam płaszcz, co na koronację jego poprzednika. Na co patrzysz? Jedziemy do Reims.

Nie, nie oszalał. Wreszcie miał powód, by wyjechać z Pragi. Ruszyć tam, gdzie toczy się prawdziwe, pulsujące emocjami życie. Pokój, wojna, koronacja, kapitulacja. Wreszcie znaleźć się o czasie w odpowiednim miejscu.

WŁADYSŁAW szedł szybkim krokiem przez wawelski dziedziniec. Poły płaszcza z furkotem unosiły się za nim. Prawie biegł. Z tyłu, potykając się o długą, ciężką biskupią suknię, sunął biskup krakowski Jan Grot.

— Królu! — sapał tubalnym głosem Grot. — Zatrzymaj się!

— Nie rozkazuj mi! — krzyknął Władysław, nie odwracając się.

— Ja proszę — błagalnie wyjęczał Grot. — Nie nadążam...

— Gdzie arcybiskup Janisław? Gdzie Żyła, mój kanclerz Starszej Polski? Gdzie Bogoria? — Władysław wykrzykiwał imiona tych, z którymi chciał mówić, nie całkiem świadom, iż każde z nich rani biskupa krakowskiego.

— Ja... nie... — Głos Grota cichł.

Borutka zjawił się ni stąd, ni zowąd i z szerokim uśmiechem pokłonił królowi.

— Czekają na najjaśniejszego pana w sali koronacyjnej. — Borutka spoważniał w jednej chwili i uśmiech zniknął z jego twarzy, gdy dodał: — Królowa Jadwiga zabawia gości.

Władek zrozumiał, że to subtelna przestroga i że rozmowa będzie musiała się odbyć w obecności jego żony. Trudno. Pewnych rzeczy się nie ukryje.

Wpadł do sali koronacyjnej z takim impetem, że królewski orzeł krzyknął drapieżnie i rozłożył skrzydła. Obecni ledwie zdążyli wstać.

— Mógł mi to zrobić? — ryknął, patrząc na wysoką sylwetkę arcybiskupa Janisława, na chudego, zgarbionego na lewą stronę Żyłę, na Bogorię wyjątkowo strojnie ubranego i nie śmiał spojrzeć na własną żonę. Jeśli jeszcze nie wiedziała, wolał, by usłyszała to od nich.

— Najjaśniejszy panie. — Jarosław Bogoria pokłonił się, poprawiając rękawy.

— Wasza wysokość. — Żyła zgiął się, aż Władek pomyślał, że chudy kanclerz Starszej Polski złamie się jak sucha gałąź.

— Królu — skinął mu głową Janisław jak wódz wojsk na polu bitwy. — Nie, nie mógł tego zrobić.

— Wiedziałem! — krzyknął Władysław i usiadł na tronie, zwracając się do żony z przesadną uprzejmością: — Pani moja.

— Ludwik Wittelsbach ukoronował się z pychy i wściekłości — powiedział Janisław. — Z pychy, by zaspokoić własne ambicje, z wściekłości, by dopiec papieżowi. I akt, który wydał, jest konsekwencją obu tych niskich motywacji.

— Akt? — zdziwiła się Jadwiga.

— Cesarz Ludwik zdjął króla Władysława z tronu — sucho wyjaśnił Piotr Żyła.

— Co? — W pierwszej chwili nie zrozumiała, a w drugiej powiedziała, unosząc głos: — Zdetronizował?!

— Nie mógł — powtórzył po arcybiskupie Władek, tyle że bardziej lekceważąco. — Proszę, wyjaśnijcie królowej to nieporozumienie.

Jan Grot dopiero teraz wszedł do sali koronacyjnej, sapiąc i podpierając się na słudze. Potoczył wzrokiem po zgromadzeniu i nawet jeśli chciał coś powiedzieć, to nie mógł, bo ledwie dyszał. Bogoria ustąpił mu miejsca i przez chwilę kanclerz osobisty, zwany przez Władka „wojennym", sprawiał wrażenie osoby, która wie, iż powinna zniknąć. Żeby go ośmielić, Władysław powiedział:

— Jarosławie, proszę. Ty powiedz.

Bogoria zarumienił się i zaczął:

— Cesarz Ludwik rozesłał listy po niemieckich dworach, w których nazywa cię, najjaśniejszy panie, nieprzyjacielem swego rodu i jako takiego zdejmuje z tronu. Dalej zaś, wspominając nasz atak na Brandenburgię, uznaje go za naruszenie wierności wobec siebie jako cesarza...

Władek zaśmiał się do Jadwigi i machnął ręką.

— A gdzie on wtedy był cesarzem!

Jadwiga jednak nie odwzajemniła wesołości. Jej jasne oczy patrzyły na mówiącego Bogorię, nie na Władka.

— ...i pozwala swemu synowi Ludwiczkowi, który jest z ramienia ojca namiestnikiem Brandenburgii, na wyprawę odwetową i zajęcie naszych terytoriów.

— Z prawnego punktu widzenia nie ma związku — pospieszył z uspokojeniem królowej Janisław. — Nie jesteśmy poddanymi cesarza.

— Ale? — spytała Jadwiga i zawiesiła głos.

— Ale wojna papiesko-cesarska zaczyna wymykać się dawnym prawom — wyjaśnił Janisław. — Dość powiedzieć, że tak jak wcześniej papież zdetronizował Wittelsbacha, tak teraz ten, z wysokości cesarskiego tronu, oznajmił, iż to papież jest omylny, i wybrał własnego, usuwając w swoim mniemaniu Jana XXII z piotrowego tronu. I tak: w Awinionie mamy papieża Jana, a w Rzymie antypapieża Mikołaja. Oczywiście franciszkanina, bo to zakon, który trwa przy Wittelsbachu od początku tej gorszącej wojny.

— Co to ma wspólnego z nami? — cicho spytała Jadwiga.

To, co zawsze — ponuro pomyślał Władek.

— Najazd na Brandenburgię wraz z wojskami litewskimi jest wykorzystywany przez cesarza przeciw nam i papieżowi — odpowiedział Janisław. — W mowie dyplomacji cesarskiej jest dowodem na to, iż Jan XXII jest antychrystem.

— Boże — szepnęła Jadwiga, zakrywając twarz dłońmi. — Do czego doszło...

Teraz powie, że to moja wina — zagryzł wargę Władek. — Że gdyby nie sojusz z Giedyminem i litewska żona dla Kazia... — i nagle go olśniło. Uprzedził atak królowej:

— Doszło do tego — powiedział uniesionym głosem — że w końcu do nich wszystkich dotarło. Zrozumieli, że mój sojusz z Litwą jest genialny.

Jan Grot nadął policzki, Jadwiga odjęła dłonie od oczu i patrzyła na niego, jakby widziała go pierwszy raz.

— Tak — wyzywająco potrząsnął głową Władysław. — Polska i Litwa. W orbicie naszych wpływów Ruś. I Węgry na południu. To jest siła, której się boją. Która rozsadzi Zakon i zagrozi Rzeszy.

— Piękne marzenie — z przekąsem powiedziała Jadwiga. — Ale niewykonalne. Twój sojusz z Litwą byłby tym, czego pragniesz, gdyby Giedymin się ochrzcił. A wielki kniaź pozwolił ochrzcić tylko córkę. Nie przerywaj mi — wytknęła go palcem. — Dobrze mówię, tylko córkę. Bo dlaczego żaden z Giedyminowiczów nie przyjął chrztu? Wydaje te dziewczyny za mąż, płaci nimi takim władcom jak ty. Nie przerywaj! — krzyknęła, choć Władek nawet słowa nie powiedział. — Polska i Węgry to jest moc. Kto nas obronił przed Luksemburczykiem? Nasz węgierski zięć. A on nigdy nie zbrata się z pogańską Litwą! Nigdy! Więc póki co, twój genialny sojusz obraca się wyłącznie przeciwko nam. Skończyłam, mów, co chcesz.

Władek wciągnął powietrze. Słowa żony nie spłynęły po nim jak woda po kaczce, nie. Mówiła prawdę, ale prawdę na dzisiaj. A on czuł, że jutro prawda może być zupełnie inna.

— Przedyskutujmy, co może się zdarzyć — wziął na swoje barki ciężar spotkania Piotr Żyła. — Najbardziej narażona na ewentualny atak jest Starsza Polska, która właśnie straciła wojewodę. Przybysław zmarł na gorączkę, trzeba bezzwłocznie wybrać nowego obrońcę.

— O ile do ataku dojdzie — wtrącił się wreszcie Jan Grot i wydobył z rękawa szerokiej szaty pergamin. — A skoro jesteśmy przy różnych sprawach — pomachał nim — to mam tu pismo z papieskiej kancelarii w sprawie mojego Sławkowa!

— Przyjdzie na to czas — zgasił go Władysław. — Nie jesteśmy przy różnych, ale przy ważnych sprawach. Do wojny z Brandenburgią nie możemy dopuścić. Za sobą mamy wojnę z Luksemburczykiem, przed sobą z Krzyżakami. — Wypuścił głośno powietrze i powiedział to wreszcie: — Musimy negocjować z Wittelsbachem.

Jadwiga spojrzała na niego, mrużąc oczy.

— Nam nie wypada! Jak odebrałby to papież? — nie pozwolił zepchnąć się do cienia biskup krakowski i kanclerz Królestwa Jan Grot. — To byłby skandal, wyłamanie się z sojuszu z Ojcem Świętym! Zostawienie papieża samego na polu walki…

Janisław skrzywił się lekko, Żyła dyskretnie uniósł oczy ku górze, Bogoria poprawił rękaw strojnej szaty. Władysław uniósł głos:

— Nie mówię o Wittelsbachu ojcu, ale o Ludwiczku, jego synu. I owszem, mnie negocjować nie wypada i ja tego nie zrobię.

— Kto zatem? — rozejrzał się gorączkowo po zgromadzonych Jan Grot.

— Nowy wojewoda Starszej Polski — poważnie powiedział Władysław.

WINCENTY NAŁĘCZ zwykle z Szamotuł wjeżdżał do Poznania bramą wroniecką. Ale dzisiaj nadłożył drogi, by wjechać przez Śródkę, Ostrów Tumski i Chwaliszewo bramą główną. Tak jak kiedyś wkraczali do miasta władcy.

Wyprostowany, dumny, z wysoko uniesioną głową. Lewą dłoń oparł na łęku siodła, prawą raz po raz pozdrawiał witających go w drodze ze Śródki na zamek mieszczan. Przybyli tłumnie, wiwatowali dość nieśmiało. Przed katedrą czekał na niego biskup poznański Jan Doliwa w asyście kanoników. Dzwony biły, gdy nowy wojewoda Starszej Polski wkraczał w progi świątyni. Tu i ówdzie na ścianach pozostały ślady pożogi, czarne jęzory dymu, wyłupane w murze szramy po oblężeniach. Wszedł do środka, pobrzękując ostrogami, zgiął kolano przed ołtarzem, przyjmując błogosławieństwo biskupie, które zamiast go uskrzydlić, nieoczekiwanie usiadło na plecach jak ciężar. „Strzeż powierzonej twej pieczy kolebki Królestwa". W innych czasach brzmiałoby jak zaszczyt, dzisiaj mogło stać się wyzwaniem ponad siły Nałęcza. Idąca przy jego boku żona Zbysława Zarembówna musiała czytać mu w myślach, skoro szepnęła:

— Zostałeś wojewodą w tych czasach. Innych nie będzie.

Skinął jej głową. Racja. A potem skierował kroki do kaplicy grobowej Przemysła.

— Pokłońmy się królowi — powiedział głośno, a ona nie zwolniła kroku, choć oboje widzieli złe spojrzenia cisnących się w katedrze ludzi.

— Zarembówna — ktoś syknął cicho. — Jak jej nie wstyd...

Zbysława uniosła wysoko podbródek, zobaczył jego ostry kształt osłonięty sztywną ramą podwiki i podsunął żonie ramię. Wsparła się na nim, gestem mimowolnie władczym. Zamiast uciszyć ciżbę, rozjuszyła ją tym.

— Jej ojciec...

— ...jej brat...

I ciszej, ale wciąż zbyt głośno, by nie usłyszeć:

— ...mordercy...

— ...królobójca...

Wincenty żachnął się, chciał ją puścić, odwrócić się i ruszyć w tłum. Przytrzymała go ledwie widocznym gestem.

— Nie obetniesz im języków — szepnęła.

— Bóg widzi i słyszy — zareagował idący przodem biskup Jan Doliwa i zagrzmiał: — Jemu zostawcie sąd i wyrok!

Wincz poczuł, jak jego żona zadrżała, i wiedział, że stosunki z biskupem poznańskim nie ułożą się gładko. Gdy klęknęli przed figurami Przemysła i Rikissy, tłum zamilkł.

— ...spokój wieczny, amen — zakończył modlitwę za zmarłych Doliwa.

Wychodzili z katedry w głuchej i ponurej ciszy, która skończyła się, kiedy tylko ponownie wsiedli na koń i ruszyli w stronę miasta.

— Wojewoda Nałęcz! — uroczyście pokrzykiwali poznaniacy.

— Niech żyje!

— W zdrowiu i dobrobycie!

Miasto, ożywione niedawną Wielkanocą, wrzało niczym ul. Giermkowie Nałęcza zsiedli z koni, by prowadzić wierzchowce jego i Zbysławy między ruchliwą ludzką ciżbą.

O świętach przypominały kosze barwionych jaj, lśniąc w wiosennym słońcu z rozłożonych po obu stronach drogi straganów, przy nich uwalane ziemią długie korzenie chrzanu. Osełki masła, garnce śmietany głośno zachwalanej przez handlarki:

— Słodka białaaa! Kwaśna żółtaaa!

Michy świeżego twarogu, kosze zeszłorocznej cebuli i podwiędłych jabłek, beczki kiszonej kapusty. W jatkach mięsnych rozchodził się dźwięk tasaków i pokrzykiwania chłopców, którym rzeźnicy płacili za odpędzanie psów.

— Wątroba wołowa na krew zdrowa! — Albo: — Ozory cielęce kup swojej panience!

Raz i drugi ktoś podał Zbysławie bukiecik fiołków.

— Niech Bóg prowadzi!

— Wincenty Nałęcz!

Pozdrawiał ich, zaskoczony, wysoko unosząc ramię.

— Kościół i miasto — powiedziała Zbysława, nie odwracając głowy.

— Pierwszy raz widzę, jak są osobne — odpowiedział żonie i uśmiechnął się do młodej poznanianki, która pomachała mu wiechciem zielonych brzozowych witek.

— A ja nie — krótko odrzekła Zbysława i skinęła głową matronie, która pokłoniła się jej z daleka. — Tak już było za mego stryja, biskupa Andrzeja Zaremby.

Chciał coś powiedzieć, ale mijali piwiarnię „Pod Dzwonkiem", której szyld, ozdobiony zwyczajowym wiechciem słomy, przewiązany był na czarno, na znak żałoby po zmarłym wojewodzie Przybysławie. Piwiarnia była własnością jego rodziny i gdy przejeżdżali, wyszedł z niej Maciek, starszy brat Borka, pierworodny zmarłego. Ubrany w zwykłą lnianą koszulę i kamizelę z baraniego kożuszka wyglądał jak pomocnik piwowara, a nie wojewodzic.

— Witamy nowego wojewodę poznańskiego! — krzyknął i szeroko rozłożył ramiona.

Wincenty dał znać giermkowi, by podprowadził konia pod piwiarnię. Zeskoczył z siodła i wziął Maćka w objęcia.

— Żal waszego starego — powiedział, klepiąc go w plecy.

— Co zrobić, młody nie był — wzruszył ramionami Maciek i wskazał na wejście do gospody. — Piwko?

— Jadę na zamek — odpowiedział Wincenty. — Myślałem, że tam się spotkamy.

Maciek obrócił się, potarł dłonią czoło.

— Borka wysłałem — powiedział wymijająco. — On w imieniu Napiwonów będzie witał nowego wojewodę.

Wincz złapał go za ramię.

— Masz żal? — zapytał, pochylając się do ucha Maćka.

— Żałobę — odpowiedział tamten i odsunął się buńczucznie. — Jak mi przejdzie, wpadnę, drogę znam. Chyba że wojewoda wezwie, rozkaże — dorzucił wyzywająco.

Nałęcz skinął mu głową i wsiadł na konia.

Pewnie liczył na urząd po ojcu — pomyślał kwaśno. — Nic nie poradzę, król miał inne plany.

— Sądziłeś, że wszyscy się ucieszą? — spytała Zbysława z wyższością, gdy ruszyli dalej.

— Liczyłem przynajmniej na ciebie. Rozkazałaś mi to, nie pamiętasz? „Masz z wojny wrócić wojewodą".

Nie odpowiedziała. Jechała wyprostowana, skupiona, jakby tam, na zamkowym wzgórzu, czekał na nią cel, zadanie do wykonania, coś tak specjalnego, że zrobić to może tylko ona, nikt inny. Jednocześnie na jej twarzy nie było najmniejszego śladu radości; do Wincza dotarło, że nie rozumie tej kobiety. Mógł podziwiać jej nienagannie wyprostowaną sylwetkę, wąskie plecy, smukłe ramiona wystające spod zdobnego płaszcza. Dłonie w rękawiczkach z barwionej na czerwono jagnięcej skóry, ich wygięcie na linii nadgarstka.

— Możesz na mnie liczyć — powiedziała po chwili nie głośno i nie cicho. — Wbrew temu, co mówią o Zarembach, ja cię nie zawiodę. Tak, chciałam być wojewodziną.

Stała się nią inaczej, niż przypuszczał. Objęli Poznań.

Krzywosąd z rodu Toporów, starosta Starszej Polski, oczekujący, by zwać go łacińskim tytułem *Capitaneus Regni Polonie*, nie pojawił się na powitaniu, co oboje przyjęli z ulgą, bo z pochodzenia był Małopolaninem. Strzegł piersi króla w bitwie pod Brześciem, wcześniej wżenił się w tutejszych Łodziów, w nagrodę dostał starostwo, a w Poznaniu nikt go nie polubił. Ciągle wtrącał: „Serce Królestwa bije w Krakowie", więc trudno się dziwić.

Kasztelan, stary Piotr Szymonowic Doliwa, właściciel położonego nad Wartą Dębna, nie przebywał na zamku Przemysła na stałe, a jeśli już był na miejscu, zajmował nieduże mieszkanie. Im, z woli króla, przypadło całe piętro należące niegdyś do żon Przemysła. Sądził, że Zbysława, tak biegła w życiu dworskim, tak do niego nawykła, zacznie od urządzania uczt i przyjęć. Mylił się. Owszem wyprawiła powitalną wieczerzę dla wszystkich urzędników, podjęła gości z wyczuciem i smakiem, tak iż wychodząc z zamku, każdy z nich czuł się przez wojewodę

Nałęcza docenionym. Ale gdy zaproponował, by zaprosiła wybrane przez siebie damy i zorganizowała kobiecy dwór, odmówiła krótko:

— To przywilej królowych.

Potem pomogła mu obłaskawić tych, którzy woleli poprzedniego wojewodę, z wprawą wyłuskała takich, co spadli zbyt nisko w hierarchii poznańskiego dworu, choć ich doświadczenie zasługiwało na więcej. Po krótkiej obserwacji dyskretnie wskazała, kto od lat jedynie bierze wynagrodzenie, a opuścił się w obowiązkach wobec miasta i korony. Wincz był jej wdzięczny, choć stroszył się, że sam musi podjąć decyzje. Nie chciał, by pomyślała, że słucha jej bezmyślnie; przyjrzał się każdej sprawie z osobna i dopiero wówczas wydał rozstrzygnięcia. Najczęściej zgodne z sugestią żony. Miał tyle pracy, że widywali się jedynie wczesnym rankiem i późnym wieczorem. Zawsze zadawał pytanie, jak spędziła dzień, ona odpowiadała, że owocnie, i nie wdając się w szczegóły, przechodzili do rozmowy o nim. Pochłaniało go zadanie, które wyznaczył mu król. Wyglądało niemożliwie — pokój z Brandenburgią. Z marchią, którą najechali dwa lata wcześniej, wspólnie z Litwinami. Frankfurt nad Odrą wciąż opłakiwał brańców, których porwał wojewoda Dawid.

Wyczekał, aż przybędzie do Poznania kasztelan Doliwa; zostawił Poznań w rękach starego, ucałował czoło żony i wyruszył.

— Zostałeś basztą w brandenburskim murze! — przywitał go Borek, gdy zajechał do ich rodowego Grodziszcza. — *Capitaneus* cię podjął? Nie? To i dobrze. Oszczędził wam widoku swoich wyłupiastych oczu.

— Daj spokój. On u nas musi się czuć jak ryba wyrzucona na brzeg.

— Dobrześ to ujął. Nic, tylko się rzuca. Dałbyś synowi na imię Krzywosąd?

— Na miejscu starego Topora nazwałabym go „Krzywonos", ale może jako dzieciak był urodny. Uszanowanie dla pani wojewodziny. — Wincenty pokłonił się Kachnie, wdowie po Przybysławie. — I wyrazy współczucia.

— Powinszowania dla nowego wojewody — odpowiedziała i zaraz szeroko otworzyła ramiona. — Chodź tu, synu, niech cię uściskam!

Jest w wieku mojej żony — przebiegło mu przez głowę, gdy ta dostała się pomiędzy obfite piersi wojewodziny. Nie mógł złapać tchu przez chwilę, ale wyczuł woń malin i miodu bijącą od niej. I ciepło, niczym z pieca chlebowego, który nigdy nie gaśnie. Zachłysnął się, puściła go wreszcie. Jej sarnie oczy wypełniły się łzami. Skromna szara suknia i wdowi welon tak bardzo do niej nie pasowały, tak kłóciły się z wybujałym temperamentem pani Kachny, że przez chwilę wyobraził ją sobie bez czerni i szarości. To był zły pomysł. Wizja nagich piersi wojewodziny rozebranych z wdowich szat przebiegła mu przed oczami i sprawiła, że nie umiał nic powiedzieć.

— Przybysław spoczywa w pokoju, synowie moi obejmują schedę po ojcu — mówiła ona i dzięki temu mógł zrobić krok w tył. — Czy Maciek już był u ciebie? Nie? A to prostak, za ucho wytargam, słyszałam, co zrobił, gdyś obejmował urząd. Wybacz mu, dobry z niego chłopiec, tylko za dużo przesiaduje w piwiarni, zdziczał, szyszka chmielu przyjacielu, znasz tę piosenkę, nie znasz? Ja się cieszę i król lepiej wybrać nie mógł. Moi chłopcy nie dorośli do takich urzędów, ale ty, Wincenty? Tyś jest mężczyzna na schwał. — Dłoń wojewodziny niebezpiecznie powędrowała w stronę jego ramienia. — Mój Przybysław był dobry, ale na czasy pokoju, on tę sprawę z Brandenburgią odchorował, to go wpędziło do grobu. W pewnym wieku mężczyzna traci animusz, zew bojowy, to jak z końmi, prawda? Są wierzchowce, są rumaki i są zwykłe…

— Mamo! Pali się! — uratował go Borek.

— Gdzie? — natychmiast przerwała potok słów Kachna.

— W kuchni! Gospodyni sobie nie radzi z ogniem!

Wojewodzina odwróciła się, błysnęła pięknymi oczami i wybiegła bez zbędnego słowa.

— Ja też się omal nie spaliłem — odetchnął Wincenty — ze wstydu…

Borek zaśmiał się jak psotny chłopak.

— Ma gadane mamunia! No, lepszej zachęty do wojewodowania nie mogłeś dostać, co?

Dobrze, że nie zechciała mnie sprawdzać — pomyślał Wincz i od razu oblał się rumieńcem, bo jego wyobraźnia pokazała mu, jakiej próbie poddaje go wojewodzina, a wiadomo, że słynęła z szybkiej jazdy.

— Zbieraj poczet zbrojny — powiedział Nałęcz. — Potrzebuję cię.

Chciał to jakoś wyważyć. Wojewoda Starszej Polski, ale nie w otoczeniu własnego wojska, by gdy przekroczą granicę, nikomu nie przypominać niedawnej wojny. Owszem, mógł zaprosić zięcia do Poznania, ale przewrażliwiony Betkin von Osten potraktowałby to jak wywyższanie się teścia; Gosieńka pisała, że mąż wciąż pamięta, jak dał mu popalić na weselu.

Z Grodziszcza do Drezdenka jechali trzy dni. Normalnie byłoby dwa, ale wojewodzina wcisnęła im wóz wyładowany po brzegi prowiantem. „To dla dzieciątka" — oznajmiła i nie dała sobie wytłumaczyć, że Małgoś urodziła jedno dziecko, nie drużynę zbrojnych.

Wincenty Nałęcz wjeżdżając do Drezdenka, czuł na sobie nieżyczliwe spojrzenia miejscowych. Nie umknęło jego uwadze składowisko wielkich polnych kamieni pod drewnianym częstokołem grodu, robotnicy kopiący rów, furmanki z piaskiem.

— Będą budować mur od wschodu — powiedział półgębkiem Borek.

— I dobrze. Wstyd, by moja córka mieszkała w drewnianym kurniku — odburknął Wincz.

— Wygadaj się teraz, wypluj, wyżółć — poradził mu przyjaciel. — A jak zobaczysz zięcia i córę, zacznij od uśmiechu, inaczej całą naszą misję szlag trafi.

Przekroczyli most zwodzony.

— Wojewoda Starszej Polski Wincenty Nałęcz i rycerz Borek z Grodziszcza! — zakrzyknął chorąży Wincza, choć pilnujący bramy poznali ich bez trudu.

— *Mutter Gottes!* — krzyknęła jakaś babina i upuściła kosz. Pożółkłe główki zeszłorocznej kapusty potoczyły się po dziedzińcu wprost pod kopyta konia Wincentego. Wstrzymał go gwałtownie.

— Tylko nie mów, że to zamach! — przestrzegł go Borek.

— Nic nie powiedziałem — wściekle syknął Wincz i wycofał konia, by służba grodowa mogła pozbierać kapustę. Jego koń uniósł ogon i pacyny łajna spadły między kapuściane główki.

— Przestań, błagam — poprosił go Borek.

— To nie ja — zaśmiał się półgębkiem Wincz.

— Tatuś! — Małgosia wybiegła w samej sukience, bez płaszcza, z gołą głową i rozpuszczonymi włosami. Przy niej dwa wielkie łaciate psy, za nią wysoki, tyczkowaty Betkin z jej płaszczem.

— Przeziębisz się, stój, Margoś!

I piastunka z dzieckiem w ramionach.

Wincenty Nałęcz zeskoczył z siodła, córka wpadła mu w objęcia, uniósł ją, okręcił, aż jej kasztanowe włosy połaskotały go w twarz.

— Wciąż jeszcze nie odrosły — powiedział, dotykając miękkich splotów.

— Bo je podcinam, jak Betkin nie widzi — szepnęła mu do ucha.

— Po co?

— Niech myśli, że nasz ślub był wczoraj — zachichotała. — Nie, no coś ty, tatku, żartuję. Lubię mieć krótkie, nie tracę czasu na rozplatanie i rozczesywanie warkoczy.

— Co za wizyta w naszych skromnych progach — kwaśno powiedział Betkin von Osten, zatrzymując się o cztery kroki od nich. — Ostatni raz mieliśmy ten zaszczyt dwa lata temu, ale wtedy witaliśmy wojska polskie i litewskie. Mój teść został wojewodą, czy to znaczy, że odtąd zawsze będzie odwiedzał Drezdenko z wojskiem?

— Przestań, Betkin. — Wincenty spróbował lekkiego, familiarnego tonu i zrobił krok ku niemu. — Widzisz za mną wojsko? Wóz z wiktuałami, owszem, to od matki — zełgał gładko.

Gosieńka już podnosiła płachtę okrywającą wóz i zaśmiała się, puszczając oko do Borka.

— Co za pyszności, dziękuję tej mamie, która je spakowała!

— U nas głodu nie ma — wysoko uniósł głowę Osten. — Ale w okolicach Frankfurtu, owszem. Pola spustoszone, chłopi porwani...

— Beti, zobacz! — zawołała go Małgosia. — Kołacze z miodem, takie jak na naszym weselu, i o rany, śliwki na rożenku! Musisz tego posmakować. — Już wyciągnęła suszone śliwki nadziane na patyk i przekładane plastrami wędzonej gruszki. Jadłeś kiedyś takie łakocie?

Betkin otoczył jej plecy płaszczem, owinął troskliwie, jak dziecko.

— Dla Betkina są dwie beczki naszego najlepszego piwa — wtrącił Borek, ale Gosieńka już wpychała mężowi do ust śliwki, zsuwając je wprost z rożenka. Wincenty zacisnął szczęki z zazdrością. Nigdy nie doświadczył takiej poufałości od Zbysławy, jak ten chudy brandenburski dziedzic, któremu dwa lata po ślubie nie przybyło rzadkiej, ciemnej brody. Wciąż wyglądał na zbyt wysokiego, a to, co w czasie wesela było w nim nieśmiałe, teraz stało się nieufne. Poza jednym — wtedy mógł na jego Małgoś tylko popatrzeć tęsknie, a teraz raz po raz kładł wielką dłoń na jej plecach albo obejmował w talii, jak swoją. I mówił do niej „Margoś", co sprawiało, że Wincz miał ochotę przegryźć zięciowi tę chudą szyję z wystającą grdyką. Najgorzej było, gdy Nałęcz poprosił, by pokazali mu wnuczkę. Betkin wziął ją z rąk piastunki i uniósł wysoko. Mała, o twarzy różowej i okrągłej, zaniosła się śmiechem. Betkin nadął się, jakby dziecko było jego. To znaczy, Wincz wiedział, że było, tyle że Osten zachowywał się, jakby należało wyłącznie do niego, i to go rozsierdziło. Zięć trzymał ją w powietrzu i nie oddawał, a dziewczynka zanosiła się gulgoczącym śmiechem.

— Jak żeście dali na imię? — spytał Wincz sztywno.

— Po matce — wyszczerzył zęby Betkin. — Margerete.

— Po matce by było Małgorzata — kwaśno sprostował Nałęcz. — Ale podobna, przyznaję.

— Każdy to mówi — pokraśniał Betkin — że Ostenówna. Oczy ma jak ja i podbródek...

— Podobna do Gosieńki — poprawił go Wincz. — Po tobie to by brodę musiała mieć, ha, ha, ha. To Nałęczówna, od razu widać.

— Nałęczówna i Ostenówna — pogodziła ich Małgosia i zabrawszy małą z rąk Betkina, podała Wincentemu. Ten złapał ją sztywno pod paszki i przytrzymał przed sobą. Dwulatka jeszcze przez chwilę uśmiechała się, potem spojrzała w jego oczy i jej własne zrobiły się bardziej okrągłe. Usta wygięła w podkówkę i uderzyła w ryk. Omal jej nie puścił.

— Nie płacz — powiedział wnuczce. — To ja, twój dziadek. Wojewoda poznański.

Łzy wielkie jak ziarna grochu toczyły się po jej policzkach, a skrzywiona buzia aż poczerwieniała od ryku.

Rzeczywiście, podobna raczej do Betkina — uznał, ale nie chciał kapitulować i pobujał nią w powietrzu, bo tak robił ze swoimi synami, gdy byli mali. No, może jednak byli wtedy nieco więksi, bo ta dziewczynka zamiast się uspokoić, wydobyła z siebie jeszcze wyższe tony i to już nie był płacz, ale krzyk. Do tego zaczęła wierzgać nóżkami i obracać się w powietrzu niczym trzymane za kark kocię.

— Podoba jej się — wrzasnął Wincz, żeby przebić się przez ryk dziewczynki.

— Nie za bardzo — oświadczył Betkin, zabierając ją z jego rąk i tuląc do piersi. Mała momentalnie się uspokoiła. — Nie bój się dziadka, on ci krzywdy nie zrobi. A kiedy znów będzie chciał nas odwiedzić z wojskiem, wyśle wcześniej gońca, żebyśmy cię ukryli pod pierzyną w alkowie, straż przed drzwiami ustawili...

— Betkin, nie gadaj bzdur — skarciła męża Małgoś.

— Burchard w Santoku? — Wincenty udał, iż nic się nie stało. — Chcę odwiedzić twego ojca.

— Sprawdzić, czy pobudował mury? — szedł na całość Betkin.

— Gdybym sprawę, którą mam do niego, mógł załatwić z tobą, nie fatygowałbym się — zimno odpowiedział Nałęcz.

— Wojewoda chce jechać na noc? — z udaną troską spytał Osten. — Nic nie szkodzi, u nas kraj spokojny, a patrole sąsiedzkie pilnują porządku na drogach. Uczymy się na błędach, teraz nawet Litwin się nie prześlizgnie.

— Przestańcie — tupnęła Małgoś. — Oczywistym jest, że zostają na noc. Hana! — przywołała służkę. — Komnatę dla gości wyszykować, najlepszą! I w kuchni powiedz, że wieczerza ma być raz dwa. Wóz wyprzęgać, Margerete do piastunki i spać. Ojcze, wuju Borku, proszę do dworu. Czym chata bogata. Beti, wydaj z piwniczki wino i niech to będzie duży dzban! — pogroziła mu palcem.

Gdy rankiem opuścili Drezdenko, Wincenty Nałęcz był z siebie dość zadowolony.

— Dość dobrze nam poszło — powiedział do Borka, kiedy wyjechali na trakt. — Nawiązaliśmy kontakty, wnuczka mnie polubiła. Betkin to bęcwał. A Małgoś radzi sobie dobrze.

— Z ostatnim się zgodzę — ponuro mruknął Borek. — I tylko w niej upatruję nadzieję na to, że misja się uda.

— Tak powiedziałem córce na odjezdnym, jak na weselu. — Wincz poklepał konia po szyi. — Przyszedł czas, byś użyła klucza do Królestwa.

— Będzie jej ciężko, jeśli nadal będziesz sypał piachem w zamek — odpowiedział mu Borek.

Wincenty Nałęcz zaśmiał się chrapliwie i obejrzał na towarzyszących im Brandenburczyków. Betkin von der Osten tak bardzo chciał się pokazać „wojennym panem", że dał im obstawę na drogę do Santoka. Wśród tych ludzi pewnie jest zaufany, który ma staremu Burchardowi powiedzieć na osobności dwa słowa. I, pewnie, zupełnym zbiegiem okoliczności, świetnie zna polski. Może to ten zawalisty, z gębą łuszczącą się jak cebula? Albo łysy brodacz, którego można by wziąć za Krzyżaka?

— Wincz — odezwał się po chwili Borek zupełnie innym głosem. — Nazywają nas „brandenburskim murem". My, strażnicy zachodnich granic, jedziemy teraz po ich drugiej stronie.

— Tu było Królestwo — przez zęby odpowiedział Wincz i spojrzał na chorągiew Ostenów powiewającą nad bramą Santoka. Złoty klucz w polu purpurowym.

Burchard von der Osten, wysoki, żylasty stary rycerz. Potomek rodu, który przy boku Albrechta Niedźwiedzia wyrąbywał Nową Marchię ze świętych gajów Słowian Połabia, by po latach, w osobach potomków, przerodzić się w spokojnych gospodarzy, którzy nie zapominają ćwiczyć synów w rzemiośle wojennym. Powitał ich przed drzwiami drewnianego dworzyska i powiódł do obszernej, ale ciemnej komnaty, która przywodziła na myśl dawne hale nordyckich wojów. Pozbawiona okien, zamiast których były wąskie długie szpary pod dachem. Oświetlona pochodniami i ogniem z biegnącego środkiem paleniska, wzdłuż którego stały surowe ławy do siedzenia, zarzucone futrami i barwnym suknem.

— Stawiam zamek — powiedział, zapraszając, by usiedli przy ogniu — ale póki nie skończę budowy, tu jest mój dom i twierdza. — Obszedł palenisko i zajął miejsce naprzeciw nich, po drugiej stronie ognia.

— Gdy byłem chłopcem, mówiono na Santok „brama i klucz Królestwa" — powiedział Wincenty Nałęcz, gdy spoczął.

Burchard spojrzał mu w oczy ponad płonącym ogniem. Wincz nie powiedział nic więcej, więc po chwili Osten spytał:

— Przyjechałeś otworzyć tę bramę? Będziesz musiał zrobić to siłą, a nie widzę wojska za twymi plecami. A może jesteś szpicą swego króla?

— Tak — odpowiedział Wincenty Nałęcz i znów zamilkł. Tym razem poczuł na sobie niespokojny wzrok Borka.

— Czego chcesz, wojewodo? — W opanowanym głosie Burcharda nie zabrzmiała nawet nuta lęku.

— Dla siebie niczego — odpowiedział Nałęcz.

Spore polano syknęło i przepalone pośrodku przełamało się.

— Mój król pała żądzą zemsty — powiedział Wincenty po chwili. — Mój król nie może zapomnieć o nikczemnej zbrodni na Przemyśle II. Mój król chce ukarać winnych, bo nikt przed nim tego nie zrobił.

Borek poruszył się nerwowo i głośno westchnął. Wincz skarcił go wściekłym spojrzeniem. Jasnoszare oczy Burcharda odbiły lęk, nad którym tak starał się panować. Ogień płonący między nimi zatańczył z sykiem, jakby brał udział w rozmowie.

— Różnie mówią — odpowiedział Burchard. — I nie wszyscy wskazują, że za morderstwem stali margrabiowie. Nie brakuje takich, którzy oskarżają krewnych twej żony.

— Po naszej stronie winni zostali skazani. Po waszej nigdy. A na zbrodni skorzystali tylko margrabiowie. Zajęli ziemie, które ty po latach kupiłeś. Na których gospodarzysz.

— W pokoju.

— Wybudowanym na królewskiej krwi.

Ogień zatańczył wysoko, przesłaniając Winczowi na chwilę Burcharda. Milczeli dość długo, płomień przygasł i twarz starego rycerza wydała się nagle zmęczona. Światło bijące od dołu pogłębiało bruzdy, kładło cienie pod oczami.

— Naprawdę o tym rozmawiamy? — spytał Burchard. — Po co dałeś nam Margorzatę za Betkina? Myślałem, że dla pokoju, ty jednak wracasz do krwi.

— Nie ja — spokojnie zaprzeczył Wincenty.

— Twój król — zrozumiał Osten.

— Tak, mój król.

Nikt nie dokładał do ognia i palenisko z wolna dogasało, pogłębiając półmrok panujący w komnacie. Ulatujący dym skrzył się pod powałą drobinami kurzu.

— Zatem przyjechałeś mnie ostrzec — powiedział Burchard. — Zanim ja zdążyłem ci podziękować, że podczas rejzy wasze wojska ominęły nasze ziemie. To był przypadek?

— Wierzysz w nie? — przekrzywił głowę Wincz.

— Nie, ale chcę wiedzieć.

— To już wiesz. Ja wiodłem polskie wojska.

— Zawsze w szpicy. — Jasne oczy Burcharda spojrzały na Wincza i skryły się pod powiekami. — Dziękuję.

— Jako wojewoda nie będę mógł prowadzić zwiadu — powiedział Wincenty od razu. — Będę dowodził główną częścią wojsk Starszej Polski. Żadna to tajemnica, tak wygląda prowadzenie wojen.

— Twój król szykuje się do wojny?

— Nie odpowiem.

Burchard skinął głową. W palenisku zostały wypalone głownie. Szare kruche kształty tego, co było drewnem, i czerwony podskakujący żar.

— Burchardzie von der Osten — odezwał się Wincenty Nałęcz. — Dałem wam swoją Gosieńkę, mój skarb. Gdybym pragnął wojny z Brandenburgią, nigdy bym tego nie zrobił. Twój syn tego nie rozumie, ale ty to wiesz. Mój król to wojenny pan. Ty masz cesarza Wittelsbacha w dalekiej Italii. Cesarza, który rozsierdził mego króla bezprawnym zdejmowaniem z tronu. A na miejscu masz jego syna, Ludwiczka.

— To gówniarz — bez ogródek odpowiedział Burchard.

— Zatem znajdź ludzi, którzy rządzą za tego gówniarza. Dotrzyj do nich i rozmawiaj, zanim mój pan w Krakowie uzna, iż zemści się na cesarzu, atakując Brandenburgię jego syna.

— Wedegon von Wedel został starostą Ludwiczka — powiedział Osten.

Nareszcie zrozumiałeś, po co przyjechałem — pomyślał z ulgą Nałęcz. — Doskonale wiem o jego starostwie. Ma w herbie czarne koło na złocie i cały wygląda jak kula. Lałem mu piwo na weselu Gosieńki i żartowałem z nim, choć wtedy, Bóg mi świadkiem, nie przeczuwałem, że tak szybko będzie nam potrzebny.

— Pomów z nim — powiedział na głos i klepnął Borka w ramię na znak, że wychodzą. Dopiero teraz zobaczył, że zmarszczki i bruzdy na twarzy Burcharda pogłębiły się. — Czasu nie zostało nam wiele, ale wciąż jeszcze nam sprzyja.

— Z Bogiem, Wincenty.

— Z Bogiem.

Gdy wyjechali za Santok, Borek nie odezwał się do niego słowem. Dopiero kiedy pod Drezdenkiem opuścili ich zbrojni Betkina, wybuchł:

— Mogłeś mnie uprzedzić!

— Nie mogłem! — Wincz odwrócił się, wskazał na trakt, którym odjechali tamci. — Betkin niby taki bęcwał, a dał nam do towarzystwa bystrzaków, co chłonęli każde słowo w drodze.

— Siedziałem przy tobie jak dureń! Tyś straszył Burcharda wojną, a ja się bałem! — wściekał się Borek.

— Wybacz — powiedział. Spojrzał na przyjaciela i parsknął śmiechem.

— Teraz już nie wybaczę — stanowczo odpowiedział Borek.

— No nie bądź zły, nie wiedziałem, że dasz się nabrać.

— Boś siebie nie widział! — fuknął Borek i zrobił paskudą minę. — Tak wyglądasz, gdy siejesz strach.

— Przestań, nie dla siebie tu przyjechaliśmy...

— A tam!

— Tylko dla dobra Królestwa...

— Tym gorzej — żachnął się Borek. — Dla dobra Królestwa ja mam wychodzić na niemotę, a ty na bohatera! I jak nas potem kronikarze opiszą?

— Wojewoda Nałęcz i jego prawa ręka Borek z Grodziszcza herbu Napiwon.

Jeszcze fukał, ale „prawa ręka" musiała brzmieć w jego uszach dobrze. Kazał sobie obiecać, że Wincenty więcej nie zrobi z niego durnia, i dał spokój. Jechali szybko, a gdy przekroczyli granicę, Nałęcz zaczął mimowolnie przyspieszać.

— Co tak gnasz? — zagadnął Borek.

— Zmitrężyliśmy — odpowiedział Wincz. — Teraz się martwię, jak Zbysława radzi sobie sama w Poznaniu.

Nieprawda, o nią nie trzeba się martwić. Tęsknił.

— Z tego, co wiem, wojewodzina wyjechała. Co się tak patrzysz? Nie mówiła ci o swoich planach?

Wincenty Nałęcz poczuł, jak krew odpływa mu z twarzy. Wstrzymał konia, a dłoń odruchowo powędrowała do rękojeści noża. Borek zaśmiał się i pokręcił głową.

— Hamuj się, przyjacielu! Jest w dobrych rękach. Umówiła się z moim stryjem i stryjną w Gryżynie.

— Z Wojsławem? Sędzią poznańskim? A po co?

Teraz konia zatrzymał Borek i przyjrzał mu się.

— Kiedy ostatnio rozmawiałeś z żoną? — spytał krytycznie.

JAN LUKSEMBURSKI był w swoim żywiole. Koronacja Filipa de Valois na Filipa VI, pierwszego Walezjusza na tronie Francji, była jak wiosna po długiej zimie. Potężna katedra w Reims rozbrzmiewała dzwonami od świtu do południa, płosząc stada ptaków i konie. Stał w pierwszym szeregu gości, wyprężony, uśmiechnięty i szczęśliwy jak młody bóg. Nie dlatego, że Filip obejmował tron po Karolu, ale z powodu tych wszystkich ludzi, których spotkał. Książęta tego i tamtego, księżne, księżniczki, baronowie, parowie. Jakby znalazł się w środku swego paryskiego dzieciństwa. Lśniące pierścienie, diademy, kolie, złoto, purpura i błękity. Rozkloszowane houppelande baronów, niemożliwie obcisłe staniki księżniczek, kwieciste jopule ich kawalerów, z małym kołnierzykiem, koniecznie! Do kolan czy już do pół uda? Uwolnijmy męski strój, panie hrabio, z niewoli długiej kiecki! Spiczaste noski ciżem, pasy zmysłowo opuszczone na biodra, bukiety we włosach dam, kwiaty w głębokich dekoltach.

Kamienny maswerk kaplicy, strzeliste pinakle i szczerzące się pod nimi, jak złe sny, maszkarony. Koronkowa robota budowniczych katedry, których geniusz zapierał Janowi dech w piersiach. I jeszcze Palais du Tau ustrojony girlandami kwiecia, sukno wiodące od wrót katedry do drzwi pałacu, szpaler barwnego tłumu, między którym orszak nowo wybranego szedł z koronacji na ucztę. A potem turniej rycerski okrzyknięty „Szrankami Walezjuszy", nieco wyzywająco, zważywszy, że Filip nie był jedynym pretendentem do tronu. I on, Jan Luksemburski, który w cuglach wygrał wszystkie gonitwy do pierścienia! Obwołany turniejowym królem w wawrzynowym wieńcu na głowie przyjmował hołdy dam i rycerzy. Przedstawiał swego syna i Blankę de Valois:

— Mój następca, Karol Luksemburski, i jego narzeczona, siostra króla Filipa!

A potem pili wino wprost z fontanny na placu pałacowym. Tańczyli w ogrodach Palais du Tau, do muzyki zagłuszanej przez cykady, w blasku pochodni trzymanych przez przebraną za faunów służbę. Odnawiał przyjaźnie, komplementował damy, nawiązywał obiecujące znajomości, całował dłonie księżniczek, prowadził sekretne rozmowy z książętami, ukryty pod maską w ostatnich chwilach balu ściskał talie wysoko urodzonych mężatek. W rzadkich chwilach znużenia zabawą szedł piechotą do opactwa Saint Reims i w ciszy i chłodzie potężnej bazyliki wpatrywał się w witraż przedstawiający Remigiusza, apostoła Franków. Zdarzało się, że zasypiał ukołysany monotonnym śpiewem liturgii godzin dochodzącym z klasztornej kaplicy. Jego giermek Baldryk czuwał nad spokojnym snem króla i budził go na czas, przeprowadzając z pałacu Boga do pałacu króla.

— Na nas już czas, mój panie — powiedział któregoś dnia.

Jan przetarł opuchnięte powieki. Poprzedni wieczór skończył się równo ze świtem. Poruszył opuchniętymi palcami.

— Gdzie mój pierścień z rubinem? — zauważył brak lśniącego kamienia.

— Król podarował go wczoraj pannie Marie de Burbon — przypomniał Baldryk.

— Ach tak — z żalem odświeżył pamięć Jan. — Ach…

— Mówiąc, iż jej dziewiętnaście lat zobowiązuje do uczczenia klejnotem…

— Przestań — poprosił Jan. — Jestem żenujący.

Baldryk zamilkł na chwilę, a potem powtórzył:

— Na nas już czas, królu. Szkatuły, które zabraliśmy z Pragi, są puste, a potrzeba nam pieniędzy na podróż do domu.

Jan zamruczał z odrazą, zamachał rękami, próbował się bronić, ale słabo:

— Tu jest mój dom…

Dwa dni później byli w drodze. Owiał go chłodny wiatr na trakcie, obudził galop. Zabrał z Reims, co dobre, co słabe — zapomniał. Jechali bez taboru, bez wozów. Cóż wieźć miałby na nich, skoro co miał, to wydał? Nawet płaszcz szyty na koronację Filipa Baldryk musiał zastawić, by starczyło na dwie zmiany koni. Trzeciej nie było, choć odwiedził gościnną karczmę ukrytą w lesie i spędził tam noc, zabierając o świcie coś ładnego na pamiątkę, nim dojechał do Trewiru i zatrzymał w gościnie u stryja arcybiskupa.

Baldwin przywitał go w prywatnej komnacie. Siedział na rzeźbionej ławie pod oknem i Jan nie widział jego twarzy, gdy usłyszał w drzwiach:

— Gdzie twój wawrzynowy wieniec, zwycięzco koronacyjnego turnieju?

— Stryju — odpowiedział serdecznie i nie zdążył go pozdrowić. Sługa zamknął drzwi za Janem i był w komnacie sam na sam z Baldwinem.

— Zastawiłeś, jak płaszcz? — Słowa arcybiskupa cięły jak nóż. — A może rozdałeś lekką ręką, niczym setkę innych podarków? Marie de Burbon? Zaręczona z nic nieznaczącym tytularnym książątkiem Galilei. Nie mówiła ci czy nie słuchałeś zajęty adoracją jej dekoltu?

— Ale… — spróbował się bronić i od razu poczuł, że wobec szczegółowej wiedzy Baldwina opór jest daremny. — Mogę usiąść?

— Tak. Sugeruję, byś przysiadł się jak najbliżej, bo mam ci wiele do powiedzenia, a nie chcę krzyczeć.

Dopiero teraz Jan zdał sobie sprawę, że głos Baldwina jest ostry, ale cichy.

— Jesteś zdrów? — zaniepokoił się.

— Nie, ale też nie dolega mi nic takiego, z czego nie wyleczyłbym się dobrym winem i bulionem z perlicy. Zapraszam. — Pokazał mu miejsce na ławie obok siebie. Jan zawahał się, wolałby usiąść dalej, ale w komnacie nie było innych siedzisk.

— Pamiętasz naszą ostatnią poważną rozmowę? — przeszedł do rzeczy stryj.

Luksemburczyk skinął głową, zdając sobie sprawę, że nie chciałby teraz być przez kogokolwiek widzianym. Hrabia Luksemburga, król Czech i zwycięzca turnieju siedzi jak uczeń, który nie nauczył się lekcji. Zaraz dostanę trzciną po łapach — pomyślał i nie zrobiło mu się lżej.

— Miałeś grać rycerzyka — przypomniał mu Baldwin. — Bawić ich pieśniami, a działać na zimno. Tymczasem ty stałeś się rycerzykiem! Kwiaty, wieńce, turnieje, gonitwy! Potajemne schadzki, pocałunki z byle kim. Ciągnie cię do Francji, ciągnie do Italii — stryj wycelował w niego palec — wiem o spotkaniu w Trydencie, nie byłeś aż tak dyskretny, jak ci się zdawało, albo śledzili Viscontiego. — Wzruszył ramionami, co dało jednak Janowi szansę na wyjście z honorem z tej sytuacji, bo prawda, o niczym Baldwinowi nie powiedział. — Tak czy inaczej, dowiedział się o tym Wittelsbach i postanowił cię uprzedzić…

Teraz Janowi zrobiło się gorąco. Przerwał stryjowi:

— Co?

— Pstro — prychnął arcybiskup. — Dobrze słyszysz. Wittelsbach dowiedział się o twoich italskich spotkaniach i podjął błyskawiczną decyzję. Jego cesarska koronacja, która tak zaskoczyła wszystkie dwory, została w gruncie rzeczy sprowokowana przez ciebie.

— Nie — jęknął Jan.

— Tak — pogrążył go stryj. — Na twoje szczęście nigdy nikomu o tym nie powie, bo musiałby się przyznać, że rywalizuje z królem Czech, a to poniżej jego, obecnie, cesarskiej godności.

— Wina — poprosił Jan.

— Wody — poprawił stryj i pokazał palcem na dzban z przejrzystego szkła, który nie pozostawiał wątpliwości, iż tym razem nie będą pili win z mozelskich winnic Baldwina.

Jan wstał i powlókł się, nalał, wypił duszkiem.

— Patrzysz na zachód — podjął arcybiskup, gdy Jan wrócił na miejsce — bo go rozumiesz i znasz. Ale zostałeś królem Czech i na dodatek wciąż masz mocne tytuły do polskiej korony. Wittelsbach potwierdził ci je, w zamian za zwycięstwo pod Mühldorf. Przypomnij mu to. Teraz, gdy zdjął z tronu Władysława, jest ta chwila, w której powinien namaścić ciebie.

— Ale…

— Ale ty sam się prosisz, by nie traktować cię poważnie — warknął Baldwin. — Przegrałeś awanturę o Kraków, Węgrzy zastąpili ci drogę…

— Nie — postawił się Jan. — Z nimi nie miałem szans, ale zyskałem Śląsk! Niemal cały Śląsk jest moim lennem. To nie jest mało!

— To jest bogactwo, nie królestwo — lekceważąco odpowiedział Baldwin i podciągając nogę, przekręcił się twarzą w stronę Jana. — Ty patrzysz na zachód, a nie rozumiesz wschodu. Obudź się, chłopcze. Przy odrobinie starań mógłbyś stać się najważniejszym graczem w regionie! Tak silnym, że przestałby cię obchodzić Wittelsbach!

— Stryju. — Jan opuścił głowę, oparł łokcie o kolana i schował ją w dłoniach.

— Jesteś tak ślepy, że tego nie widzisz? — Głos Baldwina aż bulgotał od gniewu. — Połącz Królestwo Polskie z Czeskim i pokaż mi drugie takie, poza Rzeszą! Pomyśl o szlakach handlowych od Morza Czarnego po Bałtyk, ile to bogactw, wpływów, potęgi.

— Krzyżacy szykują się do wojny z Władysławem — wyszeptał Jan, nie podnosząc głowy. — Oni mają chrapkę na to samo…

— Więc musisz pokrzyżować im plany — ostro skwitował Baldwin. — Zapomniałeś, że jesteś winny papieżowi krucjatę?

Jan Luksemburski wyprostował się powoli. W jego głowie zakiełkowała myśl. Brakowało mu jeszcze planu, a w tym planie pretekstu, ale stryj natchnął go wolą walki.

— Pożyczysz mi pieniądze? — spytał wprost.

— Nie — odpowiedział Baldwin. — Dam ci konie na drogę

GIEDYMIN wielki książę litewski był już znużony kolejną nocą świętowania Kupolės. Zrobił wszystko, jak trzeba: płynął z nurtem rzeki ukwieconą łodzią z ogniem w żelaznym koszu ustawionym na dziobie; lał miód w płomienie, skakał przez nie, całował dziewczęta, a w Wilnie pozwolił swoim dominikanom odprawić nabożeństwo do jakiegoś świętego bez głowy. Przyszli na nie tylko kupcy, ale dziękowali mu, jako największemu dobrodziejowi chrześcijan. Dutze, który na dworze Giedymina zajmował się stosunkami z Rygą, skwapliwie zapamiętywał imiona obecnych i pochwały; Giedymin nie musiał go pilnować, wiedział, że Dutze zadba, by znalazły się w płynących do europejskich dworów listach.

Męczyły go uczty; złościły kwietne wieńce i tańce, wiedział, gdzie zazna ukojenia, ale musiał czekać, aż wypali się święty ogień Kupolės. I wreszcie, gdy nad ranem po ostatnim ze stosów została tylko kupa żaru, gdy najnamiętniejsi kochankowie posnęli zmęczeni rozkoszą między paprociami, Giedymin dał znać Ligejce i jego druhowie bez słowa powstali od stołów. Jantar, pies myśliwski, którego dostał od Matki Jemioły, biegł bezszelestnie. Wsiedli na konie i niezauważeni przez śpiącą służbę wyjechali z dworzyska, kierując się ku położonemu za obwarowaniami Wilna strumieniowi Koczerga.

— Gdzie czeka? — spytał Ligejkę Giedymin.

— W Kruczym Lasku, przy podziemnym źródle.

— Dobre miejsce — potwierdził Giedymin.

Dotarli szybko. Kruczy Lasek był sosnowy, gęsty i swą nazwę zawdzięczał gniazdom. Młode kruki już je opuściły, ale na ziemi wciąż znać było ślady po licznym w tym roku wylęgu. Czarne pióra i ptasie gówna. Koczerga wypływała między głazami, spod ziemi, wąską strużką czarnej wody. Tu, w mroku Kruczego Lasku, wydawała się odrażająca, ale była czysta, smaczna i chłodna, płynęła wprost do Wilna i dawała mieszkańcom dobrą wodę. Nazywano ją podziemnym źródłem, bo wystarczyło ucho przyłożyć do ziemi, by usłyszeć, że Koczerga płynie daleko przed tym, jak wybije.

Na miejscu czekali na nich ludzie Ligejki. Giedymin zsiadł z konia, Jantar pobiegł węszyć i po chwili usłyszeli jego szczekanie. Ligejko poprowadził. Biksza, Margoł, Wasilik, Dutze i Torwid ruszyli za Giedyminem na niedużą polanę za głazami, spomiędzy których wypływało źródło. Pośrodku niej stała drewniana klatka, w niej czekał więzień.

— Rdest — Giedymin wymówił jego imię na głos i sprawiło mu to bolesną, ale jednak przyjemność.

— Wielki kniaziu. — Więzień miał skute nogi, a ręce uwiązane do klatki, mimo to pokłonił się.

Jantar węsząc niespokojnie, okrążył klatkę dwa razy i stanął naprzeciw Giedymina, patrząc to na Rdesta, to na księcia.

— Święty ogień dogasł — powiedział Giedymin. — Jeśli liczyłeś, że spalę cię w jego płomieniach, byłeś głupcem. To śmierć bohaterów, ty na nią nie zasłużyłeś.

Rdest milczał. Wodził oczyma po twarzach zgromadzonych wokół Giedymina, jego samego unikając wzrokiem.

— Takie nic — Giedymin odwrócił się do swoich druhów — taki śmieć, a przyłożył rękę do śmierci wojewody Dawida.

— Zdrada, broń tchórzy — splunął wprost do klatki Margoł.

— Żmija o rozdwojonym języku — syknął Biksza.

— Sługus Półtoraokiego — warknął Torwid, wojenny towarzysz Dawida. — Razem z nim powinniśmy zabić Jarogniewa.

— Zabijemy — spokojnie powiedział Giedymin. Jego opanowanie było pozorne. Wrzał. Gdyby przed laty usłuchał Jemioły, gdyby uwierzył jej, że Jarogniew jest niebezpiecznym graczem, kto wie? Może dzisiaj Dawid by żył. A tak, musiał przyjąć od Matki wiadomość o zdradzie.

Jak ja mam żyć bez niego? — spytał sam siebie po raz setny Giedymin. — Wojownicy z przekuwanej po stokroć stali rodzą się raz na tysiąc lat. Nie będę miał drugiego Dawida. Oni wszyscy, Torwid, Biksza, Ligejko, Dutze, oni są dobrzy, bardzo dobrzy, ale Dawid był najlepszy. Kochał, nie zdradzał. I wierność go zgubiła, miłość do Jurate, którą mu wyciągnęli i którą go zabili.

— Wykopcie dół — powiedział do Ligejki, a ten zawołał swoich ludzi. Stali z łopatami, czekając, aż pokażą gdzie.

Biksza położył się na ziemi i przyłożywszy do niej ucho, nadsłuchiwał. Przesuwał się, układając na ściółce kamienie, aż wyznaczył podziemny bieg Koczergi. Gdy już go znali, Ligejko pokazał swoim ludziom, gdzie kopać. Rdest patrzył na to wszystko coraz bardziej przerażony.

— Co się dziwisz? — odezwał się do więźnia Wasilik. — Nie chcemy zatruć twoim truchłem podziemnego źródła.

Kopaczy było sześciu, ale ziemia twarda jak skała. Robota trwała. Giedymin wszedł w cień, oparł się plecami o pień sosny, obok niego stanął Margoł i Biksza. Wpatrywali się w narastający strach Rdesta. Jantar machał ogonem, krążąc wokół kopaczy.

— Złożyłbym go w ofierze — powiedział półgłosem Giedymin — ale jaki bóg przyjąłby zdrajcę?

— Krzyżacki — zażartował Biksza i zaśmiali się.

— Przy okazji — odezwał się Margoł, który zajmował się sprawami Zakonu. — Z końcem roku wygasa nasz rozejm. Cisi ludzie donoszą, że Krzyżacy szykują się na wojnę.

Giedymin schylił się, zerwał długie źdźbło trawy i przygryzł.

— Ruszą na nas — powiedział. — Czuję w kościach, że ruszą.

— Nie wiadomo — odrzekł Biksza. — Zwykłą rejzę zrobią, jasne. Trzeba ją wykazać w sprawozdaniu do papieża, ale mówisz, Margoł, że się szykują, a moi zwiadowcy donoszą, że zbroją się na wojnę, ale nie z nami, tylko z małym królem. Dwóch wojen naraz nie zrobią.

— Mówiłeś, że z małym królem zawarli rozejm — zagryzł źdźbło trawy Giedymin. — Poharatał ich pod Brześciem. To by znaczyło, że najpierw uderzą na nas, a potem na niego.

— Nie sądzę — obstawał przy swoim Biksza. — To się Krzyżakom nie opłaca.

— Co?

— Wojna z nami. — Biksza podniósł patyk i rzucił Jantarowi, który włóczył się po polanie znudzony. Pies zerwał się do pogoni. — Trzeba zaangażować siły, a zważcie, że krucjatowi rycerze ostatnimi czasy nie odwiedzają tłumnie Malborka. Mistrz musiałby walczyć wojskami Zakonu, a te chce trzymać na wojnę z małym królem. Wiem od Ogończyka, że król nie popuści, pozamieniał się na księstwa z bratankami, Paweł został namiestnikiem pogranicza.

Giedymin patrzył na wiadra żółtawej ziemi, wyciągane przez kopaczy z dołu. Na ich mokre od potu plecy. Jantar biegał teraz wokół polany, jakby chciał dogonić swój ogon.

— Słyszałem i takie głosy — wtrącił się Margoł — że mistrz z Malborka nie chce wojny z małym królem. Odpuściłby, byleby mieć z nim spokój.

— Ale mały król nie odpuści — zaśmiał się Giedymin. — Myśleli, że zabiorą mu Pomorze, a on się poskarży tu i tam i da spokój. Ot, zawiedli się żelaźni bracia. Margoł, poślij więcej cichych ludzi w państwo zakonne. Niech Dutze da ci swoich franciszkanów i dominikanów, ci są bystrzy. Trzeba wiedzieć, co na nas szykują. Moje kości mówią, że wojnę, ale może rację ma Biksza?

— Gotowe! — krzyknął z polany Ligejko i jego kopacze odeszli w bok, odrzucili łopaty i poszli po stojącą w chłodnym cieniu skrzynię.

Giedymin wypluł źdźbło trawy i gwizdnął na Jantara. Pies przybiegł zziajany.

— Chodź, szczeniaku — powiedział kniaź — mamy robotę.

Wyszli z cienia na zalaną słońcem polankę. Jama była głęboka, bardzo głęboka. Z jej boków wyłaziły korzenie ucięte nierówno łopatami kopaczy. Ci podeszli po chwili, dźwigając solidną skrzynkę. Ligejko pokazał, by ustawili ją przy krawędzi jamy.

— Przyprowadźcie zdrajcę — rozkazał Giedymin.

Muszę napawać się każdą chwilą — pomyślał. — By moje serce zaznało wreszcie spokoju.

Rdest szedł z trudem, stawiając pokraczne kroki skutymi nogami. Ręce, które wcześniej miał przywiązane do klatki, spętano mu teraz za plecami. Odkąd Giedymin go poznał, nosił brodę, teraz niegolona porosła mu niemal całą twarz, zostawiając wolne miejsce tylko na nosie, czole i pod oczami. Wyglądał jak dziki człowiek, o jakich się gada, że żyją w lesie i płodzą dzieci z niedźwiedzicami. Brudny, cuchnący, widać, że w klatce robił pod siebie. Tylko jego rozbiegane oczy okazywały strach. Milczał i dał się wepchnąć do dołu. Nawet nie krzyknął, jęknął jedynie, bo spadając, przygniótł związane ręce. Było słychać, jak kości chrupnęły. Mimo to przekręcił się na kolana i wstał po chwili.

Odważny — zauważył Giedymin.

Gdyby nie miał związanych rąk, rozkładając ramiona, dotknąłby ścian jamy. Głęboka była na niemal dwóch mężczyzn. Słońce stało w zenicie, gdy Rdest mocno zadarł głowę, by na nich spojrzeć, świeciło mu prosto w oczy. Zmrużył je i obracał głową, najpewniej nie mógł rozpoznać, na kogo patrzy.

Szuka mnie — pomyślał kniaź.

Ludzie Ligejki rozbili ściany klatki i przynieśli je teraz, odkładając z boku jamy. Ligejko otworzył kłódkę na skrzyni, ale nie ruszył jej wieka. Podbiegł do niego Jantar i obwąchiwał skrzynię.

— Jeśli liczyłeś na ostatnie słowo, zawiodę cię — krzyknął Giedymin do wnętrza jamy. — Nie chcę słuchać, co masz do powiedzenia. Chcę czystą zemstą ukarać cię za śmierć Dawida. Umrzesz, jak żyłeś. Byłeś żmiją o rozdwojonym języku i zjedzą cię żmije.

Torwid, Dutze, Biksza, Ligejko, Wasilik, Margoł splunęli do dołu na patrzącego w ich twarze Rdesta. Skulił się odruchowo.

— To tylko ślina — gorzko zaśmiał się Giedymin. — Poczekaj na jad, żmijko!

I dał znać Ligejce, że ma otworzyć skrzynię. Ten założył najpierw grube, skórzane rękawice. Jantar zaskomlał i cofnął się, a ich oczom ukazało się kłębiące się żywe wnętrze. Dziesiątki wielkich, żółto nakrapianych żmij, setki zielonych małych wijących i jadowitych żmijowic. Ligejko zręcznie przechylił skrzynię i wielki syczący kłąb gadów wpadł wprost na głowę Rdesta. Rozpadł się pod wpływem uderzenia na setki skręcających się ciał i oplótł go niespiesznie, owijając się wokół szyi, piersi, związanych ramion i każdej z osobna nogi. Jedna z lśniących żółtych żmij z zygzakowatym czarnym wzorem na łbie sunęła do twarzy Rdesta. Wtedy zdrajca pękł i zawył z przerażenia.

Giedymin otworzył usta, by wchłonąć jego wrzask, by nasycić serce słuszną zemstą.

Ludzie Ligejki przykryli jamę kratownicą klatki. A Rdest zacharczał i zamilkł, bo żmija wpełzła mu do rozwartego krzykiem gardła. Kopacze wrócili i bez słowa zaczęli zabijać kratownicę deskami zerwanymi ze żmijowej skrzyni.

HENRY DE MORTAIN raz po raz poprawiał sukno przykrywające skrzynię z podarkiem dla króla Jana. Nie mógł się go doczekać, zwłaszcza teraz, gdy wiedział, że monarcha dotarł do Pragi. Przez okno rezydencji złotnika Konrada widział orszak królewski, gdzie tam orszak, kawalkadę piętnastu zdrożonych jeźdźców, z których tylko po sylwetce rozpoznał Jana, bo nie odróżniał go od pozostałych nawet płaszcz. Wiedział, że trzeba czasu, król musi odświeżyć się po podróży i wtedy dopiero będą mogli mówić, o ile nie uprzedzi go żaden z czeskich panów i żadna z pilniejszych spraw. Chodził od okna do okna, zacierał dłonie, przesuwał ciężką skrzynię wraz z zachodzącym słońcem, tak by światło wciąż padało wprost na nią, by była pierwszą rzeczą, którą dostrzeże wchodzący do komnaty król…

Drzwi pchnięto, Henry podskoczył.

— Panie de Mortain. — Vojtech obdarzył go beznamiętnym spojrzeniem starego pokojowca. — Król zaprasza do łaźni.

— Ale... — jęknął Henry, bo cały jego plan wziął w łeb.

Zszedł do piwnic rezydencji, pod okiem Vojtecha rozebrał się, owinął płótnem i wszedł do nagrzanej izby pachnącej rozmarynem i miętą. Przez kłęby pary usłyszał śmiech i od razu zrozumiał, że to nie Jan. Śmiech należał do kobiety.

Henry de Mortain odwrócił się spanikowany. Pokojowiec stał za nim, a jego mina mówiła sama za siebie. Rozłożył ręce i wzruszył ramionami. Henry szturchnął go.

— Najjaśniejszy panie, przybył pan de Mortain — zapowiedział go Vojtech.

— Henry! — zaśmiał się w obłoku pary Jan. — Dołącz do nas! Vojtechu, wpuść trochę powietrza, bo się udusimy!

Pokojowiec posłusznie otworzył drzwi i poruszył nimi. Para rozwiała się nieco i Henry zobaczył, że w dużej balii siedzi Jan i jakaś zupełnie naga dama. Spuścił głowę speszony, dama znów zaśmiała się dźwięcznie i odezwała się po francusku:

— Twój przyjaciel mnie nie poznaje!

— Zagrajmy z nim w zagadki — wesoło zaproponował Jan. — Jak zgadnie, zaprosimy go do wody, jak nie zgadnie, będzie naszym kąpielowym, co ty na to?

Henry usłyszał pluskanie i śmiech, spłonął rumieńcem. Wolę nie zgadnąć — pomyślał.

— No, Henry, pytaj! — rozkazał Jan.

— Tak się cieszę, że cię widzę, królu — wymamrotał de Mortain, wpatrując się w kałuże wody na posadzce i swoje bose stopy. — Mam ci tyle do opowiedzenia.

— Ja tobie nie mniej! — wesoło powiedział Jan. — Już, zgaduj, miejmy to za sobą.

— Czy znam tę damę? — zadał oczywiste pytanie Henry.

— Tak! — wykrzyknęli jednocześnie ona i Jan.

Chryste — westchnął w duchu de Mortain. — Imion hrabin i księżniczek, z którymi mógł się zadać w Reims, jest tyle... Obstawię za wysoko, speszę damę, strzelę za nisko, obrażę ją.

— Gdzie się poznaliśmy? — zaryzykował drugie pytanie.

— W lesie! — odpowiedziała kobieta, a król parsknął śmiechem.

To podchwytliwe — wiedział już de Mortain. — Jakieś polowanie, nie, na polowaniu byliśmy z jego siostrą Marią, a ona nie żyje. Może to któraś z dam jej dworu?

— Dama została przedstawiona królowi czy król przedstawiał się damie? — spytał ostrożnie. Oboje aż zanieśli się śmiechem.

— Wtedy nie było ani damy, ani króla — odpowiedziała ona.

— Był kwiatuszek i oszust! — oznajmił Jan. — I srogi Henry de Mortain, który ponaglał do drogi.

— Margeurite? Panna Stokrotka? — odgadł Henry, zapomniawszy, że nie chce zostać nagrodzony. W lot przypomniał sobie mało uczęszczaną drogę, stary trakt do Trewiru na północ od Metzu wchodzący głęboko w lasy, dzięki któremu pobili rekord prędkości. I zachwyt Jana nad karczmarką Stokrotką. Zabrał ją do Pragi?!

— Tak! — krzyknęli jednocześnie i zupełnie naga dziewczyna wyskoczyła z balii, ciągnąc zawstydzonego Henry'ego do wody. Nie puścił płótna, którym był okryty, a gdy znalazł się w balii, natychmiast usiadł.

Marguerite przylgnęła do piersi Jana, on otoczył ją ramieniem i śmiejąc się, zagadnął:

— Już widzisz, jak dobrze sprawił się twój król. Mów, co ty załatwiłeś w Królestwie Polskim.

Zdezorientowany de Mortain spojrzał w twarz Jana, potem na pochłoniętą pieszczeniem jego piersi Stokrotkę. Luksemburczyk mrugnął do niego, dając znać, że ma mówić bez skrępowania.

— Przywiozłem prezent — wymamrotał Henry. — Dar…

— Obejrzymy. Teraz opowiedz. Dostałeś się na dwór króla Władysława?

— Nie, ale…

Grymas niezadowolenia przemknął przez twarz Luksemburczyka. Henry chciał szybko zatrzeć złe wrażenie.

— Zdobyłem wiedzę, jakiej się nie spodziewałem…

— Tajemną? — zadrwił Jan i przesunął w bok jasną głowę Stokrotki, by odsłoniła mu Henry'ego.

— Tak — odważnie odpowiedział de Mortain. — W państwie zakonnym są poganie.

Dziewczyna spojrzała na niego spod spadających jej na oczy mokrych włosów. Miał wrażenie, że jej twarz się zmieniła.

— Co mówisz? — zainteresował się Jan.

— Dzicy — dodał Henry.

Stokrotka najwyraźniej się roznamiętniła, zanurzyła ramiona w wonnej wodzie, Jan westchnął głęboko.

— Mów, proszę — powiedział nieco niższym głosem.

— Krzyżacy chwalą się, że ochrzcili Prusów, tak?

— Tak! — Nie wiadomo, jemu czy dziewczynie, potwierdził Luksemburczyk.

— Zgodnie ze Złotą Bullą objęli wszystkie zdobyte na poganach ziemie, zgadza się?

— Tak...

— I dzięki temu mogli przystąpić do podboju Żmudzi i Litwy, co, jak wszyscy wiemy, stoi w miejscu, a odkąd król Władysław wszedł w sojusz z Litwą, stał się dla nich jeszcze trudniejszy.

Twarz Jana wyrażała aprobatę, Henry rozkręcił się.

— Głoszą swój sukces w Prusach, tymczasem odkryłem, że kulty pogańskie mają się doskonale w całym państwie zakonnym.

— Tego mi trzeba! — jęknął Jan i choć Henry był pewien, że tym razem jest to sygnał dla Stokrotki, Luksemburczyk poprosił: — Mów, szybko!

— Zwiedziłem państwo krzyżackie, korzystając z przewodników nie zakonnych, a miejscowych. I gama moich spostrzeżeń jest szeroka. Od czego zacząć? — przez chwilę zastanawiał się Henry, ale król go ponaglił.

— Nie przerywaj!

Stokrotka wzięła to do siebie; jej policzki zaróżowiły się, a oczy zamgliły, łapała powietrze otwartymi ustami, a o sile pieszczoty, jaką pod wodą dawała Janowi, świadczyły wylewające się z balii strugi.

— Poganie zeszli Krzyżakom z oczu, kryją się po lasach, niedostępnych bagnach, w ruinach dawnych twierdz pruskich władców. I bynajmniej to nie są jacyś przestraszeni kudłaci, niedomyci Dzicy. To wojownicy świadomi historii swego ludu. Uzbrojeni, zorganizowani i jeśli przeczucia mnie nie mylą, gotowi do kolejnego zrywu. Krzyżacy urządzili swój kraj na wzór... mój Boże, nie umiem tego nazwać, to nie jest państwo krzyżowców z Ziemi Świętej. To... dobra, może teraz ten aspekt nieważny, choć daje im poczucie pełnej kontroli nad przepływem ludności, dóbr i towarów. Mimo to dali się Dzikim zwieść. Poganie mają u nich jakby tajemne księstwo w królestwie.

— O Jezu! — głośno westchnął Jan. — Starczy.

— Ale nie powiedziałem najważniejszego...

— Stokrotko, skarbie, mówiłem do ciebie. — Jan dysząc głęboko, wziął twarz dziewczyny w dłonie i ucałował ją w usta. — Jesteś moim ulubionym kwiatem… Czy mogłabyś zostawić nas samych?

Henry spuścił wzrok.

— Nie wiem… — mruknęła dziewczyna, przecierając mokrą dłonią twarz i układając się na ramieniu Jana. Henry poczuł, jak jej stopa dotyka go pod wodą. Cofnął nogi pod brodę. — Henry mówi tak zajmująco…

— To może my zostawimy pannę w łaźni? — zaproponował Henry, nie podnosząc powiek. — Prezent, który przywiozłem, ma związek z tym, co mówię. Jest dowodem w sprawie.

Jan podniósł się błyskawicznie, aż chlusnęło wodą.

— Idziemy — rozkazał. — A ty wykąp się, ale nie rozmocz. Chcę znaleźć cię w swoim łożu, Marguerite. Vojtechu, zaprowadzisz panią.

— Mogę iść z wami? — spytała głosem, od którego Henry'emu przeszły dreszcze po całym ciele.

— Nie — odpowiedział Jan tonem człowieka zaspokojonego.

Pokojowiec wycierał króla, Henry nie wiedział, czy już wyjść, czy jeszcze siedzieć w wodzie, póki Vojtech zajęty. Stokrotka najwyraźniej miała ochotę na coś poza królem, bo gdy Jan się odwrócił, de Mortain poczuł jej dłoń na udzie.

Wyskoczył z balii wciąż owinięty płótnem ociekającym teraz wodą i oblepiającym jego ciało tak, że gdziekolwiek by się obrócił, nie mógł ukryć wzwodu. Dziewczyna puściła mu oko, ale Vojtech bez mrugnięcia osłonił go suchym ręcznikiem. Henry odetchnął, gdy przeszli do pomieszczenia, w którym czekały ich ubrania.

— Mów, mów! — ponaglił go Jan. — Księstwo w królestwie? Chcesz powiedzieć, że jest ich wielu, mają swoich przywódców i mogą w każdej chwili uderzyć na Krzyżaków?

— Nie wiem, czy na nich — pokręcił głową Henry, wciągając koszulę. — Choć wydawałoby się to oczywiste. Ale z drugiej strony, byłaby to walka Dawida z Goliatem.

— Pamiętaj, kto ją wygrał! — powiedział Luksemburczyk, sięgając po kielich wina. — Och, co za kobieta!

— Państwo krzyżackie jawi mi się żelaznym krajem, Janie, tam klasztory wyglądają jak gotowe do walki warownie! Pieniądz, wszędzie rządzi pieniądz i twarde prawo braci. Święty Wojciech, misjonarz Prus, kiedyś biskup Pragi, znasz jego historię?

— Tak, z grubsza. — Jan napił się i odstawił kielich. Vojtech okrył ramiona króla jedwabną domową szatą.

— Miejsce jego męczeństwa znajduje się w pobliżu komturii w Dzierzgoniu, byłem tam. Ty wiesz, że wielcy wojownicy misyjni celowo zacierają pamięć po nim? Zaskakujące, co? Trzeba zastanowić się, jaki w tym mają cel. — Podekscytowany Henry wyrzucał z siebie zdanie za zdaniem. — A pierwszy król Polaków, Bolesław Chrobry, wykupił jego ciało złotem. Wiedział, jaką wartość będą miały relikwie męczennika. Przy okazji, ponoć zrabowane z Gniezna, są w Pradze. Ten Chrobry, Chryste, co to był za człowiek!...

— Tego znam — kwaśno przerwał mu Jan. — Jak osiadł w Krakowie, to wiele czasu nie minęło i zdobył Pragę. W Czechach to nie wielki człowiek, a okrutnik.

Wyszli z łaźni; sługa z lampą szedł przed nimi, oświetlając strome schody.

— Dlatego ja chcę mieć Kraków — mówił dalej do Henry'ego Jan. — Dla Czechów polski król w Krakowie zawsze jest za blisko, zbyt groźny. Ale nie mów mi o tym, co wiem, mów o Krzyżakach.

— Są groźniejsi, niż myślałem — wyjawił Henry. — Lepiej zorganizowani. A jednocześnie mają śmiertelną słabość, o której albo nic nie wiedzą, albo którą skwapliwie kryją przed światem.

— Dzicy w państwie zakonnym — powtórzył po nim Jan z niedowierzaniem i zachwytem.

Weszli do komnaty, w której Henry zostawił skrzynię. Słońce dawno zaszło i piękne widowisko, jakie zaplanował dla króla, przepadło. Poprosił służbę, by przyniosła więcej światła.

— Co to jest? — spytał Jan.

— Obiecany dowód — powiedział Henry, czując, że serce bije mu szybciej. Obrócił się w stronę drzwi; słudzy jeszcze nie wrócili. — Kilka słów wstępu. Po pierwsze kupiłem ten skarb, wydając całe srebro, które mi dałeś.

— Jezu, jesteśmy biedni — jęknął Jan, ale jego głos był dość beztroski. — Oby było to warte tych pieniędzy.

— Po drugie, wytargowałem skarb od wodza Prusów. Po trzecie, nikt inny...

Do komnaty weszli słudzy ze światłem.

— Chodźcie — powiedział do nich Henry. — Stańcie wokół skrzyni, tylko tak, żeby tutaj było miejsce dla króla. Świećcie.

Zrobili, jak przykazał.

— Królu Janie — oświadczył uroczyście. — Perkun, bóg błyskawic, w którego wierzą Prusowie, ukazał się kilka lat temu na Żmudzi. We własnej postaci. To objawienie sprawiło, iż kniaź Giedymin nie przyjął chrztu, choć już miał w Wilnie kapłanów przysłanych przez samego papieża Jana XXII. Ten sam Perkun pod postacią smoczego męża raz po raz nawiedza wojowników Trzygłowego boga w państwie krzyżackim. Mówią na niego po prostu „smok"...

— *Och, mon Dieu*... — wyszeptał Jan. — Kupiłeś smoka?...

Henry przełknął ślinę, oczy mu lśniły.

— Czekaj, panie. Ów smok spłodził z ich kobietą syna, mitycznego Żmija. I ja, dla ciebie, tego Żmija wykupiłem, byś miał dowód, co się dzieje w państwie krzyżackim. Świećcie! — nakazał służbie.

Zdjął sukno zasłaniające skrzynię, otworzył wieko.

Oczom Jana i Henry'ego ukazał się zaschnięty odwłok wielkości dziesięcioletniego dziecka. Gadzie łapy i ogon, ludzka głowa i ciało pokryte łuskami.

— O Jezulatko! — jęknął sługa i upuścił lampę oliwną. Natychmiast padł na kolana gasić rozlaną oliwę. Przydusił ją własnym płaszczem, przydeptał i wstał, gapiąc się z przestrachem na skrzynię.

— To żyje? — spytał Jan, pochylając się nad nią.

— Nie — zaprzeczył Henry. — Żywego nikt by nie sprzedał. Kupiłem truchło.

— Potworne dziecko potwora — wyszeptał Jan Luksemburski i dotknął łusek na ogonie stworzenia. — Żmij.

— Tak — potwierdził Henry.

— Jak dowiedziemy Krzyżakom, że to coś żyło u nich?

— Wystarczy, że my wiemy — odpowiedział Henry. — Wiedza daje nam nad nimi władzę. A Ojciec Święty nadzwyczaj kocha takie artefakty.

Jan jeszcze mocniej pochylił się nad skrzynią. Dotykał każdej części potwora. Potem wyprostował się i spojrzał na Henry'ego, jakby odkrył jego istnienie na nowo.

— Henry de Mortain — powiedział uroczyście. — Wiedziałem, że twoje upodobanie do dziwów natury kiedyś nam się przyda. Dałeś mi brakujące ogniwo.

— Co? — nie zrozumiał Henry.

— Pretekst — wyjaśnił Jan. — Do krucjaty na Żmudź i odebrania prymatu Krzyżakom. Stryju Baldwinie! — zawołał Luksemburczyk, i Henry przez chwilę wystraszył się, że kontakt z pogańskim artefaktem pomieszał mu zmysły. — Jeszcze cię zaskoczę!

ZBYSŁAWA ZAREMBÓWNA całe życie była gotowa do zaszczytnej służby. Wychowana przez apodyktycznego ojca Sędziwoja Zarembę i przez niego przeznaczona do życia na dworze. Nie wysłał tam nieświadomej dziewczyny. Wysłał młodą damę przygotowaną do pełnienia służby rodowi i księstwu. W tej kolejności, nie innej. Czym jest przynależność do pierwszego w Starszej Polsce rodu, przekonywała się z roku na rok, gdy jej stryjowie zostawali wojewodami, kasztelanami, biskupami i kanclerzami. Było ich cztery, cztery dwórki żon Przemysła. Po jednej na ród. Jadwiga Łodzia. Anna Grzymalitka. Eufemia Nałęczówna. I ona, Zbysława, kwiat rodu Zarembów. Każda z jej towarzyszek pełniła dworską służbę z takim samym bagażem oczekiwań ojców, braci i dziadów. Przyznały się sobie u schyłku życia księżnej Lukardis. „Miałam być jej ulubienicą". „Kazali mi stać się powiernicą pani". „Szeptać jej do ucha dobre słowa o ojcu". „Sprawić, by beze mnie nie mogła się obejść".

Krach nastąpił po śmierci Przemysła. Królowa Małgorzata zabrała Rikissę i wyjechała do Brandenburgii. Dwór przestał być potrzebny, rozpadł się i każda z nich wróciła do domu.

Tylko jedna w niesławie. Ona.

Tak, znała sekrety swego rodu i żałowała, że ojciec wtajemniczył ją tak późno. Dostała ostatnią rolę do odegrania i to taką, która była wbrew jej woli — miała zniknąć. Ledwie król wyjechał na zapusty do Rogoźna, Sędziwój wezwał ją. Ale w Jarocinie nie zastała ani ojca, ani Wawrzyńca. „Panowie Zarembowie udali się na spotkanie rodowców" — powiedział stary zarządca. Pojęła w lot. Rodowcy to mężczyźni. Ona była dziewczyną, którą w odpowiednim momencie wezwano do domu. Była wściekła i tak, czuła się wykorzystana i odsunięta. Potem były pogrzeby. Króla i jego poległych trzech Wichrów, obrońców z Rogoźna, wreszcie Wawrzyńca, choć ten ostatni odbył się po cichu i w cieniu procesu Michała. Z czasem wyparowała z niej złość, ale wciąż dręczyły pytania. Po trzydziestu latach pytań było coraz więcej, a odpowiedzi stawały się coraz mniej oczywiste. Nie miała z kim rozmawiać. Jej ojciec i starzy

Zarembowie pomarli, nawet Marcin, ostatni wojewoda w rodzie. Dorota, siostra, z którą nigdy nie była blisko, zniknęła.

Do Michała nie mogła się przemóc, w końcu to on zabił jej brata. A kiedy dojrzała i do rozmowy z nim, zniknął na dobre, zostawiając po sobie tylko budzące grozę pogłoski. Przeczyła każdej z nich. Złoty smok był rodową legendą, nie można jej wierzyć.

Wreszcie, gdy Wincenty został wojewodą poznańskim, a ona znów usłyszała złowrogie szepty za plecami, coś w niej pękło. Była pewna, że po trzydziestu latach ludzka zawiść wyparowała. Jak długo można Zarembom zazdrościć dawnej pozycji? Czy ludzie nie widzą, że tylko my straciliśmy po śmierci króla wszystko? A może jest coś, o czym nie wiem? Dość — powiedziała sobie — muszę poznać prawdę. Jestem żoną wojewody poznańskiego i chcę chodzić z wysoko uniesioną głową.

I na tyle dyskretnie, na ile pozwalała jej rola wojewodziny i wprawa w poruszaniu się po poznańskim zamku, zaczęła badać jedyne, co po sprawie pozostało: pergaminy. Szczęśliwie, sędzią w Poznaniu był stryj jej męża, Wojsław Nałęcz. Powiedziała mu prawdę, choć rzecz jasna nie całą.

— Chodzi o pamięć mojego brata, Wawrzyńca. Był najmłodszym z nas i moim najmilszym. Wawek, tak go wołałam. Śni mi się ostatnimi czasy tak często, jakby prosił o coś więcej niż kamienna płyta z krzyżem, a jednak kiedy we śnie pytam: „Co się stało?", nie odpowiada, tylko pokazuje na swą odciętą głowę…

— Matko Boska z Poznaniątkiem! — krzyknęła Agnieszka, żona sędziego. — Ani jednego takiego snu bym nie przeżyła. Pomóż jej — szturchnęła męża. — Wojsław, pomóż!

— Co ja mogę? — zastanowił się Nałęcz.

— Powiedz mu, co ma zrobić — poradziła natychmiast Agnieszka. — Tylko konkretnie, bo to sędzia i będzie ważył w te i w tamte.

— Chciałabym przeczytać akta — powiedziała Zbysława. — Z procesu po śmierci króla Przemysła.

— Hm — mruknął Wojsław. — Ale ja nie wiem, czy mogę…

— A kto może? — zaatakowała męża Agnieszka.

— No, sędzia — odpowiedział.

— Czyli ty — orzekła stryjna.

— Ale…

— Proces dotyczył jej braci. Rodzonego i stryjecznego — rozstrzygnęła Agnieszka. — Inni krewni nie żyją, a ona ma prawo.

— Trzeba by podanie złożyć — powiedział Wojsław Nałęcz, a jego żona przewróciła oczami. — O dostęp do akt, to już archiwalna sprawa…

— Kto podanie będzie rozpatrywał? — spytała Agnieszka.

— No, sędzia.

— Czyli ty — zawyrokowała. — A jak się będziesz guzdrał, Wojsław, to uważaj. Jeszcze się tobie przyśni ten biedak bez głowy. Chryste! — Otrząsnęła się, jakby przebiegła ją śmierć.

Interwencji obrotnej Agnieszki zawdzięczała szybkie wejście do archiwum poznańskiego sądu. Wojsław Nałęcz był powolny, ale tylko w ruchach; umysł zaś miał żywy i im dalej od żony, tym sprawniejszy.

Sąd zbierał się w niedużej sali na zamku, ale archiwa trzymano w piwnicy. Zeszli tam z jednym sługą, który niósł pochodnię, Wojsław wysupłał klucz, otworzył drzwi tak niskie, że musieli zgiąć się wpół, by wejść do środka. Sędzia przestrzegł sługę:

— Zostań przed drzwiami. A ty, pani, poczekaj, aż zapalę kaganki. Tu same pergaminy, nie wolno z pochodnią, broń Boże.

Krzesał ogień wystarczająco długo, by wzrok Zbysławy przyzwyczaił się do ciemności. Wreszcie zaprosił ją do środka. Pomieszczenie było niemałe i sklepione wystarczająco wysoko, by po przejściu niskich drzwi móc się swobodnie poruszać. Z przymocowanych do ścian półek zwieszały się pokryte pajęczynami pieczęcie.

— Się zakurzyło — zauważył Wojsław, niezdarnie próbując zdjąć z twarzy brudną pajęczynę.

— Dawno nikt tu nie zaglądał — powiedziała, ot tak, byle się odezwać.

— I gdyby wojewodzina nie zechciała, pewnie kolejne dynastie pająków tkałyby sieci na wyrokach sprawiedliwych — odpowiedział i wyczuła w jego głosie rozbawienie. — Tu mamy orzeczenia z czasów Głogowczyków — wskazał wysoką półkę. — Dużo, bo książę Henryk surowo podchodził do najmniejszej niegodziwości. Te są z lat starosty króla Václava. Też sędziowie nie próżnowali. A tu będą ostatnie lata króla Przemysła i czas po jego śmierci. — Poświecił kagankiem po półce na wysokości ich oczu. — Potrzymaj, pani. — Wręczył jej kaganek, a sam sięgnął po zwoje.

— Od kiedy jesteś sędzią, Wojsławie? — spytała.

— Sześć lat będzie. Król Władysław w drugim roku po koronacji mnie zamianował — odpowiedział, przebiegając palcami po pieczęciach.

— Jak rozpoznajesz wyroki?

— Po sznurkach. Każdy z nas, sędziów, miał swój kolor. To ułatwia szukanie.

— Ciekawe — powiedziała, walcząc z chęcią kichnięcia.

— Arcybiskupa Świnki szkoła. On to wymyślił, ale ponoć zwyczaj pochodzi od cystersów z Lądu. Słyszałaś o nich?

— Naturalnie — odpowiedziała.

— A o tym, że są najlepszymi fałszerzami dokumentów? — spytał i odwróciwszy się do niej, mrugnął.

— Dziwnie słuchać, gdy szukamy wyroków sprawiedliwych — odpowiedziała.

Zaśmiał się w odpowiedzi i wyciągnął cztery zwoje. Przenieśli je na wielką skrzynię stojącą pod jedyną wolną ścianą. Zbysława odstawiła kaganek i spojrzała na Nałęcza.

— Musimy złamać pieczęć, by przeczytać? — spytała niespokojnie.

— A chcesz łamać prawo czy tylko poznać jego orzeczenie? — odpowiedział pytaniem i spojrzał na nią, zabawnie poruszając brwiami.

Nie zdążyła odpowiedzieć, kichnęła niespodziewanie.

— Najmocniej przepraszam...

Wojsław nożem podważył nie pieczęć, a sznur, na którym była przywieszona. Odwinął pergamin.

— Co my tu mamy? — wymamrotał, wodząc palcem po łacińskich literach.

— Wyrok na Michała Zarembę — wyszeptała.

— Umiesz czytać — zdziwił się.

— A po co miałam prosić o przejrzenie dokumentów?

— Myślałem, że będziesz chciała, żebym dla ciebie odczytał. Ale ze mnie głupiec — zaśmiał się — u nas w rodzinie tylko zakonnice czytają...

— A u Zarembów każda córka — powiedziała i poczuła, że coś staje jej w gardle.

— Swoją też nauczyłaś? — spytał szybko i spojrzał na nią uważnie.

Kiwnęła głową.

— Dobrze — uśmiechnął się Wojsław. — Pierwsza Nałęczówna, która mężowi... — zamilkł speszony. — Pisać też umie?

— Tak. Po niemiecku i po łacinie — potwierdziła.

Wojsław Nałęcz westchnął, aż uniósł się kurz z pergaminu.

— Masz u mnie antałek starego miodu, Zbysławo z Zarembów. I powiedz waszej Gosieńce, żeby swoją dziewuszkę też czytać uczyła.

Gdyby moja żona czytała, to by mogła być nie sędziego żoną, a zastępcą, umysł Agnieszka ma jak brzytwa. Dobrze, zobaczmy, co orzeczono.

— Wyrok śmierci — odpowiedziała Zbysława, która zdążyła przeczytać. — Michała Zarembę skazano na śmierć za zabójstwo Wawrzyńca Zaremby. Ale wyroku nie wykonano.

— Tak, tu masz drugą pieczęć. Akt ułaskawienia wydany przez sędziego króla Václava. Czekaj.

Podniósł się powoli i przyświecając sobie kagankiem, wyszperał dokument na półce króla Przemyślidy. Otworzył go tak samo i rozwinął przed Zbysławą.

— Wyrok śmierci został zamieniony na służbę przy królewnie Rikissie, na jej prośbę, i nazwano go darem narzeczeńskim. Tu masz datę wypuszczenia Michała.

Zamyśliła się. To były znane fakty.

— Wojsławie — spytała po chwili. — Tu jest wyrok, a czy posiedzenia sądu nie protokołowano?

— Owszem. — Podważył nożykiem pieczęć pod wcześniej wyjętym zwojem. — To powinien być zapis.

Pismo było lekko pochylone, staranne, ale poza wstępną formułą nie zawierało informacji o świadkach i zeznaniach.

— Ciekawe — mruknął Wojsław.

— „Michał Zaremba, chorąży króla Przemysła, nie został przez niego zaproszony na zapusty w kasztelanii Rogozińskiej. Mimo to pojechał tam, wiedziony zazdrością o względy króla, jako że ród Zarembów podczas zapustnych zabaw reprezentować miał Wawrzyniec. Po przyjeździe na miejsce zobaczył pomordowanych i dowiedział się, że Rogoźno zostało najechane przez najemnych zabójców brandenburskich, którzy uprowadzili króla. Michał Zaremba ruszył we wskazanym kierunku. Po pewnym czasie zobaczył jednego jeźdźca, a potem drugiego, który wiózł nagie ciało przewieszone przez siodło. Po płaszczu zorientował się, że Wawrzyniec Zaremba goni porywacza, który ujął rannego króla Przemysła. Wawrzyniec zatrzymał porywacza i odebrał mu ciało króla. Porywacz uciekł, a Michał Zaremba uciął głowę Wawrzyńca. Król skonał w jego ramionach. Tak oto Zarembowie pobili się śmiertelnie o miłość króla Przemysła".

Zbysława przeczytała to i potrzebowała chwili, by uspokoić oddech.

— Ciekawe — powtórzył Wojsław — i dziwne. Wiemy, że nikt z załogi Rogoźna ani ludzi króla nie przeżył. A tu jest napisane „dowiedział się, że".

— Od kogo? — spytała Zbysława.

— Właśnie, od kogo — powiedział, pochylając się jeszcze raz nad pergaminem. — Nie zapisano.

Zbysława wstrzymała oddech.

— Rogoźno zostało najechane przez najemnych zbójców brandenburskich — zacytowała za pismem. — A mimo to cały ten zapis jest przeciw Zarembom.

— Widzę — potwierdził Wojsław. — Chociaż Wawrzyniec jest tym, który odebrał ciało króla porywaczowi.

— Mamy coś jeszcze do tej sprawy? — spytała, przecierając czoło, na którym sperlił jej się pot.

— Tak, tak. — Wojsław Nałęcz zabrał się za otwieranie dwóch ostatnich zwojów.

— Chwilę. — Położyła mu rękę na rękojeści noża. — Kto był sędzią w tej sprawie?

— Gniew — odpowiedział, nie patrząc na pieczęć.

— To widzę — rzekła — ale pytam o imię sędziego.

— Gniew — powtórzył Wojsław. — Gniew z Doliwów.

ZYGHARD VON SCHWARZBURG szedł za Lutherem w milczeniu. Był zmęczony po szybkiej jeździe z Grudziądza, marzył o kielichu mocnego wina przed snem, bo na coś do zjedzenia nie miał co liczyć. O tej porze kuchnia malborska już nie wydawała posiłków. Przybył na wezwanie wielkiego mistrza bez zwłoki, chciał zaskoczyć Wernera tym, że pierwszy raz się nie spóźni. Wyobrażał sobie, że wyśpi się solidnie i skoro świt pojawi w kościele na jutrzni, wzbudzając wśród braci takie zaskoczenie, że zapomną psalmu. Tymczasem w stajni czekał na niego Luther. Wręczając Zyghardowi szarą opończę, oświadczył:

— Zdejmij biały płaszcz i okryj się tym. Obiecałem, że tobie pierwszemu pokażę, co nowego odkryłem w Malborku.

— Może jutro? — zaproponował Schwarzburg. — Jest noc…

— To trzeba oglądać w nocy — Luther był nieugięty. — I nie sądzę, by przydarzyło się jutro.

Zaintrygował Zygharda. Nie poszli wąskimi schodami dla służby, które wiodły wprost do znanej im komnaty do podsłuchiwania. Luther osłaniał dłonią wątłe światło kaganka i przemykali cicho po opustoszałym zamku. Była głęboka noc, sporo po komplecie; bracia na co dzień mieszkający w konwencie dawno poszli spać, a obsługa kuchni i piekarze jeszcze nie zaczęli służby.

— Dokąd mnie ciągniesz? — spytał Zyghard, bo miał wrażenie, że już drugi raz obchodzą strychy.

— Ćśś... — Luther obrócił się do niego i w świetle kaganka jego twarz wydała się demoniczna. — Patrz pod nogi, łatwo się potknąć.

Zatrzymał się przed ścianą, odstawił na podłogę kaganek i zdjął opończę. Pokazał Zyghardowi, by zrobił to samo. Rozścielił opończę na drewnianej podłodze i położył się na niej. Zyghard westchnął niechętnie. Miał nadzieję na wygodną pryczę, a skoro mają się kłaść, nie zapowiada się, że szybko się na niej wyciągnie. Na podłodze walały się grudki starej zaprawy murarskiej, kawałki cegieł, wiechcie brudnej słomy.

— Ktoś nie posprzątał po budowie? — spytał, układając się obok Luthera.

— Przypuszczam, że wygoniono robotników przed czasem, gdy tylko zarządca budowy, albo komtur stojący nad nim, zorientował się, co można zobaczyć z tego miejsca.

— A więc nie będziemy słuchać, tylko podglądać — mruknął Zyghard, wciąż jeszcze nie wiedząc, czy nie wolałby teraz spać.

— Otóż to — opowiedział Luther i mrugnął do niego. Po czym wyjął drewnianą listwę przypodłogową.

Zyghard zobaczył wąską, długą szparę, przez którą sączyło się światło. Luther zachęcił go, by się przysunął i przyłożył do niej oko. Miejsca było tyle, że mogli patrzeć jednocześnie.

— Sypialnia wielkiego mistrza — szeptem zapowiedział Luther.

W pierwszej chwili Zyghard chciał się cofnąć. Nie miał zamiaru podglądać nikogo w pościeli. Jednak nim to zrobił, jego uwagę przykuła feeria kolorów bijąca z komnaty. Purpura, szafranowa żółć, intensywna akwamaryna, zieleń i wściekły róż. Potrzebował czasu, by zrozumieć, co widzi.

Werner von Orseln, wielki mistrz Zakonu Krzyżackiego, ubrany w barwne szaty wpół siedział, wpół leżał na niepościelonym łóżku. W dłoni miał kielich, którym poruszał do taktu sączącej się z niewidocznego kąta komnaty muzyki. Być może mruczał melodię, wzrok miał rozmarzony, nieobecny. Zyghard wstrzymując oddech, czekał, co się wydarzy. Ktoś wejdzie? Kobieta? Mężczyzna? Nie, nic więcej się nie działo. Dźwięki fletu i kolorowo ubrany mistrz, jakby wysłuchiwał prywatnego koncertu. W blasku świec szaty Wernera połyskiwały, więc to musiał być jedwab. Wreszcie mistrz dopił wino i powiedział:

— Dziękuję, na dzisiaj wystarczy.

Flet umilkł, Zyghard i Luther przylgnęli do szpary, bo teraz mogło się wydarzyć coś, czego nie chcieli przeoczyć. Usłyszeli jedynie zamykanie drzwi, te znajdowały się poza ich polem widzenia. Po chwili w komnacie zjawił się pokojowiec. Pomógł Wernerowi zdjąć szaty i teraz mogli się im przyjrzeć dokładnie. Długie, luźne i pewnie wygodne tuniki z rozcięciami po bokach. Były trzy, różowa, zielona i szafranowa, ta ostatni miała szerokie pasy w kolorze akwamaryny, a wcześniejsze też zdawały się pokryte ornamentem haftów. Pokojowiec składał je ostrożnie, z największą dbałością i chował do skrzyni.

— Dziękuję, jesteś wolny — powiedział Werner, gdy został w samej koszuli.

Znów usłyszeli skrzypnięcie drzwi i zobaczyli, jak mistrz zamyka skrzynię na klucz, a ten wkłada do szkatuły. Potem zdmuchnął świecę i zapanowała ciemność. Luther błyskawicznie zakrył szparę listwą. Wstali bez słowa i starając się być jak najciszej, wyszli z opuszczonego stryszku. Zyghard zapamiętał niskie drzwi i policzył kroki do schodów wiodących na krużganek.

Może trafię tu sam — pomyślał i obejrzał się za siebie. Na dziedzińcu panowała ciemność.

Poszli w stronę prywatnych cel; Luther podobnie jak Zyghard korzystał z nich podczas pobytów w Malborku.

— I co o tym myślisz? — spytał.

— Jak długo go podglądasz? — pytaniem odpowiedział Zyghard.

— Trzeci raz.

— Zawsze taki ustrojony?

Luther potwierdził kiwnięciem głowy.

— To powinno podlegać pod twój osąd. W końcu jesteś wielkim szatnym — wysilił się na żart Zyghard, ale skoro Luther nie zareagował, dodał po chwili: — Może po prostu wychodzi z niego kupczyk? Orselnowie to ród bez wielkich tradycji, takich jak on nie brakowało w początkach Zakonu. Doszli do władzy dzięki interesom z Lubeką, dorobili się jedwabi, w czasach gdy porty znaczyły więcej niż dobre pochodzenie i honor.

— O czym ty mówisz? — Uniósł brwi Luther.

— Wiesz, ile te szaty kosztują? Pewnie żałuje, że nie może w nich paradować po Malborku. Widziałeś kogoś z nim? — wrócił do tematu.

— Nie — zaprzeczył. — Jakby robił to tylko dla siebie.

— W takim razie niegroźne dziwactwo — skwitował Zyghard.

— Niegroźne, póki utrzymane w tajemnicy — odpowiedział Luther.

— Chcesz go wydać?

— Nie. Ale nie ufam Wernerowi i wolę mieć coś w zanadrzu.

— Dlaczego się tym podzieliłeś?

— Bo ufam tobie — odpowiedział wielki szatny.

Gdybym w to uwierzył, mógłbym już dzisiaj pakować manatki — pomyślał Zyghard.

— Wiesz, po co nas wezwał? — spytał po chwili.

— Pismo z Pragi — odpowiedział Luther. — Od króla Jana Luksemburskiego. Ale rozczaruję cię, nie mam pojęcia, co zawiera.

— Zatem obu nas czeka niespodzianka. Do jutra — pożegnał się Schwarzburg.

Oczywiście, po nocnej wyprawie nie wstał na jutrznię. Ale też nie spóźnił się na obrady. Usiądł koło Luthera i z przyjemnością złowił zaskoczone spojrzenie wielkiego mistrza.

— Komtur von Schwarzburg przybył na czas — powiedział Werner. — Świat się kończy.

— Już zawsze patrząc na niego, będę widział te jaskrawe fatałaszki — szepnął Zyghard do Luthera.

— Widzę — równie cicho zakpił Luther. — Nawet oczy masz zaróżowione. Nie wyspałeś się?

— Wezwałem was, bo wydarzyło się coś, co uderza w potęgę i pozycję Zakonu. — Głos Wernera był zdecydowany i poważny.

— W rzeczy samej — szepnął Luther i przejechał dłonią po piersi, jakby poprawiał warstwy jedwabiu.

— ...król Czech, Jan Luksemburski, ogłosił krucjatę na Żmudź! — wykrzyczał Werner.

Zyghard, który miał właśnie odpowiedzieć Lutherowi, zamarł. Mistrz musiał znać treść listu, a mimo to wczorajszej nocy przebrał się w barwne stroje i słuchał muzyki. Czyżby tak zbierał siły na dzisiejszą naradę?

— Ogłosił? Bez pytania nas o zgodę? — Uniósł się z miejsca wielki jak niedźwiedź Otto von Lautenburg, komtur ziemi chełmińskiej.

— Henryku, przeczytaj braciom. — Mistrz rzucił pergamin Henrykowi Reuss von Plauen.

Zyghardowi dopiero teraz przypomniało się, że nielubiany przez niego Plauen odłączył się od świętoszków Luthera i od razu awansował na kompana wielkiego mistrza. Henryk poprawił długą rudą brodę i oddalając pergamin od oczu, zaczął czytać:

— My, z bożej łaski...

— To pomiń! — syknął gniewnie mistrz.

— ...wiedziony troską o wschodnie rubieże chrześcijańskiego świata zwołujemy rycerstwo na wielką krucjatę przeciw wrogom Pana naszego Jezusa Chrystusa, Żmudzinom i Litwinom, którzy wciąż oddają bluźnierczą cześć wrażym bożkom, pomiotom szatana. Weźmy na siebie krzyż, poderwijmy się do świętej walki...

— Starczy — przerwał Plauenowi mistrz. Jego głos był jak cięcie mieczem. — Ustęp niżej.

— ...o czym informuję wielkiego mistrza Zakonu Szpitala Najświętszej Marii Panny — wydukał Plauen.

— To najgorsza rzecz, jaka mogła się wydarzyć! Bezczelność! — fuknął rudy i jak zawsze spocony Altenburg, zwany dumnie Czerwonym Wilkiem z Bałgi. Krople śliny prysły mu aż na brodę.

— Sami się prosiliśmy — niezbyt głośno powiedział Luther. — Ugodowa polityka wobec wszystkich, kłanianie się na prawo i lewo. Świat uznał, że można przestać się z nami liczyć.

— Mam dobry słuch, komturze dzierzgoński — zagrzmiał mistrz i patrząc na Luthera, zmrużył oczy jak dzikie, wściekłe zwierzę.

— Szkoda, że dopiero teraz — odpowiedział Luther bezczelnie.

— Nie zgodzę się z komturem Lutherem — szybko i niemal przepraszająco powiedział Otto von Bonsdorf, który też wyłamał się z grona świętoszków i teraz bezpiecznie trzymał się przy Plauenie.

Czyżby ci dwaj — pomyślał Zyghard — doszli do wniosku, że przy stojącym w opozycji do mistrza Lutherze nie zrobią kariery? Stąd ich wybicie się na samodzielność? Ciekawe.

— Może ta, za przeproszeniem, krucjata to tylko fanaberia króla Jana? — wyraził ostrożne przypuszczenie Bonsdorf. Jego bezbarwna twarz nie wyrażała żadnych emocji.

— Nie — zaprzeczył Ulryk von Haugwitz, do niedawna komtur domowy Malborka, obecnie głowa wywiadu, jako komtur toruński. — Mam doniesienia z dworów europejskich. Podobne listy rozesłano wszędzie, król Jan wzywa rycerstwo na krucjatę. Nadał temu wielki rozgłos, patrząc po datach listów, do Malborka napisał na samym końcu.

— Chryste — jęknął mistrz, mimowolnie chwytając za wiszący przy pasie bursztynowy różaniec.

— Fatalna sytuacja — odezwał się wreszcie Zyghard, pilnując, by ton jego głosu był chłodny. — Jednym słowem, puścił w świat wiadomość, że my siedzimy na tyłkach i nic nie robimy. Trzeba nowo obudzonego krzyżowca, Jana, z Bożej łaski, Luksemburskiego, by poderwać świat do walki z wrażym pogaństwem, podczas gdy Zakon, do którego szkatuły płyną szerokie strumienie srebra i złota z całej pobożnej Europy, zawiódł na całej linii.

— Dlaczego od razu zawiódł? — nadął się Plauen.

— Czytałeś bez zrozumienia? — zakpił z nielubianego brata Zyghard. — „Wciąż oddają bluźnierczą cześć wrażym bożkom", cóż to innego znaczy? Akcja chrystianizacyjna Zakonu nie przyniosła skutków. — Schwarzburg przejechał dłońmi po wypolerowanym blacie dębowego stołu. — Poszło w świat. Ofensywy Jana Luksemburskiego już nie powstrzymamy.

— Musimy wymyślić, jak zapobiec skutkom tej awantury! — rozgorączkował się niedźwiedziowaty Lautenburg, aż poczerwieniały mu policzki.

— Wejść w nią — powiedział chłodno Luther. — I spróbować przejąć.

Zapanowała cisza. Wielki mistrz, czując, iż w nim właśnie ma głównego oponenta, patrzył na Luthera z ukosa. Zyghard nie miał wątpliwości:

— Wielki szatny ma rację. Zaprośmy krzyżowców do Malborka. Pamiętacie naszą ostatnią wielką rejzę na Litwę? Tę sprzed pięciu lat, gdy ściągnęło tu rycerstwo z Niemiec, Burgundii, Lombardii i skąd tam jeszcze. Rejza była taka sobie, aleśmy za nią wytargowali u papieża dwie dobre bulle i na długo poprawiła nam opinię w świecie.

— Mamy napiętą sytuację z królem Władysławem, ledwie udało się wynegocjować rozejm, a tu taka awantura... Papież wydał bullę, potępił nas za zniszczenie biskupstwa włocławskiego, wciąż ciąży na nas interdykt. — Werner von Orseln chwycił się za głowę. — Powstrzymajmy to szaleństwo...

— Nie, mistrzu — ostro powiedział Zyghard. — Stało się. Luksemburczyk uderzył celnie. Nie możemy nawet pisnąć, by nie wywołać lawiny krytyki.

— „Zakon rycerski sprzeciwia się krucjacie" — wyrecytował Luther, jakby czytał listy. — „Templariusze rozwiązani i świat się nie zachwiał w posadach. Na cóż nam są Krzyżacy, skoro walkę z poganami prowadzi pobożne rycerstwo?". „Butni, hardzi, liczą tylko na zyski, za nic mając ewangelizację pogan". Nie ja to wymyśliłem — zmrużył oczy. — Dwa ostatnie to zdania z listów arcybiskupa Królestwa Polskiego do papieża.

— Luksemburczyk jest w zmowie z Polakami? — wyrwał się nieprzytomny Oettingen, wielki szpitalnik.

— Zgłupiałeś? — ostro zbeształ swojego świętoszka Luther.

— Uspokójmy się — zaapelował Zyghard. — Sytuacja zrobiła się skomplikowana. Luksemburczyk ponoć od dawna był winien papieżowi krucjatę, skoro chce ją przeprowadzić teraz, gdy wojna papieża i cesarza jest w najwyższym stadium, to znaczy, że pragnie wbić szpilę Wittelsbachowi.

— Pomagając mu w przeprowadzeniu krucjaty, ustawimy się przeciw cesarzowi, a to nie jest nam na rękę — zaoponował mistrz.

— A nie pomagając, pokażemy, że arcybiskup i Polacy mają rację — skwitował Zyghard. — Nie ma dobrych wyjść z tej sytuacji, trzeba minimalizować straty.

— Przejmijmy krucjatę — twardo powtórzył Luther z Brunszwiku. — Gośćmy Jana, wezwijmy naszych niemieckich rycerzy, wobec rycerstwa króla Czech zachowajmy się jak gospodarze. Zróbmy wszystko, by po krucjacie świat myślał, że była nasza.

— Rozejm z Giedyminem wygasa z końcem tego roku — ponuro powiedział mistrz.

— I wreszcie mamy dobrą wiadomość — zauważył Zyghard. — Przynajmniej nie musimy łamać rozejmu z wielkim kniaziem. Czy król Czech napisał, kiedy zamierza bić naszych Litwinów?

— Wynika z tego, że z początkiem następnego roku — zerknął w pergamin Plauen.

— W odpowiedzi napiszmy, że zapraszamy na Boże Narodzenie w Malborku — powiedział Zyghard. — A rejzę zwyczajowo zaczynamy na Matki Boskiej Gromnicznej. Jeśli przyjmą nasz termin, dalej pójdzie łatwiej.

— Prawda. — Werner zaczął się uspokajać. — Będzie można rozgłaszać, że to nasze...

— Co, jeżeli nie zgodzą się na Matki Boskiej Gromnicznej i będą chcieli wyruszyć wcześniej? — spytał chłodno Czerwony Wilk z Bałgi.

— Roztopy... — zaczął Zyghard.

— Albo zbyt wielkie mrozy — wszedł mu w zdanie Luther z Brunszwiku i dodał, nie patrząc na mistrza: — Sugerowałbym wezwanie Fryderyka von Wildenburg.

Zesłany na zadupie wielki komtur Wildenburg — pomyślał Zyghard. — Zdegradowany przez Wernera, gdy ten tylko osiadł na urzędzie. Odesłany w niebyt stary jastrząb, w jakiś sposób zamieszany w śmierć poprzedniego mistrza. Sam słyszałem, jak Werner szantażował go wiedzą o tajemniczym Wolfie. Co za zaskakujące przywołanie. — Z uznaniem spojrzał na Luthera z Brunszwiku. Czy na pewno wielki szatny nie wiedział wcześniej o krucjacie Luksemburczyka? Wydaje się świetnie przygotowany.

— Nie zgadzam się na powrót Wildenburga — usztywnił się Werner von Orseln.

— Fryderyk von Wildenburg jako niegdysiejszy mistrz krajowy Prus dowodził niejedną potężną krucjatą. Jego wiedza może okazać się bezcenna przy tym przedsięwzięciu — bronił swego pomysłu Luther. — Rozważyłbym to na miejscu wielkiego mistrza.

— Nie jesteś na nim — zimno powiedział Orseln. — Jesteś wielkim szatnym, zacznij gromadzić odzież dla wojsk na zimową wyprawę.

Zyghard miał na końcu języka żart na temat barwnych jedwabi, ale zatrzymał go dla siebie, widząc twarz Luthera z Brunszwiku. Ciemne oczy szatnego zalśniły tym dziwnym, lodowym blaskiem, który pojawił się już kiedyś.

RIKISSA długo trzymała w objęciach Anežkę. Córka tuliła się do niej, a ona potrzebowała chwili, by opanować złość i rozczarowanie, które zawładnęły nią, gdy zobaczyła orszak Anežki na dziedzińcu rezydencji w Brnie.

— Tęskniłam — powtarzała w kółko córka. — Już nie mogłam wytrzymać. Nie gniewasz się?

Im dłużej Rikissa nie odpowiadała, tym natarczywiej Anežka wyznawała jej uczucia.

— Za tobą, za Brnem, za Lipskim, za tymi złośnicami Trinką i Marketą, za lwami, mamo, dlaczego ja nie mam lwów?...

— Bo twoim herbem jest płomienista orlica — odpowiedziała, gładząc jej włosy.

— A ty wzięłaś herb po matce — upomniała się Anežka.

— Henryk Jaworski nie przyjechał z tobą, bo nie akceptuje twojej decyzji, tak? — spytała i jej głos zabrzmiał twardo.

— Gdyby nie akceptował, musiałabym uciec, a przecież dał mi orszak i zbrojnych — obojętnie odpowiedziała Anežka i jeszcze mocniej przywarła do matki. — Tak się cieszę, że znów jestem w domu.

Rikissa wyplątała się z jej objęć, odsunęła na odległość ramion i spojrzała w twarz córki.

— Czy...? — zapytała cicho.

— Nie — zdecydowanym szeptem zaprzeczyła Anežka. — Nie pozwoliłam się tknąć.

Rikissa zagryzła wargę.

— Ale, tak jak chciałaś, wszyscy widzieli nas razem. Koniec plotkom! — zaśmiała się już głośniej Anežka. — Jestem wolna?

— Idź, odśwież się po podróży. — Pogładziła ją po policzku. — Trinko, zabierz panienkę...

— Panią — poprawiła Rikissę Anežka i puściła do niej oko. — Księżnę jaworską.

Zdezorientowana Trina wzięła od Anežki rękawiczki i ruszyły w stronę łaźni. Anežka zaczęła mówić nienaturalnie głośno:

— Mój mąż jest wspaniały. Hojny, dobry, jak ja tu wytrzymam bez niego? Chyba się popłaczę...

Rikissa zacisnęła szczęki i zerknęła na służbę dworską zebraną wokół nich. Wszyscy słyszeli, kto dał się nabrać?

Wypatrywała Hunki, ale dopiero gdy trzeci raz, twarz po twarzy, przyjrzała się kobietom kręcącym wokół wozów, dostrzegła ją, przebraną za służkę, dużo skromniej, niż gdy wyjeżdżała z Brna w orszaku Anežki. Coś w twarzy dziewczyny się zmieniło, ale Rikissa nie umiała określić, w czym tkwi zmiana. Dała jej znać i po chwili spotkały się w reprezentacyjnej komnacie. Malarze skończyli pracę tuż przed zachodem słońca, wiedziała, że tu nikt nie będzie im przeszkadzał. Pociągnęła Hunkę w stronę okna i wtedy zauważyła, że dziewczyna ma przetrąconą szczękę.

— Boże — wystraszyła się Rikissa. — Co się stało?

Hunka bez słowa zdjęła kaptur. Jej włosy były ciemne, niemal kruczoczarne, splecione w warkocze i zawinięte nad głową w koronę. Oczy Hunki nigdy nie wydawały się tak bure jak teraz. Patrzyła nimi z ukosa. To, wraz ze skrzywioną szczęką, dawało jej surowy wyraz nieufnej, skrzywdzonej i niezbyt przyjaznej służki.

Rikissa wyciągnęła rękę i dotknęła jej twarzy.

— Czy to boli? Kto ci to zrobił?

Hunka włożyła rękę do ust i wyjęła z nich płaski, wilgotny kamień. Uśmiechnęła się do Rikissy promiennie i ukłoniła, jak dama.

— Nic mi nie jest, *bis regina*.

Rikissa roześmiała się i odetchnęła z ulgą.

— Zapomniałam, że jesteś mistrzynią. Nie rozpoznała cię?

Hunka poruszyła głową, jakby kark jej zesztywniał, i rozmasowała szczękę.

— Kiedyśmy wyjechali, przyglądała mi się uważnie na pierwszym postoju, więc pomyślałam, że muszę coś zrobić z twarzą — wyjaśniła. — Potem pani już mnie nie zauważała.

— Dzięki Bogu. Opowiadaj, co tam się stało? — zapytała wprost.

— Nic, *bis regina* — odpowiedziała Hunka. — W księstwie jaworskim gadanie ustało, pani Anežka sprawiła się dość godnie. Przejażdżki konne w towarzystwie męża, wspólne przyjmowanie poddanych. Gdy szła wieczorem do komnaty księcia, wiedział o tym cały dwór...

Rikissie stanęły przed oczami parady kochanek Václava. Anežki wtedy nie było na świecie, skąd więc przyszło jej do głowy, by tak robić? Nie zadała pytania Hunce, to było wystarczająco niezręczne.

— Książę na każdym kroku okazywał jej atencję, choć przyznam, iż nie tak przesadną. Kto ma oczy, ten widział, że ich rytuały były na pokaz, ale trzeba złej woli, by ktoś to księciu wyciągnął. Pożegnanie pani Anežka zagrała wybornie. Łzy na dziedzińcu i trzymanie się za ręce. Jestem pewna, że płakała ze szczęścia, ale dworzanie byli wzruszeni.

— Rozumiem — ucięła Rikissa. — Skoro małżeńskie pozory zostały zachowane, czy książę jaworski odetchnął?

— Nie bardzo. Od jakiegoś czasu nawiedzali go posłowie króla Jana.

— Wiesz, o co chodzi? — spojrzała spod powiek na Hunkę.

— Podsłuchałam — spokojnie odpowiedziała dziewczyna.

— Hołd lenny?

— Owszem. Król Jan napiera. Książę Henryk odmawia. Podwładni księcia, zwłaszcza z okolic Zgorzelca, chętnie przytuliliby się do Czech i naciskają swego pana.

— A on?

— Stał się wirtuozem dyplomatycznej odmowy. Odnosiłam wrażenie, że znajduje swoiste upodobanie w wymykaniu się zakusom króla. I prowadzi intensywne rozmowy z bratem oraz bratankiem, wnukiem króla Władysława.

— Bolko. Widziałaś go?

Hunka skinęła głową i odpowiedziała niepytana.

— Tak, jest zaskakująco niski jak na mężczyznę. I nie, nie jest karłem. Ale pokrewieństwo ze słynnym dziadem uderzające. O małżeństwie jego siostry Kunegundy z Przemkiem Głogowczykiem wiesz, pani?

Rikissa, choć większość czasu zajmowała jej opieka nad Lipskim, orientowała się w sytuacji. Ale dopiero teraz dotarło do niej, że Kunegundę, wnuczkę króla i jednocześnie siostrę Bolka, wydano za tego z Głogowczyków, który nosił imię Przemka. I nie po jej ojcu, królu Przemyśle, ale po Przemku Głogowskim, tym, którego Władysław zabił przed wielu laty na polu bitwy pod Ścinawą. Mówiono, że to od tamtego czasu Henryk Głogowczyk śmiertelnie nienawidził Władysława. Czy ten afekt nie przeszkodzi Przemkowi w małżeństwie z jego wnuczką?

— Miłość potrafi wiele — powiedziała zamyślona.

— Widziałam młodych. Księżniczkę Kunegundę i księcia Przemka. Nie sądzę, by spajała ich miłość, ale Jaworski pracuje nad Przemkiem, pokazując mu przewrotność króla Jana. Na własne uszy słyszałam, jak tłumaczył mu, iż Jan zrobi co w jego mocy, by książęta śląskie odciągnąć od Polski. Twój zięć, *bis regina*, ma głowę na karku i swojego tak łatwo nie zegnie przed Luksemburczykiem.

— Choć jedna dobra wiadomość — smutno uśmiechnęła się Rikissa. — Powinnam zająć się sprawami, które do tej pory prowadził Lipski.

— Jak się czuje marszałek? — spytała Hunka.

— Bez zmian. Uzdrowicielka nie umiała mu pomóc. — Odwróciła się do okna, nie chciała, by Hunka oglądała jej łzy.

— Może musimy poszukać innej? — miękko zapytała dziewczyna.

— Może — wymijająco odpowiedziała Rikissa i wytarła oczy. Usłyszała lekkie, oddalające się kroki Hunki. Odwróciła się.

Hunka stała pod rusztowaniem i zadzierając głowę, przyglądała się malowidłu. Tristan i Izolda na łodzi byli już ukończeni, malarze pracowali nad burzą i okazała się trudniejsza, niż przypuszczali. Mistrz skarżył się, że nie może pozbyć się efektu płaskości.

— Żagiel — pokazała Hunka. — Problemem jest żagiel.

Rikissa przyjrzała mu się z oddali.

— Masz rację. Nikt nie uwierzy, że patrzy na sztorm, gdy żagiel wybrzusza się tak łagodnie.

Hunka skinęła głową i odezwała po chwili:

— Książę Jaworski też zamówił mistrzów malarskich. W siedlęcińskiej wieży kazał wymalować cykl o Sir Lancelocie i Ginewrze.

— Tak? — zdziwiła Rikissa, podchodząc do niej powoli. — Wydawało mi się, że skrytykował pomysł malowideł jako zbyt kosztowny.

— „Skoro nie będę miał synów, zostawię po sobie obrazy" — usłyszała i przeszedł ją dreszcz.

Hunka mówiła głosem naśladującym Jaworskiego. Ton, modulacja, ta właściwa tylko jemu mieszanina dumy i melancholii.

— Komu tak powiedział? — spytała. — Anežce?

— Nie, swemu bratankowi, Bolkowi — odpowiedziała Hunka własnym głosem.

— Ach tak — wzruszyła ramionami.

— Bolko zapytał: „Dlaczego Lancelot i Ginewra?" — Znów zmieniła głos i Rikissie wydawało się, że widzi pewnego siebie, ale dociekliwego młodziana o lekko zadartym nosie.

Nie odpowiadaj — pomyślała. — Wystarczająco jasny manifest. Miłość do nie swojej żony.

— Książę Jaworski powiedział bratankowi: „Tylko nieszczęśliwa miłość jest do bólu piękna".

W głosie Hunki Rikissa usłyszała księcia; zobaczyła dołek w jego brodzie i wygięte, pełne wargi. Cień zarostu na policzkach.

— Zdobyłaś nową umiejętność, Hunko — pochwaliła dziewczynę.

— Dziękuję, *bis regina*. — Odwróciła się od malowideł i ukłoniła przed nią. — Może będę mogła się na coś przydać?

— Jakie imię nosiłaś jako czarnulka ze złamaną szczęką?

— Ana, moja pani. Choć nikt o to nie pytał.

— Zostań przez jakiś czas Aną, będziesz pokojową, moją i marszałka.

Hunka zręcznym ruchem włożyła kamień do ust i jej twarz skrzywiła się nieprzyjemnie. Przygarbiła plecy i opuściła ramiona, jak ktoś, kto całe życie zginał się w ciężkiej pracy.

Rikissa zaśmiała się i pogroziła jej palcem.

— Marketa zrugałaby mnie za dręczenie kalek i tak nieapetyczną służącą dla Lipskiego.

Hunka wyprostowała plecy i wyciągnęła szyję. Rozpięła warkocze znad czoła i przerzuciła je na wypięte piersi, ręce oparła na biodrach, okręcając się zgrabnie. Teraz była uroczą, figlarną brzydulą. Zdatną do każdej roboty, choć nieszczęśliwie zeszpeconą krzywą szczęką.

— Ano, odśwież się po podróży, odpocznij, mamy nieduży, ale osobny kąt dla służby.

— Ten pod schodami, kralovna? — upewniła się, błyskając okiem.

Rikissa odpowiedziała skinieniem głowy.

— Potem przyjdź do komnaty marszałka, pomożesz mi, dzisiaj zmieniamy pościel.

— Się rozumie — dygnęła Hunka Ana.

Rikissa ruszyła do wyjścia, ale po kilku krokach zatrzymała się i odwróciła do służki.

— Sądzisz, że książę ma rację? — spytała.

Hunka przyłożyła dłoń do ust, wypluła kamień i zamknęła w dłoni. Powoli opuściła zaciśniętą pięść na obojczyk. Patrzyła jej prosto w oczy, mówiąc:

— Uważam, że wszystko, co się powie o miłości, jest prawdą. Służka może być namiętna jak królowa, a święci nie kochają mocniej niż zbrodniarze.

Rikissa patrzyła na Hunkę. Widziała Anę, iluminatora Hugona, tamtą młodą, chudą dziewczynkę, która strzegła jej pleców w Pradze. I kogoś nowego, kto dorósł w Hunce, gdy spuściła ją z oczu.

— Dobrze, że wróciłaś — powiedziała do dziewczyny, która była w jej życiu od tylu lat. — Gdy jesteś blisko, mogę spać spokojnie.

Hunka zamknęła oczy. Rikissa zrozumiała, że to jest jej odpowiedź.

JADWIGA nawet mężowi nie powiedziała, jaką drogą otrzymuje wiadomości od córki. Listy z Węgier, sygnowane pieczęcią majestatyczną „+:S. Elizabete: Regine:" przychodziły regularnie, wraz z pocztą dyplomatyczną i okutymi skrzyniami srebra, którymi Węgrzy płacili za ochronę ich miedzianych szlaków. Listy poufne, opatrzone sygnetową pieczęcią sekretną, królowa odbierała w klasztorze krakowskich klarysek, gdzie miała, dzięki specjalnemu zezwoleniu papieża, wstęp za klauzurę. Przeorysza nie mówiła Jadwidze, jak trafiają do niej listy, ale królowa domyślała się, że z Węgier dostają się najpierw do klarysek w Sączu i dopiero stamtąd do Krakowa.

Jadwiga nauczyła się czekać z otwarciem sekretnego listu, aż dostanie ten z dworskiej kancelarii córki, wtedy czytała je łącznie.

„Po długiej chorobie zmarł nieodżałowany palatyn Filip Drugeth, jego urząd, pierwszy na Węgrzech po królu, objął rodzony brat, Jan Drugeth" — pisała Elżbieta w oficjalnym liście, a wyjaśniała w tajemnym: „Wilhelm, który był wodzem w Polsce, jest najstarszym synem Jana i pierwszym na liście do dziedziczenia po nim majątku i urzędów.

Dbajcie o kontakty z nim. Ród Drugethów bierze wszystko, bo jest dla mego męża okiem i uchem w Neapolu".

Kolejne ważne zdanie z listu kancelaryjnego brzmiało: „Śmierć nie oszczędza rodu Andegawenów. Zabrała nagle księcia Kalabrii, Karola, pozostawiając w wielkiej niepewności przyszłość neapolitańskiego tronu". A uzupełniała je obszerna wiadomość spod sekretnej pieczęci: „Zmarły to brat stryjeczny mego męża. Nie miał synów, tylko dwie córki. Neapolem włada dziad dziewczynek, stryj Caroberta. Brak męskich potomków w rodzie oznacza otwarcie dla moich chłopców drogi do tronu Neapolu. Na razie powstrzymuję męża przed wyprawą do Italii".

„Powstrzymuję"? — trzeci raz przeczytała to zdanie Jadwiga. — Mario Panno, wybacz mój brak wyobraźni, ale nie widzę Elżuni, która „powstrzymuje". Choć — zastanowiła się jednak — fakt, iż najpierw pisze o Drugethach, a dopiero potem o Neapolu, może pokazuje kolejność ważności spraw w umyśle mej córki.

„Mam nową dwórkę, piękną Klarę Zach, jej ojciec Felicjan był do niedawna kasztelanem zamku Sempte" — pisze Elżbieta w liście królowej Węgier, a w liście córki wyjaśnia: „Felicjana ojciec zna, był oddanym druhem Amadeja Aby i Mateusza Czaka, buntownikiem przeciw władzy mego męża. Odstąpił od Czaka, gdy Carobert zabił Abę, i po latach odzyskał część utraconych dóbr, a nawet awansował na urząd kasztelana. Szpiedzy mojego męża odkryli jednak, iż Felicjan zacieśnia stosunki z Borsem z rodu Palasti, wydał za jego syna drugą ze swych córek, Sebe, jeszcze piękniejszą od Klary, którą trzymam przy sobie. Palasti nigdy nie ukorzyli się przed Carobertem, więc ten związek nie mógł spodobać się memu mężowi. Pozbawił Felicjana kasztelanii i względów królewskich, ja jednak zatrzymałam Klarę na dworze, bo uważam, że lepsza jest łaska i kontrola, niż niełaska i brak wiedzy o naszych wrogach. Zach, powołując się na dawnych wspólnych przyjaciół, może szukać kontaktu z ojcem. Przestrzeż go, mamo, przed złożonością tej znajomości w dzisiejszych czasach".

„Przestrzeż" — ponuro pomyślała Jadwiga. Jakby nie wiedziała, czym się kończy przestrzeganie Władka.

Lecz nie zignorowała wiadomości od córki. Pojechała rozmówić się z mężem do nowej stadniny, którą Władysław założył nieopodal Tyńca. Łagodne wzgórza i soczyste nadwiślańskie łąki miały być końskim rajem, póki co bez wątpienia były rajem Władka. Wymykał się tam, gdy tylko mógł, czyli rzadko, za to kiedy jechał do koni, nie zabierał ze sobą legistów i żadnego z kanclerzy. Koniuszy, Borutka, Jarota, Grunhagen i kilkunastu ludzi służby. Ani jednego kasztelana, o wojewodzie nie wspominając.

Jadwiga przez chwilę przyglądała mu się z daleka. Jesienne słońce złotym światłem opromieniało łąkę, nieliczne drzewa rzucały długie, nagie cienie. Władek w skórzanym kaftanie ujeżdżał bułanego kłusaka.

Nic się nie zmienił — pomyślała z czułością Jadwiga. — Gdyby nie siwe włosy i broda, mogłabym przysiąc, że znów ma trzydzieści lat.

Borutka rozebrany do koszuli ćwiczył zeskakiwanie z siodła w galopie. Był jak zwykle zręczny, a kary koń zachęcał go rżeniem do każdej następnej próby. Jarota rozcierał plecy po upadku z myszatego ogierka, który zrzuciwszy jeźdźca, brykał wokół niego, pokazując, że jeszcze nie dojrzał do jazdy pod siodłem. Grunhagen leżał rozparty pod dziką gruszą i chrupał ostatnie jesienne owoce, prześcigając się w łakomstwie z pasącym się luzem Radoszem.

Z oddali, od strony zabudowań, słychać było stuk z kuźni, pewnie kowale kuli podkowy dla tych wszystkich królewskich koni. Na drugim pastwisku klacze spacerowały ze źrebakami, na kolejnym stajenni ćwiczyli wierzchowce, a między nimi ganiały szczeniaki psów myśliwskich. Wtem psiaki stanęły w miejscu i nadstawiły uszu, jakby zwietrzyły zwierzynę. A potem pochyliwszy łby, jeden za drugim, pobiegły truchtem w stronę czwartego z pastwisk. Stanęły pod najwyższym z ogrodzeń, przysiadły i jak na komendę spojrzały w stronę stajni. Jadwiga poszła za ich wzrokiem i westchnęła głośno.

Stajenni prowadzili na pastwisko olbrzymy. Wielkie bojowe ogiery, które nawet z daleka wydawały się o połowę większe od normalnych koni. Kary, gniady, jabłkowity, siwy, a za nim siwy w hreczkę. Jadwiga kochała konie, choć nie tak wielką miłością jak Władek, Elżunia czy Kaziu, ale na widok tych rumaków zadrżało w niej serce.

— Dextrariusy — powiedział z podziwem Władek, podjeżdżając do niej. — Dobrze cię widzieć, żono. Stęskniłaś się za mną? — mrugnął do niej łobuzersko.

— Bałam się spać na Wawelu sama — odpowiedziała.

Spojrzał na nią z czułością.

— Nie miałam pojęcia, co zrobić z ciszą. Nikt nie budził mnie w nocy chrapaniem…

— Szelma! — zaśmiał się i pochylił, by ją pocałować.

— Idź — odgoniła go pieszczotliwym klepnięciem. — Śmierdzisz stajnią.

— Dla mnie to zapach! — roześmiał się zdziwiony.

— Elżunia przysłała list — powiedziała po chwili, wpatrując się w zbliżające się do nich olbrzymy.

— Co u moich wnuków? — spytał, podkręcając wąsa.

— Władek za tydzień skończy cztery lata, żywotny, gadatliwy, ruchliwy…

— Wiadomo, po kim. — Klepnął się w udo.

— Ludwik ma dwa i pół…

— Jakby był ogierkiem, poszedłby na szkolenie pod siodło — zaśmiał się Władek.

— Ale nie jest — wzniosła oczy ku niebu Jadwiga. — Andrzejek zaraz skończy rok i jak pisze nasza córka, nie ma żelaznego zdrowia, lecz…

— Z tego się wyrasta — orzekł jej mąż i już nie skwitowała.

— Młodego Mikołaja Drugetha zamianowali na nauczycieli chłopców — dopowiedziała po chwili.

— Drugetha? To neapolitańczyk.

— Jak Carobert — przypomniała mu i szybko naświetliła sprawę Felicjana Zacha.

— Dobra — machnął ręką Władek. — Zrozumiałem, bądź spokojna.

— Chciałabym — odpowiedziała z westchnieniem.

— Martwisz się Kazimierzem? — spytał, odwracając jej uwagę od siebie. — Że Elżunia już ma trzech synów, a on tylko córkę?

— Cieszę się, że wyzdrowiał. Reszta przyjdzie z czasem.

— Już przyszła — mrugnął do niej Władek. — No co się dziwisz? Nie rozmawiasz z synową, to nie wiesz. Ja rozmawiam — pochwalił się, prostując plecy.

— Wiem, że Litwinka brzemienna — wyprowadziła go z błędu. — Tylko nie sądzę, by przed rozwiązaniem był czas na cieszenie się z dziedzica. Ona znów może urodzić córkę.

— No to wnuk przyjdzie z czasem — skwitował jej mąż i pokazując na rumaki, zaproponował: — Obejrzyjmy je z bliska!

Cały on — pomyślała. — Oto, co go w tej chwili naprawdę ciekawi.

Władek ruszył już, pojechała za nim.

— To jest przyszłość pól bitewnych, Jadwigo. Koń bojowy w ostatnich latach wyrósł ponad miarę. Ja, rozumiesz, mam duszę jeźdźca, powiedziałbym, urodziłem się w siodle, choć u nas na Kujawach nie było wielkich stadnin. Dlatego tak się kocham z Węgrami, synami dzikich stepów. Mam z nimi więcej wspólnej krwi, niż miałem z moimi braćmi. Wolę wierzchowce, jak Rulka, Radosz, Mojmira. Konia lekkiego, gorącej krwi, rączego i zwrotnego. Ale to — zbliżyli się do wysokiego ogrodzenia i pokazał na dextrariusy — machiny wojenne przyszłości. Szyk bojowy z zakutych w stal rycerzy i uzbrojonych koni. Szkolonych do walki bestii, nieustraszonych i piekielnie drogich. Borutka! — zawołał do Wrończyka, który szybciej niż oni znalazł się na pastwisku dla wielkich ogierów. — Pokaż królowej, co potrafi ten smok!

Jadwiga, gdy wyjeżdżała z Wawelu jako królowa, dostawała zawsze konia ubranego paradnie, brzęczącego ozdobami, z błyszczącym naczółkiem, w barwnym kropierzu, nierzadko z herbem. Wielkie konie, które prowadzili stajenni, były w czaprakach z wełnianego sukna, takich, jakie zakłada się zwierzętom na zimę, ale szarych lub burych.

Jak moi chłopcy, gdy szli się pobawić w wojnę — pomyślała z czułością o tamtych dwóch synach, nieżyjących od lat.

Na grzbietach miały wysokie kopijnicze siodła, też najwyraźniej przeznaczone tylko do ćwiczeń, bo nie było na nich żadnych, nawet najmniejszych ozdób. Filc i surowa skóra, nic więcej. Najprostsze skórzane podogonia, zaś podpiersia miały blaszki z pustymi polami herbowymi, najwyraźniej ich zadaniem było przyzwyczajenie konia do tego, że coś przy rzędzie może poruszać się i brzęczeć.

Borutka zręcznie wskoczył na siodło karego olbrzyma i z jego wysokości wydał się Jadwidze potężny niczym góra. Ruszył stępa wokół pastwiska, ogier szedł równiutko, prężąc piękną szyję i wstrząsając grzywą. Gdy przeszedł w cwał, Jadwiga chwyciła się za serce. Władek krzyknął do niej jak chłopiec:

— A widzisz! Czujesz, jak drży ziemia pod kopytami? To sobie wyobraź, jakie wrażenie robi rozwinięty szyk bitewny złożony z pięćdziesięciu takich koni!

Borutka odjechał od nich na niknącą w oddali zarośniętą część pastwiska, Jadwiga odetchnęła z ulgą, bo ziemia przestała się trząść.

— Zawsze myślałam, że jest w tym trochę rycerskiej przesady — wyznała Władkowi. — Ach!…

— Teraz patrz! — zawołał Władek i aż uniósł się w siodle. — Najeżdża na nas!

Szczeniaki psów myśliwskich, które obserwowały pastwisko, zerwały się i skomląc, uciekły w krzaki. Ziemia zadudniła i Jadwiga zobaczyła Borutkę galopującego na dextrariusie. Tak, rację miał Władek, nazywając go smokiem. Rozwarta paszcza, wyszczerzone zęby, rozdęte chrapy i oczy, które zdawały się płonąć. Borutka powodził koniem lewą ręką, prawą wykonywał pchnięcia i uderzenia, jakby miał w niej miecz. Ogier szedł sam, zwolnił nieco, zatrzymał się nagle, Borutka dobił niewidzialnego wroga, ogier ruszył dalej bez komendy.

— Starczy — wyszeptała Jadwiga. — Będę się bać.

— Daj spokój, żono. — Wychylił się w siodle i pogładził ją po ramieniu. — Dzisiaj wracam z tobą na Wawel.

— Będę się bać, gdy ruszysz na wojnę, mężu. Od tej pory nie uwolnię się od widoku rycerzy na takich smokach, którzy walczą z tobą — wyszeptała.

— Nie, Jadwigo — odpowiedział hardo. — To ja będę siedział na dextrariusie. I oni będą się mnie bać.

WŁADYSŁAW miał co świętować. Po pasmach niepowodzeń dyplomatycznych wreszcie nadszedł wyczekiwany sukces w kurii awiniońskiej. Papież ukarał butę komtura Lautenburga palącego biskupie wioski podczas odwrotu spod Brześcia i wydał bullę ostro potępiającą Zakon.

— Chwała Bogu! — krzyknął, gdy Borutka przyniósł wiadomość od kanclerza do zbrojowni, gdzie zszedł nadzorować przegląd broni. — Wyrzuty sumienia przestaną dusić mnie w nocy!

— Król źle sypia? — zmartwił się Wrończyk. — To Jarota nie wie, że królowi trzeba przynieść mleka przed snem?

— Wyrosłem z mleka — fuknął Władek, przyglądając się tarczom wiszącym na ścianie. — Nie pomaga na poczucie winy.

— Możliwe — przyznał poważnie Borutka i dodał: — Na tym w ogóle się nie znam.

— Dobrze, że nie wymądrzasz się na tematy, których nie rozumiesz — pochwalił go Władek, podchodząc do stojaka z mieczami. — Co sądzisz o dextrariusach?

— Teraz to król tak rozmową pokierował, że nie wiem, czy odpowiadać, czy nie.

— Ujeżdżałeś je, mów — zachęcił go.

Borutka podszedł do puginałów. Wyjął jeden i sprawdził, czy ostry. Potem zrobił w powietrzu szybki ruch przebijania gardła i przekręcił ostrzem.

— Ja wolałbym walczyć tak — powiedział. Udał, że wyciera ostrze o nogawicę, i wsadził z powrotem do stojaka. Spojrzał na Władka i dodał: — Ale widzieliśmy pod Brześciem, że czeka nas inna walka. — Wyjął wielki dwuręczny miecz i zamachnął się. — Gdzie sztyletowi mierzyć się z mieczem? Więc jeśli król pyta, czy mądrze zrobił, kupując rumaki bojowe, odpowiem, że bardzo mądrze. Musimy mieć bestie, nawet jeśli nie zdołamy ich użyć.

— Zdołamy — powiedział Władysław — jeśli w wojnie, która nadejdzie, będziemy walczyć w polu. W bitwie, która śni mi się po nocach. W wielkiej batalii o wszystko.

— Czyli jednak król dobrze sypia i z tymi wyrzutami to było przesadzone — zachichotał Wrończyk.

Władek pogroził mu, nie był w nastroju do żartów.

— Musimy się jeszcze dużo nauczyć — powiedział poważnie. — Krzyżak jest świetnie wyszkolony, karny i uzbrojony po zęby.

— Wymyśliłem coś. — Oczy Borutki zalśniły. — Bełt ognisty!

— Ty tylko o jednym! — fuknął Władek.

— Król się nie stroszy, król posłucha, to potem podziękuje — nie przejął się jego nastrojem Wrończyk. — Byłem u kowala…

— U partacza? — Władek znał upodobanie Borutki do kupowania taniej, u niezrzeszonych.

— Nie, u cechowego i w dodatku Niemca. Natchnął mnie ten bełt, którym zabito Almenhausena. Pomyślałem, że jak w te zawinięte zadziory pod grocikiem wsadziłoby się pakuły, leciutko tylko maźnięte smołą, to… — Zrobił ruch, jakby naciągał kuszę, wkładał grot w ogień i strzelał. — Pach!

— Też mi wynalazek — wzruszył ramionami Władysław. — Płonące strzały, stare jak świat.

— I nieskuteczne — poruszył palcami Borutka — skoro świat jeszcze nie spłonął. Ja nie o tym. Schmied, kowal Niemiaszek, nazwał to „fuerpfile" i zrobił mi już kilka sztuk, udoskonalam, bo rzecz cała w tym, żeby pakuły nie wyleciały z zakręconego zadziorka podczas lotu strzały. Robota szłaby szybciej, gdyby król sypnął groszem — uśmiechnął się na koniec.

— Wiedziałem, że na końcu jest haczyk. Popracuj za własne, a jak się powiedzie, tobie zwrócę, a kowalowi zapłacę.

— Ku chwale Królestwa — mruknął Wrończyk.

— Jak Krzyżacy to zrobili, że zniknęli z pola walki? — Władek zapytał o to, co dręczyło go od dawna.

— Szereg walczących konno, rumaki olbrzymie, zasłaniały tych, co chowali się za nimi, mur tarcz i było po wszystkim — powiedział Borutka.

— Tyle widziałem i ja, i wszyscy, którzyśmy tam byli. Pytam, jak to zrobili?

— Technika i lata ćwiczeń, żadnej w tym nie ma tajemnicy — odpowiedział Wrończyk.

— No dobrze, to rozumiem, ale jest jeszcze coś innego, czego nie mogę zapomnieć. Borutka, czy ty wiesz, co się stało z rannymi?

— Czy ja wiem? — powtórzył niepewnie Wrończyk.

— Dlaczego rozwiali się w powietrzu? W łanie żyta zostali tylko ci z końca bitwy. Nawet ten Węgier, co go Jarota wyciągnął spod końskich kopyt…

— I tak byśmy ich nie uratowali — powiedział Borutka głosem, w którym nie było ani krzty zwykłej dla niego przekory. — To byli ciężko ranni, żywe trupy.

— Ale nasi ludzie! — krzyknął Władek, aż miecz, którym bawił się Wrończyk, wypadł mu z ręki i głucho uderzył o posadzkę zbrojowni. — A obowiązkiem wodza jest dbać o rannych, bo przelewali krew…

— W tym rzecz — cicho powiedział Borutka. — Wielu łaknie krwi.

— Co ty wygadujesz?

— Król nie jest zbyt domyślny — odrzekł Wrończyk i odstawił miecz na miejsce. Założył ręce za plecami i stał z opuszczoną głową. — Albo woli udawać, że nie wie.

— Co? — Władek naprawdę nie rozumiał, o co chodzi Borutce. — Mów wprost, bo stracę cierpliwość. Wiesz coś o tym?

— Wiem, ale nie mam z tym wiele wspólnego — odpowiedział Wrończyk i cofnął się. — Kujawy to szczególny kraj, prawda?

— Nie chrzań, przejdź do rzeczy — nie pozwolił mu na wymyki Władysław.

— Król urodzony na Kujawach, król powinien wiedzieć, pamiętać. Starej piastunki król nie miał? Takiej, co opowiada różne straszne bajki? Król pewnie setki razy słyszał w dzieciństwie, a potem pleban albo biskup powiedzieli mu, żeby nie wierzyć. Tak było?

Choć Władysław zaczynał rozumieć, do czego zmierza opowieść Borutki, nic nie odpowiedział.

— Król myślał, że wąpierze wymarły przed setkami lat, utopce się potopiły, strzyg nie widuje się w wielkich miastach, więc ich nie ma. O biesach to może i nawet stara piastunka króla zapomniała albo nie wiedziała, co o nich powiedzieć, bo dziwne.

Mówiła — pomyślał Władysław. — Mówiła, że to istoty stare jak świat; że królestwa, rzeki i puszcze znikną z ziemi, a ona będzie trwać i hulać na niej będą tylko piaskowe burze i biesy. Wąpierze nazywała martwcami i przestrzegała przed naśmiewaniem się z dziadów, co gadają, że widują dawno zmarłych, a jakby żywych. O tym, że wypijają krew z ludzi, uwielbiała gadać, ale jak Kazik, nasz brat młodszy, zaczął ze strachu sikać w łóżko, przestała. I żaden pleban nie musiał mi mówić, że upiorów nie ma. Nigdy nie widziałem ich ofiar, za to wiem, jak okrutni dla siebie potrafią być ludzie. To mi wystarczy, wierzę w Boga i świat, w którym naprawdę żyję. O pewnych rzeczach nie należy mówić. Tak jak ja i Jadwiga nie rozmawiamy o chorobie i wyzdrowieniu Kazimierza. Gdy ktoś pyta, przypominamy, jak modlił się za niego Ojciec Święty, i wyrażamy wdzięczność Panu za uzdrowienie syna. Jadwiga często dodaje „chwała Matce", a każdy, kto słyszy, rozumie, że chodzi o Matkę Boską. Udało się, jest ulga i sprawa zamknięta.

— Zatem ranni zniknęli — skwitował wywód Borutki Władysław.

— Oni to zrobili — powiedział Wrończyk, a jego oczy zalśniły w półmroku zbrojowni. — Wąpierze tam były i strzygi, ich chichot szedł od łanu, dziwne, że król nie słyszał. Byli głodni, łaknęli krwi i pożywili się rannymi. — Borutka nie spuszczał wzroku z Władysława, jakby chciał zwielokrotnić jego niepokój.

— Królu? — W drzwiach stanął Jarosław Bogoria.

Władysław drgnął na dźwięk głosu kanclerza.

— Dość o tym — odpowiedział Borutce.

— Mam pilną wiadomość, możemy mówić? — dopytał Bogoria.

— Dobrą czy złą? — wysilił się na żart Władek i mrugnął do Wrończyka, rozwiewając napięcie, jakie zapanowało między nimi.

— Gdybym był Doliwą, nie Bogorią, powiedziałbym, że koszmarną — odpowiedział w tym samym tonie kanclerz.

— Mów — przestał żartować Władek.

— Jan Luksemburski ogłosił wielką krucjatę na Żmudź — oznajmił grobowym głosem Bogoria.

— Do diabła! — zaklął Władysław i ruszył ku wyjściu.

Z mroku usłyszał złośliwe parsknięcie Borutki.

1329

JAN LUKSEMBURSKI na czele armii krzyżowców wkraczał do Torunia. Wcześniej nie przyjął zaproszenia wielkiego mistrza na Boże Narodzenie w Malborku, wymówił się brakiem czasu i kompletowaniem wojsk, a te ściągały do Pragi z całych Czech, Niemiec, Francji, Niderlandów i nawet dalekiej Anglii, więc wymówka wyglądała na najszczerszą prawdę. Jan dbał o pozory, bo Krzyżacy patrzyli mu na ręce, odkąd wyjechał z Pragi. Ich oczami był pochodzący z Miśni brat Bruno, przyjemny człowiek, rycerski i skory do śmiechu, naprawdę dobry kompan, gdyby zapomnieć, iż był rodzonym bratem nowego komtura toruńskiego, a ten, jak powszechnie wiadomo, pełnił rolę głowy zakonnego wywiadu. Brunona przysłał im wielki mistrz jako przewodnika i doradcę w drodze, Jan traktował go z pewną atencją, ale bez przesady. Boże Narodzenie król Czech spędził we Wrocławiu, czy się to krzyżackiemu doradcy podobało, czy nie.

„Przemarsz przez Królestwo Polskie będzie wielkim wyzwaniem, panie" — powtarzał brat Bruno, na co Jan, za każdym razem, odpowiadał mu: „Nie bój się, komturze. Póki jesteś pod opieką króla Czech, nic ci w Polsce nie grozi". Po tych deklaracjach zakonnik milkł i skrycie szarpał kwadratowo przyciętą brodę, co wprawiało Jana w doskonały humor na resztę dnia. Doskonale wiedział, że Krzyżacy zawarli z Polakami rozejm, a on, swoją krucjatą, stawiał ich w trudnej sytuacji. Nie mogli mu wyprawy krzyżowej zabronić, musieli w niej towarzyszyć, a jednocześnie jego przejście przez Królestwo Polskie, ledwie dwa lata po wyprawie na Kraków, mogło być w każdej chwili pretekstem do wypowiedzenia wojny przez króla Władysława. Komu ją wypowie? Krzyżakom? Czechom? Jan był pewien, że Władysław do żadnej z wojen nie jest gotowy i dlatego cała ta krucjata była dla każdej ze stron jak taniec na linie. Jeden błędny krok i...

Bogaty Wrocław ugościł krzyżowców, a jego książę, wiecznie zatroskany Henryk, dał się namówić na udział w krucjacie. Stawili się i kłótliwi bracia Henryka: gruby Bolesław z Brzegu i nieco szalony Władysław, który uciekł z drogi duchownej, gdy tylko poczuł smak kobiety i władzy. Obaj liczyli, że wsparcie Jana w krucjacie odsunie od nich wizję konieczności złożenia mu hołdu. Luksemburczyk nie wyprowadzał ich z błędu. Rozdawał uśmiechy i pierścienie, bo hojność jest cnotą władcy, a on właśnie wypełniał swe wyobrażenie króla — rycerza, krzyżowca, który wznosi miecz za sprawę Bożą, jadąc w orszaku wiernych sobie książąt na czele najlepszych europejskich rycerzy.

Z Wrocławia poszli najkrótszą trasą: Trzebnica, Milicz i wkroczyli w granice polskiego królestwa. Komtur von Haugwitz gryzł brodę, a Jan wysyłał przodem posłańców pod wielką chorągwią z wizerunkiem świętego Wojciecha. W każdym miasteczku kłaniali się kasztelanom i wójtom, odczytując posłanie: „Król Czech Jan Luksemburski, na gorącą prośbę Ojca Świętego Jana XXII, idzie z krucjatą na pogańską Żmudź. Zamiarem króla jest przelać krew wrogów pana naszego Jezusa Chrystusa. Pozwólcie mu przejść przez wasze ziemie w pokoju i w zgodzie z wolą Ojca Świętego. Dla każdego, kto zechce przyłączyć się do zbożnego dzieła, jest miejsce w wojskach króla Jana". Nie przystał do nich nikt, ale i nikt nie stanął im na drodze. Pyzdry, Strzelno, Inowrocław, szli szybko i bez przeszkód. Jan nigdy nie był tak daleko w Polsce, której korona należała mu się od dnia małżeństwa z Eliśką Premyslovną.

Rozparty nad Wisłą Toruń zrobił na nim wrażenie wysokim murem miejskim, składami towarów, kramami tętniącymi życiem kupieckim i górującym nad miastem krzyżackim zamkiem. Uwagami wymieniał się z towarzyszącym mu Henrym, oszczędzając gospodarzom zachwytu, czego nie mógł znieść wielki mistrz Werner von Orseln.

— Naprawdę boli go, że odmówiliśmy spędzenia świąt w krzyżackiej stolicy? — spytał Henry'ego szeptem, gdy wchodzili na ucztę przygotowaną przez komtura toruńskiego.

— Żadne z miast Zakonu nie może się równać z Malborkiem, chcieli pokazać swą potęgę, a tym im to uniemożliwiłeś — cicho odpowiedział Henry. — Zmusiłeś mistrza, by pofatygował się do Torunia.

— Nie trzeba było — obłudnie zaśmiał się Jan.

— Patrząc na to — Henry spojrzeniem wskazał coraz więcej płaszczy braci rycerzy — mistrz zrobi co w jego mocy, by przypisać krucjatę sobie.

Jan nie zdążył odpowiedzieć, weszli do refektarza przygotowanego do uczty. Rzeczywiście, było w nim biało od Krzyżaków. Przebiegł wzrokiem liczbę stołów i obecnych zakonnych gości.

— Gdzie miejsce dla moich książąt, hrabiów i rycerzy? — zapytał wielkiego mistrza.

— W Malborku, gdzie każdego roku gościmy krzyżowców ze świata, mamy jadalnię na pięćset osób. W Toruniu refektarz przewidziany jest jedynie dla zakonnych braci — odpowiedział Werner z pobożną miną. — Chcąc uhonorować twą obecność w komturii, prosimy do zakonnego stołu. Rycerzy nakarmimy w odrębnych izbach.

— Moja kompania to nie przypadkowa zbieranina z europejskich dworów — odpowiedział mistrzowi Jan. — To trzystu najznamienitszych rycerzy, wśród których nie brakuje książąt, hrabiów i grafów. Nie mogę zasiąść do uczty, nim nie zadbam o ich wygodę.

Twarz Wernera von Orseln stężała na chwilę, po czym spojrzał na gospodarza Ulryka von Haugwitz, a ten przywołał jakiegoś Krzyżaka.

— Brat Anzelm jest szafarzem, zadba o twych gości, królu — odpowiedział komtur toruński.

— Czy zna godność ich wszystkich? — spytał bezczelnie Jan i wezwał poetę. — Wilhelmie, pomóż szlachetnemu bratu Anzelmowi w ustawieniu stołów honorowych. Zadbaj szczególnie o książęta śląskie, naszych piastowskich gości. I hrabiego Hainauta, który zrezygnował z krucjaty do Granady, by walczyć na dzikiej Żmudzi.

— Zajmę się wszystkim — odpowiedział de Machaut z dworską elegancją, pod którą Jan wyczuwał rozbawienie — stoły honorowe będą bez zarzutu, zgodnie z dystynkcją i herbem gości. Gdyby zaś czegoś im brakowało, postaram się nadrobić to wierszem. Albo chociaż rymem.

— Wilhelm de Machaut — powiedział do mistrza król Jan, gdy ten razem z bratem szafarzem się oddalił — jest wyśmienitym poetą. Nie jedynym w moim wojsku, ale zdecydowanie najlepszym.

— Pisze kronikę o twych czynach? — spytał Werner z grzeczności.

— Owszem — odpowiedział Jan — i zawsze poświęca w niej honorowe miejsce moim wrogom. Ponieważ jednak jesteśmy w gronie przyjaciół, zniosę jego chwilową nieobecność.

— Pozwól, królu, że przedstawię ci braci — powiedział Werner i ruszyli wzdłuż szpaleru Krzyżaków.

Wszyscy w białych płaszczach i większość z brodami. Jeśli zapamiętam imiona czterech i nie pomylę się, będę gotów do najwyższych misji — pomyślał rozbawiony Jan.

— Naszego gospodarza Ulryka von Haugwitz już poznałeś.

— Jego brata Brunona także. Był wybornym towarzyszem w podróży, choć bardzo ostrożnym.

Werner zignorował tę drobną złośliwość i przeszli dalej, zatrzymując się przed przypominającym niedźwiedzia w habicie olbrzymem.

— Komtur ziemi chełmińskiej Otto von Lautenburg — przedstawił go mistrz, a brat z kwadratową, czarną jak smoła brodą hardo skinął głową.

— Rozumiem, że przekładając na urzędy w większości królestw, to jakby wojewoda, palatyn czy żupan? — spytał Jan.

— To znaczne uproszczenie, ale tak można by rozumieć.

Zatrzymali się przed kolejnym dużym mężczyzną. Ten był rudy, co Jan odnotował w pamięci, by odróżnić od poprzedniego.

— Wielki szpitalnik i jednocześnie komtur elbląski Herman von Oettingen — przedstawił go mistrz.

— Wielki szpitalnik? — zaciekawił się Jan.

— Sprawuję nadzór nad wszystkimi szpitalami Zakonu — zdawkowo odpowiedział Oettingen.

— W zakonie szpitalników to chyba jedna z najważniejszych funkcji? — spytał Jan.

Konfuzja, jaka zapanowała po tym pytaniu, dała mu do zrozumienia, że trafił w jakiś z czułych punktów tego zgromadzenia.

— Wielki szatny i komtur dzierzgoński — przeszedł do kolejnego z braci mistrz. — Luther z Brunszwiku.

— Z książęcej dynastii Welfów? — Jan przyjrzał się szczupłemu mężczyźnie o ciemnych włosach i arystokratycznych rysach, tak różnemu od dwóch poprzednich.

— Owszem — potwierdził szatny. — Jestem synem Alberta Wielkiego i wnukiem Ottona z Brunszwiku, więc idee krucjatową mam we krwi.

— Wyjaśnisz, komturze? — zainteresował się Jan.

— Mój dziad w czasach trudnych początków Zakonu przybył do Prus z siedmioma setkami krzyżowców i pomógł braciom w zdobyciu Warmii, Pogezanii i Natanagi, a ojciec kontynuował tradycje jeszcze przed moim narodzeniem. Brał walny udział w stłumieniu tak zwanego powstania pruskiego. Imiona obu znajdują się w pierwszej dziesiątce największych przyjaciół Zakonu.

— Mam nadzieję dołączyć do tego chlubnego grona — odpowiedział Jan, gładko przechodząc nad „siedmioma setkami krzyżowców". Jeśli to była szpila wbita w jego trzy setki, to uda, iż tego nie zauważył. — Dzierzgoń, inaczej Christburg, tak?

— Owszem — uśmiechnął się Luther. — Znakomicie przeszedłeś, królu, tak zwany pierwszy test pruski. Uczymy adeptów wymawiania tej trudnej nazwy w języku miejscowym.

Jan zaśmiał się i dorzucił lekko:

— Chciałbym odwiedzić Dzierzgoń. Jako pielgrzym do miejsca męczeństwa biskupa Wojciecha. Wyobrażam sobie, że Zakon postawił tam wyjątkowe martyrium.

— Nie posiadamy relikwii świętego — chłodno odpowiedział Luther.

— Oczywiście — roześmiał się Jan — jak mogłem zapomnieć! Ja je mam. — Odwrócił się i spojrzał w oczy wielkiego mistrza. Ten wydał się zupełnie wytrącony z równowagi.

— Zabrałeś, królu, relikwie Wojciecha na krucjatę? — spytał, nerwowo mrugając.

— Nie — beztrosko rzucił Luksemburczyk. — Są dla mnie zbyt cenne. Zostawiłem je w Pradze. Ale miejsce śmierci męczennika chciałbym zobaczyć.

— Będę zaszczycony — odpowiedział Luther i ukłonił się z twarzą tak absolutnie obojętną, że tylko dyskretne dotknięcie Henry'ego potwierdziło, iż Jan trafili celnie.

— Komtur grudziądzki Zyghard von Schwarzburg — przeszli do kolejnego z braci.

— Świetnie się znamy z Pragi! — udał radość. — Nie zapomnę, jak wyciągnąłeś z Turnieju Zimowego Króla księcia Bolka, by zabrać go na poprzednią rejzę pruską.

— Cóż moje osiągnięcie znaczy wobec trzech śląskich Piastów, których przyprowadził teraz król Jan? — odpowiedział Schwarzburg i uśmiechnął się do niego. — Raduje nas obecność każdego z nich i podziwiamy w Zakonie twą miłość do Śląska, panie. Kraj bogaty w rudy, srebro, a mówią, że i złoto, potrzebuje możnego protektora.

Mówi poważanie czy kpi? — wpatrywał się w przystojnego komtura król.

— Komtur grudziądzki też pełni jakąś funkcję w Zakonie? — zapytał zza jego pleców Henry. — Jak wielki szpitalnik czy wielki szatny?

— Tak — odpowiedział z tym samym wyrazem twarzy Schwarzburg — jestem wielkim marzycielem.

— Zakonny błędny rycerz? — podjął jego kpiarski ton Henry.

— Idealista będzie trafniej — mrugnął poufale Schwarzburg — i nie narazi mnie na karę od kapituły za przekroczenie reguły zakonnej. Traktujemy ją śmiertelnie poważnie.

— O czym marzysz, komturze Zyghardzie? — spytał Jan.

— O świecie, w którym rozum przejmuje kontrolę nad mieczem — odpowiedział Schwarzburg.

— Zatem jesteś wielkim dyplomatą — orzekł Luksemburczyk.

— Albo pierwszym naiwnym — rozłożył ręce Schwarzburg. Błysk w jego oku mógł znaczyć wiele, ale na pewno nie był niewinną naiwnością.

— Zazdroszczę ci, wielki mistrzu, że masz pod rozkazami tylu książąt. — Jan wskazał na Zygharda i Luthera.

Mina Wernera wskazywała, że niepotrzebnie.

— Zakon zebrał przedstawicieli najwybitniejszych niemieckich rodów i skłonił ich, by wyrzekłszy się prywatnych ambicji, pracowali na rzecz idei — dodał Jan, prześlizgując spojrzeniem po białych płaszczach komturów.

— Jesteś łaskaw, królu — odpowiedział Werner.

Bo mogłem powiedzieć: oto zbieranina drugich i czwartych synów, odrzuconych w kolejce do dziedziczenia książęcych zamków i hrabiowskich tytułów — pomyślał Jan Luksemburski i udał się za wielkim mistrzem na należne mu miejsce za stołem.

— Poprośmy Pana o błogosławieństwo przed posiłkiem — powiedział mistrz i sam zaczął modlitwę.

Uczta była wystawna, wino i jadło przednie, naczynia bogate, ale przez całą wieczerzę zamiast muzyki towarzyszył im lektor czytający Pismo Święte.

— Piękne kielichy — zauważył Jan, dotykając czaszy zdobionej filigranem.

— Weneckie szkło. Przez jakiś czas siedziba naszych mistrzów była w mieście świętego Marka — odpowiedział Werner. — W Malborku mamy całą zastawę.

Jan zignorował natrętne przypomnienie i poprosił o więcej wina.

— Chciałbym o coś spytać, mistrzu — odezwał się Henry de Mortain. — Wśród braci, których poznaliśmy dzisiaj, nie było wielkiego marszałka, a z tego, co mi wiadomo, jest to najważniejszy z wojskowych urzędników Zakonu.

— Owszem — kwaśno odpowiedział Werner — obecnie nie mamy marszałka.

— Ostatni był tak bitny, że wciąż się zastanawiamy, który z nas jest godzien, by przejąć jego funkcję — dopowiedział Zyghard von Schwarzburg.

— Henryk von Plötzkau, tak? — spytał Henry. — Ten, który wsławił się zdobyciem dla Zakonu Gdańska?

— Nie tylko — wymijająco odpowiedział mistrz.

— Posłał na tamten świat tylu pogan, że zapewnił sobie miejsce w niebie — powiedział z szacunkiem wielki szpitalnik.

— Zapewne i przez ich ewangelizację? — od niechcenia zapytał Jan, podstawiając podczaszemu kielich.

— Był mistrzem miecza — rozwiał wątpliwości Schwarzburg.

— I zginął chwalebnie — dopowiedział niedźwiedziowaty, po czym się napił.

— Lautenburg — szeptem przypomniał Janowi jego nazwisko Henry.

— W bitwie z wojskami Giedymina na zamarzniętym jeziorze Biržulis — dodał wielki szpitalnik.

— A ja słyszałem, że poganie spalili go żywcem — dociekał Henry de Mortain.

— Owszem, po bitwie. Razem z koniem — odstawił kielich Lautenburg. — Płonął, recytując wersety z Pisma.

— Skąd to wiadomo? — dopytywał Henry.

— W Zakonie nie puszczamy płazem obelg wobec świętej wiary. Wielki komtur Wildenburg dopadł tych, którzy podkładali ogień — powiedział Luther z Brunszwiku.

— Szkoda, że nie wszystkich — pogodnie odpowiedział Jan — mielibyśmy problem Giedymina z głowy.

Dostojnicy zakonni wymienili się spojrzeniami i w tej samej chwili służba zaczęła wynosić puste półmiski. Jan zwrócił uwagę, iż usługują wyłącznie mężczyźni, jednakowo ubrani w szare, skromne stroje. Jak można tak żyć, bez kobiet? — pomyślał. Zabrał ze sobą na krucjatę słodką Marguerite, Stokrotka prosiła, by pokazał jej świat i nie zostawiał w Pradze. Nawet dziewczyna z nadreńskich lasów szybko uznała, iż w Czechach nie ma nic ciekawego! Dał jej sakiewkę, by mogła pomyszkować między toruńskimi kramami, wystarczająco ciężką, żeby przestała prosić o wzięcie jej na krzyżacką ucztę. Tego uczynić nie mógł, a po wizycie we Wrocławiu już widział, że dziewczyna lubi się ubrać i znajduje sobie zajęcie, gdy on nie ma dla niej czasu.

— Chciałbym się więcej dowiedzieć o zwyczajach pogan — drążył swój ulubiony temat Henry.

Na stołach ustawiono misy suszonych fig i łuskanych orzechów.

— Będziesz miał szanse, panie de Mortain — odpowiedział mu Luther. — Wspomniany Fryderyk von Wildenburg, jako doświadczony dowódca rejz na Żmudzinów, czekać będzie na nas na miejscu.

— Czyli gdzie? — przeszedł do sedna Jan.

— W Ragnecie — odpowiedział wielki szatny.

— To nad Niemnem, rzeką, za którą rozciąga się Żmudź — podpowiedział szeptem Henry, sięgając po figę — wybrali północną trasę.

— Nie powiedziałem, że chcę iść z krucjatą nad Niemen — oświadczył Jan i uwaga wszystkich białych płaszczy skupiła się na nim.

— Cóż — zmrużył oczy wielki mistrz — najwyższy czas zacząć rozmowy. Gdzie zatem chce się wybrać król Czech? — Ton głosu Orselna stał się irytująco pobłażliwy.

— Południowym szlakiem, przez Wielką Puszczę na Grodno.

Przez chwilę słychać było chrupanie orzechów w potężnych szczękach Lautenburga.

— Zatem po cóż było mamić świat, iż celem krucjaty są Żmudzini? — z lekceważeniem powiedział mistrz. — Trzeba było przyznać, że zamiarem króla jest uderzenie na Litwę.

— Czyżby w grę wchodziły inne względy niż ewangeliczne? — włączył się w przepytywanie go Schwarzburg.

— Co masz na myśli, komturze Grudziądza? — spytał Jan swobodnie, sięgając po garść orzechów.

— Giedymina. I rozbicie sojuszu Litwy z Polską — rozszyfrował go Schwarzburg. — To się nazywa „upiec dwie pieczenie na jednym ogniu", prawda? Za darowane przez papieża pieniądze ze świętopietrza uderzyć na niewygodnego Ojcu Świętemu sojusznika króla Władysława. Pozbyć się problemu stolicy apostolskiej, tej skazy na wizerunku ulubionego chrześcijańskiego króla papieża Jana. I jednocześnie sprowokować Władysława do wojny, bo zgodnie z sojuszem, będzie musiał się ująć za Giedyminem. Wojny, która przeniesie się z dzikiej Litwy na Królestwo Polskie i która, gdyby była udana, mogłaby ci, panie, przynieść wymarzoną koronę. Tę, którą lubisz włączać do swej tytulatury, jak mówią twoi legiści, po żonie.

— Rzeczywiście, jesteś wielkim marzycielem Zakonu, Zyghardzie — odezwał się poufale Jan, myśląc równocześnie, że mógłby mu teraz przegryźć tętnice za wyłożenie na stół intrygi, która jak mniemał, będzie do końca niewidzialna.

Położył orzechy przed sobą. Stracił na nie ochotę.

— Nasz marzyciel może przeszarżował w domysłach — powiedział koncyliacyjnie Werner von Orseln — ale nie myli się w przewidywaniu konsekwencji. Uznajmy, iż zapominamy o teorii Zygharda von Schwarzburg, a dalsze losy ataku na Grodno ujmę tak: Giedymin nie daruje bezpośredniego uderzenia. Krucjata zamieni się w wojnę, na którą nie starczy trzystu rycerzy, których dzisiaj gościmy w Toruniu, nawet jeśli dodamy do nich zacne poczty. Tym sposobem największa rejza dekady, jak ją nazwałeś w liście do europejskich władców, stanie się katastrofą dla wizerunku króla krzyżowca, Jana Luksemburskiego.

W ciszy, jaka zapanowała wokół stołu, wersety czytane przez lektora nagle stały się słyszalne.

— „A z tronu wychodzą błyskawice i głosy, i gromy, i płonie przed tronem siedem lamp ognistych…"

Piekielni brodacze — zaklął w duchu Jan. — Kazali czytać Apokalipsę według świętego Jana.

Zobaczył przymknięte powieki Luthera, księcia Brunszwiku, i jego usta bezgłośnie powtarzające za lektorem. To samo robił komtur ziemi chełmińskiej i wielki szpitalnik.

— Baldryku! — przywołał stojącego za swym krzesłem giermka, przerywając tym trzem adorację Apokalipsy. — Przynieś wino mozelskie, które przywiozłem dla mistrza Wernera.

Baldryk zniknął w drzwiach, a Jan dodał:

— Z winnic mojego stryja, arcybiskupa Trewiru. Barwa złota, smak nieba! Starczy i dla szacownych braci — uśmiechnął się do nich szeroko, jakby nic się nie stało, jakby nie usłyszał tego, co zostało powiedziane przed chwilą. Złowił zaskoczone spojrzenie Lautenburga i tęgiego szpitalnika, Oettingena. Zniecierpliwienie na twarzy wielkiego mistrza, ledwie wyczuwalne rozbawienie w oczach Schwarzburga i życzliwą uwagę na obliczu Luthera z Brunszwiku.

Wrócił Baldryk z dzbanem, jego rwący oddech wskazywał, iż nie biegł, a gnał. Podał dzban podczaszemu.

— Dziękuję, byłeś szybki — pochwalił go Jan i w odpowiedzi dostał urażone spojrzenie giermka. — Wybacz — mrugnął do niego i wyjaśnił obecnym: — Tak dziękuję moim rumakom za dzień jazdy.

— Król Jan słynie z szybkości — uprzejmie powiedział Luther z Brunszwiku. — Mawia się, iż król nie jeździ, a lata.

Podczaszy jemu pierwszemu nalał wina, potem mistrzowi, Henry'emu i siedzącym dalej dostojnikom.

— Uważacie, że tej zimy droga przez Wielką Puszczę jest nie do przebycia z racji śniegów i mrozu, czy dobrze zrozumiałem? — spytał Jan, patrząc w oczy mistrzowi.

— Tak, królu — odpowiedział zamiast mistrza Luther z Brunszwiku. — Śniegi i mróz.

— Których oszczędzi nam droga zwana północną, prowadząca do komturii w Ragnecie, a stamtąd za Niemen, tak? — ciągnął Jan.

— Na drodze północnej mróz i śniegi będą spektakularne, tak wielkie, że twoi rycerze opowieściami o nich zadręczą swe wnuki — tym razem odpowiedział za mistrza Zyghard von Schwarzburg. — Wnuki, których się doczekają, bo mimo trudności tę drogę przebędą i z niej wrócą do swych pięknych żon i domów.

— Doskonale! — uśmiechnął się Jan, jakby nigdy nie miał innych planów. — Zatem napijmy się i ruszajmy!

— Do Malborka — odezwał się wreszcie wielki mistrz. — A stamtąd wyjedziemy na Matki Boskiej Gromnicznej. To nasz zwyczajowy, uświęcony szacunkiem do Najświętszej Marii Panny patronki Zakonu, początek rejzy.

— Widziałem mapę — chłodno odpowiedział Jan. — Skoro mamy iść na Ragnetę, po cóż tracić czas na Malbork? Ruszajmy z Torunia, bez zwłoki. Żaden zwyczaj nie zostanie złamany, bo to nie rejza, lecz krucjata! Największa tej dekady — skończył i z lubością wychylił kielich mozelskiego wina.

ZYGHARD VON SCHWARZBURG wyszedł zaczerpnąć świeżego powietrza na dziedziniec toruńskiej komturii. Nigdy nie polubił tego miejsca, po Grudziądzu wydawało mu się nieforemne, pozbawione strzelistego uroku prawdziwych zakonnych twierdz. Budowniczowie nazywali toruński zamek „podkową", z racji na półkoliście ukształtowane mury. Zyghardowi wydawał się raczej przewróconym garnkiem.

Na dziedzińcu, mimo wieczornej pory, tętniło życie. Trzystu rycerzy króla Jana, z których każdy miał trzy-, cztero-, a i jak widział, sześcioosobowe poczty, dawało koło tysiąca zbrojnych i drugie tyle obozowej służby. Teraz więc toruński garnek był pełen i kipiał. Chorągwie, sztandary, giermkowie pucujący broń, słudzy z dzbanami piwa biegnący do swych panów, śmiechy, blask ognisk, śmiech dziewcząt. Poza nieliczną w Zakonie żeńską służbą, praczkami, szwaczkami, matkami oborowymi, których wdzięków trudno było szukać pod obszernymi burymi sukniami, komturia nigdy nie widziała tylu kobiet. Część z nich musiała przyjechać razem ze swymi rycerzami, choć rzut oka wystarczył, by Zyghard wiedział, iż to nie ich żony i damy. Niektóre zaś wyglądały na miejscowe, pruskie dziewki, zwabione do Torunia obecnością krzyżowców. Te drugie mijając Zygharda, spuszczały nisko głowy i przemykały pod murami, udając niewidzialne. Za to pierwsze zerkały na niego ciekawie, zalotnie i sądząc po rumieńcach, musiały sobie wyobrażać różne świństwa z jego płaszczem zakonnym w roli głównej. Zatrzymał się przy chorągwiach króla Jana. Największa, ze świętym Wojciechem, na odwrocie miała wizerunek Marii Panny, która przypominała Zyghardowi jakąś damę, widzianą przed laty. Druga zaś była z czerwonym krzyżem i ze świętym Jerzym przebijającym małego, skundlonego smoka.

Luksemburski piękniś nie mógł się zdecydować — pomyślał Zyghard — a jego smok wygląda jak zdechła jaszczurka.

— Spacer przed snem, komturze Schwarzburg? — usłyszał za plecami. Odwrócił się i odpowiedział Henry'emu de Mortain:

— Przed kompletą.

— Zakonne życie, ściśle według reguł? — zagadnął de Mortain.

— Można się przyzwyczaić — uśmiechnął się Zyghard. — Nasz świat hołduje regułom, dworskim, rycerskim, zakonnym, urzędniczym, pisanym albo tylko zwyczajowym, kwestia wyboru. Damy, choć nie mam na myśli tych — Schwarzburg ruchem głowy wskazał dwie podkasane dziewki z chichotem biegnące pod rękę — poddają swych wybranków pełnej zawiłych reguł walce o względy, a ci biorą w niej udział, dokonując najdziwaczniejszych czynów, jak ten rycerz, co przemierzył Europę, wyzywając na pojedynki każdego, kto, no właśnie... — rozłożył ręce. — Już zapomniałem.

— Kto sprzeciwił się twierdzeniu, że panna Cecylia ma najbardziej błękitne oczy — ze śmiechem podpowiedział de Mortain. — No cóż, mam słabość do błędnych rycerzy. Lubię się włóczyć po świecie, choć osobiście wybrałbym inny powód niż oczy jakiejś damy.

Każdy pretekst jest dobry, by zostać chłopcem, a nie stać się mężczyzną — pomyślał Zyghard — o ile kogoś stać na życie bez zobowiązań.

— Ale jak rozumiem, komturze, w twoim wypadku wybór drogi zakonnej nie był podyktowany niechęcią wobec życia według dworskich reguł? — ciągnął Henry. — Doskonale radzisz sobie i wśród koronowanych głów, i wśród ich dworów.

— Mój ojciec mawiał, że dobrze urodzony ma sobie poradzić wszędzie — odpowiedział Zyghard.

— Będziesz nam towarzyszył na krucjacie? — spytał de Mortain.

— Jeszcze nie wiem — szczerze odpowiedział Zyghard. — Czekam na rozkaz wielkiego mistrza.

— Dostajecie coś w rodzaju przydziałów?

— Tak. Interesuje cię życie zakonu rycerskiego?

— Moje pytania są wścibskie? — zaśmiał się de Mortain. — Często to słyszę, ale prawda jest taka, że interesuje mnie wszystko. Nowe miejsca, ich zwyczaje, wygląd ludzi, niezwykłe twory natury, dziwy.

— Zatem towarzyszysz królowi wiedziony ciekawością, a nie chęcią ewangelizacji — nie spytał, stwierdził Zyghard.

— Cóż. Ja jestem wścibski, ty przenikliwy, komturze von Schwarzburg. — De Mortain zrobił zabawną minę i przyłożył palec do ust. — Niech to zostanie między nami. Dla pogan żadna różnica, a królowi byłoby przykro.

— Doprawdy? — zakpił Zyghard. — Z króla taki sam krzyżowiec jak z ciebie, choć ty jesteś bardziej interesujący, bo rządzi tobą ciekawość. Już wiem. — Uderzył się w czoło z przesadą i odwrócił do Henry'ego. — Cały czas zastanawiałem się, do kogo podobna jest wasza Madonna! *Bis regina!* Złote włosy, szmaragdowe oczy. Chorągiew haftował król czy mniszki?

De Mortain zaśmiał się szczerze.

— Co za zbieg okoliczności — powiedział po chwili. — Podobieństwo jest umowne. Damy zwykle są złotowłose.

— Ale Matki Boskie rzadko noszą takie dekolty! Co słychać u królowej Rikissy?

— Pielęgnuje marszałka Henryka z Lipy. Powalił go paraliż.

— Stąd macie tylu czeskich rycerzy — w lot zrozumiał Schwarzburg. — Za czasów Lipskiego na rejzy docierali nieliczni, choć, czekaj, był taki olbrzym, Plichta z Žirotína.

— Nie żyje — odpowiedział Henry. — Zginął przy królu Janie podczas bitwy pod Mühldorf. Zabili go Połowcy.

— Dziwne. Nie zginął od strzał Żmudzinów, choć walczył w pierwszym szeregu, a dopadli go Dzicy na iście rycerskim polu bitwy.

— To nie tak rzadkie, jak sądzisz, komturze Schwarzburg — gwałtownie zaprzeczył Henry. — Był taki zapomniany krzyżowiec, książę Henryk Sandomierski...

— Pasjonujesz się historią dynastii piastowskiej? — z niemiłym przeczuciem spytał Zyghard.

— Nie... — zaprzeczył lekko wytrącony z równowagi Henry. — Od dziecka lubię rycerskie opowieści. Otóż sandomierski książę był na krucjacie w Ziemi Świętej, wrócił z niej cało i zdrowo, a potem misja krzyżowca pchnęła go na krucjatę pruską. I poległ gdzieś tutaj, z rąk dzikusów. Co komu pisane — westchnął w zadumie.

Zyghard poczuł, jak robi mu się gorąco, jakby został przyłapany na jakimś sekrecie, a przecież dzieje księcia sandomierskiego były wplątane nie w jego historię, ale Kunona. Mój templariusz przypomina o sobie zza grobu — pomyślał ponuro, wypuścił powietrze i spytał:

— Skąd znasz tę historię, panie de Mortain?

— Sam stwierdziłeś, że jestem wścibski — odpowiedział Henry, co w Zyghardzie wzmocniło wrażenie, iż ten go podpuszcza. Postanowił przejąć kierunek rozmowy i spytał znienacka:

— Czy to prawda, że jesteś synem tej słynnej normandzkiej hrabiny?

— Dworskie plotki! Prędzej czy później tak kończy się nawet miła pogawędka — udał rozczarowanie Henry. — Każdy chce się czegoś dowiedzieć o skarbach templariuszy!

— Ja nie — położył rękę na sercu Zyghard, a potem ściszył głos i przysunął się do Henry'ego. — Więc jednak były skarby?

— Niezmierzone! — parsknął śmiechem de Mortain. — Wychowywałem się na dworze Filipa Pięknego, tam zresztą poznałem Jana Luksemburskiego. I przez całe dzieciństwo król robił to, co ty przed chwilą, Zyghardzie von Schwarzburg. Pozyskiwał mą dziecięcą ufność i pytał znienacka: „Gdzie skarby?".

— W Zakonie często słyszę, że mam królewskie maniery — mrugnął do niego Zyghard. — Tyle że u nas to źle widziane. Czy możemy się na chwilę zamienić?

— Na co? — zdziwił się Henry.

— Ja będę wścibski, a ty bądź przenikliwy. No cóż — rozłożył ręce przepraszająco — po prostu mnie to ciekawi.

— Dobrze — odpowiedział de Mortain. — Ale w zamian za to ty odpowiesz na jedno moje pytanie.

— Jeśli nie będzie związane z łamaniem zakonnych reguł — zgodził się Schwarzburg. — Mogę zacząć?

— Jestem do dyspozycji — ukłonił się Henry.

— Twoja matka, zamknięta w skrzyni pełnej klejnotów, dopłynęła na Cypr na pokładzie pirackiej kogi. Kapitan zabrał skrzynię w ostatniej chwili, nie widząc, iż pod klejnotami ukryta jest dziewczyna, myślał, że bierze skarb porzucony na nabrzeżu przez uciekinierów z Ziemi Świętej. I żeby zrobić miejsce dla skrzyni, musiał zepchnąć z pokładu całą rodzinę, która już zapłaciła za rejs.

— Nic, tylko prostuję historię własnej matki — westchnął z przyganą de Mortain. — Od dziecka to samo, wyolbrzymienia albo plotki. Nie sądziłem, że zacny komtur będzie je powtarzał.

— Mówię, co słyszałem — zastrzegł Zyghard. — A jak było? Opowiesz mi tę historię po raz pięćdziesiąty?

— Setny — poprawił go Henry i zaczął monotonnie: — Statek nazywał się „Klejnot Mórz", kapitan miał na imię Sanchez i nikogo nie wrzucił do morza. Moja babka, hrabina Iweta de Mortain, zapakowała córkę do skrzyni, nakryła deskami i na wierzchu przysypała srebrem. Pokazała Sanchezowi zawartość, oczywiście wyłącznie tę srebrną. Powiedziała: Odwieź ten srebrny depozyt mojemu bratu na Cypr, a on wypłaci ci połowę jego wagi w złocie. Ale, dodała Iweta, skrzynia musi być nienaruszona, a ty, kapitanie, wręczysz memu bratu ten list. List był po arabsku, Sanchez go nie przeczytał. Czy się domyślał, że wiezie coś cenniejszego niż srebro? Trudno dociec. Dość, że na Cyprze stawił się u mego wuja, oddał skrzynię i pismo od Iwety i, jak mówiono, był zaskoczony, gdy po przeczytaniu listu wuj wyrzucił srebro, wyjął podwójne dno i moją matkę.

— Jakim cudem przeżyła podróż? — spytał zaintrygowany Zyghard.

— Iweta kazała nawiercić otwory, więc miała czym oddychać, a poza tym — Henry spojrzał na niego spod oka — uśpiła córkę haszyszem.

— Oj — kiwnął głową Zyghard. — To musiał być dla twojej matki niezły sen!

— Właśnie sobie uświadomiłem, że nigdy nie zapytałem jej, o czym śniła.

— Co dwóch wścibskich, to nie jeden — mrugnął Zyghard. — Ile się płynie na Cypr?

— Zależy od wiatrów. Dwa, trzy dni. Sanchez płynął trzy, bo wdał się w bitwę morską z okrętem templariuszy.

Zyghard znów poczuł, że robi mu się gorąco.

— „Włócznią Chrystusa" — dodał Henry i Zyghard odetchnął. Okręt, na którym kiedyś płynął Kuno, nazywał się „Słone Serce". — Sanchez pobił templariuszy i zatopił okręt, co stało się przyczyną jego kłopotów.

— Czyżby twój wuj nie zapłacił?

— Gdzie tam! De Mortain to porządny, normandzki ród. Wypłacił złotem, jak obiecała kapitanowi Iweta. Tyle że gdy Sanchez wracał na pokład obładowany nagrodą, zatrzymali go ludzie burmistrza Cypru. Został aresztowany, osądzony za atak na statek templariuszy i skazany na śmierć. Ponoć do końca łgał, że na „Włóczni Chrystusa" nie było żadnych skarbów.

— No to były czy nie?

Henry de Mortain zaśmiał się serdecznie.

— A bo ja wiem? Ale prawda jest taka, że Filip Piękny parę lat później zaprosił moją matkę na dwór, gościł, zabawiał, a potem…

— Aresztował templariuszy! Co za historia — pokręcił głową Zyghard. — A złoto, które Sanchez dostał za dostarczenie twej matki? Też przepadło w skarbcu Filipa Pięknego?

— Otóż nie! Wróciło do niej. Cóż się dziwić, że matka całe życie uważała, iż podróżuje się za darmo.

I wszystko jasne — skonstatował Schwarzburg — po niej odziedziczył skłonność do włóczęgi, poszukiwania przygód i wszelakich dziwności. I, jak mniemam, spory majątek, skoro stać go na to. Życie błędnego rycerza jest kosztowne, choć przy boku króla zapewne wychodzi taniej.

— A właśnie. — Rozbawiony Henry skierował palec w stronę Zygharda. — Teraz zapłata, moje pytanie.

— Hmm, Schwarzburgowie to porządny ród z Turyngii, też płacimy swoje zobowiązania. Pytaj, ale szybko, bo dzwonią na kompletę. Jak się nie stawię w kaplicy, mistrz ukarze mnie na oczach armii krzyżowców.

Henry de Mortain wciąż uśmiechał się tak samo szczerze, gdy przekrzywił głowę i spytał:

— Dlaczego Zakon nie dba o pamięć męczennika Wojciecha? Pierwszego, który przyniósł Słowo Boże do Prus?

— Bo jego misja zakończyła się klęską. Nie dość, że nie przekonał pogan, to jeszcze utwardził ich serca. Sprzątamy po nim od trzystu lat. Powiedz Prusom o Wojciechu, a nawet w tych ochrzczonych wzburzysz krew. Zadowoliła cię moja odpowiedź, Henry de Mortain?

— Zaintrygowała. — Henry zmrużył oczy, jakby nie słyszał ostrego, zimnego tonu Zygharda. — Może stać się początkiem do innej, dłuższej rozmowy, którą chętnie bym z tobą odbył podczas krucjaty.

— Wszystko w rękach wielkiego mistrza — odpowiedział mu Zyghard, ukłonił się i ruszył w stronę kaplicy.

Podczas komplety stanął w tylnym szeregu i tylko poruszał ustami, był zbyt wzburzony, by się modlić.

Jan Luksemburski wziął świętego Wojciecha na krucjatową chorągiew, Henry pyta o męczennika, król przypomina wszystkim, że to on ma w Pradze jego relikwie. Za tym stać musi szerszy zamysł. Wojciecha czczą w Gnieźnie, arcybiskupiej stolicy. Czyżby Luksemburczyk naprawdę miał nadzieję na odzyskanie polskiej korony? — myślał gorączkowo. — Koronacja w Gnieźnie, w przeciwieństwie do tej, którą Władysław celebrował w Krakowie? Królestwo jak za czasów Przemysła? Ograniczone do Starszej Polski i Pomorza. Pomorza, które teraz jest w rękach Zakonu. Już wtedy w Pradze, na Turnieju Zimowego Króla, Luksemburczyk wypytywał mnie o Pomorze — przypomniał sobie Zyghard. — Musimy być wobec niego czujniejsi. Jeśli odziedziczył zdolności po stryju i ojcu, arcybiskupie i cesarzu, pod maską rycerzyka może skrywać wyrachowanego dyplomatę.

Zatopiony w myślach Zyghard nie zorientował się, że bracia zakonni wyszli z kaplicy i stoi w niej sam.

Cała prawda o mnie — westchnął, rozglądając się po pustym wnętrzu. — Z kim mam się podzielić odkryciem? Z wielkim mistrzem, który wieczorami stroi się w barwne łaszki i piekielnie nie lubi wojny? Z zapalczywym Lautenburgiem, który za wojnę oddałby honor Zakonu? Czy z Lutherem, który jako jedyny pojąłby zakusy Luksemburczyka i w lot zrozumiał, o czym mówię, ale któremu za grosz nie ufam?

Dwóch kleryków weszło do kaplicy i zajęło się gaszeniem świec. Jeden po drugim znikały migotliwe płomienie i nagle Zyghard zrozumiał, że może już czas przestać się boczyć na Luthera. Nawet jeśli ten go śledził, gdy pojechał do komandorii joannitów, to poza szpiegowaniem nie poszło za tym nic więcej. To Zakon, tu każdy ma na każdego oko. Może Luther podejrzewał we mnie zdrajcę? W końcu komandoria leży na terenie Królestwa Polskiego.

Stanę przed nim, zapytam go wprost i utnę spekulacje — podjął decyzję Zyghard.

Przeżegnał się i wyszedł z kaplicy. Ruszył do dormitorium, ale w ciemności pomylił drogę i skląłbudowniczych toruńskiej komturii.

Nie wziął światła z kaplicy i teraz błąkał się po ciemku w korytarzu, który jak mu się zdawało, powinien prowadzić do dormitorium. Minął go jakiś sługa, ale Zyghard był zbyt dumny, by spytać o drogę.

— Do gdaniska schodami w lewo — rzucił pachołek przez ramię, gdy odszedł kilkanaście kroków.

— Psiakrew — zaklął Zyghard szeptem i poszedł w przeciwną stronę. Nagle zobaczył słabą smugę światła dochodzącą zza drzwi. Już miał je pchnąć, gdy dostrzegł, że między deskami skrzydła jest niewielka dziura na wysokości oczu, i jednocześnie dobiegł go szept Luthera.

— Musimy wylosować jednego z nas — usłyszał i zamiast pchnąć drzwi, przyłożył oko do dziury. Zobaczył sześciu z siedmiu świętoszków, brakowało Altenburga, bo Czerwony Wilk przecież czekał na krucjatę w Bałdze. Ale o dziwo, był wśród nich Bonsdorf i Plauen, czyli dwaj, którzy ostatnimi czasy wyraźnie dystansowali się od Luthera. Siedzieli w jakimś składziku, wokół beczki, na której stał niewielki kaganek, i Luther każdemu z nich podsuwał mieszek, z którego coś wyciągali.

— Biała — powiedział Lautenburg z wyraźną ulgą.

— Biała — syknął jego przyjaciel, szczerbaty Herman.

— Biała — powtórzył Markward.

— Biała — szepnął Oettingen.

— Ja mam czarną — grobowym głosem oznajmił Otto von Bonsdorf.

— Ja też białą — dorzucił Plauen.

Luther z Brunszwiku stanął przed Bonsdorfem, położył mu ręce na ramionach i szepnął:

— Ty to zrobisz, Ottonie.

Zyghard zamarł. I pomyśleć, że właśnie chciał otwarcie pomówić z Lutherem. Jak być szczerym wobec kogoś, kto nocą przeprowadza tajne losowanie? Do czego wyznaczono Bonsdorfa?

Cicho oddalił się od drzwi i znów pogrążył w mroku własnych myśli.

WIERZBKA nie poznawała warownego jesionu po swym powrocie z Krakowa. Jej przyjaciółka, rudowłosa Kostrzewa, zniknęła, Ostrzycy też nie było, a chłopcy nabrali wody w usta i nie mogła się niczego dowiedzieć.

Jarogniew przyjął ją i Dziewankę oschle. Nie podziękował za ich trud, a gdy żachnęła się i wypomniała, ile czasu obie spędziły na

Wawelu i jak długo później musiały się kryć w obawie o własne życie, wykrzywił się.

— Wasze życie? Ma taką samą wartość jak robota, którą schrzaniłyście. Co się gapisz? — zaatakował Dziewankę. — Za długo siedziałyście w norze, umknęło wam, że Kazimierz wyzdrowiał.

— Niemożliwe! — postawiła się Wierzbka. — Zostawiłam go na łożu śmierci...

— Pomyliłaś się — odpowiedział mściwie. — Wstał z niego i zrobił Litwince dzieciaka. Giedyminówna chodzi z brzuchem i modlą się po kościołach o dziedzica.

— Nie mógł sam z tego wyjść — pokręciła głową. — Półtoraoki, wierz mi. Umierał... Dałam mu tyle jadu, że zabiłoby konia...

— Ale nie zabiło królewicza — prychnął. — Wasza misja okazała się porażką. A ja jestem rozczarowany. Dałem ci szansę — popatrzył na nią z pogardą — a ty ją zaprzepaściłaś.

Wierzbka nie wierzyła. Stała przed nim z opuszczoną głową i zabrakło jej słów. Dziewanka chwyciła ją za rękę i szepnęła:

— Jarogniewie, było tak, jak mówi Wierzbka. Piastowicz był w naszych rękach... To, co mówisz, wydaje nam się niemożliwe.

— Gówno wiesz o życiu — zamknął ją jednym zdaniem.

W tej samej chwili drzwi celi otworzyły się lekko i do środka wślizgnęła się dziewczyna. Wierzbka nie widziała jej wcześniej. Jasnowłosa, urodna. Miała na nogach piękne, drogie buciki, zieloną sukienkę z cieniutkiej, cennej wełny, pasek ze zdobionej skóry i jakąś błyskotkę na szyi. Wyglądała jak wawelskie młode dwórki. Zręcznie zrzuciła płaszcz w kąt celi, strząsając z niego płatki śniegu.

— Stokrotka! — rozpromienił się na jej widok Jarogniew, a dziewczyna zaśmiała się słodko i usiadła mu na kolanach, obejmując ramionami za szyję. Obrócił ją twarzą do siebie i zaczął całować, nie zwracając uwagi na to, że Wierzbka i Dziewanka stoją przed nim. Chciały wyjść, ale nie odrywając się od ust dziewczyny, dał im znak, że mają zostać. Dziewanna spuściła głowę, Wierzbka przeciwnie, patrzyła na Jarogniewa coraz bardziej wzburzona. On też na nią patrzył. Całował ślicznotkę, wpatrując się w Wierzbkę wyzywająco. Wreszcie oderwał się od ust dziewczyny.

— Poznajcie moją nową bratanicę — powiedział, gładząc ją po smukłym udzie. — Marguerite, po naszemu Stokrotka.

Na dźwięk swojego imienia jasnowłosa puściła im oko i zmysłowym ruchem wsunęła rękę pod kaftan Jarogniewa.

— To Wierzbka i Dziewanka — powiedział do niej, wskazując je kolejno.

— Wieszbka? — powtórzyła.

— Stokrotka ledwie co do nas przybyła — wyjaśnił, bawiąc się jej włosami. — Z daleka! Czmychnęła z dworu króla Jana, który wziął ją ze sobą na krucjatę. Uciekła mu już w Toruniu, gdy tylko zobaczyła jednego z naszych chłopców, służącego u żelaznych braci.

W głosie Jarogniewa brzmiała duma i Wierzbka pomyślała, że nie rozumie, czym on się tak puszy. Że ma dziewczynę z dalekich stron? Czy tym, że ona taka sprytna i że zwiała? Raczej jego próżności dogadza fakt, iż szukała wojowników Trzygłowa i wolała ich twarde życie od zbytków przy boku króla Jana.

— Nie mówi po naszemu, ale gdy mężczyzna i kobieta się spotkają, znajdą drogę do własnego języka.

Znów zaczęli się całować i Wierzbka, chociaż tyle lat pracowała w „Zielonych Grotach", poczuła się zażenowana. Gdy skończyli, Stokrotka z wciąż jeszcze wilgotnymi wargami pokazała na nią palcem i powiedziała:

— Wierzbka?

— Masz dużo nowych słów do zapamiętania, lepiej byś zaczęła od tych ważnych. — Jarogniew poklepał Stokrotkę po udzie. — Nie musisz uczyć się jej imienia — dodał lekceważąco — chyba że... — spojrzał Wierzbce w oczy i musiał dostrzec jej wzburzenie.

— Że co? — podjęła.

— Chyba że znów się postarasz, żeby być kimś ważnym — powiedział.

Przełknęła dumę i przyjęła zadanie. Poprosiła, by pozwolił jej wziąć ze sobą Dziewankę. Zgodził się, ale kazał im się pospieszyć.

— Wyruszymy jutro — obiecała. — Zbiera się na śnieg, musimy się przespać w cieple.

Nawet nie odpowiedział, bo jasnowłosa ślicznotka oparła stopę o jego udo, pokazując, jak smukłe ma nogi. Wyszły.

— Idź w nocy do Bielunia — rozkazała Dziewance. — Ja biorę na siebie Chmiela.

— To mój brat — oburzyła się dziewczyna.

— Dlatego ty do niego nie pójdziesz — skarciła ją Wierzbka. — Wiesz, co masz robić?

— Chyba tak — zarumieniła się Dziewanna.

Wierzbka ujęła ją pod brodę i uniosła jej twarz ku sobie.

— Rozmawiaj z nim. O to cię proszę. Jeśli sama zechcesz czegoś więcej, bierz. Jeśli tylko on będzie chciał, nie dawaj.

— Dziękuję — westchnęła dziewczyna.

Wyruszyły o świcie. Słońce odbijało się od śniegu, który spadł nocą. Szły raźno, bez trudu przeprawiły się przez zamarzniętą Wisłę. Wszędzie mówiono tylko o krucjacie; w każdej gospodzie i karczmie gardłowano. Jakie wojska, ile chorągwi, rycerzy i że król Jan bardzo bogaty.

— Pewnie nawet nie zauważył, że stracił swoją Stokrotkę — powiedziała cicho Dziewanka, pochylając się nad miską gorącej polewki z kaszą.

— Korci cię, by przesłać mu wiadomość? — zaśmiała się Wierzbka, nie przerywając jedzenia.

— Skądże! — żachnęła się Dziewanka. — Nie jestem zdrajczynią.

Wierzbka przyjrzała się jej i nic nie dodała. Przenocowały w stajni i o świcie ruszyły. Droga do „Zielonej Groty" zajęła im niemal dwa tygodnie, Wierzbka sama pokonałaby ją szybciej, ale Dziewanna wciąż jeszcze nie wydobrzała po ciężkiej drodze z Krakowa i tygodniach ukrywania się po lasach. Męczyła się szybko i łatwo popadała w zwątpienie.

— To bezpieczne? — pytała każdego dnia.

— Ja się nie boję — odpowiadała wciąż tak samo Wierzbka. — A ty trzymaj się mnie, nie pozwolę cię skrzywdzić.

Przyzwyczaiła się do dziewczyny. Tak długo były razem w Krakowie, że przywykła traktować ją jak młodszą siostrę. A jednak gdy stanęły przed „Zieloną Grotą", przez chwilę poczuła się niepewnie. Zwłaszcza kiedy wybiegła naprzeciw nim Kulka, córka Wiąza. Dziewczynka patrzyła na nie chwilę, potem zagryzła wargi i twarz jej stężała.

— Dzikie zielsko — prychnęła i odwracając się ku gospodzie, krzyknęła: — Tata! Chwasty przyszły! Chodź szybko.

Dziewanna przylgnęła do ramienia swej towarzyszki.

— Nie bój się, to tylko dziecko — zaczęła Wierzbka i nie skończyła. Z drzwi „Zielonej Groty" jako pierwsza wyszła Jemioła. Za nią dopiero Wiąz, potem Tarnina, Kostrzewa i Ostrzyca. I Bylica z Lebiodką.

— Wy tutaj? — krzyknęła Dziewanna do dwóch ostatnich.

— O to samo was można spytać — zaśmiała się wojowniczka.

Wierzbka czuła na sobie wzrok Jemioły i wolała patrzeć na Ostrzycę.

— Jarogniew cię szuka — powiedziała do niej szybko.

— Niech spróbuje znaleźć — zadrwiła Ostrzyca. — Co? Wysłał was po swą ulubioną bratanicę?

— Już ma nową — wyrwało się Dziewannie. — Marguerite, co

słowa nie umie powiedzieć w naszej mowie, ale za to świetnie używa własnego języka!

— Dziewanko! — skarciła ją Wierzbka. — Nie znałam cię od tej strony. Przyszłyśmy…

— Więc wejdźcie — odezwała się wreszcie Jemioła. — Nakarmimy was i wysłuchamy.

Wierzbka poczuła się nieswojo. Inaczej wyobrażała sobie to spotkanie. Chciała rozmawiać z Ostrzycą, nie z Jemiołą, choć w przeciwieństwie do Dziewanki spodziewała się, że zastanie w pobliżu Bylicę z Lebiodką. Gdy wchodziły do gospody, usłyszała, jak Wiąz karci córkę:

— Prosiłem, żebyś nie wyzywała od chwastów. — Przytrzymał małą za łokieć.

— Bo co? — szepnęła zadziornie Kulka.

— Bo prosiłem — uciął.

Lebiodka i Bylica pomagały Wiązowi w kuchni. Wierzbka rozejrzała się po wnętrzu. Otwarte obszerne palenisko, z boku wiszące wianki grzybów i warkocze czosnku. Czysto wytarte ławy i barwny kilim na ścianie. Kosz zimowych jabłek kusił zapachem.

— Nic tu się nie zmieniło — powiedziała i mimowolnie westchnęła.

— Pokoje na górze służą wyłącznie do spania — puściła do niej oko Tarnina. Pracowały przecież w jednej „Zielonej Grocie" latami. — I chętnych nie ubyło. Co was sprowadza?

— Pamięć Dębiny — odpowiedziała zamiast nich Jemioła.

— Nieprawda — zaprzeczyła Wierzbka.

— Prawda, tyle że o niej nie wiesz. Dawna Matka mówi do mnie czasami.

— Nie myślałam o niej — pokręciła głową Wierzbka i poczuła, że spotkanie wymyka jej się z rąk.

— Ale ona myśli o tobie — powiedziała Jemioła. — Że nie jesteś stracona. Dobrze, byś znała jej zdanie.

— A ty co myślisz? — zaczepnie zapytała Wierzbka.

— Posłucham, z czym przybyłaś — wymknęła się od odpowiedzi Jemioła.

Wierzbka popatrzyła w głąb kuchni na krzątające się Bylicę i Lebiodkę. Matka i córka nakładały kaszę do misek.

— Jarogniew nie wpadł na to, że one są u was — powiedziała po chwili i przeniosła wzrok na Kostrzewę. — Ciebie, przyjaciółko — zwróciła się do rudowłosej — nie szuka. Ale Ostrzyca jest mu pilnie potrzebna.

— Wie, gdzie jestem? — spytała wojowniczka.

— Nie mam pojęcia, po prostu kazał mi cię odnaleźć. A my — wskazała na Dziewankę — pogadałyśmy z Bieluniem i Chmielem, i domyśliłam się, że nie ma co szukać cię u Dagmar. Zbyt wielu wiedziało, że idziesz do matki.

— I przyszłam — błysnęła zębami w uśmiechu Ostrzyca. Jemioła odpowiedziała jej mrugnięciem.

Naprawdę zmieniła strony — dotarło do Wierzbki i poczuła się nieswojo. Bylica z Lebiodką były jej obojętne, z rudą Kostrzewą kiedyś się przyjaźniła. Ale Ostrzyca?

— Jarogniew prędzej uwierzy, że umarłaś, niż że wróciłaś do matecznika — powiedziała szczerze.

— Mam gdzieś, co myśli Półtoraoki — zaśmiała się wojowniczka. — A ty? Zdawało mi się, że gdy pogadałyśmy w Krakowie, zaczynałaś rozumieć. Mimo to wciąż jesteś dziewczynką na posyłki?

— Nie — przełknęła dumę Wierzbka. — Właśnie z tym skończyłam.

— Co mówisz? — spytała przestraszona Dziewanka i złapała ją za ramię. — Myślałam, że wypełniamy zadanie...

— Ostatnie — wyznała jej prawdę Wierzbka. — I nie dla Jarogniewa, ale dla niej — wskazała na Ostrzycę. — Posłuchaj, Dziewanno. Ja nie wrócę do nich, nie po tym, jak nas potraktował. Ty zrobisz, co zechcesz, zabrałam cię, żebyś miała jakikolwiek wybór.

— Tam są moi bracia — jęknęła Dziewanka.

— A tu siostry — powiedziała Jemioła.

— Ja nie wracam do matecznika — wyprowadziła Jemiołę z błędu Wierzbka. — Naprawdę przyszłam tu tylko po to, by przestrzec Ostrzycę. Jestem jej to winna za tamtą rozmowę w Krakowie.

— Daj spokój, kupiłaś mi buty — powiedziała Ostrzyca, ale w jej głosie Wierzbka usłyszała wzruszenie. Wyciągnęła rękę przez szeroki stół i chwyciła dłoń Ostrzycy.

— Jarogniew szuka cię w złej wierze. Obiecał cię kowalowi o imieniu Wnoke.

— Kutas — skwitowała Ostrzyca.

— Kutas — powtórzyła spod stołu Kulka i Wiąz natychmiast przywołał małą do siebie.

— Nie powie tego w oczy — kontynuowała Wierzbka. — Będzie kręcił i zmyślał, póki nie zaprowadzi cię do Czarnego Lasu. Ten Wnoke...

— Słyszałam o nim — przerwała Ostrzyca. Uścisnęła palce Wierzbki i puściła.

— Dla Jarogniewa to sprawa życia i śmierci. Nie będzie czekał. Jeśli ja cię nie przyprowadzę, wypuści swoich zwiadowców. Musisz to wiedzieć.

— A ty zdecydować — znów wtrąciła się Jemioła. — Półtoraoki uzna, że zdradziłaś. Ostrzycę ochroni matecznik, ciebie też może przyjąć.

— Nie naciskaj na mnie. — Wierzbka wciąż nie mogła spojrzeć jej w oczy. — Mam wybór.

— Jaki? — spytała Matka. — Wrócisz na wawelską służbę? Idzie wojna, Wierzbko. Nie uciekaj z domu po raz drugi.

Wierzbka poczuła, jak szybko bije jej serce, jak podchodzi jej do gardła głupi, dziewczyński płacz. Zdusiła go. Kulka wyrwała się Wiązowi i podbiegła do niej. Brudnymi palcami chwyciła ją za szyję, jakby chciała udusić. A potem przytuliła się do jej piersi i szepnęła:

— Zostań, Wierzbka. Nigdy więcej nie powiem „chwast". Nie jesteś dzikie zielsko, tylko stara siostra.

Wierzbce puściły nerwy. Rozpłakała się.

— Nie wracaj do nich. Niech kutas zostanie sam — mściwie oświadczyło dziecko.

GERLAND DE BAST jako brat Gerard przyjął wezwanie mistrza przeoratu niemieckiego i wraz z dziesięcioma innymi joannitami ruszył na luksemburską krucjatę na Żmudź. Nie czekali na ucztujące z wielkim mistrzem w Toruniu główne siły, dotarli do Ragnety wcześniej, z oddziałem przygotowującym obóz dla krzyżowców; poruszając się szlakiem północnym, przez komturie w Bałdze, Królewcu i Labiawie. Zamek krzyżacki w Ragnecie był gotów na przyjęcie wysoko urodzonych gości, a na podzamczu urządzono obóz dla wojsk. Gerland nie zmarnował tego czasu. Gdy służba obozowa kopała w śniegu latryny, gdy rozstawiano namioty i prowizoryczne schronienia dla koni, on obszedł teren, zdążył go poznać i zapamiętać rozkład tak, że mógł się po nim poruszać bez światła. Dołączał i do zwiadowców wysyłanych przez Dusemera, komtura Ragnety, by patrolować z nimi szlaki ciągnące się za zamarzniętą rzeką Niemen. Wiedział, gdzie Krzyżacy mają swoje drzewa wartownicze i jak daleka widoczność rozciąga się z platform zbudowanych w ich koronach. Rozpoznał słabe punkty ragneckiej twierdzy, a wśród nich fragment wyjątkowo bujnie zarośniętego brzegu rzeki, który wprawdzie w zimowej porze był bezlistny, ale za to po zachodzie słońca mógł z łatwością ukryć dwa tuziny żmudzińskich łuczników. Podpytywał Dusemera o to, którzy z krzyżackich notabli będą w szeregach krucjaty, ale ten poza Ditrichem von Altenburg, zwanym Czerwonym Wilkiem od znaku na chorągwi Bałgi, nie był pewien żadnego. „Za każdym razem decyduje mistrz" — objaśniał Dusemer.

Altenburg jest na mojej liście — uspokajał się Gerland i pomny poprzedniej krucjaty, zakończonej dla niego wyłącznie ranieniem Lautenburga, obchodził obóz i obmyślał sposoby, jak tym razem dorwać się do zwierzyny, na którą bezskutecznie polował od lat.

Gdy nadciągnie król wraz z głównymi siłami krzyżackimi, rycerstwo nienawykłe do litewskiej zimy będzie chciało odpocząć po trudach podróży. Wtedy namierzy białe ptaszki i nie będzie zwlekał ani chwili.

Mylił się.

Jan Luksemburski dotarł do obozu po zmierzchu, a późną nocą zwiadowcy Dusemera przynieśli wiadomość o zbierających się za Niemnem Żmudzinach. Król Jan zarządził wymarsz o świcie, większość jego ludzi nawet nie rozładowała wozów.

W pośpiechu komtur Dusemer dołączył joannitów do swojej straży przedniej i Gerland mógł tylko zagryźć zęby i wykonać rozkaz.

— Dogoni was w drodze zwiad króla Jana — krzyknął za nimi komtur Ragnety. — Wszędzie chcą być pierwsi — splunął niezadowolony — rycerzyki z Bożej łaski!

Gerland daleko za swoimi plecami widział chorągiew wielkiego mistrza gotującą się do marszu i białe płaszcze, które mogły należeć do każdego, do komturów, których szukał, i do tych, którzy go nic a nic nie obchodzili.

W ponurym chłodzie poranka przeszli zamarzniętą rzekę; zarośla spowijała zimna mgła, ale nie wyleciała z nich ani jedna żmudzińska strzała. Jechali na swejkach, pruskich włochatych koniach, które radziły sobie w trudnym terenie znacznie lepiej niż rycerskie wierzchowce. Oddział krzyżacki liczył trzy dziesiątki ludzi. Połowę stanowi witingowie, wolni ochrzczeni Prusowie z Natangii, jedną czwartą półbracia zakonni z Ragnety, resztę pachołkowie zbrojni z tej samej komturii. Dowodził nimi jedyny w tej grupie rycerz w białym płaszczu, Kymon, którego Gerland poznał podczas zwiadów. Bracia od Świętego Jana trzymali się w zwartej grupie, jakieś sto końskich kroków za nimi. Krzyżowcy pewnie jeszcze nie weszli na rzekę. Przeprawa przez zamarznięty Niemen odbywała się mniejszymi grupami.

— Mam nadzieję na prawdziwe starcie z niewiernymi — zagadnął w drodze brat Berengar z komandorii joannitów gdzieś na Węgrzech. — A nie jak cztery lata temu, cośmy tropili ubrane w kożuchy cienie. Zima tego roku dobra, błota zamarzły, a śniegu nie nasypało tyle co przed ośmiu, nie, dziewięciu laty, kiedyśmy niemal zniknęli pod zaspami. No, ale wtedy było ganianie za Litwinami po Wielkiej Puszczy. Zapasy w śniegu, nie krucjata.

— Wykruszamy się — powiedział Gerland, po raz kolejny spoglądając za siebie. — Wtedy było nas dwunastu.

— Brakuje Walterusa z Wrocławia — odpowiedział Berengar. — Reumatyzm stawy mu wykręcił i od jesieni ledwie się rusza. Ale chciał jechać, mówił: byle byście mnie na konia wsadzili i pomogli zsiąść, to radę dam.

— Stare z nas dziady — strzyknął śliną Ernko, który służył gdzieś na Morawach. Ściszył głos, pokazując głową na jadących przodem. — Krzyżacy odbierają nam młodych. Teraz każdy patrzy, gdzie większą karierę zrobi i żeby to było szybko.

— My też na krzyżackiej krucjacie — przypomniał głośno niewygodny fakt Berengar.

— Gdzie tam! My na luksemburskiej — zaśmiał się tubalnym głosem Jaromar, brat z Czech.

Jadący w przedniej grupie tropiciele zsiedli z koni i pochylili się nad ośnieżonym traktem.

— Prawda jest taka, że innych krucjat niż na Żmudź i Litwę na razie nie będzie. Jest jeszcze Granada, ale to piekielnie daleko i mojej komandorii nie stać na wysłanie brata w taką drogę — koniecznie chciał się wygadać Ernko. — I nie wiem, jak wy, bracia, ale ja staję do każdej, na którą zatrąbią, byle brał w niej udział ktoś więcej niż oni — spojrzał na oddział, który zatrzymał się przed nimi. — Z samymi brodaczami nie idę, bo to jakoś głupio.

— Brodacze jadą za nami, przed nami prawie sami miejscowi — wtrącił się Berengar. — Ale rację masz, kości trzeba rozruszać, miecz oczyścić z rdzy i śluby w końcu składaliśmy do walki z niewiernymi. A ciebie gdzie znowu niesie, Gerard?

— Coś mi się nie podoba — odpowiedział Gerland i ruszył do tropicieli. Widział, jak zgięci wpół rozchodzą się na obie strony traktu. Pachołkowie nie zsiadając z koni, trzymali za uzdy ich swejki.

— Bracie Kymonie! — zawołał do Krzyżaka. — Co się dzieje?

— Zacierają ślady — odpowiedział dowódca. — Duży oddział szedł traktem z naprzeciwka, zawrócili… — Kymon uniósł się w siodle i spojrzał daleko, za oddział joannitów. — Psiakrew — zaklął — gdzie zwiad Luksemburczyka? Dusemer urwie mi głowę, że na nich nie zaczekaliśmy.

Gerland spojrzał w bok, tam gdzie w las weszli tropiciele. Jeden z nich, smukły młodzian o śniadej cerze, biegł przez zaspy z powrotem do traktu.

— Zawrócili lasem, panie! — zawołał, zsuwając z czoła futrzaną czapę.

— Upolują zwiadowców Jana! — zrozumiał Gerland i spojrzeli sobie w oczy z Kymonem. Nie potrzebował rozkazu, by wiedzieć, co robić. Odwrócił się konno i ruszył do swoich.

Szkarłat bojowych tunik joannitów ostro odcinał się od bieli śniegu. Berengar i Ernko już zatrzymali konie i sięgnęli po hełmy.

— Dzicy cofnęli się lasem. Zawracamy — krótko zakomenderował Gerland i dziewięciu jego braci bez pytania wykonało rozkaz. Wysforował się na czoło, popędził swejka. Patrzył w korony starych sosen, ale od pędu i zimna oczy zaszły mu łzami i rozmazywały obraz.

— Berengar lewa, Ernko prawa! — krzyknął, odwracając się do jadących za nim braci.

Dzicy mogli czaić się po obu stronach traktu, nos mu podpowiadał, że ostrzelają ich z drzew. Zobaczył białą mgłę na drodze i w pierwszej chwili pomyślał, że to wzrok płata mu figla. W drugiej usłyszał świsty, a zaraz potem krzyk.

— Tarcze! — krzyknął do braci i przesunął swoją z pleców na pierś. Wyjął miecz i zwolnił przed śnieżnym tumanem. Tak jak przewidział, strzały sypały się z drzew. Osłonił głowę, on jeden nie zdążył założyć hełmu.

— Zostaw ich nam! — zawołał Jaromar i nie zatrzymując konia, napiął łuk. Wycelował, strzelił. Usłyszeli krótki krzyk rannego. Jaromar szybko założył drugą strzałę, mierzył chwilę dłużej, ale gdy wypuścił, spomiędzy gałęzi sosny spadł Żmudzin.

— Gruba szycha! — zaśmiał się rubaszny brat z Czech i już naciągał kolejną strzałę.

Ernko i Berengar też wystrzelili w korony drzew. Tuman śniegu opadał z wolna i Gerland zobaczył zwiadowców króla Jana walczących z uzbrojonymi w sulice Dzikimi. Na każdego konnego rycerza przypadało dwóch, trzech Żmudzinów.

— Bracia szpitalnicy! — krzyknął. — Chrześcijanie potrzebują pomocy!

I wjechał pomiędzy nich. Dźgnął w plecy Żmudzina w skórzanym pancerzu, który ściągał z siodła rycerza w barwach księcia Normandii. Raniony zawył dziko, odwrócił się do Gerlanda i zalawszy krwią, padł na śnieg.

— Znów uratowałeś mi życie, joannito! — zawołał ocalony rycerz, ale Gerland ani go poznał, ani słuchał. W kłębowisku walczących dojrzał barczystego olbrzyma w smukłym szyszaku ozdobionym pękiem piór, który mierzył sulicą do wysokiego, ale szczupłego rycerza z lwem Luksemburgów na płaszczu. Koń rycerza chwiał się i charczał, po szyi płynęła mu krew. Gerland pchnął swejka w ich stronę. Konik zarżał i wzdrygnął się, Gerland wbił mu ostrogi w bok.

— Dalej! — krzyknął. — Dalej!

Potrzebował choć trochę rozpędu; olbrzym wyprowadzał sulicą potężne pchnięcie w bok. Rycerz widział ostrze włóczni i nie był w stanie zasłonić się przed nim mieczem. Gdzie zgubił tarczę? Swejk kwiknął i ruszył gwałtownie, nieprzewidywalnie. Gerland ciął olbrzyma z góry, w bark. Potężny Żmudzin zatrzymał się z sulicą gotową do ciosu w wyprostowanym ramieniu. I nie wypuścił jej. Padł razem z nią na śnieg, raniąc ostrzem włóczni konia rycerza. Ten zarżał przeraźliwie, zachwiał się na przednich nogach.

— Wyskakuj z siodła! — zawołał Gerland.

Rycerz w ostatniej chwili wyjął nogi ze strzemion i przetoczył się w bok.

Gerland otarł czoło, oczy zalał mu pot.

— Po wszystkim — zawołał Jaromar. — Szyszki strącone z drzew!

Rozejrzał się dookoła. Na ziemi leżało ośmiu, może dziewięciu Żmudzinów. Kilku luksemburskich było lekko rannych. Ten wysoki, którego w ostatniej chwili obronił Gerland, stracił konia; wstawał teraz z ziemi, kuśtykając.

— Dziękuję ci, joannito! — zawołał z tyłu do Gerlanda Normandczyk. — Znów zawdzięczam ci życie. Pamiętasz mnie? Poprzednia krucjata, pożar obozu.

— Wavrin? — poznał go po żółtych jak słoma włosach. — Przyciągasz kłopoty!

— A gdzie tam! — zaśmiał się Wavrin. — Przyciągam wybawcę. Dobrze cię widzieć, bracie joannito!

— Ciebie też — odkrzyknął Gerland i spojrzał na twarz wysokiego, który właśnie zdjął hełm. Potrzebował chwili, by skojarzyć twarz z człowiekiem.

— Błędny rycerz! — poznał go wreszcie. — Pan Mortyr?

Wavrin spojrzał zaskoczony na Mortyra i przeciągnął dłonią po sterczących włosach, chciał coś powiedzieć, ale Mortyr z całych sił oparł się o niego.

— Wybacz, Normandczyku. Kuleję — powiedział, zaciskając mu rękę na ramieniu.

Usłyszeli niski dźwięk rogu od strony oddziału Kymona.

— Na koń! — krzyknął Ernko.

— Na koń! — zawołał nadjeżdżający Berengar. — Przed nami prawdziwy oddział Żmudzinów! Na chwałę Pana naszego, na koń!

HENRY DE MORTAIN musiał czekać tydzień, nim mógł odnaleźć swego wybawcę i podziękować mu za ocalenie życia. Oddział, który wytropił Kymon z Ragnety, walczył zajadle i jak się można było spodziewać, bez poszanowania reguł rycerskich. Poległo więcej koni niż krzyżowców i to była dotkliwa strata. Pieszy rycerz w zbroi, w zaspach śniegu, był ciężarem dla oddziału. Wyprzęgali konie pociągowe z taborowych wozów i jechali na nich. Jan Luksemburski pod sztandarami ze świętym Wojciechem i jego Madonną — Rikissą gonił niedobitki Dzikich aż pod kamienne mury grodziska, które zwano Miedwiagołą. Nie mieli ze sobą machin oblężniczych, tylko na miejscu zbudowane drabiny bojowe, twierdza więc broniła się zaciekle cztery noce i cztery dni. Krzyżowców było dość, by prowadzić ostrzał płonącymi strzałami na zmianę, dzień i noc, a obrońcy walczyli bohatersko. Wielki mistrz Werner von Orseln w namiocie kaplicy kazał odprawiać nieustanne msze i prowadzać wokół obleganej twierdzy swą chorągiew z krzyżem na złotym tle. Niemal przez to nie zginął w trzecim dniu oblężenia, bo najlepszy strzelec zza kamiennych murów Miedwiagoły strzelił do niego płonącym bełtem i tylko przytomność zakonnego rycerza jadącego u jego boku ocaliła mistrzowi życie. Zasłonił go swoją tarczą, a odbity bełt podpalił krzyżacką chorągiew. Ugasili ją, wrzucając w śnieg i wśród krzyżowców rozniosło się, że to zły znak dla krucjaty. W końcu na chorągwi był znak męki Pańskiej. Nocą, po tamtym zdarzeniu, wszyscy widzieli płomienisty krzyż unoszący się na niebie i nie było to przywidzenie, Henry de Mortain też na to patrzył. Przecierał oczy i wciąż widział.

— Pogańskie czary — mówiono. — Zły znak.

Ale Jan Luksemburski wierzył tylko w znaki zwycięskie. Dla niego był to sygnał do jeszcze bardziej zażartej walki. Król nie siedział w namiocie, król wojował, i Henry musiał przyznać, że nigdy jeszcze nie widział w Janie takiego animuszu do bitwy. Następnego dnia przełamali opór obrońców i taranem z dębu ściętego w lesie pod Miedwiagołą roztrzaskali bramy. Jan konno, z mieczem w dłoni, wjeżdżał do wnętrza pogańskiej twierdzy. Henry jechał za nim, miejsce przy boku króla ustępując wielkiemu mistrzowi. Słyszał, jak ten powiedział:

— Nie bierzemy jeńców.

I widział, że większość z nich to byli wieśniacy, nie wojownicy. Kobiety, wystraszone dzieci, starcy.

— Oczywiście — odpowiedział Jan. — Nie bierzemy jeńców. Przybyliśmy dać im chrzest.

Werner von Orseln spojrzał wtedy na króla, jakby widział go pierwszy raz, ale Jan dał rycerskie słowo, że nic złego nie spotka tych, którzy zechcą się ochrzcić i wytrwać w wierze. Franciszkanin, którego zabrali z Pragi, obszedł mury Miedwiagoły i wodą święconą wypędził z niej pogańskie demony. Poganie garnęli się do chrztu.

— Wyjedziemy, a oni wrócą do swych wrażych praktyk — powiedział Janowi mistrz. — To na nic.

— Nieprawda — zaprzeczył król. — Wody chrztu nie można zmyć.

— Zapewniam cię, że można — zimno odpowiedział mu Werner.

— Przybyliśmy tu nieść Słowo Boże — uparł się Luksemburczyk. — Zabijamy tylko tych, którzy nie chcą go przyjąć.

Henry widział pobłażanie w oczach krzyżackich braci i wzrokiem szukał tego małego oddziału joannitów, ale w morzu herbów i barw ich szkarłatne tuniki z białym krzyżem zniknęły. Dopiero wieczorem, po trwającym cały dzień chrzczeniu pogan, gdy wojska rozłożyły się z wygodnym obozem i wystawiły straże, bo zwiadowcy krzyżaccy przestrzegali przed odwetowym atakiem, Henry ruszył na poszukiwanie brata Gerarda.

Chodził między ogniskami rozpalonymi wprost na dziedzińcu twierdzy, między namiotami hrabiów i rycerzy, gdzie krążyły bukłaki z najprzedniejszym francuskim winem i upadały w najpodlejsze i do dzisiaj całkowicie pogańskie błoto, jeśli dłoń po nie wyciągnięta była chwiejna. Jego ucho łowiło wielojęzyczny gwar, strzępy rozmów, przechwałek i tajonych lęków.

— Mówił mi jeden z krzyżackich przewodników, że kilka zim temu sam bóg Perkun ukazał się Żmudzinom na zamarzniętym jeziorze...

— Mnie zaś powiedział, że był ponoć od samego Perkuna straszliwszy, bo wcielił się w postać żywego smoka...

Tę i ja słyszałem — pomyślał Henry i minął łukiem ognisko czeskich rycerzy. Nie chciał, by go poznali i zaciągnęli do kręgu.

— Ślepy jest ten, kto choć raz w życiu nie wyruszy na wyprawę z odsieczą Bogu...

— ...i z tej przyczyny traci chwałę świata...

— ...noga mi puchnie...

— To butów nie zzuwaj, bo jutro nie włożysz.

— Mój stryj mówił, Rajmundzie, porzuć turniejowe życie i przyjmij krzyż, a sam poczujesz, po co cię Pan nasz stworzył...

Henry spojrzał na herb. Pół konia w srebrnym polu.

— Teraz wiem, że nie może się zwać mężem ten, kogo miecz nie zada ciosu nieprzyjaciołom Boga... Ach, ruszyłbym i drugi raz za królem Janem w taki bój, nic się z tym równać nie może! Jacques, polej mi, polej, będę miał co synom opowiadać, gdzieś ty się podział, gamoniu z winem? Psi wypierdek.

Sześć róż na błękicie.

— A poganki widziałeś? Niektóre jak się do chrztu rozdziały, to całkiem...

Święta Elżbieta w wianku na rozpuszczonych włosach.

Skręcił w mniej gwarną i słabiej oświetloną część obozowiska.

— Miejscowi dobrzy tropiciele...

— Nie mam pewności, czy nie byli w zmowie z tym pierwszym oddziałem.

— Nie byli. Jestem pewien.

— Skoro tak mówisz. A gdzie ciebie znowu niesie?

— Muszę nogi rozruszać.

— On tak zawsze po walce, nie pamiętasz, Berengarze? Nigdy nie usiedzi.

— Gerard, to jak będziesz wracać, zgarnij dzban wina Lombardczykom, ty się im jakoś lepiej umiesz przygadać.

Henry drgnął, słysząc imię joannity, ale nie wszedł w krąg ognia, czekał na niego w ciemności.

— Bo Gerard mówi od razu po francusku! A ty, Ernko, najpierw się musisz napić, a dopiero potem rozwiązują ci się wszystkie języki świata.

— A żebyś wiedział — nie obraził się Ernko.

Po chwili koło niego wyłoniła się barczysta, przygarbiona sylwetka brata od świętego Jana. Henry stał w mroku i się nie ruszał, czekał, aż ten go minie. Poszedł za nim bezszelestnie, chciał, by odeszli kawałek od ludzi. Joannita szedł przed siebie ciężkim krokiem zmęczonego mężczyzny.

Jest stary — pomyślał Henry — a mimo to jemu zawdzięczam życie.

Dopadło go onieśmielenie, wstyd, że dopiero teraz przychodzi za nie dziękować. Już chciał odezwać się, zawołać go po imieniu, gdy nagle poczuł ciężką dłoń zaciskającą mu się na ramieniu jak żelazne kleszcze.

— Nie śledź mnie, kimkolwiek jesteś — powiedział Gerard.

Jak to się stało? Jak mnie zaskoczył? — Przebiegło mu przez głowę, że ruch starego joannity był błyskawiczny.

— Wybacz — szepnął. — To ja.

Gerard puścił go i klepnął w plecy.

— Błędny rycerz, Mortyr? Znów cię nie poznałem.

— Nie chciałem cię śledzić — odetchnął Henry. — Przyszedłem podziękować. Wybacz, że dopiero teraz.

— Daj spokój, wszyscy byliśmy śmiertelnie zajęci. Jak ci się podoba na krucjacie? — W głosie joannity zabrzmiała ledwie wyczuwalna kpina.

— Niezwykłe przeżycie — szczerze powiedział Henry. — Czuję, jakbym się narodził na nowo. Dzięki tobie, zresztą.

— Nikt nigdy nie uratował ci życia? — przekrzywił głowę brat Gerard.

— Szczerze? Nie.

— Przejdźmy się — zaproponował joannita. — Muszę się rozchodzić, tylko…

— Tylko omińmy gwarne namioty — dokończył jego myśl Henry.

Szli chwilę w milczeniu, wzdłuż kamiennego muru przerośniętego gdzieniegdzie mchem.

— Mnie uratował brat bliźniak — nieoczekiwanie powiedział Gerard. — On był templariuszem, ja joannitą. Walczyliśmy ramię w ramię w Ziemi Świętej. Poparzył mnie grecki ogień.

— Stąd twoje blizny — zrozumiał Henry.

— Do dzisiaj się do nich nie przyzwyczaiłem. Spalona skóra z czasem odrosła, ale jest na mnie za mała. Źle dopasowana, jak maska.

Przeszli kilkanaście kroków w milczeniu. Z dala, od ognisk, dobiegł dźwięk fletu i śpiew.

— Długo nie mogłem bratu darować, że mnie stamtąd wyciągnął. Nie chciałem żyć, on żył za nas dwóch, póki moje serce nie podjęło rytmu. Tum-tum-tum — uderzył się w pierś. — Do tej pory budzę się w nocy i słyszę tum-tum-tum, bicie mameluckich bębnów. To tutaj — pokazał ruchem głowy na obóz, którego obrzeżem kroczyli — to, wybacz, kpina, nie krucjata. W Ziemi Świętej walczyliśmy o przetrwanie.

— Jak mogłeś nie chcieć żyć? — spytał Henry, choć gdy usłyszał swoje słowa, wydały mu się jakieś miałkie.

— Zostawiłem w Akce wszystko, co było mi drogie.

— Honor, zakon, grób Pana — szepnął Henry.

— Tak — skinął głową joannita. — I kobietę, którą kochałem. Dla której gotów byłem złamać śluby. Wybacz — zaśmiał się ponuro. — Nie o takim etosie rycerskim cię uczyli. Chciałem tylko powiedzieć, że życie bywa nierówne. Skomplikowane. Zaskakujące.

— Zrozumiałem, nie jestem głupi.

— Wiem. Opowiedz o sobie. Chcę wiedzieć, kogo wyratowałem spod pogańskiej sulicy. Bo że nie jesteś błędnym rycerzem, już się domyśliłem. — Głos joannity zabrzmiał twardo, jak głos wymagającego nauczyciela. — Święty Wojciech na sztandarze twego króla znalazł się po naszej rozmowie na przeprawie?

— Tak — przyznał Henry i spuścił głowę. Rozdeptane błoto odbijało blask ognia palonego na murach.

— To nieźle — powiedział joannita. — Domyślam się, że szpiegowałeś dla swego pana w Starszej Polsce. Dobrze, że ze swej wyprawy przywiozłeś mu akurat świętego Wojciecha.

— Co mam odpowiedzieć? — westchnął Henry. — Teraz po prostu mi głupio.

— To powiedz coś o sobie.

— Jestem wścibskim poszukiwaczem przygód — gorzko odpowiedział de Mortain. — Przyjacielem i doradcą króla Jana, z którym znam się od dziecka. Wiem, wygląda to kiepsko. Szpieg pod przybranym nazwiskiem, ale uratowałeś mi życie i już nie chcę przed tobą kłamać.

— W porządku. — Joannita poprawił płaszcz i dał mu lekkiego kuksańca. — Zawsze mogło się okazać, że naprawdę jesteś nawiedzonym krzyżowcem i marzyłeś o tym, by ponieść męczeńską śmierć na krucjacie. Wtedy okazałoby się, że nie uratowałem ci życia, tylko odebrałem szansę na chwałę. No co się dziwisz? — spytał. — W waszych szeregach dość jest dziwaków, a ludzie ciągną na pogan z różnych pobudek. Odkąd upadło Królestwo Jerozolimskie, rycerstwu brakuje podniet. Turnieje, oblężenia twierdz, wojny królów to nie to samo.

Henry przez chwilę nie był pewien, czy Gerard kpi z niego, czy mówi, co myśli. W tamtej chwili, gdy wielki Żmudzin mierzył w niego sulicą, był przerażony, żegnał się z życiem, a teraz joannita stawia krucjatę w jednym szeregu z turniejem.

— I co poczułeś? — spytał Gerard.

— Gdy mnie ocaliłeś? — Henry wypuścił powietrze i powiedział to szybko, żeby podzielić się czymś prawdziwym, co naprawdę w nim tkwiło głęboko. — Pomyślałem, że oto zjawił się mój ojciec przysłany przez Boga i uratował mnie z rąk śmierci.

Joannita zatrzymał się.

— Co?

— Wiem, brzmi głupio. Ale to właśnie przyszło mi do głowy w tamtej chwili.

— Dlaczego?

— Zrozum. Nigdy nie poznałem swego ojca — wyjawił mu Henry, nie dodając, że wszystkich interesuje wyłącznie jego matka. — Wiem tylko, że był rycerzem zakonu świętego Jana i zginął w Akce. Dlatego, gdy uratował mnie joannita…

— Ach tak — wymamrotał Gerard i zaśmiał się gorzko. — A ja żyłem w przeświadczeniu, że tylko moje zakonne życie jest popaprane! Głupiec ze mnie.

Henry de Mortain pożałował swego przypływu szczerości. Przyjrzał się pobliźnionej twarzy Gerarda. Ten wykrzywił się i dodał z sarkazmem:

— Tak, byłem przekonany, że jestem jedynym joannitą, który miał kobietę i spłodził z nią dziecko. Dzięki, Mortyr. — Mocno uderzył Henry'ego w ramię. — Opłaciło się ratowanie ci życia, skoro po latach uwalniasz mnie od wyrzutów sumienia.

— Hm — spojrzał na niego Henry. Nie miał pojęcia, co teraz powiedzieć, bo wizja ojca w szkarłatnej tunice rozmyła się. Nagle opowieść jego matki z wyjątkowej stała się zwykła i całkiem oczywista. Na dodatek drogę wokół murów zagrodził im teren czyjegoś obozu, a przy gasnącym ognisku, jak na złość, pijacki głos śpiewał:

— Perła Mórz uratowana już,
Hrabianka ze srebra skrzyni
Wskakuje w objęcia…

— Nie chcę tego słuchać. Nie teraz. — Henry pociągnął joannitę za łokieć i sam się zdziwił swoim poufałym gestem.

— Czekaj. — Spokojnie położył dłoń na jego ręce brat Gerard. — Teraz będzie zwrotka o piratach. Lubię ją.

— *Sanchez nie ma pojęcia,*

Co wiózł w kajuty objęciach…

— Proszę — ostro pociągnął go Henry.

— Dobra — ustąpił joannita i omijając obóz, ruszyli w mrok — wszyscy znają tę pieśń. Nie znajdziesz obozu, gdzie nie zaczęliby od „Hrabiego na rączym koniu", a skończyli na „Klejnocie Mórz". Masz rację, nuda. Napiłbym się wina.

— Przyniosłem mozelskie — przypomniał sobie Henry i podał mu pełen bukłak. — Chciałem się z tobą napić za życie.

Joannita stanął, wziął bukłak, otworzył i uniósł do ust.

— Za noc wspomnień — powiedział i cofnął rękę z bukłakiem. — I za twoje życie. Jak się naprawdę nazywasz, żebym nie wznosił błędnego toastu?

— Noszę nazwisko matki, bo jak ci wyznałem, mój ojciec zginął w Akce i nie zdążyli wziąć ślubu. Zresztą nie wiem, czy mogli go wziąć, skoro był zakonnikiem jak ty. Nie nazywam się Henryk Mortyr, ale Henry de Mortain.

Joannita spojrzał na niego, jakby zobaczył ducha.

— Henry? — spytał, zachłystując się powietrzem. — De Mortain?

— Po księciu sandomierskim Henryku. Ponoć w rodzie mojego ojca każdy pierworodny miał je dostawać. Tak zapamiętała matka.

Pobliźniona twarz joannity nabiegła krwią, z trudem łapał powietrze. Wolną ręką chwycił Henry'ego za ramię, zacisnął palce, jakby chciał je zmiażdżyć, ale szybko rozluźnił uścisk i spytał mięknącym głosem:

— Czy twoją matką była Melisande de Mortain, córka hrabiny Iwety?

— Tak — odpowiedział zaskoczony jego wybuchem Henry. — Melisande, zwana „Klejnotem Mórz", o której śpiewają pieśni przy każdym obozowym ognisku.

Bukłak wypadł z dłoni Gerarda, puścił ramię Henry'ego i cofnął się o krok. Jego oczy były niemal błędne.

— Nazywam się Gerland de Bast, nie zginąłem w Akce. Ocalił mnie brat bliźniak. To ja jestem ojcem dziecka Melisande de Mortain. Twoim ojcem.

Mozelskie wino gulgoczącym, nierównym strumieniem lało się w błoto żmudzkiej twierdzy. Henry de Mortain stał w mroku nocy, patrzył na blizny joannity i próbował to wszystko zrozumieć.

WŁADYSŁAW z grzbietu Mojmiry patrzył na gorejącą na horyzoncie łunę. Majestatyczne, przenikające się odcienie krwistego jantaru i złota tańczące w mroźnym zimowym powietrzu. Rozdzierające mrok bezksiężycowej nocy.

Biksza, poseł Giedymina, w drodze do Krakowa zajeździł trzy konie. Stanął przed Władkiem, spojrzeli sobie w oczy, powiedział: „Najechali nas" i nic więcej nie musiał mówić. Władysław zrozumiał aż za dobrze.

Oto wielcy tego świata urządzili sobie igrzysko. Nie mogli w prawie zdeptać króla polskiego, uderzyli jego sojusznika. Wystawili ich sojusz na próbę. Chrześcijański król wstawi się za pogańskim kniaziem?

Zrobił to. Puścił w pogoń za krucjatą Bogorię. Kanclerz wojenny dogonił ich wojska na postoju w Królewcu. Mistrz wił się przed posłem, zasłaniał papieżem, nawracaniem pogan i tym, że to krucjata króla Jana, a on jest tylko jej gospodarzem.

Bogoria twardo protestował przeciw przemarszowi Luksemburczyka przez polskie ziemie. Orseln łgał, że nie ma nic wspólnego z krucjatą luksemburską, co było obraźliwie, bo nie tylko przy boku Jana szedł na nią z zakonnym wojskiem, ale i nią dowodził. Wreszcie zaproponował przedłużenie rozejmu z Polską, co było jak przyznanie się, iż ten wynegocjowany przez Schwarzburga, wspólną z Luksemburczykiem krucjatą został złamany. Bogoria mu to wytknął, określił przemarsz naruszeniem neutralności i wobec niedotrzymania przez Zakon słowa kolejnemu rozejmowi, w imieniu króla, odmówił. Przed oblicze Jana Luksemburskiego Jarosława Bogorii nie dopuszczono. Kanclerz wojenny nazwał krucjatę ukrytą wojną, wymierzoną w Wielkie Księstwo Litewskie, sojusznika Królestwa Polskiego i zagroził odwetem.

Groźby są jak dane słowo. Nie można ich rzucać na wiatr.

Władysław skrzyknął chorągwie i ruszył na opuszczoną przez główne siły krzyżackie ziemię chełmińską. Pustoszył zakonne terytoria. Spuścił Borutkę ze smyczy i pozwolił mu na wszystko.

Teraz patrzył na gorejącą łunę pożaru i wdychał dym. Królewski podpis pod przymierzem z Litwą. Gdzieś tam, za Wielką Puszczą, nad zamarzniętym Niemnem, Krzyżacy z Luksemburczykiem palą litewskie i żmudzińskie wsie. Ogień za ogień. Dym za dym. Pogorzelisko za pogorzelisko.

Na wschodnim horyzoncie rozbłysła nowa łuna i to nie był świt. Mojmira zarżała chrapliwie i wstrząsnęła grzywą.

Czy był gotów na wielką wojnę z Zakonem? Pomimo tamtej próby i bitwy z Lautenburgiem — nie. Nie wygrał, choć nie przegrał. Nie ustąpił pola, okazał się lepszym strategiem, niezłym w zasadzce i nagłym zwrocie akcji, ale wystarczyłby jeszcze jeden silnie uzbrojony oddział, i Krzyżacy rozbiliby go w pył.

Czy był gotów na wojnę z Luksemburczykiem? Nie. Czeski najazd na Małą Polskę zdusił jego zięć, nie on. Teraz oddziałów Caroberta nie ma przy nim i jest z tym całkiem sam. Ale nie mógł pozwolić na bezczelny przemarsz ukrytych pod krucjatowym sztandarem wojsk przez swoje ziemie. Jego protest na nic się nie zdał, odbił się od króla Czech jak kamyk od polerowanej zbroi, a to oznacza, iż w drodze powrotnej z krucjaty Luksemburczyk może się poczuć ośmielony do uszczknięcia czegoś z Królestwa.

Czy miał inne wyjście niż zemsta? Drapieżny, płomienny odwet na krzyżackiej ziemi?

Nawet jeśli, to nie widział go. Nie ucieknie z Królestwa tylnymi drzwiami, bo takich dla władcy nie ma. Są tylko jedne drzwi, śmierć. Ale ona nie patrzy na Władka i on to wie. Upomniała się o jego synów. Wzięła w kościste objęcia i Kazimierza, dziedzica Królestwa, ale przyciśnięta, oddała go ojcu, puściła. I oto teraz dziewiętnastoletni dziedzic stoi za jego plecami i patrzy w rozpaloną noc.

— Synu? — odwrócił się do niego. Od tamtej pory, gdy chłopak był na granicy życia i śmierci, Władysław często patrzył na niego ukradkiem, potwierdzał, że naprawdę jest.

— Jestem, ojcze — odpowiedział Kazimierz i podjechał bliżej. — Krzyżacy zemszczą się za zniszczenie ziemi chełmińskiej.

— Zemszczą — potwierdził Władysław.

Z pochodnią w ręku podjechał ku nim Paweł Ogończyk, namiestnik pogranicza.

— Królu — zameldował. — W Chełmnie Lautenburg zostawił wicekomtura i sporą załogę. Ale zamek w Pokrzywnie jest niemal pusty.

— Zbrojni siedzą w najbliższej mu komturii w Radzyniu — dorzucił Marcin, młodszy brat Pawła. — Podobnie z Golubiem, z którego wojsko zasiliło krucjatę, a komturii strzeże niedalekie Kowalewo.

— Zaatakujcie Golub — rozkazał Władysław.

— To na nic — zaprzeczył rozkazowi Paweł Ogończyk. — Nawet porzuconego Golubia nie zdobędziemy. Ten zamek broni się sam. Wyrasta ze wzgórza nad Drwęcą i mury ma na sześć stóp grube. Nie mamy machin oblężniczych, a nawet gdybyśmy mieli, nie wiem, czy dałyby mu radę.

— A Pokrzywno? Mówiłeś kiedyś, że to jeden z najsłabszych krzyżackich zamków — dopytał król.

— Owszem — przyznał Paweł. — Ale to wciąż zamek. Garstka ludzi może go bronić w nieskończoność, a my musimy się stale przemieszczać, inaczej duże krzyżackie komturie, takie jak Toruń, czy nawet Grudziądz, przyślą pomoc zbrojną.

— Tańczymy na rozżarzonych węglach — rzucił Marcin Ogończyk.

— I mamy czas tylko do powrotu krucjaty — stwierdził, a może spytał Kazimierz. Władysław spojrzał na niego, chłopak speszył się, ale dodał nieco pewniejszym głosem: — Najważniejsze, żebyśmy zachowali siły na krzyżacki lub luksemburski odwet.

Skinął synowi głową. Noc bladła, jaśniała. Słupy czarnego dymu pokazywały, jak daleko dojechał Wrończyk.

— Dwanaście mniejszych lotnych oddziałów — powiedział Władysław po chwili gorzkiego namysłu. — Kazimierz weźmie dowództwo jednego z nich. Pojedziesz z moim synem, Marcinie.

— Zaszczyt — krótko odpowiedział młodszy z Ogończyków.

— Rozpryśniemy się po całej ziemi chełmińskiej. Będziemy wszędzie i nigdzie dłużej. Niech nie znają dnia i godziny, niech boją się położyć spać, bo ogień obudzi ich w nocy. Jarota — Władysław wezwał giermka. — Wyjmij ze skrzyni wojenną koronę.

Noc ustępowała, wstawał zimny, pochmurny dzień. Z rozwiewających się dymów pożogi wyłonił się jeździec na karym koniu. W burym świcie wracał do nich Borutka.

LUTHER Z BRUNSZWIKU żałował, że Zyghard nie pojechał na krucjatę. Był mu teraz potrzebny ktoś doświadczony, z chłodną głową i szerokim spojrzeniem. Nie palący się do bitki Lautenburg. I nie Oettingen, wyrywny szpitalnik, pyskaty, ale mało zmyślny. Nie Altenburg, Czerwony Wilk z Bałgi, który w ostatnich dniach wyglądał raczej jak rudy i spocony kocur. I nie Otto von Bonsdorf, który wyciągnął czarną kulę i miał zadanie ważniejsze niż każde inne. Na krucjatę mistrz z sobie tylko wiadomych powodów zabrał wszystkich siedmiu towarzyszy Luthera, ale zostawił w kraju Zygharda Schwarzburga, bez którego Luther ma marne szanse, by przebić się do struchlałego z przerażenia serca mistrza.

— Wracamy do Prus — mamrotał Werner, gorączkowo przesuwając w palcach bursztynowe paciorki różańca. — Wracamy do Prus. Na co nam to było? Ta krucjata? Ten Luksemburczyk?

Zebrali się na naradę w namiocie mistrza. Po rozbiciu Miedwiagoły, zgodnie z życzeniem Luksemburczyka, ruszyli głębiej w Litwę i zdobyli kolejne grody. W żadnym z nich nie było kniazia ani jego synów. Czeski król z takim przekonaniem wygłaszał krucjatowe wezwania, że jego rycerstwo wstawało każdego ranka z pobożną pieśnią na ustach i pytało: „Dokąd dziś nas powiedziesz, królu?". A on, niezależnie od informacji zakonnych zwiadowców, wskazywał kierunek: „Tam widziano pogan" i parł coraz głębiej w Litwę, próbując się przedrzeć na Wilno. Ograł ich jak dzieci, to prawda. Wszystko, co Zyghard powiedział głośno podczas uczty w Toruniu, ziściło się. Tak, Luksemburczyk szedł po Giedymina, może chciał rzucić go pod nogi papieżowi, piękny to gest, gdyby nie odwet Łokietka, który podpalił już ziemię chełmińską. Stało się.

Musieli wracać, pobić polskiego króla jak najszybciej, dał im dobry pretekst. Ale nie mogli zostawić Luksemburczyka samego za Wielką Puszczą, bo Zakon straciłby twarz i honor w chrześcijańskim świecie. Musieli odciągnąć go od Litwy, zabrać ze sobą w drogę powrotną, choć Luksemburczyk sprzeciwiał się temu, wykręcając krucjatową misją.

Werner von Orseln był całkowicie wytrącony z równowagi. Stracił zdolność chłodnej kalkulacji. Kręcił się wokół namiotu i mamrotał. Luther dyskretnie przywołał Markwarda von Sparenberg, najrozsądniejszego ze swych ludzi, i szepnął mu:

— Zabierz stąd naszych. Mają pójść między krzyżowców, pić z nimi wino i namawiać na powrót.

Łysa czaszka Markwarda lśniła w blasku świec jak wypolerowana, a jego pulchne, pogodne oblicze stało w sprzeczności do ciemnych, czujnych jak u drapieżnika oczu.

— „Po pasmach sukcesów musi przyjść porażka. Groźne roztopy odetną nam odwrót. Lepiej donieść do domu wielkie krucjatowe zwycięstwo, niż zostawić kości na cmentarzysku Dzikich" — Markward wyrecytował cicho propozycję.

— Dobre — pochwalił go Luther szeptem, kontrolując, co robi mistrz. — Niech dorzucą, że nasi zwiadowcy mówią, iż Giedymina nie ma na Litwie.

— „Pojechał do Rygi, po posiłki" — gładko zełgał Markward. — Nie — poprawił się bystrze — lepiej mówmy „wyjechał na Ruś".

Luther skinął mu głową z uznaniem.

— Wyprowadź ich pojedynczo, dyskretnie — polecił i odwróciwszy się od niego, pomyślał, że gdyby nie to, iż Markward nie ma żadnej zakonnej godności, mógłby z nim tu zostać i wspomóc go w wymyśleniu strategii i opanowaniu mistrza. Lautenburg, Altenburg, Oettingen, Plauen i Bonsdorf wymykali się z namiotu. Ostatni wyszedł Markward, uśmiechając się przy tym niewinnie. Mistrz nie zauważył ich zniknięcia, zaczął kolejne kółko wokół namiotu; z uwagą omijał sprzęty.

Teraz został tylko z Lutherem i Wildenburgiem, dawnym komturem krajowym, odsuniętym przez Orselna, gdy ten objął urząd. Luther na potrzeby krucjaty wydobył go z zakonnego niebytu, licząc, że stary jastrząb się przyda.

— Polski król najechał nasz kraj i pali wioski — szeptał w kółko mistrz. — Matko Najświętsza, a my na końcu świata, daleko od domu...

— Niech pali — chłodno odpowiedział Luther. — To tylko wioski. Odrosną jak grzyby po deszczu. Trochę drewna, strzecha i tyle.

— Ale plony — jęknął mistrz. — Sady, pola...

— Jest zima — uspokoił go Luther, choć sam był coraz mniej opanowany. — Nasze spichrze są za murami komturii.

— Ja mogę zostać — odezwał się stary Fryderyk von Wildenburg.

— Co? — ocknął się mistrz. Zatrzymał i puścił różaniec, który luźno zakołysał mu się przy pasie. — Dlaczego ty?

Za szybko się odezwał — ocenił Luther. — Werner mu nie ufa.

— Bo znam Wielką Puszczę jak własną komturię.

— Ty już nie masz własnej komturii — przypomniał mściwie mistrz.

— Ale oficjalnie wciąż pełnię urząd wielkiego komtura, więc w oczach rycerskiego króla obrazy nie będzie, jeśli mistrz wróci do kraju, a ja z nimi zostanę. — Przeciągnął żylastymi palcami po siwej brodzie Wildenburg.

Doskonałe rozwiązanie właśnie przepadło — ponuro skonstatował Luther. — Werner nie zgodzi się ze strachu, Wildenburg to w jego oczach nie starzec nad grobem, a dawny spiskowiec.

— Ufam — odezwał się głośno — że uda się króla Jana przekonać do powrotu.

— To na nic — jęknął mistrz — próbowałem.

— Luksemburczyk tak jak jest sprytny, tak i czuły na punkcie honoru.

— Ty już błysnąłeś radą — wypomniał mu Werner — gdy mówiłeś, byśmy przejęli krucjatę. I nie udało się — rozłożył ręce. — Król nie odwiedził Malborka, nie zgodził się zaczekać z rozpoczęciem na Matki Bożej Gromnicznej.

— Na Gromnicznej zdobyliśmy Miedwiagołę — odezwał się Wildenburg. — Liczy się.

Luther nie zdążył dać znaku starcowi, by powstrzymał uwagi. Wszystko, co powie, może być przez Wernera odrzucone.

— Mistrzu, daj nam dzień, dwa na przekonanie króla Jana do powrotu. Niektórzy z naszych braci zdołali się zaprzyjaźnić z jego baronami — podjął Luther perswazyjnie.

— Przydałby się jakiś ostatni wielki sukces — znów zabrał głos Wildenburg. I znów miał rację, choć mistrz wzruszył na jego słowa ramionami.

— Niby jaki? — spytał rozdrażniony Werner. — Jego usatysfakcjonuje tylko dorwanie Giedymina.

— Zapewne — przyznał Luther — ale jeśli ma głowę na karku, a wygląda na to, że ma, wie, iż to niemożliwe.

— Moi ludzie mogą wypłoszyć z barłogu olbrzyma — powiedział nagle chrapliwym głosem Wildenburg.

— Co? — prychnął Werner. — Starość pomieszała ci zmysły?

— Nie. — Blade oczy dawnego komtura krajowego skryły się pod powiekami. — Nad jeziorem Mise ma kryjówkę niejaki Gobelo. To wielkolud, ma jakieś osiem, dziesięć stóp wzrostu.

— Bzdura — pokręcił głową mistrz. — Ludzie nie mogą być tak wysocy. No chyba że to jakieś monstrum.

— Zwij go, jak chcesz — beznamiętnie powiedział Wildenburg. — Nawet nie wiem, czy Gobelo jeszcze żyje. Ostatnio widziano go kilka lat temu. Nie pali się do bitki z rycerzami, ale jakby go podkurzyć, wylezie.

— Pojedynek z kimś takim, z przerażającym wcieleniem Dzikiego — szybko podjął Luther — może stać się doskonałym przyczynkiem do zakończenia krucjaty. Wielki, olśniewający finał.

— O ile pokonają Gobelo — niepotrzebnie dodał Wildenburg.

— A niech walczy z nim i cała chorągiew — zainteresował się wreszcie mistrz.

— Przekonanie Jana Luksemburskiego do powrotu to początek — kuł żelazo póki gorące Luther. — Potem…

— Zmuszę go, by odwiedził Malbork — ożywił się Werner.

— Obawiam się, że nie — najłagodniej, jak potrafił, sprzeciwił mu się Luther. — Poza tym Łokietek walczy na południu ziem zakonnych. Tam musimy przemieścić się jak najszybciej. Zaprośmy Jana znów do Torunia, ostatecznie do Grudziądza. Urządźmy wystawne zakończenie krucjaty. Święto w stylu rycerskim. Chciał honorowych stołów, pamiętasz, mistrzu? Zróbmy dla jego rycerzy prawdziwie arturiański stół. Wielki mistrz Zakonu zaprasza dwunastu najdzielniejszych krzyżowców. Króla Jana, tych śmiałków, co pokonają olbrzyma. Wystąpisz jak król Artur, w którego rycerze wierzą jak w Boga. Nie pozwólmy, by tryumf krucjaty luksemburskiej wymknął się z naszych rąk. Dość już przez nią kłopotów, skorzystajmy wreszcie. Każdy z tych krzyżowców pójdzie potem w świat i powie, że u wielkiego mistrza walczył i z jego rąk odebrał nagrodę.

— Jaką nagrodę? — przyczepił się mistrz.

— Honorową — odpowiedział nonszalancko Luther. — Nie wiem, coś wymyślę. Jeszcze mamy czas.

Werner von Orseln wreszcie przestał chodzić wokół namiotu, usiadł. Luther wziął to za dobry znak.

— Ugościmy ich tak, że zakończenie krucjaty będzie należało do Zakonu i wielkiego mistrza, i wtedy weźmiemy się za Łokietka. Najważniejsze, to nie spuszczać Jana z oka. Nie zostawiać samego na Litwie, bo to nasza Litwa, nasi poganie i nasz przyszły kraj!

Orseln w zadumie gładził brodę, nagle odwrócił się w stronę Wildenburga. Stary siedział pogrążony w bezruchu.

— Zgadzasz się z wielkim szatnym? — spytał go o zdanie mistrz.

Kiedyś, w czasach ostrego jak brzytwa Guntera von Schwarzburg, rubasznego Konrada von Sack i zapalczywego, acz głupawego Henryka von Plötzkau, Wildenburg był nadzwyczaj pobudliwy. Łatwo było go wyprowadzić z równowagi; Luther pamiętał tamte gorące kapituły. Dzisiaj stary jastrząb wydawał się innym człowiekiem. Zapytany przez mistrza, milczał długo, jakby rozumiał, że jego słowo może puścić w niwecz plan Luthera. Ale dawny Wildenburg nie oglądałby się na cudzy plan. Miałby swój i dążył do niego po trupach.

— Myślę — odezwał się po naprawdę długiej chwili — że Jan chce, byśmy tańczyli, jak nam zagra. Czy wpakował nas w kłopoty? Się okaże. Może wepchnie nas w wojnę z królem karłem, której nie chcemy, ale która wybuchnąć musi prędzej czy później. Jeśli tak, winę w oczach świata będzie można zrzucić na niego.

— Czyli zgadzasz się z Lutherem? — drążył Werner.

— Widzę dwa rozwiązania — tym samym, matowym głosem odpowiedział starzec. — Albo przekażesz mi dowództwo krucjaty i ja zostanę, by kontrolować Luksemburczyka na Litwie, albo trzeba zrobić, jak mówi szatny.

Do namiotu wślizgnął się Markward. Jego okrągłe, pozbawione zarostu oblicze zajaśniało niczym księżyc w pełni. Skinął Lutherowi głową i przymknął oczy, po czym równie bezszelestnie zniknął.

Kogoś ważnego przekonał do powrotu — zrozumiał znak Luther i odetchnął z ulgą.

— Dobrze wiesz, że nie zostawię ci dowództwa — zdecydowanie powiedział Werner do Wildenburga i nieoczekiwanie się zaśmiał. — Nie po tym, co wyciągnąłem od Wolfa!

Pokryta bruzdami twarz Wildenburga drgnęła.

— Sądziłeś, starcze, że się go pozbyłem? Nie. Trzymam go na łańcuchu i tresuję jak psa. Wygaduje cuda, przyznaję, posunął się nawet do tego, że winę za śmierć mego poprzednika zrzucił na jakąś dziewczynę, dobre, co?

O czym oni rozmawiają? — pomyślał zaskoczony Luther. — Kim jest ów Wolf?

— Wolf jest moją tarczą — odpowiedział na niewysłowione pytanie mistrz, ale mówił wciąż tylko do Wildenburga, a ściągnięta i blada twarz starego komtura zdradzała, że Werner mówi prawdę. — Nie pozwolę, by spotkało mnie coś takiego jak Karola z Trewiru. Mój przyjaciel, mój mistrz… — czule zaszeptał Werner. — A wygnaliście go z Prus i na końcu…

Luther wstrzymał oddech. Owszem, brał udział w przewrocie odsuwającym od władzy Karola, ale w niczym więcej, nawet jeśli jego śmierć budziła wątpliwości, to nie miał z nią nic wspólnego. Spojrzał na Wildenburga. Stary jastrząb drżał.

— Myślisz, że dręczę starca? — zwrócił się do niego mistrz.

— Nie podejrzewałbym — wyszeptał Luther, przypominając sobie, jak bezwzględnie Werner odsunął Wildenburga od wpływów i realnej władzy.

— Jestem wobec niego wspaniałomyślny — odpowiedział mistrz. — Pozwoliłem mu żyć.

Wstał nagle, wobec czego i Luther się podniósł. Wildenburg dźwignął zesztywniałe członki z trudem.

— Jesteś zbyt stary, żeby dowodzić na Litwie — wyniośle powiedział do niego Werner von Orseln. — Wobec tego realizujemy plan

Luthera z Brunszwiku. Mam nadzieję, że wielki szatny nie zawiedzie i skłoni króla Jana do wyjazdu. Wyciągnijcie to olbrzymie monstrum z gawry, uważam, że zabicie go będzie dobrym zakończeniem krucjaty.

GERLAND DE BAST wciąż był wstrząśnięty po odnalezieniu syna i odkryciu, że jego Melisande żyje w Normandii, w rodzinnym Mortain i nigdy nie wyszła za mąż, za to z pasją oddaje się hodowli i układaniu sokołów. Był szczęśliwy i przerażony, naprawdę niełatwo nazwać to uczucie. Tyle lat po klęsce Akki jego świat rozpadł się i Gerland stał na gruzach własnej komandorii. Całe życie przeżył jak joannita, poza tym jednym razem, gdy poznał Melisande, zakochał się z wzajemnością i zaczęli się potajemnie spotykać. A potem opłakał upadek Akki, śmierć ukochanej i dziecka w jej łonie, nieświadomy wybór swego brata Koenderta, który zamiast Melisande zabrał na pokład Krzyżaka, przyszłego mistrza Feuchtwangena, czym, gdy sobie to opowiedzieli, katował się bez końca. Opłakiwał zawód, jakiego musiała doznać Melisande na nabrzeżu, kiedy patrzyła na Koenderta, tak podobnego do Gerlanda, gdy usłyszała jego twardą odmowę. Ona wiedziała, że ma bliźniaczego brata templariusza, a ten nie miał pojęcia o jej istnieniu.

Grzech stający się źródłem tajemnic, jak korzeń pnącza wczepiający się delikatnymi odnogami w skałę, by opleść ją, rozsadzić i skruszyć, uruchamiając lawinę nieszczęść. A może raczej Koło Fortuny, które przetoczyło się po nich wszystkich? On, Melisande, Henry, Koendert i nawet Feuchtwangen, spleceni ze sobą ślepym losem. Opłakał Melisande i nienarodzone dziecko, a dzisiaj, gdy poznał prawdę, wcale nie czuje ulgi. Teraz przepełnia go żal, że dla niego przez tyle lat byli martwi, tak jak i on dla nich. Jak ma nadrobić ten czas? Nigdy nie będzie dla Henry'ego ojcem, jakiego życzą sobie synowie. A Melisande? Wyrzekł się miłości, czy ma prawo pojechać do Mortain i powiedzieć jej: „Oto jestem"? I na odwrót: czy może tego nie zrobić?

Wszystko to fermentowało w nim od tamtej nocy po zdobyciu Miedwiagoły. Uściskali się, Gerland płakał, Henry nie. Nie powiedzieli do siebie na koniec „ojcze", „synu". Gerland chciał, ale nie śmiał. Po prostu uścisnęli sobie dłonie i rozeszli się. Joannita nie zmrużył oka do rana; kolejne noce też nie były łatwiejsze.

Był poruszony, ale myślał trzeźwo. Na krucjatę przywiodła go zemsta i nigdy nie był tak blisko jej spełnienia. Wszyscy odpowiedzialni za śmierć Koenderta byli tu, w obozie pod Miedwiagołą. Siedmiu świętoszków, jak zwał ich Koendert, i ich przywódca, Luther. Tamtej nocy, po zdobyciu twierdzy, wstał od ogniska przy namiocie joannitów i szedł ze sztyletem ukrytym w cholewie buta do obozu krzyżackiego. Wiedział, że niektórzy z komturów popiją i będzie miał ich na wyciągnięcie ręki. Nie chciał już czekać ani dnia dłużej, byli zbyt blisko, a los tylko raz daje taką szansę. Podjął decyzję. Zabije ich, złapią go, jeśli będzie proces, wyzna ich winy. Jeśli nie, a był gotowy i na to, pozwoli, by ukarano go śmiercią bez dania szansy na ostatnie słowo. Dokona zemsty i zginie.

W drodze do obozu krzyżackiego spotkał go Henry, a potem nic już nie było takie samo. Musiał poniechać zemsty, dla niego. Gdyby zabił ich teraz, zhańbiłby syna, przyjaciela króla Jana, i tym samym rozniósł wniwecz sławę ich krucjaty. Zemsta musi poczekać.

Na wiadomość o najeździe króla Władysława na ziemię chełmińską mistrz przerwał wyprawę, czeski król ponoć był wściekły i odgrażał się, że oskarży polskiego władcę przed papieżem o zakłócenie misji nawracania pogan. Tak czy inaczej, wielka krucjata została zakończona. Krzyżacy i rycerstwo Jana zawrócili na zachód.

Uderzenie polskiego króla oznaczało, że ma się na wielką wojnę i Gerland zrozumiał, że jeśli ta wybuchnie, będzie jego ostatnią szansą. Jest coraz starszy, kolejnej może nie doczekać. Tyle że nie może już działać skrycie. Nie teraz, gdy ma syna, którego cześć mógłby skalać swą zemstą. Musi wystąpić przy boku króla Władysława, w szeregu jego rycerstwa i w prawie i honorze sięgnąć po życie Krzyżaków. Tyle że samowolne opuszczenie joannitów byłoby równoznaczne z dezercją i zdradą. Najpierw należy wystąpić do mistrza baliwatu i dostać zgodę, a potem postarać się o papieską dyspensę. Przeszłość wracała w każdej chwili — przed trzydziestu ośmiu laty nie zdążył wystąpić do mistrza z prośbą o zwolnienie ze ślubów zakonnych i opuszczenie szeregów rycerzy świętego Jana. Zamiar miał szczery, wykonanie przerwał atak sułtana Al-Aszrafa. Teraz nie będzie czekał ani chwili. Wróci do komandorii i napisze list. Albo pojedzie do mistrza? Może tak będzie szybciej?

Tą myślą żywił się podczas prowadzonego szybkim marszem powrotu krucjaty. Czasami na popasach szedł do obozu Luksemburczyka, by zobaczyć się z Henrym. To znów Henry przychodził do niego. Nie rozmawiali wiele, raczej przełamywali lody. Gerland opowiadał mu o życiu w Akce, o swoim starszym bracie, po którym Henry odziedziczył imię. O jego synach, a swoich bratankach. Nie śmiał prosić go, by opowiadał o matce, choć bardzo chciał się czegoś o niej dowiedzieć.

Czegoś więcej niż w pieśni o „Klejnocie Mórz". Henry mówił mu o podróżach. Miastach, które odwiedził, dziwach spotkanych po drodze. Rozmawiało im się dużo trudniej niż za pierwszym spotkaniem, na barce płynącej przez Wartę. Ukradkiem obserwował jego profil. Szukał podobieństw, których syn w nim nie dojrzy pod maską zniekształconej bliznami twarzy.

W Toruniu odbyła się wielka uczta ze stołem honorowym, przy którym zasiadł mistrz, król i dwunastu najlepszych rycerzy, odznaczonych przez Wernera von Orseln biało-czarną szarfą. Potem zaś stało się coś, czego jeszcze na Żmudzi, w czasie tej wymuszonej, pełnej zgrzytów współpracy nikt się nie spodziewał: uroczyście ogłoszono „święte przymierze" między Krzyżakami a Janem Luksemburskim, zawarte przeciw tym poganom, których wspomaga król krakowski bezprawnie dzierżący dziedziczne ziemie Jana. Na dokładkę król nadał swoje, jakoby dziedziczne, Pomorze Krzyżakom w charakterze jałmużny za ich walkę w obronie świętej wiary. Nowi sprzymierzeńcy upiekli na jednym ogniu króla Władysława. A Gerland zrozumiał, że los znów rujnuje jego plany.

Miał dość; poczuł, że brakuje mu powietrza. Mierziła go muzyka, coraz bardziej pijane pieśni rycerzy. Chciał ukradkiem opuścić ucztę. Siedział przy jednym z mniejszych stołów, blisko wyjścia, z braćmi joannitami i Wavrinem, Normandczykiem, którego drugi raz ocalił.

— Gdzie cię niesie, Gerardzie? — Rozochocony winem Wavrin chwycił go za rękaw.

— Zostaw go — odciągnął Normandczyka brat Berengar. — Gerard już taki jest. Albo idzie rozprostować nogi…

— Albo ochłodzić blizny — wtrącił się Ernko, brat z Moraw. — Ze mną pij.

— Za co? — zaciekawił się Wavrin i chwiejnie pokazał na salę. Gerland wyswobodził się z jego uchwytu. — Tu już padły dziś wieczór wszystkie możliwe toasty.

— Nie wszystkie — spokojnie zaprzeczył Ernko. — Napijmy się za piękną morawską damę.

— Szkoda pić, jak się nie widziało!

— Jedź ze mną na Morawy, zobaczysz *bis reginę*, pokłonisz się jej i przepadniesz, a trzy lwy połkną ci serce. Za zdrowie królowej Rikissy toast pierwszy!

Gerland wymknął się na zamkowy dziedziniec. Padał mokry, topniejący śnieg. Przeszedł się w stronę murów, byle dalej od zgiełku. Nie on jeden był zmęczony piciem i hałasem. Tu i ówdzie jaśniały białe płaszcze komturów, gdzieniegdzie lśniły paradne zbroje i barwne tuniki krzyżowców. W rogu, przy palenisku dostrzegł Henry'ego. Jego syn rozmawiał z wysokim, jasnowłosym Krzyżakiem. Gerland cofnął się w cień wystarczająco daleko, by ich nie słyszeć. Wyszedł, gdy zobaczył, że Krzyżak wraca do zamku.

— Uciekłeś z uczty — powiedział cicho.

— Ty też nie wytrwałeś do końca toastów — odpowiedział Henry.

— Przejdziemy się? Muszę...

— Rozruszać nogi? — uśmiechnął się niepewnie jego syn.

— Coś ci powiedzieć — dokończył Gerland.

Szli w milczeniu. Wreszcie joannita zaczął:

— Niewiele mówiłem ci o moim bracie bliźniaku, nie chciałem pogłębiać niechęci, którą czujesz.

— Jest coś gorszego niż to, co już wiem? — przekornie zapytał Henry, a potem wypuścił powietrze i dodał: — Nie czuję wobec niego żalu. Skąd miał wiedzieć, kim jest dziewczyna na przystani?

Znów zrobili kilka kroków bez słowa.

— Templariusze wywieźli z Akki kilkanaście okutych skrzyń. Stały pod pokładem, widziałem je w tych krótkich chwilach, gdy budziłem się z letargu. W jednej z nich był miecz, który zamiast w zakonnym skarbcu powinien być w ręku prawowitego właściciela.

— Dlaczego mi o tym mówisz? — ostro zareagował Henry. — Wolę nie znać prawdy o skarbach templariuszy. Zbyt wielu straciło przez nie życie.

— Ten miecz nie należał do żadnego z zakonów, znalazł się w skarbcu przez grzech zaniechania naszego przodka — wyjaśnił Gerland. — A mój brat postanowił wypełnić zadanie, które postawiono Bastom.

U zarania tej historii jest dziewczyna uwiedziona przez krzyżowca — ponuro pomyślał Gerland, ale wiedział, że nie ma co łączyć tych dwóch historii. Nie dzisiaj — obiecał sobie.

— Czyj to miecz? — spytał Henry.

— Króla Władysława — odpowiedział Gerland.

— Ach, tak — kiwnął głową jego syn i dodał krytycznie: — I mówimy o tym, bo mój król i Krzyżacy ogłosili dzisiaj sojusz?

— Koendert zginął przez ten miecz — starał się zachować spokój joannita. — Przez krzyżacką chciwość, swój honorowy upór, dociekliwość, którą narobił sobie wrogów w Zakonie. Dokonali na nim egzekucji, rozumiesz?

— Nie. Ale mów dalej, bo czuję, że to nie koniec.

— Umierał na moich rękach — wyznał Gerland. — Przed śmiercią powierzył mi nazwiska tych, którzy go zabili. Większość z nich to dzisiaj dygnitarze Zakonu.

— Chcesz się zemścić — domyślił się Henry.

— Chcę, muszę, nie ma różnicy — rzucił Gerland. — Mogłem to zrobić tamtej nocy, pod Miedwiagołą… — zatrzymał się i Henry też przystanął. — Podjąłem decyzję. Wystąpię z zakonu i jako świecki rycerz zaciągnę się na wojnę u boku króla Władysława. Tyle że dzisiaj wiele się zmieniło. Jeśli to przymierze Jana Luksemburskiego oznacza…

— Tak — potwierdził Henry.

Milczenie, jakie zapadło między nimi, było tak ciężkie, że Gerlandowi zabrakło tchu. Przytrzymał się muru. Pod palcami poczuł zimną wilgoć.

— Odnaleźliśmy się po tylu latach — powiedział Henry de Mortain — by stanąć naprzeciw siebie, jeśli dojdzie do bitwy. Od dawna przypuszczałem, że Bóg ma upodobanie do rzeczy dziwnych.

— Oczekujesz od mnie, że zaniecham zemsty? — spytał Gerland, opierając się plecami o mur toruńskiej twierdzy. Oddychało mu się coraz trudniej. — Spróbuj mnie zrozumieć. To mój bliźniak. Dzieliliśmy łono matki, jedną krew. Byliśmy podobni do siebie jak dwie krople wody. On był głodny, ja jadłem. Mnie ranili, on wył z bólu. Ja nosiłem czerwoną tunikę, on białą. Rycerskie, uświęcone ślubem zakonnym braterstwo, tym byliśmy, jak w czasach świetności Królestwa Jerozolimy, gdy templariusze i joannici dzielili klucz do jednego skarbca. Jak ci to wyjaśnić, Henry? — Spojrzał na niego z rozpaczą. — Całe życie jestem bratem. Ojcem ledwie od miesiąca.

— Nie miałem brata — odpowiedział Henry — bo Melisande kochała tylko ciebie, a jako „Klejnot Mórz" umiała się przeciwstawić rodzinie i uprzeć, że nie wyjdzie za mąż. Ojca mam od miesiąca i tak, chcę go zrozumieć. Ale musisz mi pomóc, Gerlandzie. Skoro i my dzielimy krew, opowiedz mi historię rodziny.

— Masz dużo czasu? — spytał Gerland.

— Dla ojca? — odpowiedział pytaniem Henry i podał mu rękę, pomagając oderwać plecy od muru.

W milczeniu ruszyli do ławki przy ogniu. Śnieg przestał padać, nocne niebo rozchmurzyło się, ukazując malejący po pełni księżyc. Jego zimny blask oświetlił twarz Henry'ego. Usiedli.

Jaki on podobny do Melisande — pomyślał z czułością Gerland. — I Koenderta, i naszego ojca.

— Dzieje rodu de Bast zaczynają się od pierwszej krucjaty, rycerza i spotkanej w lesie dziewczyny, a dzieje miecza od króla banity, zwanego w Polsce Bolesławem Śmiałym. Jedne i drugie przecinają się na Węgrzech...

— Tak właśnie to sobie wyobrażałem — przerwał mu Henry. — Mój ojciec krzyżowiec opowiada mi przy ogniu najdziwniejsze historie, a ja siedzę i podziwiam jego blizny.

— Kpisz? — spytał niepewnie Gerland.

— Nie. Właśnie spełniasz drugie z moich chłopięcych marzeń. Pierwszym był...

— Joannita jadący cię wybawić, zapamiętałem.

— Mów, ojcze — poprosił go Henry.

ZYGHARD VON SCHWARZBURG wbiegł z Lutherem z Brunszwiku do małej wieży w toruńskiej komandorii. Niemal wepchnął Luthera do środka, wszedł i zamknął drzwi na zasuwę. Nie zabrał ze sobą lampy, niewielkie pomieszczenie oświetlał tylko blask księżyca wpadający przez strzelnicze okienka.

— Co to ma być? — ryknął na Luthera. — Co za diabeł wymyślił to przymierze?

— Ten sam, co krucjatę Luksemburczyka na Żmudź! — odszczeknął mu się Luther, rozmasowując nadgarstek, który Schwarzburg wykręcił mu niechcący.

— Nie chrzań — syknął Zyghard.

— Krzycz — zachęcił go Luther. — Nikt nas nie usłyszy, uczta trwa w najlepsze, Werner spija nektar z mojej części planu.

W Schwarzburgu wrzało. Przyjechał do Torunia na wezwanie wracającego z krucjaty mistrza, ten nie porozmawiał z nim przed ucztą i gdy ogłoszono przymierze Zakonu z królem Janem, Zyghard omal nie upuścił kielicha. Teraz całą swą wściekłość obrócił na Luthera.

— Tyś to wymyślił? — krzyczał. — Tyś to mu podpowiedział?

— A jak sądzisz? — warknął Luther.

— Werner sam nie wpadłby na „święte przymierze"! — wrzasnął Zyghard, aż poleciały krople śliny.

— Oczywiście — skinął głową Luther. — To pomysł króla Jana.

Zyghard z całej siły uderzył pięścią w stojak do kuszy wałowej.

Przewrócił go i spróchniałe drewno rozpadło się na kawałki. To wciąż było za mało, by go uspokoić. Luther odsunął się nieco.

— Gdy pod Miedwiagołą doszła nas wieść o najeździe Łokietka na ziemię chełmińską, Werner wpadł w załamanie nerwowe. Jan za nic nie chciał wracać. Z pomocą starego Wildenburga udało mi się znaleźć sposób na widowiskowe zakończenie krucjaty. Zapłacił za to życiem jakiś żmudzki olbrzym i trzech rycerzy, których poharatał. Jan pomstował na małego króla...

— Bo nie zdążył dopaść Giedymina — rzucił wciąż buzujący złością Zyghard. Najbardziej wściekł się o to, że nic o przymierzu nie wiedział. Że potraktowali go jak szeregowego brata i o wszystkim usłyszał dopiero na uczcie.

— Ciągnął na Wilno, kluczył, przekręcał raporty zwiadowców — potaknął Luther. — Napad małego króla przyszedł w ostatniej chwili. Gdyby nie to, Jan mógłby poderwać to swoje odurzone krzyżowymi hasłami rycerstwo i podkupiwszy naszych tropicieli, kazać się prowadzić na Troki lub Wilno. Musiałem rozpuszczać w obozie fałszywe pogłoski.

— To wiem — przerwał mu Zyghard i nie dodał, że powiedział mu o tym de Mortain. Oczywiście, Henry nie miał pojęcia, że wiadomości pochodziły od Luthera.

— Zyghardzie. — Oczy wielkiego szatnego zalśniły oświetlone zimnym księżycowym światłem. — Naprawdę było blisko katastrofy. Gdyby Jan dopadł Giedymina, gdyby go pokonał...

— Nawet nie mów — pokręcił głową Zyghard. — Papież rozwiązałby Zakon, jak wcześniej templariuszy. — Poczuł chłód wzdłuż kręgosłupa. — Nie bylibyśmy mu do niczego potrzebni, a skarb w Malborku uniezależniłby go od kapryśnych królów. Jan świetnie się nadaje, by odegrać rolę Filipa Pięknego.

— Niestety tak — przyznał Luther i przyciągnął dwa zakurzone stołki. — Jest nawet jego wychowankiem.

Jak kiedyś, w komnacie do podsłuchiwania w Malborku, odruchowo przetarł oba, dla Zygharda i siebie. Usiedli. Zyghard poczuł, jak opada w nim furia. Zrobiło mu się głupio, że wybuchł niczym prostak, jak jakiś niedźwiedziowaty Lautenburg. Przeciągnął dłonią po włosach, sprawdził, czy nie ma śliny na brodzie. Zerknął spod oka na Luthera, ale ten udawał, że nic się nie stało. Mówił:

— Na powrotnym popasie w Ragnecie król Jan przypuścił szturm do Wernera. Moja wina, że mnie z nimi nie było. Złapałem gorączkę, czułem się koszmarnie, poszedłem wcześniej spać, pytając mistrza, czy nie będzie mnie potrzebował. Odmówił. Teraz zastanawiam się, czy nie dosypali mi czegoś do wina. Wymiotowałem nad ranem, a na drugi dzień byłem zdrów.

— Kto? Werner czy Jan? — spytał Zyghard.

— Skorzystał Jan, więc stawiam na niego — jasno odpowiedział Luther. — Spotkali się w nocy i Jan owinął sobie mistrza wokół palca. Na drugi dzień usłyszałem o „przyjacielu Zakonu, królu Janie", potem już mogłem tylko pilnować, by straty były jak najmniejsze i by finał krucjaty zapisał się w pamięci krzyżowców jako tryumf Zakonu. Stół honorowy, odznaczenia. — Uniósł brwi i wzruszył ramionami.

Zyghard uspokajał się z wolna. W to akurat mógł Lutherowi uwierzyć. Wielki mistrz zrobił się ostatnimi laty nieprzewidywalny. Czy to moja wina? — spytał sam siebie. — Był moment, gdy Werner wyraźnie zabiegał o moje względy. Lutherowi nie ufał, odpychał każdą jego radę, ostrzegał mnie przed nim. Ja jednak odebrałem jego zabiegi zbyt osobiście i potraktowałem go z góry. A potem zjawił się przystojny Almenhausen i Werner już nie chciał słuchać moich podpowiedzi. Psiakrew, Schwarzburg! Sam jesteś sobie winien. Humorzaste z ciebie książątko.

— Powiem tak — odezwał się do Luthera po chwili. — Wiem, że dążysz do wojny z Królestwem Polskim.

— A ty? — przekrzywił głowę Luther i spojrzał mu w oczy. — Dlaczego się przed nią wzbraniasz? Przecież nie jesteś tchórzem, jak Werner. Jesteś odważny i dalekowzroczny.

— Właśnie dlatego nie chcę wojny — odpowiedział Zyghard von Schwarzburg. — Widzę nasz Zakon potężnym. Prawdziwym rycerskim władztwem rządzonym przez światłych mistrzów. Nie królestwem, gdzie przyszłość zależy od lędźwi króla i łona królowej. Ta, oparta na krwi, zawsze będzie niepewna, chwiejna, podatna na choroby, namiętności i ludzką słabość. W Zakonie widzę przyszłość świata, Lutherze z Brunszwiku. Reguła, litera i duch mądrego prawa, rządzące krajem. Wsparte na rozumie, na wiedzy i światłości. To jest moja wizja. Dla niej przyjąłem biały płaszcz i pas rycerski i jej chcę służyć.

— Zapomniałeś o Bogu — dorzucił Luther, ale w jego głosie nie było cienia kpiny. — O wezwaniu Najświętszej Marii Panny.

— Nie zapomniałem — pokręcił głową Zyghard. — Wymieniłem światłość.

— Na trzecim miejscu. Po rozumie i wiedzy.

Schwarzburg westchnął i roześmiał się, po czym rozłożył ramiona.

— No i masz mnie. Nie lubię bezrozumnej wiary. Wolę tę szukającą rozumienia.

— Anzelm z Aosty — odkrył źródło cytatu Luther. — Czytywałeś go?

— Tak — przyznał Zyghard. — I zgadzam się z uczonym, że rozum jest niezbędny, by pojąć samą ideę Boga.

— Więc uważasz, że intelekt i umysł badacza jest ważniejszy niż Słowo Boże? — przyjrzał mu się uważnie Luther.

— Tego nie powiedziałem. I Anzelm z Aosty też tak nie napisał, nie wchodź w buty jego oponentów — pogroził Lutherowi. — Twierdzę jedynie, że nie można zagłuszać rozumu, studiując Pismo Święte. Zresztą, Lutherze, nie o tym rozmawiamy.

— Nigdy nie dyskutowaliśmy o sprawach innych niż zakonne. Szkoda — powiedział w zadumie wielki szatny. — Nie miałem pojęcia, że znasz pisma Anzelma z Aosty. Twoja wizja państwa zakonnego mnie przekonuje, ale obawiam się, że jest zbyt oderwana od ziemi. Żyjemy tu i teraz i mamy określonych wrogów. Jak odbiorą nam pogan, stracimy rację bytu.

— Zgadzam się z tym „tu i teraz" — przyznał Zyghard. — Ale jednocześnie apeluję o znalezienie tej racji i poza poganami. Właśnie po to, by Zakon był odporny na takie wstrząsy, jakie teraz urządził nam czeski król. I to jeszcze pod sztandarem świętego Wojciecha! Misjonarz Prus, męczennik i biskup Pragi. Niepotrzebne epatowanie symbolem!

— Prawda, ze świętym Wojciechem Luksemburczyk przesadził. Ordynarna kradzież, ale wierz mi, pracuję nad odzyskaniem Wojciecha dla Zakonu — pokiwał głową Luther. — Tym, co mówisz, zajmiemy się, gdy ugasimy pożar, który nam Jan rozpalił. Jaki jest twój pogląd?

— Trzeba wyeliminować trzeciego gracza — przeszedł do rzeczy Zyghard. — Luksemburczyk jest zbyt nieprzewidywalny i gra wyłącznie na siebie. Zmienia plany, nie można na nim polegać ani mu ufać.

— Masz rację — przyznał Luther. — Ale na to już za późno. Wszedł do gry i namówił mistrza na to przymierze. W tej sytuacji lepiej zagrać z nim przeciw polskiemu królowi, niż pozwolić Luksemburczykowi na samowolne działanie.

— Nie wiem, czy wykorzystamy siłę takiego sprzymierzeńca — pokręcił głową Zyghard. — Luksemburczyk będzie się nam wymykał.

— A nadanie nam Pomorza? — spytał Luther. — Obiecał, że jego żona, królowa Eliška Premyslovna i królowa wdowa Rikissa potwierdzą nam ten przywilej. Zawsze to jeden dokument i dwie pieczęcie więcej.

— Nie znasz *bis reginy*. Nie zrobi tego, to pusta deklaracja. Brzmi świetnie, nic nie znaczy. Wiesz, co by nam się przydało, Lutherze? To, co zrobił dla Giedymina mały król. Jakiś inny nieprzyjaciel, który uderzyłby w Luksemburczyka..

— Żeby zwinął wojsko i wyjechał jak najszybciej — rozmarzył się Luther. — Też o tym myślałem.

— Najlepszy byłby król Węgier, ale nie mamy na niego żadnego wpływu — potwierdził Zyghard i zaklął. — Psiakrew. Będziemy musieli tańczyć, jak nam Luksemburczyk zagra!

— Teraz jesteśmy silniejsi — powiedział nagle Luther i położył mu rękę na ramieniu. — Co dwie głowy, to nie jedna.

Zyghard odsunął się od niego, oparł plecami o ścianę i postawił nogę na ławie między nimi. To jest ta chwila.

— Widziałem was — powiedział do Luthera. — Tu, w Toruniu, przed wyjazdem na krucjatę.

Luther przyjrzał mu się, jakby nie rozumiał.

— Nie kręć głową. Widziałem, jak ciągnęliście losy. Bonsdorfa, który wyjął czarny.

— Ach, to. — Luther założył włosy za uszy. — Losowaliśmy, kto zgłosi się jako ochotnik do wyruszenia na krucjatę. Chciałem, by ktoś zaufany był tam, na miejscu, a nie przyszło mi do głowy, że Werner da rozkaz wszystkim. To było ostatnie, czego się spodziewałem. Sądziłem, że weźmie ciebie, może mnie, Altenburga, bo siedzi w Bałdze…

Dlaczego mu nie wierzę? — myślał Zyghard, obserwując Luthera.

— …wylosowaliśmy Bonsdorfa, zgłosił się rano do mistrza, nim ten ogłosił przydziały. A potem Werner nas zaskoczył. Ot, cała prawda.

Chciałbym kiedyś poznać choć jej połowę — z rezerwą pomyślał Schwarzburg.

— I dobrze się stało, poczciwy Bonsdorf przydał się, gdy Dzicy wypuścili płonące strzały w chorągiew zakonną. Obronił mistrza własną piersią — zakończył kpiąco.

— Słyszałem — leniwie odezwał się Zyghard.

— A o Wolfie? — spytał nieoczekiwanie Luther. — Wpadło ci kiedyś w ucho to imię?

Zygharda zmroziło. Nigdy nie podzielił się z Lutherem tym, co wie o Wolfie.

— To dość częste imię — odpowiedział, udając znudzenie.

— Wiem — przytaknął Luther. — Ale ten Wolf jest jeden. Mistrz trzyma go w lochu, jak się domyślam, w Malborku.

— Po co?

— Powiedział, że jest jego tajną bronią.

— Komu to powiedział?

— Staremu Wildenburgowi. — Na twarz Luthera, który potrafił świetnie udawać obojętność, teraz wyszły rumieńce. — Ten Wolf to ktoś mający związek ze śmiercią poprzedniego mistrza. Ktoś, kogo nasłał Wildenburg, a Werner pochwycił. Rozumiesz coś z tego?

Tyle samo podsłuchałem przed laty w Malborku — pomyślał zaskoczony Zyghard. — Tyle że ja ci o tym nigdy nie powiedziałem.

— Rozumiem, że obaj powinniśmy znaleźć Wolfa — odpowiedział głośno.

JADWIGA została sama z rodzącą synową. Litwinką, Boże, zmiłuj się! Czy ona modląc się, nie wzywa potajemnie pogańskich mocy? Czy nie bluźni, gdy mówi po swojemu? Maryja w jej ustach to „Maaarjia", Chryste, ratuj!

Władek zabrał Kazimierza na wojnę, a tu dziewczyna z brzuchem i modły o to, by urodziła syna. Biskup krakowski Jan Grot kazał bić w dzwony katedry wawelskiej, na taki pomysł może wpaść wyłącznie mężczyzna!

— Stasiu, błagam, pchnij kogoś do Grota, niech przestaną! Ona od tego nie urodzi szybciej, prędzej pęknie z bólu, a ja oszaleję.

— Wyślę straż zamkową — zakręciła się Stanisława, żona wojewody. — Z bronią.

— Tak zrób — przytaknęła królowa.

— Dziękuję — jęknęła Litwinka z głębi wielkiego łoża.

— Podziękujesz, jak umilkną — orzekła Jadwiga. — Biskupi krakowscy mają niedobry zwyczaj wchodzenia w konflikt z władcami.

— Z królowymi też? — spytała Litwinka, oddychając ciężko.

Jadwiga nie odpowiedziała synowej. Jej myśli były już gdzie indziej. Na Kujawach, gdzie Władysław z wojskiem cofnął się z ziemi chełmińskiej, gdy tylko Krzyżacy przybyli z krucjaty. Po gwałtownym, pustoszącym zakonne tereny najeździe Władek wrócił na lewą stronę Wisły. Dlaczego nie został po prawej? W ziemi dobrzyńskiej, którą odebrał garbatemu bratankowi? Ta myśl nie dawała jej spokoju, a gdy pytała kasztelana krakowskiego Nawoja z Morawicy, czy król dobrze zrobił, cofając się za rzekę, ten nie umiał dać jasnej odpowiedzi. Mówił, że źle być przypartym do rzeki, przyciśniętym przez wojsko wroga.

Ale po namyśle dodawał, że równie niedobrze jest być zmuszonym do natychmiastowej przeprawy, gdyby trzeba było strzec terenów po tamtej stronie.

Po co brał ziemię dobrzyńską, jeśli teraz ją opuścił? — myślała gorączkowo. — Czyżby zagrożenie było tak wielkie, że wolał bronić samych Kujaw? I jeszcze to, że zabrał ze sobą Kazia. Chłopak ledwie doszedł do siebie po tej strasznej chorobie. A jeśli stanie mu się coś złego?

— Ach! — gwałtownie krzyknęła Litwinka.

— Ostrożnie, ostrożnie — szepnęła Miłochna, położna.

— Czy coś z dzieckiem? — ruszyła do łoża Jadwiga.

— Sprawdzam, pani — odpowiedziała Miłochna i pochyliła się nad rodzącą.

Litwinka wpółleżała, wspierając się na wysoko ułożonych poduszkach. Zgięła szeroko rozstawione nogi i zacisnęła dłonie na kolanach. Miała na sobie obszerną porodową koszulę, haftowaną najcieńszym ściegiem, dar krakowskich klarysek dla żony przyszłego króla i matki przyszłego dziedzica. Miłochna delikatnie wsadziła ręce pod koszulę rodzącej. Pochyliła się jeszcze mocniej. Opuchnięta twarz Anny nabiegła krwią. Dyszała ciężko.

— Zwilż jej czoło — nakazała Jadwiga stojącej u wezgłowia służce.

— Dziecko źle się ułożyło — powiedziała Miłochna, wyciągając ręce spod koszuli. — Domka, podaj ręcznik — zwróciła się do pomocnicy.

Drobna dziewczyna szybciutko wyjęła czysty płat lnu z kosza położnej.

— Jak? — spytała Jadwiga Miłochnę. Ta wycierała okrwawione ręce w płótno. Miała wąskie dłonie o długich palcach, wymarzone dla kobiety jej profesji.

— Teraz leży w poprzek — odpowiedziała Miłochna. — Jak droga się nieco bardziej otworzy, spróbuję dziecko przekręcić. Domka, daj maść wierzbową. Zaczęłaś się rozwiązywać, najjaśniejsza pani — uśmiechnęła się do Anny pokrzepiająco — ale do narodzin jeszcze daleka droga. Chwała Pannie Maryi, że to drugie. Z pierwszym byłoby ciężko.

— Pierwsze urodziłam lekko — przypomniała Litwinka i sapnęła, opadając na poduszki: — Bez komplikacji.

— Bo to była córka — orzekła Jadwiga. — Dziewczynki rzadko sprawiają kłopoty.

Pomocnica położnej spojrzała na nią zdumiona.

— Mówię jako matka trzech córek i trzech synów — wyjaśniła dziewczynie królowa.

Domka dygnęła przed nią i podała gliniany pojemnik Miłochnie.

— Maść wierzbowa z szałwią — powiedziała położna do Jadwigi i zwróciła się bezpośrednio do Anny: — Natrę nią boki najjaśniejszej pani, przyniesie nieco ulgi w bólu. Pozwolisz?

— Jeśli nie spowolni porodu — odpowiedziała Jadwiga, nie zorientowawszy się, że Miłochna nie ją pyta, lecz Annę.

— Dlaczego mnie tak traktujesz? — z wysiłkiem zapytała Litwinka i nabrała więcej tchu. — Cenisz tylko dziecko, które urodzę... — wyrzuciła z siebie. — Jakbym była niewolnicą, którą kupiłaś!...

— Przestań — ostro powiedziała Jadwiga. Poczuła się dotknięta.

— Mam przestać rodzić czy mówić? — syknęła Anna i jęknęła z bólu. Puściła kolana, opadła na poduszki. — Daj tej maści, Miłochno, och...

Położna troskliwym ruchem podciągnęła koszulę Anny. Jej brzuch był nabrzmiały, oplatały go sine żyły i czerwone pręgi rozstępów, wyglądające jak ślady po zadrapaniach. Długie palce Miłochny czule rozsmarowywały gęstą maź, kolistymi ruchami gładząc jej boki. W powietrzu rozszedł się świeży zapach szałwii. Jadwiga zawstydziła się, że patrzy na nagość Litwinki, odwróciła wzrok.

— Dlaczego nie widzisz we mnie kobiety?... — krzyknęła z rozpaczą Anna.

Jadwiga błądziła wzrokiem po ozdobionej barwnym litewskim kilimem ścianie. Co przedstawia ta wschodnia tkanina? Słońce, księżyc, gwiazdy, kwiaty, jaskrawa, rozszalała radość istnienia.

— Widzę — odpowiedziała, nie patrząc na synową i nagle wszystko w niej pękło: — Ty możesz dawać życie, ja już dałam z siebie, ile mogłam! Mój czas dopali się jak płomień świecy, do twego knota dopiero dostawiono ogień! Kazimierz ozdrowiał, wszedł do twej alkowy i poczęłaś. To jest siła! Z twojego łona może wyjść dziedzic, ja już nic nie mogę zrobić!...

Oczy Jadwigi zaszły łzami, nie wierzyła, że to wszystko wypłynęło z niej, że naprawdę to z siebie wyrzuciła. W tej samej chwili, gdy wykrzyczała, przestały bić wawelskie dzwony. W komnacie zapanowała cisza. I w tej ciszy zabrzmiały dwa szlochania. Jej i Litwinki.

Jestem potworem — schowała twarz w dłoniach Jadwiga. — Co ja powiedziałam? Doprowadziłam do płaczu rodzącą!

Do komnaty wróciła Stanisława, ale Jadwiga nie zwracała na nią uwagi.

— Przebacz — poprosiła synową.

— Ja też się boję — wyszlochała Anna. — Boję się, że nie dam rady urodzić Kazimierzowi dziedzica... to tak strasznie boli... przy Elżbiecie nie bolało aż tak...

— Bo to była dziewczynka — pocieszyła ją przez łzy Jadwiga. — A teraz rodzisz chłopca...

— Jesteś pewna? — z nadzieją zapytała Litwinka i pociągnęła nosem.

— Nie — szczerze odpowiedziała Jadwiga i pocieszyła ją: — Ale potrzebujemy go, więc w to wierzę i ty też uwierz.

— Dowiemy się przed świtem — wtrąciła się Miłochna. Jej głos brzmiał krzepiąco. — Czy młoda pani ma w łonie księcia czy księżniczkę, to już przesądzone i nie przez nas. Nam zostało pomóc temu dziecku przyjść na świat i to zrobimy. Teraz przed najjaśniejszą panią trochę wytchnienia... maść uśmierzyła ból?

— Tak — cicho odpowiedziała Anna.

Miłochna opuściła jej koszulę i troskliwie okryła brzuch.

— W dalszą drogę możemy ruszyć w każdej chwili — powiedziała do Anny i Jadwigi. — Trzeba czuwać.

— Królowo — odezwała się Stanisława. — Król przysłał posła z Kujaw.

Jadwiga przełknęła ślinę. Zaschło jej w ustach w jednej chwili.

— Co powiedział? — niespokojnie spytała Anna.

— Nic. Czeka na przyjęcie.

— Wyjdę do niego — powiedziała Jadwiga.

— Ja też chcę wiedzieć. — W głosie Anny zabrzmiała prośba. — Przyjmijmy go tutaj, teraz.

— Nie powinnaś się denerwować — pokręciła głową Jadwiga.

— Nie będę spokojniejsza, wiedząc, że królowa rozmawia z nim za drzwiami.

— Kto przyjechał? — Jadwiga zwróciła się do Stanisławy.

— Pan Jałbrzyk — odpowiedziała wojewodzina.

— Naprawdę masz siły, by słuchać wieści z wojny? — spojrzała na Annę Jadwiga.

— Tam walczy mój mąż — uniosła się na poduszkach Litwinka. — Chcę wiedzieć.

— Spuść tę zasłonę — poleciła służce. — I tamtą.

Domka, pomocnica położnej, pomogła i po chwili od strony Jadwigi widać było tylko twarz Anny. Od wejścia łoże było całkowicie osłonięte. Przez chwilę spojrzały sobie w oczy i Litwinka podziękowała królowej skinieniem głowy. Miłochna weszła za ciężką, zdobioną kotarę i zajęła miejsce przy jej boku, i choć Jadwiga tego nie widziała, domyśliła się, że położna położyła dłonie na brzuchu rodzącej. Obrzuciła wzrokiem komnatę, zatrzymała spojrzenie na skrwawionym ręczniku, który spadł na posadzkę. Domka podniosła go i wrzuciła do kosza z brudną bielizną. Poprawiła, by nic nie wystawało. Jadwiga skinęła głową Stanisławie.

— Proś Jałbrzyka.

Wszedł zdrożony. Siwe włosy przygładził dłonią, ale nie mógł ukryć, że są brudne, kaftan zmienił, ale jego buty, uwalane zaschniętym błotem, żółtym, szarym, brunatnym, pokazywały, jak daleką drogę przebył i jak się spieszył. Twarz pewnie obmył po wjeździe na Wawel, lecz w bruzdach i zmarszczkach został kurz, który wżarł się w skórę.

— Najjaśniejsze panie — pokłonił się głęboko.

Władek wciąż wysyła do mnie Jałbrzyka — pomyślała, patrząc na niego z obudzoną nagle tkliwością — jak w czasach, gdy był kujawskim księciem, gdy „Pod wiatr" znaczyło „prowizorka, jakoś to będzie i hej do przodu, druhowie".

— Mów, proszę — zachęciła go i stanęła przed łożem Anny, jakby chciała ją przed nowinami zasłonić.

— Broniliśmy Kujaw — zaczął i odchrząknął. — Staliśmy nad Wisłą, pilnując, by się na nie nie wdarli. Dojechali do rzeki, zobaczyli nasze chorągwie i zawrócili...

Jadwiga usłyszała za plecami oddech ulgi synowej. Gdybym była młodsza — pomyślała — też w tym miejscu odetchnęłabym. Ale nie jestem — zagryzła wargi.

— ...Luksemburczyk wspierany przez Krzyżaków na naszych oczach uderzył na Dobrzyń i go zdobył...

— Ach! — jęknęła Anna.

Jałbrzyk zamilkł w pół słowa i spojrzał na osłonięte przed jego wzrokiem łoże, potem zerknął pytająco na Jadwigę.

— Mów dalej — skinęła mu głową.

— Mogliśmy tylko patrzeć, jak oblega gród. Oddzieleni od Dobrzynia rzeką, bezsilni — głos lekko mu zadrżał. — Wisła za szeroka w tym miejscu na płonące strzały, ale Borutka i Marcin Ogończyk dostali od króla oddział. — Ton Jałbrzyka rozkręcał się jakąś nutką nadziei. — Ruszyli wzdłuż rzeki i ostrzelali łodzie z krzyżackim transportem.

Spyża, groty strzał, groty włóczni, wino dla wielkiego mistrza, drabiny oblężnicze, zwoje lin konopnych, żywe kurczęta w klatkach, co tam było dobra...

— Co dalej?! — przerwała Jałbrzykowe wyliczanie Anna, a Jadwiga usłyszała, że znów oddycha coraz głośniej. Może wróciły skurcze?

— Dalej było gorzej — powiedział wprost i królowa zrozumiała, że jeśli z ust Jałbrzyka padają takie słowa, to znaczy, że było fatalnie. — Obsadzili Dobrzyń krzyżacką załogą i ruszyli wzdłuż Wisły na południe...

Następny jest Płock — pomyślała Jadwiga z ulgą.

— Uderzyli na Płock — powiedział Jałbrzyk — ale go nie palili. Po krótkiej walce książę Wacław otworzył im bramy. Reszty dowiedzieliśmy się od uciekinierów. Jan Luksemburski zhołdował księcia, Wańka klęknął i przysiągł mu wierność po wsze czasy...

— Ale dlaczego? — przerwała Jałbrzykowi. — Przecież tam książę Wańka, sojusznik najbliższy Krzyżaków?

— Szczegółów nie znamy, królowo. — Oczy Jałbrzyka były siwe i przymglone, jakby odbijały się w nich dymy pożogi. — Relacja była od prostych ludzi, a gdzie im tam rozumieć, co mają na myśli panowie. Mówili tylko, że Wańka nie chciał, że się stawiał, że kilkunastu ludzi poległo, a potem to już klęczał i odbierał z rąk Luksemburczyka własną chorągiew. Tydzień później doszła nas wiadomość od jednego kanonika z kapituły płockiej, że w akcie lennym król Czech nazwał się dziedzicem całego Królestwa Polskiego, a nie tylko Starszej Polski.

— Ach! — ostro krzyknęła Giedyminówna. Jałbrzyk spojrzał na Jadwigę wystraszony. Odwróciła się ku łożu i spytała:

— To już?

— Lada chwila — odpowiedziała za rodzącą położna.

— Niech jeszcze mówi — wydusiła z siebie Anna. Jej twarz znów poczerwieniała i pokryła się potem.

Pewnie zaczęły się kolejne skurcze — ze współczuciem pomyślała Jadwiga i ponagliła Jałbrzyka.

— Z Płocka Krzyżacy i Jan Luksemburski wrócili do Torunia dzielić łupy, a potem czeski król ruszył z powrotem do Wrocławia.

— Jeśli to wszystko — weszła mu w słowo Jadwiga — to dziękuję.

— Nie wszystko — pokręcił głową. — Król Władysław z królewiczem Kazimierzem podążali za wojskami Luksemburczyka, bojąc się, że ten po ogłoszeniu się dziedzicem całego Królestwa w drodze powrotnej zaatakuje. Tak pewnie by się stało, ale nasze wojska...

— To już, królowo! — przerwał mu głos Miłochny. Do tej pory cierpliwa i opanowana położna krzyknęła tak, że Jadwiga odwróciła się na pięcie, weszła za kotarę i dopadła do łoża Anny. Stanisława podbiegła do nich. Brzuch Litwinki był znów odsłonięty, ręce położnej poruszały się między jej rozwartymi nogami. Anna oddychała gwałtownie, to znowu zagryzała wargi z bólu.

— Wytrzymaj jeszcze trochę — poprosiła położna. — Już je mam... okręcam...

— Ach... — jęknęła Litwinka, a Domka dopadła do niej i położyła mokry ręcznik na głowie. Miłochna syknęła i pomocnica natychmiast podała jej miskę z wodą. Położna wyjęła zakrwawione dłonie spomiędzy nóg Anny i obmyła w wodzie.

— Przekręciłam dziecko — powiedziała — ale nie udało mi się ułożyć go główką do wyjścia.

— To jak? — wyspała przerażona Litwinka.

— Najpierw wyjdą nóżki, pomogę ci. — Głos położnej znów brzmiał kojąco, ale spojrzenie, jakie rzuciła Jadwidze, było niespokojne.

— Mów, jak? — poprosiła Jadwiga, ale Jałbrzyk za zasłoną zrozumiał, że to do niego, i choć wszystkie kobiety były za kotarą łoża rodzącej, zaczął opowiadać dalej:

— Nasze wojska podążały wzdłuż linii wojsk Luksemburczyka i ten nie odważył się atakować. Na Wielkanoc dotarł do Wrocławia i tam został, a król zatrzymał się w Poznaniu i upewniwszy się, że Jan nie zamierza wracać, zaczął rozpuszczać nasze wojska. Musieli się o tym dowiedzieć Krzyżacy i komtur Lautenburg przeszedł Wisłę pod osłoną załóg z Dobrzynia i wtargnął do Włocławka...

— Nie!... — krzyknęła Anna.

— ...tak, pani. W Niedzielę Wielkanocną, w Święto Zmartwychwstania złupili katedrę i miasto biskupa Macieja...

— Nie dam rady!... — pod naciskiem skurczów jęknęła Litwinka.

— Dasz, dasz, oddychaj — uspokoiła ją położna.

— Matko, ratuj! — zawyła przerażona Anna i jej ciało naprężyło się jak do skoku.

— Tu nie ma jej matki — szepnęła Stanisława. — Może ona straciła rozum w gorączce? Może pomieszały jej się zmysły z bólu?

— Co ty, nie rodziłaś? — skarciła ją szeptem Jadwiga. — Nie takie rzeczy krzyczymy, jak przyjdzie nasz czas. Dobrze, że tłumią ją cztery ściany komnat. Krzycz, Anno — powiedziała do synowej.

— Matko! — odpowiedziała natychmiast. Jej palce konwulsyjnie szarpały prześcieradła.

— Oddychaj — powtarzała Miłochna.

— Ja jej pomogę — oświadczyła Jadwiga. — Jestem jedyną matką, jaka jej została.

— Jest jeszcze Matka Boska — szepnęła Stasia.

Sine baty żył prężyły się wokół brzucha rodzącej, a jej czerwona, nabrzmiała z wysiłku twarz była bólem i przerażeniem. Jadwiga przyklęknęła przy łożu i złapała Annę za rękę.

— I Matka Jemioła — dorzuciła zza wezgłowia panna służąca.

— Przybyła tu? — spytały jednocześnie Stasia i Jadwiga.

— Nie, ale list przysłała do miłościwej pani. Położyłyśmy na stole...

— Trzymaj się mnie — powiedziała do Anny Jadwiga. — I krzycz, ile zechcesz.

— Aaa! — zawyła Litwinka.

Miłochna pochyliła się między nogami rodzącej, Domka stała tuż za nią, z czystym ręcznikiem przerzuconym przez ramię, z dzbanem wody, uważna i czujna.

— Stópki już wyszły, obie — zameldowała spokojnym głosem Miłochna. — Odwagi, pani!

— Widzisz? — ucieszyła się Jadwiga, a Anna wbiła jej palce w nadgarstek tak, że omal nie złamała kości. — Wyskakuje! Oni tacy są. Do wszystkiego pierwsi. Najpierw nogi, potem głowa. Najpierw robią, potem myślą. Dziewczynki zawsze główką, mówię ci.

— Aaa! — Krzyk Anny był rozdzierający, ale poluźniła chwyt na nadgarstku Jadwigi. Królowa jednak nie cofnęła dłoni.

— Przyj — rozkazała Miłochna. — Przyj!

— Już nie mogę! — jęknęła wymęczona Litwinka.

— Nie ma drogi powrotnej — kojąco, lecz stanowczo powiedziała położna. — Urodzisz. Najtrudniej będzie na końcu, bo główka największa.

— Nie dam rady — wyszeptała Anna.

— Zbierz siły, czekaj, czekaj... Przyj! — nakazała Miłochna.

Anna zawyła, teraz Jadwiga chwyciła ją za rękę, chcąc dodać jej odwagi. Spocone palce synowej zacisnęły się wokół jej dłoni.

— Mówią, że będą nas chronić, a na końcu zostajemy same. Ja wszystkie dzieci rodziłam, gdy on był na wojnie... albo na polowaniu, albo... Bóg wie gdzie. My, kobiety, nie przelewamy krwi wrogów, tylko swoją, takie właśnie jest życie. Przyj, Anno. Obcujemy z krwią i zbyt ją cenimy, by sięgać po cudzą. Przyj, dziecko, przyj.

— Oddychaj głęboko. — Stasia obeszła łoże i stanęła po drugiej stronie rodzącej. — Już bliżej niż dalej, już niedługo weźmiesz dzieciątko w ramiona...

Jadwiga widziała, jak pękają żyłki w białkach oczu Anny, i bała się tak bardzo, że pomyślała, iż serce jej pęknie. Dziewczyna wyglądała, jakby miała wybuchnąć.

— Oddychaj — poprosiła ją czule. — Oddychaj, to prawie już...

Litwinka chrapliwie złapała powietrze i ostatkiem sił naprężyła mięśnie. Już nie miała siły krzyczeć.

— Jest! — powiedziała położna spomiędzy jej nóg. — Urodziłaś!

— Słyszysz? Urodziłaś! — krzyknęła Jadwiga i w przypływie radości pocałowała Annę w czoło.

— Co? — sapnęła Anna.

Miłochna nie odpowiedziała, Jadwiga nie mogła dostrzec, bo położna chwyciła sinoczerwone ciałko za nóżki i opuściła głową w dół, delikatnie poklepując po pleckach. Widziały tylko tył dzieciątka, a położna walczyła o jego pierwszy oddech.

— Żyje — powiedziała Stasia, bo zobaczyły, jak ciałko wygina się, i usłyszały odkrztuszanie.

— Mów! — krzyknęła jakąś nadludzką mocą Anna.

— W tę samą Wielkanoc, gdy wojska krzyżackie złupiły Włocławek... — dobiegł ich głos Jałbrzyka. Kobiety spojrzały po sobie zaskoczone. Zapomniały, że tam był. — Jan Luksemburski we Wrocławiu zhołdował resztę książąt śląskich, Bolesława z Brzegu, tego grubego, dawnego zięcia Przemyślidów i jego brata, Władysława, co mówią o nim „szaleniec". I dwóch książąt głogowskich, Henryka i Konrada. Niemal cały Śląsk przyłączony do czeskiej korony. Król Władysław powiedział, że sojusz Luksemburczyka i Krzyżaków okazał się dla nas zbyt mocny. Przegrywamy, pani.

Słyszała, co mówi, ale myślała tylko o tym, na co patrzy. Maleńka dziewczynka wreszcie złapała oddech i zaczęła kwilić.

— My też — odpowiedziała wreszcie Jałbrzykowi. — Jedź do króla i powiedz, co widziałeś.

— To znaczy co? — nie zrozumiał Jałbrzyk. — Zasłona, pani.

— Powiedz, że Anna urodziła córkę — rozkazała i pochyliła się nad dziewczynką. — Mogę? — spytała Litwinkę. Dziewczyna ruszyła głową i śledziła ją wzrokiem spod opuchniętych powiek. Usłyszały, jak zamykają się drzwi za Jałbrzykiem. Miłochna podała dziecko Jadwidze. Wzięła ją ostrożnie w ramiona i popatrzyła na czerwoną, wymęczoną twarzyczkę.

— Ciii, maleńka — szepnęła do niej. — Witaj w królewskiej rodzinie. Przyszłaś na świat w ciężkim czasie, ale nie bój się, u nas rzadko są lepsze.

Usłyszała szloch Anny. Podeszła do niej z dzieckiem.

— Twoja matka to dzielna kobieta, jesteśmy z niej dumne — powiedziała dziewczynce. Anna przestała szlochać, uniosła zbolałe spojrzenie na Jadwigę. Popatrzyły sobie w oczy i królowa podała córkę matce.

— Nie wypełniłam zadania — wyszeptała Anna, tuląc córeczkę.

— Oni też — wzruszyła ramionami Jadwiga. — Wiesz, co powie król, jak wróci? „Następnym razem się uda". I my mamy dla niego taką samą pociechę, jak on dla nas. Odpocznij. Miłochna zajmie się tobą. I... — Rozejrzała się za pomocnicą położnej. Dziewczyna w lot skoczyła ku łożu. — Co to za imię, Domka? — spytała Jadwiga.

— Domaczaja — dygnęła, chowając pod chustkę warkocz. — Znaczy ta, która czeka w domu.

— Mogłybyśmy tak dać na imię małej — uśmiechnęła się do Anny Jadwiga. — Ale nie damy. Musi dostać imię dla dynastii. Elżbietę już masz, mój mąż uważa, że to najlepsze imię dla przyszłej królowej.

— Może Jadwiga? — cicho powiedziała Anna i popatrzyły na siebie.

— Daj jej Kinga — wspaniałomyślnie ustąpiła. — Kunegunda.

— Dobrze, pani — odpowiedziała synowa.

— Odpocznijcie — pokiwała głową i ruszyła do wyjścia. Po drodze chwyciła pergamin.

W swojej komnacie poprosiła o światło i kielich węgierskiego wina. Chwilę patrzyła na pieczęć odbitą w zielonym wosku. Liść. Jaka to roślina? — zastanowiła się i upiła łyk. Odwinęła list i zaczęła czytać. Po kilku zdaniach cofnęła wzrok do pierwszej linii.

— To niemożliwe — wyszeptała, wypiła kolejny łyk wina i odstawiła kielich.

„Królowo, połączmy siły dla dobra kraju i Królestwa. Z mego matecznika wyszła niejedna dzielna i mądra kobieta, tak jak i twoja dynastia wydała ich wiele. W nas, kobietach, jest mądrość życia i wiedza, że nie można go dać bez krwi. Jest w nas wytrzymałość i odwaga. Dzielność i cierpliwość. Kobiecość daje moc, sięgnijmy do niej. Twój mąż złamał dane mi słowo. Ja swojego dotrzymam, bo natura nie kłamie. Wesprzyj mnie, to nie tylko moja sprawa, ale twojego Królestwa".

Atrament miał odcień zielony jak woda w głębinie jeziora. Litery były wysmukłe, starannie wykończone i wiły się na podobieństwo pędów polnego powoju. Jadwiga sięgnęła po kielich i wyszeptała zdumiona:

— To nie łacina... Jemioła napisała do mnie po polsku.

WINCENTY NAŁĘCZ z trudem krył ukontentowanie z zajmowanego miejsca. W Okrągłej Sali poznańskiego zamku, tu, gdzie kiedyś biesiadował król Przemysł, siedział on, wojewoda poznański. To wystarczyłoby do dumy. Ale fakt, iż to jemu, a nie staroście Krzywosądowi z Toporów czy kasztelanowi poznańskiemu Piotrowi Doliwie, król powierzył obowiązki gospodarza spotkania, napawało go satysfakcją. W odniesieniu do małopolskiego starosty, złośliwą. Król Władysław spędził w Poznaniu Wielkanoc. Ponure święta po utracie Dobrzynia. Gdy wyjeżdżał, dowiedzieli się o złupieniu przez Krzyżaków Włocławka; król powiedział: „Nałęczu, daj mi rozejm z Brandenburgią natychmiast". A do starosty i kasztelana: „Umiecie mu pomóc, pomóżcie. Jeśli nie, nie wchodźcie mu w drogę. Plan ma dobry, ufam mu". Kanclerzowi Piotrowi Żyle szepnął: „Przejrzyj akty, które będzie spisywał z Brandenburczykami", tyle że to ostatnie król zrobił za jego plecami. Wie od Zbysławy, jego żona sobie znanym sposobem potrafiła pozyskiwać różne wiadomości.

Teraz, pięknie ubrana, z dystynkcją zabawia gości. W dopasowanej na jej smukłej sylwetce ciemnoniebieskiej sukni, w płaszczu udrapowanym na ramionach; potrafi go przytrzymywać lewą ręką tak, że materia wciąż układa się doskonale. Moja żona umie wydobyć swoje najlepsze strony — myśli z dumą Wincz, patrząc na nią. Z daleka wciąż wygląda na młódkę, a przecież była nią w czasach Przemysła. To był jej pomysł, by arrasy ze scenami arturiańskimi, które kochał król Przemysł, a nienawidził król Władysław, zastąpić nowymi. Tkaczki nie zdążyły ze wszystkim na dzisiejszą uroczystość, więc na głównej ścianie za jego plecami powieszono jedyny gotowy, wyobraża rozłożyste drzewo. Boki Zbysława kazała uzupełnić rozpiętym na ramach zielonym płótnem.

Jakbyśmy ucztowali na polanie w lesie — ocenił z uznaniem. Pod utkaną koroną drzewa czuł się doskonale.

— Hassonie, Wedegonie — uśmiechnął się szeroko do brandenburskich gości — wasze zdrowie!

— Zdrowie starostów Nowej Marchii wznosi starosta Starszej Polski! — szybko wtrącił się Krzywosąd siedzący między jednym Wedelem a drugim.

Wedegona Wincz znał z wesela swojej Gosieńki, jego brata, Hassona, poznał w czasie prac nad rozejmem. Obaj byli pierwszymi urzędnikami Ludwiczka Wittelsbacha w Marchii. Łaskawie pozwolił Krzywosądowi się odezwać, bo wyjątkowo zrobił to we właściwym miejscu.

— Zdrowie wójta Betkina von der Ostern! — dorzucił swoje kasztelan poznański, stary Piotr Doliwa.

— Jeśli wypiję kolejne za pomyślność jego żony, a mojej córki Małgorzaty, wybaczycie mi toast prywatny? — ze śmiechem spytał Wincz, unosząc kielich w stronę tyczkowatego zięcia. — Wasze małżeństwo, Betkinie, to jak symbol naszego dzisiejszego spotkania! Pogranicze trwale związane sojuszem i to takim, który zawiera się z miłości, nie pod przymusem!

Betkin odpowiedział mu ponurym spojrzeniem, ale Hasson i Wedegon von Wedel nie zobaczyli tego. Zbysława ruszyła ku nim chwilę wcześniej i gdy zięć chciał przyszpilić go wzrokiem, zasłoniła ten widok przed oczami Wedelów płaszczem, który nagle ożył w jakimś dworskim geście. Wincz rozparł się wygodniej w wysokim krześle i uśmiechnął.

Też żałował, że ojciec Betkina, Burchard, nie dożył tej chwili. Wolał ugadywać się ze starym niż młodym, ale co zrobić, życie! Burchard po jego zeszłorocznej wizycie zdążył odwiedzić Wedegona, pogadać z nim, a potem zasłabł i zmarł. Tyczkowaty Betkin oskarżał Wincza o śmierć ojca. Nie, że go zabił, ale że wystraszył śmiertelnie. Bzdura. Burchard był żylastym starym rycerzem, tacy nie umierają ze strachu. A Betkin lepiej by zrobił dla pamięci ojca, gdyby takich głupot nie gadał, bo wstyd. Skaza na honorze rycerskim starego. Na szczęście w domu Betkina von der Osten, jedynego dziedzica Burcharda, rządzi jego Gosieńka. Dziewczyna ma głowę na karku; przypilnowała mężusia, by wziął wójtostwo po zmarłym i by się razem ze starostami Wedelami nad rozejmem pochylił. I oto są! Oto gości ich w Poznaniu, poi najlepszym winem, karmi pasztetem z jelenia i potrawką z bobrzych ogonów.

— Doskonałe — zamlaskał okrągły niczym kula Wedegon von Wedel. — Nigdy nie jadłem, a takie dobre.

— I w pewnym sensie, to danie postne — odezwał się na to biskup poznański, Jan Doliwa.

— Jakże to? — zdziwił się Betkin, nie mając pojęcia, że z tą miną wygląda głupio. — Bóbr to mięsiwo.

— Bóbr pływa, zatem zdaje się jednak być rybą — oznajmił biskup — a jako taka nadaje się na stół postny.

— Smakuje — kiwnął głową Hasson. — Jako ryba smakuje i jako mięsiwo.

— To nasza rodzinna receptura — powiedział Wincenty. — Moja żona zna jej sekretne składniki.

— Skoro tajemnicę zna tylko pani wojewodzina — natychmiast wtrącił swe trzy grosze jego zięć — to znaczy, że receptura pochodzi z jej rodziny. Od Zarembów.

— A jeśli coś przyniosła do twego domu moja Gosieńka, to czyje jest? — złapał go za słowo Wincenty i Betkin został z tą niemądrą miną, a Wedelowie się roześmiali wespół.

Uczta biegła żwawo i im bliżej końca, tym bardziej Wincenty się denerwował, a im bardziej był spięty, tym chętniej dokuczał zięciowi. Wreszcie goście zaczęli opuszczać Okrągłą Salę, choć Krzywosąd chętnie by sobie jeszcze postarostował. Zbysława z właściwym sobie taktem wzięła go pod ramię i wraz z innymi poprowadziła do sąsiedniej komnaty, gdzie przygotowano stoły zastawione winem, miodem i kołaczami. Tam gospodarzyć mają starosta z kasztelanem. Topór z Doliwą obiecali zająć się towarzyszami brandenburskich gości, podczas gdy on, Wincenty Nałęcz, dopiąć ma królewski rozejm.

Gdy zostali sami, Wedegon i Hasson w jednej chwili spoważnieli. Betkin i tak był ponury, odkąd przybył, więc i taki pozostał. Wincenty przeszedł do rzeczy.

— Czy podtrzymujecie chęć zawarcia rozejmu? — spytał starostów brandenburskich.

Okrągła i jeszcze chwilę temu pogodna twarz Wedegona stężała, gdy powiedział:

— Sporo się zmieniło.

— Nie tak wiele — odpowiedział Nałęcz. — Wasz cesarz wciąż nie wrócił z Italii. Marchia nadal w pieczy jego nieletniego syna. A mój król nie zapomniał o gniewie.

— Twój król — powiedział Hasson, cedząc słowa — ma na głowie wojnę. Jego wrogowie zawarli w Toruniu „święte przymierze" i dali w Dobrzyniu i Włocławku odczuć, że nie zrobili tego dla żartów.

— W tej sytuacji uważamy — wszedł mu w zdanie brat Wedegon — że Brandenburgia jest bezpieczna i bez rozejmu. Po co twój król miałby uderzać na nas, skoro jego śmiertelni wrogowie są gdzie indziej?

— Po co my mielibyśmy się narażać tym samowolnym rozejmem naszemu władcy? — przejął wątek Hasson.

Wyglądają jak dwa leniwe, upasione kocury — pomyślał Wincz — a polują jak drapieżniki. Przerzucają sobie mnie z łap do łap.

— Bo wasz władca z tronu cesarskiego w Italii nie patrzy na was i was nie widzi — odpowiedział im głośno. — I palcem nie kiwnie, jeśli mój król znów zrobi rejzę brandenburską. Z dalekiej Italii nie zobaczy, jak palą się wasze grody i wsie.

Wedelowie zmrużyli oczy, najpierw jeden, a potem drugi, zaś Betkin siedział nieporuszony z tą samą miną co na uczcie.

— Królowie są nieprzewidywalni — dodał Wincz. — I bardzo potrzebują tryumfów. Jeśli mój król uzna, że po porażce z Krzyżakami przydałby mu się łatwy łup, wezwie Litwinów i zrobi to, co udało mu się poprzednio: spustoszy Brandenburgię.

— Ostrzegając nas przed atakiem, zdradzasz swego władcę — uprzejmie odpowiedział Hasson.

— Nie — zaprzeczył Wincenty. — Powtórzę, co mówiłem świętej pamięci Burchardowi: jako wojewoda Starszej Polski nie będę mógł was chronić. Będę musiał prowadzić wojska. Takie są moje nowe obowiązki. A wolałbym jeździć w wasze strony z odwiedzinami do przyjaciół, tak jak wy dzisiaj odwiedzacie przyjaciela w Poznaniu.

— Wedegonie — odezwał się nagle jego zięć — Hassonie. Słyszeliście, że Luksemburczyk zaczął się tytułować „prawym dziedzicem królestwa". Jeśli uderzy na Starszą Polskę, kolejni będziemy my. Nie wybaczył cesarzowi, że ten nie dał mu Brandenburgii w lenno, jak obiecał, tylko powierzył władaniu Ludwiczka. Sami musimy o siebie zadbać.

— Mój zięć mądrze mówi — odpowiedział Wincenty i naprawdę był mu wdzięczny.

— Wy, jako starostowie Ludwiczka w Brandenburgii, pod nieobecność władcy macie moc działania — dorzucił Betkin. — Ja stanę z wami.

— A jeśli cesarz po powrocie z Italii każe nas za to uwięzić? — ostro zapytał Wedegon. — Wchodzimy mu w kompetencje, nie rozumiesz tego?

— Wszyscy pojmujemy delikatność sytuacji — wziął na siebie wybuch Wedela Wincenty. — Żadna ze stron nie może zawrzeć układu w imieniu władcy. Ale jako włodarze nadgranicznych ziem możemy ułożyć się między sobą. Dając sobie wzajemnie gwarancję pokoju.

— Czy takie coś będzie respektował twój król? — prychnął Wedegon.

— Tak — powiedział Wincenty. — Mam jego słowo.

— Mamy zaufać jego słowu? — syknął Hasson. — Po tym, co zrobił dwa lata temu?

— Dlatego przejdźmy na słowo pisane — ruszył do ataku Wincz. — Ja i moja rodzina będziemy gwarantami pokoju ze strony polskiej. A wy i wasze rody ze strony brandenburskiej. Tak to widzę.

Wedelowie mierzyli się spojrzeniami.

— Gdzie miejsce na gwarancje króla? — spytał w tym czasie Betkin.

— Poproszę go, by zatwierdził układ zawarty przez swego wojewodę. A wy poprosicie o to samo Ludwiczka, zanim stary Ludwik wróci z Italii w cesarskiej glorii.

Bracia Wedelowie, po stokroć ważniejsi w hierarchii od Betkina, wciąż wpatrywali się w siebie nawzajem, jakby potrafili rozmawiać oczami. Wincenty Nałęcz miał wrażenie, że ich herby, czarne koła na złotym tle, obracają się wolno.

Złowieszcze jak koła Fortuny — pomyślał, starając się, by nie było po nim widać zdenerwowania. Musiał dać królowi ten układ, gwarancję, że Brandenburgia nie weźmie na Królestwie odwetu za najazd sprzed dwóch lat, choć wszyscy dobrze wiedzieli, że dla Marchii to najlepszy moment. Krzyżak od północy, Czech od południa, nic tylko uderzyć z zachodu i roznieść w pył.

— Wschód, ciągle problem ze wschodem! — westchnął Wedegon, przerywając grę w spojrzenia ze swym bratem.

— Tu wstaje słońce — uśmiechnął się Nałęcz, rozciągając na siłę obolałe od zaciskania szczęki.

— Zgoda — powiedzieli jednocześnie Wedelowie i nie mógł z ich tonu wywnioskować, czy zgadzają się na układ, czy tylko z tym, że słońce wstaje na wschodzie.

Zaryzykował:

— Zatem wina? Za owocne rozmowy.

Znów spojrzeli na siebie, tym razem unosząc brwi. Wedegon skrzywił się lekko.

— Nie obraź się, wojewodo, ale nie smakuje mi wasze wino.

Wincenty poczuł, jak wzburzenie podchodzi mu do gardła.

— Jest dla nas odrobinę za kwaśne — dorzucił Hasson.

Igrali ze mną — przełknął wściekłość.

— Ale na weselu Betkina i twojej córki piłem dobre piwo. Wyśmienite, herbowe. Pamiętasz, Betkin?

— Z Grodziszcza — kiwnął głową jego zięć. — Od Borkowiców, poprzedniego wojewody browar.

— Skoro zawieramy układ z pozycji sąsiedzkich, możemy go uczcić po prostu piwem? — niewinnie spytał Wedegon.

Ulga uderzyła w Wincza równie mocno jak chwilę wcześniej gniew.

— Możemy go uczcić i paleniem ognisk! — zaśmiał się Wincenty i zobaczył, jak oblicza chytrych kocurów zmieniają się w wystraszone kotki.

— Mój teść żartuje — szybko powiedział do starostów Betkin.

— Pewnie — przytaknął Wincz. — Ugaśmy piwem sąsiedzki pożar!

ZBYSŁAWA ZAREMBÓWNA dyskretnie dała znać służbie, by doniesiono kołaczy na główny stół, przy którym siedział starosta. Krzywosąd pochłaniał je, jakby nic nie jadł na uczcie.

— Wyborne! — uśmiechnął się do niej i rozłożył ręce przepraszająco. — Nie wiedziałem, że zrobię takie spustoszenie.

— Cieszy nas, że panu staroście smakuje — odpowiedziała, biorąc z rąk służki kosz kołaczy i osobiście postawiła tuż przy nim.

— ...miałem w planach nowe pola pod zasiewy — perorował obok kasztelan Piotr Doliwa — ale król nagle wydał zakaz karczunku. — Westchnął ciężko. — Łaska pańska na pstrym koniu...

— I nam najjaśniejszy pan przykazał, byśmy się wstrzymali z wycinką nad Wartą — wtrącił Grzymalita, Jarosław z Iwna, przyjaciel jej męża. A gdy stary kasztelan nie widział, przewrócił oczami, wyraźnie znudzony i odwróciwszy się, zaczął zabawiać Brandenburczyków.

— Daj i mnie kołacza, Zbysiu — sapnął z końca stołu stary Bodzęta Łodzia.

Zatrzymała się w pół kroku. Od tylu lat nikt nie powiedział do niej „Zbysiu". Podeszła do staruszka i poczęstowała go.

— Przysiądź na chwilę — poprosił. Odruchowo usiadła. Starzec wgryzł się w ciasto, aż okruchy posypały się po siwej brodzie.

Obok niego sączył miód Mroczek z Nałęczów, kanonik poznański i krewny jej męża. Na łysej czaszce Mroczka ciemne starcze plamy rozłożone były koliście, niczym tonsura, którą nosił, gdy jeszcze miał włosy. Przy Mroczku siedział stryj Jarosława z Iwna, sędziwy Bogusław z Grzymalitów, niegdysiejszy sędzia gnieźnieński. Opuścił ciężkie powieki i zdawał się podrzemywać cichutko. Popatrzyła na wszystkich trzech staruszków z nagłym rozczuleniem. Pamiętała ich z czasów świetności tego dworu za króla Przemysła. Przysypiający Grzymalita był ojcem jednego z przybocznych króla. Bodzęta, co zawołał ją „Zbysiu", to ojciec Lasoty z Łodziów, zwanego wtedy Wschodnim Wichrem. A stary kanonik? Zaraz... To przecież stryj Nawoja Nałęcza, Wichra Północnego.

Boże, a Południowy Wicher? Michał Zaremba, jej najbliższy krewny? Niektórzy mówią, że on wciąż żyje i po śmierci wojewody Marcina Zaremby zajął Jarocin i Brzostków. Mąż namawiał ją po wielekroć, by odszukali Michała, ale odmawiała stanowczo. „Jeszcze nie umiem się przemóc" — mówiła i to była prawda. Nigdy nie wybaczyła Michałowi, że zabił najmłodszego z jej braci, jedynego, z którym była blisko. Nieważne, co stało się tamtej nocy pod Rogoźnem, Michał był dla niej mordercą Wawrzyńca.

Bodzęta przeżuł kołacz, strząsnął wykrzywionymi palcami okruchy z brody i pokiwał głową.

— Bardzo dobre. Jak za starych czasów. Twoja żona, Bogusławie, też takie piekła — szturchnął Grzymalitę, a ten otworzył oczy, jakby wcale nie drzemał.

— Święta prawda — powiedział. — Tak było.

Kasztelan Piotr Doliwa u szczytu stołu zagadywał któregoś z ludzi Wedelów, śmiali się ostrożnie. Krzywosąd wypytywał o coś stryja jej męża, sędziego Wojsława, ten drapał się w głowę, aż wreszcie sobie przypomniał.

— Nie trzeba nam tu starostów rodem z Krakowa — burknął cicho kanonik Mroczek.

— Daj spokój, on już nasz — otarł usta stary Bodzęta.

— Może wasz — odpowiedział złośliwie kanonik. — Skoro wżeniliście go w Łodziów. Nas z nim nie łącz.

— Dobrze was widzieć — uśmiechnęła się Zbysława, przerywając spór staruszków. — Przypomniały mi się stare czasy czterech wielkich rodów. Tyle że czwartego już nie ma — westchnęła.

— Nie jesteś temu winna, Zbysiu — poklepał ją po ramieniu Bodzęta Łodzia. — Oni byli zbyt butni.

— I dobrze, żeś się w Nałęczów wżeniła — rozciągnął blade wargi w uśmiechu kanonik, stryj jej męża. — Z nami jesteś bezpieczna, bo my zawsze znamy swoje miejsce. — Pogroził paluchem komuś, nie wiadomo komu.

— A te dziewczątka, co razem z tobą były tu dwórkami, przepadły w domowych pieleszach — dorzucił Bogusław. — Nasza Anna poszła za mąż i już wnuki piastuje.

— Nasza Jadwiga zaschła w staropanieństwie — dorzucił stary Łodzia. — A ty się, Zbysiu, ładnie uchowałaś, za urzędem pniesz się w górę.

— Nie ja, tylko mój mąż — zaprzeczyła.

— To najlepsza dla kobiety droga. Przy mężu — pokiwał łysą głową Mroczek. — I dobrze, że się tobie trafiła.

Oni nie traktują mnie jak Zarembówny — dotarło do niej w jednej chwili. — Dla nich jestem już z domu Nałęczów.

— Prawda — kiwnęła głową. — Dałam Wincentemu trzech synów, a nasza Małgorzata brandenburski sojusz. Dostałam od Boga wiele.

Trzej starcy popatrzyli po sobie i potaknęli.

— Dla kobiety to dobrze, że może wejść do rodu męża — rzucił stary sędzia Bogusław. — I odciąć się od niecnych, a czasem i hańbiących rodowców.

— Nie płacz, Zbysiu — pogłaskał ją po ręce stryj jej męża. — Kobiety nie są temu winne. Zachłanność, buta, ambicja to przywary mężczyzn. Oni je rozwijali, oni chcieli wszystkiego…

— I oni wszystko stracili — mściwie dorzucił sędzia Bogusław.

— Bóg pokarał — dołożył stary Łodzia.

— Ale ty jesteś nasza — przypomniał kanonik Nałęcz.

— Tyle razy ten zamek był świadkiem nieokiełznanej pychy Zarembów — powiedział nagle Bodzęta Łodzia, wpatrując się zamglonymi oczami w przestrzeń. — Mieli wszystko, a chcieli jeszcze więcej. Każdy to widział, nie kryli się z tym.

— Rogoźno to ich wina — mściwie powiedział Mroczek Nałęcz i zakręcił głową, aż jego łysa czaszka zalśniła.

— Straciliście synów, waszych Wichrów — powiedziała cicho.

— A Królestwo króla — dopowiedział Łodzia.

— Diabeł tańczył za zapustach w Rogoźnie — sapnął ponuro Grzymalita. — Nie musiało tak być.

— Ale stało się — dziwnym tonem oświadczył Nałęcz i zacisnął pięści. Grzymalita spojrzał na niego ciężko i ten natychmiast rozprostował palce na stole, jakby chciał się przytrzymać blatu. Zamilkli jak na komendę, cisza była niezręczna. Przerwał ją Bodzęta:

— Przyniesiesz, Zbysiu, jeszcze tego kołacza? Bogusław nie spróbował.

— Sam zżarłeś — wytknął mu Grzymalita. Znów zamienili się w zwykłych, zrzędliwych staruszków.

— Przyniosę — podniosła się od stołu i ruszyła w stronę drzwi. Złapała za ramię służkę.

— Donieś kołaczy tym trzem starcom i pilnuj uczty — rozkazała i wyszła.

Musiała złapać haust świeżego powietrza. Zbiegła na dziedziniec.

Przeklęte stare dziady! — pomyślała, odsuwając płaszcz, który ją dusił. Kipiała złością stłumioną tam, na górze. Musiała wbijać sobie paznokcie w dłonie, by nie wybuchnąć, gdy obrażając jej ród, mówili do niej „przynieś kołacze, Zbysiu". Otrząsnęła się z obrzydzenia i podjęła decyzję. Chowając się w podcieniu zamku, przeszła dziedziniec i pchnęła małe drzwi wiodące do piwnic. Namacała kaganek stojący przy zejściu na wąskie schody. Skrzesała ogień i unosząc suknię, zeszła do sądowego archiwum. Miała klucz. Odcisnęła go w wosku, gdy sędzia Wojsław wyszedł któregoś razu za potrzebą. Zaniosła odcisk do czeladników w Szamotułach i kazała sobie zrobić klucz według niego. Trochę się zacinał, ale otwierał zamek.

Weszła do środka, pochylając się nisko. Ustawiła kaganek na skrzyni i zamknęła za sobą drzwi. Dorobiła klucz, bo przeczytali z Wojsławem wszystkie akta z procesu i wiedziała, że dalsze naleganie na sędziego będzie niestosowne. Śledząc je, oboje mieli wrażenie, że ktoś opowiedział przebieg zajść w Rogoźnie, ale nigdzie imię tego świadka nie padło i mniej uważny czytający mógł wziąć to za zeznania Michała Zaremby. Tyle że więcej dokumentów procesowych nie było. Nie mogła naciskać na Wojsława, bo i czego mieliby szukać? A że cały proces prowadzony był tak, jak rozmowa trzech staruchów na uczcie? Wyrok wydany, Zarembowie winni, sprawa skończona.

Poświeciła po półkach. Wyroki, ułaskawienia, wszystko to sprawdzili z Wojsławem. Nadania książęce, królewskie, to na nic się nie przyda. Potwierdzenia aktów prywatnych. Już miała się odwrócić, gdy jej uwagę przykuły sznurki do pieczęci. Wojsław pokazał jej za pierwszym razem, że każdy z sędziów miał inny kolor sznurka. Jest. Szary z zielonym, Gniew Doliwa. Wyciągnęła pergaminy i przeniosła na skrzynię. Rozwijała kolejno. Doliwowie kupili kawał lasu nad Wartą. Łodziowie sprzedali wieś. Grzymalici sprzedali wieś.

— Zaraz — szepnęła sama do siebie. — Taki zbieg okoliczności? Piotr Szymonowic, dzisiejszy kasztelan poznański, kupił od sędziego Bogusława Grzymality wieś. Ten sam Piotr kupił wieś od Bodzęty Łodzi, który przed chwilą pożerał jej kołacze. A las sprzedał Doliwie kanonik Mroczek. Trzech dziadów z uczty.

— Nie bądź mściwa — tłumaczyła sama sobie, sprawdzając zapisy. — Pozbądź się uprzedzeń. Do licha! — zaklęła. Te trzy transakcje łączyło jedno. Ceny. Wieś tańsza od konia? Las wart tylko tyle co jałówka? Zrobiło jej się gorąco, potarła czoło dłonią, otrząsnęła ją z obrzydzeniem, była zakurzona i pokryta pajęczyną. Wszystkie zawarte w obecności sędziego Gniewa Doliwy. I wszystkie potwierdzone przez starostę króla Václava II. Data? Zaraz po tym, jak wypuszczono z lochu Michała Zarembę.

Piotr Doliwa dorobił się na tych transakcjach małym kosztem — pomyślała, zwijając dokumenty. — Sędzia, jego rodowiec, poświadczył, starosta nietutejszy, cen nie znał, potwierdził. Za co staruchy zapłaciły Doliwom?

Za wyrok skazujący Zarembów — podpowiadało jej serce i wiedziała, że nie może mu ufać. Że będzie broniła swego rodu do upadłego, bo tylko to chroni ją przed szaleństwem. Muszę z kimś porozmawiać — pomyślała. — Z Wincentym? Nie. Mroczek Nałęcz, kanonik, sprzedał Doliwie las. Wincenty weźmie stronę starego rodowca. Z Michałem. Muszę się przemóc i pomówić z Michałem Zarembą.

Trzęsły jej się ręce, gdy układała pergaminy tam, skąd je wzięła. Drżały, gdy zamykała za sobą małe drzwi do archiwum. I kiedy odstawiała kaganek na miejsce.

Otrzepała je z kurzu, poprawiła włosy. Wyszła na dziedziniec, prostując plecy. Lewą dłonią chwyciła poły płaszcza i unosząc wysoko podbródek, ruszyła z powrotem na ucztę. Dostrzegła wychodzących z zabudowań skrybów kanclerza Piotra Żyły i światło w małym okienku kancelarii. Jarosław z Iwna niemal wyskoczył z zamku. Zobaczył ją, zmienił kierunek i podszedł do Zbysławy.

— Mój mąż? — spytała.

— Z gośćmi.

— Udało się?

— Tak, ale wytargowali jeszcze jedno spotkanie.

— Gdzie?

— U siebie, w Landsbergu.

— Chcą swoich legistów — domyśliła się. — Nie zatrzymuję.

— Ja... — Jarosław zawstydził się jak młodzik. Niepotrzebnie, cóż dziwnego, że chce ulżyć pęcherzowi po uczcie. Ruszyła do wejścia.

— Pani wojewodzino — nisko ukłonił jej się bratanek kasztelana Piotra Doliwy.

Skinęła mu głową tylko tyle, co trzeba. Wiedziała, ile. Była Zarembówną.

JANISŁAW miał towarzyszyć królowi w spotkaniu, które im obu ciążyło od czasu rozmów na szczycie wawelskiej wieży. Nie puściłby Władysława samego, za nic. Ale poprosił króla o dwa dni zwłoki, bo nim ponownie staną do rozmów, musi wziąć na arcybiskupie barki cierpienie swego brata w posłudze.

Zbliżał się do Włocławka w asyście stada kruków krążącego nad głową. Po drodze mijał spalone wsie, pogorzeliska sadów, które strawił ogień wraz z wiosennym kwieciem. Kikuty grusz na miedzach, sterczące niczym wypalone piszczele. Tylko gdzieniegdzie chłopi i włodarze wzięli się do odbudowy. Najczęściej spotykał nędzne obozowiska pogorzelców trzymających się blisko lasów. Zbici w gromady, kobiety i mężczyźni wyglądający niepewnie w stronę krzyżackich granic. Zajeżdżał do nich, modlił się, zostawiał jałmużnę, nim dojechał do Włocławka, jego kiesa była pusta. Kruki zostały z nim, niczym czarni przewodnicy, heroldowie cmentarzyska.

Bogate biskupie miasto wyglądało, jakby przejechali przez nie jeźdźcy Apokalipsy. Mury rozbite, bramy strzaskane, domy spalone ze szczętem. Katedra...

— Jezu Chryste! — jęknął i zsiadł z konia. Szedł po gruzach domu Bożego. Pod jego stopami walały się wyrwane nadpalone karty liturgicznych ksiąg przysypanych pyłem z rozbitych cegieł. Rozdarte na strzępy kilimy. Połamane ołtarze, drzazgi stalli, wyrwane z korpusów rzeźb ręce świętych. Z lewej, ze zwałowiska nadpalonych belek wystawała cudna twarz Marii Panny. Kruki, które przyleciały za Janisławem, przestały krakać. Zamilkły i obsiadły gruzy. Zobaczył nędzarza w podartej sukmanie grzebiącego w zgliszczach. Mamrotał pod nosem, do piersi przyciskał gliniany garnek i czegoś szukał.

— Człowieku! — krzyknął do niego Janisław.

Tamten nie odpowiedział pochłonięty mamrotaniem, ukucnął, zgarbił się i wyciągnął coś spod belki.

— Corpus Christi! — zawołał, unosząc w górę nadpalony opłatek.

— Maciej? — Ruszył w jego stronę Janisław. Kruki zaskrzeczały: kra kra. — Biskupie Macieju! — krzyknął do nędzarza Janisław.

Długo trzymał go w ramionach. Maciej najpierw powtarzał: *Miserere mei, Deus miserere mei, Deus*... a gdy przestał, zachłysnął się i dopiero potem zaczął łkać jak dziecko.

— Koniec świata, koniec świata... sąd się odbył... wykonano wyrok... — wyrywało się z jego piersi między spazmami.

Potrzebował czasu, by uspokoić się i opowiedzieć o najeździe. O tym, jak zaciekle Krzyżacy oblegali miasto, jak bezlitośnie je łupili. Jak nie mieli cienia skrupułów, by podpalić katedrę, dom Boży.

— Z Włocławka nie został kamień na kamieniu — potwierdził ponuro Janisław, rozglądając się wokół. — Już drugi raz cię najechali, bracie biskupie. Gdy Lautenburg wracał z Brześcia, spalił twe dobra. Teraz samo miasto. Nie mogę oprzeć się wrażeniu, że to znak.

— Mówiłem. — Maciej zakrył twarz brudnymi dłońmi. — Sąd Boży, Sąd Ostateczny...

— Przestań! — huknął na niego Janisław. — Nie nazywaj Krzyżaków ramieniem Boga, bo bluźnisz. Zakon daje znak królowi i nam. Gdyby nie twój poprzednik i wuj, biskup Gerward, nie doszłoby do koronacji Władysława. Nie byłoby sądu papieskiego i wyroku na Krzyżaków za Pomorze, rozumiesz? Byli bezkarni, przed papieżem zatrzymał ich świętej pamięci Gerward. Mszczą się na jego diecezji, na tobie, jego następcy.

— I do mnie mają najbliżej — otrzeźwiał wreszcie Maciej. — Moje ziemie graniczą z Zakonem.

— Prawda. Przesłali nam strzałę wojenną. Okrutny znak.

— Szukali czegoś — powiedział Maciej, sięgając do bukłaka z wodą. Miał go przy pasie, napił się, otarł usta brudną ręką. — Chciałem rozmawiać, prosić, by zostawili katedrę w spokoju. Dostałem w głowę pałką, straciłem przytomność. Wyszedłem do nich, jak stałem, bez insygniów biskupich, mogli nie wiedzieć, kto zacz. Gdy się przebudziłem, wokół były ruiny, ale ogień jeszcze nie płonął. Okradli ołtarz, rozbili skrzynie w zakrystii. Zrywali deski z podłóg. Szukali.

— Skarbu biskupa?

— Pewnie tak. Część miałem w katedrze, ale większość, jak wuj kazał, zawsze trzymam w Raciążku, więc nie znaleźli tego, po co przyszli.

— A wiesz, po co?

— Mogę się domyślać — głos Macieja przycichł. Biskup spuścił głowę i milczał. — Powinienem ci wcześniej powiedzieć.

— Mów teraz — zacisnął szczęki Janisław. Gerward był dyplomatą wybitnym, ale był też pazerny, chciwy, żądny bogactw. Gdyby po zdobyciu Pomorza Krzyżacy nie zajęli jego dziesięcin z ziem zabranych, nigdy nie przejrzałby na oczy i nie stał się mężem stanu. Król i Janisław wybaczyli mu tę słabość, bo stała się zarzewiem siły, bo dała koronę odrodzonemu królestwu. Co schował w swych skrzyniach Gerward?

— Jak wiesz, arcybiskupie, towarzyszyłem wujowi w jego ostatniej podróży do Awinionu. I ja znalazłem go martwego. Temu, że tam byłem, zawdzięczamy szybki papieski dekret, powołanie mnie na diecezję po wuju...

— Nie tłumacz się — przerwał mu Janisław. — Powiedz prawdę, skoro siedzimy za zgliszczach jego katedry.

— Dobrze — ukorzył się Maciej. — Przejrzałem dokumenty zmarłego, uporządkowałem jego rzeczy przed powrotem i odkryłem... nie wiem, jak to powiedzieć...

— Szczerze — zażądał Janisław.

— Dobrze. Powiem. W herbowej skrzyni Gerwarda, zawinięta w jego koszulę, była bryła jantaru. Ta bryła — uniósł zmęczone, opuchnięte od dymu powieki i znacząco spojrzał w oczy arcybiskupa. — Nie wiem, jak to wytłumaczyć. Wuj wspomniał, że papież na audiencji pokazał mu swą skrzynię pełną skarbów. Zresztą Gerward wiózł dla papieża podarek podobnego rodzaju, jaszczurkę zatopioną w żywicy, rozumiesz, chciał pokazać papieżowi, że krzyżacki dar to żadna rzadkość, że to rzecz u nas powszechna. Nie było to prawdą, ale służyło dobrej sprawie...

— Myślisz, że Gerward ukradł papieżowi jantarową macicę? — zapytał Janisław i rozbrojony prawdą Maciej pokiwał głową.

— Mamiłem się, że dostał ją od Jana XXII — powiedział. — Wiem, powinienem zwrócić, pókiśmy byli w Awinionie, by dusza mego wuja nie została skalana grzechem przeciw siódmemu przykazaniu, ale...

— Ale nie zrobiłeś tego i dobrze — oświadczył Janisław. — Papież nie powinien ekscytować się tego typu artefaktami, to niegodne następcy świętego Piotra. Jeżeli naprawdę masz jantarową macicę, zwrócimy ją tam, gdzie jej miejsce, i to będzie zadośćuczynienie.

— Czyli gdzie? — spytał Maciej.

Dobre pytanie — pomyślał Janisław. — Matka Jaćwież, której ją wydarto, spłonęła z ręki Henryka von Plötzkau. Jemioła oddała jantarowe dziecię Giedyminowi, jemu ukradli je Krzyżacy i podarowali papieżowi.

Temu zabrał to Gerward... Płód bez matki. Sierota po dawnych boginiach wydarta z ich łona. Musi trafić do matecznika, choć nie powiem o tym Jemiole, póki go nie odzyskam.

— Gdzie masz teraz tę skrzynię? — spytał Macieja.

— W Raciążku. Wcześniej trzymałem w tutejszym skarbcu, ale po rejzie Lautenburga sprzed dwóch lat spakowałem wszystko, co cenne, i odwiozłem tam, gdzie wuj trzymał swe skarby.

— Ktoś o tym wie?

— O skarbcu w Raciążku? Służba katedralna, zaufani rycerze, kilku moich rodowców, Pałuków herbu Topór, oczywiście mój brat Świętosław, kasztelan Raciążka. Wiedzą i dawni zaufani Gerwarda, jego Leszczyce. Wojewoda brzeski, Wojciech, jego ludzie. Nie jest to wiedza powszechna, ale też i nie tajna, że biskup włocławski trzyma część swych skarbów w Raciążku. Tyle że o tej konkretnej skrzyni — Maciej uniósł zmęczone oczy na Janisława — że ją wywiozłem, nikt nie wiedział.

— Ktoś musiał wygadać Krzyżakom o biskupich skarbach w katedrze — powiedział Janisław. — Najwyraźniej wśród tych zaufanych nie wszyscy są wierni.

— Kiedyś bym zaprzeczył — bezbarwnie odrzekł Maciej — ale teraz, na zgliszczach?

Milczeli chwilę. Kruki czyściły pióra, po niebie przetaczały się niskie, wiosenne chmury, raz po raz zasłaniając słońce.

— Co jeszcze masz w skrzyniach po Gerwardzie? — odezwał się Janisław i zastrzegł: — O pieniądz nie pytam.

— Parę starych ksiąg. Trudne do odczytania pisma, wuj trzymał je w tubach. Dawne naczynia liturgiczne, nadłamany pastorał. Gerward na starość upodobnił się do papieża. Zbierał dziwactwa, skupował różne artefakty. Wszystko to spakowałem w jedną skrzynkę z brogiem na wieku, herbem Gerwarda Leszczyca.

— Musimy ją wywieźć z Raciążka — oświadczył Janisław. — Jak i resztę skarbu. Skoro ktoś z twego otoczenia wygadał się Krzyżakom, nie ustaną w poszukiwaniach. I na trop Raciążka wpadną.

— Komu mam zaufać? — bezradnie spytał umęczony Maciej.

— Bogu — zwięźle odpowiedział Janisław i podał mu rękę, by wstał z gruzowiska.

WŁADYSŁAW nie dostał zaproszenia do matecznika, choć chciał zobaczyć pałac natury, o którym wspomniał mu arcybiskup Janisław.

Matka Jemioła wyznaczyła spotkanie na Mokradłach Marzanny i przez chwilę gotów był uznać to za obrazę, póki Janisław nie wyjaśnił mu, że w tym samym miejscu gościła wojewodę Grodna, Dawida.

— Zdjąłeś szaty arcybiskupie, by nie drażnić pogan? — spytał Władysław.

Janisław nie odpowiedział. Uchylił kaftan. Na piersi miał krzyż z orłem.

— Ciekawy — przyjrzał mu się Władysław. — Srebro, złoto, a to czarne?

— Czarny dąb — odpowiedział Janisław. — Pamiątka po arcybiskupie Śwince.

Orszak był niewielki. Król, królewicz Kazimierz, Borutka, arcybiskup, wikariusz gnieźnieński Albert i dwóch Toporczyków. I Borek Napiwon z Grodziszcza, syn poprzedniego wojewody poznańskiego, a prawa ręka nowego, Wincentego Nałęcza. Chciał mieć przy sobie kogoś stąd, ze Starszej Polski, a tego chłopaka zapamiętał z bitwy pod Międzyrzeczem. Uśmiech dziecka, siła miecza zabójcy. Mógłby Kaziu trochę się w niego zapatrzeć.

Dwie strażniczki wysłane przez Jemiołę przeprowadziły ich przez bagna, wcześniej naumyślnie wiodąc orszak przez wykarczowaną puszczę.

— Doliwy — powiedziała, wskazując na wycięty do szczętu las jedna z kobiet, wysoka i barczysta.

— Jak ci na imię, pani? — uprzejmie zagaił ją Kazimierz.

— Ostrzyca — odpowiedziała takim tonem, że zaniechał wypytywania.

— Kiedyś była tu ostoja zwierzyny i niezliczone gniazda ptactwa — dodała druga z kobiet i przedstawiła się niepytana: — Tarnina.

Postęp wymaga karczunku — pomyślał Władysław, lecz nie powiedział tego głośno. W głowie wciąż miał spaloną włocławską katedrę, zgliszcza wsi biskupich i myśl, że Krzyżacy wzięli na nim krwawy odwet. Utracił ziemię dobrzyńską. Całą, co do wioski. A Luksemburczyk poniżył go, biorąc kolejne śląskie księstwa w lenno i bez trudu hołdując Wańkę, który jemu oparł się dwukrotnie. Bolesław, książę Mazowsza, ten, który chadzał pod Madonną na purpurze, zresztą ojciec przeklętego Wańki, powiedział mu kiedyś: „Może ty nie nadajesz się na króla, bo wszystko robisz na opak". To było dawno, tak dawno, a jemu wciąż się przypomina. Nieżyjący druh staje nad nim w nocy i powtarza drwiąco: „Wszystko robisz na opak". Ciekawe, co by powiedział na to, że jadę na jakieś mokradła negocjować z poganami.

— Wspaniała droga — chwalił Borutka, choć jasnym było, że bez przewodniczek, wiodących ich jakąś sobie tylko znaną groblą, potopiliby się w bagnie.

— A ten strumień w głębi! — z szerokim uśmiechem przeciągnął się Borek.

Rzeczywiście, między drzewami, w oddali, lśniła wstążka pluskającej wody płynąca między niezwykle zielonymi mchami.

— Położyłbym się nad nim i gapił w niebo — dodał rozmarzony Borek.

Toporowie parsknęli śmiechem. Borek wzruszył ramionami niezrażony.

— Moja mamunia mówi, że kto nie umie się pogapić w niebo, ten durny.

Uwagi Władka nie uszedł wzrok Ostrzycy, którym przeszyła Borka. Ta wielka kobieta chyba nie zgadza się z jego mamunią — pomyślał rozbawiony.

— Wytarzałbym się w tej zieleni — podjął zachwyt przyrodą Borutka.

— To ziołorośla — wyjaśniła Tarnina i w jej głosie zabrzmiała przygana. — Zasilane wodą ze strumienia, wystawione na wschodzące słońce, osłonięte przed wiatrem ścianą lasu. Zbieramy stąd najlepsze rośliny.

— No to chociaż wskoczyłbym w te wielkie liście! — nie dawał za wygraną Borutka.

— Widać, że nigdy tego nie robiłeś — Ostrzyca odpowiedziała, nie patrząc na niego. — Spróbuj, jeśli twój pan ci pozwoli, ale nie skarż się później, że będziesz śmierdział.

— Nie każdy lek pachnie — wyjaśniła Tarnina. — Ten nazywa się lepiężnik. Skuteczny na drgawki i morowe powietrze.

— A tamto? — Borek wskazał na połacie innego lśniącego intensywną zielenią zielska.

— Wyżpin — rzuciła przez ramię Ostrzyca.

— Dziewczynki nazywają go lepnicą, bo opina wszystko, co spotka na drodze — cierpliwie dodała Tarnina. — Nie radzę zbierać jego jagód, ale możesz skubać młode pędy, są smaczne, teraz już przerosły, czekamy, aż umocni korzeń. Napar z niego hamuje uporczywe krwawienia.

— Głębokie nakłucia sztyletu, sączące się rany po strzałach — dorzuciła Ostrzyca.

— Zatrutych też? — zaciekawił się Borutka.

— Nie — jednocześnie ucięły obie przewodniczki.

— A ten kwiatek różowy? — Borek pokazał plamy koloru, które mijali.

— To jest fiolet! — poprawiła go Tarnina.

— Mamunia go zbiera i suszy — powiedział Napiwon.

— Twoja mamunia zaczyna nam się podobać — odwróciła się do niego Ostrzyca. — Pewnie leczy nim kaszel.

— Nie wiem — odpowiedział zaskoczony Borek.

— Ale my wiemy. To miodunka.

— No i nie ma się w czym wytarzać — westchnął Borutka. — Same lekarstwa! Może chociaż w tych kwiatkach?

— Bardzo proszę — krzywo uśmiechnęła się Ostrzyca. — To jaskier. Kwiatki zdobią niejedną truciznę.

— A to żółte zielsko? — pokazał paluchem Toporczyk. — Mój koń tego nie lubi.

— Bo jest mądrzejszy od ciebie — odpowiedziała barczysta przewodniczka. — Jak bydło, owce i kozy.

— To starzec — wyjaśniła Tarnina.

— Nie tak groźny jak trzej Siwobrodzi — oschle zaśmiała się Ostrzyca. — Ale zwierzęta omijają go na pastwisku.

— Tak samo jak ptasią wykę — dorzuciła Tarnina i pokazała na fioletowe, przekwitające rośliny na wiotkich łodyżkach. — Można puszczać na nią bydło, gdy młoda. A jak w miejsce kwiatów pojawią się strąki, a w nich nasiona, wypas zacznie szkodzić zwierzętom.

Wreszcie dojechali po grobli na wzgórze rozciągające się nad mokradłami.

— Dziwne i niespotykane — ocenił je Toporczyk. — Wzgórza na bagnach zdarzają się rzadko.

— A wiele znasz mokradeł? — kpiąco spytała barczysta przewodniczka.

— Niejedno — odpowiedział hardo.

— Żadne nie jest Mokradłem Marzanny — usłyszeli głos Jemioły.

Zjawiła się nagle i tu, na swoim, wydała się Władkowi o wiele wyższa niż na Wawelu. Na zieloną suknię narzuciła lśniący rdzawy płaszcz i potrzebował chwili, by zrozumieć, że to nie wykwintna materia, ale setki ptasich piór. Przy jej kolanach kroczyła ruda myśliwska suka.

— Królu Władysławie — powitała go, aż zabrzęczały złote nausznice. Nie miał pamięci do błyskotek, ale gdzieś już widział podobne.

— Matko Jemioło — odpowiedział i przedstawił: — Mego syna znasz. Janisława też. Ten młodzian w czerni...

— To Borutka, poznaliśmy się. A Toporczykowie strzegli drzwi twego syna na Wawelu. Krystyn i Otto, tak?

Obaj pokłonili się przed nią głęboko. Borek zeskoczył z siodła i chyba się zachwiał, bo został w przyklęku na jednym kolanie.

— Borek z Grodziszcza — przedstawił ich. — Matka Jemioła.

Napiwon zapatrzył się na nią i Władkowi przebiegło przez myśl, że chłopak się zapomni i palnie do niej „mamuniu". Ale nie, nic takiego się nie stało.

— Poznaj Worana, królu — powiedziała Matka i zza jej pleców wyszedł mężczyzna podobny do niej jak dwie krople wody. — To mój brat bliźniak — przedstawiła. — I moja siostra, Kalina — wskazała na starszą kobietę, o szlachetnej, pobrużdżonej twarzy i rozpuszczonych siwych włosach. — Chodźcie za mną. Ugościmy was.

Chciał powiedzieć, że nie przyjechali się gościć, tylko negocjować, ale powstrzymał się. To jemu czas się kurczył. To on był otoczony. I w tej samej chwili przypomniał sobie, gdzie widział nausznice podobne do tych, które miała na sobie Jemioła. W takich przyjechała z Litwy jego synowa, kniaziówna. Jemioła daje mi znać, że Giedymin jest po jej stronie — zrozumiał.

— Tu podejmowałaś wojewodę Dawida? — spytał, gdy zaprowadziła ich do rozstawionego na pagórku stołu.

— Tak — odpowiedziała, zapraszając, by usiedli.

Pod rozciągniętym między drzewami płótnem czekały ławy zasłane barwnymi kilimami. Na stole piętrzyły się misy pierogów, bochny świeżo wypieczonego chleba, młody ugotowany bób posypany jakimś wonnym zielem, wędzony twaróg z dzikim chrzanem, pasztety z chrupiącą skórką, wszystko przekładane ziołami i Władek, który nie miał pamięci do roślin, mógłby przysiąc, że to te same, które mijali po drodze i przewodniczki nazywały trującymi.

— Podziękujmy matce naturze za dary, które będziemy spożywać — powiedziała Jemioła, gdy zajęli miejsca. Uniosła otwarte dłonie do góry i przymknęła oczy.

Władysław poczuł skurcz w żołądku na myśl, co by powiedziała Jadwiga na ten pogański rytuał, ale w tej samej chwili arcybiskup Janisław też wyciągnął ręce, tyle że gestem błogosławieństwa zwrócone do dołu. Chwała Bogu — pomyślał król. Toporczycy przeżegnali się skrycie.

— Nie wstydźcie się — uspokoiła ich Jemioła. — Co pomyśli

wasz Bóg, gdy będziecie oddawać mu cześć ukradkiem? Częstujcie się, proszę.

Pożałował, że zabrał ze sobą Kazimierza, Borka, Toporczyków i tego wikarego. Powinien pomówić z nią sam, bez innych, poza Janisławem, świadków.

— Królu. — Jemioła podała mu pasztet. Nałożył niewiele, nie był głodny. Skosztował, starannie odsuwając zielone i żółte płatki, którymi był przysypany. — Smakuje? — spytała gospodyni, udając, że nie widzi, iż omija świeże zioła.

— Tak — powiedział. — To nie z dziczyzny?

— Soczewica i grzyby — uśmiechnęła się.

— Pierogi z bobem! Matka za nimi przepada — rozpromienił się Kazimierz. — Umm... takie same jadłem kiedyś na Wawelu... Doskonałe.

Miał wrażenie, że barczysta przewodniczka, która razem z nimi zasiadła do stołu, przesłała spojrzenie Jemiole, ale mógł się mylić, bo w tym samym czasie Borek i Borutka sięgnęli po dzban ze śmietaną i prześcigali się, który szybszy. Bracia stryjeczni, Toporowie, jedli pierogi, jakby widzieli je pierwszy raz w życiu. Wikariusz Albert rozpływał się nad twarogiem. Janisław łamał chleb, aż chrupała lśniąca skórka, i wpatrywał się w Jemiołę. Kazimierz brał kolejną dokładkę i raz po raz zerkał na Tarninę, drugą z przewodniczek. Gdy ta odpowiedziała mu śmiałym spojrzeniem, zawstydził się, zarumienił i sięgnął po młode listki leżące z boku miski.

— Lubczyk — powiedział, najwyraźniej poznając smak.

Władysław już drugi raz próbował przejść do rozmowy, ale jego ludzie jedli, jedli i jedli, ulegając czarowi tej leśnej uczty. Wydawali się odurzeni woniami bijącymi z zarośli, świergotem ptaków, bzyczeniem owadów, szumem drzew. Gdy Matka Jemioła otworzyła dzban z miodem i rozszedł się niebiański zapach, Władek nastroszył się. Nie przybył tu dla rozkoszy podniebienia. Jednak odmawiać gospodyni nie śmiał. Upił łyk i pożałował.

Zakręciło mu się w głowie. Słodycz i zwielokrotniony ptasi śpiew. To czary — zdążył pomyśleć, nim jego ciałem owładnęło ciepło. Ukołysany, tak się poczuł. Jakby ktoś wziął go w potężne objęcia i przycisnął do piersi. Kto? — pytał siebie rozpaczliwie. — Kto mnie pieści? Nie żona, bo ta bliskość nie rozpalała w nim cielesnych pokus. Nie matka, bo dotyk księżnej Eufrozyny był suchy i zimny. Nie córka i nie siostra. Może Kinga, dawna księżna krakowska? — złapał się tej myśli, bo tak niebiańsko czuł się jako chłopiec pod opieką świątobliwej Kingi. Ale nie poczuł woni lilii, która biła od krakowskiej pani, tylko słodką i cierpką jednocześnie woń miodu. Znów był dzieckiem. Chłopcem, który śmiał się do łez i nie wstydził płakać, niewinnym i czystym. Nagim, jakby każdą myśl miał wypisaną na twarzy. Niezbrukanym władzą. Wbrew sobie, siłą woli, odstawił kubek z miodem.

— Nie smakuje królowi? — spytała Matka Jemioła.

Zamrugał. Zobaczył Toporczyków wspartych jeden o drugiego, śpiących. Posapującego z otwartymi ustami Alberta. Borka z rozanieloną miną opartego o potężną pierś Ostrzycy. Przewodniczka też spała. Jak i Kazimierz z gałązką lubczyku w dłoni, Borutka z kubkiem przyciśniętym do piersi. Tarnina i Kalina przylgnęły do siebie, oddychając jednym rytmem.

Przy stole nie spał tylko Janisław, Woran, Jemioła i on.

— Smakuje — odpowiedział Matce i spytał: — Nie otrułaś ich?

— W naszych prawach gościnność jest pierwsza. Uśpiłam ich, bo masz w swoimi otoczeniu zdrajcę.

Władysław zmarszczył brwi i spojrzał w oczy Jemioły. Zielone, niebieskie, połączone jak niebo i ziemia.

— Ktoś z nich? — wskazał na śpiących.

— Raczej nie — zaprzeczyła. — Ale póki go nie znajdziesz, lepiej być ostrożnym. Zresztą nie życzyłeś sobie, by twoi ludzie nas słyszeli.

— Mój syn?... — W jego głosie zabrzmiał lęk o niedawną chorobę Kazimierza.

— I moja siostra — pokazała na siwowłosą Kalinę. — Będą mieli piękne sny, podczas gdy nas czeka trudna rozmowa. Woranie — zwróciła się do brata. — Podasz nam miód?

— Ja dziękuję — odmówił Władysław.

Brat Jemioły poruszał się wolno, ale zwinnie. Otworzył dzban z wytłoczonym na szyjce zielonym liściem. Z gracją polał miód do czystych kubków i podał Władkowi.

— Podziękuj, królu, gdy skosztujesz — powiedział.

— To zielony miód — wyjaśniła Jemioła. — Odświeża i ożywia umysł.

— Piłem go — potwierdził Janisław. — Spróbuj panie, bez obaw.

Władek z rezerwą uniósł kubek, spojrzał na zielonkawą, gęstą ciecz i zanurzył usta. Nie zakręciło mu się w głowie, nie poczuł kołysania. Gdy zobaczył, że pije arcybiskup, spróbował.

— Doskonały — potwierdził i upił więcej.

— Kazimierz jest zdrów — przeszła do rzeczy Jemioła. — Dotrzymałam swojej części umowy. Kolej na ciebie, królu.

— Ród Doliwów dostał zakaz kolejnych karczunków — powiedział. — Nie tkną lasów po tej stronie Warty.

— Potwierdzam — skinął głową Janisław. — Kancelaria przygotowała akt nadania lasów na rzecz zgromadzenia sióstr. Chodzi o ten kawał boru, który oddziela matecznik od posiadłości Doliwów.

— Dziękuję — uśmiechnęła się — przejrzymy go później. Przypomnę, że wcześniejszymi działaniami Doliwowie zepchnęli nas w głąb lasu i znacząco zmniejszyli obszar matecznika.

— Nadam wam ziemie — powiedział Władysław. — Po zmarłych Zarembach. Brzostków, Jarocin…

— Nie wezmę ich — weszła mu w zdanie Jemioła. — Zasiedlają je Zarembowie półkrwi, a to prawi ludzie. Nic do nich nie mam i nie chcę, by z naszego powodu zostali wypędzeni.

— Mam dobra w Starszej Polsce — wtrącił się Janisław. — Myślałem już o nich wcześniej. Wieś nazywa się Kwieciszewo, wokół są dobre łąki, kawał lasu, jezioro i niewielka rzeczka. Będziesz mogła tam przenieść część matecznika, by tutaj było wam luźniej. I będziecie pod moją ochroną, w dobrach arcybiskupich.

— Zgoda — przystała Jemioła.

— Założę tam ostoję — powiedział jej brat, Woran.

Poszło gładko — z ulgą pomyślał Władysław i pociągnął łyk miodu. Natychmiast zrozumiał, że się pomylił.

— Wciąż chcesz się wykpić, królu, od zmiany zwyczajów — powiedziała wprost Jemioła.

— Kazimierz wyzdrowiał — odpowiedział Władysław — i może mieć swoich synów.

— Ma córki.

— Na razie.

— Na zawsze.

Ich oczy znów się spotkały. Niebo w źrenicach Jemioły było pochmurne, ziemia cienista.

— O wielkich zmianach trzeba myśleć wcześniej — powiedziała po chwili. — Zanim skończy się dynastia.

— Grozisz mi? — spytał.

— Gdybym chciała ci grozić, zrobiłabym to przy łożu chorego — odpowiedziała. — To ty, królu, byłeś skłonny obiecać wiele, a potem zrobić swoje. Dowiedziałam się o poselstwie na Węgry.

— Wysłałem Borutkę, zanim spotkałem się z tobą — powiedział rozdrażniony. — Skąd mogłem wiedzieć, czego zażądasz?

— Nie wycofałeś oferty dla synów Elżbiety — odrzekła i poczuł, że jej nie docenił. — Chcesz trzymać ją na stole, póki Kazimierz nie będzie miał syna? Niektórzy mężczyźni mają tylko córki.

— Więc jednak mi grozisz.

— Uważasz, że kobieta na tronie to groźba? — zadrwiła. — A mężczyźni dali twemu królestwu tylko błogosławieństwo?

— Nie kpij — przerwał jej. — Proszę, byś zechciała zrozumieć, że jest zły czas na takie zmiany. Mamy wojnę.

— O niej także powinniśmy pomówić. Obiecałam ci wsparcie i słowa nie cofnęłam. Wojownicy Starców ruszą na wojnę pod skrzydłami Krzyżaków. Tak, królu — przyszpiliła go wzrokiem, bo chciał jej przerwać. — Znają twoje ziemie lepiej od żelaznych braci. Znają lasy, tajemne przejścia, brody na rzekach. Pomyśl, ile zyska Zakon, mając takich przewodników.

— Możesz ich powstrzymać? — spytał, pojmując, do czego mogą mu się przydać leśne wojowniczki.

— Mogę mieszać im szyki, wciągać w bagna, w moczary, których się nie spodziewają. Wabić w pułapki, zasadzki.

— Daj nam wsparcie — odezwał się Woran — a zrobimy z nimi to, co Giedymin na Żmudzi. Jemioła i ja walczyliśmy przy jego boku w bitwie nad jeziorem Biržulis.

— To wy wystawiliście rzeźnika Gdańska, komtura von Plötzkau? — Władysław nagle połączył strzępy zasłyszanych od Bikszy wiadomości.

— Tak — odpowiedzieli jednocześnie brat i siostra.

— Wybaczcie — przyznał uczciwie — nie doceniałem was. Żałuję, że nie wiedziałem wcześniej…

— Daj nam wsparcie — powtórzył żądanie Woran. — Oddziały konnych i pieszych, dobrze uzbrojonych i jeden oddział ciężkozbrojnych, tylko tyle nam trzeba, by wciągać Krzyżaków w zasadzki.

— Macie moje słowo — powiedział i poczuł ulgę. — Borek z Grodziszcza — wskazał na śpiącego na ramieniu Ostrzycy rycerza — będzie dowodził oddziałami z mojej strony. Jak widzę, dobrze współpracuje z waszą przewodniczką.

Woran i Jemioła spojrzeli na siebie i Władysław mógłby przysiąc, że dyskutowali burzliwie, choć nie powiedzieli ani słowa.

— Zgoda — skinęła głową Jemioła. — Masz nasze słowo.

— Skoro potraficie się porozumieć w sprawie wspólnej obrony przed Zakonem — podjął Janisław — wróćmy do tematu, który wciąż nam ciąży. Nie zostawmy niedomówień.

Władysław przygryzł wargę. Znów miał nadzieję, że obędzie się bez tej sprawy.

— Wyobraź sobie, królu, że twój syn ma wyłącznie córki — powiedziała Jemioła. — A synowie Elżbiety umierają.

— Przestań, proszę! — przerwał jej. — Nie wywołuj złego.

— Nie ja je wywołałam — spokojnie powiedziała Jemioła i wyjęła spod płaszcza pergamin. Odwinęła go i przeczytała: „Nasz najstarszy wnuk, syn Elżbiety i Caroberta, Władysław, zmarł nagle w piątym roku życia".

— Co to ma być? — zerwał się.

Jemioła podała mu pergamin. Chwycił go gniewnie. Spojrzał na pieczęć. Jadwiga?

— Ktoś mógł podrobić pieczęć królowej — żachnął się.

Z niezręcznej sytuacji wybawił go Janisław, wyciągając rękę po pismo. Odwinął go, przebiegł wzrokiem i powiedział:

— To bez wątpienia list królowej Jadwigi do matki Jemioły. Mały Władysław zmarł w Wielkim Poście. Moje kondolencje, panie.

— W tej sytuacji Ludwik jest dziedzicem tronu Węgier, a Andrzej może odziedziczyć tron Polski — powiedział Władek, z trudem pojmując, jak to możliwe, że poganka czyta, podczas gdy on ledwie nauczył się własnego podpisu.

— Pamiętasz, panie, poprzednią wiadomość od twej córki? — przywołał Janisław. — Po śmierci Karola Andegaweńskiego, księcia Kalabrii, dla Andrzeja otworzyła się droga do tronu Neapolu. Carobert już rozpoczął starania dyplomatyczne.

Jestem otoczony — gorączkowo pomyślał Władysław. — Dlaczego moja żona pisze o takich rzeczach do Jemioły? Jadwiga mnie zdradziła — zagotowało się w nim.

— Możesz myśleć o przyszłych synach Kazimierza — powiedziała Jemioła, wodząc palcem po liściu odbitym na szyjce dzbana z miodem. — O przyszłych synach Elżbiety. Możesz myśleć o śmiertelnej wojnie z Zakonem, która chociaż nikt jej nie wypowiedział, właśnie się zaczyna. Nie bałeś się sojuszu z Giedyminem, a też był złamaniem waszych zwyczajów. Poganin i chrześcijański król, kto to widział. Dlaczego w jednych sprawach potrafisz być przewidujący, a w innych niedowidzisz? Kierujesz się uprzedzeniami?

— Nie — powiedział szybko. — Rozsądkiem. To, co mówisz, Jemioło, brzmi dobrze w idealnym świecie. A my żyjemy w zwykłym. Kobieta na tronie, zwłaszcza ta pierwsza, będzie podatna na wpływy męża. Kto go jej wybierze? Baronowie zaczną się bić o wpływy, każdy będzie chciał poprzeć kandydata po swojej myśli. A jeśli kobieta zażąda więcej, niż dziś mogą dziedzice? I za porywem serca zechce sama sobie wybrać męża? Wszystko to wróży zamęt w Królestwie, a jak powiedziałaś, jesteśmy u wrót wojny. Takie zmiany można wprowadzać, gdy korona jest silna, a nie kiedy walczą o nią obce dwory.

— Jan Luksemburski jest nieobliczalny i ma dwóch synów — powiedział Janisław. — Łatwo mogę sobie wyobrazić, że młodszego siłą narzuca za męża córce Kazimierza. Przekupuje krakowskich panów, by byli mu przychylni.

— To możliwe — przyznała nieoczekiwanie Jemioła. — Jak i to, że tron po Kazimierzu zostanie bez męskiego dziedzica. I bez węgierskiego. Co wtedy?

— Zgoda — zdecydował w jednej chwili Władysław, widząc, że jego syn się budzi. — Macie rację, że oba rozwiązania są złe i oba możliwe, niestety.

— Dajesz słowo, królu? — spytała go Jemioła. — Obiecujesz, że dopuścisz do dziedziczenia tronu kobiety?

Kazimierz otworzył oczy i zamrugał nieprzytomny, nieświadom, ile z tej rozmowy było o nim.

— Daję — odpowiedział Władysław i wyciągnął do niej rękę. Uścisnęli się.

W tej samej chwili obudził się Borutka.

— O, chyba śnię — powiedział, patrząc na uścisk dłoni Władysława i Jemioły.

— Licho nie śpi — rzucił zaspanym głosem wikary.

— Byłem w niebie — wyszeptał Borek z Grodziszcza, otwierając oczy. Oderwał się od szerokiej piersi Ostrzycy. Przewodniczka wciąż jeszcze drzemała.

— A ja w ziemi — rozmarzonym głosem dorzucił Borutka.

— Jestem świadkiem waszej przysięgi — poważnie oświadczył arcybiskup Janisław.

Do Władysława dotarło, że właśnie ją, wbrew sobie, złożył.

HENRY DE MORTAIN chętnie zostałby dłużej w Królestwie Polskim, by móc lepiej poznać swego ojca, ale Jan Luksemburski nie dał mu takiego wyboru.

— Potrzebuję cię — powiedział. — Wbiegłem po drabinie o kilka szczebli wyżej i nie zamierzam się zatrzymać. Poza tym — dodał rozbrajająco — nie zostawiaj mnie dłużej sam na sam z Wilhelmem de Machaut. Poeta przywiązuje się niebezpiecznie, ja nie chcę urazić jego miłości, zwłaszcza miłości własnej, bo pisze świetnie, ale kompanem jest beznadziejnym. Zapatrzony w siebie i własne strofy.

Jan też był zapatrzony w siebie, ale zupełnie inaczej niż poeta. Jan egzaltował się nie własną osobą, ale czynami. Ciągle patrzył w przyszłość, a jego umysł nigdy nie spał. Potrafił dyktować sekretarzom cztery różne listy jednocześnie. Pomagał Filipowi, królowi Francji, obłaskawić nieprzychylnych mu hrabiów. By tego dokonać, jednemu z nich obiecywał córkę innego, tamtemu zaś pomoc w spłacie pożyczki, zaciągniętej u któregoś z biskupów, ów biskup był Janowi dozgonnie wdzięczny i załatwiał u papieża dyspensę dla zupełnie innego mariażu, który Luksemburczyk wymyślił, by powiększyć swe wpływy. O zręcznych kupcach mawia się, że kupią tanio, sprzedadzą drogo. Jan zaufanie kupował drogo, swoje pośrednictwo dawał tanio, uśmiech całkiem darmo. Za większość jego olbrzymich wydatków płacił czeski skarb. Wydawało się, iż robi interesy wątpliwe, często niebezpieczne, zawsze ryzykowne, jak to „święte przymierze" ostatnio. Ale na końcu, o dziwo, wygrywał nie kto inny, lecz Jan.

Henry odkrył to ze zdumieniem, gdy skończyli krucjatę i zjechali do Wrocławia na święta wielkanocne. Król miał kilka wozów łupów ze zdobytej wespół z Krzyżakami ziemi dobrzyńskiej; rozdał je swym najlepszym rycerzom, swym śląskim lennikom, książętom. Sobie nie zostawił nic. Henry upominał go, strofował, Jan się śmiał. Nim Wielkanoc dobiegła końca, kolejni książęta piastowscy zgięli kolana przed Janem, a biskupi oddali mu dziesięciny należne papieżowi, jako pokrycie kosztów poniesionych na krucjatę. Co wespół z pożyczką, którą ochoczo dał mu wielki mistrz w Toruniu, sprawiło, iż skarb Jana znów był pełen po brzegi. „Zatrzymaj to" — prosił Henry. — „Będziesz miał zabezpieczenie". Jan kiwał głową, że tak, tak. Ale wyjął ze szkatuł klejnoty i nagrodził swych nowych lenników — książąt Głogowa. Ci zaś patrzyli na niego jak w obraz święty. I naprawdę zdawali się uszczęśliwieni, gdy ich rodowe czarne orły chyliły się na chorągwiach przed lwem Luksemburgów i orlicą Przemyślidów.

Na czym polegała niezwykłość Jana? — zastanawiał się Henry. „Na honorze rycerskim i królewskim splendorze" — miał gotową odpowiedź Wilhelm de Machaut. „Na odwadze, bo zawsze jedzie w pierwszym szeregu. Na słowie, nigdy niezłamanym. Na urodzie męskiej" — to ostatnie poeta dodawał ciszej i w pewnym zawstydzeniu. Mawiał także, ale w małym gronie, że „Na darze uwodzenia mężów i dam". De Mortain nazwałby to raczej zdolnością do owijania sobie opornych wokół palca. Stokrotka, zwykła dziewczyna spod trewirskiej karczmy leśnej, uciekła od niego. Czmychnęła im jeszcze przed krucjatą w Toruniu, a jako że wzięła ze sobą sakiewkę, król nie przejął się tym nadmiernie. „Poradzi sobie" — powiedział i zajął się krucjatą. Żona, Eliška Premyslovna, nie chciała wracać do Jana, to zresztą zrozumiałe, odebrał jej dzieci. Kobiety uwielbiały go, ale on szybko się nudził i nie zadawał sobie trudu, by je utrzymać. Więc owszem, uwieść potrafił każdego, ale na podtrzymanie uczucia nie miał czasu. Ciągle był myślami w przyszłości, gdzieś tam, gdzie go jeszcze nie było. „Małżeństwo to jedna z odmian sojuszu. Z przyjaciółmi nie musisz go zawierać. Korzyści przynosi przymierze z wrogiem" — tłumaczył mu Jan i na dowód miał listę mariaży, którymi się przysłużył zwaśnionym rodom. Jedynym odstępstwem od tego wydawał się jego pierworodny, Wacław — Karol. On i Blanka de Valois, siostra króla Francji, byli w sobie nieprawdopodobnie zakochani.

Gdy wrócili z krucjaty i wrocławskich hołdów lennych do Pragi, wysłał Henry'ego z misją do Głogowa. Tamtejszy władca, książę Przemko, najmłodszy z synów nieżyjącego Głogowczyka, jako jedyny z braci nie zgiął kolana przed Janem. Nie zgiął go i przed Henrym. Co więcej, nawet go nie przyjął. Kazał sługom powiedzieć, że nie rozmawia z wysłannikami czeskimi i de Mortain wrócił do Pragi z niczym. Jan Luksemburski nie przejął się zbytnio, kwitując to: „Nie będzie odmawiał wiecznie" i bez zwłoki posłał Henry'ego do Tyrolu, by sprawdził, czy wszystko gotowe do ślubu małego Jana Henryka z Małgorzatą, jedyną spadkobierczynią księcia Karyntii.

Henry miał w podróży dość czasu, by myśleć. Oswajać się ze swoją nagle odkrytą przeszłością. Do tej pory żył w cieniu awanturniczej sławy matki. Melisande de Mortain w pieśniach, w powtarzanych na dworach plotkach była zawsze cudownie ocalonym „Klejnotem Mórz". A przecież w dzieciństwie, kiedy opowiadała o Gerlandzie de Bast, joannicie z Akki, pulsowała w niej tęsknota i czułość. Żałoba i żal. Potem, gdy król Francji wziął go na wychowanie na swój dwór, widywali się rzadko, kiedy zaczął podróżować, a później służyć Janowi, właściwie wcale. Melisande, jaką widywał jako dorastający chłopak, a potem mężczyzna, była wyłącznie „Klejnotem Mórz". Niezależna, nieco wyzywająca, skupiająca na sobie uwagę, gdziekolwiek się pojawiła. Polująca z sokołem i sokolicą, otoczona wianuszkiem mężczyzn, czasem zbyt młodych, w wieku Henry'ego, co go peszyło i w głębi ducha złościło. Joannita, który okazał się jego ojcem, był mrukliwy, chropawy, jak pokrywające jego twarz blizny i z pewnością nie pasował do życia na dworze. Odważny, tak. Może nawet nieustraszony, a na pewno owładnięty zemstą.

Czy powinien napisać do matki i wyznać, że jego ojciec żyje? Nie miał pewności. Nie zapytał Gerlanda o plany wobec Melisande, rozmawiali tylko o czekającej ich wojnie. Dziwne, zaczął myśleć z troską o matce, dopiero gdy poznał ojca, choć, na Boga, trudniej o mniej dobraną parę. Henry de Mortain nie umiał rozstrzygnąć, co powinien zrobić w sprawie swych rodziców. Samo to słowo brzmiało dla niego obco. Im dłużej się nad nimi zastanawiał, tym bardziej oboje, a zwłaszcza Gerland, wydawali mu się nierealni. Dlatego gdy wrócił z Karyntii do Pragi i zobaczył joannitę na małym rynku przed rezydencją złotnika Konrada, w której wciąż mieszkał Jan, długo wpatrywał się w jego pobliźnioną twarz, chcąc uwierzyć, że to człowiek, nie sen.

Gerland nie miał na sobie szkarłatnej tuniki bojowej braci od świętego Jana. Był w kolczudze zarzuconej na skórzany kaftan, na plecach miał bury płaszcz bez joannickiego krzyża. Poznał Henry'ego i ruszył w jego kierunku.

— Synu — powiedział na powitanie.

— Ojcze? — odpowiedział zaskoczony Henry de Mortain. — Co robisz w Pradze?

— Skierowali mnie do czeskiego baliwatu, w Królestwie Polskim nie rezyduje zwierzchnik joannitów.

— Po co? — Henry wpatrywał się jasne oczy Gerlanda.

— Wystąpiłem z zakonu — odpowiedział. — Fra 'Iacobus zdjął ze mnie śluby. Oczywiście, najpierw musiałem poczekać na papieską dyspensę.

— Ach tak — powiedział Henry, nie mając pojęcia, co mówić. — Ach tak.

Gerland spojrzał w górę, za jego plecy, w okna rezydencji Konrada na piętrze.

— Powiedzieli mi, że wrócisz w ciągu miesiąca, więc poczekałem — odchrząknął Gerland.

— Od kiedy tu siedzisz?

— Dwa tygodnie. — Głos Gerlanda miał zabrzmieć obojętnie, ale nie zabrzmiał. — Mówiłeś królowi?

— Jeszcze nie — przyznał Henry. — Wysłał mnie...

— Nic nie musisz — przerwał mu Gerland. — Nie wymagam, byś się do mnie przyznawał. Chciałem tylko, żebyś wiedział, że już nie jestem joannitą.

— Co teraz? — spytał Henry.

— Król Władysław robi zaciągi na wojnę z Zakonem — odpowiedział Gerland.

— Jedyna przyszłość, która dla ciebie coś znaczy, to zemsta — powiedział Henry i udało mu się zapanować nad głosem. Nie zadrżał.

Gerland wpatrywał się w niego jasnymi, zmęczonymi oczami. Trudno było zrozumieć, co myśli. Po dłuższej chwili wyciągnął rękę na pożegnanie.

— Jeśli przeżyję wielką wojnę, odszukam Melisande. Chcę jej powiedzieć, że wychowała niezwykłego syna.

LIPSKI chciwie wysłuchał nowin, które do Brna przywiózł jego syn.

Ja wołałem go Henrykiem Juniorem, król Jan Luksemburski nazwał go Henrykiem Żelaznym i uczynił marszałkiem — myślał, obserwując pierworodnego spod wpółprzymkniętych powiek. — Który z nas go wykuł? Przecież widzę i słyszę; wydoroślał od tamtego dnia, jakby naprawdę pokrył się pancerzem z najprzedniejszej stali. A czy to nie zaczęło się wcześniej? — zastanowił się. — Od chwili, gdy zawładnął mną paraliż? Chłopak staje się mężczyzną, kiedy wychodzi z cienia ojca. Ja żyję — to słowo zawsze napełniało go goryczą — ale już stałem się cieniem.

Widział swoje wysuszone dłonie bezwładnie zawieszone na podłokietnikach krzesła, na które przesadzała go Rikissa, kiedy mieli gości. Blade, jakby krew w nim nie krążyła. Widział wystające z wychudzonych nóg kolana i bez trudu wyobrażał sobie, że to kości okryte ciepłą materią nogawic. Nie miał pojęcia, jak wygląda teraz jego twarz i tak naprawdę nie umiał sobie przypomnieć własnych rysów. Dlatego wpatrywał się w oblicze Juniora, licząc, iż widzi w nim siebie.

— ...nazwali to „świętym przymierzem" i uczcili wspólnym zdobyciem jakiegoś księstewka dobrzyńskiego, to ponoć nad Wisłą, nic dużego...

Pewnie otworzyli sobie tą zdobyczą bramę do Królestwa Polskiego — skwitował Lipski w myślach.

— Księstewkiem się jakoś podzielili, ale ważniejsze, że Jan wziął od Krzyżaków pożyczkę. — Junior krążył po komnacie, a teraz się zatrzymał, niestety, poza polem widzenia Lipskiego. — Na co mu takie pieniądze? Na wojnę z Polską czy na skakanie do oczu cesarzowi? — Ruszył i Henryk znów mógł go widzieć. — I tak mu się naraził, bo idąc z krucjatą, wystąpił jasno w obozie papieża. W dodatku Jan nadał Pomorze z Gdańskiem Zakonowi, ponoć jako jałmużnę — zaśmiał się jego syn i pokręcił głową. Czy ja też mam takie lśniące włosy? Czy jestem już siwy? — Dobre, co? Krzyżacy sami je zdobyli, a nasz król im je nadał. A, i obiecał, że jego żona i Rikissa potwierdzą darowiznę, zrzekając się swych praw dziedzicznych do Pomorza…

Lipski poczuł skurcz, gdy jego syn na jednym tchu powiedział „żona i Rikissa".

— Nasi rycerze, którzy byli z królem na Żmudzi, wrócili w glorii — ciągnął Junior. — Zachciało im się dalekich wypraw, podbojów…

Nie ma co — pomyślał Lipski — Jan wiedział, jak wychować zapatrzonych w siebie młodzików. Gdybym tylko przewidział, czym skończy się powoływanie „Drużyny Lodu". Błahostka, która kiedyś wydawała się bzdurą, zaowocowała. Ale to owoc parszywy, którego już toczy robak. Nie widzą tego, nie przeczuwają, że skończyło się Królestwo Czeskie. Jan kształci swego następcę we Francji, na dworze Kapetyngów i Walezjuszy. Czy pamiętał, by nauczyć syna czeskiego? Sam nigdy się naszej mowy nie nauczył. Przywiozą do Pragi budowniczych, to dobrze, wszyscy będą chwalić, jak pięknieją Hradczany. Przywiozą poetów, iluminatorów, muzyków, tamtejsze pieśni i zwyczaje. Zamienią Pragę w Paryż.

Coraz słabiej dochodził do niego głos syna, za to zaczął słyszeć śpiew ptaków. Słowiki? To nie ich czas. Spowiła go ciemność. Zasnął.

Stała naga na tle okna. Była ciepła noc, przez otwarte okno wpadało wonne, letnie powietrze. Płomień świecy poruszał się lekko, rzucając złote blaski na nagie plecy Rikissy. Chciał powiedzieć: „Odsuń się od okna, bo ktoś zobaczy twą nagość", ale zamiast tego wstał z łoża i cicho podszedł do niej. Poruszyła plecami, zachęcając go, by przyciągnął ją do siebie. Zrobił to zachłannie. Odnalazł jej drobne jędrne piersi, gładki brzuch i pełne pośladki. Zacisnął na nich dłonie i to wystarczyło, by poczuł, jak twardnieje. Ona też to wyczuła. „Mój wojownik" — zaśmiała się cicho i zostawiła ślad ciepłej śliny na jego uchu. „Moja wodna panna" — odpowiedział, wsuwając palce w wilgotne łono Rikissy. Popchnęła go w stronę fotela zwróconego do okna. Usiadł, a ona pochyliła się nad nim i wsunęła mu palec do ust. „Raz, dwa, trzy" — mruczała, masując wnętrze jego policzków. „Cztery" — aż się zachwiała od pieszczoty, oparła dłoń na jego nagim udzie i zacisnęła. „Pięć" — jej palec wodził po wnętrzu jego dolnej wargi. „Sześć" — dotknęła języka i zapragnął ją ugryźć. Wyczuła to, wyślizgnęła palce z jego ust, nim zdążył pieszczotliwie zacisnąć na nich zęby. Pochyliła się i przyłożyła mu ucho do piersi. Jej włosy pachniały różą, a pot jaśminem. „Jak mocno bije ci serce" — powiedziała. Chciał ją złapać i posadzić sobie na kolanach, był tak podniecony, że zaciskał szczęki. Wymknęła się mu, zdmuchnęła świecę i stanęła do niego tyłem, patrząc w okno. „Nic, tylko brzask" — szepnęła czule. — „Słońce wstaje".

— Czas na kąpiel — usłyszał jej głos, ale ten już nie brzmiał namiętnie, lecz był bezbrzeżnie zmęczony, jakby nie spała od tygodni. — Mamy nowe zioła, które ponoć sprawiają cuda — dodała i poczuł, że zanurzają go w ciepłej wodzie. Mimo to wciąż jeszcze miał nadzieję, że są sami i stoją przy oknie, że jest noc tuż przed świtem, a on jest jej wojownikiem. Czuł mocny wzwód, był go pewien, jakby znów miał lat trzydzieści.

— Ano, przytrzymaj marszałka — poprosiła i zrozumiał, że mówi do służki czarnulki ze złamaną szczęką. Zawstydził się, że dziewczyna zobaczy, jak sterczy jego nabrzmiały członek. Potem jakieś mocne ręce ujęły go pod pachami, przygięły mu tułów i posadziły tak, że zobaczył, jak wygląda między nogami.

Niemożliwe — pomyślał — to nie ja. To nie jest moje. Ja jestem twardy i gotowy do tego, by wtargnąć w kobietę i ją posiąść, czuję to. Rozpiera mnie pulsowanie, nie mogę się mylić! — chciał krzyknąć.

Po komnacie rozeszła się silna woń ziół. Rozmaryn, mięta, ostry zapach sosny.

— Pozwólmy roślinom cię uzdrowić — powiedziała za jego plecami Rikissa i usłyszał, jak robi kilka kroków w stronę okna. — Niech stanie się cud! — zawołała i głos jej zadrżał.

HUNKA weszła do komnaty Lipskiego nad ranem. Rikissa miała kobiece dni, spała dzisiaj osobno, by nocnym wstawaniem nie zakłócać jego snu. Hunka widziała, jak z tygodnia na tydzień jej pani gaśnie. Uroda królowej nie straciła wiele, wyostrzone cierpieniem rysy wciąż wydawały się Hunce zachwycające, a może nawet ciekawsze, niż łagodne piękno, którym emanowała kiedyś. Mimo to ból, jakiego doznawała *bis regina*, był odczuwalny dla wszystkich, od straży po kuchnię. Nie uśmiechała się od dawna, jadła coraz mniej i stroniła od wina, jakby chciała odmówić sobie tych przyjemności, których nie ma jej luby. Nie wychodziła na spacery, nie jeździła konno, zapamiętała się w opiece nad Lipskim, mimo iż dawno straciła nadzieję. Nikt jej nie miał. Przez brneńską rezydencję królowej przeszedł korowód magistrów, uzdrowicieli, znachorek, szeptuch i nawiedzonych mnichów. Każdy z nich dawał marszałkowi leki, mikstury, napary, okłady z ziół i maści i wszyscy robili to dla Rikissy. By jej było lepiej, bo jemu nikt nie potrafił pomóc.

— Dzień dobry, panie marszałku — powiedziała, pochylając się nad łożem.

Uniósł powieki, do połowy, jak zwykle.

— Wstajemy — oznajmiła, odsuwając kołdrę. Zmieniła zdanie. — Ubierzmy się najpierw, przystrójmy. Pani lubi, gdy jej pan wygląda godnie.

Wyciągnęła ze skrzyni nogawice, świeżą koszulę i zielony kaftan z wyszytymi złotem pniami lipy.

— Ten strój jest jej ulubionym — powiedziała, ubierając go. Kaftan zostawiła rozsznurowany. — I buty. Co to za marszałek, bez butów, prawda?

Wzuwanie ich nie było łatwe do czasu, kiedy Rikissa kazała szewcowi zrobić nowe, z rozcięciem z tyłu wzdłuż cholewki, którą potem starannie sznurowały.

— Teraz dobrze — pochwaliła i spytała: — Pozwoli pan, że przeniosę go na fotel?

Fotel z kołami też był pomysłem Rikissy, kiedyś, gdy jeszcze *bis regina* miewała lepsze dni, kazała znosić go na dół i pchając fotel, spacerowała z Lipskim po ogrodzie. Ale jednego dnia koło wjechało na kamień i marszałek osunął się na ziemię bezwładnie, od tamtej pory nie wychodzili z domu. Hunka posadziła Lipskiego, poprawiła, by było mu wygodniej, o ile był w stanie poczuć różnicę, rzecz jasna. Wyraz jego twarzy nie zdradzał tego. Pchnęła fotel do okna i ustawiła. Przeniosła świecę, bo w komnacie wciąż było ciemno. Wzięła się za szczotkowanie włosów Lipskiego. Ułożyła je potem, wcierając w siwiejące pukle odrobinę pomady. Nie za dużo, by ich nie przetłuścić. Mycie włosów marszałka nie należało do zadań łatwych. Goliła go wczoraj, więc policzki wciąż jeszcze miał gładkie. Przyjrzała mu się, podsuwając świecę.

— Pierścień! — przypomniała sobie. Wyjęła go ze szkatuły i wsunęła na palec. Wszedł łatwo, dłonie mu bardzo zeszczuplały.

Odstawiła świecę i odsunęła ciężkie zasłony z okna. Noc gasła, jeszcze nie dniało.

Ukucnęła przy nim i patrząc mu w twarz, powiedziała:

— Zrobimy to dla niej.

Wyjęła maleńką fiolkę i odkorkowała. Bacznie śledziła, czy wzrok mu nie drgnie. Nic takiego się nie stało. Przechyliła fiolkę pod światło i pokazała mu, jak lśni gęsta ciecz.

— Mówią na to „Sen" — wyjaśniła. — Sprowadza się go z Arabii, więc wybacz, że tak długo to trwało. Mogłam użyć czegoś, co znam, ale z racji na *bis reginę*, nie chciałam. Wiesz, niektóre trucizny powodują torsje, człowiek umiera zapluty i zarzygany. Inne sprawiają, że sine lub brunatne plamy wychodzą na twarz albo na policzkach pojawiają się krwawe wybroczyny, wtedy rzut wprawnego oka i wiadomo, co się stało. A my robimy to z miłości do niej, prawda?

Wstała i pchnęła okno, wonne powietrze wpadło do komnaty.

— Za swoją miłość mogę ręczyć, a twojej nikt by nie podważył — powiedziała i wróciła do marszałka. — Chcę, by Rikissa weszła tu rano i zobaczyła, że umarłeś we śnie. Bez cierpienia, bez wymiocin, bez obrzydliwości, które są towarzyszkami śmierci. Rikissa jest wcieleniem piękna, więc taka śmierć nie dla jej oczu i przed tym chcę ją chronić. Tak, jak chronię ją całe życie, choć gdybyś znał prawdę od początku, przyznałbyś, że te sprawy są skomplikowane. — Dostrzegła, że lewy but jest źle zasznurowany, i zajęła się tym. Oparła jego nogę o swoje kolano i mocno zaciągając sznurówki, tłumaczyła: — Mój ojciec zabił jej ojca. Potem narzeczonego. Chciał też usunąć z jej życia Václava, tego potwora w ludzkiej skórze, był w gotowości, ale szybciej zrobił to ktoś inny. Ja zabiłam drugiego męża i prawda, nie sądziłam, że będę musiała i tobie oddać tę ostatnią przysługę. — Skończyła z butem i ostrożnie odstawiła jego nogę. — Zapytam tylko raz, by się upewnić, że chcesz tego, a ty zaprzecz, jeśli jest inaczej. Mrugnij, porusz palcem, cokolwiek.

Zbliżyła świecę do niego, by nic nie przeoczyć.

— Tak myślałam. — Odstawiła ją znowu i obejrzała się na okno. — Czas na nas, wiemy, że nie stanie się cud. Podam ci kroplę, potem drugą, trzecią, sześć powinno wystarczyć. Wybacz, muszę wsunąć ci palec w usta i wmasować. Postaraj się przełknąć.

Zrobiła to sprawnie. Jakub de Guntersberg, którego nazywała ojcem, nauczył ją, że przy zabijaniu nie wolno być słabym. „Albo robisz to sprawnie, albo zadajesz ból, a nam płacą za śmierć, nie za cierpienie ofiar". Wydawało jej się, że gdy wprowadzała czwartą kroplę, Lipski jęknął. Musiała oprzeć dłoń na jego udzie. Odruchowo zacisnęła na nim palce. Piątą podała na palcu pod język. Szóstą wmasowała we wnętrze dolnej wargi. Zamknęła fiolkę, zostało w niej drugie tyle. Nalała wody do miski, staranie wyczyściła paznokcie i umyła ręce. Wytarła je i z ręcznikiem w dłoni podeszła do Lipskiego. Otarła wąską strużkę śliny, która wypłynęła mu z kącika ust. Rozsunęła niezasznurowany kaftan, pochyliła się i przyłożyła głowę do jego piersi. Oddychał wolniej, ale serce wciąż biło. Stanęła przy wysokim, kamiennym parapecie, twarzą do okna.

— Nadchodzi twój „Sen" — szepnęła do niego. — Obejmuje cię i przeciąga na tamtą stronę.

Zdmuchnęła świecę. Nic, tylko brzask. Słońce wstaje.

— Naprawdę zrobiłam to z miłości do niej — powiedziała czule.

1330

RIKISSA jechała z Hunką przez ośnieżony las. Wdychała mroźne powietrze, wsłuchiwała się w rytmiczny stuk końskich kopyt. Patrzyła na czapy śniegu zalegające na gałęziach sosen, widziała niebieskie skrzydło sójki i szare futerka uciekających zajęcy. Nie zatrzymywała wzroku na niczym, obrazy rozwijały się wzdłuż drogi niczym wstęga, a ona mijała je i jechała dalej, wystawiając twarz na zimowe podmuchy. Widziała kiedyś Trinkę czyszczącą jej suknię. Zręczna służka odpruła rękawy, pozostawiając pusty tołub cennej, haftowanej materii. Zawiesiła na gałęzi, a potem miotełką z brzozowych witek uderzała w niego, pomagając powietrzu przejść przez grube sploty tkaniny i przewiać z nich kurz i brud. Teraz ona była suknią wystawioną na wiatr. Tę, w której żegnała Lipskiego, własnoręcznie wyszyła i sama spaliła.

Tamten dzień był duszny, u progu jesieni. Wciąż pamięta ciężkie kiście jarzębin i róże w brneńskim ogrodzie odurzające wonią nabrzmiałych płatków. Na pogrzeb przybyli wszyscy synowie Lipskiego z żonami, z dziećmi. Już wtedy było dla niej zbyt ludno, ale koszmar nastał w dniu ceremonii, gdy do Brna ściągnęły tłumy. Baronowie Czech, rycerze, możni panowie, maluczcy. Kościół Wniebowzięcia, jej kościół, mający czcić subtelną linią architektury piękno Najświętszej Marii Panny, pękał w szwach. Z trudem mieszczący się wewnątrz ludzie szukali miejsca, wspinając się na wysmukłe kolumny, jak mszyce oblepiające łodygę kwiatu. Nie patrzyła na nich, uparcie unosiła wzrok ku prawej, południowej ścianie budowli, wpatrując się w wielkie, ostrołukowe, sześciodzielne okna i wieńczącą je rozetę. Tłum pchał się, chcąc być bliżej, aż Hunka zrobiła to, co przed laty, w dniu pogrzebu Rudolfa. Przylgnęła do niej i osłoniła jej plecy, jak pancerz lub żywy płaszcz. Tak przeszły do połowy kościoła i wtedy rozległ się dźwięk dzwonka, a z nawy bocznej wyszły jej mniszki, lekkie niczym białe motyle. Cysterki w śnieżnobiałych habitach otoczyły Rikissę, zamknęły przed oczami gapiów w bezpiecznym korowodzie i doprowadziły do stojącej przed ołtarzem trumny. Wokół katafalku w wysokich świecznikach rozstawiono świece. Rikissa stanęła bezradnie zatrzymana przez ten krąg ognia. Katrina, córka Lipskiego i opatka jej klasztoru, dała znak siostrom. Mniszki przestawiły świeczniki, robiąc Rikissie przejście do trumny i odstawiły dalej, zamykając przed tłumem pierścieniem płomieni. Zasłonięta świecznikami, niczym płomienną kurtyną, zapomniała o ciżbie. Byli tam, ciekawi jej łez i klejnotów pogrzebowych. Łasi cierpienia kochanki i spragnieni czerni jedwabiu jej sukni. Im głośniej płakała, tym bardziej uwalniali się od własnych trosk. Jej rozpacz przynosiła im ulgę, koił ich widok cudzego cierpienia, zwłaszcza cierpienia podwójnej królowej, która teraz płacze nie po żadnym ze swych królów, lecz po kochanku, z którym żyła otwarcie, nie kryjąc się przed ich spojrzeniami. Oto i dla nich nadeszła sprawiedliwość. Równość wobec śmierci.

Rikissa tamtego dnia nie zlekceważyła praw ludzkich, bo nawet nie przeszły jej przez myśl. Nie mogli z Lipskim połączyć się za życia przed ołtarzem Pana, bo zabraniało im tego prawo, więc pochowała swego ukochanego w kościele Wniebowzięcia, który wybudowała. Oto miejsce komunii ich dusz. Gdy jej czas nadejdzie, spoczną tu razem, bok w bok, ramię w ramię, kochankowie zamknięci w kamiennych trzewiach świątyni.

Wyglądał, jakby zapadł w sen, i to utwierdzało ją w przekonaniu, że śmierć jest tylko kolejną z chwil życia. Gładziła jego włosy, chcąc zostawić we wnętrzu dłoni pamięć dotyku. Wodziła palcem wzdłuż brwi, odciskając na opuszce ich kształt. Dotykała zimnych szczupłych palców, które tyle razy pieściły ją i nawet w tej śmiertelnej chwili odczuwała gorąco, jakie wywoływały. Zacisnęła dłonie na jego kolanach, bo lubiła to robić przez te wszystkie lata. W kościele nie miała czym oddychać, było duszno od ludzi i setek świec i przez chwilę miała ochotę schować się jak najbliżej chłodu bijącego od ciała, jakby Lipski, nawet po śmierci, miał moc ochronną. Nie pytała: „Jak teraz będę żyć?", tylko się żegnała. Przez lata choroby przyzwyczaił ją do tego, że nie odpowiada na pytania, które mu zadaje.

Teraz, gdy minęło pół roku, zima przyjemnie schłodziła pamięć upału w dzień pogrzebu, ale pomagała przywołać chłód martwego ciała ukochanego.

Jadąca przy niej Hunka zwolniła i chwyciwszy konia Rikissy, zmusiła go, by zrobił to samo.

— Ktoś jedzie z naprzeciwka — powiedziała, nadsłuchując. — Za tym zakrętem są jeźdźcy. Słyszysz, pani?

Zaprzeczyła.

— Zostań tu, królowo — poprosiła — wyskoczę przodem i sprawdzę.

Skinęła głową. Ledwie wywietrzyła głowę z pogrzebowych wspomnień, nie bardzo się bała. Może tylko tego, że to ktoś znajomy i będzie musiała odpowiadać na pytania, uśmiechać się i odzywać. Na to nie miała ochoty. Hunka ruszyła ostrożnie, Rikissa patrzyła na drobną postać dziewczyny ubranej teraz jak dwórka na polowaniu i przeszło jej przez myśl, że nie wie, co by bez niej zrobiła. Hunka umiała w lot odczytywać jej potrzeby, nie wymagała uwagi jak wysoko urodzone panny dworskie, nie puszyła się jak rycerze i nie prężyła mięśni jak jej straż osobista. Dostrzegła, że Hunka sięga po kuszę; nie zatrzymując się, napina ją i zakłada bełt. Dojeżdżając do zakrętu, wstrzymała konia i przyłożyła broń do ramienia. Rikissa patrzyła na to bez lęku i bez specjalnej ciekawości. Dopiero teraz usłyszała konnych.

— Stać! — krzyknęła Hunka. — Kto jedzie?

Zza zakrętu wychynęło sześciu jeźdźców.

— Podróżni — odpowiedział jeden z nich i nie głos, a akcent był znajomy. Rikissa wolno ruszyła w ich stronę.

— Dokąd? — ostro spytała Hunka.

— Panna na nas poluje? — zaśmiał się konny. — Nie żal strzały? Lepiej zachować ją na sarnę.

— Od tego mamy łowczych, ja nie strzelam do zwierząt — odpowiedziała Hunka.

— Oho! Widzieliście ją, a do ludzi celuje!

— Jedziemy do Brna — powiedział wysoki starzec i wysunął się na czoło niewielkiego orszaku.

Rikissa jechała do Hunki, wpatrując się w niego. Miał napierśnik na znoszonym, skórzanym kaftanie. Długie, siwe włosy i białą, przystrzyżoną brodę. Głębokie bruzdy żłobiły mu twarz i przywodziły na myśl kogoś znajomego, kogo imienia nie potrafiła odgadnąć. Ciężki, podbity wilczym futrem płaszcz nie miał na sobie żadnych znaków rodowych.

— Kogo szukacie w Brnie? — spytała Hunka, mierząc w pierś starego rycerza.

— Królowej Rikissy — odpowiedział i nie zważając na wycelowany bełt, zeskoczył z siodła. Rikissa już była przy Hunce, wstrzymała ją ruchem dłoni. Wysoki starzec miał szerokie, lekko przygarbione plecy. Szedł ciężkim kołyszącym krokiem, aż stanął przed nią i przyklęknął na jedno kolano.

— Nie poznajesz mnie, pani? — uniósł spojrzenie. — Miałem być twoim rycerzem, póki śmierć nas nie rozdzieli. I musiałem czekać, aż to, co było we mnie obce, umarło.

— Michał — wyszeptała. — Michał Zaremba powrócił.

MICHAŁ ZAREMBA po zabójstwie Marcina, ostatniego z czarnych rodowców, wpadł do piekła. Gdy wojewoda skonał, po niebie przetoczył się grzmot, za nim drugi i nadciągnęła rzadko spotkana zimowa burza. Pioruny waliły w jarocińską wieżę, aż podpaliły dach i zaczęły kruszyć się mury. Ostatnie, co zachował w pamięci z tamtej nocy, to płonący złoty smok na ścianie walącej się w gruzy Sali Edmunda i ulatujący, przez zerwany podmuchem dach, kruk wojewody. Potem zapanowała ciemność i był pewien, że obumarł. Ale ze szponów śmierci wyrwał go ból. Był tak potworny, iż Michał na początku sądził, iż ktoś go torturuje. Krzyczał i wył, ale ktokolwiek mu to robił, był nieczuły na jego błagania o litość. Wtedy pomyślał, iż zstąpił do piekła. Najokropniejsze. że naprawdę nie wiedział. gdzie jest, co się z nim dzieje i że był zupełnie, nieskończenie samotny. Wtedy zaczął śnić. Pojawiały się wokół niego strzępy obrazów, jedne znał, innych nie rozumiał i nawet nie umiał nazwać postaci, które się w nich ukazywały. Wreszcie rozpoznał swego oprawcę. Ból zadawała mu Dorota, stryjeczna siostra, zbiegła córa Sędziwoja, zakonnica od świętej Klary. Dorota wyrywała mu łuski. Jedną po drugiej, a każda bolała jak żywcem ściągany paznokieć. Wył potępieńczo, twarz Doroty — Juty była niewzruszona, a ona nie odzywała się do niego ani słowem. Cierpiał ból tak koszmarny, że czasami błagał ją, by go zabiła. Gdy omdlewał w męczarniach, znikała i przychodziły sny. Widział w nich rycerzy pod smoczą chorągwią w krainie, której nie znał, a wiedział, że nazywa się Essex. Widział dwóch chłopców na statku płynącym przez morze. I młodziutkiego Edmunda podającego Bolesławowi Chrobremu miecz. Ten miecz, którym on po latach obciął głowę Wawrzyńca na ośnieżonym polu pod Rogoźnem. Po pewnym czasie sny stały się równie bolesne, co cierpienia, które zadawała mu Dorota, i nie wiedział, które z nich głębiej ranią. Gdy z krzykiem budził się z kolejnej wizji, w której jego przodek brał miecz do ręki, drobna dziewczyna z jego krwi wyszarpywała mu z ciała następną łuskę. I następną.

Aż nadszedł czas, gdy jego skóra była tylko blizną, otwartą raną. Wtedy przyszła kolej na pazury. Wyrywała mu je, a on czuł, jakby niewidzialnymi korzeniami łączyły się z jego sercem. Męka była nie do wytrzymania, więc poddał się i przestał krzyczeć, bo nie starczyło mu już siły. Wówczas skończył śnić, jakby oślepł nawet na senne obrazy. Wiedział, że czas upływa, bo z jego biegiem zaczął czuć zmieniające się powietrze. Zimno przeszło w wilgoć, potem rozgrzało się, jak zmieniające pory roku, aż wreszcie przestał odczuwać cokolwiek, jakby zmienił się w kłodę drewna. Wtedy po raz pierwszy odezwała się do niego Dorota. „Pamiętasz, co ci powiedziałam w Brzostkowie?" — spytała. „Że gdy zabijesz ostatniego czarnego Zarembę, przestaniesz być smokiem. Dokonało się. Jesteś wolny, Michale".

I obudził się.

Był w Brzostkowie, pod opieką Wita, Sowca i półkrwi Zarembów. To oni pielęgnowali go i leczyli przez trzy lata, zanim stanął na nogi. Gdy wydobrzał na tyle, że mógł wsiąść na konia, pierwsze, co zrobił, to pojechał z Witem do Jarocina. Chciał na własne oczy zobaczyć gruzy paradnej wieży, chluby rodu Zarembów. „Piorun strzelił" — splunął Wit, pokazując ręką na zgliszcza. „Wyciągnąłem pana Michała w ostatniej chwili". Pochodzili po rumowisku i zauważyli kruka, który dziobał zaciekle coś pod spalonymi belkami. Wtedy doszła go wieść o śmierci Henryka z Lipy. Zostawił Brzostków pod opieką Sowca i Wita, wziął kilku ludzi i ruszył na Morawy.

— To, przez co przeszedłeś, to nie było piekło, lecz czyściec — powiedziała Rikissa, patrząc na niego czule.

Siedzieli w jej komnacie, przy ogniu i pili wino.

— Dorota mówiąc, że przestanę być smokiem, nie dodała, że wyjdę z tego starcem — odpowiedział gorzko.

— Wreszcie wyglądasz na swoje lata — uśmiechnęła się smutno. — Siedemdziesiąt, co? Tyle miałby mój ojciec...

— Siedemdziesiąt trzy — poprawił ją. Nie zapominał o żadnym, odkąd czuł każdy rok podwójnie. Słono zapłacił za smocze lata. — Za to ty, Rikisso, wyglądasz kwitnąco. Patrząc na ciebie, nie odgadłbym, ile przeszłaś.

— Miałam piękne życie z Henrykiem z Lipy — powiedziała, odwracając wzrok do okna. — Teraz przeżywam je po raz wtóry. Wspominam.

— Póki żył, nie byłem ci potrzebny.

— Nie mów tak — zaprzeczyła.

— Chronił cię, otaczał opieką i szczerze mówiąc, nie zostawiał wiele miejsca dla innych. Teraz wróciłem, żeby ci służyć, jak sobie kiedyś przysięgliśmy. Chociaż zrozumiem, jeśli odmówisz. Zaprzysięgłaś rycerza, a wrócił starzec.

Rikissa wstała i podeszła do niego. Wstał i on, choć musiał mocno przytrzymać się poręczy krzesła.

— Odmówię, Michale — powiedziała, unosząc na niego wzrok. — Jesteś komuś innemu winien swą starość.

— Komu? — nie zrozumiał jej w pierwszej chwili.

— Kalinie.

LIGASZCZ herbu Pomian miał w pamięci rady króla, rady królowej, sugestie kanclerza Królestwa, podpowiedzi kanclerza wojennego i wszystkich innych, a każdy był pewien, iż ma coś cennego do powiedzenia, co pomoże w skutecznym poprowadzeniu misji. Węgierski dwór znał dobrze, bywał tu często, poruszał się po nim swobodnie. Cieszył się, że oszczędzono mu tym razem towarzystwa Jałbrzyka. Żałował, że nie dano do pocztu Borutki. Wrończyk miał względy u Wilhelma Drugetha, a to na węgierskim dworze było równie ważne jak dostęp do ucha królowej. Ten warunek miał spełnić królewicz Kazimierz, którego król postawił na czele orszaku, co było w oczach Ligaszcza tyleż dobre, co ryzykowne. Misja była ważna. Potrzebowali wojska na wielką wojnę. Król uznał, iż Carobert nie będzie umiał odmówić szwagrowi, zwłaszcza jeśli wstawi się za nim Elżbieta. Ale król zdawał się nie pamiętać, że gdy ostatnio przyjechali po posiłki, obiecał Carobertowi dziedziczenie tronu. I osoba Kazimierza będzie o tej obietnicy przypominać. Ligaszcz znał króla Węgier lepiej niż Władysław. Wiedział, iż ziarno raz zasiane zakiełkowało w nim szybko. Nie, Carobert z pewnością nie życzył Kazimierzowi śmierci. Tak, przywiązał się do wyobrażenia o polskiej koronie. Dlatego Ligaszcz wymógł na królu obecność Grunhagena. Gdyby ktoś zapytał Ligaszcza, po co mu zielonooki karzeł, odpowiedziałby szybko: „By chronił królewicza tak samo skutecznie jak jego ojca" i byłaby to prawda. Ale nie cała, tę drugą część Ligaszcz krył wstydliwie przed wszystkimi, zwłaszcza przed Władysławem. Rzecz była w podobieństwie karła do króla. Niedokładnym, ale nie do przeoczenia. Ligaszcz chciał, by Carobert miał wrażenie, że towarzyszy im król, by nieświadom ulegał temu natrętnemu złudzeniu. Miał przeczucie, iż to rozproszy skupienie Caroberta na Kazimierzu. Zdrowym, żywym, niespełnionym marzeniu.

Dwór wyszehradzki pulsował życiem. Od Trzech Króli wyprawiano uczty, jedną po drugiej, jakby zapusty miały trwać wiecznie. W wielkiej olśniewająco oświetlonej sali tańczyło naraz pięćdziesiąt ze stu dwórek Elżbiety. Jej paziowie, młodzi chłopcy z węgierskich możnych rodów, odtwarzali sceny z pokłonu mędrców przed dzieciędem i żłobem. Wino płynęło strumieniami, od jadła uginały się stoły, akrobata wywijał kozły na linie zawieszonej nad ucztującymi, król Carobert wciąż unikał rozmowy. Mówił:

— Później. Teraz bawmy się!

Kazimierz się starał. Nie odstępował palatyna Jana Drugetha na krok. Towarzyszył Elżbiecie, gdy ta miała prywatne spotkania z mężem. Król najpierw mówił: „Porozmawiamy po świętach, a teraz bawmy się". Zrezygnowany, zniechęcony Kazimierz szedł tańczyć. Nic więcej nie mógł zrobić.

Ligaszcz obserwował go. Królewicz podobał się tutejszym damom. W tańcu był lekki, zwinny, ale dystyngowany. Dwórki królowej wirowały wokół niego, szukały okazji, by musnąć falującą w tańcu spódnicą, dotknąć czubkami palców, gdy szeregi tancerzy zamieniały się stronami. Klara Zach, śliczna jak malowanie, ciemnowłosa i drobna, w karminowej sukni z zielonymi rękawami umiała tak zmieniać figury taneczne, że Ligaszcz wciąż widział ją przy Kazimierzu. On też coraz częściej nie mógł oderwać od niej wzroku, a gdy Klara znikała, szukał jej w tłocznej sali.

— Nie podoba mi się to — mruknął do Ligaszcza Grunhagen. — Praca w takich warunkach jest trudna. Nie pójdę fikać z młodymi, żeby go strzec.

— To by dopiero goście mieli widowisko — odpowiedział mu Pomian.

— Tak. Jeszcze by mi do czapki węgierskiego złota nawrzucali. — Grunhagen w trakcie rozmowy był czujny, jego oczy śledziły Kazimierza.

— Zarobiłbyś. Na węgierskim dworze nie uświadczysz karłów. Elżbieta zakazała.

— To się chwali — przyznał szczerze i dyskretnie wskazał na szpakowatego, szczupłego mężczyznę w głębi sali. — To on?

— Uhm — potwierdził Ligaszcz. — Felicjan Zach, ojciec Klary.

— Mają wobec niego podejrzenia i wpuszczają na dwór? — zdziwił się Grunhagen.

— Wolą mieć wrogów blisko — Ligaszcz zacytował zdanie z listu Elżbiety, które przeczytała mu przed wyjazdem królowa Jadwiga. — Chcą mu patrzeć na ręce.

— Nie są w tym dobrzy, spójrz — zachichotał cicho Grunhagen.

Felicjan Zach wziął z patery cenne figi i pakował sobie za pazuchę.

— Cztery — naliczył Grunhagen. — Wielki z niego spiskowiec. Ukradł figi i zaraz zniknie. Pójdzie zanieść swej bandzie. Tego Palasti też Carobert zaprosił na mały poczęstunek?

— Nie. Bors nie ma wstępu na dwór wyszehradzki. To ostatni z druhów Amadeja Aby, który nigdy nie ukorzył się przed królem.

Muzycy skończyli grać, rozbawiona młodzież nie chciała wracać na miejsca. Kazimierz z Klarą podeszli do patery, z której wcześniej zabrał figi jej ojciec. Ligaszcz nie zdążył zareagować. Szybszy był Grunhagen. Skoczył ku nim tak szybko, że potrącił kilku dworzan. Klara trzymała w palcach owoc i z uśmiechem podawała go Kazimierzowi. Wyjął go z jej dłoni karzeł. Ligaszcz nie słyszał, co zielonooki powiedział. Zobaczył zawstydzoną minę Klary i rozbawienie Kazimierza. Młodzi odeszli od stojącej pod ścianą ławy i zbliżyli się do Mikołaja Drugetha, młodszego brata Wilhelma, tego, co dowodził węgierskimi siłami w Polsce. Elżbieta mianowała go nauczycielem swych synów, choć chłopcy byli ledwie kilkuletni.

— Zatruty owoc? — spytał Ligaszcz wracającego Grunhagena.

— Masz, spróbuj — odpowiedział karzeł i podał mu figę.

Ligaszcz fuknął i w pierwszej chwili chciał wyrzucić, ale zatrzymał rękę. Strach zostawiać, a jeśli ktoś się skusi? Schował ją.

— Może puści czarny sok i wtedy się wyda — powiedział Grunhagen. — Licho nie śpi, a wziąłeś mnie tu na służbę, nie na ucztę. Czekaj — syknął — kogo ja widzę?

I już go nie było. Prawda, wyróżniał się niskim wzrostem, ale, co z uznaniem zauważył Pomian, gdy chciał, potrafił poruszać się, nie zwracając na siebie uwagi. Jak teraz, gdy dyskretnie przemknął pod ścianą, a potem niemal zanurkował w stadko dwórek Elżbiety, by wynurzyć się po drugiej stronie, tam gdzie stali grupkami mężczyźni. Ligaszcz widział go dobrze, Grunhagen z założonymi na plecach rękami przechadzał się między rozmawiającymi, a ci nie zwracali na niego najmniejszej uwagi.

Nie patrzą w dół, tylko na twarze swych rozmówców — dotarło do Pomiana.

Muzycy wrócili do instrumentów i z balkonu rozległy się skoczne dźwięki.

Pary natychmiast ustawiły się do tańca. Kazimierz chwycił dłoń Klary. Gdzie, u licha, podział się Grunhagen? Ligaszcz przeczesywał wzrokiem tłumek na sali, ale nie mógł nigdzie wypatrzeć karła. Trwało to długo, tancerze zdążyli przetańczyć dwa skoczne i jeden wolny, Ligaszcz nie umiał zapamiętać nazw tych tańców, na Wawelu bawiono się inaczej. Króla taniec śmieszył, królowej nie bawił. Tańczyć kochała ich synowa, ale nie ona wyprawiała uczty. Wreszcie wrócił zaaferowany Grunhagen.

— Na uczcie było dwóch Krzyżaków — powiedział do Ligaszcza szeptem.

— Nie widziałem białych płaszczy.

— No właśnie. — Mina Grunhagena mówiła sama za siebie.

— Jesteś pewien? Może się pomyliłeś?

— Mogłem się pomylić co do tego, czy figa jest zatruta, czy nie — odpowiedział karzeł. — Ale pysk Habardusa i mordę Ilingera zapamiętałem dobrze.

Ligaszcz pamiętał, że gdy pierwszy raz spotkali Grunhagena, ten był w drodze od Krzyżaków. Lata temu, król był wtedy księciem wezwanym po śmierci Przemysła na tron Starszej Polski. Boże, kiedy ten czas minął!

— Co to za jedni? — spytał.

— Kim są teraz, nie wiem. Za moich czasów byli młodymi braćmi, ale już wtedy przywdziali płaszcze. Zaś dzisiaj Ilinger tytułował się „Johanusem, kupcem z Kolonii", tyle usłyszałem i mnie wystarczy, by wiedzieć, że nie mają dobrych intencji i nie zjawili się tu przypadkiem. Królewicz tańcuje?

— Bez wytchnienia. Klara go nie puszcza — zrelacjonował zafrasowany Ligaszcz. — Niedobrze. Jeśli są krzyżackimi szpiegami, mogli przyjechać tu z naszego powodu.

— Mogli z każdego innego — ostro powiedział Grunhagen. — Każda obecność szpiega jest zła, gdy kogoś masz upilnować. Psiakrew — zaklął.

— Pomówię z królową. Ty po skończonym tańcu przejmij Kazimierza i oderwij go na chwilę od Klary — postanowił Ligaszcz i ruszył w stronę królewskiego stołu.

Elżbieta rozmawiała z Janem Drugethem, palatynem Królestwa Węgier, ojcem Wilhelma i Mikołaja. Młody Mikołaj był przy nich, przekomarzał się z czteroletnim Ludwikiem. Małego Andrzeja piastunki zabrały dużo wcześniej. Ligaszcz wiele razy przyglądał się chłopcu, szukając w jego jasnej twarzy podobieństwa do Jadwigi i Władysława. Nie znajdował go.

— Najjaśniejsza pani — pokłonił się głęboko przed Elżbietą. — Królu.

Carobert nie zwrócił na niego uwagi pochłonięty rozmową z wojewodą Transylwanii, Tamasem Szecsenyi.

— Ligaszczu — uśmiechnęła się do niego Elżbieta i dopiero z bliska zobaczył, że jest zmęczona.

— Mam niecierpiącą zwłoki sprawę, pani. Na uczcie macie dwóch krzyżackich szpiegów.

Jan Drugeth zareagował ostro:

— Niemożliwe. Rozpoznalibyśmy ich.

— Po czym? Po białych płaszczach? — W głosie Elżbiety zabrzmiała chłodna uszczypliwość. — Pozwól sobie przypomnieć, palatynie, że to mój ojciec i jego rycerze widują Krzyżaków na co dzień. Ja im wierzę, co w niczym nie umniejsza zaufania do ciebie.

W tej samej chwili zobaczył przerażenie w oczach królowej. Wszystko rozegrało się błyskawicznie. Mikołaj Drugeth porwał w ramiona małego Ludwika i osłaniając sobą, rzucił się w tył. Jan Drugeth zasłonił królową Elżbietę. Ligaszcz odwrócił się gwałtownie i zobaczył, że lina, na której wcześniej skakał sztukmistrz, zerwała się, wyrywając ze ściany żelazną obręcz z kawałem tynku i teraz leci przez środek Sali, jakby chciała przeciąć tłum bawiących się gości na pół. Zobaczył Kazimierza, który osłania Klarę, i Grunhagena skaczącego ku nim. Muzyka umilkła nierówno. Bryła tynku i żelaza zmiotła stół, uderzyła w ścianę, odbiła się od niej pośród tłukących się kielichów, miażdżonej zastawy, lecących na wszystkie strony kawałków jadła, lejącego się wina z rozbitych dzbanów. Tam dopadła jej służba i zatrzymała zniszczenie. Nikomu nic się nie stało, ale zapanował zamęt. Dwórki krzyczały, któraś płakała histerycznie. Muzycy usiłowali zacząć grać, ale nierówno i ktoś dał im znać, by przestali. Kazimierz podnosił z posadzki Klarę, pomagał jej otrzepać suknię pod czujnym okiem Grunhagena. Ona pochyliła się do niego i coś szepnęła na ucho. Poczerwieniał. Grunhagen odciągnął go na siłę i pokazał na królewski stół. Kazimierz ruszył ku nim, a za nim zielonooki karzeł.

— Pierwszy raz widziałem coś takiego — powiedział Carobert, kręcąc głową. — Mikołaju, Janie, widziałem, jak obroniliście moją panią i syna. Nagroda was nie ominie!

Służba sprzątała salę, goście kręcili się, niepewnie zerkając na króla. Ten zerknął na Elżbietę, ona dyskretnie kiwnęła głową. Carobert wstał i zawołał:

— Na wyszehradzkim dworze lepiej skacze lina niż linoskoczek! Wina i jadła mamy dostatek, bawmy się dalej! — I dał znak muzykom.

— Mikołaju, zaprowadź królewicza Ludwika do komnat — zwróciła się do młodego Drugetha. — Sama poszłabym spać, ale teraz musimy pokazać poddanym, że niczego się nie boimy — uśmiechnęła się do Ligaszcza. — Kazimierzu!

— Siostro, królu — ukłonił się królewicz i zażartował: — Byłem bliski zatańczenia się na śmierć.

Za plecami Kazimierza stał Grunhagen.

— Mężu — Elżbieta zwróciła się do Caroberta. — Nasi goście z Polski rozpoznali wśród biesiadników dwóch krzyżackich szpiegów.

— Widzicie Krzyżaków pod każdym kamieniem — lekceważąco prychnął Carobert.

— Mamy ich pod każdym kamieniem — przypomniał Kazimierz.

— Pokażcie mi tych szpiegów — zażądał Carobert.

— Zniknęli, królu — odezwał się Grunhagen. — Poznali mnie i zrozumieli, że sami zostali rozpoznani.

— Mówi prawdę? — Carobert spytał Elżbietę i spojrzał na Grunhagena niepewnie.

— Tak — oświadczyła królowa. — Mój ojciec mu wierzy, więc ja mu nie zaprzeczę.

— Musimy wracać do Krakowa — oświadczył Kazimierz, i Ligaszcz usłyszał coś dziwnego w jego głosie. — Jaką odpowiedź mam zawieźć ojcu?

— Żeby zerwał z Litwinami, to dam mu wojsko — buńczucznie powiedział Carobert.

— Moja żona jest Litwinką — postawił się Kazimierz.

— Ale ochrzczoną — napił się wina król Węgier. — Ochrzcijcie jej ojca, to dam wam rycerzy.

— Nie mamy czasu, Carobercie — po raz pierwszy zwrócił się do niego po imieniu. — Cała potęga Zakonu stoi nad nami. Tak, Węgrzy byli mądrzejsi, Andrzej z Arpadów wygnał żelaznych braci z Siedmiogrodu. Tak, Polacy byli mniej przewidujący, Konrad z Mazowsza ich zaprosił. To chciałeś usłyszeć, szwagrze? Przyznaję. Węgierski król wykazał się przenikliwością większą niż piastowski książę. Masz rację.

— Ale Andrzej z Arpadów to także i nasz przodek — odezwała się Elżbieta. — Pradziad mojej i Kazimierza matki.

— A ten Konrad z Mazowsza? — Carobert miękł wyraźnie.

Dziad ich ojca — skonstatował w duchu Ligaszcz.

— Szaleniec! — wybrnęła Elżbieta. — Sam opowiadałeś, że u Andegawenów pojawiają się w każdym pokoleniu. Mój brat wyraża podziw Polaków wobec węgierskich władców, a ty będziesz go psuł, stawiając warunki? Przecież obiecałeś memu ojcu, że wesprzesz go w każdej słusznej sprawie. Wojna z Zakonem o odzyskanie Pomorza jest najsłuszniejsza. Pamiętasz czasy, gdy węgierska miedź płynęła z Gdańska? Nie chcesz, by wróciły?

— Nie chcę, by moi rycerze walczyli u boku pogan — spokojnie odpowiedział Carobert.

— Dobrze — chwyciła go za rękę Elżbieta. — Zatem niech walczą wyłącznie u boku mego ojca. Możecie spełnić ten warunek? — spytała Kazimierza, choć spojrzała najpierw na Ligaszcza.

— Musimy — poważnie odpowiedział syn królewski.

— Słyszałeś, Janie Drugecie? — Carobert odwrócił się do swego palatyna.

— Przegadali cię — roześmiał się neapolitańczyk.

Ona wciąż wie, kiedy wyciągnąć swą kroplę arpadzkiej krwi — z podziwem pomyślał o Elżbiecie Ligaszcz. — I zawsze pamięta, że ma jej więcej niż on.

— Wilhelm Drugeth będzie dowodził wojskiem węgierskim. Przyślemy je, gdy dacie znak z Wawelu — zakończył sprawę Carobert.

Mogli odetchnąć, napić się wina, skosztować pieczeni. Służba zdążyła już sprzątnąć skorupy dzbanów i potłuczone kielichy, na zasłanych od nowa stołach zjawiły się półmiski świeżego jadła.

— Nie wracasz do tańca? — spytał Ligaszcz Kazimierza, gdy zajęli swe miejsca przy stole.

— Odechciało mi się.

— Odepchnęła cię? — zażartował Pomian, patrząc na wirującą w tańcu Klarę.

— Powiedziała, że mam uciekać — odpowiedział królewicz i spochmurniał. — Jutro wracamy na Wawel. Zrobiliśmy, co do nas należało. Nic tu po nas.

ZYGHARD VON SCHWARZBURG powinien był szukać Wolfa z Lutherem, ale wykorzystał okazję, że komtur dzierzgoński jeszcze nie przyjechał do Malborka, i zaczął węszyć na własną rękę. Zderzył się jednak z murem. Sądził, że jego znajomości sięgają wszędzie, tymczasem okazało się, iż bracia odpowiedzialni za lochy i nadzór nad więźniami są mu zupełnie obcy.

— Kiedy Werner zdążył ich wymienić? — żalił się po południu Klugerowi nad kuflem warmińskiego piwa. Malborski refektarz między posiłkami pełnił rolę świetlicy. Bracia siedzieli grupkami, grając w kości, ale obstawiając pod stołem, bo gra na pieniądze była surowo wzbroniona. Niektórzy gawędzili, inni kłócili się o konie, wiadomo, stajnie niby wspólne, ale każdy chciał mieć najlepszego wierzchowca. Knechci obgadywali sariantów, sarianci dinerów, ci zaś wymieniali plotki o swych komturach. Żeby nie być na widoku wszystkich, Zyghard celowo usiadł z Klugerem nie przy należnym sobie stole dygnitarzy, lecz nieco z boku, poniżej, gdzie siedzą zwykli komturowie. — Pamiętasz tego pryszczatego Merkelina? Byłem pewien, że wciąż jest dowódcą więziennej straży.

— Gdyby tak było, piłby przy tamtym stole. — Kluger wskazał Zyghardowi odległe miejsce pod ścianą.

— Tam siadają strażnicy? — zdziwił się Schwarzburg.

— Nie. Tam siadał Merkelin.

— Nie dobijaj mnie, wymyśl coś.

— Za ile? — spytał Kluger, wysiorbując pianę.

— Za chwilę — szturchnął go Zyghard. — Nie mam wiele czasu, Luther przyjedzie jutro.

— Pytałem, ile komtur mi zapłaci — poprawił go Kluger.

Schwarzburg przewrócił oczami i dał mu mieszek. Kluger zawsze żądał zapłaty z góry, ale prawda, gdy ją wziął, nigdy się nie ociągał. Zniknął, zostawiając Zygharda w refektarzu i ten już miał się zbierać do wyjścia, gdy zauważył Sandera von Pfau, młodego mieszczanina z Kolonii, którego poprzednio kazał Klugerowi śledzić, póki nie upewnili się, że chłopak ma schadzki z komturem radzyńskim, Bernoldem.

— Komtur Zyghard — przywitał się młodzian, zaczerwienił i chciał wycofać czym prędzej.

— Zapraszam, nie gryzę — przywołał go. — Siadaj, chłopcze.

— Ja... — próbował wymigać się Sander, obrzucając spojrzeniem refektarz.

Zepsuję mu wieczór — pomyślał Zyghard i tym bardziej uparł się, by chłopak mu towarzyszył.

— Który to już rok w Malborku? — zagadnął, choć doskonale wiedział, że Sander przybył równo z Wernerem, po śmierci Karola z Trewiru. To przecież sprawiło, iż Zyghard początkowo podejrzewał, że to on może być Wolfem.

— Szósty — odpowiedział chłopak i próbował nie zerkać za plecy Zygharda, gdzie musiał siedzieć Bernold.

— Nie znudziło ci się?

— Bracia nalegają. Mówią, żebym liznął wielkiego świata — wybąkał Sander.

No to liznąłeś — zaśmiał się w duszy Zyghard i bezczelnie odwrócił, patrząc na komtura radzyńskiego. Teraz ten spiekł raka.

— I jakie plany na przyszłość? — spytał wrednie.

— Pomyślałem, że chciałbym złożyć zakonne śluby — powiedział cicho Sander i Zyghardowi zrobiło się go żal.

Gołąbeczki — pomyślał.

— Na co czekasz — odrzekł na głos. — Skoro słyszysz głos powołania, pisz do braci o błogosławieństwo.

Sander zamrugał i spojrzał na niego z nadzieją.

— A... a... czy komtur grudziądzki wstawiłby się za mną? Moi bracia to umysły kupieckie, handlowe od pokoleń, nie wiem, czy zrozumieją... Gdyby zaś taki dostojnik napisał zdanie od siebie, że się nadaję...

Chryste — jęknął w duchu Zyghard. — Zostałem swatką i niańką.

— Pomyślę — powiedział wymijająco. — Czas na mnie. Dobranoc.

— Najmocniej przepraszam, jeśli się ośmieliłem za bardzo, i najmocniej dziękuję, z góry dziękuję...

Kluger znalazł go w łaźni późnym wieczorem. Jako że dla malborskich braci nie przypadał akurat termin obowiązkowej kąpieli, Zyghard był sam. Siedział na drewnianej ławie, a sługa polewał wodą gorące kamienie i smagał go miotełką po plecach. Kluger wszedł rozebrany, tylko w przepasce na biodra i Zyghard dał znać słudze, by wyszedł na chwilę.

— Nowy dowódca nazywa się Konrad von Gartow, ale za więźniów odpowiedzialny jest brat Hake.

— To imię czy nazwisko?

— Jan von Hake — uzupełnił Kluger i usiadł koło Zygharda na ławie.

— Nie znam. — Zyghard sięgnął po ręcznik i otarł pot z czoła.

— Nic dziwnego. To kompan Wernera. Razem wstąpili do Zakonu.

— Ciekawe, że nigdy wcześniej o nim nie słyszałem. Werner musiał zadbać o to, by przyjaciel został w cieniu.

— Dobrze komtur mówi — pociągnął nosem Kluger. — I dobrze pachnie. Co to?

— Rozmaryn — odpowiedział Zyghard. — Każę dodawać go do tych miotełek, którymi... Po co pytasz, jeśli cię to nie obchodzi?

— Tak sobie, z ciekawości.

— To z ciekawości powiedz mi więcej o tym Hake.

— Mam coś lepszego. Listę więźniów.

— Jesteś wart tego, co ci płacę — pochwalił go Zyghard.

— Nie ma na niej żadnego Wolfa.

— Nie spodziewałem się, by figurował pod własnym imieniem. Jak więc się nazywa?

— Dobeneck, Gleina, Endorf, Flareheim, Lodla albo Mylau. Oczywiście, o ile to prawda, że mistrz trzyma swego ptaszka w Malborku.

— Sprawdzisz ich, Kluger?

— Niby jak? — poklepał się po zroszonej potem piersi najemnik.

— Tak jak zawsze — odpowiedział Zyghard. — Za pieniądze.

— Sprawdzę — powiedział Kluger. — A mogę teraz zażyć łaźni?

Zyghard wstał, rzucił mu swą miotełkę z rozmarynu. Kluger powąchał ją z zaciekawieniem i zaczął się nią drapać po piersi. Schwarzburg wyszedł. Potrzebował samotności przed mającą się odbyć nazajutrz naradą zakonną.

Przyszedł na nią przed czasem i w rogu wielkiego kapitularza zajął rozmową swego bratanka Gunterusa. Nie dlatego, by był ciekaw, co słychać w gniewskiej komturii, ale by stać się dla przybywających niewidzialnym. Obserwował, w jaki sposób świętoszkowie zajmują miejsca, gdy nie śledzi ich wzrok Luthera. Od swoich sług wiedział, że wielki szatny jeszcze nie zjechał do Malborka; w duchu tryumfował, że tym razem to nie on spóźni się na obrady. Pierwszy przybył Otto von Bonsdorf, ten, który wyciągnął czarną gałkę.

— Mój wybawca! — szerokim gestem przywitał go wielki mistrz i zaprosił, by siadł blisko niego. — Twoja ofiarność nie zostanie zapomniana, własną piersią zasłoniłeś mnie przed strzałą Dzikich...

Potem wszedł Henryk Reuss von Plauen, łysy, z obfitą ciemnorudą brodą. Zapuścił ją po tym, jak zgolił łeb, a włosów musiał się pozbyć po wizycie z Zyghardem na Rusi. Tkwili w lesie, w obozie wywiadowczym i Plauen złapał wszy, których z bujnej czupryny nie umiał wypędzić zakonny cyrulik. Teraz rozejrzał się, zorientował, że Luthera nie ma, i żwawym krokiem podszedł do siedzącego przy Wernerze Bonsdorfa, by skorzystać z łaski, jaka na niego spłynęła, i też spróbować zbliżyć się do mistrza.

— O, widzisz, stryju? — Guntherus paplał jak dziecko. — Komtur Plauen objął po mnie Pokrzywno, no nie po mnie — zachłysnął się — tak mi się powiedziało. Oczywiście, że po Teodoryku, który bohatersko zginął w bitwie z polskim królem.

Jeśli i Bonsdorfa czeka szybki awans, to znak, że ci dwaj naprawdę wdarli się w łaski mistrza z pominięciem Luthera — pomyślał Zyghard. — Jak to się ma do wspólnego ciągnięcia losów? Nie mogą grać jednocześnie z mistrzem i Lutherem.

— Przyszedł i stary Wildenburg — z przejęciem westchnął Guntherus. — Myślisz, stryju, że podczas krucjaty pogodził się z wielkim mistrzem? Zwykle nie zaprasza się go na obrady.

Z tego, co wiem od Luthera, mistrz szantażuje go tajemniczym Wolfem, więc tak, można uznać, że się pogodzili — skonstatował w duchu Schwarzburg i odwrócił się, wodząc wzrokiem za Wildenburgiem.

— Co sądzisz, stryju? — dopytywał Guntherus.

— Że jeszcze dzisiaj dowiemy się, z jakiego powodu mistrz wyciągnął dawnego wroga z zesłania — odpowiedział Zyghard i pożegnał się z bratankiem, bo sekretarz mistrza wzywał dygnitarzy. Choć nikt nie nazwał zebrania wielką kapitułą, przeprowadzono je w jej trybie. Zjechało kilkunastu prowincjonalnych komturów, ci mieli głos zwykły. Głos decydujący należał do wielkiej piątki, w skład której obok mistrza wchodzili: podskarbi, wielki szpitalnik, wielki szatny, wielki komtur. Powinien być w niej i marszałek zakonny, ale tego nie powoływano od czasu śmierci Henryka von Plötzkau. Dla wtajemniczonych było jasnym, że to celowy ruch, w odwecie za przewrót, jakiego dokonano przed laty. Na miejsce marszałka Werner zawsze zapraszał Zygharda, tak było i tym razem. Do niego zaś doprosił komtura toruńskiego, jako głowę zakonnego wywiadu. Tyle że dzisiaj dwa z przypadających na wielką piątkę miejsc były nieobsadzone. Miejsce Luthera i jego kamrata, wielkiego szpitalnika Oettingena. Zyghard szybko spojrzał na niższe ławy, zajmowane przez zwykłych braci.

Brakuje reszty świętoszków — zauważył szybko. — Pyzatego Markwarda i szczerbatego Hermana. Ci mogli nie dostać wezwania na kapitułę. Natomiast nieobecność komtura ziemi chełmińskiej Ottona von Lautenburg i Czerwonego Wilka z Bałgi, w połączeniu z brakiem szpitalnika i szatnego, jest co najmniej zagadkowa.

— Gdzie nasi towarzysze? — Zyghard spytał szeptem komtura toruńskiego, wskazując na dwa puste miejsca przy stole dygnitarzy.

— Zatrzymała ich pilna sprawa — odpowiedział Ulryk i dodał z przyganą: — Powiadomili mistrza na ostatnią chwilę.

— Papież zaostrzył stanowisko wobec Zakonu — zaczął Werner von Orseln. — Złe ziarno zasiane przez nieżyjącego biskupa Gerwarda przed koronacją króla Władysława wydało trujący plon. Polscy dyplomaci wmówili papieżowi, że gdyby Gdańsk i Pomorze nadal zostały w ich rękach, płaciliby z tego obszaru świętopietrze i wyliczyli mu, ile każdego roku traci papieska komora. Nasi legiści w kurii awiniońskiej doszli do ściany. Mimo świetnie prowadzonych rokowań, mimo dowodów, że nigdy nie płaciliśmy świętopietrza, papież jest nieugięty.

— Nasz nowy sojusznik, król Jan, nie może pomóc? — zadrwił Zyghard. — Wszak to teraz ulubieniec Ojca Świętego.

— Obiecał i próbował — rozłożył ręce Werner, najwyraźniej nie słysząc kpiny w głosie Schwarzburga.

— Mamy niekorzystny dla siebie wyrok w sprawie Pomorza — przypomniał podskarbi. — Dotychczas udawało się go odsunąć, zbić argumentami o stronniczych sędziach i tak dalej.

— I się skończyło — wyraźnie powiedział mistrz. — Kuria papieska jest nieugięta. Albo zaczniemy płacić podatki z Pomorza, albo natychmiast powołają się na wyrok i postawią go w mocy.

— Ile nas to będzie kosztowało? — spytał Zyghard.

— Olbrzymią kwotę — powiedział podskarbi. — Liczą od roku zajęcia Gdańska.

— A dlaczego nie od roku koronacji Władysława? — podniósł się Zyghard. — Wszak Polacy dopiero od wtedy zaczęli płacić papieżowi.

— To jest nasze jedyne pole do negocjacji — powiedział mistrz. — Jeśli zgodzimy się płacić, możemy utargować te jedenaście lat należności.

— Nie możemy się zgodzić. — Zyghard był przekonany, że to oczywiste. — Zgoda oznacza uznanie, iż zajęte przez nas Pomorze należy formalnie do Królestwa Polskiego. Z terenów zakonnych nie płacimy i płacić nie musimy. To jasne.

— Teoretycznie — odpowiedział mu Werner. — W praktyce wygląda to tak, że jeśli nie zapłacimy, będziemy musieli Pomorze zwrócić Polsce.

— Kto nas zmusi? — lekceważąco odpowiedział Schwarzburg. — Papież nie wystawi wojska.

— Jego zbrojnym ramieniem będzie polski król — odrzekł mistrz. — Zwłaszcza że znów wojska zakonne spustoszyły Włocławek. Dlaczego nie ma z nami Lautenburga? — Potoczył wzrokiem po kapitularzu.

— Mówiłem — przypomniał mu Ulrik. — Jakaś pilna sprawa zatrzymała komturów...

— Celowo mnie unika — powiedział rozgoryczony mistrz. — Biskup włocławski za tamten jego rajd łupieski złożył na nas sążnistą skargę. Jeszcześmy się od niej nie zdołali odwołać, a tu znów Włocławek zniszczony. I katedra w niedzielę Zmartwychwstania padła... Chryste! Wygląda to jak najazd barbarzyńców! Nie jesteśmy bezbożnikami, tylko ramieniem Pańskim! Niszczenie świątyń jest niedopuszczalne!

— Nam to mówisz, wielki mistrzu? — chłodno spytał Zyghard. — Zdyscyplinuj Lautenburga.

— Zrobię to — oświadczył Werner. — Choć obawiam się, że tak czy inaczej papież pobłogosławi Władysława na wojnę z nami.

— W to wierzę — krzywo uśmiechnął się Zyghard. — Ale nadal uważam, iż nawet tego papież nie zrobi. Dotychczas udawało nam się grać na linii dyplomacji. Jesteśmy w tym dobrzy.

— Powiedziałem, komturze grudziądzki, że kuria się zaparła. Doszliśmy do muru. Musimy głosować.

— Co? — nie uwierzył w absurd tej sytuacji Schwarzburg.

— Płacenie świętopietrza — ponuro powiedział wielki mistrz.

— Nie ma quorum — postawił się Zyghard i naprawdę brakowało mu teraz Luthera. Szatny nigdy nie zagłosowałby za płaceniem papieżowi. Szpitalnik Oettingen to wyrywny tępy Szwab, ale słucha Luthera i jest mu wierny. Dwa głosy stracone.

— Quorum jest — odrzekł blady sekretarz mistrza. — Do wielkiej piątki, w której dzisiaj brakuje szpitalnika i szatnego, dołączy komtur toruński i ty, jako grudziądzki. I tak zasiadacie przy stole dygnitarzy.

— Powtarzam — uniósł się z miejsca mistrz. — Też walczyłem jak lew o niezależność Zakonu Najświętszej Marii Panny. I jestem przeciwnikiem płacenia papieżowi świętopietrza. Ale jeszcze bardziej nie chcę wielkiej wojny z Polską. Uważam, że sytuacja zmusiła nas do zmian. Głosuję za płaceniem.

— A ja — szybko poniósł się z miejsca Zyghard, choć powinien ustąpić podskarbiemu i wielkiemu komturowi — nigdy bym się na zapłatę nie zgodził. Uderza w niezależność i dumę Zakonu. Zapłacimy raz, znajdą sposób, byśmy płacili zawsze. Głosuję za niepłaceniem i grą dyplomatyczną.

— Podskarbi? — wywołał sekretarz.

— Pójdźmy na ugodę i zapłaćmy — ciężko powiedział Konrad Kesselhut. — Może nasz prokurator wynegocjuje dobre raty.

— Wielki komtur?

Stary Fryderyk von Wildenburg wstał z wysiłkiem.

— Fryderyku — zaapelował do niego Zyghard — zawsze byłeś zwolennikiem niezależności Zakonu.

Wildenburg nie spojrzał na niego, wzrok wbił w stół.

— Głosuję za płaceniem — powiedział matowym głosem.

Więc dlatego mistrz wyciągnął cię z nory. Złamał cię — pomyślał ponuro Zyghard.

— W wielkiej piątce cztery głosy za, jeden przeciw — beznamiętnie oznajmił sekretarz. — Teraz zagłosują komturowie, po nich zapraszam resztę braci.

Zawsze uważałem, że to dobry zwyczaj, by bracia widzieli, jak głosuje wielka piątka, nim oddadzą swój głos. By rozumieli argumentację i słyszeli dowody. Ale dzisiaj przepadłem. Gdzie, do diabła, podział się Luther i szpitalnik? Gdzie dwóch najważniejszych komturów, Altenburg i Lautenburg? To głąby, ale zagłosowaliby jak Luther, czyli tak jak ja.

Śledził wzrokiem jedynych świętoszków, Plauena i Bonsdorfa. Plauen, jako aktualny komtur Pokrzywna, głosował w drugiej turze. Podszedł do sekretarza liczącego głosy na „nie". Otto von Bonsdorf, chwilowo szeregowy brat, szedł do głosowania w ostatnim etapie. Wypiął pierś i patrząc prosto przed siebie, zagłosował na „tak".

Bracia sekretarze przeliczyli głosy i odczytali decyzję. Była taka, jak głosy wielkiej piątki.

W co ty grasz, Bonsdorf — myślał Zyghard, patrząc na sztywną, wyprostowaną sylwetkę Ottona. Powiódł wzrokiem za jego spojrzeniem i trafił na mistrza.

LUTHER Z BRUNSZWIKU, Lautenburg i Oettingen, wielki szpitalnik, a zarazem gospodarz, próbowali uspokoić Czerwonego Wilka, Ditricha von Altenburga. Twardy jak dąb komtur Bałgi rozsypał się niczym drzewo rozłupane na drzazgi ostrym toporem. Ostrzem, które ugodziło Altenburga, była rodzina. Dostał wiadomość z Turyngii, że zmarł jego jedyny brat. W szale rozpaczy chciał jechać do domu, Bogu dzięki, wystraszył tym zamiarem współbrata z Bałgi i ten doniósł o wszystkim szatnemu. Luther nie miał wyboru, skrzyknął swoich i zamiast udać się na kapitułę do Malborka, przechwycili uciekającego Altenburga w Elblągu. Czerwony Wilk nie golił się od kilku dni, jego ruda broda zaczęła się plątać. Włosy, zwykle oblepiające czaszkę, teraz były w nieładzie. Zyghard, który mawiał, że Altenburg przypomina nie wilka, a dziką świnię, miałby używanie — pomyślał Luther. Ale to nie Zyghard był teraz jego zmartwieniem, tylko komtur Bałgi.

— Uspokój się, proszę — przemawiał do niego raz po raz. — Nie pozwól, by żal odebrał ci rozum.

Oczy Altenburga były rozbiegane, oddech przyspieszony ponad miarę.

— Podam mu eliksir — szepnął do ucha Luthera wielki szpitalnik.

— Uspokój go, ale nie otumań — zażądał.

Krople ciemnego odwaru spłynęły po wydętych ustach Altenburga.

— Przełknij — poradził szpitalnik. — To ci pomoże.

— Nic mi nie pomoże. — Czerwony Wilk otarł usta wierzchem dłoni. — Byłem młodszym bratem, drugim synem…

— Ja też — ostro wtrącił się niedźwiedziowaty Lautenburg.

— I ja — powiedział szpitalnik. — Wszyscy jesteśmy drugimi synami. To powinno być wezwanie Zakonu — zaśmiał się grubo. — „Drudzy synowie". Gdyby nasz Pan Jezus Chrystus miał młodszego brata…

Luther dał mu znak, żeby przestał kpić.

— Nie rozumiecie — wybełkotał Czerwony Wilk. — Jestem ostatni… Było nas tylko dwóch, Albert i ja. Ojciec wysłał mnie do Zakonu, nim Albert spłodził syna…

— Mój był mądrzejszy — mruknął Lautenburg. — Odczekał, aż Berti będzie miał potomka…

— Nasz się pospieszył — powiedział komtur bałgijski. — A z dzieci Alberta przeżyła tylko jedna córka. Zmarł i całe dziedzictwo przepadnie… Najstarszy ród Turyngii wymrze bezpotomnie… — Głos Altenburga znów zaczął niebezpiecznie przechodzić w zawodzenie.

— Przestań — szybko zareagował Luther. — Najstarsi są Schwarzburgowie.

— Jak byście się czuli, gdyby wasze nazwisko miało zostać wymazane z księgi życia? — Ciałem Altenburga wstrząsnęły drgawki. — Nie mogę na to pozwolić. Poproszę dysterię przy stolicy apostolskiej o zdjęcie ze mnie ślubów zakonnych… wrócę… uratuję ród…

— Nigdzie nie wrócisz — zimno powiedział Luther. — Papież może zdjąć z ciebie śluby zakonne, ale dla nas nie ma odwrotu. Ci, którzy je porzucają, w naszych oczach są przeklęci.

— Ale ja poproszę mistrza, żeby mnie uwolnił... — Ditrich zaczął kolebać się na boki. Luther wymienił spojrzenie ze szpitalnikiem, ten skinieniem głowy potwierdził, że wszystko pod kontrolą.

— Nikt nie może cię od nich uwolnić — syknął Luther. — Co z tego, że zdejmą z ciebie śluby? W oczach Boga, Najświętszej Marii Panny i ludzi zostaniesz renegatem. Nikim. Kto wyda za ciebie córkę? Nikt ważny, nikt twojej pozycji. Będziesz zmuszony brać dziewkę niskiego rodu albo nawet mieszczkę. Jeśli uda ci się z nią spłodzić syna, będą patrzeć na niego jak na kundla. Jak na mieszańca.

— O ile w ogóle spłodzisz — powiedział tubalnym głosem Lautenburg. — Znam wielu braci, którzy zmajstrowali dzieciaka służkom, ale ani jednego, który po porzuceniu ślubów zakonnych miałby legalnego dziedzica.

— W Zakonie jesteś kimś. Opuścisz go, staniesz się byle kim — dodał szpitalnik.

— Chcesz złożyć broń teraz? — podjął Luther. — Gdy jesteśmy tak blisko celu? Czerwony Wilku z Bałgi, spójrz mi w oczy i powiedz: Za nic mam Przepowiednię Świętego Jana, za nic mam jego siedem pieczęci. Za nic mam lata wspólnego badania Pisma.

Ditrich von Altenburg uniósł głowę, ale jego wzrok był mętny. Zamrugał, jakby sobie nie mógł przypomnieć, kim są.

— To my, Ditrichu — łagodnym głosem powiedział Luther. — Twoi bracia w Zakonie i w sprzymierzeniu, które razem nazwaliśmy Pieczęcią. Jestem ja i was siedmiu, jak w Objawieniu Świętego Jana, bo my jesteśmy wypełnieniem proroctwa. Ale żadna z pieczęci nie może zostać złamana przed czasem, musi wypełnić się Pismo. Cztery pierwsze, trzy drugie. To my zdecydujemy, kiedy zacznie się Apokalipsa, a ona jest już blisko.

— Po niej nastanie nowa ziemia — podjął mocno Lautenburg. — I nowe niebo. To my je zawojujemy, pamiętasz?

Komtur Bałgi pokiwał głową. Luther położył mu ręce na ramionach i powiedział z mocą:

— Obiecuję ci, że będziesz pierwszym nagrodzonym. Posłuchaj uważnie. W Zakonie osiągniesz więcej, niż mógłbyś przypuszczać. Więcej niż w zwykłym życiu. To ty sprawisz, że wasz ród będzie słynny.

Że pamięć o nim nie przeminie. Zgadzacie się, bracia? — odwrócił się do Lautenburga i Oettingena.

Oettingen, którego Luther już dawno ulokował na stanowisku wielkiego szpitalnika, potwierdził skinieniem głowy. Lautenburg wahał się jeszcze, prawda, Luther obiecał mu wiele. Ale teraz ważyły się losy całego ich bractwa, więc po chwili potwierdził.

— Bracia się zgodzili — powiedział do Ditricha Luther. — Przysięgnij, że nas nie opuścisz, Czerwony Wilku.

Zamrugał. Oczy mętniały mu od eliksiru podanego przez szpitalnika, więc Luther zmusił go, by przyrzekł. Gdy to zrobił, dali mu spokój. Po chwili zapadł w sen.

— Zawołam służbę — powiedział szpitalnik — niech go położą.

— Nie — zabronił Luther. — Chcę, by obudził się tu, gdzie zasnął. Wtedy każę mu potwierdzić przysięgę.

— Rozumiem — skinął szpitalnik i spytał: — Wina?

— Dawaj — z ulgą westchnął Lautenburg. — Popękał nam Ditrich, co? Z Czerwonego Wilka zamienił się w szczenię. Gdyby Chrystus miał młodszego brata, ha, ha, ha, aleś wymyślił!

Oettingen podał wino. Luther upił łyk i się skrzywił. Nie, nie było kwaśne, tylko nie znosił grubych żartów Lautenburga.

— Ciekawe, co nas ominęło w Malborku — zagadnął szpitalnik.

— Mnie utrata komturstwa za spalenie katedry we Włocławku — napił się Lautenburg.

— Należało się cwaniakom — mściwie odpowiedział Oettingen. — Gdyby nie Gerward, nie byłoby sprawy ze świętopietrzem, a Maciej to siostrzeniec Gerwarda. Można rzec, odziedziczył po wuju biskupstwo i grzechy. Ma za swoje.

— Kamień na kamieniu — cicho powiedział Luther. — Tylko dziwne, żeście nic nie znaleźli.

— Gdzieś to ukrył — wzruszył ramionami Lautenburg. — Mam jeszcze jeńców z Włocławka, moi ludzie badają każdego, nawet dziewki służebne. Ktoś się wygada, prędzej czy później.

— Gadanie tymczasem trwa w najlepsze w Malborku — zarechotał szpitalnik.

— Gadanie, gadanie i występy Schwarzburga — dodał Lautenburg. — Komtur grudziądzki za dużo ma ostatnio do powiedzenia i coraz mniej się z tym kryje. Nie uważasz, Lutherze, że dobrze by było go uciszyć?

— Nie — krótko odpowiedział Luther.

— Swoją drogą, burgrabia Altenburg okazał się krótkowzroczny — zmienił temat szpitalnik. — Mój ojciec czekał, aż pierworodny będzie miał dwóch synów. Twój, Ottonie, też. A twój, Lutherze?

— Mój miał trzech przede mną — odpowiedział nieuważnie Luther. — I trzech po mnie.

— Wiadomo, Welfowie w przeszłości sięgali tronu cesarskiego! — pochwalił Lautenburg. — Spowinowacili się ze wszystkimi możnymi tego świata. Twoja siostra, Lutherze, była żoną Piasta...

Nie słuchał ich. Myślał o sobie. Był środkowym synem. Nie najstarszym, nie najmłodszym. Przez całe dzieciństwo niewidzialnym. Ojciec skupiał się na starszych, matka na młodszych. Na niego nie patrzył nikt. Wszystko, co powiedział przed chwilą komturowi Bałgi, było prawdą. Mimo że pochodził z wielkiej dynastii Welfów, tylko w Zakonie mógł osiągnąć szczyt. I nigdy nie był go tak blisko. Jeszcze trochę wysiłku. I jeszcze więcej uwagi. On jest tym, który łamie pieczęcie. Przyszłość zaczęła się dziś.

PRZEMKO książę głogowski, najmłodszy z trzech żyjących braci, jechał na spotkanie z Henrykiem, księciem Jawora. Nie krył się z tym, miał gdzieś, że śledzą go oczy luksemburskich sługusów, a podsłuchują uszy cichych ludzi jego własnych braci. Może i chodzili za nim jeszcze jacyś? Podejrzewał zwiadowców Łokietka, króla karła. Ha! Ojciec dałby mu popalić, gdyby usłyszał, jak go nazywa. Ojciec kazał mówić „książę Władysław", bo twierdził, że karzeł nie mógłby zabić ich stryja Przemka. A zabił, taka prawda. I nie skrycie, nie podstępem. Na polu bitwy, przebił mu mieczem gardło i tyle. Skończyło się młode, ponoć świetnie zapowiadające się życie tamtego Przemka. Ale ojciec nie słyszy, co mówi ten Przemko, bo nie żyje. Gryzie ziemię albo dawno się w niej w proch obrócił, a on nie jest tamtym Przemkiem, w którego cieniu go wychowano. Wytresowano.

Przemko po ojcu odziedziczył Głogów. I upór. I ciemne oczy, choć te równie dobrze mógł wziąć po matce, księżnej Matyldzie z Brunszwiku, z wielkiego rodu Welfów. Ojciec zmarł, gdy byli dziećmi. Matka jako regentka trzymała ich twardą ręką, ale od dwunastu lat nie żyje, a on i bracia tyle razy dzielili się ziemiami, tyle razy tracili, nigdy nie zyskiwali, że kanclerz mawiał, iż on sam nie pamięta, która ziemia teraz jest czyja. Przemko pamiętał. Od początku chciał być panem Głogowa. Tu się urodził, wychował na pieśniach o Krzywoustym i cesarzu Henryku.

W obronę Głogowa bawił się z braćmi, odkąd zaczął chodzić. Prawda, na początku, jako najmłodszy, musiał grać rolę zakładnika. Starsi bracia mierzyli w niego patykami, a on umierał bez słowa skargi, bo piastunka mówiła, że synowie głogowscy nie płakali, oddając życie pod bełtami ojców. Potem bracia pozwolili mu grać niemieckich najeźdźców, ale w czasie walki wpadał w szał i zdobywał gród, zamiast polec pod murami. Zapamiętywał i zapominał się. Wtedy mu pozwolili być obrońcą Głogowa i w tej roli był nie do pobicia. Oni już leżeli albo biegli na wieczerzę, a on błagał: „Jeszcze jeden szturm, jeszcze, jeszcze". Tak więc gdy przyszło do podziału ojcowizny, Głogów musiał być jego.

Dostał go i nie puści. Tu jest jego miejsce, w grodzie nad Odrą.

On sam jest cierniem, kolcem, ostrym zadziorem. Gdyby istniało imię „Głóg", to by je wziął i nosił jak swoje, ale od dziecka powtarzano mu, że książę śląski może mieć na imię Bolesław, Henryk, Konrad albo Przemko. Jednemu z jego braci dano Jan, bo się rodzicom urodziło więcej synów, niż znali imion. A Bolesław, ponoć imię dla Ślązaka najlepsze, okazał się słabeuszem. Spadł z konia, skręcił kark i umarł. Zostało ich czterech, on najmłodszy. Ale Głogów należy do niego. Jego bracia zgięli karki przed Janem Luksemburskim. Zrobili to w zeszłą Wielkanoc, wstyd największy. Pan z martwych wstaje, a oni pokłonili się przed czeskim królem najniżej, do ziemi samej. I ani ich nie najechał, ani nie postraszył zbyt mocno, jak tamtych pierwszych, co w lenno poszli trzy lata temu. Po prostu ich kupił. Oblepił swą łaską pańską, otumanił słowami gładkimi, zręcznymi, pokazał złote, królewskie zabawki i spytał: „Pobawicie się, chłopcy, z królem?". No i się pobawili.

On nie dał się omamić. Wykarmiony na legendzie obrońców Głogowa, tych, co woleli zabić synów, niż pokłonić się przed cesarzem, we krwi miał bunt. Moje, nie twoje — powiedział i nie pokłonił się. Wysłańców Luksemburskiego króla pognał na cztery wiatry. Śmiał się im w twarz z głogowskiej wieży. A od dnia, gdy jego bracia zhańbili się klękaniem, myślał, by herb zmienić. Czarne orły w jego oczach zostały z piór oskubane. Zresztą widział kto czarnego orła? Jemu podobał się kruk. Wziąłby go na chorągiew, ale coś go wstrzymuje. Pamięć upartego ojca. Chyba to.

Ożenił się z Łokietkówną. Wnuczką króla, księżniczką świdnicką Konstancją. Od posłów Władysława zaroiło się w Głogowie. Obwąchiwali go. Namawiali na sojusz z królem.

Nie pogonił ich, by nie robić przykrości młodej żonie, ale powiedział jasno i wyraźnie: „Ożeniłem się z Konstancją, nie z jej dziadem". Nie żywił do króla karła urazy takiej, jak jego ojciec, ale i nie widział powodu, dla którego miałby tańczyć, jak zagrają z Wawelu. Miał swój plan na życie i Głogów. Czy się to komuś podoba, czy nie.

Większości się nie podobało.

Dlatego pleców Przemka strzegło dwóch najemników, Hanus i Krafto. Wolał ich lojalność, za którą musiał płacić, niż gładkie uśmiechy dworaków, których ojcowie służyli jego ojcu, a oni sami nie wiadomo, w którą skłaniali się stronę. Wiedział, że Luksemburczyk podkupił kilku możnych. Ci w każdej dogodnej chwili przemawiali za czeską racją. „Gdybyśmy byli pod skrzydłami króla Jana" — tak zaczynali. A kończyli: „Nie doszłoby do tego, gdyby nad księstwem czuwał król Jan".

Mierzili go. On chciał być skrzydłem, a nie chować się pod nim. A jeszcze mieszczanie, kupcy, ludzie pieniądza. Ci byli sprytni i przewidujący. Im zależało, by cały Śląsk był czeski, by stąd płynąć Odrą na północ, na szlaki morskie, powtarzali jak pacierz. Jedno cło, wolność handlu, ich modlitwa złota, ich srebrna litania. I wreszcie jego rodzeni bracia, którzy byli pewni, że zrobili, co mogli najlepszego. „To dla wspólnego dobra" — zaczynał Henryk, najstarszy. „To dla twojego dobra" — ciągnął Konrad, książę Oleśnicy. Jan zwykle bełkotał, rzadko był trzeźwy. W ich rodzinie to on był śląskim diabłem, wiadomo, w każdej jeden musi być.

Przemko trzymał z Henrykiem Jaworskim, stryjem swej żony, bo teść już nie żył. I ze swym szwagrem Bolkiem Małym, co wzrost odziedziczył po dziadku karle, choć ponoć wyższy od niego o cały cal. Przemko nie wiedział tego na pewno, nigdy nie widział króla Władysława. Na Wawel się nie wybiera, mimo zaproszeń. Dobrze wie, że tam nie jest dla niego bezpiecznie. Świat nie składa się ze złego króla Jana i dobrego króla Władysława. Świat składa się z królów, którzy chcą podporządkować sobie książęta, ot co.

A on, Przemko, głogowski cierń, jest jak kolec wbity w ich plany. Bo nikomu nie będzie się kłaniał, a Głogów musi zostać niezależny. Nawet jeśli przez to nie będzie tak bogaty jak Wrocław i inne śląskie miasta. „Poradzimy sobie sami" — zwykł mawiać. I miał nadzieję, że przekona swych baronów albo chociaż wbije im to do głów.

— Jaworski! — przywitał księcia Henryka, gdy zjechał do niego, do Siedlęcina.

— Głogowski! — odpowiedział mu książę i uściskali się.

— Wciąż trzymasz za plecami tych zakapiorów — zaśmiał się Henryk, wskazując na Krafto i Hanusa.

— Ufam im — odrzekł Przemko i zostawił konia giermkowi. Młody Kaspar był spokojnym, ułożonym chłopcem. I umiał trzymać język za zębami. Przemko uniósł głowę i przez chwilę podziwiał sylwetę wieży zbudowanej przez jaworskiego księcia.

— Przejdźmy się — zaproponował gospodarz i wyraźnie ominął wejście do środka.

Ruszyli wzdłuż zabudowań gospodarczych. Ponad ich dachem poruszały się nagie gałęzie brzóz, na których wylądowało w tej chwili stado wróbli.

— Nikt cię nie śledził? — spytał Henryk Jaworski.

— Aż trudno pojąć, że dla naszego ojca pracowali Lutek Pakosławic i jego upiorny druh Henryk Hacke. Dwa największe śląskie zbóje — gwizdnął z podziwem Przemko i wróble na chwilę uniosły się w powietrze, jakby je wystraszył. — A moi bracia są tak samo sprytni jak w dzieciństwie — dorzucił kąśliwie. — Chyba nie mogli się dogadać, kto ma za mną jechać, więc każdy braciszek wysłał własnych zwiadowców.

Wróble z powrotem obsiadły brzozy i zaczęły ćwierkać tak głośno, jakby wyśmiewały braci Przemka.

— Zgubiłeś ich? — niespokojnie upewnił się Jaworski.

— Tak. Posłałem swój niewielki orszak do Legnicy. Myślą, że będę się dogadywać z grubym księciem Bolkiem.

— A ci, którzy pojechali w orszaku? Jesteś ich pewien? — drążył Jaworski.

— Jestem — potwierdził spokojnie. — Pojechał Hartwig Panewitz, jego ojciec i dziad byli rycerzami mego stryja. Wiesz, w naszych stronach miłość do „tamtego księcia Przemka" jest dozgonna i dziedziczna. Przenieśli ją na mnie, licząc, że wraz z imieniem…

— Nie kpij — przerwał mu Jaworski. — Naprawdę potrzeba ci wiernych ludzi. Śmiejesz się ze swoich braci, a oni nieustannie pracują nad twoimi baronami.

— Wiem — wzruszył ramionami Przemko.

Z półziemianki, która zapewne była spiżarnią, wyszła starsza niewiasta w grubej, wełnianej chuście. Pokłoniła się nieuważnie książętom i zajęła koszem serów, który wytaszczyła z wnętrza. Brała każdy do ręki, oglądała przy dziennym świetle i zawijała w płótno.

— Daj sobie powiedzieć — przytrzymał Przemka gospodarz. — Niezależność nie polega na tym, że nie słuchasz rad i liczysz tylko na siebie. Niezależność wymaga olbrzymiej ilości sprzymierzeńców.

— Czyli słuchania rad? — powątpiewająco spytał Przemko.

— Tak. I dopiero potem liczenia na siebie — klepnął go po bratersku Jaworski.

— Mów. Posłucham — ugodowo odpowiedział książę głogowski i ruszyli dalej.

— Mój bratanek Bolko Mały był w zeszłym roku na dworze węgierskim. A potem pojechał do cesarza Ludwika Wittelsbacha. Szukał wsparcia przeciw wpływom Luksemburczyka.

Mijali psiarnię, więc myśliwskie ogary Henryka rozszczekały się, słysząc głos swego pana. Uciszył je kilkoma pieszczotliwymi słowami.

— Co dostał? — spytał Przemko.

— Obietnice — wzruszył ramionami Jaworski. — Wiele obietnic.

— I po co słuchać... — zaczął Przemko, ale Jaworski twardo wszedł mu w słowo.

— Żeby zrozumieć, że nikt się za nami nie ujmie.

Psy słysząc podniesiony, ostry głos księcia, zaczęły skamleć. Cmoknął na nie. Przycichły. Mówił dalej:

— Cesarz ma wobec Luksemburczyka dług wdzięczności. Przymykając oko na jego śląskie podboje, spłaci niewygodne obietnice związane z Brandenburgią. Carobert, owszem, chętnie by osłabił czeskiego króla, ale ma węgierskie sprawy na głowie, a prócz tego zaczął zabiegi o tron Neapolu dla syna, więc nie pali się do naciskania na Luksemburczyka. Król Władysław już raz wspierał Ślązaków przeciw Ślązakom i więcej nie będzie. Zaś sam Luksemburczyk wciąż jeszcze nie wykorzystał wszystkich możliwości.

— Co mówisz — obruszył się Przemko. — Zostaliśmy tylko my. Ja, ty i twój bratanek, a mój szwagier, Bolko.

— O tym mówię. — Jaworski spojrzał na niego znacząco.

— Przecież każdy z nas udowodnił, że nie złoży mu hołdu.

— Udowodnił teraz — odpowiedział Jaworski. — A Jan myśli o przyszłości. Będzie drążył, gnębił cłami, poszuka ludzi, którzy zaczną naciskać. Skłóci nas ze sobą.

— To niemożliwe — pewnie zaprzeczył Przemko.

— Dla Jana nie ma takiego słowa, uwierz mi.

Przez chwilę szli w milczeniu, książę głogowski zastanawiał się, czym król czeski mógłby ich poróżnić. Rozległy się równe uderzenia kowalskiego młota. Z kuźni szedł gryzący dym. Stuk-stuk. Stuk-stuk.

Jan Luksemburski pewnie wyobraża sobie, że jest takim młotem — pomyślał. — A my żelazem, które może formować, jak mu się spodoba. Ja nie dam się przekuć.

— Twoja żona to piękna dziewczyna — powiedział Jaworski. — Dlaczego nie macie dzieci?

— O to samo mógłbym spytać ciebie — odpowiedział zadziornie i spuścił z tonu, dodając: — Konstancja jest młoda.

— To już nie dziecko — zaprzeczył Henryk. — A ty kilka lat temu zawarłeś z braćmi układ o przeżycie. Nie wycofałeś się z niego.

Zrobili to, gdy między nimi, braćmi, było dobrze, choć wkoło mieli samych wrogów. Nie wiedzieli, jak potoczą się ich losy, a wtedy jeszcze myśleli, że zawalczą o niezależność, o jedność księstwa. Gdyby któryś z nich umarł bezpotomnie, bracia mogliby dziedziczyć po nim. Ojcowizna byłaby bezpieczna. Wtedy nie przyszło mu do głowy, że nim miną trzy lata, bracia zegną kark przed czeskim królem.

Młot kowala trafił w kowadło, wydał dziwny, chropawy dźwięk.

— Zrobię dziecko Konstancji i układ przestanie być w mocy — powiedział obcesowo Przemko.

— Obyś miał więcej szczęścia niż ja — sucho odrzekł Henryk.

— Anežka?... — Tym razem Przemko nie miał śmiałości dopytać.

— Nie zwlekaj. Przyjmij radę — klepnął go w plecy Henryk.

— Masz rację — nagle zrozumiał Przemko. — Nie wyglądamy dobrze. Ostatni niezależni książęta Śląska, Bolko, ty i ja. Żaden z nas nie ma dziedzica, choć każdy młody. Zaśmiałbym się, gdyby nie fakt, że powiedziałeś mi to tutaj, na osobności, gdzie nie słyszy nas nawet twoja służba...

— ...i twoi zaufani druhowie o twarzach zbirów — równie kpiąco odpowiedział Jaworski i zawrócił, wyraźnie kończąc przechadzkę. — Nie lekceważ swoich mieszczan, Przemku. Muszą mieć pewność, że mogą spokojnie podróżować z towarem, sprzedawać, kupować, składować, zwozić. Twoje księstwo leży między ziemiami braci...

— Jest jak cierń głogu wbity w ich spięte tyłki — zaśmiał się twardo Przemko. — Nie martw się, książę. W takich sprawach umiem się z nimi dogadać. Szkoda, że w innych nam nie wyszło — rzucił po chwili, myśląc o ich ojcu, słynnym księciu Henryku. — Pomyśleć, że jeszcze po jego śmierci nazywano nas dziedzicami Królestwa. Dziedzice nie klękają przed obcym królem! — Kopnął kamień w przypływie wściekłości. Znów chciał być dzieckiem i sprać braci w zabawie w oblężenie Głogowa. Tym razem obiłby ich tak, że przez tydzień na koń by nie wsiedli.

Kamień potoczył się niemal pod nogi jego giermka. Kaspar odskoczył, a Hanus i Krafto zaśmiali się z młodzika. Przemko nie zwrócił na nich uwagi.

— Wolałbym opuścić księstwo na ostatnim koniu, niż poddać się bez walki Luksemburczykowi — rzucił gniewnie.

— Ćśś... — syknął Jaworski.

Przemko machnął ręką niedbale.

— To moi ludzie, nie braci — powiedział i uniósł wzrok na rosnące na dziedzińcu drzewo. — Lipa ci uschła?

— I tak już pod nią nie sprawujemy sądów — odpowiedział wymijająco Henryk Jaworski.

— Każ ją ściąć — poradził. — Uschnięte drzewo przynosi pecha.

— Jeszcze nie mogę. Gdy na nią patrzę, myślę o śmierci Henryka z Lipy.

— Żal marszałka — powiedział Przemko szczerze. — Pamiętam go na Turnieju Zimowego Króla w Pradze. Nigdy bym nie pomyślał, że takiego człowieka zabić może paraliż.

— Dlatego nie odkładaj na jutro tego, o czym mówiliśmy — przyjacielsko odpowiedział Jaworski.

Przemko kiwnął głową, by nie robić gospodarzowi przykrości. Ale w duchu pomyślał: Ja jestem młody, mnie się takie rzeczy nie zdarzają.

WŁADYSŁAW z Borutką przy boku tropił zwierzynę. Cała puszcza niepołomicka rozbrzmiewała szczekaniem psów i raz po raz odgłosami myśliwskich rogów. Kiedyś polował dla przyjemności, dzisiaj tylko dla wojny. Jako młody książę uciekał do lasów na łowy. Zaszywał się tam przed kanclerzem, przed biskupem, przed ludźmi, którzy od niego chcieli rzeczy zawsze niemożliwych. Bór był jego schronieniem, przyjacielem wiernym, wytchnieniem od „Pod wiatr", bo w lesie przestawał być księciem, królem, dynastią, rodem. Dzisiaj było inaczej. Puszcza stała się łonem, z którego wyrywał płody. Sarny, jelenie, dziki zbyt młode; wszelką zwierzynę, która nie zdążyła umknąć w głębię kniei przed jego bełtem.

Zły czas na polowanie. Na zimowe za późno, na wiosenne za wcześnie. Śniegi tajały tego roku prędzej, jakby wszystko spieszyło się na wielką wojnę. Zeszłoroczna wyprawa na ziemię chełmińską przetrzebiła zapasy. Teraz szła nowa, a on, jak ojciec dzieci, musiał wykarmić wojsko. Wyżywić zastępy rycerzy większe niż wszystkie, jakie kiedykolwiek powołał pod królewską chorągiew. Ba, kazał werbować obcych najemników. Płatne wojsko. Dobre w boju, póki dostaje srebro. Niebezpieczne, gdy przestaniesz płacić. Mówią o takich, że są jak wataha wilków wpuszczona na pastwisko albo lisy, którym otwarto kurnik. Wie o tym wszystkim. Słyszał, mówiono mu, rozumie. Henryk Kittelitz, tak nazywa się dowódca jego płatnej kompanii. To Niemiec.

— Dwa młode samce — szepnął Borutka, który oczy miał młodsze, szybciej potrafił wypatrzeć. — Za kępą traw, pod drzewem.

Władek złożył się do strzału, nie mierzył długo, spuścił cięciwę. Jeden uciekł długim, zwinnym susem, drugi stał chwilę, spojrzał na Władka wilgotnym, ciemnym okiem, jakby pytał: „Kim jesteś?". A potem osunął się, nie zamykając powiek, wydając chrapliwe jęknięcie. Suche trawy przyjęły go z trzaskiem, resztki śniegu wchłonęły posokę. Władek ruszył dalej, Borutka przy nim. Słudzy zajęli się ustrzelonym zwierzęciem.

Wierność — to słowo usiadło mu na wargach, odkąd zagłębił się w las. Zapłacił za wierność Giedyminowi ziemią dobrzyńską. Wziął ją z rąk bratanków, by ochronić, a stracił. Ujął się za sojusznikiem, postawił się Krzyżakom i Luksemburczykowi, mocarzom. Zrobił płomienny zagon po ziemi chełmińskiej. A potem stał bezradnie, z wojskiem, na brzegu Wisły i patrzył, jak tamci oblegają Dobrzyń. Był pewien, że ruszą na Kujawy, bał się o Włocławek biskupa Macieja, a oni zabrali mu gród na prawym brzegu Wisły. Słona cena za wierność. Matka Jemioła powiedziała później, że w jego otoczeniu jest zdrajca. Od tamtej chwili każdemu przyglądał się z uwagą.

— Królu? — Z boku podjechał do nich wojewoda poznański Wincenty z Szamotuł.

— Jedź przy mnie, Nałęczu — powiedział Władek, przepatrując knieje. — Mów, mów.

— Cesarz Wittelsbach wrócił z Italii i się wściekł.

Władek zobaczył rdzawy cień między starymi bukami, odwrócił klacz w tę stronę, wpatrywał się chwilę, mrużąc oczy.

— Jedźmy tam — zasugerował Borutka, wskazując inny kierunek w chwili, gdy Władek już zrozumiał, że to tylko gra świateł, nie sarna.

— Cesarz się wściekł, powiadasz?

— Tak, królu — potwierdził Nałęcz. — Wrócił w chwale, choć niektórzy przebąkują, że nie całkiem tak mu poszło w Italii, jak to sobie wyobrażał. Bardzo był nadęty, pański i cesarski — zaśmiał się wojewoda. — Jak zobaczył porozumienie o pokoju granicznym z Królestwem Polskim, wybuchł. Mówili, że niemal żyłka mu pękła, tak się gorączkował. On, krzyczał, z tronu zdjął króla Władysława, a tu, krzyczał, starostowie mu z nim pokój zawarli. Oni na to, że nie z królem, tylko ze mną, wojewodą. On, że ty, panie, potwierdziłeś akt, a oni na piśmie wystąpili jako jego reprezentanci. W złości odsunął obu Wedelów od władzy.

— Porozumienie podarł? — spytał Władysław krótko.

— Nie — zaprzeczył Wincenty Nałęcz z łobuzerską miną. — Uznał.

— Rogacz — z boku wtrącił Borutka. — Pod dębem, z prawej.

Zatrzymali się natychmiast. Piękny królewski samiec stał w słońcu. Zeszłoroczne liście kurczowo trzymały się gałęzi, były tylko o ton jaśniejsze od sierści zwierzęcia. Jeleń wietrzył, ale oni nadjechali pod wiatr. Daleko. Tak daleko, że strzała Władysława nie miała z nim szans.

— Popatrzymy chociaż — powiedział król. Jego wzrok prześlizgiwał się po porożu, lśniącej sierści, umięśnionym, doskonale proporcjonalnym ciele.

— Wojewodo, zawdzięczam ci pokój z Brandenburgią — nie spuszczając wzroku z jelenia i nie ściszając głosu, oznajmił Władysław. — Zasługujesz na starostwo.

Wincenty nie odpowiedział, jakby nie dotarło do niego, że właśnie awansował z wojewody na starostę Starszej Polski. Król powtórzył, zaskoczony Nałęcz podziękował krótko i powiedział:

— Szczerze mówiąc, przysłużył się nam król Jan. Udając się na krucjatę, Luksemburczyk wszedł do obozu papieża, a tego cesarz nie daruje. Z dwojga złego Wittelsbach woli pokój z tobą, bo tym samym odbiera Janowi marzenia o Brandenburgii.

— Cofnie edykt zdejmujący mnie z tronu? — spytał król.

— Nie. Ale uznając swą pieczęcią nasze porozumienie, unieważnił tamte.

Jeleń poczuł się bezpiecznie, schylił głowę i skubnął bujnej trawy.

— Dosięgnę go — szepnął Borutka.

— Ani mi się waż — zakazał Władysław. — Właśnie darowałem mu życie. Starosto — zwrócił głowę do Wincentego — widzisz szanse na to, by zmienić układ sił?

— I wystąpić jako sojusznik cesarza przeciw Luksemburczykowi? — domyślił się Nałęcz.

Rogacz podniósł łeb, przeżuwał suchą trawę, patrząc w bok. Władysław zapatrzył się na jego piękny profil, na ruchliwą chrapę.

— Dzisiaj nie — ocenił nowo mianowany starosta. — Luksemburczyk musiałby zrobić coś nieprzewidywalnego, by cesarz wprost wystąpił przeciw niemu.

— „Święte przymierze" nie wystarczy? — spytał Władysław. — Co to mogłoby być?

— Nie wiem, królu — szczerze odpowiedział Wincenty Nałęcz.

Jeleń nagle odwrócił głowę tak, że zobaczyli w pełnej krasie jego wieniec. A potem wydał z siebie głęboki ryk, jakby wabił łanię.

— To nie czas na gody — stwierdził zaskoczony Nałęcz.

— Ale na rykowisko? — powiedział do siebie zamyślony Władysław. — Borutka, ruszysz z królewską misją.

— Mam dołączyć do królewicza Kazimierza?

— Skąd ten pomysł? Mój syn da sobie radę na węgierskim dworze, wystarczy mu Ligaszcz i Grunhagen. Pojedziesz gdzie indziej, tylko się wystrój godnie.

— Nigdy nie byłem na rykowisku — przewrócił oczami Borutka. — Nie wiem, czy mam odpowiedni strój, by komuś doprawić rogi, panie.

ZYGHARD VON SCHWARZBURG szedł cicho jak kot. Noc mu sprzyjała, biały płaszcz na plecach przeszkadzał. W Malborku biały strój rzecz codzienna, ale nie wtedy, gdy chcesz kogoś śledzić. Karlica, za którą szedł, była przebrana za służkę. W Zakonie mawia się na takie „matka oborowa", ale odkąd Malbork podniesiono do rangi stolicy, żadna z matek oborowych nie zapuściła się na tutejsze przedzamcze. Krowy trzymano na podgrodziach, mleko do kuchni odbierała męska służba. Dlatego kobieta przykuła uwagę Zygharda. Choć jeszcze bardziej to, że była karlicą. Zaskakujący przypadek. Szła niepewnie wzdłuż stajni, ale nie przez wewnętrzny dziedziniec, lecz na zewnątrz, gdzie raz po raz oświetlały ją chybotliwe płomienie pochodni. Zatrzymywała się co chwilę i wtedy musiał znikać w podcieniu murów. Kierowała się w stronę karwanu, masywnego budynku zbrojowni, ale najwyraźniej nie znała terenu, jakby była tu pierwszy albo drugi raz. Z boku stało kilka wozów bojowych, pewnie rozładunek skończył się po zmroku i służba nie wciągnęła ich do wnętrza. Kobieta stanęła przy nich i rozejrzała się bezradnie. Zyghard okrążył wóz i podszedł bliżej. Widział ją przez drabiniastą burtę. Miała naciągnięty na głowę kaptur, więc nie dostrzegał twarzy. Za to poczuł wyraźny odór obory bijący od jej płaszcza. Zwątpił, czy dobrze robi, że ją śledzi. Śmierdziała jak prawdziwa oborowa matka, a jego zwiodło tylko to, że jest karlicą. W tej samej chwili usłyszał, że ktoś wychodzi ze zbrojowni. Kucnął szybko, by schować się za wozem. I spojrzał w dół. Pochylił się jeszcze niżej. Było warto. Zobaczył buty kobiety. Spod prostej, burej sukni wystawały czerwone skórzane trzewiczki. Takich nie nosi krowia służka. Ale może je mieć krakowska panna.

— Tędy — usłyszał czyjś głos i czerwone trzewiczki poszły posłusznie w stronę przybudówki zbrojowni. Odczekał chwilę, wstał i ruszył w ich stronę. Drzwi były zamknięte na skobel. Obejrzał się. Gdzie oni zniknęli, do diabła?

Rozwiali się w nocnym powietrzu, był wściekły. Miał karlicę na wyciągnięcie ręki, ba, zyskał pewność, że jest tu ktoś, z kim ona się spotyka, i nie zdołał ich podsłuchać. Ktoś mu smyknął frukta spod nosa.

Nie zostało mu nic innego, jak posłać Klugera, by przetrząsnął przedzamcze, karwan, wozownię i co się tylko da. „O oborach nie zapomnij!" — pogroził mu. Sam musiał przygotować się na spotkanie z mistrzem i wielką piątką. Czas naglił.

— Jan Luksemburski zaproponował nam kupno ziemi dobrzyńskiej zdobytej wspólnymi siłami na królu Władysławie — oznajmił na prośbę wielkiego mistrza podskarbi. — Kwota, jaką oferuje za jej sprzedaż, nie jest wygórowana.

— Zabawne — prychnął Luther. — Chce nam odsprzedać coś, co sami zdobyliśmy.

— Z udziałem jego krucjatowych wojsk, przypomnę — dogadał mu Otto von Bonsdorf, świętoszek, co wyrwał się spod skrzydeł szatnego.

— Dobrzyń to ziemia wypadowa na tereny Królestwa Polskiego — odezwał się niedźwiedziowaty Lautenburg, którego doproszono na obrady jako komtura ziemi chełmińskiej.

— Gdzie wielki komtur Fryderyk von Wildenburg? — dopytał niewinnie Luther i Zyghard pomyślał, że szatny chce dzisiaj zwarcia z mistrzem.

— Słabuje — wyniośle powiedział Werner. — Jest stary, ledwie przeżył wyprawę na Żmudź.

Luther spojrzał znacząco na Zygharda, jakby chciał przypomnieć o Wolfie. Niepotrzebnie, Zyghard już znał nazwiska wszystkich więźniów w lochach malborskich, tyle że się tą wiedzą z Lutherem nie podzielił.

— Wobec czekającej nas wojny z królem Władysławem potrzebujemy wielkiego marszałka. Wnoszę pod obrady kapituły, by go wreszcie wybrać — upomniał się Luther.

— A ja odnoszę wrażenie — Werner von Orseln też nie był w ugodowym nastroju — że wielki szatny przeszkadza w obradach. Przypomnę, że w Zakonie, poza mistrzem, nie ma stanowisk dozgonnych.

Luther zamarł. W kapitularzu ucichło w jednej chwili.

— To prawda — ciągnął Werner — potrzeba nam nowych, prężnych ludzi. Świeżej krwi. Ale nie na urzędzie wielkiego marszałka, ale wielkiego komtura.

— Wildenburg żyje — odezwał się Zyghard. — Chyba że „ledwie przeżył" oznacza co innego?

— Oznacza dokładnie tyle — zimno odpowiedział mu mistrz. — Fryderyk von Wildenburg nie jest w stanie sprawować urzędu. Ma swoje lata i zszargane zdrowie. Ktoś zaprzeczy?

— Nie — powiedział Luther. — Choć nadal uważam, iż wielki marszałek, jako wódz sił zakonnych, jest nam bardziej potrzebny.

— Wielki marszałek — włączył się Otto von Bonsdorf — tylko zastępuje wielkiego mistrza w czasie wojny. O ile sam mistrz nie zechce dowodzić.

Co on tu robi? — zapytał sam siebie Zyghard. — Nie piastuje żadnego urzędu, nie należy do wielkiej piątki.

— Nie widzę powodu, by pozbawiać siebie funkcji wodza — wprost powiedział wielki mistrz.

Jesteś najgorszym z możliwych — pomyślał Zyghard, a Luther musiał myśleć to samo. Jego wzrok był wzgardliwy i zimy. Szatny z trudem panował nad sobą.

— Proponuję, by wybrać na stanowisko wielkiego komtura obecnego tu Ottona von Bonsdorfa. Udowodnił swoje bohaterstwo podczas krucjaty żmudzkiej, gdy uratował mnie i zakonną chorągiew.

Masz za swoje — pomyślał o Lutherze Zyghard, który nie zapomniał o czarnej gałce wyciągniętej przez Bonsdorfa. — Zachciało ci się losować przydziały na krucjatę.

Luther nie wytrzymał. Głośno wypuścił powietrze. I przesądził tym samym głosowanie. Nie odbyło się. Werner von Orseln wykorzystał, że jako mistrz może mianować bez pytania o zdanie. O dziwo, Otto von Bonsdorf wydał się tym zakłopotany. Spuścił głowę, coś wybąkał. Wyrwał się z grona siedmiu świętoszków niedawno i wciąż boi się Luthera — zrozumiał Zyghard von Schwarzburg.

Potem podskarbi chwilę gadał o spłatach świętopietrza. Luther, którego nie było na tamtym, feralnym głosowaniu, ale jak Zyghard był przeciwny płaceniu daniny papieżowi, wydawał się nieobecny. Podskarbi chwalił się, jak korzystne raty wynegocjowali jego ludzie i że to nie obciąża skarbca, podczas gdy zyski z przychylności papieskiej…

— Ottonie — odezwał się wielki mistrz, gdy skończył podskarbi. — Miałeś chwilę, by oswoić się ze swą nominacją. Czy jako wielki komtur chcesz podjąć jakieś uchwały?

Bonsdorf wstał i zaczerwienił się po uszy. Miał małe, schowane w fałdach skóry oczka, a jego zarost przypominał świńską szczecinę. Dla Zygharda zawsze pozostał podsłuchiwaczem i donosicielem, z czasów gdy on i Kuno byli razem w Dzierzgoniu.

— Doszły nas słuchy — powiedział Bonsdorf — że król polski szuka wojsk zaciężnych. Uważam, iż powinniśmy zrobić to samo. Gdy dojdzie do wojny, sił zakonnych może być mało, a rycerze krucjatowi ledwie co opuścili Prusy.

— Zgadzam się — kiwnął głową mistrz.

— I jako komtur krajowy — coraz odważniej radził sobie Bonsdorf — powołałbym pod broń, zgodnie z zakonnym zwyczajem, naszych wiernych witingów.

— Nie lubię używać sił pruskich — skrzywił się Werner von Orseln i wyraźnie spojrzał na Luthera. Rota Wolnych Prusów wciąż była w niełasce i Zyghard zdał sobie sprawę, że naprawdę dawno nie widział Symoniusa i jego ledwie oswojonych dzikusów. — Narażają nas na pomówienia przed papieżem.

— Papieżowi właśnie zaczęliśmy płacić świętopietrze, po raz pierwszy w historii Zakonu — przypomniał grzecznie Bonsdorf. — A witingowie są niezastąpieni w wojnie podjazdowej, nagłych wypadach, szybkich zwrotach. Tak walczył król Władysław w ziemi chełmińskiej, kiedyśmy byli na krucjacie.

— Prawda — przyznał Lautenburg, patrząc wprawdzie na Bonsdorfa spode łba.

— Mimo to wciąż jestem przeciwny — oparł się mistrz. — Zatem głosujmy.

Luther jako pierwszy podniósł rękę na „tak". Po nim zrobił to Lautenburg i Oettingen, szpitalnik. Bonsdorf także, w końcu to był jego pomysł. Zyghard i mistrz zagłosowali na „nie". Podskarbi zrobił to samo co oni, ale i tak byli przegłosowani.

— Ogłoszę zaciągi witingów — z powstrzymywanym zadowoleniem oznajmił nowy wielki komtur.

— Ale obiecaj, Ottonie — poufale zwrócił się do niego mistrz — że wybierzesz tylko tych naprawdę zaufanych. Nie chcę plotek i wstydu na dworach.

— Możesz na mnie polegać, mistrzu — skłonił się Bonsdorf i widać było, że w nowej roli jest mu coraz wygodniej.

Narada dobiegła końca, Zyghard chciał wyjść jak najszybciej, ale przytrzymał go Werner von Orseln.

— Jak miewa się twój bratanek? — spytał.

— Guntherus? — zdziwił się Zyghard. Mistrz nigdy nie pytał o niego. — Jak mniemam, dobrze. Chyba lubi być komturem Gniewu.

Powiedział to i poczuł, że powinien ugryźć się w język. W Zakonie nie należy przyznawać się do sympatii i przywiązań, zwłaszcza gdy mistrz mówi wprost, że nie ma stanowisk dozgonnych.

— Zainteresuj się nim. Jest młody i podatny na wpływy — powiedział Werner i spojrzał w kierunku drzwi, w których zniknęli dygnitarze. Byli teraz sami, jeśli miał coś ważnego, mógł mówić wprost. Zyghard nie zapytał, a mistrz zmienił temat.

— Musimy zmienić komtura toruńskiego — westchnął. — Ulryk von Haugwitz nie jest zły, ale jego brat, Bruno, któregośmy ustawili, by patrzył na ręce czeskiemu królowi, zamiast być naszymi oczami, zaczął z sympatią zerkać na Luksemburczyka.

— Jego też Jan owinął sobie wokół palca? — spytał Zyghard.

— Dlaczego mówisz „też"? — nastroszył się wielki mistrz.

— Jak książęta śląskie — gładko zełgał Schwarzburg.

— No tak — z troską pokiwał głową Werner. — Masz jakieś propozycje na obsadę Torunia?

Mów tylko bzdury — rozkazał sobie Zyghard i udawał, że się namyśla.

— Ktoś, kogo nikt by się nie spodziewał — powiedział po chwili. — Ktoś nieznany, przez to zaskakujący.

— Aha — wydął usta Werner, nie kryjąc zawodu. — A ja miałem zupełnie inną wizję.

Nie pójdę do Torunia. Nie dam się zabić jak Almenhausen, strzałą Dzikich, zdradziecko wypuszczoną na polu walki. — Zyghard zacisnął szczęki i przywołał na usta chłodny uśmiech.

— Pamiętasz Henryka Ruve? — spytał ni stąd, ni zowąd Werner.

— Skądże — skłamał Zyghard. Ruve był twoim człowiekiem. Kazałeś mu patrzeć mi na ręce podczas rokowań pokojowych z królem Władysławem. Luther zaś wcisnął do mego orszaku Hermana, komtura Nieszawy. Popisali się tak, że król zerwał rokowania, a jego czarny giermek obiecał im zemstę. Jakże mógłbym zapomnieć?

Wyszedł z kapitularza i ruszył krużgankiem. Chciał pomówić z Klugerem, ale nagle, po rozmowie z mistrzem, poczuł silną potrzebę modlitwy za duszę Hugona von Almenhausen, zszedł więc do kościoła.

Wiedzie mnie tu pobożność czy poczucie winy? — pomyślał, przechodząc przez Złotą Bramę. — Poczucie winy — odpowiedział sam sobie, gdy wyobraźnia podsunęła mu wspomnienie Almenhausena stojącego w tym samym miejscu tamtego wieczoru, gdy mistrz pokazywał im świeżo pomalowane fryzy. Ciężkie drzwi kościoła były niedomknięte. Już miał je pchnąć, gdy usłyszał rozmowę stojących tuż za nimi.

— ...wróbliczka? Nie tak głupia, jak sądziliśmy. Właśnie dlatego przyjmie nasze warunki.

— Przyjmie czy przyjęła?

Pierwszego głosu nie rozpoznał. Drugi chyba należał do Markwarda von Sparenberg. Zyghard zatrzymał się w pół kroku i wstrzymał oddech.

— Pracujemy nad tym.

— Przyspiesz — nakazał Markward. — Daj jej rękę.

— Chyba rączkę — roześmiał się ten drugi.

— *Miserere Mei, Deus Miserere mei, Deus, secundum magnam misericordiam tuam...*

Z głębi kościoła dobiegł początek psalmu. Klerycy rozpoczęli liturgię godzin.

Nona — przypomniał sobie Zyghard i już miał wejść do kościoła, choć nie na modlitwę, lecz by sprawdzić, z kim rozmawiał Markward, ale w tej samej chwili ktoś pchnął drzwi od strony świątyni i chyłkiem wymknęło się z niej dwóch braci. Za nimi trzech kolejnych i sam Markward von Sparenberg. Zobaczył Zygharda i zrobił minę niewiniątka, co przy jego łysej głowie i gładko wygolonym obliczu nie było trudne.

— Ćśśś... — powiedział Markward. — Nakryłeś mnie. Byłem się pokazać i uciekam.

— W zacnym gronie. — Zyghard pokazał na tych, co wyszli przed nim. — Piwo w refektarzu? Może dołączę?

Tamci zniknęli już w podcieniu, nie oglądając się na Markwarda.

— Planowałem zająć sobie miejsce w łaźni, ale jeśli komtur grudziądzki...

— Nie, wolę piwo — skłamał Zyghard i puścił go. Pulchny brat dzierzgoński odszedł w stronę schodów, przeciwną do tej, w którą poszli uciekinierzy z godzin liturgicznych.

Zyghardowi odechciało się modlitwy. Odczekał chwilę i ruszył do swojej celi. Kluger złapał go przy studni.

— Nikt karlicy nie widział — zaraportował.

— Bzdura. Była tu, nie mam zwidów. — Schwarzburg dość miał tajemnic. Pochylił się nad cembrowiną, ale nie zobaczył swojego odbicia. Poziom wody był niski.

— W oborze pracuje dziewczyna. Jest bardzo niska i grubawa. Może to była ona — powiedział Kluger, czyszcząc z błota podeszwę buta. Otarł ją o bok studni, splunął. — Tyle że wczoraj miała wolne. Ponoć poszła odwiedzić siostrę. Może zamiast do siostruni wybrała się do braciszków.

— Nie kpij — syknął na niego Zyghard. Czuł się bezsilny. „Wróbliczka", to o niej rozmawiał Markward z niewiadomo kim. Jeśli karlica, to Berta. A jeśli Berta, to Grunhagen. Czyżby zielonooki go zdradził? Zapomniał, że ich umowa zakazuje mu służby dla innych braci?

Nie oglądając się na Klugera, poszedł przed siebie. Sprawy znów wymykały mu się z rąk. Mógł liczyć tylko na siebie, a to stanowczo za mało, by przetrwać w Corporatio Militaris, jaką był Zakon.

HUNKA przyjęła misję zadaną jej przez Rikissę. Z ręki swej pani przyjęłaby wszystko. Bicz i truciznę. Ciężar i poniżenie. Tyle że *bis regina* nigdy nie stawiała jej w sytuacjach niegodnych. Spotkanie miało być tajne, nie na brneńskim dworze, nie w miejscu publicznym, najlepiej na uboczu. Hunka zaproponowała zrujnowaną karczmę przy starej drodze do Brna. Odkąd marszałek wytyczył nowy trakt, ruch przeniósł się tam, a wraz z nim i gospoda. Dawna karczma zarosła trawą i młodymi brzózkami; ze starej drogi korzystali jedynie chłopi skracający sobie przejście między lasem a położonymi w rzecznej dolinie polami. Hunka przybyła przed czasem. Uwiązała konia w cieniu drzew, ale nie kryła go nadto, chciała,, by gość zobaczył, że czeka. Po zmurszałych schodach weszła na piętro karczmy, odkurzyła wypchany słomą dziurawy siennik i rozłożyła na nim swój bagaż. Starannie wyjęła i przygotowała rzeczy. Raz po raz wyglądała przez szparę w okiennicy na drogę. Przebiegł nią zdziczały pies, potem szła para pastuchów owiec, na chwilę w cieniu drzew zatrzymał się dziad proszalny. Oparł kostur o pień i gapił się na jej konia. Ale to był prawdziwy dziad, popatrzył, powzdychał, cmoknął z podziwem i poszedł. Hunka śledziła drobinki kurzu wirujące w smudze światła. Gniazdo myszy po drugiej stronie siennika. Przyglądała się skorupom garnka w kącie. Wydawało jej się, że czeka wieczność, aż gdy kolejny raz wyjrzała przez szparę, zobaczyła karego konia uwiązanego tuż przy jej jabłkowitej klaczce. Nadjechał bezgłośnie? — zdziwiła się. W tej samej chwili w drzwiach stanął szczupły młodzieniec odziany w czarny, dopasowany kubrak. Świdrował ją ciemnymi jak węgle oczami.

— Gospodyni? — spytał.

— Gość? — odpowiedziała.

Mrugnął, zrobiła to samo.

Była zła, zaskoczył ją, a to nie powinno się zdarzyć. Chciała go obejrzeć przez szparę w okiennicy i przebrać się szybko, by pasować do jego wyglądu. Miała gotowy wiejski strój gęsiarki, skromną a ładną sukienkę dwórki, złachany kaftan raubrittera. Zastał ją ubraną tak, jak przyjechała, w stroju giermka. Całe przygotowania na nic.

— Królowa Rikissa — powiedziała, składając ukłon dworski, jak zwykła to robić jej pani. Lekko, nie za nisko, plecy proste, lewa dłoń trzyma połę płaszcza. Wyimaginowanego, bo Hunka była w nogawicach i kaftanie.

— Król Władysław — odpowiedział przybysz i skłonił głową szybko, gwałtownie, aż niezwykle jasne włosy zsunęły mu się na twarz. Odrzucił je, przejechał palcami po wąsach, których nie miał, i zatknął kciuk za pas. Nie umknęło jej uwadze, że pas był drogi; ciemna skóra nabita srebrnymi ozdobami.

— Racz spocząć, panie — zaprosiła go tanecznym gestem Rikissy, jakby oferowała miejsce na wyściełanym adamaszkiem krześle.

Podziękował skinieniem głowy i usiadł na skraju zniszczonego łoża, ona zajęła miejsce obok, okręcając się tak, by mogli się widzieć. Myszy z gniazda po drugiej stronie siennika zapiszczały trwożliwie i wycofały się do nory.

— Jak podróż? — spytała, przekrzywiając głowę ruchem podpatrzonym u swej pani.

— Szybko — odpowiedział, wbijając w nią spojrzenie czarnych oczu.

— Zatem w czym mogę ci pomóc, królu? — Hunka potrafiła nawet usta rozchylać tak jak Rikissa. Gość zrobił to samo, co rozmówcy *bis reginy*: zagapił się przez chwilę i zapomniał, co miał powiedzieć. Ośmieliła go ruchem brwi.

— Nie mnie — odpowiedział wreszcie. — Królestwu.

— Mojemu czy twojemu? — spytała z przekorą, ale bez kokieterii. Tego królowa jej stanowczo zabroniła.

Czarnooki westchnął ciężko, jak stary człowiek. Przygarbił się, oparł jedną rękę o kolano i wsparł na niej ciężar. Spojrzał na nią spode łba.

— Nigdy nie zakwestionowaliśmy twego tytułu, Rikisso — odpowiedział.

— Bo nigdy nie zrobiłam nic przeciw swemu Królestwu. — Hunka uniosła podbródek. Może ciut za bardzo, więc poprawiła się.

— Jesteś piękna — powiedział gość.

— Tym zdaniem mężczyźni kwitują sytuacje, z których niezręcznie im wybrnąć — odpowiedziała. — Zatem w czym mogę pomóc Królestwu? — Rikissa nie pozwoliła jej dręczyć posła.

— Jan Luksemburski obiecał Krzyżakom, że potwierdzisz darowiznę Pomorza dla nich. Ty i jego żona, Eliška Premyslovna.

— Ja tego nie zrobię z racji na to, co powiedziałam wcześniej. A Eliška nie zrobi tego z przekory.

— To dobra wiadomość. — Pokiwał głową, jakby się jej spodziewał. — Król Jan robi diaboliczne wrażenie — powiedział, starannie dobierając słowo.

— Widział go król? Rozmawiał z nim? — dopytała zaciekawiona.

— Nie — zaprzeczył. — Ale mój dawny giermek Borutka tak mi go opisał.

— Mój iluminator Hugon, który pracował dla króla Jana, zgodziłby się z twym giermkiem.

— Dawnym giermkiem — przypomniał gość. — Dałem mu pas, bo wyróżnił się w wojnie brandenburskiej.

— Wiele mówiono o tej sprawie u nas — odpowiedziała grzecznie.

— O Borutce herbu Wrończyk? — spytał zaskoczony.

— Nie, o wojnie. O gniewie króla Jana, który miał dostać w lenno Brandenburgię, o niesłowności cesarza Wittelsbacha.

— U nas z kolei ciekawość wzbudza, czy ci dwaj dawni sprzymierzeńcy pozostaną w zgodzie — mówiąc to, spojrzał na nią, jakby chciał przewiercić na wylot.

Ciekawe, czy król Władysław naprawdę ma takie spojrzenie — pomyślała zafascynowana.

— Król Jan nie dzieli się ze mną swymi planami — odpowiedziała. — Choć uważny obserwator widzi, że jego zainteresowanie Karyntią nie ogranicza się do mariażu syna z córką tamtejszego księcia.

— Co masz na myśli, pani?

— Karyntia to droga, panie.

— Dokąd?

— Sprawdź, to nie jest trudne. — Obdarzyła go jednym z tych uśmiechów Rikissy, po których mężczyźni czują w sobie żądzę przygód, wyzwań i wędrówek.

— Z każdą chwilą upewniam się, iż jesteś w stanie mi pomóc — odpowiedział gość, a jego ostre rysy złagodniały.

— Królestwu — poprawiła go i zmieniła temat. — Jest nam wiadomym, iż po śmierci twego węgierskiego wnuka, zaręczonego z córką króla Jana, ten ostatni już podjął kroki, by wyswatać dziewczynkę.

— Nie na dworze węgierskim! — zaśmiał się gość tubalnie. — Moja Elżunia do tego nie dopuści!

— Oczy Jana zwrócone są już gdzie indziej — odpowiedziała uprzejmie. — Po interwencji Caroberta poczuł się poniżony.

— Borutka mi mówił — pokiwał głową gość. — Był przy tym.

— Zięcia poszuka raczej na dworze habsburskim — powiedziała, ignorując wtręty o dawnym giermku.

— Ciekawe, ciekawe — pogładził nieistniejącą brodę jasnowłosy. — Ale pomówmy o samym królu Janie. O tym, że mógłby wejść w konflikt interesów z cesarzem, bo jest nieprzewidywalny. O tym, że źle żyje z żoną, że jest impulsywny — mówiąc to, błądził spojrzeniem po pajęczynach zwieszających się ze stropu zrujnowanej gospody, jakby to były arrasy wyobrażające sceny arturiańskie. — A ty, pani, jesteś tak piękna…

— Odmawiam — Hunka powiedziała to zdecydowanym tonem.

— Nie żądam niczego, co uchybiło by twej czci, pani — zaprzeczył, ale na jego blade policzki wystąpił rumieniec.

— Nic nie wiesz o czci dam — odpowiedziała ostro. — Bo i skąd ci wiedzieć? Dla mężczyzn granica przyzwoitości biegnie w zupełnie innym miejscu. — A może teraz dać mu w twarz? — pomyślała Hunka. Rikissa by tego nie zrobiła, ale ja?

— Ja też odmawiam! — jęknął czarnooki zupełnie innym głosem. — Mój król nie ma żadnej wprawy w przyjmowaniu i ujmowaniu dam! Zrobimy krótką przerwę? Zaschło mi w ustach.

Kiwnęła głową na zgodę. Wstała, on też. Rozprostowała nogi i poruszyła barkami zmęczonymi od trzymania pleców prosto. Mysz ostrożnie wysunęła pyszczek z dziury w sienniku i zastrzygła wąsami. Wyszła, rozglądając się na boki, a za nią mysięta. Gość podskoczył kilka razy w miejscu, jakby chciał zrzucić bagaż lat. Zatrzymał się nagle i zagapił na Hunkę. Przełknął ślinę.

— Zaschło mi w ustach — powtórzył, patrząc tak, jakby ona nadal była Rikissą.

Podeszła do niego miękko, położyła mu ręce na ramionach, pochylił ku niej twarz.

— Wina? — spytała swoim własnym głosem, mając wargi tuż przy jego ustach.

— Łyk — odpowiedział, całując ją.

Zachłysnęli się sobą niespodziewanie. To nie był łyk. To był pełen haust, bukłak na raz! Mocnego, czerwonego jak krew, słodkiego. Wpili się w siebie i Hunka nie zamierzała pierwsza odpuścić. Borutka, bo przecież widziała maleńkiego złotego wrończyka na łańcuszku przy jego sztylecie, miał język ostry i gorący, przeszło jej przez głowę, że przetnie ją tym językiem, i poczuła falę gorąca. Objęła go ramionami, oplotła i rozbroiła. Nim się obejrzał, jego pas, sztylet i krótki kord leżały na sienniku, między jej strojami gęsiarki, dwórki i raubrittera. On za to z wprawą giermka rozsznurował jej kaftan i zsunął nogawice. Chciała w odwecie zrobić to samo jemu, ale był szybszy. Cenny kubrak opadł z niego. Patrzyła na muskularną, ale niezwykle chudą sylwetkę. Na jego białą, lśniącą skórę i czarne, przebite złotymi spinkami sutki. On widział jej drobne piersi, wystające kości obojczyków i piegi pokrywające skórę. Napatrzyli się szybko, wyprężyli do skoku i rzucili na siebie.

— Pożrę cię — mruczał, znacząc gorącą śliną jej szyję.

— Zbiję, zabiję i porzucę — odpowiadała, szukając dłońmi jego pośladków.

— Pogryzę, podrapię, zedrę skórę — obiecywał, pieszcząc jej delikatne sutki.

— Wywlekę za włosy spod ziemi — odgrażała, biorąc go i oddając mu się.

— Wyssę szpik...

— Połamię kości...

— Śliną otruję.

Spełnienie było gwałtowne, rzucony na siennik kordzik wbijał jej się w pośladki, więc w odwecie za drugim razem rozłożyła go na plecach na pasie i sztylecie. Słyszeli rozkoszny pisk myszy. Śmiał się, podobało mu się. Ocierał później twarz strojem gęsiarki. Gdy wreszcie zaspokoili pragnienie, ubrali się, chichocząc. Borutka odpiął złotą spinkę z własnej piersi i podarował jej.

— Założyć ci? — spytał.

— Sama sobie założę. Jeśli się jeszcze spotkamy, poszukasz jej.

— Znajdę — obiecał.

— To się okaże — mrugnęła do niego Hunka.

— Na czym skończyliśmy? — spytał.

Usiadła z prostymi plecami, złączonymi kolanami, dłonie ułożyła na podołku, uniosła podbródek i powiedziała gniewnie:

— Nic nie wiesz o czci dam!

Westchnął, ale wciąż jeszcze nie jak jego król. Spojrzał na nią jak on sam, jak Borutka.

— Zróbcie z nim coś — poprosił. — Wyślijcie do diabła.

— Sam to zrób — zaśmiała się i wróciła do pracy. — Czy królowa Jadwiga nosi perłę?

— Podarowała córce — odpowiedział zdziwiony. Jego twarz przybrała wyraz zmęczenia.

— Zdradziła ci sekret klejnotu?

— Nie ciekawią mnie błyskotki — odrzekł nieuważnie, chyba zły, że rozmowa nie idzie po jego myśli. Rzucił okiem na siennik. Rozgnieciona mysz leżała na plecach. Ujął ją w dwa palce i zrzucił na podłogę.

— Nie zdradziła — domyśliła się. — Widzisz, panie. Klejnoty to tajemnice, my, królowe, nosimy je i przekazujemy sobie jak znaki. Gdybyś więcej uwagi poświęcił sprawom kobiet, wiedziałbyś, jak z nimi rozmawiać i jak rozumieć ich odpowiedzi.

— Gra — prychnął. — Dworskie sztuczki. Ja noszę wojenną koronę.

— A ja dwie — odpowiedziała poważnie. — I żadnej z nich nie nazywam wdową. Żegnam. — Uniosła się z gracją i poprawiła nieistniejące spódnice.

— Żałuję, że się nie porozumieliśmy — powiedział, wstając ciężko. Spojrzał na nią spode łba.

— Nieprawda. Ty mnie nie zrozumiałeś, ja ciebie rozumiem dobrze. I postaram się pomóc.

Był zaskoczony, położył rękę na piersi, ukłonił się samą głową, wciąż patrząc na nią. Oddała mu ukłon, poruszyła płaszczem, którego nie miała.

Ruszył do wyjścia, omijając skorupy glinianych garnków, których tu być nie powinno. Stanął w rozwalonych drzwiach, pod pękniętą futryną.

— Jak ci na imię? — spojrzał na nią tęsknie.

— Nie odgadłeś? — zaśmiała się. — To nie było trudne, Borutko.

Uniósł brwi i spytał niepewnie:

— Hugenotko, zobaczymy się jeszcze?

— Zobaczymy — odpowiedziała dwuznacznie i pomyślała, że Hugenotka to piękne imię.

JADWIGA drżała na całym ciele. Nie mogła się uspokoić. List Elżbiety był pojedynczy. Tylko z kancelarii królowej Węgier. Taki sam dostał Władysław od Caroberta. Prawie co do zdania identyczny. Nawet tu, w swej komnacie, wciąż dochodziły ją krzyki męża. On był wściekły, ona przerażona. Czytała po raz kolejny i kolejny.

„Felicjan Zach wszedł do sali jadalnej. Towarzyszyły nam dzieci i ich nauczyciel Mikołaj Drugeth, drugi Mikołaj, mój podstoli, i Jan, mój podczaszy. Zach pokłonił się nam, przeprosił, że przeszkadza w wieczerzy. Carobert powiedział, by wrócił, gdy skończymy. Wtedy Zach wyjął miecz i zamachnął się na króla. Mój mąż zasłonił się ramieniem, zalał krwią i upadł. Rzuciłam się do niego, myśląc, że zabity, w tym samym czasie Drugeth wyprowadzał dzieci. Podstoli i podczaszy rzucili się na napastnika. Zach zaszlachtował podstolego i wziął się za podczaszego. Drugeth wypchnął chłopców za drzwi i zawołał posiłki. Słysząc, że idzie odsiecz, Zach zostawił podczaszego i rzucił się z mieczem na mnie. Zasłoniłam się prawą ręką, odciął mi cztery palce. Dopadł go Drugeth, Zach przeciął mu twarz. Drugeth upadł na mnie, a po chwili zwalił się na nas napastnik. Jan wbił mu sztylet między łopatki. Do komnaty wbiegła straż królewska i na moich oczach posiekała Zacha na kawałki. Zginął Mikołaj, podstoli. Carobert okazał się tylko w rękę ranny. Mikołaj Drugeth ma ranę głowy, ale medycy mówią, że wyjdzie z tego. Jan, który nas uratował, wyszedł bez większego szwanku.

Z początku sądziliśmy, że to sprawa o kasztelanię Sempte, którą mój mąż odebrał Zachom dwa lata wcześniej. Ale gdy śledztwo ruszyło, okazało się, że Zach nie działał sam i rzecz nie tylko w utraconym urzędzie. Do sali jadalnej wprowadziła go jego córka Klara. Przy stajniach czekał na niego syn i sługa. Wzięci na tortury ujawnili pozostałych winowajców. Prócz rodu Zacha za zamachem na nas stali Palasti, synowie Borsy, który nigdy nie ukorzył się przed Carobertem. Odnaleziono ich, osądzono i skazano na powieszenie za spisek przeciw rodzinie królewskiej. Pomagierów Zacha, czyli jego syna i sługę, rozerwano końmi. Córce ucięto kłamliwe wargi i palce u obu rąk. Kazałam zostawić jej kciuki, jak jej ojciec mój zostawił. Skazano także drugą córkę Zacha, Sebe. I jej męża, a syna Borsy Palasti. Ich dzieci wygnano z kraju, bo nie ma dla nich miejsca na Węgrzech, skoro ród podniósł rękę na rodzinę królewską. Sędziowie przypuszczają, iż spiskowców mogło być więcej, trwa sprawdzanie powiązań, jakie mieli Palasti i Zachowie. Carobert nie popuści, póki królewska sprawiedliwość nie zapanuje na Węgrzech.

Bogu Wszechmogącemu powierzamy swe życie i Wasze zdrowie. Wojsko pod wodzą Wilhelma Drugetha czeka na rozkaz z Wawelu".

Jadwiga odłożyła pergamin. Drżenie nie ustąpiło, choć teraz, za czwartym czytaniem, mogła myśleć trzeźwiej. Jakim cudem Zach, na którego mieli oko od dawna, wszedł do jadalni królewskiej z mieczem? Wpuścić mogła go Klara, ale gdzie była straż zamkowa? Dlaczego przybiegli, dopiero zawołani przez Drugetha? Nie słyszeli krzyków? Nie strzegli drzwi z zewnątrz? „Spiskowców mogło być więcej" — odpowiedziała sobie cytatem z listu. Dzieci Sebe i Kopaja muszą być małe, dwa lata temu pisała, że Sebe wydano za syna Borosa. O samym Borosie nie ma w liście ani słowa, a to on, obok Felicjana, zapewne stał u zawiązania spisku. Czyżby uciekł? Czy Elżbieta ostrzega po raz drugi, byśmy nikomu z nich nie pomagali? Wtedy pisała o Klarze, że chce trzymać wrogów blisko, nie miała pojęcia, że uśpiła tym własną, a nie ich czujność.

Jadwiga patrzyła w dogasający płomień świecy. Myślała o okaleczonej córce. Elżbieta, Carobert, wnuki, wszyscy byli o włos od śmierci. Wśród służby, zastępów zbrojnych, we własnym domu. I cokolwiek naprawdę zdarzyło się na Węgrzech, Elżbieta nie chce tej prawdy powierzyć nikomu. Nie ma palców, nie może pisać. Nie podyktowała sekretnego listu kanclerzowi.

Płomień zamigotał i przygasł. Jadwiga ciaśniej owinęła plecy szalem. Zaraz będzie musiała zawołać służbę, nie chce tu siedzieć w ciemności. Nagle płomień z powrotem wyskoczył i świeca znów rozbłysła. Jadwiga w jednej chwili przestała drżeć. Złapała za pióro i pergamin.

„Straciłaś palce u prawej dłoni, ale została ci lewa. A ona potrafi tyle samo i leży bliżej serca" — zaczęła list do córki.

WIERZBKA wróciła znad jeziora Pakoskiego z koszem dorodnych szczupaków. Polowanie na wodne drapieżniki uspokajało ją. Tropienie żerowisk, czatowanie bez ruchu w szuwarach, wyczekiwanie z ościeniem w ręku, przyszpilenie potężnego cielska do dna. Wszystko to dawało jej poczucie, iż nad czymś panuje, coś zależy od niej. A to dzisiaj było dla Wierzbki bezcenne.

Budziła się wiosna, ale powietrze pod zapachem młodych listków, zieleniących się traw, pierwiosnków i przylaszczek niosło tajemną, niespokojną woń wojny. Czuła to. Kwieciszewo, które podarował im arcybiskup Janisław, leżało nad Małą Notecią, między jeziorami, obwarowane z jednej strony mokradłami i bagnem, z drugiej gęstym lasem. Przenieśli się tu jesienią, zbudowali pod okiem Worana ostoję, zasiedlili ją. Nie mieli w pobliżu żadnych pazernych Doliwów, jedynie Leszczyców w niedalekiej Pakości, ale ci na nowych osadników patrzyli przychylnym okiem, a gdy spotykali się na targu, chętnie wymieniali mleko i jajka na ich zioła i słynne od lat kosze. Janisław podesłał im dwie krowy i byka, Manna zajęła się chowem kur i kaczek, już pierwsze żółte kaczęta z wczesnych lęgów dreptały między chałupami. Ich ostoja kwieciszewska wydawała się sielska i spokojna, a jednak Wierzbka każdego ranka budziła się pobudzona i spięta. Rudowłosa Kostrzewa, bo zamieszkały razem, biorąc jeszcze do siebie Dziewankę, próbowała zamknąć Wierzbkę w ramionach, uspokoić głaskaniem.

— Boisz się, że znajdzie nas Jarogniew — mówiła.

Ale Wierzbka nie jego się bała, lecz tej, wyczuwalnej w powietrzu, wojny. Głupio jej było przyznać, ale czułaby się bezpieczniej, gdyby dołączyła do nich Ostrzyca. Tę jednak Matka wysłała na jakąś misję i obie milczały, dokąd i po co. Z kolei Lebiodki i Bylicy Jemioła nie wypuszczała z matecznika, obawiając się, że z dala od niej nie będą bezpieczne. Niby od dawna nie widziano w okolicy tego Żmudzina, który szukał Jurate, ale Jemioła wolała być ostrożna. Była dobrą Matką, Wierzbka musiała to przyznać niechętnie. Nigdy żadnej z dziewczyn, które wróciły, nie wypomniała ucieczki do Starców, ani słowem. Od dnia, gdy przyjęła je z powrotem pod skrzydła, były siostrami, na dobre i złe.

Wobec Janisława Wierzbka zachowała rezerwę. Zresztą widziała go raz, gdy wprowadził ich do Kwieciszewa, i nigdy więcej. Nie kazał im stawiać krzyża przy skrzyżowaniu biegnącej do wsi drogi ani nie kropił święconą wodą podarowanej wioski. Manna, jak kiedyś Ochna na rozstajach pod Brzostkowem, wystawiła figurę Mokoszy. Jej bliźniaczki, Malina Jeżyna, stroiły ją kwiatami i zielem, więc ludzie z okolicznych wiosek z czasem zaczęli przed nią klękać i zwać „Matką Boską Kwieciszewską", czemu oni nie zaprzeczali. Po Jarych Świętach u nich, a Wielkanocy u tamtych rozniosło się, że Matka Kwieciszewska spełnia modlitwy miłosne. Kto to pierwszy powiedział? Nikt nie wie, dość że młodzi chłopcy i panny zanosili pod posąg Mokoszy prośby o kochanie, zostawiali w darze garnuszki miodu i cieszyli się, że znikały, że smakują Matce Boskiej modlitwy i życie im za nie osłodzi. Aż Manna odkryła, że miód ofiarny wyjadają jej bliźniaczki, i oberwało się Malinie Jeżynie, a razem z nimi Dziewannie, że nie upilnowała nicponic.

Życie wrzało. W ostoi mieli już sześć chałup; Woran z Posłonkiem i Wrzosem stawiali zręby kolejnych, Jemioła prosiła o pośpiech, miała tuzin rodzin, które chciały przenieść się do Kwieciszewa jak najszybciej.

Słońce zachodziło, gdy Wierzbka wróciła z połowu. Postawiła kosz ze szczupakami przy chałupie, zajrzała do wnętrza i nie znalazła Kostrzewy. Za to przy domu Worana i Manny dostrzegła jakiś ruch. Poszła tam.

Stali całą grupką. Chłopcy zeszli z budowy, Bylica z Lebiodką stały z nimi. Z daleka rozpoznała wysoką sylwetkę Wiąza. Rudy warkocz Kostrzewy zalśnił w słońcu, zdążyła pomyśleć z czułością, że jej przyjaciółce posłużyło odejście od Starców, gdy nagle coś uderzyło w nią z całych sił, skoczyło jej na plecy i zaczęło dusić za szyję. Wierzbka odruchowo skręciła się i złapała za kark napastnika.

— Kulka? Byłam pewna, że to młody żbik!

— Nie, ja nie mam pazurów, zobacz, jak obgryzłam! — Córka Wiąza przebierając nogami w powietrzu, niemal wsadziła jej palce do oczu, by pokazać. Wierzbka postawiła ją na ziemi.

— Co tu robicie? — spytała.

— Nosimy wiadomości — z ważną miną odpowiedziała mała. — A ty masz dla mnie jakieś? Tylko mów cicho, żeby ojciec nie słyszał.

— Nie — z przykrością powiedziała Wierzbka. — Nie udało mi się niczego dowiedzieć o twojej mamie. Zniknęła.

— Jak kamień w wodę — skrzywiło się dziecko i Wierzbka pomyślała, że serce jej pęknie.

— Znajdziemy ją — pocieszyła. — Tylko daj mi więcej czasu. Szukam ostrożnie, żeby wiesz kto, nie dowiedział się, gdzie jesteśmy.

— No wiem — przygryzła wargę mała.

— Lubisz szczupaki? Złowiłam takie wielkie.

— Nie lubię. Mają ości.

— Powyciągam ci. — Wierzbka pochyliła się nad nią.

— To spróbuję — ugodowo odpowiedziała Kulka, a jej ruchliwa rączka nie wiadomo kiedy znalazła się w dłoni Wierzbki i pociągnęła ją do stojących przy chacie. — No, chodź. Nie widzisz, że czekają na ciebie? Mówiłam, że przynieśliśmy ważne wiadomości.

Na ich słuchaniu zszedł im cały wieczór, a nazajutrz Wierzbka z Kostrzewą ruszyły na wschód, zgodnie z przekazanym przez Wiąza poleceniem Jemioły. Minęły Kruszwicę nad Gopłem, a po całym dniu marszu chciały przenocować w lesie pod Radziejowem.

— Nie podoba mi się tu — powiedziała Kostrzewa, choć Wierzbka wybrała dobre miejsce na nocleg. Zwisające nisko gałęzie świerku osłaniały od wiatru i chłodu, mech dawał miękkie posłanie.

— Daj spokój, ledwie żyję — zaprotestowała Wierzbka i usiadła na kamieniu. Zzuła buty, poruszyła zmęczonymi palcami stóp. Kostrzewa zdjęła z pleców kosz, ale nie spoczęła przy niej, tylko zaczęła obchodzić świerk dookoła.

— Chodźmy jeszcze kawałek — poprosiła.

— Nie. — Wierzbka już otworzyła kosz i wyjęła podpłomyki, które upiekła im Manna. — Śpimy tutaj i już.

— Dlaczego ma być po twojemu? — zbuntowała się ruda.

— Bo jestem starsza i mądrzejsza — mrugnęła do niej Wierzbka.

— Jesteś starsza i nie mogę cię zostawić — rozzłościła się Kostrzewa. — Ale ja tu nie zasnę.

— Gadanie. — Wierzbka chwyciła ją za rękę i pociągnęła na trawę. — Masz, jedz.

Zmrok zapadł szybko i zaczął kropić deszcz, więc Kostrzewa pierwsza wczołgała się pod gałęzie i pierwsza zasnęła, gdy tylko Wierzbka zamknęła ją w ramionach. Ona za to nie mogła usnąć. Słuchała skrzypienia drzew uginających się od wiatru, który zerwał się w nocy, szelestu kropli o suchą ściółkę. Wycia i pohukiwania, upiornego śmiechu przechodzącego w koszmarny chichot, a potem jakby lament. Nie zmrużyła oka i przed świtem, kiedy zaczęły budzić się pierwsze ptaki, potrząsnęła Kostrzewą.

— Wstawaj, ruszamy.

Rudowłosa otworzyła zapuchnięte od snu powieki, zamrugała.

— Co tak wcześnie? Jeszcze ciemno.

— Jemioła dała nam zadanie — powiedziała Wierzbka, wyczołgując się spod gałęzi.

— Koszmarna noc, co? — ziewnęła Kostrzewa.

— Bzdura. Spałam jak suseł — skłamała Wierzbka, nie chcąc jej straszyć.

— A mnie się śniły dziwne rzeczy — powiedziała ruda, wychodząc za nią. Wstała i przeciągnęła się, otarła twarz, wyjęła z warkocza gałązkę. — Stara kobieta w złotym diademie na włosach z takim wielkim czerwonym kamieniem, który płonął niczym pochodnia.

— Czyli dobrze spałaś — kwaśno powiedziała Wierzbka i zaczęła sznurować buty.

— Źle — pożaliła się przyjaciółka. — Ta kobieta... brrr. — Otrząsnęła się.

— Ten sen to kara, że wczoraj nazwałaś mnie staruchą — szturchnęła ją Wierzbka i wygrzebała z koszyka kawałek sera. Podała Kostrzewie. Ta popatrzyła na nią i parsknęła śmiechem.

— Możemy iść?

Ruszyły szybko, żeby się rozgrzać. Łukiem minęły Płowce, potem Borucin, Redecz.

Prawda, dziwnie tu — pomyślała Wierzbka i zostawiła tę wiedzę dla siebie. Jak i widok gęstych, ciemnozielonych pajęczyn zwisających z wyższych gałęzi drzew. Kostrzewa z zaróżowionymi od marszu policzkami wydawała się spokojna, jakby zapomniała o nocnych lękach. Patrzyła na drogę, nie w górę i szła coraz szybciej. Minęły Brześć i pole słynnej bitwy sprzed trzech lat.

— Zobacz — szepnęła Kostrzewa, choć nikogo nie było w pobliżu. — Prawdę mówią, że nic tu nie chce rosnąć. Że ziemia kamienie zaczęła rodzić.

Pole leżało odłogiem i prawda, między kępami zeschłych traw raz po raz wyzierały z szarej ziemi nierówne, jakby pokryte parchem, kamienie. Wierzbka otrząsnęła się mimowolnie.

— Chmiel i Bieluń ponoć byli tu z Jarogniewem — powiedziała Kostrzewa, gdy minęły niedawne pole bitwy.

— Nic nie wiem. Siedziałyśmy z Dziewanną zaszyte w lesie pod Krakowem.

— Dlatego ci mówię. Krążyli jak kruki i jak one czekali na łup.

— Odzierali trupy? — skrzywiła się Wierzbka.

— Zbierali broń. Jarogniew zwiózł ją do Czarnego Lasu, do tego galindzkiego kowala.

— Wnoke — w lot pokojarzyła Wierzbka.

— Uhm. Miał ją przekuć. Bieluń chwalił się, że będą mieli kordy z dawnych rycerskich mieczy. I groty do sulic.

— Półtoraoki jest sprytny.

— I okrutny — dorzuciła Kostrzewa. — Dobrze, żeś ostrzegła Ostrzycę. Choć ona wygląda na taką, co niczego się nie boi. Jak prowadziła nas z jesionu, wiesz, z Bylicą i Lebiodką, to ze dwa razy przeszłyśmy pod nosem ludzi Derwana. Ostrzyca jest lepszą wojowniczką niż oni.

— Oby — powiedziała Wierzbka.

Wieczorem dotarły do zniszczonego Włocławka i tak, w gospodzie nad Wisłą już usłyszały od flisaków złe nowiny. Ale nie po to Jemioła posłała je z misją, by miały tylko łowić plotki. Dogadały się na przeprawę, przystojny Gawor nie mógł od Wierzbki oderwać oczu i powiedział, że przewiezie je w tę i z powrotem darmo.

— Kiedyś pod książęcym znakiem pływałem — powiedział, gdy umościły się na pokładzie barki.

— Którego księcia? — spytały.

— Płockiego, Wańki.

— I co? Wyrzucił ze służby?

— Sam robotę rzuciłem. — Masywne szczęki Gawora poruszyły się, jakby żuł coś twardego. — Jak hołd luksemburski złożył.

— A co ci to zmieniło? — Wierzbka przekrzywiła głowę, by mógł podziwiać jej długą szyję.

— Nie zaznałyście obcego panowania, siostry — odpowiedział flisak. — Zaczyna się od hołdu, a kończy... — splunął w wodę. — Teraz przyszło na Dobrzyń. Nie wiem, po co chcecie tam płynąć — pokręcił głową.

— Ona ma tam kochasia — wskazała Wierzbka na Kostrzewę, a ta zaczerwieniła się ze złości.

— A ty? — przeszedł do sedna Gawor.

— A ja gdzie indziej — uśmiechnęła się do niego.

— U nas dziewczyny śpiewają, że najlepiej całują flisacy — odpowiedział, przyglądając jej się uważnie.

— Nieprawda! — zaśmiała się Kostrzewa. — Słyszałam tę śpiewkę w karczmie. Tam nie było „flisacy", a „rozbójnicy", ha, ha, ha! Gdzie tu macie rozbójników, co?

— W Wyszogrodzie — odburknął niezadowolony, że rudowłosa nakryła go na drobnym kłamstwie.

— Nigdy nie byłam — szczerze zdziwiła się Wierzbka i szturchnęła Gawora. — Warto?

— Jeśli lubisz wojowniczych chłopców na królewskiej służbie — wzruszył ramionami.

— Nie rozumiem. — Uniosła brwi, a on przyglądał się jej chwilę.

— Wyszogród leży na wysokim, lewym brzegu Wisły — powiedział i zamilkł. Wierzbka nie odpowiadała, więc stwierdził zaskoczony: — Naprawdę tam nie byłaś. Do Wisły wpada Brda.

— No wiem — wzruszyła ramionami. — Co z tego?

— Brda płynie z północy, by wpaść do Wisły. Zaraz za jej ujściem brzeg jest bardzo wysoki, urwisty, a na Wiśle tworzy się zakole. Tam zbudowano Wyszogród. Z kasztelanii można kontrolować ruch na ujściu Brdy i Wiśle. Musicie wiedzieć takie rzeczy, skoro kręcicie się po niebezpiecznej okolicy.

Wierzbka pokiwała głową. Dotarło do niej, dlaczego Gawor taką wagę przykładał do Wyszogrodu.

— Król Władysław przejął te ziemie od bratanków, żeby zabezpieczyć przed wojną — ciągnął flisak. — Dobrzyń stracił, ale Wyszogród umocnił. Kasztelanem został tam Oldmir, ze słynnego u nas rodu Żyra, spod herbu Powałów. Wyszogrodzcy dostali od króla rozkaz, by utrudniać Krzyżakom żeglugę na Wiśle. Atakować nieuzbrojone barki, przechwytywać ładunki.

— Rozumiem, jasne — powiedziała. — A co z tym Dobrzyniem?

— Luksemburczyk najpierw go zdobył na królu, a teraz sprzedał żelaznym braciom. Usłyszycie w każdej gospodzie, odczytują list królewski po placach i wszelkich zbiorowiskach. Żeby się poddani nie burzyli i byli posłuszni nowym panom w białych płaszczach i czarnych krzyżach.

Na drugi dzień, schowane w lesie, zobaczyły to na własne oczy. I dużo więcej. Na jednym krańcu wsi list czytano, a z drugiego już wchodził krzyżacki oddział i pod bronią usuwał ludzi z domów.

— W imieniu wójta ziemi dobrzyńskiej komtura Dytryka von Mosen! — grzmieli bracia i zostawiali w spokoju tylko niemieckich osadników.

— Co z wygnańcami? — zmartwiła się Kostrzewa.

Grupki rugowanych z ziemi wieśniaków w pośpiechu zgarniały, co wpadło w ręce. Kury gdakały wniebogłosy, głośniej niż kobiety i dzieci.

— To ludzie króla, niech o nich zadba — obruszyła się Wierzbka.

— Jego tu nie ma — surowo powiedziała ruda.

— Dopiero się budujemy. Nie mamy miejsca na więcej.

— Jedna rodzina różnicy nie zrobi — targowała się.

— Więc po co pomagać jednej?

— Bo to więcej niż nic. — Kostrzewa pocałowała ją w czoło.

Gawor tylko westchnął, widząc je w umówionym miejscu z parą starców, trojgiem dzieci i krową na postronku.

— Który to twój luby? — spytał Kostrzewę, spod oka łypiąc na uciekinierów. — Ten dziad czy ten smarkacz?

— Mojego żelaźni bracia poturbowali, bo się im postawił — odpyskowała mu. — Zabrałam teściów i dzieci.

— Uhm — udał, że wierzy, ale bez oporów pomógł im wprowadzić krowę na barkę. — Nu, łaciata. Stój grzecznie.

Dzieci zbiły się w kupkę, jak szczenięta grzejąc się swoim ciepłem. Staruszka poklepywała krowę, gdy odbili od brzegu, jakby chciała uspokoić ją lub siebie. Jej chłop załzawionymi oczami wpatrywał się w dym unoszący się nad wsią.

— Nikt inny z wami nie chciał iść? — zakpił Gawor, gdy wypłynęli na równy nurt. Księżyc odbijał się w Wiśle. — Po co wam starcy i dzieci?

— Nie wiem, o czym mówisz — odpowiedziała Wierzbka.

— Ludzie mówią na was „zielone siostry" — mrugnął do niej.

— Bo chodzimy w zielonych sukniach? Aleś ty bystry — wzruszyła ramionami.

— A to, co się gada o tych karczmach, to prawda? — ciągnął swoje. Nie odpowiadała, więc dodał: — Nie bój się, ja was nie wydam.

— To mniej mów — poprosiła Wierzbka i podeszła do staruszki.

Zamknął się. Kostrzewa przysiadła się do dzieci, coś im tłumaczyła cicho. Prawda, wygnańcy się ich wystraszyli. Stracili domy, dobytek, ale nie wrodzoną ostrożność. Gdy Krzyżacy odjechali i Kostrzewa powiedziała im, że one dwie mogą zabrać jedną rodzinę, pomyśleli, że to droga w niewolę. Ogłuszeni własnym nieszczęściem, nie słyszeli, co mówiła, nie chcieli zrozumieć. Kobiety jedną ręką przyciskały do piersi główki dzieci, drugą tuliły kozy, krowy i co tam im udało się ocalić. Mężczyźni naradzali się nerwowo, wreszcie pokazali na parę staruszków i dzieci, mówiąc: „Ich możecie zabrać. To sieroty i tak nie ma kto ich karmić, a dziadki pomrą przed zimą". Wierzbka choć była przeciwna, wściekła się, zgarnęła tobołki i niosła je zamiast staruszki. Teraz podeszła do niej.

— Jak ci na imię, dobra panno? — spytała starowina.

— Wierzbka.

Pomarszczona twarz starej rozpromieniła się.

— Poznamy Matkę Dębinę? — spytała.

— Teraz Jemioła jest Matką — odpowiedziała zaskoczona Wierzbka. — Słyszałaś o niej?

— Oj, żebym ja ci nie powiedziała, Wierzbinko, co ja o was słyszałam — rozciągnęła usta w uśmiechu. — I pomyśleć, że całe życie bałam się pójść do sióstr. A byłam niczego sobie, w czasach, gdy

Dębina przeniosła matecznik z Łysej Góry nad Lutynię. Hm. I na stare lata…

— A twój? — niespokojnie spytała Wierzbka. — Nie wyda nas?

— On głuchy — pokiwała głową kobiecina. — Ale dobry chłop. To mój drugi, pierwszy zginął za księcia Mściwoja, czarnego gryfa, ho, ho, to były piękne lata.

— A dzieciaki? Wasze wnuki?

— Jego — kiwnęła głową w stronę męża. — Ja swoich dzieci nie miałam. Ich matka zmarła przy porodzie najmłodszego, ojciec poległ teraz, w wojnie z Krzyżakami i luksemburskim królem. Jeszcze im łzy nie obeschły.

— Jak ci na imię? — spytała staruszki Wierzbka.

— Na chrzcie dali mi Sulisława, wiesz, jak tej Mściwoja ukochanej, co ją z klasztoru wykradł, co to była za historia! — westchnęła. — Ale całe życie chciałam, by mnie wołano Sasanka. Ino teraz to jakoś już nie bardzo. Suszonka to prędzej, co? — zachichotała.

— Bzdura. Sasanka to imię, które pasuje do ciebie jak żadne inne.

— Trzymajcie krowę — powiedział Gawor. — Dobijamy.

Pomógł im wyjść na brzeg, zniósł tobołki, wyprowadził krowę. Wierzbka wzięła od niego postronek i chwyciła go za palce.

— Dziękuję — powiedziała. — I mam prośbę. Gdyby płynął z tobą Półtoraoki…

— Mogę przeprawić na drugi brzeg bezdomnych staruszków — obruszył się flisak. — Ale nie służę Siwobrodym Starcom.

Pocałowała go wiedziona odruchem i pożałowała. Usta miał takie, jak lubiła, twarde, słone od potu, szorstkie od wiatru. Przytrzymał ją za łokieć. Nie wyrwała się, przeciągnęła pocałunek, a gdy skończyła, uśmiechnęli się do siebie.

— Może kiedyś — powiedziała.

— Wiesz, gdzie mnie szukać — odrzekł. — Służę Wiśle na tym lub tamtym brzegu. Przekaż swoim, co tu się wyrabia, nie zwlekaj. Znam Krzyżaków, wiem, co oznacza ten ruch na rzece, barki z zaopatrzeniem, skrzynie z bronią, najemnicy ze Śląska ciągnący do Torunia. Ziemia dobrzyńska to dopiero początek, żelaźni bracia nie pozostaną długo na prawej stronie Wisły.

Popatrzyli sobie w oczy na pożegnanie.

— Mam być zazdrosna? — spytała Kostrzewa, gdy ruszyli.

— Uważna — odpowiedziała Wierzbka i wskazała głową na majaczący przed nimi las.

— Dobrze — przytaknęła — więc idźmy inną drogą. I nie mądrz się, moja starsza przyjaciółko.

— Nie przez pole bitwy? — Badawczo przyjrzała jej się Wierzbka. — Nie przez Borucin, Redecz, Płowce i Radziejów?

— Tak — kiwnęła głową Kostrzewa. — Nie przestraszmy dzieci widokiem tych koszmarnych pajęczyn.

OTTO VON LAUTENBURG był skrytym wielbicielem nieżyjącego od dziesięciu lat wielkiego marszałka Zakonu, Henryka von Plötzkau. Znał jego czyny, bitwy, zwycięstwa, nigdy nie nazywał go, jak inni, obraźliwie „rzeźnikiem gdańskim"; dla niego był zdobywcą Gdańska, pogromcą Polaków i pogan. Autorem niedokończonej „Reguły prowadzenia wojen zakonnych", której manuskrypt Lautenburg zdobył i nikomu nie pokazał. Nie tylko dlatego, że był wobec swego mistrza zaborczy, ale głównie przez to, iż nie miał z kim o nim rozmawiać. Luther o Henryku von Plötzkau wyrażał się pogardliwie, Wilk z Bałgi twierdził, że ten był tylko ślepym wykonawcą woli starego Guntera von Schwarzburg, Bonsdorf... Bonsdorf został właśnie wielkim komturem i z pewnych względów ich kontakty osłabły. Jego towarzysze nie doceniali geniuszu, jaki tkwił w umyśle Henryka von Plötzkau, i tylko on, Otto von Lautenburg, czytał dzieło i poznał tajniki strategii mistrza. Gdy dostał z Malborka rozkaz, by powstrzymać wybryki Oldmira, kasztelana Wyszogrodu, nie czekał ani chwili. Drugi raz nie popełni błędu z czasów bitwy pod Brześciem.

Z wiślanymi rozbójnikami nie miał zamiaru walczyć z wody. Każdy, kto spojrzy na gród położony wysoko na skarpie, wie, że zdobyć go można tylko z lądu. Lautenburg, prócz zbrojnych załóg, zabrał ze sobą oddział budowlany. Otoczył Wyszogród w bezpiecznej odległości. Najpierw kazał zatknąć chorągiew z czarnym krzyżem, potem dał rozkaz przygotowania dwóch linii umocnień oblężniczych, a dopiero po dwóch dniach, gdy wewnętrzny wał, osłaniający przed atakiem z grodu, był skończony, posłał Oldmirowi krótki rozkaz: „Poddajcie się". Na odpowiedź nie czekał długo. Z drewnianej wieży bramnej wystrzelono z kuszy. Bełt wbił się w sam szczyt usypanego przez jego ludzi wału. Otto splunął wściekle. Tu nie powinny sięgnąć strzały obrońców.

— Coś przywiązali do bełta — zauważył jego giermek Arni.

— Przynieś — rozkazał Otto. — Tylko osłoń się!

Chłopak posłusznie schował się za tarczą i schylając nisko, wbiegł na wał. Wyrwał bełt i po chwili podał Lautenburgowi przybrudzony kawałek zwiniętego pergaminu.

— „Prędzej poddamy się diabłu niż Krzyżakom" — przeczytał na głos i zaśmiał się, wyrzucając strzęp pergaminu. — Zatem witamy w piekle! — krzyknął z całych sił do stojących na murach Polaków.

Jego ludzie nie próżnowali. W czasie gdy knechci usypywali wały, cieśle z oddziałów budowlanych składali pluteje według projektu mistrza von Plötzkau: osłony na kołach z uzbrojonymi żelaznymi bolcami ścianami. Prócz tych, zwykłe pluteje strzelnicze, z otworem dla kusznika. I najcięższe z nich: z drabinami. Otto mógł po raz pierwszy wypróbować pomysł dawnego marszałka: do masywnej plutei, której ściany chroniły atakujących przed ostrzałem, przymocowano z przodu drabinę szturmową z żelaznymi hakami. Był zachwycony.

Pod osłoną nocy jego ludzie zasypali kawał fosy, układając na tej grobli rampę z desek. O świcie wtoczono na nią pluteje. Pod sam mur! Drabina ze zgrzytem haków ukruszyła kawał umocnień, robiąc w nim wyłom. Polscy kusznicy bili w nich gradem strzał, ale zakonni trzymali się blisko osłon. W miejsce ubitych Otto posyłał żywych.

— Dalej! Zróbcie im piekło jak się patrzy!

W tej samej chwili piekło otworzyli dla nich Polacy. Z murów polała się gorąca smoła. Kocioł za kotłem. Długie ramiona maźnic wysunęły się poza obręb murów. Na żelaznych łańcuchach zwieszały się z nich kotły. Dźwignia szła w górę i z pełną mocą uwalniano szatańskie wiadro.

Wśród zakonnych rozległo się nieludzkie wycie poparzonych, czarnych od oblepiającej ich smoły.

— Cofnąć się! Cofnąć! — wrzasnął rozkaz Lautenburg, ale ci, których dosięgła wrząca lepka ciecz, byli w stanie zrobić tylko kilka kroków. Padali sobie nawzajem pod nogi. Z murów zerwał się tryumfalny krzyk.

— Trebusze i blidy! — zarządził Otto. Skoro tak, zmiękczy obronę w tradycyjny sposób. — Miotać!

Głazy wielkości ludzkiej głowy. Skórzane worki z kamieniami i ziemią. Raz, dwa, trzy, cztery, poleciały w stronę obrońców. Trzask pękających umocnień. Huk rozbitych murów. Wycie rannych.

— Płonące bełty! — krzyknął rozradowany Lautenburg. — Kusznicy, wziąć ich ogniem!

Oldmir odpowiedział ostrzałem kusz wałowych. Wymiana ciosów trwała do nocy. Krótka przerwa na sen, na zebranie trupów i ze wschodem słońca powrót.

— Trebusze! Ostrzał! — wykrzykiwał rozkazy komtur. — Pluteje, osłaniać oblegających.

Kolejny atak na umocnienia. Lautenburg zrzucił płaszcz, ale nie hełm. Pod ochroną plutei podszedł pod sam mur. Słyszał odbijające się od przypominającej wielką tarczę przesłony kamienie. *Buch-buch-buchbuchbuch.* Wypchnął sarianta sprzed otworu strzelniczego, kazał mu przejść na tyły. Chciał spojrzeć na mur z bliska, z dołu. Wypatrzeć słabe punkty obrony Oldmira. Miał jeszcze ludzi, miał jeszcze bełty, kamienie i siły, ale za punkt honoru postawił sobie, że pośle załogę Wyszogrodu do piekła jak najszybciej. Obok niego tłoczyli się bracia, dinerzy, zwykli knechci. Spoceni, umorusani, istne diabły. Dyszeli ciężko, pod pluteją było duszno. Wreszcie zobaczył to, czego szukał: wąską, ale długą szczelinę w uszkodzonym murze. Wycofał się, przegrupował i trebusze zaczęły miotać kamieniami w to jedno miejsce. Kasztelan nie miał już smoły. Lał z góry wrzący olej. Lautenburg nie pozwalał swoim ludziom podchodzić. Oldmir w desperacji skierował płonące strzały w kałuże oleju. Zapłonęły niczym ogniste jeziorka. Gryzący dym spowił oblegających. Nic to. Trzymali się z dala od ognia, Lautenburg z uporem powtarzał rozkaz:

— W szczelinę!

Pękła. Pękła! Mur zaczął się osypywać najpierw powoli, z sykiem piasku, potem z narastającym stukotem kamieni i kruszących się cegieł. Wśród obrońców zapanowała beznadziejna wściekłość. Otto von Lautenburg znał to uczucie dobrze. Gdy przegrywasz, gdy już nie ma odwrotu, wiesz, że zaraz zginiesz, zostaje ci bitewny szał. Krwawa furia. Czerwona mgła, co przysłania oczy. Pluteja z bojową drabiną sunęła w stronę muru i nie była jedyną. Bracia wspinali się po wielu dostawionych do skruszonego fragmentu umocnień. Byli białą, zaznaczoną świętym czarnym krzyżem szarańczą, która dopadła zdobyczy.

— Nie bierzemy jeńców — wycharczał komtur ziemi chełmińskiej, gdy sam wspiął się na mur i mógł potoczyć wzrokiem po zniszczeniach Wyszogrodu.

Wyłapali ich dwie setki. I stracili jednego po drugim wraz z zapadnięciem zmroku. Pozostałości twierdzy podpalili. Nie, nie puszczali z dymem. Pilnowali wolnego ognia. Systematycznie go podtrzymywali.

Woleli poddać się diabłu niż Zakonowi — myślał mściwie Otto von Lautenburg, ocierając twarz z płynącego strugami potu. — Na wieki pochłonie ich piekło. Nie będą mieli innego grobu niż zgliszcza Wyszogrodu.

Zerwał się podmuch od Wisły. Załopotał brudny zakonny płaszcz. Otto zmrużył oczy i wystawił czarną brodę na wiatr.

JAN LUKSEMBURSKI wpatrywał się w Rikissę z ukrycia. Zaprosił ją na zamek praski. Tak, odbudowa ruszyła, robotnicy pracowali od świtu do zmierzchu i dawna siedziba królewska znów stawała się rezydencją. Choć dla Jana to nie był powrót, lecz nowy początek.

Królowa wybrała ciemne, głębokie barwy, choć nie założyła wdowiej czerni, jak się spodziewał. Jej suknia miała odcień burgundzkiego wina, płaszcz połyskiwał szlachetnym granatem. Wysoko upięte włosy, które niegdyś przesłaniała jasną mgłą nałęczki tak cienkiej, że uwypuklała każdy splot jej loków, dzisiaj zostawiła odkryte. Smukła szyja królowej, pozbawiona klejnotów, zdawała się naga i wyzywającą. Stała twarzą do okna w wielkiej komnacie przyjęć, dłonią przesuwała po wykutym w piaskowcu zdobieniu, jakby chciała poruszyć kamienne płatki kwiatów. Z sąsiedniej sali płynęły dźwięki fideli. Kazał Baldrykowi zostawić uchylone drzwi, tak by głos instrumentu i ćwiczącego nowe pieśni minnesingera dobiegał nieco przytłumiony, daleki.

Jan bezszelestnie zbliżał się do zapatrzonej w dal i zasłuchanej Rikissy. W powietrzu roznosiła się odurzająca woń leśnych konwalii; służba rozstawiła całe pęki drobnych kwiatów w wazach wokół ścian. Ona go nie słyszała. Zdawała się pochłonięta widokiem, nieobecna. Widział, jak porusza się puls na jej szyi, jak unosi pierś pod lśniącą tkaniną sukni. Silniejsza niż woń konwalii była ta, która biła od niej, ogrzana oddechem, ciepłem zapachu złotych włosów. Chciałby dotknąć jej skóry na nagiej, bezbronnej szyi. Zobaczyć, czy odpowiedziałaby dreszczem. Dmuchnąć w te delikatne kosmyki włosów, które wymknęły się z upięcia i wiją wokół głowy. Przesunąć palcem po dekolcie sukni, szukając kropli potu na skórze.

— *Bis regina* — powiedział cicho tuż za jej plecami.

— Królu — odwróciła się płynnie i znalazła twarzą w twarz z Janem. — Coś stało się z twoim wzrokiem, że patrzysz na mnie z tak bliska?

Cofnął się o krok, nie spuszczając z niej oka, prowokując. Zrobił drugi i powiedział:

— Przyjmij wyrazy współczucia.

— Nie możesz mi współczuć — odpowiedziała bez cienia wyrzutu — bo nie wiesz, co czuję.

Patrzyła mu prosto w oczy, bez skrępowania. Szukał w nich żałoby, zamiast niej znalazł żywą barwę tęczówek.

Czyżby?... — obudziła się w nim myśl, która jeszcze niedawno zdała się niemożliwa. Odsunął ją, by nie robić sobie płonnych nadziei. I sam się cofnął o kolejne trzy kroki. Trudno z nią rozmawiać z tak bliska, zwłaszcza gdy musi zażądać.

— Chcę cię prosić — powiedział — o zatwierdzenie pewnej darowizny.

— Niepotrzebnie — odpowiedziała. — Tego akurat nie mogę dla ciebie zrobić.

— Już wiesz?

— Dotarło do mnie — skinęła głową i mógłby przysiąc, że przez mgnienie gościł na jej ustach uśmiech. — Użyłeś mego imienia, składając obietnicę wielkiemu mistrzowi.

— To tylko formalność — powiedział lekko. — Moja żona już potwierdziła.

— Czyżby? — Uniosła brwi ruchem doskonale chłodnym. — Eliška zrzekła się czegoś dobrowolnie? Trudno uwierzyć.

— A jednak — potwierdził. — Przekazała swe dziedziczne prawa do Pomorza Krzyżakom.

— Łatwo dawać coś, co do nas nie należy. — Odwróciła twarz w stronę okna.

— Królowo — poprosił. — Świetnie rozumiesz, że nigdy Pomorze...

— To ty nigdy tam nie byłeś — powiedziała melodyjnie. — Ty nie dotknąłeś fal zimnego morza. Ja miałam sześć lat, gdy zmarł książę Mściwój, ojciec zabrał mnie ze sobą. Stałam na brzegu, była zima. Na wydmy wyjechał orszak baronów Pomorza. Nie zsiedli z końskich grzbietów. Patrzyli. Mój ojciec wszedł w mroźne fale, by objąć w posiadanie Bałtyk. Gdy wyszedł, woda na jego włosach zamarzła. Chorąży powiedział: „To korona śniegu", a baronowie zeszli z siodeł i złożyli mu pokłon.

— Nie wiedziałem — wyszeptał poruszony Jan.

— Teraz wiesz. I nie będziesz więcej wymagał ode mnie, bym zrzekła się Pomorza. — Odwróciła się od okna i spojrzała na niego miękko. — Krzyżacy zdobyli je na królu Władysławie, zdobyli zdradziecko i zbrojnie. On, póki życia mu starczy, będzie walczył o odzyskanie Gdańska. Zrobiłeś, co zrobiłeś. Nie ty pierwszy. Wcześniej zapisywali je Brandenburczykom młodzi Głogowczycy, potem margrabiowie

Krzyżakom, kupczyli nim i biskupi kamieńscy, teraz ty. To tylko słowa, atrament i pergamin, ale ja na nim nie przystawię swojej pieczęci. Bo tylko moja niesie za sobą prawo krwi i dziedzictwo. Nawet jeśli nie ma już większości starych baronów, którzy ślubowali memu ojcu i w imię tej przysięgi polegli, broniąc Pomorza, to w mojej pamięci wszystko to żyje.

Jest taka spokojna — pomyślał, chłonąc każde ze słów Rikissy. — Tak doskonale piękna. Nie oddam ani chwili. Mistrz musi zadowolić się moją pieczęcią. I Eliški.

— Zechcesz zjeść ze mną wieczerzę? — spytał.

Kiwnęła głową, zaklaskał. Służba czekała na ten znak. Do pustej komnaty przyjęć w mig wniesiono dwa wyściełane krzesła, kozły, blat. Spojrzeniem zapytał, gdzie życzy sobie, by je ustawiono. Wskazała to miejsce, które sam by wybrał. W smudze łagodnego światła, z widokiem na niebo za oknem. Mattias i Baldryk, jego giermkowie, stanęli za ich krzesłami.

— Wino z mozelskich winnic czy burgund? — spytał.

— Jedno i drugie znam — odpowiedziała. — A nowe życie właśnie się zaczyna.

Skinął na Mattiasa, szepnął mu słówko i po chwili giermek wrócił z dwoma dzbanami. Jan patrzył na zaciekawienie Rikissy przyglądającej się, jak Baldryk ostrożnie otwiera dzban, jak napełnia jej kielich. Nie mógł opanować drżenia, kiedy zobaczył, jak poruszyły się skrzydełka jej nosa, gdy woń pierwszego z win rozeszła się nad kielichem.

— W twoje usta, królowo — powiedział.

Upiła łyk, potem drugi. Przekrzywiła głowę i spojrzała na niego pytająco.

— Smakuje? — upewnił się.

— Lekkie, pogodne, do niczego niezobowiązujące — uśmiechnęła się.

— Ulubione wino papieża Jana. Z dolin Rodanu — przedstawił trunek.

— Zatem mam inne poczucie smaku niż Ojciec Święty. — Odstawiła kielich.

Mattias już spieszył z czystym. Wlał wino z drugiego dzbana.

— Drugie próby bywają lepsze od pierwszych — powiedział Jan i zachęcił ją, upijając łyk.

Patrzył, jak rozpromienia się jej twarz. Jak zawstydzona przyjemnością opuszcza powieki. Nie odstawiła kielicha, zatrzymała go.

— Hojne, bujne i pieszczotliwe. Obiecujące — powiedziała z ustami wciąż wilgotnymi od trunku.

— Falerno z Lacjum — ucieszył się Jan. — Wino, które pijali cesarze Rzymu w czasach przed Chrystusem.

— Naprawdę? — Spojrzała na złoty trunek, jakby nie wierzyła.

— Przywiozłem tylko ten jeden dzban — powiedział szybko. — Mój poeta, de Machaut, czytał, że Wergiliusz... — Jan zawahał się. Czy to był Owidiusz? — Wergiliusz napisał: *Nec cellis ideo contende Falernis.*

— „Więc żadne wino nie może równać się z falernem". — Upiła kolejny łyk. — Na pewno żadne z tych, które kosztowałam w życiu.

— Rikisso — powiedział — nie dziwi mnie, iż tobie, podwójnej królowej, zasmakowało wino cezarów. Jesteś stworzona do najwyższych zaszczytów — gadał jak młodzik, nie mógł od niej oderwać wzroku, a przecież niemożliwe, by się upił. Prawda, chciał ją uwieść, ale chyba stało się na odwrót. A może to jednak falerno? Jest mocne, jego smak zostaje niczym ukąszenie na języku. — Chciałbym odkryć, co jeszcze mógłbym dla ciebie zrobić — wyszeptał.

— Sprawdź, to nie jest trudne — powiedziała i uśmiechnęła się do niego tak, że chciał wstać od stołu, wsiąść na najszybszego ze swych wierzchowców i jechać podbić dla niej świat. — Otworzyłeś drogę przez Tyrol, Janie — powiedziała, a on zrozumiał, że po raz pierwszy od dawna wymówiła jego imię. Janie. W jej ustach brzmi to jak pieszczota ciepłych, wilgotnych palców.

— Pracowałem nad nią od dawna — odpowiedział, nie spuszczając z niej oczu.

Znów piła jego wino. Baldryk dyskretnie uzupełnił jej kielich. Jak bardzo Jan chciałby być teraz na jego miejscu.

— Ktoś znaczny zwrócił na to uwagę — dodała.

Ludwik Wittelsbach, cesarz, który wygląda jak syn stajennego i mleczarki — wzburzył się i opanował szybko.

— Od czasów rzymskich wiadomym się stało, iż wojna o wpływy to wojna o drogi — powiedziała Rikissa, upijając łyk boskiego falerno. — Drogi, przeprawy i strzegące ich twierdze. Nikt nie zdobywa miasteczek leżących z dala od traktu. Nikt nie zaprząta sobie nimi głowy. Śledziłam cię, obserwowałam od dawna. Posunęłam się nawet do tego, że Hugo relacjonował mi twe kroki.

— Brakuje mi dobrego iluminatora — powiedział. — A Hugo był najlepszy.

— Owszem. Nie życzyłam sobie, by mi donosił, ale by mówił, co robisz. — Wciąż nie odstawiała kielicha, zacisnęła na nim palce, a mówiąc, nie spuszczała z niego wzroku. — Doceniłam mariaż z córką Karyntczyka, gdy tylko go zawarłeś. Ale poznałam księcia Karyntii w czasach, gdy wraz z siostrą twej żony zajął tron czeski. To chytry i niesłowny człowiek, patrzy w bok, gdy mówi, szarpie łańcuch albo ciągle porusza palcami, zauważyłeś? Nie spuszczaj go z oczu, jeśli nadal, mimo cesarskiej koronacji Wittelsbacha, zależy ci na drodze przez Tyrol.

Wybaczył jej Hugona w jednej chwili. Ba, poczuł się połechtany tym, że chciała, by młodzian śledził jego ruchy. Wtedy nie zrozumiał tego. Myślał, że Hugo śledzi go dla Lipskiego, a on robił to dla niej. Skąd wie o Wittelsbachu? Jemu ledwie doniósł Henry de Mortain, że cesarz wysłał tajemne poselstwa do Karyntczyka.

— Mam wielu oddanych sobie ludzi — odpowiedziała na niezadane pytanie. — A Henryk z Karyntii tylko jedną córkę. Tę samą, którą obiecał wydać za twego Jana Henryka. Tyle że Karyntczyk wziął udział w wyprawie Wittelsbacha po koronę cesarską i teraz Ludwik patrzy na niego inaczej.

— Racja — otrzeźwiał Jan, uwalniając się na chwilę od brzmienia jej głosu. — Karyntczyk to stary chytrus. A Wittelsbach już raz ukradł mojej córce dobry mariaż. I dzieci ma mnóstwo.

— Jeszcze nic straconego, Janie Luksemburski. Zwłaszcza że cesarz wycofuje się z Italii. — Spojrzała na niego przelotnie, jakby przypadkowo.

— Naprawdę masz dobrych wywiadowców, królowo — pochwalił ją.

— A może oboje mówimy o dobrych nowinach? — zawiesiła głos. — Cesarz traci poparcie rodów italskich, porzucił nawet tak wspieranego przez siebie antypapieża Mikołaja, ten bezbronny i pozbawiony funduszy szuka pewnie nowego protektora.

— Trudno sobie wyobrazić, by znalazł lepszego niż cesarz — odpowiedział prowokująco.

— Zgadzam się — skinęła głową Rikissa. — Pewnie antypapież szybko zniknie i historia o nim zapomni.

— Ale nie papież Jan — zaśmiał się szczerze. — To zacięty starzec i nie odpuści Mikołajowi. Jak znam papieża, to nie spocznie, póki jego przeciwnik nie znajdzie się pod kluczem.

— A cesarz znów zostanie pozbawiony duchowego przywództwa. W oczach maluczkich autorytet Kościoła wiele znaczy. Jeśli cię znam choć odrobinę, już planujesz — powiedziała Rikissa i wzniosła kielich. — Napijmy się za przyszłość winem, którego posmakowałam dzisiaj po raz pierwszy. Mówisz, że nie masz więcej?

— Daję słowo, iż niedługo przywiozę kolejne.

— Zobaczymy — powiedziała i spełniła toast trunkiem, który sama nazwała obiecującym. Pieszczotliwym, bujnym i hojnym.

LUTHER Z BRUNSZWIKU przebrany za służebnego półbrata, w szarą tunikę, takiż płaszcz i kaptur, wiedział, że jest nie do rozpoznania. Pobielił brodę mąką i popiołem. Wybrudził odzież, założył zdeptane buty, wiele miał takich w komorach i składach wielkiego szatnego. Trzymał się na uboczu, pilnował wozów ze spyżą, wydawał obrok dla koni; zawsze z dala i znikał, gdy było trzeba. W oddziałach nowego komtura toruńskiego Henryka Ruve nikt go nie znał, a bracia, którzy widywali go z daleka w Toruniu czy Malborku, jeśli nawet zbłądzili wzrokiem w niziny służby, nie domyśliliby się w śmierdzącym stajnią półbracie niedojdzie członka wielkiej piątki Zakonu. Ruve został powołany na stanowisko w Toruniu tak nagle, że Luther poczuł silny niepokój. Za wywiad ma odpowiadać człowiek, którego nikt nie zna? Nie może sobie pozwolić na drugiego Almenhausena. Nie teraz.

Zostawił Dzierzgoń w rękach zaufanego Markwarda i mógł być pewien, że nawet gdyby niespodziewanie zjechał tam sam wielki mistrz, Markward o budzącej ufność twarzy pucołowatego dziecka wymyśli coś tak sprytnego, że usprawiedliwi jego nieobecność.

Otto von Bonsdorf, latami traktowany wśród jego świętoszków jak piąte koło u wozu, tak dobrze poczuł się w darowanej mu z łaski mistrza roli wielkiego komtura, że naprawdę zaczął zachowywać się jak wódz. Sam zarządził wyprawę zaczepną. Powołał dwa lotne oddziały. Jeden pod wodzą komtura toruńskiego, drugi pod własnym dowództwem. Pierwszy miał uderzyć na Raciążek, gród biskupa włocławskiego, drugi na Nakło nad Notecią. Oba oddziały, po zdobyciu grodów, dostały rozkaz niszczycielskiej rejzy, zagrabienia łupów, spalenia ziemi za sobą i szybkiego powrotu za mury zamków zakonnych. Luther, w przebraniu zakonnego sługi, dołączył do oddziałów toruńskich.

Chciał w ukryciu patrzeć nowemu komturowi na ręce, zobaczyć, jakim jest wodzem.

Poznał istotę okrutną, bezwzględną i zmyślną. Oblężenie grodu biskupa Macieja w Raciążku trwało trzeci dzień i trzecią noc. Zakonne trebusze miotały kamienie, obrońcy odpowiadali ostrzałem kusz wałowych i ognistymi bełtami, które raz po raz podpalały dachy i ściany plutei, choć te osłonięte były impregnowaną skórą i workami z piaskiem. Luther patrzył na to z otwartymi z podziwu ustami. Bitwy, potyczki i wojny, które znał z raportów, nijak się miały do grozy oblężenia. Do ciągłego huku, dymu, bełtów śmigających nad głową, lecących zewsząd kamieni. Musiał się pilnować.

Trzy machiny spłonęły, tarasując braciom dostęp do murów, wtedy Ruve rzucił do boju kolejną z plutei, którą nazwał bestią. Luther trzymający się na tyłach obozowiska widział, jak cieśle i knechci składali ją cierpliwie przez poprzednie dni z elementów przywiezionych na wozach. Więcej, rozpoznał, że to machina, nad którą pracował zbrojmistrz w wielkich warsztatach dzierzgońskich. Po złożeniu tworzyła tunel osłonięty dachem, osadzony na kilku osiach, w przedniej części wyposażony w klapę, mały zwodzony most, który można było przerzucić przez płytką fosę. W Dzierzgoniu widział jej projekt, zgrabny szkic, jeden z wielu pergaminów zarządcy machin, mistrza Engelharda. Tu, pod murami Raciążka, zobaczył ją w całej okazałości. Stał jak zaczarowany, patrząc na potężne cielsko bestii.

— Ty tam! — zawołał do niego cieśla. — Nie stój jak słup soli. Chodź no tu — przywołał go ręką.

— Robotę mam — próbował wymigać się Luther, mamrocząc, ale w tej samej chwili chwycił go za kapotę na karku któryś z braci toruńskich i pchnął nim w stronę machiny. Luther szybko spuścił głowę, by nie zostać rozpoznanym.

Razem z innymi nieszczęśnikami zaprzężono go do ciągnięcia plutei. Zrozumiał, co to znaczy, i pociemniało mu przed oczami. Żylasty chłop, którego postawiono obok Luthera przy dyszlu, łypnął przerażonym okiem w prawo i lewo, po czym puścił uchwyt, za który mieli ciągnąć machinę, i skoczył w bok. Dosiągł go bat sarianta, obalił na ziemię. Chłop zasłonił głowę rękami.

— Wstawaj! — ryknął sariant.

Tamten ani myślał. Rozpłaszczył się na gliniastej glebie, jakby chciał się w nią wczepić.

— Dezerterom śmierć! — krzyknął sariant i przebił go własnym mieczem.

Luther trząsł się jak osika, ale pojął, że ucieczka od dyszla nie wchodzi w grę. Jak i próba przyznania się, kim jest. Wyśmieją go, nikt mu teraz nie uwierzy. Trwa ostrzał i skończy jak ten chłop, którego już zastąpiono przysadzistym pachołkiem.

— Do przodu na raz! — krzyknął sariant i pociągnęli.

Machina drgnęła z trudem. Przy dyszlu było sześć uchwytów, po dwa w szeregu. Luther stał w środkowej parze. Znoszone buty z klęśnięciem zagłębiały się w gliniastym podłożu.

— Raz-dwa. Raz-dwa! — dyktował tempo sariant.

Luther czuł, jak naprężają się w nim ścięgna i mięśnie, jak chrupią kości. Odwrócił głowę na chwilę, nie przestając ciągnąć bestii. Za machiną goniono tuzin takich jak on.

Wiedzą, że zginiemy, nim dociągniemy pluteję do murów — zrozumiał. — Tamci mają nas zastąpić, gdy padniemy. Byle machina szła naprzód.

— Raz-dwa!

W tej samej chwili z góry poleciał grad strzał.

— Auuu! — zawyli ciągnący z pierwszej pary i opadli na dyszel.

Niski knecht osłonięty tarczą, z głową ukrytą pod żelaznym rondem kapalina, chwycił ich ciała i odrzucił na bok. Drugi pod dachem tarczy podprowadził nowych i pokazał, gdzie mają chwycić.

— Raz-dwa! Raz-dwa!

Machina nie mogła stać. Luther zobaczył komtura Ruve na kasztanowym wierzchowcu, skrytego pod tarczą, ale nieustępliwie jadącego u boku „bestii".

Kolejne strzały zabrały lewą stronę ciągnących, tę, po której jechał Ruve. Polują na wodza — pomyślał Luther sterczący w szeregu z prawej. — Jeszcze nie ja.

— Raz-dwa!

Przestał się rozglądać na boki. Czuł i słyszał, gdy ubijano jego towarzysza z zaprzęgu. Widział, gdy postrzelono kolejnego z przodu. Nie liczył, nie patrzył. Naprężał dygoczące mięśnie, bał się, że jeszcze krok i pęknie mu piszczel.

Masz dla mnie zadanie, Boże — powiedział wprost do Stwórcy. — To mnie do niego doprowadź.

— Stać! Staaać! — zawołał sariant jak do wołów. — Puścić dyszel, uciekać na tyły.

Luther poślizgnął się w koleinie. Stłukł łokieć o porzucony w błocie kord. Wyrwał go z ziemi i pobiegł za pluteję. Przylgnął plecami do ściany. Poczuł, jak odczepiono z haków zwodzony most, jak opuszczono go na fosę. Jak z tąpnięciem osiadł. Jeszcze nie mógł oddychać. Wciąż liczył się ze śmiercią, powtarzał: „Masz dla mnie zadanie, Boże" jak modlitwę.

— Uciekaj stąd — krzyknął do niego knecht z nadbiegającego od strony obozu oddziału. — Nie zabieraj miejsca!

Tuzin zbrojnych wbiegał pod osłonę plutei, by po zwodzonym moście przebić się na mur. Nieśli drabinę bojową. Luther chciał uciec, ale nie wiedział dokąd. Z góry sypał się na niego grad strzał.

— *Mein Gott!* — wrzasnął ktoś z walczących z prawej strony plutei i padł z tarczą i mieczem w błoto.

Luther wziął oddech i skoczył w tę stronę, by wyrwać zabitemu tarczę. Chwycił za jej rant, pociągnął, lecz knecht wciąż żył, był ranny, ale żył i trzymał tarczę kurczowo.

— Zostaw mnie — wycharczał, wypluwając krwawą ślinę.

Luther nie namyślając się, wbił mu kord w odsłoniętą szyję. Tamten zdążył spojrzeć na niego z bezbrzeżnym zdumieniem, ale Luther nie czekał. Wyrwał mu tarczę i pod jej osłoną uciekł do obozu.

Wyratowałeś mnie, Boże, dzisiaj, ochroń mnie jutro — modlił się, szukając wody. W ustach miał sucho, jakby gryzł piach.

O zmroku Henryk Ruve nakazał odwrót. Bestia nie pokonała obrońców. Nazajutrz zaś przestał bawić się w rycerskie oblężenie grodu i po prostu zatruł wodę w jedynym płynącym do niego źródle. Po kolejnych dwóch dniach kasztelan Świętosław Pałuka, rodzony brat biskupa włocławskiego Macieja, poddał Raciążek wraz z całą załogą. Łupy przeszły najśmielsze oczekiwania, bo do grodu wraz z dobytkiem schroniła się okoliczna ludność. Ale nie łupy interesowały Luthera, tylko skarb biskupa. Kręcił się, pomagał, słuchał. I wiedział, że owszem, znaleziono srebro, złoto, kosztowności, liturgiczne szaty, kielichy i monstrancje. Lecz podobnie jak we Włocławku, nie znaleziono skrzyni Gerwarda Leszczyca.

Gdy zapadła noc i zdobywcy świętowali winem z biskupich piwnic, Luther prześlizgnął się do ciemnej izby, w której trzymano kasztelana Świętosława.

— Komtur Ruve kazał mi przynieść wino dla straży — powiedział, patrząc w ziemię i wysuwając przed siebie dwa dzbany.

— A dziewki nie dał? — zarechotał żołdak, biorąc od niego dzban.

— Powiedział, że dziewkę mogą sobie szlachetni strażnicy wziąć z tych złowionych wczoraj, co teraz siedzą w czeladnej. Tylko — ściszył głos i rozejrzał się, jakby miał go tu kto podsłuchać — jaśnie komtur powiedział, że nie wolno ich używać na widoku, że trza się gdzie schować, w oczy nie kłuć.

— Poprzedni komtur był pizdą — powiedział żołdak. — Ten to chłop z jajami.

— Nie możemy opuścić warty — słabo zaoponował drugi ze strażników.

— Nie opuścimy — odpowiedział ten pierwszy i zwrócił się do Luthera: — Jak cię zwą?

— Hans — bąknął Luther.

— Hans, staniesz tu na dwie zdrowaśki? Raz dwa obrócimy.

Luther rozejrzał się niepewnie, jakby się zastanawiał, czy warto. Żołdak palnął go w ucho.

— Wedle rozkazu — natychmiast ukłonił się nisko.

Ciemna izba była zamykana nie na kłódkę, tylko na zasuwę. Otworzył ją, gdy tylko zniknęli za załomem muru. Poświecił sobie pochodnią. W środku wisiały surowe półtusze. Śmierdziało mięsem i było zimno.

— Dobrze zaopatrzyłeś spiżarnię, kasztelanie — powiedział Luther, szukając Świętosława. — Obrońcy nie zdołali przejeść.

Pałuka nie odpowiedział, Luther zacisnął palce na sztylecie wyjętym zza pasa. Nie miał pojęcia, gdzie jest więzień.

— Mogę pomóc, pomówmy — zaproponował, zwracając się w stronę szczeliny między rozciętymi na pół wieprzami. Ich żebra bielały w świetle pochodni, odcinając się ostro od czerwieni mięsa.

— O czym? — odezwał się zmęczony głos spod ściany.

Luther obrócił się; by tam przejść, musiał odchylić półtusze. Nie widział rozmówcy. Zaryzykował.

— O cenie wolności — powiedział.

— Dla mnie się skończyła — usłyszał.

Odsunął półtusze, za nimi na hakach wisiały same świńskie łby, tuzin, jak nie więcej. Posiniałe ryje, martwe oczy i sztywne uszy. Wtedy dostrzegł siedzącego pod ścianą Świętosława. Był skuty łańcuchem. Luther odetchnął.

— Nic nie jest wieczne — powiedział i oświecił go pochodnią. Płomień dotknął wieprza. Swąd opalonej szczeciny rozniósł się po wnętrzu. — Nic nie jest wieczne, ale wszystko ma swą cenę. Twa wolność również.

— A mych ludzi? — podniósł głowę kasztelan.

— Jeśli masz to, czego szukam, możemy pomówić i o nich.

— Co to takiego? — spytał umęczony Pałuka.

Luther zobaczył podbite sine oko, zaschniętą krew biegnącą przez policzek, nienaturalnie wygiętą nogę, pewnie złamaną.

— W skarbcu biskupa Macieja nie znaleziono pewnej skrzyni — powiedział, wpatrując się w jego twarz.

— Dość tam było złota i srebra — bezbarwnie odpowiedział kasztelan.

— Nie szukam złota. Szukam skrzyni ze starociami po Gerwardzie Leszczycu.

— Mój brat wywiózł część skarbu, zanim przyszliście — powiedział Świętosław.

— Domyślam się. Pytam, czy wywiózł tę skrzynię.

— Nie wiem.

— Zatem nie masz dla mnie nic cennego. — Luther celowo przyłożył pochodnię do świńskiego ryja i swąd szczeciny znów zawisł między nimi. — I przestajesz mieć wartość. Ty i twoi ludzie. Choć zanim ich potraktujemy jak załogę Wyszogrodu, popytamy o skrzynię.

— Czekaj — poruszył się kasztelan. — Skąd wiem, czy mówisz prawdę? Czy darujecie nam życie?

— Stąd, że nie masz innej propozycji — syknął Luther. — Komtur toruński nie szukał skrzyni biskupa, tylko łupów. Dostał je, więc was pozbędzie się o świcie, jak Lautenburg kasztelana Oldmira i jego ludzi. — Luther podszedł bliżej i przysunął pochodnię do Świętosława. — A kasztelan Nakła nad Notecią, Henryk z Pałuków, to bliski krewny? To też twoja rodzina? Wasza, wybacz, twoja i biskupa. Zdradzę ci sekret: u niego teraz gości wielki komtur Otto von Bonsdorf.

Świętosław poruszył się wściekle, aż zabrzęczały łańcuchy.

— Gdzie twój brat wywiózł skrzynię? — postraszył go pochodnią Luther. — Mów, bo inaczej tylko on zostanie z Pałuków, a płodzić synów nie może. Ród przepadnie.

— Zabrał ją z Kujaw do Starszej Polski — powiedział Świętosław. — Do kryjówki nad jeziorami.

— Jakimi?

— Nie wiem. Nad połączonymi jeziorami, za Poznaniem, tak powiedział.

— Czterysta grzywien — rzucił Luther, odwracając się. Świńska głowa patrzyła na niego martwym okiem. — Tyle zapłacicie za wolność.

— To fortuna! — wrzasnął niknący w mroku Świętosław.

— Twój brat jest bogaty, skoro zdążył przenieść skarby — zaśmiał się wielki szatny, zamykając za sobą drzwi ciemnej izby i oddychając z ulgą. Nie znosił smrodu.

MICHAŁ ZAREMBA wszedł na brzostkowski podwórzec z Sowcem i jego synem. Sowczykiem. Wracali z lasu, udało się skończyć naprawę osadzonych na drzewach platform strażniczych. Rozebrali zmurszałe umocnienia z czasów Sędziwoja, założyli nowe. Lada dzień trzeba będzie je obsadzić ludźmi. Wieści z Kujaw niedobre.

Odstawił siekierę i siadł przy studni. Zmęczenie dopadło go jeszcze w lesie, ale starał się nie odstawać od Sowców.

— Jestem starym dziadem — powiedział, prostując nogi i opierając głowę o cembrowinę.

— A ja starą kobietą — uśmiechnęła się do niego Kalina i przysiadła obok. Bez słowa podała mu kubek.

Upił łyk i się skrzywił. Zaśmiała się. Sieć zmarszczek jak słoneczne promienie biegła od jej zielonych oczu.

— Jesteś piękna — powiedział. — Musisz poić mnie tym paskudztwem?

— Nie muszę — potarła palcem po jego kolanie. — Pomaga na stawy.

— Młodości nie wróci.

— Tego nie obiecywałam — zastrzegła.

Położyła mu głowę na ramieniu. Jej siwe włosy pachniały rumiankiem. Pocałował je.

— Gdzie Jaszczurka? — spytał.

— Wyleguje się w słońcu. — Pokazała leniwie na kwitnącą jabłoń. Michał musiał wpatrywać się chwilę, by zobaczyć na gałęzi to dziwaczne dziecko. Jego córkę. Za każdym razem najtrudniejsze było pierwsze spojrzenie. Widział w niej gada, potwora, którym sam był do niedawna, tyle że pozbawionego mocy, niczym smocza larwa. Musiał powstrzymywać w sobie dreszcz, wiedział, że Kalina patrzy. Gdy mała spoglądała na niego czarnymi, lśniącymi oczami, w jej wzroku czasami widział coś filuternego i wtedy pękała tama. Albo gdy dostrzegł w jej zachowaniu coś zmyślnego, co przekreślało zwierzęcą naturę Jaszczurki. Wtedy brał ją na ręce, podrzucał, a ona się śmiała tym gulgoczącym śmiechem, tak podobnym do głosu zwykłych niemowląt.

— Przypomina ci o tym, kim byłeś — odezwała się Kalina, unosząc głowę z jego ramienia. — Dlatego nie możesz się przemóc.

— To nie jej wina, a moja — powiedział. — Starców i całego tego ich obłąkania. Ostrzyca wie o niej?

— Dlaczego pytasz?

Prawda, odkąd wrócił, imię Ostrzycy nie padło z jego ust. Było mu głupio, niezręcznie. Niestety pamiętał o wszystkim. Przeobrażenie, jakiemu miesiącami ulegał, nie odebrało mu wspomnień.

— Jest jej matką. Może chciałaby wiedzieć, że Jaszczurka żyje — odpowiedział po chwili.

— Wie — zaskoczyła go Kalina.

— I co?

— I nic. Ostrzyca nie chciała mieć dzieci. Pragnęła tylko ciebie.

Zacisnął szczęki. Chryste, co za rozmowa. Wziął wdech, by mimo wszystko ją dokończyć, ale Kalina uprzedziła go.

— Ostrzyca jest z nami. Opuściła Jarogniewa i Starców. Można powiedzieć, że i z jej oczu opadły łuski — zaśmiała się Kalina, ale w jej głosie zabrzmiała niepewność. — Ona nic nie czuje do Jaszczurki i nie nadaje się na matkę.

— W przeciwieństwie do ciebie. — Michał przygarnął Kalinę ramieniem, ale wymknęła mu się.

— Nie znoszę litości — powiedziała twardo. — Opiekuję się Jaszczurką, odkąd się wykluła, i nie dlatego, że jest twoim dzieckiem. Może trochę, na początku, ale nie później i nie teraz. Zajęłam się nią, bo nie miała nikogo innego, rozumiesz? A potem po prostu ją pokochałam, co tu tłumaczyć? Miłość wymyka się urodzie, talentom, mądrości. Jasia nie jest zdolna do samodzielnego życia i to nas łączy. Ja też nie umiałam żyć bez ciebie, byłam wczepiona w twój smoczy ogon jak łuska. — Głos Kaliny nabierał rozpędu, jakby pękła w niej tama. — Odchodziłam od ciebie, Dębina mnie leczyła i gdy tylko stawałam na nogi, wracałam. Szłam za twym zapachem jak zwierzę. — Wypuściła powietrze i oddychała ciężko. — Dopiero dzięki Jasi odzyskałam wolność. Musiałam po drodze utracić młodość, urodę i to wszystko, czego dzisiaj nie potrzebuję. I wtedy wróciłeś. Czyż los nie jest przewrotny? Ale powiem ci, Michale. Jeśli znikniesz jutro, nic takiego się nie stanie. Jest ona, a ja odkąd sięgam pamięcią, muszę żyć dla kogoś. Więc żyję dla niej.

— A ja będę żył dla was — powiedział, choć poczuł, że zabrzmiało to patetycznie.

— Wiesz, że był na ciebie wyrok? — spytała po chwili.

— Domyśliłem się. Dorota Zarembówna…

— Siostra Juta. — Kalina użyła zakonnego imienia jego krewnej i uniosła się na chwilę, patrząc, co robi Jaszczurka. — Pokochała Jasię od pierwszego spotkania — dorzuciła z uśmiechem, jakby to też było w tej historii ważne.

Michał podążył za jej wzrokiem, ale nie zauważył w zachowaniu małej nic nowego. Leżała na gałęzi, poruszała ręką.

— Dorota dała mi do zrozumienia, że muszę umrzeć — powiedział. — Ale miała rację: wyrok wydany był na smoka.

— A ty dokonałeś wyboru.

— Tobie zawdzięczam, że Jemioła darowała życie Zarembie? — spytał wprost. Kalina zaprzeczyła.

Nikomu się nie przyznał, że są chwile, gdy tego żałuje. Czasami budzi się rano i nie rozpoznaje swego ciała. Jest sztywne, obolałe stawy zginają się z trudem. A we śnie był smokiem. Widział w mroku, pionowe źrenice dostrzegały to, co ukryte przed ludźmi. Jego lędźwie wypełniała moc, krążyła w nim krew, siła i żądza. Kobiety pragnęły go, a gdy w ziemię uderzały pioruny, jego skóra przyciągała żelazo. Nie, nie chciał nigdy więcej być smokiem, to już przeszłość. Ale ciało, które mu zostało, i ta starość, co spadła na niego wraz z przemianą... Z tego miał się cieszyć? Że każdego dnia od nowa pokonuje własne słabości, a nie wszystkim daje radę? Dzisiaj ledwie zlazł z drzewnej warowni. Noga mu drżała i nie mógł trafić nią w osadzony w pniu stopień. Westchnął.

— Może kiedyś poczujesz zwykłą, ludzką radość z tego, że jesteś tu i teraz, a nie tam i gdzie indziej — powiedziała Kalina. — Spójrz na nią. Dzisiaj czerpie szczęście z tego, że leży w słońcu. Jutro pewnie będzie cieszyć się wodą w kałuży.

— Idzie deszcz? — spytał niespokojnie.

— Ale nie burza — odpowiedziała, wstając. — A nawet gdyby, to zobaczysz, że już jesteś od niej wolny.

Uśmiechnęła się do niego i pomyślał, że ta sieć zmarszczek rozciągających się na jej twarzy jest piękna.

— Posiedzę jeszcze — powiedział.

Kalina uniosła głowę i dłonią osłoniła oczy przed słońcem. Patrzyła w stronę bramy.

— Nie wiem, czy posiedzisz. Masz gościa. Zabiorę Jasię do lasu.

Spojrzał na otwarte wrota i zatrzymał Kalinę.

— Jesteście u siebie. Zostań.

ZBYSŁAWA ZAREMBÓWNA po raz pierwszy od tylu lat wjechała na brzostkowski podwórzec. Wszystko było inne, niż zapamiętała. Obronny dwór rycerski pociemniał, ale dach miał świeżo odnowiony.

Z boku rozkwitł ogród warzywny, którego tu nigdy nie było. Brakowało jej szczekania psów myśliwskich, Sędziwój trzymał całą sforę. Teraz po podwórzu przechadzały się koty, a zamiast kurnika dostrzegła gołębnik. Jakaś kobieta, nie zwracając na Zbysławę uwagi, szła w stronę sadu i kończącej kwitnienie jabłoni. Naprzeciw niej wyszedł wysoki starzec, żylasty i barczysty o długich siwych włosach.

— Trafiłaś tu wreszcie, Zbysławo — odezwał się i poznała go dopiero po głosie.

— Michał — powiedziała i z emocji zabrakło jej tchu.

Pomógł jej zsiąść z konia, oddał go stajennemu i puścił przodem, mówiąc:

— Zapraszam do domu.

Znów poczuła silne ukłucie w piersi, bo kiedy weszli do ciemnej sieni, dopadły ją zapachy suszących się ziół, jak za czasów gospodyni ojca, Ochny.

— Świetlica jest tam, gdzie była — powiedział za jej plecami Michał.

Dębowe szerokie ławy, przy których w czasie rodzinnych zjazdów siadało i stu mężczyzn. A w głębi, za wąskim jak gardziel przejściem, kobieca część domu. Tam niegdyś Ochna przyjmowała na świat nowych Zarembów. Weszła do świetlicy i idąc ku palenisku, sunęła palcem po ławie, jakby chciała złowić ślad ich wszystkich. Michał postawił na stole dzban z miodem i kielichy. Nalał jej, mówiąc:

— Nie mam służby.

Ale masz kobietę, jak mój ojciec Ochnę — pomyślała, czując jej rękę w wypolerowanym blacie, w zadbanym ogrodzie. W skórach ułożonych na ławie przy ogniu. Usiadła sztywno, on naprzeciw niej. Jak zacząć rozmowę po ponad trzydziestu latach? Wpatrywała się w jego twarz, chcąc wyłowić z niej to, o czym dochodziły do niej słuchy.

— Odnalazła mnie Dorota, twoja siostra — zaskoczył ją.

— Co z nią? — spytała.

— Nie żyje — powiedział i zaśmiał się krótko. — Źle zabrzmiało. Odwiedziła mnie za życia, nie po śmierci.

— Zrozumiałam — skinęła głową. — Co robiła przez te lata, gdy słuch o niej zaginął?

— Modliła się za odkupienie win wszystkich Zarembów.

— Ach tak — umknęła wzrokiem Zbysława. — Michale, możesz mieć do mnie żal, że się nie odzywałam przez tyle czasu…

— Nie mam — przerwał jej zwięźle. — Zabiłem twego brata. Byłaś na mnie zła, opłakiwałaś go, może czułaś żal, że nie ścięto mnie, choć dostałem wyrok.

— Tak — przyznała się. — Czułam to wszystko i jeszcze więcej, ale nie przyjechałam rozdrapywać ran.

Michał przyjrzał jej się badawczo, ona nie spuściła wzroku.

— Przejrzałam archiwum poznańskiego sądu — oświadczyła. — I znalazłam coś dziwnego.

— Cały proces był dziwny — żachnął się Michał. — Sędziego nie interesowało, jak doszło do zamachu na króla, ale to, że walczyło o jego względy dwóch Zarembów.

— Pamiętam te opowieści — przerwała mu. — I tak, znajduje się to w aktach. Ale jest coś jeszcze. Coś, co wykracza poza nasze... — zawahała się, jak nazwać to wszystko, o czym nie chciała mówić dzisiaj — ...nasze rodowe sprawy.

Był oparty łokciem o stół, nieco skrzywiony. Jego długie włosy kładły się na blacie. Uniósł głowę i spojrzał na nią uważnie.

— Po pierwsze: opis zdarzeń brzmi, jakby widział go ktoś z boku. A przecież nikt z obecnych w Rogoźnie nie przeżył. To niby szczegóły, ale tam napisano o tobie, żeś „dowiedział się, że Rogoźno zostało najechane przez najemników brandenburskich, którzy porwali króla". Od kogo?

— Od Boguszy — odpowiedział.

— To dlaczego sędzia nie zapisał jego imienia? — zdenerwowała się.

— Bogusza nie powiedział, że to byli najemnicy. Powiedział „porwali króla" i „na południe". Nic więcej. — Twarz Michała zasępiła się.

— W aktach nie ma żadnych imion, rozumiesz? Tylko twoje i Wawrzyńca. A przecież tam byli wszyscy! Nałęcz, Grzymalita, Łodzia, Wichry, strażnicy króla, jego giermek, który potem się powiesił jak Judasz...

— Do czego zmierzasz? — Michał zmarszczył brwi i spytał tak gniewnie, jakby kalała pamięć tamtych.

— Posłuchaj — nie dała sobie przerwać. — Sądził cię Gniew Doliwa. I krótko po twoim uwolnieniu, gdy tylko opuściłeś loch i Poznań, ten sam sędzia zatwierdził akty sprzedaży.

— O czym ty mówisz?

— O tym, że dzisiejszy kasztelan Poznania, Piotr Doliwa, wzbogacił się nielicho. Za marne grosze kupił dwie wsie i kawał lasu, z których powstała dzisiejsza potęga rodu nad Wartą. Sprzedali mu to Nałęcz, Grzymalita i Łodzia.

— Oni stracili w Rogoźnie synów! — Uderzył dłonią w blat.

— Wiem — powiedziała, nie zważając na jego gniew. — Ale nie rozumiem zbiegu okoliczności. Jak i tego, że do Rogoźna mogli wtargnąć najemnicy i wybić całą załogę prócz króla i Wawrzyńca. To się nie powinno było zdarzyć. — Poczuła, jak wzbiera w niej fala żalu, że nie potrafi przełożyć na fakty swoich przeczuć. Że przyjechała tu na darmo i niepotrzebnie patrzyła w twarz zabójcy Wawrzyńca. Zagryzła wargę. Zacisnęła dłonie w pięści.

— Poczekaj — odezwał się Michał i potarł dłonią czoło. — Ja też od lat uważam, że to się nie powinno zdarzyć, niezależnie od udziału twego brata. Powiedz, kto sprzedawał.

— Bogusław Grzymała — wymieniła starucha, który chwalił ją, że wchodząc do rodu męża, odcięła się od niecnych rodowców.

— Ojciec Wichra Boguszy — powiedział Michał. — Był przy Przemyśle w czasie buntu Sędziwoja, gdy twój ojciec najechał Kalisz.

— I był sędzią kaliskim w czasach śmierci Przemysła. Miał dostęp do sędziego poznańskiego.

— Kto następny?

— Mroczek Nałęcz, kanonik poznański i krewny mego męża. Brat Wincentego Nałęcza, ówczesnego kanclerza Przemysła. O urzędzie starego Wincentego marzyli Zarembowie.

— Pokaż mi urząd, którego nie chcieli — sarkastycznie powiedział Michał.

— Mówię, co słyszałam. Kiedyś weszłam do biskupa Andrzeja. Siedział Sędziwój, Beniamin twój ojciec, Marcin wojewoda. I to on powiedział, że gdyby nie Wincenty, mieliby wszystko.

— Mnie ojciec opowiadał o nadaniu księcia Bolesława — odezwał się Michał i w jego głosie zabrzmiał ton wspomnień. — Wiesz, tym słynnym, gdy stary książę nadał Zarembom wielkie dobra.

— Brzostków, Żerków i Jarocin. Razem czternaście wsi.

— Tak. Ojciec spóźnił się wówczas na uroczystość, bo to był dzień mych narodzin. Matka zmarła przy porodzie, Beniamin przybył przybity tą stratą i pamiętał z tamtego dnia dwie rzeczy: że książę Bolesław wywróżył mnie i Przemysłowi przyjaźń oraz zawiść przechodzącą w nienawiść, jaką podczas uczty obdarzył go Nałęcz, wtedy tylko podkomorzy. I stary Przedpełk Łodzia, ówczesny wojewoda.

— Ojciec Bodzęty — dokończyła — czyli dziad twego druha, Wichra Lasoty. Sprzedał Doliwie wieś za grosze. Rozumiesz, o czym mówię, Michale? Oni nienawidzili Zarembów. Mieli prawo, ja to rozumiem...

— Oni nie zabili króla. — Michał chwycił ją za nadgarstek.

— Jak zatem wyjaśnisz, że wszyscy trzej sprzedali Doliwie dobra niemal za darmo? Za co nimi zapłacili?

— Za to, Zbysławo, że imiona ich Wichrów nie znalazły się w aktach. Że nikt nigdzie nie zapisał dla potomnych: byli tam i nie obronili króla. Tak to widzę.

Puścił jej dłoń. Błądziła wzrokiem po czystym dębowym blacie.

— Wiem — powiedział — wydaje ci się, że to mało. Ale spójrz z perspektywy czasu. W ludzkiej pamięci został udział Zarembów, a nie brak reakcji tamtych.

— Może masz rację. — Wstała i poprawiła suknię. — Może oczekuję za wiele, skoro Wawrzyniec naprawdę powziął zamiar... — Nie przechodziło jej to przez gardło. Wolała nie mówić.

— Wawrzyniec był ofiarą twego ojca, zaś Sędziwój legendy rodu.

— A ty? — spytała go.

Michał wciąż jeszcze siedział ciężko oparty o stół.

— Ja dopiero teraz mogę zacząć nowe życie — odpowiedział i wstał.

Przez chwilę chciała go spytać o te pogłoski, które krążyły po Starszej Polsce, ale patrzyła na starego siwowłosego rycerza i nagle poczuła, że to śmieszne, iż ktoś myślał, że Michał Zaremba jest złotym smokiem.

— Trzeba zapomnieć — powiedziała głucho.

— Dobrze, że przyjechałaś.

Ruszyli do wyjścia ze świetlicy. Byli przy sieni, gdy od strony kuchni, w której niegdyś urzędowała Ochna, dobiegła ją woń placków na miodzie i śmiech kobiety:

— Złapię cię, Gadzinko!

Zatrzymała się. Z kuchni wyskoczył kocur, a za nim siwowłosa kobieta z dużym, odwróconym tyłem dzieckiem w ramionach.

— Poznaj moją córkę, Zbysławo — powiedział Michał i dziecko odwróciło się.

Zbysława zamarła. To nie była zwykła dziewczynka. Miała łuskowatą skórę i czarne gadzie oczy. Wyciągnęła ku niej krótką, zniekształconą rękę i poruszyła palcami, na których zamiast paznokci były pazury.

Zagulgotała jak śmiejące się niemowlę. Kobieta, która trzymała dziecko w ramionach, wydała jej się znajoma, Zbysława oszołomiona widokiem jaszczurowatego stworzenia potrzebowała chwili, by przypomnieć sobie jej imię.

— Kalina? — zaryzykowała, wciąż nie mogąc oderwać wzroku od dziecka. — Dawna piastunka królewny Rikissy?

— Tak — odpowiedział za nią Michał. — Kobieta mojego życia. Kalina.

WŁADYSŁAW nie miał wyboru. Krzyżacy zagarnęli Nakło, obrócili w proch Wyszogród, wzięli Bydgoszcz. Doszczętnie zniszczyli biskupi Włocławek i Raciążek. Ich niszczycielska rejza sięgnęła okolic kujawskiego Brześcia, a pobliski Radziejów opuścili i spalili sami mieszkańcy, by uniknąć krzyżackiego oblężenia. Nie mógł uderzyć z północno-zachodniej strony. Krzyżacy skutecznie zrujnowali i odcięli linie zaopatrzenia. Został mu przesmyk na Wiśle; niewielki skrawek granicy między Włocławkiem a Dobrzyniem.

Rok temu stał z wojskiem na lewym brzegu Wisły, patrzył, jak Luksemburczyk z Krzyżakami zdobywają Dobrzyń, i zaciskał pięści z bezsilności. Wziął ziemię dobrzyńską od bratanków, żeby zabezpieczyć granice, i stracił. To wspomnienie dręczy go falą wstydu.

Wielka wojna, o której wszyscy mówią, nie zaczęła się ani wtedy, ani dzisiaj. Zaczęła się w Gdańsku, dwadzieścia lat temu. W dniu, w którym Zakon postanowił odebrać Królestwu Pomorze. Teraz on, stary król, musi ją zakończyć. Odzyskać zagrabione. Przekazać synowi. I dopiero wtedy będzie mógł spokojnie umrzeć. To jest jego sprawa, nie Kazimierza. Mówili mu różni: „Zostaw dziedzicowi tę wojnę", co miało znaczyć: jesteś zbyt stary, by do niej stanąć. Owszem, młody nie jest. Siedemdziesiąt lat nosi na barkach.

Ale śmierć go nie chce, omija i czasami Władysław myśli, iż śmierć jest po jego stronie, jakby zawarł z nią pakt. „Król Władysław pokona Zakon w wielkiej bitwie, rozniesie w polu pod chorągwią z orłem, przy wsparciu Pogoni" — słyszy tę obietnicę, gdy zapada w sen, czasami ona wybrzmiewa jeszcze, gdy się budzi. On stracił Pomorze, on je musi odzyskać. Wyzwać Zakon do walnej bitwy, wyciągnąć zza niezdobytych murów i skruszyć. Urodził się niecierpliwy i na przekór temu, na wszystko w życiu musiał pracować latami. Dzięki Bogu, był uparty, a upór dobrze zastępuje cierpliwość.

I oto po latach zebrał wielkie wojsko. Tak licznym nigdy nie dowodził. Dla niego Bolesław Jerzy, kniaź Rusi, zerwał układy, w jakie wmanewrował go Zakon, i przysłał znaczne posiłki. I sprawiedliwie, bo nie byłoby przed laty utraty Gdańska, gdyby Władysław nie walczył za kniaziów Rusi. Stanęli przy nim obiecani przez Elżbietę i Caroberta Węgrzy z Wilhelmem Drugethem. Chorągwie zebrane ze wszystkich ziem Królestwa. Tysiąc ciężkiej jazdy. Tyle samo lekkiej. Trzy tysiące łuczników i piechoty. To była potęga. Wiedział dobrze, że Zakon nie wystawi takiej. I dzięki królowej Rikissie miał pewność, że Jan Luksemburski nie ruszy Krzyżakom na pomoc. Król Czech odwrócił swój wzrok od Polski. Planuje inną wyprawę i na niej skupia swe siły.

U schyłku lata przeprawili się przez Wisłę i uderzyli na Dobrzyń. Nim zacznie się wojna, musi mieć oparcie w Dobrzyniu. On, król Polski Władysław, nie zamierza wracać bez zwycięstwa. Ale jako wódz nie może pozwolić na to, by tej wielkiej, z wysiłkiem gromadzonej armii, odcięto drogę powrotu. On patrzy naprzód i dlatego musi zabezpieczyć tyły.

ZYGHARD VON SCHWARZBURG przyjechał na generalną kapitułę odbywającą się w święto Narodzenia Najświętszej Marii Panny spóźniony. Nie on jeden ledwie zdążył. Prócz dygnitarzy i braci Werner von Orseln zaprosił gości spoza Prus: mistrza prowincji niemieckiej Wolframa von Nellenburga i mistrza Inflant Eberharda von Monheim. Ten ostatni jeszcze nie przybył i Zyghard biegnąc ze stajni do kapitularza, mógł sobie pogratulować, że wyprzedził chociaż Inflantczyków. Z Lutherem zderzył się na zakręcie. Wielki szatny też biegł, choć w Malborku musiał być wcześniej, skoro nie spotykali się na ostatnią chwilę w stajni.

— Byłeś w komnacie na górze? — bez ogródek zapytał Zyghard.

Luther potaknął i zapytał, walcząc z zadyszką:

— Dlaczego Werner zwołał swych dawnych przyjaciół?

— Mnie pytasz? To ty podsłuchiwałeś — odpowiedział Schwarzburg.

— Nic nie powiedzieli. Wspominki o Trewirze, gadki o upadku antypapieża i upokorzeniu go przez Jana XXII w Awinionie i... czekaj. — Luther zatrzymał się w pół kroku, złapał oddech i dodał: — Padło imię ostatniego mistrza templariuszy.

— To starocie — powiedział Zyghard. — Chyba że...

Spojrzeli na siebie jednocześnie. Obaj ostatnio rozmawiali o tym, że wciąż istnieje groźba rozwiązania Zakonu.

— Niemożliwe — rzucił Luther. — Papież i cesarz musieliby się dogadać przeciw nam.

— Albo papież i Luksemburczyk — pokręcił głową Zyghard.

— Mamy święte przymierze — przypomniał mu wielki szatny i zamilkli, wchodząc do kapitularza.

— Czekamy na Inflantczyka — poufale szepnął im przy wejściu komtur domowy Malborka, po czym zaanonsował melodyjnie: — Wielki szatny Luther z Brunszwiku, komtur grudziądzki Zyghard von Schwarzburg!

Kilkanaście głów odwróciło się w ich kierunku. W wielkiej sali panował drobny rozgardiasz. Bracia nie siedzieli na swoich miejscach, tylko zbierali się grupkami. Wilk z Bałgi i Lautenburg, a także wielki szpitalnik Oettingen i tłuściutki Markward stali razem, łypiąc podejrzliwie na Plauena i Bonsdorfa, czyli dwóch świętoszków wyłamujących się z nieformalnego zgromadzenia. Luther chciał podejść do swoich, Zyghard do Guntherusa, ale wielki mistrz przywołał gestem ich obu, a także komtura Torunia, Henryka Ruve.

— Nie życzę sobie, by przy gościach spoza Prus wyszła na jaw sprawa biskupa Macieja — powiedział wprost.

Przytaknęli.

— Henryku — zwrócił się do toruńskiego — jak idą negocjacje z biskupem?

— Opornie — odpowiedział Ruve. — Stawia się.

— Z tego, co mi wiadomo, wsparł go papież — wzruszył ramionami Zyghard. — Więc goście z zagranicy zapewne już wiedzą. Ponoć w kancelarii awiniońskiej są gotowe bulle potępiające Zakon za zniszczenie diecezji włocławskiej. A przypomnę, iż chodzi tylko o zniszczenia z pierwszego najazdu, a nie te z Niedzieli Wielkanocnej. Przypuszczam, iż te ostatnie zostały w skardze nazwane „Szatan zmartwychwstał".

— Nie bluźnij — skarcił go mistrz.

— Nie ja paliłem katedrę w niedzielę Wielkiej Nocy — uniósł podbródek Schwarzburg.

— Sprawę należy załatwić na miejscu — nacisnął Werner.

— Dlaczego Otto von Lautenburg sam po sobie nie posprząta? — żachnął się Zyghard.

Luther milczał.

— Bo nie umie — odpowiedział mistrz. — Za to ty i Luther potraficie przekonać opornych. To nie jest prośba, to rozkaz.

Zyghard pomyślał, że jest coś niezrozumiałego w tym oświadczeniu. Jego zdolności negocjacyjne są powszechnie znane, ale Luther ostatnimi czasy był raczej w niełaskach u mistrza. Nie zdążył jednak zatrzymać się nad tym, bo pełniący rolę herolda komtur domowy zakrzyknął:

— Mistrz Inflant, Eberhard von Monheim!

Do kapitularza wkroczył zapowiedziany dygnitarz. Łysiejący, z rzadką białą brodą, twarz miał napiętą, ramię uniesione.

— Będzie wieścił koniec świata — szepnął Zyghard.

— Najazd Litwinów! — zawołał Eberhard gromko.

— Nie pomyliłeś się wiele — odpowiedział Luther.

W kapitularzu zawrzało.

— Odmówmy *Salve Regina*! — krzyczał w tym zamieszaniu wielki mistrz. — Wszak dzisiaj święto narodzenia patronki! *Salve Regina*!

— Nas nie zbawi, Litwinów nie zatrzyma, ale uspokoi braci — niewinnie syknął Zyghard i zaintonował: — *Salve, Regina, mater misericordiae*…

Bracia podchwycili i po chwili setka męskich głosów prosiła Matkę Bożą, by zwróciła na nich swe oczy. Gdy wybrzmiało końcowe: *O clemens, o pia, o dulcis, Virgo Marie,* bracia karnie usiedli na swych miejscach, a mistrz poprosił Eberharda o raport.

— Idą wzdłuż rzeki Łyny. Moi zwiadowcy wypatrzyli ich straż tylną pod Bartoszycami. Odbiliśmy na północ i szliśmy lasami, by nas nie widzieli…

Zyghard miał na końcu języka, że to kiepski obraz, gdy bracia zakonni we własnym państwie ustępują traktu poganom, ale zachował żart dla siebie. Sytuacja była poważna, a Eberhard należał do grona starych, zaprawionych w boju braci. Jeśli coś mówił, to musiał mieć rację.

— …znaczne siły — ciągnął mistrz inflancki. — Tysiąc wojowników, z czego połowa to konni. Ja miałem przy sobie mały oddział, trzydziestu braci. Żeby nie wejść Litwinom w drogę, podzieliłem ludzi i zostawiłem tuzin zwiadowców, by śledzili ich ruchy. Doszli do Lubawy i zaczęli oblegać miasto. Wtedy nie zwlekając, ruszyłem do Malborka, by powiadomić kapitułę, że Giedymin zaczął z nami wojnę.

— Giedymin siedzi w Wilnie… — powiedział Werner von Orseln.

— Nie, mistrzu — zaprzeczył stary Inflantczyk. — Giedymin osobiście dowodzi wojskami pod Lubawą. Straż przednią wiedzie Margoł, tylną Biksza.

— Niech Maryja Panna ma nas w swojej opiece! — wyszeptał wielki mistrz w ciszy, jaka zapadła w kapitularzu.

— Komtur Nieszawy Herman von Anhalt — odezwał się od drzwi komtur domowy.

Herman wpadł spocony, w kolczudze, bez płaszcza.

— Wielki mistrzu, bracia! — zawołał od wejścia. — Władysław Łokietek przekroczył Wisłę i oblega Dobrzyń.

— Najświętsza Mario Panno, ratuj — jęknął Werner.

— Teraz Maryja lepiej niech na nas nie patrzy — szepnął Zyghard von Schwarzburg.

LUTHER Z BRUNSZWIKU z trudem panował nad sobą. Stało się, tak, nareszcie. W jego duszy grały trąby Apokalipsy i był to dźwięk oczekiwany, piękny i zwycięski. Nagle niebezpieczna obecność mistrza prowincji niemieckiej i inflanckiej stały się sprzymierzeńcami. Werner von Orseln zaskoczony przez Łokietka i Giedymina nie będzie mógł schować się, jak robił to wcześniej, niczym ślimak w skorupie. Cokolwiek zamierzał przeprowadzić, musi zaniechać czystek w Zakonie i skupić się na wojnie, która szczęśliwie się zaczęła.

— Do boju, bracia — głucho zadudnił głos Lautenburga.

— Radźmy! — zawołał mistrz. — Ustalmy strategię. Eberhardzie, jak sądzisz, dokąd zmierza Giedymin?

— Jeszcze nie na Malbork — uspokoił go mistrz inflancki, co wywołało u siedzącego koło Luthera Zygharda napad kaszlu.

— Skoro Łokietek oblega Dobrzyń, a Giedymin Lubawę, w połowie drogi między nimi jest Brodnica — odezwał się niepytany Wilk z Bałgi.

— Co masz na myśli? — Nie zrozumiał jego idei Werner.

— Jeśli król zdobędzie Dobrzyń, odzyska swój gród i będzie miał w nim zaplecze wojenne. Jeśli Giedymin podbije Lubawę, też zabezpieczy sobie tyły. Wtedy obaj ruszą na Brodnicę i zdobywając ją, będą mieli trzeci bastion do dalszych działań wojennych na naszym terenie.

— Ale skąd pomysł, że pójdą na Brodnicę? — dopytywał Werner.

— Bo leży w połowie drogi między grodami, które właśnie oblegają — podpowiedział Zyghard.

— Co powinniśmy zrobić? — nie krył się z brakiem pomysłu mistrz.

Luther wiedział, że nie może powiedzieć ani słowa.

— Sugerowałbym skierowanie sił zakonnych pod Brodnicę — odezwał się wielki komtur Otto von Bonsdorf. — Jeśli przewidywania są słuszne, sprzymierzeni tam się połączą i będziemy mogli rozgromić ich jednocześnie, nie martwiąc się, że gdy zajmiemy się jednym, drugi zaatakuje nasze tyły.

— A co z Dobrzyniem? — spytał Werner. — Mamy zostawić załogę grodu na łasce króla?

— Umocniliśmy Dobrzyń, jak tylko wpadł nam w ręce — powiedział przytomnie Zyghard. — Może się bronić miesiącami, a przypomnę, że polski król nie ma wielkiego doświadczenia w obleganiu twierdz. Znacznie lepszy jest w polu, co potwierdzi Lautenburg, który przed nim uciekał.

— Przed przewagą wojsk, nie przed królem — odpowiedział bez urazy Lautenburg. — Wracając do tego, co trzeba zrobić: obsadźmy brody na Drwęcy. — Widząc, że Werner nie pojmuje, dlaczego tam, wyjaśnił, że rzeka jest naturalną południową granicą ziemi chełmińskiej i że jeśli polski król ma inny plan niż Brodnica, to pokonując Drwęcę, wedrze się na tereny zakonne.

— Ja się tym zajmę, jeśli mistrz wyda rozkaz — powiedział Lautenburg. — Musimy także wzmocnić załogi komturii w Golubiu, Nieszawie, Toruniu, Kowalewie i Lipienku.

— A Malbork? — zapytał roztrzęsiony mistrz.

— Malborkowi nic nie zagrozi — twardo odezwał się Schwarzburg.

— Skąd wiesz? — nie dawał za wygraną Werner.

On się zupełnie pogubił — myślał Luther, patrząc na mistrza. — Wpadł w stupor, jak w obozie pod Miedwiagołą. Kolejny raz to samo. Nad niczym nie panuje, nie rozumie, nie potrafi podjąć właściwych decyzji.

Luther popatrzył na Markwarda. Jego pucołowate oblicze było blade. Wymienili się spojrzeniami. Potem spojrzał na Lautenburga i Hermana. Oettingena i Czerwonego Wilka. Każdy z jego braci przymknął powieki na znak, że rozumie.

— Powinieneś osobiście poprowadzić wojska zakonne, mistrzu — powiedział wielki komtur Otto von Bonsdorf.

— Pozwól sobie towarzyszyć — nieco zbyt szybko wyrwał się Lautenburg.

— I mnie — dorzucił Herman.

— Ja także chcę być przy boku mistrza — powiedział spokojnie Altenburg, Wilk z Bałgi.

— I ja, jako wielki szpitalik — dodał Oettingen.

Werner von Orseln obracał się, patrząc kolejno na zgłaszających się dostojników, ale ruch jego głowy był powolny, jakby mistrz pogrążył się w letargu.

— Tak — powiedział nieobecnym głosem — tak. Dziękuję, potrzebna nam teraz jedność. Ale ty, komturze chełmiński, zajmij się swoją ziemią. Herman niech umocni Nieszawę. Czerwony Wilk i Oettingen strzec będą Malborka.

— Więc ja — odezwał się wreszcie Luther, widząc, jak sprawy wymykają mu się spod kontroli.

— Ty nie — zaprzeczył mistrz. — Pojedzie przy mnie wielki komtur von Bonsdorf i Eberhard z Inflant i... — przesunął wzrok z twarzy Luthera w lewo — i Zyghard von Schwarzburg.

Lutherowi zaschło w ustach. Złowił spojrzeniem siedzącego obok mistrza Bonsdorfa. I popatrzył mu w oczy.

WŁADYSŁAW od tygodnia oblegał Dobrzyń. Bez skutku. Krzyżacy przez rok trzymania grodu wzmocnili go jak najlepszą twierdzę. Trebusze miotały kamienie, a te odbijały się od murów, nie robiąc im większej krzywdy. Wielkie, pięciotysięczne wojsko na nic się zdało wobec zamkniętej za murami załogi. Nie miał pojęcia, jak jest liczna, dość, że skutecznie radziła sobie z oblężeniem. Nawet gdyby miał dwa razy tyle ludzi, nie zdziałałby nic więcej. Był wściekły. Czas płynął, Giedymin czekał, a on odbijał się od murów Dobrzynia jak od tarczy. Żadna ze sztuczek Borutki się nie powiodła. Płonące strzały gasły, nim doleciały na miejsce.

— Królu! — Do namiotu wszedł jego giermek Jarota. — Przyjechał Giedymin.

— Wielki kniaź? Miał czekać w Brodnicy.

Była pora wieczerzy, w namiocie towarzyszyli mu bracia Ogończycy, Spycimir wojewoda krakowski, Jarosław Bogoria kanclerz wojenny, starosta Starszej Polski Wincenty Nałęcz i jego druh Mikołaj z Biechowa, Doliwczyk. Wojewoda kujawski Wojciech Leszczyc. Było dwóch Toporczyków, Otto i Krystyn, ci sami, co w mateczniku u Jemioły. Władek poszukał wzrokiem Grunhagena. Jest, siedzi przy wyjściu.

Wszyscy spojrzeli na Władysława.

— Giedymin tutaj? — powtórzył z niedowierzaniem.

— Lepiej, żeby nie spotkał się z Wilhelmem Drugethem — przypomniał o obietnicy złożonej królowi Węgier Grunhagen.

— Królewicz Kazimierz towarzyszy Drugethowi. Jedzą wieczerzę w namiocie węgierskiego wodza, Borutka jest z nimi — poinformował Jarota.

— Uprzedzić ich? — spytał Grunhagen. — Szepnąć Borutce, żeby zatrzymał Drugetha tak długo, jak się da?

— Ty zostań — twardo oznajmił Władek. — Jarota, pchnij tam kogoś.

— Królu — Bogoria pokręcił głową — nie da się ukryć przed Węgrami obecności Litwinów z wojskiem.

— Wiem — przytaknął Władek — ale chcę najpierw spokojnie pomówić z wielkim kniaziem.

— Mamy wyjść? — spytał wojewoda kujawski.

Władysław popatrzył po ich twarzach kolejno.

— Nie — oznajmił. — Zostańcie. To moje pierwsze spotkanie z Litwinem oko w oko. Chcę mieć swych wiernych przyjaciół za plecami.

Giedymin był od niego wyższy o głowę. Szczupły, szpakowaty, choć już łysiał nieco. Miał gładko wygoloną twarz, w której odznaczały się dwie głębokie bruzdy biegnące przez policzki. Żywe, ciemne, nieco skośne oczy. Ubrany prosto, polowo, w skórzany kubrak, na nim kolczuga, pas z mieczem. Bogato zdobiona pochwa była jedyną ozdobą, jaką nosił. Żadnych oznak majestatu, poza herbem Pogoni na piersi.

— Wielki kniaziu. — Władysław wystąpił krok do przodu.

— Królu — skinął mu głową Giedymin.

Za jego plecami stało trzech mężczyzn.

— To Margoł. Bikszę i Torwida znasz — przedstawił ich książę krótko.

W tej samej chwili do namiotu wpadł rudy ogar, Jarota usiłował go złapać za obrożę, pies oszczekał go i zawarczał ostrzegawczo.

— To Jantar — oświadczył Giedymin, jakby pies był czwartym z dostojników.

— Słyszysz, Jarota? — skarcił giermka Władysław. — To Jantar.

— Czekałem na ciebie pod Brodnicą — powiedział kniaź i w jego głosie zabrzmiał gniew.

— Nie skończyliśmy oblężenia Dobrzynia — odpowiedział Władysław.

Wpatrywali się w siebie chciwie. Widział, jak spojrzenie Giedymina lustruje go, jakby Litwin badał siłę jego mięśni, twardość barków, sprężystość łydek. Władysław miał na sobie skórzany kubrak, kolczugę, wysokie węgierskie buty i pas. Zdał sobie sprawę, że muszą wyglądać podobnie. Giedymin miał miecz, on tylko sztylet przy pasie, w pięknie zdobionej pochwie. Czuł, że jego ludzie, od Nałęcza do Leszczyca, tak samo oglądają teraz wielkiego kniazia i Litwinów. Na twarzy Giedymina nie zadrżał ani jeden mięsień, gdy powiedział:

— Złamałeś naszą umowę, królu. Na Narodzenie Marii mieliśmy połączyć siły pod Brodnicą.

— Zatrzymało mnie oblężenie Dobrzynia — powtórzył swoje.

— Ryzykowałem wiele — uniósł głos Giedymin. — Poprowadziłem wojska przez krzyżackie ziemie! Przybyliśmy na umówione miejsce, a tam, zamiast ciebie, czekali na mnie żelaźni bracia. Pomyślałem: król Władysław zdradził i wpuścił mnie w zasadzkę!

— Kniaziu, waż słowa — nie wytrzymał Nałęcz. — Polski król nie zdradza!

— A kto to, że on mnie o zdradzie poucza? — przekrzywił głowę Giedymin i spojrzał na Wincza.

— Wincenty Nałęcz, walczył srogo z Brandenburgią — wyjaśnił swemu panu Torwid, towarzysz wojewody Dawida z tamtej wojny.

— Dzisiaj to starosta Starszej Polski — powiedział Władysław. — I ma rację, ja nie zdradzam. W zeszłym roku ryzykowałem dla ciebie tyle samo. Straciłem wiele, ten Dobrzyń, pod którym teraz się spotykamy i który muszę odzyskać.

— Mam pół tysiąca litewskich wojowników i przybyłem na darmo! — podniósł głos Giedymin.

W tej samej chwili do namiotu wszedł Wilhelm Drugeth. Za nim Borutka, pobladły. Jarota za ich plecami dawał Władkowi znaki, że nie dał rady utrzymać żupana. Władek rzucił mu rozzłoszczone spojrzenie i chłopak tyłem wyszedł z namiotu. Grunhagen aż cofnął się i położył rękę na rękojeści korda. Drugeth szedł sprężystym, niemal kocim krokiem drapieżnika. Patrzył na Litwinów, jakby nie wierzył, że ich tu widzi. Obszedł ich bokiem i stanął pośrodku, między nimi a Władysławem.

— Królu? Twój syn przysięgał w Wyszehradzie, że nie będziemy walczyć u boku pogan. Co to ma znaczyć, królu?

— Nie będziecie — wyniośle odpowiedział zamiast króla Giedymin i nawet nie spojrzał na Drugetha. — Pogański Litwin jest dumny. Król nie przybył na czas pod Brodnicę — mówiąc to, patrzył Władysławowi w oczy. — Waleczny Litwin został urażony i zabiera swe wojska do domu.

Zapadła cisza. Drugeth zastygł z otwartymi ustami. Władysław zrobił krok w przód, wyminął go. Wyciągnął rękę. Giedymin zrobił to samo. Uścisnęli prawice, jakby chcieli przeliczyć sobie kości w dłoniach. Puścili się. Jantar zawarczał krótko. Wielki kniaź odwrócił się, chwycił psa za obrożę. Biksza, Margoł i Torwid skinęli głowami jednocześnie i przepuściwszy Giedymina przodem, wyszli za nim z królewskiego namiotu.

— Co to?... — spytał zdezorientowany Wilhelm Drugeth.

— Nie będziecie walczyć u boku Litwinów — ciężko odpowiedział Władysław i usiadł. Borutka podał mu kielich.

Jego ludzie, kanclerz, wojewodowie, starosta, wszyscy patrzyli jeden na drugiego w milczeniu. Przerwał je dopiero giermek Jarota, wpadając do namiotu, niemal potknął się o Grunhagena.

— Królu... Oni naprawdę zabrali wojsko i odjechali na wschód!

Władysław przechylił kielich i napił się bez słowa.

GIEDYMIN jechał wyprostowany, sztywny. Z wysoko uniesioną głową. Z kamienną twarzą. Dopiero gdy ujechali spory kawał za Dobrzyń, gdy już sylweta twierdzy zniknęła im za plecami, wybuchł śmiechem. I nie mógł przestać, aż łzy mu popłynęły po twarzy. Dołączył do niego Biksza.

— Tak to sobie wyobrażałem — powiedział stary druh.

— Widziałeś minę Drugetha? — wziął głęboki oddech Giedymin. — „Co to? Co to?" powtarzał, jakby żałował, że odbieramy mu szansę na poznanie prawdziwych pogan!

— Dał się nabrać. — Podjechał do nich Margoł.

— Sam bym się nabrał, gdyby mnie kniaź nie wtajemniczył — z drugiej strony dołączył Torwid.

— Żałuję tylko, że nie poznałem zięcia — zaśmiał się Giedymin.

— Mówiłem, że go nie będzie przy spotkaniu — przypomniał Biksza. — Tak ustaliłem z Ogończykiem. Mały król nie chciał stawiać żadnego z was w niezręcznej sytuacji.

— Mimo wszystko — obstawał przy swoim Giedymin. — Gdybym na niego spojrzał, wiedziałbym, jak mojej córce się wiedzie. Czy ją tam na Wawelu szanują.

Spochmurniał. Wiedział, że oczekują po dziewczynie narodzin dziedzica, a ona dała Kazimierzowi tylko córki. Wiedział też, o co się stara Matka Jemioła i że król przysiągł jej dziedzictwo dla dziewcząt, gdyby nie narodził się syn. Ale od obietnicy do tronu droga daleka. Na Litwie kobieta nie dostałaby władzy, nikt by za nią nie stanął. Co będzie na Wawelu? Niech spłodzą chłopaka — pomyślał żarliwie. — Nawet niech mu dadzą imię po królu, byłby pół-Litwin na tronie, ech!

— Władysław pomógł nam w zeszłym roku, my pomogliśmy mu teraz — odezwał się Biksza. — Jesteśmy kwita.

— Jeszcze nie — przypomniał Giedymin. — Jeśli plan małego króla się sprawdzi, teraz Krzyżacy ruszą za nami. Musimy pociągnąć ich w Wielką Puszczę i wygubić w wykrotach, bagnach i bezdrożach. Tego roku ich mało, krzyżowcy nie przybyli.

— Wciąż upajają się sukcesem tamtej krucjaty — wzruszył ramionami Margoł. — Szybko nie wrócą.

— Kto wie.

— Zwiadowcy mają oko — uspokoił Torwid. — Jeszcze mistrz nie zebrał wojska, jeszcze nie ruszył gonić poganina.

— I dobrze, bo mamy sprawę do załatwienia w Wielkiej Puszczy — przygryzł wargę Giedymin.

— Jaką? — niespokojnie spytał Margoł.

— Honorową — odpowiedział Giedymin. — Matka rozwikłała sprawę śmierci Dawida, czuwa, by tron mogły dziedziczyć moje wnuczki. Jestem jej coś winien.

— Co? — dopytał zdenerwowany Margoł.

Giedymin nie odpowiedział.

— Ty wiesz? — Margoł spytał Bikszę. — A może ty? — zwrócił się do Torwida.

Jeden i drugi milczeli, aż Giedymin powiedział do Bikszy:

— Wtajemnicz go.

— Pamiętasz tego kowala, Wnoke? Potomka Galindów z Czarnego Lasu nad jeziorem Salęt.

— Robi miecze równie dobre jak Krzyżacy — odpowiedział Margoł, dalej nie wiedząc, w czym rzecz. — I sprzedaje Zakonowi.

— Sprzedaje każdemu, kto płaci — dorzucił Torwid. — A ceni się!

— Dogadał się z Półtoraokim — wyjaśnił Biksza. — I do zapłaty kazał sobie dorzucić jedną z wojowniczek Matki.

— Nie mamy teraz czasu na takie porachunki — zaoponował Margoł. — Za chwilę ruszy na nas wielki mistrz.

— Sam wiesz, że ruszy powoli. A na Wnoke, jego rudników, smolarzy, kowali i szlifierzy wystarczy trzydziestka naszych.

— Kniaziu. — Margoł przedkładał zagrożenie krzyżackie nad każde inne.

— Rozrzucimy mielerze i prażaki. Wygasimy dymarki i piece. Zamkniemy mu tę kuźnię — uciął dyskusje Giedymin. — Kto zagroził Matce Jemiole, temu ogień zgaśnie. Nie będzie dłużej kuć.

WŁADYSŁAW porzucił oblężenie Dobrzynia. Szkoda mu było czasu na bezskuteczne walenie kamieniami w mury, skoro wielki mistrz Werner von Orseln tak szybko wpadł w zastawioną przez niego pułapkę. Ta część wiadomości była dobra. Była też i zła: ktoś z obozu królewskiego donosił mistrzowi. Jemioła miała rację, niestety.

Wśród jego ludzi o tajnej umowie z Giedyminem wiedział tylko Paweł Ogończyk, tak samo jak przed laty, gdy zawierali sojusz. Ogończyka mógł być pewien. A inni? To nie musiał być wojewoda, starosta, kanclerz. Wystarczyło, by dla Krzyżaków pracował któryś z ich najbliższych, dopuszczanych do tajemnic sług. Nieufność, nieznośne uczucie.

— Przyznaję, ten stół, co nam zrobił Borutka w Brześciu, gdzie każdy mógł zobaczyć, co i jak, to było wygodne urządzenie — stwierdził Jarosław Bogoria, gdy Władek wezwał nagle dowództwo na spotkanie. Była późna noc.

— Tym razem stołu nie będzie — oświadczył król. — Zwijamy obóz i o świcie ruszamy w stronę Drwęcy.

— A co z Dobrzyniem? — zdziwił się wojewoda kujawski Wojciech Leszczyc.

Władysław wzruszył ramionami zamiast odpowiedzi.

— Kto idzie w straży przedniej? — spytał starosta Wincenty Nałęcz.

— Namiestnik pogranicza Paweł Ogończyk — zakończył naradę Władek.

Zapanowała cisza, wodzowie wychodzili w milczeniu.

— Ojcze, czy możemy pomówić? — poprosił Kazimierz.

— Nie dzisiaj — odmówił. — Śpij, noc będzie krótka.

Syn nie wyszedł, poczekał, aż namiot króla się opróżnił.

— Mogłeś chociaż udawać, że wiedziałem o przyjeździe Giedymina — powiedział z wyrzutem.

— Nikt nie wiedział. — Władysław zaczął rozwiązywać pas. Giermek podszedł do niego bezszelestnie i pomógł. Z zewnątrz dochodziły ich strzępy rozmowy dowódców.

— Nieprawda — ściszając głos, szepnął Kazimierz. — Ogończyk wiedział.

Jarota rozsznurował kaftan Władysława, ten uniósł ramiona i giermek zdjął z niego ubrudzone błotem ubranie.

— Wyczyść to — odesłał go Władek.

— I teraz też tylko Ogończyk wie, dokąd ruszamy o świcie — dociskał ojca Kazimierz.

— Tak jest lepiej — Władysław próbował nadać głosowi łagodny, tłumaczący ton.

— Dla kogo? — żachnął się jego syn.

— Dla wszystkich.

— Robisz błąd, ojcze. Nie możesz okazywać braku zaufania dowódcom.

— Pogadamy, jak już będzie po wszystkim. Jestem zmęczony — uczciwie przyznał Władysław i ciężko usiadł na łożu w głębi namiotu. Jarota podszedł, klęknął i zdjął mu buty. Do wnętrza wszedł cicho Grunhagen.

— Mogę się przydać? — spytał.

— Odprowadź Kazimierza do namiotu — poprosił Władek.

— Sam trafię — warknął jego syn i wyszedł rozeźlony.

— Młodość — pokiwał głową Grunhagen. — Wiele bym dał, żeby znów mieć takie humory.

— Idź za nim.

— Wpaść potem na kielicha?

— Nie, zaraz zasnę. Jarota, zostaw tylko światło przy wejściu.

Nieprawda, nie zasnął. Kręcił się w łożu, było mu zimno, to znów gorąco. Jak prowadzić wojnę, nie ufając nikomu?

Chłód jesiennego poranka rozwiał nocne mary. Rosa na pajęczynach odbijająca słońce. Woń jabłek, które Borutka przyniósł dla Mojmiry.

— Jedź przy mnie — poprosił Władysław.

— Królewicz nie będzie się krzywił? — Wrończyk czarnym okiem wskazał na nadchodzącego Kazimierza, gotowego już do odjazdu.

— To jedź za mną — powiedział zrezygnowany Władysław. — Dobrze spałeś, synu?

Kazimierz nie odpowiedział, obdarzył ojca uważnym spojrzeniem.

— Myślałem o naszej rozmowie — zaczął, gdy ruszyli.

— Uhm.

— Rozumiem, do czego zmierzasz. Martwisz się, że Krzyżacy szybko dowiadują się o naszych ruchach. Ale czemu się dziwisz? Wszędzie mają swoich szpiegów.

— Gdzie? — zimno przerwał mu Władek. — Konkretnie. Tu? Tam? — Pokazał na jadących wokół nich pierwszych rycerzy Królestwa.

Kazimierz westchnął. Wyraźnie nie chciał się kłócić z ojcem w ich obecności.

— Pozwól mi chociaż towarzyszyć Ogończykom — szepnął, podjeżdżając jak najbliżej.

— W straży przedniej? Nigdy.

— Nie możesz mnie traktować jak…

— Jak kogo? Jak następcę? Jedynego dziedzica? — Władysław poczuł, że za chwilę wybuchnie. — Tak właśnie cię traktuję. Jesteś najcenniejszy wśród tych pięciu tysięcy zbrojnych. Ważniejszy niż ja. Będziesz poruszał się wyłącznie pod opieką najlepszych z naszych ludzi. I nie dyskutuj ze mną — uciął, choć chłopak słowa nie zdążył powiedzieć. — Borutka, jak się miewają nasze rumaki bojowe? Sprawdzałeś im kopyta?

— Tak jest — przysunął się bliżej Wrończyk. — Są w świetnej formie, choć trochę się nudzą. Oblężenie Dobrzynia uznały za przykrą bezczynność.

— Nie tylko one — parsknął Kazimierz.

— Niech nie grymaszą. Dostają żarcie lepsze niż piechota.

— Przekażę im — z powagą kiwnął głową Borutka.

— To jeszcze im powiedz, że nie mogę się doczekać, aż ich dosiądę.

Mojmira zaczęła rzucać łbem i parskać.

— Król pewne rzeczy powinien uzgodnić z nią wcześniej — wskazał na klacz Borutka. — Żeby nie było kłopotów później.

Władek położył jej rękę na łbie, pochylił się i wymruczał:

— Mojmira-Mojmira-Mojmira. — Uspokoiła się natychmiast. Tak, z wiekiem zaczynała się nieco upodabniać do Rulki.

— To prawda, że w naszym wojsku konie są traktowane lepiej niż niektórzy dowódcy. — W głosie Kazimierza znów zabrzmiała uraza.

W kolejnych dniach nie ustąpiła, tyle że Władysław nie miał czasu, by się zajmować humorami syna.

Gdy przybyli nad Drwęcę, w pobliże brodu, gdzie po drugiej stronie rzeki leżał gród Lubicz, król na własne oczy zobaczył krzyżackie chorągwie.

— Ta wielka — pokazał Paweł Ogończyk, który dzień wcześniej dotarł na miejsce — należy do samego mistrza. Złoty krzyż w czarnej ramie.

Weszli na zbudowaną przez straż przednią platformę na drzewie. Rozciągał się z niej widok na duży obóz krzyżacki po drugiej stronie Drwęcy.

— Musiałem odsunąć obóz cały kawał od rzeki — wyjaśnił Ogończyk. — Walili w nas trebuszami. Mają dwa takie o wielkim zasięgu, kamienie przelatywały nad Drwęcą jak jabłka.

Władysław wpatrywał się w chorągiew Wernera von Orseln.

— Zwiadowcy mówili, że mistrz pociągnął za Giedyminem.

— Mylili się albo mistrz zmienił zdanie w ostatniej chwili — wzruszył ramionami Paweł. — Za kniaziem posłał dwa duże oddziały. Altenburg, komtur Bałgi, ma osaczyć Litwinów od północy, a Lautenburg od południa. Na nas czeka Werner von Orseln, Zyghard von Schwarzburg i wielki komtur, ten nowy, Bonsdorf.

— Świetnie — zatarł dłonie Władysław. — Najpierw uderzymy na wielkiego mistrza, Schwarzburga i komtura, potem pokonamy wracających z rejzy tamtych dwóch.

Paweł pokręcił głową i wskazał na nurt Drwęcy.

— Nie przejdziemy. Zniszczyli bród — wyjaśnił. — Spójrz tam.

Władysław zmrużył oczy.

— Gdzie?

— Widzisz kołki wystające z rzeki?

Potrzebował chwili, słońce odbijało się od nurtu, oślepiając go. Wreszcie łaskawa chmura przysłoniła światło i zobaczył.

— Psiakrew — zaklął. — Znów wiedzieli.

Ogończyk tylko skinął głową w milczeniu.

— Zabezpieczenia ciągną się aż do Golubia — dodał po chwili, jakby dawał czas Władkowi na oswojenie się z tą myślą. — Robili to na szybko. Stare wozy, zużyte łodzie, zardzewiałe żelastwo, zaostrzone kołki. Zapchali nurt rzeki, tak że łódź nie przepłynie, nie przerzucimy też przeprawy. Tu rzeka jest płytka, normalnie można by przejechać konno…

— ...ale nie narazimy koni — wszedł w zdanie Władek. — A lawirując między przeszkodami, damy się wystrzelać jak kaczki.

— Właśnie.

— Mówisz, do Golubia? — zastanowił się Władysław.

— Tak. Dalej jest Brodnica, nazwana zresztą od kolejnego brodu na Drwęcy. Posłałem ludzi, żeby sprawdzili, czy i tam rzeka umocniona.

Władysław patrzył na obóz krzyżacki po drugiej stronie. Wymarzona sytuacja. On ma z sobą pięć tysięcy zbrojnych, siły zakonne podzielone i wyciągnięte z zamków w pole. Tego pragnął, stanąć z nimi w bitwie, a oni znów się osłonili, jakby nie chcieli otwartej wojny. Schwarzburg i mistrz, to mówiło wiele. Przetrzymają nas, aż zjemy zapasy, a potem będą chcieli negocjować, odsuwać w czasie. Mam „Pod wiatr", to pewne — pomyślał, odgarniając włosy z czoła. I wtedy przyszło mu do głowy, co zrobić. Jak zmusić ich do konfrontacji.

— Paweł — powiedział do Ogończyka gorączkowo. — Zostaniesz tu i się wymienimy.

— Co? — Zmarszczył siwe brwi namiestnik pogranicza.

— Ja dam ci Borutkę, a ty oddaj mi swojego brata.

ZYGHARD VON SCHWARZBURG został zbudzony przez sługę w środku nocy.

— Wielki mistrz wzywa.

Ubrał się szybko, przemył twarz lodowatą wodą. Wstrząsnął nim dreszcz. W ciemności potknął się o kufer i boleśnie stłukł goleń. Jakże tęsknił za Grudziądzem i ciepłą komnatą!

Giermek ze światłem czekał przy wyjściu, noc była chłodna, od Drwęcy wiał wiatr i płomień pochodni syczał złowieszczo. Ruszyli do namiotu mistrza, w paleniskach przed nim płonął ogień, a chorągiew zakonna łopotała w nocnym wietrze. Stał najbliżej obozowej kaplicy. Werner przestrzegał reguł i gdy był obecny na wyprawie, namiot przeznaczony na kaplicę zawsze rozstawiano jako pierwszy.

— Zbiegają się białe płaszcze — mruknął pod nosem Zyghard, widząc, iż nie jego jednego obudzono. O dziwo, położony w centrum obozu namiot brata obwoływacza stał zamknięty, co mogło znaczyć, iż to nie nocny alarm, ale coś zupełnie innego.

W namiocie dowództwa przynajmniej było ciepło i nie ciągnęło wilgocią. Dywan polowy przysługiwał wyłącznie mistrzowi i wielkiemu komturowi; Zyghard nie mógł sobie pozwolić na ten komfort. Ale łamał regułę, wożąc własny namiot. Do złudzenia przypominał zakonne, tyle że uszyty był z dużo lepszego materiału. Nikt różnicy nie widział, a dla Zygharda wygoda zawsze miała znaczenie. W namiocie dowództwa było bardzo jasno, wchodząc, zmrużył oczy. Na miejscu był już wielki komtur Otto von Bonsdorf. Jego świńskie oczka w zapuchniętej twarzy były małe jak szparki, pewnie wcale nie spał. Kończył rozmowę z wysokim, barczystym witingiem. Zyghard zauważył, że ten nie ośmielił się stanąć ubłoconymi butami na dywanie.

— Dziękuję, podnieś swoich do drogi — powiedział do niego Bonsdorf i mężczyzna skłonił się.

— Jesteśmy gotowi. — Jego głos zabrzmiał hardo.

— Czekajcie na znak — odprawił go Bonsdorf, widząc wchodzącego Zygharda.

Werner von Orseln siedział w wygodnym fotelu, Schwarzburg ukłonił mu się i rozejrzał za krzesłem.

— Wezwałeś, mistrzu, na nocną wartę? — zażartował.

— Mów, Ottonie — nie podjął mistrz.

— Król zwija obóz — oświadczył Bonsdorf.

— Jest nów, ja nie odróżniłbym nurtu rzeki od zarośli — skomentował Zyghard. — Masz sokoli wzrok.

— Dobrych zwiadowców po tamtej stronie — uświadomił go Bonsdorf.

— Witingów? — domyślił się Schwarzburg.

— Owszem. Wielki mistrz w swej przenikliwości pozwolił mi ich powołać pod broń.

— Czy wiedzą, co planuje Łokietek? — spytał Werner, łaskawie uśmiechając się na komplement.

— Posłał straż przednią na wschód, wzdłuż Drwęcy. Chce ominąć zasieki, to pewne. Przypuszczalnie uderzy spod Brodnicy, tam przejdą rzekę.

Dobrze, że my nie musimy jej forsować — pomyślał Zyghard o brodzeniu w zimnej wodzie. Nie znosił takich przepraw. Wszystko utytłane w rzecznym mule, śmierdzące.

— Albo chce, byśmy tak myśleli — odpowiedział na głos.

— Do Golubia zabezpieczyliśmy rzekę przed przeprawą — odpowiedział Bonsdorf. — I zwiadowcy Łokietka już to wiedzą. Moi ich śledzili.

— Jesteś nieoceniony — szczerze pochwalił go Werner.

— Więc skoro chce nas dostać, musi pójść dalej. Brodnica to jedyne rozwiązanie.

— Może masz rację — powiedział Zyghard, tłumiąc ziewanie. Nie lubił przerywania mu snu. — A może król wciąga nas w zasadzkę. Pamiętaj, że wciąż ma Giedymina w Wielkiej Puszczy.

— Rozstali się w gniewie — przypomniał Otto.

— Kniazia trzyma w szachu nasz Czerwony Wilk z Bałgi, jest w tym dobry — powiedział mistrz. — A komturowi ziemi chełmińskiej nakazaliśmy natychmiastowy powrót. Potrzebujemy go, gdyby miało dojść do rozprawy z Łokietkiem.

Ja tu nie dowodzę — zwolnił się z odpowiedzialności Schwarzburg i spytał:

— Co robimy?

— Zwijamy obóz i idziemy wzdłuż Drwęcy łeb w łeb z nim. Tak jak Łokietek zrobił z nami, kiedyśmy wracali z krucjaty.

— Dla niego skończyło się to słabo — przestrzegł Zyghard. — Na jego oczach nasze wojska zdobyły Dobrzyń.

— Złe porównanie — zaprzeczył wielki mistrz.

— Nasuwa się samo — bronił swego zdania Schwarzburg.

— Do czego zmierzasz? — natarł na niego Bonsdorf. — Podważasz moje decyzje?

— Sugeruję, by nie zabierać całych sił i zostawić jakiś oddział tu, na miejscu, żeby miał oko na bród. Jestem dyplomatą, nie wodzem, ale tak właśnie bym postąpił, skoro pytacie o zdanie.

— Zrobimy tak, jak mówi wielki komtur — zakończył Werner von Orseln.

Zyghard poszedł się pakować, klnąc pod nosem. Na wilgotną jesienną noc, na nów, na Bonsdorfa i całą resztę. I mistrza, który go wybrał na towarzysza tej wyprawy obronnej.

Dzień zastał go w siodle. Gdy wreszcie opadły ciągnące znad rzeki mgły, był gotów przyznać rację Bonsdorfowi. Po drugiej stronie Drwęcy widzieli dziesiątki chorągwi. Nad pasem nadrzecznych zarośli sunęły królewskie orły, herbowe nałęczki, łodzie, baszty, turze łby. Mnóstwo barwnych herbów. Raz po raz dochodziły ich pohukiwania rogu sygnałowego Polaków i Zyghard zastanawiał się, czy zwiadowcy Bonsdorfa rozumieją, co znaczą te głośne znaki.

— Dwie wielkie armie ciągną wzdłuż rzeki, obrzucając się pełnymi podziwu spojrzeniami — powiedział do Klugera, który jechał przy nim. — Ile ich może być?

— Dużo — odpowiedział Kluger, przeciągając się. — Piekielnie dużo. W polu roznieśliby nas na kopytach koni. Ale gdyby rzeka była węższa i nie tak zabagniona przy brzegach, moglibyśmy się choć ostrzeliwać z kusz przez jej nurt.

— A tak jedziemy jak głupki do towarzystwa — skwitował Zyghard. — Pięć tysięcy, jak mówią?

— Nie mam pojęcia. — Kluger uniósł się w siodle i patrzył na barwne proporce herbowe. — Nie widać początku, nie widać końca. Dużo — powtórzył.

Mimo iż poruszali się po całkowicie bezpiecznej, zakonnej stronie Drwęcy, utrzymywali bojową kolumnę marszową, tyle że bez bocznego oddziału zwiadu. Zamiast niego wzdłuż kolumny raz po raz przejeżdżali pojedynczy zwiadowcy sprawdzający drogę. Przed Zyghardem i Klugerem jechało dwóch knechtów taborowych z ich bojowym uzbrojeniem, kopiami, tarczami. Za nimi wóz z namiotem, sprzętem obozowym i spyżą.

— Mam nadzieję, że głównodowodzący ich przeliczył — mruknął niezadowolony Zyghard. — I nie będzie tej nocy kolejnej nagłej pobudki. Zwłaszcza że zamek w Golubiu wygodny. Marzę o balii z gorącą wodą i ciepłej komnacie. Ty lubisz takie życie? — Wskazał na ciągnący wokół tabor.

— Jak każde inne, za które mi komtur płaci — wyszczerzył zęby Kluger.

Nie pomylił się w jednym: komnata na golubskim zamku była wygodna, a łóżko czyste. Elger von Honstein, tutejszy komtur, powiadomiony o ich przybyciu wcześniej, przygotował przyzwoite jadło. Zyghard zjadłby wszystko, co nie śmierdziało ogniskiem. Elger wytoczył z piwnic i beczułkę niezłego wina, co poprawiło mu humor. Niestety, na kąpiel musiał czekać, bo tutejsza łaźnia była niewielka i pierwszy w kolejce był mistrz. Po nim wielki komtur, dopiero trzeci mógł skorzystać Schwarzburg. Gdy wreszcie Zyghard schodził do łaźni, spotkał się na dziedzińcu z Ottonem von Lautenburgiem, który właśnie przybył do Golubia.

— Przywiozłeś pozdrowienia od Giedymina dla mistrza? — przywitał go Zyghard.

— Nawet mi nie mów — pokręcił wielkim łbem niedźwiedziowaty komtur ziemi chełmińskiej. — Zapadł się w Wielkiej Puszczy pod ziemię. Jakby się w powietrzu rozwiał. — W głosie Lautenburga zabrzmiała bezradność i Zyghard skonstatował, że pierwszy raz słyszy ją u Ottona.

— Bonsdorf myśli, żeście go z bałgijskim Wilkiem wzięli go w kleszcze.

— Bonsdorf zna Wielką Puszczę z naszych opowiadań — odpowiedział Lautenburg i splunął. — Wydaje mu się może, że to duży las. Nic bardziej mylącego. To tylko teoretycznie ziemie pod władaniem Zakonu. To jest ziemia niczyja, ale kontrolują ją Dzicy. Nie tak, jak myśli się w Malborku. Nie ma tam posterunków, oddziałów, wart. I nie ma tam miejsca na rycerzy zakonnych. Zimowa rejza to co innego, przemierzamy zamarznięte lasy, ale od wiosny do jesieni Wielka Puszcza ożywa. Tam są wykroty, mokradła ciągnące się na dziesiątki mil, bagna, które mogą pochłonąć całe oddziały. Strzałę w plecy dostaniesz, nim zdążysz mrugnąć, a twój towarzysz nie zobaczy nawet, z którego drzewa wyleciała.

— Uch — powiedział Zyghard. — Więc Giedymin uciekł?

— Nie wiem. — Lautenburg potarł wielką dłonią czoło. — Równie dobrze siedzi tam i z jakiejś kryjówki śledzi ruchy bałgijskiego Wilka. Ditrich ma niezłych przewodników, poradzi sobie. Ale między nami mówiąc, ta wyprawa Giedymina była dziwna. Przybył pod Brodnicę i Dobrzyń i zawrócił. Unikał potyczek z nami, ale za to zmitrężył nasz czas, bo wlekliśmy się za nim po puszczy.

— Uważasz, że to zasadzka? — Zyghard nigdy nie darzył Lautenburga sympatią, a tym bardziej szacunkiem, ale teraz zdało mu się, iż komtur ziemi chełmińskiej ma więcej rozumu, niż na to wygląda.

— Szczerze? Tak — potwierdził Lautenburg. — Uważam, że mały król i wielki kniaź wodzą mistrza za nos.

— Powiedz im to — oświadczył Zyghard. — Mnie nie chcieli słuchać. Zawinęli całe siły spod Lubicza i ciągnęliśmy wzdłuż Drwęcy krok w krok za nimi.

— Co? — Lautenburg wykrzywił się. — Nie zostawili przy brodzie oddziału?

— Uznali, że kołki wbite w dno rzeki, stare łodzie i żelastwo to przeszkoda nie do pokonania. Zresztą, niech ci się sami wytłumaczą — zaśmiał się Zyghard i głupio mu było dodać, że idzie do łaźni. Zdrożony Otto, pędzący tu z Wielkiej Puszczy, zasługiwał na nią po wielekroć bardziej.

Niezręczność wobec niego przeszła Zyghardowi jak ręką odjął, gdy tylko zanurzył się w ciepłej wodzie. Dorzucił do niej pęk mięty i szałwii. Jak dobrze było rozgrzać znużone ciało. Woda wystygła, on nie chciał wychodzić. Kazał sobie dolać ciepłej i przynieść kielich wina. Gapił się w parę unoszącą nad balią. Wojna, włóczęga, trudy, wszystko odpłynęło od niego na tę jedną chwilę.

Wyciągnę się w łóżku — pomyślał, wycierając się i zakładając czystą koszulę. — Nie usłyszę dźwięku pobudki. Może nawet poczytam przed snem.

Gdy wyszedł na dziedziniec, orzeźwił go nocny chłód. Poczuł po wielekroć intensywniej woń stajni i smród niemytych ciał kręcących się wszędzie pachołków. Zerknął w okna refektarza, były ciemne. W kapitularzu też już nie świecono.

Naprawdę brałem kąpiel tak długo? — pomyślał zaskoczony.

Poszedł na górę, do komnaty, jaką przydzielił mu Elger. Na schodach zderzył się ze zbiegającym Bonsdorfem.

— Zyghardzie — ucieszył się wielki komtur. — Dobrze, że nie śpisz. Zwiadowcy mówią o dziwnym ruchu w obozie królewskim po drugiej stronie Drwęcy.

— Nie dzisiaj — jęknął Schwarzburg, myśląc o czekającym na niego łóżku.

— Niestety, dzisiaj. W tej chwili.

— Do diabła! Ile on ma lat?

— Kto? Król? Z siedemdziesiąt.

— I drugą noc z rzędu robi nam manewry? Co on, duch? Spać nie musi?

— Jest wojna, Zyghardzie — przepraszającym tonem odpowiedział Bonsdorf. — I na razie to on dyktuje warunki.

WŁADYSŁAW nie dotarł pod Golub. Posłał tam Grunhagena pod królewską chorągwią, z małą częścią taboru i kilkoma setkami zbrojnych pod wodzą starosty Wincentego Nałęcza. Kazał im rozstawić obóz i oprzeć go o las, tak by z baszt golubskiej komturii było go widać dobrze, ale by sprawiał wrażenie częściowo ukrytego wśród drzew.

Sam, z większością wojska, które wywiódł spod Lubicza, zatrzymał się w południe i zapadł w las w miejscu, w którym Krzyżacy nie mogli ich widzieć ze swojego brzegu rzeki.

Wezwał dowódców i powiedział krótko:

— Nakarmcie i napójcie konie, potem ludzi. Nie palimy żadnych ognisk. Bądźcie w gotowości i zwracajcie uwagę na obcych. Zakazuję rozmów z miejscowymi. Przyuważycie, że ktoś się kręci wokół obozu, pojmać.

Widział, że patrzą na niego spode łba, ale nie miał żadnej odpowiedzi na ich wątpliwości, gdy jego samego rozsadzała nieufność. Spojrzał w niebo z niepokojem. Słońce zajdzie szybko, jak to jesienią.

— Najjaśniejszy pan nie każe rozstawiać namiotu? — niepewnie spytał Jarota.

— Nie trzeba — odpowiedział Władek i popatrzył na Mojmirę prowadzoną przez stajennych do wodopoju. Usiadł pod drzewem. Dzień był ciepły. — Daj mi piwa — poprosił giermka. — I chleba suchego.

Oparł głowę o pień. Przymknął oczy, musiał zasnąć na chwilę, bo gdy się ocknął, stał przy nim dzban i leżał chleb, po którym już łaziły mrówki. Strząsnął je, przegryzł. Widział swoich ludzi odpoczywających tak samo albo i na stojąco. Popił piwem.

— Ojcze… — Kazimierz stanął przy nim i jego cień przysłonił słońce.

— Zaraz pomówimy — odsunął go nieuważnie Władek. — Jarota, proś do mnie…

Nie zdążył dokończyć. Marcin Ogończyk jechał ku nim konno, z trudem manewrując między wozami, ludźmi, końmi wiedzionymi od wodopoju. Zeskoczył z siodła i Władysław zobaczył, jak śmieją mu się oczy, jak wygładzają zmarszczki.

— Nie kłaniaj się, tylko mów! — niecierpliwie zażądał Władek, zrywając się z ziemi.

— Mój brat i Borutka przesyłają pozdrowienia z Lubicza! — wyrzucił na jednym tchu Marcin.

— Oj… królu! — z niedowierzaniem jęknął Kazimierz. — Naprawdę?

Władek nie mógł powstrzymać śmiechu. Przycisnął Ogończyka do siebie i uściskali się jak bracia.

— Dali znaki dymne — wysapał Marcin, gdy król go puścił. — Tak jak było umówione. Oczyścili opuszczony przez Krzyżaków bród na Drwęcy, przeszli rzekę i zdobyli Lubicz.

— Zaczynamy wielki odwrót wojsk — westchnął Władek i aż zadrżał z radości.

Nie chciał zmarnować ani chwili. Pchnął gońców do Grunhagena udającego króla pod Golubiem. Rozkaz do odjazdu rozłożonym w lasach wojskom przekazywali giermkowie, zabronił używania rogów i sygnałów. Nim zdążył zapaść zmierzch, szpica była w drodze powrotnej, jechali w nocy, rankiem Władysław przeszedł częściowo oczyszczoną przez Pawła Ogończyka Drwęcę. W południe następnego dnia dwa tysiące zbrojnych, których przywiódł, było na prawym, krzyżackim brzegu rzeki i połączyło się z dwoma tysiącami, które zostawił dzień wcześniej pod wodzą Ogończyka w zasadzce. Grunhagen z tysiącem spod Golubia dołączył do nich wieczorem.

— Zostawiłem komturom jeden namiot na pamiątkę — zaśmiał się zielonooki, opowiadając o powrocie. — Razem z tuzinem powiązanych sznurami miejscowych, co mi się kręcili zbyt blisko obozu. Wypytać ich nie zdążyłem, bo ledwie się raz przeszedłem w majestacie, a już przywieźli rozkaz, no i skończyło się moje królowanie.

— Nic trudnego, co? — zakpił Władek, ale Grunhagen wyraźnie powstrzymał się w żartach o udawaniu króla.

Jego samego opanowała ulga, że tym razem zasadzka się udała do końca, Krzyżacy dali się nabrać na pozorowany marsz na Golub, odsłonili bród i mógł z całym tym wielkim wojskiem wtargnąć do niemal opuszczonej ziemi chełmińskiej. Radość dławiła mu oddech, podchodziła do gardła falą śmiechu, który tłumił przezornie. To wojna o wszystko. Tu, na którymś z wielkich pól musi spotkać się z mistrzem i wywalczyć Pomorze. Teraz nie wolno mu popełnić błędu.

— Wernerze von Orseln — powiedział przez zaciśnięte zęby. — Idziemy po ciebie. Zakładaj hełm i bierz w rękę miecz. Nie wymkniesz się nam.

ZYGHARD VON SCHWARZBURG po nocnym spotkaniu na dziedzińcu zyskał w komturze ziemi chełmińskiej nieoczekiwanego sojusznika. Prędzej spodziewałby się dżumy niż tego, że połączą swe siły i wygrają z mistrzem. Nad ranem, tej samej nocy, udało im się przekonać Wernera von Orseln, że musi natychmiast zniknąć z Golubia i znaleźć się w najlepszej z okolicznych twierdz. Do wyboru mieli siedzibę Lautenburga w Lipienku, Toruń i Grudziądz Zygharda.

— Grudziądz — podpowiedział Lautenburg. — Bo jest najdalej stąd i można do niego dotrzeć starą leśną drogą.

— Prawda — potwierdził Zyghard. — Wojskom królewskim zajmie dłużej podejście pod mój zamek i przypuszczam, iż najmniej biorą go pod uwagę.

— Stawiają na Lipienek — pewnie powiedział Lautenburg. — Dlatego ja będę tam walczył.

Spięty i niemal nieobecny Werner von Orseln nie zaoponował, zgodził się na ich plan.

— Jak zyskać na czasie, żeby nie przecięli drogi do Grudziądza mistrzowi? — myślał na głos wielki komtur Bonsdorf.

— Wiecie, czego pragnie mały król — zmrużył ciemne oczy Lautenburg. — Bitwy.

— Zatem zwiążmy go bitwą — potwierdził Bonsdorf. A potem odwrócił się i powiedział do Zygharda: — Komturze grudziądzki, od tej chwili odpowiadasz za bezpieczeństwo wielkiego mistrza. My bierzemy na siebie króla Władysława.

Schwarzburg wolałby tego nie usłyszeć, ale te słowa padły i stały się ciałem. Komnata, czyste łóżko, sen — odeszły w niepamięć. Nim wstał świt, wyruszył z Wernerem u boku z Golubia. Miał ze sobą dziesięciu braci zakonnych, dwa tuziny ciężkozbrojnych sariantów i tyleż samo strzelców. Żadnych wozów, żadnej piechoty. Kluger gonił w straży przedniej. Jechali okrężnie, lasami, wąskim traktem, nieużywanym, odkąd powstała sieć zakonnych zamków i nowe, dobre drogi, łączące je między sobą. Z żadnej z nich nie mogli teraz skorzystać. Mijali Rywałd wieczorem, gdy na zachodzie zobaczyli łunę. Werner gwałtownie wstrzymał konia.

— Radzyń płonie — powiedział zachrypłym od pyłu głosem i przeżegnał się.

Ruszyli dalej, ale ledwie rozpędzili konie, dogonił ich zawracający Kluger.

— Las roi się od uciekinierów — krzyknął.

— Mistrzu. — Zyghard był śmiertelnie poważny. — Musimy zdjąć białe płaszcze.

— Powaga Zakonu… — zaczął Werner, ale Schwarzburg mu przerwał:

— Ucierpi, jeśli chłopi albo parobcy ustrzelą cię z łuku. Mam w Grudziądzu płaszcz godny mistrza, założysz go, gdy tylko będziemy bezpieczni.

Płaszcze i białe tuniki zakonne zakopali pod stertą suchych liści. Któryś z sariantów dał mistrzowi swój szary płaszcz, Zyghard podziękował, nie było mu zimno, a odzienie półbrata wyglądało na przepocone. Ruszyli bez zwłoki, przemykając po własnej ziemi jak wygnańcy albo zbiegowie. Kluczyli, omijając większe grupki uciekinierów. Wreszcie, gdy zapanowała całkowita ciemność, musieli zatrzymać się, dać odpocząć koniom. Znaleźli jakiś strumień, napoili je; Zyghard obmył twarz z kurzu i pyłu.

— Będziemy tu nocować? — niespokojnie zapytał Werner.

— Zapraszam — Zyghard szarmanckim gestem wskazał na mchy pod drzewem.

Było ciemno, nie mógł sprawdzić, czy nie ma tu mrówek. Nie znosił ich ukąszeń, za noclegami w lesie też nie przepadał i już pożałował, że kazał zostawić płaszcze. Przynajmniej mieliby się czym nakryć. Wyznaczył warty braciom, czuli się zaszczyceni, że pilnują snu samego Wernera von Orseln.

— Czy mogę oprzeć głowę na twoim ramieniu, Zyghardzie? — spytał mistrz i Schwarzburg nie umiał odmówić. Złowił krzywy uśmiech Klugera, pogroził mu palcem.

— Chłodno, prawda? — powiedział Werner, delikatnie układając się na jego ramieniu.

— Przepraszam, że pozbyłem się naszych płaszczy — bąknął Zyghard.

— Dbasz o nasze bezpieczeństwo, jestem ci za to wdzięczny — odrzekł mistrz i dodał po chwili zupełnie innym głosem: — Wiesz, czasami brakuje mi koloru. Soczystych barw życia.

Chryste — pomyślał Zyghard. — Co teraz?

— Czerń i biel są szlachetne, uświęcone, iście rycerskie, ale ja... — Werner zaśmiał się cicho i bezbronnie — ...ja czasami tęsknię za głębokim błękitem, pełnym życia różem, szafranem, za zielenią, w której aż chciałoby się twarz zanurzyć...

Mistrz zasnął szybko, ale jego głęboki spokojny oddech nie uśpił Zygharda. Po wyznaniu Wernera wciąż miał przed oczami obraz mistrza ustrojonego w barwne jedwabie. W czym jestem od niego lepszy? — myślał ponuro. — Ja, który na wojnie marzę o pachnącej kąpieli? Ja, który wbrew regułom sprawiłem sobie własny namiot, bo przeszkadzała mi prosta, grubo tkana wełna, z jakiej szyją zakonne? Sama pewność, że nikt poza mną go nie używa, sprawia, że śpię lepiej?

Odczekał chwilę i delikatnie przełożył głowę Wernera, opierając ją o drzewo. Wstał i podszedł do siedzącego nieopodal Klugera.

— Komtur nie śpi? A tyle się nagadał o łóżku...

— Nie drwij. Wyśpię się w Grudziądzu. O ile tam dojedziemy.

— Hm — chrząknął Kluger.

— Wiem — żachnął się Schwarzburg. — Wpakowałem się na własne życzenie.

— Wielu ludzi pragnie śmierci wielkiego mistrza — rzucił najemnik.

— Nie masz litości. I tak liczę czas do świtu.

Gdybym zamiast tego gruboskórego typa miał przy sobie Kunona — myśli Zygharda mimowolnie poszybowały do dawnego towarzysza — moglibyśmy iść nocą. Mój templariusz poruszał się w ciemnościach jak nocne zwierzę.

Gdzieś w oddali zawył wilk. Przyłączył się do niego drugi i trzeci, ale po chwili umilkły. Dwaj bracia pełniący wartę przyszli budzić zmienników. Zyghard wstał, oczy zaczęły mu się kleić. Przeszedł się, rozruszał, zagadał do wartowników.

— Jak to robicie, że nie chce wam się spać? — spytał, rozmasowując szczękę, która pokryła się zarostem.

— Gawędzimy...

— ...albo rzucamy nożem dla zabicia nudy...

— Dawno nie rzucałem — powiedział. — Daj, spróbuję. W co celujemy?

— W ten jaśniejszy kawał pnia — wskazał Giselher, młody brat z Nadrenii.

Zyghard wyważył rękojeść w dłoni, ułożył się i rzucił. Gdy tylko wypchnął nóż, wiedział, że źle oszacował odległość. Jego oczy nie nawykły do celowania w ciemności. Nóż poszybował za wysoko i wpadł w krzaki. W tej samej chwili usłyszeli krzyk. Wartownicy rzucili się jak żbiki w zarośla i wywlekli stamtąd chłopaka.

— Ależ komtur ma oko — z podziwem powiedział Giselher. — Ktoś ty? — szarpnął chłopakiem. — Gadaj, ktoś ty?

Wyrostek trzymał się za ramię, z bliska zobaczyli, że krwawi.

— Co tu robiłeś? Dla kogo śledzisz? — zasypali go pytaniami.

— Ja miejscowy — wyjęczał młodzik. — Lubicz, nazywam się Lubicz, ojciec ma karczmę... Myśmy uciekli przed wojskami króla i schroniliśmy się w lesie... Zasnąłem w krzakach...

— Łże — stwierdził Kluger, podchodząc do nich. — Trzeba się go pozbyć.

— Jesteś tu sam? — spytał Zyghard.

— Tak, panie — pokiwał głową przerażony chłopak. — Sam jeden.

Giselher wciąż trzymał go za ramiona, Kluger wyminął Zygharda i nie zatrzymując się, uderzył młodzika z całej siły w brzuch. Chłopiec wrzasnął z bólu.

— To ilu was jest? — zimno zapytał Kluger.

— Zwariowałeś? — wściekł się na niego Zyghard. — To dziecko.

— To szpieg, tyle że młody — wzruszył ramionami najemnik.

— Zemdlał — powiedział Giselher.

— Puść go — rozkazał Zyghard.

— I zwiąż — dorzucił Kluger. — Komturze, musimy przeszukać teren.

— Do świtu zostało niewiele — westchnął Schwarzburg. — Zbierajmy się, im szybciej dotrzemy do Grudziądza, tym lepiej.

— Gówniarza trzeba się pozbyć — przypomniał Kluger.

— Nie zabijemy go. Zostawimy związanego, jeśli jest, jak mówisz, że gdzieś tu krążą jego ludzie, znajdą go i obejdzie się bez mordowania dzieci.

— Nie nadajesz się na wojaka, komturze — stwierdził Kluger.

— Nigdy się na niego nie pisałem — wzruszył ramionami Schwarzburg i poszedł budzić wielkiego mistrza.

Wyruszyli chwilę przed świtem, raz po raz drogę przecinały im grupki uciekających chłopów.

— Wieś spalili...

— ...stada porwali...

— ...widzieliśmy ich...

— ...straszni jak szatany...

— ...dowodzi nimi istny diabeł...

— ...Boruta...

To imię powtarzano z trwogą. Boruta.

Wiatr raz po raz przynosił swąd spalenizny. Werner von Orseln za każdym razem robił znak krzyża, aż wreszcie przestał, bo gdy łukiem mijali Pokrzywno, smród towarzyszył im już stale.

— Nie chciałem tej wojny — powiedział na krótkim popasie mistrz.

— Ja też — odpowiedział Zyghard, odwrócił się i zamilkł. Zachował w ponurej pamięci, że nie byłoby jej pewnie, gdyby nie ambicje jego starszego brata Guntera. On latami miał obsesję na punkcie Pomorza i stał za każdym etapem planu przejęcia Gdańska. Wreszcie to on, Gunter, cynicznie wykorzystał do tego Henryka von Plötzkau, ostatniego marszałka Zakonu.

Co zrobiłby Gunter na moim miejscu? — pomyślał Zyghard, biorąc od sarianta swego konia. Drugą ręką przejął wodze wierzchowca Wernera. Sariant zmarszczył brwi, ale ukłonił się i odszedł. — Gunter walczył z takimi mistrzami; gdyby dożył rządów Karola z Trewiru, zrobiłby to, co Wildenburg, obaliłby go. — Koń mistrza parsknął i rzucił łbem. Zyghard odruchowo poklepał go po szyi. Wierzchowcem wstrząsnął dreszcz.

— Ćśś... — uspokoił go Zyghard i wtedy zobaczył, że siodło lekko odstaje. Sprawdził je odruchowo. Pęknięty popręg.

Zrobiło mu się gorąco.

— Kluger! — zawołał, nie odwracając głowy. — Widziałeś sarianta, który przyprowadził mi konie? Złap go.

— Coś się stało? — spytał Werner.

Nic takiego — odpowiedział w myślach. — Ktoś chciał cię zabić i zrzucić winę na mnie.

— Drobiazg — uśmiechnął się do mistrza. — Musimy wymienić twoje siodło.

— Nie mamy zapasowych — naiwnie odpowiedział Werner.

— Kluger jakieś znajdzie — uspokoił go Zyghard.

Mistrz dostał jego siodło, on wziął zdjęte z konia brata sarianta. Ten ulotnił się w mgnieniu oka. Zniknął w ciemności jak duch.

— Nazywał się Hanus, dołączył do nas w Golubiu, w miejsce półbrata Henrika, który dostał niestrawności tuż przed naszym odjazdem. — Na boku zaraportował mu Kluger po dłuższej chwili. — Wcześniej służył u...

Lautenburga — obstawił Zyghard swego nowego sojusznika.

— ...Bonsdorfa. Oczywiście, o ile to, co powiedział naszym ludziom, jest prawdą.

— Jak mogłeś nie zauważyć, że jest nowy? — zrugał Klugera po cichu.

— W kolczym kapturze każdy jeden podobny do drugiego — wzruszył ramionami najemnik. — Wzrost i posturę miał jak Henrik, nie zaprzeczysz.

— Ja nawet nie wiem, który to Henrik — przyznał się Schwarzburg. — Cała reszta oddziału na pewno jest nasza, grudziądzka?

— Głowę daję — skrzywił się skruszony Kluger.

— Jedźmy — klepnął go w plecy Zyghard. — Zanim wojska królewskie nie podpalą Grudziądza.

Kawał drogi za Pokrzywnem woń spalenizny zaczęła wreszcie słabnąć, by rozwiać się i rozpuścić w podnoszącej się znad nadwiślańskich łąk wieczornej mgle. Gdy wyjechali na główny trakt i zamajaczyła im nagle wysoka, strzelista sylweta grudziądzkiego zamku, Zyghard jęknął:

— Chwała Bogu! — i przeżegnał się jak Werner.

O zmroku przejeżdżali przez zwodzony most. Chrzęst łańcuchów, na których podnoszono go za nimi, był dla Zygharda jak psalm pochwalny.

Dowiozłem go — odetchnął. — Nie stracę czci jako ten, który nie ustrzegł wielkiego mistrza.

WŁADYSŁAW mógł powiedzieć, że ziemia chełmińska jest na jego łasce, gdyby ją okazał. Nie zrobił tego. Wojska królewskie wtargnęły przez Lubicz na niebronioną przez nikogo ziemię. Główne siły pod swoim dowództwem skierował w stronę Golubia, by zmusić Wernera von Orseln do walnej bitwy. Pozostałe chorągwie, jak ogniste strzały, wypuścił we wszystkich kierunkach. Pięć tysięcy zbrojnych nie może operować w jednym miejscu. Po raz pierwszy w życiu doświadczał tego, że zbyt wielka siła staje się przeszkodą w skutecznym prowadzeniu wojny. Zawsze miał za mało. Nauczył się gospodarować niedostatkiem. Teraz musiał dowodzić potężną armią. Szukał bitwy; był jak pies myśliwski tropiący zdobycz; jak młody jeleń, który chce zdobyć łanię i zmusza starego samca do skrzyżowania poroży.

W pobliżu Kowalewa drogę zagrodziła mu krzyżacka szpica. Teren był zły, po obu stronach traktu ciągnęły się lasy, nie było tu miejsca na bitwę. Krzyżacy zawrócili, widząc królewskie wojsko, puścił za nimi Wincentego Nałęcza z jego Starszakami. Przywieźli wiadomość:

— Pod Kowalewem stoi wojsko z chorągwią wielkiego mistrza. Ustawiają się w szyku do bitwy.

— Mistrz jest? — spytał, czując, jak szybko bije mu serce.

— Nie wiem, królu. — Jasne oczy Nałęcza zalśniły. — Jest jego chorągiew, złoty krzyż w czarnej ramie.

— Chorągwi mistrza na wojnie ma prawo używać wielki marszałek i wielki komtur — powiedział Paweł Ogończyk. — Marszałka w Zakonie nie mają. A wielkim komturem jest Bonsdorf.

— To może być podstęp — dorzucił Kazimierz, podjeżdżając bliżej. — Wiedzą, że chcesz walczyć z mistrzem, wystawiają wojsko pod jego chorągwią, a on sam może w tym czasie być gdzie indziej.

— Na przykład zajść nas z tyłu — zmarszczył czoło Nałęcz.

— Borutka harcuje na północy ziemi chełmińskiej, wojewoda kujawski na zachodzie — wyliczył Władysław. — Zabezpieczmy tyły wojskiem ruskim i węgierskim i ruszmy na bitwę!

Przesiadł się na dextrariusa. Biały rumak, potężny jak skała, zadrżał lekko, gdy usłyszał sygnał do szarży. Rozpędzał się powoli, nie miał tego błyskawicznego zrywu co Mojmira, która potrafiła przejść w galop w kilkunastu skokach. Ale gdy nabrał prędkości, był jak głaz toczący się po zboczu. Władek mocniej objął go kolanami i zaparł w wysokim bojowym siodle.

Przed nimi, na wzgórzu, stał zamek krzyżacki opasany potężnym murem. Wyniosłe baszty kłuły niebo czerwienią cegły. Z wieży bramnej powiewał biały sztandar z krzyżem. Poniżej, mając za plecami fosy i wały, ruszała do ataku zakonna armia. Z tej odległości wciąż jeszcze była tylko biało-czarną linią, ale widok chorągwi mistrza targanej jesiennym wiatrem sprawił, że serce Władka zaczęło walić jak kowalski młot. Tam-tam-tam.

Ziemia drżała od uderzeń kopyt dwóch potężnych, jadących na siebie wojsk. To było jak grzmot, tyle że przetaczał się nie po niebie, a w podziemiach. I wtedy usłyszeli śpiew płynący z zakonnych szeregów.

— *Sal-ve Regina, Ma-ter mi-se-ri-cor-diae*...

Białe płaszcze łopotały, unosząc czarne krzyże na wietrze. Kopie zakonnych rycerzy unosiły się w rytm słów:

— ...*Vita, dul-cedo, et spes nos-tra, sal-ve!*

Nagle wydał się sam sobie mały i podły. Zmroziło go. Nie spodziewał się, że uderzą na nich, zasłaniając się Matką Bożą.

— *Gaude, mater Polonia!* — krzyknął za jego plecami Jarosław Bogoria. — Raduj się, matko Polsko! *Prole fecunda nobili!* Nie będą nas straszyć zakonni brodacze!

Przed nim, w zwartym szyku, jechał szereg małopolskich kopijników. I Krystyn z chorągwią Królestwa.

— *Su-mi Re-gis magna-lia!* — chórem zaśpiewali za Bogorią krakowscy.

Władysław z Kazimierzem przy boku, osłonięty strażą złożoną z Lisów i Toporczyków, już pędził kilkadziesiąt kroków za linią kopii.

Wojewoda Małej Polski, Spycimir, prosił go, by śledził przebieg starcia z wzniesienia na lewym skrzydle. Odmówił i synowi też kazał stanąć do bitwy.

Jeśli tę wygramy — myślał, a oddech mu się rwał — wodzem w następnej będzie on.

Przez wizurę hełmu widział jadących na nich Krzyżaków. Tak wyglądać mogłaby armia archaniołów — pomyślał, patrząc na powiewające jak skrzydła białe płaszcze. I zaśpiewał ze swoimi rycerzami:

— *Lau-de frequen-ta vi-gili!* — wyciągając z pochwy królewski miecz.

— *Ad te cla-ma-mus* — byli tak blisko, że widział rozdęte chrapy ich rumaków — *exsu-les filii Hevae*...

Szczęk żelaza, kopii uderzających w tarcze, w napierśniki, trzask łamanych drzewc, przerwały budzący grozę śpiew.

— Amen! — wrzasnął Władysław i ciął z rozmachem Krzyżaka, który straciwszy kopię po zderzeniu z Małą Polską, wpadł w szeregi królewskie, nim zdążył dobyć miecz.

— Na kolana! — krzyczał, tnąc dalej, jakby musiał wyrzucić z siebie bluźnierczą modlitwę. — Padnij i nie wstań! Zgiń na zawsze!

Olbrzymi rumak dawał mu to, czego nie miał wcześniej: przewagę wielkości. Władysław z bojowego siodła był potężny i jego miecz sięgał tam, gdzie chciał. Szeregi wymieszały się, widział, że małopolscy kopijnicy zawrócili, jadąc po drugie kopie, ale w ich miejsce szło już rycerstwo na czele z Władkiem. Krzyżacy nie wracali, by wymienić broń, rzucali strzępy lanc i sięgali po miecze. Szukał wzrokiem wielkiego mistrza. Jego chorągiew została na krzyżackich tyłach, wabiąc go, ściągając ku sobie. Parł tam, rumak wierzgał i kopał, rozpychając się w ścisku walczących.

Jakbym jechał na wściekłym psie — przeszło Władkowi przez głowę i mimowolnie rozejrzał się za Borutką. — Jego tu nie ma — zrozumiał i parł naprzód.

— Królu, nie! — usłyszał krzyk Toporczyków, którzy wciągnięci w walkę rozsunęli się.

— Jestem — wrzasnął Grunhagen, dojeżdżając do jego boku. — Strzegę cię!

Władysław zobaczył, że jego druh nie radzi sobie z rumakiem. Kasztanowy dextrarius Grunhagena był narowisty i tańczył, jak sam chciał.

— Gdzie Kazimierz? — spytał Władek, próbując zwolnić.

— Nie wiem — odkrzyknął zielonooki karzeł.

— Zostań tu i odnajdź go! — rozkazał król i ścisnął kolanami boki swojej bestii.

Otto Toporczyk doścignął go i już jechał przy boku Władka, nie przestając go zawracać:

— Królu, nie! To pułapka! Chcą cię wciągnąć na swoje tyły! Nie daj się!

Władek nie słuchał. Widział tylko złoty krzyż w czarnej ramie, a jego umysł podpowiadał mu, że to skrzynka trumny, w której dziś jeszcze zamknie się wielki mistrz.

Jesteś mój, jesteś mój — szeptało coś w jego głowie i nie mógł przestać.

— Aaa! — zawył Otto Toporczyk i osunął się z siodła.

Władek rozejrzał się: był sam. Wokół nie było już nawet białych płaszczy braci rycerzy. Otaczała go szarość półbraci, czerń półkrzyży. Spod żelaznych rond hełmów patrzyły łakome oczy.

Dałem się zwieść — dotarło do niego w ułamku chwili i w tej samej zawrócił. Potężny rumak zatańczył w miejscu, nim nabrał rozpędu. Odsłoniłem plecy — zrozumiał kolejny błąd. Strzała z kuszy świsnęła tuż obok niego. W tym samym momencie z pomocą nadjechali dwaj Toporczycy, osłonili plecy króla i pomknęli z nim z powrotem w kłębowisko bitwy.

— Gdzie Kazimierz?! — wykrzyknął, gdy byli z dala od strzał.

— Zniknął! — wrzasnął Toporczyk. — Grunhagen go szuka.

Szeregi były przerzedzone. Krzyżacy walczyli zaciekle. Na pobojowisku słychać było jęki rannych i kwiczenie koni. Władysław rozglądał się za Grunhagenem. Za synem.

Zobaczył krąg walczących; konie niemal wsparte o siebie zad w zad. Starszaki — zrozumiał, poznając Wincentego Nałęcza i Mikołaja Doliwę — mają kogoś wewnątrz kręgu, kogo chronią. Otaczał ich szereg krzyżacki; rycerze Starszej Polski bronili się wściekle.

— Tam! — krzyknął Władysław i pociągnął Toporczyków za sobą.

Przyszli z odwodem Wincentemu, uderzając na zakonnych od tyłu. W tej samej chwili gdzieś spod zamku zabrzmiał róg sygnałowy. Wysoki brat, którego Władek atakował z prawej, zastygł na chwilę, wsłuchując się w dźwięk. Wystarczyło. Król ciął go przez bark. Zachwiał się i spadł z siodła, odsłaniając Wincentego. Nałęcz wyrwał się i uderzył w nacierającego z lewej. Powalił go. Sygnał nie ustawał i zrozumieli:

— Krzyżacki odwrót.

Starszaki wzięli w niewolę dwóch ostatnich rycerzy.

Teraz dopiero Władysław zobaczył, kogo bronili — Kazimierz krwawił. Grunhagen leżał na końskiej szyi, oddychając ciężko.

— Co się stało? — zawołał do syna.

— Ranili mnie…

— Żyjesz — odpowiedział Władysław. — Wyjdziesz z tego.

I odwrócił się, patrząc po pobojowisku. Krzyżacy wracali do obozu pod zamkiem.

— Wygraliśmy? — spytał jego syn.

— Jeszcze nie. Szukajcie Ottona Toporczyka — rozkazał, pokazując kierunek. — Spadł z konia gdzieś tam. — Zbierajcie rannych. Grunhagen? Stary druhu? — Podjechał do niego.

— Wyjdę z tego — jęknął karzeł. — Ale na tę bestię drugi raz nie wsiądę. Wolę moją kobyłę — wybełkotał.

— Dobrze, dobrze. Nie męcz się. Zdejmijcie go z siodła.

Władysław z całych sił pragnął wziąć syna w ramiona. Ale uznał, że to zły moment. Jeszcze nie. Podjechał do Wincentego Nałęcza.

— Królewicz musi dostać osobną ochronę — powiedział starosta. — Krzyżacy rozpoznali go, wyciągnęli go na pojedynek, ktoś mu się podłożył, Kazimierz poczuł siłę i parł naprzód. Wtedy go otoczyli. Dostał w bark, niegroźnie, a krwawi od zadraśnięcia. Grunhagen go wyratował z opresji.

— I ty — powiedział zwięźle Władysław. — Dziękuję.

— To nasz błąd. — Nałęcz zdjął hełm i przetarł spocone czoło. Władek dostrzegł jego zmęczenie, podpuchnięte oczy, brudny od pyłu pot. — Dziedzic Królestwa musi być lepiej chroniony. Stawać do bitwy, ale być nietykalny.

— Wiem — odpowiedział Władysław, patrząc w dal, na pobojowisko, z którego zbierano na wozy rannych. — Jutro nie powtórzymy tego błędu.

— Jutro? — zdziwił się Nałęcz.

— Odtrąbili odwrót, ale nie schronili się w zamku — powiedział w zamyśleniu Władek. — Nazajutrz znów staną z nami do walki. Wybacz — przeprosił, widząc, że jedzie Grzegorz Toporczyk. — Znaleźliście twego brata?

— Tak, panie. Otto jest już na wozie.

— Jak z nim?

— Ma złamaną nogę.

— Zajmijcie się tym, zajrzę do niego później — skinął głową i wrócił do Wincentego. Ruszyli wolno po stratowanym polu bitwy. Teraz i jego dopadło zmęczenie. Nieznośny ciężar kolczugi przygniótł mu barki. — Noga — powiedział do Wincentego.

— Zrośnie się — pocieszył Nałęcz. — Dobrze, że nie ręka, bo nieprędko chwyciłby miecz.

— Tyle lat żyłem z myślą o jednej walnej bitwie — zdradził staroście Władysław. — Ona urosła w mojej wyobraźni do starcia na śmierć i życie.

— A życie jest przewrotne — powiedział Nałęcz, jakby go dobrze zrozumiał. — Daje nierozstrzygnięte bitwy…

— …które będą się powtarzać i powtarzać — dorzucił Władysław.

— Mogę coś powiedzieć, królu? — spytał Wincenty.

Władek skinął głową gotów na krytykę swej ślepej pogoni za mistrzem, swej niemądrej ucieczki ku jego chorągwi, która mogła Królestwo pozbawić władcy dzisiaj, tu i teraz.

— Gdybym był na twoim miejscu, panie, zabrałbym na wielką wojnę nie tylko chorągiew, ale i białego orła Królestwa.

ZYGHARD VON SCHWARZBURG był zdania, że wojna bardzo zyskuje, gdy jest prowadzona z komnat zamku w Grudziądzu. Owszem, pewną niedogodnością było, iż tydzień po ich przybyciu schronienia w najbezpieczniejszym z zamków szukali także obaj zaproszeni na feralną kapitułę komturowie — inflancki i niemiecki. Zachował stoicki spokój i niczym mistrz gościnności przyjął pod swój dach wszystkich. To nie było aż tak trudne, jego zamek był po prostu ogromny. Przy odrobinie wysiłku mógł poza posiłkami i nabożeństwami nie spotykać się ani z Eberhardem von Monheim, ani z Wolframem von Nellenburg. Niestety, Werner von Orseln domagał się jego obecności. Mistrz miewał dni lepsze i gorsze. I gdyby nie to, że niemal nie odstępował Zygharda na krok, Schwarzburg po prostu ukrywałby przed nim niektóre wiadomości. To jednak było niemożliwe. Wielka wojna objęła pożogą ziemię chełmińską. Zyghard dyskretnie przejął jej prowadzenie z rąk mistrza.

Był w stałej łączności z każdym miejscem, w którym się toczyła. Miał wiadomości o oddziale króla, który dotarł daleko na północ ziemi chełmińskiej, aż pod Iławę, pod Gardzień nad rzeką Ossą. Wiedział o toczących się przez cztery dni z rzędu morderczych walkach pod murami Kowalewa, gdzie wielki komtur Otto von Bonsdorf ostro stawiał czoło Władysławowi, choć stracił połowę sariantów i niemal jedną trzecią zakonnych braci. Dostawał świeże wieści z siedziby Lautenburga w Lipienku, którego król oblegał teraz od tygodnia. Z całej, zalanej polskim wojskiem ziemi chełmińskiej spływał lament.

— A jeśli zdobędą Lipienek? — gorączkował się Werner von Orseln. — Zwiadowcy mówili, że mają bombardy.

— Nic im to nie da — uspokajał go Zyghard, bo nerwowość Wernera zaburzała tok jego myśli. — Jednym zdobytym zamkiem nie wygrają wojny. Właściwie już ją przegrywają.

— Nie okłamuj mnie... — jęknął mistrz — mają potężną armię... — Orseln zatrzepotał rękami w powietrzu niczym raniony ptak, opuścił je bezradnie i jego palce trafiły na wiszący u pasa różaniec. Przytrzymał się go, jak tonący.

— Zbyt dużą — powiedział Zyghard. — Objedli to, co udało im się zgarnąć z naszych ziem, niech Lautenburg przetrzyma jeszcze tydzień oblężenia, a ich konie nie będą miały paszy. Zwiadowcy mówią, że łąki na wiele mil wokół zamku wyskubane do czarnej ziemi. Idzie zima, Wernerze, drugich żniw nie będzie.

Byli w ulubionej komnacie Zygharda, tu urzędował na co dzień, a w letnie dni, gdy słońce zachodziło późno, tu przychodził po nieszporach i z kielichem wina w dłoni siadał w okiennym wykuszu z widokiem na Wisłę. Teraz, w jesiennym, popołudniowym słońcu, lśniła niemal lazurowo. Statki z gracją sunęły w stronę rzecznego portu, stado mew tropiło łodzie rybaków w nadziei na łatwy łup.

— Nie chciałem tej wojny — zaczął Werner. Każdego dnia mówił to samo. I Zyghard mógłby się z nim zgodzić, gdyby nie to, że przez mistrza przemawiał strach i bezradność. Mistrz, nawet jeśli umiera ze strachu, nie może go okazywać współbraciom. A jeżeli brakuje mu pomysłu, jak dowodzić Zakonem, nie powinien być mistrzem. Urząd jest dożywotni, prawda. Ale życie stawia wyzwania i trzeba im sprostać.

— Myślałeś o tym, by powołać kogoś, kto cię wesprze w kierowaniu Zakonem? — zapytał wprost. — Odpowiedzialność, jaką dźwigasz na barkach, jest przytłaczająca.

Werner mamrotał modlitwę. Wydawał się nieobecny.

— Zakon jest doskonale zbudowaną strukturą, jak kolumny i filary, które dźwigają sklepienia naszych katedr. Pokazywał mi kiedyś mistrz murarski — Zyghard nakreślił w powietrzu schemat — jak łuki przenoszą ciężar. Podparcie, rozprężenie, odciążenie, wspornik... Doskonałość Zakonu, jego przewaga nad monarchią, polega na rozłożeniu odpowiedzialności. Nie dziedziczymy. Nie wskazujemy następców. Wybór mistrza jest dziełem całej zbiorowości...

Powiedział to i ugryzł się w język. Na Boga, nie chciał, żeby to tak zabrzmiało. Nie chciał ani wypominać Wernerowi, jak stał się mistrzem, ani sugerować siebie na tego, który go zastąpi. Przeciwnie. Nigdy nie pracowało mu się tak dobrze jak teraz, gdy Werner był jego gościem, gdy szeptał struchlałe modlitwy, a on, Zyghard von Schwarzburg, mógł działać na własną rękę. Miał zwiadowców, prawda. Ale najcenniejszym z jego źródeł był Grunhagen. Karzeł nie donosił mu o ruchach króla, bo ten nie zwierzał się nikomu i rozkazy wydawał w ostatniej chwili. Karzeł zdawał mu krótkie raporty z nastrojów w obozie Władysława, a Zyghard na ich podstawie przewidywał, co może się zdarzyć. Odkrywał świat starego króla, którego nie znał, a którego szanował, bo grać z mocnym przeciwnikiem to nerw, dreszcz i zaszczyt. Gdyby oceniał według własnego rozumu, nie wpadłby na to, że król może się tak szybko przemieszczać, że nie potrzebuje snu tyle, co inni ludzie. Co on sam, na przykład. Że żadnej wagi nie przykłada do wygody, że spać potrafi w siodle, że pragnie bitew, do których sam prowadzi swoich ludzi. Że na polu walki jest zdyscyplinowany i nigdy nie wyskakuje poza chroniących go rycerzy, porusza się wyłącznie otoczony szpalerem zbrojnym. Że jego syn i dziedzic jest chroniony dzień i noc przez specjalny oddział. Nieosiągalny, niedostępny. Że Boruta, lękliwie nazywany przez wieśniaków, których spotkali w lasach, „istnym diabłem", to dawny królewski giermek, sam się domyślił. Podobieństwo imion nie mogło być dziełem przypadku, a Zyghard na własne oczy widział czarny ogień płonący w źrenicach chłopaka. Tak. Wojny znacznie lepiej prowadziło się zza murów Grudziądza.

— Wybacz — przeprosił Wernera za swoje zbyt odważne słowa o zmianach. — Nie tak miało to zabrzmieć. Jesteś moim mistrzem i masz moją wierność.

Orseln, który jeszcze przed chwilą wydawał się pochłonięty modlitwą, puścił różaniec, aż ten zakołysał się przy jego pasie.

— Boję się zamachu, Zyghardzie — powiedział. — Boję się, że na mnie też czyhają.

— Też? — złapał go za słowo Schwarzburg.

— Jak na Karola — szepnął Werner. — Wiesz, że Wildenburg nasłał na niego sekretnego człowieka?

— Nie — zaprzeczył Zyghard i wypadło to szczerze. — Skąd miałbym wiedzieć?

Werner von Orseln pokiwał głową.

— Podsłuchują mnie na moim zamku w Malborku — powiedział, przełykając ślinę. — I, jak sądzę, podglądają...

Gdyby nie to, że masz rację, Wernerze, pomyślałbym, że oszalałeś, że właśnie w tej chwili zawładnęły twoją głową demony, które popychają ludzi do najgorszych szaleństw.

— Malbork był moją miłością — wyznał mistrz. — Dołożyłem starań, by stał się wyrazem siły Zakonu. Mężowie płodzą synów, ja stworzyłem Marienburg, sam powiedz, Złota Brama jest taka piękna... Odebrali mi radość z mego dzieła... Duma, tak, duma została, ale — ściszył głos jeszcze bardziej — ostatnio boję się tam mieszkać. Po stokroć bezpieczniej czułem się, śpiąc w lesie, przy twoim boku...

Gdy dwa razy próbowano cię zabić — chłodno pomyślał Schwarzburg i nagle w jego cynicznym umyśle powstała wyrwa. Widział coś takiego w jednym ze starych maleńkich kościołów w Turyngii. Zbito tynk zdobiony freskiem przedstawiającym ofiarę Abrahama, a pod spodem ukazało się prymitywne, nakreślone ochrą malowidło Dzikich, na którym duży człowiek celował z łuku do małego. W tej jednej chwili stało się. Werner von Orseln, całkowicie nieświadom tego, co się dzieje, oddał się w jego opiekę. Powierzył swoje życie Zyghardowi von Schwarzburg, nawet jeśli ten tego nie pragnął, nie chciał i nie wiedział, jak sprostać temu nagłemu przypływowi niezasłużonej ufności.

— Co dalej robić, Zyghardzie? Bóg mi świadkiem, nie chciałem tej wojny. Jak mam prowadzić oblężony Zakon?

— Negocjujmy — spokojnie wyjaśnił Schwarzburg. — Idzie zima, król i jego wielkie wojska nie przetrwają jej pod murami naszych zamków. Dzisiaj prośmy o rozejm, najdłuższy, na jaki się zgodzą. Jutro pomyślimy, co dalej.

— Jutro? — poruszył się niespokojnie Werner. — Jutro piątek. Nie wolno negocjować w dzień Męki Pańskiej.

— To pojadę do króla w poniedziałek — łagodnie uspokoił go Schwarzburg. — Czas działa na naszą korzyść.

— Dlaczego?

— Bo król Władysław jest stary — przypomniał mu. — Jeśli wynegocjuję pół roku rozejmu, może tego nie dożyć. A jego syn Kazimierz nie jest człowiekiem wojny. Z nim dogadamy się prędzej.

— Oddajmy im Gdańsk i niech zapanuje pokój — otrząsnął się Werner von Orseln.

— Nie — zdecydowanie zaprzeczył Zyghard. — Nie oddamy ani Gdańska, ani Pomorza. Mój brat Gunter von Schwarzburg był dalekowzroczny jak jastrząb. Nie możemy zaprzepaścić dzieła jego życia.

Na jego rozkaz pokłoniłem się Bałtykowi, zimnemu morzu — dodał w myślach, wspominając, jak wjechał konno w sine fale, jak zanurzył w nich chorągiew Zakonu.

— Dasz mi pokój? — przerwał jego wspomnienie Werner.

— W przyszłości — powiedział zamyślony Zyghard. — Dzisiaj obiecać mogę tylko rozejm.

WŁADYSŁAW odgarnął spocone włosy z czoła i ryknął po raz kolejny:

— Trebuszeee!

Odpowiedział mu huk kamieni uderzających o masywne mury Lipienka. I znów, jak wczoraj i przedwczoraj, odbiły się od nich, nie czyniąc żadnej szkody. Nowa, niedawno ukończona siedziba komtura ziemi chełmińskiej drwiła z niego potęgą młodości i siły. Spoiny murów trzymały mocno, nie było w nich ani fragmentu, który pozwoliłby się ukruszyć. Gdy nadciągnęli tu przed tygodniem, zobaczył chłopów porzucających domy i biegnących co sił do bramy przedzamcza, która zamknęła się za ostatnim z nich ze zgrzytem łańcuchów i łoskotem. Królewscy rozpędem zdobyli zakonne folwarki; stado krów głodne wojsko pochłonęło niemal naraz. Kury, trochę kaczek, owsa dla koni było za mało. Folwarczne spichrze świeciły pustkami, ale dały zaopatrzenie jego ludziom przynajmniej na dzień czy dwa. Przedzamcze zdobyli trzeciego dnia, po morderczym ostrzale kusz wałowych i trebuszy. Walili taranem w bramę bez ustanku, aż pękła i poszła w drzazgi, przygniatając ostatnich żywych obrońców. Wdarli się na otoczony murami teren rozciągający się poniżej stojącego na wysokim półwyspie zamku. Krzyżacy zdążyli ogołocić magazyny ze wszystkiego; kosz zwiędłych jabłek i sterta nadgniłej kapusty, nic więcej do jedzenia nie znaleźli. Przedzamcze było zbyt małe, by pomieścić obóz. Andrzej z Koszanowa, herbu Orla, Starszak od Wincentego Nałęcza, wziął na siebie trud utworzenia obozowiska dla wielkiej królewskiej armii. Rozłożył je podobozami na przylegających do zamku i jeziora błoniach i wysłał ludzi na poszukiwanie pastwisk dla kilku tysięcy koni.

Na zdobytym przedzamczu utworzyli plac działań. Sterty kamieni do trebuszy, ogniska z grzejącą się smołą, wiadra pełne bełtów do kusz. Stanowiska balist, kusz wałowych, cztery takie udało im się zdobyć na Krzyżakach, teraz zbudowano im wysokie podesty z rozebranych szop przedzamcza, by pociski mogły trafiać za mury. Tych ostatnich kolejny dzień nie były w stanie naruszyć kamienne uderzenia trebuszy. Otoczony potężnym murem zamek zbudowano na wrzynającym się głęboko w jezioro półwyspie. Z trzech stron okolony wodą, od wschodu, od strony lądu wiodła do niego jedna jedyna brama, którą oblegali kolejny dzień z przedzamcza, nie mogąc pokonać bariery fosy. Ta, szeroka, głęboka, nowo wymurowana, okazywała się najlepszym strażnikiem zamku.

— Dla obrońców bezpieczna twierdza, nie do zdobycia. Dla nas koszmar — podsumował to Wilhelm Drugeth, gdy wjechali po raz kolejny na oględziny zdobytego przedzamcza.

— To weźmiemy ich głodem — powiedział wtedy Władek, zaciskając szczęki.

— Albo oni nas — proroczo dorzucił Wincenty Nałęcz. — Zapasów nie mamy, okolica splądrowana, jezioro z ryb ogołocone, konie zaczynają padać z głodu.

— Wyślij podjazdy dalej — rozkazał Władysław — nie mają szukać, lecz znaleźć. Ja jeść nie muszę.

Ostatnie jabłko, które wczoraj przyniósł mu Jarota, oddał Mojmirze.

— Przynajmniej dzisiaj mamy co pić — zażartował Drugeth, gdy węgierscy rycerze znaleźli pod podłogą spichrza zamaskowane wejście do piwnicy z kilkoma beczkami wina.

To było trzy dni temu; zdobyczne wino skończyło się, podjazdy Wincentego dostarczyły nieco żywności, ale były ledwie kroplą w morzu potrzeb. Nocami ludzie wojewody kujawskiego sprawdzali systematycznie, kawałek po kawałku, dojścia od strony wody, choć pomysł z góry wydawał się beznadziejny, bo i tam mur zamkowy nie był ani odrobinę niższy, ani słabszy. Pysznił się głowami polnych kamieni i świeżą czerwienią cegły. Władek czekał na nich nad ranem, gdy wychodzili z wody, zdyszani, mokrzy, oblepieni jeziorną rzęsą i długimi ogonami zielonych rdestnic.

— Nie da rady, najjaśniejszy panie — raportowali, nie patrząc mu w oczy. — Od północy dno zabezpieczone wbitymi balami, żeby łodzie nie mogły przepłynąć.

— A mur nie ma żadnych przejść, żadnych szpar, szczelin. Nic, w co by można…

— Od zachodu znów bale.

— Od południa…

Wracał po każdym z tych nadrannych wodnych zwiadów i już nie kładł się spać. Po co, skoro sen go opuścił? Jak i szczęście.

— Najjaśniejszy panie. — Jarota znalazł go stojącego nad brzegiem jeziora, gapiącego się w wodę beznadziejnie. — Rycerz Gerland chce z tobą mówić.

— Nie znam — odpowiedział odruchowo Władysław.

— Bo jestem nowy w twoich wojskach, królu — usłyszał za plecami niski męski głos, mówiący z dziwnym, obcym akcentem.

Odwrócił się i musiał unieść wzrok. Rycerz był wysoki, odziany raczej skromnie. Widząc, że król zadziera głowę, przyklęknął. Jego twarz znalazła się na wysokości twarzy Władysława. Król dostrzegł pokrywające ją blizny, jedna przy drugiej, jakby nosił skórzaną, źle zszytą maskę. Ale oczy w tej masce wydały mu się znajome.

— Widziałem cię — powiedział wychodzący z zarośli nad wodą Borutka. — Ja go skądś znam, królu.

— Ja zaś znam miecz, który nosisz, panie — odpowiedział rycerz. — Jestem Gerland de Bast z Akki, kiedyś joannita, w twoim kraju służyłem jako strażnik przeprawy na Warcie.

— Nie tam go widziałem — zaprzeczył Borutka i podszedłszy bliżej, okrążył klęczącego niczym kot. — Na rokowaniach w Grabi — przypomniał sobie. — Byłeś Krzyżakiem.

— Nie ja, mój brat bliźniak i owszem, służył w Zakonie, ale był templariuszem.

— Zawiłe — zmrużył oczy Władysław. — Co robisz w naszym wojsku?

— Szukam zemsty.

— Jak my wszyscy — odpowiedział król.

— Na komturach, którzy stoją za śmiercią Koenderta, mego brata. Jednym z nich jest zamknięty za tymi murami Otto von Lautenburg.

— Ktoś może świadczyć za tobą?

— Arcybiskup Janisław — odpowiedział pobliźniony rycerz.

— Nie ma go tu — stwierdził nieufnie Borutka, poruszając przy tym nosem, jakby obwąchiwał byłego joannitę.

— W czym mogę ci pomóc? — spytał zmęczonym głosem Władysław. — O jedzenie nie proś, nie mam.

— Chcę nocą przejść za ten mur i zabić Lautenburga — powiedział Gerland.

— Ja też — zmienił zdanie co do niego Borutka. — Zabierzesz mnie?

— To bzdura — rozczarował się Władek. — Nie widzicie tych murów? Tu wszystko jest przemyślane, nie ma w nich występów, by sobie po nich wejść, każde miejsce strzeżone, zarzucisz linę, dostaniesz bełtem z góry. Siedzimy tu od tygodnia i nic. A przecież każdego dnia szukamy sposobów, jak się dobrać…

— Nie chcę się dobrać do murów — wszedł mu w zdanie Gerland — chcę się po nich wspiąć, wejść do środka i zabić komtura. I wiem, że mogę nie zdążyć wyjść.

— Jesteś samobójcą? — zaciekawił się Borutka.

— Nie, ale nie boję się śmierci.

— Ja też. Weźmiesz mnie ze sobą?

— Wrończyk, zamknij się — warknął Władysław i zwrócił do rycerza. — Jego nie mogę puścić z tobą, jest mi potrzebny. A tobie powinienem zabronić brawury, skoro jak mówisz, walczysz w mych szeregach i świadczy za tobą arcybiskup. Ale podejmę ryzyko i powiem: idź. Bo jeśli udałoby ci się zabić Lautenburga, obrona zamku padnie prędzej niż ostatnie z naszych koni.

— Dzisiaj po zmroku. Jeśli zginę, przekaż, królu, Janisławowi.

— Przekażę — położył mu dłoń na głowie Władysław. — Nie giń.

— Zważ ryzyko — wtrącił się Borutka. — Przy nas prędzej czy później będziesz miał szansę dopaść wszystkich, którzy leżą ci na sercu, a nie tylko jednego grubego brodacza.

Władysław popatrzył na Wrończyka zaskoczony. Borutka rzadko wydawał się rozważny. Nie zastanawiał się nad tym dłużej; przybiegł goniec z wiadomością z przedzamcza, że jeden z treubuszy zepsuty. Poszedł tam, a w ciągu dnia zapomniał o nocnej misji joannity, jego uwagę pochłonęły kolejne sprawy. Drugeth dostał wiadomość z Węgier.

— Carobert ciężko ranny.

— Co mówisz? — Zabrzmiało to jak grom z jasnego nieba. Władysław aż przysiadł, poczuł, jak zaschło mu w ustach.

— Król poprowadził wojsko w Karpaty. Poszli na hospodara Wołoszczyzny, Besaraba.

— Poprzednio donosili, że Bułgarzy pokonali go latem — przypomniał Władek, jakby tamta wiadomość mogła zaprzeczyć obecnej. — Powinien być słaby.

— Powinien — powtórzył jak echo Drugeth. — Kiedyś Besarab był wiernym wasalem Caroberta, potem podniósł łeb, pobiliśmy jego wojowników i trzeba było go zmiażdżyć wtedy. Już był jak skopany pies. Ach. — Żupan wydobył z siebie głębokie westchnięcie i usiadł obok niego.

— Powiedz jeszcze raz, co przekazał goniec — poprosił Władysław.

— Król poprowadził nasze wojsko na Wołoszczyznę. Zniszczyli siedzibę Besaraba w Argyasudvarhely…

— Kurtja de Ardżesz — powtórzył znaną sobie nazwę miasta Władysław.

— Tak. — Drugeth schylił się po leżącą na ziemi gałązkę. Obracał ją w palcach przez chwilę. — Podczas odwrotu w jednym z karpackich wąwozów napadli na nich z góry wołoscy wojownicy. — Gałązka w palcach Drugetha pękła z trzaskiem. — Wojsko niemal wybite ze szczętem… Carobertowi uratował życie jakiś rycerz, który rzucił się na króla i zasłonił go swoim ciałem… ciężko rannego słudzy wywieźli stamtąd na wozie… — Wilhelm odrzucił kawałki pękniętej gałązki, rozejrzał się za inną, nie znalazł. — Król już jest w Wyszehradzie pod opieką medyków, ponoć jest nadzieja, że wyjdzie z ran.

— Chryste. — Ukrył twarz w dłoniach Władek. — Wzywają cię na Węgry — nie zapytał, stwierdził.

— Król stracił dużo wojska. Z tego feralnego wąwozu przeżyło tylko kilku…

— Daj mi trochę czasu — poprosił Władysław i poszedł na przedzamcze.

Kazał walić z trebuszy i kusz wałowych bez ustanku. Bezsilna wściekłość zamieniła się w królewską furię, ale ta odbijała się od murów krzyżackiego zamku.

Nad ranem zerwał się z posłania w namiocie. Było jeszcze ciemno, usłyszał krople deszczu uderzające o płótno.

— Jarota — zawołał. — Przynieś światło.

Giermek nie odpowiedział. Pewnie przysnął, jak to młodzi. Władysław wstał, rozprostował zesztywniałe kości. Mrok rozpraszały węgle żarzące się w żelaznej misie przy wejściu do namiotu. Naciągnął buty, płaszcz. Wyszedł na zewnątrz.

— Królu — wartownik strzegący wejścia powitał go krótkim raportem. — Noc spokojna. Nic się nie dzieje, choć deszcz podtopił namioty najbliżej jeziora.

Nie skończył mówić, gdy od strony zamku usłyszeli ostrzegawczy, krótki sygnał rogu. Władek ruszył w tamtą stronę i od razu sobie przypomniał: joannita.

Zobaczył go po chwili. Utykał wsparty o ramię Borutki. Raz po raz ślizgali się w błocie, które rozmiękło od nocnego deszczu.

— Dajcie pochodnię! — zawołał do straży Władysław. Dopiero w jej świetle zobaczył, że z uda Gerlanda płynie struga krwi. On i Borutka mieli usmarowane sadzą twarze, wełniane przylegające czapki na głowach. Z ramienia Wrończyka zwisał kawałek liny.

— Byłeś z nim — zrozumiał w jednej chwili Władysław.

— I dobrze, bo go uratowałem — wyspał Borutka.

— Nie udało się, wybacz, królu — powiedział Gerland.

— Jesteś ciężko ranny?

— Nic takiego — odpowiedział z wysiłkiem.

— Postrzał w udo, musimy sprawdzić, czy bełt nie był zatruty — wygadał za niego Borutka.

— Siadaj — poprosił Władysław, służba podsunęła szeroką ławę. — Wody im dajcie!

— Od niego dużo się mogę nauczyć — powiedział Borutka, gdy pomógł joannicie usiąść. — Przywiązaliśmy linę z hakiem do strzały. Poszybowała wysoko i zaczepiła się o mur. Od południowej, jeziornej strony — wyjaśnił zbiegającym się teraz rozespanym dowódcom. — Gerland sprawdził, czy utrzyma ciężar. Trzymała. Posłaliśmy drugą strzałę. Udało się. Liny były zahaczone w niedużej odległości od siebie. On wspiął się pierwszy, gdy był w połowie wysokości, ruszyłem ja, po swojej linie. Na murach panował spokój, słyszeliśmy dalekie głosy straży, nikt nie podnosił alarmu. Gerland dochodził do szczytu, gdy ktoś odciął jego linę.

— Borutka mnie złapał — uniósł zmęczoną twarz joannita. — Wisiałem, trzymał mnie za ramię. Wtedy dostałem postrzał w udo.

— Zeskoczyliśmy — ciągnął Borutka — i uciekliśmy do wody.

— Czekaj — myślał o jego słowach Władek. — Nie podnieśli na murach wrzasku?

Borutka i Gerland spojrzeli na niego jednocześnie i pokręcili głowami. Białka oczu w ich poczernionych twarzach jaśniały ponuro.

Mam w swych szeregach zdrajcę — zrozumiał Władysław. — Krzyżacy w Lipienku wiedzieli, że nasi idą. I chcą, by to wyglądało na przypadek, by próbowali dalej. Trzymają nas w tym oblężeniu jak psa na smyczy. Nie mamy paszy dla koni, jedzenia dla ludzi. Muszę odesłać Węgrów. Jestem w matni.

Zmielił to słowo między zębami i wypluł. Popatrzył na swój moknący w jesiennym deszczu obóz. Pojedyncze, słabe blaski pochodni. Zasnute gęstą mgłą jezioro. Najwyższej z wież zamku nawet nie było widać. Niknęła gdzieś w mroku nocy, która nie chciała się skończyć. Spojrzał na wschodnią stronę. Szara łuna nie rozpraszała ciemności. Świt, który nie nadchodzi, przerażający sen starego króla.

LUTHER Z BRUNSZWIKU został wezwany przez wielkiego mistrza do Grudziądza. Wiedział, po co jedzie, jak oni wszyscy: podskarbi, mistrz krajowy Bonsdorf, wielki szpitalnik Oettingen. Wielka piątka, wciąż bez marszałka. Do tego gospodarz, Zyghard von Schwarzburg.

Wszyscy oni mieli świadkować rozejmowi, który da oddech w wielkiej wojnie.

— Guntherus z tobą? — zdziwił się Zyghard, witając ich na dziedzińcu.

— Nie cieszysz się na widok bratanka? — zaśmiał się Luther serdecznie. — Spotkaliśmy się po drodze. Dzisiaj do Grudziądza ciągną tłumy.

— Stryju — Guntherus pokłonił się przed Zyghardem nisko.

Komtur grudziądzki obdarzył Luthera uważnym spojrzeniem.

Uwierzył w przypadkowe spotkanie? — zastanowił się Luther.

— Nie będziemy zawierać rozejmu w Grudziądzu — oświadczył Schwarzburg. — Król Władysław jest nieugięty w uporze. Nie dał się zaprosić do żadnego z naszych zamków.

— Ach tak — niemile zdziwił się Luther.

— Powiedział, że gości tylko w zamkach przyjaciół, albo w tych, które sam zdobył. W tej sytuacji został nam jego obóz pod murami Lipienka. Zapraszam, chodźcie na górę. Mistrz czeka w refektarzu.

Przepuścił przodem bratanka i zatrzymał na chwilę Luthera.

— Posłuchaj — chwycił go za łokieć. — Pomysł Wernera, by cała wielka piątka stała za jego plecami podczas spotkania, jest zły. Wiesz, jak to będzie wyglądało? Jak kapitulacja.

— A nie jest nią? — syknął Luther.

Zyghard zaśmiał się, a potem jego przystojna twarz przybrała dziwny, trudny do zdefiniowania wyraz. Luther na chwilę zapatrzył się w jasne, zimne oczy Schwarzburga.

— Mogłaby być, gdyby Lautenburg nie obronił Lipienka. Albo Bonsdorf nie sprostał czterodniowym walkom pod Kowalewem. Król zebrał wojsko tak wielkie, że mógłby nas w polu rozgromić ze szczętem. Cały sukces tej wojny w tym, żeśmy nie pozwolili mu stanąć ze sobą do walnej bitwy. Chcę wiedzieć, że to rozumiesz.

— Rozumiem — chłodno potwierdził Luther.

— Przeciąganiem obrony Lipienka zmusiliśmy króla do ustępstw — kontynuował Schwarzburg. — Wiesz, że nie lubię Lautenburga, ale twój przyjaciel naprawdę wziął na barki odpowiedzialność i jej sprostał. Teraz musimy ustąpić królowi w kilku kwestiach.

— By uznał rozjem za swój sukces?

— By go nie zerwał w ostatniej chwili. — Źrenice Zygharda zwęziły się w szparki jak u drapieżnika.

— Kogo proponujesz?

— Werner, ty i ja.

— Przed chwilą powiedziałeś o zasługach Lautenburga i Bonsdorfa — zaoponował Luther.

— Dlatego nie powinno ich być podczas zawierania rozejmu. Żeby nie przypominali królowi, iż z nim walczyli.

— Racja — zgodził się z Zyghardem.

Przekonanie Wernera nie było łatwe; ostatecznie zgodził się, gdy Schwarzburg zagroził, iż sam ustąpi i nie będzie im towarzyszył. Nie umknęło uwadze Luthera, że mistrz zląkł się tego, że miałby ruszyć się gdzieś bez Schwarzburga.

Obóz wojsk polskich pod zamkiem Lautenburga był wielki, rozłożony podobozami na polach i łąkach. Luther zauważył, że te ostatnie, jak mówili, objedzone były przez konie z traw, gdzieniegdzie zostały tylko kikuty bezlistnych drzewek. Mijali obóz węgierski z chorągwiami Andegawenów; widział słynnych węgierskich jeźdźców.

— Gdzie ich konie? — spytał Zygharda.

— Przy obozowisku trzymają tylko kilkanaście podjezdków, resztę wyprowadzili na dalekie pastwiska, sam widzisz dlaczego.

Jesień miała się ku końcowi, nocny przymrozek zostawił na płachtach namiotów białe ślady wciąż jeszcze niestopione przez niskie, przymglone słońce. Każdy z podobozów ustawiony był w równe szachownice uliczek i namiotów; płonęły ogniska, służba gotowała strawę. Tarcze z herbami rodów zatknięto na szczyty namiotów, roiło mu się w oczach od barwnych znaków.

Obóz królewski leżał na niedużym wzniesieniu, jego miejsce sygnalizowała wielka purpurowa chorągiew z białym orłem. Gdy tylko dojechali do jego granic, przyjął ich niemłody, gładko wygolony mężczyzna z królewskim herbem na piersi.

— Kanclerz wojenny Jarosław Bogoria — przedstawił go mistrzowi Zyghard i pojechali za nim. Ujechali ledwie kilka kroków, gdy oczom Luthera ukazał się barwny szpaler.

Przy każdym z mijanych namiotów stali konni rycerze w pełnym uzbrojeniu. Obok nich giermkowie, trzymający konie za uzdy. Zagryzł wargę. Król manifestuje swą siłę — pomyślał i celowo patrzył przed siebie, jakby ich nie zauważał. Im bliżej królewskiego namiotu, tym konie rycerskie były większe. Reguła zakonna zabraniała wymyślnych podpiersi i podogoni, w wojsku króla każdy koński rząd był ozdobny. Zawieszki herbowe, okucia skórzanych pasów, wszystko to ciągnęło oko. Jak i strojne wysokie siodła bojowe, barwne czapraki i zdobione herbami kropierze. Potężne bojowe rumaki robiły imponujące wrażenie; jeśli nie pomylił się w rachubie, stało ich po pięćdziesiąt na każdą stronę przejazdu. Siedzący w wysokich siodłach rycerze trzymali skierowane w niebo kopie. Godność nie pozwalała Lutherowi przyjrzeć się im dokładnie. Ale tak, wiedział, że nie chciałby stanąć naprzeciw nich w polu. Od czasu oblężenia Raciążka zyskał pewność, że jego miejscem nie jest pole bitwy.

Zyghard też nie walczy — usprawiedliwił się w myślach.

Wreszcie dotarli do namiotu króla, oddali konie służbie. Przed wejściem czekał na nich białowłosy młodzian w czernionej kolczudze na takimż kubraku. Na plecach miał krótki, też czarny jak smoła płaszcz, ze złotym ptakiem. Czerń, biel i złoto — przyjrzał mu się Luther życzliwie. — Tak powinien wyglądać pierwszy chorąży Zakonu.

— Kto to? — spytał cicho.

— Borutka herbu Wrończyk — szeptem odpowiedział Zyghard. — Kiedyś królewski giermek. Dzisiaj ktoś w rodzaju polowego dowódcy do zadań specjalnych. Uważaj na niego — ściszył głos jeszcze bardziej. — Ma słuch jak nietoperz.

Luther widział króla przed laty. Teraz z uwagą wpatrywał się w tego niskiego mężczyznę o twarzy poznaczonej bruzdami. Trzy pionowe zmarszczki między brwiami nadawały mu wyraz szczególnego uporu, jakby nieustannie chciał zaczynać zdanie od „nie". Na skroniach króla spoczywała korona. Nie duża i nie paradna. Raczej drapieżna, zdobiące ją lilie przywodziły skojarzenie z grotami strzał, a nie kwiatem majestatycznym. Siwe oczy króla na chwilę wejrzały w oczy Luthera. Wytrzymał jego spojrzenie tak długo, jak trwało, ale Władysław przeniósł je na Wernera i więcej na niego nie patrzył.

Wielki szatny mógł bez przeszkód przyjrzeć się pozostałym. Królewicz Kazimierz, urodziwy, wysoki nad podziw, smukły. Uważnie wsłuchiwał się w każde wypowiadane zdanie, czasem mrużył oczy, jakby chciał odgadnąć ukryty sens słów. Obok niego Wilhelm Drugeth, żupan Spisza i Ujwaru. Potężny ród ci Drugethowie — pomyślał z uznaniem Luther. — Jego ojciec jest palatynem przy Carobercie. Andegaweńczyk okazuje Władysławowi duży respekt, stawiając Wilhelma na czele wojsk wysłanych do Polski. Nam przydałby się taki sojusznik. Jak się do niego dobrać?

W tej samej chwili dłoń na ramieniu neapolitańczyka położył Borutka. Wódz węgierski odwrócił się do niego, białowłosy powiedział mu coś po węgiersku, ale patrzył przy tym nie na Drugetha, tylko prosto w oczy Luthera. Wyzywająco, złośliwie, aż wielki szatny odwrócił wzrok i przeniósł go na starostę Starszej Polski, Wincentego Nałęcza. Jasnowłosy, o pewnym siebie spojrzeniu. Bogaty aksamitny kaftan krył pierś wojownika, zresztą nosił na nim ozdobny napierśnik.

Dostał starostwo za pokój z Wittelsbachem — przypomniał sobie, co mówił o nim Markward. — Który załatwił niemal tylnymi drzwiami. Chyba jest nieco próżny — ocenił go ostrożnie. Spycimir, wojewoda Małej Polski. Żylasty stary wojak, taki, co udziela niewielu rad, ale którego dobrze mieć przy sobie w boju. Wojciech Leszczyc — Luther przesunął wzrok na wojewodę kujawskiego. — Mówią, że zrobił karierę z pominięciem zwykłej urzędniczej drogi. Pewnie dlatego, że to krewny wrażego biskupa Gerwarda. Może on coś wie o pastorale? Ale jak do niego dojść? Niech sprawdzi to Markward. Biskupa Macieja nie udało się podejść, choć na szczęście udało się złamać. Po zrównaniu z ziemią Włocławka, po zdobyciu Raciążka biskup poszedł na ugodę z Zakonem.

— ...Zakon przekazuje królowi zdobyte przez siebie miasta Wyszogród i Bydgoszcz — Zyghard odczytywał kolejne punkty rozejmu.

Tylko te dwa, z czego Wyszogród zrównany z ziemią — porachował z satysfakcją Luther i szukał znaku zawodu na twarzy króla. Nie znalazł go, Władysław dobrze znał treść traktatu, zdążył się z nią oswoić.

— ...wojska królewskie wycofają się z ziem zakonnych, a spór o Gdańsk i Pomorze między Królestwem Polskim a Zakonem Najświętszej Marii Panny przekazany zostanie pod arbitraż dwóch królów: Jana Luksemburskiego i Karola Roberta Andegaweńskiego. Obie strony zobowiązują się nie wpływać na monarchów i pozostawić im swobodny osąd sytuacji oraz dołożyć wszelkich starań, by ów sąd rozjemczy odbył się, zanim upłynie termin rozejmu oznaczony na ostatnią niedzielę maja następnego roku...

Siedem miesięcy — skonstatował Luther i wrócił spojrzeniem do króla i jego syna. — Muszę przyspieszyć mój plan. To ostatni raz, gdy zawieramy rozejm. Kolejna musi być kapitulacja — patrzył na uważne, skupione oblicze Kazimierza, na jego ciemnozłote włosy wijące się pod złotym diademem, na jego młodzieńczą brodę. — Może Zyghard ma rację, mówiąc, że byłby z ciebie dobry, ugodowy król, ale mam nadzieję nigdy tego nie sprawdzać.

— Oby ten rozejm — odezwał się Werner von Orseln — stał się przyczynkiem do wiecznego pokoju, jaki zapanuje między Zakonem a Królestwem Polskim...

Mam dość — żachnął się w duchu Luther. — Zamilknij, rozedrgany starcze. Z tobą na czele kroczymy w przepaść. Sam w nią...

W tej chwili Luther poczuł ukłucie z tyłu głowy, jakby ktoś wbił w nią cienką, piekielnie ostrą szpilę. Odruchowo sięgnął tam ręką i w tym samym momencie napotkał wzrok Borutki stojącego za plecami króla. Luther pokonał kłujący ból w czaszce i na przekór mu uśmiechnął się do białowłosego. Czarne oczy Borutki zalśniły jak dwa onyksy.

Tak, byłby z ciebie kandydat do Zakonu — pomyślał Luther, widząc, jak chłopak unosi brew.

— Rozejm nie potrwa ani dzień dłużej, niż dzisiaj zapisaliśmy — powiedział do Luthera Zyghard von Schwarzburg, gdy wyjechali z obozu królewskiego.

— Skąd wiesz?

— Bo król pieczętując go, miał na skroniach wojenną koronę — odpowiedział Zyghard i nie wyjaśnił.

JAN LUKSEMBURSKI dostał wiadomość pocztą dyplomatyczną, iż uczyniono go arbitrem w sporze między Zakonem a polskim królem, i zaklął w duchu. Dlaczego teraz? Uwielbiał to robić. Mediować, negocjować, błyszczeć, jednać zwaśnione strony, łączyć przeciwieństwa. Tak, kochał być sędzią w nie swoich sprawach. Ale ta była szczególnie niezręczna. Po pierwsze, po rozmowie z Rikissą dotarło do niego, że jeśli chce liczyć na jakąkolwiek przychylność z jej strony, musi odpuścić sobie Pomorze. *Bis regina* jest zbyt wymagająca, by nie potraktowała jego udziału w sądzie jako wtrącania się do sprawy. Po drugie zaś, goniec pocztowy zastał go w podróży. Wczesną jesienią gościł w Tyrolu na ślubie swego syna Jana Henryka z Małgorzatą, dziedziczką Karyntii. Stamtąd ruszył na południe, do Trydentu. Biskup Henryk podjął go gościnnie, jak poprzednim razem. Jan miał dla niego garść ciekawych wiadomości, omawiali je, dyskutowali; lubił słuchać cudzych opinii choćby po to, by się z nimi nie zgodzić. Wypytywał biskupa o nastroje w Italii po cesarskiej koronacji Wittelsbacha.

— Italia — odpowiadał Henryk z westchnieniem — jest jak najpiękniejsza z dam. Każdy jej pragnie, próbuje pozyskać dla siebie, ale zdobyć i utrzymać nikt nie potrafi.

Przypomina też kurtyzanę — myślał wówczas Jan Luksemburski — która wabi adoratorów, wyznaje miłość, a potem oddaje się za twardą monetę i też nie na zawsze, bo będąc z jednym, nie przestaje patrzeć, kto może dać więcej.

Spory italskich miast, frakcje rodowe Viscontich, della Scala, d'Este, Gonzagów, wszystko to wciągało go, był ciekaw opinii biskupa Henryka, porównywał ją z tym, co sam wiedział, bądź co bądź, przynajmniej raz w miesiącu dostawał raporty z Italii. Miał świadomość konfliktu narastającego w Lombardii, wrzenia miast przeciw Mastino della Scala, którego znał, gościł u niego w Weronie. Ponad tym wszystkim rozciągał się jednak stary spór gibelinów z gwelfami, obudzony na nowo koronacją cesarską Wittelsbacha.

Odpoczywał po południu w ogrodzie biskupa. Nie znał się na kwiatach, choć mógł być pewien, że to, co tak silnie pachnie, to jesienne róże. Obserwował Wilhelma de Machaut, który w drugim krańcu ogrodu nie mógł się zdecydować, czy uwodzić pięknego Achille, czy jego równie urodziwą bliźniaczą siostrę Cloe. Nastoletnie rodzeństwo było daleką rodziną gospodarza i przyjechało spędzić zimę w posiadłościach biskupa. Jan zapatrzył się na nich i rozdartego między bratem a siostrą poetę. Nie zauważył, gdy podszedł do niego Henry de Mortain.

— Chciałbym...

— Ćśś... — uciszył go Jan i pokazał na stojących pod cyprysami młodych. — Siadaj i nie przeszkadzaj. Jeszcze chwila i Wilhelm rozedrze się na pół.

— Janie — głos Henry'ego był poważny. — Muszę ci coś przekazać.

— Dobrego? — spytał i nie usłyszał odpowiedzi. — Tak czy inaczej, usiądź. Źle na stojąco przekazywać straszne wiadomości.

— Twoja żona — powiedział de Mortain.

Jan westchnął i uderzył się dłońmi w kolana.

— Byłem pewien, że już nic złego nie wymyśli. Mów, dobij swego króla.

— Zmarła.

Jan zrozumiał, co mówi Henry, ale ta wiadomość spadła na niego jak grom. Nie kochał Eliški i nawet jej nie lubił, dzieliło ich wszystko i nawet dzieci nie połączyły. A mimo to pogodził się z myślą, że Eliška Premyslovna jest w jego życiu i tego akurat nie da się zmienić. Była cierniem w czeskiej koronie. Nieznośną kobietą, złą żoną, kiepską kochanką. Ale w całym jego dorosłym życiu była.

— Jak to się stało? — spytał i poczuł woń róż dużo intensywniej niż chwilę temu.

— Normalnie. Poczuła się źle, gorączkowała, nie pozwoliła się tknąć medykom, komenderowała służbą, kazała poić się winem z jakimś ziołowym odwarem, przekonana, że tylko to ją uleczy.

— Cała ona. Ktoś był przy niej?

— Jan Volek, jej brat przyrodni.

— Którego kiedyś nazywała bękartem.

— Pytają, kiedy król wróci — dodał Henry. — Czekają z pogrzebem.

Jan usłyszał to ostatnie, ale miał wrażenie, że to tak odległe, nierzeczywiste. Wstał z kamiennej ławki. Potarł czoło i nieuważnie rozejrzał się wokół. Cloe, Achille i Wilhelm zniknęli, pomyślał, że pewnie skryli się w altanie, zresztą, jakie to ma znaczenie?

— Wyprawimy dzisiaj ucztę ku pamięci mej zmarłej żony — powiedział do Henry'ego. — Powiadom gospodarza, proszę, by był obecny, odmówił modlitwę, zresztą, on wie lepiej, jak to powinno wyglądać. Wybacz — oparł się na ramieniu Henry'ego. — Muszę się położyć.

— Odprowadzę cię.

— To zbyteczne — uśmiechnął się do przyjaciela. — Nic mi nie jest, po prostu poczułem się tak po ludzku zmęczony.

Henry przytrzymał go i otoczył ramieniem.

— Więc odprowadzę cię tak po ludzku, nie po królewsku.

Wieczorem w wielkiej komnacie jadalnej płonęły dziesiątki świec. Jedną ze ścian przystrojono ciemną materią, na jej tle odbijały się złotem płatki jesiennych róż ułożonych w wazie. Jan patrzył z przyjemnością estety, jak pod wpływem ciepła płatki odrywają się od kwiatostanu i spadają na czarny aksamit. Cloe i Achille przebrani w stosowne ciemne stroje wyglądali anielsko. Biskup Henryk odmówił modlitwę za zmarłą, a Jan słysząc jej słowa, wciąż nie mógł uwierzyć, że dotyczą Eliški. Wilhelm de Machaut wziął na siebie obowiązek wspominania zmarłej i robił to z wyczuciem i taktem, choć ledwie ją znał. Jan doceniał pieczeń i pasztet, zupę z karczochów i ryż z drogocennym szafranem. Jadł niewiele, tego wieczoru wolał wino, ono chłodziło mu umysł. Po drugim, może trzecim kielichu dotarło do niego, że jest wdowcem. Powtarzał to słowo w różnych językach. Przywołał nawet Vojtecha, swego pokojowca, by powiedział mu na ucho, jak to powinno być po czesku. „Vodovec" — szepnął sobie parę razy, patrząc na więdnące na oczach gości róże. Odwrócił wzrok na przeciwległą ścianę. Biskup Henryk miał upodobanie do sztuki italskiej z epoki cezarów. Kazał zrobić sobie niewielki fresk przedstawiający ucztę. Jego centrum stanowiła wymyślna patera, na niej pomarańcze, cytryny, figi, winogrona aż kuszące, by się częstować. Po prawej stronie patery wizerunek wpółleżącego mężczyzny, w wieńcu na głowie. Po lewej kobieta, uderzająco podobna do Rikissy, o złotych, wysoko upiętych włosach, swobodnie spływających pasmami wzdłuż łabędziej szyi.

Patrzą nie na siebie, lecz wprost, na oglądającego. Oboje wyciągają ręce po nabrzmiałe sokiem owoce i jest w tym, zauważa Jan, coś nieprawdopodobnie podniecającego. Zwodnicza niewinność dwojga odsuniętych od siebie ludzi, ich miłosne pragnienie wyrażone w dojrzałych, pełnych soków owocach. Jeszcze ich nie spróbowali, dopiero wyciągnęli ręce. Co wybiorą najpierw? Słodką figę czy pękające pod zębami winne grona?

— Co teraz, Janie? — z troską zapytał gospodarz. — Kiedy zamierzasz wyjechać? Uroczystości pogrzebowe królowej to wielka rzecz. Warto wydać pewne dyspozycje listownie. Gdzie spocznie?

— Życzeniem Eliški było — wyręczył go w odpowiedzi Henry de Mortain — być pochowaną w zbrasławskim klasztorze, obok ojca.

— To wzruszające — odpowiedziała nie wiadomo czemu mała Cloe.

Gdzieś na dziedzińcu pałacu biskupiego zaszczekały psy.

— Nie wybieram się na pogrzeb — powiedział Jan, odrywając wzrok od kochanków i patery. Niemal czuł na wargach smak winogron, jak krople falerno. Po jego słowach w komnacie zapanowała cisza.

Henryk chciał o coś spytać, ale uwagę gości przyciągnęły hałasy na korytarzu. W tej samej chwili do komnaty wpadł struchlały sługa biskupa.

— Przyjechali panowie z Brescii — powiedział, jakby obwieszczał napad zbrojny.

— Nie teraz — zabronił gospodarz. — Mamy stypę. Zajmę się nimi później…

— Mówią, że do króla Jana — wyprowadził go z błędu służący.

Dwóch mężczyzn weszło do komnaty sprężystym krokiem i zatrzymało się na widok żałobnego wystroju wnętrza. Ostatnie płatki róż posypały się od ruchu powietrza.

— Mamy stypę — stanowczo powtórzył biskup Henryk.

— Prosimy o wybaczenie — powiedział wyższy z nich. — Jestem Franchino Rusche. A to Giovanni Villani. Patrycjat Brescii dowiedział się, że w pałacu biskupim gości król Jan Luksemburski. Przybyliśmy do niego bez chwili zwłoki.

— Słucham — Jan przywołał ich bliżej ruchem ręki. — Co was sprowadza?

Franchino Rusche był odważniejszy, wydawał się nawet gwałtowny. Wyższy, ciemnowłosy i ciemnooki, z bruzdą przecinającą czoło. W obcisłym granatowo-złotym kaftanie, z cinquedea przy pasie, włoskim puginałem o trójkątnym ostrzu i zdobionej niczym klejnot rękojeści.

— Królu. Władca Padwy i Werony Mastino della Scala zagraża niepodległości Brescii.

— Chcecie, bym z nim negocjował? — domyślił się Jan. Jego wzrok mimowolnie powędrował do kobiety na fresku.

— Więcej, panie. — W oczach Franchino zapaliły się lśniące iskry. — Pragniemy, byś objął władzę w Brescii i otoczył nas opieką przed zaborczym Mastino.

Jan przełknął wino, którego łyk zaczerpnął, gdy mówił Franchino Rusche. I choć daleko było mu do falerno, poczuł na podniebieniu smak trunku cezarów. To nie mógł być przypadek. Śmierć Eliški i Brescia, która przychodzi prosić go o objęcie tronu. Złotowłosa dama na fresku uśmiechała się jak Rikissa podczas ich ostatniej rozmowy.

— To ryzykowna prośba — odpowiedział Jan, trzymając Franchino Rusche i Giovanniego Villani na dystans, a własne nerwy na wodzy. — Nie przybyłem do Italii z wojskiem, tylko z osobistym, podróżnym dworem. Lombardia jest wrzącym kotłem, wejście do niej może poparzyć.

— Wasza oferta jest niestosowna — uniósł się biskup Henryk. — Naraża króla na wiele nieprzyjemności. Gniew cesarza, reakcję papieża, króla Francji, którego jest wiernym lennikiem. I stawia go w obliczu konfliktu z della Scalą.

Giovanni Villani, który dotychczas trzymał się nieco za plecami Franchino, wystąpił naprzód.

— Nie znalazłeś się tu przypadkiem, królu Janie Luksemburski — powiedział, odważnie kierując na niego spojrzenie jasnych, przenikliwych oczu. — Otwierałeś sobie drogę do Italii latami. Tyrol. Teraz Trydent.

— Obserwujemy cię od dawna, panie — żarliwie dodał Franchino. — Skoro otworzyłeś drzwi do Italii, wejdź przez nie. Wjedź z nami do Lombardii.

— Jeśli jesteś gotowy, damy ci regiment zbrojny i nasze miecze. To nie są czcze obietnice, wojsko czeka w obozie pod murami Trydentu — poważnie powiedział Villani. — Brescia czeka teraz albo wcale. Drugi raz nie będziemy cię prosić, królu Janie.

Płomienie świec zamigotały w przeciągu, cień przemknął po fresku, dając złudzenie, że mężczyzna w laurowym wieńcu wyciągnął rękę dalej i sięgnął po owoc.

LUTHER Z BRUNSZWIKU po nieszporach wstał jak wszyscy i czekał, aż Werner w asyście kleryków opuści kościół Najświętszej Marii Panny. Mistrz wydawał się zamyślony albo raczej nieobecny duchem, co ostatnio zdarzało się częściej niż rzadziej. Szatny ukłonił się, ale nie miał pewności, czy Werner w ogóle go zauważył, odezwał się więc:

— Mistrzu?

— Luther — skinął mu głową Orseln. — Co cię sprowadza?

— Rzecz niecierpiąca zwłoki.

— Ach tak. Ale może poczekać do jutra?

Tilo, komtur domowy, za plecami mistrza dał szatnemu znak, by odpuścił, Luther zrozumiał i potwierdził:

— Oczywiście. Nie śmiałbym zakłócać nocnego odpoczynku.

— Przyjdź rano — powiedział Orseln i ruszył do wyjścia; Tilo kiwnął Lutherowi z podziękowaniem.

Do kapituły na Niepokalane Poczęcie zostały jeszcze trzy tygodnie, w Malborku było pustawo. Żadnych gości krzyżowców, żadnych dyplomatów z odległych dworów; ci zjadą dopiero na kapitułę, wraz z komturami i braćmi z konwentów pruskich. Po zawartym rozejmie, po opuszczeniu przez królewskie wojska ziemi chełmińskiej życie wracało do normy. Lipienek, Golub, Kowalewo, które najmocniej ucierpiały podczas działań wojennych, podnosiły się ze zniszczeń. Trzeba było zabezpieczyć poharatane komturie przed zimą. Trwało skupowanie zboża, bo wojska polskie spustoszyły zapasy zakonne i spichrze. Sprowadzano je z Inflant na statkach, całymi beczkami, do Elbląga i Gdańska. Jak suszone ryby i solone mięso, na ziemi chełmińskiej nie ocalały żadne stada.

Kościół opustoszał, klerycy szybko gasili świece, spieszyli się, chichocząc nerwowo, bo jeden z nich, młody brat Petrus, dostał dzisiaj przesyłkę z domu, z Tyrolu, a w niej galon przedniego wina. Luther słyszał jeszcze przed nabożeństwem, jak zmawiają się na nocne spotkanie w składziku za dormitorium. Wreszcie kościół ucichł. Nikłe światło lampy olejnej na ołtarzu pulsowało nierównym blaskiem, płomyk dawał się bezwolnie popychać przez przeciągi.

Luther uklęknął przed ołtarzem. Pomodlił się żarliwie, prosząc Pana o błogosławieństwo.

— Przedwieczny, któremu służy Zakon, dla Ciebie, nie dla siebie, amen.

Wstał i po cichu ruszył w stronę wyjścia, wąskiego i ciemnego gardła kruchty wiodącego do Złotej Bramy i krużganków. Ciężkie drzwi były przymknięte. Pchnął je, otworzył lekko, tak że do kruchty wpadło nieco światła z dziedzińca. Potem cofnął się w mrok, przystanął i czekał cierpliwie.

Najpierw usłyszał kroki i podniesiony głos Markwarda. Potem tonujący go bas Bonsdorfa, perswazyjne „prosimy, mistrzu" Plauena. I wreszcie nerwowe zaprzeczenie Wernera:

— Nie teraz. Pomówmy o tym rano. Chcę udać się na spoczynek.

Byli niedaleko, słyszał piach chrzęszczący pod podeszwami ich butów, już musieli zbliżać się do uskoku Złotej Bramy.

— Po coście mnie tu sprowadzili? Czego wy chcecie? — Głos Wernera zabrzmiał zniecierpliwieniem, nawet przyganą, Luther bez trudu wyobraził sobie grymas na twarzy mistrza.

— Rozmowy, rozmowy — powtarzał Markward. — Nasz brat chce cię o coś prosić, mistrzu.

— Jaki brat?

Weszli w bramę, ich cienie przesłoniły wąski pas światła z krużganków. Wszystko stało się szybko, Luther widział falujące płaszcze, napierali na mistrza bliżej i bliżej, zmuszając go do wejścia głębiej w gardziel bramy.

— Co wy wyprawiacie?

— To nie potrwa długo, on chce tylko coś ci przekazać, mistrzu — wciąż uspokajał mistrza Bonsdorf. — Już idzie, biegnie nawet.

Luther usłyszał szybkie kroki, zatrzymanie. I niski chropawy głos:

— Poznajesz mnie?

W panującym tu mroku można by nie poznać rodzonego ojca, co dopiero kogoś niewidzianego od dawna, zmienionego latami siedzenia w lochu.

— Kto to jest? — Werner odzyskał werwę i powiedział gniewnie: — Nie podoba mi się cała ta sytuacja...

— Jestem Wolf. Przypomnij sobie moje prawdziwe imię.

— Wolfa nie ma — zaprzeczył Werner gwałtownie, ale w jego głosie już zabrzmiało przerażenie. — Jest Jan von Endorf, tak się nazywasz. Kto wypuścił go z lochu? Bonsdorf, co on tu robi? To więzień, powinien odsiadywać karę...

— Mogłeś mnie zabić — powiedział Wolf — a nie trzymać jak

psa na łańcuchu. Zerwałem się i wylazłem z nory — zaśmiał się tak strasznie, że Luther struchlał.

— Zabierzcie go! — krzyknął mistrz. — Bonsdorf, każ go natychmiast zakuć, wrzucić do lochu, gdzie jego miejsce…

— Oczywiście — uspokoił go Bonsdorf.

— Pospiesz się. — Luther usłyszał rozkaz Markwarda. — Nie czas na zabawy.

Werner von Orseln jęknął głęboko, przeciągle. Luther błyskawicznie wyszedł z ukrycia i podszedł do nich, rozsunęli się, robiąc miejsce. Wolf trzymał puginał wbity w brzuch Wernera, płaszcz przyciśniętego do ściany mistrza rozłożył się szeroko i wyglądało to, jakby zabójca przyszpilał do muru wielką ćmę o zgniecionych skrzydłach.

— Pamiętasz, Wernerze, jak poniżyłeś mnie tu, w Złotej Bramie? — spytał Luther.

Oczy mistrza zamykały się, z jego twarzy odeszła krew, była teraz bladą plamą.

— Wstrzymaj się z umieraniem — zimno rozkazał mu Luther — aż usłyszysz, dlaczego wydałem na ciebie wyrok.

Werner z wysiłkiem uniósł powieki, poruszył ustami, szepnął:

— Otto… ratuj…

Ale Bonsdorf stał wyprostowany, niewzruszony.

— Byłeś nieudolnym mistrzem — powiedział Luther. — Poniżyłeś Zakon przed papieżem. Zgoda na płacenie świętopietrza przelała czarę goryczy. Przez ciebie, zamiast walczyć i wygrywać, musieliśmy zawierać hańbiące rozejmy. Koniec z tym. Wraz z tobą odchodzi ugodowy Zakon.

Luther dał znak Wolfowi. Ten przekręcił ostrze, na którym trzymał Wernera. Z ust mistrza chlusnęła krew. Oczy rozwarły się, wytrzeszczyły potwornie.

— Cokolwiek robię, czynię dla Zakonu — powiedział Luther tak jak wtedy, w tym miejscu, przed laty.

Wolf wyjął ostrze. Ciało mistrza osunęło się po ścianie i ułożyło miękko, na nasiąkającym krwią białym płaszczu. Luther spojrzał w górę, na portal. Na Panny Mądre z lampami, gotowe zawczasu, czuwające. Na kłębiące się pod ich stopami bestie. Wykrzywioną w grymasie potworną twarz centaura. Drapieżną syrenę, hydrę i gryfa.

— Ja nie zapominam — powiedział sam do siebie, przywołując wspomnienie.

— Dokonało się — szepnął Markward.

Bonsdorf zwrócił się do Wolfa.

— To nie potrwa długo — zapewnił go. — Wszystko, co ci obiecałem, spełnimy. Jesteś gotów?

Wolf spojrzał na leżącego w kałuży krwi Wernera von Orseln i jego twarz rozciągnęła się w strasznym uśmiechu ulgi. Potem przeniósł wzrok na Luthera, ten podziękował mu skinieniem głowy.

— Tak, jestem gotów — potwierdził.

Odsunęli się od niego na krok i wielki komtur Otto von Bonsdorf powiedział:

— Bracie Janie von Endorf, zabiłeś wielkiego mistrza Zakonu Najświętszej Marii Panny. Zostaniesz uwięziony i postawiony przed sądem.

Wolf skinął głową nieuważnie.

Henryk von Plauen krzyknął w stronę krużganków:

— Straże! Do mnie! Natychmiast!

Luther dotknął twarzy, starł z niej kroplę krwi, która musiała na niego prysnąć. Odsunął palec i przyjrzał się jej. Gęstniała w chłodzie jesiennej nocy. Z dziedzińca uniósł się tumult, pierwszy strażnik już dobiegał do nich. Luther nie miał w co wytrzeć palca, wsadził go do ust i zlizał krew mistrza.

— Tutaj! — jęknął do strażników Markward, padając na kolana przed leżącymi w Złotej Bramie zwłokami. — Nasz biedny, biedny mistrz!...

1331

JAN LUKSEMBURSKI zaczął rok od Brescii i jeśli przekonanie, że pierwszy dzień roku wróży o jego przebiegu, jest prawdą, skończyć powinien w Rzymie! Poszło łatwiej niż w najśmielszych snach. Za sobą miał kilkuset zbrojnych, przywiedzionych tamtej nocy do Trydentu przez Franchino Rusche i Giovanniego Villani, ale gdy wjeżdżali do miasta, oddział zamienił się w orszak, bo mieszkańcy Brescii witali Jana jak wybawiciela. Wiwatowali, skandując:

— Król Jan! Król Jan!

W tryumfalnym pochodzie odprowadzono go aż do wznoszącego się na wzgórzu zamku. Podczas uczty i niekończących się toastów Henry de Mortain pochylił się do jego ucha i powiedział:

— Oni naprawdę widzą w tobie „trzecią siłę". Wierzą, że uchronisz ich przed wojną toczoną przez papieża i cesarza.

— Wiesz, że nigdy tego nie powiedziałem? — spytał Jan, zasłaniając mimowolny uśmiech kielichem.

— Wiem — przytaknął Henry zdumiony tym, co się wokół nich dzieje. — Ty umiesz mówić „nie", jakbyś mówił „być może". A „tak" brzmi jak…

— Słyszą to, co chcą słyszeć — odpowiedział Jan. — Są umęczeni toczącymi się w Lombardii wojnami. Wielkie rody trzymają miasta w szachu. Taki Mastino della Scala ma Parmę i Lucę, marzy mu się nasza Brescia. Mastino jest zwolennikiem cesarza, więc te biedaki z Brescii zwrócili się do nas, bo dla nich jestem wysłannikiem cesarza Wittelsbacha.

— Biedaki — powtórzył za nim prześmiewczo Henry. — Widziałeś, ile pereł jest na kaftanie tego tam… Słuchaj — zbliżył się do jego ucha. — Co będzie, gdy Wittelsbach się dowie?

— Sam jestem ciekaw — poklepał go po dłoni Jan.

Zamiast reakcji cesarza po niespełna czterech tygodniach radosnych rządów w Brescii, wypełnionych turniejami ku czci Jana Luksemburskiego i odwrotnie, wyprawianych przez niego dla patrycjuszy i rycerzy ochoczo wstępujących w jego służby, przyszło zaproszenie z Bergamo.

Jego orszak zasilony o dworzan z Brescii wjechał tam w majestacie i miasto ofiarowało mu rządy. Następna była Cremona, potem Parma, Modena, Pawia. Wszystko działo się szybko, jak w tanecznym korowodzie. Obejmował władzę, wyprawiano na jego cześć wielką fetę, arystokraci i najbogatsi mieszczanie przychodzili złożyć mu pokłon, ugiąć kolano i oznajmić:

— Jesteś naszym panem, królu Janie.

Potem dzień, dwa, trzy zajmował się władaniem. Powierzano mu do rozstrzygnięcia najpilniejsze sprawy, sekretarze czytali dokumenty, rzesze doradców sugerowały rozwiązania, on ich nie przyjmował, mówił, że rozważy, a potem wydawał tylko takie decyzje, które bezpiecznie nie uderzały w nikogo. Otwierał lochy, wypuszczał więźniów przetrzymywanych miesiącami bez sądów. Lud nazywał go „królem wolności", to było przyjemne, łechcące jego umiłowanie honoru. W każdym ze swoich nowych miast ustanawiał straż miejską, która miała przywracać porządek. Mawiał:

— Zaczynamy od nowa, z czystą kartą. Ale rządy króla Jana muszą być czasem pokoju! Rozwiązujemy spory, wyciszamy konflikty! Nie ma takich kłopotów, których nie może rozwiązać poważna rozmowa.

Patrzyli na niego, kiwali głowami, wołali:

— Tak, dla króla Jana!

— *Si, siamo d'accordo con il Re!*

— *Viva il re Giovanni!*

Nazywali go „królem pokoju" — *Il Re della Pace.*

W Parmie zabawił najdłużej, cały tydzień, ale i miasto wielkie, położone w centrum Lombardii, naturalnie przyjmowało rolę stolicy regionu. W dodatku jego włodarze byli w zbrojnym konflikcie z papieskimi kardynałami i w Awinionie traktowano ich jako wrogów Kościoła. Podobnie rzecz się miała z Modeną, w obu z tych miast musiał być szczególnie ostrożny. Z Pawii zdążył posłać po swego syna Karola, już od lat nienazywanego Wacławem. Kazał młodzieńcowi przybyć do Lombardii bezzwłocznie.

— Chcesz ustanowić następcę? — zdążył spytać go Henry w krótkiej chwili, gdy byli sami.

— Nie wiem, jak długo potrwa ten radosny pochód — szczerze odpowiedział mu Jan. — Przecież się nie rozerwę, potrzebuję majestat rozdzielić na nas obu.

— Panowie z Como czekają na posłuchanie, królu — już przerwał im sługa wchodzący do jadalni.

— Daj mi chwilę! — poprosił Jan i chwycił garść oliwek; nic nie miał w ustach od rana. — A Karol niech uczy się języka! Jak widzisz, Henry, sam francuski i niemiecki to za mało, skoro otworzyła się przed nami Italia!

— Nie zakrztuś się — pokręcił głową de Mortain. — Odpocznij choć jeden dzień.

— Odpocząć? — Jan wypluł pestki i zaśmiał się pełną piersią. — Panowie z Como już idą, zaraz będziemy siodłać konie, mój Henry!

Po Como było Bobbio, potem Borgo San Donnino, dalej Mantua i Vercelli, jak mógł im odmówić?

— Wszystko to prawda! Król nie jeździ, król lata! — powtarzali w zachwycie jego nowi poddani.

— Moje rządy będą czasem pokoju! — odpowiedział im i... zasnął na stole.

Słyszał, jak rozmowę przejmuje Henry i niezawodny, nieopuszczający ich od Brescii Franchino. Ten zresztą otaczał Jana opieką tak troskliwą, gwałtowną, niemal zaborczą, że obaj z Henrym zastanawiali się, czy nie stoi za tym jakieś inne, niż poddańcze, uczucie. Chciał unieść głowę ze stołu, chciał rozdawać uśmiechy i splendory, ale sen objął go we władanie i nie puścił. Odgłosy uczty ucichły, już nie śledził toczącej się rozmowy, nie przyjmował hołdów. Obudził się w wysokim, dębowym łożu, pod baldachimem zdobionym wizerunkiem rajskich ptaków. Nie mógł sobie przypomnieć, gdzie jest. Como? Mantua?

Usiadł, potarł twarz dłońmi.

— Jesteśmy w Vercelli — usłyszał i odwrócił się.

Henry de Mortain drzemał przy jego łożu, na niskim, tapicerowanym taborecie.

— Dlaczego nie poszedłeś do siebie? — spytał go Jan.

— Franchino Rusche przyniósł cię na rękach z uczty — odpowiedział, przeciągając się, Henry. — Potem chciał cię rozebrać, ale zabroniłem, zawołałem Vojtecha...

— ...dziękuję — odpowiedział Jan i zrozumiał, że nic nie pamięta.

— Wolałem czuwać, bo nie chciał opuścić twej komnaty, jego uczucia są chyba skomplikowanej natury.

— Śniło mi się, że przybyli ludzie od Viscontiego z Mediolanu — nagle przypomniał sobie Jan.

— Blisko, coraz bliżej — ziewnął Henry de Mortain. — Pod koniec uczty przyjechali z Novary.

— Szkoda — westchnął Jan. — Chciałbym już wjechać do Mediolanu.

— Azzo Visconti ma wpływy w signoriach italskich jak Lucyfer wśród książąt piekielnych. Pamiętasz go dobrze, będzie rachował do ostatniej chwili.

Rachował jeszcze tydzień od tamtej pory. Z Novary pojechali do Lukki i tam Azzo przysłał swego sekretarza.

Gdy zbliżali się do Mediolanu, zerwał się ostry, zimny wiatr.

— Tramontana — powiedział Azzo Visconti, witając go przed murami miasta. — Wiatr zza gór. Potrafi łamać drzewa, zrywać dachy, wyrywać wozy z zaprzęgu.

— Wiem — odrzekł poważnie Jan. — Mój ojciec, cesarz Henryk, mówił mi o nim.

Zimne, przenikliwe oczy Azzo spojrzały za plecy Jana, jakby chciał dodać: Ty jesteś jak ten wiatr zza Alp. Nie mogę cię powstrzymać, więc muszę cię przyjąć.

Podmuchy łopotały lwem Luksemburgów na chorągwi, czarnym płaszczem Viscontiego i purpurowym Jana. Wjechali pod łukiem bramy bok w bok i gdy tylko ich plecy osłoniły potężne, miejskie mury, usłyszał:

— Niech żyje król Jan! Król Jan niech nam żyje!

— *Viva il re Giovanni! Il Re della Pace!*

Tłum szczelnie wypełniał wąskie zaułki. Bramy i okienka kamienic. Drabiny przystawione do ścian budynków pełne były młodzieńców. Jak i konary nielicznie rosnących tu drzew. Ludzie nie przejmowali się wiatrem, który i tu, wewnątrz murów, nie słabł ani na chwilę. Jan wystraszył się, że podmuch porwie drabiny wraz z gapiami i roztrzaska o mury.

Azzo odwrócił się do niego, jego orli nos na pół przecinał uśmiech, sprawiając, iż wyglądał krzywo.

— Tak tworzysz legendy, Janie Luksemburski! Płaszcz powiewa za tobą jak skrzydła. Dziwisz się, że prostaczkowie wierzą, iż potrafisz latać?

— Skądże — uśmiechnął się Jan. — Dwanaście italskich miast oddało mi się w dwa miesiące. Zdołałbym tego dokonać bez skrzydeł?

— W naturze wszystko, co żyje, ma dwa skrzydła — powiedział Azzo i uniósł ramię, by pozdrowić jakiegoś starca w podbitym futrem płaszczu.

— Dlatego wolisz być ze mną niż przeciw mnie — odpowiedział mu Jan. — Dlatego też uznałeś, iż lepiej powierzyć mi Mediolan, niż stać z boku.

— Obserwowałem cię, królu — skinął głową Azzo. Pod kopyta ich koni jakaś panna rzuciła wawrzynowy wieniec.

— I? — Jan dał znać Mattiasowi, by podniósł wieniec, nim porwie go wiatr, a sam uśmiechnął się promiennie do dziewczyny. Dołeczki w jej policzkach były doskonale okrągłe.

— Wiem, że nie ma dzisiaj w Europie drugiego takiego jak ty.

Mattias otrzepał wieniec z pyłu i podał mu; Jan założył sobie na głowę.

— Pochlebiasz mi — odpowiedział Viscontiemu.

— Nie bardziej niż ty sobie — odpowiedział Azzo, patrząc na wawrzyn. — Mam dobry wzrok, dobry słuch i wiem, że udręczonej wojnami gwelfów i gibelinów Lombardii tylko ty możesz przynieść pokój. Negocjuj dla nas z papieżem, negocjuj z cesarzem. Przypominaj im obu, że przed stuleciem powołaliśmy Ligę Lombardzką do obrony swych ziem przed…

— Zatrzymaj się, Azzo — powiedział Jan. — Liga broniła interesów Lombardii przed cesarzem Barbarossą. A sam zauważyłeś, że w naturze potrzeba dwóch skrzydeł, nie jednego.

— Masz dostęp do papieża. Jan XXII słucha cię i poważa.

— Owszem. Wrócimy do tego, gdy wprowadzisz mnie do pałacu mediolańskiego — uciął. Nagły podmuch wiatru poderwał wawrzynowy wieniec z jego głowy, uniósł w powietrze, zawirował nim i odrzucił gdzieś, pod strzeliste cyprysy.

Wkroczyli w szpalerze dworzan wiodącym aż do sali jadalnej. Jan rozdając ukłony, czynił obserwacje.

Tutejsze damy są wysokie, smukłe. Suknie noszą z pozoru stonowane. Burgund, dużo granatu, mrocznej mszystej zieleni, z rzadka szafranowy pas na rękawach, z rzadka złoto. Włosy kryją pod gęstymi ciemnymi welonami. Za to perły trzymają blisko twarzy. Spuszczają skromnie powieki, nie pozwalając odgadnąć barwy oczu.

Podczas uczty kobiety siedziały przy bokach swych mężów. Wszystkie miały zakryte włosy, więc jak się domyślił, nie zaproszono żadnych panien.

Podano dobre wino, wyborny ryż i kurczęta.

— Smakuje ci, królu Janie?

— Napiłbym się falerno — powiedział i spojrzał w oczy Viscontiego.

— Wino cezarów. Czyżbyś zamierzał podbijać piwnice Lacjum?

— Liczyłem na to, że nim dotrę do Rzymu, napiję się go w Mediolanie — uśmiechnął się szelmowsko Jan.

— Pochód na Rzym znów byłby lotem na jednym skrzydle — krzywo odpowiedział Azzo.

— Albo skończył się podciętymi skrzydłami — mrugnął do niego Luksemburczyk.

Z galerii spłynęły dźwięki skocznej muzyki, na które ożywił się Wilhelm de Machaut. Wbiegło dwoje akrobatów, niewysokich, muskularnych młodzianów, którzy pośrodku sali zaczęli pokazywać, co potrafią. Mężczyźni reagowali żywiołowo, okrzykami. Damy co najwyżej pozwalały sobie na skąpe oklaski. Dołączył do nich trzeci, z żelazną misą, w której trzymał pochodnie. Gdy zaczął nimi żonglować, ponaglano go, wołając: „Szybciej, szybciej".

— W Italii zawsze rozgrywały się boże igrzyska — podjął Azzo.

— Trudno się pogodzić, że cesarz pochodzi z Rzeszy Niemieckiej? — niewinnie spytał Jan.

— Podbili nas barbarzyńcy — odpowiedział Visconti.

— A ja? — zadał przekorne pytanie.

— Ty jesteś jak tramontana, wiatrem zza Alp — smutno i cicho odrzekł Azzo. — Ale duszę masz stąd.

Akrobata zręcznie stanął na ramionach towarzysza. Żonglujący płonącymi pochodniami wziął rozbieg i nie przestając obracać nimi, wbiegł na tamtych dwóch. Po sali rozeszło się pełne uznania „Ach!".

— Chciałbyś mnie takim widzieć — trzeźwo odpowiedział Jan. — Powiem inaczej: odkąd Italia przestała być imperium, robi, co może, by przyciągnąć uwagę i wrócić na piedestał historii. Ale tego nie można osiągnąć bez strat.

— Zatem chcesz nas wciągnąć do swojej walki — znów skrzywił się Azzo.

— Ja? — zdziwił się Jan. — To wy mnie zaprosiliście. Kto tu kogo wciąga w swoje sprawy?

Pochodnie poruszały się pod sklepieniem sali, tworząc ogniste, wirujące ślady. Żongler nagle zeskoczył z ramion akrobatów, zrobił szybki przewrót i złapał lecące na posadzkę pochodnie w ostatniej chwili.

— Brawo! Brawo! — posypały się okrzyki i oklaski.

— Igrzyska bogów? Żyjesz przeszłością, Azzo — powiedział Jan, odwracając lekko głowę od wiwatujących, bo ich „brawo" zabrzmiało nieprzyjemnie podobnie jak wcześniej „wiwat król Jan". — Prawdziwe igrzyska bogów widziałem dwa lata temu pod Miedwiagołą, na Żmudzi. Tam świat starych bogów zmierzył się z nowym. Stary był olbrzymem wysokim na dziesięć stóp, nowy dwunastką śmiałków ze znakiem Chrystusa na tarczach. To było prawdziwe, działo się na moich oczach, pod moim sztandarem. Z krucjaty przywiozłem setki ochrzczonych dusz.

Azzo otworzył usta, choć wyraz jego oczu mówił, że nie wie, co odpowiedzieć. Z niezręczności wybawił go podczaszy.

— Falerno dla króla Jana — pokłonił się nisko.

Kielich był ciężki, szeroki, z rubinem wielkości oka u podstawy.

— Miło się napić ze złotej czaszy — pochwalił Jan i wypił wino duszkiem, po czym odwrócił pusty kielich i postawił na stole. — Podobny do dawnej cesarskiej korony, prawda, Azzo?

Visconti nabrał powietrza i znów nie zdążył odpowiedzieć. Jan zwrócił się do podczaszego:

— Falerno lubię pić z weneckiego szkła. Czy możesz je podać, Paolo?

— Podałbym ci nawet własną córkę, bo uczyniłeś mi zaszczyt, pamiętając moje imię — pokraśniał podczaszy.

— Jestem wdowcem, wybacz. Wciąż noszę żałobę.

— Twoi rodzice zmarli w Italii — przypomniał z udawaną troską w głosie Visconti. — Żona, gdy do niej zmierzałeś.

— Odwiedzę ich grób w Pizie — odpowiedział Jan, udając, iż nie słyszy groźby w jego głosie. — A nowa królowa? Cóż, wierzę, że czeka na mnie.

— Gdzie? — chciwie zapytał Azzo.

— W domu — uciął Jan.

— Dawnym czy nowym? — nie dawał za wygraną Visconti.

— Całe życie jestem w drodze.

— Mam bratanicę. Piękną Francescę. — Oczy Azzo niebezpiecznie zalśniły.

— Szanuję twój ród — odpowiedział Jan Luksemburski — ale i te królewskie córy i siostry, których imiona już przesłano mi z całej Europy.

I znów z odsieczą zbitemu z tropu Viscontiemu przybył podczaszy, podając nowy kielich. Weneckie szkło lśniło złotymi i szmaragdowymi refleksami.

— Niech żyje król Jan! — zawołał Franchino Rusche z głębi sali.

— *Viva il re Giovanni! Il Re della Pace!* — odpowiedzieli zebrani, wstając do toastu.

Jan ledwie umoczył usta. Falerno jest wyborne, ale Azzo Visconti to wymagający przeciwnik.

— Paolo — przywołał podczaszego po toastach. — Przygotuj mi beczkę tego wina.

— Tylko jedną?

— Nie, trzy. Zabezpiecz w kufrze podróżnym. Muszę wysłać je na Morawy, do Brna.

— Za chwilę będą gotowe. — Paolo był rozpromieniony, mogąc spełniać jego rozkazy.

— Bez pośpiechu — odpowiedział Jan. — Wyjadą jutro. Muszę jeszcze napisać list.

Siadł do niego nad ranem. W kominku płonął ogień. W Mediolanie szalała tramontana, drewniane okiennice zabezpieczone przez służbę stukały niespokojnie, uderzane raz po raz porywami wiatru. Zdawało się, że przybiera na sile, wyjąc jakąś dziką pieśń zza Alp.

„*Bis regina*, Rikisso. Przyjmij te trzy beczki falerno na dobry początek tego, co może rozkwitnąć między nami. Sama nazwałaś je obiecującym. Tak więc spełniam obietnicę, którą ci złożyłem".

GRUNHAGENA podczas powrotu wojsk królewskich do domu Władysław zostawił w Starszej Polsce. Nie uśmiechało mu się to; już widział, jak przyjmie to Berta, gdy zobaczy, że król przyjechał, a on nie. Trudno, pan każe, sługa musi. Kazano mu odwiedzić Kwieciszewo, wieś, którą arcybiskup Janisław podarował Jemiole; miał sprawdzić, czy wszystko w porządku, czy Matka zadowolona, no i przekazać wojenne wieści. Nie była to dla niego misja zbyt zręczna, mówiąc najłagodniej. Próbował się wyślizgać, mówiąc, że lepiej by było, gdyby król posłał kogoś, kto był z nim na spotkaniu w mateczniku. Król odmówił. Toporczykowie byli, ale Otto wracał na wozie, ze złamaną nogą, a Krystynowi syn się w Krakowie narodził i wiadomo. Padło na karła. Aż kurczył się w sobie na myśl, że będzie musiał stanąć przed Jemiołą albo, co gorsza, jej bratem. Woran mógł go pamiętać ze służby u Krzyżaków, trzeba się będzie tłumaczyć.

Do wioski trafił bez trudu, na rozstajach przy wiodącej do Kwieciszewa drodze stała figura Matki Boskiej, Kwietnej lub Zielnej, cała ustrojona jałowcem. Przeżegnał się odruchowo i aż oczy przetarł. To Mokosz, nie Matka Boska. Zaśmiał się i pokręcił głową. Dobre.

Od strony rozłożonej na błoniach wsi biegły dróżką dzieci, dwie dziewczynki. Za nimi szła młoda kobieta o bujnych, bardzo bujnych kształtach. Przyłożyła dłoń do oczu, by mu się przyjrzeć, słońce ją raziło. Kraciasta, ciepła chusta zsunęła jej się z ramion.

— Malina, Jeżyna! — zawołała dźwięcznie. — Czekajcie na mnie.

Dziewczynki nie posłuchały. Podbiegły do jadącego Grunhagena i zatrzymały się dopiero przed nim. Wstrzymał konia.

— Kogo do nas droga prowadzi? — spytała kobieta.

— Jakiś pan — odkrywczo zauważyła jedna z dziewczynek.

— ...nieduży... — dodała druga, przyglądając mu się uważnie.

— Z ciebie też nie wielkolud — łagodnie skarciła dziecko matka. — Do Kwieciszewa? — zapytała Grunhagena, podchodząc i łapiąc obie dziewuszki za ręce.

— Tak — powiedział. — Poseł od króla Władysława do Matki Jemioły.

Z jej twarzy zniknął uśmiech, pobladła.

— Matki nie ma — odpowiedziała — ale Woran...

— Nie bój się, pani — uspokoił ją Grunhagen. — Nie przywiozłem wezwania na wojnę, a tylko wieści od króla.

— Taty nie ma w domu — powiedziały chórem dziewczynki.

— Wróci niebawem, możesz poczekać — dodała z ulgą kobieta. — To ta największa chałupa, w środku.

Skinął głową z podziękowaniem i ruszył. Woran — pomyślał — trzeba się będzie tłumaczyć.

— Grunhagen? — usłyszał za plecami, gdy tylko wjechał do wioski. Zatrzymał konia, obrócił się.

Na progu jaśniejącej świeżym drewnem chaty stała kobieta i wycierała dłonie w fartuch.

— Dagmar? Co ty tu robisz?

Zsiadł z konia i wpadli sobie w objęcia.

— Dagmar, przyjaciółko... Ty tutaj?

— I ty tutaj! — dodała kpiąco i uszczypnęła go w zarośnięty policzek.

Stadko kur z gdakaniem przebiegło obok nich.

— Ja na służbie — powiedział, obciągając kaftan. — Król mnie przysłał do Jemioły.

— Nie ma jej — powtórzyła to, co powiedziała kobieta na drodze. — Ale jest Woran.

— Wiem, wiem — westchnął Grunhagen.

— Obawiasz się? — Dagmar była domyślna jak mało kto. — Zajdź do nas, na pierogi. No, nie wzbraniaj się, Woran i tak wróci dopiero po zmierzchu. Uwiąż konia, czym chata bogata!

Wewnątrz, tak jak w domu Dagmar w Morenach, unosił się zapach jedzenia. Grunhagenowi ślinka napłynęła do ust. Na ławie, przy ogniu, siedział zasuszony staruszek, chyba był głuchy, bo nie zareagował na wejście gościa. Z głębi wyszła kobiecina w zielonej sukni i takiej chustce na siwych włosach.

— Sasanko — powiedziała do niej Dagmar — to mój przyjaciel, Grunhagen.

— Miło mi cię poznać — uśmiechnęła się staruszka. — Tam, przy ogniu to mój mąż Patko. Nie słyszy, możesz mu pokiwać.

Machnął do dziadka, a ten rozciągnął usta w uśmiechu i wrócił do gapienia się w płomienie.

— Ostrzyca mnie tu ściągnęła — wyjaśniła Dagmar, robiąc mu miejsce przy ławie. — Powiedziała: będzie wojna z Krzyżakami i z Jarogniewem, w Morenach nie będę mogła cię chronić, a tu, mówi, król dał ziemię, musisz się przenieść. Wiesz, jaka ona jest, ta moja córka — zaśmiała się Dagmar. — Nie znosi sprzeciwu. Ja jestem sama, Sasanka z Patkiem i wnukami też dołączyli niedawno, dostaliśmy ten dom i widzisz, urządziliśmy się całkiem wygodnie.

— Nas panna Wierzbka przyprowadziła — pochwaliła się Sasanka. — Z Dobrzynia nas uratowała, jak Krzyżaki wioski nam popalili, z chałup wygnali. Wierzbka też twarda panna — zachichotała — one tu wszystkie takie.

— Oprócz Manny — powiedziała ze śmiechem Dagmar. — Żony Worana. Poznasz ją, sama słodycz. Miód i mleko.

— Z przewagą miodu — dorzuciła Sasanka. — No, czas na mnie. Patka zostawiam przy ogniu, zerknij czasami na niego, ja idę do Wierzbki. Obiecałam im nagotować dzisiaj, Dziewanka zajęta będzie przy dzieciach, Kostrzewa z Wierzbką poszły z Woranem…

— Cebuli nie zapomnij — zawołała za staruszką Dagmar.

— Co ja mam z głową — poskarżyła się Sasanka — zamiast niej zabrałam czosnku...

Grunhagen przełknął ślinę, patrząc, jak Dagmar zakręciła się przy garnkach. Po chwili na ławie przed nim parowała miska pierogów. Spojrzał czule najpierw na jedzenie, potem na przyjaciółkę.

— Mleka? — domyśliła się i poszła po kubek.

— Cieszę się, że tu jestem — powiedziała, gdy jadł. Jej suche, spracowane palce gładziły nierówny kant ławy. — Jarogniew całkiem opanował Moreny. Chłopaków zabrał do lasu, zostały tylko kobiety i dzieci. A tu, sam widzisz, jak w rodzinie. Worana niepotrzebnie się obawiasz. — Położyła dłoń na jego ręce i poklepała. — On wie, że Półtoraoki cię szukał, że nie robisz już dla żelaznych braci.

— Wie? — z pełnymi ustami zapytał Grunhagen.

— Wie, wie — kiwnęła głową Dagmar i zabrała rękę z jego dłoni. Teraz zaczęła wygładzać ściereczkę na swoich kolanach. — Nikt nie powie tego wprost, ale ja się domyślam. Jemioła i Woran mają swoich ludzi wśród wojowników Jarogniewa. Daleko nie szukając, rodzeni bracia niektórych z tych dziewcząt. Wiadomości się przenoszą. Niełatwo, ale przenoszą. A Jarogniew ostatnimi czasy bardzo był na ciebie cięty.

Grunhagen połknął ostatniego pieroga i otarł usta. Chwycił Dagmar za ręce i przyciągnął do siebie.

— Przestań... — zawstydziła się.

Pocałował jej palce.

— Jesteś niezrównana — powiedział. — Wspaniałe jedzenie.

— Daj spokój... — wstała i zabrała miskę ze stołu. A potem wróciła do niego szybkim krokiem, przysiadła obok i spytała gwałtownie: — Grunhagen, powiedz, czego oni tak na ciebie zawzięci, co?

Westchnął głęboko, pokręcił głową.

— Nie wiem, czy chcesz wiedzieć, Dagmar.

— Chcę. Dręczy mnie to tyle lat — powiedziała szybko, z pasją. — Ja tego nie rozumiem, Grunhagen.

— Pamiętasz, jak mnie zabrali Starcy? Od ciebie i twojej matki?

— Pamiętam — skinęła głową. — Powiedzieli, że jesteś wyjątkowy, że zostałeś wybrany.

— Tak — potwierdził ponuro. — Zabrali mnie do niedostępnej leśnej ostoi i zamknęli w wielkiej klatce z wilkami...

— Ach... — jęknęła Dagmar.

— Uznali, że mam dar oswajania wilków...

— No tak — powiedziała — to było po tamtej nocy, kiedy odpędziłeś watahę od naszej chałupy, wszystko pamiętam.

— Tyle że ja nie miałem żadnego daru — wyjaśnił jej. — Umiałem cmokać na nie, jak nauczyła mnie jedna żebraczka, nic więcej. Cmokałem, uspokajały się.

— Wilki to dzikie, niebezpieczne stworzenia, nie mów, że to nie dar.

Pokręcił głową.

— Myślisz jak Starcy. Oni trzymali mnie z nimi w klatce i patrzyli, co będzie. Myśleli, że człowiek może zamieniać się w wilka, i liczyli, że tak stanie się ze mną.

— Okropne — powiedziała zduszonym głosem Dagmar.

— To było straszne — wyznał jej i wspomnienie się z niego wylało, brudne jak woda po ulewie. — Tak, byłem bliski zezwierzęceniu. Jadłem padlinę, jak wilki. Najgorsze kęski, tylko to, co zostało, gdy one nasyciły głód. Największy z samców obsikiwał mnie raz po raz, a jedna z wilczyc wylizywała, jak swoje szczenię. Za dnia odganiałem się, cmokanie żebraczki wystarczało. Ale nocą? Czułem ich cuchnące oddechy na twarzy, to ziajanie… Nie mogłem spać, bałem się, że mnie w końcu pożrą albo pogryzą, skórę zedrą z twarzy, zwłaszcza w te dni, gdy Starcy nie przychodzili i brakowało żarcia. Wytrzymałem niemal rok, ale gdy zbliżała się zima, wiedziałem, że nie mogę tam zostać. Przygotowałem się. Miałem kość z żuchwy jelenia, któregośmy obżarli, ostrzyłem ją o kamień, sumiennie i cierpliwie, aż była gotowa. Gdy Starcy poszli sprawować obrzędy i zostawili klatkę bez dozoru, pewni, że jestem już zrezygnowany i uległy, ostatni wilczek w stadzie… — zrobił przerwę. Dagmar podsunęła mu kubek z wodą. Wypił łyk. — Przeciąłem klatkę i uciekłem. Biegłem jak ogłupiały, nie patrząc za siebie. Dopiero po długiej, długiej chwili usłyszałem za plecami sapanie.

— Ach! — krzyknęła Dagmar i zakryła usta ręką. — Wilki?

— Tak. Wybiegły za mną. Pojmujesz? — Spojrzał na nią.

— Rzuciły się na ciebie? — spytała, a w jej oczach był strach.

— Nie, nie zrozumiałaś — zaprzeczył. — Uciekły. One, tak jak ja, były więźniami. A ja je uwolniłem…

— No tak — przyłożyła rękę do czoła, dotarło do niej.

— Gdzie uciec od Starców, zastanawiałem się tamtej nocy w lesie. Do ich wrogów, żelaznych braci. Komturem ziemi chełmińskiej był wtedy łysy Gunter von Schwarzburg. Nie znał mojej historii, ale spodobałem mu się. Powiedział, że jestem nieduży, a silny, znam języki i wilkiem mi z oczu patrzy. Szukał takich ludzi. Zrobił ze mnie sekretnego człowieka, niewidzialnego zabójcę. Pracowałem dla niego.

— O Matko... — westchnęła Dagmar, która dalszą część historii znała. — Przez co ty przeszedłeś, Grunhagen.

— Ha — rozparł się wygodniej. — Już wtedy, kiedy robiłem dla Krzyżaków, dochodziły mnie słuchy, że Starcy mnie szukają. Zamawiałem podwójny garniec piwa. — Spojrzał na Dagmar znacząco i przejechał językiem po suchych wargach. — I piłem, mówiąc sobie: na pohybel wam, stare brodate dziady! Masz piwo? — jęknął.

— Mam, mam. — Wstała i poszła po nie, przy okazji zaglądając do Patka. Po chwili postawiła przed nim dzban i kubek.

Nalał sobie i upił.

— O, jakie dobre — westchnął. — Ale w tamtych czasach nieraz budziłem się nad ranem zlany potem. Cała moja buta wyparowywała i trzęsłem się z przerażenia, że znów wyląduję w wilczej zagrodzie. Dagmar, ja zrobię wszystko, najgorsze rzeczy, byleby nie wróciły tamte czasy.

— Tak się nie stało i już się nie stanie — łagodnie oświadczyła Dagmar.

— No nie, ale powiem ci, co się wydarzyło. Dlaczego oni mnie szukają.

— To nie wszystko?

— Nie — potwierdził ponuro. — Raz komturowie kazali mi śledzić dwóch swoich braci w drodze z Malborka do Bałgi. Robota jak każda inna, choć bez zabijania, więc liczona taniej. Szedłem lasem, równolegle z tamtymi. Krzyżacy zrobili popas, choć wieczór jeszcze nie nastał i ja się musiałem zatrzymać, oczywiście z dala od nich, zwłaszcza że wciąż było jasno. No i stało się. Najpierw wyczułem wilka. Od razu wiedziałem, że to wielki samiec, jak ten, co mnie kiedyś, no wiesz... Wdrapałem się na drzewo, obserwowałem go z góry. Wilk miał zapadnięte boki, był wygłodniały i już zwietrzył ofiarę...

— Jaką? — spytała.

Grunhagen upił piwa i ciężko spojrzał na Dagmar. Nigdy nikomu nie powierzył tej historii.

— Starzec Siwobrody siedział na kamieniu. Spokojny jak zawsze. Patrzył w korony drzew, w promienie zachodzącego słońca. Może go oślepiły? Miał zdjęte buty. Nagie stopy trzymał na mchu. Psiajucha, wyglądał, jakby rozkoszował się chwilą, a ja, tam wysoko na drzewie, trząsłem się ze strachu, nawet po latach, wciąż bałem się go bardziej niż wilka. — Grunhagen westchnął, jakby zrzucał z piersi ciężar. — Wszystko potoczyło się szybko, jak grzmot i błyskawica. Wilk ruszył na Starca. Zaskoczył go. Staruch uniósł ramię i krzyknął zaklęcie. Wilk zawarczał, zatrzymał się na chwilę. Tak samo było, jak nas ćwiczyli wtedy w klatce.

— A ty? — ponagliła go pytaniem.

— A ja cmoknąłem z góry. Wilki mają słuch, nie trzeba głośno. Samiec rzucił się na Starca i wpił zębiskami w to wyciągnięte w przód ramię. Starzec, trzeba przyznać, nawet nie syknął. Ja cmoknąłem raz jeszcze, po latach wszystko pamiętałem... wilk zawarczał i zacisnął szczęki. A potem zaparł się łapami i odgryzł mu ramię. Starzec dopiero wtedy zawył z bólu i podniósł głowę...

— I zobaczył cię — zrozumiała Dagmar.

Potwierdził. Napił się piwa.

— A potem zemdlał. Tak, tak. Starzec zemdlał jak zwykły człowiek. Wilk porwał ramię i uciekł... Bracia, których śledziłem, znaleźli Starca i pojmali dopiero w drodze powrotnej z Bałgi. Cud, że przeżył, że się nie wykrwawił. Na nocnym popasie miałem swoją małą chwilę tryumfu, gdy Krzyżacy zasnęli, a ja mogłem podejść bezszelestnie, stanąć przed spętanym, pozbawionym ramienia Starcem i splunąć mu pod nogi.

— To jest ten sam Starzec, którego później uwolnił Woran — ułożyła sobie historię Dagmar. — W czasach, gdy na rozkaz Matki Jaćwieży był na tajnej służbie u komtura von Plötzkau. Ale nie martw się. Wszystko się zmieniło i Woran, nawet jeśli pozna tę historię, nie będzie miał ci tego za złe. Teraz rozumiem, dlaczego Jarogniew chciałby cię dostać w swoje ręce.

— Złożyłby mnie w ofierze Starcom, a oni...

— Nic takiego się nie stanie, Grunhagen — pocieszyła go Dagmar. — Każdy z nas dzisiaj jest po właściwej stronie. Ty przy królu, ja przy Woranie i Jemiole.

— Dobrze, że chociaż my dwoje po jednej — westchnął sobie i dolał piwa.

— Jakie wieści przywiozłeś dla nas? — spytała po chwili. — Co z wojną?

— Mamy rozejm — powiedział — ale skończy się w czas sianokosów.

— Przed żniwami — zmartwiła się — niedobrze.

— No, niedobrze.

— Król każe być gotowym — powiedział. — I pyta, jak wam się tu żyje?

— Troszczy się o nas? — niepewnie spytała Dagmar.

— Tak jakby — potwierdził. — Chce być pewien, że wszystkie zobowiązania wypełnione.

— To już musisz gadać z Woranem. Ja tam nie wiem, na co się dokładnie umawiali. Tyle tylko, że moja córka z oddziałem pojechała gdzieś dalej, na zachód Starszej Polski.

— Tak, to też było w umowie.

— Poczekaj na niego u mnie — powiedziała — wróci przed zmierzchem. Odpocznij sobie. Ja chyba ziół zaparzę, głowa mnie rozbolała od tej strasznej historii. Coś ty przeszedł, Grunhagen! — rozpłakała się nagle Dagmar. — Jak oni mogli?

Wstał, przygarnął ją do piersi, łkała. Pogładził po włosach, poczuł bijące od niej ciepło. I nagle pocałował ją w mokry od łez policzek. I w drżące od płaczu usta.

— Przestań — wyszeptała zduszonym głosem i odsunęła się od niego. — Masz w Krakowie żonę…

— Ech — westchnął — ja tylko tak, po starej przyjaźni — powiedział, zrobiło mu się głupio.

— Nic się nie stało. — Już się śmiała przez łzy, już pogłaskała go po policzku. — Zobacz, nawet Patek się z nas śmieje.

Staruszek siedzący przy ogniu kiwał głową, patrząc na nich, wyraźnie zadowolony.

— To może jednak? — przysunął się do Dagmar Grunhagen. — Skoro on nas tak zachęca…

— Daj spokój — zarumieniła się i zrobiła w końcu krok w tył.

Cmoknął, by ją do siebie przyciągnąć. Pogroziła mu żartobliwie palcem:

— Ej, tylko mi tu nie cmokaj!

PRZEMKO GŁOGOWSKI nie zapomniał ani słowa z rozmowy z Henrykiem, księciem jaworskim. Co z tego, skoro każda próba zbliżenia się do żony kończyła się porażką? Szesnaście lat Konstancji i jego dwadzieścia osiem nie były jakąś wielką różnicą. Tyle że jego żona wciąż sprawiała wrażenie dziewczynki, nie młodej kobiety. Mówiono, iż odziedziczyła to po babce Jadwidze, królowej. Że żona Władysława też długo wydawała się dzieckiem, a rodzić zaczęła późno. Ale jej matka, księżniczka Kunegunda, urodziła Bolka, będąc w wieku Konstancji, więc Przemko czuł się rozdarty między przeczącymi sobie faktami.

Brak potomka trzymał go w układzie z braćmi jak w szachu. Jaworski wytykał mu to ostatnio. Najstarszy z głogowskich braci, Henryk, dochował się dorastającego syna i trzech córek. Konrad wziął drugą żonę, pierwsza mu zmarła, nim poczęła. Ostatnie wieści z Oleśnicy takie, że Konradowa brzemienna. Jan z kolei, ich rodzinny utracjusz, prawdziwy śląski diabeł, żonaty z księżną meklemburską, póki co są bezdzietni, lecz to można wpisać na karb wybryków Jana, który chętniej niż z żoną poczynał sobie z dziewkami po karczmach. Pijackie wybryki, burdy, polowania, to było żywiołem jego brata. Jeśli Jan zginie bezpotomnie w jednej ze swych awantur, Przemko przejmie pół księstwa oleśnickiego. Ale gdyby stało się na odwrót, to Jan odziedziczy po nim połowę głogowskiego. Tym się gryzł. Drugie pół księstwa, zgodnie z układem, przypadłoby najstarszemu, Henrykowi. Ten przynajmniej umie gospodarzyć. Tyle że bracia klęknęli. Są lennikami Jana Luksemburskiego. Jeśliby musieli po nim dziedziczyć, czy jego księstwo dostałoby się pod czeskie berło?

— Boże! — Poderwał się z ławy przed ogniem. — O czym ja myślę?

— Wołałeś mnie, książę? — spytał Kaspar, jego giermek.

— Nie — zaprzeczył Przemko. — Albo tak. Co robi moja żona?

— Siedzi w świetlicy, z pannami dworskimi.

— Wyszywają?

Kaspar zarumienił się, jakby przyłapano go na czymś niestosownym, i w tej samej chwili Przemkowi przypomniało się, że jego giermek wodzi wzrokiem za rudowłosą Anną, jedną z dwórek Konstancji.

— Nie, panie. Damy bawią się w ciuciubabkę.

Zeszli do świetlicy razem. Przemko położył palec na ustach, by dziewczęta nie wydały ich obecności. Konstancja miała oczy przewiązane chustką, Anna okręcała nią, podśpiewując dziecięcą wyliczankę:

— ...trzy i cztery, róż szpalery, pięć i sześć, wodę nieś, siedem osiem, malowane prosię!

Puściła Konstancję, ta zachwiała się i rozłożyła ramiona, by utrzymać równowagę, a potem ruszyła ostrożnym, ale zręcznym krokiem.

Przemko pierwszy raz patrzył na taką Konstancję. Roześmianą, z rozwianymi włosami, rumieńcem. Do tej pory widywał ją zawsze ze spuszczoną głową, z dłońmi złożonymi na kolanach, bladą i smutną.

Albo wyszywającą, ale i wtedy była pochylona i odpowiadała, kiedy pytał, nie unosząc na niego wzroku.

W domu miała dwie siostry i dwóch braci — pomyślał. — Pewnie bawili się nieraz. Na ucztach się nudzi, nie cieszy jej ani śpiew, ani jedzenie. Gdy chciałem zabrać ją na polowanie, odmówiła. Ona chce się bawić jak dziewczynka, a ja, poślubiając ją, odebrałem jej dzieciństwo.

Jedna z dwórek, o filuternej ciemnej urodzie, podeszła na palcach do Konstancji i delikatnie pociągnęła ją za suknię. Księżna odwróciła się gwałtownie, próbując ją złapać. Nie trafiła, dziewczęta zaśmiały się. Czarnulka śmiało kiwnęła na Przemka, zachęcając go, by włączył się do zabawy. W pierwszej chwili wzruszył ramionami, ale w drugiej, popchnięty przez rudowłosą Annę, uległ i po prostu ruszył między dwórki. Podszedł do Konstancji od tyłu, ona poczuła jego obecność, odwróciła się. Uprzedził jej ruch, już był z boku. Cofnął się, wyciągnęła ramię, szukając. Unosiła głowę, może chusta, którą przewiązano jej oczy, zostawiała jakąś szparę u dołu, i dziewczyna próbowała podglądać? Miała wpółotwarte usta. Zagapił się na nie i wtedy złapała go mocno za łokieć.

— Mam cię! — krzyknęła jak dziecko i zerwała przesłonę. Struchlała, widząc, że to on. Uleciała z niej cała radość.

— Złapałaś mnie, Konstancjo — powiedział i nie patrząc na to, że są wśród ludzi, pochylił się i pocałował w usta.

Nocą powtórzył to wiele razy. Całował ją bez ustanku, a Konstancja po raz pierwszy w życiu uśmiechała się do niego. Przymykała oczy, zawstydzona, i otwierała po chwili ciekawa, co będzie dalej. Pozwoliła zdjąć z siebie koszulę i mógł oglądać do woli jej drobne, jasne ciało. Gdy pokonała wstyd, przyglądała się i jemu. Znajdowała dawne blizny i pytała o nie. Odpowiadał, trochę ubarwiał, ale nie zawsze. Ośmielona, zaczęła go dotykać, odpowiadał pocałunkami, jak na początku, bo czuł, że to jej się podoba. Dotykali się długo, świeca zgasła i wtedy Konstancja poprosiła, by nie wołał służby, ale zapalił nową. Spełnił jej prośbę, choć go zaskoczyła.

— Chcę widzieć — wyjaśniła, wyciągając po niego ramiona.

— W tej komnacie zostałem poczęty — powiedział, kładąc się na niej.

— Skąd wiesz? — spytała.

— Bo to była alkowa mojej matki.

— Ach… tak… — odpowiedziała i wiedział, że to nie tylko przyzwolenie, ale już zaproszenie.

— To tak — potwierdził, wchodząc w nią.

Potem leżeli, patrząc w herbowe tarcze zdobiące baldachim.

— Nie tak to sobie wyobrażałam — powiedziała Konstancja.

Zamarł.

— Miało być strasznie — dorzuciła i parsknęła śmiechem, jak dziewczyna.

Odetchnął z ulgą.

— Chcesz wina? — spytał po chwili.

— Nie lubię wina, Przemku — przyznała mu.

— Może tak samo, jak nie lubiłaś tego? — zaśmiał się i połaskotał ją.

— Nie — zaprzeczyła, uciekając przed jego dłonią. — Wina kiedyś próbowałam i wiem, że mi nie smakuje. A ty to co innego.

Pocałował ją. Dała mu więcej szczęścia, niż oczekiwał. Wstał, nago poszedł po dzban, nalał sobie kielich i spojrzał na niego pod światło. W zielonym szkle wino wydawało się niemal czarne. Upił łyk. Słodkie i gęste.

— Będziemy mieli dziecko? — spytała go, siadając i okrywając się swoją koszulą.

— Czekam na nie — odpowiedział, przysiadając na skraju łoża. Upił jeszcze z kielicha.

— Wiem — powiedziała — wszyscy mi to mówią. Że muszę dać swemu księciu dziedzica.

— Nie przejmuj się tym, co gadają. — Wyciągnął rękę i pogłaskał ją po policzku. — Jak widzisz, dobrze nam idzie.

— Ile razy trzeba, no wiesz… żeby począć?

Zamyślił się. Skąd miał wiedzieć takie rzeczy? Napił się jeszcze.

— Będziemy sobie poczynać do skutku — zaśmiał się do niej. Odpowiedziała chichotem. Poczuł skurcz w gardle, jakby ktoś zacisnął na nim palce. Odsunął się. Konstancja wciąż jeszcze zanosiła się śmiechem. Kielich wypadł mu z ręki, rozlane wino czerwoną plamą zabarwiło pościel.

— Przemku? Co ci jest? — wystraszyła się.

— Wody… — wycharczał.

Wyskoczyła z łoża. Jej drobne stopy plasnęły o posadzkę. Przybiegła z całym dzbanem, zapomniała kielicha. Chwyciła ten, który mu upadł, Przemek pokręcił głową, niewidzialne palce zaciskały mu się na krtani, wziął od niej dzban, zaczął pić chciwie, ale zachłysnął się, nie mógł przełykać, odepchnął dzban.

Pochylił się. Historia otrutego podczas uczty Henryka księcia Wrocławia stanęła mu przed oczami. Próbował wypluć, zwymiotować, wyrzucić z siebie przeklęte wino.

— Ratunku! — zawołała Konstancja. — Służba, do mnie!

Wiedział, że otrutego księcia wieszano do góry nogami, ale to pomogło tylko przedłużyć jego życie, nie oddało mu go. Konstancja usiadła na posadzce, przy nim, pochyliła się, chcąc widzieć jego twarz.

— ...powiadom brata... — wycharczał.

— Twojego? — spytała blada i przerażona. — Którego? Jana, Henryka? Może Konrada?...

— Nie — wyrzucił z siebie. — Twojego... Bolka...

— Rozumiem — potwierdziła.

— Powiedz mu... że zapisałem ci Głogów...

Bolko, książę Świdnicy, będzie wiedział, gdzie szukać aktu i co robić. Jaworski też, ale to Bolko musi stać się opiekunem siostry. Wdowy — zrozumiał. Jeszcze umysł mu się nie mącił, myślał jasno, ale nie mógł mówić. Tak jak nie mógł zwymiotować tego przeklętego wina. Kto je zatruł? Jego bracia w nadziei na przejęcie księstwa? Ludzie Luksemburczyka? Ktokolwiek to był, bez przeszkód wszedł do komnaty Konstancji. Hartwig Panewitz dzisiaj zmusił mnie do zatwierdzenia jego posiadłości. Może on? Panewitz by zdradził? Gdzie, u licha, są Hanus i Krafto? Nie widziałem ich od rana, a powinni strzec moich drzwi. Bogu dzięki, że zdążyłem zapisać jej Głogów. Przynajmniej miasto nie dostanie się obcym.

Już jakieś ręce ciągnęły go w górę. Sadzano go na krześle, nagiego. Polewano wodą. To na nic. Dusił się, nie mógł oddychać. Jego zaciśnięte gardło nie przepuszczało powietrza. Wciągał je nosem, ale nie przechodziło dalej, jakby tam, w krtani, tkwił kolec. Cierń głogu.

To ja miałem być cierniem, który wszystkich kłuje — pomyślał, tracąc przytomność. Ostatnie, co zobaczył, to niebieskie, przerażone oczy Konstancji. Dziewczynki, która tej samej nocy, której stała się kobietą, została wdową.

ZYGHARD VON SCHWARZBURG po śmierci wielkiego mistrza mógł mieć pretensje tylko do siebie. Znał nazwiska więźniów od roku: Dobeneck, Gleina, Endorf, Flareheim, Lodla, Mylau. Wystarczyło drążyć i docisnąć, dopasować jedno z nich do Wolfa. Mógł też zrzucić winę na króla Władysława, bo najazd na ziemię chełmińską odwrócił jego uwagę od szukania tajemniczego zabójcy. Albo mieć sobie za złe, że nazwiskami zdobytymi przez Klugera zawczasu nie podzielił się z Lutherem z Brunszwiku, teraz było na to o wiele za późno. Co, zaprosi szatnego na kielich wina i powie: „Endorf, którego złapaliście na gorącym uczynku, to poszukiwany przez nas Wolf?".

Niespecjalnie żałował Wernera, mistrz ledwie radził sobie z obowiązkami, ale Zygharda do wściekłości doprowadzała myśl, iż on sam miał w ręku klucz do zagadki, a go nie użył. Więcej, spowodował kolejną: ten, kto wypuścił Endorfa z lochu, był odpowiedzialny za śmierć Wernera.

Gdy przyjechał do Malborka na kapitułę wyboru nowego mistrza, posłał Klugera na łowy i jeszcze tego samego dnia wiedzieli, że Konrada von Gartow, dowódcy więziennej straży, już nie ma. Wielki komtur Otto von Bonsdorf odebrał mu dowództwo i wraz z Janem von Hacke, bratem odpowiedzialnym za więźniów, postawił przed sądem za niedopełnienie obowiązków.

— Obu skazano i wysłano karnie z oddziałem budowlanym w środku zimy na Żmudź — relacjonował Kluger. — Mają naprawiać umocnienia zniszczone przez Dzikich. Czyli kara śmierci wraz z torturami — splunął najemnik i patrzył, jak jego ślina leci do fosy.

— Bonsdorf jako wielki komtur mógł to zrobić — zmrużył oczy Zyghard. Stali na murach, słońce odbijało się od śniegu pokrywającego zamarznięty Nogat.

— A nawet powinien — dorzucił Kluger. — Gadałem z nowym dowódcą, ale jak się domyślasz, nic nie wie. Przy okazji, bo jestem ciekaw: kto po śmierci waszego mistrza dowodzi? No wiesz, zanim nie wybierzecie sobie nowego?

— Normalnie funkcję przejąłby marszałek, ale go nie mamy — odpowiedział zamyślony Zyghard. — Więc robi to wielki komtur, czyli Bonsdorf. Zabiera pierścień i pieczęć mistrzowską i przechowuje, by wręczyć nowemu. On też będzie zaczynał wybór elektorów.

— Jak cię wybiorą na wielkiego mistrza, zwolnisz mnie z roboty, komturze? — spytał Kluger.

— O czym ty mówisz?

— Czyli nie zwolnisz. — Najemnik poklepał się w pierś. — Dostanę pas rycerski i habit?

— Przestań — skarcił go Zyghard.

— No nie mów, że o tym nie myślałeś, komturze — zaśmiał się Kluger. — Wiadomo, że po Grudziądzu to już tylko nasz piękny

Marienburg! Chodzą słuchy, że komnaty wielkiego mistrza są ogrzewane, a żarcie podają tam specjalnym kanałem, żeby nie wystygło. Gada się też...

Zyghard nie słuchał. I postanowił, że do dnia kapituły, będzie unikał spotkań i rozmów z kimkolwiek. Tak, obudziły się w nim ambicje. Czas płynął i on z wiekiem robił się coraz bardziej skory do wspomnień. Gunter von Schwarzburg, jego starszy brat, marzył o tym, że któregoś dnia doprowadzi Zygharda do mistrzowskiej godności. Raz był blisko, gdy został komturem krajowym, ale potem, po śmierci Guntera, wszystko się skomplikowało. A gdy zabrakło Kunona, on sam odpuścił. Przestało mu zależeć, z czasem wciągnęła go gra z drugiego planu. Wiedział, że za Karola, a potem Wernera, nie przeskoczy hierarchii, i uwił sobie w niej dobre gniazdko. Grudziądz zaspokajał jego potrzeby estetyczne; rola głównego dyplomaty Zakonu łechtała ambicje. Tyle że teraz coś się zmieniło. Coś pękło. Dwóch ostatnich mistrzów nie zmarło, lecz zginęło, a on nie znał nazwisk zleceniodawców.

— Komtur dzierzgoński Luther z Brunszwiku chce się widzieć z tobą, panie — zaanonsował sługa.

— Przekaż, że śpię — przykazał. — Źle się poczułem i położyłem wcześniej.

— Jak komtur rozkaże.

Chciał stanąć do gry z czystą kartą, a Malbork przed wyborem mistrza był jak ul. Brzęczał setkami głosów. Każdy chciał z kimś wejść w układ, a Zyghard wiedział, iż nie ma nic bardziej zwodniczego niż te zawierane w ostatniej chwili porozumienia.

— Eberhard, mistrz Inflant, prosi o spotkanie.

— Poślij go do diabła.

— Mój pan źle się poczuł i położył wcześniej...

Mistrz inflancki i niemiecki wchodzili zwyczajowo w skład kolegium trzynastu elektorów. Podobnie jak Luther i reszta wielkiej piątki. Pozostałych dobierano głosami już wybranych, przy czym dla braci zakonnych rezerwowano dziewięć miejsc. Dziesiąte należało się kapłanowi i trzy ostatnie półbraciom. Tego wieczoru jeszcze mistrz niemiecki i wielki komtur próbowali dostać się do niego. Dla wszystkich był niedostępny.

Nazajutrz wstał wystarczająco wcześnie, by dać sobie czas na spokojne przygotowanie. Sługa ogolił go, Zyghard wypłukał usta, wtarł we włosy odrobinę pachnącej szałwią pomady. Założył czysty habit, pas, starannie wyczyszczone przez posługacza buty. Spiął płaszcz klamrą z emaliowanym czarnym krzyżem. Był gotów.

W kapitularzu panowała pełna wyczekiwania cisza. Zyghard starannie wybrał moment na wejście. Wkroczył do sali jako ostatni, zbierając pełen skupienia wzrok braci. Tylo, komtur domowy Malborka, zatrzaskiwał drzwi, gdy Zyghard zajmował miejsce.

Wielki komtur, Otto von Bonsdorf, zaczął od *Salve Regina*. Zmówili je równym chórem, aż odbijało się od krzyży i żeber sklepień. Zaczęło się.

Bonsdorf, jako zastępujący nieżyjącego, najważniejszy dygnitarz w Zakonie, został pierwszym elektorem. Stanął pod wielkim krzyżem z czarnego dębu wiszącym na ścianie.

Zyghard patrzył na jego prostacką twarz, świńskie oczka schowane w fałdach skóry i pomyślał, że nigdy nie przyszłoby mu do głowy, iż ten mały podsłuchiwacz, który był podległym mu bratem w Dzierzgoniu, zajdzie tak daleko. Osłaniając Wernera tarczą podczas krucjaty, znalazł się o właściwym czasie na właściwym miejscu.

— Zapraszam do kolegium elektorów komtura Bałgi, Ditricha von Altenburg — obwieścił Otto.

Czerwony Wilk nie należał do wielkiej piątki, ale zawsze do kolegium proszono któregoś z północnych komturów. Choć przez szacunek powinien najpierw wezwać mistrzów domu inflanckiego i niemieckiego — skonstatował Zyghard, ale odpuścił sobie złośliwość. Dwaj obcy mistrzowie i tak mieli zagwarantowane regułą miejsce w trzynastce.

Rudy, wiecznie spocony Altenburg z powagą stanął przy Bonsdorfie. Wymienili nie więcej niż jedno zdanie, szeptem i potwierdzili zgodność kiwnięciem głów.

— Proszę o dołączenie do kolegium wielkiego szpitalnika — obwieścił Otto.

Oettingen, zwalisty, gruby Szwab sunął ku nim z rumieńcami na policzkach, jak panna. Zyghard odetchnął po cichu. Wołając szpitalnika, postąpili zgodnie z regułą.

— Komtur krajowy ziemi chełmińskiej, Otto von Lautenburg — padło czwarte nazwisko i też w zgodzie z prawem.

W porządku — Zyghard poczuł, że ma mokre od potu dłonie. Odliczając miejsca dla domu Niemiec i Inflant, w gronie braci elektorów zostały dwa nazwiska do obsadzenia. Jednym powinien być wielki szatny, a zagadką zostanie ostatnie.

Pięciu elektorów przez chwilę naradzało się w skupieniu, wreszcie wszyscy zgodzili się ze sobą; ich długie brody rude i czarne poruszyły się w jednym „tak" i Bonsdorf wywołał szóstego z elektorów.

— Dawny wielki komtur Fryderyk von Wildenburg!

Zygharda zatkało. Kto? Nie on jeden miał zaskoczoną minę, bo Bonsdorf uznał, że musi się wytłumaczyć przed braćmi.

— Świętej pamięci Werner von Orseln złamał zakonną zasadę, powołując mnie na wielkiego komtura za życia brata Wildenburga. Chciałbym tym zaproszeniem do grona elektorów oddać mu należny szacunek. Rady starców są dla nas na wagę złota.

Wildenburg szurając zesztywniałymi nogami, doszedł do stojących pod krzyżem braci. Nad ostatnim z wolnych miejsc porozumiewali się chwilę, naprawdę krótką. Zyghard wstrzymał oddech, czekając, aż padnie imię wielkiego szatnego.

Bonsdorf spojrzał w stronę Luthera i oznajmił:

— Niech dołączy do nas mistrz dyplomacji, komtur grudziądzki Zyghard von Schwarzburg.

Zacisnął pięści tak mocno, że usłyszał, jak strzelają mu kości. To koniec — zrozumiał — nie zostanę mistrzem przez bunt Bonsdorfa.

Wyszedł, udając, iż nic się nie stało, ruszył pod krzyż. Stanął z boku.

— Zyghardzie — poufale szepnął do niego Bonsdorf — jak uważasz, czy dwa miejsca, które nam zostały, powierzymy zgodnie ze zwyczajem mistrzom Inflant i Niemiec? Czy życzyłbyś sobie wprowadzić do naszego grona kogoś innego?

— Pytasz, czy chcę przejść do historii jako ten, który złamał zasady? — warknął na niego Zyghard.

— Starym zwyczajem poprośmy mistrza Eberharda von Monheim i Wolframa von Nellenburg — oznajmił urażony Bonsdorf.

Kapłan i sarianci, jakich dobrano na końcu, nie mieli wielkiego znaczenia, byli tylko pionkami w grze, w której Zyghard został pokonany. Oczywiście w splendorze i chwale tego, który będzie decydował.

— Klęknijmy — powiedział Bonsdorf, prowadząc elektorów przez procedurę, i wszyscy, kolejno, jeden po drugim klękali. Gdy przyszła kolej na Wildenburga, Zyghard podał mu ramię, by starzec mógł się na nim oprzeć. Dobrze, że nie oczekiwał wdzięczności, bo spojrzenie Fryderyka ziało jadem. Klęknął i Schwarzburg, za nim kolejni.

— My, elektorzy, słudzy Najświętszej Marii Panny, przysięgamy, iż dokonamy w zgodzie z własnym sumieniem wyboru najgodniejszego spośród braci.

— Przysięgamy — powiedział Zyghard, a jego głos był jednym z trzynastu.

Kapelan malborski z wielką, oprawioną w kurdyban, okutą złotem Biblią przeszedł przed nimi, by każdy mógł pocałować Pismo Święte na znak hołdu. Otto von Bonsdorf wstał jako jedyny i odwracając się przodem do zgromadzonych w kapitularzu, zawołał:

— Bracia! Reguła nakazuje, byście przysięgli wierność elektowi, którego za chwilę wybierzemy, zanim padnie jego imię. Posłuszeństwo obok ubóstwa i czystości jest naszym ślubem.

— *Ave Maria*, przysięgamy wierność! — wyskandowało stu zgromadzonych na kapitule braci.

Może nic straconego — myślał Zyghard, czując na plecach potęgę ich przysięgi. — Nie jestem stary, może kolejne wybory będą należały do mnie? Powinienem się cieszyć, być elektorem to zaszczyt.

Po przysiędze trzynastu wybranych stanęło w kręgu. Kandydatury zgłaszano zgodnie z kolejnością powoływania do grona elektorów. Zyghard nie zdążył policzyć do trzech, gdy zaczął Bonsdorf:

— Luther z Brunszwiku.

To była czarna gałka, którą wyciągnąłeś. — Dopiero teraz Zyghard do końca zrozumiał grę, która toczyła się na jego oczach. — Nie byłeś buntownikiem, tylko podstawionym Wernerowi pochlebcą, który miał skraść zaufanie mistrza i wziąć urząd wielkiego komtura. Śmierć Orselna została zaplanowana już dawno.

— Luther z Brunszwiku — powtórzył zgodnie z przewidywaniem Altenburg, Wilk z Bałgi.

— Luther z Brunszwiku — powiedział wielki szpitalnik Oettingen.

— Luther z Brunszwiku — padło z ust Lautenburga, komtura ziemi chełmińskiej.

Maryjo Panno, drwiłem ze świętoszków, nie mając pojęcia, że Luther kierował nimi tak zręcznie. Utkał z nich sieć, mistrzowską pajęczynę. Czy stary Fryderyk jest kolejnym z uwikłanych pająków?

— Luther — potwierdził udręczonym głosem Wildenburg.

Oczywiście — Schwarzburgowi przypomniał się moment, gdy Luther wchodząc w konflikt z mistrzem, zaproponował obecność starca na krucjacie. Wszystko jasne. Rozległość spisku sparaliżowała go. Dopiero w tej chwili zrozumiał, że tak skupił się na kontestowaniu ustawionych w majestacie prawa wyborów, iż nie przygotował nazwiska swojego kandydata.

Szybko przeliczył szable. Luther dostał już sześć głosów. Zostało siedem. Mistrzowie Niemiec i Inflant mogli pójść za nim, byli jego gośćmi w Grudziądzu, pili wino z jego piwnic, oczu oderwać nie mogli od jego urodziwych giermków. Sarianci? Ach, gdybyż nie był nadętym Schwarzburgiem, który nie pamięta ich imion! Kapłan? Za mało, by wygrać. Ostatnie, co może zrobić, to rozbić jedność pieprzonych świętoszków i przeciw Lutherowi postawić na jednego z nich.

— Henryk Reuss von Plauen — powiedział głośno i wyraźnie.

Stary Wildenburg zarechotał i to było nagrodą dla Zygharda.

— Reuss von Plauen — z triumfem powtórzył Eberhard von Monheim, mistrz inflandzki.

— Reuss von Plauen! — niemal krzyknął Wolfram von Nellenburg, mistrz niemiecki.

— Luther z Brunszwiku — wydukał lekcję półbrat Johan.

— Luther z Brunszwiku — powiedział za nim półbrat Agnus.

— Henryk Reuss von Plauen — rzucił wyzywająco jasnowłosy Kunemund i spojrzał na Zygharda z uznaniem.

— Plauen! — dołożył się do przegranej półbrat Wilcherus.

— Luther z Brunszwiku — śpiewnym głosem zakończył licytację kapłan o imieniu Hamund, zupełnie jakby recytował finałowe „amen".

Wielki komtur Otto von Bonsdorf wyszedł z kręgu elektorów.

— Zapalcie złote świece! — zawołał do sług.

Stojące w masywnych kandelabrach grube świece z najprzedniejszego wosku zapłonęły jedna po drugiej.

Nigdy nie zastanawiałem się, dlaczego jest ich siedem — pomyślał z drwiną Zyghard. — A przecież to jasne: siedem grzechów głównych. Wśród których kroczy pycha, jako początek każdego.

— Trzynastu wybrało! — oznajmił Bonsdorf z tryumfem. — Oto Zakon Najświętszej Marii Panny znów ma wielkiego mistrza. Lutherze z Brunszwiku, przyjmij na swe barki godność i odpowiedzialność!

Luther wyszedł z szeregu braci i ruszył do elektorów, wznosząc oczy ku czerniącemu się na ścianie krzyżowi. Blask bijący od złotych świec rozkładał się promieniami na jego twarzy.

Zyghardzie — chłostał się w myślach Schwarzburg. — Oto twoja zazdrość, twój gniew i zniechęcenie, powitaj swych grzesznych braci!

— Radujmy się! — zawołał Otto von Bonsdorf, gdy Luther dołączył do elektorów.

— *Te Deum laudamus!* — zaintonował Wilk z Bałgi i sto gardeł wykrzyczało: *Te Dominem confitemur!*

Z końcowym „Tobie, Panie, zaufałem" ruszyli z kapitularza do kościoła. Każdemu z braci sługa przy wyjściu wręczał zapaloną świecę i korowód płomieni prowadził Luthera z Brunszwiku ku ołtarzowi Najświętszej Marii Panny. Gdy wchodząc do świątyni, przechodzili przez Złotą Bramę, Zyghard spojrzał na ohydne postaci na fryzie. Fauny, centaury, syreny, gryfy. Oto my — pomyślał — pogańscy w swej ostentacji. A mogliśmy stać się ostoją rozumnej wiary. Filarami Świątyni.

— Chciwość, rozpusta, łakomstwo — wyszeptał ostatnie nazwy grzechów głównych. — Z was wszystkich biorę na siebie dzisiaj pijaństwo. Dionizosie, Bachusie, wzywam was. Inaczej nie przetrwam tej nocy, w której podeptano mą pychę i odarto ze złudzeń do żywej kości.

Po mszy wręczono nowemu mistrzowi pierścień i pieczęć. Potem nadszedł czas na gratulacje. Zyghard podszedł do niego i wyciągnął rękę jako pierwszy; złowił ciemne, niespokojne spojrzenie Luthera.

— W moich oczach zostałeś wielkim mistrzem w chwili, w której pojąłem, jaką rolę pełnił Bonsdorf — powiedział szczerze Schwarzburg. — Jestem pełen podziwu.

— Wiesz, że nie mogę cię uczynić wielkim marszałkiem? — ze smutkiem odpowiedział mu Luther.

— Boże broń — zaśmiał się Zyghard. — Tak bardzo nie zalazłem ci za skórę, byś robił ze mnie pierwszego wodza.

Luther przyciągnął go do siebie i szepnął do ucha:

— Chcesz być głową wywiadu? Jeszcze dzisiaj przekażę ci Toruń.

— Chcę być tym, kim jestem — zażądał Zyghard.

— Zgoda — obiecał głębokim głosem Luther. — Zostajesz maestrem dyplomacji w Grudziądzu.

Schwarzburg odsunął się od niego, zmuszając, by puścił jego ramię. Patrzył w twarz Luthera opromienioną chwałą.

— Pamiętasz, co sobie obiecaliśmy przed laty? — spytał kpiąco.

Ciemne oczy Luthera zalśniły smutno.

— Pamiętam, Zyghardzie. Od dzisiaj będziesz mnie podsłuchiwał z komnaty na górze.

— I podglądał — mrugnął do niego Schwarzburg.

WŁADYSŁAW słuchał Hugona, sekretarza królowej Rikissy, ale jego wzrok mimowolnie wędrował do Borutki. Nigdy nie widział, by

Wrończyk był tak skupiony na kwestiach dyplomatycznych. Z jego talentem do języków, doskonałą pamięcią, kto wie? Może trzeba było go uczyć? A gdzie tam — otrząsnął się z tego pomysłu. — Tu jest potrzebny, przy mnie. Z tyłu głowy kołatało mu niejasne przeczucie, że nie doszłoby do tak groźnej sytuacji podczas bitwy pod Kowalewem, gdyby Borutka był przy nim, a nie harcował z ogniem po ziemi chełmińskiej.

Sekretarz królowej, niewysoki, na twarzy szczupły, ale z widocznym brzuszkiem, który podkreślał ozdobnym pasem, miał twarz bez znaków szczególnych, dzięki czemu całą uwagę skupiał na tym, co mówił.

— Moja pani jest przekonana, że król Jan Luksemburski nie wróci z Italii przed jesienią. Sukcesy, które odniósł, zawróciły mu w głowie, to pewne. Wzburzyły Wittelsbacha i papieża i należy się spodziewać ostrej reakcji każdego z nich. Tyle że Jan w Lombardii poczyna sobie dość swobodnie.

— Skąd pieniądze na tę eskapadę? — przerwał mu pytaniem król.

— Dobre pytanie — pokiwał głową sekretarz; Władek zobaczył, że Borutka otwiera i zamyka oczy, wpatrując się w niego. Szturchnął Wrończyka i syknął:

— Uspokój się.

— Robię, co mogę — odpowiedział dziwnie rozdrażniony Borutka.

— Luksemburczyk — ciągnął sekretarz, na szczęście nie widząc dziwnych min Borutki — ma umiejętność zdobywania pieniędzy. Pamiętamy wirtuozerię planu, gdy papież podarował mu dziesięciny w zamian za zorganizowanie krucjaty, a on je wydał na swoje podróże, po czym zwrócił się o darowizny do europejskich władców i uzbierał na krucjatę dwakroć tyle, a następnie…

— Pamiętamy — ostro przerwał mu Władek. Nie chciał słuchać o łupach, które Luksemburczyk zdarł wtedy z ziemi chełmińskiej, którą zresztą zaraz sprzedał Krzyżakom. Stąd pewnie miał za co ruszyć do Italii. Za moją krwawicę — przeszło mu przez głowę i zacisnął szczęki, aż zabolało.

— Dochodzą nas słuchy — mówił sekretarz Rikissy — że nakłada podatki na swe italskie signorie. Pewnie z nich częściowo opłaca koszty tego podboju. Nie należy jednak zapominać, iż jest tam obcy. Nawet jeśli go wezwali, to oczekiwali, że będzie rozjemcą ich sporów, dawcą pokoju. Podatki obaliły niejednego władcę.

Sekretarz zamilkł na chwilę, jakby zabrakło mu powietrza. Oparł rękę na brzuchu.

— Może spoczniesz, panie Hugonie — wyrwał się Borutka.

— Prosimy — potwierdził Władysław i nim skinął na służbę, by przyniesiono krzesło dla gościa, Borutka go wyręczył i nawet pomógł sekretarzowi usiąść.

— Dziękuję — pokiwał głową gość. — Zdrożyłem się. Królowa Rikissa nakazała mi pośpiech. Mej pani zależało, byś wiedział, królu, że Jan Luksemburski nie wywiąże się z roli arbitra, jaką nałożono na niego w rozejmie między tobą a Zakonem.

— Rozejm trwa do końca maja. Twoja pani jest pewna, że Luksemburczyk nie zdąży wrócić?

— Jest przekonana. Król nie odmówi wprost, nie potwierdzi, nie zaprzeczy. Będzie zwodził i odsuwał, bo taka jest jego natura.

— To dla mnie ważna wiadomość — powiedział Władysław. Nie chciał tego arbitrażu. Uparł się na niego nieżyjący Werner von Orseln, a i Zyghard von Schwarzburg zdawał się mieć ku niemu przekonanie. Drugi z arbitrów, Carobert, ledwie dochodził do zdrowia po strasznej porażce w karpackim wąwozie.

Zostało mi mało czasu — pomyślał. — Rozejm minie i znów staniemy do wojny. Chyba że Luther z Brunszwiku okaże się mistrzem pokoju i będzie prosił o przedłużenie zawieszenia broni. Ale mój czas biegnie już dwakroć szybciej. Przybywa mi lat, a ubywa sił. Muszę zakończyć sprawy z Zakonem.

Usłyszał chrząknięcie Bogorii, spojrzał na kanclerza wojennego i za jego wzrokiem na Borutkę. Wrończyk siedział ze spuszczoną głową, na jego policzki wystąpiły purpurowe rumieńce. Chory?

— Co mówi się w Czechach o lidze antyluksemburskiej? — wrócił do rozmowy z Hugonem.

Sekretarz przesuwał między palcami końce szerokiego, barwnego pasa. Puścił go, odpowiadając:

— Moja pani chciała królowi przekazać, iż w królestwie czeskim narasta opór przeciw sposobowi, w jaki Luksemburczyk sprawuje władzę. Gdy żył marszałek Lipski, on faktycznie rządził w kraju. Król mógł jeździć po świecie, latać, jak o nim mówią, a Czechy były sprawnie kierowane. Ale Henryk z Lipy nie żyje, królestwo jest zaniedbywane.

— Może należałoby wesprzeć jego oponentów? — zaryzykował Władek. — Czy królowa?...

— Moja pani jest darzona powszechnym szacunkiem dlatego, że nigdy nie wystąpiła przeciw czeskiej koronie — zdecydowanie uciął spekulacje Hugo.

— Rozumiem — wycofał się Władek.

— Mam jeszcze do przekazania wiadomość, iż dawny szwagier królowej, Otto Habsburg, pisał już do niej, sondując podobne sprawy. — Uważne spojrzenie sekretarza spoczęło na królu, badając, czy pojął. — Jak sugeruje Habsburg, decydujący dla przeciwników Luksemburczyka będzie sejm Rzeszy, który Ludwik Wittelsbach zwołuje do Norymbergi. Sojusznicy powinni wysłać tam swych dyplomatycznych posłów...

— Ja pojadę! — wyrwał się Borutka.

— ...*bis regina* oczywiście się nie wybierze i prędzej pośle tam cichych ludzi niż sekretarza czy dyplomatę — dokończył pan Hugo.

Borutka chrząknął zakłopotany. Władkowi zrobiło się go żal, tak się chłopak zapalił. Odwrócił się ku niemu i pokiwał głową.

— Pomyślimy, pomyślimy — pocieszył go.

Jeśli już, to pojedzie Bogoria, a najlepiej Piotr Żyła, kanclerz Starszej Polski — pomyślał, ale żal mu było teraz rozczarowywać Borutkę. Lubi się uczyć, niewychowawczo karać za staranie.

— Chciałbym wyrazić swą wdzięczność — zwrócił się do sekretarza. — Królowa Rikissa niezwykle nam pomogła.

— Owszem — potwierdził Hugo i popatrzył na Władysława niezwykle poważnie.

— Bądź naszym gościem, Hugonie. Zapewne chcesz zwiedzić Kraków, obejrzeć Wawel.

— Liczyłem na to — uśmiechnął się zmęczony sekretarz.

— Oczywiście, najpierw odpocznij. Sługa zaprowadzi cię do komnat.

— Ja to zrobię — zaoferował się Borutka i Władek przytaknął. Potrzebował zostać sam na sam z kanclerzem i dygnitarzami, nawet jeśli Wrończyk teraz tak się garnie do dyplomacji, na nic im się nie przyda.

Gdy został z Bogorią, Grotem, Nawojem i Spycimirem, spytał:

— Co sądzicie?

I odpowiedział za nich:

— Liga antyluksemburska wydaje się interesująca.

— Owszem, ale odciąga nas od Krzyżaków — zaczął wojewoda krakowski.

— Mamy dwóch wrogów — przypomniał Władek. — Od niedawna sprzymierzonych.

— Groźniejszym jest Zakon — powiedział Bogoria.

— Papież przestał być dla nas oparciem — ciągnął swoją myśl Władysław. — Dlaczego nie skorzystać? Wcześniej, stając u boku

Wittelsbacha, ostro zadarlibyśmy z Janem XXII, a dzisiaj? Mamy pokój z cesarzem w sprawie Brandenburgii, możemy pójść krok dalej i włączyć się do ligi antyluksemburskiej.

— I dać wciągnąć w wojnę z królem Janem? Teraz, gdy mamy do rozwiązania sprawę z Krzyżakami? — zaooponował Bogoria.

— Popieram opinię Bogorii: jestem przeciwny wstępowaniu do ligi — podtrzymał kasztelan Nawój.

— A ty, wojewodo?

— Zgadzam się z nimi, królu — potwierdził Spycimir.

Popatrzył na swoich ludzi.

— Dziękuję wam za rady — powiedział.

— Co zrobisz, panie? — niespokojnie spytał Bogoria.

— Przystąpię do ligi antyluksemburskiej — oświadczył Władysław. — I namówię do tego Węgry.

— No to uradziliśmy — zgryźliwie powiedział Bogoria i strzepnął rękawami.

— Nie bocz się — mrugnął do niego Władek. — Ja już długo nie pożyję, jak mój syn zostanie królem, będziesz sobie radził do woli.

— Królu?! — krzyknął oburzony Jarosław Bogoria.

— No co? — lekceważąco wzruszył ramionami Władek. — Starszy ode mnie jest już tylko papież.

HUNKA szła dostojnym krokiem sekretarza królowej, nie zwracając uwagi na tańczącego wokół niej Borutkę. Z powagą oddawała ukłony mijanym na Wawelu dostojnikom. Zatknęła palce za jedwabny pas i wysoko uniosła podbródek.

— Twoja komnata blisko mojej — szepnął niecierpliwy Borutka, gdy przez chwilę nikt nie zachodził im drogi.

— Nie chcę do komnat — odpowiedziała mu tajemniczo, bez uśmiechu, bez intonacji. — Chcę do smoczej jamy.

— Jesteś pewna? Nie powinnaś odpocząć? — Spojrzał wymownie na jej brzuch.

— Spełniaj me zachcianki — syknęła ostrzegawczo, bo zza zakrętu wyszedł jakiś nobliwy duchowny. Ukłoniła mu się pokornie, nie zatrzymując.

— Proszę za mną — powiedział Borutka i usłyszała w jego głosie podziemne pragnienia.

Wyprowadził ją z Wawelu małą furtką w murze, potem poprowadził po zboczu wzgórza wąską ścieżką, z której korzystać mogli tylko wtajemniczeni. Wejście do jaskini rozczarowało Hunkę. Wszędzie walały się śmieci, skorupy potłuczonych naczyń, podarte kawałki starych koszul. Woń moczu i kwaśnego piwa.

— Smród i brud — powiedziała.

— Chcesz zobaczyć prawdziwą smoczą jamę czy będziesz wybrzydzać? — zadrwił.

— Tak — odpowiedziała dwuznacznie.

Z zasłoniętej wiechciem słomy półki skalnej wyjął jakiś nieduży przedmiot, skrzesał ogień oprawionym w srebro krzesiwkiem, które miał przy pasie, i między jego dłońmi zajaśniał nieduży płomień.

— Co to? — spytała.

— Mój wynalazek — powiedział. — W wolnych chwilach pracuję nad ogniem. Chcesz obejrzeć?

Podał jej metalową skrzyneczkę oprawioną w grubą skórę. W jej wnętrzu płonął konopny knot, ale nie widać było oleju.

— Pudełko na ogień — wyjaśnił. — Raz zapalisz i płomień jest w stanie czuwania. Zamykasz, gaśnie, otwierasz, pali się.

Zamknął wieczko, potem otworzył i pokazał, że działa.

— No wiesz, taki drobiazg, żeby mieć zawsze ogień przy sobie. Nazwałem to ogniczką.

— Ładnie — powiedziała.

— Uhm — potwierdził. — Idziemy?

Korytarz wznosił się nieco i zwężał, co ważne, im dalej, tym było w nim czyściej. Wreszcie przestała zauważać ślady ludzkiej obecności. Pięli się jeszcze chwilę i Borutka wprowadził ją do groty wielkości dużej, królewskiej komnaty.

— Zapraszam do sypialni — powiedział i uniósł nieco ogniczkę.

Oczom Hunki ukazało się stado śpiących nietoperzy. Zwieszały się z całego sklepienia jaskini. Oświetlone przez Borutkę zafalowały,, jak jeden szary dywan i zapiszczały ostrzegawczo lub gniewnie.

— Bardzo pięknie — powiedziała Hunka. — Ale to nie nasza sypialnia. Ja chcę do smoczej jamy.

Wydawało jej się, że ściany jaskini są zamknięte, nie widziała przejścia, ale ogniczka Borutki dawała niewiele światła. Spojrzała pod nogi i między odchodami nietoperzy zobaczyła olbrzymie ślady.

— Poświeć — poprosiła i przyjrzała się im. — To smocze? — spytała.

— Nie — zaprzeczył. — Zostawiła je Biesica, „znaki pokoju", wiesz, na pamiątkę. Proszę za mną. — Ukłonił się z wdziękiem i uniósłszy ogniczkę, pokazał kierunek. Rzeczywiście, za czymś przypominającym skalną kolumnę rozciągał się dalszy korytarz.

— Możesz zgasić? — poprosiła. — Nigdy nie byłam w takiej ciemności.

Mrok stał się namacalny, jakby zgęstniało powietrze. Zachłysnęła się nim, wyciągnęła rękę przed siebie i trafiła na dłoń Borutki.

— Pani pozwoli — szepnął i pociągnął ją delikatnie za sobą.

Drugą ręką badała ścianę, wzdłuż której szli. Czuła na palcach spływającą po niej wilgoć.

— Smok ją zlizywał — powiedział Borutka, czytając jej w myślach, po czym zatrzymał się, odwracając do Hunki i chwytając ją za twarz.

— Spijał ze ścian ostrym rozdwojonym językiem — odpowiedziała, przysuwając się blisko..

Ciemność, jaka ich otaczała, była bogata, obfita i duszna. Zachłysnęli, zadławili się pocałunkiem.

— Pod ziemią smakujesz inaczej — szepnęła.

— Jak? — Oblizał jej oczy.

— Pełniej...

Wymknęła się z jego łapczywych dłoni, odwróciła i przywarła twarzą do skały. Twarda, chropawa i wilgotna, drapała ją w policzek.

— Pani pozwala — powiedziała, rozsznurowując swoje spodnie i już nie panując nad oddechem.

— Wezmę wszystko, co mi dasz. — Oddech Borutki na jej szyi był jak liźnięcie płomienia. — Jesteś pełna skarbów...

— Smoki ich pilnowały — jęknęła. — Prawda to?

Jego dłonie z jej pośladków powędrowały na piersi. Uścisnął obie, jakby się witał. Nigdy nie kochała się w tak bezbrzeżnej ciemności, w której nawet odrobina światła nie miała się od czego odbić. Ten mrok stawał się odrębnym bytem, był tu prócz niej i Borutki. Skąd mogła wiedzieć, czy teraz wdziera się w nią czerń czy Wrończyk? Jego dłonie były na jej sutkach, czyje więc dotknięcia czuła na łydkach i udach?

— Jesteśmy tu sami? — spytała, ledwie łapiąc oddech w ekstazie.

— Ty, ja i smocze skarby — odpowiedział po chwili, a jego głos brzmiał inaczej. Głęboko, jak zza mgły. Poczuła drapnięcie między łopatkami i dreszcz, jak grzmot i błyskawicę.

— Dawaj... — zażądała. Skóra na wyprężonych plecach zapiekła, zabolała, pękła.

— Zachłanna jest moja pani — powiedział, całując każdą z ran, które właśnie jej zadał.

— Płacę krwią — odrzekła wyniośle.

Teraz jego palce miała na twarzy, natarczywe i bliskie, a jednocześnie dłonie ściskały kostki jej nóg.

— Jesteśmy tu sami? — powtórzyła.

Zwarli się w uścisku, siłowali. On przyciskał ją do skały, ona brała z niej siłę plecami. Szarpali się. Gryźli, kąsali. Opluwali.

— Smoku, ratuj! — warknęła, gdy Borutka na chwilę opuścił jej usta.

Rzuciła się na niego z pazurami, on oplótł ją ogonem i poranił łuską. Pojęła, że to nie ciemność, to smok, w którego leże weszli, był trzecią siłą tej miłości. Uśpiony latami, teraz mógł odżyć w ich pasji. Dotykał jej gładkim, chłodnym muśnięciem łusek. Dyszał oddechem między nimi i czuła w nim smród dawno strawionych owiec, krów, a może i dziewic. Nie miała pojęcia, któremu z nich sprzyja w tym starciu. Raz wspierał ją siłą łap i pazurów, wbijających się w szczupłe piersi Borutki, to znów pomagał jemu, wbijając się w nią ostrą łuską ogona. Czuła go, ale w tej ciemności nie widziała nic, nic a nic.

— Nie jesteśmy tu sami! — krzyknęła i obce cielsko znieruchomiało, kiedy zostało nazwane. Przesunęło ogonem po jej boku, jakby chciało się spomiędzy nich wyślizgnąć.

— Już nie — jęknął z rozkoszą Borutka. — Ty, ja i nasze dziecko. Szczenię, pisklę…

— Ach! — znieruchomiała, pozwalając, by rozkosz przetoczyła się po niej od stóp do głów. — Borutka, głuptasie…

— Co? — zdziwił się. Złapał ją za ramiona, przytrzymał. Poczuła, jak uklęknął przed nią i objął jej brzuch. Poszukała jego głowy, potargała czupryny i założyła ręce do tyłu. Odwiązała zrobiony z poduszki i płótna brzuch. Odrzuciła go w bok.

— O nie… — Palce Borutki obmacywały jej płaski brzuch; w jego głosie, u jej kolan, zabrzmiała uraza. — A ja myślałem, że będziemy mieli…

— Pisklę, Wrończyku? — zakpiła pieszczotliwie.

— Nabrałaś mnie.

— Nie ciebie, tylko króla i jego dygnitarzy — wytłumaczyła mu, z trudem tłumiąc śmiech. — Brzuch był dla nich, miał nadać mi powagi. Głuptasie, myślałeś, że jestem w ciąży?

Wzruszyła się. Psiakrew, naprawdę się wzruszyła. Nie dość, że nigdy przed nim nie poczuła takiej pasji, pożądania, rozkoszy, to jeszcze to? Był pierwszym, z którym robiła to dla siebie, i jedynym, który budził w niej kobietę, ale przeholował, chcąc widzieć w niej matkę. Nawet w najśmielszych snach — pomyślała ze zdumieniem Hunka.

— Borutka — powiedziała, mocno chwytając jego dłonie i podnosząc go z kolan. — Nie było moim zamiarem oszukiwanie cię. Zresztą, mój czarnooki, któż by zdołał cię zwieść?

— Ty — odpowiedział z wyrzutem, a potem wrzasnął, wgryzając się w jej szyję: — Chcę to pisklę!

— To sobie je wykluj! — odpluła się.

I w tej chwili zapalił się płomyk z ogniczki Borutki. Najpierw wątły i żółty, potem wystrzelił w górę, rozświetlając jaskinię czerwienią, wściekłą zielenią i niebiańskim błękitem. Oniemieli oboje. Skuliła się odruchowo przed wybuchającym ogniem, ale to był zimny blask, który nie parzył. W jego blasku zobaczyła wreszcie rozwarte oczy Borutki. Czarne, bez białek i źrenic.

— Myślisz, że mógłbym? — spytał, wkładając sobie palce do ust.

— Nie wiem — powiedziała szczerze. — Ale skoro potrafisz strzelić ogniem, to może i umiesz wykluć?...

— Znalazłem — mlasnął, wyjmując coś spomiędzy zębów.

Pot spływał z niej falami, jak dreszcze kończące rozkosz.

— Co? — spytała, z trudem łapiąc oddech i widząc, że patrzy na nią czujnie.

— Moją zapinkę — powiedział i ukłuł ją w brzuch złotą szpilką.

— Jesteś piekielnie zręczny — pochwaliła go, wiedząc, gdzie zapięła ozdobę. — Zabierasz ją? — spytała po chwili. — To jakbyś zrywał zaręczyny.

— Czyżby, diablico? — spytał, a w jego głosie zawibrowała kolejna fala pożądania. — A co, jeśli teraz ja ci ją zapnę?

— Przyjmę — odpowiedziała Hunka szczerze i dopiero po chwili pomyślała, że zrobiła to przedwcześnie.

— Ja, Borutka herbu Wrończyk — wyszeptał, klęcząc między jej udami, a płomienie ogniczki strzelały pod sklepienie smoczej jamy błękitem, złotem i czerwienią — biorę sobie ciebie, Hunko, za żonę i przysięgam ci...

— Pazury, krew i spazmy rozkoszy, póki śmierć nas nie rozłączy — dopowiedziała słowa przysięgi.

— Wyjdźmy jej naprzeciw! — zaśmiał się Borutka, chwytając ją z całych sił za uda.

JAN LUKSEMBURSKI z racji centralnego położenia Parmy w niej urządził swój główny dwór. Tutaj także przebywał Karol, jego piętnastoletni syn. W młodzianie połączyły się cechy Luksemburgów i Przemyślidów, w proporcjach, które dały intrygującą, nieco śniadą cerę i jasne, złotawe włosy. Karol był powolny, pełny namysłu, nigdy nie wyrywał się i starał nie skupiać na sobie uwagi. Uczył się języka i skomplikowanych reguł, jakimi rządzą się italskie signorie. Jan przyglądał się chłopcu z uwagą, w tych rzadkich chwilach, gdy nie zaprzątały go inne sprawy. Musiał przyznać, iż ogłada dworska Karola jest bez zarzutu, chłopak głowę ma otwartą, chłonną wiedzy, choć wciąż nieco naiwną.

— Ojcze, wybacz pytanie — zatrzymał go Karol pewnego poranka, u progu lata. Jan i Henry byli już gotowi do drogi. — Jak zdołamy utrzymać Lombardię, gdy będziesz musiał wracać do Pragi? Prędzej czy później wezwie cię twoje królestwo. Słuchy o budowanej przez cesarza lidze antyluksemburskiej są niepokojące.

— Synu. — Jan stanął w pół kroku i odwrócił się. — Cesarz to wciąż jeszcze mój problem, nie twój.

— Dokąd się dzisiaj udajesz, ojcze? — Przez twarz Karola przemknął lęk.

— Opowiem ci po powrocie. Czasami najlepsze, co można zrobić w dyplomacji, to zachować dyskrecję — odpowiedział, skinął mu głową i ruszył do wyjścia.

— Wczoraj uczyłeś mnie o potędze widowiska — upomniał się Karol. — Chyba że twoja tajemniczość jest jego częścią — dodał z nadzieją.

— Nie nazywaj swojego syna naiwnym — powiedział do Jana Henry de Mortain, gdy wyjechali z pałacu.

— Mówię tak tylko do ciebie — rozdrażnił się Jan. — Franchino! — zawołał do prowadzącego orszak. — Pamiętasz, jak się umawialiśmy?

— *Si!* — odpowiedział Franchino i rozciągnął usta w uśmiechu, który naprawdę był dwuznaczny.

— On cię wielbi — stwierdził po raz kolejny Henry. — Dobrze, że w zamian możemy liczyć na jego wierność.

Franchino Rusche zorganizował tajemne spotkanie w Cremonie i teraz wiódł królewski orszak tak, by zdawało się, że jadą do Mantui. Jan wiedział, że są śledzeni. Na jego tryumfalny pochód przez północną Italię zareagowali i cesarz, i papież. Dwaj wielcy wrogowie byli zgodni, oświadczając, iż Jan Luksemburski nie reprezentuje ich interesów w Lombardii. Tylko natychmiastowym zręcznym rozmowom z Viscontim, ale i Gonzagą, D'Este i della Scalą zawdzięczał, iż jego lombardzka signoria nie posypała się w gruzy wczesną wiosną. Teraz sekretni ludzie każdego z wielkich rodów patrzyli mu na ręce. Jedni, jak patrycjusze z Brescii, chcieli zbliżenia z papieżem. Inni, jak D'Este z Modeny — z cesarzem. Zaś potężny Visconti chciał tego, co zawsze — drogi środka. To zbliżało go z Janem i utrwalało tę trudną, ciernistą nawet przyjaźń. Ale teraz Jan czuł, iż dochodzą do muru. W dodatku, biorąc każde z miast, które tak ochoczo mu się ofiarowywały, dziedziczył ich problemy. To tak, jakby pojął za żonę piękną wdowę z dobrym posagiem, po ślubie zaś dowiedział się, iż posag od dawna zastawiony, a ukochana ma stadko bękarciąt. Czasami rozwiązując problem w Brescii, robił sobie kłopot w Modenie, to znów znajdując wyjście dla Mediolanu, pogrążał Lukkę.

— Dwa miesiące tryumfów, kolejne dwa niepokojów — odezwał się Henry, gdy wyjechali za miasto i mogli wreszcie rozmawiać spokojnie. — Twoi nowi poddani ze zdumieniem odkryli, że nie jesteś cudotwórcą i nie potrafisz robić złota z niczego.

— Podniosłem podatki i skończyła się bezwarunkowa miłość — szczerze odpowiedział Jan. — Ludzie są jak dzieci. Myślą, że można rządzić za darmo. Pokaż mi straż miejską i wojsko, które weźmie królewski uśmiech zamiast żołdu?

Henry de Mortain wzrokiem wskazał na szerokie i proste plecy jadącego przed nimi Franchino.

— Ty też jesteś naiwny — zadrwił z niego Jan. — Oczywiście, że mu płacę. Na dodatek za mało, muszę znaleźć jakiś dobry, dochodowy urząd, żeby nadal być pewnym jego wierności.

— To może powinniśmy nieco uszczuplić dwór w Parmie? Kosztuje fortunę. Gdyby zmniejszyć ilość uczt i turniejów?

— Nie mogę odsyłać ludzi z dworu — zaprzeczył Jan. — To stałoby się dowodem porażki. Ale turnieje kazałem ograniczyć. A uczty? Sam wiesz, że ich nie lubię, traktuję jako konieczny element sprawowania władzy.

— Nie zaoszczędziłem wiele — westchnął Henry. — A liczyłem na siłę rozmowy — sparodiował głos Jana przemawiającego do Italczyków.

— Musiałem cię przegadać, rozgrzewam się przed spotkaniem z legatem — nie obraził się Jan.

— Czego właściwie oczekujesz od kardynała? Papież rozesłał po Italii listy, w których ogłasza, iż nie reprezentujesz jego interesów w Lombardii.

— Takie same napisał Wittelsbach — przypomniał Jan Luksemburski — i w tym upatruję swej siły.

— Boże, ratuj — zaśmiał się Henry. — Dotychczas twoim atutem było łączenie przeciwieństw, a nie ich wzmacnianie.

— Poczekaj, w tej sprzeczności tkwi sekret. Skoro papież i cesarz nie popierają moich bezkrwawych podbojów w Lombardii i odcinają się ode mnie, a ja mimo wszystko robię swoje, to czyż nie świadczy to o ich słabości? O ich braku wpływu na mnie?

— Nie zapominaj, że Wittelsbach już powołał do życia ligę antyluksemburską. Znaleźli się w niej twoi wierni wrogowie — Habsburgowie i Władysław, król Polski. Plan jest stary jak świat, mają zagrozić twemu czeskiemu królestwu, by wywabić cię z niemiłej cesarzowi Italii.

— Żaden z nich nie ruszy na Czechy — lekceważąco machnął ręką. — Władysław ma Krzyżaków na głowie.

— W zeszłym roku wykazał się zdolnością powoływania pod broń dużej armii — pogroził mu Henry.

— Jego problemem są Krzyżacy, z którymi mnie połączyło święte przymierze, nie pamiętasz?

Jan naprawdę nie chciał mącić sobie umysłu zagrożeniami w Czechach. Z całych sił mobilizował się do potyczki z legatem.

Kardynał czekał na nich w skromnej willi na obrzeżach Cremony. Na ciągnących się wokół domostwa pastwiskach pasły się krowy i kilka osłów. Przy stajni panował ruch, stała tam wielka, zasłonięta płótnem skrzynia, przy której krzątał się śniady mężczyzna o wyglądzie Maura. Ludzie kardynała przebrani za „zwykłych kupców" wyglądali nienaturalnie i śmiesznie. Każdemu z nich spod płaszcza wystawała spiczasta rękojeść cinquedea. Franchino Rusche przywitał się z łysiejącym mężczyzną o obliczu mędrca.

— Piotr de Landulphis z Pawii — przedstawił go Janowi i Henry'emu. — Twój wielki zwolennik, królu. Jemu zawdzięczamy przyjazd kardynała do Cremony.

— Jestem ci rad — przywitał go Jan. — I znajdę sposób, by ci się odwdzięczyć, Piotrze.

— Mój syn marzy o tym, by stać się twym dworzaninem, królu. — Landulphis nie miał problemu z określeniem, co mu się należy.

— Zatem z radością powitam go na dworze — uśmiechnął się Jan, a gdy wyminęli Piotra, wchodząc do willi, przewrócił oczami do Henry'ego. Oszczędny dwór, łatwo radzić.

Kardynał Bertrand du Pouget, biskup Ostii i Velletri, przyjął ich z chmurnym obliczem, a gdy otworzył usta, poleciały z nich gromy płynące z Awinionu, wprost od samego papieża.

Jan wysłuchał ich, nie spuszczając wzroku, przeciwnie, patrząc wprost w oczy kardynała, a potem z pamięci zacytował list cesarza Ludwika Wittelsbacha, który brzmiał niemal tak samo. Kardynał musiał znać jego treść, ale i tak nie zawahał się, by nazwać cesarza heretykiem pozbawionym realnej władzy.

— Dokąd zmierzasz, królu Janie? — zawołał na końcu pompatycznie.

— A jeśli powiem, że do Rzymu, czy to zadowoli papieża? — odpowiedział i czekał na efekt.

Poczerwieniała twarz Bertranda du Pouget dowiodła, iż się nie mylił.

— Kardynale, racz opanować emocje, bo zapewniam cię, że ja się nimi nie kieruję.

— Rzym? To bluźnierstwo! Ledwie Wittelsbach koronował się wbrew Ojcu Świętemu na cesarza…

Na to czekał. I wycelował swoje ostrze:

— Czyż każde moje lombardzkie zwycięstwo nie podważa sukcesu Wittelsbacha? — powiedział chłodno i dobitnie. — Czyż po europejskich dworach nie idzie teraz szept: „Ludwik, by sięgnąć po rzymską koronę, musiał walczyć, wydawać złoto, by kupić stronników, a w końcu i tak uciekał za Alpy, bo zagroził mu Neapol. Zaś Jan Luksemburski zdobył Lombardię w dwa miesiące bez jednej bitwy".

Kardynał zmarszczył czoło, jakby wcześniej nie wpadł na to. Poprosił sługę o wino. Pił z namysłem, Jan uznał, iż warto pójść krok dalej:

— Gdyby Ojciec Święty chciał mnie prosić, bym ruszył na Rzym, musiałbym odmówić albo dostać od papieża armię.

— Tyś jest szalony — ocenił kardynał.

— Raczej nie — grzecznie zaprzeczył Jan. — Ale, nie przeczę, poczułem się dotknięty, gdy Ojciec Święty pisał po europejskich dworach, że odcina się od mych działań w Italii.

Kardynałem znów zatrzęsło wzburzenie. Jan przetrzymał jego wybuch i dodał:

— Zarzut, iż nie konsultowałem z papieżem wyprawy lombardzkiej, jest niesprawiedliwy. Nie planowałem jej nigdy. — To przeszło mu przez usta gładko, a na tym etapie już nie zastanawiał się, czy kardynał mu wierzy, czy nie. — Byłem w Trydencie, gdy lud Brescii na kolanach błagał mnie o mediacje. Pomogłem im, a oni w zamian za to uznali mnie swym panem, ot, co.

— Do czego zmierzasz, królu Janie? — zapytał ponownie kardynał.

— Do szczęśliwego zakończenia — odpowiedział z uśmiechem Jan. — Powiedziałem, że na Rzym nie pójdę bez wojska papieskiego. Ale gdyby Ojciec Święty zechciał uznać moje signorie lombardzkie, ja mógłbym uznać, że będę nimi zarządzał w imieniu Kościoła Świętego.

— Ach tak — pojął wreszcie jego pomysł kardynał. — Ach tak.

— Genialne w swej prostocie — wtrącił się Henry de Mortain. — Papież Jan nic nie zaryzykował wyprawą króla Jana, a zyskał wiele.

— Ach tak — w głosie kardynała brzmiały psalmy pochwalne. Pewnie spodziewał się różnych rzeczy, ale nie takiego obrotu sprawy.

— Tym samym, jakby porównać, jakby dało się to położyć na szalach jakiejś wymyślnej wagi, z jednej strony mamy koronę cesarską i brak realnych wpływów Wittelsbacha w Italii, a z drugiej trzynaście signorii Jana Luksemburskiego stanowiących od tej chwili dobro wspólne, papieża i króla Jana.

— Ach tak. — Kardynał napił się duszkiem. I dorzucił: — Dopiszmy do umowy pokojowej, iż ani król Jan, ani jego signorie nie będą popierać Ludwika Wittelsbacha, uzurpatora.

— Czasami najlepsze, co można zrobić w dyplomacji, to zachować dyskrecję — zakończył pertraktacje Jan. — Zapiszmy wszystko, co do słowa, i zachowajmy między nami, póki nie nadejdzie właściwy czas.

— Zaprzeczam! — uniósł się kardynał. — To byłoby równoznaczne z porażką!

— Przeciwnie — wyjaśnił mu Jan. — Porażką będzie, jeśli Wittelsbach zmusi mnie do opuszczenia Lombardii. Skrzykuje ligę antyluksemburską, chce poprowadzić moich wrogów na wojnę. Jak sądzisz, kardynale, przyspieszy te działania, gdy dowie się, że Lombardia jest niemal dobrem Kościoła?

— Jesteś dalekowzroczny, synu — powiedział kardynał. — To przywilej młodości.

Wstał, poprawił rękawy i odetchnął z ulgą. Dał znak sekretarzom, by spisywali porozumienie, i zwrócił się do Jana:

— Czułem, że znajdziemy porozumienie, i przywiozłem dla ciebie dary.

Poprosił, by zeszli na dziedziniec. Piotr de Landulphis, wezwany przez kardynała, krzyknął na sługi. Najpierw przyniesiono klatkę zasłoniętą czerwoną materią.

— Dar pierwszy — oznajmił kardynał. — Papuga!

Ich oczom ukazał się pięknie upierzony szary ptak z czerwonym ogonem.

— Darrr — krzyknęła papuga. — Darrr...

— Ten ptak gada? — zdziwił się Jan.

— Powtarza. Ale możesz go nauczyć tylu słów, ilu zachcesz.

Jan nie przepadał za ptakami, ale rozumiał, iż prezent jest cenny, a poza tym już widział, komu go przekaże. Henry de Mortain nie mógł oderwać wzroku od szaro-czerwonej papugi.

— Dar drugi! — zawołał kardynał i Piotr de Landulphis osobiście wyprowadził ze stajni wierzchowca.

— Mówią o tobie, żeś miłośnik koni — pokraśniał kardynał, patrząc na radość Jana. — Z moich stad!

— Jesteś piękny — zachwycił się zwierzęciem Jan i przejął uzdę z rąk Piotra. Pogłaskał go po lśniącej szyi. Koń zarżał. — Będziesz szybki? — szepnął mu na ucho. Ogierek rzucił łbem. — Polubimy się — obiecał mu Jan.

— Skoro tak uradował cię dar drugi, zobaczymy, co powiesz na trzeci — oznajmił zachwycony kardynał i na jego znak służba przyniosła skrzynię, która przez cały czas stała w rogu podwórca, blisko stajni. Postawili ją ostrożnie na ziemi, kardynał wyprężył się przy niej i kazał zdjąć płachtę. Wewnątrz, między stalowymi prętami, siedział olbrzymi, płowy kot.

— To lew — oznajmił Bertrand du Pouget — Młody lew, jak ty, królu!

Wieczorem, gdy wyjechali z Cremony, Henry powiedział:

— Kardynał miał przygotowane trzy prezenty, ale przypuszczam, iż dostać miałeś tylko jeden. Papugę, gdybyś zgodził się na jakieś zwykłe oszczerstwo wobec Wittelsbacha...

— Konia — podjął zabawę Jan — gdybym powiedział, że jeszcze dzisiaj ucieknę z Lombardii.

— A lwa... za co mogli chcieć podarować ci lwa?

Śmiali się tak głośno, że wystraszony Franchino Rusche podjechał upewnić się, czy wszystko w porządku. Nie mogli przestać, wystarczyło, że spojrzeli na siebie z Henrym, i od nowa wybuchali śmiechem. Umilkli, gdy zabrakło im tchu.

— Lepiej powiedz, co my z nim zrobimy?

— Oddasz Wittelsbachowi, gdy pojedziesz się z nim układać — podpowiedział Henry. — Zawieziesz jako dar wkupny syna marnotrawnego.

— Za żadne skarby! — zaprzeczył Jan i wycofał się z tej deklaracji. — Masz rację. Coś trzeba zrobić z ligą antyluksemburską. Ale może dla cesarza wystarczy koń? — mrugnął do Henry'ego. — Czy pochwalisz wreszcie, że umiem być oszczędny?

LUTHER Z BRUNSZWIKU, wielki mistrz Zakonu Najświętszej Marii Panny, nie chciał tracić ani chwili. Przyjął motto: Moim sędzią jest Bóg; z nim na ustach zaczynał dzień, z nim kładł się spać.

— Bracia — rozpoczął pierwsze spotkanie kapituły. — Pochowaliśmy Wernera von Orseln z honorami należnymi mistrzowi.

Głos mu nie zadrżał, ale złowił rozbawione spojrzenie wielkiego szpitalnika. Oettingen dopełniał ceremonii, ubierając mistrza do trumny. Na rozkaz Luthera ustroili go w jego jedwabne szaty, te, w które lubił się potajemnie przebierać. Zieleń, błękity, szafrany i róże. Tak ubrany wstanie Orseln na Sąd Ostateczny. Trochę szkoda, że Zyghard tego nie widział, opowiedziane nie będzie tak samo zabawne.

— Czas zmian zaczął się w dniu mego wyboru — oświadczył dalej Luther. — Zrobię, co w mej mocy, by Zakon odrobił straty, które poniósł w ostatnich latach. Nim upłynie termin rozejmu z Królestwem Polskim, musimy być gotowi do wojny. Komtur Otto von Lautenburg otrzymał z zakonnego skarbu niezbędne środki, by odbudować ziemię chełmińską, ale patrząc wstecz, wniosek nasuwa się sam: kolejna wojna musi się odbyć na polskiej, nie na zakonnej ziemi.

— Prawda — powiedział Lautenburg i skinął głową, aż jego sztywna czarna broda oparła się na piersi, czyniąc go podobnym do szykującego się do ataku niedźwiedzia.

Wszyscy zebrani potwierdzili. Któż miałby się sprzeciwiać sprawom oczywistym?

— Od lat postulowałem — ciągnął Luther — o wybór wielkiego marszałka. Jesteśmy zakonem rycerskim, powołanym do prowadzenia świętej wojny. Marszałek w naszych strukturach jest pierwszym wodzem, swoistym mistrzem wojny. Wiem, Ottonie — zwrócił się do Lautenburga — jak wielkie są twoje zasługi. Dowiodłeś, że potrafisz walczyć i dowodzić. Ale wciąż nikt lepiej od ciebie nie zna ziemi chełmińskiej, a ona z uwagi na graniczne położenie jest najbardziej zagrożona. Musi zostać pod twą komendą. Na stanowisko wielkiego marszałka rekomenduję komtura, który tyle lat walczył dla Zakonu pod chorągwią z czerwonym wilkiem. Ditricha von Altenburg.

Lautenburg przygryzł wargę, Luther widział, jak bardzo mu na tym urzędzie zależy. Ale obiecali Ditrichowi, że zrekompensują mu prywatną stratę, tamtego dnia, gdy chciał zrzucić habit i wracać do domu. Luther dał mu słowo, że jeśli zostanie, jego nazwisko zapisze się na wieki w pamięci potomnych.

Zyghard skinął głową, Bonsdorf, Oettingen i pozostali potwierdzili. Rudy, wiecznie spocony Czerwony Wilk wstał i pokraśniał z emocji.

— Jesteś ostatnim żyjącym Altenburgiem — powiedział Luther. — I dzisiaj przechodzisz do historii jako wielki marszałek zakonny.

Uścisnęli sobie prawice i Luther spojrzał na Henryka Reuss von Plauen. Odegrał swą rolę opozycjonisty bezbłędnie.

— Henryku, obejmiesz po Altenburgu komturię w Bałdze. Sztandar z czerwonym wilkiem jest twój. Jak i strażnica, która chroni Zakon przed Dzikimi.

Plauen podniósł się, skinął głową w podzięce i powiedział:

— Urząd i sztandar przyjmuję, ale przydomek zrósł się z Ditrichem... z nowym marszałkiem — poprawił się.

— Komturię oddaję — odpowiedział Altenburg — a Czerwonym Wilkiem chcę zostać do końca swych dni. Dla Zakonu — dodał i głos mu zadrżał.

Schwarzburg siedział z nieporuszoną twarzą, Luther czuł, iż to, co już zrobił, Zyghard pewnie przewidział. Nie było tajemnicą, że powoła marszałka i tak dalej. Ale czy Zyghard zastanawiał się, komu nowy mistrz zaproponuje Dzierzgoń po sobie?

— Tak drogą memu sercu komturię dzierzgońską — zaczął i widział, jak spuszczone powieki Zygharda drgnęły — chciałbym przekazać w ręce godne i zaufane...

Markward von Sparenberg uśmiechnął się, przykuwając uwagę Zygharda. Okrągłe, dokładnie ogolone oblicze Markwarda, jego lśniąca łysa czaszka, wszystko to, czym potrafił wzbudzać zaufanie, przyciągnęło wzrok obecnych. Tak, Markward był bratem w Dzierzgoniu tyle lat.

— ...w ręce zasłużonego dla Zakonu rodu von Schwarzburg. Guntherusie, czas opuścić Gniew i udać się na zachód! — zakończył Luther i zobaczył, jak szczęki Zygharda zacisnęły się. Wtajemniczony we wszystko Markward uśmiechał się dalej i jako pierwszy zawołał:

— Dzierzgoń czeka na nowego komtura!

Guntherus, szczupły, nieco zgarbiony, jakby krępował go wysoki wzrost, wstał poczerwieniały i nie patrząc na stryja, tylko na Luthera, odpowiedział głośno i pewnie:

— Dziękuję, mój mistrzu.

— Od tej chwili jesteś kolejnym po mnie wielkim szatnym — potwierdził Luther i patrząc na obecnych, dokończył: — Mamy z kim budować Zakon. Musimy robić to tak, by pokolenia, które nadejdą po nas, mówiły o naszych czasach z szacunkiem. By pamiętano o nas jako o tych, którzy przeprowadzili zgromadzenie z czasów poniżenia, przez świętą wojnę, do dni świetności.

Przerwały mu trzy głuche, wręcz kpiące oklaski Zygharda.

— Doskonała przemowa, mistrzu — powiedział Schwarzburg. — Dzisiaj ruszamy na tę świętą wojnę? Bo tak właśnie zrozumiałem.

— Dzisiaj się do niej gotujemy — spokojnie odpowiedział Luther. — Strategia wymuszania na Polakach ugody odchodzi w przeszłość. Przyszłością będzie powalenie przeciwnika.

— Jak? — zimno spytał Schwarzburg, mrużąc jasne oczy. — Brzmi doskonale, chcę wiedzieć, jak to zrobić.

— Król w zeszłym roku przywiódł do ziemi chełmińskiej pięć tysięcy zbrojnych. — Luther był przygotowany do tej rozmowy. — Nie licząc Litwinów, rzecz jasna. Wiemy, że taki ma potencjał, gdyby raz jeszcze udało mu się dostać posiłki ruskie i węgierskie. To oznacza, że Zakon musi wystawić więcej.

— Skąd? — drążył Zyghard.

— Wielki marszałek jeszcze dzisiaj rozpisze listy zaciężne. Zbierzemy najemników z Rzeszy, obiecamy im żołd wyższy, niż proponuje król Władysław. Zaś ja, jako mistrz Zakonu, wyślę swych posłów na dwory całej Europy, zapraszając rycerstwo na krucjatę. Wymuszona przez Luksemburczyka krucjata żmudzka przyniosła plon. Moi bracia przysłali mi z Brunszwiku pieśni o rycerzach odznaczonych przez mistrza znakiem krzyża. A o stole honorowym w Toruniu po krucjacie opowiada się niestworzone historie. Wtedy karty rozdawał król Jan. Teraz ułożymy je my.

— Jakim cudem rycerze, którzy przybędą, żeby bić pogan, staną przeciw chrześcijańskiemu królowi? — W głosie Zygharda zabrzmiała drwina.

— Znam twój stosunek do kwestii pogańskiej. — Luther wprost i przy wszystkich nawiązał do rozmowy, jaką kiedyś odbyli. — A ty znasz mój, Zyghardzie. Obiecuję przy wszystkich zgromadzonych tu dygnitarzach, że zajmiemy się Dzikimi, gdy będzie na to czas. Czyli po wojnie z Polską. A przekonanie zachodnich rycerzy, by stanęli do niej u naszego boku, zostaw mnie. Ciebie poproszę o coś, w czym nie ma lepszego od Zygharda Schwarzburga. — Z całej siły pilnował się, by to, co powie, nie zabrzmiało jak drwina, którą raczył go dzisiaj Schwarzburg. — O przedłużenie rozejmu.

— Co? — zdziwił się Czerwony Wilk. — Nie rozumiem, mistrzu. Mówiłeś, że czas zawieszania broni minął.

— Tak — potwierdził Luther. — Minął. Ale żeby ściągnąć do nas wojska, na które liczę, potrzebujemy nieco więcej czasu niż do końca maja.

— Ile? — spytał Lautenburg.

— Chociaż miesiąc. Podejmiesz się, Zyghardzie? — spytał miękko.

— Skoro twierdzisz, że tylko na tym się znam — wzruszył ramionami Schwarzburg.

Obraził się — skonstatował Luther. — Ale zrobi, co należy. Może być wściekły na mnie, ale zawsze będzie lojalny wobec Zakonu.

— Dobrze — powiedział. — Nie muszę dodawać, że żaden arbitraż luksembursko-andegaweński nie wchodzi w grę. Ani Carobert, ani Jan nie spieszą się, by do niego stanąć, my po prostu nie wywierajmy presji. Potraktujmy to jako wybryk nieżyjącego mistrza, nic więcej. Potrzebuję waszej zgody na znacznie ważniejszą sprawę. Świętopietrze. Werner zgodził się płacić je z Pomorza, wszyscy jak jeden mąż byliśmy przeciwni...

Podskarbi był za — pamiętał Luther, ale rozmawiał już z nim i postanowił mu to puścić w niepamięć. Teraz zarządca skarbca udawał, że patrzy w blat stołu.

— ...w obliczu czekającej nas wojny i chwiejnych sympatii papieża podjąłem kroki wśród naszych dyplomatów w Awinionie. Ustalili, że gdybyśmy zapłacili świętopietrze także z ziemi chełmińskiej...

Czarna spiczasta broda Lautenburga uniosła się, barki napięły jak u sadzącego się do ataku niedźwiedzia.

— ...papież przestanie podkreślać przynależność ziemi chełmińskiej do Polski, a jego kuria straci zainteresowanie sprawami króla Władysława — dokończył. — Jakkolwiek wszyscy, a zwłaszcza ja, jesteśmy świętopietrzu przeciwni, zastanówmy się, czy to nie jest korzystne. Zapłacić i mieć sprawę raz na zawsze załatwioną.

— Nie wierzę w papieskie „raz na zawsze" — podniósł Zyghard. — Jan XXII jest stary, po nim nastanie jakiś inny papież i nikt nam nie da gwarancji, że sprawa nie wróci. Ja bym zostawił i negocjował z następcą Jana XXII.

— On ma dziewięćdziesiąt lat — potwierdził Plauen.

— Osiemdziesiąt siedem — uściślił Czerwony Wilk i zaśmiał się ponuro: — Ludzie tyle nie żyją.

— Decyzja? — nie pozwolił im się rozprężyć Luther.

Siedmiu jego braci zagłosowało za, podskarbi też. Młody Schwarzburg również. Przeciwny był tylko Zyghard.

— Przegłosowane — powiedział z ulgą mistrz Luther. — Traktujmy to jako opłatę w drodze do celu. Kolejna sprawa...

— Nowy mistrz narzucił iście wojenne tempo — pochwalił nowy marszałek.

— ...cesarz zwołuje sejm Rzeszy — kontynuował Luther. — Mają zająć się ligą antyluksemburską. Nie tylko wśród koronowanych głów italska wyprawa króla Jana wywołała niepokój.

— Mówiłem, że Luksemburczyk jest nieobliczalnym władcą — odezwał się Zyghard. — Papież sądził, że go kontroluje, bo Luksemburczyk poszedł na krucjatę. Cesarz uważał, iż król Czech jest jego wiernym i posłusznym lennikiem, tymczasem on, jak rasowy ogar, zerwał się z uwięzi i pogonił za marzeniem. Moim zdaniem kluczowe w italskiej rejzie Jana jest jego dziedzictwo — czuje się synem cesarza i przypomina o tym światu.

— Uważam, iż nie należy wtrącać się w sprawy między Wittelsbachem a Luksemburczykiem — powiedział Luther. — Ale warto wysłać obserwatorów na sejm Rzeszy. Wiedzieć, co zaplanują w związku z niesfornym królem Janem.

— O ile zdążą coś przedsięwziąć — wyraził nieufność Zyghard. — Jan przemieszcza się tak szybko, że nie zdziwiłbym się, gdyby osobiście zjawił się w Norymberdze i owinął sobie cesarza wokół palca. Sam mówiłeś, mistrzu, że to akurat potrafi — dorzucił zgryźliwie.

— Owszem — potwierdził Luther. — Ale nie sądzę, by Wittelsbach dał się otumanić Janowi...

— Jak Werner? — wszedł mu w słowo Schwarzburg. — To się okaże.

Im bliżej było końca obrad, tym bardziej Luther był podekscytowany. Czekał na tę chwilę w napięciu. Jak zachowa się Zyghard? — myślał gorączkowo. Za czasów Wernera ten moment zawsze należał do nich. Wymieniali się uwagami, spierali lub wspierali, zależnie od sprawy. Tak czy inaczej, mówili sobie to, czego nie chcieli wyrazić na forum. Co dzisiaj zrobi Zyghard?

— Dziękuję wam, bracia — powiedział, kończąc obrady. Żegnał się ze wszystkimi skinieniem głowy, dając wyraźny znak, by żaden z jego towarzyszy nie zatrzymywał się przy nim. Guntherus już wcześniej miał przykazane, że nie wolno mu po obradach zostać z mistrzem, więc wyszedł posłusznie. Luther zwlekał, pozostając na miejscu i dając Schwarzburgowi okazję.

— Widziałem Rotę Wolnych Prusów — usłyszał wreszcie głos Zygharda.

Uniósł głowę, sprawdził, że są sami.

— Wezwałem ich — potwierdził Luther. — Żadna to tajemnica, wciąż są oddziałem zakonnym, a mnie nie obowiązuje już tamto postanowienie Wernera. Zbieramy siły — uśmiechnął się uspokajająco, szukając w twarzy Zygharda poparcia. — Wszyscy nasi wierni witingowie będą musieli stanąć do walki.

— Popracuj nad wizerunkiem, mistrzu Lutherze z Brunszwiku — odpowiedział Schwarzburg z namysłem. — Nie, nie swoim. Z tą przystrzyżoną bródką jesteś bez zarzutu. Ale obawiam się, że pod twymi rządami obraz Zakonu posypie się gruzy.

— Co masz na myśli? — Udał, że nie rozumie.

— Szafujesz „świętą wojną", a chcesz walczyć z rycerzami krucjatowymi i Dzikimi przy boku przeciw chrześcijańskiemu władcy. To się może niedobrze skończyć. Pamiętaj o templariuszach, mój mistrzu — powiedział Zyghard von Schwarzburg.

GRUNHAGEN był skonany. Najpierw wojna, potem wyczerpująca podróż po Starszej Polsce, a tu jeszcze król mówi, że zaraz się zacznie grupowanie sił na nową, tym razem decydującą, wojnę. Myślał, że gdy wróci do domu, odpocznie, ale Berta zaplanowała niespodziankę.

— Balwierz! — oznajmiła mu, kiedy przekroczył próg.

Zmierzył wzrokiem mężczyznę, który stał nad cebrzykiem z wodą i rozkładał teraz swe instrumenty.

— Po co? — Niespokojnie przejechał dłonią po brodzie. — Przecież mówiłaś, że mam zapuszczać.

— Niby tak — powiedziała. — Ale jednak nie.

— Pan siada — rozkazał mu w jego własnym domu balwierz. — A pani mówi, co i jak.

— Skrócić trzeba — chwyciła go za brodę jak wieśniaczka kozę — i tu wyciąć, tam wyciąć, o tutaj przystrzyc króciutko, ale nie! Tu nie. Tu ma zostać dłużej.

Chciał zaprotestować, ale miał brzytwę przyłożoną do szyi, więc po prostu pozwolił jej komenderować golibrodą. Ten, gdy skończył, przyjrzał mu się uważnie:

— Wyglądasz pan jak...

— No — z uznaniem potwierdziła Berta.

— Pani jest zadowolona? — spytał ją, nie jego.

— Owszem. — Kiwnęła głową i wyliczyła balwierzowi zapłatę.

Grunhagen przejechał dłonią po brodzie. Niech im będzie. Poczłapał w stronę łóżka i padł na nie.

— Nie mam siły — wyznał Bercie. — Jestem już stary.

Jego luba usiadła przy ławie i zadarła spódnicę, tak by podziwiał jej wysokie, krakowskie buty. Żółte, a jakże. Czerwone, powiedziała mu, już się znosiły.

— Chciałbyś odpocząć? — powiedziała współczująco.

— Marzę o wiecznym spoczynku — stęknął.

— Nie bluźnij, wypluj to! — Pogroziła mu palcem. — Ja też bym wyjechała z Krakowa — westchnęła po chwili. — To miasto jest nudne.

Oho — pomyślał — Grunhagen, uważaj! Zaraz się zacznie.

— Pojechałabym do jakiejś Italii — rozmarzyła się.

— To nie ze mną — przestrzegł ją. — Ja już byłem, nic takiego tam nie ma, czego by u nas nie było.

— Sam powiedziałeś... — nadąsała się, była w tym naprawdę dobra.

— Że chcę odpocząć, a nie, że podróżować. Jak cię ciekawi Italia, to się przyłącz do króla Jana.

— Pozwoliłbyś? — Czubek żółtego bucika poruszył się niepokojąco.

— Boże, broń. Nigdzie cię od siebie nie puszczę. — Poluzował wiązanie kaftana. Dusiło go.

— Ja nie chcę sama. — Postawiła nogę na ławie, pokazując, że wprawdzie wysokie buciki ma żółte, ale nogawiczkę zieloną. — Ja chcę tylko z tobą, Grunhagen.

— To połóż się przy mnie, odpoczniemy — zrobił jej miejsce.

Wstała, lecz zamiast do niego dołączyć, zręcznie wskoczyła na ławę.

— Zasłużyłeś na coś lepszego — powiedziała i zaczęła się okręcać powoli, pomalutku. — Wyjedźmy stąd, uciekniјmy...

— Bertuś. — Przekręcił się na bok, by lepiej oglądać jej wdzięki. — Tu mam służbę, zarabiam.

— Za mało. — Berta stanęła w miejscu. — Sam powiedziałeś, że chciałbyś już odpocząć od tych wiecznych służb.

— Gdzie ja lepiej zarobię niż przy królu? — jęknął. Ta rozmowa odbywała się nie pierwszy raz.

— Chciałbyś wiedzieć? — spytała zalotnie i zeskoczyła z ławy. Potknęła się o spódnicę, nie tak sobie to wyobrażała, bo fuknęła gniewnie i zerwała ją z siebie.

— Choć do mnie, gołąbeczko, wróbliczko... — Wyciągnął po nią ramiona.

Wskoczyła do łóżka i przeturlała się do niego. Objął ją mocno.

— Posłuchaj, ja wiem, gdzie są pieniądze — szepnęła.

— Toż ich przed tobą nie chowam — oburzył się. — Są w skrzynce pod łóżkiem.

— Nie mówię o tych drobnych — powiedziała lekceważąco. — Mówię o prawdziwych pieniądzach. Tyrasz jak wół, płaci ci król, płaci ci Krzyżak, a mimo to nie mamy dość, byś mógł przestać pracować, byśmy mogli zamknąć za sobą tę norę i wyjechać w świat...

— Gdybyś nie kupowała sobie co chwilę... — zaczął, ale zamknął się od razu. Palce Berty rozsznurowywały mu nogawice, to było zbyt obiecujące, by ją zezłościć.

— Posłuchaj — szepnęła mu wprost do ucha — ja umiem przyciągnąć pieniądze. Ćśś... — pocałowała go, to była ta chwila, gdy miał się nie odzywać. Zamilkł, znał zasady. — Jest ktoś taki, kto daje dziesięć razy więcej niż twój Krzyżak i pięć razy tyle, co król, i wypłaci to naraz. Przeliczyłam, wystarczy na wyjazd i to jeszcze jak.

Chciał zaprotestować, opowiadała głupoty, ale już zsunęła z niego nogawice, a sama, widział przed chwilą, nie miała, prócz wiązanych pod kolanem nogawiczek, bielizny. Wdrapała się na niego zręcznie i dosiadła go. Był mężczyzną, oddałby wszystko za tę chwilę, która właśnie zaczynała się od jej wiercenia tyłeczkiem.

— Aj... aj... — jęknął później. — Berta... królowo moja...

— Tak — powiedziała wciąż jeszcze zalotnie, choć już nie musiała, był spełniony i co tu kryć, zmęczony. — Jeśli jestem królową, ty będziesz mi służył.

— Będę, będę — obiecał i chciał obrócić się na bok.

— Nie kręć! — skarciła go błyskawicznie. — Pamiętasz, na czym skończyliśmy?

— Uhm. — Nie pamiętał.

— Zgadzasz się?

— Na co? Nie powiedziałaś — zdenerwował się. — Ja umiem robić tylko to, co robię, nie mogę brać innej pracy, nie rozumiesz?

— Nic więcej od ciebie nie wymagam — szepnęła i znów była słodka. — Tylko to, co potrafisz. — Pogładziła go po wygolonym przez balwierza policzku, po świeżo przystrzyżonej brodzie. — Jesteś teraz uderzająco podobny do króla — mruknęła. — Mój mały król, mój własny...

Oczy mu się kleiły. Tak jak była wspaniała, tak bywała nieznośna.

— Skarbie — wyszeptał — lada dzień zaczynamy zgrupowanie wojsk. Pomówimy o twojej propozycji po wojnie...

Zasnął, ostatnie, co przeszło mu przez myśl, to zadowolenie, że udało się odsunąć tę dziwaczną rozmowę na bliżej nieokreślone „potem".

— Grunhagenku. — wydawało mu się, że słyszy przez sen, tak, sen, przecież nigdy w ten sposób nie mówiła. — To nie może czekać. Musisz to zrobić na wojnie.

HENRY DE MORTAIN wiedział, że jego król jest człowiekiem wielu talentów, ale że aż tak wielu? W głowie Jana rodziły się pomysły niemożliwe, zdawało się absurdalne, takie, których nikt nie ważyłby się wcielać w życie; nikt, prócz Jana. Gdy dogadał się z kardynałem Bertrandem du Pouget, dostając papieską akceptację dla jego signorii i inkasując przy okazji papugę, lwa i konia, naprawdę uznał, iż nadeszła pora negocjować z cesarzem. Inna rzecz, że już nie było na co czekać, wieści o lidze powołanej przeciw Luksemburczykowi były poważne. Znaleźli się w niej Habsburgowie, król Węgier i król Polski. Niestety, znaczne siły. Papież wprawdzie ogłosił, że sejm Rzeszy, który powołał ligę, jest nieważny...

— ...a cesarz jest heretykiem wyklętym z łona Kościoła i tak dalej — zaśmiał się Jan, gdy rozważali, co robić. — Nikt się nie przejmuje papieskim połajankami. Jan XXII za często używa klątwy.

— I zbyt wiele razy nazwał Wittelsbacha heretykiem.

— Lwa zostawimy pod opieką mego syna Karola — oświadczył nagle Jan, wstając i przeciągając się. — Papuga jest twoja, rób z nią, co chcesz, ale nie będzie zbyt wygodną towarzyszką w podróży.

— Lubię ją — wstawił się za ptakiem Henry. — Nauczyłem ją swego imienia i jeszcze kilku słów.

— „Jan" nie umie powiedzieć — pogroził palcem król.

— Ale „rex" potrafi! Dobra — zrezygnował, bo wyobraził sobie podróż w tempie Jana. — Papuga zostaje z Karolem. Twój syn dostanie cały zwierzyniec.

— Oraz moje signorie — uśmiechnął się Jan. — Zostanie tu jako mój namiestnik. No, co? Nauka języka idzie mu dobrze, on w ogóle ma talenty do języków, jak ty, Henry.

Posłali gońca do cesarza, Jan zasugerował, iż wolałby nie spotykać się w Norymberdze, gdzie obradował sejm, lecz gdzieś na uboczu. Wittelsbach postawił na Ratyzbonę. Ruszyli do niej bezzwłocznie. Po drodze Jan uznał, iż ogierek, którego podarował mu kardynał, jest wyjątkowo rączy, więc szkoda go dawać cesarzowi. W Monachium odwiedził swego zaufanego kupca, ten na kredyt sprzedał mu ozdobną kuszę, naprawdę wyjątkowej roboty. Jan kazał zapakować i nie szczędzić na wytwornej skrzyni.

— Jak na prezent dla cesarza? — domyślił się kupiec.

W odpowiedzi dostał szelmowski uśmiech Luksemburczyka i zaszczyt, że król poklepał go w plecy.

— Jak równego sobie — jęknął kupiec, kłaniając się, gdy wychodzili.

— Fortuny nie zarobi — mrugnął do Jana Henry.

— Ma ją w moich kwitach zastawnych — wzruszył ramionami król.

Jan prosił go, by towarzyszył mu podczas pierwszego dnia negocjacji z Ludwikiem Wittelsbachem. Cesarz był wściekły. Kipiał gniewem i się z tym nie krył. Żyłka na jego czole zamieniła się w żyłę i obaj z Janem co rusz zerkali na nią, sprawdzając, czy pęknie. Im mocniej zacietrzewiał się w gniewie, tym bardziej Jan z nim igrał. Henry wspierał go swą nienaganną pamięcią. Cytował nazwiska rodów, które popierają Jana, ich licznych krewnych, dochody miast, ich długi wobec wcześniej wymienionych. Kto, komu, ile, jak wielu zginęło w bratobójczych wojnach, jednym słowem, przedstawiali obraz italskiego pobojowiska, nędzy, ubóstwa, rozpaczy i głodu. Całego nieszczęścia, które wylało się w ręce Jana, błagając o wsparcie.

— Nie uwierzył — podsumował wieczorem Henry de Mortain, gdy zmęczeni siedzieli z Janem przy kielichu wina, w jego komnacie. Wynajęli starą willę nad rzeką, było im tu wygodnie.

— Ale spuścił z tonu. — Jan wyciągnął przed siebie nogi. — I nie zapominaj, że od razu przyjął ofertę spotkania. Gdyby chciał ruszyć na mnie z całą tą ligą, nie rozmawiałby.

— Prawda — potwierdził Henry i poruszył ciążący, niezręczny temat: — Baronowie Czech cię szukają.

— Nie — jęknął umęczony Jan i skrył twarz w dłoniach.

— Chcą koniecznie rozmawiać ze swym królem. Myśleli, że przyjedziesz do Norymbergi, ale już wiedzą, że jesteś tutaj. Jutro, najdalej pojutrze, zjawią się w Ratyzbonie.

— Ty z nimi porozmawiaj. — Zepchnął Czechów na Henry'ego. — Ja od rana mam drugie stracie z cesarzem.

Zavis, Ulrik i Beneš, z dawnej Drużyny Lodu, przyjechali niebawem. Henry ugościł ich późnym śniadaniem, a potem zabrał na przechadzkę po Ratyzbonie, którą sam zdążył wcześniej zwiedzić. Oglądali budowę wielkiej katedry, kamienne bloki podnoszone na dużą wysokość przy użyciu lin i kołowrotów. Przyglądali się pracy kamieniarzy i cieśli, póki Henry nie zauważył, iż tylko jego wciąga to naprawdę, a Czesi się nudzą.

— Pokażę wam chrzcielnicę, tu, niedaleko, w której… — Wpadł na nowy pomysł.

— Ochrzczono czternastu czeskich książąt? — krzywo uśmiechnął się Ulrik.

— Widzieliście ją? — zrozumiał Henry.

— Uhm. Za każdym razem, gdy przyjeżdżamy do Ratyzbony, ktoś nam chce ją pokazać — zadrwił Beneš, klepiąc się po wydatnym brzuchu. — Jakby nie widzieli, że może nam się to nie podobać.

— Czescy książęta siłą doprowadzeni do niemieckiego cesarza i zanurzeni po uszy w chrzcielnicy. Doprawdy, jest co wspominać!

— Wybaczcie, zupełnie nie to miałem na myśli — przeprosił szczerze Henry. Dla niego chrzcielnica i jej historia były rzeczą ciekawą i rzadką.

— Kiedy spotka się z nami król Jan? — wprost zapytał Zavis.

— Nieprędko — powiedział Henry de Mortain. — Prosił, bym porozmawiał z wami. Mam nadzieję, że was to nie uraża?

Nie odpowiedzieli, zapanowała niezręczna cisza, aż wreszcie Beneš sapnął:

— Złaziłem się. Tam jest gospoda. Kiedyś zjadłem w niej misę dobrej krwawej kiszki.

Ruszyli we wskazaną stronę. De Mortain nie znosił barbarzyńskich przysmaków, ale jadł wszystko, co zamówił Beneš, tyle że nie w takich ilościach. I za wszystko płacił.

— Król jest potrzebny w kraju — powiedział przy piwie Ulrik.

— W dodatku zmarł najmłodszy z książąt głogowskich, ten jedyny, który nie zgiął kolana przed Janem — dorzucił Beneš. Henry pamiętał, że Beneš osobiście angażował się w sprawy głogowskich braci, niektórzy mówili, że brał od nich pieniądze za załatwianie na dworze różnych spraw i przysług.

— Książęta wysłali do Pragi poselstwo, nie wiedzieli, że króla nie zastaną.

— Czego chcą? — spytał Henry. — Może da się to załatwić stąd?

— Zatwierdzenia umów dziedzicznych po zmarłym — powiedział Beneš.

— Król jest potrzebny w kraju — powtórzył Ulrik i w jego głosie zabrzmiało zniecierpliwienie. — I tego, panie de Mortain, nie da się załatwić stąd. Albo jest naszym królem, albo tych wszystkich miast w Italii.

— Skoro nie chce władać z Pragi — ugodowo odezwał się Zavis — niech przyśle tam swego syna. Wacław ma już piętnaście lat, może sprawować rządy.

Nie poprawił go, nie chciał złościć Czechów, że królewicz jest od dawna „Karolem". Jakie ma to dla nich znaczenie, skoro nie widzieli go od lat? Nie wyjawił im, że Karol jest namiestnikiem ojca w Italii. Wszystko działało na niekorzyść Jana, a baronowie Czech nie chcieli pustych słów. Obiecał chociaż Benešowi to zatwierdzenie umów dla głogowskich braci. Może Ulrik i Zavis też biorą od nich pieniądze i usatysfakcjonuje tym gestem wszystkich?

— Przemko głogowski — przypomniał sobie wieczorem zmarłego król Jan. Henry przedstawił mu sprawę Beneša. — Był na Turnieju Zimowego Króla, pamiętasz go?

— Nie bardzo — szczerze powiedział Henry.

— A opowiadałem ci o księciu i więzieniu w żelaznej klatce? — Janowi rozmowy z cesarzem musiały pójść tego dnia lepiej, był w dobrym humorze.

— To bym pamiętał — szczerze zaciekawił się Henry.

— Ojciec głogowskich braci, twój imiennik, książę Henry — zaczął król. — Uwięził swego kuzyna, księcia Legnicy, też Henryka.

— Iście po śląsku — zaśmiał się de Mortain.

— Uważaj teraz: chciał na nim wymusić jakieś ustępstwa i też poszło o testamenty. — Jan postukał palcem w pergamin, który Henry przyniósł od Beneša. — Uwięziony nosił przydomek „Gruby", a był ojcem naszego grubego Bolesława, lennika.

— Zginę przez te koligacje — jęknął de Mortain. — Mów o dziwacznym więzieniu.

— Zakuł tęgiego księcia w klatkę, w której były dwa otwory, do karmienia i do…

Henry poczuł w żołądku krwawą kiszkę, zrobiło mu się niedobrze.

— Jednak daruj szczegóły — poprosił.

— I trzymał go w tej klatce, póki nieszczęśnik nie zgodził się na ustępstwa. Jesteś miękki, Henry. Nie wytrzymałbyś kolejnego dnia negocjacji z cesarzem — zaśmiał się Jan, po czym zwinął pergamin i powiedział: — Odmów Benešowi. Jako senior głogowskich braci będę się domagał udziału w spadku po zmarłym. Głogów to duże i bogate miasto.

— Janie — jęknął de Mortain. — Zrób cokolwiek dla swoich baronów!

— Zrobię — poważnie odpowiedział Jan. — Ty im podpowiedz, że jeśli coś tam obiecali Głogowczykom, niech się wyłgają. Wyjdą na tym lepiej, w końcu są rycerzami Drużyny Lodu, a nie chłopakami na książęce posyłki.

Luksemburczyk wstał, rozprostował barki, zrobił przysiad, rozciągnął plecy.

— Żałuję, że zostawiłem papugę w Parmie — napił się wina de Mortain. — Posłałbym do Beneša ją. Nie umiem sprawiać ludziom zawodu, Janie.

— Myślisz, że mnie to bawi? — zapytał poważnie. — Chciałbym być złotym chłopcem, który zadowoli wszystkich.

Mówiąc to, zaczął ściągać pierścienie z palców. Na środkowym nosił teraz rubin podarowany mu przez Viscontiego, nim wielki Azzo obraził się na swego signora.

— Ale nie jestem — powiedział, dotykając rubinu. — Zostało nam jeszcze jakieś falerno? — spytał.

— Nie zabraliśmy wina z Parmy — przypomniał mu Henry. — Tak jak i papugi. Kazałeś spakować tylko juki.

— Szkoda — powiedział Jan. — Napiłbym się.

— Za co?

— Za siebie — uśmiechnął się szelmowsko jego król.

— Poczekaj — powiedział Henry, widząc, iż Luksemburczyk zdjął pierścienie, ale zostawił rubin od Azzo. Mieszkali w starej willi, pamiątce po czasach rzymskich. Jej właściciel, brat biskupa i kanonik kilku bawarskich kapituł, słynął z miłości do dobrych win i południowych słodkości. Gospodyni znalazła dla Henry'ego dzban falerno i miskę suszonych daktyli i fig. Niosąc je na górę, przypomniał sobie Gerlanda. Jego opowieść o figowcu i Melisande. Nagle zatęsknił za pobliźnioną twarzą i szorstkim uściskiem. Za rozmową przy żmudzkim ognisku. Ciekawe, jak mogłoby być — pomyślał — gdyby Gerland zdążył opuścić swój zakon i zabrać z Akki moją matkę? Urodziłbym się na zamku w Normandii, ojciec brałby mnie czasami na barana, a ona nigdy nie zostałaby Klejnotem Mórz? Kim byłbym dzisiaj? Henrym de Bast? Co dałoby mi to bękarcie nazwisko w świecie, który ceni dobrą krew? — zatrzymał się na półpiętrze, przy niewielkim okienku z widokiem na Regen, malowniczy dopływ Dunaju. — Nie oddano by mnie na wychowanie na francuski dwór, nie poznałbym Jana — myślał, patrząc, jak wody Regenu pędzą, by wpaść do wielkiego Dunaju. — Miałbym jakieś inne życie, inny świat. Pewnie żonę i dzieci? — To uczucie, że mógł żyć życiem równoległym, zafrapowało go przez chwilę. Wyobraził sobie bez trudu szczupłych, ciemnookich chłopców, swoich synów. Ale nie potrafił zobaczyć twarzy żony. Postawił we wnęce okiennej dzban, zagryzł figę, zamknął oczy. To nie działa — zaśmiał się do swoich myśli. — Figi są dla Gerlanda i Melisande. To ich wspomnienie, którego nie udało mi się podkraść po kryjomu. — Zabrał dzban i misę i ruszył na górę, do komnaty, w której czekał jego król. — Nie spotkałem jeszcze tej jedynej.

— Myślałem, że przepadłeś! — przywitał go Jan. Oczy króla lśniły złotym blaskiem zachodu słońca albo tryumfu, którym chciał się z nim podzielić. Henry rozlał falerno do kielichów.

— Wznieś go — poprosił Luksemburczyk.

— A ty powiedz, co masz w zanadrzu — zażądał Henry.

— Cesarz zgodził się uznać moje signorie — odpowiedział Jan, śmiejąc się pełną piersią. — Brescię dostanę od niego, jako lenno Rzeszy. Bergamo, Bobbio, Cremonę, Mediolan! — uniósł głos. — Modenę, Novarę, Parmę, Pawię i Reggio przyjmuję od niego — przewrócił oczami zręcznie jak uliczny kuglarz — jako zastaw Rzeszy. Zaś Lukkę i jej prowincje uznajemy za dziedziczną signorię Luksemburgów.

— Łżesz — pokręcił głową Henry. — Jak moja papuga.

— Nie! — wrzasnął Jan i napił się falerno.

— Dostałeś od cesarza to samo, co wydębiłeś na papieżu?! — nie mógł uwierzyć Henry.

— Tak! — Jan okręcił się w piruecie niczym akrobata tańczący na linie.

— A dopisek, że papież Jan XXII jest uzurpatorem i tak dalej? — zaśmiał się de Mortain.

— Wittelsbach jest mniej mściwy niż Ojciec Święty — przybrał pobożną minę Luksemburczyk. — Tyle że muszę obiecać, iż zaprzestanę dalszych podbojów w Italii...

— Oj, co za kłopot — chwycił za suszoną figę Henry. — Co za zmartwienie... Nie wierzę!

— To się upij razem ze mną — obwieścił tryumfalnie Jan. — Bo szczerze mówiąc, ja też jeszcze nie mogę uwierzyć.

Henry dolał im obu i padł na ławę obok króla.

— Liga antyluksemburska przepadła — powiedział Jan. — Dzisiaj jest jej pogrzeb, stypa i ceremonia rozwiązania. Oczywiście, o ile zawiązali ją ceremonialnie.

— Jesteś geniuszem — stwierdził po prostu Henry. — Nie mam pojęcia, jak rozbroiłeś Wittelsbacha.

— On też — napił się Jan. — Ale zadbałem, by sekretarze cesarscy spisali naszą ugodę od ręki. Bałem się, że jeśli zostawię to do jutra...

— To żyłka strzeli, co?

— I krew go zaleje. Ach! — zerwał się z uniesionym wysoko palcem. — Córcię wydałem za mąż.

— Którą?

— Znów Gutę — skrzywił się Jan, co rozśmieszyło Henry'ego. — Guta zawsze zjawia się w negocjacjach, gdy trzeba podbić stawkę.

— Dlatego czasami nazywasz ją Boną? Albo Jutką? Myślisz, że od tego się roztroi? — złośliwie stwierdził Henry. — Była już narzeczoną syna krakowskiego króla, potem margrabiego Miśni, Henryka.

— Nawet przez rok przebywała na ich dworze — zauważył Jan.

— By przenieść się do Baru, gdy trzeba było uśmierzyć bunt hrabiego!

— A teraz zostanie narzeczoną Ludwiczka. Margrabiego Brandenburgii.

— Ona ma ledwie szesnaście lat — jęknął Henry.

— A jaką bogatą historię! — kiwnął głową Jan.

— Znienawidzi cię — podpowiedział mu de Mortain życzliwie.

— Już znienawidziła — król nagle opadł w entuzjazmie. — I naprawdę mi przykro. Nie mam więcej córek.

— Ożeń się. Czas żałoby minął.

— Pracuję nad tym — obrócił się w jego stronę Jan. — Naprawdę chciałbym. Choć kobieta, do której należy moje serce, może mi odmówić w każdej chwili.

— To znajdź inną — lekko odpowiedział Henry i zatrzymał się w nonszalancji. — Przepraszam.

— Nie masz za co. To ja jestem zakochanym głupcem, który nie umie znaleźć rozkoszy w ramionach żadnej poza tą jedyną. W dodatku jest ode mnie starsza.

— I dwa razy już była królową — domyślił się Henry.

Zamilkli. Sukces negocjacji Jana wymagał weselszej oprawy niż wspominanie kobiety, która być może go nie chce.

— Przyjacielu, uwiodłeś papieża. Owinąłeś sobie wokół palca cesarza. Połączyłeś dwa przeciwieństwa naszego świata. Na pewno jest coś, co możesz dać wybrance swego serca. Coś, czego nie może jej podarować nikt inny — powiedział Henry de Mortain.

Jan wstał z ławy. Odstawił kielich i ruszył w stronę okna.

— Jest coś takiego — powiedział po chwili. — Dziękuję, Henry. Właśnie to zobaczyłem.

Nie — jęknął w duchu de Mortain.

JANISŁAW za każdym razem, gdy wjeżdżał pod górę, na szczycie której pysznił się zamek w Chęcinach, myślał o tym, że to jest twierdza, której Krzyżacy nie daliby rady. Położony tak wysoko, że samo dojście do niego było mordercze, zwłaszcza dla ciężkozbrojnych i taborów. Patrzył na potężne karki wołów, które ciągnęły jego wozy, i widział napinające się wokół nich mięśnie, jakby ktoś pod skórą zwierząt splątał grube liny. Pierwszy z wozów trzeszczał niebezpiecznie.

— Dalej, dalej! — zawołał woźnica, jakby to miało w czymś pomóc walczącemu z wysiłkiem zwierzęciu. W powietrzu śmignął bat, wół zaryczał chrapliwie, szarpnął i koło wozu wykrzywiło się niebezpiecznie.

— Uważaj — przestrzegł woźnicę Janisław, pokazując na nie, ale już było za późno. Koło pękło, wóz przechylił się i zarył lewą burtą w trawy rosnące na poboczu kamienistej dróżki. Janisław zeskoczył z siodła i rzucił się na ratunek. — Trzymaj! — zawołał do sługi, który skoczył wraz z nim.

Wół ryczał, próbując ciągnąć, woźnica jak opętany darł się na zwierzę, a ciężki wóz chybotał niebezpiecznie na stromej drodze. Janisław razem ze sługą skoczyli od strony zbocza, kamienie spod ich stóp posypały się w dół niebezpiecznie. Podparli wóz.

— Złaź i przytrzymaj wołu! — zakomenderował arcybiskup do

woźnicy, bo ten najwyraźniej nie wiedział, co robić. — Umiesz naprawić koło? Odpowiadaj!

— Ja umiem — wysapał sługa, który wraz z Janisławem podtrzymywał wóz. — Tyle że musimy rozładować te skrzynie. Są za ciężkie i nie da rady…

Po chwili dotarli do nich jadący niżej Wincenty Nałęcz i jego Starszacy, każdy z giermkiem i sługą. Poszło szybko. Rozładowali skrzynie wprost na ziemię, służba naprawiła wóz, a potem załadowali go znowu. Za nimi zaczął się robić zator na drodze. Na chęciński zamek zmierzali pierwsi panowie z całego Królestwa.

— Gdyby ktoś lekceważył sobie zagrożenie wojną z Zakonem — powiedział do Janisława starosta Wincenty Nałęcz, gdy służba kończyła ponownie zabezpieczać ładunek na wozie — widząc te skrzynie z herbem gnieźnieńskiej katedry, powinien stracić ducha.

— Dlatego przewoziłem je szczelnie zakryte — bez uśmiechu odpowiedział Janisław. — I liczę na waszą dyskrecję.

— Starsza Polska jest niepodzielna — skinął głową Nałęcz. — Poznań i Gniezno to dwie głowy tej samej ziemi.

— Nie wiemy, jak przebiegnie wojna — odpowiedział Janisław. — Ale widzieliśmy, co Krzyżacy zrobili we Włocławku. Kamień na kamieniu.

— To cały skarb katedry gnieźnieńskiej? — spytał Nałęcz, pokazując na trzy wozy Janisława.

— Prawie — wymijająco odpowiedział arcybiskup.

— Mówi się, że najważniejsza z gnieźnieńskich skrzyń jest pusta — starosta popatrzył mu w oczy.

— Myślałem o tym przed koronacją króla Władysława — odpowiedział Janisław. — Czy nasza skrzynia, ta, która nosiła w sobie tylko odcisk po berle i koronie, powinna stać się na powrót pełną. Bo, jak pamiętasz, insygnia, które Przemysł przywiózł z Krakowa i którymi go ukoronował Jakub Świnka, zabrał Václav do Pragi. Ostatnią, która się nimi koronowała, była królowa Rikissa. Potem ukradł je Karyntczyk wraz z koronami Przemyślidów i przepadły.

— Jakby skrzynia w Starszej Polsce była skazana na pustkę — dorzucił Nałęcz.

— Gdy dla króla Władysława wykonano nową koronę i berło, zostały po koronacji w Krakowie — wyjaśnił mu Janisław. — Ja zaś przywiozłem mu w darze nową skrzynię, zrobioną specjalnie dla niego.

— Jak nowe, to nowe — powiedział Wincenty Nałęcz, rozumiejąc, co się stało z gnieźnieńską skrzynią.

— Ale wierz mi, starosto. Skrzynia na insygnia, którą dostał od arcybiskupstwa Władysław, jest godna jego i wszystkich kolejnych królów, tych, co nastąpią.

Zamek i klucz do niej odlano z tej samej formy, co klucz do skarbca królestwa Jerozolimy — Janisław z wdzięcznością wspomniał byłego joannitę, Gerlanda. Niezwykłe i kręte były drogi koronnych skarbów i insygniów. Spojrzał na swoje załadowane wozy. Gdy wojna minie, gdy zagrożenie wreszcie ustąpi, równie wyboistą drogą wracać będą do Gniezna. Oby miały do czego wracać — pomyślał i ruszyli pod chęcińską górę.

— Zamek Muskaty — powiedział Mikołaj z Biechowa, Doliwczyk w gronie Starszaków, i cmoknął z podziwem. — Nie biskup był z niego, a skurczybyk, ale umiał budować! My, w Starszej Polsce, nie mamy takich gór i takich twierdz. Jesteśmy dostępni, jak na dłoni.

— Nie chrzań — skarcił go starosta Nałęcz. — Starsza Polska musi się obronić.

Potężne mury chęcińskiej warowni, jej wieża gruba, masywna a wysoka i położenie na szczycie trudno dostępnej góry, wszystko to sprawiało, że można stąd było kontrolować znaczny teren. Bronić się do upadłego, przy czym jasnym było, że upadną oblegający.

— Tędy, arcybiskupie. — Kasztelan chęciński wprowadził go do nisko sklepionego skarbca. — Tutaj przygotowaliśmy miejsce na gnieźnieńskie skrzynie — pokazał i zatknął pochodnię w uchwycie. — Pomieszczą się?

— Tak, dziękuję — odpowiedział Janisław, patrząc nie na swoją, pustą część piwnicy, ale na drugą. Stały tam skrzynie z herbem Królestwa.

Władysław też wyciągnął naukę z marszu Luksemburczyka na Wawel — pomyślał.

Obozy rycerskie rozłożono u podnóża góry, ale do zamku zaproszono pierwszych panów Królestwa.

— Otwieram wiec wojenny! — zawołał w imieniu króla Borutka herbu Wrończyk.

Wiedzieli, po co tu jadą, ale to zawołanie i zaraz po nim wejście Władysława w wojennej koronie na skroniach sprawiło, że na dziedzińcu zapadła cisza.

— Na prośbę wroga przedłużyłem rozejm o miesiąc — powiedział król. Jego głos wydawał się opanowany, ale Janisław znał go długo i czuł, że tym spokojem Władysław próbuje okiełznać trwogę. — To musi wystarczyć chłopom, by zebrali zboże z pól. Zapełnili spichrze. Zadaniem każdego zarządcy ziemi jest zadbać o to. Kujawy i Starsza Polska — król spojrzał w stronę Wincentego Nałęcza i Wojciecha Leszczyca — są najbliżej wroga, ale tak samo dobrze mają być zabezpieczone inne ziemie — wzrok króla powędrował do wojewody Małej Polski — bo nie wiemy, jaki rozmiar przybiorą zniszczenia wojenne. I czy gdy nastanie zima, południe nie będzie karmiło poranionej północy. W zeszłym roku udało nam się walczyć na terytorium wroga i to było najważniejszą częścią tamtej wojny. Wiem, że Krzyżacy zrobią wszystko, by drugi raz do tego nie dopuścić. Zrobią, co w ich mocy, by wojnę toczyć na naszej ziemi. To oznacza… — głos króla zawahał się, zatrzymał i, Janisław słyszał to wyraźnie, wycofał, mówiąc: — …zniszczenia.

Nie chce powiedzieć: pożary, zgliszcza, zniewoloną ludność, śmierć wyprowadzoną z pola bitwy, wpuszczoną do wsi i miasteczek. Ci ludzie — Janisław popatrzył po twarzach wojewodów i kasztelanów — walczą przy boku króla od lat. Niektórzy, jak namiestnik pogranicza Paweł Ogończyk, są z nim od dziecka, w każdej bitwie, każdej wojnie. Oni znają jej smak i potrafią brać jej impet na siebie. A teraz król mówi do nich: „Wasze żony i dzieci nie będą bezpieczne".

— Gdy przed pięcioma laty szedł na Wawel Jan Luksemburski — powiedział Władysław — nie zgodziłem się, by moja żona opuściła Kraków. Mogłem ją wysłać tu, do Chęcin, byłaby jak w orlim gnieździe, bezpieczna. Ale pomyślałem wtedy, jaki to byłby znak dla poddanych? Czy każdy z nich, zamiast skupić się na obronie, nie myślałby, gdzie wywieźć swoich bliskich? Mówię wam to, bo wasze dzieci i żony, matki i siostry to już nie tylko kobiety, to w tej chwili wojewodzianki i wojewodziny. Kasztelanowe i kasztelanówny. Na nie będą patrzeć zwykłe mieszczki w Poznaniu, Inowrocławiu, poranionej w zeszłym roku Bydgoszczy, w małych Pyzdrach i Łęczycy. Mówią, że nasz wróg, Krzyżak, nie gwałci kobiet. — Przez twarz króla przeszedł skurcz, a oblicza niektórych z kasztelanów pobladły, jakby dopiero teraz do nich dotarło, o jakiej wojnie mowa. — Ale będą przy nim najemnicy, a za nich nikt nigdy nie ręczy. — Zrobił przerwę, jakby zabrakło mu tchu, i podjął po chwili: — Zabezpieczcie, co się da. Zbiory, trzody, ludzi. Otwórzcie bramy miast i grodów dla wieśniaków, zwłaszcza tych, których osady leżą przy głównych drogach. Nie sądzę, by Krzyżacy chcieli się zapuszczać głębiej, ale mówiąc to, kieruję się tylko tym, co wiem, doświadczeniem poprzednich lat, a przeczucie podpowiada mi, że ta wojna będzie czymś, co je przekracza.

Jaśniej nie można — pomyślał Janisław i zobaczył, że Borutka klęka przed królem, podając mu miecz koronacyjny. Władysław wyjął go z pochwy, uniósł, zrobił nim w powietrzu znak krzyża. Opuścił, postawił przed sobą i krzyknął:

— Przysięgnijcie, że nie ustąpicie z pola bitwy bez rozkazu!

— Przysięgamy! — odpowiedzieli jednym głosem.

— Że bronić będziecie Królestwa i jego mieszkańców!

— Przysięgamy!

— Że gdy opuści was odwaga — zawołał stary król — porzucicie lęk i pójdziecie za tym mieczem!

— Przysięgamy! — odpowiedzieli, a stojący po prawicy ojca królewicz Kazimierz przyklęknął przed nim i powiedział:

— Gdzie ty, tam i ja!

— Gdzie ty, tam i ja! — krzyknęło stu mężów i idąc za przykładem Kazimierza, klęknęło.

Arcybiskup Janisław wystąpił przed szereg i zawołał:

— Niech Bóg Wszechmogący obdarzy was męstwem i nagrodzi Królestwo za odwagę jego synów.

— Amen — uciął król i podniósł Kazimierza z kolan.

Janisław wrócił na swoje miejsce, rycerze wstawali, wydawało się, że to już wszystko. I wtedy usłyszeli Władysława.

— Czas wojny wymaga ode mnie zmian. Mój syn jest już gotów do objęcia władzy…

Chce przekazać koronę? — przebiegło przez myśl arcybiskupa, ale natychmiast to odegnał. Kazał sobie przysięgać, nie jemu.

— …dlatego dzisiaj, w przededniu wojny, mianuję Kazimierza namiestnikiem północy. Starszej Polski, Kujaw i Sieradza.

Na dziedzińcu zapanowała konsternacja. Sieradz był teraz w rękach bratanka króla, księcia Przemka, po zamianie ziem sprzed czterech lat. Czyżby to miał być zawoalowany sposób na odebranie ziem księciu Przemkowi?

— Wojewoda kujawski Wojciech Leszczyc i dotychczasowy namiestnik pogranicza Paweł Ogończyk będą teraz służyć Kazimierzowi. Jak i starosta Starszej Polski Wincenty Nałęcz, który powróci na poprzednio sprawowany urząd wojewody — dokończył król.

Źle jest zmieniać wodzów przed wojną — pomyślał z niepokojem

Janisław i spojrzał na Ogończyka. — Jego wierności nic nie podważy, ale jak się zachowa zdegradowany Wincenty?

Twarz Nałęcza stężała, w przeciwieństwie do wzburzonych Starszaków. Patrzyli to na Wincza, to na króla, to na królewicza.

— Mój syn prosto stąd uda się do Starszej Polski i z waszą pomocą — Władysław wyraźnie zwrócił się do Nałęcza i jego ludzi — obejmie władzę i zajmie przygotowaniem do obrony.

Z głębi, zza pleców Kazimierza, wyszedł Krzywosąd, poprzedni starosta, ten, którego zastąpił Nałęcz.

— Służę radą — ukłonił się królewiczowi.

Janisław złowił wściekłe spojrzenie Wincentego i zrozumiał, że to zła wróżba.

MARKWARD VON SPARENBERG pierwszy raz był w Ratyzbonie. Również pierwszy raz wypełniał misję posła dyplomatycznego Zakonu oficjalnie. Do tej pory jego mistrz i przyjaciel Luther z Brunszwiku używał go wyłącznie skrycie i tajnie. Twierdził, iż nikt tak jak Markward nie potrafi mylić wrogów. Prawda, jego okrągłe, nawet pucołowate oblicze każdemu przywodziło na myśl niewinne dziecię albo łakomego młodzieńca, albo, jak czasem rzucał w złości Schwarzburg, pucołowatego mnicha. Markward dawno nie był młodzieńcem i bardzo cenił Schwarzburga, nigdy więc nie obraził się o złośliwości. Przeciwnie, nieustannie się od niego uczył. Teraz także i tego, by nie wyrażać w gronie najwyższych dostojników Zakonu swoich poglądów. Gdyby Zyghard nie mówił głośno na kapitule, co sądzi, teraz to on byłby w Ratyzbonie, nie Markward.

Sparenberg wjechał do Ratyzbony i przez chwilę zapragnął mieć przy swym boku Zygharda, ale okiełznał niepewność i powiedział sobie: — Zrób to nie gorzej niż Schwarzburg.

— Brat Markward von Sparenberg — przedstawiono go królowi Janowi.

Spotkanie odbyło się w starej, sięgającej czasów rzymskich willi nad rzeką Regen, nieco na uboczu.

— Komtur czego? — spytał Jan Luksemburski. Wcześniej sekretarz króla obejrzał pełnomocnictwa od wielkiego mistrza, jakie przywiózł ze sobą, i nie podważano ich wiarygodności.

— Brat w Dzierzgoniu — wyjaśnił Markward. — Nie sprawuję urzędu.

Jeszcze — dodał w myślach. — Niedługo będę komturem toruńskim, zakonną głową wywiadu. Marzył o tym od tak dawana, ale Luther kazał mu się uzbroić w cierpliwość. „Po wojnie" — obiecał mu mistrz. „Nie chcę zmieniać koni w czasie biegu".

— Ach tak — w głosie króla zabrzmiało rozczarowanie albo tylko zaskoczenie.

— Wyjaśnię — powiedział Markward. — Wielkiemu mistrzowi Lutherowi z Brunszwiku, zależało, by moja podróż do jego wysokości pozostała niezauważoną przez wywiadowców króla krakowskiego. Z racji na zbliżający się ku końcowi rozejm trudno przejechać przez Królestwo Polskie bez zwracania na siebie uwagi. Ludzie Władysława znają wszystkich dygnitarzy Zakonu. Mnie nie znają. Dla nich byłem tylko szeregowym Krzyżakiem w drodze z państwa zakonnego do jednej z południowoniemieckich komturii. Takie listy żelazne ze sobą wiozę.

— Rozumiem — skinął głową król.

Markward świetnie pamiętał Luksemburczyka. Z Torunia, z Miedwiagoły, Bałgi, Ragnety. W każdej z możliwych chwili podczas krucjaty przyglądał się czeskiemu królowi. Wiedział, że gdy jest zadowolony, śmieją mu się oczy, a gdy odczuwa złość czy wściekłość, stara się, by nikt nie dostrzegł jego gniewu. Zaciska palce, aż bieleją mu kłykcie, albo zaczyna okręcać któryś ze swych pierścieni. Zastanawiając się, zakłada włosy za ucho eleganckim, dworskim gestem, by nie zepsuć pukli. Podczas działań zbrojnych na Żmudzi robił tak nawet wtedy, gdy włosy miał nieutrefione. Odruch, nawyk kogoś, na kogo zawsze patrzą. Markward wiedział, iż król najswobodniej wyraża się po francusku, że w tym języku jest najbardziej rozmowny. Po niemiecku zaś robił się dosłowny, nieco spłaszczony. Zauważył też na Żmudzi, że król jest graczem opanowanym, a wszelkie jego wybuchy, zarówno radosne, jak i chmurne, są kontrolowane. Potrafił także udawać, iż nie widzi słabości przeciwnika, gdy było mu to na rękę. Tak zrobił w Ragnecie, podczas powrotu ze Żmudzi, gdy Werner von Orseln miał napad lęku. Luksemburczyk, by nie poniżać mistrza, udał, iż nie zauważył momentu, w którym rozmowę przejął Luther z Brunszwiku. Wtedy zawiązali słynne święte przymierze, którego prawdziwym twórcą był Luther. Markward był tamtego dnia z Lutherem, ale nie miał dzisiaj cienia żalu, iż król Jan nie zapamiętał jego twarzy. Przeciwnie, wciąż cenił sobie tę przezroczystość w oczach możnych tego świata. Póki nie zwracano na niego uwagi, mógł bezpiecznie prowadzić własne gry.

— Przyjęliśmy z radością wiadomość, iż to Luther z Brunszwiku stanął na czele Zakonu — powiedział król.

— Mój mistrz śle przeze mnie zapewnienie, że jego wybór potwierdza trwałość świętego przymierza.

Król Jan skinął głową i Markward zyskał pewność, że doskonale pamięta rolę Luthera w Ragnecie.

— Co więcej, mój mistrz chciałby je zacieśnić — ciągnął — sprawić, by nie zamieniło się w jeden z tych pustych paktów, które jednoczą gołębie pod przytulnym dachem gołębnika.

Markward zobaczył drgnienie brwi króla Jana. Zaciekawiłem go. Czeka na więcej.

— Mistrz Luther widzi bowiem Zakon i Królestwo Czeskie jako dwa sokoły. Ptaki, które potrafią polować w parach. I z zaproszeniem na takie wspólne polowanie przysłał mnie do ciebie, królu.

Teraz Markward zatrzymał się. Czekał na reakcję Luksemburczyka. Ten jednak wymienił się tylko spojrzeniem z Henrym de Mortain, swym doradcą, i skinąwszy głową, dał znak, by mówił dalej.

— Jest zapewne wiadomym jego królewskiej wysokości — kontynuował zatem — iż Zakon jest w stanie wojny z Królestwem Polskim, chwilowo przerwanej rozejmem. Zamiarem mistrza Luthera jest tę wojnę zakończyć.

Markward celowo zrobił pauzę, był ciekaw reakcji. Jednak Luksemburczyk nie dał po sobie poznać niczego. Wydawał się studiować resztki mozaiki na ścianie za plecami Sparenberga. Zdaje się, że przedstawiała Meduzę w otoczeniu jej sióstr, gorgon.

— Dla Zakonu — mówił dalej — zakończona może być tylko wojna wygrana.

Znów nic; twarz króla nieporuszona, oczy ciekawe, ale wyczekujące, co dalej. Nieruchome jak spojrzenie gorgon — przemknęło przez głowę Markwarda i poczuł, że się poci.

— Tym niemniej Zakon nie ma zamiaru zagarniać całej Polski, jest bowiem świadom, iż ty, królu Janie, masz do jej części słuszne prawa. Proponujemy zatem podział Królestwa Polskiego.

— To ciekawe — odezwał się nie król, a jego doradca de Mortain — gdy myśliwi dzielą się zwierzyną przed jej upolowaniem.

— Raczej rozsądne — nadał głosowi uprzejmy ton Markward. — Zapobiec ma sporom w przyszłości. Powszechnie znana jest sytuacja prawna króla Władysława, a także twoje stanowisko, królu Janie. Rozumiemy także jej trudności.

— Jakie? — wreszcie odezwał się Luksemburczyk i wreszcie spojrzał wprost na niego, nie na upiorną mozaikę za jego plecami.

— Najwygodniej z punktu widzenia Pragi byłoby dołączyć do Czech, poza zhołdowanym już Śląskiem, Małą Polskę — powiedział Markward tak spokojnie, jakby mówił o kolejności w ubieraniu się. — Jednocześnie krakowska koronacja Władysława i przyzwolenie na nią papieża dają mu właśnie tytuły do tej dzielnicy, a ty, panie, prawem dziedziczenia, mógłbyś objąć raczej Starszą Polskę, do której z kolei bliżej jest Zakonowi. Tak przebiega linia interesów spornych.

Markward zrobił krótką przerwę, ale szybko podjął dalej, bo wzrok króla Jana zaczął ześlizgiwać się z jego twarzy.

— Jasnym jest również, iż coś będzie trzeba Władysławowi zostawić, z uwagi na jego węgierskich sojuszników i nieustające wpływy u papieża. Wydaje się zatem, że najrozsądniejszy podział przebiegałby tak: król Władysław zostaje przy Małej Polsce i może nosić tytuł króla krakowskiego. Ty, królu Janie, bierzesz zachodnią część Starszej Polski z Poznaniem, odciętą rzeką Wartą od części, która przypadnie Zakonowi. W ten sposób zachowasz łączność tych ziem z Czechami, poprzez Śląsk i swych lenników, tamtejszych książąt. I dalej, posiadając zachodnią Starszą Polskę, czynisz sobie, królu, dobre wyjście na Brandenburgię, co do której masz od dawna interesujące plany.

Markward von Sparenberg wreszcie dostrzegł rozszerzone z zaciekawienia oczy króla Jana — jakby już oglądał *mappa mundi.* I obserwował, jak się zastanawia, jak zakładając włosy za ucho, myśli o połączeniu ziem, liczy, czy to nie za mało. Nie pomylił się.

— Chcę Gniezna — powiedział Jan Luksemburski. — To serce królestwa i prawa do koronacji.

— Serce bije w żywym, nie w martwym — odpowiedział mu na to Markward i zamilkł.

— Nie rozumiem — zmarszczył czoło Luksemburczyk.

— Miasta żyją i umierają — wyjaśnił Markward. — Dawne stolice obracają się w proch, by zrobić miejsce nowym, piękniejszym i potężniejszym. Utrzymywanie pamięci o Gnieźnie nie leży w interesie Zakonu i powiększonego Królestwa Czech. Naszą główną siedzibą jest Malbork, największa twierdza tej części Europy — mówiąc to, pożałował, że Jan nie uległ namolnym prośbom Wernera i nie odwiedził Malborka. — Ale zbudowaliśmy ją z niczego. Z wioski nad Nogatem, z błota. Ty, królu, gdy zdobędziesz swoją część Starszej Polski, być może zechcesz zbudować Jansburg? Nowe miasto na swoją cześć i chwałę.

Henry de Mortain pochylił się do ucha Jana i szeptał o czymś przez chwilę.

— Chcę Gniezna — powtórzył z uporem król.

— Nie jest w mojej mocy obiecanie ci tego miasta. Plany mistrza Luthera są inne — odpowiedział Markward nieustępliwie, ale uprzejmie i znów poczuł woń swego potu.

— Zastanawia mnie wasz upór. — Luksemburczyk obrócił jednym ze swych pierścieni. — Czy ma to jakiś związek z pogłoskami o ukrytym w państwie zakonnym pogaństwie?

— To potwarz zwykle powtarzana przez wrogów Zakonu — grzecznie uśmiechnął się Markward i ugryzł w język. Brakowało mu śliny.

— Mam dowody — lekko rzucił Jan. — I jeśli nie dogadamy się w kwestii Gniezna, przedstawię je.

— Nie rozumiem. — Markward zrobił najniewinniejszą ze swych min.

— Odbyłem kształcącą podróż po państwie zakonnym — odezwał się Henry de Mortain — z której poza wieloma informacjami przywiozłem kilka artefaktów. Wśród nich zasuszone ciało Żmija, pół dziecka, pół potwora. Przyszło na świat z pogańskiego związku pobłogosławionego przez kapłanów Trzygłowa zwanych Starcami Siwobrodymi. Trzymamy to w Pradze, wciąż zastanawiając się nad tym, co powie Ojciec Święty, gdy takie dziwo zobaczy. Dodam, iż miejscem urodzenia Żmija były okolice Dzierzgonia, czyli komturii, w której służysz, bracie Markwardzie.

— Wieśniacy potrafią opowiadać niestworzone historie — zaśmiał się Sparenberg lekceważąco.

— A my mamy na nie dowody w swoim skarbcu — zimno powiedział Jan Luksemburski. — Papieski inkwizytor przeprowadzi dochodzenie i ustali, ile prawdy w tych opowiadanych przez prostaczków historiach.

— Nie mam pojęcia o żadnym Żmiju — oświadczył Markward, a mozaika z gorgonami, na którą ledwie rzucił okiem, gdy wchodził do komnaty, wydawała mu się palić za plecami.

— Tym gorzej — powiedział Luksemburczyk, a w jego głosie zabrzmiała groźba. — Nietrudno będzie dowieść przed papieskim trybunałem, że władza, jaką rzekomo sprawujecie w Prusach, jest iluzoryczna. Albo — król przekrzywił głowę w sposób, jakiego Markward wcześniej u niego nie widział — że z rozmysłem wspieracie pogaństwo wśród waszych poddanych, by w każdej chwili wykazać niezbędność Zakonu do nieustannej chrystianizacji.

— Śmiałe przypuszczenia — powiedział Markward. — Obrazoburcze nawet.

— Nie oczekuję, iż się do czegoś przyznasz w imieniu Zakonu — uśmiechnął się lodowato Jan. — Chcę Gniezna na wyłączność.

— Leży po prawej stronie Warty.

— Granice, o których rozmawiamy, są płynne. Ja lubię sięgać daleko. A wam będzie zależało na dobrym sąsiedzie i wiernym sojuszniku. — Wzrok króla znów przesunął się z twarzy Markwarda na upiorne stwory na ścianie za jego plecami.

— Nic tak nie spaja sojuszu jak zaufanie — powiedział Markward, a w myślach dodał gorzko: i szantaż.

— Zatem zaufaj mi, że tak będzie lepiej — szeroko uśmiechnął się król Jan, choć jego oczy pozostały nieporuszone.

— Przedstawię twą sugestię mojemu mistrzowi, królu — podjął się wyślizgania z tej niebezpiecznej kwestii Markward. — Tymczasem uważam ją za drugorzędną. Najważniejsze są dwie: zgoda na wspólny atak i zgoda na podział ziem. Samo Gniezno pozostawmy kwestią otwartą.

— Wolę mieć najpierw przychylność twego mistrza — uśmiech nie schodził już z twarzy Luksemburczyka.

Czuje, że zyskał przewagę — pomyślał o wymagającym przeciwniku Markward, szykując się do kontrataku.

— To wymaga czasu, królu Janie, a szkoda tracić go na kursowanie gońców, gdy silną stroną oferty, którą przywiozłem od mistrza, jest czas właśnie — powiedział na rozgrzewkę. — Z końcem czerwca upłynie rozejm i Zakon ruszy na Polskę. Jeśli chcesz wziąć udział w polowaniu i pokocie, musisz włączyć się w nie teraz, a nie, gdy obrócą posłańcy.

— Teraz zajęty jestem sprawami moich signorii w Lombardii — odpowiedział Luksemburczyk lekceważąco. — Nie porzucę ich dla niepewnych zdobyczy w Królestwie Polskim.

Nieprawda — wiedział swoje Markward. — Twoja rejza italska dobiegła końca. Więcej nic nie zwojujesz w Lombardii, a jeśli utrzymasz tę domenę, to tylko dzięki pieniądzom, które zdobędziesz w Starszej Polsce. — Krzyżak westchnął, jak zrobiłby to mnich umęczony przeciągającą się liturgią godzin. I dopiero wtedy powiedział:

— Teraz albo nigdy, królu Janie. My rozstrzygniemy sprawę tej jesieni, bo dla nas to pewna zdobycz, nie rajski ptak na dachu odległego pałacu. Takie jest pragnienie mistrza Luthera z Brunszwiku. Czas odwlekania skończył się wraz ze śmiercią mistrza Wernera.

— Zatem zgoda — nagle zmienił zdanie Jan, nieodgadniony niczym Meduza. — Zbiorę wojsko i wkroczę od południa.

— Doskonale — ukłonił się Markward — my zrobimy to od północy.

— Miejsce spotkania wojsk?

— Kalisz. Po równo z Pragi i Malborka.

— Kiedy?

— To pytanie do ciebie, królu. My jesteśmy gotowi od zaraz. Ty musisz zebrać wojsko.

— Potrzebuję trzech miesięcy — odpowiedział bez namysłu król.

— Za długo.

— Dwóch — skinął głową.

— Dobrze — zgodził się Markward. — Zatem postanowione.

— I podzielone — przesądził Jan Luksemburski.

— Nim przybędziesz, zdążymy spalić przedpola, królu. Urządzimy Polakom dożynki — powiedział Markward von Sparenberg, bo prawdziwi zwycięzcy są wspaniałomyślni.

Wychodząc z audiencji, rzucił okiem na mozaikę. Twarz Meduzy była odrażająca, groźna nawet po śmierci.

Muszę szybko donieść mistrzowi o tym, co król Jan trzyma w praskim skarbcu — pomyślał Markward i z ulgą wyszedł na przestronne schody. Idąc ku wyjściu, pogratulował sobie — Zyghard von Schwarzburg uznałby mnie za dobrego ucznia. Gdyby nie to, że ma na sojusz z Janem zdanie całkowicie odrębne.

JEMIOŁA ruszyła do kwieciszewskiej ostoi. Zabrała ze sobą z matecznika Kulkę, córkę Wiąza, licząc, że towarzystwo bliźniaczek, Maliny Jeżyny, dobrze zrobi dziewczynce na co dzień żyjącej wyłącznie wśród dorosłych. Wzięła też Bylicę z Lebiodką, bo widziała, że obie schną w mateczniku z poczucia winy, od którego ona nie umiała ich uwolnić.

— Matko! — powitał ją Woran u progu swojej chałupy, a gdy wpadli sobie w ramiona, szepnął: — Siostro.

— Zdążyłaś na zażynki! — ucieszyła się Manna i potarła policzkiem o jej policzek. Pachniała miodem, śmietaną i świeżo roztartym w palcach zbożem. Jej obfite piękno było w rozkwicie. Usta lśniły czerwienią maków, ciemne włosy wymykały się spod kwiecistej chustki niesfornie.

— Jak ci się znudzi Woran, wybierz mnie — szepnęła jej Jemioła.

— Musiałby się świat skończyć — zaśmiała się Manna i już obejrzała za ukochanym tęsknie. — Nic nie poradzę, Jemioło — poruszyła ramionami, a jej pełne piersi zakołysały się pod koszulą. — Jesteś od niego sto razy piękniejsza, ale z roku na rok kocham go bardziej, nie mniej.

Z boku chałupy przemknęło stado gęsi, rozszczekały się psy.

— Wciąż masz cudko. — Jemioła zauważyła przejrzysty bursztyn na jej szyi.

— Zgubiłam je tyle razy — Manna pokazała w uśmiechu rząd lśniących zębów — ale Malina Jeżyna znalazły. Gdzie też one teraz? — rozejrzała się za córkami.

— Pobiegły gdzieś z Kulką — powiedziała Dziewanna, kłaniając się Jemiole, po czym wysypała z zapaski na stół młode jabłka.

— Och... — westchnęła Manna — znajdziesz je, zanim oskubią Matkę Boską? Widziałaś naszą Mokosz? — spytała Jemiołę, biorąc ją pod ramię i prowadząc do ławy. — Tutejsi myślą, że to Najświętsza Panienka, i wciąż jej znoszą dary. A moje nicponice objadają ołtarz z miodu, ciastek i orzechów. Mówiłam, że kiedyś ktoś je przyłapie i dostaną za swoje, ale one uszy mają tylko dla siebie, nie dla matki.

— Polecę za nimi — powiedziała Dziewanka, łapiąc spadające ze stołu zielone jabłko. — Nie ma co przed żniwami się miejscowym narażać.

— Leć, leć — poprosiła Manna, już sadzając Jemiołę na ławie pod lipą. — Tutejsi zaczynają żniwa wyłącznie w dni poświęcone Maryi, w sobotę albo środę. Wypada jutro, więc dzisiaj naznoszą darów, a Malina Jeżyna tylko na to czekają. — Manna podała Jemiole kubek kwaśnego mleka. — Zaśpiewamy jutro przepióreczce i zaczniemy zbiory? Zetniesz pierwszy kłos, matko — siostro?

— Pierogów przyniosłam — pokłoniła się starsza kobieta nieśmiało i postawiła na stole parującą misę.

— To Dagmar, matka Ostrzycy — przedstawiła ją Manna — a za nią nasza nowa babunia, Sasanka. Z Dobrzynia, pamiętasz? Wierzbka ją wyprowadziła.

— Z Dziewanką! — usłyszała za plecami Jemioła i poznała głos Wierzbki.

— Każdego dnia cieszę się od nowa, że do nas wróciłaś — powiedziała do niej Jemioła, wstając z ławy i wychodząc zza zastawionego już przez Mannę i miejscowych stołu.

Wierzbka zmrużyła zielone oczy, aż rozeszły się od nich promienie zmarszczek.

— Nie bocz się — położyła jej dłoń na ramieniu Jemioła. — Albo bocz, co mi tam. Nie znoszę cię, bo z roku na rok jesteś piękniejsza.

Wpatrywały się w siebie jak siostry, które przeszły razem niejedno. Wierzbka nic nie mówiła, ale jej usta drżały.

— Wciąż się boisz, że pozwolę Janisławowi was ochrzcić? — spytała Jemioła.

Wierzbka pokręciła głową, ciemny kosmyk spadł jej na brew.

— Gdy uczyłam się pisać — wyznała jej Jemioła — ćwiczyłam na dwóch imionach. Twoim i swoim.

— Zatem zapisałaś mnie — szepnęła Wierzbka i wpadła jej w objęcia. — Dlatego mnie onieśmielasz.

Jemioła czuła jej szczupłe, muskularne ramiona na swoich plecach.

— Co jest? — usłyszały zdenerwowany głos Worana. — Widzicie?

Oderwały się od siebie i spojrzały, gdzie pokazywał. Na północ od wioski wzbił się w niebo słup czarnego dymu.

— Gdzieś płoną pola — powiedziała Wierzbka, przykładając dłoń do oczu. — Albo zżęte snopy. Jakby Goryszewo?

— Albo Kunowo — dorzuciła Dagmar i spod zapaski wyjęła długi, gospodarski nóż. W tej jednej chwili Jemioła zobaczyła, jak jest podobna do swej dzielnej córki. — Ktoś nam zgotował zażynki.

— Dzieci, do domu! — zwołała Manna i przycisnąwszy ręce do piersi, spojrzała w odwrotną stronę, do południowej drogi. Potem obróciła się powoli z powrotem do Jemioły i w jej ciemnych oczach zobaczyli przerażenie. — Malinaaa! Jeżynaaa! — krzyknęła tak rozpaczliwie, że Jemioła poczuła, jak jeżą jej się włosy na karku.

— Woran, skrzykuj obronę — przejęła komendę Jemioła. — Dagmar, zagarnij starszych do chałup. Wierzbka! — Rozejrzała się za siostrą, ale w miejscu, gdzie przed chwilą stała, było pusto. Manna biegła ku kapliczce, do dzieci, których nie było widać na pustej dróżce. Kwiecista chustka spadła jej z włosów i wolno leciała w pył drogi.

— Masz. — Wierzbka wyrosła przy niej z powrotem i wcisnęła w dłoń Jemioły łuk i kołczan. Matka rozejrzała się, chcąc szybko zorientować się, co robić. Widziała Worana biegnącego na północną rubież wioski. Słyszała świst jego piszczałki, po chwili z lasu wybiegli Posłonek, Wrzos, Grab, jacyś bardzo młodzi chłopcy i dziewczęta. Każdy z nich miał na plecach kołczan i łuk.

Kwieciszewo miało być ostoją, nie linią obrony — przemknęło przez głowę Jemioły.

— Dołączcie do Worana — rozkazała Wierzbce, Bylicy i Lebiodce. — Ja biegnę do Manny. Wrócę do was, jak ukryję dzieci.

Ruszyła ku kapliczce, przekładając kołczan przez plecy. Dlaczego nie wzięłam ze sobą Śmigłej? — przeszło jej przez głowę. Suka byłaby szybsza niż ja. Przed ostatnią chałupą stała Dagmar. Przy nodze miała siekierę, drzwi zawarła drągiem.

— Matko — zawołała do niej. — To może być Jarogniew!

— Skąd wiesz? — odkrzyknęła Jemioła, nie zatrzymując się.

— Stąd — powiedziała stara Dagmar, uderzając się pięścią w pierś.

Jemioła wypadła na drogę. Kapliczka już majaczyła na jej końcu, a przy niej tuman kurzu. Nic nie widziała. Na prawo od drogi był odkryty kawał pola, to tutaj jutro mieli zacząć żniwa. Po lewej łagodnym zboczem schodziła w dół łąka kończąca się zaroślami okrywającymi Małą Noteć. Może Manna już chwyciła dzieci i wbiegła z nimi w te niskie krzewy? Tuman kurzu nie wróżył nic dobrego. Taki pył zrobić mogą tylko jeźdźcy.

Usłyszała ich w tej samej chwili. Rżenie koni i szczęk żelaza. I głos po niemiecku:

— *Rechts!*

Była sama na odkrytej przestrzeni. Od kapliczki dzieliło ją dwadzieścia kroków. I wtedy wyjechali z pyłu krzyżaccy jeźdźcy. Złożyła się do strzału, wycelowała w twarz, jedyny nieokryty żelazem kawał ciała.

— *Gerade!* — zdążył krzyknąć jeździec, chlusnął krwią i uwolnił od siebie konia. Z głuchym łoskotem spadł na kwieciszewską drogę. Ogłupiały wierzchowiec popędził w zarośla. Za nim Jemioła. Padła na ziemię za pierwszą linią krzaków. Uklęknęła, wycelowała, strzeliła. Szary brat zwiesił się przez koński grzbiet.

— *Achtung!* — zawołał kolejny, wstrzymując w biegu konia.

Szyła z łuku raz za razem, jak kiedyś, jak w czasach, o których naiwnie myślała, że odeszły w niepamięć. Spadali kolejni, byli bezradni wobec jej strzał wypadających znienacka. Policzyła ich. Tuzin braci, wśród nich tylko jeden w białym płaszczu. Może myliła się stara Dagmar? Może to tylko Krzyżacy? Parę razy chybiła i gdy nadjechał ostatni, jej ręka zawisła nad pustym kołczanem. Ten krzyknął, koń zatańczył w miejscu i nim zdążyła wyskoczyć, zawrócił i pognał, skąd przyjechał.

— Manna? — zawołała Jemioła. — Jesteś tu? Manna?

Słyszała swój głośny oddech i nic więcej. Dalekie rżenie uciekających, uwolnionych od jeźdźców koni, jęczenie kilku rannych.

— Manna! — krzyknęła głośniej.

— Ja tu jestem — odpowiedział jej dziecięcy głos. Nieprzestraszony, zniecierpliwiony. — Ja, Kulka, tu jestem. I mam te Maliny. Trzymam je za włosy.

— Dzięki ci, Matko — jęknęła Jemioła i pobiegła przez chaszcze w stronę głosiku Kulki. Bliźniaczki leżały pod krzakiem głogu, naprawdę przyciśnięte przez Kulkę do ziemi.

— Puść je — sapnęła Jemioła, dopadając do nich.

— Nie mogę — twardo powiedziała córka Wiąza. — Chcą lecieć do matki.

— Gdzie ona?

— Zabrał ją Krzyżak. Taki gruby, czarny i włochaty. Wziął za kark i wrzucił sobie na konia. — Kulka otarła nos, z którego leciała krew. — Dziewankę zabrał inny, w szarym płaszczu i kapeluszu z żelaza. Wyglądał jak przygłup, a był silny.

— Puść je. — Pochyliła się nad dziewczynkami i położyła im ręce na czołach. — Malina Jeżyna, słuchacie mnie, jestem matką matek — wyszeptała zaklęcie. Bliźniaczki uwolnione przez Kulkę wstały na czworakach, patrzyły na Jemiołę błędnym, zrozpaczonym wzrokiem. — Macie już po pięć lat, jesteście duże — oświadczyła im.

— Akurat — pociągnęła nosem Kulka.

— Jesteście duże i mądre. Wstańcie. — Dziewczynki podpierając się, wstawały z kolan, a Jemioła pogroziła Kulce palcem. — Robicie tylko to, co wam powiem, jasne?

— Dobrze, matko — odpowiedziały chórem.

— Czekajcie na mnie — przykazała i skoczyła z powrotem na drogę. Wyszarpała strzałę z oka zabitego żelaznego brata. Wypłynęło jak żółtko z rozbitego jaja, gdy wyjmowała grot. Zebrała pozostałe i napełniła kołczan. Wróciła po dzieci i oglądając się za siebie, przebiegły z powrotem do wioski. Na północnej stronie Kwieciszewa płonęły strzechy i słychać było odgłosy walki. Ale Dagmar stała w drzwiach chałupy jak skała.

— Zabieramy starców i dzieci — rozkazała jej Jemioła. — Są w innych chatach?

— Nie — zaprzeczyła Dagmar. — Wszystkich zebrałam tu.

Odrzuciła kłodę tarasującą wejście i krzyknęła do środka:

— Wychodzić!

— W las, nad rzekę — zarządziła Jemioła, patrząc na korowód staruszków i dzieci. Naliczyła ich dwa tuziny. — Pomóż mi — rzuciła Kulce, widząc, że mała strzela oczami w stronę broniących się na północy. — Bez ciebie nie uratuję tych ludzi.

— Dobra — nadęła policzki Kulka i zawołała do wychodzących z chałupy dzieciaków: — Trzymać się za ręce i nie beczeć! Słuchać się mnie! Nazywam się Kulka i jestem…

— Przyboczną Matki — przyszła jej z odwodem Jemioła. — W las, za nami!

Malina Jeżyna, wciąż pod wpływem zaklęcia, biegły w równym rytmie. Dołączyły do nich dzieciaki zagarnięte przez Kulkę. Starcom pomagała Sasanka i Dagmar.

— Strzeż tyłów — rzuciła tej ostatniej Jemioła i wybiegła naprzód. Dopadła brzóz na skraju lasu, ich szum był niespokojny, mówiły do niej, ostrzegały. Dojrzała wody Małej Noteci majaczące w dole. Wciąż słyszała odgłosy walki, którą toczył Woran. Pomyślała do niego:

Zabrałam najsłabszych. Idę za rzekę, na wschód.

Walczymy z półbraćmi — odpowiedział jej Woran. — *Tu nie ma białych płaszczy.*

Półtoraoki — wywołała.

Niejeden — zaśmiał się krwawo w oddali — *celujemy w twarze. Masz moją żonę i dzieci?*

Tak — skłamała w połowie, oglądając się na bliźniaczki. — *Pokonaj ich* — poprosiła, nie rozkazała.

Nie odpowiedział, przesłyszała się pewnie, gdy w jej głowie rozdarł się jęk umierającego. Odetchnęła, to nie był Woran.

— Przejdziemy przez rzekę — odwróciła się do ludzi za sobą — jest płytka, a za nią przepastne lasy. Zapadniemy w nie jak w ciemność.

Jakieś dziecko zakwiliło:

— Mama…

— Ja jestem teraz twoją mamą — zamotała zaklęcie — i was wszystkich. Róbcie tylko to, co mówię. Wchodzimy w wodę. Woda jest nasza…

Stanęła z boku, pilnowała przeprawy. Najmniejsze z dzieci chwytała na ręce, przenosiła i wracała po następne. Mała Noteć miała szare, niepewne wody. Nurt chlupotał niespokojnie, kipiał lękiem.

— Chodź, Patko — szeptała Sasanka do zgiętego w krzyżu staruszka, prowadząc go pewną ręką.

Na drugim brzegu przeliczyła wszystkich. Obejrzała się w stronę Kwieciszewa. To samo zrobiła Dagmar. Obie zobaczyły łunę pożaru i Jemioła uciszyła wzrokiem matkę Ostrzycy.

— Poradzą sobie — powiedziała twardo. — Mój brat…

— Wiem — uniosła podbródek Dagmar. — Wiem, Matko.

Jemioła wyszła na przód; prowadziła swą gromadkę w podszyte mchem knieje.

— Las kocha swoje dzieci! — zawołała w zieleń.

Malina Jeżyna potknęły się o korzeń, jedna podniosła drugą.

— Dzieci kochają las! — odpowiedział jej męski głos z zarośli.

— Jarogniew — poznała go w jednej chwili i dała znać Kulce, by wstrzymała pochód. Sięgnęła po strzałę, naciągnęła cięciwę.

— Mam cię — usłyszała z korony drzewa. Błyskawicznie wymierzyła między konary. Zobaczyła go. Siedział okrakiem na grubej gałęzi dębu i celował do niej, jak ona do niego.

— Jeszcze możesz się cofnąć — powiedział, jak kiedyś, w jej śnie.

— Ty też — zachęciła go. — Wciąż nie jest za późno. Porzuć żelaznych braci, bo to obcy.

— Porzuć króla — odpowiedział. — To Piast.

— Jesteśmy tu sami — powiedziała — ty i ja. Strzelimy?

— Ty jesteś sama — zaśmiał się spomiędzy dębowych liści. — Nie ja.

W tej samej chwili usłyszała szelest i zobaczyła jego ludzi. Leśnych chłopców wychodzących z napiętymi łukami zza drzew.

— Jesteście synami Matki — wyszeptała zaklęcie.

— Nie! — Jarogniew rozerwał je, strzelając pod jej nogi. — Jesteście szczeniętami wilków!

Trzy tuziny strzał otoczyły Jemiołę, wbijając się miękko w mech u jej stóp. I wtedy wyszli. Nie widziała ich od lat. Trzej Starcy Siwobrodzi wyłonili się jak duchy zza drzew, u kolan każdego z nich szedł zaklęty wilk.

— Matka w potrzasku — powiedział pierwszy.

— …na naszej łasce — wszedł mu w zdanie drugi.

— …niełasce, którą karzemy zdrajców — wykończył wyrok trzeci, ten bezręki.

— To wy zdradziliście Starszą Krew — odpowiedziała, celując kolejno do każdego z nich. — Weszliście w zbrodniczy sojusz z żelaznymi braćmi. A to przed nimi przestrzegało niegdyś wasze proroctwo.

Zapomnieliście? Tyś wieszczył — wskazała strzałą na środkowego — dzieci odrywane od matek, brane przez nich na sznur.

Znów trzy tuziny strzał wylądowały wokół niej, ostrzegawczo. Zginę — zrozumiała i powtórzyła natarczywiej:

— Las kocha swoje dzieci! Dzieci kochają las!

— Czas? — usłyszała starczy głos wysoko, między koronami drzew. Uniosła głowę i w świetle zachodzącego słońca oślepiło ją purpurowe światło.

Przez zarośla przeszedł wysoki świst. Łucznicy Jarogniewa skurczyli się, a wilki podkuliły ogony.

— Czaaas? — powtórzył potężny głos, zjeżdżając między konarami drzew, ześlizgując się po pniu dębu.

— Biesico! — poznała głos Jemioła. — Obiecałaś mi czas. Potrzebuję go teraz!

— Hi, hi, hi, hi — straszny chichot wstrząsnął lasem. Tak potężny, że poleciały liście z drzew, jak pod uderzeniem jesiennej wichury. Jemioła wciąż stała z napiętym łukiem, celując do Starców, ale oni zniknęli, wtopili się w pnie drzew, a ich wilki rozwiały się w podmuchu wiatru.

— Masz swój czasss! — wrzasnęła Biesica i igły na sosnach stanęły dęba, zbrązowiały i opadły. Mchy uniosły się z poszycia lasu, zwirowały, odwracając zielone poduchy korzeniami do góry, otrzepały z nich ziemię i piach, a drobiny zawisły w powietrzu niczym aksamitna zasłona. Grzyby przewróciły się kapeluszami w dół, trujące krople muchomorów trysnęły w oczy wojowników Trzygłowa, aż zamarli w grymasie bólu, Biesica zaś oplotła sinymi, kościstymi ramionami szyję Jarogniewa, całując jego dwubarwne oko sinymi ustami. Diadem królowej lśnił rubinem na jej czole, na sztywnych, poskręcanych włosach.

Czas zamarł. Zastygł w miejscu dla wrogów.

— Biegiem! — zawołała do Kulki i dzieci Jemioła. — Przed siebie!

Sama ruszyła na pomoc starszym. Podtrzymywała ich trzęsące się ramiona, widziała oczy zachodzące z przerażenia bielmem.

— Biegiem — prosiła ich stare nogi, wykrzywione stawy, opuchnięte kostki. — Już nas tu nie ma!...

Mijali zastygłych z napiętymi cięciwami wojowników Jarogniewa, którzy widzieli, że ucieka im zwierzyna łowna, i nic nie mogli zrobić. Byli skamieniali zaklęciem Biesicy. Strzały gotowe do lotu drżały zatrzymane w ich dłoniach. Białka ich oczu poruszały się w miejscu, nie rozumieli, co się dzieje z siłą ramion, która nigdy wcześniej ich nie zawiodła.

Jemioła czuła, jak gęste jest powietrze. Jak zatrzymał się w nim wszelki podmuch. Z szacunkiem pokłoniła się Biesicy, demonowi starszemu niż ona.

— Masz siwe włosyyy — zaśpiewała Biesica rozbawiona jej ukłonem. — Jesteś stara. Szukaj następczyni.

— Widzisz ją, babko! — szybko krzyknęła Jemioła, wskazując przed siebie.

— No pewnie! — zaśmiała się demonica, patrząc na prowadzącą dzieci Kulkę.

— Przytrzymaj Jarogniewa dłużej — poprosiła Jemioła, widząc, jak staruszkowie z trudem pokonują las.

— Porzuć ich — lekko odpowiedziała Biesica. — Są niepotrzebni.

— Nie! — zawołała Jemioła. — Są moi!

— Ten głuchy też? I ta, co się potyka? Co to za starość, gdy ciągniesz nogę za nogą? — zadrwiła.

— Nasza, ludzka — odpowiedziała jej Jemioła. — My w dzieciach widzimy starców, a w starcach ukochane dzieci…

— Głupota — zachichotała Biesica. — Ale ma swój urok. Dlatego wciąż kocham ludzi, bo bywają jak ty, sentymentalni. Idźcie — rozkazała nagle ostrym głosem. — Potrzebuję siły, by powstrzymać Siwobrodych.

— Zatrzymaj ich, proszę! — wykrzyczała Jemioła.

— Jak się ma mój królewicz? — krwiście zaśmiała się Biesica.

OTTO VON LAUTENBURG prowadził oddział na Pyzdry. Wcześniej była przeprawa pod Wyszogrodem i Bydgoszcz. Tam się rozdzielili. Czerwony Wilk, czyli nowy marszałek Altenburg, ze szpitalnikiem Oettingenem, pociągnęli na Inowrocław, a on ruszył przez wsie arcybiskupie na południe.

Wielki mistrz dał im tydzień, a rozkaz brzmiał: „Spalić przedpola. Zrabować zbiory. Spustoszyć i zniknąć". Lautenburg robił to z całego serca, uczciwie. To była jego prywatna zemsta za ziemię chełmińską. Jego ziemię, na której w tym roku nie będzie plonów, bo nie podniosła się ze zniszczeń po rejzie króla z poprzedniego roku.

Luther dał mu dwa oddziały pruskie, Rotę Wolnych Prusów pod Symoniusem i liczącą trzy tuziny konnych łuczników grupę niejakiego Jarogniewa. Ci pierwsi byli karni i wykonywali rozkazy. Drudzy zaś bitni, nieustraszeni i okrutni. Ciężko było nimi dowodzić. Otto chwilami miał wrażenie, że ich wódz nie rozumie, co się do niego mówi. Pod Kwieciszewem mieli wyłapać baby, co z dzieciakami zbiegły do lasu, a zniknęli na pół dnia, pod ziemię się zapadli i wrócili z niczym. Ale odrobili w kolejnej wsi, Młodojewie. Spalili wioskę razem z kościołem, do cna, do ostatniej belki. I stada przypędzili, które czeladź zakonna zabrała do ziemi chełmińskiej. Potem w miasteczku Słupca też spisali się dobrze, choć musiał ich upominać, by nie zabijali mieszczan. Mieszczanin dobry jeniec, będzie się miał za co wykupić, pognano ich w pętach do Torunia, rejza nie może się opóźniać. Miał ze sobą specjalny oddział do konwojowania jeńców i odwożenia zrabowanych dóbr. Kolejne trzy wsie obrócili w jeden dzień, Kąty, Ciążeń i Samarzewo, poszło szybko, a Symonius i Jarogniew tym razem działali jak jeden zgrany oddział.

Otto von Lautenburg wolał wielkie bitwy i oblężenia niż rejzy rabunkowe. Wolał dowodzić oddziałami liniowymi w polu albo rozbijać mury, wysyłać taran do strzaskania bramy, czuć woń smoły i nieporównywalną z niczym radość, gdy chorągiew z czarnym krzyżem zatykano na zdobytą basztę. Jednak uznawał wartość niszczycielskiej rejzy jako wstępu do wojny. Szanował zasadę, która sprawdzała się zawsze: po spalonym przedpolu wojsko kroczy bez przeszkód. Poza tym miał od Luthera zadanie specjalne. To ono sprawiało, iż jego oddziały unikały większych miejscowości, omijały miasta, które mogły się bronić; nie wieźli ze sobą żadnych wozów, nic, co mogłoby ich spowolnić.

— Komtur mnie wzywał? — pokornie ukłonił się przed nim Symonius.

— Tak — potwierdził Lautenburg niemiło zaskoczony, że Prus podszedł bezszelestnie jak kot. — Weźmiesz Rotę i ruszysz na klasztor w Lądzie.

— Mamy złupić klasztor? — Przez twarz Symoniusa przebiegł skurcz.

— Nie — uspokoił go Lautenburg. — Jest obwarowany, to trwałoby zbyt długo. Złupicie dobra klasztorne i poharcujecie w okolicy, tak by was widziano. Macie ściągnąć na siebie uwagę. Jeśli zakonnicy zdołają wezwać okoliczne rycerstwo do obrony, to zwiążcie ich walką albo wódźcie za sobą po lasach.

— Jak długo?

— Dwa, trzy dni, nie więcej. Potem mamy rozkaz wracać.

— Co z jeńcami? — spytał Symonius.

— Nie bierzcie — machnął ręką komtur. — Tylko będą zawadzać. Zakonnik w niewoli to niezręczny jeniec, a tych znaczniejszych ja będę miał. — Serce zaczęło mu walić jak młotem na myśl o tym, jakie zadanie postawił mu mistrz.

— Pytałem o te kobiety. — Symonius wskazał na dwie związane dziewczyny, które wywieźli z Kwieciszewa.

Otto przygryzł wargę. To był jego pierwszy raz, gdy uprowadził sobie brankę. Trafiła mu się na drodze, pod kapliczką. Piękna jak malowanie. Obfita w kształtach, aż ślinka napływała do ust. Tyle że harda, okropnie harda. Gryzła, drapała i pluła, gdy próbował się do niej zbliżyć. „Skorzystać można na miejscu", tak mawiał jego mistrz wojenny, Henryk von Plötzkau. „Zwożenie branek do ziemi zakonnej jest naganne i niedozwolone". Łatwo mówić, nieżyjącemu mistrzowi musiały się trafiać jakieś łatwiejsze albo bardziej przestraszone.

— Zostaw — powiedział do Symoniusa. — Zajmę się nimi. Ty masz wyruszyć bez zwłoki.

— A Jarogniew?

— Biorę go ze sobą. Mnie się przyda.

— Zrozumiałem — pokłonił się nisko Prus i odszedł. Po chwili Otto usłyszał, jak zwołuje Rotę do drogi: — Siodłać konie!

Lautenburg podrapał się po brodzie i ruszył w stronę branek. Siedziały pod drzewem, miały spętane kostki nóg i dłonie. Ta szczuplejsza, też ładniutka, zwiesiła głowę na piersi, jasne włosy zasłaniały jej twarz. A pulchna piękność przeciwnie, gdy tylko dostrzegła, że idzie do nich, spojrzała mu w oczy wyzywająco. Miała kilka otarć na rękach i spory siniec na czole, Ottona jeszcze bolała żuchwa od tego, jak mu dziewka wyrżnęła w brodę z główki.

— Nie waż się mnie tknąć, dzikusie — syknęła wściekle.

— Ooo… — zaśmiał się cicho, chcąc ją onieśmielić. — Mówisz do komtura, dziewko!

— Kto podnosi rękę na bezbronnych, na dzieci, na starców, ten jest dla mnie dzikusem i mordercą. — Splunęła mu pod nogi.

— Milcz! — zdenerwował się.

— Bo co? Bo mnie zabijesz? — rzuciła mu w twarz.

— Ja ją znam — usłyszał za plecami głos Jarogniewa.

Ten też, jak Symonius, chodził bezszelestnie. Wysoki, wyższy nawet od Ottona, barczysty, z dziwacznymi warkoczykami na głowie. Żeby mężczyzna nosił takie coś? To chyba jakiś relikt z czasów pierwszych Dzikich.

— To Manna — powiedział Jarogniew.

— Manna z nieba, ha, ha — zaśmiał się Otto. — Twarda ta Manna.

— Co ci się stało w oko? — zakpiła z Jarogniewa piękność. — Moje córki ci podbiły czy mój luby, co?

Rzeczywiście, wódz pruski wrócił spod Kwieciszewa z sińcem wokół oka i nie chciał wyjawić, kto go tak urządził. Teraz ślad sczerniał i przypominał wielkie koło, co nadawało mu upiorny wyraz. Uwaga Manny rozwścieczyła go, pochylił się nad nią błyskawicznie, chwycił za koszulę na bujnych piersiach i uniósł, aż trzasnęło płótno i popruło się od pach po brzuch. Jasne, niemal mleczne ciało wylało się przez rozdarcia.

— Zostaw ją! — rozkazał Otto, przełykając ślinę. — Należy do mnie.

Jarogniew puścił kobietę, opadła na ziemię.

— Policzymy się, gdy szlachetny komtur wyrzuci cię w krzaki — zagroził jej zduszonym szeptem. Opluła go.

Ha — pomyślał Otto — nie tylko do mnie taka uparta.

— Podnieś swoich — rozkazał Prusowi. — Zaraz ruszamy w drogę.

— Dokąd? — spytał Jarogniew, nie patrząc na branki.

— Na Pyzdry — powiedział Otto. — Poharcujecie tam, ale dopiero gdy rozkażę, zrozumiano?

Wódz nie odpowiedział. Spojrzał na Lautenburga z góry, aż ten poczuł dreszcz na plecach.

Co jest? — z nagłym lękiem pomyślał Otto. — On ma oko podzielone na pół. Dziwak jakiś — otrząsnął się.

— Zrozumiano? — powtórzył rozkaz.

— Tak — nonszalancko odpowiedział Jarogniew i odwrócił się.

— Arni — Lautenburg przywołał swojego giermka. — Arni!...

— Jestem, panie. — Jasna twarz chłopaka była spocona, choć słońce ledwie wzeszło.

— Wyszukaj wśród czeladzi jednego zmyślnego, każ mu wziąć podjezdka.

— Tak jest.

Lautenburg spojrzał na kobiety. Jego piękność podsłuchiwała, patrząc spod zmrużonych powiek.

— Niech weźmie branki i przyprowadzi do Pyzdr. Nie będziemy sobie nimi głowy zawracać w drodze.

— Dostarczyć do Pyzdr, tak jest. Ale...

— Co?

— Jeden to mało. — Spojrzał na kobiety Arni. — One są dwie, a tu okolica ludna, jeśli napadną na nich miejscowi...

— Weź dwóch — niechętnie przyznał mu rację Otto i pomyślał, że z babami, nawet w niewoli, kupa jest cackania się i dodatkowej roboty. I jeszcze trzeba się w kółko oglądać wokół siebie. Nie zwyobraca takiej na oczach swoich ludzi, to jasne. A ciągnął w krzaki, to mu się oparła. Nie tak to wyglądało w jego fantazji. Tam był niedźwiedziem; po mchu wlókł czarnulkę do barłogu, a ona była omdlała, bezwolna i chętna. Co mu się przypomni sen o dziewczynach, które tarmoszą jego niedźwiedzie runo, to aż gorąco się robi między nogami. Ta krągła Manna mogłaby dać mu rozkosz, gdyby tylko była mniej buńczuczna, mniej krnąbrna. Powinna być ochocza, uległa, powolna, tak jak w jego wyobraźni. Fantazjowanie jest bezpieczne, nie pierwszy raz to do niego dotarło. Marzyć można według własnych reguł.

Ale stało się, porwał sobie te dwie dziewczyny i musi sobie z tym radzić. Już dwa razy słyszał za plecami podśmiechujki szarych braci. Nie weźmie jej, nie posiądzie, zaczną mu się śmiać w twarz.

— Siodłać konie! — zawołał do sariantów rozwścieczony tą myślą. — Siodłać konie! Ruszamy na Pyzdry!

Miał pod sobą trzech braci zakonnych i pięćdziesięciu półbraci. Do tego trzy tuziny wojowników pruskich. Ci ostatni jechali na swejkach. To dobry koń na wyprawy, wytrzymały, odporny, ale nie tak szybki jak wierzchowiec zakonny. Umieścił ich w straży tylnej, a sam poprowadził szpicę. Z Samarzewa mieli naprawdę blisko, konie nie zdążyły się zgrzać. Wiedział, że Pyzdry mają trzy główne bramy: od zachodu poznańską, od południa kaliską i główną, północną, z której wiódł trakt na Inowrocław. I to pod nią zajechali w tumanie kurzu, w chwili gdy ledwie co ją otwarto dla ciągnących do miasta na targ wieśniaków. Zdumieni strażnicy przecierali oczy, widząc biały płaszcz Ottona von Lautenburg. Wyjął miecz, nim oni zdążyli chwycić po topory. Ściął pierwszego w biegu i jego koń już przekroczył most bramny.

— Poddajcie się! — wrzasnął. — Poddajcie się, bo spalimy miasto!

Obrócił się konno, sprawdzając, czy brat Johan wypełnił rozkaz, jaki dostał przed odjazdem. Tak, już go nie było w szeregach oddziału.

— Poddajcie się! — powtórzył i usłyszał bicie dzwonów z klasztoru franciszkanów.

— Panie! — zawołał niski, tęgi mężczyzna w samych portkach i koszuli, najwyraźniej wyrwano go z łóżka. — Ja tu jestem wójtem, wstrzymaj wojsko, rozmawiajmy. Pyzdry bogate, wykupimy się, tylko nas nie palcie.

— Sami weźmiemy, co nam się spodoba — buńczucznie rzucił Otto. — Kasztelana tu nie ma?

— Jam jest — krzyknął mężczyzna w pospiesznie narzuconej na kaftan kolczudze. Pasa nie zdążył założyć, trzymał go w dłoni.

— Ktoś ty? — spojrzał na niego z góry Otto.

— Krzywosąd, dawny *Capitaneus Regni Polonie.*

— Wojewoda? — skrzywił się Otto, grając na zwłokę. Dobrze znał to imię.

— Kiedyś starosta — wyprężył się Krzywosąd. — Przed panem Wincentym Nałęczem urzędowałem.

— Dawny starosta w Pyzdrach? — zakpił Otto. — Co to, zesłanie?

Krzywosąd i wójt wymienili się spojrzeniami i serce Ottona zabiło gwałtownie. Zwiadowcy się nie mylili. Zaraz dostanie to, po co przyjechał. Największy łup tej rejzy.

Wolno przejechał pod murowaną bramą, słyszał kopyta koni jadących za nim sariantów. Jego oczy przesuwały się po domach, uliczkach, zaułkach. Widział wysoką wieżę ratusza w głębi miasteczka. Gdzie go schowali? — myślał.

— Panie — wójt biegł przy jego strzemieniu — panie, rozmawiajmy. Pyzdry bogate, wykupią się.

— Owszem — powiedział, nie zatrzymując konia. — Przyjmiemy okup. Ale nie w srebrze i towarze.

Z okien wyglądali przestraszeni ludzie. Zaułki zaroiły się od nich, trzymali się blisko ścian, blisko drzwi, gotowi uciec w każdej chwili, rozpierzchnąć się jak robactwo do swoich nor. Z przerażeniem patrzyli na Ottona, na jadący za nim oddział zbrojnych z obnażonymi mieczami, z kuszami gotowymi do strzału.

— To może krupy? Kasza? Zboże? Suszone mięso? — wykrzykiwał wójt.

Otto zobaczył umówiony znak. W niebo po zachodniej stronie miasta poszybowała zapalona strzała. Zatrzymał konia, wójt dobiegł do niego i wyciągał ręce w proszalnym geście. Otto pochylił się w siodle i błyskawicznie chwycił wójta za koszulę na piersi i uniósł. Aż strzeliły mu kości w nadgarstku, ale nie puścił.

— Gdzie on jest? — wysyczał w twarz przerażonemu mężczyźnie.

— Kto, kto, panie? — wytrzeszczone oczy wójta nie kłamały. Wiedział dobrze.

— Namiestnik Starszej Polski, królewicz Kazimierz — powiedział Otto von Lautenburg.

— Jego tu nie ma… — zająknął się wójt.

Komtur puścił go, ten upadł na ziemię jak martwy, ale podniósł się szybko, uklęknął.

— Nie ma…

— Ja, komtur ziemi chełmińskiej, Otto von Lautenburg — krzyknął — obwieszczam, że puszczę was wolno, jeśli wydacie królewicza Kazimierza! Jeśli będziecie go kryć, przetrząśniemy każdą dziurę, a na końcu spalimy miasto.

Gdy skończył, zapanowała cisza, ale po chwili z uliczek i zaułków rozniósł się szept:

— Nie ma… nie ma…

— Jego tu nie ma…

— Komturze — zawołał Krzywosąd, który już zdążył założyć pas. — Królewicza nie ma w Pyzdrach.

Otto poczuł, jak uderza mu do głowy gniew. Kiwnął Arniemu, ten wypuścił w niebo umówiony znak.

— Wydajcie go! — zażądał, nie panując nad wściekłością.

— Królewicza tu nie ma — powtórzył Krzywosąd.

W tej samej chwili usłyszeli wycie od bramy poznańskiej. Płomienie pojawiły się niemal jednocześnie. Jarogniew i jego Dzicy wtargnęli przez nią do miasta pod wodzą brata Johana. Teraz podpalając i podrzynając gardła tym, co próbowali im stawać na drodze, gonili w stronę klasztoru franciszkanów.

— Do ataku — powiedział Lautenburg do szarych braci.

Rozprysnęli się jak żelazne iskry między domami. Wyłapywali zbrojnych, walka była nierówna, obrońcy Pyzdr nie mieli szans. Dzwon u franciszkanów umilkł w chwili, gdy z kościelnej wieży strzeliły płomienie. Dzikie wycie Prusów mieszało się z krzykami zabijanych i rannych. Lautenburg westchnął ciężko. Liczył, że spełni marzenie Luthera z Brunszwiku i przywiezie mu w pętach królewskiego dziedzica. Skoro Kazimierz uciekł, karę poniosą Pyzdry. Zamknął zasłonę hełmu. Zapowiadał się długi, męczący dzień.

MICHAŁ ZAREMBA wyprowadził Kazimierza z Pyzdr pod osłoną nocy. Królewicz nie uwierzyłby mu, gdyby nie przyszedł do niego z dawnym joannitą, Gerlandem. Tego znał z oblężenia Lipienka i zaufał mu. Wiadomość, że Lautenburg jedzie na Pyzdry, przyniósł Woran, który śledził komtura po napadzie na Kwieciszewo. A plan porwania dziedzica poznała Jemioła, dzięki jakiejś Biesicy, ale tego nie mówili Kazimierzowi. Lepiej, by nie znał rzeczy, których nie będzie mógł pojąć.

Wyszli z miasta sekretną furtką, wiodącą wprost do Warty. Tutejsi mówili na nią „gówniana bramka", bo tędy usuwano nieczystości z miasta. Gdy owionął ich smród, królewicz nawet się nie wzdrygnął, tylko troskliwie poprawił niesiony na plecach pakunek.

— Pomóc? — spytał Michał.

— Sam poniosę — krótko odpowiedział Kazimierz.

Popłynęli czółnem z prądem Warty, rzeka była zdradliwa, każdy to wiedział, ale Gerland okazał się niezrównanym sternikiem, a Kazimierz niezłym wioślarzem.

Wysiedli kawał za komandorią joannitów, pod Czeszewem, które od lat było w rękach rodu Zarembów. Gerland pchnął puste czółno z nurtem Warty.

— Zmylimy Krzyżaków, gdyby chcieli puścić za tobą, panie, pościg — powiedział. — Prąd zaniesie czółno do Nowego Miasta. A może i do Środy.

Kazimierz skinął głową, sprawdził, czy nieduży pakunek trzyma się mu na plecach równo. Z lasu wyszła Kalina.

— Jesteście — powiedziała z ulgą. — Poprowadzę lasami.

— Pamiętam ciebie, pani — przywitał się Kazimierz. — Z uczty w mateczniku. To tam zmierzamy?

— Nie — zaprzeczyła Kalina.

— Zatem dokąd? — zmarszczył brwi Kazimierz.

— Do Brzostkowa — powiedział Michał. — Mam tam rodzinny dwór, dobrze obwarowany. Będziemy cię gościć, póki nie nadejdą posiłki.

— Uważajcie, teraz będzie grząsko — przestrzegła Kalina, prowadząc ich ścieżyną dla saren.

— Brzostków? — spytał Kazimierz, potykając się o korzeń. — Czy to nie były kiedyś dobra Zarembów?

— Nadal są — potwierdził Michał.

Królewicz zatrzymał się. W półmroku nie było widać wyrazu jego twarzy.

— Chcesz powiedzieć, że należysz do rodu zdrajców?

— Gorzej, panie — oznajmił Michał i poczuł, jak wszystko podchodzi mu do gardła. Nie ze strachu, ze złości. — Ja jestem Michał Zaremba, chorąży króla Przemysła.

— Ten, który go nie ochronił, bo zamiast zadbać o rannego władcę, zajął się pojedynkiem z rodowcem? — W głosie Kazimierza zabrzmiała najwyższa pogarda.

— Tak, ten — powiedział Michał.

— Zaufałem ci — wyrzucił idącemu na końcu Gerlandowi Kazimierz — a ty wiedziesz mnie wespół z dawnym zdrajcą do jego rodowej siedziby. To zasadzka?

— Nie, panie — spokojnie powiedział Gerland, ale wszyscy poczuli napięcie wiszące w powietrzu.

— Przypomnę, że od Matki Jemioły mieliśmy wiadomość o krzyżackich planach — odezwała się Kalina. — A jej chyba ufasz, dziedzicu? Jest ci wiadomym, że to ona cię uzdrowiła ze śmiertelnej choroby?

Kazimierz nie odpowiadał.

— Chodźmy — powiedziała Kalina. — Przed nami kawał drogi. Tu, w środku lasu, nie będziemy mogli cię chronić.

— Krzyżacy nie znają tych dróg — zaoponował Kazimierz.

— Ale mają przy sobie Jarogniewa Półtoraokiego — przypomniał Michał. — Wodza Prusów, wojownika, który porusza się w lasach w dzień i w nocy.

Kazimierz ruszył, ale po chwili zatrzymał się i odwrócił do Michała.

— Idź przede mną — powiedział. — Nie chcę mieć cię za plecami.

— Jak sobie życzysz — skinął głową Michał i wyprzedził młodzieńca.

Szli w milczeniu, równym, szybkim krokiem narzuconym przez Kalinę. Słońce wzeszło, kierowali się na południe, świeciło im z lewej strony. Michał, idąc za nią, raz po raz patrzył na jej szczupłe, nieco przygarbione plecy. Na siwy warkocz związany w węzeł nad karkiem. Tyle miłosnych uniesień przeżył z tą kobietą, a na dobre pokochał ją teraz, jako starzec. Życie jest przewrotne. Jak to, że dzisiaj ratuje przyszłego króla, w miejsce Przemysła, którego nie zdołał.

— Kto zdradził? — zapytał za jego plecami Kazimierz, nie zwalniając kroku.

— Wieść, że namiestnik, syn króla, jest w Pyzdrach, rozniosła się po okolicy — odpowiedział, odwracając głowę. — My w Brzostkowie wiedzieliśmy, a to po drugiej stronie Warty — dodał.

Kazimierz miał oczy niebieskie, ale był wysoki tak samo jak Przemysł i jego włosy, w kolorze ciemnego miodu, też przywodziły Michałowi wspomnienie Przemysła.

— Wybacz, namiestniku — powiedział — ale błędem było zatrzymywanie się w mieście innym niż Poznań. Tam by się Krzyżacy nie ośmielili cię porwać.

Porwanie — przebiegło przez głowę Michała — dzisiaj wszystko sprzysięgło się, by mi go przypomnieć.

— Byłem w Poznaniu, tydzień — z namysłem odpowiedział Kazimierz. — Ale Wincenty Nałęcz dał mi odczuć swą niechęć.

— I co z tego? — Wzruszył ramionami Michał i poprawił się od razu: — Wybacz, panie. Mam na myśli to, że ty jesteś namiestnikiem i nie musisz oglądać się na innych. Może Wincenty potrzebował czasu, by się pogodzić z tym, że odebrano mu starostwo?

— To nie była moja decyzja, lecz króla. — W głosie Kazimierza zabrzmiało tłumaczenie.

— Nikogo to nie obchodzi — odpowiedział Michał i znów dodał: — Wybacz. Chciałem powiedzieć, że ty i stary król to w oczach innych jedno. Tak musi być.

— Czy Nałęcz mógł zdradzić? — zastanowił się na głos Kazimierz. — Dotknięty decyzją króla... mógł powiedzieć Krzyżakom, że zatrzymałem się w Pyzdrach?

— Bzdura — zaprzeczył Michał i przeprosił: — Wybacz.

— Swojemu królowi też mówiłeś takie rzeczy? — zapytał Kazimierz.

— Tak — przyznał Michał. — Mówiłem.

— Oni musieli wiedzieć wcześniej, że jestem w Pyzdrach — ciągnął swoje dochodzenie Kazimierz.

Droga pięła się teraz lekko pod górę, nieznacznie, ale Michał się zasapał. Kalina usłyszała to i zwolniła kroku. Uśmiechnął się do jej pleców.

— Bo patrząc na trasę rejzy, nawet nie kierowali się na Poznań. A wiedziałem na wiecu wojennym w Chęcinach, że Nałęcz obraził się na króla. Na mnie.

— To nie ma znaczenia, uwierz, panie. Takie rzeczy nie przesądzają o zdradzie. Jesteśmy blisko — dodał. — Zaraz miniemy pierwsze czujki.

— Gdzie? — zaciekawił się Kazimierz.

Michał wskazał na korony drzew.

— Wiosną Brzostkowa broni woda — wyjaśnił. — Od północy są bagna, a dalej dziesiątki małych strumyków przecinają ten teren, tak że nieproszony gość prędzej się utopi, niż napije z gospodarzem miodu.

W suchych porach roku mamy drzewne warownie. Kiedyś były też zasieki i wilcze doły, ale to w dawnych czasach.

— Czyj to pomysł?

— Sędziwoja Zaremby — przyznał Michał zadziornie.

— Tego Sędziwoja? — upewnił się królewicz.

— Tak, tego — twardo oświadczył Michał. — Wybacz, panie, ale moi ludzie nie wiedzą, kogo będziemy gościć. Nie powiedzieliśmy im.

— Nie masz zaufania do własnej służby? — W głosie Kazimierza znów zabrzmiała podejrzliwość.

— Mam — uciął Michał. — Ale nie mogłem mieć pewności, że...

— Że mnie tu doprowadzicie żywego, rozumiem.

Kalina świsnęła cicho, wymieniając się sygnałem ze strażnikami. Królewicz, pochłonięty rozważaniem, nawet nie zwrócił na to uwagi.

— A skoro to nie Nałęcz — mówił dalej — to dlaczego, jako wojewoda, wszak ojciec nie zdjął go z tego urzędu, nie poderwał wojska, by bronić Starszej Polski?

— A czy ty, panie, jako namiestnik, wydałeś mu taki rozkaz? — zagotowało się w Michale.

— Nie — powiedział zaskoczony Kazimierz. — Nie zdążyłem. Rejza Lautenburga w pięć dni dotarła do Pyzdr.

— A w jeden dzień dojechałby posłaniec do Poznania — przygadał mu Michał.

— Wojewoda nie jest dzieckiem — twardo odpowiedział królewicz. — Odpowiada za bezpieczeństwo Starszej Polski. Powinien sam wiedzieć, co ma robić. I patrząc z innej strony: króla Przemysła porwali Brandenburczycy, a Nałęcz z nimi spowinowacony. Może stąd przyszedł mu do głowy pomysł? A żona? Z kim jest żonaty Nałęcz?

— Z córką Sędziwoja Zaremby, Zbysławą — powiedział Michał, odwracając się ku niemu. — Moją ostatnią żyjącą krewną.

Zobaczył, jak tężeje twarz Kazimierza. I w tym także wydał mu się niezwykle podobny do Przemysła.

— Jeśli mi nie ufasz, namiestniku — powiedział Michał poważnie — to dam wam konie, broń, jedzenie na drogę i przewodnika. Jak odpoczniesz, możesz wyjechać z Brzostkowa z Gerlandem.

— Nie powiedziałem, że ci nie ufam — odpowiedział Kazimierz.

— O Matko... — szepnął nagle idący za królewiczem Gerland. — Panie, na twych plecach...

Kazimierz speszył się i przystanął w pół kroku. Z największą uwagą zdjął niesiony wcześniej pakunek. Ciemna wełna, którą był owinięty, odchyliła się, zahaczona przez niesforną gałąź i zobaczyli jaśniejące złotem oblicze Najświętszej Marii Panny.

— Święty obraz z Pyzdr — wyjaśnił królewicz. — Zabrałem go, wikary prosił, bym uratował... ponoć słynie z cudów... — Na policzki Kazimierza wystąpiły rumieńce.

Naprawdę mi nie ufał — pomyślał Zaremba. — Nie przyznał się, że niesie święty obraz na plecach.

— Nie ma nic wstydliwego w szukaniu opieki Matki — powiedziała cicho Kalina. — I w oczekiwaniu na cud w chwilach grozy. Chodźmy — dodała po chwili.

Kazimierz osłonił obraz i troskliwie przycisnął do siebie, Gerland, wciąż poruszony, przeżegnał się szybko. Ruszyli w milczeniu. Po dwóch setkach kroków Michał odwrócił się do królewicza i powiedział:

— Brzostków przed nami.

Na warowni u bramy siedział Sowczyk; Michał uniósł głowę, uśmiechnął się do niego. Chłopak otworzył ciężkie dębowe odrzwia. Zaskrzypiały.

— Macie gości! — zawołał do wchodzących. — O, i jednego prowadzicie ze sobą. Wreszcie ktoś młody! — zaśmiał się. — Jak cię zwą? — zapytał.

— Kazik — odpowiedział królewicz i zatrzymał się, podziwiając bramę i wał ziemny.

— Witaj w warowni samych staruchów! — zarechotał bez skrępowania Sowczyk i zeskoczył z bramy.

— Nie wypada... — zaczął Kazimierz.

— A gdzie tam — przerwał mu Sowczyk — oni to lubią, jak się im przypomina!

— Nie dziwię się — pokręcił głową królewicz. — Niby starzy, a przepędzili mnie po lesie, że musiałem nieźle wyciągać nogi, żeby nadążyć.

— O, a nie widziałeś jeszcze, jak pan Michał rzuca nożami! Jak by cię namawiał na grę albo zakład, to nie stawaj z nim! Nie ma sobie równych. Stary joannita też potrafi niejedno.

— Zamilknij, chłopcze — powiedział Michał, widząc, że królewicz znów spina się w sobie i przyciska cudowny obraz do piersi jak tarczę.

— Mówiłeś, że mamy gości? — przypomniała Kalina, odgarniając spocone włosy z czoła. — Kogo?

— Sami zobaczcie — zrobił minę Sowczyk i mrugnął do królewicza. — Dziewuchy jak się patrzy.

Z otwartych na oścież drzwi dworzyska wyszły dwie kobiety. Jedna zatrzymała się w miejscu, druga krzyknęła na ich widok i puściła się ku nim biegiem. Kalina odpowiedziała jej radosnym:

— Manna! Żyjesz...

Bujna i zwinna Manna, z zaczerwienionymi policzkami, zatrzymała się tuż przed nimi.

— Woran cię szuka po lasach! — dorzuciła wzruszona Kalina.

— Uciekłyśmy Lautenburgowi — odpowiedziała Manna, wpatrując się to w Michała, to w nią. — Moje dzieci? Malina Jeżyna... — wyszeptała w napięciu.

— Żyją, Jemioła je uratowała....

— Mokoszy chwała! — popłakała się ze szczęścia. — Cud, cud...

Kalina przycisnęła ją do siebie i patrząc w oczy Kazimierza, powiedziała:

— Cud w chwilach grozy...

Manna szlochała, Kalina gładziła jej plecy, królewicz zagryzł wargi i z czcią przesunął rękę po płótnie zakrywającym obraz.

Spod drzwi dworzyska przyszła do nich Dziewanna.

— A ja ciebie znam — powiedział na jej widok Kazimierz.

Dziewanna stanęła w miejscu jak wryta. Na jej twarz wystąpiły rumieńce, speszyła się. Poprawiła porwaną suknię, ukłoniła głęboko.

— Byłam służką na Wawelu, prawda — wyszeptała. — Najjaśniejszy pan mnie pamięta?

Sowczyk zdębiał. Chyba dotarło do niego, kim jest Kazik.

— Taką dziewczynę — w głosie Kazimierza zabrzmiała pochwała.

Michał z Kaliną spojrzeli na siebie. On chyba nie ma pojęcia o roli, jaką w jego życiu odegrała Dziewanna — pomyślał Zaremba ponuro.

WINCENTY NAŁĘCZ chciał zabić króla. W tamtej chwili, gdy po przysiędze na chęcińskim dziedzińcu bez ostrzeżenia odebrał mu marzenie. *Capitaneus Polonie*, starosta Starszej Polski, jego duma i spełniona ambicja, wszystko wzięło w łeb. Patrzył na tego niskiego starca i chciał mu przegryźć tętnicę. Przed oczami przeleciało mu ich pierwsze spotkanie na Wawelu. Stał w sali koronacyjnej, patrzył na pusty tron. Czekał, a król się spóźniał. Wreszcie wpadł i powiedział: „Czekałeś przez mego syna" i był w tym ojcowski wyrzut. A teraz ten młodzik, złotowłosy chłoptaś, którego trzeba pilnować na polu bitwy, który nigdy niczym nie dowodził i nie władał, będzie namiestnikiem Starszej Polski, kolebki Królestwa. Oto panowie z Krakowa rządzą nami — międlił w ustach swą degradację.

Przeszło mu, gdy zjechał z twierdzy na szczycie góry i zadarł głowę, by na nią ponownie spojrzeć. Wtedy przypomniał sobie biskupa Muskatę, czasy Przemyślidów na tronie, wygnanie Władysława i mu przeszło, wyparował gniew, tak po ludzku. Zrozumiał starego władcę.

— To zaszczyt — położył mu żylastą rękę na ramieniu Andrzej z Koszanowa, herbu Orla. — Królewski syn, jedynak i dziedzic namiestnikiem naszej Starszej Polski.

— I nie zapomnij, że od dzisiaj musimy go niańczyć — dorzucił Mikołaj Doliwa z Biechowa.

— Podcierać nosek, gdy kichnie, i podstawiać nocnik, gdy... — nie przepuścił dobrej rady Jarosław z Iwna.

Brakowało tylko Borka z Grodziszcza, ale ten nie pojechał z nimi do Chęcin. Po spotkaniu w mateczniku został dowódcą zielonych dziewczyn i chłopców i razem z nimi przygotowywał obronę nad jeziorem zaniemyskim. Nie było go więc z nimi teraz, gdy Wincz skrzyknął Starszaków i popędził z nimi ratować Pyzdry. „Niańczyć Kaziulka", jak przepowiadał Mikołaj.

— Chroń nas, Chryste! — zawołał Andrzej, gdy zobaczyli łunę na wieczornym niebie. — Płoną Pyzdry!

— Dalej, dalej! — pogonił Wincz i zaschło mu w ustach. Każda zła myśl, gniew, jaki czuł do króla i królewicza, sprawiały, że wolałby zginąć, niż nie uratować namiestnika. Miał za sobą garść naprędce zebranych zbrojnych i nie miał drugiego z Mikołajów, Grzymality, bo ten rozkazem Władysława od czasu Chęcin siedział z załogą w Inowrocławiu. W takich chwilach, gdy już unosił się w strzemionach, gdy zaciskał palce na rękojeści miecza, brak każdego ze Starszaków odczuwał jak stratę. Już wpadli na przedpola Pyzdr. Dostrzegł podmiejski kościół świętego Krzyża, w płomieniach. Młyn na moście nad Wartą kopcił się czarną chmurą dymu. Brama poznańska była zniszczona. Porąbane odrzwia rozwarte na oścież. Zapadała noc, a Pyzdry jaśniały jak pochodnia.

— Szukać królewicza! — rozkazał i wjechali w buchające płomieniami, rozgrzane jak piec miasto.

Ciął na oślep półbrata w szarym płaszczu, który plądrował skład. Ten padł twarzą do otwartej skrzyni. Wincz skierował konia w stronę rynku i ratusza, stamtąd dochodziły odgłosy walki. Uliczka była opuszczona, składy towarów zrabowane, wszędzie wyłamane drzwi, wybebeszone, splądrowane skrzynie. Gdzieniegdzie leżeli ranni, kobiet i dzieci nie widział. Dusił go dym.

— Nałęcz? — ktoś zawołał.

Odwrócił się, nikogo nie dostrzegł.

— Nałęcz? — wysapał z trudem jakiś człowiek siedzący na ziemi. Na kolanach trzymał głowę rycerza, skrwawioną, że trudno było rozpoznać rysy twarzy. Obaj byli osmoleni, jakby wyszli z ognia.

— Ktoś ty?

— Krzywosąd — stęknął dawny starosta i pokazał na leżącego. — Przed chwilą skonał. Kasztelan krakowski Nawój z Morawicy...

— Co? — Wincentego przytkało.

— Dzicy — powiedział Krzywosąd. — Dopadli go Dzicy, co pod Krzyżakami służą. Ten, który go zabił, zdarł z niego napierśnik, jak skórę ze zwierza...

— Gdzie królewicz? — natarczywie zapytał Wincenty. — Żyje?

— Nie było go tutaj — ledwie łapał powietrze Krzywosąd. — Ostrzegł nas stary Zaremba z Brzostkowa, w nocy zabrali Kazimierza do siebie. A zaraz potem przyjechał z Krakowa Nawój, z wiadomością od króla, też już królewicza nie zastał. Lautenburg wpadł w szał, gdy odkrył, że Kazimierza nie ma w Pyzdrach. Kazał brać jeńców, palić, rabować.

— Chwała Bogu — odetchnął Wincz, myśląc o królewiczu i dodał szybko: — Wybacz. Jesteś ranny?

Krzywosąd machnął ręką i pokazał na rynek.

— Jedź, ratuj, co się da — poprosił.

Królewicz bezpieczny — powtarzał sobie. — Żyje.

— Starszaki! — zawołał w uliczki. — Starszaki!

— Tutaj! — odpowiedział Jarosław z Iwna, zajeżdżając go z prawa.

— Melduję się — znalazł się Mikołaj Doliwa.

— Obecny — dołączył Andrzej Orla.

— Wypchnijmy intruzów z domu! — krzyknął Wincenty. — Tu jest...

— Starsza Polska! — odpowiedzieli chórem.

Lautenburg się ich nie spodziewał. Krzyżacy kończyli wiązanie jeńców na miejskim rynku. Powiązali ich dwójkami, jak zwierzęta. Sami dorośli i sądząc po odzieniu, znaczni. Kupcy, mieszczanie, tacy, co zapłacą okup. Z boku ładowano na wozy skrzynie z łupem. Dwanaście wozów już zapakowanych. Kolejne cztery gotowe do załadunku.

Wincz i jego oddział nie mieścili się w wąskiej uliczce, rozdzielili się, by jednocześnie wpaść na rynek. Już był blisko, gdy nagle tuż przed nim wyrosło jak spod ziemi dwóch mężczyzn o twarzach umazanych sadzą, wykrzywionych, strasznych. Odziani w skórzane pancerze, długowłosi. Wymierzyli do niego z sulic.

Dzicy — zrozumiał. Pierwszy raz zobaczył ich na własne oczy. I w tej samej chwili pojął, że to może być raz ostatni. Byli blisko, wystarczyło, że jednocześnie wsadzą w niego ostrza sulic. Nie czekał, wychylił się w siodle najdalej jak potrafił i odepchnął jedną sulicę mieczem. Drugi wojownik zamierzył się na niego, ale nie zdążył pchnąć, bo z tyłu uderzył go Andrzej.

— Mój pierwszy! — zawołał Orla.

— Mój też — odpowiedział mu uratowany Wincenty, wbijając miecz w pierś tego, którego wcześniej odepchnął. Ostrze utkwiło w skórzanym napierśniku, musiał wyciągnąć je z całą siłą. — Masz za kasztelana krakowskiego! — nie powstrzymał się i jeszcze raz pchnął martwego, w twarz.

— Odepchnąć ich! — zawołał z rynku Lautenburg. — Arni, konia! I tarczę!

Nałęcz szybko szacował siły. Miał czterdziestu ludzi, a na rynku kręciło się trzech białych i ze czterdziestu szarych braci. Ilu było Dzikich?

— Może damy radę — rzucił Andrzej.

— A może głowy — zakrakał Doliwczyk.

Rzucili się na Krzyżaków, nie czekając, aż tamci wsiądą na konie. Wincenty upatrzył sobie Lautenburga. Gruby komtur musiał być zmęczony, skoro łupili Pyzdry od rana. Mikołaj już walczył z szarym bratem, strącił mu kapalin mieczem, a sam niemal dostał pod pachę. Andrzej rwał do zakonnego, który zdążył wskoczyć na siodło.

— Na bok! — zawołał do jeńców Wincenty — bo was stratujemy, na bok! — Pokazał im mieczem kierunek. Powiązani jak zwierzęta na rzeź, bezbronni i przestraszeni, usuwali się, tratując wzajemnie w panice. Kobiety krzyczały, mężczyźni próbowali nimi dyrygować, co przynosiło odwrotny skutek. Potykali się i ciągnęli; sznury utrudniały im ruchy.

Nie mógł się rozpędzić; wozy z łupami tarasowały rynek i krzyżaccy pachołkowie zrobili z nich barykadę, za którą się skryli.

— Lautenburg! — zawołał Wincenty — Stań ze mną!

— A ktoś ty? — krzyknął komtur, zasłona hełmu tłumiła jego głos.

— Wincenty Nałęcz, wojewoda poznański! — Jego koń zatańczył kopytami na bruku.

— Gdzie namiestnik? — wrzasnął Lautenburg, jadąc na Wincza z obnażonym mieczem.

— Ja biję się w jego imieniu! — odpowiedział Nałęcz i natarł. Wyprowadził cios na głowę komtura, ten osłonił się tarczą, konie obróciły się wokół siebie. Ogier Lautenburga był wypoczęty, Wincz poczuł to od razu i komtur też musiał wyczuć swoją przewagę. Poprowadził konia tak, jakby chciał staranować Nałęcza, zepchnął go w bok i wyprowadził potężne cięcie z góry. Wincz zobaczył blask ognia z płonącej wieży ratusza na głowni krzyżackiego miecza. Szarpnął ręką z tarczą, schował się pod nią i na jej dechy przyjął uderzenie. Było jak cios kowalskim młotem. Z bólu niemal rozwarł palce, zdrętwiało mu ramię po bark, a po hełmie przeniosło porażenie aż do żuchwy.

Jest piekielnie silny — zrozumiał i nie był w stanie nic zrobić. Lewe ramię odmówiło posłuszeństwa, wciąż skulony tkwił pod własną tarczą. — Pewnie myśli, że trafił na babę, skoro ciął w nałęczkę w herbie — przeszło mu przez myśl.

Lautenburg wiedział, że jest górą, i najechał na niego ponownie. Wincenty wciąż schylony, skrzywiony na prawy bok pod tarczą, widział wielkie, brunatne oczy jego konia. Czuł jego gorący oddech. I wykonał coś, czego nie zrobił nigdy wcześniej. Coś niegodnego rycerza: pchnął mieczem w łeb tego wierzchowca. Wsadził mu ostrze w oko, oślepiając i zabijając na miejscu. Lautenburg wrzasnął i osunął się z upadającym na bruk zwierzęciem.

Wybacz mi, Boże — pomyślał Nałęcz — ratowałem życie…

To było podłe, wiedział, ale gdyby nie zabił konia, teraz dogorywałby na rynku. Odjechał w pośpiechu, próbował się unieść w siodle, rozprostować lewą rękę. Palce nie słuchały go. Tkwiły w imaczu tarczy jak porażone. Rzucił wzrokiem na pole bitwy. Jeńcy kłębili się z boku, Starszacy walczyli, odbili wozy, ale na rynek wpadli Dzicy wojowie. Z sulicami w ręku; mogli nimi miotać, mogli dźgać, mogli zabijać konie. Jak ja — pomyślał ponuro. — W niczym nie jestem lepszy.

Lautenburga nie zobaczył, hełm ograniczał mu pole widzenia.

Pokonają nas — zrozumiał, gdy z uliczki po przeciwnej stronie nadbiegł oddział zakonnych sariantów. — Trudno, wojewoda nie umiera na słomie — zacisnął szczęki i ruszył w kłąb walki. Chwilę później niemal zderzył się z wjeżdżającym od północnej bramy oddziałem Mikołaja Grzymality.

— Inowrocław padł?! — wrzasnął do druha Wincz.

— Nie! — zawołał Mikołaj. — Odepchnęliśmy marszałka Altenburga! Ruszył na południe, a my przybyliśmy wam z odsieczą.

— Bogu dzięki! — odpowiedział Nałęcz. I zamarł. Altenburg mógł ruszyć na Poznań.

OSTRZYCA leżała na trawie, jej palce bawiły się delikatnymi kłosami, łaskotały ją. Patrzyła na przesuwające się po niebie obłoki. Puszyste, skłębione.

— Myślisz, że na nas patrzą? — spytał Borek.

Nie odpowiedziała. On przetoczył się z pleców na brzuch i znalazł blisko niej, ramię w ramię.

— Płyną sobie po niebie — mówił — i myślą: jacy ci ludzie ładni, jakie mają pogodne życie, gdy tak leżą, on przy niej...

Ręka Borka pogładziła ją po udzie, było mu niewygodnie. Przekręcił się na bok i położył dłoń na jej biodrze. Był najdziwniejszym z mężczyzn, jaki jej się przydarzył. Nie, najnormalniejszym. Przed nim był smok, który wyrwał jej serce, a wcześniej to tylko praca. Okrutny zimnokrwisty margrabia Waldemar. Przebiegł ją dreszcz, nie, nie na wspomnienie. Na rozkosz, którą sprawiały jej twarde palce Borka, na przyjemność, jaką dawał jej słowami. Z nim wszystko było inne, prostsze. Nie chciał od niej niczego i niczego nie komplikował. Po raz pierwszy w życiu śmiała się, kochając. Wygadywał takie zabawne rzeczy w przerwach między jednym spełnieniem a drugim. Przynosił jej piwo na posłanie i chlapał na nią pianą. Szałas, w którym mieszkali, nazywał zieloną komnatą, a gdy którejś nocy obudził ich letni deszcz przeciekający przez gałęzie, zlizywał go z niej zachłannie. Obróciła głowę, by na niego spojrzeć.

— Obłoki zauważyły — mrugnął do niej, na twarz spadł mu kosmyk włosów, odsunął go dmuchnięciem. — I myślą, że...

Położyła mu palec na ustach. Wylądowała na nim biedronka. Zrobił zeza i Ostrzyca parsknęła śmiechem. Przysunęła się, zdmuchnęła owada i pocałowała go w usta.

W tej samej chwili usłyszeli świst kościanej piszczałki. Zamarli. Pierwszy, drugi, trzeci.

— Nasz czas się skończył — powiedziała poważnie.

— Nie — chwycił ją zębami za palec. — Właśnie się zaczął.

Poderwali się z trawy, wiedzieli, co robić, układali ten plan tygodniami. Spojrzeli na siebie tak samo radośni, jak spięci. Chwyciła swój łuk i kołczan. On złapał pas z mieczem.

— Jesteśmy ogniwami w łańcuchu wody — rzuciła hasło.

— Do zobaczenia po walce, kochanie — powiedział do niej i rozbiegli się w swoje strony.

Gdy król i Jemioła w mateczniku wyznaczyli ich dwoje do przygotowania zasadzek na Krzyżaków, Borek zabrał ją w swoje rodzinne strony. Przemierzali je, szukając dobrego miejsca. Na tyle blisko Poznania, by być pewnym, że żelaźni bracia tam się pojawią, i na tyle daleko, by mieć pewność, że wciągane w zasadzkę wojsko nie ruszy na stolicę Starszej Polski. Znaleźli je szybko. Było doskonałe. Pas jezior położonych blisko siebie, na południe od Poznania, zaczynający się od Kępy i ciągnący po Głuszyn. Wcześniej zgarnęli z podpoznańskich wsi ludność z dobytkiem, dzieciakami i starcami. Ukryli ich w lasach nad Wartą, opiekę nad nimi Ostrzyca powierzyła Miodunce, nikt jak ona nie potrafił uspokajać roztrzęsionych kobiet i dzieci, w mateczniku robiła to latami. Natomiast wszystkich zdatnych do obrony i walki wciągnęli do roboty. A było przy czym się uwijać. Pięć wielkich jezior i trzy małe, ich łańcuch łączył się ze sobą niewielkimi rzeczkami, strumieniami, czasem tylko ciekami, teraz, w pełni lata, przyschniętymi i łatwymi do przejścia. Z pomocą chłopów przekopali je, pogłębili i zamienili w wodne przeszkody. Za nimi ustawili wały z wykopanej ziemi, wzmocnione zasiekami. Gdzieniegdzie usypali nieoznaczone brody, w sam raz dla chłopskiej piechoty, zbyt wąskie dla ciężkozbrojnych. Całą sztuką było wciągnąć w tę matnię Krzyżaków. Łupieski charakter rejzy sprawiał, że owszem, unikali oni głównych szlaków. Niszczyli wsie i małe, niezdolne do obrony miasta. Tu, na linii jeziornej obrony, miast nie było, za nią owszem, Śrem nad Wartą. Do Śremu można jednak było iść naokoło, omijając niewygodny pas jezior za Zaniemyślem. Żeby tego uniknąć, rozpuścili plotki od Kostrzyna, Wrześni, Środy, że na starym grodzisku zwanym Szyją, nad jeziorem Bnińskim, są ukryte skarby biskupa Gerwarda.

To był jej odcinek umocnień. Ostrzyca odpowiadała za Szyję. Wbiegła na półwysep, omiotła spojrzeniem. Wszystko wyglądało dobrze. Wody jeziora spokojnie chlupotały o brzegi, obmywając wąski pas lądu. Przysiadło na nim stado wróbli, zaskoczone, że na wodzie nie pływają gęgawy ani kaczki, a nad taflą jeziora nie polują drapieżne mewy.

Krzyżacy nie zauważą — nie zawracała sobie głowy drobiazgami Ostrzyca. — To ludzie żelaza, nie lasu.

Najważniejsze, że gęste krzaki całkowicie zasłaniały wejście na ruiny grodziska. Przyłożyła dłonie do ust i wydała odgłos przypominający wołanie przepiórki. Odpowiedziały jej ptaszki ze stada: Tarnina, Wilżyna, Niecierpek. Zastukała jak dzięcioł. Czuwający na przedpolach Rzepik powinien odpowiedzieć jej stukaniem. Jeden odgłos to dziesiątka zbrojnych. Liczyła. Dwa, trzy, cztery, pięć, sześć, siedem — Rzepik stukał, jakby nie zamierzał przestać. Po dwudziestce przestała liczyć, bo to już nie miało znaczenia. Jest ich za dużo, a jeśli są ciężkozbrojni, jest ich o wiele za dużo. Obciągnęła kaftan, sprawdziła, czy kord gładko wychodzi z pochwy, i zanurkowała w krzaki.

Po chwili usłyszała parskanie koni i szczęk żelaza i... śmiech Symoniusa, a także słodki głos Kulki:

— ...jesteśmy blisko, przyjacielu.

— Byłaś tu kiedyś?

— A bo to raz?

Nieprawda, mała nigdy nie była nad tymi jeziorami — pomyślała Ostrzyca. Wjeżdżali ostrożnie i w straży przedniej jechali wyłącznie Prusowie. Ostrzyca nie spanikowała, Krzyżacy zawsze używali ich do zwiadu, przerażała ją tylko obecność Kulki. Mała siedziała w siodle przed Symoniusem, Ostrzyca zobaczyła jej bose stopy. Odruchowo zacisnęła palce na drzewcu leżącej w jej kryjówce włóczni.

— Obiecujesz, przyjacielu — słodko zaszczebiotała mała — że jak pokażę ci, gdzie jest ten skarb ukryty, oddasz mi mamę?

— Tak, połączysz się z Szałwią, dziecino — odpowiedział jej Symonius i jego głos był fałszywy i zimny.

Ostrzyca ze swej kryjówki już widziała włochate pęciny swejków. Musi ich przepuścić, inaczej żelaźni bracia nie wejdą w zasadzkę, zorientują się i uciekną. Oddychała spokojnie. Przejechał cały oddział, trzy tuziny Prusów i wreszcie zobaczyła potężne kopyta krzyżackich koni. I jak ugina się pod ich ciężarem ziemia, jak jej grudki osuwają się na pobocza. Żeby wytrzymała jeszcze trochę — zaklęła usypaną przez swoich ludzi sztuczną groblę.

— Gdzie ta warownia? — Usłyszała w głębi półwyspu głos Symoniusa.

— Tam — odpowiedziała Kulka. Teraz Ostrzyca ich nie widziała, słyszała dobrze, ale obserwować mogła tylko wjeżdżających w zasadzkę Krzyżaków.

— To zarośla — warknął wściekle Symonius. — Nie ma tu żadnego grodu.

— Są ruiny — wyjaśniła mu Kulka. — Pokażę ci.

Usłyszała, jak dziecko zeskakuje z siodła, jak biegnie w stronę krzaków. Trzydzieści, czterdzieści — Ostrzyca nie przestawała liczyć wjeżdżających żelaznych braci.

— Chodź za mną, przyjacielu — z dala zawołała Kulka.

Ona wie — dotarło do Ostrzycy. — Wciąga ich wprost w zasadzkę. Kto jej powiedział? Jemioła? Matka nie wysłałaby z taką misją dziecka.

Nie mogła się nad tym zastanawiać dłużej, po pięćdziesiątym jeźdźcu grobla puściła.

— *Mein Gott!* — zawołał sariant, którego koń z kwikiem osunął się do jeziora.

Serce Ostrzycy uderzyło przyspieszonym rytmem, gwałtownym tam-tam i się zaczęło. Za pierwszym koniem zapadł się drugi, a grobla rozsypywała się pod kolejnymi. Ci, którzy już na niej byli, przyspieszali, by szybciej wyjechać na półwysep, im mocniej konie uderzały kopytami o ziemię, tym sztuczny nasyp rozpadał się szybciej. Jeźdźcy spadali z grzbietów wierzchowców, a te, oswobodzone wbiegały w płytkie przy brzegu wody jeziora i przez nie przechodziły na drugą stronę.

Ostrzyca złapała pierwszą z włóczni i wyskoczyła z krzaków. Mocnym zamachem wyrzuciła ją wprost w szyję gramolącego się z wody sarianta. Krzyknął, ale jego bracia zajęci ucieczką na suchy brzeg nie zwrócili na to uwagi. Wycofała się po drugą włócznię. Wycelowała i rzuciła w plecy kolejnego. Ten nim upadł, zdążył zawołać:

— Zasadzka!

Ostrzyca gwizdnęła, uruchamiając swoich ludzi, i zdjęła z pleców łuk. Szyła z niego do sariantów, nie mogąc znaleźć między nimi żadnego białego płaszcza. Może już są w ruinach grodziska? — myślała, przeskakując po każdym zabitym o kilka kroków. Pilnowała tyłów, ale te dzięki rozwalonej grobli były już bezpieczne. Na wjeździe na przesmyk nikogo więcej nie było. Po drugiej stronie, na brzegu chłopi wyłapywali krzyżackie konie, byli w tym zręczni. Biegła w stronę grodziska, widząc zmierzające do niej łuczniczki. Zarośla jeszcze stały w miejscu, konni srianci odwrócili się do nich plecami, kierując ku nadbiegającym. Ale Symoniusa i Roty nie widziała, musieli wjechać na zakryte krzakami ruiny. Wymierzyła do brata w szarym płaszczu. Nie chybiła, opadł na koński grzbiet z urywanym krzykiem. Strzały jej dziewczyn sięgały kolejnych.

— Symonius! — zawołał barczysty sariant, zasłaniając się tarczą przed strzałami. — Wracaj, wraży Prusie! Wciągnąłeś nas w to bagno! Zdrajco, wracaj!

Miecz, który miał w ręku, do niczego mu tu nie był przydatny, bronił się przed strzałami, ale dziewczyny celowały z oddali. Uciekające kwiczące konie z martwymi braćmi w siodłach biegały bezładnie, utrudniając trafienie. W wąskim przesmyku między krzewami wiodącym do ruin zostało ich tylko pięciu, konnych sariantów. Zbili się w kupę, jeden przy drugim i osłonili tarczami. Ostrzyca gwizdnęła przeciągle.

Krzaki upadły na ziemię i wyskoczyli z nich chłopcy z matecznika. Wysoki, długowłosy Niecierpek włócznią zrzucił sarianta z siodła.

— Zdrada! — krzyknął inny półbrat, ale nikt go nie słuchał.

Nim skończył krzyczeć, sam leżał na ziemi. Dwóch pozostałych zepchnięto z siodeł i walka przeniosła się na stratowaną trawę.

Ostrzyca biegiem rzuciła się w stronę odsłoniętego przejścia do ruin grodziska. Dziewczyny były tuż za nią.

— Tam jest Kulka — rzuciła Tarninie.

— O Matko! — jęknęła siostra.

Wpadły między porośnięte chaszczami ruiny. Kilku Prusów odrzucało okute drewniane wieko przysłaniające starą nieczynną studnię. Wciąż jeszcze wierzą w skarb Gerwarda — zaśmiała się w duchu Ostrzyca. Mieli przewagę, bo byli konno, szukała wzrokiem Symoniusa i Kulki. Nie mogła ich dostrzec. Celowała z łuku raz po raz. Ustrzeliła jasnowłosego Browke, znała go. Tarnina sięgnęła niskiego, przysadzistego Jedka; spadając z konia, wzywał Trzygłowa. Taki byłeś ochrzczony — pomyślała z gniewem. Nigdy nie wierzyła w ich chrześcijańskie nawrócenie. Wystarczyło im w oczy spojrzeć, z każdej źrenicy wyglądał wilk. Rzucił się ku nim Wargul, jednooki od czasów walk o Gdańsk, gdzie Rota wspierała Guntera von Schwarzburg, a ona, jako słodka Blute, była w taborach margrabiów. Wargul ją znał i dlatego tchórzliwie ominął, jadąc konno na Tarninę. Siostra miała pusty kołczan. Rzuciła się w bok, chciała wyszarpnąć włócznię z trupa. Wargul wyciągnął kord, ostrze zalśniło w słońcu, Ostrzyca wzięła rozbieg i skoczyła na niego, zrzucając go z siodła. Potoczyli się po ziemi w zwarciu. Chwyciła Wargula za nadgarstek i usiłowała wytrącić mu broń z ręki. Poczuła ostrze na gardle. Prus był oburęczny. W lewej miał sztylet i przyciskał go do jej szyi.

Przewalił ją na plecy, usiadł na niej i pochylił się, przesuwając ostrzem po jej skórze. Białka jego oczu błyskały, śmiał się strasznie, aż kropelki śliny padały na jej twarz.

— Wiesz, co to jest, Blute? — nazwał ją tamtym imieniem. — Wiesz, co to?

— Żelazo — wycharczała.

— A wiesz, kto je kuł? — uśmiech Wargula był odrażający. — Wnoke, ostatni galindzki kowal. Najlepszy. A wiesz, o kim myślał, gdy kuł?

Biodra Wargula poruszyły się na niej, jakby kopulował. Zaniósł się chropawym śmiechem.

— Myślał o tobie, ostra panno, zadurzył się kowal, a taki był dobry, najlepszy…

Zaciskał uda wokół jej bioder i poruszał swoimi rytmicznie, nie przestając wodzić sztyletem po jej szyi, czuła, że przeciął jej skórę, żelazo naprawdę było ostre.

— Giedymin żałował, gdy go zabijał, żałował…

Zwinęła się w sobie błyskawicznie, podciągnęła nogi i kopnęła go w krocze z całej siły. Wargul odskoczył, drasnął ją, przekoziołkował i już stał na ugiętych kolanach, już się zbliżał do niej. Nie miała broni, kord wypadł jej, gdy zwalili się z siodła. Po omacku, nie spuszczając go z oka, szukała czegokolwiek na ziemi. Złapała ułamaną włócznię. Osłoniła się nią, ale to był tylko strzęp. Wargul ryknął i rzucił się na nią z impetem. Nie upadła, przygięła kolana, zwarli się. I w tej samej chwili usłyszała głos Borka:

— Zostaw moją dziewczynę! — krzyknął, wjeżdżając z mieczem w ręku na grodzisko. Za jego plecami zbrojni. Borek z impetem wbił miecz w plecy Prusa i ten osunął się z objęć Ostrzycy.

— Jesteś cała? — spytał Borek.

Przejechała dłonią po szyi. Krew.

— Nic mi nie jest, to draśnięcie.

— Jeden oddział wpadł w zasadzkę nad jeziorem kórnickim, potopili się — relacjonował jej szybko, a ona w tym czasie szukała swojej broni. — Drugi zginął na groblach donikąd, jechali nimi, aż wpadli w wodę, resztę zrobili chłopi. Trzeci…

Zobaczyła, jak Borek unosi miecz, jak zmienia się jego twarz, z chłopca w potwora. Zobaczyła skurcz ust, jakiego nie miał w spazmach rozkoszy, i rozszerzone nagle źrenice. Koń Borka skoczył w przód, on sam ciął z góry. Ostrzyca obróciła się błyskawicznie. Ramię okryte skórzanym pancerzem upadło na ziemię. Prus stał przez chwilę, jakby nie dotarło do niego, co stracił. Zbladł, krew uszła mu z twarzy i padł na ziemię.

— Mówiłem — wrzasnął Borek — żeby nie dotykać mojej dziewczyny!

Na grodzisku było pobojowisko. Rota Wolnych Prusów w rozsypce. Dwunastu, może trzynastu wojowników stało jeden przy drugim, osłaniając się tarczami. Wśród nich wypatrzyła kilku znajomych. Czarnowłosy Perz, ich najlepszy łucznik. Widywała go zawsze z przepaską ze skóry rysia na czole, teraz głowę osłaniał mu stożkowaty szłom, takie same nosili wszyscy chłopcy Symoniusa. Poznała Derwana i Żarnowca, co znaczyło, iż w szeregi Roty weszło kilku wojowników z warownego jesionu. Dziewczyny Ostrzycy celowały do nich z łuków, zbrojni Borka zbliżali się ku nim wolno. I wtedy z głębi, z okolic nieczynnej studni usłyszeli dziecinny krzyk.

— Kulka! — zawołała Ostrzyca.

— Tak, Kulka — odpowiedział jej głos Symoniusa. — Dla mnie nic nie znaczy życie tej dzieciny. Ale jeśli dla ciebie jest coś warte, to podam cenę. Ja i moich dwunastu ludzi odjedziemy stąd wolno. Konno.

Wstrzymała Borka. Dziewczyny wciąż celowały do Prusów. Nie zadrżały im w ręku napięte cięciwy.

— Pokaż ją! — zażądała.

Pruscy tarczownicy rozstąpili się. Wyszedł. Trzymał Kulkę w powietrzu, razem z tarczą, osłaniając dzieckiem siebie. W prawej ręce miał długi nóż przystawiony do jej szyi.

Dziewczynka nie wyrywała się, nie wierzgała. Przeciwnie, jej zuchwała twarzyczka śmiała się.

— Wleźli w zasadzkę jak w masło, co? — powiedziała.

Symonius szturchnął ją.

— Obiecałeś oddać jej matkę, słyszałam — rzuciła do Symoniusa Ostrzyca.

— Nie to jest ceną za jej życie — odpowiedział. — Tylko nasz wolny przejazd.

— Grobla się zawaliła. Nie ma przejazdu — powiedziała.

— Swejki przejadą — rzucił.

— Co z jej matką? — przypomniała.

— Zabiła się — odpowiedział bezbarwnie — powiesiła na suchej gałęzi.

— Nieprawda! — wrzasnęła Kulka. — Utonęła w Gople.

— Wszystko jedno — odpowiedział Symonius.

— Może dla ciebie, nie dla mnie — gniewnie rzuciła Kulka. — Sam się powieś, to zrozumiesz!

— Oddaj nam ją. Możecie wyjechać — przerwała tę scenę Ostrzyca.

— Konie — powiedział.

— Przyprowadźcie im konie — rzuciła do swoich.

Wciąż trzymał nóż przy szyi dziewczynki, odczekał, aż jego ludzie wsiądą na swejki i ruszą.

— Będą na brzegu, oddam ją — powiedział twardo.

— My nie strzelamy w plecy — odpowiedziała.

— Nie wierzę.

Swejki brodząc po brzuchy w wodzie, przeszły rozwalony przesmyk. Wtedy puścił Kulkę, wskoczył na siodło i ruszył. Był świetnym jeźdźcem albo jego koń potrafił biegać po wodzie. Nie minęła chwila, gdy stanął obok resztki Roty na suchym brzegu. Ostrzyca złapała dziewczynkę i przycisnęła do piersi.

— Coś ty zrobiła? — pogłaskała jej brudne włosy.

— Co mogłam! — pochwaliła się Kulka. — Ktoś musiał ich tu przyprowadzić, a chcieli ominąć wasz jeziorny łańcuch i przejść na Śrem od…

Strzała śmignęła tak szybko, że Ostrzyca nie myśląc, osłoniła sobą dziewczynkę. Poczuła impet grotu między łopatkami. Był tak wielki, że rzuciło nią w bok. Zachłysnęła się krwią.

To koniec — zrozumiała.

— Gońcie ich! — Jak przez mgłę usłyszała krzyk Borka. — Gońcie Prusów!

Zobaczyła jeszcze, jak jej chłopak pochyla się nad nią, jak bierze ją w ramiona i dociska do siebie. Nigdy nie miałam lepszego — pomyślała, gdy śmierć wyjęła ją z objęć Borka z Grodziszcza.

JEMIOŁA z koszem na plecach stała u boku swego nauczyciela czytania, Alberta, wikariusza gnieźnieńskiej katedry, gdy straż miejska otworzyła bramy i wjechał przez nie wielki marszałek Zakonu Ditrich von Altenburg, znany przez swoich Czerwonym Wilkiem. Przed nim chorąży wiózł chorągiew z czarnym krzyżem, a za jego plecami jechało pięćdziesięciu żelaznych braci. Straż przednia wojsk Altenburga.

Jemioła wpadła do miasta ledwie pół dnia przed nimi. Mijała ich oddziały, biegnąc lasem, chcąc przestrzec Janisława, że jego stolica jest kolejnym celem. Wcześniej, po Pyzdrach, zniszczyli Środę i Kostrzyn, wszędzie szukali królewicza Kazimierza. Nie znaleźli, puścili z dymem kilkanaście wsi wokół Poznania. Rozdzielili się na grupy pod wodzą najważniejszych: marszałka, komtura ziemi chełmińskiej i wielkiego szatnego. Zwykle ruszali o świcie z jednego punktu, by po chwili rozłączyć oddziały i atakować w kilku miejscach naraz, a wieczorami łączyli się, aby nie obozować osobno. Rota i oddział Jarogniewa był co chwilę gdzie indziej, co sprawiało upiorne wrażenie, że Prusowie są jak chmara owadów, niezliczeni. Byli wszędzie, pojawiali się nagle. Przez wioski przejeżdżali, łupiąc i grabiąc, a potem podkładając ogień. Od początku najazdu do dzisiaj, dnia, w którym groza padła na Gniezno, mijał ledwie tydzień. Starsza Polska krwawiła, ale ocaliła Kazimierza i zniszczyła oddziały wciągnięte w zasadzkę nad pasem jezior. Jemioła znała już cenę tego zwycięstwa, choć jeszcze nie zdążyła opłakać Ostrzycy. W tym samym czasie dostała wiadomość o Gnieźnie od Chmiela, rodzonego brata Dziewanki, który choć był w oddziale Jarogniewa, już przeszedł na ich stronę.

Janisława nie zastała w Gnieźnie, wyjechał z oddziałem bronić swych wsi na północ od miasta. Albert w lot pojął grozę sytuacji.

— Spalą miasto, nie zawahają się — powiedziała Jemioła. — W Pyzdrach Lautenburg przed jedną bramą udawał, że negocjuje, a w tym czasie Prusowie wchodzili drugą.

— To Gniezno — próbował myśleć spokojnie Albert. — Stolica arcybiskupa. Serce Starszej Polski.

— Zrób, co możesz, by nie przestało bić. — Chwyciła go za rękę.

— Mszczą się na Janisławie. Za wyrok inowrocławski. Jak wcześniej na biskupie włocławskim za Gerwarda i świętopietrze. Manifestują, chcą wywołać strach.

— Co masz w Gnieźnie najcenniejszego? — spytała.

— Skarbiec i relikwie arcybiskup wywiózł do Chęcin — odpowiedział. — Ale mamy skrzynię Gerwarda, której szukają Krzyżacy.

— Jest taka cenna dla Janisława?

— Nie tylko dla niego — odrzekł Albert, patrząc jej w oczy; zobaczyła w nich coś dziwnego. — Trzeba ją wynieść z miasta — dodał.

— Ja to zrobię — podjęła decyzję.

Pobiegli do katedry, po drodze spytała:

— A księgi Jakuba Świnki?

— Są w podziemiach, w krypcie. Kilka Janisław ma u siebie, w domu. Nie śpi nocami, czyta...

Wrota katedry były rozwarte, *Porta regia*, drzwi do Królestwa. Kołatki z lwimi głowami i połyskujący miedzią święty Wojciech nauczający Prusów, by na drugim skrzydle odbierać śmierć z ich ręki.

Po raz kolejny — przeszło przez głowę Jemioły. — Ta historia nie chce się skończyć.

Wpadli do wnętrza. Nieco ludzi wystraszonych wieściami o krążących niedaleko Krzyżakach modliło się przed ołtarzem. Na widok Alberta wyciągnęli ręce, jak dzieci szukające u ojca ratunku. Przeprosił ich:

— Klęknijcie pod tamtym, bocznym, szybko, proszę...

Patrzyli na niego nieprzytomnym wzrokiem. Podnosili się z kolan opornie, jak śpiący. Zawołał jakiegoś mężczyznę i sługę z łomem.

— Musimy podnieść tę płytę — pokazał.

Była ciężka, kamienna. Odsunęli ją z chrzęstem.

— Trzewia świątyni — wyszeptała mimowolnie Jemioła.

Albert zeskoczył do płytkiego wnętrza, sięgało mu do pach ledwie. Wyciągnął stamtąd skrzynkę z brogiem, herbem Leszczyca, na wieku.

— Zasuńcie płytę — poprosił sługi.

Do katedry wbiegł podrostek i wrzasnął:

— Krzyżaki pod miastem! Krzyżaki pod wodzą jakiegoś Czerwonego Wilka!

Modlący zbili się w kupkę i zaczęli wspólnie odmawiać:

— Pod Twoją obronę...

Jemioła i Albert chwycili skrzynkę i we dwoje zanieśli ją biegiem do zakrystii.

— Co jest wewnątrz? — spytała Jemioła.

Postawili skrzynię na posadzce, Albert przezornie zamknął drzwi przed wzrokiem zbierających się w świątyni wiernych.

— Nie wyniosę skrzynki pod bokiem żelaznych braci, ale kosz może nie wzbudzi podejrzeń. — wyjaśniła Jemioła, zdejmując swój z pleców i otwierając wiklinową pokrywę.

— Nie mam klucza. Janisław... — wyszeptał Albert i rozejrzał się po zakrystii. — Siekiera!

Wyciągnął ją ze skrzyni z drewnem, przeżegnał się i uderzył w wieko. Nie puściło.

— ...o słodka, o litościwa Panno Mario... — coraz głośniejsze modlitwy dobiegające z kościoła zagłuszyły uderzenie.

Albert spróbował ponownie. Nic.

— Daj, ja częściej używam siekiery. — Wyjęła mu ją z ręki.

— ...zmiłuj się nad nami...

Wieko pękło.

— Ach... — wyrwało się z piersi Jemioły.

— Ach... — jednocześnie westchnął Albert. — Krzywaśń pastorału męczennika Wojciecha...

— Jantarowa macica Matki Jaćwieży — wyszeptała ona. — Co ona tu robi? Myślałam, że przepadła...

— To zawiła historia, Janisław nie zdążył ci powiedzieć. Odnaleźliśmy ją, jak i ten ułamany fragment pastorału, w skrzyni Gerwarda. Wtedy wiedzieliśmy jedynie, czym jest bryła jantaru, nie mieliśmy pojęcia, jak wartościowy jest pastorał. Ale w tych starych zapiskach — wikariusz wskazał na ukruszone zwoje — znaleźliśmy odpowiedź. Po chrzcie Prusowie podarowali krzywaśń laski biskupiej Wojciecha ówczesnemu biskupowi chełmińskiemu, a od jego następców wykupił go Gerward. Dla nas to niezwykle cenna relikwia, namacalny znak jego posłannictwa. Uratujesz ją?

— Ocalę jedno i drugie — odpowiedziała Jemioła. Albert chwycił białą prostą szatę przewieszoną przez oparcie ławy i rozdarł ją na części. Nie musiał mówić, do kogo należała. Jemioła poczuła zapach Janisława. On owinął w nią pastorał, ona czule zakryła jantarową macicę. Schowali skarb w koszu. Jemioła założyła go na plecy. Gdy wybiegali z zakrystii, katedra była już w połowie wypełniona wiernymi, a wciąż napływali kolejni.

— Pod Twoją obronę... — powtarzali w kółko, jak zaklęcie.

— Oby was obroniła — powiedziała Jemioła, odwracając się ku nim przy wyjściu ze świątyni. Przelotnie dotknęła spiżowych drzwi, jakby chciała uchwycić się czegoś mocarnego. Jej palce spoczęły na szalkach wyobrażonej na drzwiach wagi. Scena ważenia złota, za które wykupią jego ciało. Cofnęła dłoń.

— Krzyżaki!... — wołano na ulicach w przerażeniu. — Krzyżaki!...

Dowódca miejskiej straży podjechał na spienionym koniu do wikariusza i Jemioły.

— Stoją pod bramą. Mówią, że jeśli nie otworzymy, spalą miasto.

— Wyjdę do nich — powiedział Albert. — Jedź za nami, zbierz ludzi.

— Nie mamy takich sił, by się obronić — powiedział tamten.

— Nie będziemy walczyć, Pawle — odpowiedział mu wikariusz. — Będziemy prosić o łaskę rozmowy.

Szli ramię w ramię. Jemioła, Albert i skarb na jej plecach. W pewnej chwili złapał ją za rękę. Uścisnęła go.

Mijali ich uciekający w panice mieszkańcy. Ludzie z dobytkiem, tym, co zdołali wziąć w ręce, biegali od bramy do bramy, jak owady złapane w sieć. Dzwony u franciszkanów zaczęły bić, ale ich głos był tak głęboki i rzewny, że zamiast trwogi wywoływał w Jemiole spokój.

— Powiedz coś — poprosił.

— Nie teraz, wzywam Matkę i starych bogów.

Puścił jej rękę zmieszany.

— Zanim nadszedł twój Bóg — powiedziała po chwili — tu była świątynia moich. Na tym samym wzgórzu.

— Wiem — odpowiedział. Byli już blisko bramy.

— Dlatego prosiłam ich, by pomogli. Jak Maria Panna, Jezus Chrystus i święty Wojciech. To ta sama ziemia, Albercie, nawet jeśli zmieniły się świątynie i słowa modlitw. Przepłynęły nad nią jak chmury po niebie, a ziemia została.

Spojrzeli na siebie. Przed bramą zebrali się wszyscy zdolni nosić broń mieszkańcy. Rzeźnicy trzymali w drżących nagle dłoniach tasaki, którymi co dnia sprawiali świnie i woły. Piwowarzy wielkie drewniane pałki i chochle. Młodzicy kije. Chłopcy kamienie.

— Przeprowadzę pastorał twego męczennika przez wojenną zawieruchę — obiecała Jemioła. — Wojciech już raz umarł, teraz niech tylko zmartwychwstaje. A ty ochroń ludzi, katedrę i księgi ojczulka Świnki.

Pocałowała go w policzek przy dźwięku dzwonów, nie bacząc na to, co pomyślą zebrani. Był jej przyjacielem, otworzył przed nią świat pisma.

— Rozewrzeć bramy! — zawołał Albert.

Otworzyły się z chrzęstem i wjechał chorąży z czarnym krzyżem na bieli. Za nim rudobrody Altenburg, Czerwony Wilk, marszałek Zakonu.

— Negocjujmy warunki — powiedział do niego wikariusz.

Narzuciła kaptur na głowę i garbiąc się, wyszła bramą, przemykając obok wjeżdżających do miasta Krzyżaków. Nikt nie zwracał uwagi na starą kobietę z koszem na plecach.

GRUNHAGEN siedział w siodle. Zaczął się wymarsz wojsk z Wawelu. Atmosfera była ponura, napięta, nerwowa do granic wytrzymałości. Rejza łupieska po Starszej Polsce przerosła swą grozą przewidywania króla i arcybiskupa. Wiedzieli już o próbie porwania Kazimierza, o śmierci Nawoja z Morawicy. Katedra gnieźnieńska ocalała, powtarzano sobie z ust do ust, z ulgą. Ponoć wikariusz przekonał Altenburga, by zostawił święte miejsce w spokoju. Wyprosił też łaskę dla klasztoru klarysek i franciszkanów. Mieszczanie własnymi rękami rozbierali domy w pobliżu katedry, by ogień nie przeniósł się na świątynie. Wszyscy widzieli w tym echo wydarzeń z Gdańska, gdy Plötzkau też kazał gdańszczanom burzyć własne domy. Groza. Mieszkania Janisława nie udało się ocalić, Altenburg podpalił Gniezno i tylko deszcz, który przyszedł nocą, umniejszył zniszczenia. Grunhagen wiedział, że arcybiskup wywiózł skarby do Chęcin, tyle szczęścia w nieszczęściu.

— Borutka! — zawołał do biegnącego przez dziedziniec Wrończyka. Obaj mieli jechać w straży królewskiej. — Długo jeszcze będziemy czekać?

— Goniec przybył! — odkrzyknął Borutka i zmienił kierunek biegu, zawrócił do Grunhagena i szepnął: — Król zwołał radę, na szybko. To coś bardzo ważnego.

— Co może być pilniejszego od wyjścia na wojnę? — wzruszył ramionami Grunhagen. — Mam złazić z konia, jak myślisz?

— Nie złaź — odpowiedział Wrończyk i pokazał na wyjście z zamku. — Toporczyki już idą, pewnie i król zaraz zejdzie. Lecę!

Rzeczywiście, czterech chłopa z toporami na napierśnikach wyszło ze zbrojowni. Dwaj nowi, Żegota i Jan Owca, to synowie Nawoja z Morawicy, zabitego w Pyzdrach kasztelana krakowskiego. Król wziął ich do osobistej straży, by uczcić pamięć ich ojca. Grunhagen lubił obu, bo nosów nie nosili wysoko. Dźwięk rogu dał sygnał wsiadanego.

— No. — Napluł w ręce i zatarł. Usłyszał cieniutkie:

— Grunhagen...

Berta stała u jego strzemion, bledziutka, w chusteczce na głowie.

— Co ty tu robisz? — zdziwił się. — Tu nie wolno...

— Ja tylko na chwilkę, chciałam cię jeszcze zobaczyć, nim wyruszysz na wojnę.

Miała zaczerwienione, spłakane oczy, patrzyła na niego tak rzewnie. Wyciągnęła ręce w górę, a w nich...

— No niech mnie! — wyszeptał. — Węzełek z jedzeniem?

— Uhm — pokiwała główką i broda jej się zatrzęsła. — Weź, zjesz sobie na popasie.

Wziął od niej pakunek zawinięty w czystą lnianą ścierkę i szybko upchał do sakwy. Słychać było już drugi sygnał. Mignął mu ciemnopurpurowy płaszcz króla, przy nim czarny kubrak Borutki i szary płaszcz Gerlanda, dawnego joannity. Ten tutaj? — zdziwił się.

— No, Bertulka — pochylił się, by ją ucałować, ale nie dał rady, była za niska, nie sięgał z siodła. Położył jej rękę na głowie. — Bywaj!

— Ktoś się do ciebie zgłosi — powiedziała szybko.

— Co? — nie zrozumiał.

— Ktoś cię znajdzie, pokaże znak i powie ci, co robić — szepnęła.

Rozejrzał się, czy nikt ich nie słyszy, przerażony.

— Berta! — syknął. — Nic z tego!

Jej niebieskie oczy były niemal dzikie, takich ich jeszcze nie widział.

— Zrób to, co ci powiedzą — syknęła natarczywie.

Zagrał trzeci sygnał. Borutka już go wyminął, pokazując palcem miejsce obok siebie.

— Taki sam znak, jak masz w węzełku — dorzuciła.

Musiał ruszyć, z tyłu najeżdżał na niego już Otto Toporczyk. Pochylił się do niej szybko, by nikt nie słyszał. Chciał powiedzieć: nic z tego, dziecino, ale nie zdążył. Ona szepnęła pobladłymi wargami:

— Zrób to, bo mnie zabiją.

Zrobili zator, koń Toporczyka kwiknął, uderzył łbem wierzchowca Grunhagena, ten odskoczył w przód, w wolne miejsce, przyuczony do marszu w kolumnie natychmiast przyspieszył i wszedł tam, gdzie powinien, obok Wrończyka. Grunhagen odwrócił się, szukając wzrokiem Berty. Zobaczył tylko jasną plamę jej chustki. Jezus Maria — pomyślał, tracąc niemal oddech. — Coś ty narobiła?

Udawał głupiego, domyślał się, że ktoś chciał, by targnął się na króla. Taka okazja, podobni do siebie. Boże. Z kim zadała się ta szalona dziewczyna?

— Grzeczniutko dzisiaj — powiedział do niego Borutka. — Mądra żonka. Mężusia żegna na skromną, żeby tam na wojence nie myślał, nie wydziwiał.

— Co ty wiesz — westchnął Grunhagen. — Co ty tam wiesz, Borutka. Pogadamy, jak się kiedyś ożenisz.

— No to gadajmy dzisiaj! — roześmiał się Wrończyk, ale Grunhagenowi nie w głowie były żarty. — Ja sobie już imiona dla dzieci wybieram — ciągnął tamten. — Rokitka dla dziewczynki, Rokita dla chłopca. Wymyśliłem też jedno takie niezwykłe: Borhuna. Podoba ci się?

— Już widzę, jak ci ochrzczą Borhunę — otrząsnął się ze swoich spraw Grunhagen. Pomyślę w drodze — obiecał sobie — jak mi wiatr łeb owieje, jak odetchnę.

— Hm — krótko mruknął Wrończyk. — A Bohunka? Jak myślisz? Powiem ci, Wrona to też jest ładne imię.

— Dla dziewczynki czy chłopca? — odzyskiwał rezon zielonooki. — Zejdź na ziemię, Borutka.

— A ty się rozchmurz, karle, bo jak inaczej przeżyjemy tę wojnę?

— Co tam król się dowiedział od posłów? — zagadnął Grunhagen. — Coś ważnego?

— Toporczyki ci nie powiedzieli? — aż się zachłysnął Borutka. — Co za historia! Dobra, ja ci powiem. Ten Gerland to nam z nieba spadł...

— Zakochałeś się — zarechotał karzeł. — Ja nie mogę, normalnie uwiódł cię ten joannita, ha, ha!

— Już nie — pogroził mu palcem Borutka. — Śluby z niego zdjęli i kwita. A że on zna wojenne sztuczki krzyżowców i tych wiesz... — ściszył głos, jakby ktoś ich podsłuchiwał. — Asasynów...

— Czyich synów? — nie zrozumiał Grunhagen.

— Głuchniesz? — zerknął na niego Borutka i powtórzył powoli: — A-sa-sy-nów. Takich wojowników z Ziemi Świętej, tylko walczących po tej drugiej stronie. Oni mają tam Starca z Gór, to podobne do tych Starców Siwobrodych, nie?

— Przestań — machnął ręką — głupoty gadasz. Co to ma do rzeczy?

— Gerland przywiózł wiadomość, po której król zwołał radę — spoważniał Borutka. — Zakon dogadał się z Luksemburczykiem na wspólny najazd na Królestwo.

— Chryste Panie! — jęknął Grunhagen. — A skąd wie takie rzeczy ten twój Gerland?

— Z pewnego źródła...

— Pewne źródła mogą być zatrute — nieufnie dodał zielonooki. — Jeden coś powie, drugi przekręci.

— Źródło Gerlanda jest bezpośrednie — z naciskiem odpowiedział Borutka. — Mowy nie ma, żeby się myliło.

— Co ty gadasz? Wspólny najazd? Kiedy?

— Za trzy tygodnie obie armie mają spotkać się pod Kaliszem — grobowo powiedział Wrończyk.

— To nie powinniśmy strzec Małej Polski? Krakowa? — zaczął się gorączkować Grunhagen.

— Dlatego król radę zwołał. Strasznie się kłócili — dorzucił.

— Czyli król na nich krzyczał, a oni milczeli, tak?

— Król jest zły, że wywiad działa w jedną stronę. To znaczy Krzyżacy wiedzą, co my zamierzamy, a my nie mamy pojęcia, co oni chcą zrobić.

Grunhagen poczuł się niezręcznie.

— No, teraz już wiemy — odpowiedział po chwili.

— Król wszędzie szuka zdrajców — dorzucił Borutka. — Mówi, że każdą wojnę przegramy, jak będziemy sami siebie zdradzali.

— I co teraz? — Nie skomentował tego Grunhagen.

— Co dokładnie uradzili, nie powtórzę, bo nie wiem. Co chwilę mnie z czymś wysyłali, widziałeś, jak biegałem. Idziemy na Krzyżaków, bo bez nas Starsza Polska padnie. A jeśli prawdą jest, co przekazał Gerland, i król czeski nadciągnie pod Kalisz, to będziemy paleni na dwa ognie.

— Jezu, a to mnie pocieszyłeś.

— No — przytaknął Borutka.

— Może Krzyżacy nie zbiorą dużego wojska — powiedział po chwili. — Ostatnio my mieliśmy więcej.

— Teraz nie mamy Węgrów ani Rusinów, ani Litwinów — przypomniał mu Borutka. — Tylko najemników. Razem wszystkiego prowadzimy z Małej Polski dwa tysiące.

— Dobra, przestań — poprosił go Grunhagen. — Już nic do mnie nie mów.

Jechali w milczeniu, ale w jego głowie trwała burza. Bił się z myślami. A może to nie z Krzyżakiem weszła w pakt jego Berta, tylko właśnie z kimś od króla Jana? Póki nie wiedział o czeskich planach, nikt inny nie przychodził mu do głowy, ale teraz? Stanęli na popasie. Wyjął z juków jedzenie. Węzełek od Berty.

— Dołączysz do nas, panie Grunhagen? — zapraszali Toporczycy.

— Może później, dziękuję — odmówił, zaciskając na nim palce. Parzył.

Usiadł na uboczu, rozwiązał lnianą ściereczkę. Słonina, cebula, kawał chleba, nic tu więcej nie ma, gorączkowo przekładał wiktuały. Bochen był przecięty, pogrzebał paluchem w miękkim wnętrzu. Serce podeszło mu do gardła, gdy wymacał coś twardego. Chwycił to i pociągnął. Rozejrzał się, czy nikt na niego nie patrzy. Było nieduże, nie większe od wskazującego palca. Odlane w żelazie męskie ramię z wyraźnym śladem wyrwania w barku.

RIKISSA usłyszała o zbieraniu wojsk czeskich od synów Lipskiego. Najpierw powiadomiła Jaworskiego. On i jego bratanek, Bolko Mały, też są w niebezpieczeństwie. Ostatni niezależni od Luksemburczyka, ich ziemie leżą na trasie jego przemarszu. A potem nie czekając, pojechała z Brna do Pragi.

Nie pytała, czy król ją przyjmie, po prostu weszła, a straż przy drzwiach rezydencji złotnika Konrada, do której znów się przeniósł, nie śmiała jej zatrzymać.

— *Bis regina!* — zawołał Jan, widząc ją, niespeszony, mimo iż trafiła na moment niestosowny. Był tylko w nogawicach, pokojowiec szedł do niego z koszulą.

— Ubierz się — powiedziała, odwracając głowę.

— Może nie trzeba? — zakpił. — Skoro jesteśmy tak blisko, że wpadamy do siebie bez zapowiedzi.

— Jesteśmy dalej, niż byliśmy — oświadczyła.

— Wobec tego, Vojtechu, daj mi i kaftan — powiedział do pokojowca.

Gdy ten opuścił komnatę, odwróciła się.

— Może być? — zapytał, rozkładając ramiona. — Przywiozłem go z Mediolanu. Podoba ci się?

— Podobałby się — poprawiła. — Gdybyś na tym poprzestał. Idziesz na moje królestwo!

— Nie będzie lepszego momentu — odpowiedział i sam nalał wina. Odmówiła. Patrzył na nią uważnie, zakładając włosy za ucho. — Żałoba po śmierci Lipskiego minęła, moja właśnie się kończy, rok mija od zgonu Eliški. Przejrzałem cię, Rikisso. Tamtego dnia, gdy opowiedziałaś o ojcu, zrozumiałem to, co sama wstydzisz się wyznać: chciałabyś odzyskać tron polski. Być prawdziwą królową, a nie tylko tytularną. Bo ty, moja najdroższa Rikisso, nigdy nie miałaś okazji naprawdę władać. Twoje królowanie było historią wdowieństw. Czas z nimi skończyć — uniósł kielich i upił. Wino zostawiło purpurową kroplę na jego pełnych wargach. Starł ją kciukiem. — Tylko ja mogę dać ci polską koronę, Rikisso. I chcę to zrobić. To będzie mój dar ślubny dla ciebie.

— Kłamiesz — powiedziała. — Robisz to wyłącznie dla siebie. Ja jestem dla ciebie tylko zasłoną.

Odstawił kielich i podszedł do niej tak szybko, że ją zaskoczył. Ale gdy stanął blisko, gdy spojrzała mu w oczy, speszył się i cofnął ręce, którymi chciał ją złapać w talii.

— Nie zmusisz mnie do ślubu — powiedziała. — Mój pierwszy mąż podbił Polskę, drugi używał tylko tytułu…

— A ja oddam ci Poznań — wszedł jej w zdanie i nie spuszczał z niej oczu. — Zamek, w którym się urodziłaś.

— Nie rozumiesz — powiedziała zimno. — Powiem ci to wyraźnie: nie chcę Poznania. Nie chcę Królestwa Polskiego.

— Teraz ty kłamiesz — uśmiechnął się samymi oczami.

— I nie chcę, byś zdobywał je — dokończyła. — Teraz zrozumiałeś? Czy znów będziesz myślał, że kłamię.

— Nasz związek jest trudny — powiedział. — Póki żył Lipski i Eliška...

— Daj zmarłym spokój. I zostaw Królestwo Polskie w pokoju.

— Za późno — odpowiedział głosem, którego nie umiała właściwie zrozumieć. — Dałem słowo wielkiemu mistrzowi, a wiesz, że słowa nie łamię.

— Wiem, że ty jesteś mistrzem zmiany słowa i dyplomacji. Największym, jakiego znam.

— Większym, niż był Lipski? — przekrzywił głowę.

— Tak — przyznała.

— Pragniesz mnie? — zapytał wprost i patrzył nie w jej oczy, a na usta.

— To jest szantaż, Janie — odpowiedziała. — Podły szantaż.

— A jak nazwać sposób, w który mnie zachęcałaś do podboju Italii?

— Nigdy tego nie robiłam.

— Nie wprost, na to jesteś zbyt mądra.

— Skoro tak uważasz, to znaczy, że ty byłeś niemądry. Źle odczytałeś moje intencje — mówiąc to, odwróciła głowę i wycofała się o kilka kroków. Stali zbyt blisko siebie. — Jeśli ruszysz na Polskę, to będzie koniec. — Nie dodała ani słowa więcej.

— To też jest szantaż, Rikisso — odpowiedział.

— Ultimatum. Żegnaj, Janie. — Odwróciła się i ruszyła do drzwi. Wiedziała, że gdy przy nich stanie, król się odezwie.

— Nie sądzę — powiedział i ton jego głosu mógł znaczyć wszystko.

Wybiegła z kamienicy Konrada. Na małym rynku w Pradze czekali jej ludzie i konie. Wąsaty Drahomil o ciemnych, wszystkowidzących oczach. Pomógł jej wsiąść na siodło. Klacz była łagodna, czaprak na jej zgrabnym grzbiecie lśnił wzorem w trzy lwy.

— Do Brna — dała mu znak, by ruszali bez zwłoki.

Uniosła wzrok mimowolnie. Jan Luksemburski stał w otwartym oknie. Patrzył na nią. Ktoś stanął za jego plecami, poznała Henry'ego de Mortain. Szybko odwróciła głowę.

Bała się. Bała się, że ją przejrzał. Że wychwycił tę krótką chwilę słabości. Trwało mniej niż uderzenie serca, ale tak, w tym jednym mgnieniu pragnęła Poznania i korony.

SYMONIUS czekał długo. Całe jego życie wiodło do tej chwili. Wszystko, co robił od lat, służba dla Guntera von Schwarzburg, pokorna praca latami dla Wielkiego Luthera. Każda rana, każda zniewaga, wszystkie wysiłki teraz znajdą swą nagrodę, sowitą zapłatę, wielkie przeobrażenie. Marzył, że będzie mógł zatańczyć w Gnieźnie, w wojciechowej katedrze; nie dane mu było. Wracał jak skopany pies znad łańcucha przeklętych jezior. Dał się zwieść plotkom i namowom Luthera. Skrzynia, skarb z artefaktem męczennika, tylu ludzi węszy za nią w ostatnich latach. Miała być tam, w studni na Szyi, w grodzisku z czasów przed Piastami. Głupia mała dziewczynka, sierota po tej dziwce Szałwii, niech ją pochłoną woda i ogień! Pofolgował sobie w Sieradzu, kościół spory i wikariusz błagał ich na kolanach z monstrancją w dłoni, by nie palili. Nie usłuchali. Użył i wcześniej, ale po wioskach to nie kościoły prawdziwe, a zwykłe kaplice, i za każdym razem komturowie wołali „szybciej, szybciej". A on potrzebował czasu i celebry. Spełnienia długo pielęgnowanych pragnień.

I wreszcie stało się. Szpitalnik Oettingen dostał rozkaz od samego Wielkiego Luthera i gdy oddział wjechał na przedpola Żychlina, powiedział:

— To teraz. Zróbcie swoje, my zajmiemy się gródkiem.

Symonius spojrzał na niego z wdzięcznością, swoim najpokorniejszym wzrokiem.

— No, nie musisz dziękować — rubasznie zaśmiał się gruby, niedogolony komtur. — Zasłużyliście, chłopcy.

— Mogę wziąć więcej witingów? — spytał.

— Bierz, co tam skrzykniesz — machnął ręką Oettingen.

Prus ukłonił się nisko i odwrócił; jego swejk był mądrym koniem.

— Rota! — zawołał.

Pojechali za nim; dwunastka starych wojów, tych, co wraz z nim doczekali do tej chwili. I trzy tuziny nowych, wziętych wprost z warownego jesionu. Nisko schylając głowę, zerknął za siebie, przez ramię. Oettingen i żelaźni bracia zajęci byli sobą. Zakładali hełmy, rękawice, sarianci i dinerzy napełniali dodatkowe kołczany bełtami i odbezpieczali kusze. Knechci ustawiali się do tarana, wyciętego przed chwilą w lesie pnia dębu. Symonius wyjął spod kaftana piszczałkę z ludzkiej kości. Uniósł do ust i gwizdnął raz, potem drugi i trzeci. Nieduży brzozowy zagajnik z boku gródka odpowiedział mu krótkim sygnałem. Rota ustawiła się dwójkami. Czekali.

Oddział Oettingena był gotów. Szpitalnik spuścił zasłonę hełmu, uniósł żelazną rękawicę i pokazał na zawarowane bramy Żychlina. Żelaźni bracia ruszyli. Ziemia zadrżała od ich ciężkich koni. Symonius patrzył na głębokie ślady, jakie kopyta odcisnęły w jesiennym błocie. Trwało to chwilę. Knechci równym marszem raz-dwa-trzy uderzyli w bramę; okucia puściły, drewno poszło w drzazgi. Odstąpili w bok z taranem, robiąc miejsce Oettingenowi. Ten poruszył barkami, jakby gotował się do ćwiczeń na dziedzińcu, a potem zawołał:

— *Gott mit uns!* — i puścił przodem knechtów z sulicami.

Za nimi pojechali sarianci w akompaniamencie krzyku mieszkańców. Wysoki, świdrujący głos kobiety przebijał się pod innymi krótko. Urwał się, zamilkł.

Wtedy majestatycznie do Żychlina wjechał Oettingen. Symonius dmuchnął w piszczałkę z ludzkiej kości, długo, przeciągle. Zagajnik się poruszył i wyszli.

Trzej Starcy Siwobrodzi z wilkami przy nogach, za nimi Jarogniew Półtoraoki w kościanym pancerzu, z burzą swych warkoczy, obok niego Derwan, chudy jak kościotrup, w płaszczu z końskiej skóry na szerokich barkach. Płomiennowłosy Żarnowiec w napierśniku zdobytym na kasztelanie krakowskim, Nawoju z Morawicy. Żarnowiec kochał te blachy z emaliowanym na piersi herbem Topora. Niski Wrotycz, wódz zwiadowców, z niedźwiedzią skórą na plecach i krótkim mieczem, który zdążył dla niego zrobić Wnoke. Mieczem, co w stal mógł się jak w ciało wbijać. I szwagier Jarogniewa, kowal Głóg, łysy z krwawą blizną na czaszce. Ten chadzał z toporem na długim drzewcu, robotą z własnej kuźni. Dalej Bieluń o białych włosach i żółtej brodzie, zbrojny w sierp. W walce nim był śmiertelnie niebezpieczny. I czarnowłosy Perz, co nosił opaskę ze skóry rysia na czole, najlepszy z łuczników, ten, co z dwustu kroków ustrzelił Ostrzycę. Za nimi następni i następni, aż wreszcie szli zwykli prości Prusowie, w czym tam kto miał, skórzane pancerze, utwardzane skóry albo i kożuchy na gołym ciele, stare i znoszone. Wylewali się z brzozowego lasku jak rzeka wzbierająca żółtą wodą w czas ulewy. Z płonącymi oczami, chciwi, spragnieni. A prowadził ich konno on, Symonius. Nimo, jak wołali go w domu. Latami ukryty niczym podszewka w płaszczu, niby wierny sługa Zakonu.

Żychlin walczył, o dziwo, nie chciał się poddać, mimo iż jego włodarza, sędziego Chwała, nie było. Pociągnął na wojnę, przy królu. Plamy świeżej krwi parowały z ziemi, gdzieniegdzie z drewnianych ścian chałup. Jej woń przyjemnie drażniła nozdrza. Jeden z wilków zbliżył pysk do krwawej kałuży, liznął krwi i pieszczotliwie zaskomlał. Symoniusowi mignął biały płaszcz Oettingena, jego głowa zamknięta w stalowej puszce hełmu. W uliczkach trwała walka. Dzwon na kościelnej wieży bił jak serce łani uciekającej przed wilczą watahą. Szybko i beznadziejnie. Symonius skierował swejka prosto do stojącego w środku osady kościoła. Murowany — odetchnął z podziwem. Przed zamkniętymi drzwiami stał księżyna z monstrancją w ręku. Osłaniał nią twarz jak tarczą. Szeptał niczym rozkaz:

— *Apage satana! Apage!*

Jarogniew nie odmówił sobie, wyskoczył przed konia Symoniusa i chwycił księdza za gardło. Zadusił, unosząc nad ziemię. Kapłan nie wypuścił z rąk monstrancji i upadł, nakrywając ją ciałem. Symonius zeskoczył z siodła. Uprzedził Półtoraokiego i pchnął drzwi kościoła.

— Pan z nami! — zawołał, wchodząc i szeroko rozkładając ramiona.

— I duchy z wami — zawtórowali mu Starcy.

W świątyni panował półmrok rozjaśniany wielką, utoczoną z prawdziwego wosku gromnicą i małymi świeczkami ustawionymi w krąg na żelaznym świeczniku. Wilki wbiegły, węsząc i po chwili zaskomlały. Pod ścianami i za stallami kulili się ludzie.

Perz wyciągnął staruszkę, Bieluń młodą parę, ale to Wrotycz, wódz zwiadowców, znalazł piękność. Ciemnowłosa dziewczyna mogła mieć szesnaście lat i przystrojona była jak Madonna z fresków w Malborku. Nie pisnęła, płakała bezgłośnie. Starcy okrążyli ją i obejrzeli z bliska.

— To nie dziewica — orzekli.

Wrotycz zaśmiał się i przycisnął zdobycz do piersi:

— Nie szkodzi!

Bieluń podsunął im swoich, dziewczynę i chłopca.

— Nic nie warci — osądzono ich szybko. Żółtobrody cisnął nimi pod ścianę.

— To jest dziewica — wyciągnęli ramiona po starowinę.

Jarogniew zadrwił pod nosem:

— Na waszą miarę.

Bezręki spojrzał na niego i po kamiennej posadzce kościoła przebiegł cień. I został jak czarna linia. Półtoraoki przymknął się od razu i spokorniał. Mężczyźni chciwie wypełnili świątynię. Każdy pragnął być jak najbliżej, tak samo mocno wodzowie, jak prości wojownicy. We wszystkich oczach płonął ogień Trzygłowa. Starcy przywiedli starowinę do ołtarza. Położyli na nim jej dłonie. Przegryźli szczupłe, wątłe nadgarstki, pisnęła cicho, jak szczenię. Pili z niej krew kolejno, a potem przywołali:

— Nimo!

Zanurzył usta. Słona i gęsta, płynęła wolno, jakby szczędziła mu siebie, wydzielała. Possał mocniej, widział, jak kobieta zaciska pięści i puszcza z westchnieniem. I krew popłynęła, a wraz z nią obrazy. Małe dziecko przy piersi śmiejące się głośno, młody mężczyzna, który pochyla się i coś mówi bezgłośnie, krowa cieląca się z rykiem, bójka, ból...

Oderwał się od niej.

— Zabieraj swoje życie, nie chcę go! — syknął gniewnie.

Ustąpił miejsca Jarogniewowi. Chciał rozkoszować się chwilą. Ta kobieta miała być tylko narzędziem, naczyniem, a nie wpychać mu swoje wspomnienia. Nie ma na nie miejsca, nie teraz. Po Jarogniewie pili z niej następni, aż zsunęła się z ołtarza pusta i wyssana. Symonius wszedł na podwyższenie. On jeden w tym gronie wiedział, czego szukać. Wyjął kielich z komunikantami i rozejrzał się. Jest, znalazł. Biały, drobnym ściegiem wyszywany kawał płótna. Wyciągnął go i położył sobie na piersi.

— Korporał — westchnął.

— Co? — zawołał Bieluń, ocierając usta. On ostatni załapał się na łyk krwi.

— Całun, w który zawinięto ciało Chrystusa — wyszeptał w uniesieniu Symonius, kręcąc się w koło.

— Trzy razy cię wzywamy! — zawołali Starcy.

— Trzy razy prosimy!

— Trzy razy powtarzamy twe imię...

Weszli na kamienny ołtarz. Chwycili się za ramiona, a bezrękiego za rękaw sukni i okręcali się wokół siebie.

— Nakarmiony krwią...

— ...na wrażym ołtarzu...

— ...pod swoim wezwaniem...

— ...przybądź!

— Przybądź

— Bądź!

Bieluniem wstrząsały drgawki, Głóg wił się w tańcu o dwakroć szybszym niż Starcy, kłaniając w pas bez ustanku. Żarnowiec uderzał się pięściami w pancerz z toporem na napierśniku, aż z kostek dłoni popłynęła mu krew. Derwan rwał z ramion płaszcz z końskiej skóry, Perz obracał się, szyjąc z łuku do prymitywnych, brzydkich fresków na ścianach. W maleńkich, wysoko umieszczonych oknach kościoła odbił się ogień. Żychlin płonie — zrozumiał Symonius. Wyrwał z pochwy przy pasie nóż. Prezent od Guntera von Schwarzburg. Z figurą najświętszej Marii Panny na kościanej rękojeści.

Gdy Trzygłów wejdzie, rozetnę sobie na trzy części język — pomyślał, gwałtownie kierując go w stronę ust. Przytrzymał drugą dłonią korporał na piersi.

I wtedy rozwarły się drzwi świątyni.

Starcy Siwobrodzi krążyli po ołtarzu. Ich wielkie, szare wilki wyły. Głóg opętańczo kręcił się w kółko. Żarnowiec walił w pancerz Nawoja z Morawicy, aż rude włosy i krew płynąca z kłykci wyglądały jak jedna rdzawa smuga. Perz zastygł z łukiem wycelowanym znów w Marię Magdalenę u stóp Krzyża Pańskiego. Symonius zamarł z nożem przy ustach. Ciżba Prusów bijących pokłony wydawała się stadem skołtunionych dzikich psów.

— No, chłopcy! — Z otwartych drzwi kościoła dał się słyszeć ochrypły głos szpitalnika. — Koniec zabawy. Zbierajcie się, Wielki Luther woła pod Kalisz.

Zamarli.

I w tej martwej ciszy rozległ się bolesny głos sprzed kościoła.

— Komturze... tyś rycerz Marii Panny... ocal dom Boży przed profanacją niewiernych...

— *Ich verstehe nicht* — odpowiedział po niemiecku Oettingen.

ZYGHARD VON SCHWARZBURG odrzucił włosy z czoła zniecierpliwionym gestem. Wisła w Toruniu pachniała nieprzyjemnie. Było za ciepło jak na początek jesieni, pewnie coś się psuło w rzece. Zdechłe ryby, kaczki czy co innego. Musiał przestać rozpraszać się takimi drobiazgami, szybko do Grudziądza nie wróci. Luther urządził w Toruniu kwaterę główną dla wodzów. Właściwie dla nich dwóch i Markwarda. Wodzowie poszli za Wisłę, na wojnę.

Głównodowodzącym wcale nie został Czerwony Wilk, marszałek von Altenburg, choć tego wymagała reguła. I dobrze, z tym akurat Zyghard się zgadzał. To niedźwiedziowaty Lautenburg ma dzisiaj największe doświadczenie w walce z królem i on dostał zaszczyt bycia wodzem. Drugim dopiero był marszałek Altenburg, trzecim wielki komtur Bonsdorf, czwartym Plauen.

Same świętoszki Luthera. Jego ludzie. Luther uparł się, że Zakon musi wystawić więcej wojska, niż król miał w zeszłym roku. I dopiął swego, choć nikt nie wie, jakim naprawdę kosztem. Podskarbi Konrad von Kasselhut nie udziela odpowiedzi na pytanie o stan skarbu. Siedem tysięcy zbrojnych. Zakon nigdy, odkąd istnieje, nie wystawił tylu. Za Wisłę poszło dwustu białych braci, zakonnych rycerzy, w tym kilkunastu komturów! Poza czwórką wodzów, wielki szpitalnik i komtur elbląski, komtur golubski, nieszawski, świecki, toruński, gdański, radzyński, papowski. I mistrz krajowy Inflant, Eberhard von Monheim, z oddziałem posiłkowym. Pięciuset zaciężnych znad Renu. Setki witingów, skrzykniętych z całych Prus. I Rota Symoniusa, choć tej akurat Zyghard nie żałował. Luther owładnięty szałem wojennym nie zawahał się wysłać za Wisłę nawet oddziału księcia Suffolk, Thomasa Uffarta, i stu angielskich rycerzy, których książę przywiódł do Malborka na krucjatę. To było posunięcie bezmyślne i pod każdym względem niedobre, ale tylko Zyghard się sprzeciwiał, a Luther był bezwzględny.

Polacy obstawili wszystkie swoje brody na Wiśle, siedem tysięcy zakonnych musiało iść aż do Płocka, by przekroczyć rzekę. Luther szalał, rwał włosy z głowy, że nie zdążą na czas pod Kalisz, ale Lautenburg uspokoił swego mistrza i zanim wymaszerowali z Torunia, przysiągł mu, że nim Jan Luksemburski stanie na miejscu spotkania, rycerze Zakonu już tam będą. I słowa dotrzymał. Miał przy sobie cały oddział gońców pocztowych, nie licząc ludzi rozstawionych po drogach, dzięki czemu dwa razy dziennie dostawali meldunki. Wiedzieli, że Lautenburg dokładnie wykonuje rozkaz Luthera: przeć pod Kalisz, a po drodze niszczyć. Dysponował tak wielkim wojskiem, że mógł sobie na to pozwolić. Z Płocka ruszył na południe, niszcząc po drodze wsie arcybiskupie.

— Janisław jest naszym wrogiem, jak król — oświadczył Luther, gdy Schwarzburg zwracał mu uwagę, że nie obronią tego w awiniońskiej kurii.

— Nie będziemy musieli. Zwycięzcy się nie tłumaczą, Zyghardzie — tym zamykał każdą dyskusję Luther.

Następny był meldunek o spaleniu Łęczycy. Miasta, nie grodu, bo tego bronił Paweł Ogończyk. Główne siły Lautenburga szły prosto pod Kalisz, a oddziały Bonsdorfa, Oettingena, Plauena krążyły między Nerem a Wartą. Z dymem poszedł Uniejów z kościołem, a jakże. Kolejne wsie i miasteczka, krwawa łuna znaczyła szlak pochodu sił zakonnych. W Sieradzu proboszcz w szatach pontyfikalnych stał z hostią w dłoni, a Oettingen w tym czasie rabował zakrystię. W Żychlinie Prusowie tańczyli na ołtarzu. Zyghard miał dosyć.

— Ocknij się! — zawołał do Luthera. — Jesteś wielkim bluźniercą czy wielkim mistrzem?!

— Nieuważnie słuchasz meldunków, przyjacielu — odpowiedział mu Luther. — Rycerze zakonni dokonują zwykłych wojennych zniszczeń na terenie wroga. Jeśli gdzieś dochodzi do aktów, jak to powiedziałeś, bluźnierczych, robią to Prusowie, nie my.

— Są częścią sił zakonnych! — krzyknął Zyghard.

— Dzisiaj — zimno powiedział Luther i na tym skończył.

— Jesteś aż tak obłudny?

— Uczył mnie twój brat, Gunter — rzucił niewinnie wielki mistrz. — Mówiłem ci kiedyś, że był surowym, wymagającym nauczycielem. Ale dobrym! Czyż nie to samo zrobił na Pomorzu? „Rzeźnikiem gdańskim" na wieki został Henryk von Plötzkau, a twój elegancki brat nigdy nie ubrudził sobie rąk niegodnie przelaną krwią.

— Szesnaście kościołów w trzy dni — przypomniał mu Zyghard, unikając tematu Guntera. — A angielscy rycerze…

— Są przy naszym niedźwiedziu, Lautenburgu — przerwał mu Luther. — Nie widzą.

Wreszcie nadszedł meldunek, że pod Łęczycą zjawił się polski król.

— Ile ma wojsk? — spytał posłańca mistrz.

— Z Małej Polski przywiódł dwa tysiące. Czekają jeszcze na siły ze Starszej Polski.

— Nie będą liczniejsze — zauważył Zyghard. — Razem to około czterech tysięcy.

— Już nie żyją — orzekł Luther. — Naszych siedem tysięcy i rycerstwo Jana.

— Wciąż nie wiemy, ile. Czas się kończy, a czeskiego króla nie widać.

— Wiem, że jesteś niechętny temu sojuszowi — powiedział mistrz — ale wstrzymaj się z oceną, aż przybędą pod Kalisz. Do umówionego terminu jeszcze kilka dni. Chłopcze — zwrócił się do młodzieńca, który przyniósł wiadomość o przybyciu Władysława. — Co robi polski król?

— Wysyła małe oddziały, by przeszkadzały naszym w pustoszeniu okolic. Doszło do kilku drobnych potyczek, nierozstrzygniętych.

— Coś jeszcze miał do przekazania Otto von Lautenburg?

— Nie, wielki mistrzu — ukłonił się chłopak.

— Zatem odejdź, odpocznij i wracaj do wojsk.

Nazajutrz była wiadomość, że Otto rozpoczął oblężenie Kalisza. Nie chciał bezczynnie czekać na Luksemburczyka. Kolejna nieco gorsza, że stracili w walkach z kaliską załogą czterdziestu ludzi, potem, że mieszczanie zaczęli negocjacje, by ocalić miasto, ale je przerwano. Następne dni przyniosły wieści o rycerstwie Starszej Polski, pod wodzą Wincentego Nałęcza, dwa tysiące zbrojnych, jak się spodziewali. I żadnej o szpicy czeskich wojsk.

Luther wpadał w gniew. Jego ataki były krótkotrwałe, gwałtowne jak letnie burze. Uspokajał się równie szybko, przepraszał za wybuch i myślał składnie, logicznie. Zyghard obserwował go przez cały czas, bo nazbyt dobrze pamiętał szaleństwo Wernera. Ale nie, to nie było to samo. Zygharda zaś obserwował Markward von Sparenberg, jedyny ze świętoszków, którego Luther nie posłał na wojnę. Trzymał go przy sobie i słusznie, bo Markward był bystry. Poza tym to on negocjował z Janem Luksemburskim wspólny atak na Polskę. Cztery dni po terminie, w którym król Czech miał stanąć pod Kaliszem, przyszła wreszcie wiadomość. Nie od niego, od śląskich wywiadowców Zakonu.

— Król Jan dopiero wyrusza z Wrocławia.

Zyghard spojrzał na Luthera. Mistrz pobladł.

— Dopiero? — wykrztusił.

— Pod Niemczą napotkał silny opór księcia świdnickiego Bolka Małego. Książę wiązał siły czeskie walką przez kilka dni.

— To wnuk króla Władysława — przypomniał koligacje Zyghard. — Skutecznie zablokował Luksemburczyka. Czy czeski król odniósł duże straty?

— Trudno orzec, we Wrocławiu przegrupował siły i zdaje się, zmusił śląskich lenników do przyprowadzenia jakichś oddziałów. Jak będą duże, przeliczymy, gdy na dobre wyruszą. Ale jest gorsza wiadomość, mistrzu — powiedział wywiadowca. — Król Jan nie kieruje się pod Kalisz. Idzie na Głogów.

HENRY DE MORTAIN był w niezręcznej sytuacji. Jako doradca króla Jana powinien mu powiedzieć: idź pod Kalisz, jak się umówiłeś z mistrzem, albo daj mu znać, że nie przybędziemy. Ale jako syn Gerlanda zamilkł, skrycie ciesząc się, że nie będzie musiał stawać do walki przeciw ojcu. W tym sensie śmierć księcia Przemka, jedynego Głogowczyka, co się Janowi nie kłaniał, spadła mu z nieba. Beneš wprawdzie Henry'emu nie wybaczył niezałatwionej sprawy, ale co mu tam złość Beneša, gdy oddalało się widmo bitwy.

Liczył na to, że do starcia dojdzie tylko między Krzyżakami a królem Władysławem; każdy dzień pod Głogowem działał na jego korzyść.

Kalisz leży w samym sercu Królestwa Polskiego, Zakon nie będzie mógł tam trzymać wojsk bezczynnie. Im dłużej Jan się spóźnia, tym pewniejsza bitwa między tamtymi. Co chwila liczył czas i co chwila zastanawiał się, jakie jego ojciec ma szanse. Był silny, sprawny, ale miał swoje lata. Czy uda mu się znaleźć w bitewnym zamieszaniu tych, których szuka? Chwilami napadał Henry'ego strach, że ojciec zginie, nie wyjdzie z tego cało. Wtedy wolałby jednak być przy nim.

Tymczasem tkwili pod Głogowem i właśnie do namiotu króla wchodził książę Jan, jego lennik i brat zmarłego. Pokłonił się królowi nisko, ale gdy podniósł się z ukłonu, patrzył z ukosa.

— Przemyślałeś moją ofertę, książę? — spytał Jan Luksemburski, wracając do oglądania przyniesionych przez zbrojmistrza mieczy. Wziął ze stojaka długi, z oburęczną rękojeścią i ważył w dłoni.

— Tak, królu — zerknął na miecz Jan, książę Ścinawy.

Luksemburczyk uniósł broń lekko, przyjrzał się jej i z pozoru niedbale postawił obok nogi. Sprawiał teraz wrażenie roztargnionego, jakby zapomniał, iż trzyma miecz, a potraktował oręż niczym laskę, na której wygodnie się podparł. Henry znał Jana dobrze. Król celowo się odsłonił. Zwodził swego gościa doskonale wykonaną postawą „Głupca".

— I? — zapytał, wciąż stojąc z opuszczonym mieczem u nogi, jakby zachęcał księcia.

— Jeśli sprzedam ci należną mi prawem spadku część księstwa głogowskiego, między mną a najstarszym bratem zapanuje nieufność. Wrogość.

Król opuścił lekko głowę; gdyby miał teraz hełm, patrzyłby przez jego wizurę nie w twarz, a w pierś księcia ścinawskiego. Uczył ich tego fechmistrz na francuskim dworze, Jan był mistrzem w walce z wykorzystaniem „Głupca". Mamił swych przeciwników perfekcyjnie, niemal zapraszając do uderzenia w siebie.

— W dodatku — rozochocił się z pozoru pokorną postawą króla książę — to naruszy prawa księżnej Konstancji, wdowy po Przemku. Po księciu Przemysławie. Moim bracie. Bo on jej zapisał Głogów.

— I? — powtórzył pytanie król.

— No i tyle — rozłożył ręce książę. — Dlatego nie mogę ci sprzedać...

Jan błyskawicznie poderwał miecz z ziemi i wymierzył w pierś księcia. Nie pchnął go. Po prostu dotknął i trzymał na ostrzu. Głogowczyk pobladł i otworzył usta zaskoczony.

— Skoro nie możesz mi sprzedać księstwa, to je na tobie i Konstancji zdobędę. — Lekko pchnął go ostrzem miecza. Niegroźnie, miecze były nowe, dopiero miały iść do ostrzenia.

— Nie — zaprotestował książę — to skoro tak...

— Tak? — Luksemburczyk oderwał miecz od piersi księcia i delikatnie, naprawdę łagodnie uniósł pod jego podbródek.

— Sprzedam... — wyszeptał Głogowczyk. — Sprzedam.

— A co z Konstancją?

— To wnuczka króla Władysława, poradzi sobie. — Szybko zdjął z głowy troskę o bratową.

— Widzisz, książę, gdyby jej brat, wnuk króla, nie zdenerwował mnie tak pod Niemczą, pewnie zostawiłbym coś Konstancji. Ale Bolko poważnie mi się naraził. Jego siostra poniesie za to karę, rozumiesz?

— Rozumiem — nie śmiał poruszyć głową Głogowczyk. — Rozumiem.

— Ile masz wojska?

— Niewiele — wymamrotał książę.

Jan nie spuszczając go z ostrza, odwrócił się do Henry'ego i zaśmiał:

— Ma niedużo wojska. To może bardziej opłaca się go pobić, niż płacić?

— Mogę skrzyknąć. — Głogowczyk zupełnie zgubił się w planach króla. — Skrzyknąć...

— Tak zrób — powiedział Luksemburczyk i przełożył ostrze miecza na ramię księcia, jak w czasie hołdu lennego. Nacisnął. Książę Jan ścinawski klęknął posłusznie.

— Przysięgałeś na każde wezwanie seniora dawać mu wojsko — przypomniał król. — A ja teraz żądam, byś się wywiązał z obietnicy złożonej pod krzyżem. Przygotuj oddział pod swoim dowództwem. Wyruszysz ze mną na wyprawę wojenną do Starszej Polski.

— Już się spóźniliśmy pod Kalisz — przypomniał Janowi Henry. Serce zabiło mu szybciej.

— Dlatego tam nie pójdziemy — mrugnął do niego Luksemburczyk. — Niech Krzyżacy rozgromią Władysława pod Kaliszem. Niech tam go wykrwawią, razem z rycerstwem i wojewodami. Ja od razu zajmę Poznań.

— Jako twój doradca... — zaczął Henry de Mortain, ale Jan mu przerwał. Zdjął miecz z ramienia Głogowczyka i podał mu rękę, pomagając wstać z kolan.

— Moi sekretarze przygotują akt sprzedaży. — Objął księcia ramieniem i ruszył z nim ku wyjściu z namiotu. — Przyślij kanclerza albo kogoś ze swych ludzi, znaczniejszego, kogo zna Konstancja. Pojadą razem z Henrym na zamek, przekażą księżnej wspólne stanowisko i zaproponują szybkie opuszczenie Głogowa. Zbieraj wojsko, książę! Ruszamy na Poznań! Twój ojciec tam kiedyś władał, prawda?

— Tak — powiedział otumaniony serdecznością Jana książę.

— To pewnie z tym większą radością pomożesz go zdobyć swemu królowi. — Poklepał go po plecach i wypuścił z namiotu, przekazując z kurtuazją w ręce Beneša.

Odwrócił się do Henry'ego.

— Uf! — westchnął i udał, że ociera pot z czoła. — Aleśmy dzisiaj powalczyli, co, Henry? Co mi chciałeś doradzić?

— Nic — odpowiedział de Mortain. — Jako twój doradca widzę, że zajęciem Głogowa robisz sobie wygodny szlak z Czech do Starszej Polski. I widzę, że brakującym ogniwem, wyrwą w tej drodze, jest księstwo świdnickie Bolka Małego albo jaworskie Henryka, zięcia Rikissy. Oczywiście, o ile zdobędziesz Poznań.

— Zdobędę. — Jan odłożył miecz do stojaka. — Zawsze zdobywam to, czego chcę.

OTTO VON LAUTENBURG przywitał Sparenberga w obozie pod Kaliszem z otwartymi ramionami.

— Wszyscy razem, co, Markward? — uściskał pulchnego przyjaciela. — Wielki Luther obiecywał to wszystko latami, ale pokaż takiego wśród nas, który nie miał chwili zwątpienia, co?

— Moja była udziałem was wszystkich. — Ditrich von Altenburg napił się piwa. — Bogu dzięki, żeście mnie powstrzymali. Gdyby nie Wielki Luther i wy, byłbym dzisiaj renegatem. Bratem, co porzucił śluby dla marnego zamku.

— Ale jesteś wielkim marszałkiem, Czerwony Wilku — poklepał go poufale po plecach Lautenburg, aż Ditrich zakrztusił się piwem.

— A ja miałem dość po wyprawie ze Schwarzburgiem na Ruś, pamiętacie? — przypomniał Plauen. — Wszy omal mnie nie zżarły, przysięgam, też chciałem rzucić to wszystko w diabły...

— Mam wiadomość i rozkaz — przerwał Markward i usiadł między braćmi. — Powspominamy po wojnie.

Byli sami, tylko bracia od siódmej pieczęci, nikogo obcego.

— Jan Luksemburski wystawił nas — oznajmił Markward, a jego okrągłe policzki nagle wydały się obwisłe. — Nie przybędzie pod Kalisz.

— A by go... — splunął Oettingen, nie kończąc.

— Wdał się w wojenki śląskie — wyjaśnił im. — Na razie oblega Głogów i nie znamy jego dalszych planów. Nie przysłał gońca do Luthera.

— Błazen, pięć srok za ogon. Signorie, krucjaty, Śląsk, co jeszcze?

— Nasz mistrz wściekł się na niego — spokojnie mówił Markward — ale wojna z królem Władysławem jest ważniejsza. Rozumiem, że układ sił pozostał bez zmian?

— Tak — potwierdził Otto. — Siedem tysięcy naszych do jego, góra, czterech. Mamy druzgocącą przewagę.

— Dobrze — skinął głową Markward. — Rezygnujemy z planu zdobycia Kalisza. Zostawiamy Starszą Polskę na później. Nasz kierunek to Kujawy. Wielki Luther chce zmiażdżyć ducha w królu zrównaniem z ziemią Brześcia.

— Rodzinne księstwo króla Władysława — z uznaniem pokiwał głową szpitalnik. — I miejsce urodzenia.

— Mamy ciągnąć prosto na Brześć? — spytał Lautenburg.

— Tak, ale mistrz powiedział, że jeśli po drodze będzie łatwa zdobycz, to brać. Tyle że celem jest Brześć.

— Jasne. Arni! — Lautenburg zawołał giermka. — Arni!

— Jestem, komturze. — Chłopak wpadł do namiotu.

— Przekaż obwoływaczowi, że rankiem ruszamy. Oboźny niech się zajmie wszystkim.

— Zrozumiałem. — Arni pobiegł od razu.

— Wyrobił się — zauważył Markward. — Jeszcze niedawno...

— Wojna szkołą życia — pokiwał głową Lautenburg. — A Arni w ostatnich latach nie wychodził ze szkoły!

Druhowie zaśmiali się zgodnie. Popatrzył po nich i pokiwał głową nad każdym:

— Wielki marszałek, wielki komtur, wielki szpitalnik, ja, wiadomo. Komtur nieszawski, komtur Bałgi i...

— I ja, wciąż bez przydziału — skromnie uśmiechnął się Markward.

— Nie gadaj, Toruń cię nie minie! — podał mu piwo Otto. — Napijmy się za siedmiu chłopaków z konwentu w Dzierzgoniu i ich mistrza, Wielkiego Luthera!

— Amen — zawołali chórem i zgodnie wypili.

— Jeszcze jedno — dodał Markward. — Luther podtrzymuje plan pochwycenia królewicza Kazimierza na polu walki.

— Zrobimy, co w naszej mocy — potwierdzili.

— I uważa, że nasz człowiek będzie w stanie pozbyć się króla — dokończył Markward.

— To już grubsza sprawa i nie bardzo mamy wpływ — pokiwał na boki głową Lautenburg. — To od nas nie zależy.

— Wiem, pójdę się z nim spotkać, tylko potrzebuję, by był ze mną ten cały Półtoraoki.

— To furiat — przypomniał szpitalnik. — Nie ufałbym mu za grosz.

— Rozumiem, mimo wszystko spróbuję. Gra idzie o dużą stawkę.

— Jak cała wojna — powiedział Czerwony Wilk.

Nie siedzieli za długo, Otto w sprawach wojennych przestrzegał reguł sumiennie. Skoro rano mają zacząć wymarsz, trzeba się wyspać.

O świcie ruszyli, choć mgły utrudniały zwijanie obozu, a później sam marsz. Opadły dopiero przed południem i wtedy długa kolumna jeźdźców i taborów szła raźno. Droga na Brześć była dobra. Lautenburg znał okolicę z relacji zwiadu. Przed wieczorem powinni zajść pod Konin. Miasto, mówili zwiadowcy, nie jest specjalnie trudne do zdobycia, załoga pomniejszona, bo całe siły są z królem. Może by je tak zdobyć? — myślał podczas jazdy. — Skoro Luther mówił, że można? Świętej pamięci Henryk von Plötzkau nie pominąłby takiej okazji.

— Bonsdorf! — zawołał jadącego za nim wielkiego komtura. — Co mówi straż tylna?

— Królewskie wojsko wciąż trzyma się za nami. Dwie, trzy mile.

— Depczą nam po piętach, a zaatakować się boją — wzruszył ramionami Otto.

— Albo czekają na jeszcze jakieś siły.

— Jakie?

— Nie wiem, a bo to raz wywiad nawalił? Kiedy rok temu Giedymin wyskoczył jak spod ziemi, to ktoś to przewidywał?

— Nie — przyznał Lautenburg. — Mógłby już Luther wziąć na toruńskiego naszego Markwarda. Sparenberg ma nosa.

— Ma — potwierdził Bonsdorf.

— Może być i tak — podjął swoją myśl Lautenburg — że król nie atakuje, ale idzie krok za nami, żeby nas zdezorientować i powstrzymać od rabunków. Pamiętasz ten mały oddział naszych najemników, co ich pod Kaliszem złapali i wybili do nogi?

— Sami sobie winni — ocenił Bonsdorf.

W Zakonie nikt nie lubił najemników, a zwłaszcza Otto, mieczyki do wynajęcia, co prócz żołdu wynagradzają się sami z rabunków i gwałtów. Właśnie, a jemu ta piękna pod Pyzdrami uciekła, a teraz to, wiadomo, nic już nie przygarnie, bo jest wodzem głównym wyprawy i oczy wszystkich zwrócone na niego. Siedem tysięcy wojsk, jest czym dowodzić — aż się zachłystywał, gdy o tym myślał i gdy patrzył na tę ciągnącą się kawalkadę.

Mocarne dwuosiowe wozy o wielkiej nośności, ich konstrukcje wzmacniano żelaznymi sztabami, a i koła miały żelazne obręcze. Każdy jeden ciągnąć musiała czwórka koni, krępych, o grubych pęcinach i kanciastych zadach. Na największych wozach jechały rozłożone na części machiny wojenne, staranie zabezpieczone przed ciekawskim okiem i deszczem. Na pozostałych dodatkowe uzbrojenie, skrzynie z kuszami, beczki bełtów, kopie rycerskie i pęki sulic, osobno skrzynie z dodatkowymi grotami. Były i wozy z osprzętem dla koni, wiadrami, zgrzebłami, workami, na nich jechały podkowy i gwoździe do nich, młotki, dłuta obcęgi. A także paski, puśliska, wędzidła, popręgi, munsztuki, wszystko, co może przydać się do napraw w warunkach bojowych. Na lżejszych wozach, dwukonnych, jechały worki obroku i paszy, tylko na początek wyprawy, resztę zdobędą na terytorium wroga, w końcu od tego są wojny. Osobno wieziono namioty, w tym duże *gezelte* dla komturów i *hochgezelt,* namiot wielki dowództwa. Dla mnie — pogładził się po czarnej brodzie Otto. Jak wzrokiem sięgnąć, na drodze wiła się kolumna wozów, konnych, luzaków i piechoty. Plötzkau nigdy nie dowodził taką armią, Mario Panno, to pierwszy raz w historii Zakonu. I nagle przeszła przez niego, jak błyskawica, duma tak wielka, że aż go poraziło. Musi się wsławić w tej wojnie, a po zwycięstwie Luther, jak obiecał mu na stronie, jego uczyni wielkim marszałkiem, a Altenburg weźmie sobie ziemię chełmińską, po prostu się zamienią. „Niedźwiedź za Wilka" — tak mu mistrz powiedział. Po takim tryumfie nie będzie już gadania, że Altenburg to poświęcił albo tamto. Najbardziej podniecała go myśl, że jako wielki marszałek dostanie główną chorągiew Zakonu, tę ze złotym krzyżem. Bo Wielki Luther nie będzie na wojny chadzał, on jest myślicielem, głową ich wszystkich i...

— Konin już widać, mój panie — obudził go z myśli o chwale Arni.

— No, to ładnie zajechaliśmy — pochwalił Otto i przeciągnął się. — Kobyły nie zajeżdżone, słonko jeszcze nie zaszło.

— Obóz stanie przed zmrokiem — dołączył się do jego zadowolenia wielki komtur Bonsdorf. — Zgłodniałem, a ty, Ottonie?

— Ja to lubię sobie podjeść po bitwie, a przed zapominam, że jestem głodny. Z pełnym brzuchem do boju niedobrze.

— Ale co ty mówisz? — obruszył się Bonsdorf. — Chciałbyś dzisiaj jeszcze zacząć zdobywać miasto? Zaraz słońce zajdzie.

— Ja nie sądzę, by oni chcieli się bronić — poruszył zdrętwiałymi barkami Otto. — Zwłaszcza że już nas widzą, kolumna nie do przeoczenia, ha, ha, ha.

— Odpuść, proszę — jęknął Bonsdorf. — Rano im zrobimy oblężenie. Rozłóżmy obóz, zjedzmy, wyśpijmy się. Mam bukłak dobrego wina, a mój sługa robi baraninę palce lizać, barany mam na wozie, z tamtej wsi...

— I masz szczęście, że cię lubię, bracie! — poklepał się po wydatnym brzuchu Lautenburg.

— Stoi? — upewnił się wielki komtur.

— Stoi. Oblężenie jutro, a dzisiaj ich tylko trochę nastraszymy, może sami nam bramy otworzą i pośpimy pod dachem? Ale baraninę mam obiecaną, co?

— Jesteś nieużyty — wzruszył ramionami Bonsdorf.

— I wino! — upomniał się ze śmiechem Lautenburg.

Straszenie ogromem wojsk było jego rozkoszą. Otto von Lautenburg był bogiem wojny i duchowym synem Henryka von Plötzkau. Kazał jeźdźcom otoczyć Konin w promieniach zachodzącego słońca. A było ich tylu, że oplótł miasto pięcioma szeregami konnych i chmarą szarej piechoty, i na ten widok rozdzwoniły się wieże kościoła. I był to dzwon powitalny, bo bramy rozwarto. Wprawdzie miasta, nie grodu, ale zawsze pierwsze poddaje się miasto. Wyobrażał je sobie jako pannę nierządną, ochotnie oddającą wdzięki. Grody zaś jako dziewice zbrojne w cześć i dumę, coś jak ta pulchna piękność, ta Manna, co go pogryzła i podrapała, a...

— Wino i baranina! — zawołał uśmiechnięty Bonsdorf, przejeżdżając obok. — Pod dachem, jak chciałeś! Czy zawsze dostajesz to, czego zapragniesz?

Nie zdążył odpowiedzieć, bo podjechał ku nim Plauen. Z początku pomyślał, że to jego druh, szczerbaty Herman, bo już zmierzchało, ale poznał po głosie:

— Ottonie! — zawołał. — Zwiad mówi, że król rozbija się z obozem pod samym Koninem.

— Co?! — nie uwierzył w pierwszej chwili, a w drugiej zrozumiał. Wjechali do miasta tak szybko, iż podążające za nimi jak cień, wojsko królewskie mogło pomyśleć, że ominęli Konin. Skoro nie zapłonął żaden dom…

— Tak — potwierdził Plauen i oblizał spierzchnięte usta. — Rozbijają obóz pół mili pod miastem, wyjedziesz za bramy, zobaczysz pierwsze ogniska i mrowie pochodni obożnych.

— Co robimy? — spytał Herman, który dopiero teraz dołączył do nich, ale musiał już słyszeć nowinę. — Konie zdrożone, nie zsiedliśmy…

— Zmieniamy konie — błyskawicznie zdecydował Otto von Lautenburg. — Luzaki już wprowadzili w granice miasta. I uderzamy na króla Władysława.

— Zapada noc… — próbował wymigać się Bonsdorf.

— I noc nam sprzyja, bracie — sięgnął po hełm Otto. — Grać na atak!

Wjechali w polski obóz jak łódź w przybrzeżne trzciny — gładko. Zaskoczona czeladź porzucała rozstawianie namiotów; maszty, tyki i żerdzie upadały na siebie z łoskotem. Tam gdzie już zaczęto narzucać na rusztowania płótno, zwisały teraz płachty puszczone luźno. Służba zrzucała garnki ledwie zawieszone nad ogniem. Stajenni ciskali na ziemię worki owsa niesione dla koni, tu i tam dało się słyszeć „bracia", „brodacze jadą", „Krzyżaki", i bardzo rzadko „stawać". Jedna za drugą padały na trawę przed chwilą rozpalone pochodnie. Widać było wozy taborowe, dziesiątki wozów, do których już dopadli ich Prusowie.

Gdzie król? — pomyślał Lautenburg. — Czy to nie zasadzka?

A po chwili naprzeciw zakonnym wyjechali rycerze, garstka. Bez chorągwi, bez znaków, diabli wiedzą, z której ziemi. Wielu z gołymi głowami, bez hełmów, ale żadnego znacznego Otto nie rozpoznawał. Ciął jak leci, jego miecz poruszał się w rytmie kroków świeżego, rączego konia. Po swej prawicy miał Anhalta. Po lewej Plauena. Śmiał się w głos: tak mógłby wyglądać koniec świata! On i druhowie pędzący z bronią w ręku, rozszarpujący szeregi wrogów.

— I ujrzałem, gdy Baranek otworzył pierwszą z siedmiu pieczęci! — krzyknął Henryk Reuss von Plauen. — I oto biały koń, a siedzący na nim miał łuk. I dano mu wieniec, i wyruszył jako zwycięzca! A gdy otworzył pieczęć drugą…

Otto von Lautenburg zachłysnął się nocnym powietrzem i podjął swoją kwestię:

— Wyszedł inny koń, barwy ognia, a siedzącemu na nim dano odebrać ziemi pokój, by się wzajemnie ludzie zabijali i dano mu wielki miecz! — Nie byłby sobą, gdyby nie wyciągnął go z pochwy i nie uniósł teraz wysoko nad głową. — A gdy otworzył pieczęć trzecią... — zrobił miejsce dla Hermana.

— Ujrzałem konia czarnego! — podchwycił przyjaciel. — A siedzący na nim miał w ręce wagę! Miał w ręce wagę! Miał w ręce wagę!

Wielki Luther byłby z nich dumny. Tak zawsze sobie to wyobrażał. Tak mówił.

Dawno minęli polski obóz. Obrońców wycięli w pień. Konie zatańczyły na pustej drodze. Przed nimi rozpościerała się noc w swym majestacie granatu i burgunda. Ciemna i pusta. Otto powoli zawrócił, jego wałach lubił podreptać w miejscu.

— Co to miało być? — zaśmiał się Herman, który po zmroku nie wstydził się śmiać pełną gębą, ciemność kryła wybitego zęba.

— Wielka ucieczka — zawołał Plauen, zatrzymując konia.

— Porzucili tabory! — nie mógł uwierzyć Bonsdorf, który jako wielki komtur odpowiadał za tabor zakonny. — Widzieliście, ile tam dobra? Broń, spyża, namioty, Mario Panno, chyba naprawdę nam błogosławisz! Ottonie, do końca wyprawy nic nie musimy rabować! Ja to zaraz uporządkuję, ogarnę, wcielę w nasze oddziały...

— Ty to mi obiecałeś baraninę i wino — wypomniał już odurzony niespodziewanym zwycięstwem Lautenburg.

— Wolisz wieprzowinę? Wołowinę? Perliczki? — zaśmiał się tubalnie wielki komtur, w myślach rachując łupy.

— Chryste — dotarło do Lautenburga zdobyte bogactwo — my tego nie uciągniemy...

— Co mówisz! — Głos Bonsdorfa był upojony zwycięstwem. — Mamy ich konie obozowe. Były tam, widziałem. I wozy!

— Nam trzeba pod Brześć — przypomniał Lautenburg. — Luther kazał zacząć oblężenie.

— Co za ciury — piskliwie wrzasnął Czerwony Wilk, który dopiero nadjechał. — To było królewskie wojsko? Ta sama armia, która krwawo wypatroszyła w zeszłym roku ziemię chełmińską? Nie wierzę... — Objechał ich kołem, nie mógł wyhamować.

— A może waleczny był ten Wilhelm Drugeth, andegaweński Węgier? — zapytał wielki szpitalnik Oettingen, a jego koń zarył w miejscu kopytami w trawę. — Może to on tak naprawdę dowodził królewską armią, gdy zwyciężała?

— Dobrze mówi — zapalił się Herman. — Ottonie, pamiętasz? Drugeth był też przy królu wtedy, cztery lata temu, pod Brześciem, gdy nas pokonali…

— By się zgadzało… — przyznał Otto von Lautenburg. — Wtedy i wtedy, dwa razy był z nim Drugeth. To, cośmy pokonali przed chwilą, to jakieś ofermy…

— Kto porzuca bogaty obóz? Tłuste tabory? — przypomniał wielki komtur. — Teraz nie mają spyży, nie mają dodatkowej broni…

— A my mamy bogactwo — dokończył rachunek Lautenburg. — I zadanie, jakie wyznaczył nam Luther.

Zbili się w krąg, koński łeb w łeb, zad w zad.

— Siedem pieczęci Apokalipsy — powiedział Lautenburg, bo jego Wielki Luther wyznaczył wodzem. — Nasz czas nie nadchodzi, lecz właśnie nadszedł. To tu i teraz. Dzisiaj i jutro. Nowe Jeruzalem otwiera swe złote bramy. My jesteśmy wielką wojną o nowy świat i lśniącą przyszłość.

— Siedmiu i Mistrz! — odkrzyknęli powtarzane latami hasło.

Tyle ich musiało upłynąć, by stało się Ciałem.

— Bonsdorf, weź Hermana. Plauen i Oettingen niech jadą z wami. Zbierzcie i porachujcie tabory, które zdobyliśmy. Ja z Altenburgiem pomyślę, co dalej, jak niedźwiedź z wilkiem, co? Róg obfitości spłynął na nas jak złoty deszcz, ale muszę tak ułożyć poranek, by nas nie zalał.

Wiedział, że jeśli jutro mają napaść na Brześć, to ten nagły zwycięski dar może okazać się obciążeniem.

— Może rano podzielmy oddziały? — zaproponował Altenburg, gdy zawrócili w stronę Konina.

— Pod bokiem wojsk Władysława? To byłby grzech pychy.

— Doprawdy? Chcesz się targać do Brześcia z obciążonymi ponad miarę taborami? — spytał Altenburg. Chwilę milczeli. — Ottonie, ja też czytałem broszurę Henryka von Plötzkau.

— Skąd ją wziąłeś? — żachnął się Lautenburg. — Ja mam oryginał.

— A ja kopię — skromnie przyznał Czerwony Wilk. — Zrobił ją sekretarz „rzeźnika".

— Nie mów tak o nim, to obelżywe! — rzucił się Lautenburg.

— Wybacz, w moich uszach brzmi jak komplement. Czytałem w niej, że rozdzielenie wojsk, by nie obciążać sił zaczepnych taborem, jest obowiązkowe podczas rejz.

— Byleby — zacytował mistrza Otto — wojska zeszły się na noc. Obozowanie rozdzielonych sił pod okiem wroga…

— Zejdziemy się — zgodził się Altenburg. — Tylko podzielmy tabory.

— Zgoda — kiwnął głową Otto von Lautenburg. — Zgoda.

GRUNHAGEN szedł przez obóz w ponurym nastroju. Zresztą, kto tutaj był w dobrym? Z daleka słyszał uniesiony głos Andrzeja z Koszanowa, którego król, jak zwykle, mianował oboźnym. Ciężko stawiać obóz dla dwóch tysięcy wojska, gdy się straciło połowę taborów. Zwłaszcza że wczoraj w straży przedniej szła Starsza Polska i to oni zaliczyli tę katastrofalną wpadkę pod Koninem. Niby każdemu może się zdarzyć, ale nie na wielkiej wojnie.

Splunął, szukał Borutki. Chciał się z nim napić, a może i pogadać? W taką noc źle siedzieć samemu. Minął ognisko Toporczyków, ale i tu dzisiaj panowała grobowa cisza. Zaczepił Jakuba z Szumska.

— Kasztelanie, nie widział pan Wrończyka?

— Ja widziałem — odpowiedział mu chłopięcy głos z półmroku. — Zaprowadzę.

— Ktoś ty? — Grunhagen nie poznawał chłopaka.

— Jędruś, giermek pana Grzegorza, chorążego krakowskiego.

— A — kiwnął głową. — To prowadź.

— To kawałek, pan Borutka poszedł o tam — wskazał w ciemności. — Za mną, proszę. Tylko ostrożnie, tu koleiny od wozów.

Grunhagen właśnie wpadł w pierwszą i zaklął, błoto przylepiło mi się do butów. Teraz szedł, patrząc pod nogi.

— Stój, kto idzie? — zawołały straże. — Nie wolno opuszczać obozu.

— To pan Grunhagen — powiedział Jędruś. — Pana Borutki szukamy.

— Pan Grunhagen — z szacunkiem powtórzył strażnik i choć było ciemno, pokłonił się. — Pan Wrończyk był tam, przy koniach — pokazał na łąkę schodzącą w dół, do strumienia.

Księżyc wyszedł na chwilę zza chmur i zimne światło prześlizgnęło się po dziesiątkach końskich grzbietów. Grunhagen już miał zrezygnować, zawrócić, ale giermek najwyraźniej przejął się rolą przewodnika, bo powiedział:

— To idziemy, ja poprowadzę! — I śmignął, tylko zajaśniały rękawy koszuli. Grunhagen ledwie mógł za nim nadążyć. Szli obrzeżem pastwiska, ale Jędruś skręcił nagle i wyszedł na wiejską drogę.

— Gdzie ty mnie prowadzisz? — Rozejrzał się Grunhagen, gdy na twardym gruncie przestał pilnować, czy w coś nie wlezie. — Tu jest pusto... Gdzie Borutka?

— Tam, za tym krzyżem — pokazał na majaczącą w mroku przydrożną kapliczkę — jest cmentarz. I tam na pana czekają.

— Kto? — zdenerwował się.

— Pan podejdzie — zachęcił go chłopak. — To już tylko kawałek.

Karzeł stanął niezdecydowany, obrócił się dookoła. Chłopak śmignął w bok, między pasące się konie, słychać było, jak zarżały.

Psiakrew — splunął Grunhagen. — Dobra, idę. Wóz albo przewóz.

Po chwili stanął pod kapliczką. Nikogo tam nie było. Usłyszał szmer, szedł od Chrystusa na przydrożnym krzyżu. Zadarł głowę. Figura była toporna, wiejska, wyciosana bardziej niż wyrzeźbiona w drewnie. Chmury znów odsłoniły księżyc i zobaczył, że pod chudymi żebrami Zbawiciela dzikie pszczoły założyły gniazdo. Przeżegnał się mimowolnie, odpowiedziało mu ciche buczenie z trzewi drewnianej figury. Otrząsnął się i ruszył w stronę cmentarza, ale nie wiodącą do niego dróżką, tylko dookoła, kryjąc się pod drzewami. Obszedł skromny cmentarzyk łukiem i upatrzył sobie lipę rosnącą na jego granicy. Przeczołgał się do niej, wstał, przykleił do pnia i wtedy ich zobaczył:

Najpierw Markwarda von Sparenberg; był bez białego płaszcza, ale księżyc odbił się blaskiem od łysej czaszki i Grunhagen nie miał wątpliwości, kto przyszedł po niego. Gdy odwrócił się drugi z mężczyzn, oblał go zimny pot. Jarogniew Półtoraoki. Nigdy w życiu. Przenigdy. Nic wspólnego z nimi. Choćby miał do śmierci pracować dla Zygharda von Schwarzburg, by dorobić sobie do kupki, którą zbiera na starość. Berta jest w Krakowie. Bezpieczna, tam żaden z nich jej nie sięgnie; postraszyli ją pewnie, ale ona głupia nie jest, poradzi sobie. Owszem, urwie mu głowę po powrocie z wojny. Będą fochy i piekło. Dąsy i płacze. Nic z tego. Nie będzie pracował dla Półtoraokiego. Wycofał się bezszelestnie. W tej jednej chwili znów był mistrzem sekretnych ludzi. Żadna przypadkowa gałązka nie strzeliła mu pod stopą, a księżyc odsłaniany i zasłaniany przez chmury pracował dla niego.

Do diabła — myślał skwaszony. — Jeśli Krzyżacy mają dostęp do naszych giermków, to szukanie przez króla zdrajcy o kant dupy rozbić. Król podejrzewa rycerzy. Psiakrew, nie podpowiem mu, bo ściągnę uwagę na siebie. Wpakowałem się na całego. Niech to szlag.

— Stój! Kto idzie? — Na granicy obozu zatrzymał go strażnik.

— Pietrek, głupku, do króla mówisz — szepnął przestraszony głos.

— Najjaśniejszy panie — ukłonił się strażnik przepraszająco.

— To nie król — zaśmiał się inny. — To pan Grunhagen!

— Zgadłeś — pochwalił go Grunhagen.

— Zatrzymujemy każdego — wytłumaczyli się — bo król szuka judaszów, co Krzyżakom mówią, co robimy.

— Wiem, wiem — machnął ręką Grunhagen i poczuł, jak zasycha mu w ustach. — Też wydawało mi się, że jakiegoś zdybałem, i aż do koni za nim polazłem. A to stajenny był — zaśmiał się i wypadło naturalnie. — No, pilnujcie. Z Bogiem.

— Z Bogiem, panie Grunhagen.

Niemal biegł do swego namiotu. Chorągiew królewska wskazywała mu drogę w tym gąszczu. Większość ognisk dogasła, na obrzeżach ludzie spali pod gołym niebem, naciągając na siebie płaszcze. Noc chyba szła chłodna. Jemu było gorąco, wiadomo, na złodzieju czapka gore. Gówniane życie — pomyślał cierpko. — Jakby nie patrzeć, zawsze w oczy wieje. Czy ja kiedyś byłem szczęśliwy? Te krótkie chwile z Dagmar, kiedy byli młodzi, nim go Starcy zabrali do wilczej zagrody. Igraszki z Bertą, jej buzia niewinna, okolona zakonnym welonem.

Potknął się o wielki gwóźdź trzymający linkę namiotu. Aż mu w oczach zamigotały gwiazdy i w ich blasku, nagle, jedna po drugiej, zobaczył twarze ludzi, których zabijał za pieniądze. Mistrz krzyżacki Feuchtwangen. Książę Głogowa, Henryk, tak ponury, jak prawy. Księżna Mechtylda Askańska. Za nią grosza nie wziąłem — jęknął w duchu. — Ja tylko pomogłem mojej Dagmar. Pobladłe z wściekłości oblicze Mechtyldy rozpłynęło się w powietrzu i zastąpiła je nadęta i oburzona twarz Eliški Premyslovnej.

Za nią wziąłem, ale się nie wywiązałem — przypomniał w swojej obronie temu niewidzialnemu sędziemu, który go teraz straszył, podsuwając obrazy ofiar. — Jej brata też nie ja dopadłem, patrzyłem tylko.... Pucołowata twarz chłopca, króla Vaška Przemyślidy i dziwaczny spektakl, który oglądał zza kotary w towarzystwie swego dawnego konkurenta, Jakuba de Guntersberg, przemknęła i zbladła. Poczuł ostrą woń moczu i maści. Infirmeria w Malborku. Tam służył jako „brat Bruno" i robił, co kazali. Nie liczył, ilu ich było, i nigdy nie miał wyrzutów sumienia. Dlaczego teraz oblał go zimny pot? Rusztowanie i kamienny blok, którym celował w głowę niejakiego Kunona, renegata templariuszy. Dość, starczy — próbował powstrzymać potok obrazów, ale napierały na niego, jeden za drugim i Grunhagen nie miał nad tym żadnej kontroli. Zobaczył puszczę, wściekle zacinającą śnieżycę, wielkie drzewo, które tak zręcznie podrąbał, mróz, co kłuł go w palce, kiedy czekał na orszak księcia, huk sosny walącej się na trakt. I szaleńczy skok Rulki, książęcej klaczy. Uratowała życie Władysława, życie, na które zlecenie przyjął Grunhagen.

— Nie chcę tego oglądać! — krzyknął na głos i zaplątał się w wiszącą między namiotami derkę. Szamotał się z nią chwilę, jak z niewidzialnym wrogiem, aż wreszcie udało mu się z niej wyplątać. Kopnął ciężką od wilgoci szmatę i otarł czoło. To przeszłość — powiedział sam do siebie w myślach. — Drugi raz, choćby nie wiem co, tego nie zrobię.

Wreszcie zobaczył swój namiot i Jarotę przed wejściem.

— Król mnie szukał? — spytał niepewnie.

— Nie — ziewnął giermek. — Ja cię szukałem, ale nie znalazłem — mrugnął do niego.

— Nie chcę dzisiaj grać w kości — zastrzegł Grunhagen. — Spać się kładę.

— Pewnie, śpij. Jutro ważny dzień.

Grunhagen wszedł do namiotu i jak stał, tak padł na posłanie. Po chwili podniósł się, chciał sięgnąć po wodę. I pomyślał, że może się jednak rozbierze. Skrzesał ogień, zapalił kaganek. I w jego migotliwym blasku zobaczył żelazne ramię leżące na jego posłaniu. Takie samo jak w węzełku od Berty, tylko większe. Dwa razy większe.

Nie musiał wiele myśleć. Skoro wleźli mu do namiotu, to Berta jednak nie jest bezpieczna w Krakowie.

WINCENTY NAŁĘCZ ledwie zamknął oczy, jak je otworzył. Zdawało mu się, że sen trwał tylko mgnienie. Było ciemno, ale zaraz wstanie świt i musi poprowadzić straż przednią. Nigdy więcej nie może powtórzyć się Konin. Wyszedł przed namiot i zderzył się z Borkiem.

— Nie śpisz? — spytał.

— Nie śpię — odpowiedział przyjaciel. — Patrzę, jak noc odchodzi, i myślę o niej. Gdzie ona jest, ta moja jedyna? Ty wiesz, że ona nieochrzczona? Więc gdzie? W tej sinej łunie między niebem a ziemią?

— Zbierajmy się. — Klepnął przyjaciela w plecy. — Jest wojna, zdążysz ją pomścić.

Nocowali w lasach, pod kujawskim Piotrkowem. Wojewoda Wincenty, Starszaki i rycerstwo poznańskie ruszyło z obozu pierwsze. Nałęcz widział króla wychodzącego przed namiot jeszcze bez kolczugi, w samym skórzanym kaftanie, z gołą głową. Król odprowadził go wzrokiem. Nic nie musiał mówić, wstyd za Konin palił Wincentego jak duszkiem wypita trucizna. Pocieszenie odnajdował jedynie w tym, że król nie pozbawił go urzędu wojewody i dał znać, że wciąż mu ufa, rozkazując nadal iść w straży przedniej.

Wyjechali z lasu na trakt.

— O Chryste! — jęknął Jarosław z Iwna. — Mgła jak rozlane mleko.

Nic nie było widać. Po prostu nic, prócz skrawka traktu przed końskim łbem. Wincenty zagryzł wargę do krwi. Gorzej nie mogło się zdarzyć w dniu, w którym miał udowodnić, że drugi raz nie popełni błędu. Będzie wiódł oddziały we mgle, przez którą nic nie można było dojrzeć.

— Ścieśnić się — powiedział. — Sam pojadę przodem.

— Daj spokój — próbował go odwieść od tego Mikołaj z Doliwów. — Jesteś wojewodą, od rozkazów, a nie od wystawiania łba przed szereg.

— Ja pojadę z Winczem — rzucił Borek i wysforowali się na czoło.

Konie rzucały łbami, niespokojne. Im też źle pachniała ta droga, ten dzień, co wstawał, a słońca nie było widać, tylko słabą poświatę na wschodzie, która nie przebijała się przez wilgotne opary.

— Tam są bagna — powiedział Borek — po prawej. Mgły ciągną znad mokradeł.

— Droga sucha — zauważył Wincenty — powinny się rozrzedzić choć nad nią.

— Ale nie zrzedły.

— Słońce wygląda jak płomień świecy oglądany przez kilka warstw płótna — powiedział Wincz, choć usłyszał, że zabrzmiało dziwnie. Może gdyby dodał, że kiedyś tak patrzył na świecę, gdy Zbysława nago stała przy łożu i nie wiedziała, ściągając koszulę, że mąż ją podgląda, byłoby to zrozumiałe. Lecz wstrzymał się z wyjaśnieniami. Po co gadać o żonie, gdy Borek w rozpaczy po swojej wojowniczce?

Odwrócił się. Nie widział twarzy jadących za nimi towarzyszy, tylko kopyta i pęciny koni, najwyraźniej mgła rozpraszała się przy samym gruncie.

— Andrzej? — zapytał na wszelki wypadek.

— Mikołaj i Jarosław — odpowiedzieli Grzymalici.

— Sprawdźcie, kto za wami — polecił.

— Staremu na łeb się rzuciła porażka pod Koninem — powiedział Mikołaj.

— Ja was słyszę, choć nie widzę — przestrzegł ich.

— Dobra, dobra. Kto jedzie za nami? — zawołał Jarosław.

— Orły bez głowy — odpowiedział Andrzej z Koszanowa.

Wincz spojrzał na drogę. Dalej nic. Białość, co była gorsza niż ciemność. Wzdrygnął się.

— Tam z lewej, nad polami trochę się rozwiewa — powiedział Borek, i Wincz spojrzał we wskazaną stronę. Mgła odsłoniła wąski skrawek, który mógł być ścianą lasu. Przyspieszyli mimowolnie. Po chwili pasma mgły rozrzedziły się jeszcze bardziej, tworząc jakby rozczapierzone pazury, poziome białe linie rozdzielone fragmentami przejrzystego powietrza. I wtedy ich zobaczyli. Wstrzymali konie bez słowa. Kilkanaście zakonnych chorągwi, czarne krzyże fragmentami wyłaniały się między pasmami mgły. Białe płótna namiotów, trudne do policzenia, bo ginęły w oparach. Za to wyraźnie usłyszeli rżenie koni i bicie przenośnego dzwonu obozowego.

— Dopiero się zbierają do drogi — szepnął Borek. — Albo dzwon wzywa ich na poranną mszę. Namioty stoją, to nie mógł być sygnał do odjazdu. Co robimy?

— Zawróć. Jedź do króla. Niech staną tu jak najszybciej, żeby zakonni nie zdążyli nam uciec.

— A jeśli was dostrzegą?

— To ruszymy na nich i będziemy wiązać walką aż do waszego przybycia. Powiedz królowi…

— Wiem — skinął głową Borek z Grodziszcza.

Wincz miał przy sobie setkę ludzi. Przypuszczał, choć nie mógł tego zobaczyć, że obóz krzyżacki rozłożony był pod Radziejowem. Sam Radziejów Krzyżacy spalili w zeszłym roku, więc pewnie nie korzystali teraz ze zgliszczy grodu. Stąd pewnie ciągnęli pod Brześć. Gdyby zdążyli wyjść rano, stanęliby pod nim po południu. Mgła, która o poranku była wrogiem Nałęcza, teraz stała się jego przyjaciółką. Chciał, by trwała, by spowijała jego setkę białym całunem. Uzbroili się, byli gotowi. Uspokajali konie, by rżeniem nie ściągnęły na siebie uwagi. Jeśli król wyjechał zaraz za nimi, to powinien tu być lada…

— Jadą — cicho podpowiedział Andrzej, przerywając udrękę czekania. W tej samej chwili jakiś lekki podmuch rozwiał część mgły nad traktem. Z obozu krzyżackiego dał się słyszeć szybki, przerywany sygnał, a krzyki, które poszły za nim, nie pozostawiały złudzeń: właśnie zostali dostrzeżeni. Mają jeszcze chwilę, nim Krzyżacy wsiądą na konie. Żal nie wykorzystać.

Wincz zawrócił szybko i bokiem traktu popędził szukać króla. Tu mgła była gęstsza, osiadała wilgocią na twarzy. Rozglądał się za chorągwią Królestwa i nie widział jej.

— Stój! — Zatrzymała go kopia wycelowana w pierś.

— To ja, wojewoda Nałęcz — przedstawił się Toporczykowi ze straży królewskiej.

Ten odsunął kopię i Wincz podjechał do Władysława.

— Zobaczyli nas przed chwilą — zameldował. — Mgła tam z przodu odrobinę się rozwiała.

— Dzielimy wojsko na pięć oddziałów. Bierz Starszaków — powiedział bez wahania król — i jedź odbić stracone przedwczoraj tabory. A my wydamy im bitwę. Czekaj — zatrzymał go. — Widziałeś kiedyś w życiu taką mgłę?

— Nie, panie — odpowiedział.

— Chorągwi nie widać. — Popatrzył mu w oczy jakoś tak dziwnie i dodał: — Nie posłuchałem cię, wojewodo, i nie zabrałem z Wawelu królewskiego orła. Żałuję — uciął.

Nałęcz ukłonił się i chciał odjechać, ale król przytrzymał go, mówiąc:

— Gdybyśmy się nie widzieli, musimy się słyszeć. Zawołaniem w tej bitwie będzie „Kraków".

— Tak jest — zrozumiał Wincz i wrócił do swoich.

Jego domem i królestwem jest Kraków. On walczy za Kraków.

— Starszaki! — zawołał, podjeżdżając do czekających na niego. — Jedziemy odbić dobre imię Poznania.

— Starsza Polska — odpowiedzieli i ruszyli na obóz Krzyżaków.

Mgła znów była ich strażą przednią. Tarczą, której zakonni nie umieli pokonać. Wysłali naprzeciw nim jakiś naprędce uzbrojony oddział sariantów, ale rycerstwo Nałęcza rozbiło ich, rozsiekło na mieczach, zaskoczonych, niewierzących w to, co widzą, gdy Wincz i jego Starszaki wypadli na nich zza mglistej zasłony. Położyli ich pokotem i wjechali do obozu. Zakonna służba naprędce zsuwała wozy, burta w burtę, związując je linami. Borek znalazł przejście, wyrosło przed nim nagle, odsłonięte ulatującą mgłą, a on po prostu wjechał w nie, zabijając pachołków i krzycząc jednocześnie do swoich:

— Tędy!

Wincz skręcił ostro i pojechał za nim. Wpadli do krzyżackiego obozu, wjeżdżając prosto na garstkę obcych rycerzy, pieszych, bez hełmów i koni. Ci padli na kolana, kładąc miecze na ziemi, pokazując, że chcą się poddać. Wincenty rzucił im linę.

— Sami musicie się związać! — krzyknął, bo szkoda mu było czasu. Zrozumieli.

— Potrzebujemy ludzi, by zabezpieczyć, co zdobyte — zawołał Andrzej, podjeżdżając do Wincza i po drodze tnąc jeszcze zakonnego dinera, który sięgał po ułamaną sulicę wbitą w ziemię.

— Przyjdzie czas! — odpowiedział mu Nałęcz. — Ten obóz podda nam się w całości!

— Zobacz! — krzyknął Borek, zajeżdżając łukiem i waląc w twarz płazem miecza uciekającego sarianta.

— Co? — nie zrozumiał Wincenty.

— Mgła już zasłoniła. — Borek skrwawionym mieczem pokazał na drugie skrzydło obozu. — Teraz widać!

Wielka chorągiew Zakonu, ze złotym krzyżem w czarnej ramie, przesuwała się w kierunku wojsk polskich.

— No to król będzie miał swoją bitwę — z zazdrością powiedział Borek.

— A my swoją — uciął Wincenty. — Dostaliśmy zadanie zdobyć obóz i wykonamy je do końca. Jedź w te opary, bracie. Gdzie wozy, tam będą Prusowie.

— Już mnie nie ma! — zawołał Borek i naprawdę nie było go widać. Mgławica rozciągała się nad całym obozem gęsta jak dym.

Ale Wincenty wiedział, gdzie jest jego przyjaciel. Drogę Borka znaczyły krzyki rannych i wycie umierających.

Wojewoda usłyszał bitewny róg Borutki i sygnał Krzyżaków.

Jeśli nie będziemy się widzieć, musimy się słyszeć — powtórzył za ruszającym do bitwy królem. Poprawił się w siodle i skoczył w mgłę, za Borkiem.

WŁADYSŁAW jechał do swej wielkiej bitwy, tej, o której śnił latami, której wyglądał, czekał, aż posiwiał, zestarzał się i niemal przygiął do ziemi. Jak to jest, że najważniejsze rzeczy w życiu dzieją się przypadkiem? Przedwczoraj stracili obóz w zapadających ciemnościach i ledwie uniknęli zagłady z ręki Lautenburga. Dzisiaj we mgle zderzyli się z Krzyżakami, niemal na nich weszli. A on wyobrażał sobie tę bitwę setki razy i zawsze była w pełnym lipcowym słońcu, na olbrzymich błoniach, z obozem królewskim na wzgórzu. W wyobrażeniach nie było mgły, która odbierała widoczność.

Jakbym walczył w przepasce na oczy — pomyślał. — Nie wiem, ilu teraz wystawili, naprędce. Jak ślepy król prowadzę do bitwy wojsko, nie widząc nieprzyjaciela. Chryste! Widzę tylko łeb swego dextrariusa i chorągiew z orłem nad sobą, nic więcej.

— Tu jestem! — zameldował się Borutka.

— A ja z lewej — dorzucił Grunhagen.

— To znaczy, że ja jestem pośrodku — parsknął śmiechem Władek.

— Toporczycy z przodu! — podjęli Krystyn, Otto, Żegota i Jan Owca.

— A Ogon z tyłu — zarechotał gdzieś dalej Paweł.

— Borutka, rób swoje — powiedział Władysław, poważniejąc w jednej chwili. — Nie będziemy czekać, aż mgła się rozwieje.

Ta mgła walczy po naszej stronie — usłyszał skądś głos — *to mgła, córa Kujaw.*

— Kto to powiedział? — spytał Władek.

— Nie wiem — szepnął przerażony Grunhagen i nie zastanawiali się dalej, bo Borutka zadął w róg bojowy. W tej samej chwili opary rozrzedziły się nieco, jakby poruszone zrywającym się do walki wojskiem. Pierwszy szereg kopijników ruszył z chrzęstem kolczug. Potężne bojowe rumaki rozpędzały się rytmicznie, nie zdążyły przejść w galop i zniknęły w bieli. Mgła zamknęła się za końskimi zadami, jakby je pochłonęła. Ale wciąż słyszeli uderzenia kopyt, ziemia drżała. Tu wszędzie bagna — przemknęło mu przez głowę z niepokojem ale odegnał od siebie lęk. Krzyżacy nie postawiliby obozu na bagnach. Pasma mgły poruszyły się nieco i w tej samej chwili wojska starły się. Usłyszeli łoskot, wściekłe rżenie koni, krzyki rannych i trzaski łamanych kopii.

— Gotujcie się — powiedział Władysław i zacisnął palce na rękojeści miecza. — Gdy nasi zawrócą ruszamy.

Liczył w duchu: raz, dwa, trzy, cztery. Kopie to straszna broń, ale kruszą się szybko i kopijnicy zawracają do taborów po nowe. Chciał wykorzystać ten moment, by nie dać wytchnienia Krzyżakom, by wlać się na miejsce kopijników i ustąpić im, gdy wrócą na pole ze świeżą bronią. Nie wyjeżdżają z oparów, Chryste — przebiegło mu przez głowę — a jeśli ta mgła ich pochłonie, a krzyki były naszych?...

W tej samej chwili wyjechali i Borutka krzyknął:

— Wszyscy wrócili!

To go uskrzydliło. Uniósł miecz i zawołał:

— Kraków!

— Kraków! — odpowiedzieli chórem i wjechali za swym królem we mgłę.

Okazała się grubą zasłoną, przez którą trzeba było przejechać, a za nią zobaczyli pobojowisko. Konie bez jeźdźców uciekające z pola bitwy, wyłapywane przez pruską służbę, kilkanaście trupów na stratowanej murawie. Strzępy połamanych kopii, niektóre sterczące z ziemi, wbite, przechylone. I białe płaszcze w odwrocie ku taborom. I to, czego pragnął: chorągiew wielkiego mistrza, złoty krzyż na czerni i bieli.

Pogonili konie; rycerze zakonni zorientowali się, że mają Polaków na karkach, porzucili myśl o jechaniu po kopie, odwrócili się i przyjęli starcie. Władysław kierował się na chorągiew wielkiego mistrza. Musi to zrobić. Luther z Brunszwiku dużo od niego młodszy, ale tu każdy, poza Ogończykiem i Piotrem Doliwą, młodszy od niego. Luther nie ma sławy wojownika, pokonam go — wiedział, czuł to dobrze. Krew krążyła mu w żyłach i niemal rozsadzała czaszkę. Już widział rycerza z głową zamkniętą szczelnie kwadratowym hełmem garnczkowym. Widział złocony krzyż na hełmie, linia wzdłuż nosala przecinała się z linią zdobiąca wizurę. I wtedy zrozumiał, że to nie mistrz. Luther z Brunszwiku był drobnej budowy, szczupły, a ten pod zakonną chorągwią był po prostu wielki.

— Wielki komtur zakonny Otto von Bonsdorf — zawołał herold u jego boku.

— Królu, nie stawaj! — wrzasnął Toporczyk.

— Z drogi. — Władysław odepchnął Żegotę, zajeżdżając mu w bok. — Wielki komtur jest mój!

Tamten rozpędzał się i też już wiedział, z kim będzie walczył, potężny rumak Krzyżaka miał łeb schowany pod żelaznym naczółkiem. Biały zakonny kropierz niknął we mgle, która znów nadeszła i objęła końskie boki, jakby chciała zdusić, wessać rumaka. Ale Bonsdorf przeszedł do szarży i uciekł zwodniczej mgle, wpadając z mieczem wprost na Władysława. Jego cios był tak potężny, że zachwiał królem. Wybronił go mieczem, ale z trudem utrzymał się w siodle. Obrócił konia, Bonsdorf już wrócił i atakował wściekle. Miał zdecydowaną przewagę. Impet zaskoczył Władysława, całą siłę wkładał, by parować ciosy i utrzymać się w siodle. Wreszcie znalazł lukę między uderzeniami Bonsdorfa i wyprowadził mocne, pewne cięcie. Ale komtur przewidział to i zbił je od dołu, niemal zmiatając Władysława z siodła. Bonsdorf nie czekał, był machiną wojenną, która się nie zacina i nie spowalnia. Król wychylony z siodła po przednim ciosie był dla niego odsłonięty i Krzyżak wykorzystał to, uderzając go mieczem w głowę. Ostrze ześlizgnęło się po hełmie, ale Władysławowi i tak pociemniało przed oczami. Jeszcze widział to lecące ku sobie ostrze. I wtedy oprzytomniał.

Wciąż mam na głowie wojenną koronę — przebiegło mu przez myśl i wywinął młyńca mieczem, zasłaniając się. Przez jakieś mgnienie znów był Władkiem; chłopcem na wawelskim dziedzińcu, a Bratomir, chorąży Leszka Czarnego, dawał mu lekcję fechtunku. „Wszyscy będą od ciebie więksi — mówił. — Więc ty musisz być szybszy i mądrzejszy. Nie rąb, myśl".

Otto znów natarł na jego głowę. I pomylił się. Władysław zasłonił się mieczem na czas. Bonsdorf zawahał się, zaskoczony zrobił zwód, uderzył. Król wybronił cięcie, przyciągając swój miecz do ciała i zasłaniając bok. Wtedy przez chwilę jego wzrok padł na ostrze. Przede mną walczył nim Bolesław Śmiały — przeleciało mu przez głowę i poczuł w ciele dreszcz.

Bonsdorf był niecierpliwy przeciągającą się walką, pewnie sądził, że poradzi sobie z małym królem szybciej. Spiął konia do mocniejszego natarcia, jakby chciał staranować przeciwnika. Władysław zręcznie poprowadził swojego rumaka, unikając zmiażdżenia. Bonsdorf zaklął, hełm stłumił słowa. Uniósł miecz i wziął zamach całą swą wielką siłą. Władysław osłonił głowę, przyjął potężny, niepohamowany cios na ostrze miecza, ten zadźwięczał, jakby zaśpiewał i król ustąpił. Po spanikowanym spojrzeniu Bonsdorfa zza wizury hełmu Władysław zobaczył, że wielki komtur od razu zrozumiał swój błąd. To była zasłona ustępująca. Cios Krzyżaka zsunął się po całej długości królewskiego miecza, ciągnąc swą siłą Bonsdorfa w dół. Cała moc, jaką w niego włożył, teraz obróciła się przeciw niemu. Leciał z siodła, hełm lekko zsunął mu się z głowy, odsłaniając wąski pas karku, i Władysław wykończył pojedynek błyskawicznym, śmiertelnym cięciem.

Władysław oddychał głęboko. To był ten moment. Powalił w pojedynku wielkiego komtura Bonsdorfa. Obrócił się; mgła nieco opadała.

Zobaczył Borutkę, Ogończyka, swoich Toporczyków. Spychali Krzyżaków pod las. Szeregi białych płaszczy kurczyły się, więcej ich było skrwawionych na pobojowisku, niż żywych w siodłach. Poczuł woń zwycięstwa. W oczach stanęły mu łzy.

— Jesteś niezawodny — powiedział do swego miecza i nie namyślając się, pocałował go.

W tej samej chwili dostrzegł Grunhagena, Wojciecha Leszczyca, przy nim Chwała, Chebdę, innych kujawskich Doliwów i nieduży oddział krzyżacki jadący na nich. Tam pokierował konia.

— Wojewoda brzeski broni swej ziemi! — krzyknął Wojciech.

— A komtur Gdańska nie odda Pomorza — odpowiedział zza hełmu Krzyżak.

— On jest mój! — zawołał Władysław i już był przy nich.

Wojciech ustąpił królowi i zaczął walkę z jadącym obok komtura sariantem.

Władysław zaatakował pierwszy. Miecz sam prowadził jego ręką. Nacierał na głowę Albrechta von Ore, potem na bok i powrót na głowę. Komtur był dobrym szermierzem, wybraniał się z każdego ciosu oszczędnym ruchem miecza i tarczy. Wokół nich walczyli inni, konie raz po raz wpadały na siebie, zrobił się ścisk. Ore błyskawicznie wycelował w gardło Władysława i pchnął konia na przód. Król odbił cios. W tej samej chwili między nimi świsnął topór Grunhagena. Przeciął powietrze tuż obok Władysława. Zamach był potężny, ale komtur gdański wyćwiczonym ruchem, czujnie, przyjął cios na tarczę. Grunhagen podjechał ku walczącym z rozpędem, ale nie zdążył dobyć innej broni i Ore od razu rąbnął w niego mieczem, zrzucając Grunhagena z siodła. Topór karła tkwił w roztrzaskanej tarczy, Ore wyrzucił bezużyteczną zasłonę. Ponownie natarł na Władysława. Król zasłonił się mieczem błyskawicznie, a potem chwycił drugą ręką ostrze swojego miecza w pół. Zbił oręż Krzyżaka do boku, puścił ostrze i natychmiast pchnął sztychem w twarz. Wbił go w wizurę hełmu. W przerażone oczy komtura gdańskiego Albrechta von Ore. Ten osunął się z siodła prosto pod nogi wstającego z pobojowiska Grunhagena.

— To było coś — z podziwem powiedział zielonooki karzeł.

Władysław poczuł chłód na policzkach. W pierwszej chwili pomyślał, że oblał go zimny pot po walce. A w drugiej zrozumiał, że znów opada mgła. Gęsta jak mleko usiadła na polu walki, wytłumiając i oddalając szczęk broni i krzyki rannych. Rumak zadreptał w miejscu niespokojnie, wstrząsnął nim dreszcz. Król położył mu rękę na szyi uspokajająco.

— Ciii... — powiedział, ale jego własny głos wydawał się daleki.

Stracił z oczu nawet Grunhagena, choć ten przed chwilą stał tuż obok. Westchnął, myśląc: — Opary białe jak mleko, a wydaje się, że stoję w ciemności, sam jeden na polu bitwy.

— Na polu chwały — powiedział i nie usłyszał swego głosu.

I wtedy dopadło go straszne wrażenie, że uległ ułudzie. Że Albrecht von Ore przebił mu gardło, dlatego nie może wydobyć głosu. Że nie żyje, a jego butny duch wymyślił sobie, iż wygrał walkę z komturem gdańskim. To przecież niemożliwe — przeszło mu przez myśl. — Pokonanie komtura gdańskiego byłoby jak odzyskanie Pomorza. Pamiętał go przecież z rokowań. Stał przed nim sztywny i pewny siebie, mówiąc, że Pomorze i Gdańsk to perła i naszyjnik, chcąc zwrócić ziemie bez miasta i portu. Poruszył się, chcąc zrozumieć, jak to jest. Żyję czy nie żyję? Koń potrząsnął łbem, z jego chrap leciała ciepła, przyjazna para. To koń, a ja?

I wtedy usłyszał trzepotanie skrzydeł. Królewski Orzeł z Wawelu?

Uniósł głowę. Przez wiszącą nad nim mgławicę przebiły się skrzydła. Pierwsze, drugie trzecie. Dziesiątki czarnych skrzydeł rozganiały mgłę. Wrony — zrozumiał. Stado wron przelatuje nad nami.

— Wietrzą padlinę — usłyszał głos Grunhagena.

GERLAND widział z daleka, jak król Władysław odebrał mu Ottona von Bonsdorf. Albrechta von Ore nie miał na swojej liście, więc królowi go nie żałował. Ale na radziejowskim polu wciąż mogli być ci, na których polował. Szukał białych płaszczy, pytał o imię, a potem walczył, bo nie wypadało ustąpić, mówiąc: „Nie ciebie szukam". Jeszcze nie wjechał na żadnego ze świętoszków Luthera. Wiedział tylko, że samego mistrza nie ma na wojnie. To mu wyznał Krzyżak z komturii toruńskiej, nim skonał pod jego toporem. Z początku walczył blisko króla, w chorągwi krakowskiej, ale z czasem wojska przemieszały się kilka razy. Polacy mocno odrzucili Krzyżaków od obozu, jakby spychając w kierunku Brześcia. Mgła to opadała, to znów się unosiła, sprawiając, że choć czuli przewagę, wciąż nie wiedzieli, jak jest wielka i ilu zostało im wrogów. Królewskimi kierował wściekły impet, bo tu każdy, nie tylko Gerland, miał osobistą zemstę. Zakonni wyjeżdżali lub wychodzili pieszo z oparów, krzycząc: „Bronimy obozu", jakby nie widzieli, że ich obozu już nie ma. Dawno zdobył go Wincenty Nałęcz. Gerlandowi raz i drugi mignęli jeńcy prowadzeni przez służbę z taborów wojewody. Wiedział tylko, że jest ich sporo, i nie zawracał sobie tym głowy. Myślał tylko o jednym: dopaść tych, którzy zabili Koenderta.

Stado wron z krakaniem przeleciało nisko nad pobojowiskiem. Zakołowało i wzniosło się z powrotem na nieboskłon. Jego koń był zmęczony, już kilka razy się potknął; Gerland zsiadłby z niego, gdyby nie to, że ci, których szuka, nie staną do walki z pieszym.

— Z drogi! — Krzyżak wyjechał z mgły i chciał go staranować.

Gerland zastąpił mu przejazd. Tamten ściągnął konia i zamierzył się na niego mieczem, jakby chciał się go szybko pozbyć. Gerland odparował cios tarczą, mocno.

— Dokąd tak się spieszysz? — spytał go po niemiecku.

— Do króla — warknął przez hełm tamten.

— A ktoś ty, że chcesz mierzyć się z królem?

— Wielki szpitalnik — obrócił się Krzyżak konno.

— Oettingen! — z ulgą zawołał Gerland i nie czekając, wypchnął topór przed siebie i głownią, jak hakiem, zaczepił o jego tarczę. Odciągnął ją od korpusu zaskoczonego Oettingena, jakby go sobie otwierał, i błyskawicznie pchnął toporem w hełm szpitalnika. Komtur spadł z siodła, jak kłoda. Gerland zeskoczył z konia. Wiedział, że cios był za słaby, mógł ogłuszyć, nie zabić. Oettingen podniósł się na czworaki, klęknął, chwiał się. Sięgnął pod brodę, do paska wgniecionego toporem hełmu. Zerwał go i zrzucił z głowy. Otrząsnął się, wzrokiem szukał miecza. Gerland już był przy nim, stał nad szpitalnikiem, brał zamach toporem.

Przerąbię mu blachy — pomyślał mściwie. W tej samej chwili Oettingen z impetem rzucił się do niego, złapał za nogi i uniósł. Gerlandowi odebrało dech, nie spodziewał się takiej bitności po ogłuszonym szpitalniku. Topór wypadł mu z ręki, a Oettingen, jakąś nadludzką siłą, wstał i wyniósł Gerlanda do góry. Zaraz mnie obali — przebiegło mu przez głowę i zadziałał odruchowo. Wyszarpnął sztylet z pochwy i wbił w plecy trzymającego go Oettingena. Trafił dobrze, pod odsunięty czepiec kolczy. Oettingen warknął jak raniony pies, nie wytrzymał, puścił Gerlanda. Ten przetoczył się po ziemi. Szukał topora, miecza, czegokolwiek, bo widział, że Oettingen, mimo ciosu, już znalazł swój miecz i szedł do niego. Wyglądał strasznie, zgarbiony, z zakrwawioną, wykrzywioną grymasem twarzą. Sztylet nie zrobił mu wielkiej krzywdy, utkwił w przeszywanicy i sterczał z niej teraz jak róg. Gerland złapał złamaną włócznię. Osłaniał się nią. Oettingen zdawał się nie tracić sił.

— Gdzie oni są? — warknął Gerland, parując kolejny cios drzewcem. — Lautenburg, Plauen, Anhalt?

— Pod Brześciem — wycharczał Oettingen. — Są już pod Brześciem.

Ostrze miecza przejechało ze szczękiem po grocie włóczni.

— Tam ich dopadnę. Jak was wszystkich. Za Koenderta. Za Kunona! — powiedział to wreszcie.

— Kuno... Kuno... — Oettingen uderzał coraz szybciej, wyrzucając z siebie to imię, jakby nie pamiętał, do kogo należało.

Gerland wyprowadził włócznią, jak mieczem, cios na jego odkrytą głowę. Trafił, Oettingena znów zamroczyło, zachwiał się lekko. Gerland okręcił się za niego i wbił mu złamaną włócznię w zgięcie kolana. Wielki szpitalnik osunął się, klęknął. I wciąż jeszcze żył.

Gerland szybko pochylił się po swój topór.

— Kuno nie wiadomo skąd — wydukał Oettingen, powtarzając wyzwisko, jakim kiedyś obrzucił templariusza. Furia krwawą mgłą przesłoniła oczy Gerlanda.

— Koendert z Akki — odpowiedział szpitalnikowi. — A umierasz z ręki jego brata.

I zamachnął się z całych sił na odkrytą szyję Oettingena. Jego odrąbana głowa potoczyła się pod kopyta nadjeżdżających rycerzy.

— Oettingen! — wrzasnął komtur bez hełmu, z głową okrytą tylko czepcem kolczym. — Oettingen!...

Do zmęczonego walką Gerlanda dotarło, że jadący ku niemu Krzyżak krzyczy do trupa. Gerland był pieszo, z toporem w ręku, ale nie ryzykował, pytając o imię. Zakonnik rozwścieczony widokiem szpitalnika bez głowy, jechał się zemścić.

— Ktoś ty? — zawołał Gerland.

— Herman von Anhalt!... — odkrzyknął tamten i Gerland już wiedział, że ma kolejnego.

Poznał go też po wybitym przednim zębie. Anhalt próbował staranować go konno. Joannita odskoczył spod kopyt. Anhalt zawrócił, Gerland w ostatniej chwili odrzucił swój topór i po prostu złapał jadącego w pół i zwalił z siodła. Szamotali się chwilę na ziemi, aż Krzyżak odkopnął od siebie Gerlanda. Dłoń joannity trafiła w stratowanej trawie na miecz zabitego wcześniej Oettingena. Anhalt też złapał swój, już dopadli się w zwarciu. Gerland nie czekał. Lewym ramieniem oplótł ręce Anhalta, blokując mu ruch, a prawe z mieczem odciągnął mocno do tyłu i pchnął w twarz.

— A ja nazywam się Gerland de Bast z Akki i jestem bratem Kunona! — wysyczał do konającego Anhalta. I dopiero teraz go puścił.

— Cofać się! — usłyszał gdzieś zza pleców. — Wycofać się pod chorągiew!

Gerland chwiał się na nogach, potwornie umęczony walką. Odgarnął mokre włosy z czoła i zobaczył zakonną chorągiew ze złotym krzyżem, a wokół niej stłoczoną garstkę białych płaszczy.

To musi być Czerwony Wilk, wielki marszałek Altenburg — zrozumiał i chciał ku nim ruszyć, ale potknął się o leżącego przed nim Anhalta. Tymczasem na Altenburga najeżdżał Paweł Ogończyk z garstką rycerzy kujawskich. Garlandowi zakręciło się w głowie, rozglądał się za swoim koniem, nie widział go, ale pobojowisko pełne było zbłąkanych wierzchowców. Usiadł między bezgłowym korpusem Oettingena i martwym Anhaltem, oddychał głęboko. Patrzył, jak Borutka z impetem dojeżdża do kujawskich, jak rzuca się z mieczem na Altenburga wciąż próbującego wraz ze strażą i chorągwią wydostać się z pola walki. Widział, że chce go dostać i Paweł Ogończyk, ale Czerwony Wilk sprawnie osłaniał się tarczą. Kujawscy byli w przewadze, chorąży zakonny chwiał się w siodle. To stało się jednocześnie. Marszałek Altenburg pod osłoną brodacza bez hełmu wymknął się z natarcia; uciekali na wschód, w stronę Brześcia. Pognał za nimi Borutka. A Ogończyk zabił w tym samym czasie chorążego i padła na ziemię chorągiew wielkiego mistrza.

— Kraków! — zawołał zwycięsko stary rycerz. — Kraków!

Ktoś z Ogończyków podniósł z pobojowiska ubłoconą zakonną chorągiew i wrzeszcząc dziko, biegł z nią w stronę polskich taborów. Kujawskie wojska wyrzynały ogłuszonych upadkiem chorągwi Krzyżaków.

— Za Żychlin! — zawołał Chwał Doliwa. — Za mój Żychlin!

Gerlandowi wracał oddech, wstał. Poszukał wzrokiem Borutki. Zobaczył go goniącego Altenburga i brodacza. Ci zjechali z traktu na Brześć, uciekając teraz polami. I zobaczył wodza Prusów, Jarogniewa, cwałującego ku nim na zdobycznym bojowym rumaku. Gerland jęknął. Był bez konia, a to się skończy w jednej chwili. Nie ma szans, by wyratować Borutkę. Półtoraoki w pełnym biegu zamierzył się toporem na niego. Wrończyk zręcznie uchylił się, chwycił konia za szyję i zanurkował za jego bok. Jarogniew pociągnięty siłą chybionego ciosu spadł z konia i potoczył się po ziemi. Borutka nie pozwolił swemu wierzchowcowi zwolnić. Już siedział w siodle, już galopował i z rozbiegu ciął mieczem brodacza przez głowę. Ten padł na końską szyję. Borutka dogonił marszałka, chwycił za płaszcz na plecach i zamroczonego przerzucił sobie przez siodło. Zawrócił w pełnym biegu, pędząc z cennym jeńcem do króla i wrzeszcząc:

— Mam Altenburga! Złowiłem Czerwonego Wilka!

Mgła wyciągnęła po nich długopalczaste szpony. Gerland miał koszmarne wrażenie, jakby chciała pochwycić i udusić Borutkę.

— Zabiorę cię żywcem do piekła! — krzyknął Wrończyk, przyciskając Altenburga do siodła, i mgła zniknęła. Po prostu zniknęła.

WINCENTY NAŁĘCZ przy boku króla przemierzał Radziejowskie Pole. Olbrzymie pobojowisko ciągnęło się daleko na wschód, w czasie walk spychali Krzyżaków od ich obozu pod Radziejowem w stronę wsi Płowce. Zdążyli zmienić umęczone bitwą konie, był z nimi królewicz Kazimierz i pozostali wodzowie.

— Od jeńców wiemy, że rankiem marszałek Altenburg kazał rozdzielić wojska. Tabory, które na nas zdobyli pod Koninem — starał się, by mu głos nie zadrżał — przeciążyły ich. Nie ten Czerwony Wilk, marszałek, a komtur ziemi chełmińskiej Lautenburg jest prawdziwym wodzem wyprawy, on wcześnie rano zabrał główne siły krzyżackie pod Brześć. Tu zostało, jak mówią jeńcy, jakaś jedna trzecia, koło dwóch i pół tysiąca ludzi...

— To więcej niż nasze wszystkie siły — przeliczył Władysław.

— ...i wycięliśmy je w pień — skończył Nałęcz. — W niewoli mamy marszałka Altenburga, kilku komturów i pięćdziesięciu znaczniejszych jeńców. I cały ich obóz, w tym nasz, odzyskany.

— Będą o tobie śpiewali pieśni, Nałęczu — spojrzał mu w oczy Władysław. — Zmazałeś hańbę spod Konina. To, żeście na nich rano nie wjechali, to cud. I ta wygrana bitwa to cud. I główna chorągiew Zakonu to cud, Pawle. — Król odwrócił się do starego druha. Obu zalśniły łzy w oczach.

— A ja się nie zgodzę — odezwał się Borutka. — Żaden to cud. Wygraliśmy bitwę, bo po prostu w polu jesteśmy lepsi.

— Mgła spadła nam z nieba — powiedział Paweł Ogończyk. — Gdyby nie ona, nie doszłoby do bitwy. Żelaźni bracia latami jej unikali.

— Ale jeśliby stanęli całymi siłami — odezwał się nieśmiało Kazimierz — los bitwy mógłby być inny. Mamy o połowę mniej wojsk.

— Teraz już nie — przypomniał ze śmiechem wojewoda brzeski.

— Teraz mamy... — zaczął liczenie Władek i spytał Nałęcza: — A jakie mamy straty własne?

— Nieduże. Andrzej ciągle liczy, ale zdaje się, że naprawdę niewiele.

— Ale Krzyżacy wciąż mają miażdżącą przewagę — walnął prawdą między oczy Piotr Doliwa. — O jakiś tysiąc. Przy czym wojewoda mówił, że więcej rycerstwa jest przy tym niedźwiedziu, Lautenburgu.

— I cudem jest, że nie przyszli Czesi — wrócił do lepszych wiadomości Bogoria.

— Cuda wianki! — rozzłościł się Borutka nie wiadomo czemu. — Królu, ty powiedz, co robimy. Lecimy na Lautenburga pod Brześć i z rozpędu bijemy Krzyżaków do końca?

— A umiesz latać, synku? — zaskrzeczał Doliwa i złapał go kaszel.

— Co ja umiem, to król wie — odszczeknął się natychmiast Borutka. — I nie jestem podlotkiem, żeby mi synkować. A jak kasztelan zmęczony, to proszę bardzo! Wojewoda udostępni jakiś siennik, może i wielkiego komtura!

— Wrończyk, opanuj się — uspokoił go Władek i przyznał: — On ma rację. Po tej klęsce, jaką im zadaliśmy na Radziejowskim Polu, trzeba pójść za ciosem. Gdy Lautenburg się zorientuje w rozmiarach porażki wielkiego marszałka, może nie chcieć nam stawić czoła.

— A jak zechce? — Głos Doliwy naprawdę był nieznośny dla ucha. — Przypomnę, że wciąż jest ich więcej i są wypoczęci, nie mają na karku bitwy.

— Dopiero południe… — zaczął nieśmiało Kazimierz, patrząc w niebo. — Mgła się ledwie rozwiewa.

— I już nie mamy nad czym radzić — przerwał im wojewoda Wincenty. — Słyszycie?

Ze wschodu po rozległych polach niosło sygnał bojowy. Przeciągły, głęboki dźwięk rogu. I dudnienie setek końskich kopyt.

— Otto von Lautenburg nadciąga z odsieczą dla swoich.

— Dla duchów — rzucił Borutka i sięgnął po łuk przytroczony do siodła.

OTTO VON LAUTENBURG prowadził oddziały przez pobojowisko. Serce mu krwawiło. Na wielkiej połaci stratowanego pola białe płaszcze z czarnym krzyżem wgniecione w ziemię, zmieszane z rudą gliną. Sterczące ułamane sulice, miecze porzucone. Kapaliny sariantów i piękne hełmy braci zakonnych powgniatane, obłocone, rozwalone po polu jak garnki.

Wozy poprzewracane, martwe konie. Chryste Panie, co za klęska.

Jakby wojska wielkiego marszałka wybito do nogi. Przy nim byli... — Aż zachłysnął się na myśl, ilu najbliższych braci. Bonsdorf, Oettingen i... Herman!

Po porannym marszu czoło jego wojsk doszło pod Brześć. Ledwie zaczęli zsiadać z koni, jak usłyszeli odgłosy bitwy. Niosły się na pustych połaciach kujawskich pól, ale co było dziwne, słyszeli je blisko, tak blisko, że oglądali się struchlali za siebie. Mgła ciągnąca się za nimi przez całą drogę spod Radziejowa potęgowała koszmarne, nieludzkie wrażenie. Otto pomyślałby, że to ułuda, oszustwo zmysłów, ale nie on jeden to słyszał. Plauen potwierdził, jego giermek Arni kręcił głową przerażony. Wszyscy, jak jeden mąż wyławiali z gęstej mgły okrzyki i odgłosy zmagań. Otto von Lautenburg wysłał gońców do obozu Czerwonego Wilka, ale nieznośnie brzęczące przy uchu złe przeczucie nie pozwoliło mu czekać, aż wrócą. Poderwał swoich. Gońców spotkał po drodze, a wieści mieli hiobowe, nie do przyswojenia.

— Wojska marszałka wybite do nogi. Chorągiew Zakonu stracona. Altenburg w niewoli.

— Mówiłem mu, że rozdzielanie wojsk pod okiem króla to grzech pychy — wyszeptał Otto do Plauena.

— Popełniliście błąd — powiedział Henryk. — Ale wciąż mamy większe siły niż król.

— I kogoś w zanadrzu — przypomniał sobie Lautenburg. — Nie czekajmy!

— Są tam. — Plauen pokazał barwną plamę odciętą od ziemi białym pasmem mgły. Z daleka królewscy rycerze wyglądali, jakby na niej płynęli.

Oddziały zakonne ruszyły, jeden za drugim, zwartym, w biegu formowanym szykiem.

Otto poprowadził pierwszy. Wypatrywał królewskiej chorągwi. Miał wiele osobistych powodów, by sam na sam rozliczyć się z królem. Jest. Purpurowa płachta łopotała na wietrze choć nie widział na niej białego orła, jakby starły go opary mgły. Nie myślał o tym, już byli blisko, już wyciągnął ramię z mieczem i przypomniał swoim braciom:

— *Gott mit uns!* Uformować klin!

Uniósł się w strzemionach, upewniając się, czy Plauen na prawej flance robi to samo. Byli coraz bliżej polskiego szeregu i Otto zobaczył, że wąski, zakuty w stal szyk jego zakonnych wojsk, pędzący niczym gigantyczna i z rozmachem pchnięta kopia, przeraził Polaków. Zatrzymali się, zafalowali, cofnęli przed impetem, który właśnie miał się w nich wbić. Za późno!

Dextrarius Lautenburga taranował konie królewskich rycerzy, a on sam mieczem ciął na prawo i lewo. Weszli w ich szeregi gładko, rozcięli je na pół. Polacy próbowali się zaprzeć w miejscu, stanąć do walki, ale siła zakonnego klina była powalająca.

Gdzie król? — rozglądał się, rozdając ciosy. — Gdzie król?

Dopadł rycerza z herbowym toporem na napierśniku i gwałtownym cięciem z góry zrzucił go z siodła:

— Za Hermana! — zdążył krzyknąć. — Za mojego Hermana!

I wtedy usłyszał na prawej flance dzikie, opętańcze rżenie koni. Henryk Reuss von Plauen drugim klinem wbił się w polskie wojsko. Przed rumaka Lautenburga zepchnęło rycerza z wysoko uniesionym ramieniem. Otto podniósł wzrok i zobaczył czerwoną chorągiew z małym orłem. Krakowski chorąży — zrozumiał. Sam, bez pilnującej go straży, którą musiał stracić w ataku Plauena. Lautenburg rzucił się na niego z impetem; rycerz strzegł chorągwi, nie siebie. Stracił życie i orła, którego tak bronił.

— Arni! — wrzasnął Lautenburg do giermka. — Arni! Zabieraj tę chorągiew i strzeż jak oka w głowie.

Polskie wojska, rozbite najpierw na dwie części, teraz na trzy albo i cztery, broniąc się przed nimi zacięcie, mogły jeszcze nie zauważyć utraty chorągwi krakowskiej.

Zwoływali się w zgiełku raz po raz, krzycząc:

— Kraków!

— Kraków!

Wciąż myślą, że zniknęła im na chwilę we mgle — przeszło przez głowę Lautenburga i w tym samym czasie dostrzegł na obrzeżu walczącej ciżby Grunhagena.

— Stawaj, zdrajco! — zawołał do karła.

Ten skulił się i oderwał od ścisku walczących. Jego zielone oczy lśniły wściekle.

— Myślałeś, że można wziąć zapłatę, a się nie wywiązać? — krzyknął Otto, szykując się do ciosu.

— Nie wziąłem od was grosza! — warknął Grunhagen.

— Ale twoja luba wzięła — gruchnął Lautenburg. — Całą sumkę.

— Nic o tym nie wiem — szedł w zaparte, okrążając go konno. Wydawał się mały i nędzny.

— Z Zakonem nie ma żartów, karle — rzucił mu Lautenburg. — Zawiodłeś w ostatniej chwili. Zapłatę za twą zdradę drugi raz weźmie Berta.

WŁADYSŁAW zobaczył w bitewnej ciżbie Lautenburga i ruszył ku niemu. Komtur był olbrzymem wielkim jak góra, ale dzisiaj Władysław miał w sobie moc zdolną przenosić góry.

Dzisiaj mógł z nim wygrać. Był blisko, gdy zobaczył, że przed Lautenburgiem kuli się Grunhagen. Wstrzymał konia i usłyszał: „Zawiodłeś w ostatniej chwili. Zapłatę za twą zdradę..."

Pociemniało mu przed oczami. Grunhagen?

Rycerz spotkany przed trzydziestu pięciu laty, w głębokiej puszczy, przypadkiem. Tego dnia, gdy po śmierci Przemysła baronowie wezwali go na tron Starszej Polski. Rycerz, któremu zaufał wbrew całemu światu, każdy odradzał mu tę przyjaźń. Ale on widział w Grunhagenie więcej niż inni. Widział w nim siebie. Karzeł i karzeł.

Ale teraz jego umysł pracował szybko. Prawda. Gdy podejrzewał o zdradę wszystkich, najbardziej Wincentego z Szamotuł, przecież wtedy, za każdym razem był przy nim Grunhagen. Byłem zaślepiony — dotarło do niego w tej chwili. — Nie dopuszczałem myśli, że zdradzić mnie mógłby karzeł. To słowo wybrzmiało w jego głowie jak uderzenie.

Świsnęła strzała skierowana w Lautenburga. Otrzeźwiła Władysława. Strzelał Borutka i chybił, a wielki jak niedźwiedź komtur uskoczył konno w bok i tam związał go Nałęcz walką na miecze.

Grunhagen był o jakieś dwadzieścia kroków od niego. Władysław ruszył. Tamten stał.

— Mów! Pracowałeś dla Krzyżaków?! — krzyknął, pochylając się nad grzbietem Mojmiry.

Karzeł nie odpowiedział, uchylił się od ciosu, zręcznie przyklejając do końskiej szyi. Miecz koronacyjny świsnął mu nad głową. Król zawrócił Mojmirę, nie tracąc prędkości, a z rozmachu cięcia wyprowadził młyniec.

— Mów! — wrzasnął.

Grunhagen milczał, więc Władysław krążące ostrze skierował pionowo na jego głowę. Tamten zasłonił się trzymanym oburącz mieczem. Głownie zadźwięczały ostro, przenikliwie.

— Chciałem ci powiedzieć — syknął z wysiłkiem Grunhagen. — Ale to długa historia i — sapnął — skomplikowana.

Na ułamek chwili zastygli w zwarciu.

— Co?! — krzyknął rozwścieczony Władysław, uderzając jelcem

w jego klingę i spychając ją w bok. Od razu, bez czekania, ponownie tnąc w głowę. — Co?!

W zielonych oczach Grunhagena zalśniła prośba, potem zdumienie. I wreszcie zrozumiał, że to nie sprzeczka, lecz walka. I zaczął się bronić. Zbalansował ciałem zręcznie i przyjął zasłonę na głowę. Miecz Władysława zsunął się po jego ostrzu i król na chwilę zamarł. Chryste — przebiegło mu przez myśl — zrobił ze mną to samo, co ja z Bonsdorfem. Ustępująca zasłona, zrozumiał. Grunhagen jest tak samo dobrym szermierzem jak ja. Karzeł i karzeł. Tylko nas dwóch.

— To przez kobietę — wyznał Grunhagen. — Nie chciałem…

Przewaga była teraz po jego stronie. Władysław siłą ciężkości zsuwał się wzdłuż miecza Grunhagena. I nagle jakby zatrzymał się czas. To nie powinno się zdarzyć, nie wedle reguł. Grunhagen mógł usunąć miecz i wbić w jego gardło, miał go wystawionego, odkrytego. Ale we Władysławie ocknął się król. Nie miał czasu na rozważania, co się stało. Grunhagen wyznał zdradę. Na polu bitwy sprawiedliwość wymierza miecz. Zielonooki karzeł nie skorzystał z prawa łaski i z prawa przewagi i, co najważniejsze, z prawa chwili. Zawahał się.

I królewski miecz odbił się od jego ostrza i wydał wyrok. Śmierć.

Władysław nie pamiętał momentu, w którym dołączył lewą dłoń do prawej na rękojeści. Ale siła, jaką uzyskał z obu rąk, pokierowała mieczem i wbiła go w pierś Grunhagena, pokonując opór kolczugi. Mgła opadła. Władysław zabił karła w sobie. I zielonookiego towarzysza broni, Grunhagena, przyjaciela, zdrajcę.

Huczało mu w głowie, krwawa poświata przebiegała przed oczami.

— Patrzcie na króla! Na króla! — dobiegł z daleka wrzask Jałbrzyka. Jego stary druh zrywał z głowy hełm, jakby oszalał. — Król jest wielki! Król jest olbrzymi!

— Panie — podjechał ku niemu Jarota z obnażonym mieczem. — Pękł ci napierśnik. — Władysław odruchowo przejechał dłonią po piersi, poczuł jak dusi go zbroja, jak ciężko mu oddychać, jakby nagle zrobiła się za mała. — Na ramieniu, sprzączka… — podpowiedział Jarota zduszonym głosem. — Ja ci usłużę… — Giermek wyciągnął do niego rękę, ale tę z mieczem. W tej samej chwili padł z przestrzelonym gardłem. Władysława otrzeźwiło. Spojrzał w stronę, z której przyleciała strzała. Zobaczył Borutkę.

— To był zdrajca, którego szukaliśmy — powiedział Wrończyk i skinął królowi głową. — Poszedł do diabła.

Chryste — przełknął ślinę Władysław. — Co ja zrobiłem?

Mgła przeciągająca nad polem bitwy zabarwiła się czerwienią. Ciężko zsiadł z Mojmiry, chwycił ją za uzdę i poprowadził przez krwawą mgłę. Bolał go każdy krok, ale potrzebował poczuć ziemię pod stopami. Chrzęściła i paliła go, jakby stąpał po rozżarzonych węglach. Nie pamięta, ile tak szli, aż zobaczył jadących ku niemu braci Toporczyków, jego straż przyboczną. Krzyczeli, szukając go w zawierusze:

— Królu? Królu!

— Tu jestem — odpowiedział Władysław ciężko i oparł głowę o bok Mojmiry.

— Nie poznałem, wybacz — zawołał Otto Toporczyk. — Miażdżą nas. Spychają. Jest ich mrowie i mogą nas zmieść.

— Straciliśmy chorągiew krakowską — dorzucił Grzegorz.

— Zbierzcie mojego syna — zrozumiał wiadomość. — Dziedzic Królestwa musi opuścić pole bitwy.

— Kazimierz się nie zgodzi! — Grzegorz miał przekrwione, szalone oczy, jakby już weszła w nie śmierć.

— To mój rozkaz, ma go wykonać — powiedział Władysław i nagle wstąpiła w niego wściekłość. — Ja nie mogę ustąpić z pola tej bitwy! — krzyknął. — Jeśli dzisiaj ma spaść korona, to tylko ta moja, wojenna! Zabierzcie stąd dziedzica Królestwa!

— Tak jest — wyszeptał struchlały Grzegorz. — Tak jest.

I wtedy z mgły wyjechał Otto von Lautenburg.

— Zabiłem karła — zacisnął dłoń na mieczu Władysława. — Czas na olbrzyma.

OTTO VON LAUTENBURG zobaczył króla, pieszo, w otoczeniu kilku ludzi konnej straży. Byli jakieś pięćdziesiąt kroków od niego. Jeden z nich odłączył się od grupy i umknął galopem. To był ten moment. Teraz rozstrzygną.

— Rota! — zawołał. — Symonius!

Wiedział, że Prusowie są blisko, przed chwilą miał ich przy boku. Wyjechali z ciżby walczących i stanęli za plecami Ottona.

— Wybić straż króla — dał im rozkaz.

Prusowie bez słowa zdjęli z ramion łuki i wycelowali w Toporczyków próbujących zasłonić władcę konno. Świsnęły strzały. Kilka odbiło się od stali napierśników, ale obrońców króla było tylko czterech. I tuzin chłopców z Roty. Pruskie strzały wpadły w wizury hełmów i trafiły. Błyskawicznie naciągnęli kolejne i czterech obrońców króla spadło na końskie szyje, bezładnie. A Rota już była gotowa do trzeciej salwy. Mierzyli w króla, ciemne oko Symoniusa lśniło jak jakiś klejnot.

— Nie — powstrzymał ich Lautenburg. — On jest mój. Wy odnajdźcie królewicza Kazimierza.

— Tak jest — powiedział Symonius i jego ludzie opuścili łuki.

Król sprawiał wrażenie zmordowanego; miał przy sobie wierzchowca, nie rumaka i nie wyglądało, by chciał na niego wsiadać. Stał z mieczem opuszczonym do ziemi.

Lautenburg zsiadł z konia. To jednak król, należy mu się honorowa walka. Szedł ku niemu i z każdym krokiem widział, o ile jest od władcy potężniejszy. Otto poruszył barkami, pokręcił głową, zacisnął palce na rękojeści miecza. Król wciąż się nie ruszył. Wyglądał na zrezygnowanego. Z każdym krokiem Ottona wydawał się starszy i starszy.

Łokietek — pomyślał pogardliwie. — Już się poddał. Nie ma nawet tarczy, tylko ten opuszczony oręż. Kończmy to.

Otto uniósł swój miecz i natarł na odsłoniętą głowę Łokietka, ten, choć przed chwilą był zmęczonym starcem, błyskawicznie uniósł miecz i się zasłonił. Lautenburg w mig pojął, że król go oszukał. Nie był zrezygnowany, tylko zrobił klasyczną postawę „Głupca". Komtur widząc zasłonę, w ostatniej chwili wykonał zwód, zmienił kierunek cięcia z głowy na żebra. Ale znów miecz starca był szybszy i król znów się osłonił. To rozwścieczyło Lautenburga. Igra ze mną! — zrozumiał i rzucił się na niego, chcąc rozstrzygnąć pojedynek przewagą swego wzrostu, wieku i siły. Łokietek zręcznym trawersem zszedł z linii jego ciosu i natychmiast ciął Ottona. Za nisko i jego mieczześlizgnął się po napierśniku Lautenburga. Obaj cofnęli się odruchowo, chcąc przygotować do kolejnych ciosów i w tej samej chwili w odstęp pomiędzy nimi z impetem wjechała konnica, rozdzielając Lautenburga od króla. Otto jeszcze przez chwilę widział między końskimi zadami wojenną koronę Łokietka, ale konni zdawali się nie kończyć i ilekroć chciał umknąć spod ich kopyt, nadjeżdżał kolejny, wzbudzając tumany kurzu. Stał w miejscu, modląc się, by go nie stratowano. Usłyszał tylko krzyk:

— Plauen! Plauen! — i nawet nie widział, kto krzyczy.

Gdy tętent ustał, kurz wciąż wisiał w powietrzu, jakby związany przez ostatnie pasma mgły. Króla nie było, Otto był sam, rozejrzał się, szukając swojego konia. Zobaczył jakiś ruch na granicy kurzawy.

— Herman, to ty? — zawołał niepewnie. — Mówili, że nie żyjesz.

Jego druh, jego przyjaciel Herman von Anhalt wyjechał z kurzawy. Ale nie powodził koniem. Ramiona miał bezwładnie zwieszone wzdłuż boków, głowa bez hełmu, tylko w kolczym kapturze, opadała mu w tył, a twarz ziała krwawą raną. Za Hermanem wyjechał Otto von

Bonsdorf; ten zdawał się trzymać końskiej grzywy, a spod pachy płynęła mu czarna struga.

Lautenburg przeżegnał się.

— Odejdźcie, zwidy — poprosił, widząc nadjeżdżającego jeźdźca bez głowy. — Odejdźcie! — krzyknął z całych sił. Zniknęły.

WINCENTY NAŁĘCZ z daleka usłyszał nawoływania „Kraków!", a potem nadjechał Borek na spienionym koniu i wykrzyczał:

— Zdobyli chorągiew sandomierską! Wojska Małej Polski w rozsypce! Królewicza wywieźli z pola bitwy!

— A król?

— Stracił Toporczyków, ale wojewoda brzeski już dał mu ochronę. Walczy.

— Ale nie pod swoją chorągwią — otarł usta Nałęcz i splunął. Na rękawicy miał grubą warstwę kurzu. Jak nie mgła, to pył, co za dzień.

— Chorągiew Królestwa ocalona — wyprowadził go z błędu Borek. — Tylko sandomierska z krakowską stracone. Krzyżacy walczą o obóz i naszych jeńców.

— Psiakrew. Wszystko, co zdobyliśmy rano, wymyka się z rąk.

— Co jest? — zawołał Andrzej i wskazał na tuman ciągnący od wschodu. — Co, u diabła?

— Trąba powietrzna? — zmrużył oczy Mikołaj.

— Borutka! — rozpoznał Jarosław.

Pędził konno, unosząc się w strzemionach, czarny płaszcz powiewał za nim jak skrzydła. Z gołą głową, białe włosy rozrzucił mu podmuch. Śmiał się w głos, a gonił go oddział Plauena.

— Zewrzeć szyk i ustawić kopie — wydał rozkaz wojewoda Nałęcz. — Jeśli Mała Polska ustąpiła z pola bitwy, zostaje...

— Starsza Polska! — przeszło po oddziałach Starszaków. — Starsza Polska!

Galopujący Borutka odwrócił się do zakonnego pościgu i zawołał:

— Pochłonie was piekło!

Zamiast szatańskich ogni czekała na Krzyżaków kompania poznańska i wycelowane w ich piersi kopie. Borek i Nałęcz rozstąpili się, robiąc przejazd pędzącemu Borutce i natychmiast za nim zwarli szeregi. Starcie było brutalne, Krzyżacy w zderzeniu z kopiami rozsypali się. Wysadzeni z siodeł padali prosto pod kopyta koni. Trzeci i czwarty szereg brodaczy wyhamował, próbowali zawrócić, część stratowała się w tym manewrze. Ale Henryk Reuss von Plauen z obnażonym mieczem krzyczał do swoich:

— Stawać do walki! Stawać do walki! Śmierć na polu bitwy to chwała! Ucieczka to potępienie wieczne!

Starszaków było sześć dziesiątek, Krzyżaków trzy razy tyle. Ich pierwsze szeregi powaliło starcie na kopie, a część nie usłuchała Plauena i uciekła. Komtur Bałgi odważnie ruszył do boju i ci, którzy pohamowali chęć ucieczki, wzięli z niego przykład, zacieśniając szeregi. Teraz siły mieli wyrównane. Starli się na miecze, blisko. Przepychali tarczami, w ruch poszły topory i sztylety. Nałęcz skruszoną kopią dźgnął sarianta w twarz i wyrzucił złamane drzewce, dobył topora, rąbnął na odlew przejeżdżającego białego brata. Wzrokiem szukał Plauena. Ostrze topora utkwiło w czarnym, wymalowanym na tarczy krzyżu, wyszarpnął je i zachwiał się w siodle. Krzyżak odrzucił rozrąbaną tarczę, Nałęcz odwinął się, zamachnął toporem i trafił w bark. Ale nie mógł wyciągnąć go z powrotem, puścił i sięgnął po miecz.

Zobaczył Borka, bez broni, zwartego w uścisku z Krzyżakiem. Szarpali się w zapasach, nie puścili i jednocześnie obaj spadli z koni. Nałęcz podjechał i złapał wierzchowca Borka. Ten wylądował na zakonniku, wyjął sztylet, wbił mu w gardło po rękojeść.

— Tutaj! — krzyknął do niego Wincz. — Twój koń! — Cisnął mu lejce i sam rzucił się z mieczem, bo z bitewnego tumultu wyskoczył Plauen. Poznał go po długiej, rudej brodzie, wystającej spod hełmu.

Komtur bałgijski walczył sprawnie, zręcznie, metodycznie. Uchylał się, zasłaniał tarczą na czas, a gdy wyprowadził pchnięcie na tułów Wincentego, ten ledwie uniknął ciosu, przechylając się mocno i czując ostrze sunące po lewym boku kolczugi. Zacisnął pachę, unieruchomił miecz i ostro skręcił w prawo, wyrywając Plauenowi oręż z ręki.

— Na sznur! — zawołał Borutka, zjawiając się przy Winczu jak spod ziemi i sprawnie pętając komtura.

— Henryku Reuss von Plauen, miałeś zaszczyt zostać pojmanym przez wojewodę poznańskiego Wincentego Nałęcza! — dźwięcznie powiedział Wrończyk i wychyliwszy się w siodle, rzekł do komtura: — Sześć lat temu, w Brześciu, groziłeś memu królowi. Powiedziałem ci wtedy: klękniesz i przeprosisz. A w moim rodzie zawsze dotrzymujemy słowa.

Plauen był blady jak kreda. Za to Jarosław z Iwna spytał:

— A z jakiego właściwie pochodzisz rodu?

Borutka nie zdążył odpowiedzieć, bo Plauen wycharczał:

— Mistrz da za mnie okup. I za moich braci.

— Za komtura toruńskiego nie zapłaci — odpowiedział mu Borutka, sprawdzając, czy dobrze zacisnął węzły.

— Za Henryka Ruve? — spytał Plauen. — Zapłaci.

— Nie — twardo oświadczył Wrończyk. — Nie zdążyłem go pojmać.

— Uciekł... — z nadzieją odetchnął Plauen.

— Nie uciekł, zabiłem go — powiedział Borutka, nawijając linę, którą związał Plauena za rękę. — Jemu też obiecałem, że się jeszcze spotkamy.

— Lautenburg nas pomści — szepnął Reuss von Plauen.

Usłyszeli szum, jakby wichura uderzyła w korony starych drzew. Ale Wincenty nie widział tu żadnego lasu, nic tylko odkryte pola. Odwrócił się konno, rozejrzał. Stali na pobojowisku, między sterczącymi z ziemi strzępami kopii, między trupami. Wiatr przyniósł tuman kurzu. Andrzej zaczął kaszleć i dławić się, Mikołaj tak samo. I Plauen. Wincz zasłonił usta.

— Co jest? — zapytał, choć inni, jak on, rozglądali się niepewnie.

Z żółtego tumanu wolno, krok za krokiem wyjechali jeźdźcy. Ich chorąży miał o ramię oparte złamane drzewce.

— Małopolanie bez chorągwi — wyszeptał Jarosław. — Toporczcy. Grzegorz Nekanda, poznaję. I Otto, i Krystyn, i Jan Owca, syn Nawoja. A za nimi, widzicie?

Za nimi było pusto, żółty pył poruszał się wolno, aż wyjechał z niego samotny Grunhagen z nisko opuszczoną głową.

— Oni nie żyją — powiedział Borek. — Oni zginęli.

Za Grunhagenem ciągnęły kolejne widma, podobne do ludzi, których znali, z którymi niedawno mówili, śmiali się, których osłaniali w boju i którzy ich osłaniali. Złamane miecze w dłoniach, obuchy toporów. Strzępy tarcz, na których z chwili na chwilę zacierały się znaki rodowe.

— Co to jest? — jak we śnie powtórzył Nałęcz.

— Uciekać! — wrzasnął do widm Borutka głosem, o jaki by go nie podejrzewali. — My tu jeszcze żyjemy! Wynocha!

Z daleka, gdzieś za plecami widm, usłyszeli odległe:

— Kraków!

I zjawy zniknęły razem z żółtym tumanem. Za to nadjechali rycerze kujawscy, a z nimi król. Zjeżdżali bezładnie, grupami.

— Łęczyca z pełnymi rękami — powitał ich Borutka, widząc, że wiodą ze trzydziestu jeńców. — Królu, wojewoda sprezentował ci Plauena!

Wincz w pierwszej chwili nie poznał Władysława. Król miał szarą, umęczoną twarz. Zatrzymał się.

— Krzyżacy odbili obóz — powiedział. — Uwolnili marszałka Altenburga. Wszystko, co udało nam się ocalić, mamy tutaj — pokazał na nadjeżdżające za sobą wojsko i jeńców.

— Nie wszystko, królu — odpowiedział mu Wincenty Nałęcz. — Twój syn ocalał, a wielu na niego polowało.

Władysław skinął głową. Jego oczy były szkliste, nieobecne. Przesuwały się po twarzach towarzyszy, jakby ich liczył. Usta króla, suche i spierzchnięte, wydawały się szeptać bezgłośnie, powtarzając imiona tych, których poznawał. Pawła Ogończyka, zgiętego w siodle, oddychającego z wysiłkiem. Wojciecha Leszczyca, rannego w czoło, z krwią kapiącą po twarzy. Andrzeja Pomiana, którego tarcza, z turzym łbem, rozłupana była od góry, a on wciąż się tym strzępem osłaniał, jakby jeszcze nie dostrzegł, że to na nic. Patrzył po stratowanym polu bitewnym, po sterczących z ziemi, połamanych kopiach, sulicach i pikach. Dostrzegał końskie trupy i ranne, kwiczące z bólu wierzchowce, którym ktoś powinien pomóc skonać. I ludzi. Dziesiątki, setki leżących na pobojowisku ludzi.

Borutka podał królowi bukłak z wodą. Władysław zamrugał, jakby nie rozumiał, po co. Wrończyk wcisnął mu go w dłoń i król z wysiłkiem uniósł bukłak i zaczął pić. Woda płynęła mu po brodzie, kapała na napierśnik. Wyrzucił pusty bukłak za ziemię. Oddychał chwilę, potem otarł usta i jego oczy ożyły.

— Dzisiaj poczuliśmy, jak uskrzydla wielkie zwycięstwo — powiedział z trudem. — I jak smakuje przegrana. Wygraliśmy na Radziejowskim Polu, pokonali nas pod Płowcami. Ale wiem, że tu, na tych polach, ocaliliśmy Królestwo.

Wincenty Nałęcz przetarł zmęczone, opuchnięte oczy i przeszedł go dreszcz: król był wysoki, jak nigdy przedtem.

ZYGHARD VON SCHWARZBURG szedł wzdłuż kaplicy i liczył ciała przywiezione do Torunia. Ledwie kilku zdążył ze sobą zabrać Lautenburg. Otto, mimo iż wygrał drugą z tamtych bitew, nie odważył się nocować pod Płowcami. Zarządził nocny odwrót i szli, póki nie stanęli w Toruniu. Zmarłych tam, na miejscu, grzebał biskup włocławski Maciej. Tak, ten sam, któremu spustoszono ziemie i spalono katedrę. On też pozbierał z pola i wyekspediował w ostatnią drogę pozostałych komturów. Nakryci białymi, skrwawionymi płaszczami leżeli teraz wprost na posadzce. Cieśle dopiero zaczęli robić trumny.

— To już wszyscy. Siedemdziesięciu trzech braci zakonnych z dwustu, których posłałeś za Wisłę — powiedział do Luthera z Brunszwiku.

— Hekatomba — odpowiedział mu porażony ogromem śmierci Luther.

— Będziemy pasować chłopców niedorosłych i dbać o starych braci, by wytrwali na służbie jak najdłużej. — W głosie Zygharda narastał gniew.

— A to kto? — spytał Luther, kucając przy ciele bez płaszcza ułożonym przy wejściu do kaplicy. — Któryś z angielskich rycerzy? Poświeć — poprosił kleryka, który im towarzyszył. — Nie poznaję.

— To Sander von Pfau z Kolonii. Młody mieszczanin. — Teraz głos Zygharda załamał się. — Spotkaliśmy go kiedyś na murach w Malborku, pamiętasz? Myśleliśmy, że nas podsłuchiwał, a on miał schadzkę z Bertoldem, wtedy komturem radzyńskim. Bertold leży tam — pokazał ręką na ciało pod zachodnią ścianą kaplicy. — Sander prosił mnie, bym się wstawił za nim u jego rodziny w Kolonii, chciał wstąpić do Zakonu.

— Ach tak — odpowiedział przejęty mistrz. — Ach tak. Wyprawimy mu pogrzeb, jak braciom.

— My będziemy przez miesiąc wyprawiać tylko pogrzeby — znów zawrzało w Zyghardzie. — Z siedmiu tysięcy, które wyszły na wojnę, nie wróciło dwa i pół tysiąca. Nie licząc tych — pokazał na trupy, między którymi chodzili. — Widzę, że swoich ułożyłeś osobno — zauważył Schwarzburg bez cienia złośliwości. Wielki komtur, wielki szpitalnik, komtur nieszawski.

— Został mi tylko Lautenburg i Markward — wyszeptał Luther. — Mój Czerwony Wilk, mój Altenburg, w infirmerii, odniósł straszne rany, gdy go odbijano.

— Altenburg wyjdzie z tego — obojętnie powiedział Zyghard. — Gorzej, bo nie mamy pewności, gdzie jest Plauen. Mówią, że w niewoli, ale czy na pewno?

— Pojedziesz do króla wykupić naszych jeńców, Zyghardzie? — poprosił pokornie Luther. — My mamy ze stu Polaków, jest co wymieniać.

— Pojadę — powiedział Zyghard — ale nie za darmo.

— O czym tym mówisz? — zaniepokoił się Luther.

— O przyszłości Zakonu — zimno powiedział Schwarzburg i potoczył wzrokiem po trupach. — Gdy zostałeś mistrzem, powiedziałeś, że ugody odchodzą w przeszłość. A przyszłość Zakonu to powalenie przeciwnika. Tu leży twoja strategia — pokazał wokół. — Przyjrzyj się jej. Zapłaciliśmy za nią połową pasowanych braci. — Gwałtownie podszedł do trupa Oettingena i odsłonił płaszcz. — Głową wielkiego szpitalnika. Nie dlatego zawsze byłem zwolennikiem rozmów, że jestem tchórzem, tylko dlatego, że nigdy nie chciałem zobaczyć takiej ofiary złożonej z naszych braci!

Luther podszedł do Oettingena i szybko zasłonił bezgłowy korpus.

— Dla niego, dla nich — wskazał na pozostałych leżących — nie mogę się wycofać. Bo to tak, jakby umarli nadaremno.

Milczeli chwilę. Zyghard nie odwracał wzroku od martwych. Większości z nich nawet nie lubił, ale nie miało to znaczenia. Byli Zakonem, składali te same śluby. A teraz płomienie wielkich gromnic pełgały po stratowanych, skrwawionych płaszczach.

— Otto von Lautenburg jest w stanie zdobyć Kujawy — odezwał się po chwili Luther. — Są zrujnowane po wojnie, będą skłonni do ustępstw. Leżą najbliżej ziem zakonnych. Brześć, którego nie zdążyliśmy oblegać, będzie dla Zakonu dobrą rekompensatą za ten pogrom spod Radziejowa.

Schwarzburg nie odpowiadał. Myślał. Wiedział, że dla morale braci coś muszą zdobyć. Inaczej Zakon toczyć będzie zaraza porażki.

— Obiecuję, że Kujawy będą naszą ostatnią zdobyczą — powiedział Luther.

— To za mało — oświadczył Zyghard i odwrócił się od gromnicy, by spojrzeć w oczy mistrza. — Przyrzeknij, tu, między zmarłymi, że pozbędziesz się Roty Wolnych Prusów i Dzikich. To, co zrobili, przechodzi ludzkie pojęcie.

— Obiecuję — powiedział Luther z Brunszwiku.

JAN LUKSEMBURSKI nadciągnął pod Poznań chwilę po tym, jak wrócili do miasta z Radziejowskiego Pola obrońcy. Tak, źle się złożyło, miał nadzieję, że wojna z Krzyżakami zwiąże Polaków dłużej. Jemu też pod Głogowem zeszło za długo, ale za to zebrał wielkie wojsko i przyciągnął najlepsze machiny wojenne. Olbrzymia balista ucierpiała w drodze i teraz mistrzowie machin pracowali nad przywróceniem jej sprawności.

Od Głogowa najprościej było wejść do miasta bramą wrocławską, ale tego król Jan nie zrobił. Po wysłuchaniu zwiadowców kazał okrążyć Poznań z zachodu i rozstawić obóz wokół niewielkiego wzgórza na północy miasta.

— To Wzgórze Świętego Wojciecha i kościół pod jego wezwaniem — powiedział Henry de Mortain po rozmowach z miejscowymi.

— No i co z tego? — wzruszył ramionami Jan. Henry darzył męczennika jakimś niezrozumiałym dla niego afektem.

Oblężenie podjęli niemal z marszu. Załoga Poznania stawiła im opór, jakiego się nie spodziewał. Do tego, gdy tylko podeszli pod mury, zaczęły dręczyć ich deszcze, gasząc w mieście pożary wzniecone przez ogniste pociski wyrzucane z machin miotających. Rozmiękły grunt uniemożliwiał przesuwanie wież ruchomych, dopiero dzisiaj, po pięciu dniach, pierwszy raz udało się Czechom wspiąć po nich na mury, ale tam czekali obrońcy pod wodzą Piotra Doliwy.

— Mówili, że ten kasztelan to staruch! — zdenerwował się Jan, patrząc na to, jak skutecznie odpierają atak.

— W dodatku ledwie co wrócił z wojny — potwierdził jego wiadomości Henry. — Co chcesz, król Władysław, siódmy krzyżyk na karku i też w bitwach stawał. Dwóch ważnych komturów sam powalił.

— Skąd ty wiesz takie rzeczy? — zdziwił się Jan.

— Rozmawiam z ludźmi — obojętnie odpowiedział Henry.

— A to co? — przerwał mu król. — Słyszysz?

— Śpiewają na murach — podjechał do nich zaciekawiony Wilhelm de Machaut.

Oblężenie zamarło na chwilę. Ci u dołu, którzy dopiero zaczęli wspinaczkę na wieżę, cofnęli się, zeskoczyli na ziemię i skokami dotarli pod osłony plutei. Ci, co już byli na szczycie, zaczęli schodzić w popłochu, depcząc po dłoniach i głowach stojących pod nimi.

— Szkoda, że nie wiemy, o czym ta pieśń — powiedział poeta, przekrzywiając głowę, bo całą uwagę skupił na nadsłuchiwaniu.

— Za to Czesi rozumieją świetnie, ich języki podobne — z przekąsem stwierdził Jan, patrząc na uciekających z wieży oblężniczej wojaków. — Ślązacy to samo.

— *W tysiące liczono zabitych,*
Samych brodaczy sześciuset ubitych,
na Radziejowskim Polu
Polacy wołali „Kraków".

Krzyżem znaczeni, przez Polaków zwyciężeni! — przetłumaczył rytmicznie Henry de Mortain.

— Królu, coś musimy zrobić, duch w wojsku upada — podjechał do nich Zavis i powiedział to, co sami już widzieli.

— Ale melodia kiepska — pokręcił głową de Machaut. — Jakaś taka patetyczna...

Było ledwie popołudnie, a w jednej chwili zrobiło się ciemno, jakby zapadł wieczór. Z ołowianych chmur znów chlusnęło deszczem.

— Zamknij oblężenie na dzisiaj — rozkazał Benešowi Jan. — Nic więcej nie zwojujemy.

Narastała w nim wściekłość. Zaczynało się tak dobrze, Głogów, co jak z nieba im spadł! A potem czas stracony na walkach z wnukiem króla, Bolkiem. I zmarnowany na pertraktacjach pod samym Głogowem. Wielki mistrz wściekły, nie przyjął jego posłów.

— Chcesz ciągnąć za zbyt wiele sznurków, Janie — smutno powiedział Henry, gdy weszli do królewskiego namiotu. Woda chlupała im pod stopami. Przeciekał dach. Wyprawa na Poznań jawiła mu się jednym ciągiem niepowodzeń.

— Baldryku, przynieś wina — poprosił. — Najlepsze, jakie jeszcze mamy.

Zaopatrzenie dla wojska było fatalne. Zniszczona krzyżackimi najazdami okolica nie miała czym wykarmić kolejnej wielkiej armii.

— Masz gościa, królu — powiedział Mattias, drugi z jego giermków.

— Nie teraz, z nikim nie chcę rozmawiać. — Jan naciągnął mocniej płaszcz, mokre krople wpadały mu za kaptur.

Henry de Mortain wyszedł przed namiot i wrócił po chwili.

— Dzień jest tak paskudny, Janie, że wysłuchaj jeszcze jednej złej nowiny — powiedział. — To człowiek od młodego Lipskiego, przepraszam — poprawił się — Henryka Żelaznego z Lipy.

— Niech wejdzie — machnął ręką zrezygnowany Jan — i mówi.

— Królu. — Jeździec był zdrożony, w ubłoconych butach i nogawicach. Strugi wody płynęły mu po skórzanym kapturze. — Carobert, król Węgier, wysłał swoje oddziały na Morawy. Pustoszą nam kraj.

— To odwet za to, że ruszyłem na Królestwo — powiedział, nie spytał. I odesłał zmęczonego drogą posłańca, by odpoczął.

— Co robimy? — spytał Henry de Mortain.

Jan Luksemburski schował twarz w dłoniach. Słyszał, jak przez zwykłe dźwięki obozu przedziera się jakiś niepokojący tumult, wiedział, że to wieszczyć może tylko kolejne kłopoty, a jednocześnie przez chwilę potrzebował się ukryć, zniknąć.

— Jutro dam odpowiedź — szepnął do Henry'ego i w tej samej chwili u wejścia do namiotu stanął Beneš. Jan spojrzał na niego, na błoto oblepiające dół płaszcza, na brudne smugi roztarte na czole. Skurczył się.

— Panie — powiedział Beneš. — Ponoć wojska wojewody Nałęcza ciągną od Gniezna w stronę Poznania. Idą od północnego wschodu, przeszli bród w Czerwonaku, a to znaczy, że mamy ich niemal za plecami. I nie wiemy, czy to oddziały wracające z wojny z Krzyżakami, czy...

— Ja poprowadzę podjazd — zaoferował się Henry de Mortain.

Jan poczuł na łopatce kojący dotyk jego dłoni.

HENRY DE MORTAIN wszędzie szukał ojca. Odkąd go odzyskał, nie dopuszczał myśli, że Gerland mógłby tak po prostu zginąć w bitwie, zamienić się we wspomnienie.

— Ta wioska to Suchy Las — powiedział Beneš, pokazując na ciemną plamę przycupniętą na niewielkim wyniesieniu i kilka niewielkich ognisk. — Miejscowi mówią, że należy do...

— Joannitów, wiem — skinął głową Henry i poczuł mrowienie w palcach.

Wiatr pchnął ciężkie chmury, w sinym świetle księżyca zobaczyli jasne płachty namiotów na przedpolach wsi i dym kopcący z mokrego drewna obozowych ognisk. Unosił się szarą chmurą, a potem rozciągał nad namiotami, jak mgła.

— Ciężko się doliczyć — mruknął Beneš.

— Setka, może dwie — próbował jednak porachować je Henry.

— Albo trzy — pokręcił głową Czech. — Spójrz tam, sporo koni jak na mały oddział.

— Myślisz, że wystawili czujki?

— Nie wierzę, by nie wiedzieli, że otoczyliśmy Poznań.

— Wracają z wojny, są ranni, przemęczeni...

— I uważni — zaprzeczył jego domysłom Beneš.

Henry zaczął rozwiązywać pas, zdjął go i oddał giermkowi, zostawiając sobie tylko sztylet.

— Co robisz? — spytał zaskoczony Czech.

— Pójdę tam. Znam kilku joannitów z komandorii na przeprawie, może któryś z nich będzie w wiosce...

— To głupota — żachnął się Beneš. — Wszyscy wiedzą, kim jesteś...

— Nie joannici. Byłem u nich jako wędrowny rycerz, szaleniec, co szuka smoków i dziewic...

— Ja bym ci nie uwierzył — powiedział Beneš, a w jego głosie odżyła dawna uraza o to, że Henry obiecał w Ratyzbonie załatwić sprawy Głogowczyków, a po decyzji Jana wyszło, co wyszło.

— Umiem być przekonujący — zapewnił go Henry.

— Weź jakiegoś giermka — niepewnie podpowiedział Czech, ale de Mortain odmówił.

— Wtedy podróżowałem sam i tak musi zostać.

Ruszył. Księżyc mu pomógł, oświetlając drogę. Wiodła pomiędzy dwoma karczowiskami. Wielkie, wyłuskane z ziemi i poprzewracane do suszenia korzenie straszyły wyciągniętymi w nocne niebo odnogami. Gdy na jednej z nich zobaczył cień puszczyka, przeżegnał się mimowolnie. Potem przed końskimi kopytami śmignął lis, a raczej ciemny, wydłużony kształt, bo chmury przysłoniły księżyc i pozostało mu tylko domyślać się, co to było. Już czuł woń ognisk i słyszał odległy śpiew. Poznał melodię, a słów się domyślił:

W tysiące liczono zabitych
Samych brodaczy sześciuset ubitych.

— Stój, kto jedzie? — zatrzymał go wartownik i machnął mu przed nosem pochodnią.

— Henryk Mortyr, wędrowny rycerz — powiedział de Mortain. — Szukam noclegu u braci joannitów.

— Tu ich nie znajdziesz — odpowiedział strażnik. — Jedź w swoją stronę, a Suchy Las omiń.

— Mówiono mi, że to wieś braci od świętego Jana — nie dawał za wygraną Henry.

— Ich majątek, nie ma tu komandorii. Źle musiałeś zrozumieć, wędrowcze.

— No to choć we wsi przenocuję — powiedział de Mortain. — Wielkich wymagań nie mam co do wygód. Miska ciepłej strawy i wiązka słomy pod grzbiet...

— Jedź w swoją stronę — powtórzył zniecierpliwiony wartownik.

— Jest noc — łagodnie zaprotestował Henry.

— Z kim tak gadasz? — zawołał męski głos od strony obozu.

— Jakiś rycerz wędrowny, myślał, że znajdzie tu joannitów!

— Rycerza przepędzać nie wypada — wstawił się za Henrym głos.

— A jeśli to szpieg? — wartownik nie dawał za wygraną.

— To go przepytamy — zaśmiał się wciąż niewidoczny w mroku mężczyzna. — Dawaj go.

— Na pana Borka odpowiedzialność — żachnął się strażnik. — Ja się wojewody boję.

Z mroku wyszedł wysoki rycerz, mimo nocnej pory wciąż w kolczudze, choć bez pasa.

— Jak imię? — zapytał.

— Mortyr, Henryk Mortyr.

— To zsiądź z konia, wędrowny rycerzu, i chodź za mną. Zapraszam.

Henry bez skrępowania przyglądał się obozowi, gdy szli środkiem, kierując się wyraźnie do dużego namiotu pod chorągwią z nałęczką w herbie. Ognisk było znacznie więcej, niż to się zdawało, gdy oglądali obóz z daleka. Zbrojni suszyli płaszcze i kaptury, gdzieniegdzie coś dobrze pachniało z wiszących nad ogniem kociołków. Giermkowie czyścili broń, ktoś śmiał się dźwięcznie, wykrzykując raz po raz:

— Wołali „Kraków", a to Starsza Polska pola nie oddała!

— *Krzyżem znaczeni przez Polaków zwyciężeni* — kończył pieśń inny.

— I ja już słyszałem o wielkiej bitwie na Radziejowskim Polu — zagadnął Henry.

Jego przewodnik nie odpowiedział, więc de Mortain dodał:

— Ponoć wielki mistrz nie zajął pola bitwy po walce na zwyczajowe trzy dni. Ponoć nawet trupów z pola nie zebrał, tylko uciekał za Wisłę.

— Wielkiego mistrza tam nie było — odpowiedział rycerz. — A bitwy były dwie.

— Jedna po drugiej? — upewnił się. — Tak słyszałem, ale nie byłem pewien, czy dobrze rozumiem po polsku.

— Dobrze rozumiesz — nie ułatwił mu rycerz i uchylając poły wielkiego namiotu, dodał: — Zapraszam do wojewody Starszej Polski.

Wewnątrz siedziało kilku mężczyzn, ale nim zdążył przyjrzeć się ich twarzom, usłyszał głos, od którego szybciej zabiło mu serce:

— Mortyr! Znów szukasz przygód, wędrowny rycerzu?

Gerland wstał od stołu, wyszedł naprzeciw i ścisnął go jak przyjaciel, za obydwa ramiona. Nie miał na sobie zakonnej tuniki, podobnie jak wtedy, gdy odwiedził go w Pradze. Henry nie był pewien, kim w wojsku Starszej Polski jest jego ojciec, jako kogo go tutaj znają, więc odpowiedział bezpiecznie:

— Źle szukać przygód w czas wojennej zawieruchy. Myślałem, że znajdę w Suchym Lesie braci joannitów.

— A znalazłeś byłego joannitę — odpowiedział za niego Gerland i zwrócił się do jasnowłosego mężczyzny w skórzanym kaftanie: — Wojewodo, pozwolisz, że pogadamy sobie na boku ze starym przyjacielem?

— Jeśli za niego ręczysz — zmrużył zmęczone oczy ten, którego nazwano wojewodą.

— Tak — powiedział Gerland i wyszli na zewnątrz. — Przejdźmy się.

— Nasze spotkania to ciągłe przechadzki po obozach — cicho odpowiedział Henry, gdy już byli na zewnątrz.

— Rzeczywiście — zaśmiał się jego ojciec. — Uściskałbym cię, ale ściągniemy na siebie uwagę, której nie potrzebujesz. Przyjechałeś jako zwiadowca swojego króla?

— Tak — przyznał de Mortain. — Ale nie tylko. Szukałem cię.

Spojrzeli na siebie w tej samej chwili i to musiało wystarczyć. Mijali ognisko, gdzie giermkowie po raz kolejny zaczynali pieśń o bitwie:

— *W tysiące liczono zabitych*…

— Dokonałeś zemsty? — spytał.

— Tak, choć musiałem podzielić się z królem. Zabrał mi wielkiego komtura — zaśmiał się Gerland i spoważniał. — Trzech nie żyje, jeden ciężko ranny, jeden na sznurze prowadzony do Krakowa. Wielki mistrz jest poza moim zasięgiem.

— Zatem połowa z głowy — powiedział Henry. — Co zrobisz? Chcesz czekać okazji, by i tych…

— Nie — przerwał mu Gerland. — Nawet zemsta musi mieć swoje granice. Wtedy, w Akce, zamiast się zająć Melisande… twoją matką — poprawił się — musiałem bronić miasta i omal nie zapłaciłem życiem. Skoro Bóg ułożył nasze drogi — ojciec spojrzał na niego — w tak skomplikowaną marszrutę… Nie chcę być ślepcem, który nie widzi znaków — powiedział stanowczo.

Mijali kolejne ognisko, głowy siedzących odwróciły się i poczuli na sobie wzrok rycerzy Starszej Polski. Szli, nie przyspieszając, nie zwalniając, po prostu dwoje ludzi w obozie. Po spojrzeniach, jakim obdarzano Gerlanda, Henry zrozumiał, że wszyscy go tutaj znali. Był bohaterem, zabił na polu bitwy tamtych ważnych komturów.

— Dołączyłem do wojsk wojewody, bo było mi z nimi po drodze. Wincenty Nałęcz obiecał mi list żelazny, bym przejechał spokojnie przez Brandenburgię. Król też chciał dać, ale ponoć tu, przy granicy, więcej znaczy ten z pieczęcią wojewody.

— Dokąd się udajesz? — spytał Henry.

— Mówiłem ci w Pradze — odpowiedział i objął go. Przez chwilę byli w miejscu, gdzie jeszcze nie sięgał blask kolejnego ogniska, a już wyszli z kręgu światła poprzedniego. Gerland mocno ścisnął jego plecy i dodał: — Chcę ją zobaczyć. Powiedzieć, że wtedy, przed laty, nie chciałem jej zawieść, że...

— To inna kobieta niż ta, którą poznałeś w Akce — przypomniał mu Henry. — Starzejący się, oddany wspomnieniom „Klejnot Mórz". Mówię, bo nie chcę, byś się zawiódł.

Gerland puścił jego plecy, znów wchodzili w światło.

— Niczego nie oczekuję — odpowiedział. — Jestem stary i trudno mnie rozczarować. — Pchnął go lekko i skręcili tuż przed ogniskiem w wąski przesmyk między namiotami. Gerland wyprzedził go i poprowadził, aż wyszli na obrzeża obozu. Przystanął i położył mu rękę na ramieniu. — Nie mam pojęcia, czy wrócę, mój synu — powiedział poważnie i ściszył głos. — I czy ty wyjdziesz cało z tej wyprawy na Poznań. Wojewoda ciągnie z odsieczą miastu, a wierz mi, to dzisiaj najlepszy dowódca w królewskim wojsku. Nie mówiłbym tego, gdybym się o ciebie nie martwił.

— Mamy więcej ludzi niż on — powiedział Henry.

— Krzyżacy też mieli więcej — pokręcił głową Gerland. — Jeśli możesz odwieść swego króla od...

— Nie sądzę — zaprzeczył Henry. — Ale jeżeli ty możesz powstrzymać...

— Przestań — jednoznacznie przeciął Gerland.

— O jeden dzień — powiedział mimo to Henry, mając na myśli niespokojne wiadomości z Moraw. — Jeden dzień może wiele zmienić.

— Nie pierwszy raz w naszym życiu, synu — odpowiedział Gerland.

Od ognisk zaniosło śmiechem i kolejnym fragmentem pieśni:

— *Od polskiego miecza pada lud niemiecki...*

— Do zobaczenia, ojcze. — Uścisnął go szybko i odwrócił się.

— Nie chcę cię stracić, synu — szepnął do jego pleców Gerland.

JAN LUKSEMBURSKI obudził się tuż przed wschodem. Nasłuchiwał deszczu, ale ten musiał ustać w nocy. Nie wołał Vojtecha ani giermków, nikogo. Wstał i wyszedł z namiotu. Poszedł na kraniec obozu, chciał o wschodzie słońca zobaczyć Poznań. Pozdrowił wartowników i pokręcił głową, gdy spytali, czy mu towarzyszyć. Poszedł w stronę niewielkiego wzniesienia. Wzgórze Świętego Wojciecha, przypomniał sobie, gdy na nie wszedł. Nieduża sylwetka kościoła wydawała się bezbronna i jednocześnie zupełnie obojętna temu, co wokół.

Jakby strzegła jednych i drugich — przeszło mu przez myśl. — Oblężonych i oblegających. Potrzebował chwili, by przypomnieć sobie, że święty Wojciech był biskupem Pragi i stamtąd uciekł, by wyruszyć w misje na Prusów. W powietrzu czuło się wilgoć, ale wiedział, że dzień wstanie pogodny. Na niebie, z którego odchodziła noc, nie widać było ani jednej chmury, choć przy ziemi unosiły się obłoczki mgły. Przez chwilę miał wrażenie, że poruszają się miarowo, jak idące ku niemu wojsko, że widzi między nimi chorągwie i proporce oddziałów. Ale mgła rozsnuła się i to, co chwilę temu wziął za wojenne znaki, okazało się koronami drzew. Żółć, czerwień i zieleń, jesienna doskonałość mieniących się w oczach liści. I jazgot ptaków witających nowy dzień. Zobaczył zamek, w którym na świat przyszła Rikissa. Za nim ciemną wstęgę Warty. Słońce już przebijało się łuną na horyzoncie. Jan wyprostował się, odrzucił mokry płaszcz na ziemię i spojrzał we wschodzącym słońcu na Poznań, w stronę Ostrowa Tumskiego i katedry.

Prześwietliły go promienie, roześmiał się. Wschód, nowe życie. Dzisiaj przypuszczą szturm i…

Ból był przenikliwy; promień jak zaostrzony sztylet przeszył mu lewe oko. Odwrócił się od słońca gwałtownie, zacisnął powieki. Trwał tak chwilę, oddychając głęboko, odpychając od siebie rwanie promieniujące z oka. To nic — powtarzał sobie — to nic. Słońce jest ostre, źle, że spojrzałem… Kłucie nieco ustało, otworzył oczy. Widział tylko na prawe. To niemożliwe — struchlał. Zasłonił prawe oko i… oblała go ciemność. Całkowita ciemność, gorąca jak strach.

Wszystko dotarło do niego w jednej chwili. Ślepota, dziedziczna choroba Luksemburgów, klątwa, która dopadała niektórych mężczyzn w jego rodzie. Stryj Baldwin bał się jej od dawna. Jan nawet nie pomyślał, że on…

Spróbował znów. Prawe oko widziało dość dobrze, choć nieco rozmywały mu się kontury. Czerwień i żółć drzew wymieszały się ze sobą, tworząc rdzę. Ale lewe oko nie widziało nic. Oślepło. I wtedy sobie przypomniał. Już raz poczuł taki ból. Cztery lata temu, zimą, w Ołomuńcu. Gdy ruszał z wyprawą na Polskę. Wtedy też szyki mu popsuł Andegaweńczyk, zastępując drogę na Kraków.

Jeszcze raz zakrył prawe oko, może to tylko porażenie, chwilowe. Nie, to całkowita ciemność.

Mogłem cię posłuchać, *bis regina* — pomyślał. — Chciałem ci dać tę koronę wbrew tobie. Wierzyłem, że się złamiesz, a zamiast tego oślepłem.

Ostrożnie schodził ze wzgórza. Poślizgnął się na mokrej od rosy trawie. Prawe oko zwodziło go chwilami, potknął się kilka razy, jakby nie widział rozmytych obrzeży obrazu. Ale trafił do swojego namiotu, wielki lew Luksemburgów na chorągwi wskazywał mu drogę. Przy wejściu wszedł w stojący na ziemi kocioł, kopnął go.

— Co się dzieje? — zerwał się rozespany Baldryk.

— Nic takiego — uspokoił go Jan. — Idź po dowódców. Zwijamy oblężenie i wracamy do Pragi.

1332-1333

WINCENTY NAŁĘCZ jak co roku ruszył na rocznicę rogozińskiego mordu. Zawsze jeździł z Grzymalitami, Jarosławem z Iwna i Mikołajem z Błażejewa, bo pozostali wśród Starszaków to Orla, Napiwon i Doliwa, czyli ci, których rodów nie dotknęło morderstwo króla; żaden nie pochodził od Wichrów. Ale po wielkiej wojnie wszystko się zmieniło. Radziejowskie Pole tak ich ze sobą zespoliło, że Wincz zarządził „Wszyscy jedziemy". I ruszyli. Rozpalili ognisko w Siernikach, tam gdzie zamordowano króla, na wschód od Rogoźna; w zwyczaju było, że do samej kasztelanii nigdy się nie zajeżdżało. Upili się za pamięć Przemysła, mówiąc: „Trzydzieści sześć lat, dobry Boże!", a potem za wielką wojnę i za tych, co zginęli. Pili za Sowczyka i Sowca, Zarembów półkrwi, którzy w ich szeregach walczyli i polegli. Borek za swoją dziewczynę, każdy przyznał, że była odważna, waleczna i piękna.

Śpiewali „W tysiące liczono zabitych, samych brodaczy sześciuset ubitych, na Radziejowskim Polu, Polacy wołali: Kraków" i kłócili się, że można było wołać się „Starsza Polska", i godzili na „Krzyżem znaczeni przez Polaków zwyciężeni". Nad ranem chwycił lekki mróz, ale nie czuli go, byli pijani; smutni przez pamięć zmarłych, szczęśliwi, że nie zginęli i obronili swego starego króla i młodego dziedzica. Spali w jednym namiocie, jak kiedyś, gdy byli chłopcami, a nie wojewodą, kasztelanami i panami na włościach. Wincenty obudził się pierwszy, wyczołgał spod towarzyszy, Borek chrapał okropnie, obaj Mikołajowie, Doliwczyk i Grzymalita, spali w swoich objęciach. Andrzej na wznak, sztywno, aż Wincz szturchnął go, sprawdzając, czy obożny nie zamarzł.

— Niech chłód was ocuci, bracia zapustni — ziewnął, wychodząc na czworaka z namiotu. — Jutro Popielec.

Słońce już wstało, choć chowało się za zimną mgłą. Przeciągnął się, uderzył pięścią w cienką skorupę lodu na wodzie w cebrzyku i umył twarz.

— Brrr! — otrząsnął się i poszedł po konia. Nakarmił go, zdjął mu z grzbietu derkę, osiodłał i ruszył do Rogoźna. Obiecał Zbysławie, że zajedzie do tamtejszego kasztelana Przecława Grzymality. Borek, Mikołaj i Andrzej mieli dołączyć do niego wieczorem, jak otrzeźwieją.

W Rogoźnie zaskoczyła go cisza; w miasteczku owszem, gwarno, jakby wszyscy od rana szykowali się na wieczorne harce, ale w samej kasztelanii panował senny spokój. Drogę przebiegło mu stadko kur, nawet pies nie zaszczekał.

— Niech będzie pochwalony! — powiedział, wchodząc do modrzewiowego dworu. Nie był w Rogoźnie od dawna, miło zaskoczył go widok dobudowanego do dworzyska skrzydła. Świeże drewno pachniało przyjemnie, z powały zwisały girlandy z zielonego jałowca, pozostałość po Bożym Narodzeniu i pewnie zapustach.

— Na wieki wieków! — odpowiedział mu głos z głębi. — Prosimy do świetlicy, do ognia!

— Wojewoda poznański zaszczycił nasze skromne progi! — wesoło zaskrzeczał Bogusław Grzymalita, niegdysiejszy sędzia.

Siedział w wysokim krześle, nogi okryte miał wilczym futrem. Na ścianach, pod pułapem, wisiały stare tarcze, jedna przy drugiej. A niżej broń. Miecze, kordy, tasaki, topory, wszystko lśniące, widać służba dobrze wypolerowała je na święta. Przed Grzymalitą, na potężnym stole piętrzyły się misy, garnki, dzbany, kubki. Ogień raźno strzelał w palenisku, w świetlicy było ciepło, pachniało miodem i dobrym jedzeniem.

— Ja do twego bratanka — powiedział Wincenty.

— Kasztelan Przecław z żoną i dziećmi pojechał na chrzciny siostrzeńca — zaśmiał się Bogusza.

— A starców zostawili, by pilnowali ognia — odezwał się spod ściany drugi głos.

— Witaj, Bodzęto — poznał starego Łodzię.

— Chwała Bogu, że nie kazali pilnować dzieci — zarechotał Piotr Doliwa.

— Kasztelan poznański też tutaj? — zdziwił się Wincz.

— Odwiedziłem starych przyjaciół — poklepał się po chudej piersi Doliwa i z krzesłem przysunął bliżej stołu. — Kto wie, może to nasze ostanie zapusty? Królestwo obroniliśmy, można umierać — zaśmiał się i zaczął kaszleć.

— Do nas, do nas prosimy — pomachał ręką Bogusław. — Weź sobie co ze stołu. Miód, zimne mięsiwa, chleb pewnie obsechł. Jak chcesz coś na ciepło, trzeba zawołać służbę.

— Nikogo nie widziałem — przyznał Wincenty, chwytając półgęsek i przysiadając się do trzech starców.

— A no właśnie — uderzył dłonią w udo Bogusław. — Tak się szanuje ojców! Nastawiali nam żarcia, jak ofiarę dla starych bogów, i poszli w tan! Albo gzić się po kątach.

— Do niczego nam nie są potrzebni — zaskrzeczał Bodzęta. — Dołożyć do ognia sam umiem, a miodu i piwa zostawili tyle, że starczy do śmierci.

— Co cię sprowadza, wojewodo? — zagadnął Bogusław. — W czym ci potrzebny Przecław, może ja pomogę?

Wincz zagryzł chlebem i starł tłuszcz z półgęska, który kapnął mu na brodę. Sięgnął po dzban i kubek, nalał sobie.

— Żona mnie prosiła… — zaczął i urwał. Prośba Zbysławy była dziwna. Chciała, by kasztelan sprawdził, kto pełnił wartę na bramach w noc zabójstwa króla Przemysła, kto był dowódcą straży, a kto stajennym. Nagle, wobec tych trzech starców, którzy dobrze pamiętali tamte czasy, pytania jego żony wydały mu się niestosowne.

Napił się miodu.

— Dobre — pochwalił.

— Z naszych pasiek — powiedział Bogusław i popatrzył na niego z ukosa.

— Twoja żona — odezwał się kasztelan poznański Piotr Doliwa — to mądra kobieta.

— Dziękuję, dziękuję — kiwnął głową Wincz i dopiero teraz poczuł, jak budzi się w nim apetyt. Sięgnął po michę pełną śledzi zalanych olejem i oprószonych siekaną cebulą. Ostry zapach przyjemnie podrażnił mu nozdrza.

— A mądrej głowie dość dwie słowie — uniósł zakrzywiony paluch stary Łodzia.

Wincenty zakąsił śledzia pajdą chleba. Prawda, była obeschnięta, ale dobra. Wypieczona skórka chrupnęła mu w zębach aż miło.

— Więc jej powiedz, żeby odpuściła — dodał Grzymalita.

— Co? — Nie zrozumiał i zapił miodem.

— Niech przestanie grzebać po archiwach — wyjaśnił Doliwa.

— Dla wspólnego dobra — dorzucił Łodzia; w palenisku strzeliło mokre polano i rozszedł się zapach żywicy.

— Czyjego? — dopytał Wincz, sięgając po sarni udziec. Odkroił sobie plaster i dorzucił kiszonych jabłek, a po namyśle łychę żurawin smażonych na miodzie.

— Naszego — dobitnie powiedział Doliwa. — I twojego, Wincz, waszych dzieci.

Wincenty Nałęcz zastygł nad sarniną. Podniósł wzrok. Trzej starcy wpatrywali się w niego z napięciem, a płomienie pełgające po ścianach wydawały się na nich napierać.

— Czegoś tu nie rozumiem — powiedział szczerze. — O co wam chodzi?

— Zbysława niepotrzebnie węszy — wyjaśnił Doliwa. — Z tego nie będzie nic dobrego.

— Przeszkadza wam, że szuka wyjaśnienia? Że nie zapomniała o dziwnych okolicznościach śmierci króla? Przecież tam, przepraszam, tutaj — popatrzył po modrzewiowych ścianach świetlicy ustrojonych tarczami i bronią — zginęli i wasi synowie, wasze Wichry. Co w tym złego, że moja żona chce rozwikłać tajemnice, które umknęły uwadze sędziego?

— Nic mu nie umknęło — powiedział Piotr Doliwa, kasztelan poznański. — Tak jak zostało zapisane, ma pozostać.

— A Zbysia niech Bogu dziękuje, że twój ojciec wprowadził ją do rodu Nałęczów — dorzucił Bodzęta Łodzia.

— Kto? — W pierwszej chwili nie zrozumiał, co słyszy. „Zbysia"? W życiu tak do niej nie mówił.

— Gdyby nie ty, byłaby dalej Zarembówną, córką zdrajcy Sędziwoja — spokojnie odpowiedział Bodzęta. — A tak, została wzięta do was i rodzi wam Nałęczów…

— I chwała Bogu, niech tak zostanie — zakończył Bogusław Grzymalita i z wysiłkiem pochylił się po miód. Zsunął mu się błam wilczego futra okrywający kolana, ale Bogusław przytrzymał go szybko sękatą ręką. Kubek złapał drugą.

— O czym wy mówicie? — spytał Wincenty Nałęcz, czując, że ta rozmowa to coś znacznie więcej niż starcze gadanie.

Wymienili się spojrzeniami. Bodzęta miał opadające powieki i przez to wyglądał, jakby mrugał do pozostałych dwóch.

— Jest rocznica — odpowiedział Grzymalita.

— Nocy, gdy diabeł zatańczył na zapustach w Rogoźnie — dodał Łodzia.

— Nie rozumiem — dopił swój miód Wincenty.

— I nie musiałbyś, gdyby nie wścibska żonka — z przekąsem powiedział Doliwa. — Tak to jest, gdy baby się uczy czytać. Do niczego to im nie jest potrzebne.

— Ukróć ją — syknął nagle Grzymalita, a jego wykrzywione, starcze dłonie poruszyły się niczym szpony.

— Bo skala honor Nałęczów i nas ze sobą pociągnie — chrapliwie powiedział stary Łodzia, wykrzywiając usta.

— Ma być tak, jak było. Że cała hańba spada na Zarembów — zadudnił głos Doliwy.

MICHAŁ ZAREMBA spał niespokojnie. Jak każdego roku w zapusty śnił sen o śmierci króla, o galopadzie po śniegu. Tej nocy nawiedził go znowu i Michał się go spodziewał. Ciepła, kojąca dłoń Kaliny przebiegła mu po twarzy i przygarnęła do siebie. Przez chwilę leżał w ciemności, myślał o Zbysławie, która przyjechała do nich, do Brzostkowa, wieczorem. Była rozedrgana, niespokojna. A może raczej opuszczona, bo on nie potraktował jej dochodzenia poważnie? Wreszcie niepokój po koszmarze ustąpił i Michał znów zapadł w sen. Zaczął śnić o Czterech Wichrach.

Są na poznańskim zamku, w komnacie Przemysła. On jeszcze nie jest królem, jest księciem, który niedawno wyrwał się spod skrzydeł stryja. Ogień pełga po ścianach komnaty, przez co wydaje się podobna do górskiej jaskini. Przemysł chmurny, opiera ręce o blat tego dziwnego, okrągłego stołu, pochyla głowę. Blask płomieni sprawia, że jego włosy wydają się nie bursztynowe, a złote. Nawoj Nałęcz, Bogusza Grzymała, Lasota Łodzia i on, Michał Zaremba, stoją pod ścianami ze wzrokiem wbitym w wykładaną barwnym kamieniem posadzkę.

— Czy jest w moim otoczeniu ktoś, kto nie musi nic załatwić dla swych rodowców? — odzywa się książę, wciąż nie unosząc głowy.

Nawoj, Lasota, Bogusza patrzą ponuro; Michał we śnie czuje ciężar ich milczenia i nie wytrzymuje:

— Chrzanić ich! — krzyczy, a jego głos brzmi jak wtedy, młodo i zapalczywie. — Chrzanić starych dziadów, którzy nic już od życia nie chcą poza knuciem i spiskowaniem!

Książę unosi głowę, blask ognia sprawia, że jego oczy wydają się płonąć.

— Wyjmijcie miecze — mówi poważnie.

Szczęk żelaza jest równy, robią to „na raz".

Przemysł jednym susem wskakuje na stół i woła giermka skrytego w cieniu.

— Płatek, podaj mi miecz. Ten, który dostałem od stryja!

Wyjmuje go z pochwy i wznosi wysoko.

— Do tej pory byliście mymi Czterema Wichrami, przyjaciółmi. Mianuję was, zgodnie z miejscem urodzenia, nie z rodem; mianuję was wokół okrągłego stołu, przy którym nigdy nie ma miejsc gorszych i lepszych, bo wszystkie są równe!

Unoszą głowy, patrzą na niego.

— Dzień zaczyna się od wschodu słońca. Lasoto, zostań mym Wschodnim Wichrem! — Kładzie mu miecz na ramieniu i Lasota klęka przy stole.

— Michale, bądź mym Południowym Wichrem, moim słońcem w zenicie!

Przemysł przekłada miecz na ramię Zaremby,, a on czuje, jak po całym jego ciele biegnie dreszcz. Klęka na oba kolana.

— Słońce góruje i zachodzi, Boguszo! Stań się Zachodnim Wichrem.

Bogusza klęka.

— A gdy nadejdzie północ na niebie, nie widać już słońca, ale ono gdzieś musi być. Tam bądź i ty, Nawoju Nałęczu, Północny Wichrze!

Przemysł obraca się, patrzy z góry na czterech klęczących rycerzy. Michał widzi, jak Nawoj, Bogusza i Lasota unoszą się z kolan, robi to samo, powtarzając ich ruch. Grzymalita, Nałęcz i Łodzia chwytają blat stołu, Michał dołącza się. Odrywają go i zaczynają obracać się z nim w koło. Przemysł stoi na stole, jak na tarczy, a oni wirują z nim, on się śmieje, rozkłada ramiona, oni zaczynają obracać się szybciej, szybciej, szybciej. Książę traci równowagę i zaczyna się chwiać. Wichry puszczają blat w jednej chwili, każdy wyciąga ramiona, chce go złapać. Przemysł okręca się, jakby wciąż wirował, jakby trzymała go w powietrzu niewidzialna siła, jakby nie wiedział, w które z ramion ma wpaść.

Michał wybudził się ze snu gwałtownie. Oddychał szybko, wiedział, że coś jest nie tak. Tamten dzień, gdy Przemysł pasował ich na swe Wichry, uwalniając od rodowych powiązań, zależności i waśni, tamten dzień zakończył się inaczej. Nikt nie wyrywał blatu, książę nie spadał w przepaść. Co to ma znaczyć?

— Michale! — Usłyszał łomotanie w drzwi i zduszone wołanie. — To ja, Zbysława. Wybacz, że cię budzę, ale miałam koszmarny sen!... Michale, zrób coś, błagam...

Zrozumiał w jednej chwili: Był Południowym Wichrem, który musi gnać pod prąd, na północ.

Zerwał się z łoża, odrzucił koc, pod którym spali. Jaszczurka leżąca przy boku Kaliny syknęła śpiewnie:

— Goń...

Kalina przetarła zaspane oczy, siwe długie włosy rozsypały się jej po twarzy i szepnęła:

— Michale, jedź z wiatrem.

Z wichrem, bo zerwał się, jakby chciał przepędzić zimną noc w upiorny chłód popielcowych postów. Okiennice stukały gwałtownie. W progu stała Zbysława owinięta kocem, chwyciła go za rękę, on ją; uścisnęli się krótko, przelotnie. Zapamiętał jej wielkie, niespokojne oczy, ślad łez na policzkach. Wskoczył na siodło.

Ogier rżał, gdy przeskakiwali zasieki wokół Brzostkowa. Bezlistne drzewa przyginały się, wczepiając w siebie konarami, jak nadzy kochankowie. Pędzili, gnali na północ. Przed trzydziestu sześciu laty spod kopyt wznosił się tuman, teraz nie było śniegu. Sucha, oblodzona droga. Zamarznięte sosnowe igły. Prom na Warcie przeciągał sędziwy brat Pecold, a pomagał mu stary jak świat, zgarbiony na jedno ramię brat Wolfram. Kruchy opłatek lodu pękał pod dziobem barki. Gdy Michał zjeżdżał na stały ląd, dwaj starzy joannici błogosławili go znakiem krzyża i wołaniem:

— Z Bogiem! Niech cię prowadzi Trójca!

Czwórca. Bo ja jestem czwartym Wichrem — dopowiedział w myślach i cienie dawnych towarzyszy zamajaczyły mu przed oczami.

WINCENTY NAŁĘCZ chwycił za kubek z miodem i zacisnął na nim palce. Ogień nieco przygasł, w komnacie zrobiło się chłodniej.

— Wtajemniczycie mnie, starsi? — spytał, a jego głos zabrzmiał pokornie.

— Czas najwyższy — pokiwał głową Bodzęta. — Chociaż powinni zrobić to twoi, Mroczek Nałęcz wie o wszystkim, był jednym z nas.

— Czyli kim? — Wincenty przełknął miód.

— Wściekłym — zaśmiał się ponuro Bodzęta i wstał od stołu. — Patrzyliśmy na Zarembów latami. Widzieliśmy, co robią, jak urząd po urzędzie kradną Starszą Polskę. — Łodzia szurając, ruszył do paleniska.

— Byli jak pajęczyna, która oplata wszystko — dodał kasztelan Doliwa.

— I w końcu zamarzyło im się, że sięgną po tron książęcy — zaskrzeczał Bogusław Grzymalita i uniósł sękaty paluch, jakby wygrażał duchom.

— A gdy ten zamienił się w królewski — odezwał się Bodzęta spod paleniska i dorzucił drewna do ognia — Zarembów niemal poraziło!

Wincenty odwrócił się do mówiącego. Płomienie przeskoczyły po suchym polanie i wystrzeliły wysoko.

— Wydawało im się, że jesteśmy ślepi i głusi — perorował Bogusław, błądząc starczym wzrokiem po ścianach. — Że nie widzimy ambicji, które ich zżerały.

— Tylko dlatego, że mieliśmy mniej — wtrącił kasztelan poznański. — Na takich jak my, Doliwowie, panowie Zaremby nawet nie patrzyli!

— Rzecz była w tym mieczu — spod paleniska, zza pleców Wincza, ciągnął Bodzęta — że oni się go słuchali.

— W mieczu Przemysła — szeptem wyjaśnił mu Doliwa.

— Oni za wszelką cenę chcieli odzyskać ten miecz. — Bodzęta oparł się o ścianę.

Wincz wciąż musiał się do niego obracać, bo starzec nie wrócił do stołu.

— Nie — zaprzeczył Piotr Doliwa. — Dla siebie chcieli zdobyć!

— A myśmy na to wszystko patrzyli. — Pokiwał głową Grzymalita i przez chwilę milczeli.

Wincentemu zaschło w ustach, napił się miodu, sięgnął po dzban, dolał sobie.

— Daj i mnie — poprosił Piotr Doliwa. — I Bogusławowi dolej.

— Spisek Sędziwoja stał się dla nas oczywisty — podjął Bogusław, gdy dostał miodu. — Owszem, trzeba było wytężyć wzrok, żeby dostrzec, co oni knują, ale myśmy byli młodzi. — To słowo przeciągnął z lubością, jakby się chwalił i rozkoszował jednocześnie. — I bystrzy jak jastrzębie. Zobaczyliśmy, zrozumieliśmy w lot, że Sędziwój gotów jest targnąć się na króla. Że po to umieścił Wawrzyńca przy Przemyśle, by jego rękami to zrobić.

Wincz wypił duszkiem. Wawrzyniec, najmłodszy brat jego żony. Dolał sobie, nie przerywał im, był jak w koszmarnym śnie, ale chciał to usłyszeć do końca.

— Gówniarz w pewnym sensie został przez ojca wrobiony — powiedział Bogusław, ale w jego głosie nie było współczucia, tylko mściwa satysfakcja. — Więc naszych synów, Wichrów, uprzedziliśmy. Ja mojego Boguszę, a on — wskazał za plecy Wincentego — Lasotę. No a waszego, Nawoja Nałęcza, uprzedził Tomisław, wojewoda poznański…

— …któremu urząd odebrał Przemysł przed swoją koronacją — wszedł mu w zdanie grzejący się przy ogniu Bodzęta — żeby dać go Zarembom…

— …żeby łatwiej przełknęli, że chce królewskiej korony — wypomniał Doliwa.

— Nasi chłopcy, nasze Wichry, mieli patrzeć Wawrzyńcowi na ręce w Rogoźnie. Bo jak król ogłosił, że zrobi turniej na zapusty, tośmy wiedzieli, że to się stanie wtedy — ciągnął swoje Bogusław, a Wincenty wstrzymał oddech.

— Pozwolić, by dzieciak rzucił się na Przemysła, przy wszystkich…

— A wtedy nasi synowie by króla ocalili. — Oblizał suche, spierzchnięte wargi Bogusław.

— To miał być upadek Zarembów, hańba i poniżenie — spod paleniska mściwie dorzucił Bodzęta. — Czyli to, na co sobie zasłużyli.

— Wystarczyło pozwolić działać Zarembom i czuwać — ponuro powiedział Bogusław i zamilkł, by dodać smutno po chwili: — Ale coś poszło nie tak.

— Nie przewidzieliśmy, że poza Zarembami na życie króla czyha ktoś inny, ktoś obcy — westchnął ciężko Bodzęta.

— Na to nasi synowie nie byli gotowi. — W głosie Grzymality zabrzmiała bezradność. — Wystawiali króla Wawrzyńcowi Zarembie, by we właściwej chwili obronić Przemysła i pokazać ród zdrajców, ale…

— Diabeł zatańczył na zapustach w Rogoźnie. — Głos Bodzęty spod paleniska zabrzmiał grobowo.

Wincz nie odwracał się ku niemu, bo nie mógł oderwać wzroku od Boguszy, który jawił mu się teraz koszmarnym starcem; przerażającym w swej obudzonej wspomnieniami rozpaczy. Bezwzględnym w planie, który ukuł przed laty.

— Do kasztelanii wjechał oddział najemników, najlepszych sekretnych ludzi — powiedział Piotr Doliwa, a jego oczy rozszerzyły się. — I już było za późno… wszystko wymknęło się spod kontroli…

— Skąd wiesz? — Po raz pierwszy odważył się zadać pytanie Nałęcz.

— Byłem tam, Wincenty. Ja tam byłem — jękliwie odpowiedział stary Doliwa. — Król Przemysł nie zaprosił żadnego Doliwy na turniej i rogozińskie zapusty. Ale moi stryjowie powiedzieli: jedź, chłopcze, za królem, jedź. Może cię zobaczy? Spojrzy życzliwszym okiem? No i pojechałem, ale nie zdążyłem wyleźć ze stajni, jak się zaczęło. Tak — pokiwał głową — siedziałem schowany w stajni, patrzyłem, a to się działo na moich oczach… Oni byli jak ogień, co ogarnął Rogoźno, niepowstrzymani… w ruch poszły kordy i tasaki, zabijali naszych, jakby rąbali mięso w jatce… — Głos Doliwy poszybował w górę, jak u płaczliwego młodziana. — Widziałem, jak ten ich herszt wrzuca nagiego króla na siodło, Przemysł był ranny, ale jeszcze żył. Z piętnastką ludzi najemnicy uciekali z Rogoźna. A potem ranny Wawrzyniec wyszedł z dworu i też wskoczył na konia, pognał za nimi. I wtedy wjechał tu Michał Zaremba z tuzinem zbrojnych. Bogusza Grzymalita, jego syn — wskazał spojrzeniem na starca — nim umarł, powiedział coś Michałowi…

— Nic nie zrobiłeś? — spytał go Wincz. Wrzało w nim, z trudem nad sobą panował, ale wiedział, że musi być spokojny, by rzecz całą doprowadzić do końca.

— A co ja mogłem? — Pokręcił głową Doliwa. — Byłem sam, sam jeden…

— Rozumiem, że nie umiałeś zapobiec śmierci króla — grobowym głosem powiedział Wincenty — ale mogłeś to wszystko opowiedzieć sędziemu. Mogłeś oczyścić dobre imię Zarembów.

— Byli winni — orzekł Grzymalita. Jego głos był bezwzględny.

— Wy też — oskarżył ich Wincenty Nałęcz. — I moi stryjowie również. Zasadziliście się na nich, na tego młodego Wawrzyńca. Wystawiliście ich…

— Nie — zaprzeczył Grzymalita. — My tylko…

— Powiem o wszystkim Starszakom — przerwał jego kłamliwe tłumaczenie Wincenty. — Koniec mataczenia!

— Nie, nie po to tyle czasu trzymaliśmy tajemnicę — żachnął się Bogusław. — Nasi synowie zginęli tu, w Rogoźnie!

— Nie byłoby tego, gdybyście nie chcieli wrobić Zarembów! — wrzasnął Wincz, nie rozumiejąc, jak mogą być tak zakłamani.

— Nasi synowie zginęli, a wnukowie muszą być wolni od podejrzeń. Nie zapominaj, że jednym z nas był Nałęcz — syknął Bogusław.

— A najbardziej skorzystał schowany w stajni Doliwa! Te nadania, awanse… — Wincenty złapał się za głowę. — Wiem, że to, coście zrobili, tak samo kala mój ród jak wasze, ale ja służę Królestwu i nie pozwolę…

MICHAŁ ZAREMBA wjeżdżał do Rogoźna w galopie, jak wtedy. Przed oczami miał łunę pożaru i obraz krwawej jatki, jaką tu zastał. Ale to nie było tamto Rogoźno. Teraz pochodnie spokojnie płonęły przy bramie. Zatrzymał konia przed modrzewiowym dworzyskiem kasztelanii. Było cicho i pusto. Z okien dworu biło przyjemne światło. Jałowcowa girlanda kołysała się na lekkim wietrze. Przed wejściem stały beczki, jedna na drugiej, obok kosz zwiędłych jabłek, pewnie dla koni.

— Stajenny! — zawołał, ale nikt do niego nie wyszedł. Uwiązał konia i pchnął drzwi dworu. Usłyszał podniesiony głos i natychmiast rozpoznał Wincentego Nałęcza:

— Wiem, że to, coście zrobili, tak samo kala mój ród jak wasze, ale ja służę Królestwu i nie pozwolę, by to kłamstwo zostało.

Michał zatrzymał się w sieni.

— Powiem o wszystkim moim towarzyszom, Starszakom — dopowiedział twardo Wincenty i nagle zaśmiał się gorzko. — Boże, a myśmy od dziecka żyli opowieściami o Czterech Wichrach! W naszych oczach byli jak jacyś święci, a oni zdradzili tak samo...

— Nie zdradzili — zuchwale zaprzeczył starczy głos, Michał rozpoznał Bogusława Grzymalitę, dawnego sędziego. — Stali się męczennikami.

— Wiedzieć o planowanym zamachu na króla — ostro powiedział Wincenty — i nie zapobiec to zdrada. Pozwolić, by Wawrzyniec targnął się na Przemysła w imię własnych korzyści, by pognębić przed królem Zarembów, to nikczemność.

Michałowi pociemniało przed oczami. Przytrzymał się ściany. W jednej chwili zrozumiał, co przeczuwała Zbysława, czego szukała latami. Ona wiedziała, że wszyscy byli winni, ale zrobiono to tak, by odium zdrady spadło tylko na Zarembów.

— Koniec kłamstw — oświadczył Wincenty. — Powiem Starszakom.

— Nie powiesz — zaprzeczył Piotr Doliwa.

— Nic już nie powiesz — syknął ktoś trzeci, kogo Michał nie rozpoznał.

Nie czekał dłużej. Złapał za rękojeść długiego noża, wyszarpnął go z pochwy i wpadł do świetlicy. Zobaczył starego Bogusława Grzymalitę siedzącego centralnie za stołem, na wysokim krześle. Przed nim, tyłem do wejścia stał inny starzec, pochylony nad krzesłem, które zasłaniał plecami. Z boku, zza stołu zerwał się kasztelan poznański Piotr Doliwa.

— Wincenty! — zawołał Michał, rozglądając się za wojewodą.

Starzec stojący tyłem odwrócił się ku niemu gwałtownie. Bodzęta Łodzia, ojciec Wichra Lasoty. W ręku miał skrwawiony sztylet, mrużył oczy, nie wiedząc, na kogo patrzy.

— To Michał Zaremba, czwarty Wicher. On żyje!... — szepnął przerażony Doliwa i rzucił się ku ścianie. Zerwał kord.

— Wincenty! — ponowił Michał.

— Z nim koniec — grobowo powiedział Bodzęta.

Michał skoczył ku krzesłu, które zasłaniał starzec. Wincenty był pochylony, jego głowa leżała na stole. Zaremba podniósł go i jęknął. Wojewoda Nałęcz był martwy, z przebitej tętnicy wypływała krew na stół pełen jadła. Płynęła między miskami śledzi, sarniny, tacami z półgęskiem. Wsiąkała w chleb, którego nie zdążył zjeść.

Zabili go, bo chciał prawdy. Zginął za nasz honor — dotarło do Michała.

Usłyszał śmiech, skądś, z podwórca, to wydało mu się potworne. W tej samej chwili Bodzęta rzucił się na Michała z nożem. Był silny, ale źle ocenił starość Zaremby. Michał strącił go z siebie jak brudny płaszcz. Łodzia upadł na ziemię. Nie wypuścił noża, dźgnął nim Michała w łydkę. Zaremba syknął, Łodzia zamachnął się znowu, ale Michał był szybszy, kopnął rękę starca i wytrącił mu nóż.

— Zabiłeś wojewodę Nałęcza! — krzyknął uniesiony wściekłością Michał.

— Sam się prosił! — warknął z podłogi Bodzęta.

Na Michała ruszył kasztelan Piotr Doliwa z kordem, a do izby wpadło kilku mężczyzn. Starszaki.

— Nie! — zawył Borek z Grodziszcza, rzucając się ku leżącemu na stole Wincentemu. — Wincz!

Chwycił wojewodę za barki, otarł mu krew z twarzy, jakby wierzył, że można go jeszcze ocucić.

Mikołaj z Błażejewa, Grzymalita, uniósł z podłogi Bodzętę i podniósł, jakby ten był workiem pakuł, nie żywym mężczyzną.

— Zabiję cię! — ryknął w twarz Bodzęty.

— Puść go, wnuku — odezwał się siedzący centralnie Bogusław. — Puść. Wszystko ci wyjaśnię. Zrozumiesz.

— Już zrozumiałem — warknął Mikołaj. — I nie chcę cię słuchać.

Pchnął, niemal rzucił, starego Bodzętę w ręce Andrzeja z Koszanowa.

Kasztelan Doliwa, który zatrzymał się w ataku na Michała, gdy wtargnęli Starszacy, natarł ponownie. Miał przewagę dłuższej broni, Michał odwinął się i obracając, zerwał ze ściany miecz. Doliwa się nie cofnął. Ale teraz to Zaremba miał w ręku długie ostrze. Natarł na niego i mocnym uderzeniem wytrącił kord Doliwie. Ten, przerażony, cofnął się o krok. Michał wycelował w jego pierś i zawahał się.

— My powinowaci — jęknął Doliwa do Mikołaja. — Twoja matka z mego rodu. Pomóż mi…

— W czym? — zimno spytał Mikołaj. — W kolejnej zdradzie?

Trzeba przerwać ten łańcuch zabójstw — przebiegło Michałowi przez głowę i opuścił miecz. Doliwa i tak był bezbronny.

I wtedy siedzący na wysokim krześle Bogusław Grzymalita spod wilczego błamu na kolanach wyjął sztylet i rzucił nim w Andrzeja trzymającego za gardło Bodzętę. Ten uchylił się ostro, a nóż wbił się w pierś wystawionego starca.

— Nie!.. Nie ty… — zawył rozpaczliwie Bogusław Grzymalita. — Nie ciebie chciałem… — Starzec pobladł w jednej chwili i głos mu się urwał.

— Giń, Zaremba! — sapnął kasztelan Doliwa, rzucając się na niego z zerwanym ze ściany sztyletem. Michał Zaremba odwinął się i ciął go przez pierś. Piotr Doliwa rozwarł oczy i usta. I opadł na podłogę.

Mikołaj i Andrzej ruszyli do starca siedzącego wciąż na głównym miejscu przy stole. Borek zostawił Wincza, dotarło do niego, że nie wróci życia wojewodzie. Miał jego krew na kaftanie, na dłoniach. Dołączył do idących po ostatniego spiskowca i wszyscy trzej zatrzymali się o krok przed nim. Bogusław Grzymalita nie oddychał. Odchylona głowa poleciała mu na bok. Skonał.

— Nie mogłeś żyć z prawdą? — spytał dziada Mikołaj. W jego głosie zadrgała rezygnacja.

Wiem, jak to jest, gdy krewni zawiodą — ze współczuciem popatrzył na Mikołaja Michał i przesunął wzrokiem po świetlicy, w której drugi raz odbyły się krwawe zapusty. W Rogoźnie straciłem cześć i króla, i w Rogoźnie odzyskałem honor Zarembów — pomyślał, oddychając ciężko. — Wichry zawiodły, Starszaki przybyły w porę.

Zmęczonym krokiem ruszył do zamordowanego Wincentego Nałęcza. Usiadł przy nim i jak martwy wojewoda położył głowę na stole. Patrzył na krew stygnącą na blacie, między miskami. Na tężejącą twarz Wincza. Zastanawiał się, jak to wszystko powiedzieć Zbysławie. Uniósł drżącą rękę i zamknął powieki zabitego. Półlew, którego znów nosił na piersi, skrył się za murem.

ZYGHARD VON SCHWARZBURG negocjował wykup i wymianę jeńców. Niewiele wskórał, Polacy zgodzili się tylko na najmniej ważnych. Henryk Reuss von Plauen wciąż pozostawał w Krakowie. Plotki o tym, jakoby na Wawel na sznurze i w kajdanach prowadził go przy swym koniu Borutka, roznosiły się po państwie zakonnym i budziły grozę. Mistrz Luther kazał mu rokować z królem, ale ten odmówił. Na spotkanie przysłał Jarosława Bogorię i Zyghard w lot pojął przekaz Władysława. Nie na darmo Bogorię nazywano „kanclerzem wojennym". Polacy zgodzili się na rozejm, ale nie na zakończenie wojny. Wobec tego Luther zatrzymał na zimę w Malborku oddziały najemników niemieckich, zwłaszcza że rozeszła się pogłoska, iż król Władysław swoich zaciężnych rozpuścił zaraz po Płowcach.

Wczesną wiosną, nim Polacy zdążyli zebrać nowe siły, Otto von Lautenburg na czele armii zakonnej, czy też raczej tego, co z niej zostało po masakrze na Radziejowskim Polu, przeszedł Wisłę i ruszył na Brześć Kujawski, miasto, które oparło im się w czas wielkiej wojny. Lautenburga wspierały oddziały najemne von Kokeritza i von Bergowa, a także nowy komtur Gdańska, po zabitym pod Radziejowem von Ore. I nowy toruński; po poległym pod Płowcami został nim wreszcie Markward von Sparenberg, i nie sposób odmówić sensowności tego awansu. Szli z Lautenburgiem komturowie Dobrzynia, Świecia i Nieszawy, ten ostatni był nowy, w miejsce zabitego Anhalta. Wielki marszałek Zakonu Ditrich von Altenburg towarzyszył wyprawie wojennej, choć rana na jego twarzy nie goiła się dobrze i Czerwony Wilk wciąż nie mógł założyć zamkniętego hełmu. Mówił czasami, że diabeł drasnął go swym pazurem, ale to Zyghard puszczał mimo uszu, Altenburg miał skłonność do przesady.

Oblegli miasto zgodnie z zasadami sztuki. Dla Lautenburga sprawa była honorowa i nim wyruszyli za Wisłę, Zyghard wiedział, że miasto musi paść. Tak się stało, mimo odważnej, a chwilami wręcz hardej obrony wojewody Wojciecha Leszczyca, który odmówił rokowań i choć widział potęgę, jaka przyszła na Brześć, podjął walkę.

Lautenburg przez tydzień fortyfikował pierścień oblężenia; otoczył Brześć wałami i rowami, odcinając od świata, pomocy i zaopatrzenia. Dopiero wtedy, a był to Wielki Czwartek, dzień Wieczerzy Pańskiej, przystąpił do oblężenia. Lautenburg lubił wielkanocne szturmy, Zygharda ten sposób prowadzenia walk, z brakiem poszanowania dni świętych, mierził. Ale nie on dowodził armią. Jego zadaniem było wyłącznie trzymanie ręki na pulsie i egzekwowanie od mistrza Luthera przysięgi złożonej nad trupami braci.

Gdy Brześć został otoczony fortyfikacjami oblężniczymi, Lautenburg przypuścił szturm. Dopiero wtedy Polacy przysłali posiłki; znów nie przewidzieli, że atak może nastąpić w Wielkanoc. Zatem Lautenburg musiał najpierw odeprzeć atak rycerstwa Starszej Polski, zebranego naprędce i niezbyt licznego, choć jak mówią, bitnego. Komtur ziemi chełmińskiej wyładował na nich wściekłość za Radziejowskie Pole i Płowce. A potem, pobudzony walką, zaczął oblężenie. Dwie wielkie machiny, na które Luther nie szczędził srebra, przyjechały z warsztatów pod Dzierzgoniem. Jedna miotała kamienie burzące mury, druga płonące pociski, pęki łuczyw i gliniane naczynia z rozpaloną smołą. Obsługujący je knechci musieli zmieniać się co chwilę, bo od lecących iskier i gorąca paliły im się brody, włosy na głowach i ubrania. Machiny miotały przez dwa dni bez przerwy, a trzeciego podprowadzono wielki taran. Obrońcy wciąż jeszcze mieli nadzieję na cud wielkanocny, skoro walili w osłaniający taran daszek głazami, kamieniami, strzałami; lali gorącą smołę i co tam mieli pod ręką. Ale wojacy mówili na tę machinę „monstrum", jako że taran obity był przerażającymi żelaznymi kolcami. I ponoć owo monstrum ostatecznie skruszyło mury Brześcia. Niewielu udało się uciec z oblężonego miasta. Wojewoda Wojciech Leszczyc wyprowadził oddział, który osłonił nieco cywilnej ludności i bezpiecznie wywiódł ich do rodzinnego Kościelca. Zyghard zastanawiał się kilka razy, czym kierował się wojewoda, wybierając tych, których ocali, albo raczej myślał o bólu, jaki musiał czuć, wiedząc, iż będzie ich ledwie garstka.

Pozostałych wykończył Lautenburg. Wyciął w pień, nie brał jeńców. Upadek Brześcia, odwleczony przez klęskę na Radziejowskim Polu, stał się faktem. Potem zakonni zdobyli Inowrocław, i Kujawy zostały w ręku Zakonu.

Otto von Lautenburg wycofał wojska za Wisłę i klęknął w Malborku przed Lutherem, mówiąc:

— Mistrzu, wykonałem rozkazy. Pomściłem braci.

A Luther z Brunszwiku podszedł do niego i uniósł z kolan.

— Ottonie, zrobiłeś swoje. Teraz nastąpi czas Zygharda von Schwarzburg. Pora zakończyć wojnę.

Żaden z pozostałych przy życiu świętoszków Luthera nie żachnął się i nie postawił. Pokornie pochylili głowy, potwierdzając wolę:

— Niech zapanuje pokój.

Zyghard wiedział, że od tej chwili musi pilnować się bardziej niż zawsze. Kluger spał w jego komnacie, z kordem i nożem w gotowości. Znak pokoju Luthera mógł być pocałunkiem Judasza albo grą pozorów. Zwłaszcza że mistrz poprosił Zygharda o pozostanie w Malborku aż do rokowań pokojowych z królem. A czas mijał, Władysław zaś uchylał się od spotkania. Wreszcie udało się doprowadzić do rozejmu, ale Zyghard i Luther wiedzieli, że póki co jest pozorny, bo król nie spotkał się z Zyghardem, lecz w jego zastępstwie znów wystąpił Bogoria, kanclerz wojenny, wysłany jak symbol, że dla Polaków wojna jeszcze się nie skończyła. Pozwolił jednak braciom wykupić z niewoli Plauena. Szybko okazało się, dlaczego Władysław nie przybył na rokowania osobiście: on i jego syn Kazimierz najechali ostatnie posiadłości Głogowczyków w Starszej Polsce. Te, obsadzone wojskiem Jana Luksemburskiego, należące do jego lenników, musiały być dla króla jak wojna zastępcza. Nie zdążył walczyć z królem Czech pod Poznaniem, krwawo odegrał się na Kościanie. Zdobył go i przyłączył do Królestwa. Wtedy też zostawił królewicza na północy kraju jako namiestnika Starszej Polski, jakby czuł, że nic mu już nie grozi ze strony braci. Mistrz Luther wydawał się uosobieniem prawdy i pokoju. Wypłacił najemnikom żołd. Obsadził załogami Kujawy, dbał o odbudowanie zniszczonych wojną komturii.

Zyghard szykował się do powrotu do Grudziądza, gdy Luther zatrzymał go w kapitularzu, mówiąc:

— Jutro dotrzymam ostatniej z przysiąg, jakie ci złożyłem.

Przez chwilę mierzyli się wzrokiem, ale Zyghard nic nie wyczytał z oczu Luthera. Ta nieodgadnioność mistrza budziła niepokój.

— Masz na myśli Dzikich? — spytał nieufnie Zyghard.

— Tak — skinął głową mistrz. — Czy gdy to zrobię, zapanuje między nami pokój?

— Nie wiedziałem, że dzisiaj jesteśmy w stanie wojny — ukłonił mu się Schwarzburg i wyszedł.

SYMONIUS wjeżdżając na czele Roty Wolnych Prusów przez malborski most bramny, musiał zagryzać wargi do krwi, by nie wybuchnąć tryumfalnym śmiechem. Zakonni dinerzy, półbracia, sarianci i wreszcie strojni w białe płaszcze bracia ze stołecznego konwentu stali wzdłuż drogi ich przejazdu.

— Brakuje tylko dęcia w rogi — szepnął Półtoraoki, podjeżdżając do niego.

— Mówiłem ci — z trudem tłumił radość Symonius. — Mówiłem, że dzień chwały nastąpi. Tańczyliśmy na kościelnych ołtarzach, piliśmy krew, przeklinając ich Boga, a teraz z honorami witają nas w Malborku! Dobrze, że mi zaufałeś!

— Nie ufałem ci — odpowiedział półgębkiem Jarogniew. — Uważałem, że robisz błąd, opowiadając Lutherowi o Trzygłowie i Starcach.

— Myliłeś się — szepnął Symonius i te słowa stały się niemal słodkie na języku. — Ja wiedziałem, co robię. Wiedziałem, jak wzbudzić w nim zaciekawienie, podziw, mroczną fascynację. Teraz pójdziemy krok dalej...

— Co to jest? — przerwał mu Półtoraoki.

— Kolejna brama — spokojnie wyjaśnił Symonius. — Spójrz, jakie kolce. — Pokazał podbródkiem na zaostrzone żelazo sterczące z podciągniętych odrzwi. — Otwierają ją kołowrotem, jak się wychylisz, zobaczysz, jak gruby jest łańcuch. Pójdziemy krok dalej, przyjmiemy ich podziękowania za nasz udział w wojnie i jeśli Luther poprosi, a czuję, że tak będzie, zabierzemy go na obrzędy, by mógł poznać Starców Siwobrodych...

— Hola — powściągnął go Jarogniew. — Oni nie zgodzą się...

— Wiem, ale ja ich przekonam. Umiesz sobie wyobrazić, że to wszystko jest nasze? Że w tym zamku zasiadają Starcy, a w kościele zamiast Marii stoi posąg Trzygłowa i kłaniają mu się bracia w białych płaszczach?

— Nie umiem — przyznał Półtoraoki.

— Bo jesteś wojownikiem, brak ci wyobraźni. A ja wiem, twoja dziewczyna z dalekich stron mi mówiła...

— Stokrotka?

— Tak, Stokrotka. Nie wściekaj się, nie tknąłem jej, rozmawialiśmy tylko. — Symonius odgarnął włosy, które spadły mu na policzek. — Opowiadała mi o templariuszach i o tym, że oni w tajemnicy czcili bożków. Krzyżacy są ukuci z tego samego, co tamci.

— Nie wiem — pokręcił głową Jarogniew. — Ja ze Stokrotką nie gadałem. Wolałem ją w łóżku, na mchu, na konarze jesionu. Zdolna dziewczyna, potrafiła nogi rozłożyć wszędzie. Co to znowu? — Półtoraoki uniósł się w siodle. — Kolejny zamek?

— Tak. — Symonius był rad, że może Jarogniewowi pokazać Malbork. Wódz był pewny siebie, a prawda jest taka, że znał tylko las, nic więcej. — Mówią na to warowny klasztor. Serce Malborka.

— A tamto, cośmy mijali przed bramą, to co było? — W głosie Półtoraokiego zabrzmiała nieufność, jak u wieśniaka, co pierwszy raz zobaczył miasto.

— Tam budują pałac wielkiego mistrza i mówią na niego „zamek średni". Każdy z osobna opasany jest murem, odcięty fosą i bramą.

Jarogniew odwrócił się, jakby chciał na niego jeszcze raz spojrzeć, ale usłyszeli szczęk kołowrotu, znak, że brama została za nimi zamknięta.

— Popatrzysz sobie w drodze powrotnej — zaśmiał się z wodza Symonius. — I mam nadzieję, że niedługo zamieszkamy tutaj. Spójrz na ten piękny portyk. Wiesz, do czego wiedzie?

— Nie — poszedł za jego spojrzeniem Jarogniew.

— Do małej stajni dla koni. Dla najważniejszych zakonnych koni — parsknął śmiechem Symonius i poklepał swojego swejka po szyi.

W tej samej chwili ze stajni wyprowadzono bojowego ogiera, czarnego jak smoła.

— Takiego będę chciał — powiedział Półtoraoki, a Symoniusowi wydawało się, że z ust mu skapnęła kropla śliny. — Takiego samego mieli przed laty Starcy w kącinie!

— Wiem, wiem — pogodnie przytaknął Symonius.

Stajenny poprowadził nieosiodłanego konia przez dziedziniec, ale nie do bramy, którą wjeżdżali, tylko do jakiegoś przejścia, jakby ku ogrodom, Symonius nigdy tam nie był. Przed nimi zaś stanął brat w białym płaszczu z krzyżem i przedstawił się:

— Jestem Almeryk. Mistrz Luther poprosił, bym towarzyszył szlachetnym gościom. Proszę, zostawcie konie, zajmą się nimi stajenni.

Zsiedli, z trudem tłumiąc śmiech.

— Konie i bagaż gości będą w dobrych rękach — zapewnił Almeryk. — Nie prosiliśmy o to przy Bramie Północnej, by uczynić przejazd wodzów okazalszym, ale teraz, zgodnie z zakonnym zwyczajem, prosimy o pozostawienie broni w zbrojowni. Tędy — pokazał drogę.

— To nie jest główna zbrojownia — wyjaśnił szeptem Symonius. — To tylko skład na uzbrojenie gości zakonnych.

Weszli do rozświetlonego pochodniami wnętrza. W stojaku na miecze spoczywało z tuzin pięknych ostrzy. Kościane rękojeści, inne owinięte skórą, to znów z jakiegoś zamorskiego drewna. Pochwy zdobione herbami rycerzy, drogimi kamieniami, plecionką srebrnej, a nawet złotej nici. Jarogniew gwizdnął z podziwem. Almeryk uprzejmie pokazał im wolny stojak.

Bieluń, białowłosy i żółtobrody, z namaszczeniem umieścił w nim swój wielki sierp. Perz poprawił opaskę z rysiego futra i odwiesił łuk, obok niego kołczan. Szwagier Jarogniewa, kowal Głóg, łysy z krwawą blizną na głowie, pocałował ostrze topora na długim drzewcu i wstawiając w stojak, powiedział:

— Topór wykuty w mej kuźni jest teraz gościem Zakonu.

Derwan, chudy jak kościotrup, w płaszczu z końskiej skóry na szerokich barkach, odłożył swój kord. Płomiennowłosy Żarnowiec w napierśniku po kasztelanie krakowskim, Nawoju z Morawicy, zdobyczny miecz. Symonius odstawił swą niezawodną sulicę, odwiesił kołczan i łuk, a na końcu odłożył nóż z kościaną rękojeścią przedstawiającą Najświętszą Marię Pannę. Jarogniew powoli wyjmował z pochew trzy noże, każdy innej długości.

Almeryk nie dziwił się niczemu i z szacunkiem wyczekał spokojnie, aż się rozbroją.

— I proszę za mną — powiedział z najwyższą atencją. — Mistrz i dygnitarze Zakonu oczekują Roty Wolnych Prusów przy Zachodniej Bramie. Poprowadzę.

— Zachodnia to brama główna — szepnął Jarogniewowi. — Do niej wiedzie ten wielki most na Nogacie.

— Ta, którą wjeżdżaliśmy, nie była największa?! — Oczy Jarogniewa zrobiły się okrągłe.

— Nie — zaśmiał się Symonius. — Ale masz rację, wielu gości wpuszczają tą co nas, by mogli podziwiać wszystkie budowle Malborka.

— Chcą nas olśnić?

— Raczej docenić — wyjaśnił Symonius.

Minęli ogrodników przycinających niskie krzewy przy murze, potem weszli w kryty porządnym dachem i brukowany długi przejazd bramny. Murarz z wiadrem zaprawy i kielnią uzupełniał spoiny między cegłami. Wreszcie doszli do Zachodniej Bramy, strzeżonej przez dwie potężne baszty, za nią widać już było długi most na Nogacie. Almeryk przed nim skręcił w prawo, zeszli na błonia nad rzeką.

— Tutaj kiedyś rozbijaliśmy obóz — z dumą pokazał Półtoraokiemu Symonius. — Spójrz, nawet od Nogatu oddziela nas mur.

— Widzę — zimno powiedział wódz.

Pod tym ostatnim z murów, a był to piąty od dziedzińca warownego klasztoru, wybudowano drewniane podwyższenie, zasłonięte od słońca białą płachtą namiotu. Stały na nim wysokie krzesła z oparciami. Na głównym siedział Wielki Luther, obok niego marszałek Zakonu

Ditrich von Altenburg, Czerwony Wilk z blizną na twarzy, dalej Otto von Lautenburg, komtur ziemi chełmińskiej, czarniawy, wielki i tęgi jak niedźwiedź. Po prawicy mistrza Zyghard von Schwarzburg, nienagannie uczesany, ogolony i podniecająco chłodny. Symonius zatrzymał na nim wzrok na dłużej. Wydawało mu się, że w nozdrza złapał woń szałwii bijącą od komtura Grudziądza. Dalej siedział Henryk Reuss von Plauen, wymizerowany po miesiącach niewoli. I tłuściutki jak dobrze karmione niemowlę, łysy i wygolony na brodzie Markward von Sparenberg, komtur toruński. Niżej, wokół dostojników, stali bracia rycerze. Wszyscy wystrojeni w białe tuniki z krzyżem i płaszcze, ale bez hełmów. Dłonie opierali na rękojeściach mieczy i patrzyli na wkraczającą Rotę z uznaniem. W murze za podwyższeniem znajdowała się niewielka furtka, pewnie jedna z bramek wartowniczych. Częściowo ponad nią zawieszono wielki dębowy krzyż, jakby biali bracia chcieli chronić się pod jego skrzydłami.

Już niedługo — pomyślał z radością Symonius. — Już niedługo.

Nim zdążyli dojść i stanąć przed mistrzem, Luther dał Symoniusowi znak. Prus dobrze znał to porozumiewawcze spojrzenie, używali go nieraz. Poszedł za jego wzrokiem i aż zadrżał z podniecenia: drugi krzyż, na błoniach, stał otoczony stosem.

Zrozumiał wszystko — pojął Symonius i zadrżał z podniecenia. — Każdą z nauk, jakie mu dałem. Że Trzygłowemu cześć oddajemy krwią i ogniem. Spali dla niego krzyż. To dzisiaj, to stanie się teraz.

— Dożyliśmy tej chwili — szepnął do Półtoraokiego, nie odwracając głowy, Symonius.

— Bracia — odezwał się wielki mistrz, gdy stanęli półkolem przed podwyższeniem. — Zawsze mieliśmy wspólnego wroga.

— Piastów! — wyrwał się w odpowiedzi Półtoraoki.

— Byliśmy nim złączeni — powiedział Luther.

— Przeciwieństwa potrafią jednoczyć — zmrużył oczy Symonius.

— Gdyby nie my — znów odezwał się niepytany Jarogniew — Zakon nie miałby racji bytu. Jesteśmy wam potrzebni.

— Byliście — potwierdził Luther.

— Jesteśmy złączeni — poprawił wypowiedź Półtoraokiego Symonius. — Niewidzialną nicią. Zamieńmy ją w coś trwalszego.

Prus zobaczył, jak Zyghard von Schwarzburg odwraca głowę w stronę wielkiego mistrza. Ma doskonały profil — pomyślał o nim i przełknął ślinę, wyobrażając sobie, że dotyka kwadratowego podbródka Zygharda.

— Doskonała myśl — podchwycił Luther z Brunszwiku — to właśnie chcę wam zaproponować. Przyjmijcie chrzest, to nas złączy.

— Ja jestem ochrzczony — szybko zaprotestował Symonius.

— Ty, mój przyjacielu, jesteś — pieszczotliwie powiedział mistrz. — Ale tych wielu nowych wojowników z Roty nie zdążyło poznać wody żywej.

— Była wojna — zripostował niespokojnie Symonius.

— Tak, tak. Ale zapanował pokój. I chcę dać wam znak pokoju. — Luther wstał, a za nim poderwali się kolejni. Białe płaszcze zafalowały na wietrze. — Oto woda chrztu! Woda życia! — zawołał, a dwaj bracia służebni wnieśli wielki ceber. — Klęknijcie!

Symoniusowi pociemniało przed oczami.

JAROGNIEW PÓŁTORAOKI widział, jak zachwiał się Symonius. Ale nie podtrzymał go.

— Ja nie klękam! — krzyknął do Krzyżaków i uderzył się pięściami w piersi, aż zaklekotały ptasie kości pancerza.

— Lutherze? — wydukał zaskoczony Symonius.

— Tak, przyjacielu? — Głos wielkiego mistrza wydawał się zatroskany, ale Jarogniew nie wierzył mu ani trochę. Czuł niepokój, odkąd wjechali w mury tej niezdobytej twierdzy, odkąd podnosiły się za ich plecami kolejne zwodzone mosty, zamykały bramy. Jego, co nigdy nie bywał w miejscach, które można na trwałe zamknąć, zwiódł tryumfalny spokój Symoniusa. A potem połaskotały jego próżność te oznaki szacunku ze strony żelaznych braci. Teraz zawrzała w nim wściekłość.

— Nigdy nie mówiliśmy o tym… — jąkał się Symonius. — Sądziłem, że ciekawi cię nasza wiara…

— Bardzo — powiedział Luther, a jego głos brzmiał, jakby mówił do dziecka.

Ręka Jarogniewa powędrowała do pasa i trafiła w pustkę. Broń kazali im zostawić w zbrojowni.

— Bardzo mnie ciekawi wasza wiara — powiedział Luther — bo chciałbym przekuć ją w naszą. Jedyną słuszną. — Teraz w głosie mistrza brzmiała stal najczystszej próby, jakby wykuł ją Wnoke w Wielkiej Puszczy.

— Starcy nigdy się na to nie zgodzą, a wiesz, jak są silni — zagroził Symonius, pochylając głowę.

— Zaprosiłeś ich do Malborka? — spytał mistrz.

— Nie! — krzyknął Symonius.

— Szkoda — z jakimś smutkiem westchnął Luther. — Tak jak i żałuję, że nigdy nie powiedziałeś mi o Żmiju. — Mistrz odwrócił się do swych braci i jakby przypomniał im: — To ten potwór, pół dziecko, pół jaszczur spłodzony dzięki mocy Starców Siwobrodych. Swoją drogą, trzeba wydobyć go z Pragi, odkupić od Jana, cena przecież nie gra roli.

Jarogniew poczuł, jak krew odpływa mu z twarzy. Sprzedał Żmija temu wędrownemu rycerzykowi, dziwakowi, żeby mieć na broń. Jakim cudem truchło trafiło w ręce czeskiego króla? Nie odezwał się jednak, co tu gadać.

— To da się zrobić — odpowiedział komtur o twarzy spasionego dzieciaka. — Zajmę się tą sprawą później.

— A może Starcy Siwobrodzi powiedzieliby nam coś więcej o tym Żmiju? Jak sądzisz, Symoniusie? — Pytanie Luthera zabrzmiało obłudnie.

— Starcy nie mogą przekroczyć progu... — zakrzyknął Symonius, ale mistrz przerwał mu.

— Świątyni? Bzdura. W Żychlinie tańczyli z tobą przed ołtarzem, aż musiał wam zabawę przerwać Herman von Oettingen.

Jarogniewowi pociemniało przed oczami. Przerwany obrzęd, zły znak. Kolejne zignorowane ostrzeżenie. Zwycięstwa, sukcesy i krew uśpiły jego czujność.

— Skoro ty ich nie zaprosiłeś do Malborka, ja to zrobiłem! Wprowadźcie gości! — zawołał Luther z Brunszwiku.

Z ostatniej bramy wyszli trzej Siwobrodzi prowadzeni przez tego gamonia, Guntherusa, kiedyś komtura Gniewu, dzisiaj Dzierzgonia, bratanka Zygharda von Schwarzburg.

Półtoraoki oniemiał. Zatkało go. Ten przygłup złapał Starców? Szli powiązani sznurem za ręce i nogi, drobili kroki nieporadnie. Nigdy ich takimi nie widział.

— Przyprowadźcie kowala! — zawołał mistrz i nim Jarogniew zdążył pomyśleć, co im zgotowano, zakuty w łańcuch wszedł Wnoke. Ostatni z Galindów.

— Myślałem, że dopadł cię Giedymin... — szepnął do prowadzonego kowala.

— Odsprzedał mnie — syknął Wnoke. — Za...

Nie zdążył powiedzieć, kto był ceną. Pchnięto go w stronę krzyża i stosu.

— Rozpalać — chłodno rozkazał mistrz i sarianci podłożyli pochodnie. Dostrzegł nawet, że były trzy, jakby Luther chciał drwić ze Starców każdym kolejnym ruchem.

Strzeliło ogniem.

— Zapytam po raz ostatni — odezwał się wielki mistrz. — Przyjmiecie chrzest i wiarę w jedynego Boga?

Żarnowiec, Wrotycz, Derwan, Bieluń, Perz, Głóg i on sam krzyknęli krótko:

— Nie!

Starcy Siwobrodzi nie zaszczycili odpowiedzią Krzyżaków. Mistrz dał znać swym ludziom. Wbiegli sarianci, po jednym na każdego, i na szyje wojowników Roty zarzucono pętle.

— Symonius… — syknął Jarogniew, dusząc się. — Mówiłeś, że to żelaźni bracia są psami… A to nas wzięli na smycz…

— Nie wyrywaj się. — Trzymający Jarogniewa sariant szarpnął sznurem. — To jeszcze trochę pożyjesz, wodzu Dzikich.

Knechci, których wcześniej nie było widać, przynieśli cebry. W jednym chlupnęła woda, w drugim zabrzęczały narzędzia.

— Obnażcie Starców — rozkazał Luther.

Knechtom nie zadrżała ręka, nie czuli lęku wobec kapłanów. Zdarli z nich suknie z brutalnością, jakby wiedzieli, że nikt im nie pozwoli zebrać ubrań po egzekucji.

— To prawda, co mówił Plötzkau! — zawołał Lautenburg. — Mają na skórze wykłute obrazy!…

— Chryste Panie… — jęknął któryś z Krzyżaków.

Jarogniew nie patrzył który, jego myśli były przy Starcach, poniżonych przed żelaznymi braćmi.

— Przeobraź ich — powiedział wielki mistrz. — Niech te wraże figury widniejące na ich skórze zamienią się w znak krzyża.

Półtoraoki zobaczył, że Wnoke wyjmuje żelazny stempel, większy niż ten, którym znaczy się woły. Zanurzył go w ogniu płonącym już pod krzyżem. Starcy zadrżeli. Chcieli się cofnąć, ale napotkali na ostrza mieczy wyjętych przez eskortujących ich braci. Oparli na nich plecy, jakby woleli cięcie niż ogniste piętno.

— Ja ją zabiłem, zdradliwy kutasie — warknął do kowala Perz. — Twoja wymarzona ostra panna nie żyje. Żre ziemię, służalcze!

Wnoke pobladł, ale ręka mu nie zadrżała. Wyjął z ognia kowalskie narzędzie i przystawił piętno do skóry pierwszego ze Starców. Syknęło, rzuciło obłokiem pary.

— Oto nasze nad Dzikimi zwycięstwo! — zawołał śpiewnie wielki mistrz. — Cieszmy się i radujmy.

Łucznik na plecach Starca spłonął z sykiem. Rozszedł się swąd palącej się pod żelaznym krzyżem ludzkiej skóry.

ZYGHARD VON SCHWARZBURG patrzył i nie dowierzał. Miał jednego z tych Starców w lochu. Wiedział, że mimo pęt kapłan Dzikich jest niedościgły. Że ma w sobie coś silniejszego niż oprawcy, chociaż teraz, w obliczu widowiska, jakie wyprawił Luther, więzienie, które dał mu przed laty z Kunonem, wydawało się wspaniałomyślną gościną. Przed egzekucją twarze Starców przeobraziły się, jakby zapadli w trans. Stały się odległe temu, co działo się nad Nogatem, na przedmurzach malborskiej twierdzy. Czuł smród ich palonej skóry, ale mimo zadawanego im cierpienia oblicza kapłanów Dzikich pozostawały zamknięte jak okuta żelazem skrzynia, do której nikt nie ma dostępu. Spojrzał w bok, na mistrza. Co jeszcze zaplanował Luther? Do czego naprawdę zmierza? — pomyślał, widząc jego ostry profil.

Drugi ze Starców miał na piersiach wykłuty obraz drzewa. Korzeniami sięgało bioder, a konary szły na ramiona Starca, łącząc się z pasmami mięśni, jakby jego ciało przerastały gałęzie. Mężczyzna był żylasty, chudy, jego ciemne sutki wydawały się teraz oczami jakiegoś zwierzęcia, które skryło się w koronie wykłutego drzewa.

Guntherus, bratanek, którego latami miał za naiwniaka i głupka, trzymał Starca na smyczy zaczepionej hakiem o obrożę na szyi. Pociągnął i obrócił kapłana tak, by siedzący na podwyższeniu zobaczyli jego plecy.

— Spójrzcie, bracia! — Głos Guntherusa brzmiał, jakby pokazywał im konia. — Chciałbym równie zdolnych mistrzów, tworzących na chwałę Zakonu!

Rzeczywiście, korona drzewa na piersi Starca przechodziła plątaniną gałęzi na jego plecy.

— Kunsztowna sztuczka — mruknął Markward i uniósł się z krzesła, by lepiej widzieć.

— Tego napiętnuj na piersi — polecił kowalowi Luther. — Niech krzyż wypali pogańskie bezeceństwa.

Galind nagrzewał narzędzie. Gdy wyjmował je z ognia, pierwszy ze Starców, ten, którego przed chwilą naznaczono na plecach, wyciągnął żylastą rękę i chwycił drugiego. Straż nie przeszkodziła im w tym desperackim geście, ale czujnie nadstawiła ostrza mieczów. Gdy kowal zbliżał piętno do piersi skazańca, ten odrzucił w tył głowę. Siwe włosy spadły na chude plecy, ale długa broda zasłaniała pierś, którą miał przypalić. Trzymający go na smyczy Guntherus zbliżył się i odsunął brodę.

— Nieee!... — zawył nie kapłan, a wódz Dzikich, Jarogniew Półtoraoki. Szarpnął się, chcąc rzucić na pomoc swojemu kapłanowi, ale trzymający go sariant był przygotowany. Szybko owinął sznur wokół ramienia i Jarogniew zaczął się dusić.

Piętnowany Starzec milczał, choć skóra na jego piersi zapłonęła na chwilę, a potem rozniósł się w powietrzu swąd. Nie puścił uścisku dłoni z pierwszym kapłanem.

— I nadszedł czas na kalekę — oznajmił Luther.

Guntherus rzucił smycz drugiego starca sariantowi, chwytając pasek zwisający z obroży trzeciego. Obaj napiętnowani zachwiali się z bólu i upadli na kolana.

— No wreszcie! — klasnął Lautenburg. — Doczekaliśmy się!

— Twarde bestie. — Z podziwem pokiwał głową marszałek.

Kowal nagrzewał narzędzie w ogniu stosu płonącego pod krzyżem.

— Zwycięstwo z tchórzami nie przyniosłoby nam chluby, bracia — potwierdził Luther. — A tak, możemy rozkoszować się chwałą. Przy okazji, Guntherusie von Schwarzburg! Wykazałeś się sprytem i męstwem, jak przystało na każdego z komturów Dzierzgonia. Zgodzisz się ze mną, Zyghardzie?

Zyghard nie odpowiedział, spojrzał na Luthera i pomyślał ponuro: Ty i mój bratanek zwiedliście mnie. Mój błąd, nie wolno nie doceniać przeciwnika, zwłaszcza w rodzinie Schwarzburgów. Widzę, jak oszukałeś Symoniusa, a on bitnego, ale prostolinijnego Jarogniewa. Ja też posługuję się półprawdami, a mimo to czuję się od was lepszy. W moich oczach jesteście oszustami.

Obaj klęczący napiętnowani Siwobrodzi zaczęli śpiewać jakąś pieśń. Fascynującą w dzikości melodii. Trzymali się mocno za ręce i teraz ten drugi wyciągnął żylaste ramię do trzeciego, tego, ku któremu szedł Wnoke z rozgrzanym do czerwoności żelaznym krzyżem — piętnem. Ostatni z kapłanów złapał dłoń drugiego i w tej samej chwili zaśpiewał. Miał niski, najgłębszy z nich głos.

Zyghardem wstrząsnął dreszcz. Ze zgrozy, ale i od wspomnień, które rzuciły mu się do gardła, jak sfora zgłodniałych psów. To on, ten sam jednoręki, którego złapał Kuno. Tego głosu nie zapomni do śmierci, Starzec wtedy zaśpiewał jak teraz i potem poleciały w ich stronę trujące strzały. Kuno wyssał Zyghardowi jad z krwią ze zranionego policzka i to był początek ich gwałtownej przyjaźni. „Jak smakowała?" — przypomniał sobie swoje pytanie Schwarzburg. „Jak czerwone wino reńskie. Jak kość grotu. Jak gorzkie zioła i sadło borsuka. Jak królewska krew jego wysokości księcia Zygharda von Schwarzburg" — odpowiedział Kuno z jego wspomnień i pożądanie, ból, tęsknota i wściekłość zamieniły się w jedno.

Teraz Starzec trzymany przez Guntherusa na smyczy odwrócił się plecami do mistrza i braci, do galindzkiego kowala. Pokazał im wykłutego między barkami Trzygłowa. Bóg o trzech twarzach i sześciu ziejących piekielną otchłanią oczach syknął w rozgrzane do czerwoności narzędzie kowala. Żar zajaśniał jeszcze mocniej. Wnoke wymierzył odległość, niewiele, ale jednak trochę zbliżając piętno do pleców kapłana. Wystarczyło, by jego skóra wchłonęła gorąco żaru i trójgłowy bożek zapłonął krwawym ogniem. I wtedy Starzec błyskawicznie przekręcił się, puszczając łańcuch dłoni. Galind cofnął się o krok, jak porażony. Ognisty kontur bożka z pleców Starca przepłynął na piersi i łucznik wykłuty na nich zajaśniał, wymierzył do Guntherusa i strzelił. Bratanek Zygharda puścił smycz. Jęknął i przysiadł, chwytając się za szyję.

Znam to — mściwie pomyślał Zyghard. — Ale ty nie masz Kunona, który wyssie jad z rany. Na mnie nie licz, skoro jesteś chłopcem Luthera.

Trzeci ze Starców Siwobrodych zerwał się do skoku i długimi susami pobiegł w stronę trybuny, na której siedzieli dostojnicy. Zyghard nie czuł lęku, zrozumiał, co się dzieje. Spojrzenie na Luthera wystarczyło, by pojął, że mistrz tego nie przewidział, choć w tej właśnie chwili dotarło i do niego. Starzec minął trybunę długim skokiem i dopadł do małej furtki pod ramieniem dębowego krzyża. Schwarzburg wykręcił się do tyłu i zobaczył, jak pod ognistymi strzałami łucznika puszcza bramka, otwiera się niczym tajemne przejście w zakonnym murze.

— Gońcie go! — rozpaczliwie zawołał Luther, ale knechci i sarianci prędzej dogoniliby wicher w polu niż kapłana Dzikich. Już był po drugiej stronie, już skakał w nurt Nogatu, a miejsce, w którym wpadł pod wodę, znaczyła parująca ołowiana fala.

On nie miał ręki, nie mógł się z tamtymi połączyć łańcuchem — spokojnie ułożył to, co się wydarzyło, Zyghard. — Nie mógł domknąć ich tajemnego kręgu, ich dawnego źródła potęgi. To znaczy, że od dnia, kiedyśmy go pojmali z Kunonem, ich siła już szła ku upadkowi.

Tamten wilk, co odgryzł mu ramię, przerwał krąg mocy. Ciąg zdarzeń był tylko kwestią czasu — zrozumiał i w tej samej chwili nawiedziło go dziwne przeczucie, że trzeci Starzec uciekający Zakonowi to zły znak. Nawet jeśli jest kaleki.

Wszystko to, jego myśli i ucieczka Starca trwało mgnienie. Obaj napiętnowani, gdy zabrakło trzeciego, zaczęli konać w męczarniach.

Kolejna śmiertelna zdrada — skonstatował chłodno i oczywistym dla niego było, że ten, co wskoczył w rzekę, ugasił śmiertelnie groźny pożar ciała.

Zobaczył, jak Jarogniew Półtoraoki, z twarzą wykrzywioną rozpaczą, odwraca się ku trzymającemu go na sznurze sariantowi. Jak wyrywa mu miecz z ręki i przebija gardło. To samo zrobił płomiennowłosy, łysy ze szramą, ten w opasce i inni. A potem ruszyli na podwyższenie. To była chwila, skok, mgnienie. Pancerz z ptasich kości wydawał w biegu dźwięk, co brzmiał jak świst.

Gdybym był konno — przebiegło przez głowę Zygharda — mój koń stanąłby dęba od tego głosu. Ale nie jestem — myśląc to, wyjął z pochwy miecz. I choć Jarogniew Półtoraoki mierzył się nie na niego, a na Luthera z Brunszwiku, Zyghard ciął go z góry pionowo przez pierś.

— Zginiecie! — zdołał krzyknąć umierający wódz Dzikich.

— Nie — chłodno zawołał Luther, robiąc na jego piersi drugie cięcie, poziome. Od pachy do pachy. Ptasie kości pancerza rozsypały się bezgłośnie.

Przed Zyghardem wyrósł Symonius z mieczem. Schwarzburg zasłonił się i z całych sił odepchnął wodza Roty. Ten upadł na plecy i sturlał się z podwyższenia, na murawę, puszczając miecz. Zyghard zeskoczył i nim Symonius zdążył się poderwać, ostrze komtura było przy jego gardle.

— Leżeć — warknął Zyghard.

Z oczu Prusa wyparował strach. Teraz lśniła w nich dzikość.

— Kto zabił mojego brata? — spytał Zyghard.

— Ja — powiedział Prus wyzywająco. Oddychał szybko, drgały mu skrzydełka nosa. — Zabiłem go nożem, który mi dał, gdy zrobił mnie dowódcą Roty. Miał rękojeść z Najświętszą Marią Panną. Znajdziesz go w zbrojowni dla gości. Na pamiątkę po mnie — zaśmiał się dziko i obnażył zęby.

— Zawsze wiedziałem, że to byłeś ty. — Zyghardowi zatańczyła przed oczami krwawa mgła i już miał pchnąć go w gardło, gdy Symonius szepnął:

— Kunona też zabiłem. Ostrzelaliśmy go całą Rotą, nie miał szans, choć silny był z niego skurczybyk... Nie uwierzysz, Zyghardzie, kto wydał na Kunona...

— Nie wymawiaj mojego imienia — syknął Zyghard i choć chciał usłyszeć kto, odruch był silniejszy od niego. Z całej siły pchnął miecz. Przebił gardło Symoniusa i przekręcił ostrze. Krew chlusnęła na nogi Schwarzburga, na poły jego płaszcza, a on wciąż nie mógł wyjąć miecza z gardła Prusa, jakby chciał zabić go po wielekroć.

— Już po wszystkim — położył rękę na jego ramieniu Luther. — Już po wszystkim.

Zyghard rozejrzał się. Zobaczył Lautenburga, Plauena, Sparenberga i Altenburga podnoszących się znad pruskich trupów. Głóg, Perz, Bieluń, Derwan i Wrotycz padli jak skoszone zielsko.

— Przecięty na krzyż! — zawołał Luther, pokazując na martwego Jarogniewa. — Oto ukoronowanie Siedmiu Pieczęci Apokalipsy! Nasze nowe Jeruzalem! Zyghardzie, przyjmuję cię w szereg mych braci...

— Dziękuję — chrapliwie odpowiedział Schwarzburg. — Dziękuję, nie. Ja już jestem bratem zakonnym Najświętszej Marii Panny. Nie można składać podwójnych przysiąg.

— Ślubowałeś mi wierność. — Głos Luthera zabrzmiał proszalnie.

— Zakonowi w tobie, Lutherze z Brunszwiku. A nie tobie w Zakonie.

Zyghard wytarł krew z miecza o płaszcz.

Myślałeś, że łańcuch kłamstw nas wyzwoli — pomyślał, patrząc na ślad posoki na bieli. Odwrócił się i przez otwartą przez uciekającego Starca bramkę spojrzał na niespokojny nurt Nogatu. — Prawda wypłynie.

RIKISSA oglądała kolejną suknię. Zagryzła wargi, wzruszenie podeszło jej do gardła na widok pięknej tkaniny o barwie miedzi i lekko połyskującym splocie. Krawiec Sidel szył dla niej od tylu lat, że w lot rozumiał intencje królowej. Skromny dekolt, proste rękawy i lekko rozszerzany krój były tym, czego potrzebowała.

— Jak elegancka przeorysza albo wytworna opatka. — Anežka zaszła matkę od tyłu i oplotła ramionami.

— Spójrz na ten płaszcz. — Rikissa pokazała córce wiszący w głębi komnaty ciemnozielony strój.

— No mówiłam, że mniszka zakonu pod wezwaniem... — zawahała się. — Która ze świętych łączy umiłowanie piękna z... — Anežka, jak zwykle, przerzucała uwagę z tematu na temat. Nie kończyła myśli i zdań. Teraz chwyciła za nowe buty, przywiezione od szewca z Hradec Kralove. Wysokie, sznurowane, z maleńkimi srebrnymi okuciami przy cholewkach. Cmoknęła z podziwem. — Ascetką to ty nigdy nie byłaś! Niby skromnie, ale...

— Jak twoje ubrania? — spytała Rikissa. — Wszystko pasuje?

— Pasuje — lekko odpowiedziała Anežka. — Wiesz, że nie mam wygórowanych wymagań. Widziałaś ten wóz? — Już była przy oknie i wyglądała na podwórzec. — A Trinka mówi, że zmieściły się na niego tylko najpotrzebniejsze sprzęty, podróżne łóżka, kufry z pościelą, trochę naczyń. Marketa powiedziała, że nie jedzie.

— Wiem — skinęła głową Rikissa. — Rozmawiałam z nią.

— I co ty na to? — Anežka już oglądała nowe rękawiczki matki, próbowała założyć najcieplejsze, wykładane od wnętrza futerkiem popielic, ale dłoń miała większą i rękawiczka nie pasowała. Odłożyła ją zniechęcona.

— Ja z kolei nie mam wielkich wymagań wobec kuchni — uśmiechnęła się do córki Rikissa. — Nie możemy Markety zmuszać do podróży.

— Będziemy jadły, co nam podadzą? — zdziwiła się Anežka.

— Tak — ucięła rozmowę Rikissa.

Wyjechały z Brna dwa dni później. Orszak królowej był pokaźny. Trzy tuziny zbrojnych, z wąsatym Drahomilem na czele. Dziesiątka konnej służby, wóz, na którym jechały Trinka, Katka i panny garderobiane. Trzy wozy sprzętów niezbędnych w podróży. Miednice, cebry do wody, niewielka balia, w której można wziąć kąpiel, naczynia stołowe, obrusy, pościel. Wiktuały, które zapakowała Marketa, zraszając łzami i przekleństwami, bo kto to widział, by dwie samotne damy wybierały się w tak długą drogę! Kufry z butami, rękawiczkami, kapturami podróżnymi i płaszczami na zmianę. Wyjeżdżały wczesną wiosną, zabrały ze sobą odzież na chłodną porę i na ciepłą; podróż mogła potrwać pół roku, ale Rikissa liczyła się z tym, że i dłużej. Koszule, bielizna, nogawiczki, suknie. Cienkie płócienne opończe, chusty na włosy i ramiona. Klejnotów niewiele, zmieściły się w małej skrzyneczce. Przybory toaletowe, szczotki, grzebienie, proszki do czyszczenia zębów, pudry, wyciąg z mydlnicy zamknięty w gąsiorku, olejek różany w drogocennej buteleczce z grubego ciemnego szła, szczelnie zalakowany woskiem. Pomiędzy tym wszystkim srebro, które wyjęła ze skarbca. Starannie zamknięte w skrzynkach.

Ze swymi mniszkami pożegnała się po jutrzni. Każdą z sióstr ucałowała w czoło, prosząc:

— Módl się za nas, Katrino. Módl się za nas, Małgorzato. Módl się za nas, słodka Klaro. Módl się, kochana Cecylio.

Marketa nie wyszła do pożegnań, ale Rikissa znała starą kucharkę aż nadto. I gdy wyjeżdżały z dziedzińca odwróciła się w siodle i posłała pocałunek w stronę piwnicznych okien spiżarni.

Owiał je zachodni wiatr, wilgotny, chłodny. Anežka zaśmiała się radośnie, jakby wciąż była małą dziewczynką. Tak, ona nie dorosła — pomyślała o córce Rikissa. — I ja już tego nie zmienię. Ostatnia Przemyślidka jest wolną duszą albo lekkoduchem, jak kto woli. Nie chciałam od niej wiele, a to i tak okazało się za dużo. Dobrze, że dzisiaj, z oddalenia widzę, że nawet i to nie było potrzebne. Henryk Jaworski wciąż jest niezależnym księciem, nie zgiął przed Janem Luksemburskim kolana. Mnie to wystarczy, bym czuła się pewnie.

— Jesteś szczęśliwa? — zapytała córkę po chwili.

— Owszem — odpowiedziała Anežka i uśmiechnęła się do niej pięknie.

— Nie brakuje ci...

— Nigdy nie chciałam być żoną — przerwała Anežka, dobrze widząc, do czego zmierza matka. — Ani kochanką, ani damą, dla której walczą rycerze.

— Nie chciałaś być kochana?

— Ależ jestem! — zaśmiała się córka. — Przez ciebie. To mi wystarcza, naprawdę. I proszę, nie mów, że moje życie jest niepełne.

Rikissa zamilkła. Nie miała nic do dodania. Anežka ruszyła na czoło orszaku, lubiła gawędzić z podobnym do jastrzębia Drahomilem. Na jej miejsce u boku królowej podjechała Hunka. Dziewczyna miała na sukni czarny, dopasowany kubrak, jakich nikt przed nią nie widział w Czechach. Mówiła, że tak nosi się na Wawelu. Do tego krótki, również czarny płaszczyk spięty ozdobnym łańcuszkiem. Na jego końcu kołysała się w rytm jazdy zawieszka ze złotym ptaszkiem. Przy pasie nosiła niewielki kordzik w wykładanej barwnymi płytkami pochwie.

— Jak się czujesz, podróżując pod własnym imieniem? — spytała Rikissa.

— Wolna — odpowiedziała Hunka z uśmiechem.

— Wypiękniałaś, dziewczyno — zwróciła uwagę królowa.

— Naprawdę? — Na policzkach Hunki zakwitł rumieniec, ale królowa wiedziała, że jej osobliwa dwórka nie takie rzeczy z twarzą potrafi robić na zamówienie.

— Naprawdę. Dobrze, że już nie musisz być Hugonem czy Aną.

— Ale mogę, jeśli będzie potrzeba, mogę w każdej chwili. Tak się cieszę, że będę mojej pani służyć za przewodniczkę po Trewirze!

— Najpierw Kolonia — przypomniała jej marszrutę Rikissa.

— Oczywiście. — Hunka dzisiaj tryskała humorem.

— Powiedz, czy naprawdę jako Hugo uczyłaś się iluminacji w Trewirze?

— Naprawdę — powiedziała Hunka. — Spędziłam tam pięć pracowitych lat. A później, przy boku króla Jana…

— Pamiętam. — Rikissa zamknęła niezręczny dla nich temat.

Przez chwilę nie mówiły do siebie, ale królowej milczenie z Hunką nie ciążyło. Patrzyła na plecy Anežki w oddali, na jej ruchliwą głowę. Dziewczyna śmiała się dźwięcznie i o coś sprzeczała z Jaromilem.

— Mogę spytać? — przerwała milczenie Hunka.

— Pytaj — odpowiedziała Rikissa.

— Dlaczego pragniesz tych relikwii, pani?

Rikissa mogła jej odpowiedzieć, że klasztor, który posiada w swym skarbcu relikwie, jest po wielekroć podniesionym, uwznioślonym i wzmocnionym w swej posłudze, ale zaniechała. Takie rzeczy ktoś pokroju Hunki wie aż nazbyt dobrze. Powiedziała jej prawdę:

— Dostałam w życiu tak wiele dobra, że moją powinnością jest je przekazywać dalej. Miłości nigdy nie zatrzymasz dla siebie, nasycisz się nią, ale jeśli nie podzielisz, zwietrzeje, zostanie wspomnieniem. Będzie żyła tylko tyle, ile ty, ani dnia dłużej. Mój ród się kończy, Hunko. Anežka nie chce mieć dzieci. Muszę zostawić część tej miłości, którą noszę, ludziom, co przyjdą po nas.

— Zbudowałaś dwa kościoły, klasztor, pracownię iluminacji, szpital. To mało? — spytała Hunka.

— Nie wiem, ale wciąż mam się czym dzielić — zaśmiała się Rikissa.

— Gdy oddałaś brneńską rezydencję mniszkom, gadano, że przeniesiesz się do Pragi, że król Jan i ty…

— Wiem, nie powtarzaj — przerwała jej. — Ludzie lubią takie historie. Żeby wszystko skończyło się ślubem.

— Nie przewidzieli, że owszem, złożysz śluby, ale zakonne.

— Patrzyli na mnie latami, a nie znali mnie — potwierdziła Rikissa. A potem mrugnęła do Hunki. — To przyjemne uczucie wciąż ich czymś zaskoczyć. Pokazać, że dla kobiety są inne szczęśliwe zakończenia. Teraz wreszcie mam ciszę, by czytać i kontemplować księgi, które dla mnie iluminowałaś jako Hugo.

Za ich plecami rozległ się pisk dziewcząt jadących na wozie; najwyraźniej któryś z chłopców zrobił im jakiś żart.

— No, może ten czas nie w tej chwili — poprawiła się Rikissa. — Ale znów go będę miała, gdy wrócimy z Trewiru. Mam nadzieję, że arcybiskup Baldwin Luksemburski pomoże nam w kwestii relikwii. Tamtejsze klasztory nie są takie skłonne, by się dzielić.

— Nie wątpię, że sama sobie dobrze poradzisz z opatkami i opatami — pocieszyła ją Hunka, unosząc lekko podbródek, przekrzywiając głowę i patrząc na wpół pokornie, na wpół rozkazująco. Rikissa pomyślała, że to niezwykła dla Hunki mina. — Nie oprą się urokowi podwójnej królowej, fundatorki.

— I jej hojnym datkom — zaśmiała się Rikissa i otrząsnęła. Wyraz twarzy Hunki wydawał jej się znajomy, a jednak z nikim nie potrafiła go połączyć.

— Powiesz im, pani, to co mi, że trzeba się dzielić dobrem, i już będziemy mieli święte szczątki na wozach.

— Chciałabym.

— Masz jakieś niespełnione marzenia, królowo? — spytała Hunka po chwili.

Ostatniego wyzbyłam się równie szybko, jak się we mnie obudziło — pomyślała Rikissa i nie chciała tym się podzielić z Hunką. — Niektóre marzenia są groźne. Ekscytujące, aż do zawrotu głowy, ale groźne. Mogą zburzyć istniejący porządek. Zrujnować przyszłość zbyt wielu ludzi. Czuła się winną tego, że Jan ruszył na Poznań, i tego, że oślepł na prawe oko. O pierwszym wiedzieli wszyscy, wrócił ze Starszej Polski w niesławie. O drugim nie wiedziało wielu. Medycy, których ściągnął z Lombardii, musieli złożyć przysięgę milczenia. Jej powiedział, przyznał się. Cóż, powinna być mu wdzięczna, że pragnął Poznania i nie stawił się pod Kaliszem. Gdyby połączył swe siły z zakonnymi, rozgromiliby Władysława i jego wojska. Nie pomogłyby posiłki z Węgier i Litwy. Królestwo Polskie zostałoby rozdarte i podzielone. Wysiłek jej ojca, króla Przemysła, i arcybiskupa Świnki obrócony wniwecz. Nie warto mieć marzeń, które niszczą, nawet jeśli myśli się o nich tylko przez krótką, jak uderzenie serca, chwilę.

— Pomówmy o czym innym — skorzystała z przywileju królowej,

który pozwala jej zmienić temat rozmowy. — O tobie, Hunko. Chciałabym wiedzieć, co naprawdę kryjesz.

— Wierz mi, królowo — odpowiedziała po długim milczeniu dziewczyna. — Są tajemnice, które trzeba zabrać do grobu.

— Masz na myśli sprawy sekretnych ludzi? — postanowiła pokonać jej opór Rikissa.

— Albo ludzkie sekrety — wyraźnie poprawiła ją Hunka. A potem wyjęła coś z maleńkiej sakiewki przy pasie i podała jej. — Moje zaczynają się od relikwii, którą kazał podarować ci mój ojciec.

Rikissa wyciągnęła do niej rękę i po chwili miała na dłoni kosmyk zetlałych włosów.

— Należał do króla Przemysła — powiedziała Hunka.

JEMIOŁA i JANISŁAW ubrani w takie same, szare wełniane opończe już dawno zeszli z głównego traktu i łukiem minęli Dzierzgoń. Póki poruszali się uczęszczanymi drogami, ich twarze skrywały szerokie kaptury, ale nawet tam, gdzie ludzie kręcili się za swymi zwykłymi sprawami, nikt nie zwracał na nich uwagi. Byli dwojgiem pielgrzymów, tułaczy, jakich wielu włóczy się po wojnie. Odkąd zapuścili się w las, nie spotkali żywej duszy, a teraz, po dniach wędrówki, w milczeniu wkroczyli na Nieme Uroczysko.

Jemioła prowadziła, Janisław szedł po jej śladach, skupiony i uważny. Chwilami zatrzymywała się, sprawdzała drogę w tym dziwnym miejscu, gdzie nawet zwierzyna nie znaczyła wydeptanych ścieżek. Za omszałym kamieniem trzeba w lewo; skręcili więc i jak ci, którzy byli tu przed nimi, nie zostawili śladów. Otaczała ich cisza, bezgraniczna, namacalna jak skupienie. Ani jeden ptasi głos nie wdzierał się w nią śpiewem. Jemioła wiedziała, że nawet zwierzęta czują zaklętą w Niemym Uroczysku przeszłość. Kto się tu odezwie, zabłądzi na wieki; dopadnie go obłęd, nie wyjdzie z leśnych ostępów żywym. Dbali więc, by nie nadepnąć na suchą gałąź, nie przerwać ciszy trzaskiem. Jemioła dostrzegła niewielką nieckę w ziemi, skręciła przed nią w prawo. Nigdy wcześniej nie była w Niemym Uroczysku. Dębina podała jej drogę i teraz, nawet jeśli chwilami się wahała, to odnajdowała obraz z opowieści Matki.

Wczesna wiosna kipiała w powietrzu, nawet tu, w tych ostępach ciszy. Brzozowe gałązki napęczniały zielenią. A teraz widzieli gdzieniegdzie lubujące się w wilgoci wierzby, poskręcane wymyślnie, każda w inną stronę. Ich witki już zakwitły drżącą żółcią i bielą. W powietrzu czuć było woń zielonej wilgoci. Poprzedniej nocy padał deszcz, Dębina ostrzegała, że Nieme Uroczysko potrafi być grząskie, ale Jemioła, która nieustannie przemierzała nadwarciańskie Mokradła Marzanny, znała siłę wysuszonego torfu. Wchłonął wczorajszy deszcz, zagarnął pod siebie, jakby nigdy go tu nie było. Zima była sucha, mało śnieżna, czego śladem brunatne dywany mchu, gdzieniegdzie tylko przecięte wiechciami turzyc. Wyczuła, jak zmienia się grunt pod ich stopami. Jak staje się twardszy, stabilniejszy. To pewnie korzenie głazu — pomyślała — znak, że opuściliśmy Nieme Uroczysko. Odetchnęła, widząc w oddali krąg drzew. Jesiony, buki, dęby; tak, mokradła mają za sobą, a między tymi drzewami spoczywać powinien Głodny Kamień. Podążali ku niemu, wciąż milcząc, choć ptasie głosy nieśmiało ożyły, dając znać, że wyszli z zaklętego ciszą Uroczyska. Zaszemrały stare dęby, robiąc miejsce nowym, zrzucały zeszłoroczne liście. Te chrzęściły pod stopami Janisława i Jemioły, a oni z ulgą przyjęli kolejny dźwięk po długiej wędrówce ostępem pogrążonym w ciszy. Woń butwienia mieszała się z zapachem nowej zieleni.

— Dotarliśmy na miejsce. — Zrozumiała Jemioła, gdy stanęli przy głazie.

— Wygląda jak stół olbrzymów — z podziwem odezwał się Janisław i obejrzał jego wilgotną i płaską powierzchnię.

— Wtedy, przed laty, stał się stołem ofiarnym — powiedziała. — Widzisz tę szczelinę?

— Jak przecięty na pół — pokiwał głową.

Zdjął z pleców łopatę, a ona kosz. Obeszli kamień dookoła, ale miejsce wydawało się oczywiste: u ujścia szczeliny. Nie musieli mówić, że pewnie nią, jak rynną, popłynęła kiedyś krew męczennika. Ściągnęli opończe, Janisław zakasał rękawy i zaczął kopać. Jama nie musiała być duża, on jednak chciał, by nie była zbyt płytka, żeby stała się bezpiecznym miejscem spoczynku. Gdy skończył, oparł łopatę o pień dębu, otarł pot z czoła i spojrzał na Jemiołę. Podeszła z koszem, otworzyła wieko. Każde z nich wyjęło ze środka swoje zawiniątko. Janisław rozłożył płótno i z czcią obejrzał krzywaśń pastorału. Była prosta, nie tak misternie skręcona jak w laskach dzisiejszych biskupów. Półokrąg zakończony niewielkim, równoramiennym krzyżem skierowanym ku górze.

Przesunął palcami wzdłuż łuku, poczuł nierówności i przyjrzał się.

— Kiedyś była płytko rzeźbiona — powiedział. — Ale zdobienia wytarły się tu, gdzie opierał dłoń. Z jakiego drewna ją zrobiono?

— Mogę? — niepewnie wyciągnęła rękę Jemioła.

Uśmiechnął się do niej samymi oczami i podał. Zacisnęła palce na krzywaśni.

— To poroże, nie drewno — odpowiedziała niemal od razu. — Nie potrafię jednak odgadnąć, jakiego zwierzęcia. Wyrwano tę ozdobę z laski, na której była osadzana. — Wskazała na nierówny ślad na jednym z końców i oddała Janisławowi.

— Nie jestem tkliwy — powiedział — ale przejmuje mnie to miejsce. Trzymam w ręku pastorał Wojciecha...

— Myślisz, że bronił się nim przed napastnikami? — spytała.

— Nie sądzę — odrzekł. — On wiedział, że czeka go śmierć.

Jemioła pozwoliła mu oddać się myślom; odwinęła płótno okrywające jantarową macicę. Wyglądała inaczej, niż gdy ją zobaczyła po raz pierwszy, u Matki Jaćwieży. Wtedy lśniła złocistymi refleksami w przejrzystej bryle, teraz była porowata i czarnobrunatna. Kształt dziecka w jej wnętrzu zatarł się, stracił wyraźne granice, jakby rozpłynął się w żywicy.

Wyrwano ją Jaćwieży i stała się martwa — pomyślała. — Nawet jeśli przejście między życiem i śmiercią jest płynne, w którymś miejscu drogi muszą się rozdzielić.

Przyklęknęła i złożyła jantarową macicę w wykopanej przez Janisława jamie. Zgarnęła w dłoń garść ziemi, by ją przysypać, ale w tej samej chwili zobaczyła, że coś w jantarze błysnęło. W pierwszej chwili pomyślała, że niewidoczne dla jej oczu dziecko Jaćwieży chce dać jej pożegnalny znak. Pochyliła się nad jantarem i choć nie dotknęła go, jej głowę przeszyły wizje.

Zobaczyła drżącą postać wychodzącą z ciemnego nurtu rzeki. Starzec — zrozumiała — gdy postać, potykając się, chwyciła trzcin jedynym ramieniem. Stanął na brzegu, z jego długiej brody i włosów płynęły strugi wody.

Zadrżała, obrazy zaczęły pulsować własnym, krwawym światłem. Jeden, drugi, trzeci, zmieniały się błyskawicznie, tak gwałtownie, że niemal nakładały się na siebie. Wielki ptak szarpał coś złotym dziobem. Starzec szedł przed siebie przez mrok, ku łunie światła. Jego plecy prostowały się, łachmany, w jakich wypłynął z rzeki, zamieniły w bogaty płaszcz, zakrywając brak ramienia. Siwizna zniknęła, włosy miał ciemne, krótko ufryzowane, szedł pewnym, mocnym krokiem ku światłu, w którym czekał na niego czarny orzeł na tle oślepiającej bieli.

— Jemioło, co ci? — Poczuła na ramieniu rękę Janisława i usłyszała poruszenie w jego głosie.

Oddychała płytko i szybko. Kręciło jej się w głowie.

— Myliliśmy się. To nie koniec, Jani — powiedziała chrapliwie. — Oni znów się połączą.

— Kto? — spytał, przyklękając obok.

— Prusowie i Zakon — odpowiedziała. — Nie teraz — dodała, przypominając sobie wizję sprzed chwili. — W przyszłości.

Janisław sięgnął po krzywaśń pastorału. Mocno ujął ją w dłonie i zrozumiał, że choć po to przyszedł, nie może go tutaj zostawić.

— Więc misja Wojciecha jeszcze się nie skończyła — powiedział w zadumie.

— Jest nieskończona — uściśliła Jemioła. — W przeciwieństwie do twojej. — Pochyliła się nad jantarową macicą i czule przysypała ją ziemią. — Spoczywaj w pokoju.

Janisław klęknął przy Jemiole. Nie wyręczał jej, czuł, że chce zrobić to bez jego pomocy. Gdy skończyła zakopywać, wstał i odszedł w bok. Szukał odpowiedniego konara. Jemioła oparła się plecami o głaz, wygładzała ziemię, aż poczuła błogość podobną do tej, która ogarniała ją, gdy kładła się przy przerastającej mchem Matce Dębinie. W koronie dębu zakwilił ptak. Drugi podjął jego głos, gdzieś w głębi lasu trzasnął chrust pod racicami przebiegających saren.

Janisław przysiadł z boku. Wyjął nóż, okorował gałąź. Zamocował na niej krzywaśń, sprawdził, poprawił. Wreszcie wstał i oparł się na pastorale.

— Przyszliśmy tu zamknąć przeszłość, a otworzyliśmy przyszłość — powiedział.

— Ja pożegnałam to, z czym przyszłam.

— Jemioło? — zapytał niepewnie. — Nie zostawisz mnie w połowie drogi?

— Wierzysz moim wizjom? — odpowiedziała pytaniem.

Podał jej rękę, pomógł wstać.

— Gdyby tak nie było, zostawiłbym tutaj relikwię po swym poprzedniku — powiedział Janisław i pogładził pastorał. A potem uklęknął, oparł czoło o głaz i modlił się, robiąc nad kamieniem znak krzyża.

To pewnie pierwszy raz od czasu nabożeństwa, jakie odprawił tu przed swą śmiercią Wojciech — pomyślał poruszony.

Jemioła patrzyła na niego. Ma silne ręce — pomyślała — takie, co mogą dom zbudować.

W tej samej chwili las się zbudził. Rozśpiewał, rozbrzmiał dziesiątkami głosów.

— Ptasi psalm — powiedział Janisław, wstając. Otrzepał kolana z ziemi. — Wielogłos natury.

Jak w moim śnie, wtedy na Wawelu — przypomniała sobie Jemioła. — Szłam przez zamarznięty milczący las, czekał tam Jarogniew, chciał mnie oszukać. Prosił, byśmy cofnęli się o krok, a ja zabrałam mu pochodnię, i wtedy las ożył i zaśpiewał.

Jej wzrok padł na butwiejące liście i pomyślała, że taką barwę miało jedno z oczu wodza. Dzisiaj nie ma Jarogniewa wśród żywych — pomyślała — a ja przeszłam przez Nieme Uroczysko z Janisławem.

Uniosła głowę. Arcybiskup stał teraz po przeciwnej stronie kamienia.

Spójrz na mnie — poprosił w myślach.

Spójrz na mnie — pomyślała.

Czuli woń swego potu. Słyszeli krew, która krąży w żyłach. Ukryta rzeka purpury. Gęstej i słonej. Patrzyła w jego oczy, jasne i przejrzyste. Widziała w nich zimną, krystaliczną wodę, pod którą ożywała.

On patrzył w jej oczy. Zielone i niebieskie jednocześnie. Rozumiał, że ziemia i niebo są jednością, ale potrzebował jej, by w to uwierzyć. Czarne punkty źrenic były jak krople atramentu. Jak można mieć tyle znaczeń w sobie? Jak można kryć w sobie tyle światów? Wydawała mu się niebem nocnym, na którym krople gwiazd są jednocześnie konstelacjami i zamazującą drogę do nich mgławicą.

— Jesteś nieprzezierna — poskarżył jej się wreszcie.

— A ty przezroczysty — odpowiedziała skargą.

— Otwórz się, Jemioło — poprosił.

— Nie mogę znieść twej przejrzystości, Janisławie — odrzekła niemal bezradnie.

Stanęli przed sobą obnażeni, nadzy w prawdzie. I choć dawne miejsce kaźni przeobrażało się w miejsce ofiary, Głodny Kamień wciąż ział między nimi szczeliną, chłodem omszonej, wiecznie wilgotnej skały.

Dostrzegła, jak serce Janisława bije pod tarczą potężnych żeber. Jak krew płynie w sinych korytach żył i purpurowych tętnic.

— Piękny jesteś, człowieku — powiedziała w zachwycie nad urządzeniem tego świata i jego.

Zobaczył jej starość i młodość zjednoczone w tym samym uścisku ścięgien. Mocne uda i stopy, na których pewnie stała. Piękne, otwierające się łuk po łuku żebra. Piersi opadające na nich łagodnymi półksiężycami. Włosy w kolorze orzechów buczyny, które przyprószył mróz, pasma siwizny.

— Jemioło, Bóg miał chwilę wzlotu, gdy cię tworzył.

Jej serce pompowało krew, tak jak jego. Uniósł dłonie do oczu i zobaczył plątaninę żył pulsujących bez jego woli.

— Chwała Panu — szepnął w zachwycie, bo to samo widział, patrząc na jej dłonie. Były tak jak i jego oplątane siatką tłoczących krew naczyń.

— I Matce wszystkiego — odszepnęła Jemioła, a jej usta były doskonale pełne i dostrzegł krople potu nad jej wargą.

Wstrząsnął nim dreszcz, tak samo silny jak ten, gdy położono mu na czole krzyżmo w dzień arcybiskupich święceń. Wyciągnął do niej ramię ponad głazem.

— Ten kamień już nie jest głodny — odkrył.

— Karmimy go — powiedziała Jemioła, czując drżenie od ud, przez biodra, pnące się wzwyż i wzwyż. Jakby płaszcz z ptasich piór spływał na jej ramiona, niczym skrzydła. Wyciągnęła do Janisława rękę.

— Ach... — westchnęli jednocześnie, choć ich palce jeszcze nie zdołały się dotknąć.

— Między nami szczelina kamienia — zrozumiał.

— Mimo to spotkaliśmy się, Janisławie — szepnęła.

— W pół drogi, Jemioło — odpowiedział i z bliska zobaczył czerwień jej warg.

KAZIMIERZ jechał konno wzdłuż Brdy. Ta dzika rzeka przyciągała go niczym rusałka, zwodnica wodna. Zalesiony brzeg zdawał się spychać jeźdźców z wąskiego traktu w zmienny nurt rzeki. Miejscami płynęła wolno, leniwie odbijając słoneczne promienie od tafli, a równomierny plusk fal uspokajał konie i jeźdźców, aż ci zaczynali drzemać w siodłach. Wtedy Brda, jak psotnica, stawała okoniem. Koryto rzeki skręcało nagle, nurt przyspieszał, jak w górskim potoku, a konnych zatrzymywały drzewa powalone na drodze. Woda w takich miejscach przybierała barwy granatu i ciemnej zieleni, skrząc spod powierzchni połyskliwymi głowami wielkich rzecznych kamieni.

Niepokorna rzeka — pomyślał Kazimierz — która płynie inaczej niż większość w Królestwie, z północy na południe, by wpaść do Wisły.

Nieprzypadkowo przyglądał się jej biegowi. Ojciec po wojnie z Krzyżakami nie zdjął z niego obowiązków. Wciąż był namiestnikiem króla w Starszej Polsce, Sieradzu i Kujawach, choć te ostatnie utracili po ataku Lautenburga. Zniszczony dumny Wyszogród, Bydgoszcz,

Inowrocław. Nieszczęsny Raciążek, Solec, Strzelno, Kruszwica. Radziejów, który tak kochała jego matka, bo udzielił jej schronienia w czasie banicji ojca. I Kowal, w którym się urodził. Wszystko było w rękach wroga. A on każdego dnia objeżdżał okolicę i myślał, co mają zrobić, by odzyskać ojcowiznę. Kujawy, z których w świat wyszedł jego ojciec. Czasami, jak dzisiaj o świcie, podjeżdżał tak blisko granicy, że obserwował Krzyżaków. Podglądał ich ludzi przy pracy. Widział, jak po swej stronie próbują okiełznać Brdę. I uczył się cierpliwości tak obcej jego młodej naturze. Wbrew temu, co mówili o nim nauczyciele, nie był wytrwały. Nieustannie pulsowały w nim sprzeczne uczucia. Buzowały, a on nie pozwalał im ujść, bo uważał, iż nie przystoi, by syn króla okazywał gniew, strach czy niezadowolenie. Pracował nad sobą, jak rzeźbiarz nad twardym kamieniem. I miał nadzieję, że Kazimierz, jakiego z siebie wyciosa, spełni nadzieje króla i królowej. Matki i ojca, co patrząc na niego, widzą synów, których przed laty stracili.

Las zaczął rzednieć, nurt Brdy rozlał się szeroko i gładko, jakby rzeka wychodząc z borów, chciała pokazać się ludzkim oczom z jak najlepszej strony. Wyjechali spomiędzy drzew i po chwili dojrzeli położony nad rzeką klasztor cystersów.

— Tam zanocujemy — powiedział Kazimierz.

Wczesnowiosenne słońce zachodziło szybko i ostro. Raniło oczy długimi promieniami w barwie bladych płomieni. Klasztor był okazały, cystersi zabezpieczyli się przed Krzyżakami, po wielkiej wojnie wszyscy wiedzą, że dla Zakonu nie ma świętości. Naprzeciw nim wyszło trzech braci.

— Witaj w *Corona Mariae*, królewski dziedzicu. Jestem Marcin, z woli Boga i braci opat tego zgromadzenia — powiedział najmłodszy z nich. — Towarzyszą mi brat Anzelm — wskazał na najstarszego z zakonników — i brat Beniamin — przedstawił barczystego, niskiego mnicha po swej lewej stronie. — Właśnie skończyliśmy nieszpory, ale w refektarzu znajdzie się dla gości chleb, ryby i wino.

— Przyjmiemy — powiedział Kazimierz, zsiadając z konia; oddał go służbie klasztornej i rozejrzał się po dziedzińcu. Jeden ze starszych braci prowadził z kościoła oblatów. Młodziankowie, jeszcze przed święceniami, oglądali się ciekawie, zerkając na przybyszów, ale pilnujący ich zakonnik zagonił chłopców do zabudowań klasztornych.

— Zaczęliśmy budowę domu dla gości, ale wojna przerwała prace — powiedział opat Marcin, wskazując na rusztowania opasujące otwarty parter budynku po przeciwległej stronie dziedzińca. — Zatem prosimy do naszego refektarza — dodał i poprowadził.

W sieni zapachniało wędzoną rybą, czosnkiem, octem i suszonym zielem.

— Bracia szykowali ryby na Wielki Post — wytłumaczył się opat, jakby ta swojska, domowa woń speszyła go w obliczu odwiedzin Kazimierza.

Refektarz był obszerny, ale skromny. Przytłaczał nieco pustką pobielonych ścian. Na głównej, na wprost stołu, czernią belek odznaczał się krzyż.

— Reguła zabrania nam rozmów w czasie posiłku, ale obecność gościa może ją uchylić — powiedział opat, gdy usiedli za stołem. — Zwłaszcza że my z braćmi będziemy wam jedynie towarzyszyć. Jesteśmy po wieczerzy. Życzysz sobie, królewiczu, obecności lektora? Brat Piotr pięknie czyta Pismo Święte.

— Dziękuję — pokręcił głową Kazimierz i poczuł, jak ślinka napływa mu do ust na widok świeżo upieczonego chleba. Dopiero teraz przypomniał sobie, że nic nie miał w ustach od rana, odkąd wyjechał nad Brdę. — Wolę rozmowę z wami, bracia cystersi.

Wędzone trocie, dwa wielkie bochny o lśniących skórkach, niewielka miseczka śmietany i wino rozcieńczone wodą, dla Kazimierza była to uczta królewska. Głód zaskomlał w nim jak szczenię i przez długą chwilę zapomniał o rozmowie z braćmi. Obierając troć z ości, pożałował, iż nie poprosił o czytanie brata Piotra. Jego ludzie, równie głodni jak on, cmokali nad rybą i raz po raz siorbnięciem wina zakłócali ciszę refektarza. Marcin i obaj towarzyszący mu bracia założyli ręce na piersiach, chowając je w szerokich rękawach habitów i wydawali się drzemać, póki goście nie skończą wieczerzy. Kazimierz po raz kolejny sięgał po chleb, odkroił sporą pajdę i z rozkoszą zanurzył w niej zęby.

— Aaa! — krzyknął najstarszy z braci, budząc się. Zamachał rękami, jakby opędzał się od niewidzialnego wroga. Opat spokojnie otworzył oczy i położył mu rękę na ramieniu.

— Znów śnisz o bitwie, bracie? — spytał z troską.

Starzec pokiwał głową i otarł czoło.

— Brata Anzelma regularnie nawiedza sen o oblężeniu naszego klasztoru i wielkiej bitwie z Zakonem — wyjaśnił Kazimierzowi opat.

— Wygranej czy przegranej? — uprzejmie spytał królewicz.

— Chwała Bogu, zwycięskiej — przeżegnał się brat Anzelm, a jego poorana bruzdami twarz zdawała się mówić, że traktuje sen całkowicie poważnie.

— Jeśli to sen proroczy, wasz klasztor będzie ukoronowany — odpowiedział Kazimierz i dokończył jeść pajdę.

— Tak — żachnął się Anzelm i spojrzał na niego z ukosa, jakby nie był pewien, czy królewicz nie żartuje. — Będą na niego mówić „Koronowo".

— Piękna nazwa — powiedział Kazimierz, ocierając usta i myjąc palce w misce z wodą.

— Co cię sprowadza do nas, namiestniku? — spytał wreszcie opat, widząc, iż zaspokoili głód.

— Brda — odpowiedział. — I bliskość granicy.

Marcin, Anzelm i Beniamin skinęli głowami jednocześnie, jakby to, co powiedział, było oczywiste.

— Mój ojciec, król Władysław — zaczął jeszcze raz Kazimierz — wyszedł z małego księstwa na Kujawach. W Poznaniu traktowany był jak ubogi krewny, dawano mu odczuć, iż tylko małżeństwo z moją matką, księżniczką Starszej Polski, daje mu prawa do tronu. Póki był księciem Starszej Polski, walczył o nią zawzięcie. Popełniał błędy, przegrywał, wygrywał, wchodził w złe sojusze. Można wygłosić o moim ojcu wiele sprzecznych sądów, ale jedno jest pewne: nigdy się nie poddawał. Po latach, gdy został księciem Małej Polski, walczył o południe kraju. Za te wojny zapłacił Gdańskiem i Pomorzem. — Kazimierz nieśmiało spojrzał na cystersów. Wpatrywali się w niego w napięciu. Podjął: — A gdy jako król zaczął wojny z Zakonem o odzyskanie Pomorza, powtarzał mi: „To moja sprawa, synu. Ja je straciłem, ja muszę je odzyskać". Mój ojciec... — poprawił się — król Władysław wszystko chce zrobić sam. Dlatego gdy powierzył mi namiestnictwo, poczułem się odpowiedzialny i teraz, póki trwa rozejm z Krzyżakami, szukam sposobu, jak zabezpieczyć te ziemie.

— Powiedziałeś, że król walczył o Starszą Polskę, o Małą Polskę, o Pomorze — podjął opat, a Kazimierz wszedł mu w zdanie:

— I stracił Kujawy, księstwo, z którego wyszedł. Tak, wiem to i on to widzi. I zapewniam was, król boleśnie odczuwa tę stratę. Ja wiem, że od czasów Mieszka i Chrobrego Piastowie na Noteci i Brdzie ustawiali linie strażnicze swego kraju. Jeżdżę po okolicy i myślę, jak mamy to odbudować z ojcem. Z królem. — Znów się poprawił i poczuł, że na policzki wypływa mu rumieniec.

— Ojciec Marcin nie chciał cię przepytywać, namiestniku — łagodnie powiedział stary Anzelm i Kazimierz usłyszał, jak dziwnie brzmi, gdy starzec mówi o młodszym zakonniku „ojciec".

— Chciałem powiedzieć, że doceniamy męstwo króla — kiwnął głową opat.

Kazimierz przygryzł wargę, chcąc powstrzymać słowa, które cisnęły mu się na usta, ale nie udało mu się i wybuchnął:

— Mój ojciec walcząc o Królestwo, stracił ojcowiznę! Poświęcił ją dla dobra wspólnego!

— Książę przyjmując koronę, zapomina o księstwie dla dobra Królestwa — sentencjonalnie powiedział brat Anzelm.

— Nic nie jest dane nam na zawsze — mocnym, pewnym głosem dorzucił brat Beniamin.

Kazimierz chciał coś jeszcze dodać, ale wypuścił powietrze, bo zrozumiał, że zakonnicy nie każą mu się tłumaczyć; przeciwnie, coś w nim samym wymusiło to wyznanie.

— Nasz czas jest wypełniony pracą — powiedział ni stąd, ni zowąd opat. — Reguła zakonna wymaga od nas, byśmy byli samowystarczalni. Uprawiamy ziemię, odławiamy ryby, hodujemy zwierzęta. Interesują nas wszystkie nowe wynalazki ludzkiego umysłu. Odrzucamy te, które służą pustocie, czyli diabłu, z ciekawością przyglądamy się takim, dzięki którym dola człowieka się poprawia.

— Ale nasze oczy patrząc w przyszłość, z uwagą traktują przeszłość — podjął barczysty Beniamin. — Szanujemy naszych poprzedników. Modlimy się za naszych dobrodziejów i fundatorów zakonu.

— Za księcia Gdańska i Pomorza, Mściwoja — powiedział stary Anzelm. — Tego, którego darowizna dała początek odrodzeniu Królestwa.

— Nam pomógł się przenieść z Byszewa tutaj i pobudować *Corona Mariae* — dodał opat. — Modlimy się i za twego dziada, księcia kujawskiego Kazimierza, po nim nosisz imię. Za twą babkę, a żonę ich obu, Eufrozynę.

— Ojciec rzadko wspomina matkę — przerwał mu Kazimierz.

— A babkę? — spytał opat.

— O babce Agafii mówił niewiele, nie poznał jej.

— A o babce Violi opowiadał ci, synu? — zadał pytanie starszy z cystersów i coś w jego głosie skłoniło Kazimierza do myślenia.

— Wspominał, że pochodziła z południa — próbował odświeżyć pamięć. — Dziad Kazimierz przywiózł ją z jakiejś krucjaty?

Cystersi wymienili się znaczącymi spojrzeniami.

— Sylwetki kobiet zbyt łatwo gasną w mroku dziejów — powiedział opat. — My nazywamy swój klasztor Koroną Maryi, bo kultywowanie pamięci o bożej rodzicielce wydaje nam się czymś leżącym u fundamentów wiary. Niepokalane poczęcie, Maria Panna jako naczynie Wszechmogącego... Chciałbyś zobaczyć kielich, który podarowała cystersom carówna? — spytał nagle.

— Kto? — nie zrozumiał Kazimierz.

— Twoja prababka, księżna Viola — powiedział opat.

— Tak — skinął głową zaintrygowany Kazimierz; zresztą nie wypadało mu zaprzeczyć.

Pokazał swym ludziom, by zostali w refektarzu, a sam pozwolił się prowadzić cystersom.

Weszli bocznym wejściem, przez wąski korytarz wiodący z zabudowań klasztornych wprost do nawy kościoła. Przystanął, czekając, aż bracia zapalą świecę. Wnętrze świątyni było surowe, pozbawione ozdób, jakby religijność cystersów skupiała się na krzyżu i ołtarzu. Przyklęknął przed nim, jak zakonnicy. Opat dał znać, by wstał z kolan i poszedł za nim. Otworzył tabernakulum i wyjął z niego kielich.

— Przysuń świecę — powiedział do brata Beniamina.

— Dary, jakie przez lata otrzymywaliśmy od fundatorów, poszły na budowę, pogłębianie rowów, młyn, wyregulowanie brzegu Brdy, by nas nie zalewała na wiosnę i na jesieni. Każdy kolejny opat zgromadzenia powtarzał: jak skończymy budować, zaczniemy zdobić. Jak widzisz, namiestniku, czas budowy nigdy się nie kończy — uśmiechnął się nieznacznie. — Naszym jedynym skarbem jest ten kielich księżnej Violi. Żaden z moich świątobliwych poprzedników nie pomyślał nawet o tym, by go spieniężyć, choć wart jest pewnie tyle co pół naszego klasztoru.

— To czyste złoto? — zapytał Kazimierz.

— Tak — potwierdził opat. — Przyjrzyj się mu.

Na szerokiej, niskiej czaszy widniał wizerunek Chrystusa Zmartwychwstałego, z prawym ramieniem uniesionym jak do przysięgi. U jego stóp wyryto postać klęczącej kobiety z wyciągniętymi nad głowę rękoma.

— Księżniczkę Violę poślubił książę Kazimierz z Opola podczas piątej z kolei krucjaty. Wielu krzyżowców przywoziło z wypraw małżonki, a one wprowadzały na nasze dwory kulturę tak odmienną od tutejszej. Gdy ich córka, a twoja babka Eufrozyna, poślubiła księcia Kujaw Kazimierza, Viola, wówczas już wdowa, zamieszkała tutaj z młodymi. Zaprzyjaźniła się z pierwszym opatem cystersów w Byszewie, który był naszym klasztorem macierzystym. Ponoć w ostatnich latach życia cierpiała z tęsknoty za ojczyzną. Rozmowy z opatem przynosiły jej ukojenie, powierzała mu swe wspomnienia. A miała co opowiadać.

Kazimierz słuchając opata, obracał powoli kielich, odkrywając na nim kolejne ornamenty. Sylwetkę mężczyzny siedzącego na dwóch tronach, równoramienne krzyże, ptaki o długich dziobach, kwiaty z wysmukłymi płatkami, wszystko to jawiło mu się dziwnym, odmiennym, a jednocześnie w jakiś sposób bliskim.

— Pochodziła z dynastii Asenowiczów. Była córką cara Bułgarów, Kałojana, który sam nadał sobie przydomek Rzymianobójcy — ciągnął zakonnik. — Jej ojciec najpierw wywalczył dla Bułgarów niezależność od Konstantynopola, a potem zapragnął uznania w Rzymie i dostał je. Sam papież zaaprobował jego władzę. Ponoć miał dwie korony, jedną od patriarchy Wschodu, drugą od Ojca Świętego. Mówiono, iż nie było w jego czasach bardziej zawziętego władcy. Gdy upadał, podnosił się. Gdy ponosił klęskę, przegrupowywał wojska i sojusze.

— A mnie wydawało się, że mój ojciec był pierwszym takim w rodzinie — powiedział zaskoczony Kazimierz. — Opowiadano mu, czyim jest prawnukiem?

Ktoś cicho wszedł do kościoła, brat Beniamin przekazał świecę Anzelmowi i poszedł w stronę przybysza, ale Kazimierz, skupiony na opowieści cystersów, nie zwrócił na to uwagi.

— Zdaje się, że pamięć o Violi zniknęła w rodzie Piastów — smutno zaprzeczył Marcin. — A z opowieści przekazywanych w zakonie wynika, że gdy żyła, nie miała się komu zwierzyć. Poza naszym dawnym opatem nikt nie słuchał starej kobiety. Ten kielich to chyba jedyna pamiątka po bułgarskiej carównie.

— Nieprzypadkowo przyprowadziliśmy cię tutaj, królewiczu Kazimierzu. Zależało nam, byś poznał dzieje Kałojana. Cara, który patrzył na wschód i zachód jednocześnie — powiedział nieco drżącym głosem stary Anzelm. Płomień trzymanej przez niego świecy zafalował od oddechu.

Kazimierz wciąż miał w dłoniach czaszę kielicha. Zacisnął wokół niej palce, aż zetknęły się opuszkami.

— Widzimy w tobie człowieka, który rozumie cysterską ideę nauki z przeszłości dla przyszłości. Człowiek musi patrzeć na przodków z szacunkiem, ale budować… — Opat uniósł głowę i patrzył w stronę wejścia do kościoła, tam gdzie poszedł brat Beniamin. Ściszył głos i dodał szeptem: — Panie, w Zakonie są ludzie, którzy chcą rozmawiać.

— Nie rozumiem — przyjrzał się mu Kazimierz.

— Wielki mistrz Luther z Brunszwiku jest człowiekiem wojny — cicho wyjaśnił opat. — Lecz w jego otoczeniu znajdziesz ludzi pokoju. Czasami ich wpływy sięgają naprawdę daleko. Popytaj, proszę, o Zygharda von Schwarzburg. — Nazwisko cysters wymówił niemal samymi wargami, a potem dodał już nieco głośniej: — Bierz przykład z twego prapradziada, bułgarskiego cara. Tego, który patrzył na wschód i zachód, nigdy w jedną stronę. Przeciwwagą dla siły Zakonu może być cesarstwo. Rozmawiaj z każdym, nie bój się wyzwań, po czasie wojny nastaje czas pokoju…

— To miałem na myśli — przerwał mu rozgorączkowany nagłym odkryciem Kazimierz — gdy mówiłem, że Mieszko i Chrobry wiedzieli, jak obronić Kujawy. Pojadę do Krakowa — postanowił w tej chwili. — Pomówię z ojcem.

— Królewiczu Kazimierzu — usłyszał głos wychodzącego z półmroku przybysza.

Prowadził go barczysty brat Beniamin i choć mężczyzna wyglądał jak zwykły pielgrzym, Kazimierz rozpoznał w nim arcybiskupa Janisława.

— Dojrzałeś do zadania, jakie stawia przed tobą Królestwo.

Janisław stanął pod ołtarzem, w chybotliwym blasku świec. Kazimierz zobaczył, że jest zdrożony, szara opończa z kapturem, którą miał na ramionach, pokryta była pyłem. Wspierał się jak wędrowiec na kosturze i trzeba było chwili, by do Kazimierza dotarło, że to nie kostur, lecz pastorał.

— Pójdź za mną — powiedział poważnie Janisław. — Potrzebujemy cię.

JADWIGA na palcach weszła do komnaty Władysława. Borutka wstał od łoża króla i ustąpił jej miejsca.

— Śpi? — spytała.

Wrończyk wzruszył ramionami i rozłożył ręce. Przez szparę niedomkniętych drzwi wślizgnęła się Stanisława.

— Jak z królem? — szepnęła.

— Bez zmian — pokręciła głową Jadwiga i chwyciła leżącego za rękę. Była ciepła. Stasia przycupnęła obok niej.

Do komnaty wszedł Paweł Ogończyk, poznały go po szuraniu. Nic nie powiedział, przystanął gdzieś z boku. Za nim, jak cień, szedł zgarbiony Jałbrzyk. Potem zjawił się Jarosław Bogoria. Kolejny był biskup Jan Grot, ale ten wtargnął do komnaty z gromnicą i księżmi, otoczyli łoże kordonem i nie czekając na przyzwolenie, zaczęli śpiewać psalmy. Trwało to długo, zapadła noc, gromnica dymiła i w komnacie zrobiło się duszno. Weszła Anna z córkami, ale zobaczywszy ten tłum, przeżegnała się i wycofała na palcach, zabierając ze sobą dziewczynki. Wreszcie usłyszeli z dziedzińca granie rogu i po chwili do komnaty wbiegł Kazimierz. Na plecach miał płaszcz mokry od deszczu.

— Synu! — Wstała do niego.

— Matko — powiedział i popatrzył w jej oczy z uwagą, jakiej nigdy u niego nie widziała. A potem wziął ją w ramiona. Nie ona jego, lecz on ją i to rozkleiło Jadwigę. Kazimierz przycisnął ją, przytrzymał. Potem puścił i przypadł do łoża. Księża cofnęli się o krok, robiąc mu trochę miejsca.

— Ojcze — pochylił się i ucałował dłoń Władysława. — Ojcze. Mam ci tyle do powiedzenia.

W chybotliwym płomieniu gromnicy twarz Władka wyglądała na przeraźliwie bladą i nieruchomą. Borutka strzygł mu brodę i układał włosy, ale profil wyostrzył się przez tych kilka dni i Jadwiga zauważyła, że jej mąż wygląda drapieżnie.

— Jak to się stało? — spytał Kazimierz, odwracając się ku niej, ale nie wstając z klęczek.

— Normalnie — odpowiedziała Jadwiga.

— Byliśmy na przejażdżce — powiedział gdzieś z głębi, spod okna, Paweł Ogończyk.

Przycupnięty za nim Jałbrzyk odchrząknął i zaczął trzęsącym się głosem:

— Król jechał na Mojmirze, pogoda dobra, słonko świeciło. Borutka opowiadał nam właśnie, co się dowiedział od królowej Rikissy, że Jan Luksemburski oślepł na prawe oko, król powiedział: „Spojrzał na to, co nie powinien", a potem zachwiał się w siodle. I zawróciliśmy na Wawel.

— Wieczerzy jeść nie chciał — kontynuowała Jadwiga — i był małomówny. Ale powiedział, że na sumieniu leży mu Grunhagen. I to nie był pierwszy raz, gdy go wspominał. Borutka nawet zaraz, jak wrócili z wojny, poszedł szukać żony Grunhagena, oni dom mieli gdzieś nad Wisłą.

— Znalazłeś ją? — spytał Kazimierz, szukając wzrokiem Borutki, ale ten stał w cieniu. — Ojcu ulżyło?

— Nie znalazłem — burknął zza zasłony Borutka. — Dom sprzedany, Berta zniknęła, sąsiedzi nic nie wiedzą. Królowi od tego lepiej nie było — dodał grobowo.

— A tego dnia, po przejażdżce, król powiedział: „Grunhagen do mnie przychodzi". — Stanisława przeżegnała się zamaszyście. — Tośmy od razu z królową wiedziały, że źle się dzieje. Pani msze zamówiła za duszę tego Grunhagena.

— Ale ojciec rano z łoża nie wstał — pokiwała głową Jadwiga. — I słowem się już nie odezwał.

— Co powiedział medyk? — spytał Kazimierz.

— Boże broń, nie wzywałam medyka! — zastrzegła się królowa. — Wiesz, jak ich nie lubił. Nagadałby mi tylko...

— Ale pytałyśmy — szepnęła cichutko Stanisława. — Królowa rozmawiała. Ci nasi medycy, Kazimierzu, to są jacyś niedouczeni, nic nie wiedzą.

— Czyli co powiedział? — nacisnął Kazimierz.

— Że to starość — bezradnie odpowiedziała Jadwiga.

— Głąb — prychnął spod ściany Ogończyk. — Król był stary od dawna, a nie kładł się od tego do łoża. Przeciwnie, był w świetnej kondycji. Mnie Borutka pomagał wsiąść na konia, a Władysław sam wskoczył, to co tu gadać... Starość, tfu, też mi powód do leżenia.

— Powinien jednak przyjąć sakramenty. — Głos Bogorii był zatroskany.

— Zaśpiewajmy litanię do Wszystkich Świętych — zaordynował biskup, ale w tej samej chwili do komnaty wszedł Spycimir, mąż Stanisławy, co z wojewodostwa przeszedł na kasztelanię krakowską po śmierci Nawoja. Stanął na palcach i próbował coś zobaczyć ponad głowami zgromadzonych.

— Obudził się? — spytał gromko spod drzwi, bo nie chciał się przepychać do łoża władcy.

— Król nie śpi, król chce spokojnie umrzeć! — krzyknął przez łzy wciśnięty za kotarę łoża Borutka.

Jadwiga osunęła się na kolana obok syna, ten objął ją ramieniem. I wtedy w powietrzu rozszedł się słodki zapach lilii.

NAWA KRÓLÓW

Pierwsze, co usłyszał, gdy umilkł zgiełk komnaty, to rżenie. Rozpoznałby je na końcu świata.

— Rulka! — zawołał. — Rulka, gdzie jesteś?

Parsknęła gdzieś bardzo blisko, ale Władysława spowijała ciemność. Gęsta jak powietrze przed burzą, duszna. Zachłysnął się nią boleśnie, zadławił.

— Odkaszlnij — poradził mu kobiecy głos. — Raz, a mocno i będzie po wszystkim. Nakadzili ci w tej komnacie i gromnica knot miała nie najlepszy. Kopciła jak w piekle. No, Władziu, już!

Chciał, ale nie miał siły. Nie mógł rozewrzeć warg.

— Ostatni oddech jest wspaniały — odezwał się głos męski. — Weź go mężnie!

Próbował, ale te zaciśnięte szczęki były jak mur tarcz na polu bitewnym. I wtedy czyjeś chude, piekielnie mocne palce chwyciły go za żuchwę i pchnęły ją w dół.

— Borutka! — usłyszał z daleka, zza mgły, przerażony głos Jadwigi.

— Ostatni raz mojemu królowi usłużę — odpowiedział Wrończyk, a Władysław zachłysnął się oddechem. Powietrze dosłownie przebiło mu gardło, jak sztylet. Zacharczał, wypchnął je.

— No i po wszystkim! — zaklaskała kobieta. — Witaj w życiu po śmierci!

Wokół niego rozjaśniło się.

— Ciotka Kinga — poznał wreszcie księżnę krakowską. — I wuj Bolesław…

— No wybacz, Władziu, matka po ciebie nie wyjdzie! — zaśmiała się Kinga. — A my z moim mężem mamy tu pewne wpływy. I pozwolili nam cię przeprowadzić.

— Chociaż trzeba przyznać, że w umieraniu też byłeś uparty, jak w życiu. — Poklepał go po ramieniu książę, a potem odsunął się nieco i spojrzał na jego czoło. — Niewidzialna korona — wyszeptał. — Sakramentalna, śladem świętego oleju opasująca twą głowę. Ach, co za szczęście... Wreszcie mogę się jej dobrze przyjrzeć.

— Rulka. — Władysław przytulił się do szyi swej klaczy. — I ty zostałaś świętą...

— Nie bluźnij — zaniosła się śmiechem Kinga. — Naprawdę przyszło ci do głowy, że trafiłeś do nieba? Bolesławie, słyszysz ty to?

— Niemożliwy, jak za życia — pokiwał głową krakowski książę i jego piękne srebrne włosy zafalowały, pokazując nieco spiczaste uszy.

— To gdzie my jesteśmy? — spytał oszołomiony.

— W zaświatach, Władziu — wyjaśniła Kinga.

— Ale ty... do ciebie modlą się ludzie, jesteś świętą — zaprotestował.

— Do kogoś muszą się modlić, żeby Najwyższemu nie zawracać głowy każdym drobiazgiem — odpowiedziała skromnie. — A świętość, cóż. Zobaczysz u nas wiele dziwów.

— To chodźmy już — ponaglił.

— Nic się nie zmienił — ucieszył się książę Bolesław. — Całe życie w biegu i po śmierci się spieszy. Ty się, mój drogi, przestaw, tu jest życie wieczne.

— Wieczne odpoczywanie? — spytał, bo poczuł się nagle zmęczony.

Książę i księżna spojrzeli na siebie porozumiewawczo.

— Niekoniecznie — odpowiedziała Kinga, wydało mu się, że wymijająco.

— Prosimy — powiedział Bolesław i ruszyli. Kinga sunęła przed nimi nad ziemią. Tu już nie musi się ukrywać — pomyślał. Rulka godnie kroczyła przy jego boku, a szli po czymś, co ginęło w ciemności, ale musiało być mchem. Miękkim i soczystym; tłumiącym odgłos kroków. Poczuł wokół siebie wonie żywiczne, gęste, sosnowe, jodłowe i miodne, aż chciało się je ugryźć. Potem zapachy kwiatów, a były tak intensywne, że rozpłynęła się w nich woń lilii księżnej krakowskiej. W powietrzu krążyły setki świetlików, sprawiając, że drżało i rozjaśniało się drobnymi blaskami.

— To dusze zmarłych — powiedziała ciotka.

— Ale wy jesteście pod swą zwykłą postacią — zaprotestował.

— Owszem, ale one też ciebie nie widzą — wyjaśniła, co skomplikowało mu sprawę.

Za to w blasku, jaki bił od świetlików, zobaczył, że idą łąką porośniętą roślinnością tak bujną, obfitą i barwną, że zachłysnął się od intensywności faktur, kształtów i kolorów. Paprocie olbrzymie jak drzewa, między nimi szemrzące strumienie, w dali wodospady. Dusz-świetlików było coraz więcej i widział coraz jaśniej. Trawa miękka i zielona, kwitnąca i po pas wysoka. Rozłożyste jabłonie o gałęziach uginających się od owoców. Dęby o pniach jak baszty. Wyniosłe srebrzyste jesiony. Buki o znaczonych obrazami korach.

— Jak pięknie... — jęknął.

— To nasze Królestwo przed wiekami — z dumą powiedział Bolesław.

— Mój mężny — w głosie Kingi zabrzmiała nuta żartobliwej przygany — to nie Królestwo, to złote czasy, zanim zamieszkali tu Piastowie. Spójrz, Władku. — W dłoni ciotki pojawiła się latarenka świecąca biało, złoto i purpurowo. — Oto nasz dom, tak teraz mieszkamy.

Zadarł głowę z podziwem i jęknął. Biała budowla przypominała stare palatium na Ostrowie Tumskim w Poznaniu. Tyle że była od niego znacznie węższa i po wielekroć potężniejsza. Była wieżą przecinaną półkoliście sklepionymi oknami, jej szczyt niknął w obłokach, które przesuwały się na niebie o barwie granatu. Przez chwilę chmury odsunęły się od budowli i zdawało mu się, że nad kamiennymi piętrami znajdują się ściany z polerowanej stali i grubego, niebieskawego szkła. Co z dziwy — otrząsnął się i choć był ciekaw, nie mógł zobaczyć więcej, bo napłynęły obłoki i zakryły szczyt wieży.

— Pewna odmiana po wilgotnym Wawelu? — dał mu kuksańca w bok wuj Bolesław.

— Zapraszamy — gościnnie objęła go ramieniem Kinga i natychmiast otworzyły się spiżowe wrota piastowskiego palatium. Weszli, Rulka z nimi i od razu otoczył ich zgiełk. Władysław poczuł się jak w gospodzie albo w rojnym ulu.

Przed nimi przemknął grubas w dziwacznej luźnej tunice i z włosami do ramion.

— Sam sobie idź do łaźni! — wrzasnął do uciekającego przed nim chudzielca.

— Książę Henryk Brodaty — powiedział wuj.

— Zatańcz dla mnie, błagam! — jęknął łysy jak kolano starzec z błazeńską czapką w dłoni. Potrząsał nią i dzwonki zabrzęczały słodko. — Zatańcz...

— Książę Bolesław Rogatka — przedstawiła Kinga z lekkim wzruszeniem ramion.

Potem kulawy z dziecięcym, wystruganym konikiem w dłoni gonił spluwającego gdzie popadnie rudzielca.

— Książę Władysław Laskonogi i Władysław Plwacz Odonic — uniosła brwi Kinga. — Twoi przodkowie i imiennicy.

— Ojciec — szepnął Władek, rozpoznając w głębi sali księcia Kazimierza. Ten jednak zdawał się nikogo nie widzieć, pogrążony w myślach przesuwał srebrne kubki po tacy. Władysława pochłonął jego widok. Ojciec lewą dłoń zanurzył w kędzierzawe włosy, na palcu miał złoty pierścień. Wtem zza jego pleców wyszła niziutka kobieta. Ciemnooka, o przenikliwym spojrzeniu. Na głowie miała kokosznik, czepiec w kształcie półksiężyca, wysoki i sztywny, zdobiony połyskliwymi kamieniami. Po obu stronach jej twarzy pobrzękiwały długie zausznice. Sunęła w jego kierunku drobnymi krokami, nie spuszczając z Władysława czujnego spojrzenia.

— Mój wnuk — powiedziała śpiewnie i wyciągnęła do niego chudą, drobną rękę. Na wierzchu dłoni miała wymalowany półksiężyc i krople idące z jego rogów do jej palców.

— To nie babka Agafia — szepnął do księżnej Kingi.

— Oczywiście, że nie. To księżna Viola. Zwykle bywa w nawie Asenowiczów, ale dzisiaj postanowiła powitać wnuka.

Zausznice wschodniej księżnej zabrzęczały dźwięcznie. Zbliżyła się do Władysława. Była tak niska, że zadzierała głowę, by na niego patrzeć.

— Jakiś ty do niego podobny — powiedziała. W jej ciemnych oczach zakręciły się łzy.

— Do kogo? — spytał, ale Viola nie odpowiedziała; odpłynęła w powietrzu z szelestem marszczonych sukien.

— Spotkam ją jeszcze? — Władysław niespokojnie spojrzał na księcia Bolesława.

— Jeśli będziesz chciał — niepewnie odrzekł wuj.

— Oczywiście, że będzie — zdecydowała za niego ciotka Kinga. — Zapomnienie ma swoje granice. Chodźmy dalej — poprowadziła go.

Z daleka zobaczył Bolesława Mazowieckiego tańczącego pod Madonną na Purpurze. Leszka Czarnego czyszczącego broń. Szalonego Konrada z Mazowsza strzelającego z łuku. I przystojnego Henryka

Wrocławskiego grającego na fideli. Śpiewał do jego muzyki ponury Henryk Głogowczyk. A Henryk Gruby bawił się miniaturą klatki, w której chował sobie półgęsek, po to, by po chwili go wyjąć z okrzykiem: „Uwolniony!" i pożreć.

— Jak mówiłam wcześniej, nie jesteśmy w niebie — kąśliwie przypomniała księżna Kinga.

— Nie daj Boże, zjazd piastowski! — potwierdził książę Bolesław i szepnął: — Dzisiaj i tak jest spokojnie, ale chodźmy już wyżej.

Kamienne schody były szerokie i, choć biegły spiralnie, wygodne. Na kolejnej kondygnacji uderzył w jego uszy kobiecy śmiech.

— I ja jej wtedy powiedziałam… — perorował wysoki, apodyktyczny głos.

— Święta Klara lepiej by nie zrobiła, matko! Wina?

— Wina! W końcu dzisiaj święto, witać będziemy króla.

— Kto umarł? Kto umarł?

— Władysław! Dzwonów nie słyszałaś, Jadwigo?

— Ten garbaty?

— Nie, głuptasie. Ten uparty!

— Klaryski wrocławskie — kwaśno przedstawiła damy Kinga. — Zwykle są bardziej…

— Nieprawda — pogodnie zaprzeczył Bolesław. — Mimo to wspaniałe kobiety. Przyłapałeś je na plotkach, ale znajdują czas także na modlitwy. Umierały w różnych odstępach czasu, ale ta ich najstarsza, opatka, niezwykle zaradna. Załatwiła im wspólną celę…

— Całe piętro — dodała Kinga. — I na dodatek mają osobny korytarz do wieży Przemyślidów, bo matka założycielka z tamtej dynastii, więc kręcą się nieustannie.

— Nie fochaj, moja świątobliwości — pocałował ją w policzek Bolesław. — Wymodliły sobie wygodę po śmierci. Żałujesz im?

— Ja? — oburzyła się Kinga. — Ja niczego, nikomu.

— Pewnie, moja pani. Ty możesz chadzać do świętych Arpadek, swoich sióstr.

— Nie wypominaj mi rodziny. Zwłaszcza żeśmy już zakończyli ziemskie bytowanie. Nasza wieża zamknięta, niedługo…

— Ciii… — przyłożył palec do ust Bolesław. — Pozwól mu dotrzeć na górę.

— Co dalej? — spytał Władysław.

— Przed tobą wieża królów. Ale na nią musisz wejść sam.

— Czy mogę wjechać?

Bolesław i Kinga spojrzeli na siebie i unieśli brwi jednocześnie. Wziął to za przyzwolenie i wskoczył na grzbiet Rulki. Jego klacz zarżała śpiewnie. Dotknął kolanami jej boków.

— Nawet nie wiesz, jak tęskniłem za tobą — szepnął, pochylając się do jej ucha. Ruszyła. Kopyta zadzwoniły na kamiennych schodach. Zawirowało mu w głowie, okrążyli wieżę, wspinając się w górę. Wjechali do wielkiej komnaty, rozświetlonej blaskiem bijącym z okien wokół wieży i z jej ścian. Były wyłożone szklanymi płytkami w barwie bursztynu. Dwa stojące z przodu trony zajmowało rodzeństwo, Bolesław i Świętosława. Grali w jakąś grę, przesuwając kościane piony na drewnianej, wiszącej w powietrzu między nimi tarczy.

— Wygrałam! — krzyknęła królowa Świętosława.

— Ograłaś mnie, szelmo — odepchnął tarczę Bolesław. Uniósł głowę i zobaczył Władka na grzbiecie Rulki. Krzyknął: — Nareszcie! Oto nasz pierwszy Władysław! — i poderwał się z tronu.

Rulka zatańczyła na posadzce z barwnych płytek.

— Czekaliśmy na ciebie — z zaciekawieniem powiedziała Świętosława, podchodząc. Złote włosy miała zaplecione w misterne korony warkoczy. U jej nóg natychmiast pojawiły się trzy wielkie rysie. — Długo walczyłeś. — Położyła dłoń na szyi Rulki i zobaczył jej dwubarwne oczy. — Ale też przytrafili ci się wrogowie! — gwizdnęła z podziwem. — Chłopcy w bieli, z krzyżem na płaszczach. W moich czasach nikt by tego nie wymyślił, myśmy mieli walecznych wikingów, ale widać każdy ma takich przeciwników, na jakich zasłużył. Zsiadaj z klaczy, poznaj przodków. Mojego brata rozpoznałeś, co? Po brzuchu — klepnęła Bolesława Chrobrego. — Ten przystojniak to mój bratanek, Mieszko.

Miodowłosy młodzian w niezwykle wykwintnych szatach podszedł do niego i wyciągnął dłoń do uścisku. Władysław zobaczył, że jego palce są smukłe i jasne; na prawej dłoni miał pierścień ze złotym orłem, który poruszał skrzydłami.

— Trzeci tron trzymamy pusty — powiedziała — na pamiątkę Bezpryma, który, jak wiesz, złożył koronę przed posągiem...

— Wiem — powiedział i był zaskoczony, że jego głos brzmi tak głęboko. Spojrzał na złote siedzisko, a na nim wianek z gałązki jakiegoś ziela.

— Poznaj Bolesława Śmiałego — powiedziała Świętosława z dumą.

Zobaczył wysokiego, płomiennookiego mężczyznę o drapieżnej urodzie. Nosił krótką brodę wygoloną na policzkach tak, że zarost okalał mu wyłącznie linię żuchwy. Na sobie miał kwiecisty, wschodni kaftan, a na biodrach pas nabijany srebrem.

— Masz mój miecz? — spytał niespokojnie, z nerwem.

— Mam — odpowiedział Władysław i wyjął ostrze z pochwy na plecach. Inskrypcja na rękojeści zalśniła.

— Przekuli go — z wyraźną ulgą powiedział czwarty król. — Przekuli. Jak do ciebie trafił? — płomienie w jego oczach rozbłysły.

— To długa historia — powoli odrzekł Władysław, nie mogąc oderwać od Bolesława spojrzenia. Dotarło do niego, że patrzy czwartemu królowi prosto w oczy. Że jest z nim równy wzrostem.

— Skoro długa, opowiecie sobie później — kpiąco prychnęła Świętosława i poprowadziła go dalej. Obejrzał się za Bolesławem Śmiałym, a ona objęła go nagle i powiedziała poważnie: — Nigdy nie byłeś karłem, Władysławie. Ci, którzy tak cię widzieli, byli w błędzie. Dobrze wiem, jak złe słowo kładzie się cieniem na całym życiu, ale tacy jak my potrafią przekuć broń, która miała zabić, w oręż, którym zwyciężą.

Nim zdążył przemyśleć jej słowa, zawołała:

— Jest i Przemysł!

Miał chustkę na szyi, jakby chciał w zaświatach zasłonić miejsce, w które zadano mu cios śmiertelny. I był najmłodszy z nich wszystkich. Otworzył ramiona i zawołał:

— Władysław!

Królowa Świętosława zniknęła, a oni uścisnęli się serdecznie, jak bracia.

— Nie miałem pojęcia, jak wszystko skomplikuje się po mojej śmierci — powiedział Przemysł. — Walczyłeś z Głogowczykiem, Václavem, jego też tu spotkasz, teraz poszedł do córki, ale odwiedzi nas później. Zwyciężyłeś z Krzyżakami… — pokręcił głową z podziwem.

— Któryś się pojawił? — chrapliwie spytał Władysław.

— Nie — zaprzeczył Przemysł. — Widocznie zaświaty wielkich mistrzów nie łączą się z naszymi.

— Nie szkodzi — twardo odpowiedział Władysław.

— Pokłoń się Umarłym Królom — poradził mu Przemysł.

Zrobił to, odeszli do swoich zajęć.

— Tu jest twoje miejsce — pokazał mu szósty tron.

Zmroziło go. Obok niego stał siódmy, więcej nie było.

— Co to ma znaczyć? — spytał Władysław.

— Koniec królewskiej dynastii — usłyszał. — Kazimierz będzie ostatnim w nawie Piastów.

Chryste! — jęknął w duszy. A ten potężny gmach? Komu ma służyć?

Tym, którzy przyjdą po was — usłyszał głos płynący ze ścian palatium.

— Czyli komu? — spytał wprost.

— Jesteś gotów, by zobaczyć zmianę dynastii?

— Jestem gotów na wszystko — odpowiedział pewnie.

Zamigotało mu przed oczami. Z wielości barw na krótką chwilę wyłoniła się jego córka Elżbieta i zniknęła. A potem podobna do nich i niezwykle wysoka dziewczyna, konno. Ponad nawą Piastów otworzył się mur i zamajaczyły schody. Nie widział, dokąd prowadzą, ginęły we mgle. Dziewczyna odwróciła konia i wjechała na stopnie. Na ramionach miała płaszcz w kolorze wieczornego nieba, zdobiony andegaweńskimi liliami. *Jadwiga, król Polski* — usłyszał szum. I zrozumiał: Moja prawnuczka. Zobaczył Giedymina, zamglonego, puszczającego konno jeźdźca. Pogoń litewska. Jagiełło, mój wnuk — szepnął do niego Giedymin. I oboje młodzi połączyli się w konnej gonitwie, wjeżdżając na niewidoczne dla Władka piętro. Król Władysław II! — zakrzyknął w katedrze wawelskiej biskup, którego nie znał.

I zobaczył idącego do ołtarza mężczyznę ze swoich snów. Tego, który miażdży Krzyżaków.

Całe życie myślałem, że to ja — zrozumiał ze smutkiem. — A to inna Jadwiga i inny Władysław.

— Wziął twoje imię, bo ty pokazałeś kierunek — odezwał się głos.

Władek poznał arcybiskupa Świnkę.

— Ty tutaj? — zdziwił się.

— Jestem półkrwi Piastem, Najwyższy pozwala mi na odwiedziny w palatium — przeczesał srebrną brodę Jakub Świnka. — Władysławie, popełniłeś więcej błędów niż inni, tylko dlatego, że twoje życie było długie. Jesteś najstarszym z piastowskich królów — powiedział z podziwem.

Władysław wyjrzał przez okno palatium. Zobaczył wysoką, potężną jak drzewo siwowłosą kobietę, która okrążała wieżę Piastów z pękiem ziół w dłoni. Wyjmowała źdźbło za źdźbłem, rzucając dookoła wieży.

— Moja przyjaciółka, Dębina — powiedział arcybiskup, a ona spojrzała na nich świetlistymi, pięknymi oczyma.

— Nie dokończyłem sprawy — wyznał Jakubowi Śwince Władysław. — Złożyłem przysięgę, ale nie przekazałem jej synowi.

— A on poniesie jej brzemię. Kazimierz będzie ostatnim Piastem.

— Niemożliwe! — zbuntował się Władysław.

— W przyszłości wszystko jest możliwe — zaśmiał się Jakub Świnka. — Kobieta przeniesie cząstkę krwi dynastii na tamto — wyciągnął ramię — niewidoczne dzisiaj piętro.

Władysławem targnęło, zapragnął wrócić, naprawić, co zepsuł.

— Jemioła miała rację — powtarzał gorzko. — Miała rację, a ja nie chciałem jej wierzyć. Byłem głupkiem, który mawia, że kobiety szanuje, ale ich nie słucha.

— Nikogo nie słuchałeś — przypomniał mu Jakub Świnka. — Ale dochowałeś się wspaniałego syna. Pocieszę cię, Kazimierz dostanie przydomek „Wielki".

— Po mnie to żadna sztuka — wzruszył ramionami Władek. — Gdańska i Pomorza Krzyżakom nie odbiłem, straciłem Kujawy.

— Odepchnąłeś Luksemburczyka. Podciąłeś Krzyżakom skrzydła — z dumą odpowiedział Jakub. — Zmusiłeś wielkiego mistrza do cofnięcia się i ugody. Pozwól, że resztą zajmie się Kazimierz. Będzie wiedział, jak wykorzystać każde z twoich zwycięstw i jak wyciągnąć wnioski z porażek.

— Naprawdę nie dochowa się syna? Nic już nie można zrobić?

— Taka jest uroda życia, niepowtarzalność — odpowiedział Jakub Świnka z uśmiechem. A potem otoczył Władysława ramieniem i ten uścisk go ukoił. — Przemysł odzyskał dla nas koronę. Ty, Władysławie, przebudziłeś ducha Królestwa. I on już nie zginie. A teraz chodź, kończy się twój pogrzeb. Tylko raz w życiu można na niego popatrzeć.

Poprowadził go do wielkiego kamiennego krużganka i wskazał, by król spojrzał w dół. Władysław przez chwilę widział tylko opary mgły, jakby znów był na Radziejowskim Polu. Tyle że dochodził z nich nie szczęk broni i rżenie rumaków, ale śpiew.

— *Santa Maria*...

Mgła rozrzedziła się i zobaczył wnętrze wawelskiej katedry. Stojącą przy katafalku Jadwigę w czerni, drobniutką. Korona na jej wdowim welonie jaśniała jak gwiazda.

— Jesteś taka piękna — szepnął.

Obok, u szczytu trumny, był Kazimierz. Teraz wziął z rąk wojewody krakowskiego miecz, jeden z wielu, którymi Władysław walczył za życia. Katedrę wypełnił szloch, który zagłuszył szczęknięcie pękającego żelaza. Jego syn uniósł w lewej dłoni ostrze, w prawej rękojeść i złożył złamany ojcowski miecz do trumny. Nad katafalkiem pochylił się jego wnuk, Bolko książę Świdnicy, z królewskim berłem i jabłkiem w dłoniach. Jadwiga zrobiła krok w stronę trumny, wyciągnęła rękę z czymś, co wyglądało jak chusta, ale cofnęła się. Kazimierz przytrzymał matkę i wziął od niej chustę.

— Co to? — nie zrozumiał Władysław.

— Całun — odpowiedział Jakub Świnka. — Przykryją ci twarz.

Zrobił to Kazimierz; Władysław widział tylko jego plecy, z ruchów ramion domyślając się, że syn rozkłada chustę z namaszczeniem, lub powagą, powoli.

Jest ostatnim żyjącym, który widzi mą twarz — przeszło mu przez myśl i wysoka sylwetka Kazimierza w całości przysłoniła trumnę.

— Dużo zostawiłem na jego głowie — odezwał się Władysław. — Miałem nadzieję, że pokonam Krzyżaków. Jakubie? — Targnięty niepokojem dotknął ramienia arcybiskupa. — W jakiej koronie złożyli mnie do trumny?

— Nie widzisz? — zdziwił się Jakub Świnka. — W wojennej. Twój syn będzie królem pokoju.

— Ach, gdyby Kazimierz przesunął się choć trochę — żachnął się Władysław. — Przysłania wszystko.

Z nawy bocznej wyszedł Borutka

— Co z nim? — spytał.

— No cóż — przygładził brodę Jakub Świnka. — Ten to już nas nie opuści. Można by rzecz: na trwałe zadomowi się w Królestwie. On cię ubrał do trumny — dodał arcybiskup po chwili. — W szatę, którą sam wymyślił, i nikogo nie pytając o zgodę, kazał uszyć i ozdobić.

— Tylko nie to — zafrasował się Władysław, przypominając sobie wymyślne stroje Borutki.

— Niepotrzebnie się martwisz — w głosie Jakuba zabrzmiała tajemnicza nuta. — Całe życie ubierałeś się skromnie, na ostatnią drogę wystroił cię z przepychem, po królewsku i godnie.

— Przecież nikt nie będzie zaglądał mi do trumny — pokręcił głową Władysław i przez chwilę był rad, że Kazimierz zasłania mu widok.

— Kości władców są własnością Królestwa — odpowiedział Jakub w zadumie.

Władysław dopiero teraz dostrzegł, że Borutka z nawy bocznej wyszedł z jego królewskim, koronacyjnym mieczem, a niósł go z takim namaszczeniem, jak w czasach, gdy był giermkiem. Podał go Kazimierzowi.

— Jak to możliwe? Przecież miecz mam tutaj. Pokazywałem go Bolesławowi Śmiałemu!

— Zaświaty są zaskakujące — uspokoił go Jakub Świnka. — A twój miecz przetrwa setki lat jako miecz koronacyjny polskich królów. Każdy następny będzie wspominał twoje imię, Władysławie.

Kazimierz wziął ojcowski miecz z rąk Borutki. Dopełniając pożegnania, dotknął ostrzem trumny.

— Tam mnie nie ma! — krzyknął do syna Władysław, nim zdążył powstrzymać go Jakub Świnka. — Tu jestem!

Kazimierz odwrócił się gwałtownie, jakby usłyszał głos ojca z zaświatów. Na tę jedną chwilę odsłonił trumnę. Mężczyzna, który w niej leżał, wydawał się potężny.

— To naprawdę ja? — szepnął Władysław.

— Tak, królu — odpowiedział mu Jakub Świnka. — To ty.

W kościele zapanowało uroczyste milczenie. W tym samym momencie służba katedralna przysłoniła wnętrze trumny ciężkim wiekiem i Władysław nic więcej nie mógł zobaczyć. Usłyszał szloch Jadwigi. Rozdzierający w tej ciszy, jakby zgromadzeni dali królowej pierwszeństwo w żałobie. Jeszcze płakała, gdy zaszumiały olbrzymie skrzydła i na zamkniętym wieku trumny przysiadł królewski orzeł. Ptak krzyknął. Kazimierz wrócił na miejsce i jego cień zasłonił ojcowską trumnę.

— Władysław umarł, a król Kazimierz poprowadzi w przyszłość Odrodzone Królestwo! — zawołał celebrujący liturgię arcybiskup Janisław.

Rody

Piastowie

Od Bolesława Chrobrego, pierwszego króla aż do Bolesława Krzywoustego tworzyli niepodzielną dynastię. Potem, w wyniku Statutów Wielkiego Rozbicia podzielili się na rody, biorące początek w synach Krzywoustego, władające dzielnicami dawnego królestwa.

Piastowie Starszej Polski

Linia: wywodzą się od księcia Mieszka Starego.
Zawołanie: „Niepodzielni".

→ **Przemysł I** — książę, syn Władysława Odonica i Jadwigi.
→ **Elżbieta** — żona Przemysła I, księżniczka wrocławska.

→ **Konstancja** — córka Przemysła I i Elżbiety, żona margrabiego brandenburskiego Konrada.
→ **Eufrozyna** — córka Przemysła I i Elżbiety, ksieni cysterek w Trzebnicy.
→ **Anna** — córka Przemysła I i Elżbiety, ksieni cysterek w Owińskach.
→ **Eufemia** — córka Przemysła I i Elżbiety, klaryska wrocławska.
→ **Przemysł II** — syn Przemysła I i Elżbiety, książę.
→ **Lukardis** — pierwsza żona Przemysła II, księżniczka meklemburska.
→ **Rikissa Valdemarsdotter** — druga żona Przemysła II, królewna szwedzka.

→ **Rikissa** — córka Przemysła II i Rikissy, *bis regina*, żona Václava II Przemyślidy i Rudolfa Habsburga, królowa Czech i Polski.

→ **Małgorzata Askańska** — księżna, trzecia żona Przemysła II, księżniczka brandenburska.

→ **Bolesław** zwany **Pobożnym** — książę, syn Władysława Odonica i Jadwigi.
→ **Jolenta z Arpadów** — żona Bolesława.

→ **Elżbieta** — córka Bolesława i Jolenty, wdowa po Henryku Brzuchatym.
→ **Jadwiga** — córka Bolesława i Jolenty, żona Władysława Łokietka, królowa Polski.
→ **Anna** — córka Bolesława i Jolenty, klaryska.

Piastowie Małej Polski

Linia: wywodzą się od Kazimierza Sprawiedliwego.
Zawołanie: „Tron seniora".

→ **Leszek Biały** — ostatni senior, zginął w „krwawej łaźni w Gąsawie".
→ **Grzymisława z Rurykowiczów** — żona Leszka Białego.

→ **Salomea** — córka Leszka Białego i Grzymisławy, błogosławiona dziewica.

→ **Bolesław** zwany **Wstydliwym** — syn Leszka Białego i Grzymisławy, książę.

→ **Kinga z Arpadów** — żona Bolesława, święta.

→ **Leszek Czarny** — herbu półorzeł, półlew, adoptowany syn Bolesława i Kingi.

→ **Gryfina** — żona Leszka Czarnego, księżna halicka, opiekunka Rikissy, córki Przemysła II.

Piastowie Mazowsza

Linia: wywodzą się od Bolesława Kędzierzawego, linia główna wygasła na jego synu. Dzielnica przekazana Kazimierzowi Sprawiedliwemu (władcy Małej Polski), co spowodowało późniejsze pretensje kolejnych jego potomków do tronu krakowskiego. Tak zwana linia młodsza wywodzi się od Konrada, zwanego Szalonym Piastem z Mazowsza. Jeden z jego synów — Kazimierz — utworzył linię kujawską, a drugi — Siemowit — mazowiecką.

Piastowie kujawscy

Zawołanie: „Pod wiatr".

→ **Kazimierz** zwany **Kujawskim** — książę kujawski.

→ **Jadwiga** — pierwsza żona Kazimierza, córka Władysława Odonica, księżniczka Starszej Polski.

→ **Konstancja** — druga żona Kazimierza, księżniczka śląska.

→ **Leszek Czarny** — syn Kazimierza i Konstancji, później adoptowany syn Bolesława, księcia Małej Polski.

→ **Gryfina** — żona Leszka Czarnego, księżna halicka, opiekunka Rikissy, córki Przemysła II.

→ **Siemomysł** zwany **Siemieszką** — syn Kazimierza i Konstancji, książę inowrocławski.

→ **Salomea** — żona Siemomysła, córka Sambora II, księcia tczewskiego.

→ **Leszek** — syn Siemomysła i Salomei, książę inowrocławski.

→ **Przemysł** — syn Siemomysła i Salomei, książę inowrocławski.

→ **Kazimierz** — syn Siemomysła i Salomei.
→ **Eufemia** — córka Siemomysła i Salomei.
→ **Fenenna** — córka Siemomysła i Salomei, księżniczka kujawska, żona króla Węgier, ostatniego z rodu Arpadów, Andrzeja III.
→ **Konstancja** — córka Siemomysła i Salomei, opatka zakonu cystersów.

→ **Eufrozyna** zwana **Piekielną Wdówką** — trzecia żona Kazimierza.

→ **Władysław** zwany **Łokietkiem** — syn Kazimierza i Eufrozyny, książę brzesko-kujawski i dobrzyński, król Polski.
→ **Jadwiga** — żona Władysława, córka Bolesława, księcia Starszej Polski, **królowa Polski.**

→ **Kunegunda** — córka Władysława i Jadwigi, żona księcia świdnickiego Bernarda.
→ **Bolko II Mały** — książę świdnicki.
→ **Konstancja** — żona księcia głogowskiego Przemka.
→ **Elżbieta** — żona księcia opolskiego Bolesława II.
→ **Henryk II** — książę świdnicki.
→ **Stefan** — syn Władysława i Jadwigi, zmarły w dzieciństwie.
→ **Władysław** — syn Władysława i Jadwigi, zmarły w dzieciństwie.
→ **Elżbieta** — córka Władysława i Jadwigi, żona Caroberta, królowa Węgier.
→ **Kazimierz** — syn Władysława i Jadwigi, król Polski.
→ **Jadwiga** — córka Władysława i Jadwigi, zmarła w młodości.

→ **Kazimierz** — syn Kazimierza i Eufrozyny, książę brzesko-kujawski, dobrzyński i łęczycki.
→ **Siemowit** — syn Kazimierza i Eufrozyny, książę dobrzyński.
→ **Anastazja** — żona Siemowita, córka Lwa Halickiego, księcia halicko-włodzimierskiego.

→ **Leszek** — książę dobrzyński.
→ **Władysław Garbaty** — książę dobrzyński i łęczycki.
→ **Bolesław** — książę dobrzyński i łęczycki.

→ **Eufemia** — córka Kazimierza i Eufrozyny, żona Jerzego Lwowica, księcia halickiego.

→ **Andrzej i Lew** — synowie Jerzego Lwowica i Eufemii, książęta haliccy.

Piastowie mazowieccy

→ **Siemowit I** — książę mazowiecki, syn Konrada I mazowieckiego i księżniczki nowogrodzkiej Agafii.

→ **Perejesława** — córka księcia halickiego Daniela I.

→ **Salomea** — córka Siemowita I.

→ **Konrad II** — syn Siemowita I, książę mazowiecki i czerski.

→ **Bolesław II** — „Madonna na purpurze", syn Siemowita I, książę mazowiecki i płocki.

→ **Gaudemunda (Zofia)** — pierwsza żona Bolesława II, córka wielkiego księcia litewskiego Trojdena.

→ **Siemowit II** — syn Bolesława II, książę rawski.

→ **Trojden I** — syn Bolesława II, książę czerski.

→ **Maria** — córka Jerzego Lwowica, księżniczka halicko-lwowska.

→ **Bolesław Jerzy II** — syn Trojdena i Marii, ostatni książę halicko-wołyński.

→ **Siemowit III** — syn Trojdena i Marii, książę warszewski, czerski i rawski.

→ **Kazimierz I** — syn Trojdena i Marii, książę warszewski, czerski i rawski.

→ **Eufemia** — córka Trojdena i Marii, żona księcia cieszyńskiego Kazimierza I.

→ **Kunegunda/Kunhuta** — druga żona Bolesława II, królewna czeska, siostra króla czeskiego Wacława II. Po oddaleniu przez męża, opatka benedyktynek w klasztorze św. Jerzego w Pradze, opiekunka Berty.

→ **Eufrozyna** — córka Bolesława II, żona księcia oświęcimskiego Władysława I.

→ **Wacław** — „Wańko", syn Bolesława II, książę płocki.

Piastowie śląscy

Linia: wywodzą się od księcia Władysława Wygnańca. Oprócz przedstawionych poniżej linii wrocławskiej, brzesko-legnickiej, głogowskiej, świdnicko-jaworsko-ziębickiej podzielili się jeszcze na linie: opolskie, cieszyńskie, bytomsko-kozielskie, raciborskie.
Zawołanie: „Czerń i złoto".

→ **Henryk Pobożny** — książę śląski, krakowski i wielkopolski, poległ w bitwie pod Legnicą.
→ **Anna Przemyślidka** — żona Henryka, królewna czeska.

→ **Henryk Biały** — syn Henryka i Anny, książę wrocławski.
→ **Władysław** — syn Henryka i Anny, biskup Salzburga.
→ **Gertruda** — córka Henryka i Anny, żona Bolesława I mazowieckiego.
→ **Konstancja** — córka Henryka i Anny, żona Kazimierza I kujawskiego, ojca Władysława zwanego Karłem.
→ **Elżbieta** — córka Henryka i Anny, żona Przemysła I, matka Przemysła II.
→ **Agnieszka** — córka Henryka i Anny, opatka cysterek w Trzebnicy.
→ **Jadwiga Pierwsza** — córka Henryka i Anny, była opatka klarysek wrocławskich.
→ **Bolesław Rogatka** — syn Henryka i Anny, książę śląski, krakowski i wielkopolski, twórca linii legnickiej.
→ **Jadwiga Anhalcka** — żona Bolesława, córka hrabiego Anhaltu.

→ **Bolke Surowy** — syn Bolesława i Jadwigi, książę jaworski i świdnicki, po śmierci Henryka Brzuchatego regent księstwa wrocławskiego i legnickiego.

→ **Bernard** — książę świdnicki, mąż Kunegundy, córki Władysława Łokietka, ojciec Bolka Małego.

→ **Henryk** — książę jaworski, mąż Anežki Przemyślidki.

→ **Bolko II** — książę ziębicki.

→ pięć córek.

→ **Henryk Brzuchaty** — syn Bolesława i Jadwigi, książę legnicki i wrocławski.

→ **Elżbieta** — żona Henryka, księżniczka Starszej Polski.

→ **Bolesław** zwany **Rozrzutnym** — syn Henryka i Elżbiety, książę legnicki i brzeski, lennik czeski.

→ **Małgorzata Przemyślidka** — żona Bolka, córka Václava II.

→ **Henryk** zwany **Dobrym** — syn Henryka i Elżbiety, lennik czeski.

→ **Władysław** (pogrobowiec) — syn Henryka i Elżbiety, lennik czeski.

→ **Elżbieta** — córka Henryka i Elżbiety, klaryska wrocławska.

→ **Helena** — córka Henryka i Elżbiety, klaryska wrocławska.

→ **Anna** — córka Henryka i Elżbiety, klaryska wrocławska.

→ **Jadwiga** — córka Henryka i Elżbiety.

→ **Eufemia** — córka Henryka i Elżbiety.

→ **Konrad I** — syn Henryka i Anny, książę głogowski, twórca linii głogowskiej.

→ **Salomea** — żona Konrada, siostra Przemysła I.

→ **Konrad** zwany **Garbusem** — syn Konrada i Salomei, książę żagański, biskup Akwilei.

→ **Przemko** — syn Konrada i Salomei, książę ścinawski, poległy pod Siewierzem.

→ **Jadwiga głogowska** — córka Konrada i Salomei, opatka klarysek wrocławskich.

→ **Henryk III** zwany **Głogowczykiem** — syn Konrada i Salomei, książę głogowski.

→ **Matylda Brunszwicka** — żona Henryka.

→ **Henryk IV Wierny** — książę żagański, lennik czeski.
→ **Konrad I** — książę oleśnicki, lennik czeski.
→ **Bolesław** — książę oleśnicki, lennik czeski.
→ **Agnieszka** — córka Henryka i Matyldy.
→ **Jan** — książę ścinawski, lennik czeski.
→ **Salome** — córka Henryka i Matyldy.
→ **Katarzyna** — córka Henryka i Matyldy.
→ **Przemek** — książę głogowski, zmarł nagle.
→ **Jadwiga** — córka Henryka i Matyldy.

Andegawenowie węgierscy

Linia: potomkowie Karola I, hrabiego Andegawenii, króla Sycylii i Neapolu, panujący od 1308 roku w królestwie Węgier.

→ **Karol Martel Andegaweński** — tytularny król Węgier, najstarszy syn króla Neapolu Karola II Andegaweńskiego i Marii Węgierskiej, córki Stefana V, króla Węgier i Chorwacji z dynastii Arpadów.

→ **Klemencja Habsburska** — żona Karola Martela, córka Rudolfa I Habsburga.

→ **Beatrycze** — córka Karola Martela.

→ **Klemencja Węgierska** — córka Karola Martela, druga żona króla Francji i Nawarry Ludwika X.

→ **Karol Robert (Carobert)** — syn Karola Martela, pierwszy z Andegawenów na tronie węgierskim.

→ **Maria bytomska** — pierwsza żona Karola Roberta, córka księcia bytomskiego Kazimierza.

→ **Beatrycze Luksemburska** — druga żona Karola Roberta, siostra króla Jana Luksemburskiego.

→ **Elżbieta Łokietkówna** — trzecia żona Karola Roberta, córka Władysława I Łokietka i siostra Kazimierza III Wielkiego.

→ **Karol** — syn Karola Roberta, zmarł niedługo po urodzeniu.

→ **Władysław** — syn Karola Roberta, zmarł w dzieciństwie.

→ **Ludwik Węgierski** — syn Karola Roberta, król Węgier i Polski.

→ **Andrzej** — syn Karola Roberta, książę Kalabrii.

→ **Stefan** — syn Karola Roberta, zarządca Siedmiogrodu, Chorwacji i Dalmacji, książę Slawonii.

Luksemburgowie

Linia: dynastia panująca w hrabstwach Limburgii i Luksemburga, panująca w Czechach po wygaśnięciu dynastii Przemyślidów.

→ **Henryk VII Luksemburski** — hrabia Luksemburga, cesarz rzymski.

→ **Małgorzata Brabancka** — żona Henryka VII, córka księcia Brabancji Jana I Zwycięskiego.

→ **Maria** — córka Henryka VII, żona króla Francji i Nawarry Karola IV Pięknego.

→ **Beatrycze** — córka Henryka VII, druga żona króla Węgier Karola Roberta (Caroberta), zmarła przy porodzie.

→ **Jan Luksemburski** — syn Henryka VII, hrabia Luksemburga, król Czech, tytularny król Polski.

→ **Elżbieta Przemyślidka** — pierwsza żona Jana Luksemburskiego, córka króla Czech i Polski Wacława II z dynastii Przemyślidów.

→ **Małgorzata** — córka Jana Luksemburskiego, żona Henryka XIV, księcia Dolnej Bawarii.

→ **Bonna** — córka Jana Luksemburskiego, żona króla Francji Jana II Dobrego.

→ **Karol IV** — syn i następca Jana Luksemburskiego, król Czech i Święty Cesarz Rzymski.

→ **Jan Henryk** — syn Jana Luksemburskiego, książę Karyntii, margrabia morawski.

→ **Anna** — córka Jana Luksemburskiego, zaręczona z Władysławem, synem Caroberta, króla Węgier. Do małżeństwa nie doszło z powodu śmierci narzeczonego.

→ **Elżbieta** — córka Jana Luksemburskiego, siostra bliźniaczka Anny, zmarła w dzieciństwie.

→ **Beatrycze Burbońska** — druga żona Jana Luksemburskiego, córka Ludwika Burbona, diuka Burbonii.

→ **Wacław I** — syna Jana Luksemburskiego, książę Luksemburga, Brabancji i Limburgii.

→ **Bonna** — córka Jana Luksemburskiego.

→ **Nieznana Dama** (w powieści nazwana „piękną Anną").

→ **Mikołaj** — syn nieślubny, patriarcha Akwilei.

Ruś Halicko-Wołyńska

Księstwo halicko-wołyńskie powstało w wyniku rozpadu Rusi Kijowskiej, rządzone przez dynastię Rurykowiczów.

→ **Daniel I Halicki** — książę Rusi Halickiej, król Rusi w latach 1253-1264.
→ **Anna** — pierwsza żona Daniela I, córka księcia Mścisława Udałego.

→ **Herakliusz** — syn Daniela I.
→ **Roman** — syn Daniela I.
→ **Mścisław** — syn Daniela I.
→ **Szwarno** — syn Daniela I, książę halicki i chełmski, wielki książę litewski, poślubił córkę władcy litewskiego Mendoga.
→ **Zofia** — córka Daniela I, żona hrabiego Henryka V von Schwarzburg-Blankenburg.
→ **Anastazja** — córka Daniela I, żona wielkiego księcia włodzimierskiego Andrzeja Jarosławowicza.
→ **Perejesława** — córka Daniela I, żona księcia mazowieckiego Siemowita I.
→ **Lew I Halicki** — syn Daniela I, książę halicko-włodzimierski.
→ **Konstancja węgierska** — żona Lwa Halickiego, córka króla Węgier z dynastii Arpadów Beli IV.

→ **Anastazja** — córka Lwa Halickiego, żona księcia dobrzyńskiego Siemowita.
→ **Jerzy Lwowic** — syn Lwa Halickiego, książę halicki.
→ **Eufemia Piastówna** — żona Jerzego Lwowica, córka księcia kujawskiego Kazimierza I, siostra Władysława Łokietka.

→ **Anastazja** — córka Jerzego Lwowica, żona księcia twerskiego Aleksandra.

→ **Andrzej II Halicki** — syn Jerzego Lwowica, książę halicko-wołyński.

→ **Lew II** — syn Jerzego Lwowica, książę halicko-włodzimierski, piastował władzę wraz ze starszym bratem Andrzejem II.

→ **Maria** — córka Jerzego Lwowica, żona księcia czerskiego Trojdena.

- → **Bolesław Jerzy II** — syn Trojdena i Marii, ostatni książę halicko-wołyński.
- → **Siemowit III** — syn Trojdena i Marii, książę warszewski, czerski i rawski.
- → **Kazimierz I** — syn Trojdena i Marii, książę warszewski, czerski i rawski.
- → **Eufemia** — córka Trojdena i Marii, żona księcia cieszyńskiego Kazimierza I.

Wielcy książęta litewscy

→ **Mendog** (1236-1263) — pierwszy wielki książę litewski.
→ **Treniota** (1263-1264) — krewny Mendoga, doszedł do władzy w wyniku spisku, po zamordowaniu Mendoga.
→ **Wojsiełk** (1264-1267) — syn Mendoga, przekazał władzę w ręce swojego szwagra, księcia halickiego Szwarny.
→ **Szwarno** (1264-1269) — książę halicki, syn Daniela I Halickiego, zięć Mendoga.
→ **Trojden** (1269-1282).
→ **Dowmunt** (1282-1286) — krewny Mendoga.

→ **Butygejd** (1285-1291) — syn Dowmunta.
→ **Butywid** (1291-1295) — syn Dowmunta.

→ **Witenes** (1295-1316) — syn Butywida.
→ **Giedymin** (1316-1341) — syn Butywida, założyciel dynastii Giedyminowiczów.

→ **Narymunt** — syn Giedymina, książę piński, połocki i nowogródzki.
→ **Witold** — syn Giedymina, książę trocki.
→ **Olgierd** — syn Giedymina, wielki książę litewski (1345-1377), ojciec Władysława Jagiełły.
→ **Koriat** — syn Giedymina, książę nowogródzki.
→ **Jawnuta** — syn Giedymina, wielki książę litewski (1341-1344).
→ **Kiejstut** — syn Giedymina, książę trocki, wielki książę litewski (1381-1382).
→ **Lubart** — syn Giedymina, książę połocki, włodzimierski, łucki, wołyński i halicki.
→ **Monwid** — syn Giedymina, książę kiernowski i słonimski.

→ sześć córek, w tym: **Anna** — żona Kazimierza Wielkiego, królowa Polski, **Elżbieta**, żona Wacława (Wańki), księcia płockiego, **Eufemia**, żona Bolesława Jerzego, księcia włodzimiersko-halickiego.

Zakon krzyżacki

Karl Bessart von Trier (Karol z Trewiru) (1265-1324) — wielki mistrz zakonu krzyżackiego w latach 1311-1324. Pochodził z rodu patrycjuszy z Trewiru, poliglota, gruntownie zreformował życie duchowe zakonu. Został ekskomunikowany przez arcybiskupa ryskiego. W 1317 roku, po buncie dostojników zakonnych, uciekł z Malborka do Trewiru. Papież Jan XXII przywrócił go do godności wielkiego mistrza. Nigdy nie wrócił do Prus.

Werner von Orseln (ok. 1280-1330) — wielki mistrz zakonu krzyżackiego w latach 1324-1330. Pochodził z rodu wójtów Ursel pod Frankfurtem. W latach 1312-1313 roku był komturem Ragnety, od 1315 roku — wielkim komturem i komturem Malborka. Stronnik Karola z Trewiru. Od 1319 roku — rezydent wielkiego mistrza, a od 1324 roku — wielki mistrz. Sprytnie łączył rozmowy pojednawcze z wdrażaniem dyscypliny w zakonie. Zamordowany w Malborku.

Fryderyk von Wildenburg (zm. po 1330) — komtur królewiecki (1311-1312), wielki szpitalnik (1312-1316), wielki komtur (1325-1330), mistrz krajowy Prus (1317-1324). Wywodził się z zamożnej rodziny szlacheckiej z Nadrenii, należał do przeciwników polityki Karola z Trewiru.

Gunter von Schwarzburg (zm. 1311) — komtur grudziądzki (1291-1298), komtur ziemi chełmińskiej (1299-1309), starszy brat Zygharda von Schwarzburg. Odegrał ważną rolę w zajęciu przez Zakon Gdańska.

Zyghard von Schwarzburg (zm. 1336) — komtur rogoziński (1298-1300), komtur dzierzgoński (1301-1306, 1308-1311), komtur grudziądzki (1313-1328, 1331-1336), komtur bierzgłowski (1329-1330), wielki szpitalnik (1311-1312), mistrz krajowy Prus (1306), syn Henryka von Schwarzburg-Blankenburg z Turyngii i Zofii, córki księcia halickiego Daniela I. Ze względu na powiązania rodzinne (poprzez matkę był skoligacony z Rurykowiczami i Piastami) brał czynny udział w polityce zagranicznej zakonu.

Guntherus von Schwarzburg, zwany „Guntherem Młodszym" (zm. po 1336) — komtur pokrzywieński (1321-1324), komtur gniewski (1325-1330), komtur dzierzgoński (1331-1334), wielki komtur (1334-1335), bratanek Guntera i Zygharda von Schwarzburg.

Henryk von Plötzkau (zm. 1320) — komtur bałgijski w roku 1304, mistrz krajowy Prus (1307-1309), wielki komtur (1309-1312), wielki marszałek (1313-1320). Wywodził się z miejscowości Plötzkau w Saksonii, należał do przeciwników Karola z Trewiru i był jednym z organizatorów buntu przeciwko niemu.

Konrad von Sack (zm. po 1306) — komtur dzierzgoński (1296), komtur ziemi chełmińskiej (1296-1298), komtur toruński (1299-1302), komtur golubski (1306), mistrz krajowy Prus w latach 1302-1306. Pochodził z rodziny ministeriałów w służbie wójtów Gery (Turyngia) i Plauen (Saksonia).

Luther von Braunschweig (Luther z Brunszwiku) (1275-1335) — syn księcia Brunszwiku Albrechta I Wielkiego z dynastii Welfów. Komtur dzierzgoński, komtur domowy Malborka, wielki szatny, wielki mistrz zakonu krzyżackiego w latach 1331-1335. Zwolennik ostrego kursu w polityce wobec Królestwa Polskiego.

Siedmiu Świętoszków Luthera:

Dietrich von Altenburg (zm. 1341) — Czerwony Wilk z Bałgi, komtur Ragnety (1323), komtur Bałgi (1325-1331), wielki marszałek (1331-1335), wielki mistrz zakonu krzyżackiego w latach 1335-1341. Pochodził z Altenburga w Turyngii.

Otto von Lautenburg (Otto von Lauterberg, Luterberch, zm. po 1335) — komtur wieldządzki (1308-1316), komtur ziemi chełmińskiej (1320-1333). W 1331 roku dowodził wojskami jako komtur krajowy podczas wojny polsko-krzyżackiej. Pochodził z hrabiowskiego rodu Scharzfeld-Lauterberg z Dolnej Saksonii.

Henryk Reuss von Plauen — komtur pokrzywieński (1328-1330), komtur bałgijski (1331), komtur chełmiński (1335), komtur gniewski (1336), wielki komtur (1336-1338), jeden z posłów do Władysława Łokietka w 1325 roku.

Markward von Sparenberg — brat w Dzierzgoniu, wielki skarbnik, komtur toruński (1333-1337). Pochodził z Turyngii, z rodu wasali von Plauenów.

Herman von Oettingen — wielki komtur elbląski (1320-1331), wielki szpitalnik.

Otto von Bonsdorf — komtur Kowalewa (1320-1329), wielki komtur (1330-1331) i jeden z dowódców w 1331 roku.

Herman von Anhalt — komtur nieszawski (1327).

Od autorki

Kazimierz stojący nad trumną zasłania Władysława. Pamięć syna przyćmiła ojca. Przeszli do historii niejako w opozycji do siebie: niepokorny, uparty wojownik kontra mądry dyplomata i budowniczy. Nawet ich przydomki niesprawiedliwie dzielą: Łokietek i Wielki. A przecież każdy ma w sobie karła i olbrzyma. Bez wybitnego ojca nie byłoby tego wielkiego syna.

Odrodzone Królestwo kończy cykl powieściowy pod tym samym tytułem. Pięć tomów, ponad cztery tysiące stron, osiem lat mojego życia. Wciąż jeszcze nie wierzę, że te wielkie kartony, które od 2011 roku stoją wokół mojego biurka, mogę zamknąć, spakować i zarchiwizować. I wciąż trudno mi podsumować *Odrodzone Królestwo*, bo jeszcze patrzę na nie bez cienia dystansu, jakbym po spektaklu, zza kulis, podglądała stojących na scenie aktorów. Zacznę więc nie od nich, a od kraju.

Akcja powieści rozgrywała się na przestrzeni ponad sześćdziesięciu lat, a przejście od rozbicia dzielnicowego do zjednoczonego królestwa stawiało wyzwania krainom historycznym. Budziły się, ujawniały, zmieniały lub utrwalały ambicje regionów, tych dzielnic, które przed laty synom wydzielił Krzywousty (o tym można by napisać nowy cykl, na przykład: *Kroniki Wielkiego Rozbicia*). W *Koronie śniegu i krwi* na Śląsku wciąż żywa była pamięć wybitnego Henryka Brodatego, a książę Henryk wrocławski odważnie sięgał po tron krakowski. W *Niewidzialnej koronie* Henryk głogowski walczył o schedę po Przemyśle. W finale cyklu podzielony na dziesiątki księstw Śląsk odchodzi w ramiona Jana Luksemburskiego. Mamy wiek XXI i Śląsk wciąż ma potrzebę opowiadania na nowo o własnej odrębności.

Dla Przemysła II w *Koronie śniegu* Pomorze Gdańskie, które otrzymał od księcia Mściwoja, stało się przyczynkiem do zakończonych sukcesem starań o odzyskanie dla Polski korony. Dla Władysława Łokietka utrata tegoż Pomorza w *Płomiennej koronie* na rzecz najpierw Brandenburgii, a potem Zakonu stała motorem napędzającym ćwierćwiecze wojennego panowania. Przywrócą je dopiero Jagiellonowie, byśmy znów stracili je na rzecz Prus i odzyskali po wielkich wojnach XX wieku. Wspomniane Prusy w tej powieści są jedynie mglistą wizją Jemioły — połączeniem żywiołu rodzimego i Zakonu Krzyżackiego, a przecież Królestwo Prus powstałe z przekształcenia tego ostatniego odegra w przyszłości wielką rolę w naszych dziejach. Łokietkowe Kujawy, leżące na obrzeżach Królestwa, z dala od jego głównych spraw, stają się w finałowym tomie areną krwawych działań

Na kartach powieści środki ciężkości się przesuwają. Przemysł II był ostatnim „królem wielkopolskim". Władysław, nie mając Pomorza, ostatecznie przenosi centrum królestwa do Krakowa i opiera swą władzę na elitach małopolskich. Warszawy, jaką znamy, jeszcze nie ma, jest Warszewą, osadą nad Wisłą, która sennie czeka na wielką rolę, jaką przyjdzie jej odegrać w naszej historii, choć jak całe Mazowsze, nawet nie śni o tym, że kiedyś stanie się sercem Polski. Przemysł II patrzył na zachód. Łokietek miał wrogów wszędzie, musiał, niczym słowiański Świętowit, rozglądać się na cztery strony świata.

I jako pierwszy z naszych władców spojrzał na Litwę inaczej. Nie widział w niej pogańskich łupieżców, zobaczył sojuszników. Gdy książęta mazowieccy brali za żony Litwinki (a taka tradycja trwała od pokoleń), niejako kupowali polisy ubezpieczeniowe dla swych ziem, graniczących z Wielką Puszczą. Władysław, wbrew opiniom całego cywilizowanego świata, w Giedyminie zobaczył partnera. Dla mnie to jak przejście z defensywy do ofensywy w myśleniu o pokonaniu Zakonu. Nie udało się im zwyciężyć, ale powstrzymali Krzyżaków. A potem nastała wielka wojna, do której na poważnie włączył się Jan Luksemburski. To mógł być prawdziwy rozbiór Polski. Sojusznicy podzielili strefy wpływów, mieli się spotkać w samym centrum Królestwa, w starym Kaliszu, ojcowiźnie żony Władysława, Jadwigi. Wszystko, co następuje później, jest dla mnie kwintesencją panowania Łokietka: koszmarna sytuacja startowa, łut szczęścia, gdy Luksemburczyk nie przybywa na czas na miejsce spotkania zaborców. Podjęcie wojny podjazdowej, uparte szukanie bitwy, potyczka pod Koninem przegrana w ciemnościach zapadającego wieczoru, sromotna klęska, poddanie obozu i taborów, które staje się powodem rozdzielenia sił krzyżackich. Dzięki temu, że poniósł porażkę pod Koninem, spotkał ich później na Radziejowskim Polu i pokonał w takiej chwale, że potem, „na Radziejowskim Polu, wołali Polacy: Kraków / Krzyżem znaczeni przez Polaków zwyciężeni"*. I nie zdążył opaść kurz po bitwie, nie zdążyli nacieszyć się zwycięstwem, gdy druga część wojsk krzyżackich wyjechała z mgły i rozbiła zmęczone wojska starego króla. Ponadsiedemdziesięcioletni monarcha. Bitwa u kresu dni. Gdyby na polu walki stracił Kazimierza, ostatniego z synów, jedynego, który dożył wieku męskiego, w Królestwie, które nie przewidywało dziedziczenia tronu przez kobiety... Gdy myślę o tym, czuję, jakbym stała nad przepaścią, w mroku i w zamieci. Nie stracił syna, odesłał go z pola walki, co stało się przyczynkiem do kpin z Kazimierza w przyszłości. Bzdura. Wypchnięcie następcy tronu z bitewnej matni było jedną z najlepszych decyzji Władysława. Wracając do bitwy, która w naszej tradycji została zapamiętana jako „pod Płowcami", a w istocie była bitwą na Radziejowskim Polu, warto wspomnieć, że z racji na niemal remisowy wynik starcia obie strony błyskawicznie zaczęły akcję propagandową, mającą na celu przypisanie sobie zwycięstwa. Polski kronikarz podawał: „odnieśliśmy wielkie zwycięstwo, zabijając 20 000 wrogów, sami tracąc zaś ledwo 12 szlachty i 30 ludzi niższego stanu". Liczby, zgodnie ze zwyczajem średniowiecznych kronik, są tu fantastycznie niewiarygodne, ale najwyraźniej polska propaganda w kurii papieskiej znajdowała posłuch, bo mistrz Luther musiał wystosować oficjalne pismo do swego prokuratora, do Awinionu, w którym przedstawiał mu zakonny punkt widzenia i kwitował: „Taka jest prawda, aczkolwiek król również chełpi się, jak to mówią, z koziej wełny" (czyli z niczego). Kronikarz oliwski sięgając do relacji zwykłych rycerzy krzyżackich, zanotował: „gdzie brak nadzoru sprawnego porządku, często duża liczba jest zwyciężana przez dobrze kierowaną garstkę,

---

* Oryginalna pieśń z XIV wieku, zapisana po łacinie, z wstawkami polskimi, co sugeruje, iż pierwotnie była śpiewana po polsku. Najprawdopodobniej pierwsza polska pieśń świecka. Interesujący jest jej pierwszy wers: „W tysięcznym trzechsetnym trzydziestym pierwszym roku" — nasi przodkowie chcieli dokładnie upamiętnić datę tej wiktorii.

jak też zdarzyło się tym razem". Ten osąd, wyważony i pozbawiony brzmienia propagandowego, jest w istocie wielkim komplementem dla króla Władysława.

W całym cyklu *Odrodzone Królestwo* wiele miejsca poświęcam kwestii dziedziczenia tronu przez córki. To nie jest feministyczny wymysł. Ta kwestia zajmowała i różniła ludzi średniowiecza. Spójrzcie: na naszych (powieściowych) oczach kończą się cztery wielkie, założycielskie dynastie Europy środkowowschodniej: czescy Przemyślidzi, węgierscy Arpadowie, Rurykowicze (nasz młody Bolesław Jerzy, którego Władysław osadził na halickim tronie, nie zostawi potomka i będzie ostatnim w rodzie tak zwanych Pierwszych Rurykowiczów) i Piastowie. Oto oni: legendarny Lech, Czech i Rus (i Arpad, bo Polak — Węgier dwa bratanki), rody, które stworzyły państwowość naszego kawałka Europy. Żenili się ze sobą, walczyli, godzili i wymarli. Węgry, po całym ciągu wojen i pretendentów do korony świętego Stefana, uspokajają się i osiągną apogeum znaczenia pod rządami pochodzących z Neapolu Andegawenów. Niemała w tym zasługa Elżbiety, córki Łokietka, wybitnej i znaczącej władczyni. Czesi, wciąż jeszcze niepewni w rękach niezwykłego, ambitnego i nieprzewidywalnego Jana Luksemburskiego, już czekają na jego syna, cesarza Karola, który przyniesie wielkość Pradze. Polacy mają przed sobą jeszcze złoty wiek Kazimierza Wielkiego i pewnie do głowy im nie przychodzi, że wraz z jego śmiercią skończy się dynastia ojców Piastów. Na marginesie: dynastia nie wymrze, mamy dziesiątki książąt dzielnicowych z tej linii, ale mimo pewnych prób (mikrych zresztą) żadnemu z nich nie spełni się sen o koronie. Historia popłynie innym nurtem, w kierunku, który jako pierwszy spostrzegł Łokietek: ku Litwie. I na tronie zasiądzie Władysław II, a przy nim druga Jadwiga.

Ale chwilę. Cofnijmy się o krok. Andegawenowie (między innymi za sprawą stojącej u szczytu władzy Elżbiety) dopuszczą kobiety do dziedziczenia tronu. Dlatego Jadwiga Andegaweńska była królem, a nie tylko królową. Owszem, można skomentować, że szybko panowie polscy wydali ją za mąż, ale to komentarz powierzchowny. Analiza jej czasów pokazuje, że młoda władczyni faktycznie prowadziła politykę. Wraz z mężem, czasem osobno, ale nie była jedynie ozdobą jego tronu. Zmiany przychodzą powoli, nie wystarczy akt, trzeba przeorać umysły ludzi. Ta zmiana była niezwykle ważna. I szkoda, że nie utrwaliła się w historii, nie wykształciła sprawnego mechanizmu i tym samym nie pomogła Annie Jagiellonce, gdy niespełna dwieście lat później nastąpi zmierzch Jagiellonów. Przy okazji: zawsze widzę smutne podobieństwo między Kazimierzem Wielkim a Zygmuntem Augustem, dwoma ostatnimi w swych rodach władcami: obaj mieli wybitne umysły, długowiecznych ojców, wyjątkowe w swych ambicjach matki i rozpaczliwie, z ramion w ramiona, poszukiwali miłości i nie przedłużyli dynastii.

Kusi mnie, by dopowiedzieć Państwu los kilku powieściowych, mniej znanych bohaterów i ujawnić przedłużenia niektórych, równie mało znanych wątków.

Wojewoda brzeski Wojciech Leszczyc (co jako Wojtuś był z Władkiem na wygnaniu, a teraz walczył w wielkiej wojnie) zasłynie ze złożonych w przyszłości ślubów rycerskich. W 1347 roku uda się na pielgrzymkę do Ziemi Świętej i tam przysięgnie, że nie zje posiłku przy stole, póki nie zmierzy się w walce z niewiernymi (według innej wersji legendy: póki nie odzyska Ziemi Świętej). W owych czasach nie oznaczało to bynajmniej śniadań do łóżka. Wojciech wstąpi do zakonu rycerskiego założonego przez Philipa de Mézières, a ponieważ ten był pisarzem, przekazał nam tę relację.

Rikissa i Aneżka wrócą z podróży z relikwiami, po które się udały do Kolonii i Trewiru. Królowa ostatnie lata życia spędzi w założonym przez siebie brneńskim klasztorze, umrze 19 października 1335 roku, nie zapominając w testamencie o obdarowaniu każdej ze swych fundacji i ludzi, którzy byli przy niej przez długie lata. Wspomniała zarówno iluminatorów, jak i krawca Sidela, służące, kucharzy, woźniców. Nie zapomniała o rodzicach w dalekim Poznaniu, katedrze, w której byli pochowani, zapisała srebro; podobnie cysterkom w Owińskach i klaryskom w Gnieźnie. Spoczęła nie obok swych królewskich mężów, lecz przy boku kochanka, Henryka z Lipy. Niezwykła kobieta, wymykająca się jakimkolwiek stereotypom.

Król Jan Luksemburski był obecny na jej pogrzebie, co niezwykle symboliczne, prosto z uroczystości żałobnych ruszył do Wyszehradu, na zjazd z Carobertem i Kazimierzem Wielkim, podczas którego ustalono warunki, na jakich zrzekał się polskiej korony.

Sam Jan także wymaga wspomnienia: całkowicie stracił widzenie w prawym oku w 1337 roku, podczas drugiej krucjaty na Litwę. Leczenie nie przyniosło rezultatu, medyk okazał się szarlatanem i utopiono go w Odrze. Około 1340 roku utracił wzrok całkowicie, także na drugie oko. Dbał o swój wizerunek, nie chcąc, by wiedza o ślepocie się rozeszła, fantastycznie udawał — przyjmując gości, zwykle trzymał w dłoni książkę lub pergamin, jakby ledwie przed chwilą skończył czytać. Za jego największy polityczny sukces uznaje się wprowadzenie syna Karola na tron cesarski. Do śmierci będzie odznaczał się fantazją i umrze tak jak żył — po rycersku. W trakcie słynnej bitwy pod Crécy (to już wojna stuletnia!), walcząc po stronie ukochanej Francji, pięćdziesięcioletni, całkowicie niewidomy Jan, ruszy do boju, każąc przywiązać swego konia między rumakami dwóch towarzyszy.

I jeszcze jedna intrygująca opowieść: pamiętają Państwo margrabiego brandenburskiego Waldemara? Kto ma dobrą pamięć, proszę sobie odtworzyć scenę jego powieściowej, dość dziwnej śmierci. Otóż w roku 1348 na dworze biskupim w Magdeburgu pojawił się tajemniczy pielgrzym podający się za zmarłego Waldemara. Mówił, iż kazał pochować sobowtóra, by udać się na pokutną pielgrzymkę do Ziemi Świętej (ten to naprawdę miał za co pokutować!). Na dowód swego pochodzenia pokazywał pierścień. Uwierzono mu. Biskup magdeburski, król Czech Karol Luksemburski, liczni możni i cała Marchia Brandenburska stanęła w ogniu w walce o prawa „Waldemara" do tronu przeciw Wittelsbachom. Dziesięć lat trwała krwawa wojna, wygrana przez tych ostatnich. Uzurpator, o dziwo, nie zginął w lochu, ale zmarł spokojnie śmiercią naturalną. Wittelsbachowie nie wygrali jednak za darmo. Na owych walkach najbardziej zyskał znany nam ród Wedelów i Betkin von der Osten (zięć Wincentego Nałęcza!).

Czasami w powieści dla potrzeb fabuły trzeba przestawić jakieś wydarzenia w czasie. W tym przypadku był to moment zgonu wspomnianego przed chwilą Wincentego Nałęcza. W rzeczywistości najpierw był szturm Brześcia, potem śmierć wojewody (czerwiec 1332), w książce jest na odwrót. Mam nadzieję, że Czytelnicy mi to wybaczą, bo sam wojewoda był postacią wybitną i swym życiem dowiódł, że potrafił wznieść się ponad osobiste urazy. Motyw tak zwanej „zdrady Wincentego z Szamotuł" funkcjonujący w dawniejszej literaturze tematu, dzisiaj zupełnie się nie broni, choć sama śmierć wojewody wciąż pozostaje zagadkowa. Tłumaczenie, że zginął podczas działań wojennych, jest błędne, wówczas już nie toczyły się walki, a wersja „od zabłąkanej strzały" każdemu autorowi daje pole do popisu. Zdrobnienie „Wincz", którego używam w powieści, zaczerpnęłam od Adama Krechowieckiego, który użył go w powieści *Szary wilk*. Wpadło mi w ucho, pasowało do kreacji bohatera i dawnemu autorowi kłaniam się dzisiaj, po 130 latach.

Wieców wojennych w Chęcinach też było więcej niż ten jeden, opisany w powieści. Skarbiec wawelski i gnieźnieński przeniesiono podczas jednego z nich, prawdopodobnie wcześniejszego, ale na rzecz dramaturgii postanowiłam pokazać to tu i teraz.

Są też w powieści zdarzenia, które zwykło się opowiadać inaczej. Najważniejszym z nich jest tak zwany „gwałt królewicza Kazimierza na Klarze Zach". Któryż miłośnik historii nie słyszał pikantnej plotki o tym, jak dziewiętnastoletni Kaziu wysłany przez ojca na dwór węgierski po pomoc wojskową, zamiast zajmować się tym, co mu zadano, uwiódł dwórkę swej siostry królowej Elżbiety. Wersja ostrzejsza mówi, że przy jej pomocy. Potem wyjechał z Węgier, porzuciwszy Klarę. Ojciec dziewczyny dowiedziawszy się, iż jest ciężarna i kto jest sprawcą, kierowany poczuciem krzywdy wtargnął na dwór i rzucił się z mieczem na królową, króla i ich synów, na skutek czego Elżbieta straciła cztery palce u prawej dłoni. Brzmi ekscytująco. Prawdą w tej opowieści jest okaleczenie królowej Elżbiety przez Felicjana Zacha. Dziękuję panu profesorowi Stanisławowi Andrzejowi Sroce za udostępnienie swojej pracy i podsunięcie nowych publikacji węgierskich na ten temat. Po ich analizie należy uznać, że powtarzana za Janem Długoszem historia ma swe źródła w propagandzie krzyżackiej, której (zresztą po latach od wydarzenia) zależało na oczernieniu Kazimierza, wówczas już króla Polski. Sam zamach Felicjana Zacha był najprawdopodobniej szerszą akcją i zamieszanych w nią było więcej osób, w tym z rodziny Palasti (dawnych stronników Mateusza Czaka, zgładzonego przez Caroberta). Był to niewątpliwie akt wymierzony w króla Węgier Caroberta, a surowe wyroki, jakie zapadły w tej sprawie, wyraźnie wskazują, iż przez ówczesnych sędziów był rozpatrywany jako zdrada stanu. Osoby królewicza Kazimierza w tej sprawie nie było, choć można założyć, iż spotkał Klarę Zach na dworze swej siostry i nie można wykluczyć, że zwrócili na siebie uwagę. Tym niemniej nie uznałam za stosowne powtarzania obalonych przez naukę plotek.

Muszę również wspomnieć, iż gdy Zyghard mówi: „Przysięgałem Zakonowi w tobie, Lutherze z Brunszwiku. A nie tobie w Zakonie", pozwoliłam sobie strawestować motto MChAT-u Konstantego Stanisławskiego.

W nieskończoność można by wymieniać przykłady fascynujących historii wokół *Odrodzonego Królestwa*, tej zmienności dziejów, mnożyć ziarna, które zasiane przed setkami lat, jeszcze dzisiaj wydają plony. Straszy się czasami: „Historia oceni". Na przeszłość patrzymy więc dzisiaj przez pryzmat wojen rozegranych przez naszych przodków, ale i my nie jesteśmy dla historii niewidzialni, nawet jeśli nie stajemy do bitew. Pod presją katastrofy ekologicznej wyjątkowo dotkliwie czujemy presję roli, jaką nam przyjdzie odegrać w dziejach ludzkości.

Często powtarzam, że dla mnie nasi władcy to ludzie z krwi i kości. Stworzeni z porażek, namiętności, pragnień i niespełnień. Nie chciałabym swoją pracą nikogo zakląć w pomnik. Żywy kiedyś człowiek zamieniony w figurę, unieruchomiony na wieki. Inspirujące, gdy to dzieło sztuki. Rozpaczliwe, gdy zamieni się w figurynkę, na którą patrzeć będą oczy pokoleń. Oczywiście, moja wizja Rikissy, Władysława, Jadwigi, Janisława, Luthera, Zygharda jest inspirowana faktami historycznymi, ale na wskroś autorska. Tak, to rodzaj presji i odpowiedzialności, w której czają się pytania: czy dobrze go portretuję? Czy prawidłowo interpretuję te strzępki faktów, które przekazały kroniki? Wreszcie: czy nie krzywdzę pamięci postaci takim właśnie portretem? Zmagam się z nimi przy każdym z bohaterów, a potem podejmuję decyzję: pisz, to nie pomnik.

I to właśnie robię od lat z niesłabnącą pasją dla przeszłości i ludzi, którzy ją tworzyli. Chcę, byście poczuli ich marzenia równie mocno jak lęki, koszmary nocne jak rozkosze. Byście włączyli ich w krąg swej rodziny. Przecież, jakby dobrze pogrzebać, wszyscy nosimy fragment wspólnego DNA.

Przy okazji: od kilku lat wyobraźnię miłośników historii rozbudza nowy kierunek: archeogenomika, łącząca w sobie badania historyczne, archeologiczne i genomikę. To ekscytujące, gdy z dozą prawdopodobieństwa bliską pewności wiemy, iż inne niż znane dokumenty pisane z epoki nie istnieją (zaginiona biblioteka Jakuba Świnki z *Korony śniegu* to mój wymysł i niespełnione marzenie). Archeologia za to wciąż pozostaje otwarta, bo wciąż znajdujemy nowe zabytki i szczątki. A genomika pozwala je badać w sposób, o jakim wcześniej nie myśleliśmy. Od kilku lat Poznańskie Centrum Archeogenomiki prowadzi projekt badawczy „Dynastia i społeczeństwo państwa Piastów w świetle zintegrowanych badań historycznych, antropologicznych i genomicznych". Śledzę wszystkie doniesienia z zapartym tchem. I jak mówiłam na każdym ze spotkań autorskich — marzę o tym, że któregoś dnia zostanie otwarty grobowiec Władysława Łokietka na Wawelu. Że dowiemy się, jak wyglądał król. Czy to coś zmieni w naszym postrzeganiu Władysława? Nie wiem. Moim pragnieniem przez te wszystkie lata było, by wyszedł z cienia syna. Bo każdy ma w sobie olbrzyma i karła.

Podziękowania

Każdy tom cyklu był dla mnie osobną przygodą i każdy niósł inne wyzwania. Przy wszystkich korzystałam z pomocy wielu specjalistów, historyków, archeologów i pasjonatów przeszłości.

W przypadku finałowej powieści od początku wiedziałam, że to będzie przede wszystkim opowieść o wielkiej wojnie z Zakonem. Pojedynki bitewne śniły mi się nocami, chciałam, by bohaterowie stanęli do nich jak najlepiej przygotowani. Dlatego poprosiłam o pomoc świetnego fechmistrza (i historyka!) Antoniego Olbrychskiego. Władysław, Gerland, Wincenty Nałęcz i inni zawdzięczają mu swoje zwycięstwa w bitwie na Radziejowskim Polu. Antoni, dzięki Panu i ja bezpiecznie czułam się ze swoimi bohaterami we mgle tej niezwykłej bitwy. Średniowieczna broń bierze swój początek od wytopu żelaza. Maciej Tomaszczuk, geolog, wsparł mnie swoją rozległą wiedzą z zakresu dawnego kowalstwa. To dzięki niemu stanęła „leśna manufaktura" ostatniego Galinda, kowala Wnoke.

Michał Ostrowski towarzyszy mi od wielu książek. A to podpowie, jak można było tysiąc lat temu ryby łowić, a to wytknie błąd, jeśli nie zapytam o coś wcześniej, a tym razem zainspirował mnie swoją książką — przewodnikiem *Niesamowite Kujawy* i opowieściami miejscowych o dziwnych rzeczach, jakie dzieją się w okolicach, na których toczyła się wielka wojna z Zakonem.

Szczególnie dziękuję panu profesorowi Maciejowi Dornie i Norbertowi Delestowiczowi. Pierwszy napisał książkę *Bracia zakonu krzyżackiego w Prusach w latach 1228-1309*, drugi jej kontynuację (ukaże się, mam nadzieję, lada dzień), a obaj wykazali się niezwykłą życzliwością, udostępniając mi swe prace w ciężkim czasie początków pandemii. Dzięki Wam, panowie, Krzyżacy nabrali rumieńców (a ja spędziłam kilka dni na śledzeniu ich pasjonujących życiorysów i karier).

Profesor Tomasz Jurek jest skarbnicą wiedzy o czasach rozbicia dzielnicowego, jestem mu niezwykle wdzięczna, że z rozbrajającą cierpliwością pozwala mi z niej korzystać. Publikacje profesora o bitwie na Radziejowskim Polu i potyczce pod Koninem były dla mnie drogowskazem w wojnie Łokietka z Zakonem. Profesor Tomasz Jasiński niejedną celną uwagą sprawiał, że umiałam zmienić punkt widzenia.

Katarzyna Ogrodnik-Fjucik, która choć jest anglistką i znawczynią legend arturiańskich (a mediewistką z zamiłowania), tłumaczyła dla mnie z języka czeskiego pozycje związane z Henrykiem z Lipy. Pani Kasiu, dziękuję również za nasze niestrudzone rozważania na temat Henryka Jaworskiego i Anežki!

O. Paweł Zyskowski był zawsze gotów do niesienia mi pomocy w zakresie liturgii, modlitw i pieśni.

Dziękując moim konsultantom, jednocześnie muszę z całą mocą podkreślić, że żaden z nich nie ponosi odpowiedzialności za fabularną wizję autorki. Powieść, nawet tak precyzyjnie oparta na prawdziwej historii, musi pozostać dziełem literackim.

Chcę podziękować całemu zespołowi Zysk i S-ka. Jankowi Grzegorczykowi za to, że nigdy nie czyta obojętnie i nie boi się zwracania mi uwagi na rzeczy nieoczywiste. Magdzie Wójcik, z którą pracuję tyle lat i zawsze odczuwam radość, gdy książka wreszcie trafia w jej ręce. Filipowi Karpowowi, który łączy stoicki spokój z kreatywnością. Ekipie graficznej pod wodzą Tobiasza Zyska i grafikowi Michałowi Krawczykowi, że udało mu się przełożyć moją wizję na obraz. Panu Przemkowi Kidzie i jego zespołowi.

Adamowi Zyskowi, który od lat nie zraża się, kiedy zaczynam od „nie". Patrycji Poczcie szczególnie się kłaniam. Każda redakcja musi mieć swego dobrego ducha z twardą ręką i dobrze, że jesteś nim ty.

Dziękuję także Tomaszowi Zyskowi, z którym przed ośmiu laty zaczynałam *Odrodzone Królestwo*, i Elżbiecie Żukowskiej, która dołączyła do pracy nad cyklem przy *Płomiennej koronie* i nie tylko towarzyszyła mi jako redaktorka, ale i wspierała swoją rozległą wiedzą z zakresu mitologii słowiańskiej. Elu, jesteś pierwszym lustrem, w którym odbijają się bohaterowie!

Osobno dziękuję mojemu wydawcy Tadeuszowi Zyskowi, który przed laty zainspirował mnie do pochylenia się nad postacią króla Przemysła. Tadeuszu, od ciebie wszystko się zaczęło i traktuję *Odrodzone Królestwo* jako naszą wspólną drogę. Ileż mieliśmy na niej odkryć i olśnień, ile potknięć? Dzisiaj trudno mi sobie wyobrazić moje życie bez *Odrodzonego Królestwa.* Dziękuję, że przez to przeszliśmy wspólnie.

Moim najbliższym — mężowi i córkom — jesteście dla mnie źródłem nieustannych inspiracji! Kłaniam się Wam nisko, że wytrzymaliście, choć były tygodnie, gdy z Władkiem spędzałam więcej czasu niż z Wami.

Czytelnikom dziękuję szczególnie. Przed laty wsiedliście na łódź *Odrodzonego Królestwa* i wspólnie dopłynęliśmy do portu. Ta podróż dobiegła końca, ale obiecuję Wam inne. Historia ma to do siebie, że jej początki nikną we mgłach, ale horyzont zawsze jest przed nami.

Spis treści